ATRAPADA EN EL TIEMPO

DIANA GABALDON

ATRAPADA EN EL TIEMPO

Salamandra Bolsillo

Papel certificado por el Forest Stewardship Council®

MIXTO
Papel procedente de
fuentes responsables
FSC® C117695

Penguin
Random House
Grupo Editorial

Título original: *Dragonfly in Amber*
Primera edición en este formato: julio de 2020
Segunda reimpresión: abril de 2021

© 1992, Diana Gabaldon
Publicado por acuerdo con la autora c/o BAROR INTERNATIONAL, INC.,
Armonk, New York, U.S.A.
© 2015, 2020, Penguin Random House Grupo Editorial, S.A.U.
Travessera de Gràcia, 47-49. 08021 Barcelona
© 2015, Elizabeth Casals y Elisabete Fernández, por la traducción
Ilustración de la cubierta: Stuart Brill / Trevillion Images

Printed in Spain – Impreso en España

ISBN: 978-84-18173-03-5
Depósito legal: B-7.937-2020

Impreso en Romanyà-Valls
Capellades, Barcelona

SB7303A

Índice

Prólogo

Me desperté tres veces en la oscuridad previa al alba. La primera vez con tristeza, después con alegría, y la última, en soledad. Las lágrimas de una profunda pérdida me despertaron lentamente, humedeciendo mi rostro como el reconfortante tacto de un paño húmedo en manos consoladoras. Volví la cara hacia la almohada mojada y navegué por un río salado hacia las cavernas del recuerdo de la pena, hacia las profundidades subterráneas del sueño.

Después me desperté con gran júbilo y el cuerpo arqueado por los últimos estertores de la unión física, con su tacto fresco sobre la piel desvaneciéndose por mi cuerpo a medida que las olas de placer se extendían desde mi centro. Me dejé llevar por esa sensación, volviéndome otra vez, buscando el aroma intenso y cálido del deseo satisfecho de un hombre, en los brazos reconfortantes de mi amante dormido.

La tercera vez me desperté sola, más allá del tacto del amor o de la pena. La imagen de las piedras estaba aún viva en mi mente. Un pequeño círculo de piedras verticales en la cima de una empinada colina verde. Se llama Craigh na Dun: la colina de las hadas. Algunos dicen que está encantada, otros, que está maldita. Todos tienen razón. No obstante, nadie conoce ni la función ni el propósito de las piedras. Excepto yo.

PRIMERA PARTE

A través del espejo, oscuramente

Inverness, 1968

1

Pasando revista

Roger Wakefield se sentía rodeado en el centro de la habitación. Pensó que la sensación estaba plenamente justificada, pues en realidad estaba rodeado por mesas cubiertas de antigüedades y recuerdos, por pesados muebles victorianos tapizados de terciopelo y adornados con tapetes de ganchillo, y por diminutas alfombras extendidas sobre el suelo pulido, esperando pacientemente a deslizarse bajo un pie desprevenido. Rodeado por doce habitaciones repletas de muebles, ropa y papeles. Y libros. ¡Dios mío, los libros!

Tres de las paredes del estudio estaban cubiertas por estanterías, todas ellas a punto de reventar. Había montones de novelas de misterio en ediciones de bolsillo, brillantes y baratas, volúmenes encuadernados en cuero, apretados junto a obras del club de lectores, antiguos tomos robados de bibliotecas desaparecidas y miles de panfletos, folletos y manuscritos.

En el resto de la casa, la situación era similar. Libros y papeles cubrían cualquier superficie y los armarios crujían, llenos a rebosar. Su difunto padre adoptivo había tenido una vida plena y larga, diez años más de los setenta que prescribe la Biblia. Y en sus ochenta y tantos años el reverendo Reginald Wakefield nunca había tirado nada.

Roger reprimió la tentación de salir corriendo por la puerta principal, saltar a su Mini Morris y regresar a Oxford, abandonando la rectoría y su contenido a merced del tiempo y de los vándalos. «Tranquilízate —se dijo, respirando hondo—. Tiene solución. Los libros son lo más fácil; sólo es cuestión de clasificarlos y llamar a alguien para que se los lleve. Claro que se necesitará un camión gigantesco, pero puede hacerse. La ropa no es problema. A una institución de caridad.»

No sabía qué iba a hacer una institución de caridad con tantas sotanas negras de sarga de 1948, pero tal vez los pobres no fueran tan quisquillosos. Empezó a respirar mejor. Había pedido un mes de permiso en el Departamento de Historia de Oxford para ocuparse de las cosas del reverendo. Quizá eso bastara, después de todo. En sus momentos de mayor escepticismo había pensado que la tarea le llevaría años.

Se dirigió a una de las mesas y cogió un platito de porcelana. Estaba lleno de pequeños rectángulos de metal y unos distintivos de plomo que entregaban las parroquias a los mendigos en el siglo XVIII para identificarlos; en Escocia los llamaban *gaberlunzies*. Junto a la lámpara había una colección de botellas de cerámica y una caja de rapé en forma de caracol con un aro de plata. «¿Y si las donara a un museo?», pensó, no muy convencido. La casa estaba llena de objetos jacobitas. El reverendo había sido aficionado a la historia, y el siglo XVIII era su campo de investigación.

Sin querer se puso a acariciar la superficie de la caja de rapé, recorriendo las líneas negras de las inscripciones con los nombres y fechas de diáconos y tesoreros de la Organización de Sastres de la Canonjía de la Ciudad de Edimburgo, 1726. Quizá debería guardar algunas de las cosas del reverendo, pensó... pero se echó atrás, sacudiendo la cabeza con firmeza.

—Ni hablar —dijo en voz alta—. Sería una locura. —O, en el mejor de los casos, el comienzo de una vida de rata—. Si empiezas a guardar cosas, terminarás quedándote con todo, viviendo en esta casa monstruosa, rodeado de un montón de trastos... y hablando solo.

Al pensar en los trastos recordó el garaje y se le aflojaron las rodillas. El reverendo, que de hecho era su tío abuelo, lo había adoptado a los cinco años, durante la Segunda Guerra Mundial, cuando su madre murió en un bombardeo y su padre en las negras aguas del canal de la Mancha. Con su fuerte instinto de conservación, el reverendo había guardado todos los efectos de sus padres, sellados en embalajes y cajas, en la parte posterior del garaje. Roger sabía muy bien que nadie los había abierto en los últimos veinte años.

Lanzó un quejido al pensar que tenía que revisarlos.

—Dios mío —dijo en voz alta—. Cualquier cosa menos eso.

No era un ruego, pero el timbre de la puerta sonó como si fuera una respuesta, haciendo que Roger se sobresaltara.

La puerta de la rectoría se trababa cuando había humedad, es decir, siempre. Roger la desatascó con esfuerzo antes de ver a la mujer en el umbral.

—¿En qué puedo ayudarle?

Era de estatura mediana y muy guapa. Roger notó que era de huesos finos y que llevaba el pelo castaño recogido en un moño.

En medio del rostro destacaban unos extraordinarios ojos claros, color jerez añejo.

Los ojos lo recorrieron desde sus playeras del número 45 hasta la cabeza, unos treinta centímetros más arriba que la de ella. La sonrisa se extendió por su cara.

—No me gusta empezar con una frase hecha —dijo—, pero ¡cómo ha crecido, joven Roger!

Roger sintió que se ruborizaba. La mujer rió y le tendió la mano.

—Es usted Roger, ¿verdad? Soy Claire Randall, una vieja amiga del reverendo. Pero no le veía desde que tenía cinco años.

—¿Dice que era amiga de mi padre? Entonces sabrá que él...

La sonrisa se desvaneció y dio paso a una expresión de pesar.

—Sí, lo sentí mucho cuando me enteré. El corazón, ¿no?

—Sí. Fue muy repentino. Acabo de llegar de Oxford para ocuparme de... todo. —Hizo un gesto indefinido que comprendía la muerte del reverendo, la casa y todo su contenido.

—Por lo que recuerdo de la biblioteca de su padre, la tarea le llevará hasta Navidad —observó Claire.

—En ese caso, no deberíamos molestarlo —dijo una suave voz con acento estadounidense.

—Ah, me olvidaba —dijo Claire, volviéndose a medias hacia la chica que acababa de aparecer en la esquina del porche—. Roger Wakefield: ésta es mi hija, Brianna.

Brianna Randall dio un paso adelante con una sonrisa tímida. Roger la observó un momento, y entonces recordó sus modales. Se apartó y abrió la puerta preguntándose cuándo se había cambiado la camisa por última vez.

—De ninguna manera —dijo con sinceridad—. Me vendrá bien un descanso. ¿No quieren pasar?

Las condujo por el vestíbulo hasta el estudio del reverendo. Además de atractiva, la hija era una de las muchachas más altas que había conocido. «Un metro ochenta por lo menos», pensó, al ver que su cabeza alcanzaba la altura de la parte superior del perchero al pasar. Inconscientemente se enderezó hasta su metro noventa para superarla en estatura. Al entrar en el estudio, se agachó para no golpearse contra el dintel.

—Pensaba venir antes —explicó Claire, hundiéndose en el enorme sillón de orejas. La pared lateral del estudio del reverendo tenía ventanales desde el suelo hasta el techo, y la luz del sol hacía brillar la horquilla de perlas en su pelo castaño. Los rizos empezaban a escapar de su apretado moño y, con gesto ausente, Claire se colocó uno de ellos detrás de la oreja mientras hablaba—. Tenía pensado venir el año pasado, pero hubo una emergencia en el hospital de Boston y fue imposible. Soy médico —explicó, frunciendo un poco la boca ante la mirada de sorpresa de Roger—. Siento que no pudiéramos venir. Me habría gustado mucho volver a ver a su padre.

Roger se estaba preguntando por qué habrían ido hasta allí si sabían que el reverendo había muerto, pero le pareció descortés decirlo. En cambio, preguntó:

—¿Están disfrutando del viaje?

—Sí, hemos venido en coche desde Londres —respondió Claire mientras dirigía una sonrisa a su hija—. Quería que Bree conociera esto. Al oírla hablar no lo creería, pero es tan inglesa como yo, aunque nunca ha vivido aquí.

—¿De veras? —Roger miró a Brianna. No parecía inglesa, pensó. Aparte de la estatura, tenía un pelo rojizo que llevaba suelto sobre los hombros, y una cara angulosa con una nariz larga y recta, quizá un poco más larga de lo aconsejable.

—Nací en los Estados Unidos —explicó Brianna—, pero tanto mamá como papá son... eran... ingleses.

—¿Eran?

—Mi marido murió hace dos años —explicó Claire—. Creo que usted lo conoció. Frank Randall.

—¡Frank Randall! ¡Por supuesto! —Roger se dio un golpe en la frente y sintió que se ruborizaba ante la risa de Brianna—. Pensarán que soy tonto, pero acabo de darme cuenta de quiénes son.

El nombre lo explicaba todo. Frank Randall había sido un historiador eminente, muy amigo del reverendo. Habían intercambiado información sobre los jacobitas durante años, aunque habían pasado más de diez desde la última vez que Randall visitó la rectoría.

—¿De modo que están visitando los sitios históricos cercanos a Inverness? —preguntó Roger—. ¿Ya han estado en Culloden?

—Todavía no —respondió Brianna—. Pensábamos ir más adelante.

La sonrisa que acompañó su respuesta fue cortés, pero nada más.

—Haremos una excursión al lago Ness esta tarde —explicó Claire—. Y a lo mejor vamos hasta el Fuerte William mañana, o damos una vuelta por Inverness. Ha cambiado mucho desde la última vez que estuve allí.

—¿Cuándo fue?

Roger se preguntaba si debía ofrecerse como guía turístico. En realidad, no tenía tiempo, pero los Randall habían sido buenos amigos del reverendo. Además, un paseo en coche hasta Fort William con dos mujeres atractivas era una perspectiva más agradable que limpiar el garaje: la siguiente tarea en su lista.

—Ah, hace más de veinte años. Mucho tiempo.

Había una nota extraña en la voz de Claire que hizo que Roger la mirara, pero ella le devolvió la mirada con una sonrisa.

—Bien —dijo—, si hay algo que pueda hacer por ustedes mientras estén en las Highlands...

Claire seguía sonriendo, pero su expresión había cambiado. A Roger le dio la impresión de que había estado esperando a que se lo preguntara. Miró a Brianna, luego a él.

—Ya que lo menciona... —dijo con una amplia sonrisa.

—¡Mamá! —exclamó Brianna, irguiéndose en la silla—. No querrás molestar al señor Wakefield. ¡Mira todo lo que tiene que hacer! —Señaló con un ademán el estudio, las cajas y las hileras de libros.

—¡No es ninguna molestia! —protestó Roger—. ¿De qué se trata?

Claire hizo callar a su hija con la mirada.

—No planeaba golpearle en la cabeza y sacarlo a rastras de aquí —dijo con cierta aspereza—. Pero quizá conozca a alguien que pueda ayudarme. Es un pequeño proyecto histórico —dijo—. Busco a alguien versado en la historia de los jacobitas del siglo XVIII... El príncipe Carlos y los demás.

Roger se inclinó hacia delante, interesado.

—¿En los jacobitas? Ese período no es mi especialidad, pero algo sé. Sería difícil no conocerlo viviendo tan cerca de Culloden. Allí se libró la última batalla, como sabrá —le explicó a Brianna—. El ejército del príncipe Carlos se batió con el duque de Cumberland. Fue una derrota terrible.

—Así es —dijo Claire—. Y de hecho tiene que ver con lo que quiero averiguar.

Buscó en su bolso y sacó un papel doblado.

Roger lo abrió y lo leyó rápidamente. Era una lista de nombres, quizá treinta. Todos hombres. Había un título: ALZAMIENTO JACOBITA, 1745, CULLODEN.

—1745, ¿eh? ¿Estos hombres lucharon en Culloden?

—Así es —contestó Claire—. Lo que quiero averiguar es cuántos sobrevivieron.

Roger se frotó la barbilla mientras estudiaba la lista.

—Es una pregunta sencilla —dijo—, pero la respuesta puede ser difícil de averiguar. En Culloden murieron tantos miembros de los clanes que apoyaban al príncipe Carlos, que no los enterraron uno por uno. Los sepultaron en fosas comunes, con sólo una lápida con el nombre del clan.

—Lo sé —dijo Claire—. Brianna no ha estado allí, pero yo sí... hace mucho.

A Roger le pareció ver una sombra en su mirada, aunque ella la ocultó, buscando algo en el bolso. No le extrañó; Culloden era un sitio conmovedor. A él también se le llenaban los ojos de lágrimas al contemplar aquel extenso páramo y recordar la valentía de los soldados del regimiento de montañeses de Escocia que yacían bajo la hierba.

Claire le entregó varias hojas más. Su largo y blanco dedo recorría el margen de una de ellas. «Unas manos hermosas —pensó Roger—, delicadas y bien cuidadas, con un solo anillo en cada mano.» En especial resultaba atractivo el anillo de plata de la mano derecha: un aro ancho jacobino con el diseño entrelazado de las Highlands, adornado con flores de cardo.

—Éstos son los nombres que conozco de las esposas. Pensé que podían ser de utilidad pues, si los maridos murieron en Culloden, es posible que ellas se volvieran a casar o emigraran. ¿Esos datos estarán en el registro parroquial? Todos pertenecen a la misma parroquia. La iglesia estaba en Broch Mordha, al sur de aquí.

—Buena idea —señaló Roger, algo sorprendido—. Eso es lo que se le ocurriría a un historiador.

—Yo no lo soy, de ninguna manera —dijo con voz seca Claire Randall—. Pero cuando se vive con un historiador se piensa de manera parecida.

—Por supuesto. —A Roger le cruzó un pensamiento por la cabeza y se levantó—. Soy un pésimo anfitrión. Les traeré algo de beber. Después me puede contar algo más. Tal vez pueda ayudarla.

A pesar del desorden, sabía dónde estaban las botellas, y pronto sirvió whisky para los tres. Le puso bastante soda al vaso de Brianna, y notó que la muchacha sorbía la bebida como si fuera insecticida y no el mejor Glenfiddich. Claire lo pidió solo y parecía disfrutarlo más.

—Bien. —Roger volvió a su asiento y cogió el papel otra vez—. Un problema interesante desde el punto de vista histórico.

18

¿Dice que estos hombres eran de la misma parroquia? Serían también del mismo clan... veo que muchos se apellidan Fraser.

Claire asintió.

—Eran de la misma heredad, una pequeña granja de las Highlands llamada Broch Tuarach, conocida localmente como Lallybroch. Eran parte del clan Fraser, aunque formalmente nunca estuvieron a las órdenes de lord Lovat. Se unieron antes a la rebelión. Lucharon en la batalla de Prestonpans, mientras que los de Lovat entraron en la guerra poco antes de Culloden.

—¿De veras? Es muy interesante.

En circunstancias normales, en el siglo XVIII, los pequeños terratenientes morían en el lugar en que habían nacido, eran enterrados en el cementerio del pueblo, y sus certificados de defunción se archivaban cuidadosamente en el registro parroquial. Pero el intento del príncipe Carlos de reconquistar el trono de Escocia en 1745 sin lugar a dudas había cambiado el curso normal de los acontecimientos.

En la hambruna posterior al desastre de Culloden, muchos habitantes de las Highlands emigraron al Nuevo Mundo; otros se fueron de los valles y los páramos a las ciudades, en busca de trabajo y comida. Unos pocos se quedaron, aferrados a sus tierras y a sus tradiciones.

—Sería un artículo fascinante —dijo Roger, pensando en voz alta—. Seguir el rastro de varios individuos y averiguar qué fue de ellos. No sería tan interesante si todos hubieran muerto en Culloden, pero existe la posibilidad de que algunos se salvaran. —Estaba dispuesto a emprender el proyecto como una diversión, aunque no se lo hubiera pedido Claire Randall—. Sí, creo que podré ayudarla —dijo, y se sintió gratificado con la sonrisa cálida que le dirigió Claire.

—¿Lo hará? ¡Maravilloso! —exclamó ella.

—Será un placer —respondió él. Dobló el papel y lo puso sobre la mesa—. Empezaré enseguida. Pero cuéntenme, ¿qué tal el viaje desde Londres?

La conversación derivó hacia temas triviales. Las mujeres le hablaron de su viaje transatlántico, y luego del trayecto en coche desde Londres. Roger no prestaba mucha atención; hacía planes para la investigación. Se sentía culpable por haber asumido la responsabilidad, pues no debería gastar tiempo en eso. Por otra parte, era un tema interesante. Y tal vez podría alternar el proyecto con la clasificación del material del reverendo; estaba seguro de que había cuarenta y ocho cajas en el garaje etiquetadas con el nombre de JACOBITAS, VARIOS; pensar en ellas fue suficiente para acobardarse.

Con un esfuerzo logró olvidarse del garaje y descubrió que la conversación ya versaba sobre otro tema.

—¿Druidas? —Roger se sintió aturdido. Comprobó si le había añadido soda a su vaso.

—¿Nunca ha oído hablar de ellas? —Claire pareció un poco desilusionada—. Su padre, el reverendo, conocía el tema, aunque sólo en forma extraoficial. Tal vez no creyera que valiera la pena contarlo; le parecía como una broma.

Roger se rascó la cabeza, alborotando su abundante cabello negro.

—No, la verdad es que no lo recuerdo. Pero tiene razón, tal vez no lo consideró un tema serio.

—Bueno, no sé. —Claire cruzó las piernas. Un rayo de sol se reflejó en sus medias, realzando la delicadeza de sus largos huesos.

»Cuando estuve aquí con Frank la última vez... ¡pero, por Dios, si fue hace veintitrés años!, el reverendo le contó que había un grupo local de... digamos... druidas modernas. No sé si son auténticas; lo más probable es que no. —Brianna se inclinó hacia delante, interesada, con el vaso de whisky olvidado entre sus manos.

»El reverendo no podía reconocerlas oficialmente porque eran algo pagano, pero su ama de llaves, la señora Graham, formaba parte del grupo, de modo que él sabía qué pasaba. Le contó a Frank que iba a haber una ceremonia de algún tipo en el amanecer de Beltane... o sea, el primero de mayo.

Roger asintió, tratando de imaginarse a la seria señora Graham participando en ritos paganos y danzando alrededor de círculos de piedras al amanecer. Lo único que recordaba de las ceremonias druidas era que en algunas se sacrificaban víctimas quemándolas en jaulas de mimbre, un comportamiento de lo más inadecuado para una dama escocesa presbiteriana de su edad.

—Hay un círculo de piedras verticales en la cima de una colina, cerca de aquí. Frank y yo fuimos un día, antes del amanecer, para espiarlas —prosiguió Claire encogiéndose de hombros como si pidiera disculpas—. Ya sabe cómo son los estudiosos: no se interesan por nada que no tenga que ver con su disciplina, y a veces se olvidan de la cortesía. —Roger pareció sorprenderse un poco, pero asintió con ironía.

»Y allí estaban todas. La señora Graham, como el resto, llevaba una sábana puesta, y cantaban y bailaban en medio del círculo de piedras. Frank estaba fascinado —añadió con una sonrisa—. Incluso yo me quedé impresionada.

Hizo una pausa mientras observaba a Roger.

—Me enteré de que la señora Graham murió hace algunos años. Pero me pregunto si tenía familia. Creo que la pertenencia a esos grupos es hereditaria. A lo mejor hay una hija o nieta que me pueda contar algo.

—Bueno —dijo Roger lentamente—. Hay una nieta... se llama Fiona, Fiona Graham. De hecho, vino a ayudar cuando murió su abuela. El reverendo era demasiado viejo para arreglárselas solo.

Si algo podía borrar la imagen de la señora Graham danzando disfrazada con una sábana era pensar que Fiona, de diecinueve años, podía ser guardiana de antiguos conocimientos místicos. Pero Roger se repuso enseguida y prosiguió:

—Ahora no está, pero podría preguntárselo.

Claire hizo un ademán, como cambiando de idea.

—No se moleste. Otra vez será. Ya le hemos hecho perder mucho tiempo.

Para consternación de Roger, dejó su vaso vacío sobre la mesita que había entre las sillas, y Brianna se dispuso a dejar su vaso lleno con diligencia. Roger observó que Brianna Randall se comía las uñas. Esta pequeña imperfección le dio valor para dar el siguiente paso. La muchacha lo intrigaba y quería estar seguro de que la volvería a ver.

—Hablando de círculos de piedras —se apresuró a decir—. Creo que conozco el que ha mencionado. Es bastante pintoresco, y no está lejos del pueblo. —Sonrió mirando a Brianna Randall y al hacerlo notó que ésta tenía tres pecas en un pómulo—. Tal vez podría comenzar mi investigación yendo a Broch Tuarach. Está en la misma dirección que el círculo de piedras, así que quizá... ¡aaah!

Con una sacudida de su abultado bolso, Claire Randall había derribado los vasos que estaban sobre la mesa, mojando el regazo y los muslos de Roger con whisky de malta y bastante soda.

—Ay, cuánto lo siento —se disculpó. Se inclinó y empezó a recoger los cristales, a pesar de los esfuerzos de Roger por disuadirla.

Brianna se acercó a ayudar con un puñado de servilletas de lino que había cogido del aparador.

—Mamá, realmente no sé cómo te permiten operar. No es seguro darte nada más pequeño que una panera. ¡Mira, le has empapado de whisky hasta los zapatos! —Se arrodilló en el suelo y empezó a limpiar afanosamente el whisky derramado y los fragmentos de cristal—. ¡Y también los pantalones!

Cogiendo una servilleta limpia de la pila que tenía sobre el brazo, empezó a secarle laboriosamente los zapatos, mientras la cabellera roja se sacudía entre sus piernas. Levantando la cabeza, le miró los muslos y frotó un par de manchas húmedas sobre la pana. Roger cerró los ojos y trató de pensar frenéticamente en terribles accidentes de coche en la autopista, en formularios de impuestos para Hacienda y en *La Masa Devoradora*[1] para no delatarse por completo mientras sentía el aliento de Brianna Randall a través de la tela mojada de los pantalones.

—Quizá quiera limpiar el resto usted solo —la voz procedía de algún lugar a la altura de su nariz; abrió los ojos y se encontró con una mirada azul y una amplia sonrisa. Cogió la servilleta que le ofrecía Brianna, respirando como si lo hubiera perseguido un tren.

Al bajar la cabeza para frotarse los pantalones, Roger alcanzó a ver la expresión de Claire, una mezcla de comprensión y burla. En su expresión no se percibía nada más; nada quedaba del brillo en los ojos que a Roger le había parecido ver justo antes de la catástrofe. Tal vez había sido producto de su imaginación, pues ¿por qué iba a hacer algo así a propósito?

—*¿Desde cuándo te interesan las druidas, mamá?* —*Brianna hallaba algo divertido en la idea. Noté que se mordía el interior de la mejilla mientras yo charlaba con Roger Wakefield, y sonreía*—. *¿Te vas a disfrazar con una sábana para unirte a ellas?*

—*Sin duda será más divertido que las reuniones de los jueves con el personal del hospital* —*repuse*—. *Pero me temo que cogería un poco de frío.*

Brianna se rió a carcajadas, asustando a dos ardillas que se salieron del camino.

—*No* —*respondí a su pregunta, poniéndome seria*—. *No son las druidas las que me interesan. Conocí a alguien en Escocia a quien me gustaría encontrar. No tengo su dirección. Hace más de veinte años que no la veo, pero estaba interesada en cosas raras como ésas: magia, antiguas creencias, folclore, ese tipo de cosas. Vivía cerca de aquí. Se me ha ocurrido que si todavía vive, podría estar relacionada con un grupo como el de las druidas.*

—*¿Cómo se llama?*

---

[1] *La Masa Devoradora* (*The Blob*) es una película estadounidense de ciencia ficción del año 1958. *(N. de la t.)*

Sacudí la cabeza, tratando de sujetar la horquilla que se me había aflojado, pero se deslizó por el pelo y saltó a la hierba alta del camino.

—¡Maldición! —exclamé, agachándome a buscarla.

Me temblaban los dedos mientras buscaba entre la hierba espesa y tuve dificultad en encontrarla, resbaladiza como estaba con la humedad de la hierba mojada. Pensar en Geillis Duncan me ponía nerviosa.

—No sé —respondí, mientras me apartaba los rizos de la cara—. Quiero decir... Ha pasado tanto tiempo, que estoy segura de que debe de tener otro apellido. Era viuda. Se habrá casado de nuevo, o puede que use su apellido de soltera.

—Ah. —Brianna perdió interés en el tema y caminamos un rato en silencio. De repente preguntó—: ¿Qué te ha parecido Roger Wakefield, mamá?

La miré. Tenía las mejillas rosadas, pero quizá era por el viento primaveral.

—Parece un joven muy agradable —dije con cautela—. Es inteligente sin duda, uno de los profesores más jóvenes de Oxford.

—Sabía lo de su inteligencia; pero me pregunté si tendría imaginación. Los eruditos por lo general carecían de ella, pero la imaginación resultaba útil.

—Tiene unos ojos divinos —dijo Brianna olvidando el detalle de la inteligencia—. ¿No son increíblemente verdes?

—Sí, son muy llamativos —dije—. Siempre han sido así; recuerdo que cuando lo conocí de niño me llamaron la atención.

Brianna bajó la vista para mirarme.

—¡Qué ocurrencia la tuya, mamá! ¿Era necesario que le dijeras: «¡Dios mío, cómo ha crecido!» cuando te ha abierto la puerta? ¡Qué vergüenza!

Me eché a reír.

—Cuando alguien que te llegaba al ombligo la última vez que lo viste te supera en estatura, notas la diferencia —me defendí.

—¡Mamá! —Pero se reía a carcajadas.

—También tiene un trasero muy bonito —añadí en son de burla—. Me he dado cuenta cuando se ha agachado para sacar el whisky.

—¡Madre! ¡Pueden oírte!

Casi habíamos llegado a la parada del autobús. Junto al poste había dos o tres mujeres y un anciano de pie vestido de tweed; cuando nos acercamos se volvieron a mirarnos.

—¿*Para aquí el autobús de Loch-side Tours?* —*pregunté, mientras miraba los avisos pegados en la cartelera.*

—*Sí* —*respondió amablemente una de las mujeres*—. *Llegará dentro de unos diez minutos.* —*Observó a Brianna; con sus tejanos y su camiseta blanca, era evidente que era norteamericana. La nota patriótica final la daba el rostro, colorado por la risa contenida*—. ¿*Van a visitar el lago Ness?* ¿*Es la primera vez?*

Le sonreí.

—*Hace unos veinte años viajé por el lago con mi marido, pero éste es el primer viaje de mi hija a Escocia.*

—*Oh,* ¿*de veras?* —*El comentario atrajo la atención de las demás señoras, que se agolparon a nuestro alrededor, de repente amables; nos dieron consejos y nos hicieron preguntas hasta que apareció el enorme autobús amarillo.*

Antes de subir, Brianna hizo una pausa para admirar el pintoresco paisaje de verdes y sinuosas colinas que descendían al lago azul, bordeado de negros pinos.

—*Esto será divertido* —*dijo riéndose*—. ¿*Crees que veremos el monstruo?*

—*Nunca se sabe* —*respondí.*

Roger pasó el resto del día abstraído, haciendo una tarea tras otra. Los libros que debía donar a la Sociedad para la Conservación de Antigüedades yacían desparramados fuera de la caja; el viejo camión del reverendo estaba en el sendero con la capota levantada, en mitad de una revisión de motor, y una taza de té yacía a medio tomar y cubierta de nata junto al codo de Roger mientras éste observaba con mirada ausente la lluvia.

Sabía qué debía hacer: ordenar el estudio del reverendo. No eran sólo los libros; aunque era un trabajo arduo, sólo había que decidir con cuáles quedarse y cuáles enviar a la Sociedad para la Conservación de Antigüedades o a la biblioteca de la antigua facultad del reverendo. No, tarde o temprano iba a tener que ocuparse del enorme escritorio, cuyos cajones y casilleros estaban repletos de papeles que sobresalían. Y tendría que quitar y ordenar todo lo que decoraba la pared de corcho, tarea capaz de intimidar al más valiente.

Además de cierta aversión por la tediosa tarea, a Roger lo detenía otra cosa. No tenía ganas de ordenar los papeles, a pesar de que era necesario; le gustaría ocuparse del proyecto de Claire Randall, seguir la pista de los hombres de los clanes de Culloden.

Era algo interesante, aunque como investigación fuera un trabajo menor. Pero no se trataba de eso. No, pensó, para ser sincero, quería iniciar el proyecto porque ansiaba ir a la casa de huéspedes de la señora Thomas y poner el fruto de su esfuerzo a los pies de Brianna Randall, como se suponía que hacían los caballeros con la cabeza del dragón. Aunque no averiguara nada, necesitaba una excusa para verla y hablar con ella.

Brianna le recordaba un cuadro del Bronzino, pensó. Tanto ella como su madre parecían haber sido dibujadas con pinceladas tan vívidas y con un arte tan delicado que se destacaban del fondo como si estuvieran grabadas sobre el mismo. Pero Brianna tenía un color de piel tan intenso y un aire tan imponente, que parecía que los modelos de Bronzino te siguieran con la mirada, que estuvieran a punto de hablar desde sus marcos. Nunca había visto un cuadro del Bronzino haciendo muecas a un vaso de whisky, pero de haber habido uno, estaba seguro de que habría tenido el rostro de Brianna Randall.

—Bueno, maldita sea —se quejó en voz alta—. No me llevará tanto tiempo revisar los registros de la casa de Culloden mañana, ¿no? Tú —dijo, dirigiéndose al escritorio— puedes esperar un día más. Y tú también —dijo a la pared, y con actitud desafiante cogió una novela de misterio. Miró a su alrededor con aire beligerante, como si estuviera retando a los muebles a poner alguna objeción, pero no hubo ningún sonido excepto el rumor de la estufa. La desconectó y, con el libro bajo el brazo, abandonó el estudio, apagando la luz tras de sí.

Un minuto más tarde regresó, cruzó la habitación en la oscuridad y recogió la lista de nombres de la mesa.

—¡Por todos los diablos! —dijo metiéndose la lista en el bolsillo de la camisa—. No quiero olvidarme el maldito papel por la mañana. —Le dio una palmada al bolsillo, sintiendo el suave crujido del papel justo encima de su corazón. Luego se fue a la cama.

Volvimos del lago Ness, empapadas por la lluvia y el viento, al tibio refugio de una comida caliente ante el fuego de la sala. Brianna empezó a bostezar antes de terminar los huevos revueltos y pronto se excusó para darse un baño caliente. Me quedé charlando con la señora Thomas, la dueña de la casa de huéspedes, y hacia las diez subí a darme un baño y a ponerme el camisón.

Brianna se levantaba temprano y se iba a dormir también temprano; cuando abrí la puerta del dormitorio me recibió su suave respiración. Tenía el sueño bastante pesado. Colgué la ropa y arreglé un poco el cuarto sin hacer ruido, aunque no había peligro de que se despertara. La casa se sumió en el silencio mientras me dedicaba a mis tareas; por eso el ruido de mis movimientos me parecía fuerte.

Había llevado conmigo varios de los libros de Frank, con la idea de donarlos a la biblioteca de Inverness. Estaban en el fondo de mi maleta, creando una base para los objetos más frágiles que había encima. Los saqué y los apoyé sobre la cama. Cinco volúmenes de tapa dura, con las cubiertas llenas de polvo. Unos buenos tomos, de quinientas o seiscientas páginas cada uno, sin contar los índices ni las ilustraciones.

Las Obras Completas *de mi difunto marido, con anotaciones en todas las ediciones. Citas de elogios de la crítica cubrían las solapas, comentarios de reconocidos expertos en el campo de la historia. No estaba mal para toda una vida de trabajo, pensé. Un trabajo completo y autorizado del cual enorgullecerse.*

Coloqué los libros sobre la mesa, al lado de mi maleta, para no olvidarlos por la mañana. Los títulos de los lomos eran diferentes, por supuesto, pero los ordené de modo que el nombre «Frank W. Randall» coincidiera, uno encima del otro. Brillaban como joyas bajo la luz del velador.

La casa de huéspedes estaba en silencio; todavía no era temporada de turistas y los pocos que había se habían retirado a dormir ya hacía rato. En la cama vecina, Brianna soltó un pequeño gruñido y se dio la vuelta en sueños, cubriendo su rostro dormido con largos mechones rojizos. Un pie largo y descalzo quedó fuera de las sábanas y lo tapé con delicadeza.

El impulso de tocar a un niño dormido nunca desaparece, a pesar de que el niño sea mucho más robusto que su madre, y toda una mujer aunque sea joven. Aparté el pelo de su rostro y le acaricié la cabeza. Sonrió dormida, con un fugaz reflejo de satisfacción. Sonreí mientras la observaba, y susurré en sus oídos, como tantas otras veces: «¡Por Dios, te pareces tanto a él!»

Tragué el nudo que tenía en la garganta; se había convertido en un hábito. Cogí el camisón del respaldo de la silla. En las noches de abril hacía muchísimo frío en las Highlands escocesas; sin embargo, aún no estaba lista para acudir a mi lecho.

Le había pedido a la casera que dejara el fuego encendido en el comedor, después de asegurarle que lo apagaría antes de retirarme. Cerré la puerta con suavidad, mirando las largas piernas y la cabellera rojiza desparramada sobre el cobertor azul.

—Tampoco está mal como trabajo de toda una vida —susurré en el oscuro pasillo—. Quizá no sea tan compacto, pero está igual de acreditado.

La salita estaba oscura; el fuego se había consumido hasta reducirse a una llama constante en el tronco principal. Empujé un silloncito frente al hogar y apoyé los pies sobre el guardafuego. Podía oír los pequeños sonidos de la vida moderna; el tenue zumbido del frigorífico en el sótano, el murmullo de la calefacción central que convertía al hogar de leños en un adorno antes que en algo necesario; de vez en cuando, el motor de un coche al pasar.

Pero por debajo de todo permanecía el profundo silencio de la noche de las Highlands. Me senté muy quieta, queriendo aprehenderlo. Hacía veinte años que lo había sentido por última vez, pero aún estaba allí el poder consolador de la oscuridad entre las montañas.

Metí la mano en el bolsillo de mi bata y saqué una copia de la lista que había entregado a Roger Wakefield. Estaba demasiado oscuro para leer a la luz del fuego de la chimenea, pero no necesitaba leer los nombres. Desplegué el papel y contemplé las líneas ilegibles. Pasé el dedo por cada una, susurrando cada nombre como una oración. Estaban en su elemento en aquella fría noche de primavera, mucho más que yo. Me quedé contemplando las llamas, dejando que la oscuridad exterior llenara los espacios vacíos de mi interior.

Y repitiendo sus nombres, como para convocarlos, empecé a dar mis primeros pasos hacia atrás, cruzando la oscuridad vacía donde ellos aguardaban.

2

El asunto se complica

Roger salió del museo de Culloden a la mañana siguiente con doce páginas de notas, desconcertado. Lo que al principio le había parecido un sencillo trabajo de investigación histórica estaba adquiriendo un cariz extraño.

Había encontrado sólo tres de los nombres de la lista de Claire entre los muertos de Culloden. Esto, en sí, no era notable.

El ejército de Carlos Estuardo nunca tuvo una lista completa de enrolados, pues los jefes de algunos clanes se habían unido a las fuerzas del príncipe al parecer por un capricho repentino, y otros se habían separado antes de que todos los nombres pudieran inscribirse en un documento oficial. Los registros del ejército de las Highlands, de por sí irregulares, se habían desintegrado por completo hacia el final; no tenía sentido mantener un ejército si no había dinero para pagar a los soldados.

Se agachó con cuidado para acomodarse en su viejo Morris. Sacó la carpeta de debajo del brazo, la abrió y observó las páginas que había copiado. Lo más extraño era que casi todos los hombres de la lista de Claire aparecían en otra lista militar.

Dentro de las filas del regimiento de un clan determinado, los hombres podían haber desertado a medida que se veía con mayor claridad el desastre que se avecinaba: aquello no tenía nada de extraño. No, lo que hacía que todo fuera incomprensible era que todos los nombres de la lista de Claire aparecieran como parte del regimiento de Lovat, enviado cuando la campaña estaba muy avanzada para cumplir una promesa de apoyo hecha a los Estuardo por Simon Fraser, lord Lovat.

Sin embargo, Claire había dicho que todos aquellos hombres provenían de una heredad llamada Broch Tuarach, al sudoeste de las tierras de Fraser, en el límite de las tierras del clan MacKenzie. También dijo que aquellos hombres estuvieron con el ejército de las Highlands desde la batalla de Prestonpans, al comienzo de la campaña.

Roger negó con la cabeza. Aquello no tenía sentido. Sin duda, Claire estaba equivocada con respecto a las fechas... ella misma había dicho que no era historiadora. Pero ¿podría estarlo con respecto al lugar? ¿Y cómo era posible que los hombres de la heredad de Broch Tuarach, que no habían jurado fidelidad al jefe del clan Fraser, estuvieran bajo su mando? Aunque lord Lovat era conocido como «el Viejo Zorro», Roger dudaba de que tuviera la suficiente astucia para lograr algo así.

Frunciendo el ceño, Roger arrancó y se alejó del museo. Los archivos del museo de Culloden estaban incompletos, lo que resultaba deprimente. Estaban conformados en su mayor parte por pintorescas cartas escritas por lord George Murray, en las que se quejaba de los problemas de aprovisionamiento y cosas por el estilo; parecían propias de un museo para turistas. Roger necesitaba más.

—Un momento —recordó mientras miraba por el espejo retrovisor al doblar—. Se supone que debes averiguar qué les pasó a los que *no* murieron en Culloden. ¿Qué importa cómo llegaron si salieron vivos de la batalla?

Sin embargo, no podía quedarse tranquilo. Era una circunstancia tan rara... A menudo se confunden los nombres, en especial en las Highlands, donde la mitad de la población en una época determinada parecía haberse llamado Alexander. Por eso se conocía a la gente por su región de origen, y también por su clan o su apellido. A veces se utilizaba el nombre de la región o del clan en lugar del apellido. Lochiel, uno de los jefes jacobitas más famosos, se llamaba en realidad Donald Cameron, nativo de Lochiel, lo cual lo distinguía de los cientos de Cameron que se llamaban Donald.

Y en las Highlands, los que no se llamaban Donald o Alec se llamaban John. De los tres muertos que encontró que coincidían con la lista de Claire, uno era Donald Murray, otro Alexander MacKenzie y el tercero John Graham Fraser. Pero en la lista de Claire no aparecía su lugar de nacimiento; sólo sabía que los tres pertenecían al regimiento de Lovat, el regimiento Fraser.

Pero sin el lugar de origen, no podía estar seguro de que se tratara de los mismos hombres de la lista. Había por lo menos seis John Fraser en la lista de muertos, y ésta era incompleta; los ingleses no habían sido muy precisos; la mayoría de los registros habían sido elaborados por los jefes de los clanes, que contaban a los hombres y determinaban quién no había vuelto a casa. A veces los jefes de los clanes no regresaban, lo cual complicaba las cosas.

Se frotó la cabeza con la mano, frustrado, como si el masaje capilar pudiera estimularle el cerebro. Y si los tres nombres no pertenecían a las mismas personas, el misterio era mayor. Más de la mitad de los hombres de Carlos Estuardo había muerto en Culloden. Y los de Lovat habían luchado en la peor parte, justo en el centro de la batalla. Resultaba inconcebible que un grupo de treinta hombres hubiera sobrevivido en aquella posición sin ninguna baja. Los hombres de Lovat habían llegado tarde a la rebelión; aunque hubo muchas deserciones en otros regimientos, ellos habían sido leales, y habían sufrido las consecuencias.

Un fuerte bocinazo lo desconcertó; se apartó para ceder el paso a un camión. Le pareció que pensar y conducir no eran actividades compatibles. Si continuaba así, terminaría estrellándose contra alguna pared.

Se quedó sentado, reflexionando. Quería ir a la casa de huéspedes de la señora Thomas y contarle a Claire lo que había averiguado hasta el momento. La perspectiva de estar un momento con Brianna Randall hacía aún más atractiva la idea.

Por otra parte, su instinto de historiador le exigía más información. Y no estaba seguro de que Claire fuera la persona más indicada para proporcionársela. Él no tenía la menor idea de qué era lo la había impulsado a involucrarlo en el proyecto, y a interferir al mismo tiempo en su trabajo dándole información falsa. No tenía sentido, y Claire Randall parecía una persona sensata.

Entonces recordó el incidente del whisky y se ruborizó. Estaba seguro de que lo había hecho a propósito... y dado que Claire no parecía la clase de persona que haría ese tipo de bromas, tenía que suponer que lo había hecho para impedirle invitar a Brianna a Broch Tuarach. ¿Querría alejarlo del lugar o impedir que llevara allí a Brianna? Cuanto más pensaba en ello, más se convencía de que Claire ocultaba algo a su hija, pero no sabía qué era.

Lo olvidaría todo si no fuera por dos razones: Brianna y su curiosidad. Quería saber qué pasaba y tenía la firme intención de averiguarlo.

Golpeó suavemente el volante, pensando. Por fin tomó una decisión; volvió a arrancar y avanzó. En la siguiente rotonda, se desvió y se dirigió a la estación de ferrocarril de Inverness.

El Flying Scotsman podía llevarlo a Edimburgo en tres horas. El encargado de conservar los documentos de los Estuardo había sido amigo del reverendo. Y él tenía una buena pista para empezar. La lista con los nombres del regimiento de Lovat mostraba que su jefe era un capitán llamado James Fraser, de Broch Tuarach. Aquel hombre era el único vínculo entre Broch Tuarach y los Fraser de Lovat. ¿Por qué no estaría en la lista de Claire?

Había salido el sol; Roger bajó la ventanilla para dejar que el viento le zumbara en los oídos.

Tuvo que pasar la noche en Edimburgo y volver al día siguiente. El largo viaje en tren lo dejó tan cansado que apenas tuvo tiempo de engullir la comida que Fiona le preparó, antes de caer rendido en la cama. Pero al día siguiente se levantó con energías renovadas y fue en su coche hasta la pequeña aldea de Broch Mordha cerca de Broch Tuarach. Si su madre no quería que Brianna fuera allí, nada le impediría a él echar un vistazo.

Encontró Broch Tuarach por sí solo, o eso creyó al menos; había un gran montón de piedras rodeando las ruinas de una de las antiguas torres circulares, llamadas *brochs* en la región, que se usaban como defensa y como vivienda. Entendía el suficiente gaélico para saber que el nombre del lugar significaba «torre que mira al norte». Se preguntó cómo podía tener aquel nombre una torre circular.

Cerca había una casa solariega rodeada de edificios, todos en ruinas, aunque quedaban algunos muros. En un poste, en el patio, había un letrero casi ilegible de un agente inmobiliario. Roger se quedó en la ladera, junto a la casa. No veía nada que explicara por qué Claire quería impedir a su hija ir allí.

Detuvo el Morris frente a la puerta. Era un sitio bellísimo, aunque muy remoto; había tardado casi tres cuartos de hora desde la autopista, maniobrando con cuidado para que el Morris avanzara por el sendero sin que se le rompiera el cárter.

No entró en la casa; estaba abandonada y a lo mejor era peligrosa. El nombre «FRASER» estaba grabado en el dintel y en la mayoría de las lápidas de lo que habría sido el cementerio de la familia. Algunas eran ilegibles. Eso no ayudaba mucho, pensó. En ninguna lápida había ningún nombre de la lista. Tendría que seguir adelante. Según el mapa del Automóvil Club, la aldea de Broch Mordha estaba a cinco kilómetros.

Tal como temía, la iglesia de la pequeña aldea había caído en desuso y la habían derribado hacía años. Llamó a varias puertas; lo recibieron miradas inexpresivas u hoscas, hasta que un viejo granjero sugirió que los registros de la parroquia quizá estarían en el museo del Fuerte William, o tal vez en Inverness. Allí había un religioso que coleccionaba documentos antiguos.

Cansado y polvoriento, pero no desanimado, Roger volvió al coche, que había dejado junto a la taberna de la aldea. Se trataba de la clase de revés que tan a menudo se daba en el ámbito de la investigación histórica, y estaba acostumbrado a ello. Tomaría una cerveza rápida (tal vez dos, pues hacía un día inusualmente cálido) e iría al Fuerte William.

Sólo faltaba, pensó, que los registros estuvieran en los archivos del reverendo. Se lo merecía por descuidar su trabajo y dedicarse a búsquedas quiméricas para impresionar a una chica. Su viaje a Edimburgo sólo había servido para eliminar los tres nombres que había encontrado en Culloden: los tres provenían de regimientos distintos al de Broch Tuarach.

Los papeles de los Estuardo llenaban tres salas, de modo que no podía decir que su estudio hubiera sido exhaustivo. Aun así, había encontrado un duplicado de la lista que había visto en Culloden con los hombres que habían estado bajo el mando de lord Lovat, el hijo del Viejo Zorro, es decir, Simon el Joven. El viejo astuto había jugado a dos bandas, pensó Roger: él se había quedado en su casa, jurando ser un leal súbdito del rey Jorge, mientras enviaba a su hijo a pelear por los Estuardo. De nada le sirvió.

El documento mencionaba a Simon Fraser el Joven como comandante, sin nombrar a James Fraser. No obstante, el nombre de James Fraser aparecía en muchos documentos militares. Si se trataba del mismo hombre, había tenido una participación muy activa en la campaña. Sin embargo, el solo nombre no bastaba para saber si era el de Broch Tuarach. James era un nombre común en Escocia, como Duncan o Robert. Sólo en un documento había encontrado un James Fraser con un nombre en el medio que podía ayudar a la identificación, pero el documento en cuestión no mencionaba a sus hombres.

Roger se encogió de hombros, alejando malhumoradamente con las manos una repentina nube de voraces mosquitos. Le llevaría años revisar aquellos registros. Incapaz de eludir las atenciones de los mosquitos, se adentró en la atmósfera oscura del pub, dejándolos deambulando fuera, en una frenética nube de incertidumbre. Mientras saboreaba la cerveza fría y amarga, pensó en los pasos que había dado y las opciones que tenía. Aún tenía tiempo de ir al Fuerte William, aunque regresara tarde a Inverness. Si no encontraba nada en el museo del Fuerte William, el siguiente paso sería una búsqueda minuciosa en los archivos del reverendo.

¿Y después? Bebió el último trago de cerveza y pidió otra. Si era necesario, darse un paseo por todas las iglesias y cementerios de las cercanías de Broch Tuarach era, probablemente, lo mejor que podía hacer a corto plazo. No creía que las Randall permanecieran en Inverness durante los dos o tres años siguientes, esperando los resultados.

Palpó su libreta en el bolsillo. Antes de partir de Broch Mordha, debía echar un vistazo a los restos del antiguo cementerio. Nunca se sabía con qué se podía uno encontrar, y así no tendría que regresar.

A la tarde siguiente, las Randall fueron a tomar el té a casa de Roger para enterarse de sus progresos.

—Encontré varios de los nombres de su lista —dijo a Claire—. Es muy raro. No he hallado a nadie que muriera en Culloden. Pensé que tenía tres, pero eran otras personas con los mismos nombres.

Miró a la doctora Randall; estaba de pie, muy quieta, agarrando el respaldo de un sillón orejero, como si hubiera olvidado dónde estaba.

—¿No quieren sentarse? —dijo Roger; algo sobresaltada, Claire asintió y se sentó en el borde del sillón. Roger la miró con curiosidad, pero continuó; sacó su carpeta y se la entregó.

»Como les decía, es muy raro. No he rastreado todos los nombres. Aún tengo que consultar los registros parroquiales y las tumbas cercanas a Broch Tuarach. Encontré la mayor parte de los datos entre los papeles de mi padre. Lo lógico sería que hubiera encontrado dos o tres nombres, ya que todos estuvieron en Culloden. Sobre todo si estuvieron con uno de los regimientos de Fraser, en el centro de la batalla, donde la lucha fue más intensa.

—Lo sé.

El tono de su voz hizo que Roger la mirara intrigado, pero no logró verle la cara al inclinarse sobre el escritorio. La mayor parte de los papeles eran anotaciones de Roger, puesto que la moderna tecnología del fotocopiado no había llegado aún a los archivos gubernamentales que guardaban los documentos de los Estuardo, pero también había unas cuantas hojas originales, desenterradas del tesoro de documentos dieciochescos del reverendo. Claire hojeó los registros con delicadeza, cuidándose de tocar el frágil papel más de lo necesario.

—Tiene razón: es raro.

Él reconoció la emoción en su voz: era excitación, mezclada con satisfacción y alivio. Aquello era lo que Claire esperaba encontrar, o tenía la esperanza de encontrar.

—Dígame... ¿Qué nombres encontró? ¿Qué pasó con ellos, si no murieron en Culloden?

A Roger le sorprendió que le importara tanto; sin embargo, sacó la carpeta con sus notas y la abrió.

—Dos estaban en la nómina de un barco; emigraron a América poco después de Culloden. Cuatro murieron por causas naturales un año después; no es extraño que después de Culloden hubiera una terrible hambruna y muriera mucha gente en las Highlands. A este otro lo encontré en un registro parroquial, pero no de la parroquia de la que provenía. Pero estoy casi seguro de que es uno de sus hombres.

Notó entonces que se aflojaba la tensión de los hombros de Claire.

—¿Quiere que siga buscando el resto? —preguntó, esperando que le dijera que sí.

Observó a Brianna por encima del hombro de su madre. Brianna estaba de pie junto a la pared de corcho, medio vuelta como si no le interesara su proyecto, aunque Roger notó que arrugaba ligeramente el ceño.

Tal vez Brianna también percibía la emoción contenida que rodeaba a Claire como un campo eléctrico. Roger lo había notado desde que Claire entró en la habitación; sus revelaciones sólo habían aumentado tal emoción. Roger pensó que si en aquel momento la tocara, saltarían chispas.

Un golpe en la puerta del estudio interrumpió sus pensamientos. La puerta se abrió y entró Fiona Graham, empujando el carrito con el té: tetera, tazas, servilletas, tres tipos de bocadillos, un bizcocho, pastelillos y bollos con crema.

—¡Hum! —exclamó Brianna—. ¿Es todo para nosotros o va a venir alguien más?

Claire Randall miró el banquete, sonriendo. El campo eléctrico seguía allí, reprimido merced a un gran esfuerzo. Roger vio que aferraba el dobladillo de la falda con tanta fuerza que el borde del anillo le cortaba la piel de la mano.

—Hay tanto que no tendremos que comer en una semana —dijo Claire—. ¡Qué buena pinta tiene todo!

Fiona rebosaba alegría. Era baja, rellena y bonita como una pequeña gallina castaña. Roger suspiró. Si bien le gustaba mostrar hospitalidad, se daba cuenta de que el banquete estaba destinado a su propio lucimiento, no al placer de sus invitadas. Fiona, de diecinueve años, tenía una sola ambición en la vida: ser una mujer casada. Mejor con un profesional. Le había bastado ver a Roger cuando llegó una semana antes para ordenar las cosas del reverendo, para decidir que un profesor adjunto de Historia era lo mejor que ofrecía Inverness.

Desde entonces se había dedicado a inflarlo como a un pavo en Navidad; le lustraba los zapatos; le preparaba las chinelas y el cepillo de dientes; le hacía la cama; le cepillaba la chaqueta; le compraba el diario y se lo dejaba junto al plato; le masajeaba el cuello cuando pasaba muchas horas trabajando en su escritorio, y le preguntaba a menudo por su comodidad física, su estado de ánimo y su salud. Nunca había estado expuesto a semejante bombardeo de domesticidad.

En resumen, Fiona lo estaba volviendo loco. Su desaliño se debía más a una reacción ante su implacable persecución que al abandono de los hombres temporalmente libres de las exigencias del trabajo y la sociedad.

Pensar en unirse en sagrado vínculo matrimonial con Fiona Graham era suficiente para que se le pusieran los pelos de punta: en un año Fiona lo volvería loco con su constante acoso. Además, estaba Brianna Randall, que contemplaba el carrito como si se preguntara por dónde empezar.

Roger había estado prestando atención a Claire Randall y a su proyecto, evitando mirar a su hija. Claire Randall era encantadora; tenía el tipo de finos huesos y piel translúcida que a los sesenta años le darían el mismo aspecto que habría tenido a los veinte. Pero al mirar a Brianna Randall se quedaba sin aliento.

Tenía el porte de una reina; no caminaba con torpeza como muchas chicas altas. Viendo la espalda derecha y la postura elegante de la madre, podía deducir de dónde procedía aquel atributo en particular. No así la gran estatura, la cascada de pelo rojizo hasta la cintura con brillos dorados y cobrizos y mechones de color ámbar y canela que se rizaban de forma casual alrededor de su rostro y sus hombros como un manto; ni los ojos, de un azul tan oscuro que parecían negros en algunas ocasiones; ni tampoco la boca amplia y generosa, con un grueso labio inferior que invitaba a mordisquearlo con pasión. Todo aquello lo debía de haber heredado del padre.

A Roger le alegraba que el padre no estuviera allí, pues sin duda no le habrían gustado sus pensamientos; unos pensamientos que temía desesperadamente que se reflejaran en su rostro.

—Té, ¿eh? —exclamó con entusiasmo—. Espléndido. Maravilloso. Tiene un aspecto delicioso, Fiona. Gracias, Fiona. Creo que... no necesitamos nada más.

Haciendo caso omiso de su sugerencia, Fiona recibió complacida los cumplidos de sus invitadas, repartió las tazas y platos con diestra economía de movimientos, sirvió el té y distribuyó la primera porción de bizcocho; parecía dispuesta a quedarse como ama de casa.

—Ponga un poco de crema en los bollos, Rog... quiero decir, señor Wakefield —dijo, y se los sirvió, sin esperar su respuesta—. Está muy delgado; tiene que cuidarse. —Dirigió una mirada cómplice a Brianna Randall y dijo—: Ya sabe cómo son los hombres; nunca comen como deben si no tienen una mujer que los cuide.

—Es muy afortunado al tenerla a usted —respondió Brianna cortésmente.

Roger respiró hondo, flexionando los dedos varias veces hasta que se le pasaron las ganas de estrangular a Fiona.

—Fiona —dijo—. ¿Podrías hacerme un pequeño favor?

El rostro de la muchacha se iluminó y esbozó una amplia sonrisa ante la perspectiva de hacer algo por él.

—¡Por supuesto, Rog... quiero decir, señor Wakefield! ¡Lo que sea!

Roger se sintió un poco avergonzado, pero después de todo, se dijo, era por el bien de ambos. Si Fiona no se iba, él pronto dejaría de ser responsable de sus actos y ocurriría algo que ambos lamentarían.

—Gracias, Fiona. No es mucho, sólo que encargué un poco de... —pensó rápido, tratando de recordar el nombre de alguno de los comerciantes del pueblo— un poco de tabaco al señor Buchanan en la calle Mayor. ¿Querrías ir a buscarlo? Me gustaría fumar una pipa después de un té tan estupendo.

Fiona ya se estaba quitando el delantal, el que tenía encajes, notó Roger sombríamente. Cerró los ojos aliviado al oír que se cerraba la puerta, intentando olvidar el hecho de que en realidad no fumaba. Con un suspiro de alivio, reanudó la conversación.

—Lo que decía de seguir buscando el resto de los nombres... —dijo Claire. Roger tuvo la extraña impresión de que compartía su alivio ante la partida de Fiona—. Sí, me gustaría que lo hiciera... si no es demasiada molestia.

—De ninguna manera —dijo Roger, no sin cierta deshonestidad—. Será un placer.

La mano de Roger vaciló entre la variada selección del carrito de té, antes de coger la botella de cristal de un whisky Muir Breame de doce años. Después de aquel momento de tensión con Fiona, sintió que se lo merecía.

—¿Un poco de whisky? —preguntó. Al ver la mirada de disgusto de Brianna, añadió—: ¿O un poco de té?

—Té —respondió Brianna, aliviada.

—No sabes lo que te pierdes —le dijo Claire, mientras olía el whisky con delectación.

—Claro que lo sé —contestó Brianna—. Por eso me lo pierdo. —Se encogió de hombros y arqueó una ceja mirando a Roger.

—En Massachusetts hay que tener veintiún años para poder consumir alcohol —explicó Claire a Roger—. A Bree le faltan ocho meses, así que no está acostumbrada al whisky.

—Hablas como si no apreciar el whisky fuera un delito —protestó Brianna, sonriendo a Roger por encima de su taza de té.

Él alzó las cejas en respuesta.

—Mi querida amiga —dijo Roger con severidad—. ¡Estamos en Escocia! ¡Por supuesto que es un delito!

—¿Ah, sí? —replicó Brianna con dulzura, imitando a la perfección el acento escocés de Roger—. Pues *esperremos* que no *merrezca* la pena capital.

Cogido por sorpresa, Roger se atragantó. Tosiendo y golpeándose el pecho, miró a Claire para compartir la broma. Ésta esbozó una sonrisa forzada, pero se había puesto pálida. Pestañeó, sonrió con naturalidad, y la conversación continuó.

Roger se sorprendió al ver con qué facilidad fluía la conversación entre ellos, tanto si hablaban de trivialidades como del proyecto. Brianna se había interesado por el trabajo de su padre, y sabía mucho más que su madre sobre los jacobitas.

—Es sorprendente que llegaran tan lejos —dijo refiriéndose a Culloden—. ¿Sabía que los montañeses ganaron la batalla de Prestonpans con apenas dos mil hombres contra el ejército inglés, que contaba con ocho mil? ¡Es increíble!

—Y la batalla de Falkirk fue parecida —dijo Roger—. Superados en número, en armas, marchando a pie... no era posible ¡pero lo consiguieron!

—Ajá —dijo Claire, tomando un gran sorbo de whisky—. Lo lograron.

—Estaba pensando... —dijo Roger a Brianna en tono casual— que quizá le gustaría acompañarme a alguno de los lugares... los sitios de las batallas. Son interesantes, y estoy seguro de que sería de gran ayuda.

Brianna se echó a reír y se alisó el pelo, que le caía sobre el té.

—No sé en qué podría ayudar, pero me encantaría ir.

—¡Espléndido! —Sorprendido y entusiasmado, apretó la botella y casi la tiró. Claire lo atajó a tiempo y llenó su vaso.

—Es lo menos que puedo hacer, después de haberlo derramado la última vez —dijo, sonriendo en respuesta a su agradecimiento.

Al verla tranquila y relajada, Roger dudó de sus sospechas. Después de todo, tal vez no hubiera sido más que un accidente. Aquel hermoso y sereno rostro no dejaba entrever nada.

Media hora más tarde la mesa del té era un caos, la botella estaba vacía y los tres estaban sentados con aspecto satisfecho. Brianna se movió inquieta una o dos veces, miró a Roger y finalmente le preguntó por el aseo.

—¿El lavabo? Por supuesto.

Se puso en pie haciendo un esfuerzo, con el estómago repleto de torta y bizcocho de almendras. Si no se libraba pronto de Fiona, volvería a Oxford pesando ciento cincuenta kilos.

—Es de los antiguos —explicó, mientras señalaba el cuarto de baño al fondo del pasillo—. La cisterna está en el techo y tiene cadena.

—Vi uno de esos en el Museo Británico —dijo Brianna—. Sólo que no estaba en exposición, sino en el tocador de damas. —Vaciló, y después añadió—: No tendrá la misma clase de papel que en el Museo Británico, ¿no? Porque si es así, tengo pañuelos de papel en el bolso.

Roger cerró un ojo y la miró con el otro.

—O es una extraña deducción, o he bebido mucho más de lo que pensaba. —De hecho, Claire y él habían dado cuenta de todo el Muir Breame, ya que Brianna había bebido únicamente té.

Claire se echó a reír al oír la conversación y se levantó para darle a Brianna varios pañuelos de su propio bolso.

—No será papel encerado con el sello de «Propiedad del Gobierno de Su Majestad» como el del Museo, pero tampoco es mucho mejor —dijo a su hija—. El papel higiénico británico es un artículo un poco áspero.

—Gracias. —Brianna cogió el papel y se dirigió a la puerta, pero después se giró—. ¿Cómo puede haber gente que se dedica a fabricar papel higiénico que parece lija? —inquirió.

—Nuestros hombres tienen corazones duros —entonó Roger— y traseros de acero. Contribuye a fomentar el espíritu nacional.

—En el caso de los escoceses, supongo que también fomenta la insensibilidad hereditaria —añadió Claire—. Los hombres que podían cabalgar con un kilt sin duda debían de tener el trasero como el cuero de la silla de montar.

Brianna se rió a carcajadas.

—No me gustaría saber qué usarían como papel higiénico en aquel entonces —dijo.

—En realidad no era tan malo —dijo Claire para sorpresa de ambos—. Las hojas de candelaria son bastante suaves; casi tan buenas como el papel higiénico de doble pliego. En invierno, dentro de casa, siempre había algunos trapos húmedos; no muy higiénicos, pero bastante suaves.

Roger y Brianna la miraron intrigados.

—Lo leí en un libro —dijo, y se ruborizó.

Mientras Brianna, todavía riendo, iba al servicio, Claire se quedó junto a la puerta.

—Ha sido muy amable al recibirnos de esta manera —dijo Claire sonriendo. El desconcierto había desaparecido para dejar sitio a su calma habitual—. Y más todavía, al investigar esos nombres por mí.

—Es un placer hacerlo —le aseguró Roger—. Un buen cambio después de las polillas y las telarañas. Le avisaré en cuanto encuentre algo sobre los jacobitas.

—Gracias. —Claire vaciló, echó un vistazo por encima de su hombro y bajó la voz—. De hecho, ahora que Bree no está... hay algo que quiero pedirle, en privado.

Roger se aclaró la garganta y se apretó la corbata que se había puesto para la ocasión.

—Sólo tiene que pedirlo —dijo, sintiéndose alegremente generoso con el éxito de la merienda—. Estoy a su entera disposición.

—Le ha preguntado a Bree si quería acompañarle. Quería pedirle... hay un lugar al que preferiría que no la llevara, si no le importa.

Roger se puso en alerta. ¿Iba a enterarse del misterio de Broch Tuarach?

—El círculo de piedras verticales... que llaman Craigh na Dun. —El rostro de Claire estaba serio al acercarse aún más al suyo—. Tengo una razón importante, o de lo contrario no se lo pediría. Quiero llevar a Bree yo misma, aunque no le puedo decir la razón ahora. Lo haré en su momento. ¿Me lo promete?

La cabeza de Roger era un torbellino. ¡Así que no era Broch Tuarach el sitio del que quería alejar a su hija! Eso explicaba un misterio, pero abría uno nuevo.

—Si así lo desea... por supuesto —respondió por fin.

—Gracias. —Acarició el brazo de Roger y se dispuso a marcharse. Al ver la silueta de Claire a contraluz, Roger recordó algo. Quizá no era el momento adecuado para preguntar, pero no podía hacer ningún daño.

—Ah, doctora Randall... ¿Claire?

Claire se dio la vuelta. Eliminada la distracción que suponía Brianna, pudo apreciar que también era una mujer muy hermosa. Tenía el rostro arrebolado por el whisky y sus ojos eran de un inusual tono marrón dorado, pensó, como el ámbar cristalizado.

—En todos los registros que encontré —dijo Roger, escogiendo las palabras— aparecía un capitán llamado James Fraser, que al parecer era su líder. Pero no estaba en su lista. Me gustaría saber si conocía su existencia.

Claire se quedó paralizada; a Roger le recordó a cómo se había comportado al llegar. Pero después de un momento se movió levemente y respondió con aparente calma:

—Sí, conocía su existencia. —Hablaba con serenidad, pero ya no había color en su rostro. Roger notó que le palpitaba una vena en el cuello—. No lo puse en la lista porque sabía lo que le pasó. Jamie Fraser murió en Culloden.

—¿Está segura?

Como si estuviera ansiosa por partir, Claire recogió sus cosas y miró hacia el cuarto de baño, donde el ruido del viejo pomo indicaba que Brianna estaba a punto de salir.

—Sí —dijo sin mirarlo—. Estoy segura. Ah, señor Wakefield... quiero decir, Roger. —Se giró y lo miró, posando aquellos ojos de color extraño sobre él. Con aquella luz, sus ojos parecían casi amarillos, pensó Roger; los ojos de un enorme gato, de un leopardo—. Por favor, no le hable de Jamie Fraser a mi hija.

Era tarde y hacía rato que debía haberse acostado, pero Roger no podía dormir. Ya fuera por el acoso de Fiona, las confusas contradicciones de Claire Randall o por la ansiedad que le producía la perspectiva de investigar junto a Brianna, estaba despierto, y sin duda seguiría así. En lugar de dar vueltas en la cama o de contar ovejas, resolvió dar utilidad a su insomnio. Revolver un poco entre los papeles del reverendo seguramente le devolvería el sueño.

La luz del cuarto de Fiona seguía encendida, así que bajó las escaleras de puntillas para no molestarla. Al encender la luz del estudio, contempló la magnitud de la tarea que le aguardaba.

La pared era una muestra de la mente del reverendo Wakefield. Era un amplio panel de corcho de unos seis metros por cuatro que cubría completamente un lado del estudio. No se veía casi nada del corcho bajo las capas y capas de papeles, notas, fotografías, facturas, recetas, plumas de pájaro, trozos de sobres con sellos interesantes, direcciones, llaveros, postales, bandas elásticas y demás efectos, todos sujetos con chinchetas o con trozos de cuerda.

Las trivialidades estaban doce capas más abajo; sin embargo, el reverendo siempre era capaz de dar con lo que deseaba sin equivocarse. Roger pensó que todo estaba organizado según un principio tan sutil que ni siquiera los científicos de la NASA podrían descifrarlo.

Contempló la pared con vacilación. No existía ningún punto de partida lógico. Cogió una lista con fechas de reuniones de la Asamblea General enviada por la oficina del obispo, pero se distrajo al ver debajo un dragón dibujado a lápiz; por la nariz le salían nubes de humo y por las fauces, llamas verdes.

Al pie de la página estaba escrito «ROGER» con letras mayúsculas grandes y torcidas. Recordó vagamente haber explicado que el dragón escupía fuego verde porque lo único que comía eran espinacas. Dejó en su sitio la lista de la Asamblea General y se alejó de la pared. Se ocuparía de ella más tarde.

En comparación, el escritorio de persianas de roble, que contenía por lo menos cuarenta casilleros llenos a rebosar, era tarea fácil. Con un suspiro, Roger empujó la maltrecha silla de oficina y se sentó para tratar de encontrar algún sentido a los papeles que el reverendo había considerado que debían guardarse.

Un casillero contenía facturas sin pagar. Otro, documentos de aspecto oficial: títulos de propiedad de coches, informes de investigación, certificados de inspección. Al lado, otro contenía notas y registros históricos. En otro había recuerdos de familia. En el más grande, cosas sin valor.

Estaba tan concentrado en su tarea que no oyó la puerta que se abría a sus espaldas ni los pasos que se acercaban. De repente apareció sobre el escritorio una enorme tetera.

—¿Qué? —Se enderezó, sorprendido.

—He pensado que le gustaría tomar un poco de té, señor Wake... quiero decir, Roger.

Fiona dejó una bandejita con una taza y un plato de galletas.

—Ah, gracias.

En realidad tenía hambre y dirigió a Fiona una sonrisa amable que hizo que se ruborizara. Al parecer alentada por este gesto, no se marchó, sino que permaneció junto al escritorio, contemplándolo mientras Roger proseguía entre un bocado y otro de galleta de chocolate.

Sintiendo que de algún modo tenía que decir algo, Roger sostuvo una galleta a medio comer y masculló:

—Está deliciosa.

—¿Verdad que sí? Las he hecho yo.

Fiona se ruborizó aún más. Era atractiva, pequeña, redonda, con pelo oscuro y ondulado y grandes ojos castaños. De repente pensó si Brianna Randall sabría cocinar y sacudió la cabeza.

Interpretándolo como un gesto de incredulidad, Fiona se acercó más.

—Es verdad —insistió—. Es una receta de mi abuela. Siempre decía que al reverendo le gustaban mucho. —Sus ojos castaños se empañaron un poco—. Me dejó todos sus libros de cocina. Al ser la única nieta...

—Lamento lo de tu abuela —dijo Roger con sinceridad—. Fue algo rápido, ¿no?

Fiona asintió apesadumbrada.

—Sí. Estuvo bien todo el día; después de cenar dijo que estaba cansada y se fue a la cama. —La muchacha levantó los hombros y los dejo caer—. Se fue a dormir y no se volvió a despertar.

—Una muerte dulce. Me alegro —dijo Roger.

La señora Graham había estado aquí desde antes que llegara él, con cinco años, asustado y huérfano. De edad madura ya en aquel entonces, viuda y con hijos mayores, le había brindado su afecto maternal durante las vacaciones escolares, cuando Roger regresaba a la rectoría. Con el reverendo formaban una extraña pareja, pero entre ambos habían convertido la casa en un hogar.

Conmovido por los recuerdos, Roger apretó la mano de Fiona. Ella le respondió, y sus ojos castaños parecieron derretirse. La muchacha entreabrió la boca y se inclinó, haciéndole sentir su tibio aliento en la oreja.

—Gracias... —balbuceó Roger, soltando la mano de Fiona como si le quemara—. Muchísimas gracias por el... té y todo lo demás. Estaba bueno. Muy bueno. Gracias.

Se volvió y cogió unos recortes de diarios de un casillero elegido al azar, para ocultar su confusión.

Desenrolló los recortes amarillentos y los extendió sobre el escritorio, sosteniéndolos con las manos. Frunciendo el entrecejo, inclinó aún más la cabeza sobre el texto descolorido. Un momento después Fiona se levantó suspirando y fue hacia la puerta. Roger no alzó la mirada.

Exhalando un profundo suspiro, Roger cerró los ojos y dio gracias a Dios por haberse escapado. Sí, Fiona era atractiva. Sí, una excelente cocinera. Pero también era curiosa, entrometida e irritante; y estaba decidida a casarse. Si volvía a poner una mano sobre su piel rosada, estarían publicando las amonestaciones al mes siguiente. Pero, si de él dependía, el nombre ligado al de Roger Wakefield en el registro parroquial no debía ser el de Fiona, sino el de Brianna Randall.

Preguntándose en qué medida dependería de él, abrió los ojos y parpadeó, pues frente a él estaba el apellido que había estado imaginando en un certificado matrimonial: Randall.

Por supuesto, no se trataba de Brianna, sino de Claire Randall. Los titulares de los recortes de periódico rezaban: «REGRE-

SÓ DE LA MUERTE.» Debajo se veía la foto de Claire, veinte años más joven, pero con poca diferencia en su aspecto, salvo en la expresión de su cara. Estaba sentada en la cama de un hospital, despeinada y con la boca cerrada en un rictus amargo, mirando a la cámara con sus enormes ojos.

Roger echó un rápido vistazo a los recortes, y después los apartó para leerlos con más detenimiento. Aunque los periódicos habían sacado todo el jugo posible a la historia, los hechos eran escasos.

Claire Randall, esposa del doctor Franklin W. Randall, destacado historiador, había desaparecido durante una fiesta escocesa en Inverness, a finales de la primavera de 1945. El coche que conducía había sido encontrado abandonado, pero no había ni rastro de ella. La búsqueda no había dado resultados, y la policía y el marido llegaron a la conclusión de que había sido asesinada, quizá por un vagabundo, y que habían escondido su cuerpo en la región rocosa.

Pero en 1948, casi tres años después, Claire Randall regresó. La encontraron, despeinada y vestida con harapos, vagando por la zona donde había desaparecido. Estaba en buen estado de salud, aunque con signos de desnutrición. Parecía desorientada y sólo decía incoherencias.

Roger levantó las cejas ante la idea de que Claire Randall hubiera sido alguna vez incoherente, y continuó mirando los recortes, que hacían referencia al tratamiento por hipotermia y conmoción que había recibido en un hospital local. Había fotografías del esposo, Frank Randall, supuestamente contento. Aunque más que contento parecía asombrado, pensó Roger, y no era para menos.

Examinó las fotos con curiosidad. Frank Randall había sido un hombre delgado y de aspecto aristocrático, pelo oscuro y un porte elegante que se reflejaba en su cuerpo mientras posaba sereno a las puertas del hospital; el fotógrafo lo había sorprendido cuando iba a visitar a su esposa.

Roger siguió con el dedo la línea de la mandíbula y la curva de la cabeza, y se dio cuenta de que buscaba los rasgos de Brianna en su padre. Intrigado por la idea, se levantó y buscó los libros de Randall en la estantería. Había una foto en color en una de las solapas. La cubierta mostraba una fotografía de rostro completo de Frank Randall. No, decididamente el pelo era castaño, no rojizo. Aquel tono quizá provenía de un abuelo, junto con los ojos azules y rasgados como los de un gato. Hermosos, aunque sin ningún parecido con los de la madre. Ni tampoco con los del padre. Por más que lo intentara, no veía ningún parecido entre los rasgos sensuales de Brianna y los del famoso historiador.

Cerró el libro con un suspiro y recogió los recortes. Tenía que dejar de perder el tiempo y seguir con su trabajo si no quería pasar los siguientes doce meses en aquel escritorio.

Estaba a punto de guardar los recortes cuando un titular le llamó la atención: «¿SECUESTRADA POR LAS HADAS?» No tanto el titular como la fecha que aparecía justo encima: 6 de mayo de 1948.

Dejó el recorte sobre la mesa con suavidad, como si se tratara de una bomba a punto de estallar. Cerró los ojos y trató de evocar la conversación con las Randall. «En Massachusetts hay que tener veintiún años para poder consumir alcohol —había dicho Claire—. A Bree le faltan ocho meses.» Entonces tenía veinte. Brianna Randall tenía veinte años.

Incapaz de contar hacia atrás con la suficiente rapidez, se levantó y buscó en el calendario que el vicario había conservado en un espacio libre sobre la pared repleta de papeles. Encontró la fecha y se quedó pasmado mientras apretaba el dedo contra el papel.

Claire Randall había reaparecido despeinada, desnutrida, desorientada... y embarazada.

Roger por fin había conseguido conciliar el sueño, pero debido al insomnio se levantó tarde, con los ojos hinchados y con un principio de jaqueca que ni una ducha de agua fría ni el buen humor de Fiona en el desayuno consiguieron eliminar.

La sensación era tan opresiva que abandonó su trabajo y salió a caminar. Bajo una fina lluvia, descubrió que el aire fresco le quitaba el dolor de cabeza, pero también le aclaraba la mente lo suficiente para volver a pensar en el descubrimiento que había hecho la noche anterior.

Brianna no lo sabía. Estaba claro por la forma en que hablaba de su padre muerto, o del hombre que ella creía que era su padre, Frank Randall. Y posiblemente Claire no quería que lo supiera, pues de lo contrario ya se lo habría dicho. A menos que aquel viaje a Escocia fuera el preludio de una confesión. Su verdadero padre debía de haber sido escocés. Después de todo, Claire había desaparecido y reaparecido en Escocia. ¿Viviría él aún allí?

Era un pensamiento asombroso. ¿Acaso Claire había llevado a su hija a Escocia para presentarle a su verdadero padre? Roger negó con la cabeza. Algo así sería tremendamente arriesgado. Para Brianna sería muy confuso, y para Claire, penoso. El padre tampoco entendería nada. Y era evidente que la muchacha adoraba a Frank Randall. ¿Cómo iba a sentirse al enterarse de que no tenía ningún lazo de sangre con el hombre al que había idolatrado toda su vida?

Roger se sintió mal por todos, incluyéndose a sí mismo. No quería tener nada que ver con aquello, y deseaba volver al mismo estado de maravillosa ignorancia que disfrutaba el día anterior. Claire Randall le caía bien, y le resultaba desagradable la idea de que hubiese cometido adulterio. Al mismo tiempo, se rió de sí mismo por ser tan anticuado y sentimental. ¿Quién sabía cómo habría sido su vida con Frank Randall? Tal vez había tenido una buena razón para escaparse con otro hombre. Pero entonces, ¿por qué había vuelto?

Empapado y de mal humor, Roger regresó a casa. Se quitó la chaqueta en el vestíbulo y subió a darse un baño. A veces un buen baño le ayudaba a tranquilizarse, y esta vez lo necesitaba.

Pasó la mano por las perchas de su armario buscando su viejo albornoz blanco. Entonces, deteniéndose un momento y sin saber por qué, buscó en la parte trasera del mueble, deslizando las perchas hasta que encontró la que buscaba.

Miró la raída bata con mucho afecto. La seda amarilla de la parte posterior había palidecido hasta convertirse en ocre, pero los coloridos pavos reales eran tan llamativos como siempre, extendiendo sus colas con una indiferencia señorial y observando al espectador con ojos negros como cuentas. Se acercó la suave tela a la nariz e inspiró hondo, con los ojos cerrados. El leve aroma del tabaco para pipa Borkum Riff y a whisky derramado le hizo recordar al reverendo Wakefield de una forma que ni toda la pared llena de recuerdos de su padre había conseguido.

Había olido muchas veces aquel aroma reconfortante, mezclado con una nota de colonia Old Spice, acurrucado contra la suavidad de la seda, mientras los gruesos brazos del reverendo lo envolvían protectoramente. Roger había donado el resto de la ropa del anciano, pero por algún motivo no había querido separarse de la bata.

Siguiendo un impulso se la echó sobre los hombros desnudos, algo sorprendido por su calidez, como unos dedos acariciando su piel. Movió los hombros placenteramente bajo la seda, la ciñó alrededor de su cuerpo y se ató el cinturón con un nudo.

Mirando a su alrededor para evitar a Fiona, recorrió el pasillo hasta el cuarto de baño. Había un calentador de agua sobre la bañera, como el guardián de un manantial sagrado y eterno. Otro de sus recuerdos de la infancia era el terror semanal de tratar de encender el calentador con un encendedor de pedernal para tomar un baño caliente; el gas le pasaba junto a la cabeza con un amenazador siseo mientras los dedos, húmedos por el miedo a la explosión y a la muerte inminente, resbalaban sobre el metal del encendedor.

El calentador, que hacía algún tiempo era automático gracias a algún misterioso procedimiento, gorgoteaba, y la invisible llama de gas gruñía y silbaba bajo el armazón de metal. Roger abrió el grifo de agua caliente al máximo, dio media vuelta al de agua fría y se quedó mirándose en el espejo mientras esperaba que se llenara la bañera.

No estaba tan mal, reflexionó, metiendo tripa y enderezándose ante el espejo de cuerpo entero que había detrás de la puerta. Firme. Delgado. De piernas largas pero no demasiado. ¿Tal vez un poco estrecho de hombros? Frunció el entrecejo con expresión crítica.

Se pasó una mano por el espeso pelo oscuro hasta que quedó tieso, tratando de imaginarse con barba y pelo largo, como algunos de sus estudiantes. ¿Se veía bien o parecía anticuado? Tal vez podría ponerse un aro, pero parecería un pirata, como Edward Teach o Henry Morgan. Juntó las cejas y descubrió los dientes.

—*Grrrr* —dijo a su reflejo.

—¿Señor Wakefield? —dijo el reflejo.

Roger dio un salto, asustado, y chocó contra la pata de la antigua bañera.

—¡Ay!

—¿Se encuentra bien, señor Wakefield? —preguntó el espejo. El pomo de porcelana de la puerta se movió.

—¡Por supuesto que sí! —dijo irritado mientras miraba con furia la puerta—. ¡Vete, Fiona, me estoy bañando!

Se oyó una risita al otro lado de la puerta.

—¡Oh, dos veces el mismo día! ¡Pero qué coqueto! ¿Quiere sales de baño? Están en el armario.

—No, no quiero —rugió. El agua había llegado hasta la mitad de la bañera, así que cerró los grifos. El repentino silencio le resultó tranquilizador. Inspiró profundamente una nube de vapor. Retrocedió un poco por el calor, cobró ánimos, se metió en el agua y se sentó. Sintió que sudaba a medida que el calor ascendía por su cuerpo.

—¿Señor Wakefield? —volvió a decir Fiona, gorjeando al otro lado de la puerta.

—Vete, Fiona —gruñó entre dientes, acomodándose en la bañera. El vapor lo envolvió, reconfortante como los brazos de una amante—. Tengo todo lo que necesito.

—No, no es verdad —dijo la voz.

—Sí. —Pasó revista a la fila de botellas y frascos que había sobre la repisa de la bañera—. Tres clases de champú. Acondicionador de pelo. Espuma de afeitar. Maquinilla de afeitar. Gel de baño. Jabón facial. Loción para después del afeitado. Colonia. Desodorante. No me falta absolutamente nada, Fiona.

—¿Y toallas? —inquirió dulcemente la voz.

Después de mirar con desesperación hasta el último rincón del baño y comprobar que no había ninguna, Roger cerró los ojos, apretó los dientes y contó lentamente hasta diez. Al no ser suficiente, contó hasta veinte. Entonces, sintiéndose capaz de responder sin que le saliera espuma por la boca, dijo con calma:

—Está bien, Fiona. Déjalas fuera, por favor. Y, después, por favor, por favor, Fiona... vete.

Hubo un rumor de actividad, seguido por el sonido de pasos que se alejaban con desgana. Roger, con un suspiro de alivio, se entregó al placer de la intimidad. Paz. Tranquilidad. Ninguna Fiona.

Así podría pensar en su perturbador descubrimiento; sintió curiosidad por el misterioso padre de Brianna. A juzgar por la hija, el hombre debía de ser muy atractivo. ¿Habría bastado eso para seducir a una mujer como Claire Randall?

Ya había considerado la posibilidad de que el padre de Brianna fuera escocés. ¿Viviría, o habría vivido, en Inverness? Quizá el nerviosismo y el secretismo de Claire se debía a eso. Pero ¿y los confusos ruegos que le había hecho? No quería que llevara a Brianna a Craigh na Dun, ni que le mencionara al capitán de los hombres de Broch Tuarach. ¿Por qué?

Un pensamiento repentino hizo que se incorporara en la bañera, haciendo que el agua chapoteara descuidadamente contra los costados de hierro fundido. ¿Y si Claire no estuviera interesada en el soldado jacobita del siglo XVIII, sino sólo en su nombre? ¿Y si el padre de su hija también se llamaba James Fraser? Era un nombre común en las Highlands.

Sí, pensó, ésa podía ser la explicación. En cuanto al deseo de Claire de enseñarle ella misma el círculo de piedras, quizá estaba relacionado con el misterio del padre. Quizá lo había conocido allí, o a lo mejor Brianna fue concebida en ese lugar. Roger sabía muy bien que el círculo de piedras era un lugar de citas; él mismo había llevado allí a chicas del instituto, confiando en que el aire de misterioso paganismo del círculo venciera su timidez. Siempre funcionaba.

De repente tuvo una visión: las piernas finas y blancas de Claire Randall, entrelazadas en salvaje abandono con el cuerpo desnudo y fuerte de un hombre pelirrojo, ambos cuerpos mojados por la lluvia y llenos de barro, retorciéndose en éxtasis entre las piedras verticales. La visión fue tan chocante y nítida que Roger empezó a temblar, con el sudor bajándole por el pecho hasta desvanecerse en el agua humeante de la bañera.

¡Por Dios! ¿Cómo podría mirar a Claire a los ojos la próxima vez que la viera? ¿Y qué le diría a Brianna? «¿Qué libro has leído últimamente?» «¿Has visto alguna película buena?» «¿Sabías que eres ilegítima?»

Sacudió la cabeza, tratando de aclarar sus pensamientos. Lo cierto era que no sabía qué hacer, pues la situación era algo confusa. No quería verse involucrado en ella, pero de hecho ya lo estaba. Claire Randall le caía bien; también Brianna Randall... a decir verdad, mucho más que eso. Quería protegerla y evitarle cualquier sufrimiento. Pero no sabía cómo. Lo único que podía hacer era mantener la boca cerrada hasta que Claire hiciera lo que planeaba hacer. Luego, ya recogería él los pedazos.

3

Madres e hijas

No sé cuántos salones de té hay en Inverness. La calle Mayor está llena de pequeños cafés y tiendas. Al darles su real beneplácito, la reina Victoria había transformado las Highlands en un lugar seguro para los viajeros, y cada vez llegaban más turistas. Los escoceses, que no estaban acostumbrados a recibir del sur más que invasiones armadas e intromisiones políticas, aceptaron el desafío.

Es imposible caminar más de unos cuantos pasos por la calle principal de cualquier pueblo de las Highlands sin encontrar alguna tienda que venda panecillos, pañuelos bordados con cardos, gaitas de juguete, insignias de clanes de aluminio fundido, abrecartas con forma de *claymore,* monederos en forma de morral (algunos con un fornido escocés pegado debajo) y muchos artículos hechos con falsas telas escocesas de clanes, que iban desde sombreros, corbatas y servilletas hasta un horrendo patrón amarillo «Buchanan», empleado para hacer calzoncillos de nylon para hombres.

Al mirar un surtido de servilletas que tenían grabado un dibujo bastante inexacto del monstruo del lago Ness cantando *Auld Lang Syne,* pensé que la reina Victoria había sido una irresponsable.

Brianna paseaba por el angosto pasillo de la tienda mirando las mercancías que colgaban del techo.

—¿Crees que es auténtica? —preguntó, señalando una cornamenta de ciervo que sobresalía entre un gran bosque de roncones de gaita.

—¿La cornamenta? Pues, sí. No creo que la tecnología del plástico haya llegado tan lejos —respondí—. Además, fíjate en el precio. Cualquier cosa que valga más de cien libras tiene que ser auténtica.

Los ojos de Brianna se agrandaron y bajó la cabeza.

—¡Caray! Entonces creo que a Jane le voy a llevar un retal de tela escocesa.

—Las telas escocesas de lana de buena calidad no cuestan mucho menos —le advertí—, pero será mucho más fácil de llevar en el avión. Vamos a la tienda de kilts*;* serán de mejor calidad.

Había empezado a llover, como de costumbre, y metimos nuestros paquetes debajo de los impermeables que yo había insistido en llevar. Brianna se echó a reír.

—Te acostumbras tanto a llamarlos gabardinas, que se te olvida cómo se llaman en realidad. No me extraña que haya sido un escocés el que inventó el impermeable —dijo, mientras miraba el agua que caía por el borde de la cornisa—. ¿Aquí llueve siempre?

—Casi siempre —dije, mientras miraba a un lado y otro de la calle para cruzar—. Aunque siempre he pensado que el señor Macintosh debió de haber sido un cobarde; a la mayoría de los escoceses que conozco no les importa la lluvia—. Me mordí el labio de repente, pero Brianna no se dio cuenta de mi lapsus; estaba observando el riachuelo que llegaba hasta el tobillo y corría hacia la alcantarilla.

—Mamá, será mejor cruzar en la esquina. Aquí no se puede.

No me negué. Mi corazón bombeaba a cien por hora bajo el húmedo impermeable. «¿Cuándo vas a terminar con todo esto? —preguntaba mi conciencia—. No creo que puedas disimular durante mucho más tiempo. ¿Por qué no se lo cuentas todo?»

«Todavía no —pensé—. No soy cobarde, y si lo soy, no importa. Pero todavía no es el momento. Primero quiero que vea Escocia. No esto —me dije mientras pasábamos frente una tienda donde se exhibían de patucos de tartán—, sino el campo. Y Culloden. Sobre todo, quiero contarle el final de la historia. Y para eso necesito a Roger Wakefield.»

Como si lo hubiera invocado con el pensamiento, el techo anaranjado de un viejo Morris me llamó la atención en el aparcamiento de la izquierda, brillando como un faro en la neblinosa lluvia.

Brianna también lo había visto. Seguro que en Inverness no había muchos coches de aquel color. Lo señaló y dijo:

—Mira, mamá, ¿no es el coche de Roger?

—Sí, creo que sí —dije. Había una cafetería a la derecha desde la que llegaba un aroma a bollos recién hechos, tostada rancia y café, que se mezclaba con el aire fresco de la lluvia. Cogí a Brianna del brazo y entramos—. Tengo hambre —dije—. Tomemos un chocolate con pastas.

Aún suficientemente niña como para sentirse tentada por el chocolate y suficientemente joven como para comer en cualquier momento, Bree no opuso resistencia. Se sentó al instante y cogió la hoja verde manchada de té que servía de carta.

No tenía muchas ganas de tomar chocolate pero necesitaba un momento o dos para pensar. En el aparcamiento que había al otro lado de la calle, un letrero sobre la pared de cemento rezaba «SÓLO PARA USUARIOS DEL TREN», y venía acompañado de diversas amenazas en minúsculas que advertían de lo que les ocurriría a los vehículos de aquellas personas que aparcaran allí sin ser pasajeros del tren. A menos que Roger supiera algo que yo ignoraba sobre el rigor de la ley y el orden en Inverness, todo indicaba que había subido a un tren. Lo más probable era que hubiera ido a Edimburgo o a Londres. Se tomaba muy en serio la investigación.

También nosotras habíamos viajado en tren desde Edimburgo. Traté de recordar el horario, pero no lo logré.

—¿Volverá Roger en el tren de la tarde? —preguntó Bree, haciéndose eco de mis pensamientos de una manera tan sorprendente que hizo que me atragantara con mi chocolate. El hecho de que se preocupara por la llegada de Roger me hizo preguntarme hasta qué punto se había fijado ella en el joven señor Wakefield. Al parecer, se interesaba por él.

—Estaba pensando —dijo— que ahora que estamos aquí tendríamos que comprarle algo a Roger Wakefield para agradecerle lo que está haciendo por ti.

—Buena idea —dije—. ¿Qué crees que le gustaría?

Brianna miró su taza como buscando inspiración.

—No sé. Algo bonito. Este proyecto parece darle mucho trabajo. —De repente me miró con las cejas alzadas—. ¿Por qué le encomendaste este trabajo? —preguntó—. Para rastrear personas del siglo XVIII existen compañías especializadas que se dedican a hacer genealogías y cosas por el estilo. Papá habría llamado a Scot-Search si hubiese necesitado algo así y no hubiese tenido tiempo para hacerlo.

—Sí, lo sé —dije. Estábamos llegando a un terreno pantanoso—. Este proyecto era... algo especial para tu padre. Le habría gustado que lo hiciera Roger.

—Ah. —Se quedó callada mirando cómo la lluvia salpicaba y perlaba la ventana de la cafetería. Un rato después, preguntó de repente, con la nariz hundida en su taza y las pestañas bajas para evitar mirarme—: ¿Echas de menos a papá?

—Sí —respondí. Acaricié con el índice el borde de mi taza intacta, limpiando una gota de chocolate derramado—. No siempre nos llevábamos bien, como sabes, pero... sí. Nos respetábamos; eso ya es mucho. Y nos queríamos, a pesar de todo. Sí, lo echo de menos.

Ella asintió, sin decir nada, y cubrió mi mano con la suya, dándome un pequeño apretón. Entrelacé mis dedos entre los suyos, largos y cálidos, y nos quedamos así unidas durante un rato, sorbiendo chocolate en silencio.

—Vaya —dije por fin, echando la silla hacia atrás con un pequeño chirrido metálico sobre el linóleo—. Me había olvidado de algo. Tengo que enviar una carta al hospital. Quería hacerlo de camino al pueblo, pero se me ha pasado. Si me doy prisa, creo que puedo alcanzar el correo de salida. ¿Por qué no vas sola a la tienda de kilts? Está un poco más abajo, en la acera de enfrente. Nos encontraremos más tarde, cuando haya pasado por la oficina de correos.

Bree pareció sorprendida, pero asintió.

—Está bien. Pero ¿no está lejos correos? Te empaparás.

—No, cogeré un taxi.

En la mayoría de las ciudades, lo normal es que los taxis desaparezcan cuando llueve, como si fueran solubles. Sin embargo, en Inverness esa misma conducta los habría amenazado de extinción. Caminé menos de una manzana antes de encontrar dos taxis negros frente a un hotel. Entré en el interior cálido y con aroma a tabaco de uno de ellos con una cómoda sensación de familiaridad. Además de contar con un mayor espacio para las piernas, los taxis británicos tenían un olor distinto a los estadounidenses; algo que acababa de darme cuenta que había echado de menos durante los últimos veinte años.

—¿Número sesenta y cuatro? Es la vieja rectoría, ¿no?

A pesar de la calefacción del taxi, el conductor llevaba una bufanda y una gruesa chaqueta, además de una gorra que le protegía la cabeza de las corrientes. Los escoceses se habían vuelto blandos, pensé; había pasado mucho tiempo desde los días en que los robustos montañeses dormían en la pradera sólo con la camisa y la capa. Aunque yo tampoco estaría dispuesta a dormir en la pradera con una capa mojada. Hice una seña al conductor y partimos en medio de la lluvia.

No me gustaba mucho la idea de hablar con la asistenta de Roger a sus espaldas, ni de engañar a Bree. Pero habría sido difícil explicárselo. Aún no había decidido cómo ni cuándo hablaría con ellos, pero sabía que aún no era el momento.

Mis dedos sondearon el bolsillo interior de mi impermeable, apaciguándose ante el crujido del sobre de Scot-Search. No había prestado mucha atención al trabajo de Frank, pero conocía la empresa, que contaba con varios investigadores especializados en genealogía escocesa; no era la clase de empresa que investiga el árbol genealógico de alguien para buscar su relación con Roberto I, rey de Escocia.

Scot-Search había realizado un trabajo minucioso y discreto con Roger. Sabía quiénes habían sido sus antepasados desde hacía siete u ocho generaciones. Lo que no sabía era de qué sería él capaz. El tiempo lo diría.

Pagué el taxi y chapoteé por el camino inundado que conducía a las escaleras de la vieja casa del reverendo. La entrada estaba seca, y pude sacudirme la mayor parte del agua antes de que se abriera la puerta tras tocar el timbre.

Fiona sonrió al verme; tenía esa clase de cara redonda y alegre cuya expresión natural era la sonrisa. Llevaba vaqueros y un delantal con volantes; el aroma a limón y a comida recién horneada emanaba de ella como si fuera incienso.

—¡Qué sorpresa, señora Randall! —exclamó—. ¿Puedo ayudarla en algo?

—Tal vez sí, Fiona —respondí—. Quiero hablar contigo de tu abuela.

—¿Te encuentras bien, mamá? Si quieres que me quede contigo, puedo llamar a Roger y decirle que iremos mañana.

Brianna habló desde la puerta del dormitorio, con el ceño fruncido por la preocupación. Estaba vestida para ir a caminar: llevaba botas, vaqueros, un jersey y el brillante pañuelo de seda naranja y azul que le había traído Frank de París poco antes de su muerte, hacía dos años.

«Del mismo color de tus ojos, pequeña belleza —había dicho Frank sonriendo mientras le colocaba el pañuelo alrededor de los hombros—: anaranjado.» Llamarla «pequeña belleza» se había convertido en una broma entre ellos cuando Bree superó el metro sesenta de Frank, a los quince años. Así la había llamado desde que era niña, y la ternura del viejo apodo perduraba cuando Frank se estiraba para besarle la punta de la nariz.

En realidad, era la parte azul del pañuelo la que tenía el color de sus ojos; el de los lagos escoceses y los cielos estivales; el azul nebuloso de las montañas distantes. Sabía que Brianna adoraba aquel pañuelo, por lo cual supe que su interés por Roger era mucho mayor del que había imaginado.

—No, estoy bien —le aseguré. Hice un gesto hacia la mesilla de noche, en la que había una pequeña tetera que se mantenía templada gracias a una funda de ganchillo, y unas tostadas en una bandeja que las mantenía frescas—. La señora Thomas me ha traído té con tostadas; tal vez coma un poco más tarde. —Esperé que no pudiera oír el ruido que bajo las sábanas hacía mi estómago vacío, que mostraba el horror que sentía ante tal perspectiva.

—En ese caso... —Se volvió hacia la puerta, como con desgana—. Volveremos enseguida, en cuanto hayamos visto Culloden.

—No os preocupéis por mí —le dije.

Esperé hasta oír que se cerraba la puerta de la calle y estar segura de que se había marchado. Entonces abrí el cajón de la mesilla y saqué la tableta de chocolate con almendras que había escondido la noche anterior.

Cuando mi estómago estuvo saciado, me recosté sobre la almohada, observando ociosamente la neblina gris que se espesaba en el cielo. La rama de un tilo golpeó la ventana; el viento soplaba con fuerza. La habitación estaba caldeada gracias al radiador que había al pie de mi cama; sin embargo, me estremecí. En el prado de Culloden haría frío.

Aunque quizá no tanto frío como en abril de 1746, cuando el príncipe Carlos condujo a sus hombres al campo de batalla para enfrentarse a la nieve y a los cañones ingleses. Los informes del día decían que hacía un frío intenso. Los escoceses heridos yacían entre los muertos, empapados de sangre y de lluvia, a merced de los vencedores. El duque de Cumberland, al frente del ejército inglés, no tuvo clemencia con los caídos.

Los muertos fueron apilados como si fueran leña y quemados para impedir que se extendiera una epidemia. La historia dice que muchos de los heridos tuvieron un destino similar, sin la gracia de una última bala. Todos yacen ahora protegidos de la guerra o del clima, bajo el prado de Culloden.

Hacía casi treinta años que había conocido el lugar, cuando Frank me llevó en nuestra luna de miel. Pero Frank también estaba muerto y yo había llevado a mi hija a Escocia. Quería que Brianna conociera Culloden, pero nada me obligaría a volver a poner los pies en aquel páramo.

Supuse que sería mejor permanecer en la cama para que Brianna se creyera que mi indisposición me había impedido acompañarlos en su expedición. La señora Thomas podía contarle a Brianna que me había levantado y había pedido el almuerzo. Miré dentro del cajón: había otras tres tabletas de chocolate y una novela de misterio. Con suerte, me ayudarían a pasar el día.

La novela era bastante buena, pero fuera el ruido de las ráfagas del viento era hipnótico, y la cama cálida resultaba acogedora. Me quedé dormida plácidamente y soñé con montañeses vestidos con kilts y con el sonido de escoceses de voz suave, zumbando alrededor de una hoguera como el sonido de las abejas en el brezo.

4

Culloden

—¡Vaya cara de cerdo! —Brianna se inclinó para mirar, fascinada, el maniquí vestido con casaca roja que había en el vestíbulo del Centro de Visitantes de Culloden. Medía poco más de un metro sesenta y llevaba una peluca empolvada e inclinada hacia delante sobre una frente baja y unas mejillas rosadas y carnosas.

—Es que era pequeño y gordo —dijo Roger—. Sin embargo fue todo un general, por lo menos comparado con su elegante primo. —Señaló con la mano la alta figura de Carlos Eduardo Estuardo, situada al otro lado del vestíbulo, que miraba con un aire de nobleza bajo su sombrero de terciopelo azul con escarapela blanca, ignorando con actitud altiva al duque de Cumberland—. Lo llamaban «Carnicero Billy» —dijo Roger, señalando al duque, impasible y ataviado con unas calzas blancas hasta la rodilla y una casaca bordada en oro—. Y por una buena razón. Además de lo que hicieron aquí —dijo señalando la extensa y verde pradera del exterior, sombría debido al cielo encapotado—, los hombres de Cumberland fueron responsables del peor reinado del terror que haya habido jamás en las Highlands. Perseguían a los supervivientes de las batallas hasta las colinas, quemando y saqueando todo lo que encontraban a su paso. Dejaban morir de hambre a mujeres y niños, y asesinaban a los hombres sin preocuparse por averiguar si alguna vez habían luchado por el príncipe Carlos. Un contemporáneo del duque dijo, refiriéndose a él: «Creó un desierto y lo llamó paz»... y me temo que aquí lo siguen odiando.

Y era cierto; el encargado del museo, amigo de Roger, le había contado que al príncipe Carlos lo trataban con respeto, mientras que los botones de la casaca del duque desaparecían muchas veces y la figura era objeto de más de una broma pesada.

—Me contó que una mañana llegó temprano y, cuando encendió la luz, encontró una daga escocesa clavada en el vientre de Su Alteza —dijo Roger, haciendo un gesto con la cabeza hacia la pequeña y regordeta figura—. Dijo que lo tenía bien merecido.

—Supongo que sí —susurró Brianna, mirando al duque—. ¿La gente todavía se lo toma tan a pecho?

—Pues, sí. Los escoceses tienen buena memoria, y no son de los que perdonan.

—¿De veras? —Lo miró con curiosidad—. ¿Eres escocés, Roger? Wakefield no parece un apellido escocés, pero cuando hablas del duque de Cumberland...

Había un asomo de sonrisa en su boca; Roger no sabía si se estaba burlando de él, pero le respondió con seriedad.

—Pues sí. —Sonrió mientras hablaba—. Soy escocés. Wakefield no es mi verdadero apellido; el reverendo me lo dio al adoptarme. Era el tío de mi madre... Cuando mis padres murieron en la guerra, me llevó a vivir con él. Mi verdadero apellido es Mac-Kenzie. Con respecto al duque de Cumberland... —hizo un gesto hacia la luna de la ventana, a través de la cual se divisaban claramente los monumentos de Culloden—, ahí fuera hay una lápida con el apellido MacKenzie. Muchos de mis parientes están enterrados ahí.

Se estiró para tocar una charretera dorada y la dejó balanceándose.

—No me lo tomo de forma tan personal como otros, pero yo tampoco he olvidado. —Le ofreció una mano y preguntó—: ¿Salimos?

Fuera hacía frío; el viento agitaba dos estandartes que pendían de sendos postes a cada lado del páramo, uno amarillo y el otro rojo; marcaban las posiciones donde estuvieron los dos comandantes, detrás de sus tropas, esperando el resultado de la batalla.

—Bien alejados del peligro, por lo que veo —dijo Brianna—. No era posible que se cruzaran en el camino de una bala perdida.

Roger notó que la muchacha temblaba, así que la cogió del brazo y la acercó a él. Pensó que explotaría por la repentina felicidad que lo invadió, pero trató de ocultarla con una explicación sobre la batalla:

—Bueno, así era como los generales dirigían la batalla: desde atrás. En especial el príncipe Carlos; huyó tan deprisa al final de la contienda que dejó atrás la cubertería de plata.

—¿La cubertería de plata? ¿Merendó en medio de la batalla?

—Pues sí.

Roger se dio cuenta de que cuando estaba con Brianna no le importaba mostrar su acento escocés. Normalmente se esforzaba por disimularlo con el habla de Oxbridge que le servía en la universidad; sin embargo, en aquel momento lo acentuó para conseguir una sonrisa de Brianna.

—¿Sabes que también lo llamaban príncipe Charlie? —preguntó Roger—. Los ingleses siempre han creído que era un apodo que demostraba lo mucho que lo querían sus hombres.

—¿Y no era así?

Roger negó con la cabeza.

—En absoluto. Sus hombres lo llamaban príncipe *Tcharlach* —lo pronunció cuidadosamente—, que en gaélico significa Charles. *Tcharlach mac Seamus*: «Charles, hijo de James.» Muy formal y respetuoso. Pero *Tcharlach* en gaélico suena muy parecido a «Charlie» en inglés.

Brianna sonrió.

—¿Así que no era un apodo cariñoso?

—Por aquel entonces, no. —Roger se encogió de hombros—. Ahora sí, por supuesto. Es uno de esos pequeños errores históricos que se dan por hechos. No es el único.

—¡Y lo dice un historiador! —dijo Brianna en tono burlón.

Roger sonrió.

—Por eso lo sé.

Pasearon lentamente por los senderos de grava que conducían al campo de batalla. Roger señaló la posición de los diferentes regimientos que habían peleado, explicó el orden de la batalla y contó pequeñas anécdotas de los comandantes.

Mientras caminaban, el viento amainó dejando paso al silencio del campo. También su conversación se fue apagando lentamente, hasta que sólo hablaban esporádicamente en voz baja, casi susurrando. El cielo estaba gris y nublado y todo lo que había bajo su cúpula parecía haber enmudecido; sólo se oía el murmullo de las plantas del páramo que hablaban con las voces de los hombres que las alimentaban.

—Este lugar se llama «Pozo de la Muerte». —Roger se inclinó junto al pequeño manantial. De apenas treinta centímetros cuadrados, era un diminuto pozo de agua oscura situado bajo un saliente de piedra—. Uno de los capitanes murió aquí; sus seguidores le lavaron la sangre del rostro con agua de este manantial. Y allí están las tumbas de los clanes.

Las lápidas de los clanes eran enormes piedras de granito gris llenas de musgo. Estaban asentadas sobre el césped, al borde del páramo. Cada una llevaba un solo nombre; la piedra estaba tan erosionada que en algunos casos era ilegible. MacGillivray, MacDonald, Fraser, Grant, Chisholm, MacKenzie.

—Mira —dijo Brianna casi en un susurro, señalando una de las piedras. Allí había un pequeño montículo de ramas, junto con unas pocas flores tempranas, aunque ya marchitas, mezcladas con las ramas.

—Es brezo —explicó Roger—. Es más común en el verano, cuando florece; entonces se ven montículos como ése frente a cada lápida. Es púrpura con alguna rama blanca; el blanco significa suerte y monarquía; era, junto con la rosa blanca, el emblema del príncipe Carlos.

—¿Quién los deja aquí? —Brianna se agachó cerca del sendero, tocando las ramas suavemente con el dedo.

—Los visitantes. —Roger se agachó a su lado y tocó las letras gastadas de la piedra: FRASER—. Los descendientes de los hombres que murieron aquí. O quienes sólo desean recordarlos.

La muchacha lo miró de reojo, con el cabello revoloteando alrededor de su cara.

—¿Y tú lo has hecho alguna vez?

Roger miró hacia abajo, hacia sus manos que colgaban entre sus rodillas, sonriendo.

—Sí. Supongo que soy un sentimental, pero sí.

Brianna miró los matorrales que bordeaban el sendero al otro lado.

—Enséñame dónde está el brezo —dijo.

Una vez de regreso, la melancolía de Culloden desapareció, pero no la sensación de bienestar. Hablaron y rieron juntos como si fueran viejos amigos.

—Es una lástima que mamá no haya podido venir con nosotros —dijo Brianna mientras entraban en la calle en la que se encontraba la pensión de las Randall.

Por mucho que apreciara a Claire Randall, Roger no estuvo de acuerdo. Tres, pensó, habrían sido demasiados. Sin embargo, asintió; un momento después preguntó:

—¿Cómo está tu madre? Espero que no esté muy enferma.

—No, no, es algo del estómago... por lo menos eso es lo que dice.

Brianna se puso seria un momento, y después se volvió hacia Roger, apoyando una mano sobre su pierna. Roger sintió que los músculos le temblaban desde la rodilla hasta la ingle, y le fue muy difícil concentrarse en lo que Brianna decía. Seguía hablando sobre su madre.

—Espero que esté bien —terminó. Sacudió la cabeza y en su pelo brillaron reflejos cobrizos a pesar de la luz tenue del coche—. No sé; parece muy afligida. No enferma, exactamente... más bien parece estar preocupada por algo.

Roger sintió una repentina pesadez en la boca del estómago.

—Mmmfm —dijo—. Tal vez es porque está lejos de su trabajo. Estoy seguro de que se pondrá bien. —Brianna sonrió con gratitud cuando el coche se detuvo frente a la casita de piedra de la señora Thomas.

—Lo he pasado muy bien, Roger —dijo, rozándole el hombro—. Pero no te he ayudado mucho con el proyecto de mamá. ¿Crees que puedo ayudarte con el trabajo más pesado?

El ánimo de Roger mejoró considerablemente, y le sonrió.

—Creo que no habrá ningún problema. ¿Quieres venir mañana a ayudarme a ordenar los papeles del garaje? Si quieres ensuciarte, allí lo conseguirás.

—Estupendo. —Brianna sonrió, inclinándose sobre el coche para mirarlo—. Tal vez mamá quiera venir también.

Sintió que se le endurecía el rostro, pero siguió sonriendo galantemente.

—Bien —dijo—. Ojalá. Así lo espero.

Al día siguiente, Brianna llegó sola a la rectoría.

—Mamá está en la biblioteca pública —explicó—. Consultando los antiguos archivos. Busca a un viejo conocido.

A Roger le dio un vuelco el corazón. La noche anterior había buscado en los archivos del reverendo. Había tres hombres llamados James Fraser, y dos más con un primer nombre distinto pero con la inicial «J» en el medio.

—Bien, espero que lo encuentre —dijo tratando de parecer indiferente—. ¿Estás segura de que me quieres ayudar? Es una tarea aburrida y sucia. —Miró a Brianna con expresión dubitativa, pero ella asintió, nada turbada ante la perspectiva.

—Ya lo sé. A veces ayudaba a mi padre a desenterrar viejos registros y a encontrar notas a pie de página. Además, es el proyecto de mamá. Lo menos que puedo hacer es ayudarte.

—Muy bien—. Roger echó un vistazo a su camisa blanca—. Deja que me cambie e iremos a echar un vistazo.

La puerta del garaje chirrió y, a continuación, cedió a lo inevitable y se abrió de golpe, entre los quejidos de los resortes y las nubes de polvo. Cuando estuvieron dentro, Brianna sacudió las manos frente a su cara, tosiendo.

—¡Dios! —exclamó—. ¿Cuánto hace que no entra nadie aquí?

—Una eternidad, supongo —respondió Roger, abstraído. Iluminó el interior del garaje con la linterna, revelando montones de cajas de cartón y madera, baúles viejos con etiquetas despegadas y formas amorfas cubiertas con lonas. Aquí y allá asomaban patas de muebles ocultos en la penumbra, como esqueletos de pequeños dinosaurios sobresaliendo de entre las rocas.

Entre los montones de trastos había una especie de sendero; Roger entró y enseguida desapareció en un túnel lleno de polvo y sombras; la pálida mancha de su linterna iluminaba su avance mientras se reflejaba de manera intermitente en el techo. Por fin, con un grito de triunfo, tiró de un cordón y el garaje se iluminó con el resplandor de una bombilla de gran tamaño.

—Por aquí —dijo Roger cogiendo a Brianna de la mano—. Hay un espacio vacío en la parte de atrás.

Había una mesa antigua apoyada en la pared trasera. Quizá originalmente fuera la pieza central del comedor del reverendo Wakefield, aunque era obvio que se había reencarnado sucesivamente en mesa de cocina, mesa de herramientas, caballete y mesa de pintura, antes de venir a descansar a este polvoriento santuario. Una ventana llena de telarañas la iluminaba desde arriba, y una luz tenue se reflejaba sobre la superficie arañada y manchada de pintura.

—Aquí podremos trabajar —dijo Roger mientras sacaba un taburete de entre los trastos y le quitaba el polvo de manera superficial con un pañuelo—. Siéntate. Veré si puedo abrir la ventana; si no, nos ahogaremos.

Brianna asintió, pero en vez de sentarse empezó a revisar los montones de cajas. Roger intentó abrir la ventana. Podía oírla a sus espaldas, leyendo las etiquetas de algunas de las cajas.

—Aquí pone «1950-1953» —decía—. Y aquí «1942-1946». ¿Qué son?

—Diarios —gruñó Roger mientras apoyaba los codos sobre el mugriento alfeizar—. Mi padre... quiero decir, el reverendo, siempre llevaba un diario. Escribía todas las noches después de cenar.

—Pues parece que encontraba mucho de que escribir. —Brianna alzó varias de las cajas y las amontonó a un lado para poder inspeccionar la siguiente pila—. Aquí hay cajas con nombres. «Kerse.» «Livingston.» «Balnain.» ¿Tú sabes si eran miembros de la parroquia?

—No, aldeas. —Roger hizo una pausa, jadeando. Se enjugó la frente, dejando una línea de suciedad en la manga de su camisa. Por fortuna se habían puesto ropa vieja para trabajar—. Las cajas contienen notas sobre la historia de las aldeas de las Highlands. Con esas notas escribió libros. Puedes verlos en las tiendas para turistas de toda Escocia.

Se volvió hacia un tablero de clavijas sobre el que colgaba una selección de herramientas deterioradas y cogió un destornillador para volver a asaltar la ventana.

—Busca las que dicen «Registros parroquiales», o aldeas del área de Broch Tuarach —dijo.

—No sé los nombres de esas aldeas —contestó Brianna.

—Ah, claro. —Roger metió la punta del destornillador entre los bordes del marco de la ventana, quitando las capas de pintura vieja—. Nombres como Broch Mordha... Mariannan, Saint Kilda. Hay otros, pero sé que en esas aldeas había iglesias bastante grandes que fueron cerradas o demolidas.

—De acuerdo. —Brianna abrió una de las tapas y, de repente, saltó hacia atrás y soltó un chillido,

—¿Qué? ¿Qué pasa? —Roger se dio la vuelta, destornillador en mano, listo para atacar.

—No sé. Algo ha salido corriendo cuando he tocado esta tapa. —Brianna la señaló y Roger bajó el arma, aliviado.

—Ah, ¿eso? Será un ratón. O tal vez una rata.

—¿Una rata? ¿Hay ratas aquí? —La tensión de Brianna era evidente.

—Bueno, espero que no, porque de ser así se habrán comido los archivos que estamos buscando —respondió Roger. Le tendió la linterna—. Toma, apunta a la oscuridad; por lo menos no te cogerá por sorpresa.

—Muchísimas gracias. —Brianna aceptó la linterna, pero siguió mirando las cajas con aprensión.

—Vamos, continúa —dijo Roger—. ¿O prefieres que recite la oda a la rata?

El rostro de Brianna se iluminó con una amplia sonrisa.

—¿La oda a la rata? ¿Qué es eso?

Roger tardó en responder mientras intentaba de nuevo abrir la ventana. Empujó hasta que pudo sentir sus bíceps tensarse contra la tela de su camisa. Por fin, con un crujido, la ventana cedió y una corriente de aire penetró a través del espacio que había creado.

—¡Por Dios, así está mejor! —Se abanicó exageradamente mientras sonreía a Brianna—. ¿Continuamos?

Brianna le entregó la linterna y dio un paso atrás.

—¿Qué te parece si tú buscas las cajas y yo las inspecciono? ¿Y qué es la oda a la rata?

—¡Cobarde! —dijo Roger, inclinándose para buscar debajo de la tapa—. La oda a la rata es una antigua costumbre escocesa; si había ratas o ratones en tu casa o en tu granero, podías hacerlas desaparecer recitando un poema que decía que la comida era escasa en ese lugar y muy abundante en otro. Les decías adónde debían ir y cómo llegar y, si la poesía era buena, se iban.

Sacó una caja en la que ponía «JACOBITAS, VARIOS», y la llevó hasta la mesa mientras cantaba:

Vosotras, ratas, sois demasiadas,
si queréis cenar en abundancia,
debéis marcharos.

Dejó caer la caja con estrépito e hizo una reverencia en respuesta a la carcajada de Brianna. Se volvió hacia el montón, mientras continuaba con voz estentórea:

Id al jardín de los Campbell,
donde ningún gato monta guardia
y la col crece y madura.

Id y llenad vuestras panzas,
no sigáis royendo mis bienes
¡Marchaos, ratas, marchaos ya!

Brianna soltó una carcajada.

—¿Te la acabas de inventar?

—Por supuesto. —Roger depositó otra caja sobre la mesa con una floritura—. Una buena sátira a la rata debe ser original —dijo, y echó un vistazo a las apretadas hileras de cajas—. Después de esa actuación, no debería haber ni una sola rata en varios kilómetros a la redonda.

—Bien. —Brianna extrajo una navaja de bolsillo y cortó la cinta que sellaba la caja de encima—. Deberías venir e inventar una en la casa de huéspedes; mamá dice que hay ratones en el baño. Algo mordió su jabonera.

—Sólo Dios sabe lo que se necesita para echar a un ratón capaz de comer jabón; está fuera de mis humildes poderes. —Sacó un cojín raído de detrás de un montón tambaleante de enciclopedias obsoletas y se lo dio a Brianna—. Te daré los registros parroquiales; son más fáciles de leer.

Trabajaron toda la mañana en cordial camaradería, encontrando ocasionales pasajes de interés, y sacudiéndose algunos insectos y las recurrentes nubes de polvo, aunque no hallaron nada que fuera de valor para el proyecto.

—Será mejor que hagamos una pausa para almorzar —dijo Roger. No quería volver a casa, donde, una vez más, se encontraría a merced de Fiona, pero el estómago de Brianna había comenzado a hacer ruido al mismo tiempo que el suyo.

—De acuerdo. Podemos seguir después de comer si no estás demasiado cansado. —Brianna se puso en pie y se desperezó; sus puños cerrados casi alcanzaban los travesaños del viejo garaje. Se limpió las manos sobre las perneras de sus pantalones vaqueros y se inclinó entre las pilas de cajas—. ¡Eh! —Brianna se detuvo en seco, cerca de la puerta. Roger, que la seguía, casi se dio de bruces con su nuca.

—¿Qué ocurre? —preguntó—. No será otra rata, ¿no? —Advirtió que el sol brillaba en la gruesa trenza de la muchacha con reflejos de cobre y oro. Con un pequeño halo dorado de polvo a su alrededor y la luz del mediodía resaltando el contorno de su nariz prominente, a Roger le pareció que tenía un aire medieval; Nuestra Señora de los Archivos.

—No. ¡Mira esto, Roger! —Señaló una caja de cartón que había cerca del centro de una pila. Con letra del reverendo, había una sola palabra escrita: «Randall.»

Roger sintió una mezcla de excitación y aprensión. La excitación de Brianna era patente.

—¡Tal vez esté aquí el material que buscamos! —exclamó—. Mamá dijo que era algo en lo que mi padre estaba interesado; tal vez él ya le había preguntado al reverendo al respecto.

—Tal vez. —Roger reprimió el repentino sentimiento de temor que se había apoderado de él al ver el nombre. Se arrodilló para sacar la caja de su sitio—. Llevémosla a casa; la miraremos después de almorzar.

Abrieron la caja en el estudio del reverendo; dentro había un surtido variado de objetos. Había fotocopias de registros parroquiales, dos o tres listas militares, cartas y papeles sueltos, una libreta pequeña y delgada, con tapas grises de cartón, unas viejas fotografías con las esquinas dobladas y una carpeta con el nombre *Randall* en la tapa.

Brianna cogió la carpeta y la abrió.

—¡Es el árbol genealógico de papá! —exclamó—. Mira.

Le pasó la carpeta a Roger. Dentro había dos hojas de pergamino grueso con las líneas de ascendencia dibujadas cuidadosamente en horizontal y hacia abajo. La fecha de incio era 1633; la anotación final, al pie de la segunda página, rezaba:

Frank Wolverton Randall c.
Claire Elizabeth Beauchamp, 1937

—Está hecho antes de que tú nacieras —susurró Roger.

Brianna miró por encima del hombro de Roger mientras éste señalaba con el dedo las ramas del árbol genealógico.

—Lo he visto antes; papá tenía uno en el estudio. Solía mostrármelo a menudo. Pero me había añadido al final. Éste debe de ser anterior.

—Tal vez el reverendo hizo parte de la investigación para él.

Roger le entregó de nuevo la carpeta y cogió un papel de la mesa.

—Esto es una reliquia para ti —dijo, mirando el escudo de armas grabado en el papel—. Un nombramiento militar, firmado por Su Majestad el rey Jorge II.

—¡Jorge II! ¡Es anterior a la revolución de Estados Unidos!

—Mucho antes. La fecha es 1735. El nombramiento es para Jonathan Wolverton Randall. ¿Conoces ese nombre?

—Sí. —Brianna asintió con la cabeza, haciendo que algunos mechones extraviados le cayeran sobre la cara. Se los echó hacia atrás despreocupadamente y tomó la carta—. Papá lo nombraba de vez en cuando; era uno de sus ancestros, del que sabía mucho. Era un capitán del ejército que luchó contra el príncipe Carlos en Culloden. —Miró a Roger, pestañeando—. Creo que murió en la batalla. ¿No estará enterrado allí?

Roger negó con la cabeza.

—Juraría que no. Los ingleses recogieron los cadáveres, y enviaron a sus muertos a su país. A los oficiales, por lo menos.

La repentina aparición de Fiona en la puerta, con un plumero en la mano como si fuera un estandarte de batalla, le impidió hacer más comentarios.

—Señor Wakefield —dijo—. Un hombre ha venido a buscar el camión del reverendo, pero no lo puede poner en marcha. Quiere que le eche una mano.

Roger se sobresaltó y se sintió culpable. Había sacado la batería para llevarla a probar a un taller y todavía estaba en el asiento trasero de su Morris. No era raro que el camión no arrancara.

—Tendré que ir a resolver este asunto —dijo a Brianna—. Me temo que me llevará un buen rato.

—Está bien. —La muchacha sonrió y sus ojos azules se redujeron hasta convertirse en triángulos—. Yo también tengo que irme; mamá ya habrá vuelto y queríamos visitar Clava Cairns si nos daba tiempo. Gracias por el almuerzo.

—Ha sido un placer... para mí y para Fiona. —Roger lamentó no poder ofrecerse a acompañarla, pero el deber lo llamaba.

Miró los papeles esparcidos sobre la mesa, los juntó y los volvió a guardar en la caja.

—Toma —le dijo a Brianna—. Todo esto es de tu familia. Llévatelo. A lo mejor a tu madre le interesa.

—¿De verdad? Bien, muchas gracias, Roger. ¿Estás seguro?

—Claro que sí —dijo, colocando cuidadosamente la carpeta con el árbol genealógico encima—. Aunque, espera, quizá no todo. —Debajo de la carta de nombramiento había un cuaderno gris que sobresalía; lo sacó y volvió a arreglar los papeles en la caja—. Parece uno de los diarios del reverendo. No sé qué hace aquí, pero es mejor que lo ponga con los otros. La Sociedad Histórica los quiere todos.

—Claro. —Brianna se había levantado para irse, apretando la caja contra su pecho, pero vaciló, mirándolo—. ¿Quieres... que vuelva mañana?

Roger sonrió. Brianna tenía telarañas en el pelo y una mancha en la nariz.

—Nada me gustaría más. Nos vemos mañana, ¿eh?

Roger siguió pensando en el diario del reverendo mientras ponía en marcha el viejo camión; luego vino el tasador de muebles a separar las antigüedades valiosas de la basura y a tasar los muebles del reverendo para la subasta.

Disponer las pertenencias del reverendo le dejó una sensación de melancolía. Después de todo, organizar aquellos trastos inútiles equivalía a desmantelar su propia juventud.

Cuando se sentó en el estudio después de la cena no supo si fue la curiosidad por los Randall lo que le impulsó a coger el diario, o simplemente la necesidad de recobrar una tenue relación con el hombre que había sido su padre durante tantos años.

Los diarios eran concienzudos; el reverendo Wakefield había registrado todos los eventos de la comunidad de la que había formado parte durante tantos años. El tacto de la libreta gris y la visión de sus páginas provocó en Roger una evocación inmediata del reverendo, con su calva reluciendo con el resplandor de la lámpara de su escritorio mientras redactaba afanosamente los eventos del día.

«Es una disciplina —le había explicado—. Es bueno tener una actividad que ordene la mente. Los monjes católicos tienen servicios a horas fijas todos los días y los sacerdotes tienen sus breviarios. Me temo que no tengo tanta devoción, pero escribir los sucesos del día me ayuda a aclarar la mente; después de hacerlo puedo rezar con el corazón tranquilo.»

Con el corazón tranquilo. Roger deseó lo mismo, pero no estaba tranquilo desde que había encontrado aquellos recortes en el escritorio del reverendo.

Abrió el libro al azar y volvió lentamente las páginas buscando el nombre *Randall*. Las fechas iban de enero a junio de 1948.

Lo que le había dicho a Brianna con respecto a la Sociedad Histórica era absolutamente cierto, pero no era el principal motivo para conservar el libro. En mayo de 1948, Claire Randall había regresado de su misteriosa desaparición. El reverendo conocía bien a los Randall. Tal acontecimiento debía de figurar en su diario.

Lo encontró en la anotación correspondiente al 7 de mayo:

Esta tarde he estado con Frank Randall. ¡Este asunto de su mujer es tan penoso! La vi ayer; es frágil, pero sus ojos miran tan fijamente que me ponen nervioso. Pobre mujer. A pesar de todo, hablaba con sensatez.

Su experiencia, fuera la que fuera, desequilibraría a cualquiera. Corren unos rumores terribles. El doctor Bartholomew fue muy imprudente al contarle a todo el mundo que está embarazada. Es tan difícil para Frank. ¡Y para ella, por supuesto! Ambos me caen bien. Los compadezco.

La señora Graham está enferma. No podría haber elegido un peor momento. Con la venta de artículos donados para la semana próxima, y el porche lleno de ropa vieja...

Roger pasó varias páginas, buscando otra mención de los Randall. La encontró. Correspondía a la misma semana:

10 de mayo. Frank Randall ha venido a comer. Hago lo que puedo para reunirme públicamente con él y su mujer. Voy a visitarla casi cada día durante una hora con la esperanza de acallar un poco los chismorreos. Es digna de lástima; ahora dicen que está loca. Conociendo a Claire Randall, creo que a ella le molestaría más que la tildaran de loca que de inmoral. Debe de ser una cosa o la otra, ¿no?

He intentado hablar con ella de sus experiencias, pero se queda callada. Habla de cualquier tema sin importancia, pero siempre parece que está pensando en otra cosa.

Este domingo tengo que dar un sermón sobre los males que acarrean las habladurías, aunque quizá llamar la atención sobre el caso sólo empeore la situación.

12 de mayo. No puedo creer que Claire Randall esté loca. He oído los rumores, por supuesto, pero no veo nada en su comportamiento que parezca inestable.

Sin embargo, creo que guarda un secreto terrible que está decidida a ocultar. Se lo he comentado a Frank con mucha cautela; es reticente, pero seguro que ella le ha dicho algo. He dejado bien claro que quiero ayudarles de la manera que sea.

14 de mayo. Frank Randall ha venido a visitarme. Estoy muy intrigado. Me ha pedido ayuda. Pero no entiendo por qué lo ha hecho. Parece muy importante para él. Se contiene, pero está muy tenso. Me da miedo lo que pasará si se viene abajo.

Claire ya está bien para viajar. Frank tiene la intención de llevarla a Londres esta semana. Le he asegurado que le comunicaría los resultados por carta a la dirección de su universidad, para que no se entere su esposa.

Tengo varios apuntes sobre Jonathan Randall, aunque no entiendo qué papel juega en este lamentable suceso. De James Fraser, nada, como le dije a Frank. Un misterio total.

Un misterio en más de un aspecto, pensó Roger. ¿Qué le habría pedido Frank Randall que hiciera? Al parecer, que averiguara lo que pudiera sobre Jonathan Randall y James Fraser. De manera que Claire le había hablado a su marido sobre James Fraser; o al menos le había contado algo. Si no todo.

Pero ¿qué conexión podía haber entre un capitán del ejército inglés muerto en Culloden en 1746 y la desaparición de Claire en 1945? ¿Y qué tenía que ver con el nacimiento de Brianna?

El resto del diario eran apuntes cotidianos; la borrachera crónica de Derick Gowan, que culminó a finales de mayo, cuando sacaron su cadáver empapado del río Ness; la boda precipitada de Maggie Brown y William Dundee, un mes antes del bautizo de su hija June; la apendicitis de la señora Graham y los intentos del reverendo de lidiar con la consecuente llegada de platos de las generosas señoras de la parroquia (al parecer, *Herbert*, el perro del reverendo, fue el beneficiario de la mayoría de ellos).

Leyendo las páginas, Roger se descubrió sonriendo al constatar el gran interés que el reverendo sentía por sus feligreses. Ojeando y leyendo por encima, casi se saltó la última anotación referida a Frank Randall.

18 de junio. He recibido una breve nota de Frank Randall en la que me comunica que la salud de su esposa es algo precaria: el embarazo es delicado. Me suplica que rece por ellos.

Le he respondido deseándole lo mejor para él y su esposa. También le he adjuntado la información que he encontrado hasta ahora; no sé de qué le servirá, pero eso es cosa suya. Le he hablado acerca del sorprendente descubrimiento de la tumba de Jonathan Randall en St. Kilda. Le he preguntado si quiere que saque una foto de la lápida.

Eso era todo. Ya no había ninguna otra mención de los Randall, ni de James Fraser. Roger apartó el cuaderno y se frotó las sienes. La lectura de las torcidas líneas manuscritas le había dado un ligero dolor de cabeza.

Aparte de confirmar su sospecha de que había un tal James Fraser mezclado en todo el asunto, éste seguía siendo tan extraño como antes. ¿Qué tenía que ver Jonathan Randall? ¿Por qué estaba enterrado en St. Kilda? La carta de nombramiento daba como lugar de nacimiento una heredad en Sussex. Entonces, ¿cómo diablos terminó en un remoto cementerio escocés? No estaba tan lejos de Culloden, pero ¿por qué no habrían enviado su cuerpo a Sussex?

—¿Va a necesitar algo más esta noche, señor Wakefield? —La voz de Fiona lo sacó de sus meditaciones. Se incorporó y la vio con una escoba y un trapo en la mano.

—¿Qué? Eh, no. Gracias, Fiona. Pero ¿qué estás haciendo con todo eso? ¿No estarás limpiando a estas horas de la noche?

—Bueno, es por las señoras de la iglesia —dijo ella—. ¿Recuerda que les dio permiso para celebrar aquí su reunión mensual mañana? He pensado que sería mejor que limpiara un poco.

¿Las señoras de la iglesia? Roger se acobardó al pensar en cuarenta amas de casa rezumando compasión y descendiendo hacia la rectoría en una avalancha de elegantes vestidos y perlas cultivadas.

—¿Va a tomar el té con las señoras? —preguntó Fiona—. El reverendo siempre lo hacía.

La idea de recibir a Brianna Randall y a las señoras de la iglesia al mismo tiempo era más de lo que Roger podía soportar.

—No —respondió bruscamente—. Mañana... tengo un compromiso. —Su mano cayó sobre el teléfono, medio enterrado entre los papeles que había sobre el escritorio del reverendo—. Si me disculpas, Fiona, tengo que hacer una llamada.

Brianna entró sonriendo en el dormitorio. Levanté la mirada de mi libro y arqueé una ceja inquisitivamente.

—¿Te ha llamado Roger? —le pregunté.

—¿Cómo lo sabes? —Pareció intrigada por un momento, y luego sonrió mientras se quitaba la bata—. Ah, ¿lo dices porque es la única persona que conozco en Inverness?

—No creo que ninguno de tus amigos te ponga una conferencia desde Boston —expliqué. Eché un vistazo al reloj de la mesilla—. Por lo menos no a estas horas; deben de estar jugando al fútbol.

Brianna permaneció en silencio y metió los pies debajo de las mantas.

—Roger nos invita a ir mañana a un lugar llamado Saint Kilda. Dice que hay una antigua iglesia muy interesante.

—He oído hablar de ella —dije bostezando—. Muy bien, ¿por qué no? Me llevaré mi prensa para plantas; quizá pueda encontrar algo de coronilla rosa. Le prometí un poco al doctor Abernathy para su investigación. Pero si vamos a pasarnos el día leyendo viejas lápidas, desisto ahora mismo. Desenterrar el pasado es un trabajo muy duro.

Me pareció que iba a decir algo. Pero se limitó a asentir y estiró la mano para apagar la luz, con la sonrisa aún en las comisuras de su boca.

Permanecí despierta, mirando en la oscuridad, oyéndola dar vueltas en la cama hasta que escuché la cadencia de su respiración. St. Kilda, ¿eh? Nunca había estado allí, pero había oído hablar de la vieja iglesia abandonada, como había dicho Brianna, apartada de la ruta turística; sólo algún investigador la visitaba. Quizá encontraría allí la ocasión propicia. Tendría a Roger y a Brianna juntos, solos, sin temor a interrupciones. Tal vez era el lugar adecuado para contárselo... allí, entre los feligreses muertos tanto tiempo atrás en St. Kilda. Roger no había verificado aún el paradero del resto de los hombres de Lallybroch, pero era casi seguro que habían escapado vivos de Culloden; era lo único que necesitaba saber de momento. Así podía contarle a Bree el final de la historia.

Se me secó la boca al pensar en la conversación que me aguardaba. ¿Dónde iba a encontrar las palabras? Traté de imaginar la escena: qué diría, cómo reaccionarían ellos... pero la imaginación me falló. Lamenté más que nunca haber prometido a Frank que nunca escribiría al reverendo Wakefield. De haberlo hecho, Roger por lo menos lo sabría. O tal vez no; tal vez el reverendo no me habría creído.

Di vueltas en la cama, buscando inspiración, pero me invadió el cansancio. Y al final me rendí y me puse boca arriba, cerrando los ojos en la oscuridad que se cernía sobre mí. Como si al pensar en él hubiera invocado el espíritu del reverendo, una cita bíblica se coló en mi conciencia adormecida: «Suficiente hasta el día —parecía susurrar la voz del reverendo—, suficiente hasta el día que llegue el mal.» Después caí dormida.

Me desperté en la oscuridad, aferrada a las mantas. El corazón me latía con tanta fuerza que me estremecía como la piel de un tambor.

—¡Dios mío! —exclamé.

La seda de mi camisón estaba húmeda y pegada a mi cuerpo; bajé la mirada y pude ver mis pezones, duros como el mármol. Los espasmos aún me recorrían las muñecas y los muslos, como los efectos de un terremoto. Ojalá no haya gritado. Quizá no. Alcancé a oír la respiración acompasada y tranquila de Brianna.

Volví a caer sobre la almohada, temblando débilmente; la repentina agitación había bañado mis sienes en sudor.

—¡Por los clavos de Roosevelt! —susurré mientras mi corazón volvía a latir con normalidad.

Uno de los efectos de dormir a deshoras es que uno deja de soñar de forma coherente. En los primeros y largos años de maternidad, y más tarde durante los años de residencia y las noches de guardia, me había acostumbrado a caer rendida de inmediato apenas me acostaba; mis sueños eran como fragmentos y flashes, inquietas llamas en la oscuridad, como neuronas disparadas al azar, recargándose para el día de trabajo que me esperaba.

Pero últimamente, al volver a un horario más normal, había vuelto a soñar, ya fueran pesadillas o sueños agradables: largas secuencias de imágenes, andanzas en el bosque de mi mente. También me había familiarizado con este otro tipo de sueños, comunes en lo que podrían llamarse delicadamente períodos de privación.

Por lo general estos sueños llegaban flotando, suaves como el roce de las sábanas de satén y, aunque me despertaran, volvía a dormirme de inmediato; el recuerdo brillaba tenuemente, pero no duraba hasta la mañana.

Pero éste había sido diferente. No recordaba mucho del sueño, pero sí unas manos que me agarraban con fuerza y urgencia, obligándome en lugar de atraerme. Y una voz que casi gritaba, cuyo eco aún resonaba en mis oídos al compás del latido de mi corazón.

Me puse la mano en el pecho, sobre el corazón, sintiendo la suave dureza de mi seno bajo la seda. Brianna lanzó un suave ronquido; después su respiración volvió a la cadencia normal. Recordé cuando Brianna era pequeña; el reconfortante ritmo lento y estertóreo que sonaba en todo el cuarto en penumbra, casi como un latido.

El latido de mi propio corazón se apaciguaba bajo mi mano, bajo la seda oscura, como la mejilla de un niño. Cuando se amamanta un bebé, la curva de la cabecita repite exactamente la curva del seno del que mama, como si fuera un reflejo de la carne que le dio vida.

Los niños son suaves. Cualquiera que los contemple puede apreciar la piel tersa y sentir la suavidad que invita a acariciarlos. Pero cuando se vive con ellos y se los ama, esa blandura penetra hacia el interior, con la sonrosada piel de las mejillas, con la blandura de sus manos diminutas. Las articulaciones son como de goma y cuando se las besa con fuerza, en un arrebato de amor, los labios se hunden sin tocar los huesos. Al apretarlos contra el pecho, el cuerpo parece derretirse y moldearse, como si en cualquier momento fuera a meterse otra vez dentro de ti.

Sin embargo, desde el principio cada niño tiene una pequeña veta de acero, que dice «Yo soy» y que forma el núcleo de su personalidad.

En el segundo año de vida, los huesos cogen fuerza y el niño se mantiene erguido, con el cráneo ancho y sólido como un casco que protegiera el interior. Y el «Yo soy» crece también. Al mirarlos, casi se puede ver, duro como la madera, brillando a través de la piel translúcida.

A los seis años emergen los huesos del rostro, y a los siete, el alma que oculta se manifiesta. Este proceso continúa hasta llegar a su punto máximo durante la adolescencia, cuando toda la blandura se oculta tras las capas de las múltiples y nuevas personalidades que los adolescentes adquieren para defenderse.

En los años siguientes, la dureza se extiende desde el centro, mientras encuentra y fija las facetas del alma, hasta que emerge el «Yo soy», delicado como un insecto en el ámbar.

En mi caso pensaba que ya había pasado aquella etapa hacía tiempo, que había perdido todo vestigio de blandura y me dirigía hacia una madurez de acero. Pero la muerte de Frank me había resquebrajado. Y las grietas crecían. Ya no era posible negar algunas cosas. Había traído a mi hija a Escocia, con sus huesos duros como los cimientos de las montañas escocesas, con la esperanza de que su coraza fuera lo bastante fuerte como para resistir, para poder llegar al centro de su ser.

Pero ya no resistía la soledad de mi identidad y no tenía protección para la blandura que había en mi interior. Ya no sabía quién era yo ni quién era ella. Sólo sabía lo que debía hacer.

Había regresado, y había vuelto a soñar, con el aire fresco de las Highlands. Y la voz de mi sueño aún resonaba en mis oídos y en mi corazón, y se repetía al compás de la respiración de Brianna.

—Eres mía —había dicho la voz—. ¡Mía! Y no te dejaré ir.

5

Amada esposa

El cementerio de St. Kilda parecía tranquilo bajo el sol. No era completamente llano, sino que ocupaba una meseta esculpida por un fenómeno geológico en un costado de la colina. La meseta se ondulaba y se curvaba, y muchas lápidas yacían ocultas en pequeños huecos o sobresalían repentinamente en la cima de una elevación. El movimiento de la tierra había movido muchas de las lápidas, y algunas estaban ladeadas o volcadas, aplastadas y rotas sobre la hierba alta.

—Está un poco descuidado —dijo Roger, como pidiendo disculpas; se encontraban delante de la puerta del cementerio, inspeccionando la pequeña colección de antiguas lápidas, ocultas bajo las sombras de una hilera de tejos gigantes, que habían sido plantados mucho tiempo atrás como un cortavientos frente a las tormentas que entraban por el mar del Norte. A lo lejos, sobre el estuario, se amontonaban las nubes, pero el sol brillaba en la colina y el aire era tibio y tranquilo.

—Mi padre reunía a un grupo de hombres de la iglesia un par de veces al año para limpiar el cementerio, pero me temo que eso ya no se hace.

Probó a abrir el pórtico, y tomó nota de la bisagra agrietada y del pestillo que colgaba de un clavo.

—Qué sitio tan bonito y tranquilo —dijo Brianna mientras pasaba con cuidado por la desvencijada puerta—. Es muy viejo, ¿no?

—Sí, lo es. Papá pensaba que fue construido encima de una iglesia o incluso sobre alguna clase de templo más antiguo; por eso está en un lugar tan incómodo. Uno de sus amigos de Oxford siempre amenazaba con venir a excavar para ver qué había debajo, pero no consiguió el permiso de la Iglesia, pese a que el lugar lleva años secularizado.

—Es como una colina, muy hermosa. —El rubor del esfuerzo comenzaba a desaparecer de la cara de Brianna mientras se abanicaba las mejillas con una guía. Observó la fachada de la iglesia con interés. Construida en una apertura natural del risco, las piedras y vigas de la iglesia habían sido encajadas a mano, y las grietas estaban selladas con turba y lodo, de manera que parecía haber crecido allí, como una parte natural de la pared del acantilado. Antiguas esculturas decoraban los marcos de las puertas y ventanas; algunas eran cristianas, pero otras eran más antiguas.

—¿La lápida de Jonathan Randall estará ahí? —Brianna señaló el cementerio, visible a través del portón—. ¡Mamá se sorprenderá tanto!

—Sí, así lo espero. Yo no la he visto. —Roger esperaba que fuera una sorpresa agradable. La noche anterior, al mencionar la lápida por teléfono, Brianna se había entusiasmado.

—He oído hablar de Jonathan Randall —dijo Brianna—. Papá lo admiraba; decía que era una de las pocas personas interesantes del árbol genealógico. Creo que fue un buen soldado. Papá tenía documentos que hablaban sobre él.

—¿En serio? —Roger miró hacia atrás, buscando a Claire—. ¿Tu madre necesita ayuda con esa prensa para plantas?

Brianna negó con la cabeza.

—No. Acaba de encontrar una planta junto al camino y no ha podido resistirse. Supongo que enseguida vendrá con nosotros —dijo.

Era un lugar silencioso. Incluso los pájaros estaban callados a medida que se acercaba el mediodía, y los árboles de hoja perenne que bordeaban la meseta estaban quietos, sin una brisa que agitara sus ramas. Sin las cicatrices abiertas de tumbas recientes ni las flores de plástico como testimonio de un duelo aún vivo, en el cementerio tan sólo se respiraba la paz de aquellos que murieron largo tiempo atrás. Aislados de los conflictos y los problemas, sólo el hecho de su vida seguía proporcionando el consuelo de una presencia humana en las cumbres solitarias de una tierra vacía.

Los tres visitantes avanzaban lentamente; deambulaban con despreocupación por el cementerio. De vez en cuando, Roger y Brianna se detenían para leer alguna extraña inscripción en una de las erosionadas lápidas, o Claire se inclinaba para cortar alguna enredadera o arrancar una pequeña planta.

Roger se inclinó sobre una lápida y, sonriendo, hizo señas a Brianna para que leyera la inscripción.

—«Acercaos y leed, mas quitaos los sombreros» —leyó—. «Pues aquí yace Bailie William Watson, / famoso por sus pensamientos / y por su moderación en la bebida.» —Brianna se levantó tras examinar la lápida, riendo—. No hay fechas... Me pregunto cuándo vivió William Watson.

—En el siglo XVIII, probablemente —dijo Roger—. Las lápidas del siglo XVII están demasiado gastadas para ser legibles, y hace doscientos años que no entierran a nadie aquí; la iglesia fue secularizada en 1800.

Poco después Brianna lanzó un grito.

—¡Aquí está! —dijo e hizo señas a Claire, que estaba en el otro extremo del cementerio, observando con curiosidad un puñado de hojas que sostenía en la mano—. ¡Mamá! ¡Ven a ver esto!

Claire saludó con la mano y se encaminó hacia donde se encontraban, junto a la lápida plana y cuadrada, pisando con cuidado entre las tumbas.

—¿Qué pasa? ¿Habéis encontrado algo interesante?

—Creo que sí. ¿Reconoces el nombre? —Roger se echó atrás para que pudiera ver bien.

—¡Por los clavos de Roosevelt!

Algo sorprendido, Roger miró a Claire y se alarmó al verla palidecer. Estaba mirando fijamente la piedra y hacía un gran esfuerzo por tragar saliva. La planta que había arrancado estaba aplastada en su mano, olvidada.

—Doctora Randall... Claire. ¿Te encuentras bien?

Los ojos ambarinos eran completamente inexpresivos. Durante un instante, pareció no oírlo. Luego parpadeó y levantó la mirada. Todavía estaba pálida, pero parecía haber recuperado el control.

—Estoy bien —respondió con voz inexpresiva. Se agachó y pasó los dedos por las letras de la lápida, como si estuviera leyendo en sistema Braille.

—«Jonathan Wolverton Randall —leyó en voz alta—. 1705-1746.» Te lo dije, ¿no? ¡Bastardo, te lo dije! —La voz, antes inexpresiva, resonaba con furia contenida.

—¡Mamá! ¿Estás bien? —Visiblemente turbada, Brianna tiró a su madre del brazo.

Roger vio desaparecer una sombra de los ojos de Claire. La emoción que los había iluminado se ocultó de pronto al recordar a las dos personas que la miraban boquiabiertas. Les dedicó una sonrisa forzada y asintió.

—Sí, sí, por supuesto. Estoy bien. —Abrió la mano y la hierba blanda cayó al suelo.

—Creí que te sorprenderías. —Brianna miró preocupada a su madre—. ¿No es éste el antepasado de papá? ¿El soldado que murió en Culloden?

Claire bajó la mirada hacia la lápida junto a sus pies.

—Sí, así es —respondió—. Y está muerto, ¿verdad?

Roger y Brianna se miraron. Sintiéndose responsable, Roger tocó a Claire en el hombro.

—Hace un poco de calor —dijo, intentando transmitir un tono informal—. Deberíamos entrar en la iglesia. Hay unas esculturas muy interesantes en la pila bautismal que merece la pena ver.

Claire sonrió. Esta vez fue una sonrisa franca, un poco cansada, pero totalmente cuerda.

—Id vosotros —dijo, incluyendo a Brianna con una inclinación de cabeza—. Yo necesito un poco de aire fresco. Me quedaré aquí un momento.

—Me quedo contigo. —Brianna vaciló, visiblemente reacia a dejar sola a su madre, pero Claire ya había recuperado su compostura y su aire de mando.

—No hace falta —dijo enérgicamente—. Estoy bien. Iré a sentarme a la sombra de aquellos árboles. Id vosotros. Prefiero quedarme sola un rato —añadió al ver que Roger abría la boca para protestar.

Sin decir nada más, se volvió y se alejó hacia la hilera de oscuros tejos que bordeaban el cementerio por el oeste. Brianna vaciló, mirándola, pero Roger la cogió por el codo y la condujo a la iglesia.

—Es mejor que la dejes sola —susurró—. Después de todo, es médico, ¿no? Estará bien.

—Sí... supongo que sí. —Mirando con preocupación a Claire, Brianna dejó que Roger la guiara.

La iglesia no era más que un recinto vacío, de suelo de madera, con una pila bautismal abandonada; no se la habían podido llevar, pero la habían arrancado de la repisa de piedra que recorría una de las paredes de la sala. Encima de la pila, el rostro tallado de St. Kilda observaba el techo, con los ojos piadosamente entornados.

—Probablemente fuera un dios pagano —dijo Roger, trazando la línea de la escultura con un dedo—. Puede verse el lugar donde añadieron el velo y el tocado a la figura original... sin mencionar los ojos.

—Parecen huevos escalfados —coincidió Brianna, poniendo los ojos en blanco, imitándola—. ¿Qué es esta escultura? Se parece mucho a las figuras de las piedras pictas de Clava.

Recorrieron la iglesia examinando las paredes de piedra, respirando aire polvoriento, observando las antiguas esculturas y leyendo las pequeñas placas de madera fijadas por feligreses desaparecidos mucho tiempo atrás, en memoria de ancestros que se habían ido mucho antes. Hablaron en voz baja, atentos a cualquier sonido proveniente del cementerio, pero todo estaba tranquilo y pronto comenzaron a relajarse otra vez.

Roger siguió a Brianna hacia la parte frontal de la sala, observando los bucles rizados que escapaban de su trenza para enroscarse, húmedos, en su cuello.

Todo lo que quedaba de la fachada de la iglesia era un saliente de madera sobre un hueco donde había estado el altar. Roger sintió un escalofrío al verse junto a Brianna en el lugar en el que debería haber estado el altar.

La intensidad de sus sentimientos pareció hacer eco en el recinto vacío. Esperaba que ella no pudiera oírlos. Después de todo, hacía sólo una semana que se conocían y casi no habían tenido una conversación privada. Sin duda ella se sorprendería, o incluso se asustaría, si supiera lo que él sentía. O peor aún, se reiría.

Sin embargo, cuando la miró de reojo, vio que su cara estaba tranquila y seria. Y le devolvía la mirada con una expresión en sus oscuros ojos azules que hizo que, sin pensarlo, la tomara en sus brazos.

El beso fue breve y suave, apenas algo más que la formalidad con que concluye una boda, pero tan intenso que pareció sellar un compromiso.

Roger apartó las manos, pero la tibieza de las manos, los labios y el cuerpo de la muchacha permaneció en ellas, de modo que le pareció que aún la abrazaba. Se quedaron juntos un momento, rozándose, respirando el aliento del otro hasta que Brianna dio un paso atrás. Roger todavía podía sentir su roce en las palmas de las manos. Las cerró, tratando de retener la sensación.

El aire vibró de repente con los ecos de un grito que dispersó las motas de polvo. Sin darse cuenta, Roger se encontró fuera, corriendo y tropezando con las tumbas, dirigiéndose a la línea oscura de los tejos. Se abrió camino entre las ramas, sin molestarse por apartar las más frondosas a Brianna, que corría tras él. Divisó a Claire, pálida entre las sombras. Parecía un espectro ante las oscuras ramas del tejo. Permaneció en pie un instante, tambaleándose, y luego cayó de rodillas sobre la hierba, como si las piernas no pudieran sostenerla.

—¡Mamá! —Brianna se arrodilló junto a la figura agachada, frotándole una mano exangüe—. Mamá, ¿qué pasa? ¿Te sientes mal? Pon la cabeza entre las rodillas. ¿Por qué no te echas?

Claire se resistió a las sugerencias de su hija y la cabeza caída volvió a levantarse.

—No quiero tumbarme —dijo—. Quiero... ay, Dios. Ay, Dios mío. —Arrodillándose sobre la hierba sin cortar, extendió una mano para tocar la lápida. Se trataba de una sencilla losa esculpida en granito.

—Doctora Randall... Claire. —Roger se arrodilló a su lado y le pasó una mano bajo el otro brazo para darle apoyo. Le asustaba su aspecto; había un ligero sudor en sus sienes, y parecía como si en cualquier momento fuera a desmayarse—. Claire —repitió, impaciente, tratando de sacarla del trance en el que había caído—, ¿qué pasa? ¿Es un nombre que conoce? —Mientras hablaba, sus propias palabras resonaban en sus oídos: «Nadie ha sido enterrado aquí desde el siglo XVIII —le había dicho a Brianna—. Nadie ha sido enterrado aquí en doscientos años.»

Los dedos de Claire se apartaron de los de él con un roce y tocaron la piedra, acariciándola como si fuera carne, siguiendo los surcos de las letras, ya no tan profundos, pero todavía legibles.

—«JAMES ALEXANDER MALCOLM MACKENZIE FRASER» —leyó Claire en voz alta—. Sí, lo conozco. —Bajó la mano y apartó la espesa hierba que crecía alrededor de la piedra, oscureciendo la línea de letras más pequeñas que había en la base.

—«Amado esposo de Claire» —leyó—. Sí, lo conocí —dijo otra vez en una voz tan baja que Roger apenas podía oírla—. Yo soy Claire. Él era mi marido. —Entonces alzó la mirada hacia su hija, que estaba pálida y estupefacta—. Y tu padre —añadió.

Roger y Brianna la miraron; en el cementerio sólo se oía el rumor de las hojas.

—¡No! —exclamé enfadada—. ¡Por quinta vez, no! No quiero un vaso de agua. No es una insolación. No voy a desmayarme. Ni estoy enferma. Y tampoco me he vuelto loca, aunque me imagino que eso es lo que estaréis pensando.

Roger y Brianna intercambiaron miradas que indicaban que eso era precisamente lo que pensaban. Entre los dos me habían sacado del cementerio y me habían subido al coche. Me negué a ir a un hospital, de modo que volvimos a la rectoría. Roger me dio whisky como remedio, pero no dejaba de mirar el teléfono como preguntándose si sería necesario hacer una llamada para pedir ayuda; imagino que para pedir una camisa de fuerza.

—Mamá. —Brianna habló con voz tranquilizadora, apartándome un mechón de pelo de la cara—. Estás muy nerviosa.

—¡Por supuesto que estoy muy nerviosa! —respondí. Respiré hondo, temblorosa, y apreté los labios hasta que me sentí capaz de hablar con calma—. Sin duda alguna, estoy alterada —comencé—, pero no estoy loca. —Me detuve, tratando de controlarme. No había planeado que las cosas salieran así. No sabía cómo hacerlo, pero no así, soltando la verdad sin preparación ni tiempo para organizar mis ideas. Ver la maldita tumba había desbaratado todo el plan—. ¡Maldito seas, Jamie Fraser! —exclamé furiosa—. ¿Qué estás haciendo allí? ¡Está muy lejos de Culloden!

Los ojos de Brianna parecían salirse de sus órbitas; vi que Roger acercaba la mano al teléfono. Me detuve, intentando controlarme.

«Tranquilízate, Beauchamp —me dije—, respira hondo. Una vez... dos veces... una vez más. Así está mejor. Es muy simple. Todo lo que debes hacer es contarles la verdad. Para eso has venido a Escocia, ¿no?»

Abrí la boca, pero no pude emitir sonido alguno. Cerré la boca y los ojos, esperando reunir valor si no veía los dos rostros pálidos frente a mí. «Sólo... déjame... decir... la... verdad», dije, sin saber a quién me estaba dirigiendo. A Jamie, pensé.

Ya conté la verdad una vez. Y no me fue muy bien.

Cerré los ojos con más fuerza. Una vez más percibí el olor del hospital y sentí la extraña almohada bajo la mejilla. Desde el corredor me llegaba la voz de Frank, ahogada por la rabia.

—¿Qué quieren decir con que no la presione? ¿Que no la presione? Mi mujer desaparece durante casi tres años y vuelve mugrienta, maltratada y embarazada, ¿y me piden que no le haga preguntas?

Y la voz del médico, susurrante, consoladora. Entendí las palabras «delirio» y «estado traumático» y «déjelo para después, sólo un rato» mientras que la voz de Frank, que seguía discutiendo e interrumpiendo, sonaba calmada pero firme en el corredor. Aquella voz tan familiar volvía a desencadenar una tormenta de dolor, ira y terror en mi interior. Me ovillé como una pelota, a la defensiva, con la almohada apretada contra el pecho, y la mordí con tanta fuerza como pude, hasta que sentí que se rompía la funda de algodón y noté las plumas entre mis dientes.

De nuevo estaba apretando los dientes, en detrimento de mi nuevo empaste. Paré y abrí los ojos.

—Mirad —dije, tan razonablemente como pude—. Lo siento. Sé que suena extraño, pero es verdad, y no puedo hacer nada al respecto.

Dicha explicación no tranquilizó a Brianna, que se acercó más a Roger. Éste ya no parecía indeciso y mostraba signos de interés. ¿Sería posible que fuera capaz de entender la verdad? Cobré ánimo y dejé de apretar las manos.

—Son las malditas piedras —expliqué—. ¿Conocéis el círculo de piedras verticales que hay en la colina de las hadas, al oeste?

—Craigh na Dun —susurró Roger—. ¿Ése?

—Sí. Conoceréis las leyendas que se cuentan de las colinas de las hadas, ¿no? ¿Acerca de personas atrapadas en las colinas rocosas, que se despiertan doscientos años después?

La expresión de Brianna parecía más alarmada aún.

—Creo que deberías subir a acostarte —dijo. Comenzó a levantarse de su asiento—. Voy a buscar a Fiona...

Roger le impidió que fuera a ninguna parte.

—No, espera —le dijo. Me miró como cuando un científico coloca un nuevo microbio bajo el microscopio—. Sigue —me dijo.

—Gracias —respondí con sequedad—. No os preocupéis. No voy a ponerme a hablar de hadas; sólo pensaba que os gustaría saber que hay algo de verdad en las leyendas. No sé qué es lo que hay en realidad ahí arriba, ni cómo funciona, pero el hecho es que... —Respiré hondo—. Bien, el hecho es que... en 1945 entré por un resquicio en ese círculo de piedras y terminé en la colina de más abajo en 1743.

Eso era exactamente lo que le había dicho a Frank. Él me había mirado con furia. Luego había cogido un jarrón de flores que había sobre la mesa y lo había tirado al suelo.

Roger me miraba como un científico cuyo nuevo microbio acaba de ganar un premio. Me pregunté por qué, pero estaba demasiado ocupada en hallar las palabras adecuadas para que no pensaran que había enloquecido.

—La primera persona que vi fue un soldado inglés con su uniforme completo —dije—. Lo que me hizo pensar que algo andaba mal.

Una repentina sonrisa iluminó el rostro de Roger, aunque Brianna siguió con la misma expresión.

—En tu lugar me habría pasado lo mismo —dijo Roger.

—El problema era que no podía volver.

Pensé que lo mejor era dirigirme a Roger, que al menos parecía dispuesto a escuchar, me creyera o no.

—Las señoras no solían andar solas en aquel entonces, y, si lo hacían, no llevaban un vestido estampado y zapatos —expliqué—. Todos se daban cuenta de que había algo raro, aunque no sabían qué. ¿Y cómo iban a saberlo? Ni siquiera yo podía dar explicaciones, y entonces los manicomios eran mucho peores que ahora. Nada de tejer cestos —dije, intentando bromear. No tuve demasiado éxito; Brianna hizo una mueca, más preocupada que antes.

»Aquel soldado... —dije, y sentí un escalofrío momentáneo al recordar a Jonathan Wolverton Randall, capitán del Octavo Regimiento de Dragones de Su Majestad—. Al principio pensé que se trataba de una alucinación, porque a primera vista era igual que Frank. Pensaba que era él—. Eché un vistazo a la mesa en la que había un ejemplar de uno de los libros de Frank, con la foto de un apuesto y esbelto hombre moreno.

—Toda una coincidencia —dijo Roger. Su ojos estaban alerta, fijos sobre los míos.

—Pues sí y no —dije, apartando los ojos de la pila de libros con un esfuerzo—. Ya sabes que era el antepasado de Frank. En esa familia todos los hombres se parecen, por lo menos físicamente —añadí, pensando en las extraordinarias diferencias de carácter que había entre ellos.

—¿Cómo... cómo era él? —preguntó Brianna, como emergiendo de su estupor, al menos momentáneamente.

—Era un asqueroso pervertido —dije.

Dos pares de ojos se abrieron y se miraron con expresión consternada.

—No pongáis esa cara. En el siglo XVIII también había perversión; no es nada nuevo. Sólo que entonces era peor, quizá, porque a nadie le importaba siempre y cuando se mantuviera en secreto y todo fuera decente de cara al exterior. Y Jack *el Negro* era un soldado, y capitaneaba una guarnición en las Highlands cuya misión era mantener a los clanes bajo control... Sus actividades tenían un alcance considerable y todas estaban oficialmente justificadas. —Tomé un sorbo reconstituyente del vaso de whisky que aún sostenía.

»Le gustaba herir a la gente —dije—. Eso le gustaba mucho.

—¿Te hizo daño? —Roger hizo la pregunta con delicadeza, después de una larga pausa. Bree pareció retraerse; su expresión se endureció.

—Directamente, no. O no mucho, por lo menos. —Negué con la cabeza. Sentí un escalofrío en la boca del estómago que el whisky parecía incapaz de aplacar. Jonathan Randall me había pegado allí una vez. Lo recordé, como se recuerda el dolor de una herida curada mucho tiempo atrás.

—Tenía gustos variados. Pero era a Jamie a quien él... quería. —Bajo ninguna circunstancia habría usado la palabra *amaba*. Se me secó la garganta y tragué las últimas gotas de whisky. Roger levantó la botella con una ceja alzada a modo de pregunta, y asentí acercando mi vaso.

—Jamie. ¿Jamie Fraser? ¿Y él era...?

—Mi marido —dije.

Brianna sacudió la cabeza como un caballo que se espanta las moscas.

—¡Pero tú ya tenías marido! —dijo—. No podías... aunque... quiero decir... no podías.

—Tuve que hacerlo —dije, inexpresiva—. Después de todo, no hice nada a propósito.

—¡Mamá, uno no puede casarse accidentalmente!

Brianna estaba abandonando la actitud de enfermera amable ante un paciente con problemas mentales. Pensé que era mejor, aunque la alternativa fuera la ira.

—Bueno, no fue precisamente un accidente —dije—. Fue para que no me entregaran a Jonathan Randall. Jamie se casó conmigo para protegerme... lo cual fue muy generoso de su parte —añadí, mirando con ira a Bree por encima del vaso—. No tenía por qué hacerlo, pero lo hizo.

Luché para reprimir el recuerdo de la noche de bodas. Él era virgen. Le temblaban las manos cuando me tocó. Yo también tenía miedo, con mayor razón. Pero al alba me abrazó, y mi espalda desnuda se juntó con su pecho desnudo, sus muslos fuertes y tibios se entrelazaron con los míos y me susurró al oído: «No temas. Estamos juntos.»

Me volví hacia Roger otra vez.

—Veréis, yo no podía volver —dije—. Huía del capitán Randall cuando me encontraron los escoceses. Eran trashumantes. Jamie era uno de ellos. Eran gente del clan de su madre, los MacKenzie de Leoch. No sabían qué hacer conmigo, pero me llevaron cautiva. Y no pude volver a escapar.

Recordé mis esfuerzos frustrados por huir del castillo de Leoch. Y luego el día en que le conté la verdad a Jamie; y él, que al igual que Frank no me creyó, pero estaba dispuesto a actuar como si me creyera, me llevó de regreso a la colina de las piedras.

—Quizá pensó que era una bruja —dije con los ojos cerrados, sonriendo ligeramente al pensarlo—. Hoy en día creerían que estoy loca; entonces, debían de creer que era una bruja —les expliqué, abriendo los ojos—. Ahora llaman psicología a lo que entonces era magia. No hay mucha diferencia. —Roger asintió, algo anonadado—. A mí me juzgaron por bruja en la aldea de Cranesmuir, al pie del castillo. Jamie me salvó y entonces se lo conté. Y él me llevó a la colina y me dijo que regresara con Frank. —Hice una pausa y respiré hondo, recordando aquella tarde de octubre en que me habían obligado a recuperar el control de mi destino, arrebatado mucho tiempo atrás. «¡Aquí no tienes nada, pequeña! Nada, excepto violencia y peligro. ¡Vete!», había ordenado él. «¿De verdad no tengo nada aquí?», le pregunté. Demasiado honesto para hablar, respondió a pesar de todo, y yo decidí regresar.

»Era demasiado tarde —dije, mirando mis manos extendidas sobre las rodillas. El día estaba oscureciendo como preludio de la lluvia, pero mis dos alianzas, de oro y de plata, aún brillaban. No me había quitado la alianza de oro de Frank cuando me casé con Jamie; me puse el anillo de plata de Jamie en el anular de la mano derecha y lo llevé todos los días de los más de veinte años pasados desde que él lo puso allí.

»Yo amaba a Frank —dije sin mirar a Bree—. Le quise muchísimo. Pero entonces Jamie era mi corazón y el aliento de mi cuerpo. No podía dejarlo. ¡No podía! —Miré a Bree, como suplicándole. Ella me devolvió la mirada, con expresión marmórea.

Volví a mirarme las manos y proseguí.

—Me llevó a su casa. Lallybroch, se llamaba. Era un lugar muy hermoso.

Volví a cerrar los ojos para no ver la expresión de Brianna y evoqué deliberadamente la imagen de la heredad de Broch Tuarach, Lallybroch para quienes vivían allí. Una hermosa granja en las Highlands, con bosques y arroyos, y hasta una parcela de tierra fértil, algo inusual en la región. Un lugar encantador, pacífico, encerrado entre las altas colinas sobre un paso de montaña que lo mantenía apartado de la lucha que azotaba las Highlands. Pero incluso Lallybroch resultó ser sólo un refugio temporal.

—Jamie era un proscrito —expliqué, rememorando con los ojos cerrados las marcas de los azotes de los ingleses, una fina red de líneas blancas que le envolvía las anchas espaldas—. Su cabeza tenía precio. Uno de sus propios inquilinos lo delató a los ingleses. Lo capturaron y lo llevaron a la prisión de Wentworth para colgarlo.

Roger lanzó un silbido bajo y prolongado.

—Un infierno —dijo—. ¿La has visto? ¡Las paredes deben de tener tres metros de espesor!

Abrí los ojos.

—Así es —contesté con voz seca—. Estuve dentro de esas paredes. Pero hasta las paredes más anchas tienen puertas. —Sentí un escalofrío al recordar el valor que me había llevado a la prisión de Wentworth, obedeciendo a mi corazón. «Si pude hacer aquello por ti —pedía en silencio a Jamie—, también puedo hacer esto. Pero ayúdame, maldito escocés, ¡ayúdame!»

»Yo lo saqué de allí —dije, respirando hondo—. O lo que quedaba de él. Jonathan Randall dirigía la guarnición de Wentworth. —No quería recordar las imágenes que evocaban mis palabras, pero no pude evitarlo. Jamie, desnudo y cubierto de sangre, en el suelo de Eldridge Manor, donde habíamos encontrado asilo.

«No dejaré que me atrapen de nuevo», me dijo, con los dientes apretados por el dolor mientras yo le arreglaba los huesos rotos de la mano y le limpiaba las heridas. *Sassenach*. Así me había llamado desde el principio; la palabra gaélica que significa extranjero, extraño, inglés. Al principio en broma, después con afecto.

Y no permití que lo encontraran. Con la ayuda de un joven miembro del clan de los Fraser llamado Murtagh, cruzamos el Canal hasta Francia y buscamos refugio en la abadía de Ste. Anne de Beaupré, donde uno de los tíos de Fraser era abad. Pero una vez a salvo, descubrí que salvar su vida no era mi misión.

Lo que le había hecho Jonathan Randall había penetrado en su alma igual que las colas del látigo habían penetrado en su espalda, y había dejado en su mente cicatrices igual de profundas. No estaba segura de lo que hacía cuando evoqué a sus demonios y luché con ellos; la medicina y la magia son muy parecidas cuando se trata de curar algunas enfermedades.

Aún podía sentir la piedra fría y dura que me había lastimado, y la fuerza y la furia que había extraído de él, las manos que se cerraron alrededor de mi cuello y la criatura en llamas que me persiguió en la oscuridad.

—Pero lo curé —dije con voz suave—. Volvió a mí.

Brianna meneaba lentamente la cabeza de un lado a otro, confundida, pero tenía una expresión obstinada que yo conocía muy bien. «Los Graham son estúpidos; los Campbell, mentirosos; los MacKenzies, encantadores pero astutos, y los Fraser, obstinados», me había dicho Jamie al darme su opinión sobre los clanes. Y no iba tan errado: los Fraser eran muy obstinados, Jamie más que ninguno. Y también Bree.

—No me creo nada de lo que dices —dijo Brianna con voz áspera. Se irguió mientras me observaba de cerca—. Creo que has pensado demasiado en los hombres de Culloden. Después de todo, últimamente has estado muy estresada, y quizá la muerte de papá...

—Frank no era tu padre —la interrumpí con brusquedad.

—¡Sí que lo era! —Respondió tan rápidamente que nos sorprendió a ambos.

Ante la insistencia del médico, Frank había aceptado que cualquier intento de «obligarme a aceptar la realidad», como dijo uno de ellos, podía poner en peligro mi embarazo. Hubo muchos rumores en los pasillos, y gritos de vez en cuando, pero finalmente Frank se dio por vencido: dejó de pedirme que le contara la verdad. Y yo, con la salud débil y el corazón angustiado, me había dado por vencida: no se la conté.

Pero esta vez no iba a darme por vencida.

—Se lo prometí a Frank. Hace veinte años, cuando naciste. Traté de dejarlo, pero él no me lo permitió. Te amaba. —Sentí que mi voz se suavizaba al mirar a Brianna—. No podía creer la verdad, pero sabía, naturalmente, que no era tu padre. Me pidió que no te lo dijera. Que le permitiera ser tu único padre mientras viviera. Después, yo debía decidir.

Tragué saliva, mojándome los labios resecos.

—Se lo debía —dije—. Porque Frank te amaba. Pero ahora está muerto... y tienes derecho a saber quién eres. Si tienes dudas —proseguí—, ve a la Galería Nacional de Retratos. Allí hay un cuadro de Ellen MacKenzie, la madre de Jamie. Lleva puestas estas perlas —me toqué las que llevaba alrededor del cuello. Un collar de perlas barrocas de agua dulce de los ríos escoceses con aros de oro—. Jamie me las regaló el día de nuestra boda.

Miré a Brianna, sentada, erguida y tiesa, con expresión rígida.

—Lleva un espejo de mano —dije—. Mira bien el retrato y luego mírate en el espejo. No eres idéntica, pero te pareces bastante a tu abuela.

Roger miró a Brianna como si nunca la hubiera visto antes. Nos miró a ambas. Luego, como si hubiera tomado una decisión, cuadró los hombros y se levantó del sofá, donde había estado sentado junto a Brianna.

—Tengo algo que creo que debes ver —dijo con firmeza. Se dirigió al antiguo escritorio del reverendo y sacó un montón de recortes de diarios de uno de los casilleros.

—Cuando los hayas leído, fíjate en las fechas —le dijo a Brianna mientras se los entregaba. Luego, todavía en pie, se volvió hacia mí y me examinó de pies a cabeza, con la mirada tranquila y desapasionada de los estudiosos: alguien acostumbrado a ser objetivo. Todavía no me creía, pero tenía suficiente imaginación como para dudar.

—1743 —dijo como para sí. Meneó la cabeza, maravillado—. Y yo que creía que era un hombre al que habías conocido aquí en 1945. ¡Por Dios, nunca me lo habría imaginado! ¿Y quién se lo habría imaginado?

Esto me sorprendió.

—¿Lo sabías? ¿Lo del padre de Brianna?

Asintió, señalando los recortes que tenía Brianna en las manos. Brianna no los había mirado aún, sino que observaba a Roger, entre atónita y enfadada. Podía ver en su mirada la tormenta que se avecinaba, y también Roger, pensé. Éste se volvió hacia mí y me preguntó:

—Entonces esos nombres que me diste, los que lucharon en Culloden, ¿los conociste?

Me relajé un poco.

—Sí, los conocí. —Se oyó el rumor de un trueno en el este y la lluvia comenzó a caer contra los largos ventanales que cubrían una de las paredes del estudio. La cabeza de Brianna estaba inclinada sobre los recortes; los mechones de pelo le ocultaban todo el rostro menos la punta de la nariz, de un rojo brillante. Jamie siempre se ponía rojo cuando estaba furioso o enfadado. Me era muy familiar la imagen de un Fraser a punto de explotar.

—Y estuviste en Francia —susurró Roger como para sí, todavía estudiándome. La expresión de sorpresa estaba dejando paso a la conjetura y a algo parecido a la excitación—. Supongo que no sabías...

—Sí —le dije—. Por eso fuimos a París. Le hablé a Jamie de Culloden, del año cuarenta y cinco, y de lo que pasaría. Fuimos a París para tratar de detener a Carlos Estuardo.

SEGUNDA PARTE

Los pretendientes al trono

Le Havre, Francia: febrero de 1744

6

Agitación

—Pan —musité débilmente, con los ojos cerrados. No hubo respuesta del enorme y cálido objeto que estaba junto a mí, aparte de la suave respiración—. ¡Pan! —repetí, un poco más alto. Hubo un repentino sobresalto entre las sábanas; me agarré al borde del colchón y endurecí los músculos, con la esperanza de acabar con la sensación de mareo que se había apoderado de mí.

Se oyeron gruñidos al otro extremo de la cama, seguidos del ruido de un cajón al abrirse, una exclamación amortiguada en gaélico, el golpe sordo de un pie descalzo pisando los tablones y, finalmente, el colchón hundiéndose bajo el peso de un cuerpo pesado.

—Toma, Sassenach —dijo una voz, y sentí el roce de una corteza de pan seco en los labios. Tanteando sin abrir los ojos, lo cogí y empecé a masticar con cuidado, forzándome a tragar cada bocado. No valía la pena pedir agua.

Las migas de pan poco a poco fueron bajando por mi garganta y se instalaron en mi estómago, donde se extendieron como pequeños montones de lastre. El movimiento de mi oleaje interior se fue calmando. Abrí los ojos y vi el rostro preocupado de Jamie Fraser, cerniéndose apenas unos centímetros por encima de mí.

—¡Ah! —exclamé, asustada.

—¿Te encuentras mejor? —preguntó. Cuando asentí e intenté incorporarme débilmente, pasó un brazo por mi espalda para ayudarme. Sentándose a mi lado sobre la rugosa cama de la posada, me atrajo hacia sí y me alisó el pelo.

—Pobre —dijo—. ¿No quieres un poco de vino? Tengo un frasco en la alforja.

—No. No, gracias. —Temblé ante la sola idea de beber vino (con tan sólo oírlo podía oler los vapores oscuros y afrutados) y me incorporé en la cama—. Pronto estaré bien —dije con una alegría forzada—. No te preocupes. Es normal que una mujer embarazada se sienta mal por la mañana.

Dedicándome una mirada dudosa, Jamie se levantó y fue a buscar su ropa sobre el taburete junto a la ventana. En febrero hace un frío infernal en Francia y el vidrio burbujeado de las ventanas estaba cubierto de escarcha. Estaba desnudo y la piel de gallina le cubría los hombros y le erizaba el vello cobrizo de los brazos y las piernas. Pero, acostumbrado al frío, no temblaba ni se apresuró a ponerse la camisa. Antes de acabar de vestirse, volvió a la cama y me abrazó.

—Quédate en la cama —sugirió—. Enviaré a la criada para que encienda el fuego. Quizá puedas descansar un poco, ahora que ya has comido. ¿Te sientes mejor?

No estaba muy segura, pero asentí para tranquilizarlo.

—Sí, creo que sí. —Me volví para mirar la cama; el cobertor, al igual que la mayoría de los que proporcionaban las posadas, no estaba muy limpio. Y eso que la plata del morral de Jamie nos había conseguido el mejor cuarto de la posada, y el angosto colchón estaba relleno de plumas de ganso en lugar de paja o lana—. Hum, tal vez sí me acueste un momento —susurré, levantando los pies del suelo helado y metiéndolos bajo el cobertor, en busca de los últimos vestigios de calor. Mi estómago parecía haberse asentado lo suficiente como para arriesgarme a tomar un sorbo de agua, y me serví una taza del aguamanil agrietado de la habitación—. ¿Qué estás pisando? —pregunté un poco después mientras bebía agua con cuidado—. No habrá arañas, ¿no?

Ajustándose el kilt a la cintura, Jamie sacudió la cabeza.

—¡Puaj, no! —dijo. Con las manos ocupadas, hizo un gesto con la cabeza hacia la mesa—. Era sólo una rata. Supongo que estaría buscando el pan.

Miré hacia el suelo y vi el bulto gris e inmóvil. En el hocico tenía un hilo de sangre. Salí de la cama justo a tiempo.

—Estoy bien —dije débilmente poco después—. No tengo nada más que vomitar.

—Enjuágate la boca, Sassenach, pero no tragues, por el amor de Dios.

Jamie sostuvo la taza y me limpió la boca con un pañuelo como si yo fuera una niña traviesa; después me cogió en brazos y me dejó cuidadosamente en la cama. Me miró con preocupación.

—Tal vez será mejor que me quede —dijo—. Puedo mandar recado.

—No, no, estoy bien —dije. Y era cierto. Por más que me esforzara por no vomitar, no podía retener nada en el estómago. Sin embargo, una vez que hube terminado, me sentí completamente recuperada. Aparte del gusto ácido en la boca y un leve dolor en el estómago, me sentía como siempre. Retiré el cobertor y me levanté para demostrárselo—. ¿Lo ves? Estoy bien. Y tienes que irte; no hagas esperar a tu primo.

Empezaba a sentirme de buen humor otra vez, a pesar del aire frío que se colaba debajo de la puerta y bajo los pliegues de mi camisón. Jamie vacilaba; no quería dejarme sola, y yo me acerqué a él y lo abracé con fuerza para tranquilizarlo y porque estaba deliciosamente tibio. Lo abracé.

—*Brrr*. ¿Cómo diablos puedes estar tan calentito, vestido sólo con ese kilt?

—También llevo una camisa —protestó sonriéndome.

Nos quedamos abrazados un momento, disfrutando de la calidez del otro en el frío tranquilo de las primeras horas de la mañana francesa. Por el corredor se oía a la criada que se acercaba con la leña. Jamie cambió de posición, ejerciendo presión contra mi cuerpo. Debido a las dificultades de viajar en invierno, habíamos tardado casi una semana en viajar desde Ste. Anne hasta Le Havre. Y como llegábamos tarde a las lúgubres posadas, mojados, sucios y temblando de fatiga y de frío, y como por la mañana mi indisposición empeoraba, apenas nos habíamos tocado desde la última noche en la abadía.

—¿Vienes a la cama conmigo? —sugerí con voz suave.

Él vaciló. La fuerza de su deseo se hizo patente a través de la tela de su kilt, y sentía el calor de sus manos sobre mi piel fría, pero no me tomó en sus brazos.

—Está bien... —dijo con tono dubitativo.

—Quieres, ¿no? —pregunté, metiendo una mano helada bajo el kilt para asegurarme.

—Ah, sí. Sí, claro que sí. —Había una prueba que confirmaba esta afirmación. Gruñó débilmente cuando cerré la mano entre sus piernas—. Ay, Dios. No hagas eso, Sassenach. No puedo dejar de tocarte.

Entonces me abrazó, y mi cara se hundió entre los blancos pliegues de su camisa, que olía al almidón que usaba el hermano Alfonse en la abadía.

—¿Por qué no me acaricias? —dije—. Tienes tiempo. Hay un trecho corto hasta los muelles.

—No es eso —dijo, acariciando mi cabello alborotado.

—Ah, ¿estoy muy gorda? —De hecho, mi vientre seguía casi plano, y estaba más delgada que nunca por los vómitos—. ¿O es por...?

—No —dijo sonriendo—. Hablas demasiado. —Se inclinó y me besó; luego me alzó y se sentó en la cama, sosteniéndome en su regazo. Me acosté y le obligué a cubrirme con su cuerpo.

—¡Claire, no! —protestó cuando empecé a quitarle el kilt.

Lo miré con fijeza.

—¿Por qué no?

—Es que... —dijo con torpeza, ruborizándose un tanto—. El niño... no quiero lastimarlo.

Me eché a reír.

—Jamie, no puedes lastimarlo. No es más grande que la punta de mi dedo.

Levanté un dedo para mostrárselo y después lo usé para trazar la generosa y curvada línea de su labio inferior. Me cogió la mano y se inclinó para besarme, como si quisiera borrar mi caricia.

—¿Estás segura? —preguntó—. Quiero decir... No creo que le guste que lo sacudamos de un lado para otro...

—No se dará cuenta —le aseguré, con las manos otra vez ocupadas con la hebilla de su kilt.

—Bueno, si estás tan segura...

Llamaron a la puerta y, con el impecable sentido francés de la oportunidad, la criada entró de espaldas. Al pasar golpeó la puerta con un leño. A juzgar por la maltratada superficie de la puerta, así era como acostumbraba a entrar en las habitaciones.

—*Bonjour, monsieur, madame* —saludó, con un leve cabeceo en dirección a la cama mientras arrastraba los pies hacia el hogar. Será bueno para algunas personas, decía su actitud, con mayor claridad que las palabras. Acostumbrada ya a la naturalidad con que los sirvientes trataban a los huéspedes de las posadas estuvieran vestidos o no, devolví el saludo:

—*Bonjour, mademoiselle.*

Solté la falda de Jamie y me metí bajo las sábanas, cubriéndome las mejillas con el cobertor.

Con algo más de sangre fría, Jamie colocó una de las almohadas sobre las piernas, apoyó los codos en ella y la barbilla sobre la palma de la mano, y conversó con la criada, alabando la cocina de la casa.

—¿Y dónde consigue el vino? —preguntó cortésmente.

—Aquí y allá. Donde sea más barato. —Se encogió de hombros, introduciendo la madera rápidamente bajo las ramas con mano experta. La mujer frunció el ceño al mirar de reojo a Jamie desde el hogar.

—Lo suponía —respondió sonriéndole; la criada rió—. Apuesto a que puedo igualar el precio que pagáis y doblar la calidad —dijo—. Díselo a la patrona.

La mujer alzó una ceja con escepticismo.

—¿Y cuál es el precio?

Jamie hizo un gesto resignado.

—Ninguno. Tengo un pariente que vende vino. Tal vez pueda traer algún negocio que garantice mi bienvenida en esta posada, ¿no?

La mujer asintió, percatándose de la conveniencia del trato, y gruñó al incorporarse.

—Muy bien, monsieur. Hablaré con la *patronne.*

La puerta se cerró detrás de la criada, ayudada por un hábil movimiento de su cadera al pasar. Apartando la almohada, Jamie se levantó y volvió a ponerse el kilt.

—¿Adónde crees que vas? —protesté.

Bajó la mirada hacia mí y una sonrisa reacia curvó su ancha boca.

—Ah. Bien... ¿estás segura de que puedes, Sassenach?

—Lo estoy si tú lo estás —dije, incapaz de resistirme.

Me miró con severidad.

—Sólo por eso debería marcharme de inmediato —dijo—. Pero he oído decir que hay que complacer a las mujeres embarazadas.

Dejó caer el kilt y se sentó junto a mí con la camisa puesta. La cama crujió bajo su peso.

Su respiración se aceleró mientras retiraba el cobertor y me abría el camisón para besarme los senos. Inclinando la cabeza, los besó, rozando con la lengua un pezón, que se endureció como por arte de magia.

—Son adorables —susurró, mientras hacía lo mismo con el otro. Tomó ambos senos entre las manos, admirándolos—. Están más pesados —advirtió, sorprendido—. Sólo un poquito. Y los pezones están más oscuros.

Su dedo índice trazó la curva naciente de un único y fino pelo que crecía junto a la oscura areola, plateado en la luz escarchada de la mañana. Levantando el cobertor, se acostó a mi lado; me acurruqué entre sus brazos, apretando las sólidas curvas de su espalda, deslizando las manos hacia la firme redondez de sus nalgas. Su piel desnuda estaba fría por el aire de la mañana, pero la piel de gallina desapareció bajo mis caricias.

Intenté atraerlo hacia mí de inmediato, pero se resistió con suavidad, obligándome a apoyarme en la almohada mientras me mordisqueaba el cuello y la oreja. Una mano recorrió mi muslo, y la fina tela de mi camisón se deslizó ondeante ante ella.

Su cabeza descendió aún más y sus manos separaron con suavidad mis muslos. Temblé cuando el aire frío rozó la piel desnuda de mis piernas, pero después me relajé por completo ante el cálido afán de su boca.

Llevaba el pelo suelto; aún no se había recogido el pelo y sentí un suave cosquilleo en los muslos. Apoyó el peso de su cuerpo en mis piernas, y cogió mis caderas.

—¿Hum? —se oyó un sonido interrogativo desde abajo. Arqueé un poco las caderas en respuesta y una breve risita rozó mi piel.

Las manos se deslizaron debajo de mis caderas y me alzaron. Me dejé llevar mientras la excitación aumentaba hasta que alcancé un orgasmo que me dejó inmóvil y jadeante, con la cabeza de Jamie apoyada en mi muslo. Él esperó un momento y poco después volvió a empezar. Alisé la despeinada cabellera y acaricié sus orejas, tan incongruentemente pequeñas y claras para un hombre tan grande y robusto. La curva superior brillaba con un rosa suave y translúcido, y recorrí el borde de la curva con mi pulgar.

—Son puntiagudas, como las de un fauno.

—¿Ah, sí? —preguntó, interrumpiendo su labor por un momento—. ¿Quieres decir como un ciervo, o como ésos con patas de cabra que se ven en las pinturas clásicas persiguiendo mujeres desnudas?

Abrí los ojos y eché un vistazo al revoltijo de sábanas, camisón y piel desnuda y a los ojos que brillaban encima de mis rizos castaños.

—Si se presenta la ocasión, aprovéchala.

Y dejé caer la cabeza sobre la almohada, mientras la risa ahogada de Jamie vibraba en mi piel demasiado sensible.

—Ah. ¡Dios mío! Jamie, ven aquí —dije, haciendo un esfuerzo por incorporarme.

—Aún no —dijo, mientras hacía algo con la punta de la lengua que hizo que me retorciera de placer.

—Ahora —dije. Jamie no se molestó en responder, y yo no tuve más aliento para hablar—. Ah —dije momentos más tarde—. Ha sido...

—¿Hum?

—Hermoso —susurré—. Ven aquí.

—No —dijo el rostro invisible que había detrás de la mata de pelo color canela—. ¿Te gustaría que...?

—Jamie —dije—. Te quiero. ¡Ven aquí!

Suspirando con resignación, se arrodilló y dejó que tirara de él hacia arriba. Por fin se apoyó sobre los codos, y sentí su peso encima de mí, vientre con vientre y labios con labios. Abrió la boca para protestar, pero me apresuré a besarlo. Se deslizó entre mis muslos antes de poder evitarlo. Gimió con involuntario placer al penetrarme, con los músculos tensos mientras me agarraba los hombros. Fue suave y lento. Se detenía de vez en cuando para besarme y volvía a moverse sólo cuando yo se lo pedía. Yo recorría su espalda con las manos, cuidando de no apretar las cicatrices de sus heridas. Sus muslos temblaron contra los míos, pero se contuvo, reacio a moverse con la rapidez que hubiera necesitado. Empujé las caderas para que su penetración fuera más profunda. Cerró los ojos y frunció el entrecejo, concentrado. Tenía la boca abierta y hacía ruido al respirar.

—No puedo... —dijo—. Ay, Dios, no puedo evitarlo. —Sus nalgas se endurecieron bajo mis manos.

Suspiré satisfecha, y lo atraje más hacia mí.

—¿Estás bien? —me preguntó momentos después.

—No me romperé —dije, sonriendo. Jamie se rió con ganas.

—Quizá tú no, Sassenach, pero a lo mejor yo sí.

Me acercó a él, presionando su mejilla contra mi pelo. Levanté el cobertor y le rodeé los hombros con él, sellándonos en un capullo de calidez. El calor del fuego aún no había alcanzado la cama, pero el hielo de la ventana se estaba descongelando, y el borde de la escarcha se derretía formando brillantes diamantes.

Permanecimos quietos un tiempo, escuchando el crujir del fuego en el hogar y los débiles ruidos de la posada a medida que los huéspedes volvían a la vida. Se intercambiaban llamadas entre los balcones al otro lado del patio, se oían latigazos y el golpe de los cascos sobre los adoquines mojados, así como algún extraño y esporádico chillido de los lechones que la patrona estaba criando en la cocina, bajo el fogón.

—*Très français, n'est-ce pas?* —dije, sonriendo al oír la discusión que llegaba hasta nosotros desde el piso de abajo, un amigable ajuste de cuentas entre la esposa del posadero y el vinatero del pueblo.

—¡Hijo enfermo de una puta sifilítica! —exclamaba la voz femenina—. El coñac que me vendiste sabía a orina de caballo.

No necesitaba ver la escena para imaginarme a la mujer encogiendo los hombros.

—¿Y cómo te diste cuenta? Después del sexto vaso, todo tiene el mismo gusto, ¿no?

La cama se agitó cuando Jamie se echó a reír conmigo. Levantó la cabeza de la almohada y le llegó el olor a jamón que se filtraba a través de las tablas del suelo.

—Sí, así es Francia —coincidió—. Comida, bebida... y amor—. Palmeó mi cadera desnuda, antes de estirar la bata arrugada sobre ella.

—Jamie —dije—, ¿estás contento? ¿estás contento por el niño? —Proscrito en Escocia, expulsado de su propio hogar y con perspectivas dudosas en Francia, bien podía estar poco entusiasmado ante la perspectiva de una obligación más. Permaneció en silencio un momento, me abrazó con más fuerza y luego suspiró antes de responder.

—Sí, Sassenach. —Su mano se desvió hacia abajo, frotando suavemente mi vientre—. Estoy feliz, y orgulloso como un semental. Pero también tengo mucho miedo.

—¿Por el parto? Irá bien. —No podía culparlo por su temor: su propia madre había muerto de parto cuando él era pequeño, y en aquella época el parto era la causa principal de muerte entre las mujeres. Pero yo sabía algo, y no tenía intención de exponerme a lo que ellos consideraban cuidados médicos.

—Sí, por eso... y por todo —dijo suavemente—. Quiero protegerte, Sassenach.... extenderme sobre ti como un manto y protegeros a ti y al niño con mi cuerpo. —Su voz era suave y ronca, con una ligera nota de algo más—. Haría cualquier cosa por ti... y sin embargo... no puedo hacer nada. No importa lo fuerte que yo sea, o la voluntad que tenga; no puedo ir a donde tú debes ir... ni siquiera puedo ayudarte. Pensar en las cosas que podrían pasar, y no poder hacer nada para evitarlas... Sí, tengo miedo, Sassenach. Y sin embargo —me atrajo hacia él y su mano me cubrió un seno con suavidad— cuando pienso en ti amamantando a nuestro hijo... entonces siento que estoy a punto de explotar de felicidad. —Me estrechó contra su pecho y yo le respondí abrazándolo con todas mis fuerzas—. Ay, Claire, te quiero tanto que se me rompe el corazón.

Dormí un rato y me desperté lentamente con el tañido de una campana de la plaza vecina. Recién llegada de la abadía de Ste. Anne, donde todo transcurría de acuerdo con el ritmo de las campanas, miré a la ventana para medir la intensidad de la luz y saber qué hora era. Una luz clara y brillante. Las campanas llamaban al Ángelus. Era mediodía.

Me estiré, disfrutando de la feliz certeza de que no tenía que levantarme inmediatamente. Los primeros meses del embarazo me tenían agotada, y la tensión del viaje había aumentado mi fatiga, haciendo que el prolongado descanso fuera doblemente bienvenido.

Había llovido y nevado incesantemente durante el viaje, a causa de las tormentas invernales que habían azotado la costa francesa. Sin embargo, podría haber sido peor. Nuestra intención original era ir a Roma, no a Le Havre. Con aquel tiempo habría representado un viaje de tres o cuatro semanas.

Ante la perspectiva de ganarse la vida en el extranjero, Jamie había conseguido una recomendación como traductor de Jacobo Francisco Eduardo Estuardo, rey de Escocia en el exilio, o simplemente el caballero Jorge, pretendiente al trono (según a qué facción pertenecía quien lo dijera), de modo que decidimos unirnos a la corte del pretendiente cerca de Roma.

Estábamos a punto de partir para Italia cuando Alexander, abad de Ste. Anne y tío de Jamie, nos llamó a su estudio.

—He tenido noticias de Su Majestad —dijo sin preámbulos.

—¿Cuál? —preguntó Jamie.

El ligero parecido familiar entre los dos hombres se veía exagerado por sus posturas: ambos estaban sentados de manera rígida en sus asientos, con los hombros cuadrados. En el caso del abad, dicha postura se debía a un ascetismo natural; en el caso de Jamie, se debía a su reticencia a que las cicatrices recién curadas de su espalda entraran en contacto con la madera de la silla.

—Su Majestad el rey Jacobo —respondió el tío Alexander, mirándome seriamente. Tuve cuidado de que mi rostro no reflejara ninguna emoción; mi presencia en el estudio del abad Alexander era una prueba de confianza, y no quería hacer nada que la pusiera en peligro. Hacía apenas seis semanas que me conocía, desde el día después de Navidad, cuando aparecí ante su puerta con un Jamie moribundo por la tortura y el encierro. El conocerme mejor había hecho que el abad confiara en mí. Por otra parte, yo era inglesa, y el nombre del rey inglés era Jorge, no Jacobo.

—¿Sí? ¿Entonces no necesita un traductor?

Jamie todavía estaba delgado, pero había trabajado al aire libre con los frailes que se ocupaban de los establos y los campos de la abadía, de modo que su rostro estaba recuperando su color saludable.

—Necesita un sirviente leal, y un amigo.

El abad Alexander tocó una carta que había sobre su escritorio, con el lacre del sello roto. Frunció los labios, mientras su mirada iba de mí a su sobrino.

—Lo que os digo no debe repetirse —afirmó con tono severo—. Pronto será del conocimiento de todos, pero por el momento...

Intenté parecer de confianza y discreta; Jamie se limitó a asentir.

—Su alteza el príncipe Carlos Estuardo ha abandonado Roma y llegará a Francia esta semana —explicó el abad, inclinándose ligeramente hacia delante, como para enfatizar la importancia de lo que estaba diciendo.

Era un dato importante. Jacobo Estuardo había planeado reconquistar el trono en 1715, una operación militar que había fracasado por falta de apoyo. Desde entonces, según Alexander, el exiliado Jacobo de Escocia había estado escribiendo a los demás monarcas, en especial a su primo, Luis de Francia, reclamando su derecho al trono de Inglaterra y Escocia, y el de su hijo, el príncipe Carlos, como heredero.

—Su primo Luis ha hecho oídos sordos a estos reclamos completamente legítimos —dijo el abad, frunciendo el ceño hacia la carta, como si se tratara de Luis—. El hecho de que se haya dado cuenta de su responsabilidad causa gran regocijo entre quienes respetan el derecho sagrado de la monarquía.

Es decir, entre los jacobitas, o partidarios de Jacobo. Entre ellos se contaba el abad Alexander, de la abadía de Ste. Anne, nacido Alexander Fraser de Escocia, que se mantenía en contacto con el rey exiliado y al tanto de todo lo que atañía a la causa de los Estuardo.

—Está en el lugar apropiado —me explicó Jamie, al informarme sobre la empresa que estábamos a punto de emprender—. Los mensajeros papales cruzan Italia, Francia y España con más rapidez que casi ningún otro. Y los funcionarios de aduanas no pueden detenerlos, así que nadie intercepta las cartas.

Jacobo de Escocia, exiliado en Roma, contaba con el apoyo del Papa, que tenía interés en restaurar la monarquía católica en Inglaterra y Escocia. Por lo tanto, la mayor parte del correo privado de Jacobo era transportado por un mensajero papal y entregado a partidarios leales dentro de la jerarquía eclesiástica, como el abad Alexander de Ste. Anne de Beaupré, que gozaba de confianza para comunicarse con los partidarios del rey en Escocia.

Eso era menos arriesgado que enviar cartas desde Roma hasta Edimburgo y las Highlands.

Observé a Alexander con interés mientras explicaba la importancia de la visita del príncipe Carlos a Francia. Era un hombre robusto, moreno y bastante más bajo que su sobrino, pero, al igual que éste tenía los ojos algo sesgados, una inteligencia aguda y ese talento para discernir motivos ocultos que parecía caracterizar a todos los Frasers que había conocido.

—De manera que —concluyó el abad, acariciándose la barba hirsuta y castaña— no sé si Su Alteza está en Francia por invitación de Luis, o si ha venido sin ser invitado, en nombre de su padre.

—Son dos casos distintos —observó Jamie.

Su tío asintió y sonrió irónicamente.

—Cierto, muchacho —dijo, dejando que un poco de su acento escocés emergiera en medio de su inglés formal—. Es una gran verdad. Y es allí donde tu esposa y tú podéis ser de utilidad, si os parece bien.

La propuesta era simple. Su Majestad el rey Jacobo cubriría los gastos del viaje y un pequeño estipendio si el sobrino de su amigo Alexander consentía en viajar a París para ayudar a su hijo, su alteza el príncipe Carlos Eduardo, en lo que éste necesitara.

Me quedé de piedra. Queríamos ir a Roma porque parecía el mejor sitio para cumplir con nuestro objetivo: impedir el segundo Alzamiento jacobita, el de 1745. Por mis conocimientos históricos, sabía que el Alzamiento, financiado por Francia y llevado a cabo por Carlos Eduardo Estuardo, iría mucho más lejos que el intento de su padre de 1715, aunque no lo bastante lejos. Si todo sucedía como yo creía, las tropas del príncipe Carlos serían vencidas en Culloden en 1746, y los habitantes de las Highlands sufrirían las consecuencias de la derrota durante los dos siglos siguientes.

Y ahora, en 1744, Carlos en persona empezaba a buscar el apoyo de Francia. ¿Qué mejor lugar para impedir la rebelión que estar al lado de su líder?

Miré de reojo a Jamie, que observaba un pequeño sagrario colgado en la pared, por encima del hombro de su tío. Su mirada se posó en la figura dorada de santa Ana y en el pequeño manojo de flores colocado a sus pies, mientras su cerebro trabajaba tras un rostro inexpresivo. Finalmente parpadeó y sonrió a su tío.

—¿En lo que necesite Su Alteza? Sí —dijo con voz tranquila—. Creo que puedo hacerlo. Iremos.

Así que aceptamos la propuesta. En vez de ir directamente a París, nos dirigimos por la costa de Ste. Anne a Le Havre, para reunirnos con el primo de Jamie, Jared Fraser.

Jared era un próspero emigrante escocés, importador de vinos y licores, con una pequeña bodega y una gran casa en París, y una bodega enorme en Le Havre, donde había pedido a Jamie que se reuniera con él cuando éste le escribió para decirle que nos dirigíamos a París.

Tras haber descansado un rato, empecé a sentir hambre. Había comida sobre la mesa; Jamie debió de habérsela pedido a la criada mientras yo dormía.

No tenía salto de cama, pero tenía a mano el manto de terciopelo que utilizaba para viajar; me senté y me lo eché sobre los hombros antes de levantarme para orinar, añadir otro leño al fuego y sentarme a tomar mi desayuno.

Mastiqué con satisfacción los panecillos duros con jamón cocido y los acompañé con la leche que había en la jarra. Deseé que Jamie estuviera comiendo tan bien como yo; él insistía en que Jared era un buen amigo, pero yo tenía mis dudas sobre la hospitalidad de sus parientes, pues ya conocía a unos cuantos. Cierto era que el abad Alexander nos había acogido bien, tan bien como un hombre en la posición del abad podía recibir a un sobrino proscrito con una esposa sospechosa de ser espía. Pero nuestra visita a la familia materna de Jamie, los MacKenzie de Leoch, casi nos había matado el otoño anterior, cuando fui arrestada y juzgada como bruja.

—No cabe duda —dije— de que este tal Jared es un Fraser y parece un poco más fiable que tus parientes MacKenzie. Pero ¿lo conocías?

—Viví con él durante un tiempo, cuando tenía dieciocho años —me dijo Jamie, mientras echaba cera derretida a la carta de respuesta y presionaba la alianza de su padre sobre la mezcla verde grisácea. La alianza tenía un pequeño rubí y en la montura estaba grabado el lema del clan: *Je suis prest*, «Estoy listo»—. En París, donde fui a terminar mi educación y aprender algo acerca del mundo. Fue muy bueno conmigo; un buen amigo de mi padre. Y no hay hombre que sepa más de la sociedad parisina que quien le vende su vino —añadió con vehemencia, despegando el anillo de la cera endurecida—. Quiero hablar con Jared antes de entrar en la corte de Luis junto a Carlos Estuardo; me gustaría saber que tengo posibilidad de volver a salir —terminó con un dejo de ironía.

—¿Por qué? ¿Crees que habrá problemas? —pregunté. El alcance de la frase «En lo que necesite» parecía ser bastante amplio.

Jamie sonrió al ver mi preocupación.

—No, no espero que haya dificultades. Pero ¿qué dice la Biblia, Sassenach? «No confíes en los príncipes» —Se levantó y me dio un rápido beso en la frente mientras guardaba el anillo—. ¿Y quién soy yo para ignorar la palabra de Dios?

Pasé la tarde leyendo uno de los tratados de botánica que mi amigo, el hermano Ambrose, me había obligado a aceptar como regalo de despedida; más tarde me puse a coser. Ninguno de los dos tenía mucha ropa; si bien viajar ligero de equipaje tenía sus ventajas, los calcetines rotos y los dobladillos descosidos requerían atención inmediata. Mi costurero me resultaba casi tan preciado como la cajita donde guardaba hierbas y medicinas.

La aguja entraba y salía de la tela, parpadeando a la luz de la ventana. Me intrigaba cómo estaría yendo la visita de Jamie a Jared. Pero aún estaba más intrigada por el príncipe Carlos. Era la primera persona famosa que iba a conocer, y a pesar de que no creía en todas las leyendas que se habían tejido a su alrededor (mejor dicho, que iban a tejerse), la verdad sobre aquel hombre era un misterio. El éxito o fracaso de la rebelión del 45 iba a depender casi totalmente de su personalidad. Y el que se produjera iba a depender de los esfuerzos de otro joven: Jamie Fraser. Y de mí.

Todavía estaba absorta en la costura y en mis pensamientos cuando el ruido de pasos en el pasillo me hizo recordar lo tarde que era; el goteo de agua de los aleros había disminuido a medida que descendía la temperatura, y el resplandor del sol del atardecer brillaba sobre los carámbanos que colgaban del tejado. La puerta se abrió y entró Jamie.

Me sonrió distraídamente y se detuvo en seco junto a la mesa, con el rostro absorto como si tratara de recordar algo. Se quitó la capa, la plegó y la colgó al pie de la cama; se enderezó, fue al otro banco, se sentó y cerró los ojos.

Me quedé sentada con la costura olvidada sobre mi regazo, observándolo con interés. Poco después abrió los ojos y sonrió, pero no dijo nada. Se inclinó, estudiando mi rostro con gran atención, como si no me hubiese visto durante semanas. Por fin, una expresión de profunda revelación le cruzó el rostro, y se relajó, dejando caer los hombros, mientras descansaba los codos sobre sus rodillas.

—Whisky —dijo con inmensa satisfacción.

—Ya veo —respondí con precaución—. ¿Mucho?

Negó con la cabeza lentamente, como si le pesara mucho. Casi podía oír el ruido de su cerebro chapoteando en alcohol.

—Yo no —dijo con voz clara—. Tú.

—¿Yo? —repliqué, indignada.

—Tus ojos —dijo. Sonrió beatíficamente. Su mirada era suave y soñadora, nublada como una laguna bajo la lluvia.

—¿Mis ojos? ¿Qué tienen que ver mis ojos con...?

—Tienen el color del buen whisky; parece que el sol los ilumina por detrás. Esta mañana pensaba que eran del color del jerez, pero estaba equivocado. No es jerez, ni coñac. Es whisky. Eso es.

Pareció tan feliz al decirlo que no pude evitar reírme.

—Jamie, estás como una cuba. ¿Qué has estado haciendo?

Puso una expresión seria.

—No estoy borracho.

—¿Ah, no? —Aparté la costura y me acerqué para apoyarle una mano sobre la frente. Estaba fría y húmeda, aunque su rostro estaba arrebolado. De inmediato me rodeó la cintura con los brazos y me acercó a él, frotando la nariz cariñosamente contra mi pecho.

El olor a una mezcla de bebidas alcohólicas se elevaba como una nube, tan densa que casi podía verse.

—Ven a mí, Sassenach —susurró—. Mi mujercita de ojos color whisky, mi amor. Déjame llevarte a la cama.

Pensé que más bien iba a ser yo quien le llevara hasta la cama, pero no dije nada. Después de todo, no importaba para qué pensaba ir a la cama, sino que llegara hasta allí. Me incliné y puse un hombro bajo su axila para ayudarlo a levantarse, pero se echó hacia atrás y se levantó por su propio pie.

—No necesito ayuda —dijo, agarrando el cordón del cuello de su camisa—. Ya te lo he dicho, no estoy borracho.

—Tienes razón —asentí—. «Borracho» no alcanza para describir tu estado. Estás como una cuba.

Paseó la mirada por su kilt, después por el suelo y por último por mi camisón.

—No, no es verdad —replicó con gran dignidad. Avanzó un paso hacia mí, irradiando pasión—. Ven aquí, Sassenach; estoy listo.

Pensé que «listo» era una exageración; se había desabrochado la mitad de los botones y la camisa le colgaba torcida de los hombros, pero era lo máximo que iba a poder hacer sin ayuda.

Por otra parte... tenía desnuda gran parte del pecho y pude ver el huequecito donde solía apoyar mi barbilla y los pelillos que rodeaban sus pezones. Se dio cuenta de que lo observaba, y cogió mi mano y se la llevó al pecho. Estaba tibio; me acerqué a él. Con el otro brazo me rodeó y se inclinó para besarme. Lo hizo con tanta delicadeza que su aliento casi me mareó.

—Está bien —dije riendo—. Si estás listo, yo también. Pero primero déjame desnudarte... ya he cosido bastante por hoy.

Se quedó quieto mientras lo desvestía, sin apenas moverse. Tampoco se movió cuando me quité la ropa y abrí la cama.

Me metí dentro y me di la vuelta para mirarlo, rojizo y magnífico a la luz del atardecer. Parecía una estatua griega, de nariz larga y pómulos altos. La boca amplia y suave tenía una sonrisa soñadora y los ojos sesgados parecían mirar a lo lejos. Estaba totalmente inmóvil.

Lo miré con preocupación.

—Jamie —dije—. ¿Cómo sabes si estás borracho?

Sobresaltado por mi voz, se balanceó, pero se agarró al borde de la repisa de la chimenea. Su mirada flotó por la habitación para fijarse después en mi cara. Por un instante sus ojos brillaron, claros y diáfanos.

—Ah, es fácil, Sassenach. Si puedes permanecer en pie, no estás borracho. —Soltó la repisa, dio un paso hacia mí y cayó lentamente con la mirada ausente y una sonrisa amplia y dulce.

—Ya veo —respondí.

El canto de los gallos y el estrépito de cacharros en la cocina me despertó poco después del alba. La figura que había junto a mí se sacudió y después se quedó inmóvil, pues el movimiento le había dado dolor de cabeza.

Me apoyé en un codo para examinar el cuerpo de Jamie. No estaba tan mal, pensé con mirada crítica. Tenía los ojos cerrados con fuerza para evitar los rayos del sol y el pelo revuelto como las púas de un puerco espín, pero su piel estaba pálida, y las manos que se aferraban al cobertor no temblaban.

Le levanté un párpado, miré dentro y dije divertida:

—¿Hay alguien en casa?

Abrió el otro ojo lentamente y me lanzó una mirada torva. Dejé caer la mano y le sonreí con encanto.

—Buenos días.

—Eso, Sassenach, es cuestión de opiniones —dijo, y volvió a cerrar ambos ojos.

—¿Tienes idea de cuánto pesas? —pregunté como al descuido.

—No.

Lo repentino de la respuesta sugirió no sólo que no lo sabía sino que no le importaba; sin embargo, persistí en mi intento.

—Creo que alrededor de dos quintales. Como un jabalí de buen tamaño. Pero por desgracia no contaba con batidores que te colgaran de pies y manos y te trajeran a casa.

Un ojo volvió a abrirse y me miró pensativo, después miró la chimenea al otro extremo de la habitación y esbozó una media sonrisa.

—¿Cómo me metiste en la cama?

—No lo hice. No podía moverte, así que te eché encima un cobertor y te dejé junto a la chimenea. Después resucitaste y gateaste hasta aquí por tus propios medios en algún momento de la noche.

Pareció sorprendido y volvió a abrir el otro ojo.

—¿De veras?

Asentí y traté de alisar el pelo que se le rizaba detrás de la oreja izquierda.

—Claro que sí. Eres muy testarudo.

—¿Testarudo? —Frunció el entrecejo y se desperezó, estirando los brazos por encima de la cabeza. Después se sorprendió.

—No, no pude haberlo hecho.

—Sí que lo hiciste. Dos veces.

Miró de soslayo por debajo de su pecho, como si quisiera confirmar una afirmación tan improbable, y después volvió a mirarme.

—¿De veras? Pues no es justo; no recuerdo nada. —Vaciló un momento, con timidez—. ¿Lo hice todo bien? ¿No hice ninguna tontería?

Me acerqué a él y apoyé la cabeza en la curva de su hombro.

—No, no lo llamaría una tontería. Pero no estuviste muy conversador.

—Gracias a Dios —dijo, y soltó una risita socarrona.

—Hum. Lo único que decías era «Te amo», pero lo dijiste muchas veces.

La risita se repitió, esta vez más fuerte.

—¿Ah, sí? Bueno, supongo que podría haber sido peor.

Retuvo el aliento, y después hizo una pausa. Giró la cabeza y olfateó con recelo el suave mechón de color canela bajo su brazo alzado.

—¡Dios santo! —exclamó. Trató de apartarme—. No pongas la cabeza cerca de mi axila, Sassenach. Huelo como un jabalí muerto hace una semana.

—Y adobado con coñac —dije, mientras me acurrucaba junto a él—. ¿Cómo diablos pudiste emborracharte tanto?

—Por la hospitalidad de Jared. —Se acomodó con un profundo suspiro, con el brazo alrededor de mi hombro—. Me enseñó su bodega en el muelle. Y el almacén donde guarda las bebidas raras, el coñac portugués y el ron jamaicano. —Sonrió al recordarlo—. El vino no estaba tan mal, porque se paladea y se escupe en el suelo después. Pero el coñac es otra historia. Además, Jared dijo que hay que dejarlo pasar por la garganta para apreciarlo al máximo.

—¿Y cuánto apreciaste? —pregunté con curiosidad.

—Perdí la cuenta a la mitad de la segunda botella. —En aquel momento empezó a sonar la campana de una iglesia; la llamada para la primera misa. Jamie se incorporó y miró la ventana, por la que entraba un sol brillante.

—¡Por Dios, Sassenach! ¿Qué hora es?

—Alrededor de las seis, supongo. ¿Por qué?

Jamie se relajó levemente, aunque continuó sentado.

—Ah, está bien, entonces. Creía que era la campana del Ángelus. He perdido la noción del tiempo.

—Eso me parece. ¿Qué sucede?

Con una explosión de energía, apartó las mantas y se levantó. Trastabilló un poco, pero conservó el equilibrio, aunque se llevó las manos a la cabeza, como para asegurarse de que aún la tenía en su lugar.

—Es que tenemos una cita en los muelles esta mañana —exclamó jadeante—. En la bodega de Jared. Nosotros dos.

—¿De verdad? —Bajé de la cama con dificultad y busqué la bacinilla que había debajo—. Si planea terminar el trabajo, no creo que quiera testigos.

La cabeza de Jamie emergió por el cuello de la camisa con las cejas levantadas.

—¿Terminar el trabajo?

—Bueno, la mayoría de tus parientes parece querer eliminarnos, a ti o a mí. ¿Por qué no Jared? Ha empezado a envenenarte, por lo que veo.

—Muy gracioso, Sassenach —dijo con ironía—. ¿Tienes algo decente que ponerte?

Para nuestros viajes me había puesto un vestido de sarga gris, muy cómodo, adquirido gracias a los buenos servicios del asistente de la abadía de Ste. Anne, pero también tenía el vestido con el que me había fugado de Escocia, que me había regalado lady Annabelle MacRannoch. Era de terciopelo verde, muy bonito; resaltaba mi palidez, pero era elegante.

—Creo que sí, si no está manchado de salitre.

Me arrodillé junto al baúl y desplegué el vestido. Jamie se arrodilló a mi lado, levantó la tapa de mi caja de medicinas y examinó las botellas, cajas y hierbas envueltas en gasa.

—¿Tienes algo para la jaqueca, Sassenach?

Busqué una botella y la saqué.

—El marrubio podría ayudarte, aunque no es lo mejor. Y una infusión de corteza de sauce con hinojo va bastante bien, pero tarda en prepararse. Mejor, ¿qué tal si te preparo una receta de hígado con tachuelas? Es una maravillosa cura para la resaca.

Entornó un ojo y me miró con suspicacia.

—Suena horrible.

—Lo es —contesté alegremente—. Pero te sentirás muchísimo mejor una vez que hayas vomitado.

—Mmmfm. —Se levantó y empujó la bacinilla hacia mí—. Vomitar por la mañana es tu trabajo, Sassenach —dijo—. Hazlo y vístete. Podré soportar la jaqueca.

Jared Munro Fraser era un hombre pequeño, delgado, de ojos negros, con cierto parecido a su primo lejano Murtagh, el miembro del clan Fraser que nos había acompañado hasta Le Havre. La primera vez que vi a Jared, con una pose majestuosa ante las enormes puertas de su almacén, de manera que riadas de estibadores cargando toneles se veían obligados a rodearlo, el parecido era tan evidente que parpadeé y me restregué los ojos. Al parecer, Murtagh aún estaba en la posada, ocupándose de un caballo con una pata lastimada.

Jared tenía el pelo lacio y oscuro, los ojos penetrantes y el físico vigoroso. Pero allí terminaba toda semejanza. Y a medida que nos acercábamos, con Jamie despejando galantemente el camino a codazos y con los hombros, empecé a ver las diferencias. La cara de Jared era ovalada, y no con forma de hacha como la de Murtagh, con una nariz jovial y respingona que destrozaba el aire digno que le confería su pose erguida.

Jared no era pastor sino mercader; a diferencia de Murtagh, cuya expresión natural era agria, sabía sonreír, y nos dedicó una amplia sonrisa mientras nos subían a empujones por la rampa hasta su presencia.

—¡Querida mía! —exclamó, tomándome con fuerza de un brazo y apartándome con destreza de un par de fornidos estibadores que empujaban un gigantesco tonel a través de la enorme puerta—. ¡Es un gran placer conocerte por fin! —El tonel hizo un gran ruido al golpear los tablones de la rampa y pude oír el chapoteo de su contenido al pasar junto a mí.

—El ron se puede tratar así —observó Jared, mientras vigilaba el enorme barril sorteando los obstáculos de la bodega— pero no el oporto. Por eso lo entrego personalmente, junto con el vino embotellado. De hecho, me estaba preparando para embarcar una carga de oporto Belle Rouge. ¿Os gustaría acompañarme?

Miré a Jamie, quien asintió, y de inmediato partimos tras Jared, apartándonos del tráfico de toneles y barriles, carretas y carretillas; hombres y muchachos de todo tipo cargaban rollos de tela, cajas de cereales y alimentos, rollos de cobre, bolsas de harina y todo lo que podía transportar un barco.

Le Havre era un centro importante del tráfico marítimo, y el puerto era el corazón de la ciudad. Un largo y sólido muelle cubría casi cuatrocientos metros del borde del puerto, con muelles más pequeños que sobresalían de él. En el puerto había anclados barcos de tres mástiles, bergantines, esquifes y pequeñas galeras; una colección completa de los buques que aprovisionaban Francia.

Jamie me cogió con fuerza el codo para quitarme del camino de las carretillas, barriles rodantes, mercaderes y marineros descuidados que no miraban por dónde iban, sino que dependían del impulso para transportarse a través de la aglomeración de los muelles.

Mientras caminábamos por el muelle, Jared me gritaba en el oído, señalando objetos de interés al pasar y explicando la historia y la propiedad de diversos barcos, de forma inconexa. El *Arianna,* barco al cual nos dirigíamos, era de su propiedad. La mayoría de los barcos pertenecían a un solo propietario o, normalmente, a grupos de mercaderes que compartían su propiedad; o a veces, a un capitán que alquilaba el barco, la tripulación y los servicios para un viaje. Al comparar la cantidad de buques pertenecientes a compañías con el número relativamente escaso de dueños individuales, empecé a formarme una idea del poder de Jared.

Estaba en la mitad del muelle, cerca de una gran bodega con el nombre de FRASER pintado con letra cursiva blanca. Al ver el nombre sentí un pequeño escalofrío, una sensación repentina de alianza y pertenencia; me di cuenta de que compartía ese nombre.

El *Arianna* tenía tres mástiles, unos veinte metros de eslora, una ancha proa y dos cañones en el lado del barco que daba al muelle; por si intentaban robarlos en alta mar, supuse. Había hombres que iban y venían por las cubiertas, supuestamente con algún propósito, aunque parecía un hormiguero en pleno ataque.

Todas las velas estaban arriadas y atadas, pero la marea alta mecía levemente el barco, ladeando el bauprés en nuestra dirección. Estaba decorado con un mascarón de proa de aspecto algo torvo; con su formidable busto desnudo y rizos enmarañados llenos de salitre, la dama no parecía disfrutar mucho del aire de mar.

—Es una belleza, ¿verdad? —preguntó Jared, haciendo un gesto amplio con la mano. Supuse que se refería al barco y no al mascarón de proa.

—Muy bonito —dijo Jamie. Vi que miraba con inquietud la línea de flotación del buque, donde pequeñas olas lamían el casco. Me di cuenta de que no quería subir a bordo. Sabía que era un guerrero valiente, brillante, audaz y valeroso en la batalla, pero también que no le gustaba demasiado el agua.

Definitivamente no era uno de esos escoceses que cazaban ballenas en Tarwathie o viajaban por el mundo en busca de riquezas. Sufría mareos tan intensos en alta mar que nuestro viaje a través del Canal en diciembre casi lo había matado, debilitado como estaba entonces por la tortura y la prisión. Y a pesar de que la borrachera con Jared del día anterior era otro tipo de mal, tampoco había contribuido a hacerle las cosas más fáciles. Podía ver cómo se le ensombrecía la cara mientras escuchaba a su primo ensalzar la solidez y la velocidad del *Arianna*. Me acerqué lo suficiente para susurrarle:

—Seguramente no te pasará nada mientras esté anclado, ¿no?

—No lo sé —respondió, mirando el barco con una mezcla de aversión y resignación—. Habrá que descubrirlo. —Jared ya se encontraba en mitad de la pasarela, saludando al capitán con aullidos de bienvenida—. Si me pongo verde, ¿puedes fingir que te desmayas o algo parecido? No quedará muy bien que vomite en los zapatos de Jared.

Le di una palmadita reconfortante en el brazo.

—No te preocupes. Tengo fe en ti.

—No depende de mí —explicó, con una última y prolongada mirada a tierra firme—, sino de mi estómago.

Por suerte, el barco se mantuvo bastante quieto bajo nuestros pies, y tanto Jamie como su estómago se portaron bastante bien. Quizá el coñac que nos sirvió el capitán también ayudara.

—Es una buena marca —dijo Jamie mientras se pasaba el vaso bajo la nariz y cerraba los ojos aprobando el rico aroma—. Portugués, ¿no es cierto?

Jared se rió.

—¿Lo ves, Portis? ¡Te dije que tenía un buen paladar! ¡Es la segunda vez que lo prueba!

Me mordí el interior de la mejilla y evité mirar a Jamie. El capitán, un espécimen grande y de aspecto desaliñado, parecía aburrido, pero sonrió cortésmente al mirar a Jamie, exhibiendo tres dientes de oro. Un hombre al que le gustaba llevar su riqueza consigo.

—Mmm —dijo—. ¿Éste es el que va a mantener seca la bodega?

Jared pareció repentinamente turbado, y un ligero rubor ascendió por la piel curtida de su rostro. Observé fascinada que tenía una oreja perforada para un pendiente, y me pregunté qué clase de antecedentes le habían proporcionado su éxito actual.

—Sí, eso... —dijo, delatando por primera vez un ligero acento escocés—, eso está por ver. Pero eso creo—. Echó un vistazo al puerto, a la actividad que tenía lugar en el muelle y, a continuación, al vaso del capitán, que éste se había bebido en tres tragos mientras los demás lo sorbíamos—. Portis, ¿me permites usar tu camarote un momento? Quisiera conversar con mi sobrino y su esposa... y veo que hay algunos problemas en la bodega de popa, por lo que parece. —Esta astuta observación bastó para que el capitán Portis saliera del camarote como un jabalí enfurecido, hablando una mezcla de español y francés con una voz ronca que, afortunadamente, no comprendí.

Jared se dirigió a la puerta y la cerró con firmeza tras la forma corpulenta del capitán, lo cual redujo el volumen del ruido de manera sustancial. Regresó a la diminuta mesa del capitán y volvió a llenar ceremoniosamente nuestros vasos antes de hablar. Después nos miró y sonrió otra vez, con un encantador menosprecio.

—Esta petición es algo más precipitada de lo que pretendía —dijo—. Pero veo que el buen capitán me ha ganado por la mano. La verdad es —alzó su vaso, de manera que los reflejos acuosos del puerto se estremecieron a través del coñac, revelando manchas de luz temblorosa sobre los herrajes de latón de la cabina— que necesito un hombre—. Inclinó el vaso hacia Jamie y, a continuación, se lo acercó a los labios y bebió—. Un hombre bueno —especificó, bajando la copa—. Verás, querida —me dijo—, puedo hacer una buena inversión en un nuevo lagar de la región del Mosela. Pero no estaría tranquilo si se lo confiara a otro. Necesitaría ver las instalaciones yo mismo y supervisar su desarrollo. La empresa requeriría varios meses.

Contempló la bebida de su copa de manera pensativa, haciendo girar el fragante líquido de modo que su aroma impregnó el pequeño camarote. Yo no había bebido más que unos pocos sorbos de mi copa, pero ya me sentía ligeramente mareada, más por la excitación que por el alcohol.

—Es una oportunidad demasiado buena para dejarla pasar —dijo Jared—. Con la posibilidad de hacer buenos contactos con los lagares que hay a lo largo del Ródano. Lo que se produce allí es excelente, pero poco conocido en París. ¡Se vendería entre la nobleza como nieve en verano! —Sus astutos ojos negros brillaron con avaricia y, a continuación, me miraron con humor—. Pero...

—Pero —dije, terminando lo que él iba a decir—, no puedes dejar tu empresa sin una mano que la guíe.

—Inteligencia además de belleza y encanto. Te felicito, primo. —Inclinó la cabeza hacia Jamie con una ceja ladeada, en señal de aprobación—. Confieso que no estaba muy seguro de cómo proceder —dijo, y dejó el vaso sobre la mesita, con el aspecto de un hombre que deja de lado la frivolidad social para ocuparse de asuntos serios—, pero cuando me escribiste desde Sainte Anne diciendo que tenías la intención de visitar París... —Vaciló un momento, después sonrió a Jamie, con un pequeño revoloteo de manos—. Sé que tú, muchacho —asintió hacia Jamie—, tienes buena cabeza para los números; para mí tu llegada ha sido una respuesta a mis súplicas. No obstante, he pensado que quizá sería mejor encontrarnos y familiarizarnos de nuevo el uno con el otro antes de dar el paso de hacerte una propuesta definitiva.

«Es decir, que querías ver si yo era presentable», pensé con ironía, pero le sonreí de todos modos. Miré a Jamie y vi que enarcaba una ceja. Sin duda era nuestra semana de propuestas. Para ser un proscrito sin posesiones y una posible espía inglesa, nuestros servicios estaban bastante solicitados.

La propuesta de Jared resultó más que generosa; como recompensa por la dirección de la empresa en Francia durante los seis meses siguientes, no sólo pagaría a Jamie un salario sino que le dejaría su casa de París, con todo el personal de servicio a nuestra disposición.

—Ni hablar —dijo cuando Jamie quiso rechazar este último ofrecimiento. Presionó un dedo contra el extremo de su nariz, sonriéndome con encanto—. Una mujer guapa presidiendo la mesa es una ventaja incomparable en el negocio de los vinos, primo. No tienes idea de la cantidad de vino que puedes vender si permites que los clientes lo prueben antes de comprarlo. —Sacudió la cabeza con decisión—. No, será un inmenso favor que tu esposa acepte ofrecer veladas.

La idea de ser anfitriona de la sociedad parisina me intimidaba un poco. Jamie me miró, alzando las cejas de manera inquisitiva, pero tragué saliva y sonreí, asintiendo. Era una buena oferta; si él se sentía capaz de dirigir una empresa importante, lo menos que podía hacer yo era arreglar una cena y mejorar mi alegre francés coloquial.

—Por supuesto —susurré, pero Jared había dado por sentada mi aprobación y continuó, con los ojos negros fijos en Jamie.

—También he pensado que quizá necesitaríais una sede de operaciones en función de los otros intereses que os llevan a París.

Jamie esbozó una sonrisa inexpresiva. Jared soltó una carcajada y alzó su copa de coñac. Nos habían dado una copa de agua para enjuagar el paladar entre sorbos, y Jared la cogió con la otra mano.

—¡Bien, un brindis! —exclamó—. ¡Por nuestra sociedad, primo, y por Su Majestad!

Levantó su copa, la pasó por encima de la de agua y se la llevó a los labios.

Observé con sorpresa aquel extraño procedimiento, pero al parecer tenía algún significado para Jamie, ya que sonrió a Jared, alzó su propia copa y la pasó por encima de la de agua.

—Por Su Majestad —repitió. Después, al ver que lo observaba perpleja, sonrió y explicó—: Por Su Majestad del otro lado del mar, Sassenach.

—Ah —dije al darme cuenta. El rey del otro lado del agua, el rey Jacobo. Esto explicaba un poco la repentina urgencia de todo el mundo por vernos a Jamie y a mí establecidos en París, lo cual de otro modo habría parecido una coincidencia improbable.

Si Jared también era jacobita, entonces era posible que su correspondencia con el abad Alexander fuera algo más que una coincidencia. Era muy probable que la carta de Jamie anunciando nuestra llegada fuera acompañada de otra de Alexander explicando el nombramiento del rey. Y si nuestra presencia en París se adecuaba a los planes de Jared, entonces mucho mejor. Reconociendo las complejidades de la red jacobita, levanté mi propia copa y brindé por Su Majestad y por nuestra nueva sociedad.

Jared y Jamie se pusieron a discutir sobre el negocio, y pronto estuvieron inclinados, cabeza con cabeza, sobre un montón de hojas de papel con olor a tinta, al parecer manifiestos e instrucciones de embarque. El pequeño camarote apestaba a tabaco, a coñac y a marinero desaseado, y empecé a sentirme indispuesta. Viendo que no me iban a necesitar durante un rato, me levanté en silencio y salí a cubierta.

Me cuidé de evitar el altercado que había en la escotilla de popa, y caminé entre cabos, objetos que supuse que eran amarres y pilas enrolladas de tela marinera hasta un lugar tranquilo de la proa. Desde allí, tenía una vista despejada del puerto.

Me senté sobre un cajón contra el pasamanos y disfruté de la brisa salada y los olores a pescado y a alquitrán que despedían los barcos y el puerto. Todavía hacía frío, pero arropada con la capa no lo sentía. El barco se meneó lentamente, elevándose con la marea; pude ver las algas sobre los pilotes del embarcadero que se alzaban y giraban, tapando los mejillones negros y brillantes que había entre ellas.

Pensar en mejillones me recordó los mejillones ahumados con manteca que había cenado la noche anterior, y de repente sentí hambre. Los caprichos del embarazo me hacían ser consciente de mi estómago en todo momento; si no estaba ocupada vomitando, me moría de hambre. Pensar en comida me llevó a pensar en menús, y éstos me hicieron recordar las veladas que Jared quería que organizara. Conque recibir invitados, ¿eh? Parecía un modo extraño de comenzar la tarea de salvar a Escocia; sin embargo, no se me ocurrió nada mejor.

Por lo menos, si compartía la mesa con Carlos Estuardo, podría vigilarlo de cerca, pensé, sonriendo para mí ante la idea. Si había indicios de que fuera a fletar un barco a Escocia, podría ponerle algo en la sopa.

Quizá no fuera tan gracioso, al fin y al cabo. Recordé a Geillis Duncan y se me borró la sonrisa de la cara. Esposa del fiscal procurador en Cranesmuir, asesinó a su marido echando cianuro en polvo en su comida durante un banquete. Acusada de brujería poco tiempo después, fue arrestada cuando yo estaba con ella. Yo misma fui llevada a un juicio del que Jamie me rescató. El recuerdo de los días pasados en la fría oscuridad del calabozo de los ladrones en Cranesmuir todavía estaba fresco en mi memoria. De pronto el viento me pareció muy frío.

Me estremecí, pero no sólo por el frío. No podía pensar en Geillis Duncan sin sentir un escalofrío en la columna. No tanto por lo que ella había hecho, sino por lo que fue. Una jacobita, también, cuya defensa de la causa de los Estuardo tuvo cierto tinte de locura. Y lo peor era que, al igual que yo, había viajado a través de las piedras verticales. Nunca supe si había llegado al pasado, por accidente, como yo, o si había sido por decisión propia. Tampoco supe exactamente de dónde provenía. Pero conservaba mi última visión de ella, gritando, desafiante, a los jueces que la condenaban a la hoguera: una mujer alta y bella, con los brazos extendidos, en uno de los cuales se veía la reveladora marca redonda de una vacuna. Automáticamente, me toqué la pequeña marca de piel endurecida en el brazo, bajo los pliegues de la capa; temblé al hacerlo.

Una conmoción en el muelle contiguo me distrajo de estos tristes recuerdos. Un grupo de hombres se había reunido sobre la pasarela de un barco, y abundaban los gritos y los empujones. No se trataba de una pelea. Observé el altercado, haciéndome visera con una mano, pero no vi que se intercambiaran golpes. En cambio, parecía que los hombres trataban de abrirse camino a través de la gente hacia las puertas de un gran depósito situado al extremo del muelle. La multitud resistía tales intentos, empujando en sentido contrario.

Jamie apareció detrás de mí, seguido por Jared, que miró la escena con ojos aviesos. Absorta en el alboroto, no los había oído subir.

—¿Qué ocurre? —Me levanté y me apoyé en Jamie, preparándome para el balanceo cada vez mayor del barco. Sentí la cercanía de su perfume; se había bañado en la posada y olía a limpio y cálido, a sol y a polvo. Parecía que el embarazo también me había aguzado el sentido del olfato; podía olerlo incluso entre la miríada de hedores y aromas del puerto, así como se oye una voz grave y cercana en medio de una multitud ruidosa.

—No sé. Problemas en el barco vecino, al parecer. —Se inclinó y apoyó una mano en mi codo, para estabilizarme. Jared se volvió y ladró una orden en un francés gutural a un marinero. El hombre saltó rápidamente sobre el pasamano y se deslizó por una de las sogas hasta el muelle. Observamos desde la cubierta del barco cómo se mezclaba entre la multitud, daba un codazo en las costillas a otro marinero y recibía una respuesta, con expresivas gesticulaciones.

Jared tenía el ceño fruncido. El marinero regresó arrastrándose por la rampa, y le dijo algo en el mismo francés gutural, demasiado rápido para poder entenderlo. Después de un intercambio de palabras, Jared giró bruscamente y se puso junto a mí, con las manos aferradas al pasamano.

—Dice que hay una enfermedad en el *Patagonia*.

—¿Qué clase de enfermedad? —Yo no había pensado en traer mi maletín médico, de manera que poco podía hacer, pero sentí curiosidad. Jared parecía ansioso y preocupado.

—Tienen miedo de que sea viruela, pero no lo saben. Han llamado al inspector y al capitán del puerto.

—¿Quieres que eche un vistazo? —pregunté—. Al menos podría decir si se trata de algo contagioso.

Las cejas de Jared desaparecieron debajo de su pelo. Jamie parecía un tanto turbado.

—Mi mujer tiene dotes de curandera, primo —explicó, pero se volvió, me miró y negó con la cabeza—. No, Sassenach. Podría ser peligroso.

Yo alcanzaba a ver bien la cubierta del *Patagonia*. La multitud se había apartado de repente, empujándose y pisándose los pies. Aparecieron dos marineros con una lona extendida que se combaba bajo el peso del hombre que llevaban. Un brazo desnudo, tostado por el sol, colgaba de la hamaca improvisada.

Los marineros tenían la boca y la nariz cubiertas por tiras de tela y apartaban la cara de la camilla, sacudiendo la cabeza, maniobrando sobre las rampas astilladas. Pasaron al lado de la multitud y desaparecieron en un almacén contiguo.

Tomando una decisión repentina, me volví y me dirigí hacia la pasarela del *Arianna*.

—No te preocupes —le dije a Jamie—. Si es viruela, no puedo contagiarme.

Uno de los marineros, al oírme, se quedó con la boca abierta, pero me limité a sonreír y a pasar junto a él.

La multitud estaba quieta; ya no se movía de un lado a otro. No me fue difícil abrirme camino entre los grupos de marineros; muchos fruncían el entrecejo o parecían sorprendidos cuando yo pasaba a su lado. El almacén estaba en desuso; no había fardos ni barriles que llenaran las sombras vacías del enorme recinto, pero el olor a madera cortada, a carne ahumada y a pescado era fácilmente distinguible entre aquella gran cantidad de olores.

Habían arrojado al enfermo cerca de la puerta, encima de un montón de paja de embalaje. Cuando entré, los asistentes salían, y me empujaron, ansiosos por alejarse.

Me acerqué con cautela y me detuve a unos metros. Tenía fiebre. La piel, de un raro tono rojizo, tenía pústulas blancas. Gemía y movía la cabeza de un lado a otro. La boca reseca se movía como pidiendo agua.

—Busca un poco de agua —le dije a uno de los dos marineros. Era un hombre bajo y musculoso, de barba grasienta acabada en dos puntas, que se me quedó mirando como si de repente hubiera oído hablar a un pez.

Dándole la espalda con impaciencia, me arrodillé junto al enfermo y le abrí la inmunda camisa. Olía a rayos; aunque probablemente tampoco habría estado muy limpio al inicio, había sido abandonado en su propia mugre, pues sus compañeros tenían miedo de tocarlo. Tenía los brazos bastante sanos, pero había pústulas en todo el pecho y abdomen, y hervía de fiebre.

Jamie había llegado mientras yo examinaba al hombre, acompañado por Jared, un hombrecito en forma de pera y uniforme de oficial y festones de oro, y otros dos hombres, uno de los cuales era un noble o un burgués rico, a juzgar por su atavío; el otro era un individuo alto y delgado, y se veía por su tez que era un hombre de mar, posiblemente el capitán del barco infectado, si es que aquello era una enfermedad infecciosa.

Y al parecer así era. Yo había visto muchos casos de viruela en partes poco civilizadas del mundo a las que me había llevado mi tío Lamb, un eminente arqueólogo. Aquel enfermo no orinaba sangre, como sucede a veces cuando la enfermedad ataca los riñones, pero tenía todos los demás síntomas clásicos.

—Me temo que es viruela —dije.

El capitán del *Patagonia* lanzó un grito de angustia y dio un paso hacia mí con el rostro contraído, levantando el puño como si quisiera pegarme.

—¡No! —gritó—. ¡Estúpida mujer! *Salope! Femme sans cervelle!* ¿Quieres arruinarme?

Esta última palabra fue acompañada de un sonido gutural, pues Jamie le apretó la garganta con una mano, mientras que con la otra le cogió el cuello de la camisa, levantándolo del suelo.

—Preferiría que se dirigiera a mi esposa con respeto, señor —le dijo suavemente. El capitán, con el rostro morado, logró asentir y Jamie lo soltó. Dio un paso atrás, jadeando, y se ocultó detrás de su compañero como buscando refugio, mientras se frotaba la garganta.

El pequeño oficial barrigón se inclinó con cautela sobre el enfermo, mientras sostenía sobre la nariz de éste un pomo grande de plata colgado de una cadena. El ruido de fuera cesó cuando la multitud volvió a apartarse del almacén para abrir paso a otra camilla.

El enfermo se sentó de repente. El oficial se asustó tanto que casi se cayó. El enfermo miró a su alrededor, puso los ojos en blanco y volvió a caer en la paja, como si lo hubieran tumbado de un hachazo. No había sido así, pero el resultado final era el mismo.

—Está muerto —dije, de forma innecesaria.

El oficial, recuperando su dignidad junto con su bola aromática, intervino otra vez, miró el cuerpo de cerca, se enderezó y anunció:

—Viruela. La señora está en lo cierto. Lo siento, *monsieur le comte*, pero conoce usted la ley tan bien como los demás.

El interpelado suspiró. Me miró frunciendo el entrecejo y luego volvió los ojos hacia el oficial.

—Estoy seguro de que esto puede arreglarse, monsieur Pamplemousse. Por favor, conversemos en privado... —Se acercó a la cabina del contramaestre, que se encontraba a cierta distancia; una pequeña estructura descuidada dentro de un edificio más grande. *Monsieur le comte*, un noble tanto por su atavío como por su título, era delgado y elegante, de cejas espesas y labios finos. Se notaba que estaba acostumbrado a salirse con la suya.

Pero el oficial retrocedió, interponiendo las manos, como en defensa propia.

—*Non, monsieur le comte* —dijo—. *Je le regrette, mais c'est impossible*... No puede hacerse. Ya hay demasiadas personas enteradas. La noticia se ha extendido por todo el puerto. —Miró con impotencia a Jamie y a Jared, después hizo un gesto hacia la puerta del almacén, donde se veía la silueta de innumerables espectadores, con el sol del atardecer dotándolos de halos dorados.

»No —repitió. Sus rasgos se endurecieron—. Debéis excusarme, monsieur... y madame —añadió tras una pausa, como si acabara de advertir mi presencia—. Debo iniciar el procedimiento para la destrucción del navío.

El capitán emitió otro grito ahogado al oír esto y lo agarró de la manga, pero se soltó y el oficial salió a toda prisa del edificio.

Tras su partida, el ambiente se volvió un poco tenso: *monsieur le comte* y el capitán me miraban con furia, Jamie tenía una expresión amenazante y el muerto tenía la mirada vacía fija en el techo a doce metros de altura.

El conde se dirigió hacia mí. Le brillaban los ojos.

—¿No se da cuenta de lo que ha hecho? —me espetó—. Se lo advierto, madame, ¡pagará por esto!

Jamie se dirigió de inmediato hacia el conde, pero Jared fue más rápido: lo cogió del brazo, me empujó con suavidad hacia la puerta y susurró algo ininteligible al apesumbrado capitán, que se limitó a sacudir la cabeza.

—Pobre tipo —dijo Jared una vez fuera, meneando la cabeza—. ¡Uf! —Hacía fresco en el muelle, con un viento gris y frío que mecía los barcos anclados; no obstante, Jared se restregaba la cara y el cuello con un discordante pañuelo de lona que había sacado del bolsillo de su chaqueta—. Vamos, muchacho, busquemos una taberna. Necesito un trago.

Resguardados y fuera de peligro en el piso superior de una de las tabernas del puerto, con una jarra de vino sobre la mesa, Jared se dejó caer en una silla, abanicándose, y soltó una bocanada de aire.

—¡Dios, qué suerte!

Vertió un gran chorro de vino en su copa, lo bebió y se sirvió otro. Al ver que lo observaba sorprendida, sonrió y empujó la jarra en mi dirección.

—Una cosa es el vino, muchacha —explicó— y otra esto que sirve para limpiar el polvo. Trágatelo rápido, antes de que tengas tiempo de saborearlo, y cumplirá su función.

Siguiendo su propio consejo, vació su copa y volvió a coger la jarra. Me di cuenta de lo que le había pasado a Jamie el día anterior.

—¿Buena suerte o mala suerte? —pregunté a Jared con curiosidad. Supuse que la respuesta sería «mala», pero su entusiasmo era excesivo para deberse al vino tinto, que se parecía mucho al ácido de una batería. Dejé mi propio vaso, con la esperanza de que el esmalte de mis muelas siguiera intacto.

—Mala para el conde de Saint Germain, buena para mí —resumió. Se levantó y espió por la ventana—. Buena —repitió, mientras se sentaba otra vez con aire satisfecho—. Al anochecer el vino estará a salvo en nuestra bodega. Sano y salvo.

Jamie se reclinó en su silla, estudiando a su primo con una ceja enarcada y una sonrisa en los labios.

—¿Debemos entender que la embarcación del conde de Siant Germain también transportaba bebidas, primo?

Una amplia sonrisa se extendió por la cara de Jared, dejando al descubierto dos dientes de oro en la parte inferior, lo que le daba aspecto de pirata.

—El oporto más añejo de Pinhao —dijo—. Le costó una fortuna. La mitad de la cosecha de los viñedos de Noval, y ya no queda más este año.

—¿Y supongo que la otra mitad es la que están descargando en tu bodega? —Yo empezaba a comprender la satisfacción de Jared.

—¡Exacto, hija mía, exacto! —respondió sonriendo, casi felicitándose ante la idea—. ¿Sabéis por cuánto se podrá vender en París? —preguntó, inclinándose hacia delante y dejando el vaso sobre la mesa con un golpe—. ¡Una cosecha limitada, y tengo el monopolio! ¡Y la ganancia de todo el año!

Me puse de pie y miré por la ventana. El *Arianna* ya se notaba más alto en el agua, a medida que las redes de carga que colgaban de botavara se apilaban en la cubierta de popa y los hombres descargaban el vino, botella por botella, en carretillas para el viaje hasta el almacén.

—No quiero empañar tu alegría —le dije, con cierta timidez—, pero ¿tu oporto no viene del mismo lugar que el cargamento de Saint Germain?

—Así es. —Jared se acercó hasta colocarse junto a mí, entornando los ojos hacia la procesión de estibadores que había abajo—. Noval hace el mejor oporto de toda España y Portugal; me hubiera gustado comprar toda la cosecha, pero no tenía suficiente capital. ¿Por qué lo dices?

—Si los barcos provienen del mismo puerto, existe la posibilidad de que alguno de tus marineros haya contraído la viruela.

La idea hizo palidecer a Jared, quien se sirvió más vino.

—¡Dios, espero que no! —dijo, respirando con dificultad al dejar la copa sobre la mesa—. Pero creo que todo irá bien —dijo, dándose ánimos—. Ya se ha descargado la mitad del oporto. De todos modos será mejor que hable con el capitán —añadió, poniéndose serio—. Le diré que despida a los hombres tan pronto les pague... y si alguno parece enfermo, debe pagarle de inmediato y despacharlo. —Se giró y salió; en la puerta se detuvo lo justo para gritar por encima del hombro—: ¡Ordena algo para cenar! —Después desapareció por la escalera con el estrépito de una pequeña manada de elefantes.

Me volví hacia Jamie, quien miraba absorto su copa de vino, intacta.

—¡No debería hacer eso! —exclamé—. ¡Si hay viruela a bordo y despide a los hombres, puede extenderse por toda la ciudad al dejar que se marchen!

Jamie asintió lentamente.

—Entonces esperemos que no haya viruela —dijo suavemente.

Me dirigí tambaleándome hacia la puerta

—Pero... ¿no deberíamos hacer algo? Por lo menos podría examinar a sus hombres. Y decirles qué deben hacer con los cuerpos de los del otro barco...

—Sassenach. —La voz profunda todavía era suave, pero tenía una nota de advertencia.

—¿Qué? —Me di la vuelta y lo vi inclinado, mirándome por encima del borde de su taza. Me miró pensativo durante un minuto antes de hablar. Entonces dijo:

—¿No crees que tenemos algo importante que hacer, Sassenach?

Solté el pomo de la puerta.

—¿Impedir que los Estuardo comiencen una rebelión en Escocia? ¡Sí, claro que es importante! ¿Por qué lo preguntas?

Jamie asintió pacientemente, como hace un profesor con un alumno lento.

—En ese caso, debes quedarte aquí sentada bebiendo vino conmigo hasta que vuelva Jared. De lo contrario... —hizo una pausa y emitió una exhalación profunda que agitó la onda rojiza de cabello sobre su frente— puedes ir a un muelle lleno de marineros y mercaderes que creen que una mujer cerca de un barco trae mala suerte, y que ya están haciendo correr el rumor de que le echaste una maldición al barco de Saint Germain, y les dices lo que deben hacer. Con suerte, te tendrán demasiado miedo como para violarte antes de cortarte la garganta y arrojarte al agua, y a mí después. Eso si Saint Germain no te estrangula antes. ¿No has visto la expresión de su cara?

Volví a la mesa y me senté de una manera un poco brusca. Me temblaban las rodillas.

—Sí —dije—. Pero ¿tú crees que podría...? No se atrevería...

Jamie enarcó las cejas y empujó una copa de vino hacia mí.

—Podría, y se atrevería si pudiera hacerlo sin levantar sospechas. ¡Por el amor de Dios, Sassenach, le has hecho perder la ganancia de un año! Y no parece el tipo de persona que se tome semejante pérdida con filosofía. Si no hubieras dicho al inspector del puerto que era viruela en voz alta frente a testigos, todo podría haberse arreglado con unos cuantos sobornos. Pero tal como están las cosas, ¿por qué crees que Jared nos ha traído aquí tan rápido? ¿Por la calidad del vino?

Sentí los labios rígidos, como si hubiese bebido vitriolo de la jarra.

—¿Quieres decir... que estamos en peligro?

Jamie volvió a reclinarse, asintiendo.

—Por fin lo has entendido —dijo con suavidad—. Supongo que Jared no habrá querido alarmarte. Habrá ido a buscar a algún guardia, y después a supervisar su tripulación. Él estará a salvo... todo el mundo lo conoce, y su tripulación está en el puerto.

Me froté la carne de gallina de los brazos. Había un fuego vivaz en la chimenea y el cuarto estaba cálido y ahumado; sin embargo, sentí frío.

—¿Cómo estás tan seguro de lo que el conde de Saint Germain es capaz de hacer? —No dudaba en absoluto de Jamie: recordaba bien la malévola y oscura mirada que el conde me había dirigido en el almacén, pero me preguntaba de qué conocía a aquel hombre.

Jamie tomó un sorbo pequeño de vino, hizo una mueca y lo dejó sobre la mesa.

—Por un lado, tiene fama de ser cruel, entre otras cosas. Ya oí hablar de él cuando viví en París, aunque tuve la suerte de no cruzarme con él por aquel entonces. Por otra parte, Jared pasó algún tiempo advirtiéndomelo ayer; es su principal competidor en París.

Apoyé los codos en la mesa y la barbilla sobre las manos entrelazadas.

—Lo he estropeado todo, ¿no? —dije apenada—. No te he hecho quedar muy bien.

Sonrió, se levantó y se colocó detrás de mí, inclinándose para rodearme con los brazos. Yo seguía algo perturbada por las repentinas revelaciones, pero me sentí mucho mejor al notar su fuerza y su cuerpo detrás de mí. Me besó ligeramente en la coronilla.

—No te preocupes, Sassenach —me consoló—. Puedo cuidarme solo. Y también puedo cuidarte a ti... si me lo permites. —Lo dijo en tono de broma, pero también de interrogación. Asentí, recostando la cabeza contra su pecho.

—Te lo permitiré —dije—. Los ciudadanos de Le Havre deberán correr el riesgo de contagiarse de viruela.

· · ·

Pasó casi una hora antes de que Jared regresara, con las orejas rojas por el frío, pero con la garganta intacta y, aparentemente, en plena forma. Me alegré al verlo.

—Todo arreglado —dijo radiante—. No hay nada a bordo, excepto un poco de escorbuto, y la disentería y los resfriados habituales. Nada de viruela. —Miró a su alrededor, frotándose las manos—. ¿Dónde está la cena?

Tenía las mejillas enrojecidas por el viento y se le veía feliz. Parecía que tratar con competidores que ajustaban cuentas asesinando a gente formaba parte de su trabajo cotidiano. ¿Y por qué no?, pensé. Después de todo, era un maldito escocés.

Como confirmando dicha opinión, Jared ordenó la cena, consiguió un vino excelente enviando a un hombre a buscarlo a su propia bodega y se sentó a discutir con Jamie sobre el modo de tratar con mercaderes franceses.

—Son bandidos —dijo—. Todos sin excepción te apuñalan apenas les das la espalda. Sucios ladrones, eso es lo que son. No te fíes de ellos. La mitad en la bodega, la mitad contra entrega; nunca permitas que un noble te pague a crédito.

A pesar de que Jared nos aseguró que había apostado a dos hombres para que hicieran guardia abajo, yo seguía nerviosa. Después de cenar me asomé a la ventana para ver lo que sucedía en el muelle. Mi vigilancia no sirvió de mucho: todos los hombres que veía me parecían asesinos.

Las nubes se estaban cerrando sobre el puerto; iba a volver a nevar aquella noche. Las velas arrizadas revoloteaban salvajes con el creciente viento, agitándose contra los palos con un ruido que casi ahogaba los gritos de los estibadores. El puerto brillaba con un instante de luz verde y opaca al tiempo que el sol del atardecer se hundía en el agua, apremiado por las nubes. A medida que anochecía, el bullicio del puerto iba disminuyendo. Los estibadores desaparecían empujando sus carretillas y los marineros se dirigían a las tabernas. Sin embargo, el muelle no estaba desierto; aún había una pequeña multitud reunida cerca del desafortunado *Patagonia*. Un grupo de hombres vestidos con una especie de uniforme formaba un cordón al pie de la rampa; sin duda para impedir que alguien subiera a bordo o descargara la mercancía. Jared nos explicó que se iba a permitir a los miembros sanos de la tripulación bajar a tierra, pero que se les prohibiría sacar nada del barco, a excepción de la ropa que llevaban puesta.

—Es mejor que lo que hacen en Holanda —dijo rascándose la áspera y oscura barba que empezaba a emerger en su mandíbula—. Si se acerca un barco procedente de un puerto donde se sabe que hay peste, los malditos holandeses obligan a los marineros a nadar desnudos hasta la costa.

—¿Y con qué se visten cuando llegan a la costa? —pregunté con curiosidad.

—No sé —respondió—, pero como se meten en un burdel apenas llegan, no creo que necesiten ropa... Te pido disculpas, querida —añadió al recordar de repente que se estaba dirigiendo a una señora.

Ocultando su confusión, se levantó y se acercó a la ventana.

—Ah —dijo—. Van a incendiar el barco. Teniendo en cuenta la carga, sería mejor que lo remolcaran lejos del puerto.

Habían atado varias maromas al *Patagonia*, y un grupo de pequeños botes tripulados por remeros estaba listo para remolcarlo cuando dieran la señal. Ésta fue dada por el inspector del puerto, cuya trenza dorada era apenas visible, como un destello en la luz agonizante del día. Gritó, agitando ambas manos lentamente adelante y atrás sobre su cabeza como un semáforo. El capitán de los botes y galeras repitió su grito; las maromas se elevaron lentamente a medida que se tensaban, y el agua se escurrió por las pesadas espirales de cáñamo con un chapoteo audible en medio del silencio que resonó en los muelles. Los gritos de los remolcadores eran lo único que se oía mientras el casco oscuro del barco condenado a muerte crujía, se estremecía y viraba en la dirección del viento, y sus mortajas gemían al iniciar su último y breve viaje.

Lo dejaron en medio del puerto, a una distancia segura de los demás barcos. Sus cubiertas habían sido empapadas con petróleo, y mientras retiraban las maromas y las galeras se apartaban, el inspector del puerto se levantó de su asiento en el bote que lo había llevado remando. Se inclinó, con la cabeza cerca de una de las figuras sentadas y, a continuación, se enderezó con la brillante y repentina llama de una antorcha en la mano.

El remero que estaba detrás de él se inclinó hacia atrás cuando el inspector estiró el brazo y arrojó la antorcha, un pesado palo envuelto con trapos empapados en petróleo. La tea dio varias vueltas en el aire. El fuego se redujo a un brillo azul, y aterrizó fuera de nuestra vista, detrás de la barandilla. El inspector no esperó a ver los resultados de su acción; se sentó de inmediato, gesticulando nerviosamente al remero, que se inclinó sobre los remos, alejando el bote por el agua oscura.

Durante un largo instante no ocurrió nada, pero la multitud del muelle se quedó quieta, susurrando en voz baja. Podía ver el reflejo pálido del rostro de Jamie flotando sobre el mío en el cristal oscuro de la ventana. El cristal estaba frío, y se empañaba rápidamente con nuestro aliento; lo froté con el borde de mi capa.

—Mira ahí —susurró Jamie. Una pequeña línea azul brillante se elevó de repente detrás de la barandilla, seguida de una llama vacilante. Los obenques delanteros se convirtieron en líneas anaranjadas contra el cielo. Poco después, las lenguas de fuego danzaban por las barandillas impregnadas de petróleo; una vela plegada estalló en llamas.

En menos de un minuto se quemaron los obenques y la vela principal se desplegó como una hoja de fuego. Las llamas se esparcieron demasiado rápido para que se pudiera contemplar su avance; todo pareció encenderse de inmediato.

—Ahora —dijo Jared de repente—. Bajemos. La bodega arderá en un minuto; será el mejor momento para escapar. Nadie nos verá.

Tenía razón; cuando salimos por la puerta de la taberna, aparecieron dos marineros junto a Jared: dos de sus hombres armados con pistolas y porras. Pero nadie nos vio. Todo el mundo miraba hacia el puerto, donde la estructura del *Patagonia* parecía un esqueleto negro entre las llamas. Hubo una serie de explosiones, tan cerca una de otra que pareció el tableteo de una ametralladora. Después, una gran explosión se elevó desde el centro del barco, como una fuente de chispas y madera quemada.

—Vámonos. —Jamie me cogió el brazo con firmeza. No protesté. Seguimos a Jared escoltados por los marineros, y salimos del muelle, como si hubiéramos sido nosotros los que hubiésemos iniciado el fuego.

7

Audiencia real

La casa de Jared estaba en la Rue Tremoulins. Era un barrio lujoso, con casas de piedra de tres, cuatro y cinco plantas que se amontonaban entre sí. De vez en cuando, una enorme mansión se erigía aislada en su propio jardín pero, en general, un ladrón medianamente en forma hubiera podido saltar de tejado en tejado sin dificultad.

—Mmmfm —se limitó a decir Murtagh al ver la casa de Jared—. Encontraré un sitio para mí.

—Hombre, si te pone nervioso tener un techo decente, puedes dormir en el establo —dijo Jamie, sonriendo a su pequeño y arisco padrino—. Haremos que el lacayo te traiga las gachas de avena en una bandeja de plata.

El mobiliario era cómodo y elegante, aunque, como pude descubrir después, era una elegancia espartana comparada con las casas de la nobleza y la burguesía acaudalada. Supuse que se debía al hecho de que no había una señora en la casa. Jared estaba soltero, pero no parecía sentir la falta de una esposa.

—Tiene una amante, por supuesto —me dijo Jamie cuando especulé acerca de la vida privada de su primo.

—Ah, claro —susurré.

—Pero ella está casada. Jared me dijo una vez que un comerciante no debe tratar con señoras solteras, pues exigen demasiado tiempo y dinero. Y si uno se casa con ellas, se termina siendo un pobre.

—Qué buena opinión tiene de las esposas. ¿Qué piensa de que tú te hayas casado, a pesar de todos sus útiles consejos?

Jamie se echó a reír.

—Bueno, para empezar, yo no tengo dinero, así que no tengo mucho que perder. Y él piensa que das buena impresión, aunque dice que tengo que comprarte un vestido nuevo.

Miré la desgastada falda de terciopelo verde.

—Supongo que sí —dije—. Dentro de poco tendré que andar envuelta en una sábana; esta falda me empieza a apretar la cintura.

—Y otras partes también —añadió, sonriendo mientras me miraba—. Has recuperado el apetito, ¿no, Sassenach?

—Tonto —dije—. Sabes perfectamente que Annabelle Mac-Rannoch tiene la forma del mango de una pala, pero yo no.

—Claro que no —dijo al tiempo que me miraba con aprobación—. Gracias a Dios —dijo mientras me daba una palmadita en el trasero.

—Voy a reunirme con Jared en la bodega para revisar los libros; luego quiere presentarme a algunos de sus clientes. ¿Estarás bien sola?

—Sí, por supuesto —le respondí—. Exploraré un poco la casa para familiarizarme con los sirvientes. Los había visto todos juntos al llegar la noche anterior, pero como comimos en nuestro dormitorio, sólo había tratado con el lacayo que nos llevó la bandeja, y con la criada que fue a correr las cortinas, preparar y encender el fuego y retirar la bacinilla. Me intimidaba un poco el hecho de estar a cargo de tantos sirvientes, pero me tranquilicé al pensar que no podía ser muy diferente a dirigir a ordenanzas y enfermeras, como ya había hecho cuando era jefa de enfermeras en Francia en 1943.

Tras la marcha de Jamie, me tomé mi tiempo para asearme todo lo que pude con ayuda de un peine y de un poco de agua, que era lo único que tenía para acicalarme. Si Jared hablaba en serio de organizar cenas, estaba claro que necesitaría algo más que un nuevo vestido.

En un cajón lateral de mi botiquín tenía las ramitas de sauce con que me limpiaba los dientes, y me puse a hacerlo mientras meditaba acerca de la buena fortuna que nos había llevado hasta allí.

Prácticamente desterrados de Escocia, habíamos tenido que buscar un lugar para forjarnos el futuro, ya fuera en Europa o emigrando a América. Y teniendo en cuenta lo poco que le gustaban a Jamie los barcos, no me sorprendió que se decidiera por Francia, para empezar.

Los Fraser tenían fuertes vínculos con Francia. Muchos de ellos, como el abad Alexander y Jared Fraser, vivían allí, y rara vez visitaban su Escocia natal. Y, por lo que me había dicho Jamie, había muchos jacobitas que habían seguido a su rey en el exilio, y que vivían como podían en Francia o en Italia, aguardando la restauración.

—Se habla mucho del tema —me había dicho—. Más en las casas que en las tabernas. Por eso todavía no ha ocurrido nada. Cuando el rumor llegue a las tabernas, se sabrá que va en serio.

—Dime —pregunté, mientras observaba cómo le quitaba el polvo a la chaqueta—, ¿todos los escoceses nacen sabiendo de política, o sólo tú?

Se echó a reír, pero se puso serio al abrir el enorme armario y colgar la chaqueta. Se veía gastada y bastante patética, colgando sola en aquel enorme espacio con aroma a cedro.

—Pues la verdad, Sassenach, no lo sé. Pero nací entre MacKenzies y Frasers, así que no tuve mucha opción. Y no se vive un año en la sociedad francesa y dos años en un ejército sin aprender a escuchar lo que se dice y a entender lo que realmente se quiere decir, y a advertir la diferencia. Sin embargo, con los tiempos que corren, no soy el único. No existe hacendado ni campesino en las Highlands que pueda mantenerse al margen de lo que está por venir.

—Lo que está por venir.

¿Lo que estaba por venir?, me pregunté. ¿Qué sucedería, pensé, si no lográbamos nuestro propósito y se producía una rebelión armada, un intento de restaurar el trono de los Estuardo, dirigido por el hijo del rey exiliado, el príncipe Carlos Eduardo (Casimiro María Silvestre) Estuardo?

—El príncipe Carlos —susurré, mirándome en el espejo de cuerpo entero. Estaba en la misma ciudad, tal vez no demasiado lejos. ¿Cómo sería? Sólo podía imaginármelo como aparecía en su retrato histórico: un joven atractivo y algo afeminado de alrededor de dieciséis años, con suaves labios rosados y pelo empolvado. O como aparecía en los cuadros, una versión más robusta, blandiendo una espada mientras descendía de un bote en la costa de Escocia.

Una Escocia que arruinaría y devastaría al intentar recuperarla para su padre y para sí. Condenado al fracaso, lograría suficiente apoyo para dividir el país y conducir a sus seguidores a una guerra civil con un final sangriento en Culloden. Después huiría a Francia, pero sus enemigos se vengarían con quienes permanecieran en Escocia.

Y estábamos en Francia para prevenir ese desastre. Parecía increíble pensarlo en medio de la paz y el lujo de la casa de Jared. ¿Cómo se impedía una rebelión? Bueno, si las insurrecciones empezaban en las tabernas, tal vez podían impedirse en las cenas. Me encogí de hombros ante el espejo y bajé a conocer al cocinero.

El personal, que al principio me miraba con desconfianza y temor, pronto se dio cuenta de que no pensaba interferir en su trabajo, y se relajó hasta adquirir una actitud de cautelosa amabilidad. Al principio, aturdida por el cansancio, pensé que había por lo menos doce sirvientes alineados en el vestíbulo esperando a ser inspeccionados. De hecho, había dieciséis, incluyendo al cochero, al mozo de cuadra y al cuchillero, a los que no había visto entre el revuelo general. Me impresionó aún más el éxito que Jared tenía en los negocios, hasta que me enteré de cuánto se pagaba al servicio: un par de zapatos nuevos y dos libreas por año a los lacayos, algo menos a las criadas y pinches de cocina y un poco más a personajes eminentes como madame Vionnet, la cocinera, y el mayordomo, Magnus.

Mientras me familiarizaba con la vida doméstica y me enteraba de las habladurías de las doncellas, Jamie salió con Jared para visitar clientes, reunirse con proveedores y prepararse para «asistir a Su Majestad» mediante las conexiones sociales que pudieran resultar de valor a un príncipe en el exilio. Entre los invitados a nuestras cenas encontraríamos a nuestros aliados... o a nuestros enemigos.

—¿Saint Germain? —pregunté, al oír un nombre conocido en medio de la cháchara de Marguerite, que estaba lustrando el suelo de madera—. ¿El conde de Saint Germain?

—*Oui, madame.*

Era una muchacha pequeña y regordeta, con un rostro extrañamente plano y ojos saltones que la hacían parece un rodaballo; sin embargo, era amable y estaba ansiosa por complacer. Frunció la boca hasta formar un pequeño círculo, augurando un cotilleo verdaderamente escandaloso, así que traté de parecer interesada por lo que iba a contar.

—El conde, madame, tiene muy mala reputación —sentenció.

Como esto sucedía, según Marguerite, con casi todos los que acudían a las cenas, arqueé las cejas a la espera de más detalles.

—Ha vendido su alma al diablo —me dijo, bajando la voz y observando a su alrededor, como si el caballero pudiera estar acechando tras la chimenea—. ¡Celebra misas negras en las que se comparte la sangre y la carne de niños inocentes entre los malditos!

«Bonito personaje nos hemos buscado como enemigo», pensé.

—Todo el mundo lo sabe, madame —me aseguró Marguerite—. Pero no importa; las mujeres están locas por él; dondequiera que vaya, se tiran a sus pies. Claro que es rico.

Evidentemente esta última afirmación bastaba para comprender, si no para justificar, el hecho de que bebiera sangre y comiera carne humana.

—Muy interesante —dije—. Creía que *monsieur le comte* era competidor de monsieur Jared. ¿No es importador de vinos, también? ¿Para qué lo invita monsieur Jared?

Marguerite levantó la mirada de su tarea y se echó a reír.

—¡Pero, madame! ¡Para que vea que monsieur Jared puede servir el mejor Beaune con la comida! ¡Le cuenta que acaba de adquirir diez barriles y cuando termina la comida, le regala una botella!

—Ya veo —dije sonriendo—. ¿Y *monsieur le comte* también invita a cenar a monsieur Jared?

Marguerite asintió, con el pañuelo blanco agitándose por encima de la botella de aceite y el trapo.

—Claro que sí, madame. ¡Pero no tan a menudo!

Por fortuna el conde de Saint Germain no estaba invitado aquella noche. Cenamos en familia para que Jared diera a Jamie los últimos detalles antes de su marcha. De ellos, el más importante era el *lever* del rey en Versalles.

Ser invitado a presenciar el *lever* del rey era una prueba de que se era merecedor de su apoyo y protección, según nos explicó Jared.

—No para ti, muchacho —aclaró—, sino para mí. El rey quiere asegurarse de que regresaré de Alemania... o por lo menos Duverney, el ministro de Finanzas. Los últimos impuestos fueron un golpe terrible para los mercaderes, y muchos de los extranjeros partieron... con malas consecuencias para el Tesoro Real, como podrás imaginarte. —Hizo una mueca al pensar en impuestos, frunciendo el entrecejo a la angula que sostenía su tenedor.

—Tengo intenciones de partir el próximo lunes. Sólo espero tener noticias de que el *Wilhelmina* ha llegado bien a Calais; después me iré. —Jared tomó otro bocado e hizo un gesto a Jamie, hablando con la boca llena—. Sé que dejo el negocio en buenas manos, no es eso lo que me preocupa. Pero podríamos hablar un poco de otros temas antes de que me vaya. He arreglado con el conde Marischal que iremos juntos a Montmartre dentro de dos días, para que presentes tus respetos a su alteza el príncipe Carlos Estuardo.

Sentí una repentina sensación de emoción en la boca del estómago, e intercambié una rápida mirada con Jamie. Éste asintió, como si aquello no fuera nada alarmante, pero cuando me miró, noté que tenía los ojos brillantes. Así que aquél era el inicio.

—Su Alteza lleva una vida retirada en París —decía Jared mientras juntaba las últimas angulas, resbaladizas por la mantequilla, en la esquina del plato—. No sería conveniente que apareciera en sociedad, a menos que el rey lo reciba en forma oficial. De modo que casi nunca abandona su residencia y recibe a muy pocas personas: sólo los que apoyan a su padre y acuden a presentarle sus respetos.

—Eso no es lo que he oído —dije.

—¿Cómo? —Dos pares de ojos sorprendidos se volvieron hacia mí. Jared dejó el tenedor, abandonando la última angula a su suerte.

Jamie me miró arqueando una ceja.

—¿Qué has oído, Sassenach, y de boca de quién?

—De los sirvientes —respondí, concentrándome en mis propias angulas.

Al ver la expresión seria de Jared consideré por primera vez que quizá no era lo más apropiado andar chismorreando con la servidumbre. Bueno, pues al diablo, pensé con rebeldía. No tenía tanto que hacer.

—La criada me ha dicho que su alteza el príncipe Carlos ha estado visitando a la princesa Louise de La Tour de Rohan —dije, pinchando una sola angula con el tenedor y masticando lentamente. Estaban deliciosas, pero resultaba bastante desconcertante tragárselas enteras, como si la criatura siguiera viva. Tragué con cuidado. Hasta entonces, todo bien—. En ausencia del marido de la señora —añadí, delicadamente.

Jamie me miró divertido; Jared estaba horrorizado.

—¿La princesa de Rohan? —preguntó—. ¿Marie-Louise-Henriette-Jeanne de La Tour d'Auvergne? La familia de su marido está muy unida al rey. —Se frotó los labios, dejando un brillo mantecoso alrededor de su boca—. Eso podría ser muy peligroso —susurró, como para sí—. Me pregunto si el pequeño loco... pero no. Espero que tenga un poco de sentido común. Debe de ser la inexperiencia; no ha tenido mucha vida social y las cosas son diferentes en Roma. Sin embargo... —Cesó de susurrar y se volvió a Jamie con decisión.

—Ésa será tu primera tarea al servicio de Su Majestad. Tenéis casi de la misma edad, pero tú tienes la experiencia y la sensatez de la época en que viviste en París... sin contar con mi entrenamiento, claro. —Sonrió brevemente a Jamie—. Puedes hacerte amigo de Su Alteza. Allanar su camino con los hombres que le serán útiles, a la mayoría de los cuales ya has conocido. Y explicarle a Su Alteza, con todo el tacto que puedas, que la galantería mal dirigida puede hacer mucho daño a su padre.

Jamie asintió, abstraído. Era evidente que pensaba en otra cosa.

—Y tu criada, Sassenach, ¿cómo está enterada de las visitas de Su Alteza? No sale más que una vez por semana para ir a misa, ¿no?

Negué con la cabeza y tragué un bocado para poder responder.

—Por lo que sé, ella se enteró por el cuchillero, que lo oyó del caballerizo, a quien se lo había dicho el mozo de cuadra de la casa vecina. No sé cuántas personas más hay en el medio, pero la casa de los Rohan está a tres puertas de la nuestra. Me imagino que la princesa ya lo sabrá todo acerca de nosotros —añadí divertida—. Es decir, si habla con su pinche de cocina.

—Las señoras no chismorrean con sus criadas —dijo Jared con frialdad. Miró a Jamie como conminándolo a controlar más a su esposa.

Pude ver cómo Jamie torcía la boca, pero se limitó a sorber su Montrachet y pasó a discutir la última empresa de Jared: un cargamento de ron que venía de camino desde Jamaica.

Cuando Jared hizo sonar la campanilla para que retiraran los platos y trajeran el coñac, salí. Jared disfrutaba de unos enormes puros negros con su coñac, y yo tenía el presentimiento de que, aunque las hubiera masticado cuidadosamente, a las angulas que había comido no les sentaría bien el humo.

Me acosté e intenté, sin éxito, no pensar en las angulas. Cerré los ojos y pensé en Jamaica: agradables playas blancas bajo el sol tropical. No obstante, pensar en Jamaica me llevó a pensar en el *Wilhelmina*, y pensar en barcos me hizo pensar en el mar, lo que me llevó a pensar directamente en anguilas gigantes, enroscándose y retorciéndose entre agitadas olas verdes. Me alegré al ver aparecer a Jamie y me senté en la cama.

—¡Uf! —Se apoyó contra la puerta cerrada, abanicándose con una esquina suelta de su chorrera—. Me siento como una salchicha ahumada. Aprecio a Jared, pero me alegraré de que se lleve sus malditos puros a Alemania.

—Bueno, no te acerques a mí si hueles a puro —dije—. A las angulas no les gusta el humo.

—No las culpo. —Se quitó la chaqueta y se desabrochó la camisa—. Creo que eso es lo que hace normalmente —me confió, haciendo un gesto hacia la puerta con la cabeza mientras se quitaba la camisa—, como con las abejas.

—¿Como las abejas?

—La forma de trasladar un enjambre —explicó, abriendo la ventana y colgando su camisa en la manija de la ventana—. Consigues una pipa con el tabaco más fuerte que puedas encontrar, lo metes en el enjambre y soplas dentro. Las abejas se caen aturdidas, y puedes llevarlas a donde quieras. Creo que eso es lo que hace Jared con sus clientes; los ahúma hasta la inconsciencia, y firman órdenes por tres veces más vino del que pretendían antes de recuperar el sentido.

Me reí y él sonrió, haciendo un gesto de silencio cuando se oyeron los pasos ligeros de Jared por el pasillo, de camino a su habitación.

Una vez pasado el peligro de que nos descubriera, se acercó y se tumbó junto a mí, vestido sólo con el kilt y las medias.

—¿Así está bien? —preguntó—. Si quieres, puedo dormir en el vestidor. O sacar la cabeza por la ventana para que se airee.

Olfateé su cabello, donde el aroma del tabaco perduraba entre las ondas rojizas. La luz de la vela tiñó el rojo de su pelo con haces dorados. Le pasé los dedos por el pelo, disfrutando de su suavidad sobre el hueso duro.

—Sí, está bien. Entonces, ¿no te preocupa que Jared parta tan pronto?

Me besó la frente y se acostó, apoyando la cabeza sobre la almohada. Me sonrió sacudiendo la cabeza.

—No. Me he reunido con los clientes principales y con los capitanes; conozco a todos los bodegueros y a los inspectores y he memorizado las listas de precios y los inventarios. Lo que me queda por saber debo aprenderlo trabajando; Jared no puede enseñarme más.

—¿Y el príncipe Carlos?

Entornó los ojos y soltó un gruñido de resignación.

—Ah, sí. Para eso debo confiar en la misericordia de Dios, no en Jared. Y creo que será más fácil si Jared no está aquí para supervisarme.

Me tumbé junto a él y se giró hacia mí, pasando un brazo por mi cintura para acercarme.

—¿Qué vamos a hacer? ¿Tienes alguna idea, Jamie?

Sentí su aliento cálido en la cara; olía a coñac. Levanté la cabeza para besarlo. Su boca suave y ancha se abrió sobre la mía, y se entretuvo en el beso durante un instante, antes de responder.

—Tengo algunas ideas —dijo, apartándose con un suspiro—. No sé de qué servirán, pero tengo algunas.

—Cuéntame.

—Mmmfm. —Se puso más cómodo, tumbado de espaldas, y apoyé la cabeza sobre su hombro.

—Bien. Según lo veo yo, es una cuestión de dinero, Sassenach.

—¿De dinero? Yo creía que era una cuestión de política. ¿No es porque los franceses quieren a Jacobo en el trono para causarles problemas a los ingleses? Por lo que recuerdo, Luis quería, o mejor dicho, querrá —me corregí— que Carlos Estuardo distraiga al rey Jorge de los asuntos de Luis en Bruselas.

—Supongo que así es —convino Jamie— pero restaurar a un rey cuesta dinero. Y Luis no tiene tanto como para gastarlo en una guerra en Bruselas y financiar una invasión a Inglaterra a la vez. Ya has oído lo que ha contado Jared acerca de los impuestos y el Tesoro Real.

—Sí, pero...

—No, no será Luis quien lo haga —dijo—. A pesar de que, por supuesto, tiene cartas en el asunto. No, Jacobo y Carlos intentarán conseguir otras fuentes de dinero: las familias de los banqueros franceses, el Vaticano y la corte española.

—¿Tú crees que el padre se ocupará de los dos últimos, y que Carlos deberá ocuparse de los banqueros franceses? —pregunté con interés.

Asintió con la mirada fija en los paneles tallados del techo. Los paneles de nogal eran de un color marrón suave a la luz titilante de la vela, con rosetas y lazos más oscuros saliendo de cada esquina.

—Sí —dijo—. El tío Alex me enseñó la correspondencia de Su Majestad el rey Jacobo y, a juzgar por la misma, debo decir que los españoles son su mejor baza. El Papa está obligado a apoyarlo, como monarca católico; el papa Clemente lo apoyó muchos años, y ahora Benedicto, su sucesor, continúa apoyándolo, aunque no tanto como antes. Y tanto Felipe de España como Luis de Francia son primos de Jacobo. Todos llevan la sangre de los Borbones. —Me lanzó una sonrisa irónica—. Y por lo que he visto, puedo decirte que la sangre real no importa mucho cuando se trata de dinero, Sassenach.

Levantando un pie cada vez, se quitó las medias con una mano y las dejó sobre el taburete de la habitación.

—Hace treinta años, en la rebelión de 1715, Jacobo consiguió dinero de España —continuó—. Una pequeña flota y algunos hombres. Pero tuvo mala suerte, y fueron derrotados en Sheriffsmuir, antes de que llegara Jacobo. Así que tal vez los españoles no tengan muchas ganas de financiar un segundo intento de restauración... no sin la seguridad de que va a tener éxito.

—Así que Carlos ha venido a Francia para convencer a Luis y a los banqueros —susurré—. Y según mis conocimientos de historia, logrará su objetivo. ¿Y eso dónde nos deja?

El brazo de Jamie abandonó mi hombro para estirarse, y el cambio de peso inclinó el colchón debajo de mí.

—A mí me deja vendiendo vino a los banqueros —respondió—. Y a ti hablando con las criadas. Y si soplamos suficiente humo, tal vez aturdamos a las abejas.

• • •

Antes de partir, Jared llevó a Jamie a una casita de Montmartre, donde residía su alteza el príncipe Carlos Eduardo Luis Felipe Casimiro... Estuardo, mientras esperaba a ver qué haría o dejaría de hacer Luis por un primo sin dinero y con aspiraciones al trono.

Los vi partir, ataviados con sus mejores galas; pasé el tiempo imaginando el encuentro y preguntándome cómo les iría.

—¿Cómo os ha ido? —pregunté a Jamie cuando estuvimos a solas—. ¿Cómo es?

Jamie se rascó la cabeza.

—Bien —dijo, por fin—. Tenía dolor de muelas.

—¿Qué?

—Eso ha dicho. Y parecía sufrir mucho; tenía la cabeza gacha y la mandíbula hinchada. No sé si siempre es así, o era por el dolor, pero no ha hablado mucho.

Después de las presentaciones formales, los hombres mayores, Jared, el conde Marischal y un personaje de aspecto más bien andrajoso al que llamaban «Balhaldy» empezaron a hablar de política escocesa, dejando a Jamie y a Su Alteza más o menos solos.

—Hemos tomado una copa de coñac— informó obedientemente Jamie, ante mi provocación—, y le he preguntado cómo encontraba París. Dice que es aburrida, ya que vive encerrado y no puede salir de caza. Y entonces hemos hablado de la caza. Prefiere cazar con perros y no con batidores. Igual que yo, le he dicho. Luego me ha contado cuántos faisanes había matado en una cacería en Italia. Ha hablado de Italia hasta que ha dicho que el aire que entraba por la ventana hacía que le doliera más la muela... Esa casa no está muy bien construida. Ha bebido más coñac para el dolor de muelas, y yo le he hablado de la caza del jabalí en las Highlands. Me ha dicho que le gustaría cazar allí alguna vez, y me ha preguntado si tenía buena puntería con el arco. Le he dicho que sí, y ha respondido que me invitará a cazar con él en Escocia. Luego ha venido Jared y ha dicho que debíamos ir a la bodega, de modo que Su Alteza ha extendido la mano, se la he besado, y nos hemos marchado.

—Hum —dije.

A pesar de que el sentido común me decía que las personas ilustres (o las que posiblemente van a ser ilustres) llevan una vida normal como las demás, tuve que admitir que me desilusionó la descripción del príncipe Carlos. Aun así, había invitado a Jamie a que volviera a visitarlo. Lo importante, según Jamie, era conocer a Su Alteza a fin de seguir de cerca sus planes. Me pregunté si el rey de Francia sería un poco más imponente en persona.

No tardamos en averiguarlo. Una semana después, Jamie se levantó en la fría y oscura madrugada y se vistió para el largo viaje a Versalles, al *lever* del rey. Luis se despertaba todas las mañanas a las seis. A esa hora, las pocas personas que habían sido invitadas a presenciar la *toilette* del rey se reunían en la antecámara, listas para unirse a la procesión de nobles y asistentes que se requerían para ayudar a que el rey saludara el nuevo día.

Magnus, el mayordomo, despertó a Jamie temprano. Éste salió de la cama aún soñoliento y se preparó, entre bostezos y murmullos. A esta hora mi estómago estaba tranquilo, de modo que disfruté de la sensación de observar a alguien hacer una tarea desagradable de la que uno está eximido.

—Observa con atención —le dije, con la voz ronca del sueño—. Y después me lo cuentas todo.

Con un gruñido somnoliento de asentimiento, se inclinó para besarme y después se fue, vela en mano, a ensillar su caballo. Lo último que oí antes de sumergirme en el sueño fue la voz de Jamie repentinamente clara y alerta en el aire frío de la noche, intercambiando saludos con el mozo de cuadra.

Dada la distancia hasta Versalles, y la posibilidad (advertida por Jared) de que fuera invitado a almorzar, no me sorprendió que no regresara antes del mediodía, pero no podía evitar sentir curiosidad. Esperé con gran impaciencia hasta que por fin, cerca de la hora del té, llegó.

—¿Cómo ha sido el *lever* del rey? —pregunté, acercándome para ayudar a Jamie a quitarse la chaqueta. Con los ceñidos guantes de cuero de cerdo que eran de rigor en la corte, no podía desabrocharse los botones plateados sobre el terciopelo resbaladizo.

—Mucho mejor —dijo, flexionando con alivio sus hombros anchos al desabrochar los botones. La chaqueta le iba demasiado estrecha en los hombros; parecía que se estaba pelando como una cebolla—. Interesante —añadió, en respuesta a mi pregunta—. Por lo menos la primera hora.

La procesión de nobles entró en la alcoba real, me explicó. Cada uno llevaba un objeto ceremonial: toalla, navaja, vaso de cerveza, sello real, etcétera. Los caballeros de la alcoba descorrieron los pesados cortinajes que ocultaban el alba exponiendo el rostro de *le roi Louis* al sol naciente.

Ayudado a sentarse sobre el borde de la cama, el rey bostezó y se rascó la barbilla de barba incipiente mientras sus asistentes le ponían una bata de seda bordada en oro y plata sobre los hombros reales y se arrodillaban para quitarle las medias de fieltro con las que dormía, reemplazándolas por otras más ligeras de seda y unas chinelas forradas con piel de conejo.

Uno por uno, los nobles se arrodillaron a los pies de su soberano para saludarlo y preguntarle cómo había pasado la noche.

—A mi parecer, no muy bien —observó Jamie—. Parecía haber dormido una o dos horas, y mal.

A pesar de sus ojos enrojecidos y de su papada, Su Majestad fue amable con sus cortesanos, luego se levantó y saludó a los visitantes que miraban desde la parte trasera de la alcoba. Con gesto desmayado, convocó al ayuda de cámara, que lo condujo hasta un sillón, donde se sentó con los ojos cerrados, disfrutando de la ayuda de sus asistentes; mientras tanto, el duque de Orleans guiaba a los visitantes, que se arrodillaban ante el rey y le saludaban. El turno de las peticiones formales llegó después, cuando Luis ya estaba más despierto para escucharlas.

—Yo no estaba allí para hacer una petición, sino en señal de favor —explicó Jamie— de modo que me he arrodillado y le he dicho: «Buenos días, Majestad.» El duque le ha dicho quién era yo.

—¿Y el rey te ha explicado algo?

Jamie sonrió.

—Pues sí. Ha abierto un ojo y me ha mirado, como si no lo creyera.

Con el ojo todavía abierto, Luis había inspeccionado a su visitante con interés; después comentó: «Eres grande, ¿eh?»

—Le he respondido: «Sí, Majestad.» Después me ha preguntado: «¿Sabes bailar?» Le he contestado que sí, ha vuelto a cerrar el ojo y el duque me ha llevado otra vez hacia atrás.

Una vez terminadas las presentaciones, los caballeros de la alcoba, asistidos por los principales nobles, le hicieron la *toilette*. A una señal del duque de Orleans, los solicitantes se acercaban; mientras el rey torcía la cabeza para facilitar el trabajo de quien lo rasuraba o la inclinaba para que le acomodaran la peluca, susurraban algo en su oído.

—¿Ah, sí? ¿Y no has tenido el honor de sonarle la nariz? —le pregunté.

Jamie sonrió e hizo chasquear los nudillos.

—No, gracias a Dios. Me he apoyado en el armario, tratando de confundirme con el mobiliario. Los condes y duques me miraban de reojo, como si el ser escocés fuera contagioso.

—¿Has podido verlo todo?

—Claro. Incluso cuando se ha acomodado en su *chaise percée*.

—¿De veras he hecho eso? ¿Enfrente de todos? —Estaba fascinada. Por supuesto, lo había leído, pero me resultaba difícil de creer.

—Sí, y todo el mundo se ha comportado como cuando se ha lavado la cara o se ha sonado la nariz. El duque de Neve ha tenido el honor —añadió con ironía— de limpiarle el real trasero. No he visto qué han hecho con la toalla; seguramente le habrán puesto bordes dorados.

»Además, fue una ardua tarea —añadió, inclinándose y poniendo las manos en el suelo para estirar los músculos de las piernas—. Parecía que no iba a terminar nunca; el hombre es duro como una lechuza.

—¿Duro como una lechuza? —pregunté. Me hacía gracia la comparación—. ¿Quieres decir, estreñido?

—Ajá, estreñido. Y no me sorprende, con las cosas que comen en la corte —añadió—. Es una dieta terrible: todo lleva crema y manteca. Debería desayunar avena todos los días... así se curaría. Es muy buena para los intestinos, ¿sabes?

Si los escoceses estaban empeñados en algo (de hecho, tendían a estarlo en muchas cosas) era en alabar las virtudes de la avena en el desayuno. Al vivir en una tierra tan pobre, donde la avena era el alimento más común, los escoceses habían hecho de la necesidad virtud, e insistían en que les encantaba.

Jamie se tiró al suelo e hizo los ejercicios de la Royal Air Force que le había recomendado para fortalecer los músculos de la espalda.

Volviendo a su comentario anterior, pregunté:

—¿Por qué has dicho «duro como una lechuza»? Ya había oído el dicho antes, pero no con el significado de «estreñido». ¿Significa que las lechuzas lo son?

Jamie completó su ejercicio y se echó de espaldas sobre la alfombra, jadeando.

—Pues sí. —Dio un largo suspiro y recobró el aliento. Se sentó y se apartó el pelo de los ojos—. O no; la verdad, no lo sé, pero eso cuenta la historia. La gente dice que las lechuzas no tienen culo y no pueden evacuar lo que comen: ratones ¿sabes? Así que convierten los huesos y los pelos en una bola y, al no poder deshacerse de ella por el otro lado, la vomitan.

—¿Es cierto?

—Sí, es cierto. Así si se encuentra un árbol de lechuzas, hay que mirar debajo y ver si hay bolas sobre el suelo. Suelen formar estercoleros enormes —añadió, abriéndose el cuello de la camisa para que le entrara aire.

»Pero sí que tienen culo —me informó—. Una vez derribé una con la honda y miré.

—Te picaba la curiosidad, ¿no? —dije riendo.

—Claro que sí, Sassenach. —Sonrió—. Y también lo utilizan. Me pasé un día entero con Ian debajo de un árbol de lechuzas para asegurarme.

—Pues sí que tenías interés —dije.

—Quería comprobarlo. Ian no quería quedarse tanto tiempo, y tuve que darle un par de bofetadas para que dejara de moverse. —Se echó a reír, recordando—. Así se quedó quieto conmigo hasta que sucedió. Entonces agarró un puñado de pelotas de lechuza, me las metió por el cuello de la camisa y salió corriendo. —Un dejo de tristeza cruzó su rostro; el recuerdo del amigo de su juventud se entrelazó con otro más reciente: el de su cuñado cojeando, aunque de buen humor, sobre su pata de palo; había recibido una andanada de proyectiles en la pierna.

—Qué manera tan horrible de vivir —comenté, deseosa de distraerlo—. Me refiero al rey, no a observar lechuzas. Nunca tiene intimidad, ni siquiera en el retrete.

—Tampoco a mí me gustaría —dijo él—. Pero es el rey.

—Hum. Y supongo que el poder y el lujo compensan.

Jamie se encogió de hombros.

—Bueno, no lo sé, pero es el destino que Dios le dio, y no le queda más remedio que poner al mal tiempo buena cara. —Cogió su manta escocesa y se la echó por los hombros.

—Déjame que te ayude. —Le quité el broche de plata y aseguré la hermosa tela en su hombro. Él arregló la caída, alisando la brillante lana entre sus dedos.

—Yo tengo un destino parecido, Sassenach —dijo, y bajó la mirada hacia mí. Sonrió brevemente—. Aunque, gracias a Dios, eso no significa invitar a Ian a que me limpie el trasero. Pero nací terrateniente. Soy administrador de esa tierra y de la gente que en ella vive, y debo hacer todo lo que pueda por ellos.

Extendió la mano y me acarició el pelo.

—Por eso me alegré cuando dijiste que vendríamos para tratar de ver qué podíamos hacer. Porque una parte de mí desea llevarte a ti y al niño muy lejos de aquí, y pasar el resto de mi vida trabajando en el campo y con los animales, llegar por la tarde y dormir contigo toda la noche.

Los profundos ojos azules se volvieron pensativos. Sus manos volvieron a los pliegues de su tartán y acariciaron los brillantes cuadros de la capa Fraser, con la tenue raya blanca que distinguía a Lallybroch de los demás clanes y familias.

—Pero si lo hiciera —continuó, como si hablara solo—, una parte de mi alma se sentiría repudiada, y creo... creo que siempre escucharía las voces de los míos, llamándome.

Apoyé una mano sobre su hombro y él alzó la mirada. Una leve sonrisa se dibujó en su amplia boca.

—Creo que sí. Jamie... pase lo que pase... —Me detuve, buscando las palabras. Como me había pasado tantas veces, la gran tarea que habíamos emprendido me superaba y me dejaba sin palabras. ¿Quiénes éramos para alterar el rumbo de la historia, para cambiar el curso del destino, no sólo el nuestro sino el de príncipes y campesinos de toda Escocia?

Jamie apoyó su mano sobre la mía y la apretó, dándome confianza.

—Nadie puede pedirnos más, Sassenach. No, si hay derramamiento de sangre, por lo menos no será culpa nuestra, y roguemos a Dios que no se llegue a eso.

Pensé en las solitarias piedras grises de Culloden, y en los hombres de las Highlands que yacerían debajo si no teníamos éxito.

—Roguemos a Dios —repetí.

8

Fantasmas sin enterrar y cocodrilos

Jamie ocupaba todo su tiempo entre las audiencias reales y el negocio de Jared. Todas las mañanas se iba con Murtagh poco después del desayuno para supervisar las entregas, hacer inventario, visitar los muelles del Sena y conocer lo que por su descripción parecían repugnantes tabernas.

—Bien, por lo menos tienes a Murtagh para que te acompañe —decía yo, reconfortada por ese hecho— y no os podéis meter en demasiados problemas en pleno día. —El aspecto del delgado montañés no impresionaba; su atuendo se diferenciaba del de un holgazán de puerto en que la mitad inferior era una falda escocesa. Pero había recorrido media Escocia con él para rescatar a Jamie de la prisión de Wentworth y no hubiera confiado el bienestar de Jamie a ninguna otra persona en el mundo.

Después del almuerzo, Jamie hacía sus rondas de visitas (sociales, de negocios y cada vez más de ambos tipos) y luego se retiraba a su estudio para trabajar con los libros. Estaba ocupado.

Yo, en cambio no. Después de unos días de corteses desavenencias con madame Vionnet, la cocinera principal, había quedado claro quién estaba a cargo de la casa, y no era precisamente yo. Ella iba a mi salita por la mañana a consultar el menú y a presentar la lista de gastos que se consideraban necesarios para aprovisionar la cocina. Se compraba a diario fruta, verduras, mantequilla, leche de una granja cercana a la ciudad y que entregaban cada mañana, pescado del Sena comprado en un puesto ambulante de la calle y mejillones que mostraban sus curvas negras y selladas entre montañas de algas marinas marchitas. Yo revisaba las listas, daba mi aprobación, elogiaba la comida de la noche anterior, y nada más. Aparte de tener que abrir el armario de la ropa blanca, la bodega, el sótano o la despensa con una llave del manojo que llevaba, no tenía nada que hacer hasta la hora de vestirme para la comida.

La vida social de la casa de Jared continuó como cuando éste estaba presente. Todavía era cautelosa con respecto a recibir a mucha gente, pero todas las noches dábamos pequeñas cenas, a las que asistían nobles, caballeros, damas, jacobitas pobres en el exilio y mercaderes acaudalados con sus esposas.

Pero comer, beber y preparar la velada del día siguiente no era bastante para mí. Estaba tan inquieta que Jamie sugirió que le ayudara a copiar las entradas en el libro de contabilidad.

—Mejor que hagas eso que terminar comiéndote a ti misma —dijo, mirando con expresión crítica mis uñas—. Además, tus números son más bonitos que los de los empleados de la bodega.

Una tarde, cuando estaba en el estudio, inclinada sobre los libros, llegó el señor Silas Hawkins pidiendo dos barriles de coñac flamenco. El señor Hawkins era un inglés corpulento y próspero, emigrante como Jared y especializado en la exportación de licores franceses a su país.

Supuse que a un mercader con aspecto de abstemio le resultaría muy difícil vender vinos y licores al por mayor. En este sentido, el señor Hawkins tenía suerte, pues tenía aspecto de juerguista. Sin embargo, Jamie me había contado que nunca bebía su propia mercancía; de hecho, rara vez tomaba otra cosa que no fuera cerveza, aunque su apetito era célebre en todas las tabernas que visitaba. Detrás de sus brillantes ojos marrones y de la bondad de sus maneras se escondía una mente alerta y calculadora.

—Mis mejores proveedores, se lo aseguro —declaró, firmando una orden enorme con una floritura—. Siempre fiables, siempre mercancía de primera calidad. Echaré mucho de menos a su primo en su ausencia —dijo—, aunque debo decir que ha buscado un excelente sustituto. Ha confiado en un escocés para mantener el negocio en la familia.

Los pequeños ojos brillantes se detuvieron en el kilt de Jamie; el rojo de los Fraser destacaba contra las maderas oscuras que recubrían las paredes de la sala.

—¿Acaban de llegar de Escocia? —preguntó en tono informal, removiéndose dentro de su chaqueta.

—No, estamos en Francia desde hace un tiempo —respondió Jamie, evadiendo la pregunta.

Cogió la pluma que le ofrecía el señor Hawkins, pero, hallándola demasiado despuntada para su gusto, la dejó a un lado y cogió una nueva del ramillete de plumas de ganso que había en una pequeña jarra de cristal situada sobre el aparador.

—Veo por su atuendo que es usted de las Highlands. Quizá pueda informarme acerca de los sentimientos que imperan en esa región del país. Se oyen muchos rumores.

El señor Hawkins se sentó ante una señal de Jamie. Su cara redonda y rosada estaba pendiente de su abultado monedero.

—En cuanto a los rumores... bien, son habituales en Escocia, ¿no? —dijo Jamie mientras afilaba la pluma nueva—. Pero ¿sentimientos? No, si se refiere a la política, me temo que no le presto demasiada atención. —El pequeño cortaplumas realizó un sonido agudo al retirar las astillas del tallo grueso de la pluma.

El señor Hawkins sacó varias piezas de plata y las colocó ordenadamente en una columna entre los dos hombres.

—¿De veras? —dijo casi con indiferencia—. En ese caso, es usted el primer escocés que conozco que no se interesa por la política.

Jamie terminó su tarea y sostuvo la pluma en alto, mirándola de soslayo para juzgar su ángulo.

—¿Mmm? —dijo vagamente—. Bien, tengo otros asuntos de los que ocuparme. Un negocio como éste requiere mucho tiempo, como bien sabe.

—Así es—. El señor Hawkins contó una vez más las monedas de su columna y retiró una para sustituirla por dos más pequeñas—. He oído que Carlos Estuardo ha llegado a París —comentó.

La cara de borrachín no mostró más que un ligero interés, pero los ojos se mostraban alerta sobre las bolsas de grasa que tenía bajo los párpados.

—Sí —musitó Jamie; su tono de voz dejaba en el aire si se trataba del reconocimiento de un hecho o de una simple expresión de educada indiferencia. Tenía la hoja del pedido delante y firmaba con cuidado, dibujando las letras en lugar de garabatearlas. Al ser un niño zurdo obligado a escribir con la mano derecha, le costaba escribir, pero nunca tanto.

—Entonces, ¿no comparte las simpatías de su primo en ese sentido?

Hawkins se echó hacia atrás, para observar la coronilla de la cabeza inclinada de Jamie, en una postura evasiva.

—¿Le preocupa eso, señor?

Jamie levantó la cabeza y fijó sus ojos azules en el señor Hawkins. El grueso mercader le devolvió la mirada durante un instante y, a continuación, hizo un ademán restando importancia al asunto.

—En absoluto —respondió con suavidad—. Aun así, conozco las tendencias jacobitas de su primo, que por otra parte no oculta. Me preguntaba si todos los escoceses eran del mismo parecer en cuanto a las pretensiones al trono de los Estuardo.

—Si conoce a los escoceses de las Highlands —dijo Jamie con voz seca, entregándole una copia de la orden—, sabrá que es raro encontrar a dos que estén de acuerdo en algo que no sea el color del cielo, aunque eso también es discutible.

El señor Hawkins se echó a reír sacudiendo su holgada barriga dentro del chaleco, y guardó los papeles. Al ver que Jamie no quería hablar, le ofrecí un poco de vino de Madeira y galletas.

El señor Hawkins pareció tentado de aceptar, pero negó con la cabeza y apartó el sillón para ponerse de pie.

—No, no, gracias, señora, pero no. El *Arabella* llega a puerto este jueves, y debo estar en Calais para recibirlo. Y tengo mucho que hacer antes de subirme al carruaje. —Hizo una mueca a un enorme puñado de órdenes y recibos que había sacado del bolsillo, añadió la de Jamie al montón y las volvió a meter en una gran cartera de viaje de cuero—. Sin embargo —dijo, iluminándosele la cara—, puedo hacer algunos negocios durante el viaje; en el camino voy a visitar las posadas y tabernas que hay de aquí a Calais.

—Si visita todas las tabernas que hay de aquí a la costa, llegará a Calais el mes próximo —observó Jamie. Buscó su propio monedero en su morral y metió la pequeña columna de plata en él.

—Es verdad, milord —respondió el señor Hawkins—. Supongo que tendré que dejar de lado una o dos y visitarlas en el camino de regreso.

—¿No podría enviar a alguien a Calais en su lugar si su tiempo es tan valioso? —sugerí.

Puso los ojos en blanco, frunciendo la pequeña boca en lo más parecido a un gesto de aflicción, dentro de las limitaciones de su forma.

—Ojalá eso fuera posible, señora. Pero la carga que transporta el *Arabella* no es algo que pueda confiar a un empleado. Mi sobrina Mary está a bordo —dijo—, rumbo a Francia. Pero no tiene más que quince años y nunca ha salido de su casa. Me temo que no podría dejarla viajar sola hasta París.

—Por supuesto —dije.

El nombre me resultaba familiar, pero no sabía por qué. Mary Hawkins. Un nombre vulgar; no podía relacionarlo con nadie. Aún cavilaba al respecto cuando Jamie se puso de pie y acompañó al señor Hawkins hasta la puerta.

—Espero que el viaje de su sobrina sea placentero —dijo—. ¿Viene a estudiar? ¿O a visitar a algún pariente?

—Viene a casarse —dijo su tío, satisfecho—. Mi hermano ha tenido la fortuna de conseguir un buen partido, de la nobleza francesa —dijo con el pecho henchido de orgullo y los botones de oro tensando la tela de su chaleco—. Mi hermano mayor es un baronet.

—¿Quince años? —pregunté. Sabía que no era extraño casarse joven, ¡pero a los quince años! Sin embargo, yo me había casado a los diecinueve, y a los veintisiete por segunda vez. Sabía mucho más a los veintisiete—. Y... ¿hace mucho que su sobrina conoce a su prometido? —pregunté con cautela.

—No lo conoce. De hecho —dijo acercándose y colocando un dedo junto a sus labios a la vez que bajaba la voz—, aún no sabe nada. Las negociaciones aún no han terminado.

Yo estaba consternada, y abrí la boca para decir algo, pero Jamie me asió del codo con firmeza, a modo de advertencia.

—Bien, si el caballero pertenece a la nobleza, quizá veamos a su sobrina en la corte —dijo, empujándome con firmeza hacia la puerta. El señor Hawkins, que dio un paso atrás para evitar que le pisara, seguía hablando.

—Por supuesto, milord Broch Tuarach. Por cierto, consideraría un gran honor que usted y su esposa recibieran a mi sobrina. Estoy seguro de que le encantaría hablar con una compatriota —añadió dirigiéndome una sonrisa—. Aunque no debería atreverme, ya que por una simple relación de negocios...

«Claro que te atreves —pensé—. Harías cualquier cosa por introducir a tu familia en la nobleza francesa, incluso casar a tu sobrina con... con...»

—¿Quién es el prometido de su sobrina? —pregunté.

El señor Hawkins me miró con expresión misteriosa, y se inclinó para susurrarme con voz ronca:

—En realidad no debería decirlo antes de que se firmen los contratos, pero dado que se trata de la señora... Les puedo decir que es un miembro de la casa de Gascuña. ¡Y un miembro muy encumbrado!

—¡Vaya! —dije.

El señor Hawkins se marchó, restregándose las manos con anticipación. Me volví de inmediato hacia Jamie.

—¡Gascuña! Debe de ser... pero no es posible, ¿verdad? ¿Aquel viejo asqueroso con manchas de rapé en la barbilla que vino a cenar la semana pasada?

—¿El vizconde de Marigny? —Jamie sonrió ante mi descripción—. Puede ser. Es viudo y el único varón de esa familia hasta donde yo sé. Aunque no creo que fuera rapé; es la forma en la que le crece la barba. Un poco parcheada —admitió—, pero debe de ser difícil afeitarse con todas esas verrugas.

—¡No pueden casar a una niña de quince años con ese viejo! ¡Y sin siquiera preguntárselo!

—Claro que pueden —dijo Jamie, con una calma exasperante—. De todos modos, Sassenach, no es asunto tuyo—. Me agarró con fuerza de los brazos y me sacudió ligeramente—. ¿Me oyes? Sé que te resulta extraño, pero así son las cosas. Después de todo —dijo torciendo su bocaza— tú también te casaste en contra de tu voluntad. Pero ya te has resignado, ¿no?

—¡A veces no estoy tan segura! —exclamé, intentando liberarme, pero Jamie me abrazó, riendo, y me besó. Un instante después, dejé de luchar. Cedí a su abrazo, admitiendo la derrota, aunque fuera temporalmente. Ya conocería a Mary Hawkins. Y ya veríamos qué pensaba acerca de ese matrimonio. Si no quería ver su nombre en un contrato matrimonial relacionado con el vizconde de Marigny, entonces... De repente me puse rígida y me aparté de Jamie.

—¿Qué pasa? —preguntó alarmado—. ¿Estás enferma, querida? ¡Estás pálida!

Sin duda me había puesto pálida. Porque de repente recordé dónde había visto el nombre de Mary Hawkins. Jamie estaba equivocado. Sí que era asunto mío. Había visto el nombre escrito con caligrafía en la parte superior de un árbol genealógico; la tinta antigua y atenuada por el tiempo se había vuelto de un tono marrón sepia. Mary Hawkins no estaba destinada a casarse con el decrépito vizconde de Marigny. Se casaría con Jonathan Randall en el año de Nuestro Señor de 1745.

—No es posible, ¿no? —dijo Jamie—. Jonathan Randall está muerto. —Terminó de servir una copa de coñac y me la tendió. Su mano estaba firme sobre el pie de cristal, pero tenía la boca fruncida y la palabra *muerto* pareció definitiva.

»Levanta los pies, Sassenach —dijo—. Aún estás pálida.

—Con su ayuda, levanté los pies y me tumbé en el sofá. Jamie se sentó cerca de mi cabeza, y apoyó una mano sobre mi hombro, ausente. Sentí sus dedos, cálidos y fuertes, masajeando con suavidad el pequeño hueco de la articulación.

»Marcus MacRannoch me dijo que vio morir a Randall pisoteado por el ganado en las mazmorras de la prisión de Wentworth —declaró, como si buscara tranquilizarse mediante la repetición—. «Como un muñeco de trapo ensangrentado.» Eso dijo sir Marcus. Y estaba muy seguro de lo que decía.

—Sí. —Tomé un sorbo de coñac, y sentí que el calor volvía a mis mejillas—. También me lo dijo a mí. No, tienes razón. El capitán Randall ha muerto. Pero me ha turbado recordar a Mary Hawkins. Debido a Frank.

Observé mi mano izquierda, que tenía apoyada sobre el vientre. Había un pequeño fuego en el hogar, y su luz iluminó la alianza de oro de mi primer matrimonio. El anillo de Jamie, de plata escocesa, rodeaba el dedo anular de mi otra mano.

—Ah. —Jamie dejó de acariciarme el hombro. Tenía la cabeza inclinada, pero levantó la vista para mirarme. No hablábamos de Frank desde que rescaté a Jamie de Wentworth, ni tampoco habíamos mencionado la muerte de Jonathan Randall. En aquel momento no había parecido tener importancia, pues no implicaba peligro alguno. Y desde entonces, yo no había querido que Jamie se acordara de Wentworth.

—Sabes que está muerto, ¿no, *mo duinne*? —Jamie habló con dulzura, con los dedos apoyados sobre mi muñeca, y me di cuenta de que se refería a Frank, no a Jonathan.

—A lo mejor no —dije, con los ojos fijos en el anillo. Alcé la mano, de modo que el metal destelló a la luz mortecina de la tarde—. Si está muerto, Jamie, si no va a existir, porque Jonathan está muerto... ¿por qué todavía tengo en el dedo el anillo que él me dio?

Jamie observó el anillo, y vi que fruncía los labios. También él había palidecido. Yo no sabía si le haría daño pensar en Jonathan Randall, pero no parecía haber otra opción.

—¿Estás segura de que Randall no tuvo hijos antes de morir? —preguntó Jamie—. Ésa podría ser la respuesta.

—Sí, pero estoy segura de que no. Frank... —me tembló la voz al nombrarlo, y los dedos de Jamie se ciñeron sobre mi muñeca—, Frank siempre hablaba de las circunstancias trágicas de la muerte de Jonathan Randall. Decía que había muerto en Culloden, en la última batalla del Alzamiento, y decía que su hijo, antepasado de Frank, había nacido pocos meses después de su muerte. Su viuda se volvió a casar unos años después. Aunque hubiera un hijo ilegítimo, no estaría en la línea de descendencia de Frank.

Jamie tenía la frente arrugada y había una fina línea vertical entre sus cejas.

—Entonces, ¿podría ser un error? ¿Que el niño no fuera de Randall? Tal vez Frank descienda de la línea de Mary Hawkins, pues sabemos que todavía vive.

Sacudí la cabeza con impotencia.

—No veo cómo. Si hubieras conocido a Frank... pero no, supongo que nunca te lo conté. La primera vez que vi a Jonathan Randall, pensé que *era* Frank... no eran iguales, por supuesto, pero el parecido era... sorprendente. No, Jonathan Randall era sin duda un antepasado de Frank.

—Ya veo. —Tenía los dedos húmedos; los retiró y se los secó en la falda.

—Entonces... tal vez el anillo no signifique nada, *mo duinne* —dijo.

—Tal vez. —Toqué el metal, tibio como mi propia piel, y dejé caer la mano con un gesto de impotencia—. ¡Ay, Jamie, no sé! ¡No sé nada!

Jamie se frotó la frente arrugada con los nudillos.

—Tampoco yo, Sassenach. —Dejó caer su mano e intentó sonreírme—. Un momento... ¿Dices que Frank te contó que Jonathan Randall iba a morir en Culloden?

—Sí. De hecho, yo misma se lo dije a Jonathan Randall, para asustarlo... en Wentworth, cuando me sacó a la nieve, antes... antes de volver a ti.

Los ojos y la boca de Jamie se cerraron en un repentino espasmo. Me puse en pie, alarmada.

—¡Jamie! ¿Estás bien? —Traté de ponerle una mano en la cabeza, pero se alejó de mí; se levantó y fue hacia la ventana.

—No. Sí. Estoy bien, Sassenach. He estado escribiendo cartas toda la mañana, y parece que la cabeza me va a explotar. No te preocupes. —Me hizo un gesto con la mano y apoyó la frente contra la ventana fría, con los ojos cerrados. Continuó hablando, como para distraer el dolor—. Entonces, si Frank y tú sabíais que Jonathan Randall iba a morir en Culloden, pero nosotros sabemos que no... entonces podemos conseguirlo, Claire.

—¿Qué podemos conseguir? —Me acerqué; quería ayudarlo pero no sabía qué hacer. No quería que lo tocara.

—Lo que sabes que sucederá puede modificarse. —Apartó la cabeza de la ventana y sonrió. Aún estaba pálido, pero el espasmo había pasado—. Jonathan Randall murió antes de lo debido, y Mary Hawkins se casará con otro hombre. Y aunque eso signifique que Frank no nazca... o tal vez que nazca de otro modo —añadió, para consolarme—, también significa que podemos triunfar en nuestro propósito. Tal vez Jonathan Randall no muera en Culloden porque la batalla no se librará nunca.

Se movió con esfuerzo, se acercó a mí y me abrazó. Lo sostuve por la cintura, suavemente, sin moverme. Inclinó la cabeza, apoyando la frente sobre mi pelo.

—Sé que te entristece, *mo duinne*. Pero ¿no te tranquiliza saber que gracias a eso pasarán cosas buenas?

—Sí —susurré por fin, entre los pliegues de su camisa. Me aparté suavemente de sus brazos y posé mi mano sobre su mejilla. La arruga que tenía entre las cejas era aún más profunda y sus ojos estaban algo desenfocados, pero me sonrió—. Jamie, ve a acostarte. Enviaré una nota a los D'Arbanville para decirles que no iremos esta noche.

—De ninguna manera —protestó—. Estoy bien. Conozco este tipo de jaqueca, Sassenach; es de escribir. Con una hora de sueño estaré mejor. Ahora mismo subo a la habitación. —Se volvió hacia la puerta, vaciló y se volvió hacia mí con una ligera sonrisa—. Si grito dormido, ponme la mano en la frente y dime: «Jonathan Randall está muerto.» Entonces todo estará bien.

Tanto la comida como la compañía en casa de los D'Arbanville fueron buenas. Llegamos tarde a casa, y caí en un profundo sueño apenas apoyé la cabeza en la almohada. Dormí sin soñar, pero me desperté de repente en mitad de la noche, sabiendo que algo andaba mal.

La noche era fría y el edredón de plumas había caído al suelo, como de costumbre, dejando únicamente la fina manta de lana sobre mí. Me di la vuelta, medio dormida, buscando el calor de Jamie. No estaba.

Me senté en la cama, buscándolo con la mirada, y lo vi casi de inmediato, sentado al lado de la ventana.

—¡Jamie! ¿Qué pasa? ¿Te duele otra vez la cabeza?

Busqué una vela con la intención de ir a buscar el botiquín, pero algo en su actitud me hizo abandonar la búsqueda y dirigirme de inmediato a su lado.

Respiraba fuerte, como si hubiera estado corriendo, y a pesar del frío, estaba sudando. Le toqué el hombro y lo encontré duro y frío como el de una estatua de metal.

Se separó de mí al sentir mi mano y se puso en pie de un salto, con los ojos desorbitados.

—No quería asustarte —le dije—. ¿Te encuentras bien?

Me pregunté si estaría sonámbulo, pues su expresión no cambió. Miró a través de mí, y fuera lo que fuera lo que vio, no le gustó.

—¡Jamie! —exclamé—. ¡Jamie, despierta!

Entonces parpadeó y me vio, aunque su expresión siguió siendo la de un animal acosado.

—Estoy bien —respondió—. Estoy despierto. —Parecía querer convencerse.

—¿Qué pasa? ¿Has tenido una pesadilla?

—Un sueño. Sí. Ha sido un sueño.

Me acerqué y le cogí un brazo.

—Cuéntame. Te sentirás mejor si me lo cuentas.

Me cogió los brazos con fuerza, tanto para que no lo tocara como para buscar sostén. A la luz de la luna llena vi que todos los músculos de su cuerpo estaban en tensión, duros e inmóviles como una roca, pero palpitando debido a la furia contenida.

—No —dijo, todavía aturdido.

—Sí —insistí—. Jamie, háblame. Dime qué ves.

—No puedo... ver nada. Nada. No puedo ver.

Lo aparté de las sombras para ponerlo a la luz de la luna frente a la ventana. La luz pareció ayudar, pues su respiración se calmó y las palabras empezaron a aflorar, dolorosamente entrecortadas.

Había estado soñando con las piedras de la prisión de Wentworth, explicó. Y, a medida que hablaba, la sombra de Jonathan Randall recorrió la habitación. Y se acostó, desnuda, sobre la manta de lana.

A sus espaldas había oído una respiración ronca, y sintió una piel empapada en sudor frotándose contra la suya. Apretó los dientes con fuerza, frustrado; el hombre percibió el movimiento y se echó a reír.

—Ah, tenemos tiempo antes de que te ahorquen, muchacho —susurró—. Mucho tiempo para disfrutarlo. —Randall hizo un movimiento brusco y soltó un gruñido.

La mano de Randall le apartó el pelo de la frente y se lo colocó detrás de las orejas. Jamie sentía el aliento caliente junto a su oreja, y volvió la cabeza para escapar, pero el aliento lo siguió, sin dejar de hablar.

—¿Has visto ahorcar a un hombre, Fraser? —Las palabras seguían, sin esperar respuesta, y una mano larga y delgada le acarició la cintura, el vientre, y siguió bajando, junto con la voz que no se detenía—. Sí, por supuesto que sí. Has estado en Francia. Habrás visto alguna vez cómo se ahorca a los desertores. Al ser ahorcado, el hombre vacía las entrañas, ¿verdad? A medida que la soga se va ajustando alrededor de su cuello.

La mano lo tocaba, con suavidad, con firmeza, restregando y acariciando. Jamie se aferró al borde de la cama y se volvió hacia la manta, pero las palabras continuaban.

—Eso es lo te sucederá a ti, Fraser. Unas pocas horas más, y sentirás el nudo. —La voz rió, satisfecha consigo misma—. Irás a la muerte con el culo ardiendo a causa de mi placer, y cuando se te aflojen los intestinos, será mi esperma lo que te correrá por las piernas y chorreará bajo la horca.

No emitió sonido alguno. Podía olerse, lleno de mugre a causa del encarcelamiento, del sudor producido por el miedo y la ira.

También podía oler al hombre detrás de él, el fétido hedor animal inundando el delicado aroma del agua de lavanda.

—La manta —dijo.

Tenía los ojos cerrados y la cara contorsionada a la luz de la luna. La sentía áspera debajo de la cara, y todo lo que veía eran las piedras de la pared de enfrente. No había nada con que pudiera distraer la mente... nada que ver. De modo que mantenía los ojos cerrados y pensaba en la manta bajo mi mejilla. Era todo lo que sentía, aparte del dolor... y a él. Y se aferraba a ella.

—Jamie. Déjame abrazarte. —Le hablé con suavidad, tratando de calmar el frenesí que le recorría el cuerpo. Me apretaba los brazos con tanta fuerza que los sentía inertes, pero no me permitía acercarme; me mantenía alejada y a la vez se aferraba a mí.

De repente me soltó, sacudiéndose y volviéndose hacia la ventana iluminada por la luz de la luna. Permaneció tenso y temblando como un arco recién disparado, pero su voz era serena.

—No, no te usaré de esa manera. Serías parte de aquello.

Di un paso hacia él, pero me detuvo con un movimiento rápido. Volvió la cara hacia la ventana, más tranquilo, pero vacío como el cristal a través del cual miraba.

—Ve a la cama. Déjame solo un momento. Estaré bien enseguida, no te preocupes.

Estiró los brazos, cubriendo el marco de la ventana, tapando la luz con su cuerpo. Sus hombros se hincharon por el esfuerzo, y me di cuenta de que estaba empujando la madera con todas sus fuerzas.

—Sólo ha sido un sueño. Jonathan Randall está muerto.

Por fin me quedé dormida; Jamie se quedó sentado junto a la ventana, con la mirada fija en la luna. Sin embargo, cuando me desperté al amanecer, vi que estaba dormido, hecho un ovillo sobre el asiento, cubierto por su manta escocesa y con mi capa sobre las piernas para darle calor.

Lo desperté; parecía haber vuelto a la normalidad, con la alegría que solía mostrar por la mañana. Sin embargo, yo no iba a olvidar tan fácilmente lo sucedido, así que, después del desayuno, fui en busca de mi caja de remedios.

Vi, con fastidio, que me faltaban varias de las hierbas que necesitaba para preparar un tónico para el insomnio. Entonces me acordé del hombre del que me había hablado Marguerite:

Raymond, el vendedor de hierbas de la Rue de Varennes. Un brujo, según ella. Un lugar digno de visitar. Muy bien. Jamie pasaría la mañana en la bodega. Yo tenía coche y lacayo a mi disposición, así que iría a visitar la tienda de Raymond.

Había un limpio mostrador de madera que se extendía a lo largo de todo el establecimiento, con estantes que iban desde el suelo hasta el techo, cuya altura duplicaba la estatura de un hombre. Algunos estantes tenían puertas de vidrio, al parecer para proteger las sustancias más raras y caras, supuse. Había gordos cupidos dorados desparramados con abandono sobre los armarios, soplando cuernos, con sus vestimentas ondeando y con aspecto de haberse tomado algunas de las bebidas con más grados de alcohol de toda la tienda.

—¿Monsieur Raymond? —pregunté educadamente a la joven que estaba detrás del mostrador.

—*Maître* Raymond —me corrigió. Se limpió la nariz con la manga de forma poco decorosa y me señaló el fondo, donde flotaban siniestras nubes de humo marrón a través del dintel de una puerta entreabierta.

Brujo o no, el ambiente de la tienda no podía ser más adecuado para uno. El humo emanaba de una chimenea de pizarra y se elevaba hasta las vigas ennegrecidas del techo. Sobre el fuego, una mesa de piedra con agujeros sostenía alambiques de vidrio, unos recipientes de cobre llamados «pelícanos», por cuya larga nariz salían extrañas sustancias que caían en tarros, y lo que parecía un destilador, pequeño pero útil. Olfateé el aire con cautela. Entre los fuertes olores de la tienda pude distinguir un vaho alcohólico proveniente del fuego. Una fila de botellas limpias confirmó mis sospechas. Además de sus hechizos y pócimas, el maestro Raymond ganaba dinero con su licor de cerezas.

El destilador en persona estaba en cuclillas frente al fuego, atizando el carbón. Al oírme entrar, se enderezó y se volvió para saludarme con una agradable sonrisa.

—¿Cómo está? —dije con cortesía a su coronilla. Tan fuerte era la impresión de que acababa de entrar en la cueva de un hechicero que no me hubiera sorprendido oírlo croar en respuesta.

Pues eso era exactamente lo que parecía el maestro Raymond: una cordial y gigantesca rana. Medía menos de metro y medio, tenía pecho de barril y piernas combadas, la piel gruesa y viscosa del que vive en un pantano, y amistosos ojos negros. Sólo le faltaba ser verde y tener verrugas.

—¡Madonna! —exclamó, irradiando amabilidad—. ¿Qué puedo hacer por usted? —Carecía por completo de dientes, lo que aumentaba su parecido con un batracio. No podía dejar de mirarlo—. ¿Madonna? —repitió, mirándome inquisitivamente.

Dándome cuenta de repente de que había estado observándolo de forma poco educada, me ruboricé y dije sin pensar:

—Me estaba preguntando si alguna vez lo ha besado una bella joven.

Enrojecí al verlo estallar de risa. Con una amplia sonrisa, respondió:

—Muchas veces, madonna. Pero, ¡ay!, no sirve de nada. Como podéis ver. *Ribbit.*

Nos reímos a carcajadas, lo cual atrajo la atención de la dependienta, que miró por encima de la puerta, alarmada. El maestro Raymond le hizo una seña para que se fuera y después se dirigió cojeando hasta la ventana, tosiendo y agarrándose la cintura, para abrirla y que saliera el humo.

—¡Ah, eso está mejor! —exclamó, aspirando el aire frío de primavera. Se volvió hacia mí, echándose atrás la larga cabellera.

—Muy bien, madonna, ya que nos hemos hecho amigos, quizá no le moleste que termine algo.

Todavía ruborizada, asentí. Aún hipando de risa, el maestro volvió al fuego, riéndose mientras llenaba la lata del alambique. Aproveché la ocasión para recuperar mi aplomo y paseé por la sala. La habitación estaba en desorden.

Un cocodrilo grande, al parecer embalsamado, colgaba del techo. Observé las escamas del vientre, amarillas, duras y brillantes.

—¿Es de verdad? —pregunté mientras me sentaba en la gastada mesa de nogal.

El maestro Raymond levantó la mirada, sonriendo.

—¿Mi cocodrilo? ¡Por supuesto! Da confianza a mis clientes. —Hizo un gesto hacia una repisa que recorría la pared justo a la altura de los ojos. Estaba repleta de frascos de porcelana adornados con volutas doradas, flores y bestias; cada uno tenía una etiqueta, escrita con letras negras. Tres de los frascos más cercanos tenían la etiqueta en latín, que traduje con cierta dificultad: sangre de cocodrilo e hígado y bilis del mismo animal, al parecer del que colgaba balanceándose siniestramente sobre mi cabeza a causa de la corriente procedente de la tienda.

Levanté un frasco, le quité la tapa y olí con cuidado.

—Mostaza —dije, arrugando la nariz— y tomillo. En aceite de nuez, me parece, pero ¿qué le ha puesto para darle ese olor tan desagradable? —Incliné el frasco, examinando con mirada crítica el espeso líquido negro que contenía.

—Ah, de manera que su nariz no es sólo para hacer bonito, ¿eh? —Una amplia sonrisa se extendió por la cara de rana, dejando al descubierto unas duras encías azuladas—. La sustancia negra es la pulpa podrida de una calabaza —dijo—. En cuanto al olor... bien, en realidad, es sangre.

—No de cocodrilo —dije, mirando hacia arriba.

—Cuánto escepticismo en una persona tan joven —se lamentó Raymond—. Por fortuna, las damas y los caballeros de la corte son de naturaleza más confiada, aunque no sea este calificativo el que viene a la mente cuando se piensa en el temperamento aristocrático. Es sangre de cerdo, madonna. Los cerdos son más fáciles de conseguir que los cocodrilos.

—Hum, sí —coincidí—. El cocodrilo le debió de costar mucho dinero.

—Por fortuna lo heredé, junto con gran parte de los bienes de la tienda, del anterior dueño. —Me pareció ver un leve dejo de inquietud en sus ojos. La costumbre de observar los rostros buscando indicios que pudieran ser útiles a Jamie me había vuelto muy sensible a los cambios de expresión.

El pequeño propietario se inclinó hacia mí, poniendo una mano sobre la mía.

—Una profesional, ¿verdad? Aunque no lo parece.

Mi primer impulso fue retirar la mano, aunque su roce no era molesto: era impersonal e inesperadamente cálido y tranquilizador. Observé la escarcha que bordeaba la ventana y pensé que ésa era la razón; sus manos sin guantes estaban tibias, algo muy raro en aquella época del año.

—Depende de lo que quiera decir con «profesional». Soy curandera —dije.

—Curandera, ¿eh? —Inclinó su silla hacia atrás, observándome con interés—. ¿Y algo más? ¿No es adivina, ni prepara filtros de amor?

Me remordió la conciencia al recordar los días pasados con Murtagh en los caminos, cuando buscábamos a Jamie por las Highlands de Escocia; adivinábamos el futuro y cantábamos para pagar nuestras cenas, como una pareja de gitanos.

—Nada de eso —aseguré, ruborizándome un poco.

—Tampoco es una mentirosa profesional, por lo que veo —dijo, observándome divertido—. Es una lástima. ¿Qué puedo hacer por usted, madonna?

Le expliqué mis necesidades, y él fue asintiendo mientras escuchaba. Tenía una espesa cabellera gris que le caía hasta los hombros. No usaba peluca en el lugar sagrado de su tienda, ni se empolvaba el pelo. Lo llevaba cepillado hacia atrás desde una elevada y amplia frente, y caía recto sobre sus hombros, donde terminaba bruscamente, como si lo hubieran cortado con un par de tijeras desafiladas.

Era de conversación fácil, y sabía mucho de aplicaciones de hierbas y sobre botánica en general. Cogió varios frascos de aquí y allá, sacó un poco de cada uno y pulverizó las hojas en la palma de su mano para que yo las oliera.

El sonido de voces en la parte delantera de la tienda interrumpió nuestra conversación. Un lacayo estaba apoyado sobre el mostrador, y le decía algo a la dependienta. O más bien, trataba de decirle algo. Sus débiles intentos se veían fulminados por una tormenta de palabras procedentes del otro lado del mostrador. La muchacha hablaba en provenzal, demasiado dialectal para mí, aunque entendí el sentido general de lo que decía. Algo que tenía que ver con repollo y salchichas, y que no era precisamente cortés.

Estaba pensando en la costumbre de los franceses de introducir la comida en cualquier clase de conversación, cuando la puerta de la tienda se abrió de golpe. Un personaje con la cara pintada entró contoneándose.

—Ah —musitó Raymond, observando con interés por debajo de mi brazo el drama que tenía lugar en su tienda—. La *vicomtesse* de Rambeau.

—¿La conocéis? —La dependienta sin duda la conocía, puesto que dejó de atacar al lacayo y retrocedió hasta el armario de purgas.

—Sí, madonna —dijo Raymond, asintiendo con la cabeza—. Sale un poco cara.

Enseguida entendí lo que quería decir; la dama en cuestión se apoderó del origen del altercado, un frasquito con una planta bañada en líquido, y la arrojó con fuerza y puntería contra el vidrio que cubría el estante.

El estrépito acalló el tumulto de inmediato. La vizcondesa apuntó a la muchacha con un dedo huesudo.

—Tú —dijo, con una voz metálica como el acero—. Búscame la pócima negra. Ya.

La muchacha abrió la boca como para protestar, pero al ver que la vizcondesa echaba mano a otro proyectil, la cerró y corrió a la trastienda.

Anticipándose a su entrada, el resignado Raymond estiró la mano sobre su cabeza, cogió una botella y se la dio.

—Dásela —dijo, encogiéndose de hombros—. Antes de que rompa algo más.

Mientras la dependienta regresaba con timidez a entregar la botella, él se volvió hacia mí con expresión burlona.

—Veneno para una rival —explicó—. O eso es lo que ella piensa.

—¿Ah, sí? —dije—. Y... ¿qué es en realidad? ¿Cáscara amarga?

Me miró con agradable sorpresa.

—Sabe mucho de esto —dijo—. ¿Es talento natural o lo ha aprendido? Bien, no importa. —Hizo un gesto con la palma de su mano—. Sí, eso es, cáscara amarga. La rival caerá enferma mañana, sufriendo visiblemente, lo que satisfará el deseo de venganza de la vizcondesa y la convencerá de que hizo una buena compra. Luego se recuperará, sin ningún daño permanente, y la vizcondesa atribuirá la mejoría a la intervención de un cura o a algún bebedizo preparado por un brujo.

—Ah. ¿Y los daños de la tienda? —El sol del crepúsculo brillaba sobre los trozos de vidrio que habían caído al mostrador, y sobre la única moneda de plata que la vizcondesa había dado en pago.

Raymond movió una palma de lado a lado, con un gesto que indicaba ambigüedad.

—Se compensa —respondió con calma—. Cuando el mes próximo venga a buscar una pócima abortiva, le cobraré lo suficiente no sólo para reparar el daño sino para construir tres vitrinas nuevas. Y pagará sin rechistar. —Sonrió brevemente, pero sin el humor que había mostrado antes—. Todo depende del momento.

Me di cuenta de que los ojos negros se paseaban por mi figura. Todavía no se notaba mi embarazo, pero estaba segura de que él lo sabía.

—¿Y la pócima que le daréis a la vizcondesa el mes próximo funcionará? —pregunté.

—Todo depende del momento —volvió a responder, ladeando la cabeza—. Si es pronto, funcionará. Pero es peligroso esperar demasiado.

Hubo una clara nota de advertencia en su voz. Le sonreí.

—No lo pregunto por mí —expliqué—. Era curiosidad.

Volvió a relajarse.

—Ah, ya me parecía.

Oímos pasar el carruaje azul y plateado de la vizcondesa. El lacayo hacía señas y gritaba desde atrás, mientras que los peatones se veían forzados a buscar el refugio de portales y callejones para evitar resultar aplastados.

—*A la lanterne* —susurré. Rara vez la perspectiva de los acontecimientos me proporcionaba alguna satisfacción, pero en aquella ocasión sin duda lo hizo—. No pregunte por quién hace ruido la carreta —comenté, volviéndome a Raymond—. Por usted.

Raymond se mostró un poco sorprendido.

—¿Ah, sí? Bueno, ¿decía que usa la betónica negra para las purgas? Yo en su lugar usaría la blanca.

—¿De verdad? ¿Por qué?

Y, olvidándonos de la vizcondesa, nos sentamos a hablar de nuestros asuntos.

9

El esplendor de Versalles

Cerré la puerta de la sala y me detuve para reunir valor. Inspiré hondo, pero el ajustado corsé con ballenas hizo que mi respiración sonara como un jadeo.

Jamie, inmerso en su trabajo, levantó la mirada al oírme y se quedó helado, con la boca abierta.

—¿Te gusta?

Levanté la cola del vestido con cautela y avancé hasta el centro de la habitación, meciéndome con suavidad, como me había recomendado la costurera, para que se vieran bien los adornos de seda plisada de la falda.

Jamie cerró la boca y parpadeó varias veces.

—Es... es rojo, ¿no?

—Más o menos. *Sang-du-Christ*, para ser más exactos. Sangre de Cristo, el color de moda esta temporada, según me han dicho.

—No todas las señoras podrían usarlo, madame —me había dicho la costurera sin dificultades, pese a tener los labios llenos de alfileres—. Usted sí, con esa piel. ¡Madre de Dios! ¡Los hombres se meterán debajo de su falda durante toda la noche!

—Si alguno lo intenta, le romperé los dedos —dije yo. Ésa no era mi intención, pero sí destacar. Jamie me había pedido que me vistiera para sobresalir entre las demás damas. A pesar de la neblina matinal, el rey se había acordado de Jamie por su aparición en el *lever*, y nos había invitado a un baile en Versalles.

—Necesito hablar con los ricos —me había explicado Jamie antes mientras hacía planes—. Y como no tengo posición, ni poder, tendré que hacer que los hombres se acerquen a mí por alguna otra razón. —Suspiró mientras miraba lo poco atractiva que estaba con mi camisón de lana—. En París eso significa que deberé alternar en sociedad; aparecer en la corte, a ser posible. Entonces sabrán que soy escocés y me preguntarán sobre el príncipe Carlos y sobre el deseo de Escocia de que regresen los Estuardo. Entonces les diré que los escoceses estarían dispuestos a pagar para que los Estuardo no regresaran, aunque no sea verdad.

—Sí, debes ser discreto —dije—. O el príncipe te soltará los perros la próxima vez que vayas a visitarlo.

Siguiendo su plan de mantenerse al tanto de las actividades de Carlos, Jamie visitaba la casita de Montmartre todas las semanas.

Jamie sonrió.

—Ah, para Su Alteza y sus partidarios jacobitas, soy un leal defensor de la causa de los Estuardo. Y mientras no reciban a Carlos en la corte francesa, no es probable que se entere de lo que ando diciendo. Los jacobitas que están en Francia son, en general, reservados. Principalmente porque no tienen mucho dinero para alternar en los círculos de moda. Nosotros sí, gracias a Jared.

Por razones completamente diferentes, Jared había aceptado la propuesta de Jamie de ampliar su círculo de amistades comerciales, para que la nobleza francesa y los banqueros llegaran a nuestra puerta; teníamos que atraerlos con vino del Rin, conversación, diversiones y grandes cantidades del whisky escocés que Murtagh había pasado dos semanas transportando a través del Canal hasta nuestros sótanos.

—Es la diversión lo que los atrae, sea del tipo que sea —dijo Jamie mientras trazaba planes en el reverso de un poema que describía la oscura relación entre el conde de Sévigny y la esposa del ministro de Agricultura—. Lo único que le importa a la nobleza son las apariencias. Así que para empezar, debemos ofrecerles algo interesante que mirar.

A juzgar por la expresión con la que me miraba, yo había empezado con buen pie. Caminé unos pasos, balanceando la enorme falda como una campana.

—No está mal, ¿no? —pregunté—. Al menos cubre bastante.

Jamie, por fin, pudo articular palabra.

—¿Qué? —gruñó—. ¿Que cubre bastante? ¡Por Dios, si puedo verte hasta la tercera costilla!

Miré hacia abajo.

—No, no es cierto. No es mi piel la que se ve bajo el encaje, es un forro blanco de *charmeuse*.

—¡Pues lo parece!

Se acercó aún más, inclinándose para inspeccionar el corpiño, y se asomó al escote.

—¡Dios mío, puedo verte hasta el ombligo! ¡No querrás aparecer así en público!

El comentario me puso algo nerviosa. No me sentía muy cómoda con aquel provocativo vestido, aunque la costurera me había enseñado otros modelos. Sin embargo, la reacción de Jamie me puso a la defensiva, y rebelde.

—¡Tú me dijiste que llamara la atención! —le recordé—. Y esto no es nada comparado con la última moda en la corte. Créeme, pasaré desapercibida al lado de madame de Pérignon y de la duquesa de Rouen. —Me puse las manos sobre las caderas y lo miré con frialdad—. ¿Prefieres que aparezca en la corte con mi vestido de terciopelo verde?

Jamie desvió la mirada de mi escote y frunció los labios.

—Mmmfm —dijo, tratando de parecer lo más escocés posible.

Intentando mostrarme conciliadora, me acerqué y apoyé una mano en su brazo.

—Vamos. Ya has estado antes en la corte y has visto cómo se visten las señoras. Sabes que este vestido no es tan exagerado en comparación.

Bajó la mirada hacia mí y sonrió, algo avergonzado.

—Sí —respondió—. Es cierto. Es sólo que... bueno, tú eres mi esposa, Sassenach. No quiero que otros hombres te miren como yo miro a esas señoras.

Me reí, le rodeé el cuello con las manos y tiré de él para que me besara. Me sostuvo por la cintura, acariciando de manera inconsciente con sus pulgares la suavidad de la seda roja en aquellos lugares en los que se ajustaba a mi torso. Una mano viajó hacia arriba, deslizándose por la tela hasta mi nuca. La otra agarró la suave redondez de mi pecho, hinchado sobre la sujeción del corsé, voluptuosamente libre bajo una única capa de seda transparente. Por fin me soltó y se enderezó, meneando la cabeza, dubitativo.

—Supongo que tendrás que llevarlo, pero por el amor de Dios, ten cuidado.

—¿Cuidado? ¿De qué?

Su boca se torció en una triste sonrisa.

—Por favor, ¿acaso no sabes lo que pareces con ese vestido? Me hace querer violarte aquí mismo. Y esos malditos comesapos no tienen el control que yo tengo —dijo frunciendo ligeramente el ceño—. ¿No podrías... taparte un poco aquí arriba? —Extendió una mano enorme sobre su propio escote de encaje, asegurado con un alfiler de rubí—. ¿Un volante o algo parecido? ¿O un pañuelo?

—Los hombres —le dije— no tenéis ni idea de modas. Pero no te preocupes. La costurera dice que para eso son los abanicos. —Abrí el abanico con borde de encaje que hacía juego con el vestido con un gesto que me había llevado quince minutos perfeccionar, y lo agité seductoramente sobre mi pecho.

Jamie se quedó pensativo ante mi actuación y, a continuación, fue a sacar mi capa del armario.

—Hazme un favor, Sassenach —dijo mientras me ponía el pesado terciopelo sobre los hombros—. Lleva un abanico más grande.

Como foco de atención, el vestido resultó un gran éxito, pero no benefició la presión arterial de Jamie, que revoloteaba a mi lado para protegerme, fulminando con la mirada a cualquiera que se fijara en mí.

Annalise de Marillac nos vio desde el otro extremo del salón y se dirigió hacia nosotros. En sus delicados rasgos se dibujó una sonrisa de bienvenida. Sentí que se me congelaba la sonrisa. Annalise de Marillac dijo haber sido «amiga» de Jamie durante la anterior estancia en París de mi marido. Era una mujer hermosa, encantadora y exquisitamente diminuta.

—*Mon petit sauvage!* —exclamó, saludando a Jamie—. Debo presentarte a alguien. A varias personas, en realidad. —Señaló con la cabeza a un grupo de hombres que discutían acaloradamente alrededor de una mesa de ajedrez. Reconocí al duque de Orleans y a Gérard Gobelin, un prominente banquero. Desde luego, era un grupo influyente.

—Ven a jugar al ajedrez —suplicó Annalise, colocando una mano ligera sobre el brazo de Jamie—. Será un buen lugar para que luego veas a Su Majestad.

El rey llegaría después de una comida a la que había tenido que asistir, en una hora o dos. Mientras tanto, los invitados se paseaban por el salón, conversando, admirando los cuadros, flirteando detrás de los abanicos, comiendo dulces y pastelillos y bebiendo vino. De vez en cuando desaparecían con discreción en pequeñas alcobas, resguardadas por cortinajes, ingeniosamente dispuestas entre los paneles de madera de las paredes. Casi no se notaban, a menos que se estuviera cerca, en cuyo caso se oían los ruidos del interior.

Jamie vaciló, y Annalise siguió tirando de él.

—Ven —suplicó—. No tengas miedo por tu dama —dijo mientras observaba con admiración mi vestido—, no estará mucho tiempo sola.

—Eso me temo —susurró Jamie—. De acuerdo, espera un momento. —Se deshizo momentáneamente de Annalise y se inclinó para susurrarme al oído—: Si te encuentro en una de esas alcobas, Sassenach, el que esté contigo es hombre muerto. En cuanto a ti... —Sus manos tocaron inconscientemente su cinturón.

—Ah, no. Juraste que no volverías a golpearme. ¿Es ése el valor que tiene tu daga?

Una sonrisa forzada se dibujó en su boca.

—No, no voy a golpearte, por mucho que quiera.

—¿Qué vas a hacer, entonces? —pregunté en son de burla.

—Ya pensaré algo —respondió con cierta severidad—. No sé qué, pero no te gustará.

Y tras echar un vistazo a su alrededor y darme un apretón de advertencia en el hombro, dejó que Annalise se lo llevara, como una pequeña pero entusiasta grúa remolcando una barcaza.

Annalise tenía razón. Una vez librados de la presencia de Jamie, los caballeros de la corte se me acercaron como una bandada de loros sobre una fruta madura.

Me besaron y me sostuvieron la mano una y otra vez, me dedicaron miles de elogios floridos y me trajeron gran cantidad de copas de vino en interminable procesión. Media hora después, me empezaron a doler los pies. También la cara, de tanto sonreír. Y la mano, de agitar el abanico.

Tuve que admitir mi gratitud hacia Jamie por su intransigencia con el abanico. Cediendo a su deseo, había llevado el más grande que tenía, un enorme abanico de medio metro de largo, pintado con lo que pretendían ser ciervos escoceses saltando por los brezales. Jamie criticó su diseño pero aprobó su tamaño. Después de alejar con el abanico a un ardiente joven vestido de púrpura, lo desplegué con discreción debajo de mi barbilla para sacudir las migas mientras mordisqueaba un pedazo de tostada con salmón.

Y no sólo las migas. A pesar de que Jamie, gracias a su altura, había asegurado que se me veía el ombligo, éste estaba a salvo del escrutinio de los cortesanos franceses, ya que eran más bajos que yo. Por otra parte...

Siempre me había gustado apretarme contra el pecho de Jamie y poner la nariz en el hueco que se le formaba en el centro. Algunos de mis más bajos y atrevidos admiradores parecían querer disfrutar una experiencia similar, de modo que agitaba el abanico con energía suficiente como para apartarles los rizos de la cara y, si eso no bastaba para desalentarlos, cerraba el abanico y les golpeaba suavemente la cabeza.

Fue un alivio ver al lacayo irguiéndose de repente para anunciar:

—*Sa Majesté, le Roi Louis!*

El rey se levantaba al alba, pero florecía por la noche. No mucho más alto que mi metro setenta de estatura, se movía como si midiera mucho más; miraba a derecha e izquierda y saludaba a sus súbditos.

Pensé que su figura se adecuaba más a mi idea de cómo debería ser un rey. Si bien no era muy apuesto, actuaba como si lo fuera; la suntuosidad de su atavío y la conducta de los que lo rodeaban realzaban esta impresión. Llevaba una peluca a la última moda, y su chaqueta era de terciopelo y estaba bordada con cientos de frívolas mariposas de seda. Estaba abierta hasta la mitad para mostrar un chaleco de voluptuosa seda color crema con botones de diamantes, que iba a juego con las anchas hebillas en forma de mariposa de sus zapatos.

Los oscuros ojos se paseaban, inquietos, por la multitud; tenía la nariz levantada, como si estuviera lista para olfatear algo de interés.

Vestido con falda escocesa y capa, chaqueta y chaleco de seda amarilla, y con su llameante pelo suelto hasta los hombros, con una pequeña trenza a un lado a la antigua usanza escocesa, Jamie constituía un foco de interés. Pensé que era él quien había atraído la atención del rey, pues le *Roi Louis* se dirigió hacia nosotros, mientras la multitud se apartaba a su paso como si fueran olas del mar Rojo. Madame Nesle de La Tourelle, a la que reconocí de otra fiesta, lo seguía de cerca por detrás.

Había olvidado mi vestido rojo; el rey se detuvo frente a mí e hizo una extravagante reverencia, con una mano sobre la cintura.

—*Chère madame!* —dijo—. ¡Estamos encantados!

Oí que Jamie inspiraba hondo antes de dar un paso adelante para postrarse ante el rey.

—Su Majestad, ¿puedo presentaros a mi esposa, lady Broch Tuarach? —Se incorporó y dio un paso atrás. Un rápido movimiento de los dedos de Jamie me hizo mirarlo sin comprender, y al instante me di cuenta de que me estaba indicando que hiciera una reverencia.

Me incliné automáticamente, luchando para mantener la vista en el suelo y preguntándome dónde iba a mirar cuando me incorporase. Madame Nesle de La Tourelle estaba de pie detrás de Luis, observando la presentación con una expresión ligeramente aburrida. Según los chismorreos, «Nesle» era la favorita de Luis. Siguiendo la moda, llevaba un vestido cortado debajo de ambos senos, cubiertos con una fina gasa que era claramente un adorno, pues ni los ocultaba ni los abrigaba.

Sin embargo, no fue el vestido ni lo que revelaba lo que me desconcertó. Los senos de «Nesle», aunque de un tamaño bastante razonable, de agradable proporción y con grandes areolas marrones, llevaban como adorno sendas joyas en los pezones, que hacían que éstos parecieran insignificantes: un par de cisnes de oro con incrustaciones de diamante y ojos de rubí que extendían los cuellos el uno hacia el otro y colgaban precariamente en sus perchas, en forma de aros de oro. La artesanía era excelente y los materiales maravillosos, pero fue el hecho de que cada uno de los zarcillos atravesara los pezones lo que me impresionó. Los pezones mismos estaban seriamente alterados, pero este defecto quedaba oculto por grandes perlas que colgaban de una delgada cadena de oro.

Me incorporé ruborizada y logré excusarme, tosiendo en un pañuelo mientras retrocedía. Percibí una presencia a mi espalda y me detuve justo a tiempo para no tropezar con Jamie, que observaba a la amante del rey sin ningún disimulo.

—Por lo visto ella le contó a Marie D'Arbanville que el maestro Raymond se los perforó —susurré. Jamie no dejaba de mirarla—. ¿Quieres que pida hora? —pregunté—. Me imagino que lo haría a cambio de la receta de tónico de alcaravea.

Jamie bajó la mirada, me agarró del codo y me llevó hasta una de las alcobas.

—Si vuelves a hablar con el maestro Raymond —susurró—, yo mismo te los perforaré... con los dientes.

El rey siguió camino hacia el salón de Apolo, y el espacio que dejó al pasar se llenó rápidamente con otras personas que venían del comedor. Al ver a Jamie conversando con un tal monsieur Genet, cabeza de una familia naviera, busqué un lugar donde quitarme los zapatos un momento.

Una de las alcobas cercanas estaba, al parecer, desocupada. Envié a un admirador rezagado a buscar un poco más de vino y, tras echar un rápido vistazo, entré. Estaba amueblada con un diván, una mesita y un par de sillas (más apropiadas para dejar prendas que para sentarse en ellas, pensé, crítica); no obstante, me senté en una, me desabroché los zapatos, me los quité y, con un suspiro de alivio, puse los pies sobre la otra.

Un leve cascabeleo de los aros del cortinaje me anunció que mi desaparición no había pasado inadvertida.

—¡Madame! ¡Por fin estamos solos!

—Sí, y no lo celebro —dije suspirando. Supuse que era uno de tantos condes, pero se trataba de un vizconde; alguien me lo había presentado como el vizconde de Rambeau. Uno de los de corta estatura. Me pareció recordar cómo sus ojillos habían brillado de admiración bajo el borde de mi abanico.

Sin perder tiempo, se dirigió astutamente hacia la otra silla, levantó mis pies, cubiertos por medias de seda, se sentó y los puso sobre su regazo, apretándolos fervientemente en su entrepierna.

—¡Ah, *ma petite*! ¡Qué delicadeza! ¡Su belleza me turba!

Y sin duda estaba turbado, si creía que mis pies eran delicados. Levantando uno de ellos, me mordisqueó los dedos.

—*C'est un cochon qui vit dans la ville, c'est un cochon qui vit...* —Aparté el pie de un tirón y me levanté como pude.

—Hablando de *cochons* que viven en la ciudad —dije, algo nerviosa—, me parece que a mi marido no le gustaría encontraros aquí.

—¿Su marido? ¡Bah! —Descartó a Jamie con un ademán—. Estará ocupado un buen rato. Y cuando el gato no está... Venga aquí, *ma petite souris*; deje que le oiga chillar un poquito.

Al parecer tratando de ganar fuerzas para la lid, el vizconde sacó una cajita de rapé esmaltada, vertió con destreza una línea de granos oscuros en el dorso de la mano y se la acercó a la nariz.

Inspiró hondo, con los ojos brillantes al pensar en lo que se avecinaba; sacudió la cabeza al oír que el cortinaje se descorría con un tintineo de los aros de bronce y estornudó sobre mi pecho con considerable vigor.

Lancé un grito.

—¡Asqueroso! —exclamé, y le di un golpe en la cara con mi abanico cerrado.

El vizconde se tambaleó hacia atrás, lagrimeando. Tropezó con mis zapatos del cuarenta que yacían en el suelo y cayó de cabeza en los brazos de Jamie, que se encontraba entre los cortinajes de la entrada.

—Pues tú sí que has logrado llamar la atención —le dije, por fin.

—Bah —respondió Jamie—. El *salaud* ha tenido suerte de que no le cortara la cabeza y se la hiciera tragar.

—Habría sido un espectáculo interesante —dije con sequedad—. Pero remojarlo en la fuente también ha estado bien.

Levantó la mirada y cambió el entrecejo fruncido por una sonrisa forzada.

—Bien, después de todo, no lo he ahogado.

—Confío en que el vizconde haya apreciado tu moderación.

Resopló otra vez. Estaba de pie en el centro de la sala de un pequeño *appartement* del palacio que nos había asignado el rey una vez que dejó de reírse, insistiendo en que no debíamos regresar a París esa noche.

—Después de todo, *mon chevalier* —había dicho Luis al ver la figura de Jamie chorreando agua en la terraza—, nos disgustaría que se resfriara. La corte se privaría de un buen entretenimiento y madame nunca me lo perdonaría. ¿Verdad, cariño?

—Extendió la mano y pellizcó uno de los pezones de madame de La Tourelle. Ésta pareció algo disgustada, pero sonrió. Advertí que cuando el rey se distrajo, se quedó mirando a Jamie, embelesada. Había que admitir que Jamie estaba imponente, chorreando a la luz de las antorchas, con la ropa pegada al cuerpo. Pero eso no significaba que esas miradas me gustaran.

Jamie se quitó la camisa empapada y la arrojó sobre el resto de la ropa mojada. Aún estaba más guapo sin ella.

—En cuanto a ti —dijo mirándome de manera siniestra—, ¿no te había dicho que te mantuvieras alejada de esas alcobas?

—Sí. Pero aparte de eso, señora Lincoln, ¿no le ha gustado la obra de teatro? —pregunté.

—¿Qué? —Me miró como si acabara de perder la cabeza.

—No importa; no lo entenderías. ¿Has conocido a alguien antes de ir a defender tus derechos conyugales?

—Ah, sí. He jugado una partida de ajedrez con monsieur Duverney. Le he ganado, además, lo que a hecho que se enfadara.

—Suena prometedor. ¿Y quién es monsieur Duverney?

Me lazó la toalla, sonriendo.

—El ministro francés de Finanzas, Sassenach.

—Ah. ¿Y te alegra que se haya enfadado?

—Se ha enfadado consigo mismo por haber perdido, Sassenach —me explicó—. Ahora no descansará hasta que me gane. Vendrá a casa el domingo a jugar de nuevo.

—¡Espléndido! —exclamé—. Y mientras jugáis, podrás asegurarle que las perspectivas de los Estuardo son remotas, y convencerlo de que a Luis no le conviene ayudarlo, por muchos vínculos de sangre que haya.

Jamie asintió, peinándose hacia atrás con ambas manos el pelo mojado. Aún no habían encendido el hogar, y tembló un poco.

—¿Dónde aprendiste a jugar al ajedrez? —pregunté con curiosidad—. No conocía esa habilidad tuya.

—Colum MacKenzie me enseñó —dijo—. Cuando yo tenía dieciséis años y pasé un año en el castillo Leoch. Tenía maestros de francés, alemán, matemáticas y otras materias, pero todas las tardes iba al cuarto de Colum una hora para jugar al ajedrez. Por lo general le llevaba menos tiempo ganarme —agregó con pena.

—No me sorprende que juegues tan bien —dije.

Colum, tío de Jamie, había sufrido una enfermedad degenerativa que lo había privado de la mayor parte de su movilidad, pero lo había compensado con una inteligencia que habría hecho avergonzar a Maquiavelo.

Jamie se levantó, se desabrochó el cinturón y me miró con los ojos entornados.

—No creas que no sé lo que te propones, Sassenach, cambiando de tema y elogiándome. ¿No te había advertido que no fueras a esas alcobas?

—Has dicho que no me pegarías —le recordé, mientras me sentaba un poco más atrás en mi silla, sólo para asegurarme.

Volvió a resoplar, arrojó el cinturón sobre el armario y dejó caer el kilt junto a la camisa empapada.

—¿Parezco la clase de hombre que golpearía a una mujer embarazada? —preguntó indignado.

Lo miré, dudando. Desnudo, con la cabeza mojada y las cicatrices blancas aún visibles sobre su cuerpo, parecía un tripulante de un barco vikingo que sólo pensara en violaciones y saqueos.

—En realidad, pareces capaz de cualquier cosa —le dije—. En cuanto a las alcobas, sí, es cierto que me lo habías advertido. Supongo que debería haber ido al jardín a quitarme los zapatos, pero ¿cómo iba a saber que ese idiota me seguiría y empezaría a morderme los dedos de los pies? Y si no tienes pensado golpearme, ¿qué tienes en mente?

Me agarré con firmeza a los brazos de la silla. Jamie se acostó en la cama y me sonrió.

—Quítate ese vestido de puta, Sassenach, y ven a la cama.

—¿Por qué?

—No puedo azotarte, ni sumergirte en la fuente —dijo encogiéndose de hombros—. Así que tenía pensado echarte una buena reprimenda, pero no creo que pueda mantener los ojos abiertos el tiempo suficiente. —Bostezó, pestañeó y volvió a sonreír—. Recuérdamelo por la mañana, ¿eh?

—¿Te sientes mejor, Sassenach? —Sus ojos azules estaban nublados de preocupación—. ¿Es normal que tengas tantas náuseas?

Me aparté el pelo de las sienes sudorosas y me pasé una toalla húmeda por la cara.

—No sé, pero creo que es normal —dije, débilmente—. Algunas mujeres tienen náuseas durante todo el embarazo. —No era un pensamiento muy agradable.

En lugar de mirar al reloj pintado con alegres colores que estaba sobre la mesa, Jamie miró al sol a través de la ventana, como de costumbre.

—¿Te sientes capaz de bajar a desayunar, Sassenach, o quieres que le pida a una criada que nos traiga una bandeja?

—No, no, ya estoy bien. —Y así era. Era curioso pero, una vez se me pasaba la náusea, me sentía perfectamente un instante después—. Deja que me enjuague la boca.

Mientras me inclinaba sobre la palangana para mojarme la cara oí un golpe en la puerta del *appartement*. Sería el criado enviado a París a buscar ropa limpia.

No obstante, para mi sorpresa, era un cortesano con una invitación a almorzar.

—Su Majestad almuerza hoy con un noble inglés que acaba de llegar a París —explicó el cortesano—. Su Majestad ha convocado a varios mercaderes ingleses de la Cité para ofrecer al duque la compañía de algunos compatriotas. Alguien le recordó que madame, su esposa, es inglesa y debería ser invitada.

—Muy bien —dijo Jamie, tras lanzarme una rápida mirada—. Puede decirle a Su Majestad que será un honor asistir.

Poco después llegó Murtagh, tan hosco como siempre, con un hato de ropa limpia y la caja de remedios que le había pedido. Mientras Jamie le daba instrucciones para el día en la sala de estar, yo me vestí apresuradamente, lamentando no haber aceptado la asistencia de una doncella. Siempre rebelde, el estado de mi cabello no había mejorado tras dormir pegada a un enorme y húmedo escocés; mechones salvajes salían disparados en todas las direcciones, resistiendo cualquier intento de domarlos con un cepillo o un peine.

Por fin salí, rosada y enfadada por el esfuerzo, pero con el pelo aparentemente más ordenado. Jamie me miró y susurró algo sobre erizos, pero recibió una fulminante mirada en respuesta y tuvo el sentido común de callarse.

Un paseo por los parterres y las fuentes de los jardines de palacio me devolvió el buen humor. La mayoría de los árboles no tenía hojas, pero era un día sorprendentemente cálido para ser finales de marzo, y el aroma de los capullos nacientes en las ramas era verde y acre. Casi se podía sentir la savia ascendiendo por los enormes nogales y álamos que bordeaban los caminos y daban cobijo a los cientos de estatuas de mármol. Me detuve junto a la estatua de un hombre medio desnudo con uvas en el pelo y una flauta en los labios. Una cabra enorme y blanca mordisqueaba con voracidad las uvas que caían en cascada de los pliegues de mármol de las vestiduras.

—¿Quién es? —pregunté—. ¿Pan?

Jamie negó con la cabeza, sonriendo. Iba vestido con su viejo kilt y una chaqueta gastada pero cómoda; sin embargo, en mi opinión estaba mucho mejor que los cortesanos lujosamente vestidos que pasaban junto a nosotros en grupos, conversando.

—No, creo que hay una estatua de Pan por aquí, pero no es ésta. Éste es uno de los Cuatro Humores del Hombre.

—Pues parece de bastante buen humor —dije, mirando al sonriente amigo de la cabra.

Jamie se echó a reír.

—¡Y tú dices que eres médico, Sassenach! No es ese tipo de humor. ¿No conoces los cuatro humores que conforman el cuerpo humano? Ésta es la Sangre —dijo señalando al flautista, y después hacia el sendero—, y aquélla es la Melancolía. —Era la estatua de un hombre vestido con una especie de toga que sostenía un libro abierto.

Jamie señaló en otra dirección.

—Y más allá está la Furia —dijo señalando hacia un hombre desnudo y musculoso, que ciertamente tenía aspecto amenazador, y a quien parecía no importarle el león de mármol que estaba a punto de morderle la pierna—, y aquélla es la Flema.

—¿De veras? Por Júpiter. —Flema, un sujeto barbudo con sombrero, tenía ambos brazos cruzados sobre el pecho y una tortuga a sus pies—. Hum —susurré.

—¿En tu época, los médicos no conocen los humores? —preguntó.

—No —respondí—. En su lugar tenemos gérmenes.

—¿De veras? Gérmenes —dijo para sí, repitiendo la palabra y pronunciándola con acento escocés, lo cual le daba un sonido muy siniestro—. *Gérrrmenes*. ¿Y qué aspecto tienen?

Observé una representación de América, una joven con falda y tocado de plumas, con un cocodrilo a sus pies.

—Bueno, no les dedicamos estatuas tan pintorescas —respondí.

El cocodrilo que yacía a los pies de América me recordó el de la tienda del maestro Raymond.

—¿De verdad no quieres que vaya a la tienda del maestro Raymond? —pregunté—. ¿Acaso temes que me perfore los pezones?

—Claro que no quiero que te perfores los pezones —dijo con firmeza, tomándome por el codo y urgiéndome a continuar, por temor a que me sintiera inspirada por los pechos desnudos de América—. Pero no, no quiero que vayas a ver al maestro Raymond. Corren rumores acerca de ese hombre.

—En París corren rumores acerca de todo el mundo —observé—; y apostaría a que el maestro Raymond los conoce.

Jamie asintió. Le brillaba el pelo bajo los rayos del pálido sol de primavera.

—Ah, sí, supongo que sí. Pero creo que he oído algo en las tabernas y en los salones. Se dice que el maestro Raymond es el centro de un círculo especial, que no es precisamente de amigos de los jacobitas.

—¿De veras? ¿Qué son, entonces?

—Cabalistas y ocultistas. Brujos, quizá.

—Jamie, no estarás preocupado por brujos y demonios, ¿no?

—Habíamos llegado a una parte de los jardines conocida como «Alfombra verde».

167

Recién iniciada la primavera, el enorme césped apenas empezaba a adquirir un suave tono verde, pero la gente estaba recostada en él, aprovechando el día extrañamente templado.

—Por los brujos no —contestó por fin, buscando un lugar junto a un arbusto de forsitias y sentándose sobre la hierba—. Por el conde de Saint Germain, tal vez.

Recordé la oscura mirada del conde de Saint Germain en Le Havre y me estremecí a pesar del sol y del chal de lana que llevaba.

—¿Crees que está asociado con el maestro Raymond?

Jamie se encogió de hombros.

—No lo sé. Pero tú fuiste quien me habló de los rumores que hay sobre Saint Germain, ¿no? Y si el maestro Raymond pertenece al mismo círculo, deberías mantenerte alejada, Sassenach. —Sonrió—. No me gustaría tener que volver a salvarte de la hoguera.

Las sombras que había bajo los árboles me recordaron la tétrica frialdad del calabozo de los ladrones de Cranesmuir. Temblé y me acerqué a Jamie, que estaba más lejos, al sol.

—A mí tampoco me gustaría.

Las palomas practicaban el cortejo sobre la hierba bajo un floreciente arbusto de forsitias. Las damas y los caballeros de la corte llevaban a cabo actividades similares en los senderos que daban al jardín de esculturas. La diferencia principal consistía en que las palomas eran más silenciosas.

Una figura vestida de seda azul apareció detrás de nosotros elogiando a gritos el espectáculo de la noche anterior. Las tres damas que estaban con él se hacían eco de sus opiniones, aunque no de forma tan espectacular.

—¡Soberbia! ¡Soberbia, la voz de La Couelle!

—¡Oh, soberbia! ¡Sí, maravillosa!

—¡Deliciosa, deliciosa! ¡Soberbia es la única palabra que la define!

—¡Oh, sí, soberbia!

Las cuatro voces chirriaban, estridentes. En cambio, el palomo que giraba a unos cuantos metros de mis narices emitía un arrullo bajo y melifluo, que pasaba de un profundo y amoroso ruido sordo a un silbido susurrante mientras hinchaba el pecho y se inclinaba repetidamente, poniendo su corazón a los pies de su amada, que hasta el momento parecía poco impresionada.

Miré al cortesano que se encontraba más allá del palomo, que en aquel momento estaba recogiendo un pañuelo que una de sus compañeras había dejado caer como carnada.

—Las damas lo llaman «L'Andouille» —comenté—. Me pregunto por qué.

Jamie gruñó, adormilado, y abrió un ojo para mirar al cortesano que se marchaba.

—¿Hum? Ah, «La Salchicha». Significa que no puede mantener su salchicha dentro de los pantalones. Ya sabes... damas, lacayos, cortesanas, pajes. Incluso perros falderos, si los rumores son ciertos —añadió, echando un vistazo en dirección al lugar por el que había desaparecido el cortesano, y hacia donde se dirigía una dama de la corte, con un peludo bulto blanco aferrado a su generoso pecho—. Qué imprudente. Yo no acercaría la mía a una de esas pequeñas bolas peludas.

—¿Tu salchicha? —dije, divertida—. Yo solía oír que lo llamaban pito. Y por algún motivo, los americanos lo llaman nabo. Una vez se lo mencioné a un paciente que bromeaba conmigo, y casi se le saltaron los puntos de la risa.

Jamie también se rió, estirándose para acomodarse bajo el templado sol primaveral. Parpadeó un par de veces y se giró, sonriéndome del revés.

—Tú tienes el mismo efecto sobre mí, Sassenach —dijo. Le retiré el pelo de la frente y lo besé entre los ojos.

—¿Por qué le ponen nombre los hombres? —pregunté—. Por ejemplo, verga. O salchicha. Las mujeres no lo hacen.

—¿No? —preguntó Jamie, interesado.

—Por supuesto que no. No somos tan rebuscadas.

Su pecho se movió arriba y abajo, agitado por la risa. Giré hasta ponerme sobre él, y disfruté de su solidez debajo de mí. Apreté mis caderas hacia abajo, pero las capas de enaguas lo convirtieron en poco más que un gesto.

—Bueno —dijo Jamie, con lógica—, después de todo, lo tuyo no sube y baja por su cuenta, no tiene voluntad propia sin tener en cuenta lo que tú quieres. Hasta donde yo sé, por lo menos —añadió, alzando una ceja inquisitiva.

—No, gracias a Dios. Me pregunto si los franceses lo llaman «Pierre» —dije mientras miraba a un dandi que pasaba vestido de muaré con terciopelo verde.

Jamie soltó una carcajada que alejó a las palomas del arbusto de forsitias. Salieron volando indignadas, esparciendo plumas grises tras de sí. El perrito blanco y peludo, hasta el momento satisfecho de estar en los brazos de su señora como un fardo de harapos, se espabiló enseguida, consciente de sus responsabilidades. Saltó de su cálido nido como una pelota de ping-pong y salió con entusiasmo al galope detrás de las palomas, ladrando como un demente y con su dueña haciendo lo propio por detrás.

—No lo sé, Sassenach —dijo, suficientemente recuperado como para limpiarse las lágrimas de los ojos—. El único francés al que le he oído darle un nombre al suyo, lo llamaba «Georges».

—¡«Georges»! —dije, suficientemente alto como para atraer la atención de un pequeño grupo de cortesanos que pasaban por ahí. Un espécimen bajo pero vivaz, vestido de negro y satén blanco, se detuvo junto a mí e hizo una profunda reverencia, barriendo el suelo a mis pies con su sombrero. Tenía un ojo cerrado a causa de la hinchazón, así como un amoratado chichón que le cruzaba el puente de la nariz, pero su estilo era inigualable.

—*A votre service*, madame —dijo.

Todo habría salido bien de no ser por los malditos ruiseñores. Hacía calor en el comedor, atestado de cortesanos y observadores. Uno de los alambres del miriñaque se había soltado y me pinchaba debajo del riñón izquierdo cada vez que inspiraba. Estaba padeciendo una de las peores consecuencias del embarazo: la urgencia de orinar a cada rato. Aun así, todo podría haber salido bien. Después de todo, era de pésima educación levantarse de la mesa antes que el rey, aunque el almuerzo fuera informal en comparación con las cenas de Versalles (o eso me habían dado a entender). Sin embargo, *informal* es un término bastante relativo.

Sí, había tres variedades de escabeche en lugar de ocho. Y consomé, no sopa espesa. El venado era asado, no en *brochette*, y el pescado, si bien cocido en vino, era a rodajas en lugar de entero, y presentado sobre un mar de gelatina relleno de gambas.

No obstante, como si se sintiera frustrado por tanta simplicidad rústica, uno de los cocineros había preparado un delicioso plato de entrada: un nido, hecho con tiras de masa, adornado con ramitas de manzano sobre las que había dos ruiseñores, pelados y cocidos, rellenos con manzana y canela, y vestidos con sus propias plumas. En el nido estaba la familia entera de ruiseñores recién nacidos, con sus alitas marrones y crujientes extendidas, las tiernas pieles desnudas y glaseadas con miel, y los picos negros abiertos para que se viera ligeramente el relleno de pasta de almendras.

Después de que los sirvientes dieran una vuelta triunfal alrededor de la mesa para mostrar el plato (acompañado de murmullos de admiración por doquier), colocaron el refinado platillo frente al rey, que dejó de conversar con madame de La Tourelle el tiempo suficiente para coger uno de los pajarillos y metérselo en la boca.

El rey no dejaba de masticar. Hipnotizada, observaba cómo se le movían los músculos de la garganta; me sentía como si fuera yo la que estuviera tragando los huesecillos. Los dedos del rey cogieron con indiferencia otro pajarillo.

En aquel momento, llegué a la conclusión de que habría cosas peores que insultar al rey levantándome de la mesa, y salí a toda prisa.

Poco después, al incorporarme entre los arbustos, oí un ruido a mis espaldas. Esperaba ver la mirada enfadada de un jardinero, y con razón, pero encontré la de un marido irritado.

—¡Por favor, Claire!, ¿es que siempre tienes que hacer lo mismo? —quiso saber.

—En pocas palabras, sí —dije, dejándome caer sobre el borde de una fuente ornamental. Tenía las manos húmedas, y me las sequé sobre la falda—. ¿Acaso crees que lo hago por diversión?

Me sentía mareada y cerré los ojos, tratando de recobrar el equilibrio para no caer en la fuente.

De pronto sentí una mano en la espalda, y casi caí en unos brazos junto a mí que se abrieron para recibirme.

—Por Dios. Lo siento, *mo duinne*. ¿Estás bien, Claire?

Lo empujé lo suficiente para mirarlo y sonreí.

—Estoy bien. Un poquito mareada, eso es todo. —Extendí la mano e intenté suavizar la profunda arruga de preocupación de su frente. Él me devolvió la sonrisa, pero la arruga permaneció como una fina línea vertical entre las gruesas curvas de sus cejas. Metió una mano en la fuente y la pasó sobre las mejillas. Debía estar bastante pálida—. Lo siento de veras, Jamie, no he podido evitarlo.

Su mano húmeda, fuerte y firme, apretó mi nuca para tranquilizarme. Un ligero rocío de gotas procedente de un delfín de ojos saltones humedeció mi cabello.

—Oh, no te preocupes por mí, Sassenach. No quería gritarte. Es sólo que... —Hizo un gesto de impotencia—. Me siento tan estúpido. Te veo sufrir, sé que es por mi culpa y no puedo hacer nada para ayudarte. Así que te culpo a ti, me enfado y te grito... ¿Por qué no me mandas al infierno, Sassenach? —dijo.

Me reí a carcajadas aferrándome a su brazo hasta que me dolió la cintura por el apretado corsé.

—Vete al infierno, Jamie —dije por fin, limpiándome los ojos—. Vete directo al infierno. Sin pasar por la casilla de salida. No recojas los doscientos dólares. Ya está. ¿Te sientes mejor?

—Sí —dijo, relajando la expresión—. Cuando empiezas a bromear, sé que ya te encuentras mejor. ¿De verdad te encuentras mejor, Sassenach?

—Sí —respondí mientras me sentaba y empezaba a ver dónde estaba. Los jardines de Versalles estaban abiertos al público, y pequeños grupos de mercaderes y trabajadores se mezclaban con los nobles; todos disfrutaban del buen tiempo.

De repente se abrieron las puertas que daban a la terraza, y los invitados del rey salieron charlando. El éxodo del almuerzo se vio aumentado por una nueva delegación que acababa de descender de dos grandes carruajes que en aquel momento se dirigían más allá del jardín, hacia los establos.

Era un grupo numeroso de hombres y mujeres, sobriamente vestidos en comparación con los colores brillantes de los cortesanos que los rodeaban. Pero fue el sonido, no su aspecto, lo que atrajo mi atención. El francés, oído desde lejos, tenía un fuerte parecido con el graznido de patos y gansos, por sus elementos nasales. El inglés tenía un ritmo más lento y la entonación no subía y bajaba tanto. Oído desde lejos, donde no es posible distinguir las voces individuales, tiene la monotonía áspera y amistosa de los ladridos de un perro ovejero. El efecto general del éxodo masivo que se dirigía hacia donde nos encontrábamos nosotros era el de una manada de gansos graznando mientras eran conducidos al mercado por una jauría de perros.

El grupo de ingleses había llegado, aunque tarde, y los habían conducido al jardín mientras el personal de la cocina preparaba otro almuerzo y volvía a montar una mesa enorme para ellos.

Inspeccioné el grupo con curiosidad. Al duque de Sandringham lo conocía, pues lo había visto en una ocasión en Escocia, en el castillo Leoch. Su figura regordeta era fácil de ver. Iba caminando al lado de Luis, con su peluca ladeada en señal de atención.

A los demás miembros del grupo no los conocía. Supuse que la elegante señora de mediana edad que en aquel momento estaba atravesando la puerta debía de ser la duquesa de Claymores, a la que sabía que esperaban en la corte. Aunque por lo general a la reina la dejaban en alguna casa de campo para que se entretuviera como pudiera, en esta ocasión la habían arrastrado a palacio y estaba conversando con la visitante. Se notaba que estaba poco acostumbrada a ocasiones semejantes, pues su dulce rostro estaba ruborizado de excitación.

La joven que caminaba detrás de la duquesa me llamó la atención. Aunque vestida de manera muy sencilla, tenía la clase de belleza que la haría destacar en cualquier parte. Era pequeña, de huesos delicados y figura redondeada, con pelo oscuro y brillante sin empolvar; y su piel era blanquísima, con un rubor rosado en las mejillas que le daba el aspecto del pétalo de una flor.

El rosa profundo de sus mejillas me recordó un vestido que había tenido en la otra época, un vestido de algodón estampado con amapolas rojas. Por alguna razón, aquel pensamiento me provocó una repentina nostalgia, y me agarré al borde del banco de mármol, sintiendo una punzada de añoranza. Supongo que había sido el hecho de escuchar el inglés después de tantos meses entre la cadencia del escocés y el cacareo del francés. Los visitantes me recordaban a mi hogar.

Entonces lo vi. Sentí que se me helaba la sangre cuando recorrí incrédula con la mirada la curva elegante de su cráneo, cubierto de pelo oscuro, alto y esbelto en medio de las pelucas empolvadas. En mi mente sonaron las alarmas, como sirenas ante un bombardeo; me debatía por aceptar y repeler las impresiones que me asaltaban. Mi inconsciente se detuvo en la línea de la nariz, pensando en Frank, y me dispuse a correr para darle la bienvenida. «Pero no es Frank», advirtió un poco más alto el centro racional de mi mente; me quedé helada al ver la curva familiar de la boca, con su media sonrisa. «Sabes que no es Frank», me repetí, sintiendo que me ponía rígida. Entonces sentí pánico, apreté los puños y noté un nudo en el estómago; el lento proceso del pensamiento lógico siguió el curso del instinto y del conocimiento; la frente ancha y la arrogante inclinación de la cabeza me convencían de lo impensable. No podía ser Frank. Y si no era Frank, entonces sólo podía ser una persona.

—Jonathan Randall.

No fue mi voz la que habló, sino la de Jamie, tranquila e impersonal. Mi conducta le había llamado la atención y, tras mirar en la misma dirección, había visto lo mismo que yo.

No se había movido. En medio de mi pánico, creí que tampoco respiraba. Me pareció que un sirviente miraba con curiosidad la silueta imponente del guerrero escocés que tenía a mi lado, que estaba callado como una estatua de Marte, pero toda mi preocupación estaba centrada en Jamie.

Estaba completamente inmóvil, tan inmóvil como puede estarlo un león acechando en medio de la selva, con la mirada fija y sin pestañear mientras el sol abrasador quema la estepa africana. Y vi que algo se movía en el fondo de sus ojos. El pestañeo delator del gato al acecho antes de dar el zarpazo para atrapar a su presa.

Sacar un arma en presencia del rey equivalía a la muerte. Murtagh estaba en el extremo opuesto del jardín, demasiado lejos para servir de ayuda. Dos pasos más pondrían a Randall dentro de nuestro alcance. Dentro del alcance de la espada. Puse una mano sobre el brazo de Jamie. Estaba tan rígido como el acero de la empuñadura de su espada. La sangre me rugía en los oídos.

—Jamie. ¡Jamie! —exclamé. Y me desmayé.

10

Una dama de cabellera castaña y rizada

Emergí de una bruma amarilla compuesta de luz del sol, polvo y recuerdos fragmentados, totalmente desorientada. Frank estaba inclinado sobre mí y me sostenía la mano. Pero no, la mano que yo palpaba era mucho más grande que la de Frank, y mis dedos acariciaron el vello áspero de su muñeca. Las manos de Frank eran suaves como las de una mujer.

—¿Se encuentra bien? —Era la voz baja y refinada de Frank.

—¡Claire! —Aquella voz, más baja y más profunda, no era la de Frank. Tampoco era refinada. Estaba cargada de temor y angustia.

—Jamie. —Había encontrado el nombre adecuado a la imagen mental que buscaba—. ¡Jamie! ¡No...! —Me senté de repente, mirando primero a uno, luego al otro. Estaba rodeada por un círculo de curiosos, que habían dejado un espacio para el rey, que estaba inclinado y me observaba con compasivo interés.

Había dos hombres a mi lado: a mi derecha, Jamie, con los ojos abiertos y el rostro pálido. Y a mi izquierda...

—¿Se encuentra bien, señora? —Los claros ojos castaños tan sólo mostraban una respetuosa preocupación, y unas cejas finas y oscuras se alzaban inquisitivamente sobre ellos. No era

Frank, por supuesto. Tampoco era Jonathan Randall. Aquel hombre era unos diez años más joven que el capitán, quizá de mi edad, y tenía un rostro pálido pero curtido por la intemperie. Los labios tenían la misma línea cincelada, pero carecían de los rasgos de crueldad que enmarcaban la boca del capitán.

—Usted... —dije, apartándome de él—. Usted es...

—Alexander Randall, señora —respondió rápidamente, haciendo un malogrado gesto hacia su cabeza, como para quitarse un sombrero que no llevaba—. No creo que nos conozcamos... —dijo, con tono de duda.

—No, no nos conocemos —dije, apoyándome en Jamie. Su brazo era firme, pero su mano temblaba, así que la oculté en el pliegue de mi falda.

—Una presentación un tanto informal, ¿no es cierto? Señora... no, lady Broch Tuarach, ¿verdad? —La voz aflautada atrajo mi atención, y vi el semblante del duque de Sandringham asomando por encima del conde de Sévigny y del duque de Orleans. Se abrió paso con su cuerpo desmañado y extendió la mano para ayudarme a ponerme en pie. Con mi mano entre las suyas, hizo una reverencia a Alexander Randall; éste fruncía el entrecejo, intrigado.

—El señor Randall es mi secretario, lady Broch Tuarach. Las órdenes sagradas son una noble vocación, pero lamentablemente los nobles propósitos no contribuyen a pagar las cuentas, ¿verdad, Alex?

El joven se ruborizó pero inclinó la cabeza en respuesta a la presentación de su jefe. Entonces noté el sobrio traje negro y el alzacuello blanco que lo distinguían como miembro de alguna orden.

—Su gracia dice la verdad, señora. Y como es así, aprecio el empleo con la más profunda gratitud. —Una ligera rigidez de los labios al pronunciar estas palabras parecía indicar que la gratitud podría no ser tan profunda pese a sus palabras. Lancé una mirada al duque, que había entornado los ojos y cuya expresión era impenetrable.

Esta pequeña escena se vio interrumpida por una palmada del rey convocando a dos lacayos; éstos, siguiendo la orden real, me cogieron por los brazos y me depositaron en una litera a pesar de mis protestas.

—De ninguna manera, señora —dijo el rey, descartando con gracia las protestas y el agradecimiento—. A casa, a descansar. No queremos que esté indispuesta para el baile de mañana, *non?*

—Sus enormes ojos marrones parpadearon al alzar mi mano hasta sus labios. Sin quitarme los ojos de encima, hizo una reverencia a Jamie, el cual había reunido suficiente valor para pronunciar un discurso de gratitud, y le respondió—: Quizá acepte su agradecimiento, señor, si me autoriza a bailar una pieza con su encantadora esposa.

Jamie apretó los labios al oír estas palabras, pero devolvió la reverencia y dijo:

—Mi esposa comparte mi honor ante vuestra atención, Majestad. —Me miró—. Si puede ir al baile, aguardará con impaciencia el momento de bailar con Vuestra Alteza. —El rey se volvió sin esperar una despedida formal, e hizo un gesto con la cabeza a los lacayos.

—A casa —ordenó.

Una vez en casa, tras un caluroso y agitado viaje a través de calles que olían a flores y alcantarillas abiertas, me quité el pesado vestido y el incómodo armazón y me puse una bata de seda. Encontré a Jamie sentado frente al hogar, con los ojos cerrados y las manos sobre las rodillas, pensativo. Estaba tan pálido como su camisa, brillando con luz tenue en la sombra de la repisa, como un fantasma.

—Madre Sagrada —musitó, meneando la cabeza—. ¡Por Dios y por todos los santos, he estado tan cerca de matar a ese hombre! ¿Te das cuenta, Claire, de que si no te hubieras desmayado...? Jesús, tenía toda la intención de matarlo. —Se interrumpió, estremeciéndose otra vez.

—Es mejor que levantes los pies y los pongas en alto —le dije, acercándole un escabel tapizado.

—No, estoy bien así —dijo rechazándolo con un ademán—. ¿Entonces, es... hermano de Jonathan Randall?

—Posiblemente —respondí con sequedad—. No podría ser otra persona.

—Mmm. ¿Sabías que trabajaba para Sandringham?

Negué con la cabeza.

—No sabía ni sé nada de él, aparte de su nombre y de que es un clérigo. Frank no estaba muy interesado en él, pues no era un antepasado directo. —El ligero temblor de mi voz al pronunciar el nombre de Frank me traicionó.

Jamie dejó la botella y se acercó. Se agachó de forma resuelta, me levantó y me acunó contra su pecho. Su camisa conservaba el aroma de los jardines de Versalles. Me besó la coronilla y regresó a la cama.

—Ven y descansa, Claire —dijo en voz baja—. Ha sido un día largo para los dos.

Yo temía que el encuentro con Alexander Randall hiciera que Jamie volviera a tener pesadillas. No sucedía con frecuencia, pero de vez en cuando notaba que se despertaba con el cuerpo tenso en una repentina lucha. Entonces salía dando tumbos de la cama y pasaba la noche junto a la ventana, como si aquello le proporcionara descanso, rechazando cualquier forma de consuelo o interferencia. Por la mañana, Jonathan Randall y los otros demonios de la noche habían desaparecido, vencidos por la fuerza de voluntad de Jamie.

Pero se durmió enseguida, y la tensión del día abandonó su rostro, dándole un aspecto pacífico y suave para cuando apagué la vela.

Era una bendición yacer inmóvil. A medida que me sumergía en el sueño, desaparecían los dolores de espalda, del cuello y de las rodillas. Pero mi mente, liberada de la tensión, volvía a representar la escena del jardín del palacio: veía la melena oscura, la frente alta, las orejas pegadas a la cabeza y la mandíbula pronunciada, y volvía a sentir el reconocimiento que me inundaba el corazón de angustia y alegría a la vez. «Frank», había pensado en aquel momento. «Frank.» Y fue con el rostro de Frank con el que me sumergí en el sueño.

La sala de conferencias pertenecía a la Universidad de Londres: antigua, con techo de madera y suelos modernos, tenía el linóleo rayado debido al roce de los pies. Los asientos eran los antiguos bancos; los escritorios nuevos se reservaban para las salas de ciencias. Para las de historia bastaba con los antiguos escritorios de madera. Si la asignatura era fija y nunca iba a cambiar... ¿por qué iban a hacerlo los bancos?

—Piezas decorativas —dijo Frank— y objetos de uso.

Sus dedos largos tocaron el borde de un candelabro de plata, y el sol de la ventana brilló sobre el metal, como si su tacto fuera eléctrico.

Los objetos, que pertenecían a las colecciones del Museo Británico, estaban alineados en el borde de la mesa; los estudiantes de la primera fila podían ver las pequeñas grietas en el marfil amarillento de un ábaco francés y las manchas de tabaco que oscurecían los bordes de la pipa de arcilla; también había un perfumero inglés con tapa de oro, un tintero chapado en bronce con la tapa tallada, una cuchara rota y un pequeño reloj de mármol.

Detrás de la fila de objetos había otra de miniaturas pintadas, con los rasgos oscurecidos por la luz que se reflejaba sobre sus superficies. Frank se inclinó sobre los objetos, absorto. El sol de la tarde brilló sobre su cabeza, proporcionando un tono rojizo a su cabello. Alzó la pipa de arcilla en una mano, ahuecándola como si fuera un huevo.

—Para ciertos períodos —explicó—, tenemos la historia propiamente dicha; el testimonio escrito de las personas que vivieron en aquel entonces. Para otros, sólo se conservan los objetos que nos indican cómo vivía la gente.

Se puso la pipa en la boca y apretó los labios alrededor de la boquilla, llenó de aire las mejillas y levantó las cejas, cómicamente. La audiencia respondió con una risa apagada. Frank sonrió y dejó la pipa sobre la mesa.

—El arte y las piezas decorativas —dijo, extendiendo una mano sobre la brillante serie de objetos— es lo que vemos con más frecuencia, los adornos de una sociedad. ¿Y por qué no? —dijo dirigiéndose a un muchacho de pelo castaño y de aspecto inteligente. Era una estratagema típica de conferenciante: elegir a un miembro de la audiencia para hablarle como si estuviera a solas con él. Un momento después, dirigirse a otro. Así todo el mundo percibía el sentido de sus comentarios.

—Éstos son objetos bonitos, después de todo. —Con un dedo tocó los cisnes del reloj, que se agitaban con sus cuellos curvados, en una procesión doble—. Vale la pena preservarlos. Pero ¿quién quiere guardar una vieja funda de tetera o una rueda de coche gastada? —Esta vez eligió a una bonita rubia con gafas, que le sonrió y soltó una risita como respuesta.

—Sin embargo, son los objetos útiles, los objetos que no constan en los documentos, los que se usan, se rompen y se tiran sin pensarlo dos veces, los que nos dicen cómo vivió el hombre común. La cantidad de estas pipas, por ejemplo, nos dice algo sobre la frecuencia y los tipos de tabaco que usaban las diferentes clases sociales, desde las altas —dio un golpecito sobre la tapa de una caja de rapé esmaltada— hasta las bajas. —El dedo se movió para acariciar la boquilla larga y recta de una pipa.

Se dirigió a una mujer de mediana edad que escribía frenéticamente, apenas consciente de la mirada del profesor. Al sonreír, unas arrugas se marcaron en su frente.

—No es necesario que tome nota de todo, señorita Smith —dijo—. Después de todo, la conferencia dura una hora... Su lápiz se gastará antes.

La mujer se sonrojó y dejó el lápiz, pero sonrió ante la mueca amistosa de Frank. Gracias a su buen humor, la atención de todos los oyentes estaba pendiente de los pequeños destellos de los objetos. De esta forma seguirían, sin aburrirse ni quejarse, el hilo de su argumento lógico y se adentrarían en la discusión. La tensión de Frank se aflojó al percibir que la atención de los estudiantes se centraba en él.

—El mejor testigo de la historia es el hombre... o la mujer —añadió haciendo un gesto a la hermosa rubia— que la vivió, ¿no es verdad? —Sonrió y alzó una cuchara de cuerno agrietada—. Bueno, quizá. Al fin y al cabo, forma parte de la naturaleza humana poner lo mejor de uno cuando se sabe que alguien lo va a leer. La gente tiende a concentrarse en las cosas importantes y las retoca para el consumo público. Es raro encontrar a alguien que registre con el mismo interés los detalles de una procesión real y la cantidad de veces que se ve obligado a usar su bacinilla cada noche.

Esta vez, la risa fue general; Frank se relajó, apoyándose de forma casual contra la mesa, e hizo un gesto con la cuchara.

—Los objetos hermosos son los que se preservan más; sin embargo, las bacinillas, las cucharas y las pipas de arcilla baratas pueden decirnos más acerca de la gente que las utilizó.

»¿Y esas personas? Creemos que los personajes históricos son diferentes de nosotros, a veces casi mitológicos. Pero alguien jugó con esto —el delgado dedo índice acarició el ábaco—, una dama usó esto —tocó el perfumero— poniéndose perfume detrás de las orejas, en las muñecas... ¿en qué otro sitio se ponen perfume las mujeres? —Alzando la cabeza bruscamente, sonrió a la muchacha rubia y regordeta de la primera fila, que se ruborizó, soltó una risita y se tocó con timidez el escote de la blusa.

—Ah, sí. Justo ahí. Pues bien, lo mismo hacía la dueña de este perfumero.

Todavía sonriendo, destapó el perfumero y se lo pasó bajo la nariz.

—¿Qué es, profesor? ¿Chanel? —Esta estudiante, morena como Frank y con ojos grises que delataban más que un coqueteo, no era tan tímida como la otra.

Frank cerró los ojos e inhaló profundamente, abriendo las aletas de la nariz sobre la boca del frasco.

—No. Es L'Heure Bleu. Mi favorito. —Volvió a la mesa y pasó la mano sobre las miniaturas—. Después tenemos una clase especial de objetos: retratos. Obras de arte y, al mismo tiempo, todo lo que podemos ver de las personas. Pero ¿son reales para nosotros?

Levantó un óvalo pequeño y lo mostró a la clase, mientras leía la pequeña etiqueta pegada al dorso.

—Una dama, por Nathaniel Plimer, firmado con iniciales y fechado en 1786; de cabellera castaña y rizada, con vestido rosa y cuello con volantes; de fondo, el cielo nublado. —Levantó un cuadrado junto al anterior—. Un caballero, por Horace Hone, firmado con monograma y fechado en 1780; con cabellera empolvada *en queue*, vestido con chaqueta marrón, chaleco azul, chorrera de linón y una condecoración; posiblemente la Honorabilísima Orden de Bath.

La miniatura mostraba a un hombre de cara redonda, con la boca fruncida en una pose típica de los retratos del siglo XVIII.

—Conocemos a los artistas —dijo, dejando el retrato—. Ellos firmaban su trabajo, o dejaban indicios de su identidad en las técnicas y los temas que trataban. Pero ¿y sus modelos? Los vemos, y, sin embargo, no sabemos nada de ellos. Los peinados extraños, las ropas singulares... no nos son familiares, ¿no? Y el modo en que muchos artistas los pintaron... Los rostros son parecidos: la mayoría redondos y pálidos, y no hay mucho más que se pueda decir de ellos. De vez en cuando, uno destaca sobre los demás... —Cogió otro óvalo.

—Un caballero...

Alzó la miniatura, y los ojos azules de Jamie brillaron bajo la mata reluciente de cabello, peinado por una vez, trenzado y sujeto con una cinta, de una manera desacostumbradamente ordenada. La nariz afilada destacaba sobre el encaje de sus chorreras, y la boca grande parecía a punto de hablar, torcida en una esquina.

—Eran personas *reales* —insistió la voz de Frank—. Hacían más o menos las mismas cosas que nosotros, exceptuando unos pequeños detalles como ir al cine o conducir por la autopista —se oyeron unas risitas apreciativas en la clase— pero amaban a sus hijos, a sus esposos o esposas... bueno, a veces... —Más risas—. Una dama —dijo suavemente, acunando el último retrato en su palma, tapándolo por el momento— de pelo castaño, frondoso y rizado hasta los hombros, y un collar de perlas. Sin fecha. Artista desconocido.

Era un espejo, no una miniatura. Mis mejillas enrojecieron, y mis labios temblaron cuando el dedo de Frank trazó con suavidad la línea de mi mandíbula y la graciosa línea de mi cuello. Las lágrimas me inundaron los ojos y cayeron por mis mejillas al oír su voz dando la clase. Frank dejó la miniatura en la mesa. Miré hacia el techo de madera.

—Sin fecha. Autor desconocido. Pero alguna vez... alguna vez, ella fue real.

Tenía dificultad en respirar. Al principio pensé que me estaba ahogando el vidrio que cubría la miniatura. Pero lo que me apretaba la nariz era blando y húmedo, y torcí la cabeza. Entonces me desperté, sintiendo la almohada mojada por mis propias lágrimas. La mano grande y tibia de Jamie me sacudía el hombro con suavidad.

—¡Tranquila, Claire! Estabas soñando. Estoy aquí.

Volví el rostro hacia su hombro, sintiendo cómo se deslizaban las lágrimas entre mi mejilla y su piel. Me aferré a su solidez, y los pequeños ruidos de la casa de París llegaron a mis oídos, llevándome de regreso a mi vida presente.

—Lo siento —susurré—. Estaba soñando con... con...

Me dio una palmadita en la espalda y buscó un pañuelo bajo la almohada.

—Lo sé. Estabas diciendo su nombre. —Sonaba resignado.

Apoyé la cabeza sobre su hombro. Tenía un olor cálido, y su aroma somnoliento se mezclaba con el olor del cobertor de plumón y las sábanas limpias de lino.

—Lo siento —volví a decir.

Él resopló. No alcanzó a ser una risa.

—Bien, no te diré que no estoy celoso —dijo con cierta tristeza— porque lo estoy. Pero no puedo prohibirte que sueñes. Ni que llores. —Con el dedo siguió el rastro húmedo sobre una mejilla, luego lo secó con el pañuelo.

—¿No?

Vi su sonrisa en la penumbra.

—No. Tú lo amabas. No puedo reprocharte que lo eches de menos. Y me da cierto consuelo saber... —Vaciló. Alcé la mano para quitarle el pelo enmarañado de la cara.

—¿Saber qué?

—Que de ser necesario, también podrías echarme de menos de la misma manera —respondió en voz baja.

Apreté la cara ferozmente contra su pecho, para amortiguar mis palabras.

—A ti no te echaré de menos, porque no será necesario. No te perderé. ¡Nunca! —Un pensamiento me golpeó y alcé la vista para mirarlo, con la sombra de una ligera barba en su rostro— ¿Acaso temes que yo pueda volver? No creerás que porque... pienso en Frank...

—No. —Su voz fue rápida y suave, y su respuesta, inmediata, tan posesiva como sus brazos alrededor de mi cuerpo—. No —repitió con mayor suavidad—. Estamos unidos, tú y yo, y no hay nada en la tierra que pueda separarme de ti. —Me acarició el pelo—. ¿Recuerdas el juramento de sangre que pronuncié cuando nos casamos?

—Sí, creo que sí. «Sangre de mi sangre, hueso de mis huesos...»

—Te entrego mi cuerpo, para que seamos uno —terminó diciendo Jamie—. Sí, y he mantenido ese juramento, Sassenach, y tú también. —Me dio la vuelta y con una mano cubrió mi vientre abultado—. Sangre de mi sangre —repitió— y hueso de mis huesos. Me llevas dentro de ti, Claire; ahora no puedes abandonarme, pase lo que pase. Eres mía para siempre, quieras o no, me ames o no. Mía, y no te dejaré ir.

Puse una mano sobre la suya, apretándola contra mí.

—No —dije—, ni tú tampoco podrás dejarme.

—No —dijo él, sonriendo a medias—. Porque también he cumplido con la parte final del juramento.

Unió sus manos rodeándome, e inclinó su cabeza sobre mi hombro para que pudiera sentir el aliento cálido de las palabras sobre mi oreja, susurradas a la oscuridad.

—Porque te entrego mi espíritu hasta que la muerte nos separe.

11

Ocupaciones útiles

—¿Quién es ese hombrecillo tan extraño? —pregunté a Jamie.

El hombre en cuestión avanzaba entre los grupos de invitados en el salón principal de la casa de los Rohan. Hacía una pausa para estudiar al grupo con ojo crítico y luego encogía los huesudos hombros y seguía andando, o se colocaba frente a un hombre o una mujer, llevaba algo a la cara de éstos y pronunciaba alguna orden. En todo caso, sus actos causaban una considerable hilaridad.

Antes de que Jamie pudiera contestar, el hombre, un espécimen enjuto vestido de sarga gris, nos vio, y se le iluminó el semblante. Se abalanzó sobre Jamie como un ave de presa que desciende sobre un conejo.

—Cante —ordenó.

—¿Cómo? —Jamie parpadeó ante la pequeña figura, alelado.

—He dicho que cante —respondió el hombrecillo con paciencia. Pellizcó el pecho de Jamie mostrando su admiración—. Con una caja de resonancia como ésta, su voz debe de ser formidable.

—Ya lo creo —dije—. Cuando está enfadado se le puede oír a tres cuadras a la redonda.

Jamie me fulminó con la mirada. El hombrecillo caminaba alrededor de él, midiendo el ancho de su espalda y golpeándolo, como un pájaro carpintero que prueba un árbol excelente.

—No sé cantar —dijo.

—Tonterías. Por supuesto que sabe. Seguro que tiene una buena voz de barítono —dijo el hombrecillo—. Excelente. Justo lo que necesitamos. Le echaré una mano. Trate de imitar este tono. —Extrajo hábilmente un pequeño diapasón del bolsillo, lo golpeó contra una columna y lo acercó al oído izquierdo de Jamie.

Jamie puso los ojos en blanco, pero se encogió de hombros y obedeció. El hombrecillo se apartó como si le hubieran disparado.

—¡No! —dijo sin poder creerlo.

—Me temo que así es —dije, compasiva—. Tiene razón. No sabe cantar.

El hombrecillo miró de reojo a Jamie, después volvió a golpear el diapasón y lo sostuvo, como invitándolo.

—Otra vez —lo incitó—. Limítese a escucharlo y deje que salga el mismo sonido.

Paciente como nunca, Jamie escuchó el *la* del diapasón y emitió una mezcla de *mi* bemol y *re* sostenido.

—No es posible —dijo el hombrecillo, con profunda desilusión—. Nadie puede ser tan disonante, ni siquiera haciéndolo a propósito.

—Yo sí —dijo Jamie alegremente, e hizo una cortés reverencia. Para entonces, una pequeña multitud de curiosos se había juntado a nuestro alrededor. Louise de Rohan era una gran anfitriona, y sus salones atraían a la flor y nata de la sociedad parisina.

—Sí, él puede serlo —aseguré a nuestro visitante—. No tiene oído musical, ¿se ha dado cuenta?

—Sí, claro que me he dado cuenta —dijo el hombrecillo, muy deprimido. Entonces empezó a mirarme.

—¡No, a mí no! —exclamé, riendo.

—¿Es que también carece de oído musical, madame? —Con los ojos brillantes de una serpiente que repta hacia un ave paralizada, comenzó a acercarse a mí, agitando el diapasón como la lengua de una víbora.

—Aguarde un momento —dije, alzando una mano—. ¿Quién es usted?

—Es Herr Johannes Gerstmann, Sassenach. —Con expresión divertida, Jamie se inclinó ante el hombrecillo—. El maestro de canto del rey. Le presento a mi esposa, lady Broch Tuarach, Herr Gerstmann. —Jamie ya conocía a todos los miembros de la corte, hasta al más insignificante.

Johannes Gerstmann. Eso explicaba el acento que había detectado bajo la formalidad del francés de la corte. Me pregunté si sería alemán o austriaco.

—Estoy reuniendo un pequeño coro —me explicó el pequeño maestro—. No es necesario que tenga la voz educada, pero debe ser fuerte y pura. —Miró desilusionado a Jamie, quien se limitó a sonreírle en respuesta. Le quitó el diapasón a Herr Gerstmann y lo apuntó hacia mí.

—Ah, está bien —dije, y canté.

Lo que oyó pareció alentar a Herr Gerstmann, pues guardó el diapasón y me miró con interés. Su peluca le quedaba un poco grande y se le deslizaba hacia un lado cuando asentía. En ese momento asintió, empujó la peluca descuidadamente hacia atrás, y dijo:

—Excelente tono, madame. Muy, muy bonito. ¿Conoce quizá *Le Papillon*? —Entonó algunos compases.

—La he oído —respondí—. La melodía. No sé la letra.

—¡Ah! No es difícil, madame. El coro es simple; así...

Cogiéndome del brazo y sin dejar de tararear en mi oído como un moscardón demente, me llevó hacia una habitación en la que sonaba un clavicordio.

Lancé una mirada desesperada a Jamie, que se limitó a sonreír y alzó su copa de clarete a modo de despedida antes de volverse para reanudar la conversación con el joven monsieur Duverney, hijo del ministro de Finanzas.

La casa de los Rohan, si es que se podía usar una simple palabra como *casa* para describir un lugar así, estaba iluminada por faroles que colgaban en el jardín posterior y bordeaban la terraza. Mientras Herr Gerstmann me llevaba por los pasillos, veía sirvientes que entraban y salían de los salones, disponiendo la cena que tendría lugar después. La mayor parte de las reuniones en los «salones» eran pequeñas e íntimas, pero la princesa Louise de La Tour de Rohan tenía una personalidad expansiva.

La había conocido la semana anterior, en otra fiesta, y me había sorprendido un tanto. Regordeta, y más bien fea, tenía la cara ovalada con una pequeña barbilla redonda, los ojos azul claro, sin pestañas, y un lunar pintado en forma de estrella. ¿Era aquélla la dama que había incitado al príncipe Carlos a olvidar los dictados del decoro?, pensé, haciendo una reverencia en la fila de recepción.

Sin embargo, poseía una vivacidad contagiosa y una encantadora boca rosada. De hecho, la boca era su rasgo más atractivo.

—¡Encantada! —había exclamado, agarrando mi mano, cuando nos presentaron—. ¡Estoy encantada de conocerla por fin! Tanto mi marido como mi padre han hablado bien de milord Broch Tuarach, pero nunca han dicho nada de su esposa. Me alegro mucho de que haya venido, queridísima señora. ¿Debo decir Broch Tuarach, o bastará con que diga lady Tuarach? No estoy segura de poder recordarlo entero, pero sí una palabra, aunque suene tan rara... ¿Es escocés? ¡Qué maravilla!

En realidad, Broch Tuarach significaba «torre que da al norte», pero si ella quería llamarme «lady que da al norte», a mí me daba lo mismo. De hecho, pronto dejó de intentar recordar Tuarach para llamarme simplemente *ma chère Claire*.

Louise se encontraba con un grupo de cantantes en la sala de música, revoloteando de uno a otro mientras conversaba y reía. Cuando me vio, atravesó el salón tan rápido como le permitieron sus faldas, con la cara iluminada por la agitación.

—*Ma chère Claire!* —exclamó, alejándome despiadadamente de Herr Gerstmann—. ¡Llega justo a tiempo! ¡Venga, tiene que hablar con esta inglesita en mi lugar!

La «inglesita» era muy joven, de no más de quince años, con oscuros bucles brillantes, y estaba tan ruborizada por la vergüenza que me recordaba a una brillante amapola. Fueron las mejillas las que me hicieron recordar que la había visto en los jardines de

Versalles, justo antes de la perturbadora aparición de Alexander Randall.

—Madame Fraser también es inglesa —le estaba explicando Louise a la joven—. Pronto le hará sentir como en casa. Es muy tímida —me dijo, volviéndose hacia mí sin parar para respirar—. Hable con ella. Convénzala de que cante con nosotros. Me han asegurado que tiene una voz preciosa. Muy bien, *mes enfants*, ¡a divertirse! —Y con unas palmaditas de aprobación, se marchó al otro extremo del salón, lanzando exclamaciones, adulando, maravillándose ante el vestido de una recién llegada, haciendo una pausa para acariciar al joven ligeramente obeso que estaba sentado ante el clavicordio, enroscándole los bucles mientras charlaba con el duque de Castellotti.

—Cansa sólo mirarla, ¿verdad? —dije en inglés a la niña. Una sonrisa diminuta apareció en sus labios y movió ligeramente la cabeza, pero no habló. Pensé que la ocasión era abrumadora; la fiesta de Louise me mareaba incluso a mí y la pobre parecía recién salida de la escuela.

—Soy Claire Fraser —le dije—, pero Louise ha olvidado decirme tu nombre.

Hice una pausa para invitarla a que me lo dijera, pero no respondió. Se puso más colorada aún, apretó los labios y cerró los puños a ambos lados del cuerpo. Me alarmó un tanto su aspecto, hasta que por fin apeló a toda su voluntad para poder hablar. Inspiró hondo y alzó la barbilla como quien se dispone a subir a la horca.

—M... m... mi nombre es... M... M... M —empezó a decir, y de inmediato comprendí la razón de su dolorosa timidez. Cerró los ojos, mordiéndose el labio inferior, luego volvió a abrirlos para intentarlo otra vez—. M... Mary Hawkins —logró decir por fin—. Y no sé cantar —añadió.

Si antes me había parecido interesante, entonces la encontré fascinante. ¡De modo que aquélla era la sobrina de Silas Hawkins, la hija del baronet, la prometida del vizconde de Marigny! Qué carga tan pesada para una chica tan joven como ella. Miré a mi alrededor para ver si estaba el vizconde, y con alivio comprobé que no.

—No te preocupes —le dije, poniéndome delante de ella para protegerla de la oleada de gente que llenaba la sala de música—. No tienes que hablar si no quieres, aunque quizá convendría que intentaras cantar —dije, pues se me acababa de ocurrir una idea—. Una vez conocí a un médico especializado en el tratamiento de la tartamudez; decía que las personas que tartamudean no lo hacen cuando cantan.

Mary Hawkins abrió los ojos, sorprendida. Miré a mi alrededor y vi una alcoba cuyo cortinaje ocultaba un cómodo banco.

—Ven —le dije—. Puedes sentarte aquí, así no tendrás que hablar con nadie. Si quieres cantar, puedes salir cuando empecemos; de lo contrario, puedes quedarte aquí hasta que termine la fiesta. —Me miró un momento, luego me sonrió, agradecida, y entró en la alcoba.

Me quedé cerca, conversando con los que pasaban para impedir que la molestara algún curioso.

—Estás muy guapa esta noche, *ma chère!*

Era madame de Ramage, una de las damas de la reina. Se trataba de una mujer mayor, majestuosa, que había asistido a las cenas de la Rue Tremoulins un par de veces. Me abrazó con afecto, luego se aseguró de que nadie nos observaba.

—Tenía la esperanza de verte aquí, querida —dijo, acercándose y bajando la voz—. Quería aconsejarte que te cuides del conde de Saint Germain.

Volviéndome a medias en dirección a su mirada, vi que el hombre de rostro delgado de los muelles de Le Havre entraba del brazo de una mujer joven y elegante. Aparentemente no me había visto. Me volví rápidamente hacia madame de Ramage.

—¿Qué... él ha... quiero decir...? —La aparición del conde me turbó hasta el punto de que me ruboricé intensamente.

—Pues sí, ha hablado de ti —dijo madame de Ramage, ayudándome a salir de mi confusión—. Entiendo que tuvisteis un pequeño problema en Le Havre, ¿no?

—Algo así —respondí—. No hice más que detectar un caso de viruela, pero eso trajo como consecuencia la destrucción de su embarcación, lo cual no pareció gustarle —dije débilmente.

—Ah, fue eso. —Madame de Ramage parecía contenta. Supuse que el saber aquello, por decirlo de alguna manera, le daría alguna ventaja en el comercio de habladurías que constituía la vida social de París.

—Dice que eres bruja —dijo sonriendo y saludando a una amiga que se encontraba al otro lado de la habitación—. ¡Menuda historia! Claro que nadie le cree. Se sabe que si hay alguien implicado en brujerías es él.

—¿De veras? —Quería preguntarle qué quería decir, pero entonces apareció Herr Gerstmann batiendo palmas, como si intentara ahuyentar a una bandada de gallinas.

—¡Vamos, vamos, señoras! —dijo—. ¡Ya estamos todos. El canto va a comenzar!

Cuando el coro se reunió alrededor del clavicordio, miré la alcoba donde había dejado a Mary Hawkins. Me pareció ver que se movía el cortinaje, pero no estaba segura. Y cuando empezó la música creí oír una voz de soprano clara y potente que provenía de la alcoba, pero tampoco podría asegurarlo.

—Muy bonito, Sassenach —dijo Jamie cuando volví con él, sonrojada y sin aliento, después de cantar. Me sonrió y me dio una palmadita en el hombro.

—¿Y cómo lo sabes si no sabes diferenciar una canción de otra? —dije, aceptando una copa de ponche de vino a un criado que pasaba.

—Bueno, de todos modos, has cantado alto —replicó, impasible—. He oído cada palabra. —Vi que se ponía rígido y me giré para ver qué, o a quién, miraba.

La mujer que acababa de entrar era diminuta, pues apenas le llegaba a Jamie por las costillas; tenía manos y pies de muñeca, cejas delicadas y ojos negrísimos. Su modo de andar parecía un remedo de su propia delicadeza: más que caminar, parecía flotar.

—Ahí está Annalise de Marillac —dije, admirándola—. ¿No es guapa?

—Ah, sí. —Algo en su voz me hizo mirarlo. Tenía los lóbulos de las orejas colorados.

—Creía que habías pasado esos años en Francia luchando, no haciendo conquistas amorosas —dije.

Jamie se rió, lo cual me sorprendió. La mujer lo oyó y se volvió hacia nosotros. Una sonrisa iluminó su rostro al ver a Jamie. Se dirigía hacia nosotros pero la distrajo un caballero elegantísimo, vestido de seda de color lavanda, que puso una mano sobre su frágil brazo. Annalise desplegó su abanico con gesto coqueto mirando a Jamie, antes de dedicar toda su atención a su nuevo compañero.

—¿Qué es lo que te parece tan gracioso? —pregunté, viéndolo sonreír ante las oscilantes faldas de encaje de la dama.

De repente se percató de mi presencia, y sonrió.

—Ah, nada, Sassenach. Lo que has dicho acerca de luchar. Me batí en duelo por primera vez (por única vez, en realidad) por Annalise de Marillac. Tenía dieciocho años.

El tono de su voz era ligeramente nostálgico; observó cómo la cabeza oscura se alejaba entre la multitud, rodeada siempre por grupos de blancas pelucas empolvadas y algún que otro peluquín rosa para variar.

—¿Un duelo? ¿Con quién? —pregunté mirando en derredor, en busca de cualquier acompañante de la dama que pudiera sentirse inclinado a retomar una vieja pelea.

—Ah, no está aquí —dijo Jamie, viendo e interpretando correctamente mi mirada—. Está muerto.

—¿Lo mataste tú? —Agitada, hablé más alto de lo que quería. Unas cuantas cabezas se volvieron hacia nosotros con curiosidad, y Jamie me llevó hacia la terraza más cercana.

—Baja la voz, Sassenach —dijo con suavidad—. No, no lo maté yo. Aunque me habría gustado hacerlo —añadió con tristeza—. Murió hace dos años de una infección en la garganta. Me lo dijo Jared.

Me guió por uno de los senderos del jardín, iluminado por sirvientes con antorchas que permanecían de pie como balizas a intervalos de cinco metros desde la terraza hasta la fuente situada al fondo del sendero. En medio de un enorme estanque reflectante, cuatro delfines rociaban con agua a un Tritón malhumorado en el centro, que blandía un tridente con escasos resultados.

—Cuéntame lo que pasó —le dije después de que nos hubimos alejado de los grupos de la terraza.

—Muy bien —dijo—. Como habrás visto, Annalise es muy guapa.

—¿De veras? Pues si tú lo dices... tal vez, sí —respondí con dulzura, provocando una mirada afilada, seguida de una sonrisa torva.

—Pues sí. Yo no era el único joven que lo creía, ni el único en perder la cabeza por ella. Caminaba como en trance, pensando en ella. La esperaba en la calle con la esperanza de verla subir al carruaje. Hasta me olvidaba de comer. Jared decía que parecía un espantapájaros con mi chaqueta, y el estado de mi pelo tampoco ayudaba mucho. —Se pasó una mano ausente por el cabello, dando un golpecito a la inmaculada coleta que yacía pegada a su cuello, atada con un lazo azul.

—¿Te olvidabas de comer? Cielo santo, ¡sí que estabas mal! Jamie rió.

—Sí. Pero lo peor fue cuando ella empezó a flirtear con Charles Gauloise. Te diré —añadió— que Annalise flirteaba con todos, y eso estaba bien, pero a él lo eligió como compañero de cena demasiadas veces para mi gusto, bailaba con él en las fiestas y... en resumen, Sassenach, una vez lo sorprendí besándola a la luz de la luna en la terraza de su casa. Entonces lo desafié a un duelo.

Para entonces ya habíamos alcanzado la fuente. Jamie se detuvo y nos sentamos en el borde de la fuente, contra el viento de los chorros que lanzaban los delfines. Jamie sumergió una mano en el agua oscura y la alzó chorreando, mientras observaba abstraído las gotas plateadas que recorrían sus dedos.

—En aquella época los duelos eran ilegales en París, igual que ahora. Claro que había lugares adonde ir. Suya era la elección, y escogió el Bois de Boulogne. Cerca del camino de los Siete Santos, pero oculto por un grupo de robles. Él también tenía derecho a elegir el arma, y aunque yo esperaba que fueran pistolas, prefirió espadas.

—¿Por qué lo hizo? Debías de tener una ventaja de quince centímetros o más sobre él.

No era ninguna experta, pero me había visto obligada a aprender un poco sobre la estrategia y la táctica de la lucha con espadas. Jamie y Murtagh se batían cada dos o tres días para practicar, y se enfrentaban, se esquivaban y arremetían el uno contra el otro por el jardín, para gran deleite, por igual, de criados y criadas que salían a los balcones para observarlos.

—¿Por qué eligió la espada? Porque la sabía usar muy bien. Quizá temía que lo matara por error con una pistola, y además sabía que yo quedaría satisfecho con herirlo. No era mi intención matarlo, ¿sabes? —explicó—. Sólo humillarlo. Y él lo sabía. No era estúpido —dijo, meneando la cabeza, arrepentido.

La humedad de la fuente hacía que algunos bucles escaparan de mi cofia para enrollarse alrededor de mi cara. Me aparté un mechón, y pregunté:

—¿Y lo humillaste?

—Bueno, por lo menos lo herí. —Me sorprendió oír una pequeña nota de satisfacción en su voz, y alcé una ceja—. Había aprendido esgrima con LeJeune, uno de los mejores espadachines de Francia —dijo—. Era como luchar con una maldita pulga. Además, luché con la derecha. —Se volvió a pasar una mano por el pelo, como para comprobar que estaba sujeto—. En mitad de la lucha se me soltó el pelo —continuó—. La cinta que lo sujetaba se rompió y el viento me lo echaba en los ojos, así que lo único que veía era la pequeña silueta blanca de Charles moviéndose de aquí para allá como un pez. Y así fue como lo vencí finalmente: como se atraviesa a un pez con un puñal. —Resopló por la nariz—. Lanzó un grito como si lo hubiese atravesado de lado a lado, aunque yo sabía que apenas lo había pinchado en un brazo. Por fin me quité el pelo de la cara y miré a sus espaldas: vi a Annalise, con los ojos abiertos. —Hizo un gesto hacia la superficie negra y plateada junto a nosotros—. Así que envainé mi espada, me alisé el pelo y me quedé quieto... supongo que esperando que ella corriera a echarse en mis brazos.

—Hum. ¿Y no lo hizo? —pregunté con delicadeza.

—Yo no conocía a las mujeres —dijo—. No, se arrojó en brazos de él, por supuesto. —Emitió un profundo ruido escocés desde el fondo de la garganta: un ruido que reflejaba burla y repulsión hacia sí mismo—. Un mes después se casaron, según lo que oí. Bueno. —De repente se encogió de hombros, con una sonrisa triste—. Me destrozó el corazón. Volví a Escocia y estuve deprimido durante semanas, hasta que mi padre perdió la paciencia conmigo. —Rió—. Incluso pensé en convertirme en monje. Una noche le dije a mi padre que en primavera quería ir a la abadía y hacerme monje.

Me eché a reír ante la idea.

—No habrías tenido dificultad con el voto de pobreza; pero el de castidad y el de obediencia te habrían costado un poco más. ¿Y qué dijo tu padre?

Sonrió, y sus dientes brillaron en su rostro oscuro.

—Estaba comiendo sopa. Dejó a un lado la cuchara y me miró un momento. Después suspiró, negó en la cabeza y dijo: «Hoy he tenido un día muy duro, Jamie.» Después volvió a coger la cuchara y siguió comiendo. Nunca volví a mencionar el tema...

Lanzó una mirada hacia la terraza, donde, los que no bailaban, paseaban de un lado a otro, se refrescaban entre bailes, sorbían vino y coqueteaban tras sus abanicos. Suspiró con nostalgia.

—Ah, sí, una muchacha muy bonita, Annalise de Marillac. Ligera como el viento, y tan pequeña que daban ganas de guardártela dentro de la camisa y llevarla como un gatito.

Permanecí en silencio, escuchando la música que salía por las ventanas abiertas y contemplando la brillante zapatilla de satén que envolvía mi pie del número cuarenta.

Un momento después Jamie se dio cuenta de mi silencio.

—¿Qué sucede, Sassenach? —preguntó apoyando una mano sobre mi brazo.

—No, nada —respondí—. Sólo pensaba que dudo que nadie me describa nunca como «ligera como el viento».

—Ah. —Tenía la cabeza vuelta, y la larga y recta nariz, así como la firme barbilla, estaban iluminadas por la luz tenue de la antorcha más cercana. Pude ver su media sonrisa mientras se volvía hacia mí—. Bueno, Sassenach, tengo que decirte que tal vez *ligera* no sea la primera palabra que se le ocurre a uno al pensar en ti —dijo. Pasó un brazo por detrás de mí y colocó una mano grande y tibia sobre mi hombro cubierto de seda—. Pero puedo hablar contigo como con mi propia alma —añadió volviéndome hacia él. Extendió la mano y acunó mi mejilla, tocando ligeramente mi sien—. Además, tu rostro es mi corazón —susurró.

Fue el cambio del viento lo que por fin nos separó, minutos después, con un ligero rocío de la fuente. Nos levantamos apresuradamente, riéndonos ante el repentino frío del agua. Jamie inclinó la cabeza hacia la terraza con aire inquisitivo, y tomé su brazo, asintiendo.

—Entonces —observé, mientras subíamos lentamente los amplios escalones hacia el salón de baile—, ya has aprendido bastante de mujeres.

Soltó una risa baja y profunda, apretando con más fuerza mi cintura.

—Lo más importante que he aprendido sobre mujeres es cuál elegir. —Se apartó, hizo una reverencia y, señalando la brillante escena que tenía lugar al otro lado de las puertas abiertas, dijo—: ¿Me concede este baile?

Pasé la tarde siguiente en casa de los D'Arbanville, donde volví a encontrar al maestro de canto del rey. Esta vez tuvimos tiempo para conversar. Se lo conté a Jamie después de la cena.

—¿Qué has dicho? —Jamie me miró de reojo, como sospechando que le estaba gastando una broma.

—Que Herr Gerstmann quiere presentarme a una amiga suya, la madre Hildegarde, que está a cargo de L'Hôpital des Anges. Ese hospital de caridad que hay cerca de la ciudad, junto a la catedral.

—Ya sé dónde está —dijo Jamie sin entusiasmo.

—Tenía la garganta irritada y le he aconsejado algo para tomar. Le he hablado de remedios, le he dicho que me interesaban las enfermedades y, ya sabes, una cosa lleva a la otra.

—Contigo siempre es así —convino con cierto cinismo.

Ignoré su tono y proseguí.

—De modo que iré al hospital mañana. —Me puse de puntillas para alcanzar la caja de remedios de la estantería—. Creo que no la llevaré el primer día —dije mientras revisaba su contenido—. Parecerá que quiero imponerme, ¿no crees?

—¿Imponerte? —sonaba pasmado—. ¿Vas a visitar el lugar, o a mudarte?

—Bueno —dije. Respiré hondo—. Pensaba que... tal vez podría trabajar allí. Herr Gerstmann dice que todos los médicos y enfermeras van allí a donar su tiempo. La mayoría no va todos los días, pero yo dispongo de mucho tiempo, de modo que podría...

—¿Mucho tiempo?

—Deja de repetir todo lo que digo —le pedí—. Sí, mucho tiempo. Sé que es importante ir a los salones y a las cenas y todo eso, pero no me ocupa todo el día. Podría...

—¡Sassenach, estás embarazada! ¡No querrás ir a cuidar pordioseros y criminales! —Su voz tenía un tono de impotencia, como si se preguntara cómo lidiar con alguien que acababa de volverse loco.

—No lo había olvidado —le aseguré. Posé las manos sobre mi vientre, mirando hacia abajo—. Todavía no se nota; con un vestido suelto puedo disimularlo algún tiempo más. Y excepto las náuseas matinales, estoy bien; no hay razón por la que no pueda trabajar durante algunos meses.

—¡Ninguna, excepto que no lo permitiré! —Como no esperábamos visitas aquella noche, se había abierto la camisa al llegar a casa. Vi cómo empezaba a enrojecer.

—Jamie —dije, intentando ser razonable—, sabes lo que soy.

—¡Eres mi esposa!

—Eso también. —Aparté la idea con un gesto—. Soy enfermera, Jamie. Curandera. Lo sabes.

Enrojeció intensamente.

—Sí, así es. ¿Y porque me curaste cuando estuve herido, debo pensar que está bien que atiendas a mendigos y prostitutas? Sassenach, ¿no sabes qué clase de personas van a L'Hôpital des Anges?

Me lanzó una mirada suplicante, como si esperara que recuperara el sentido común.

—¿Y qué diferencia hay?

Lanzó una mirada iracunda por la habitación, implorando al retrato de la repisa que fuera testigo de mi falta de raciocinio.

—¡Podrías contraer una enfermedad contagiosa, por el amor de Dios! Ten al menos consideración por tu hijo, ya que no la tienes por mí.

Parecía que, por el momento, la racionalidad era un objetivo menos deseable.

—¿Qué clase de persona crees que soy? ¿Una irresponsable?

—¡La clase de persona que abandona a su marido para ir a jugar con la escoria, ya que lo preguntas! —dijo. Pasó una de sus enormes manos por su cabello, dejándolo tieso en la coronilla.

—¿Abandonarte? ¿Es abandonarte el tratar de hacer algo útil en vez de perder el tiempo en el salón de los D'Arbanville, viendo cómo Louise de Rohan se atiborra de pasteles, escuchando poemas y músicas horribles? ¡Quiero ser útil!

—¿No es hacer algo útil cuidar tu propia casa? ¿Estar casada conmigo? —La cinta que le recogía el cabello se soltó ante la tensión, y los gruesos mechones se liberaron como un halo ardiente. Me miró con el aspecto de un ángel vengador.

—No me vengas con ésas —repliqué con frialdad—. ¿Acaso es suficiente ocupación para ti estar casado conmigo? No veo que estés todo el día en casa. Y con respecto a la casa, no digas tonterías.

—¿Tonterías? ¿Qué son tonterías? —inquirió.

—Idioteces. Bobadas. En otras palabras, no seas ridículo. Madame Vionnet se ocupa de todo, y lo hace mucho mejor que yo.

Era tan evidente que decía la verdad, que durante un momento no dijo nada. Me fulminó con la mirada, apretando la mandíbula.

—¿Ah, sí? ¿Y si te prohíbo ir?

Esto me detuvo durante un instante. Me levanté y lo miré de arriba abajo. Sus ojos eran del color de la pizarra mojada, y su amplia y generosa boca se cerraba en una línea recta. Tenía los anchos hombros y la espalda erguidos, y los brazos cruzados sobre el pecho como una estatua de hierro forjado. *Intimidante* era la palabra que mejor lo describía.

—¿Me lo prohíbes?

Entre nosotros se palpaba la tensión. Quería parpadear, pero no quería darle la satisfacción de poner fin a mi propia mirada fulminante. ¿Qué haría si me prohibía ir? Las alternativas se arremolinaban en mi mente, e iban desde clavarle el abrecartas de marfil en las costillas a quemar la casa con él dentro. La única idea que rechazaba por completo era la de ceder.

Hizo una pausa y respiró hondo antes de hablar. Sus manos se habían convertido en puños en sus costados, y las abrió con gran esfuerzo.

—No —respondió—. No te lo prohíbo. —Su voz tembló un poco ante el esfuerzo que hacía para controlarla—. Pero ¿y si te pido que no lo hagas?

Entonces bajé la vista y observé su reflejo sobre la mesa pulida. Al principio, la idea de visitar el hospital me había parecido interesante, una alternativa atractiva al cotilleo interminable y las intrigas mezquinas de la sociedad parisina. Pero ahora... podía sentir cómo se hinchaban los músculos de mis brazos mientras apretaba mis propios puños. No era que quisiera volver a trabajar; necesitaba trabajar.

—No sé —dije por fin.

Él respiró hondo, y dejó salir el aire lentamente.

—¿Quieres pensarlo, Claire? —Sentía que me miraba. Después de lo que pareció mucho tiempo, asentí.

—Lo pensaré.

—Bien.

Una vez pasado el momento de tensión, se alejó, inquieto. Deambuló por la sala de estar, levantando pequeños objetos y dejándolos al azar hasta que, por fin, se estableció junto al librero, donde se apoyó, observando sin ver los títulos de los volúmenes de cuero. Me acerqué, indecisa, y posé una mano sobre su brazo.

—Jamie, no quería molestarte.

Bajó la mirada hacia mí y sonrió.

—Yo tampoco quería pelear contigo. Supongo que tengo mal genio y que soy demasiado susceptible. —Me dio una palmadita en la mano a modo de disculpa y, a continuación, se apartó para quedarse de pie, observando su escritorio.

—Has trabajado mucho —dije para calmarlo, siguiéndolo.

—No es eso. —Negó con la cabeza y se estiró para abrir el libro de contabilidad que se encontraba en el centro del escritorio—. El negocio del vino va bien. Es mucho trabajo, sí, pero no me importa. Es lo otro.

Señaló un montón de cartas bajo un pisapapeles de alabastro. Era de Jared, pues tenía la forma de una rosa blanca, el emblema de los Estuardo. Las cartas que había debajo eran del abad Alexander, del conde de Mar y de otros jacobitas prominentes. Todas llenas de preguntas encubiertas, vagas promesas y expectativas contradictorias.

—¡Me siento como si estuviera luchando contra el aire! —exclamó—. Podría luchar contra algo real, algo concreto. Pero esto... —Cogió un puñado de cartas y las lanzó hacia arriba. Los papeles fueron de un lado a otro, metiéndose debajo de los muebles y cayendo sobre la alfombra—. No hay nada concreto —dijo con impotencia—. Puedo hablar con mil personas, escribir cientos de cartas, beber con Carlos hasta morir, y nunca sabré si avanzo o no.

Dejé las cartas en el suelo; ya las recogería algún criado.

—Jamie —dije—. Lo único que podemos hacer es intentarlo.

Sonrió débilmente, con las manos apoyadas sobre el escritorio.

—Sí. Me alegro de que hayas dicho «podemos», Sassenach. Es que a veces me siento tan solo...

Puse mis brazos alrededor de su cintura y apoyé la cara sobre su espalda.

—Sabes que no te dejaría solo —dije—. Después de todo, yo te metí en esto.

Sentí la pequeña vibración de su risa en mi mejilla.

—Sí. No voy a echártelo en cara, Sassenach. —Se volvió, se inclinó y me besó en la frente—. Pareces cansada, *mo duinne*. Vete a la cama. Tengo que acabar un trabajo, pero pronto iré contigo.

—Está bien. —Me sentía muy cansada, aunque la somnolencia de los primeros meses del embarazo estaba desapareciendo para dar lugar a una nueva energía. Comenzaba a estar más alerta durante el día y deseaba más actividad.

Al salir me detuve en la puerta. Jamie todavía estaba junto al escritorio, mirando las páginas del libro de contabilidad.

—¿Jamie? —dije.

—¿Sí?

—Con respecto al hospital... he dicho que lo pensaría. Piénsalo tú también, ¿eh?

Volvió la cabeza, con una ceja arqueada. Después sonrió, y asintió.

—Voy enseguida, Sassenach —dijo.

Aún caía la nieve, y pequeñas partículas de lluvia helada repiqueteaban contra las ventanas y siseaban en la chimenea cuando el viento nocturno cambió, para enviarlas por los conductos. El fuerte viento soplaba entre las chimeneas, haciendo que el dormitorio pareciera más cómodo que nunca. La cama era un oasis de calor y comodidad, equipado con cobertores de pluma de ganso, con enormes y mullidas almohadas y con Jamie, que era una verdadera estufa.

Me acarició el vientre con su mano tibia a través de la fina seda de mi camisón.

—No; ahí. Tienes que apretar un poco más fuerte. —Cogí su mano y presioné los dedos hacia abajo, justo encima de mi hueso púbico, donde el útero había comenzado a notarse con la forma de un bulto redondo y duro, poco más grande que un pomelo.

—Puedo sentirlo —susurró—. Está ahí. —Una pequeña sonrisa de pasmado deleite surgió en la comisura de sus labios y levantó la mirada hacia mí, con ojos brillantes—. ¿Sientes que se mueve?

Negué con la cabeza.

—Todavía no. Dentro de un mes o dos, creo, por lo que dijo tu hermana Jenny.

—Hum —dijo, besando el pequeño bulto—. ¿Qué te parece Dalhousie, Sassenach?

—¿Como que qué me parece Dalhousie? —pregunté.

—Bueno, como nombre —dijo. Me dio una palmadita en la tripa—. El bebé va a necesitar un nombre.

—Es cierto —respondí— Pero, ¿qué te hace pensar que va a ser varón? Podría ser una niña.

—Ah, sí, es cierto —admitió—. Pero ¿por qué no empezar con nombres de varones? Podríamos llamarlo como el tío que te crió.

—Hum. —Fruncí el entrecejo, mirando mi vientre. Por más cariño que le tuviera a mi tío Lamb, no quería que un pobre niño tuviera que llevar el nombre de Lambert o Quentin—. No, creo que no. Y tampoco me gustaría llamarlo como ninguno de tus tíos.

Jamie acarició mi vientre mientras pensaba.

—¿Cómo se llamaba tu padre, Sassenach?

Tuve que pensar antes de responder.

—Henry —contesté—. Henry Montmorency Beauchamp. Jamie, no quiero tener un hijo que se llame Montmorency Fraser bajo ningún concepto. Tampoco me gusta Henry, aunque suena mejor que Lambert. ¿Qué te parece William —sugerí—, como tu hermano?

Su hermano mayor, William, había muerto de niño, pero Jamie lo recordaba con mucho afecto. Su frente se arrugó.

—Hum. Sí, tal vez. O podríamos ponerle...

—James —dijo una voz hueca y sepulcral por la chimenea.

—¿Qué? —dije, incorporándome en la cama.

—James —insistió la voz de la chimenea, impaciente—. ¡James!

—¡Por los clavos de Cristo! —dijo Jamie, mirando las llamas que ardían en el hogar. Pude sentir cómo se le erizaba el vello del antebrazo. Se sentó, inmovilizado. Después se le ocurrió algo, saltó de la cama y fue hasta la ventana, sin tomarse la molestia de ponerse nada sobre la camisa.

La abrió de un golpe, dejando entrar el aire gélido, y asomó la cabeza en la oscuridad. Oí un grito ahogado, y luego el ruido de algo que se arrastraba por la pizarra del techo. Jamie se asomó más, poniéndose de puntillas, y luego retrocedió despacio hacia el interior del dormitorio, mojado y respirando con dificultad por el esfuerzo. Arrastraba por el cuello a un apuesto muchacho de ropa oscura, totalmente empapado, con una mano envuelta en un trapo ensangrentado.

El visitante tropezó con el alféizar de la ventana y cayó de bruces al suelo. Se levantó enseguida y me saludó con una inclinación de cabeza, quitándose el sombrero.

—Madame —dijo, en un mal francés—. Le pido disculpas por llegar sin ceremonia. Sé que soy un intruso, pero acudo a mi amigo James a esta hora tan poco propicia por razones de fuerza mayor.

Era un muchacho robusto, bien parecido, de pelo castaño y rizado; sus mejillas estaban rojas por el frío y el esfuerzo. La nariz le goteaba un poco, y se la limpió con el dorso de la mano vendada.

Jamie se inclinó cortésmente ante el visitante.

—Mi casa está a su servicio, Alteza —dijo observando el desaliño de nuestro visitante.

Tenía el corbatín desatado alrededor del cuello, la camisa a medio abrochar y la bragueta parcialmente abierta. Vi que Jamie fruncía el entrecejo. Se interpuso entre mis ojos y el muchacho para protegerme.

—¿Puedo presentarle a mi esposa, Alteza? Claire, lady Broch Tuarach. Claire, te presento a Su Alteza, el príncipe Carlos, hijo del rey Jacobo de Escocia.

—Ya me lo había imaginado —dije—. Buenas noches, Alteza —dije, inclinando la cabeza y cubriéndome con la sábana. Supuse que, dadas las circunstancias, podía ser eximida de la tradicional reverencia.

El príncipe aprovechó la larga presentación de Jamie para arreglarse los pantalones y me devolvió la inclinación de cabeza imbuido de nuevo de su dignidad real.

—Es un placer, madame —dijo, y volvió a inclinar la cabeza con mayor elegancia.

Se enderezó y se quedó en el mismo lugar, dando vueltas al sombrero e intentando pensar qué decir a continuación. Jamie, vestido sólo con su camisa, me miró a mí, luego a Carlos. Ninguno de los dos sabía qué decir.

—Bien —dije, para romper el silencio—. ¿Ha tenido un accidente, Alteza? —Miré la mano que llevaba envuelta, y bajó la vista como si la viera por primera vez.

—Sí —respondió—. Ah... no. Quiero decir que no es nada, señora. —Se puso colorado al mirarse la mano. Su manera de hablar era extraña, entre turbada y airada. Sin embargo, vi que la mancha de sangre se extendía y bajé de la cama, buscando mi bata.

—Será mejor que me deje verla —dije.

La herida, que el príncipe me mostró sin muchas ganas no era seria, pero sí extraña.

—Parece la mordedura de un animal —dije con incredulidad, mientras tocaba el pequeño semicírculo de heridas punzantes que tenía entre el pulgar y el índice. El príncipe Carlos dio un respingo cuando apreté la carne que rodeaba la herida.

—Sí —dijo—. Una mordedura de mono. ¡Una bestia asquerosa, llena de pulgas! —exclamó—. Le dije que debía librarse de ese animal. ¡Sin duda ese mono está enfermo!

Busqué mi botiquín y le apliqué un poco de ungüento de genciana.

—No debe preocupase —dije, concentrada en mi tarea—. Es decir, si el animal no tenía la rabia.

—¿Rabioso? —Se puso pálido—. ¿Cree que podría estarlo? —Era evidente que no sabía lo que significaba «rabioso», pero no quería saber nada del asunto.

—Todo es posible —respondí. Sorprendida por su aparición repentina, se me estaba ocurriendo que muchas personas se ahorrarían numerosos problemas si aquel joven sucumbiera graciosamente a una enfermedad rápida y mortal. Aun así, no podía desear que contrajese gangrena, ni rabia, y le vendé la mano cuidadosamente.

Él sonrió, volvió a inclinar la cabeza y me dio las gracias en una mezcla de francés e italiano. Mientras seguía disculpándose efusivamente por su inoportuna visita, Jamie, que se había puesto un kilt, lo condujo al piso inferior para invitarlo a una copa.

Sentí frío con la delgada bata y el camisón, de modo que volví de inmediato a la cama y me cubrí con el edredón hasta la barbilla. De modo que aquél era nuestro príncipe. Definitivamente atractivo, al menos a primera vista. Parecía muy joven, mucho más que Jamie, aunque yo sabía que Jamie sólo le llevaba uno o dos años. Su Alteza, a pesar de su desaliño, poseía encanto y bastante prepotencia. ¿Sería suficiente para llevarlo a Escocia, al frente del ejército de la restauración? Mientras me quedaba dormida, me pregunté qué estaría haciendo el heredero del trono escocés vagando por los techos parisinos en mitad de la noche, con una herida por mordedura de mono en la mano.

La pregunta todavía flotaba en mi mente cuando Jamie me despertó al entrar en la cama y plantar sus pies helados en mis piernas.

—No grites así o despertarás a los sirvientes.

—¿Qué demonios hacía Carlos Estuardo por los tejados con un mono? —pregunté, apartándome de él—. Y quítame esos cubos de hielo de encima.

—Visitar a su amante —resumió Jamie—. Está bien, está bien; deja de darme patadas. —Quitó los pies y me abrazó; tiritaba cuando me giré.

—¿Tiene una amante? ¿Quién? —Estimulada por el frío y el chismorreo, me estaba despertando rápidamente.

—Louise de La Tour —explicó, reticente, ante mi insistencia.

Su nariz parecía más larga y más fina de lo normal. Tener una amante no estaba bien para aquel escocés católico, aunque aceptaba el hecho de que la realeza tuviera ciertos privilegios en ese sentido. Pero la princesa Louise de La Tour estaba casada. Y, realeza o no, tener a una mujer casada por amante era francamente inmoral, por mucho que su primo Jared también lo hiciera.

—¡Ja! —exclamé con satisfacción—. ¡Lo sabía!

—Dice que está enamorado de ella —dijo, lacónicamente, estirando los cobertores hasta cubrirse los hombros—. E insiste en que ella también lo está, y en que ella le ha sido fiel estos últimos tres meses. ¡Bah!

—Pues son cosas que pasan —dije, divertida—. ¿De modo que la estaba visitando? Pero ¿cómo ha terminado en el tejado? ¿Te lo ha dicho?

—Sí, me lo ha dicho.

Tras entrar en calor con el mejor oporto añejo de Jared, Carlos se había sincerado. Aquella noche la fuerza de su amor había

sido puesta a prueba, según Carlos, por la devoción que su enamorada profesaba a su mascota, un mono de muy mal genio que
odiaba a Carlos y que contaba con medios efectivos para expresar
sus opiniones. A modo de burla, el príncipe había chasqueado los
dedos bajo la nariz del mono y había recibido un gran mordisco
en la mano, además de los duros reproches de su amante. La
pareja había discutido acaloradamente, hasta que Louise, *prin-
cesse* de Rohan, terminó ordenando a Carlos que se marchara.
Éste dijo que eso era exactamente lo que iba a hacer y añadió,
dramáticamente, que no regresaría jamás.

Pero el regreso del marido, que se había instalado cómodamente en la antesala a beber coñac, había retrasado su partida.

—No quería quedarse con su dama —dijo Jamie, sonriendo
ante la idea— pero tampoco podía salir por la puerta, así que se
ha quitado el cinturón y ha saltado al tejado. Ha llegado casi
hasta la calle, dice, por las tuberías de desagüe, pero lo ha descubierto un guardia y ha tenido que volver a subir para que no lo
vieran. Ha pasado un rato sorteando chimeneas y saltando por
tejados mojados, hasta que se ha acordado de que nuestra casa
estaba tres edificios más allá, y los tejados, lo suficientemente
cerca para saltar sobre ellos como si fueran nenúfares.

—Hum —dije, sintiendo que se me volvían a calentar los
pies—. ¿Lo has mandado a su casa en un carruaje?

—No, se ha llevado uno de los caballos del establo.

—Si ha estado bebiendo el oporto de Jared, espero que ambos
lleguen a salvo a Montmartre —señalé—. Es un largo camino.

—Será un viaje frío y húmedo, sin duda —dijo Jamie, con
la satisfacción de un hombre virtuosamente arropado en una
cama cálida con su esposa. Sopló la vela y me acercó aún más
a su pecho, acunándome.

—Se lo tiene bien merecido —susurró—. Un hombre debe
estar casado.

Los sirvientes se levantaron antes del amanecer para empezar
los preparativos de la cena a la que estaba invitado monsieur
Duverney.

—No sé para qué se molestan —le dije a Jamie, tendida sobre la cama con los ojos cerrados, escuchando el alboroto que
provenía de abajo—. Lo único que tienen que hacer es quitarle
el polvo al ajedrez y sacar una botella de coñac; no prestará atención a nada más.

Jamie se echó a reír y me dio un beso de despedida.

—No creas, voy a necesitar una buena cena si tengo que vencerlo. —Me dio una palmadita en el hombro a modo de despedida—. Voy a la bodega, Sassenach. Pero volveré a tiempo para vestirme.

Buscando algo que hacer para no estorbar a los sirvientes, decidí pedirle a un lacayo que me escoltara hasta la casa de los Rohan. Tal vez Louise necesitara consuelo, pensé, después de la pelea de la noche anterior. La curiosidad no tenía nada que ver con ello, me dije.

Cuando regresé, hacia el anochecer, encontré a Jamie sentado, con el cuello abierto y la cabellera despeinada. Estaba revisando un montón de papeles escritos. Levantó la mirada al oír la puerta y su expresión absorta se convirtió en una amplia sonrisa.

—¡Sassenach! ¡Ya estás aquí! —Bajó sus largas piernas y fue a abrazarme. Hundió su cara en mi pelo y estornudó. Volvió a estornudar y me soltó para buscar el pañuelo que llevaba en la manga, al estilo militar.

—¿Qué es ese olor, Sassenach? —inquirió apretando el pañuelo contra la nariz, justo a tiempo para reprimir otro estornudo.

Metí la mano en el escote de mi vestido y saqué un paquetito de entre los senos.

—Jazmín, rosas, jacinto y lirio del valle... Creo que también tiene ambrosía —dije mientras Jamie resoplaba y jadeaba contra el amplio pañuelo—. ¿Estás bien? —Miré a mi alrededor para buscar algún sitio donde poner el paquetito; lo dejé en una caja de papel que había sobre mi escritorio, en el otro extremo de la habitación.

—Sí. Es el... a... a... ¡achís!

—¡Dios mío! —Abrí rápidamente la ventana y me acerqué a Jamie. Obediente, sacó la cabeza y los hombros a la llovizna húmeda de la mañana y aspiró aire puro, libre de jacinto.

—Ah, eso está mejor —dijo aliviado cuando volvió a meter la cabeza. Abrió los ojos de par en par—. ¿Y ahora qué haces?

—Me lavo —le expliqué luchando con las cintas de la espalda de mi vestido—. O me preparo para hacerlo, por lo menos. Estoy cubierta de aceite de jacinto —continué—. Si no me lo quito, vas a explotar.

Jamie apretó el pañuelo contra la nariz y asintió.

—Tienes razón, Sassenach. ¿Quieres que el lacayo te traiga agua caliente?

—No, no te molestes. Con un rápido enjuague lo quitaré todo —le aseguré, desabrochando los botones lo más rápido posible. Alcé los brazos para recogerme el pelo. De repente Jamie se inclinó y me asió de la muñeca, sosteniendo mi brazo en el aire.

—¿Qué haces? —pregunté sobresaltada.

—¿Qué te has hecho, Sassenach? —preguntó. Estaba mirando mi axila.

—Me he afeitado —dije con orgullo—. O mejor dicho, me he depilado con cera. Esta mañana Louise tenía a su *servante aux petits soins*, su doncella personal, y me ha atendido a mí también.

—¿Con cera? —Jamie miró sorprendido el candelero que había junto al aguamanil, y después a mí—. ¿Te has puesto cera en las axilas?

—No ese tipo de cera —le aseguré—. Cera de abejas aromatizada. La criada la ha calentado, y después la ha extendido. Una vez fría, la arrancas —cerré los ojos al recordar— y listo.

—¿Quién es el listo? ¿Y para qué diablos haces eso? —me reprendió con severidad. Miró de cerca mi axila, sosteniendo todavía mi muñeca—. ¿Y no te ha dol... dolido... ¡achís! —Dejó caer mi brazo y se echó atrás rápidamente—. ¿No te ha dolido? —repitió, otra vez con el pañuelo en la nariz.

—Bueno, un poquito —admití—. Pero ha valido la pena, ¿no crees? —pregunté levantando ambos brazos como una bailarina y girando—. Es la primera vez que me siento completamente limpia en meses.

—¿Que ha valido la pena? —dijo, algo aturdido—. ¿Qué tiene que ver la limpieza con que te hayas arrancado todos los pelos de debajo de los brazos?

Un poco tarde me di cuenta de que ninguna de las mujeres escocesas que yo conocía se depilaba. Más aún, era casi seguro que Jamie nunca había estado lo suficiente en contacto con alguna parisina de clase alta para saber que muchas lo hacían.

—Bueno —dije. De repente me di cuenta de lo difícil que es para un antropólogo tratar de interpretar las costumbres más singulares de una tribu primitiva—. Así huelo menos —sugerí.

—¿Y qué tiene de malo tu olor? —preguntó irritado—. Por lo menos olías a mujer, no a flor. ¿Qué crees que soy, un hombre o un abejorro? ¿Puedes lavarte, Sassenach, para que pueda acercarme a menos de tres metros?

Cogí un paño y empecé a limpiarme el torso. Madame Laserre, la criada de Louise, me había pasado aceite aromatizado por todo el cuerpo; deseé que saliera con facilidad. Me resultaba desconcertante ver a Jamie caminando de un lado a otro, olisqueando el aire y mirándome como un lobo que camina alrededor de su presa.

Me puse de espaldas para sumergir el paño en la palangana, y dije, como sin darle importancia:

—También me he depilado las piernas.

Eché un vistazo por encima de mi hombro. El impacto se convirtió en estupefacción total.

—Tus piernas no huelen mal —dijo—. A menos que hayas estado caminando hundida hasta las rodillas en un establo.

Me di la vuelta y me levanté la falda hasta las rodillas, exhibiendo las delicadas curvas de la pantorrilla y la espinilla.

—Pero tienen mucho mejor aspecto —señalé—. Todas suaves, no como las de un gorila peludo.

Miró sus propias rodillas velludas, ofendido.

—¿Eso es lo que soy? ¿Un gorila?

—Tú no, ¡yo! —dije irritada.

—¡Mis piernas tienen mucho más vello del que tenían las tuyas!

—Bueno, así debe ser; ¡tú eres un hombre!

Cogió aire como para responder, y después lo dejó escapar otra vez, negando con la cabeza y murmurando algo para sí en gaélico. Volvió a sentarse en la silla y me observó con los ojos entornados, murmurando para sí de vez en cuando. Decidí no pedirle que me tradujera.

Después de haberme lavado en medio de lo que podría llamarse una atmósfera cargada de tensión, decidí intentar la reconciliación.

—Podría haber sido peor, ¿sabes? —dije, pasándome el paño por las piernas—. Louise se quitó todo el pelo del cuerpo.

Semejante afirmación hizo que volviera a hablar inglés, por lo menos temporalmente.

—¿Qué? ¿Se quitó los pelos de ahí abajo? —dijo, horrorizado, con desacostumbrada vulgaridad.

—Ajá —respondí, agradecida de que aquella visión lo hubiera distraído de mi propia y dolorosa falta de vello—. Todos los pelos. Y madame Laserre le quitó los que la cera no depiló.

—¡Virgen Santísima! —Cerró los ojos con fuerza, ya fuera para evitar la imagen o para contemplar mejor mi descripción.

Evidentemente fue esto último, pues volvió a abrir los ojos y me preguntó:

—¿Entonces ahora anda pelada como un recién nacido?

—Ella dice que a los hombres les gusta —respondí con delicadeza.

Las cejas casi le llegaron a la línea del pelo, algo difícil para alguien con una frente tan ancha.

—Me gustaría que dejaras de murmurar —dije poniendo el paño a secar sobre el respaldo de una silla—. No entiendo una palabra de lo que dices.

—Mejor así, Sassenach —respondió—. Mejor así.

12

L'Hôpital des Anges

—Está bien —me dijo Jamie en el desayuno. Me señaló con la cuchara, a modo de advertencia—: Ve. Pero llevarás a Murtagh de escolta, además del lacayo; el vecindario cercano a la catedral es pobre.

—¿Escolta? —Me enderecé en mi asiento, empujando el tazón de avena que había estado observando con poco entusiasmo—. ¡Jamie! ¿Quieres decir que no te importa que visite L'Hôpital des Anges?

—No sé si quiero decir eso con exactitud —dijo meneando la cuchara en sus gachas con seriedad—. Pero creo que me sentiré peor si no lo haces. Además, si trabajas en el hospital, no pasarás todo el tiempo con Louise de Rohan. Supongo que hay cosas peores que estar con mendigos y criminales —sentenció—. Por lo menos en un hospital no volverás a casa con tus partes íntimas afeitadas.

—Lo intentaré —le aseguré.

Había conocido a muchas enfermeras, algunas de ellas realmente buenas, que habían convertido su trabajo en una vocación. La madre Hildegarde había revertido el proceso con resultados impresionantes.

Hildegarde de Gascuña era la persona más adecuada que podía imaginarse para estar a cargo de un lugar como L'Hôpital des Anges. De casi un metro ochenta, flaca y huesuda y envuelta en lana negra, destacaba sobre sus hermanas enfermeras como un espantapájaros cuidando un sembrado de calabazas. Conserjes, pacientes, monjas, enfermeros, novicias, visitantes, boticarios, todo el mundo se veía absorbido por la fuerza de su presencia, y se arremolinaban a su alrededor siguiendo sus órdenes.

Con su estatura y su fealdad, resultaba obvio por qué había abrazado la vida religiosa: Cristo era el único hombre del cual podía esperar un abrazo.

Tenía una voz profunda y resonante; con un acento nasal gascón, retumbaba por los pasillos del hospital como las campanas de la iglesia de al lado. Pude oírla antes de verla: una voz poderosa cuyo volumen se acrecentaba a medida que se acercaba al salón donde seis damas de la corte y yo nos acurrucábamos detrás de Herr Gerstmann, como habitantes de una isla escondidos tras una endeble barricada a la espera de la llegada de un huracán.

La figura de la madre Hildegarde llenó toda la entrada. Se acercó a Herr Gerstmann con un grito de arrebato y lo besó en ambas mejillas.

—*Mon cher ami!* ¡Qué inesperado placer! Y qué repentino. ¿Qué os trae hasta aquí?

Enderezándose, nos dirigió una amplia sonrisa que permaneció intacta a medida que Herr Gerstmann explicaba nuestra misión, aunque no era difícil ver cómo los músculos de sus mejillas se endurecían hasta convertir la sonrisa en un rictus.

—Apreciamos vuestra consideración y generosidad, señoras.

La voz profunda prosiguió, explayándose con un discurso que expresaba su gratitud. Sin embargo, pude ver que sus inteligentes ojillos revelaban su intención de decidir la mejor manera de librarse de aquella molestia cuanto antes, y a la vez de sacar la mayor cantidad de dinero posible de las piadosas damas.

Tras haber tomado una decisión, golpeó las manos con fuerza. Una monja pequeña apareció en la puerta como un muñeco de resorte en una caja sorpresa.

—Hermana Angelique, ten la bondad de llevar a estas damas al dispensario —ordenó—. Dales ropa apropiada y enséñales las salas. Pueden ayudar en la distribución de la comida a los pacientes si así lo desean —dijo haciendo un gesto con la boca que daba a entender que no esperaba que la inclinación piadosa de las damas sobreviviera a la visita a las salas.

La madre Hildegarde conocía bien la naturaleza humana. Tres de las damas lograron atravesar la primera sala, en la que había pacientes con escrófula, sarna, eczema, sífilis y pitiriasis maloliente, y finalmente decidieron que su inclinación caritativa se vería satisfecha con una donación al hospital. Luego volvieron a toda prisa al dispensario para quitarse las túnicas de arpillera que nos habían proporcionado.

En el centro de la siguiente sala, un hombre alto y delgado con una chaqueta oscura estaba llevando a cabo lo que parecía ser la habilidosa amputación de una pierna; particularmente habilidosa teniendo en cuenta que el paciente no estaba sedado. Dos fornidos enfermeros lo sujetaban y una monja robusta estaba sentada sobre su pecho. Por fortuna, sus oscuras vestiduras tapaban el rostro del paciente.

Una de las damas contuvo el vómito; cuando me giré, lo único que vi fue el trasero bastante ancho de dos de las supuestas samaritanas, atascadas cadera contra cadera en la puerta que llevaba al dispensario y a la libertad. Con un último y desesperado tirón y el ruido del roce de la seda, la atravesaron y salieron corriendo precipitadamente por el oscuro pasillo, derribando casi a un celador que venía trotando con una bandeja enorme con sábanas e instrumentos quirúrgicos.

Miré a un lado y me sorprendió agradablemente constatar que Mary Hawkins seguía allí. Un poco más blanca que las vendas que, a decir verdad, tenían un tono más bien gris, y algo mareada, pero todavía allí.

—Vite! Dépêchez-vous! —gritó autoritario el cirujano al agitado celador, que organizó rápidamente su bandeja y se acercó al galope al lugar en el que se encontraba el hombre alto y moreno, sierra en mano, listo para cortar un fémur expuesto. El celador se inclinó para atar un segundo torniquete en la pierna, y luego la sierra descendió con un indescriptible sonido chirriante. Sentí lástima por Mary Hawkins, y la hice girar en dirección opuesta. Su brazo temblaba bajo mi mano, y sus labios estaban pálidos y apretados como una flor congelada.

—¿Prefieres irte? —le pregunté con amabilidad—. Estoy segura de que la madre Hildegarde puede pedirte un carruaje. —Miré por encima del hombro el pasillo oscuro—. Me temo que la condesa y madame Lambert ya se han marchado.

Mary tragó saliva, apretando la mandíbula con decisión.

—N... no —dijo—. Si tú te quedas, yo también.

Yo tenía toda la intención de quedarme. La curiosidad y el deseo de participar en el funcionamiento del hospital superaban la lástima que pudiera sentir por la sensibilidad de Mary.

La hermana Angelique había seguido caminando antes de darse cuenta de que nos habíamos detenido. Regresó y se quedó esperando con paciencia, sonriendo, como si esperara que también nosotras saliéramos huyendo. Me incliné sobre un camastro que estaba en el suelo, en el que yacía lánguidamente una mujer muy delgada, exánime, bajo una sola manta. Sus ojos nos miraron sin interés. Pero no era la mujer la que había atraído mi atención, sino un recipiente de vidrio, de forma extraña, que había en el suelo junto al camastro.

El recipiente estaba lleno de un fluido amarillo: orina, sin duda. Me sorprendí; sin un análisis químico, y ni siquiera papel de tornasol, ¿de qué utilidad podía ser una muestra de orina? Pensando en los diversos exámenes a que se sometía la orina, tuve una idea.

Cogí con cuidado el recipiente, haciendo caso omiso de la exclamación de protesta de la hermana Angelique. Olfateé. Resultó lo que yo pensaba. Debajo de las emanaciones amoniacales, el fluido tenía un olor dulzón, como a miel ácida. Vacilé, pero sólo había una sola manera de confirmarlo. Con una mueca de asco, mojé la punta de un dedo en el líquido y me lo llevé a la lengua.

Mary, que observaba atónita, tosió un poco, pero la hermana Angelique me miró con repentino interés. Coloqué la mano sobre la frente de la mujer; estaba fresca, sin fiebre.

—¿Tiene sed, madame? —pregunté a la paciente. Ya sabía la respuesta antes de que ella me la diera. Había una jarra vacía a su lado.

—Siempre, madame —respondió—. Y siempre tengo hambre. Pero no engordo por mucho que coma. —Alzó un brazo delgadísimo, con una muñeca huesuda, y lo dejó caer como si el esfuerzo la hubiera dejado exhausta.

Le di una palmadita y me despedí. Estaba emocionada por haber hecho un diagnóstico correcto, pero a la vez triste, porque sabía que en esa época no existía cura para la diabetes. La mujer tenía los días contados.

Un poco desanimada, me incorporé para seguir a la hermana Angelique, que aminoró el paso para caminar junto a mí.

—¿Puede decirme qué padece esa mujer, madame? —me preguntó con curiosidad la hermana—. ¿Tan sólo por la orina?

—No sólo por eso —respondí—. Pero sí, lo sé. Tiene...
—«¡Maldita sea! ¿Qué nombre le habrán puesto?», pensé—. Tiene... la enfermedad del azúcar. Nada de lo que come la alimenta, y su sed es tremenda. Produce enormes cantidades de orina.

La hermana Angelique asentía. Su rostro reflejaba una intensa curiosidad.

—¿Y sabe si se recuperará, madame?

—No, no mejorará —dije bruscamente—. Ya está muy avanzada. No vivirá más de un mes.

—Ah. —Alzó las cejas, y la mirada de curiosidad fue reemplazada por una de respeto—. Eso fue lo que dijo monsieur Parnelle.

—¿Y a qué se dedica cuando no está aquí? —pregunté.

La monja frunció el entrecejo, sorprendida.

—Pues, creo que es fabricante de armaduras y joyero. Pero cuando viene aquí suele oficiar de uroscopista.

Sentí que mis cejas se enarcaban.

—¿Uroscopista? —dije, incrédula—. ¿De veras existen?

—*Oui*, madame. Y él dijo lo mismo que usted sobre la pobre mujer. Nunca había conocido a una mujer que conociera la ciencia de la uroscopia —añadió la hermana Angelique, observándome con fascinación.

—Bueno, existen más cosas en el cielo y en la tierra de las que sueña vuestra filosofía, hermana —dije con amabilidad. La hermana asintió con seriedad, haciéndome sentir un poco avergonzada por la agudeza de mi comentario.

—Es verdad, madame. ¿Desea ver al caballero de la última cama? Creo que padece del hígado.

Continuamos visitando las camas, haciendo todo el circuito de la sala. Vi enfermedades que sólo había conocido en los libros de texto y heridas de todas clases, desde chichones producidos en grescas de borrachos, hasta un carretero cuyo pecho había sido aplastado por un barril.

Me detuve ante todas las camas, haciendo preguntas a los pacientes en condiciones de responder. Oía que Mary respiraba por la boca detrás de mí, pero no me volví a comprobar si se estaba apretando la nariz.

Al concluir la visita, la hermana Angelique me dedicó una sonrisa irónica.

—¿Y bien, madame? ¿Todavía desea servir al Señor ayudando a los desafortunados?

Yo ya me estaba arremangando el vestido.

—Tráigame una palangana con agua caliente y jabón, hermana —le dije.

—¿Cómo te ha ido, Sassenach? —quiso saber Jamie.

—¡Horrible! —respondí con una amplia sonrisa.

Alzó una ceja y me sonrió mientras yo yacía despatarrada sobre el sofá.

—Lo has pasado bien, ¿no?

—¡Ay, Jamie, me ha gustado tanto ser útil otra vez! He limpiado suelos y he alimentado a los enfermos con cereal, y cuando la hermana Angelique no me miraba, he logrado cambiar un par de vendajes mugrientos y abrir un absceso.

—Qué bien —dijo—. ¿Y te has acordado de comer, en medio de tanta frivolidad?

—Pues no, ya que lo mencionas, no —respondí, sintiéndome culpable—. Pero también me he olvidado de las náuseas. —Como recordando mi deuda, mi estómago hizo un ruido. Apreté un puño contra el pecho—. Tal vez debería comer algo.

—Creo que sí —dijo con tono severo, alcanzando la campana.

Me observó mientras comía pastel de carne y queso y describía entusiasmada L'Hôpital des Anges y a sus internos.

—Algunas salas están repletas: hay dos o tres personas por cama, es horrible, pero... ¿no quieres un poco? —me interrumpí—. Está muy bueno.

Miró el trozo de pastel que le tendía.

—Si crees que podrás dejar de hablar de dedos gangrenosos durante el tiempo suficiente para que la comida haga el camino desde mi esófago hasta el estómago, sí.

Algo tarde, observé la ligera palidez de sus mejillas y el aleteo de su nariz. Serví una copa de vino y se la entregué, antes de volver a mi plato.

—¿Y cómo te ha ido a ti, querido? —pregunté con modestia.

L'Hôpital des Anges se convirtió en un refugio para mí. La manera directa de monjas y pacientes suponía un gran alivio tras las intrigas y habladurías de la corte. También estaba convencida de que si no permitía que los músculos de mi cara volvieran a su expresión normal, pronto mi rostro se congelaría en una máscara.

Como se dieron cuenta de que sabía lo que hacía, y como no les pedía más que vendas o paños, las monjas pronto aceptaron mi presencia. Y tras la sorpresa inicial, debida a mi acento y mi título, lo mismo sucedió con los pacientes. El prejuicio social es un fuerza poderosa, pero se desarma ante la competencia, sobre todo cuando la demanda es urgente y la habilidad no abunda.

La madre Hildegarde, que estaba mucho más atareada, tardó más en hacer su propia valoración. Al principio sólo me hablaba para darme los buenos días, pero pronto noté sus ojillos perspicaces sobre mi persona cuando me detenía ante el lecho de un anciano con herpes o frotaba ungüento de aloe en las ampollas de un niño quemado en uno de los frecuentes incendios que hostigaban a los pobres de la ciudad.

La madre Hildegarde nunca daba la impresión de tener prisa, pero desempeñaba una gran cantidad de tareas durante el día, recorriendo las piedras grises de las salas del hospital con pasos de un metro de largo, con su pequeño perro blanco, *Bouton*, pisándole los talones.

Muy lejos de parecerse a los perritos falderos que tan populares eran entre las damas de la corte, se asemejaba a una mezcla entre un caniche y un perro salchicha, con un áspero pelaje ondulado con unos flecos que revoloteaban por los bordes de un vientre amplio y unas patas pequeñas y arqueadas. Sus pies, con pezuñas separadas y uñas negras, chasqueaban frenéticamente sobre las losas del suelo al trotar tras la madre Hildegarde, y su hocico puntiagudo casi tocaba los extensos pliegues negros de su hábito.

—¿Eso es un perro? —pregunté sorprendida a uno de los enfermeros la primera vez que vi a *Bouton* caminando por los pasillos del hospital, pisándole los talones a su ama.

El hombre dejó de barrer para mirar la cola enrollada y emplumada que desaparecía en la siguiente sala.

—Bueno —respondió—, eso dice la madre Hildegarde. No me gustaría decir lo contrario.

Cuando me hice más amiga de monjas, enfermeros y médicos visitantes, oí diversas opiniones sobre *Bouton*, que iban de la tolerancia a la superstición. Nadie sabía de dónde lo había sacado la madre, ni por qué lo tenía. Hacía años que estaba en el hospital, y tenía un rango que, a ojos de la madre Hildegarde (cuya opinión era la única que contaba), superaba el de las hermanas enfermeras y se equiparaba al de la mayoría de los médicos y boticarios que visitaban el lugar.

Algunos de los últimos lo contemplaban con suspicaz aversión, otros con jocosa afabilidad. Un cirujano se refería a él, cuando la madre Hildegarde no podía oírle, como «esa rata asquerosa»; otro, como «el conejo apestoso», y un pequeño y regordete fabricante de bragueros lo saludaba abiertamente como «Monsieur el Estropajo». Las monjas lo tenían como algo a medio camino entre una mascota y un tótem, mientras que el novicio de la catedral, al que había mordido la pierna cuando administraba los sacramentos a los pacientes, me confió que, en su opinión, *Bouton* era un demonio disfrazado de perro para llevar a cabo sus bajos propósitos.

Pese al tono poco halagador de los comentarios del sacerdote, me pareció que quizá era el más acertado, puesto que, tras observar a la pareja durante varias semanas, había llegado a la conclusión de que, de hecho, *Bouton* era pariente de la madre Hildegarde.

Le hablaba con frecuencia, pero no con el tono que se usa con los perros sino como quien discute algo importante con un igual. Cuando se detenía ante una de las camas, *Bouton* saltaba encima y olfateaba al paciente. Se sentaba, por lo general a los pies del enfermo, ladraba una vez y miraba a la madre, meneando la colita como pidiendo su opinión sobre el diagnóstico, que ella siempre le daba.

Aunque esta conducta me producía cierta curiosidad, no pude observar de cerca a la extraña pareja hasta una oscura y lluviosa mañana de marzo. Yo estaba ante la cama de un carretero de mediana edad, hablando con él mientras trataba de descubrir su mal.

Era un paciente que había ingresado la semana anterior. Una pierna había quedado atrapada en la rueda de un carro al bajar antes de que el vehículo se detuviera. Se trataba de una fractura compuesta, pero no demasiado complicada. Había colocado el hueso en su sitio y la herida parecía haber sanado bien. El tejido estaba rosado y saludable; no tenía mal olor ni rayas rojas ni estaba blando, nada que explicara por qué el hombre seguía con fiebre y tenía una orina oscura y hedionda, como si hubiera una infección.

—*Bonjour, madame.* —Era su voz profunda y sonora.

Levanté la mirada y observé la silueta imponente de la madre Hildegarde. Sentí un zumbido pasar junto a mi codo: era *Bouton*, que saltó sobre el colchón con un ruido sordo que hizo que el paciente lanzara un gemido.

—¿Qué te parece? —preguntó la madre Hildegarde. Yo no sabía si me estaba hablando a mí o al perro, pero aproveché la ocasión y dije lo que pensaba.

—De modo que debe de haber una segunda fuente de infección —dije como conclusión—, pero no la encuentro. Puede ser interna y no estar relacionada con la pierna. Una apendicitis leve, o una infección en la vejiga, quizá, aunque no hay sensibilidad abdominal.

La madre Hildegarde asintió.

—Es una posibilidad, desde luego. *¡Bouton!* —El perro ladeó la cabeza hacia su ama, quien a su vez señaló con la barbilla al paciente—. *A la bouche, Bouton!* —ordenó. El perro acercó el hocico negro y redondo que hacía honor a su nombre a la cara del carretero. El hombre levantó los párpados pesados por la fiebre pero la imponente figura de la madre Hildegarde anuló toda posibilidad de protesta.

—Abre la boca —ordenó la monja; tal fue la fuerza de su voz que el hombre obedeció, aunque los labios le temblaron ante la proximidad de *Bouton*. Era evidente que ser besado por un perro no entraba dentro de sus planes.

—No, no es ahí —dijo la madre, pensativa, observando a *Bouton*—. Mira en otra parte, *Bouton*, pero con cuidado. Recuerda que tiene una pierna rota.

Como si hubiera entendido hasta la última palabra, el perro empezó a olfatear al paciente. Examinó las axilas, puso las cortas y gruesas patas sobre su pecho y olisqueó la entrepierna. Cuando llegó a la pierna fracturada, saltó cuidadosamente sobre ella antes de apoyar el hocico contra los vendajes.

Volvió a la región de la entrepierna. «Después de todo es un perro», pensé. Olfateó la parte superior del muslo, luego se sentó y ladró una vez, meneando el rabo.

—Ahí está —dijo la madre Hildegarde, señalando una pequeña costra de color pardo justo debajo del pliegue inguinal.

—Pero está casi sana —protesté—. No hay infección.

—¿No? —La monja puso una mano en el muslo del paciente y apretó. Sus dedos musculosos dejaron un surco en la carne pálida y viscosa, y el carretero lanzó un alarido de dolor—. ¡Ah! —exclamó, satisfecha, observando las profundas marcas que había dejado su mano—. Un foco de putrefacción.

Y así era, en efecto. La costra estaba blanda en un extremo, y había pus debajo. Un corto examen en el que la madre Hildegarde sostuvo al hombre de la pierna y del hombro reveló el problema. Una larga astilla de madera que se había soltado de la rueda y se había incrustado profundamente en el muslo. No se le había prestado atención debido a la insignificante herida. Ni siquiera el paciente la había notado; sin embargo, la pierna le dolía terriblemente. A pesar de que la herida superficial había curado bien, la herida más profunda se había infectado y había formado pus alrededor de la astilla, enterrada en el tejido muscular donde no se manifestaban síntomas... por lo menos para los sentidos humanos.

Trabajé con el escalpelo para agrandar la herida superficial, utilicé un fórceps para dar un tirón suave pero firme, y extraje una astilla de siete centímetros, llena de sangre y légamo.

—No está mal, *Bouton* —le dije, reconociendo su habilidad. El perrito, feliz, sacó la rosada lengua y me olisqueó.

—Sí, eres muy buena —dijo la madre Hildegarde; esta vez no hubo duda de que se refería a mí, ya que *Bouton* era macho. El perro se inclinó hacia delante, me olfateó la mano y después me lamió los nudillos como reconociendo a un colega. Tuve que contener el impulso de limpiarme la mano en el vestido.

—Sorprendente —dije muy seria.

—Sí —coincidió la madre Hildegarde sin darle importancia, pero con una nota inconfundible de orgullo—. También es muy bueno para localizar tumores debajo de la piel. Y aunque no siempre sé lo que encuentra en el olor del aliento y de la orina, tiene un determinado ladrido que indica sin ninguna duda la presencia de un trastorno estomacal.

En aquellas circunstancias, no tenía razón para dudarlo. Incliné la cabeza hacia *Bouton* y cogí un frasco de hierba de San Juan para limpiar la infección.

—Ha sido un placer contar con tu ayuda, *Bouton*. Puedes trabajar conmigo cuando quieras.

—Muy sensato de tu parte —comentó la madre Hildegarde, mostrando sus dientes fuertes—. Muchos de los médicos y *chirurgiens* que trabajan aquí no están tan inclinados a aprovechar sus dotes.

—Pues... —No quería menospreciar la reputación de nadie, pero el modo con que miré a monsieur Voleru, que se encontraba al otro lado de la sala, debió de decirlo todo.

La madre Hildegarde se echó a reír.

—Bueno, tomamos lo que Dios nos envía, aunque a veces me pregunto si los enviará para que no se metan en problemas en otra parte. Sin embargo, nuestro cuerpo de médicos es mejor que nada... Usted —y volvió a mostrarme sus dientes, recordándome a un afable caballo de tiro— es muchísimo mejor que nada, madame.

—Gracias.

—No obstante, me he estado preguntando —continuó la madre Hildegarde, mientras me observaba aplicar la medicación— ¿por qué visitas sólo a pacientes con heridas y huesos rotos? Veo que evitas a los pacientes con manchas, tos o fiebre, y sin embargo es más común que las *maîtresses* traten esas cosas. No creo haber visto nunca una *chirurgien* mujer.

Las *maîtresses* eran las curanderas sin licencia, en su mayor parte procedentes de las provincias, que se especializaban en hierbas, cataplasmas y amuletos. Las *maîtresses sage-femme* eran las parteras, de rango superior en el conjunto de las curanderas populares. A algunas se las trataba con más respeto que a los médicos licenciados, y los pacientes de las clases más bajas las preferían, pues eran más capaces y mucho menos caras.

No me sorprendía que hubiera observado mis propensiones; hacía tiempo que me había dado cuenta de que a la madre Hildegarde se le escapaba poco de lo que ocurría en el hospital.

—No es falta de interés —le aseguré—. Es que estoy embarazada y no puedo exponerme a ninguna enfermedad contagiosa, por el bien del niño. Los huesos rotos no son contagiosos.

—Estaba pensando... —dijo la madre Hildegarde, al ver entrar una camilla—. Esta semana tenemos muchísimos de estos pacientes. No, no te vayas. —Me hizo una seña para que volviera—. La hermana Cecile lo atenderá; ya te llamará si necesita ayuda.

Los ojillos grises de la monja me observaron con curiosidad.

—Así que no sólo eres milady, sino que también estás embarazada. ¿Y tu esposo no se opone a que vengas aquí? Debe de ser un hombre muy poco común.

—Bueno, es escocés —dije a modo de explicación, sin deseos de entrar en detalles.

—Ah, escocés. —La madre Hildegarde asintió—. Claro.

La cama tembló cuando *Bouton* saltó y corrió hacia la puerta.

—Huele a un extraño —indicó la madre Hildegarde—. *Bouton* ayuda al portero además de a los médicos... pero me temo que tampoco recibe gratitud por sus servicios.

A través de las puertas dobles de entrada, oímos ladridos y una voz aterrorizada.

—¡Ah, es el padre Balmain otra vez! ¡Qué hombre! ¿Por qué no aprenderá a quedarse quieto y dejar que *Bouton* lo huela? —La madre Hildegarde se volvió apresuradamente para socorrer a su compañero, pero en el último momento se volvió y me dijo—:

Tal vez lo envíe para que te ayude mientras tranquilizo al padre Balmain. Sin duda es un hombre santo, pero no sabe apreciar el trabajo de un artista.

Comenzó a caminar hacia la puerta con sus zancadas largas y pausadas y, con una última palabra para el carretero, me volví hacia la hermana Cecile y la última cama.

Cuando entré en casa, Jamie estaba acostado en la alfombra de la sala; a su lado había un niñito sentado con las piernas cruzadas. Jamie sostenía un boliche en una mano y se cubría un ojo con la otra.

—Por supuesto que puedo —decía—. Cualquier día, y los domingos, dos veces. Observa.

Tapándose un ojo con una mano, fijó el otro en el boliche y sacudió la bola. Ésta saltó del palo, describió un arco como si estuviera guiada por radar y cayó sobre la copa con un golpecito seco.

—¿Ves? —dijo retirando la mano del ojo. Se sentó y entregó el boliche al niño—. Toma, inténtalo. —Me sonrió, metió la mano debajo de mi falda y me cogió el tobillo a modo de saludo.

—¿Te diviertes? —pregunté.

—Todavía no —respondió mientras me pellizcaba el tobillo—. Te estaba esperando, Sassenach. —Los dedos largos y cálidos se deslizaron hacia arriba, acariciándome la pantorrilla, mientras un par de claros ojos azules levantaban la vista hacia mí con inocencia. Tenía un pegote de barro seco en la mejilla y la camisa y el kilt estaban sucios.

—¿Ah, sí? —dije tratando de liberar la pierna discretamente—. Pensaba que tu amiguito era la única compañía que necesitabas.

El muchacho, que no entendía nuestros comentarios en inglés, seguía tratando de meter la bola con un ojo cerrado. Al fallar los dos primeros intentos, abrió el ojo y escudriñó el juguete, como si lo estuviera desafiando a no funcionar. Cerró el ojo otra vez, pero no completamente; lo dejó ligeramente entornado, brillando alerta bajo el grueso fleco de pestañas oscuras.

Jamie chasqueó la lengua con desaprobación, y el niño cerró rápidamente el ojo.

—No, no, Fergus, no hagas trampas, por favor —dijo Jamie cuando vio que el niño no cerraba del todo el ojo—. Juega limpio.

El niño comprendió el significado, aunque no las palabras; sonrió avergonzado, exhibiendo un par de brillantes paletas grandes y blancas, cuadradas como las de una ardilla.

La mano de Jamie dio un tirón invisible y tuve que acercarme a él para evitar caerme.

—Ah —dijo Jamie—. Fergus, aquí presente, es un hombre de mucho talento y una buena compañía cuando un hombre ha sido abandonado por su esposa y tiene que buscar distracción solo en la ciudad. —Los dedos tocaron con delicadeza la curva posterior de mi rodilla, con un cosquilleo sugerente—. Claro que no es el compañero ideal para el pasatiempo que se me ha ocurrido.

—¿Fergus? —pregunté mirando al niño e intentando hacer caso omiso de la mano de Jamie. Era un muchacho de nueve o diez años de huesos delicados. Llevaba ropa limpia y muy usada y tenía un aspecto muy francés, con la piel clara y macilenta y los ojos grandes y oscuros de un chico de la calle.

—Bueno, su verdadero nombre es Claudel, pero hemos llegado a la conclusión de que no resultaba muy varonil, por lo que lo hemos cambiado por Fergus. Un nombre apropiado para un guerrero.

Al oír su nombre, o nombres, el muchacho levantó la mirada y sonrió con timidez.

—Ésta es madame —le explicó Jamie, señalándome con la mano libre—. Puedes llamarla milady. No creo que pueda pronunciar «Broch Tuarach» —añadió mirándome— y ni siquiera «Fraser».

—Milady bastará —dije. Retorcí la pierna con más fuerza, intentando liberarme de su agarre—. ¿Podría preguntar por qué?

—¿Por qué qué? Ah, ¿por qué Fergus, quieres decir?

—Eso es precisamente lo que quiero decir. —No estaba segura de la extensión de su brazo, pero su mano se deslizaba lentamente por detrás de mi muslo—. ¡Jamie, quítame la mano de encima ahora mismo!

Los dedos salieron disparados a un lado y soltaron hábilmente la liga que sostenía mi media. Ésta se deslizó por mi pierna y se asentó alrededor del tobillo.

—¡Bestia! —Le dije. Le lancé una patada, pero la esquivó riendo.

—¿Ah, sí? ¿Bestia? ¿De qué clase?

—¡Un perro callejero! —le espeté, tratando de inclinarme para subirme la media sin caerme con los tacones. El niño, después de echarnos un vistazo breve y poco interesado, reanudó sus intentos con el boliche.

—Con respecto a Fergus —continuó—, ahora es mi empleado.

—¿Para hacer qué? Ya tenemos un muchacho que pule los cubiertos y las botas, y otro para el establo.

Jamie asintió.

—Sí. Pero nos falta un carterista. O nos faltaba.

Inspiré hondo y dejé escapar el aire lentamente.

—Claro. Supongo que no debo preguntar para qué necesitamos un carterista.

—Para robar cartas, Sassenach —respondió Jamie con calma.

—Ah —dije, comenzando a entender.

—No logré que el príncipe me dijera nada inteligente. No hace más que suspirar por Louise de La Tour, o apretar los dientes y maldecir porque han vuelto a pelearse. En cualquiera de los dos casos, lo único que quiere es emborracharse lo más rápido posible. Mar está perdiendo la paciencia con él porque se muestra altanero o taciturno. Y no logro sacarle nada a Sheridan.

El conde de Mar era el más respetado de los exiliados jacobitas escoceses en París. Si bien estaba envejeciendo, había sido un puntal para el rey Jacobo en el frustrado Alzamiento de 1715 y había seguido a su rey al exilio tras la derrota de Sheriffsmuir. Yo conocía al conde y me gustaba; era un hombre mayor y cortés con una personalidad tan recta como su espina dorsal. Hacía todo lo que podía, al parecer sin mucho éxito, por el hijo del rey. También tuve oportunidad de conocer a Thomas Sheridan, el tutor del príncipe; también anciano, era el encargado de su correspondencia y traducía su impaciencia y sus errores gramaticales a un francés y un inglés impecables.

Me senté y volví a subirme la media. Fergus, aparentemente insensible a la exposición de extremidades femeninas, hizo caso omiso y siguió concentrado en el boliche.

—Cartas, Sassenach —dijo Jamie—. Necesito las cartas. Las cartas de Roma, con el sello de los Estuardo. Las cartas de Francia, de Inglaterra, de España. Fergus puede acompañarme como mi paje, y sacarlas de la casa del príncipe, o del mensajero papal que las trae, lo que sería mejor aún, ya que así nos anticiparíamos.

»De modo que hemos hecho un trato —continuó, haciendo un gesto hacia su nuevo criado—. Fergus intentará conseguir lo que necesito, y yo le proporcionaré ropa, casa y comida y treinta escudos al año. Si lo pillan trabajando para mí, haré todo lo posible para comprar su libertad. Si no es posible y pierde una mano o una oreja, lo mantendré el resto de su vida, ya que no podrá continuar con su profesión. Y si lo mandan a la horca, le garantizo que durante un año se darán misas por su alma. Creo que es justo, ¿no?

Sentí un escalofrío en la espalda.

—¡Dios mío, Jamie! —fue lo único que atiné a decir.

Meneó la cabeza y extendió la mano para coger el boliche.

—No invoques a Dios, Sassenach, sino a san Dimas. El santo patrón de ladrones y traidores.

Jamie cogió el boliche que le daba el niño. Sacudió la muñeca y la bola de marfil se elevó en una parábola perfecta, para descender en el palo con un inevitable golpe seco.

—Ya veo —dije. Miré al nuevo empleado con interés mientras cogía el juguete que le ofrecía Jamie y volvía a intentarlo otra vez con los ojos oscuros brillando por la concentración—. ¿Dónde lo has encontrado? —pregunté con curiosidad.

—En un burdel.

—¡Ah, claro! —Observé su cara sucia y las manchas de su ropa—. Estabas allí por una razón loable, supongo.

—Oh, sí —respondió. Se recostó, rodeando las rodillas con sus brazos y sonriendo mientras observaba cómo reparaba el liguero—. Pensé que preferirías que me encontraran en un lugar así y no en un callejón oscuro, con la cabeza aplastada.

Vi que la mirada de Fergus estaba fija más allá del boliche, en una bandeja de pasteles que había sobre una mesa cercana a la pared. Una rosada lengua pequeña y puntiaguda asomó por su labio inferior.

—Creo que tu protegido tiene hambre —dije—. Dale de comer y después me contarás qué diablos ha pasado esta tarde.

—Bueno, iba camino de los muelles —comenzó mientras me obedecía y se ponía en pie— y acababa de pasar por la Rue Eglantine, cuando he empazado a sentir algo raro en la nuca.

Jamie Fraser había pasado dos años en el ejército francés, había luchado y robado con una pandilla de escoceses, y lo habían perseguido como proscrito a través de los páramos y montañas de su tierra natal. Todo aquello le había creado una sensibilidad extrema a la persecución.

No sabía si se debía al sonido de pisadas demasiado cercanas o a la vista de una sombra que no debía estar ahí, o algo menos tangible, tal vez el olor a maldad en el aire. No obstante, había aprendido que el cosquilleo de advertencia que sentía en el vello de la nuca era algo que no debía ignorar.

Enseguida obedeció los dictados de sus vértebras cervicales, y en la siguiente esquina torció a la izquierda en lugar de a la derecha, eludió un puesto de pescado, cortó camino entre una carretilla llena de pasteles humeantes y otra de calabacines frescos, y entró en una pequeña salchichería.

Apretado junto a la pared, espió a través de una cortina de patos muertos. Apenas un segundo después dos hombres entraron en el callejón: caminaban muy juntos y miraban rápidamente de un lado a otro.

Todo trabajador parisino llevaba las marcas de su oficio. Jamie no tardó en detectar el olor salado de los dos hombres. Por si el arito de oro que colgaba de la oreja del más bajo no era suficiente, el bronceado de sus caras no dejaba lugar a dudas de que eran marineros.

Acostumbrados a la superficie estrecha de los barcos y de las tabernas del puerto, los marineros rara vez caminaban en línea recta. Aquellos dos entraron en el callejón lleno de gente como anguilas por las rocas, escudriñando a mendigos, sirvientas, amas de casa y mercaderes; parecían lobos marinos en busca de una posible presa.

—Los he dejado pasar de largo —explicó Jamie— y estaba a punto de salir e ir hacia atrás cuando he visto a un tercer hombre en la esquina, que llevaba el mismo uniforme que los otros dos; el pelo grasiento, un cuchillo para pescado al costado y un palo del tamaño del antebrazo en el cinturón. Bajo y robusto, el hombre se ha quedado en la boca del callejón, manteniendo su posición ante la multitud que fluía a través del pasadizo. Era evidente que estaba montando guardia mientras sus compañeros buscaban en el callejón.

»Así que me he quedado pensando qué hacer —dijo Jamie, frotándose la nariz—. Estaba seguro en mi escondite, pero la tienda no tenía salida trasera, y me verían en cuanto saliera. —Miró hacia abajo, reflexionando, alisando la tela carmesí de su kilt. Un bárbaro pelirrojo tenía que destacar, por muy grande que fuera la multitud.

—Entonces, ¿qué has hecho? —pregunté.

Fergus, ignorando nuestra conversación, se estaba llenando los bolsillos de pasteles, haciendo una pausa de vez en cuando para dar un bocado. Jamie vio que yo observaba al niño y se encogió de hombros.

—Seguramente no está acostumbrado a comer de forma regular —explicó—. Déjalo.

—Está bien —respondí—. Pero continúa... ¿qué has hecho?

—He comprado una salchicha —explicó.

Una Dunedin, para ser exactos. Hecha de pato con especias, jamón y carne de venado, hervida, rellena y secada al sol. Una salchicha Dunedin medía cuarenta y cinco centímetros de un extremo a otro y era tan dura como la madera.

—No podía salir con la espada desenvainada —explicó Jamie— pero tampoco me gustaba la idea de pasar junto al hombre sin nadie que me protegiera y con las manos vacías.

Con la salchicha en los brazos y escudriñando la multitud que pasaba, Jamie salió al callejón y se dirigió hacia donde se encontraba el guardián.

El hombre lo miró bastante tranquilo; no parecía tener malas intenciones. Jamie habría pensado que se había equivocado en su premonición si no hubiera visto un destello en los ojos del guardián al mirar algo detrás de Jamie. Obedeciendo al instinto que lo había conservado vivo hasta el momento, se inclinó hacia delante, derribó al guardián y se dio de bruces contra las mugrientas piedras del callejón.

La multitud se dispersó con gritos de alarma. Jamie se levantó a tiempo para ver el cuchillo que le habían lanzado clavado en las tablas de un puesto.

—Si había tenido alguna duda de que era a mí a quien querían, ya no lo he dudado más —dijo con voz seca.

Jamie había guardado la salchicha y, encontrándole uso por fin, la lanzó contra la cara de uno de los atacantes.

—Creo que le he roto la nariz —dijo pensativo—. De todos modos, se ha echado atrás y he salido corriendo por la Rue Pelletier.

Los viandantes se dispersaron como gansos ante él, asustados al ver un escocés con el kilt ondeando al viento alrededor de sus rodillas. No se detuvo a mirar atrás; por los gritos de la gente, Jamie se dio cuenta de que aún lo perseguían.

Aquella parte de la ciudad no solía estar vigilada por la Guardia del rey y la multitud ofrecía poca protección, excepto como simple obstrucción que estorbaba a sus perseguidores. Nadie iba a interceder en un asunto violento a favor de un extranjero.

—La Rue Pelletier no tiene salida. Necesitaba por lo menos llegar a algún lugar donde pudiera desenvainar la espada y tener una pared a mis espaldas —explicó Jamie—. Así que he ido empujando las puertas ante las que pasaba, hasta que una se ha abierto.

Corrió por un pasillo lúgubre, pasó junto a un portero sorprendido y a través de una cortina, y llegó al centro de una habitación grande y bien iluminada, en medio del salón de una tal madame Elise. Sintió un intenso aroma a perfume.

—Ya veo —dije—. ¿Supongo que no sacarías tu espada allí?

Jamie entornó los ojos, pero no me respondió.

—Dejaré a tu imaginación, Sassenach —dijo con voz seca—, lo que se siente al llegar inesperadamente a un burdel, con una enorme salchicha.

Mi imaginación echó a volar y rompí a reír.

—¡Dios mío, me gustaría haberte visto! —exclamé.

—¡Gracias a Dios que no me has visto! —dijo con fervor. Un intenso rubor tiñó sus mejillas.

Ignorando los comentarios de las empleadas, Jamie se abrió paso entre lo que describió como un «revoltijo de extremidades desnudas», hasta que vio a Fergus apoyado contra una pared, mirándolo, atónito.

Aprovechando esta inesperada manifestación de masculinidad, Jamie cogió al muchacho por los hombros y le rogó que le indicara cómo salir sin pérdida de tiempo.

—Podía oír un alboroto en el pasillo —continuó— y he supuesto que todavía me perseguían. No quería pelear por mi vida en medio de un montón de mujeres desnudas.

—Veo que esa perspectiva era abrumadora —coincidí, frotándome el labio superior—. Pero evidentemente el niño te ha ayudado a salir.

—Sí. No ha vacilado ni un momento. «Por aquí, monsieur», me ha dicho. Hemos subido unas escaleras, hemos atravesado una habitación y hemos salido por una ventana a un tejado. —Jamie miró con cariño a su nuevo empleado.

—¿Sabes? —observé—. Algunas esposas no creerían ni media palabra de esta historia.

Jamie abrió los ojos, asombrado.

—¿No? ¿Y por qué?

—Posiblemente porque no están casadas contigo. Me alegro de que hayas escapado con la virtud intacta, pero por el momento, me interesan más los hombres que te perseguían.

—En aquel momento no he tenido mucho tiempo para pensarlo —respondió Jamie—. Y ahora que lo pienso, no sé quiénes eran, ni por qué me estaban siguiendo.

—¿Crees que querían robarte? —El dinero en efectivo era transportado entre la bodega Fraser, la Rue Tremoulins y el banco de Jared en una caja fuerte y con una guardia. Sin embargo, Jamie destacaba entre la multitud cercana a los muelles, y sin duda se sabía que era un comerciante extranjero acaudalado... en comparación con la mayoría de los habitantes de aquel vecindario.

Jamie negó con la cabeza, quitándose las costras de barro seco de la camisa.

—Podría ser. Pero no han tratado de abordarme; lo único que querían era asesinarme.

Su tono fue bastante despreocupado, pero me hizo temblar de pies a cabeza, de modo que me senté en un taburete. Me pasé la lengua por los labios resecos.

—¿Quién... quién crees que...?

Se encogió de hombros, poniéndose serio al pasar el dedo por el plato y lamérselo.

—El único hombre que me ha amenazado es el conde de Saint Germain. Pero no veo qué ganaría con asesinarme.

—Dijiste que era competidor de Jared.

—Ah, sí. Pero el conde no está interesado en vinos alemanes. No creo que se tomara la molestia de matarme sólo para arruinar el nuevo proyecto de Jared haciéndolo volver a París. Parece un poco exagerado —dijo lacónicamente—, incluso para un hombre con el temperamento del conde.

—Bueno, ¿tú crees...? —La idea me descompuso un poco, así que tuve que tragar saliva dos veces antes de continuar—. ¿Crees que ha sido por... venganza? ¿Porque tuvo que quemar el *Patagonia*?

Jamie sacudió la cabeza, desconcertado.

—Supongo que podría ser, pero ha pasado mucho tiempo. Y de ser así, ¿por qué a mí? —añadió—. Fuiste tú quien lo enfureció, Sassenach. ¿Por qué no te mata a ti, si ésa es su intención?

Mi indisposición empeoró ligeramente.

—¿Tienes que ser tan directo?

Jamie vio mi expresión y sonrió de repente, rodeándome con el brazo para consolarme.

—No, *mo duinne*. El conde tiene mal genio, pero no creo que se haya tomado la molestia ni el gasto de matarnos sólo por venganza. Si eso lo ayudara a recuperar su barco, entonces sí —añadió—, pero tal como están las cosas, creo que pagar a tres asesinos a sueldo sería tirar el dinero.

Me dio una palmadita en el hombro y se levantó.

—No, supongo que sólo ha sido un intento de robo. No te preocupes. A partir de ahora iré al puerto acompañado por Murtagh para asegurarme.

Se desperezó y quitó la última mancha del kilt.

—¿Estoy bien para ir a cenar? —preguntó, mirándose el pecho—. Ya debe de estar lista.

—¿El qué?

Abrió la puerta y un rico aroma ascendió de inmediato desde el comedor.

—La salchicha, por supuesto —dijo, con una sonrisa—. ¿No creerás que iba a tirarla?

13

Engaños

—Tres puñados de hojas de rosa cocidas, remojadas toda una noche, medio puñado de eléboro negro.

Dejé la lista de ingredientes sobre la mesa con un gesto rápido, como si quemara.

—La receta me la dio madame Rouleaux; es la mejor en esto, pero dice que es peligroso. Louise, ¿estás segura de que quieres seguir?

Tenía la cara hinchada y le temblaba el labio inferior.

—¿Qué alternativa me queda? —Cogió la receta abortiva y la contempló con una mezcla de repulsión y fascinación a la vez—. ¡Eléboro negro! ¡Hasta el nombre suena demoníaco! —exclamó.

—Pues es nauseabundo —le dije con franqueza—. Sentirás que se te salen las tripas. Pero quizá también salga el feto. Aunque no siempre da resultado. —Recordé la advertencia de monsieur Raymond: «Es peligroso esperar demasiado», y me pregunté de cuánto estaría. Seguramente de menos de seis semanas. Me lo había dicho cuando empezó a sospecharlo.

Louise me miró, sorprendida, con los ojos rojos.

—¿Lo has utilizado?

—¡Por Dios, no! —Yo misma me sorprendí ante la vehemencia de mi exclamación, y respiré hondo—. No. Pero he visto mujeres que lo han hecho... en L'Hôpital des Anges.

Las mujeres que abortaban lo hacían en la privacidad del hogar: el suyo o el de sus clientes. Los casos que venían al hospital no eran precisamente los que habían salido bien. Apoyé una mano sobre mi vientre, como si quisiera protegerlo. Louise vio mi gesto y se arrojó sobre el sofá, enterrando la cabeza entre las manos.

—¡Ojalá estuviera muerta! —gimió—. ¿Por qué no soy como tú, que esperas un bebé de un marido al que amas? —Apretó su vientre rollizo con ambas manos, mirando hacia abajo como si esperara que el bebé asomara entre los dedos.

Había varias respuestas para aquella pregunta en particular, pero no creía que quisiera oír ninguna de ellas. Inhalé profundamente y me senté junto a ella, palmeando su hombro cubierto de damasco.

—Louise —dije—. ¿Quieres tenerlo?

Levantó la cabeza y me miró, estupefacta.

—¡Por supuesto que lo quiero! —exclamó—. Es de él... de Carlos... Es... —Louise volvió a inclinar el rostro hacia sus manos, que sujetaban firmemente su vientre—. Es mío —susurró. Tras un momento, alzó el rostro lloroso y, con un patético intento de recomponerse, se limpió la nariz con la manga—. Pero no puede ser —dijo—, si lo tengo... —lanzó una mirada a la receta que estaba sobre la mesa y tragó con fuerza—, Jules se divorciaría de mí y me echaría de casa. Habría un escándalo terrible. Y podría ser excomulgada. Ni siquiera papá podría protegerme.

—Sí —convine—. Pero... —Vacilé y, a continuación, mandé al diablo toda cautela—. ¿No hay una posibilidad de que Jules crea que el bebé es suyo? —pregunté.

Me miró un instante, inexpresiva. Sentí ganas de sacudirla.

—No sé cómo, a menos que... ¡oh! —Se dio cuenta y me miró, horrorizada—. ¿Que me acueste con Jules, quieres decir? ¡Pero Carlos se pondría furioso!

—¡Pero Carlos —dije entre dientes— no está embarazado!

—No, pero... es decir... ¡no podría! —Sin embargo, la mirada de horror se iba desvaneciendo, para ser sustituida lentamente por la creciente comprensión de la posibilidad.

Yo no quería insistir demasiado, pero tampoco veía ninguna razón para que arriesgara la vida por el orgullo de Carlos Estuardo.

—¿Crees que Carlos quiere que pongas en peligro tu vida? —pregunté—. ¿Sabe lo del niño?

Louise asintió.

—Sí. Por eso reñimos la última vez. —Se sonó la nariz—. Se enfadó mucho; dijo que era por mi culpa, que debí haber esperado hasta que él reclamara el trono de su padre. Entonces, algún día, él sería rey y vendría a buscarme y a alejarme de Jules, y haría que el Papa anulara mi matrimonio, y sus hijos podrían ser herederos de Inglaterra y Escocia... —Se le quebró la voz y volvió a lloriquear y a gimotear incoherentemente contra un pliegue de su falda.

Levanté los ojos al cielo, exasperada.

—¡Por Dios, cállate, Louise! —dije. La sorprendí lo suficiente para que dejara de llorar por un momento, al menos. Aproveché la pausa para insistir—. Mira —dije tratando de ser persuasiva—, no supondrás que Carlos quiere que sacrifiques a tu hijo, ¿no? Sea o no legítimo.

La verdad es que Carlos aprobaría cualquier decisión que quitara escollos de su camino y no le importarían las consecuencias que sufrirían Louise ni sus hijos putativos. Por otra parte, tenía una marcada tendencia hacia el romanticismo; quizá se lo podría convencer para que considerara la situación como una adversidad temporal. Evidentemente iba a necesitar la ayuda de Jamie. Sonreí al pensar en lo que diría al respecto.

—Bien... —Louise vacilaba. Estaba claro que quería dejarse convencer. Sentí una momentánea punzada de lástima por Jules, príncipe de Rohan, pero la visión de una joven criada muriendo en agonía sobre una hamaca extendida en el vestíbulo de piedra del hospital estaba todavía fresca en mi mente.

Casi oscurecía cuando salí de la casa de los Rohan, arrastrando los pies. Louise estaba nerviosa, arriba en su tocador. Su criada le estaba recogiendo el cabello y la estaba vistiendo con su vestido más audaz, antes de bajar a cenar en privado con su esposo. Me sentía exhausta y esperaba que Jamie no hubiera invitado a nadie a cenar; necesitaba tranquilidad.

Por suerte, no lo había hecho y, cuando entré en el estudio, Jamie estaba solo en su escritorio, leyendo atentamente tres o cuatro páginas de escritura apretada.

—¿Quién crees que es «el mercader de pieles»? ¿Luis de Francia, o su ministro Duverney? —me preguntó alzando la vista.

—Bien, gracias, querido, ¿y cómo estás tú? —dije.

—Bien —dijo concentrado en el papel. Los mechones de su coronilla estaban erizados; se masajeó el cráneo con fuerza mientras lo observaba mirar el papel con el ceño fruncido—. Estoy seguro de que «el sastre de Vendôme» debe de ser monsieur Geyer —dijo, recorriendo las líneas de la carta con un dedo—; y «nuestro mutuo amigo» podría ser el conde de Mar o posiblemente el enviado papal. Creo que es el conde, por el resto de la carta, pero...

—¿Qué diablos es eso? —pregunté, espiando por encima de su hombro. Contuve el aliento al ver la firma al pie de la página:

Jacobo Estuardo, rey de. Inglaterra y Escocia por la Gracia de Dios—. ¡Dios Santo! ¡Ha funcionado! —Me di la vuelta y vi a Fergus, encorvado sobre un taburete frente al fuego, llenándose la boca de pasteles en el comedor—. Buen chico —dije sonriéndole. Me devolvió la sonrisa con las mejillas hinchadas, como si fuera una ardilla con un pastel de castañas.

—Hemos conseguido esto del mensajero papal —me informó Jamie, volviendo en sí lo suficiente como para darse cuenta de que estaba allí—. Fergus se la ha sacado de la bolsa mientras cenaba en una venta. Debemos devolverla antes de la mañana. ¿No has tenido dificultades, Fergus?

El muchacho tragó saliva y negó con la cabeza.

—No, señor. Él duerme solo, pues teme que alguien le robe el contenido de la bolsa. —Sonrió burlón—. La segunda ventana a la izquierda, sobre los establos. —Hizo un ademán con la mano, y los dedos hábiles y mugrientos alcanzaron otro pastel—. No es nada, señor.

Tuve una repentina visión de aquella mano fina sobre un tajo, con el filo de la espada de un verdugo sobre la delgada muñeca. Tragué saliva, reprimiendo la súbita sacudida de mi estómago. Fergus llevaba una gastada medalla cobre con una cinta alrededor del cuello; la imagen de san Dimas, esperaba.

—Bueno —dije inhalando profundamente para calmarme—. ¿Y qué es eso de «mercader de pieles»?

No había tiempo para una inspección detallada. Al final hice una copia rápida de la carta, doblamos el original y reemplazamos el sello con el filo de un cuchillo calentado con la llama de una vela.

Fergus observó la operación con mirada crítica y meneó la cabeza en dirección a Jamie.

—Tiene buena traza, señor. Lástima que tenga una mano lisiada.

Jamie se miró la mano derecha. No estaba tan mal: dos dedos algo torcidos y una gruesa cicatriz atravesándole el dedo medio. El verdadero daño era en el anular, que se extendía rígido. La segunda articulación estaba tan aplastada que al sanar había fusionado los dos huesos del dedo. Jonathan Randall le había quebrado la mano en la prisión de Wentworth hacía menos de cuatro meses.

—No importa —dijo, sonriendo. Flexionó la mano y movió los dedos hacia Fergus—. Después de todo, tengo las manos demasiado grandes para ganarme la vida hurtando en los bolsillos. —Había recuperado bastante movilidad. No obstante, aún llevaba la pelota blanda de harapos que le había fabricado, y la apretaba discretamente cientos de veces al día mientras se ocupaba de sus asuntos. Y si le dolían los huesos, nunca se quejaba.

—Vete ahora —le ordenó a Fergus—. Ven enseguida y búscame cuando llegues sano y salvo; así sabré que no te ha apresado la policía ni el ventero.

Fergus arrugó la nariz, descartando la idea, pero asintió, se guardó la carta en el bolsillo y desapareció por la escalera de atrás hacia la noche, que para él era tanto un elemento natural como una protección.

Jamie lo siguió con la mirada durante un rato, después se volvió hacia mí. En realidad me miraba por primera vez, y al hacerlo las cejas se arquearon.

—¡Por Cristo, Sassenach! —exclamó—. ¡Estás más blanca que mi camisa! ¿Te encuentras bien?

—Tengo hambre, nada más —respondí.

Jamie ordenó que sirvieran la comida y comimos frente al fuego; le conté el problema de Louise mientras comíamos. Para mi sorpresa, mientras fruncía el ceño ante la situación y murmuraba entre dientes y en gaélico cosas poco halagadoras sobre Louise y Carlos Estuardo, aceptó la solución que yo proponía.

—Pensaba que te enfadarías —dije, tomando una cucharada de *cassoulet* con un poco de pan. Las judías calientes con tocino especiado me reconfortaban y me proporcionaban una sensación de bienestar. Fuera estaba frío y oscuro y el viento rugía, pero allí, juntos frente al fuego, había paz y tranquilidad.

—¿Porque Louise de La Tour le va a endilgar un bastardo a su esposo? —preguntó Jamie, frunciendo el ceño ante su propio plato, y pasando un dedo por el borde para recoger los últimos restos del caldo—. Bueno, no me parece muy bien, Sassenach. Es algo muy sucio, pero ¿qué otra cosa puede hacer la pobre mujer? —Meneó la cabeza, echó un vistazo al escritorio en el otro extremo de la sala y sonrió con ironía—. Además, no soy nadie para juzgar. ¿Acaso robar cartas, espiar y tratar de arruinar a un hombre a quien mi familia considera rey es moral? No me gustaría que me juzgaran por lo que hago.

—¡Tienes una buena razón para hacerlo! —objeté.

Jamie se encogió de hombros. La luz del fuego titilaba sobre su rostro, ahuecaba sus mejillas y hacía brillar sus pupilas.

Le hacía parecer mayor de lo que era; a veces me olvidaba de que aún no había cumplido los veinticuatro.

—Sí, bueno. Y Louise de La Tour también tiene una buena razón —opuso—. Quiere salvar una vida. Yo quiero salvar diez mil. ¿Eso justifica que arriesgue al pequeño Fergus... el negocio de Jared... y a ti? —Volvió la cabeza y me sonrió, con la luz reflejándose sobre el puente largo y recto de su nariz, y con el ojo vuelto hacia el fuego brillando como el zafiro—. No, creo que no perderé el sueño por abrir las cartas de otra persona —dijo—. No creo que sea lo peor que tengamos que hacer, Claire, y no puedo decir de antemano si mi conciencia lo resistirá; es mejor no ponerla a prueba demasiado pronto.

No podía objetar nada; lo que decía era verdad. Extendí una mano y la posé en su mejilla. Él puso la suya sobre la mía, acunándola por un instante y, a continuación, volvió la cara para besarme suavemente la palma.

—Bueno —dijo, respirando hondo y volviendo al trabajo—. Ahora que ya hemos comido, ¿echamos un vistazo a esta carta?

Era obvio que la carta estaba escrita en clave. Para despistar a posibles interceptores, según explicó Jamie.

—¿Y quién querría interceptar el correo del rey? —pregunté—. Es decir, aparte de nosotros.

Jamie se rió de mi inocencia.

—Casi cualquiera, Sassenach. Los espías de Luis, los de Duverney, los de Felipe de España. Los jacobitas y los que podrían convertirse en jacobitas si les conviene. Los que comercian con información, aquéllos a los que no les importa quién vive o quién muere; incluso el Papa: la Santa Sede ha estado apoyando a los Estuardo en el exilio durante cincuenta años... Me imagino que vigilará lo que hacen.

Apoyó un dedo sobre la copia que había hecho de la carta de Jacobo a su hijo.

—Antes de que llegara a nuestras manos han quitado el sello por lo menos tres veces —dijo.

—Entiendo. No me sorprende que Jacobo escriba sus cartas en clave. ¿Crees que descifraremos lo que dice?

Jamie cogió las hojas frunciendo el ceño.

—No lo sé. Algunas partes, sí. Pero de otras no tengo ni idea. Creo que podría solucionarlo si veo otras cartas enviadas por el rey Jacobo. Veré si Fergus puede ayudarme.

Dobló la carta y la guardó bajo llave en un cajón.

—No se puede confiar en nadie —explicó, observando cómo abría los ojos, sorprendida—. Es posible que haya espías entre los sirvientes. —Se metió la llave en el bolsillo de la chaqueta y extendió el brazo hacia mí.

Cogí la vela con una mano y su brazo con la otra, y nos dirigimos hacia la escalera. El resto de la casa estaba a oscuras; todos los sirvientes, excepto Fergus, dormían. Sentí un escalofrío al pensar que alguno de ellos podría no ser lo que parecía.

—¿No te pone nervioso no poder confiar en nadie? —pregunté mientras subíamos las escaleras.

Jamie se echó a reír suavemente.

—Bueno, yo no diría en nadie, Sassenach. Te tengo a ti, a Murtagh, a mi hermana Jenny y a su esposo Ian. Confiaría mi vida a cualquiera de los cuatro. De hecho ya lo he hecho más de una vez.

Temblé cuando retiró los cobertores de la enorme cama. Por la noche el fuego estaba apagado y la habitación se estaba enfriando.

—Cuatro personas en las que puedes confiar no parecen muchas —dije, desatando mi vestido.

Jamie se quitó la camisa y la tiró sobre la silla. Las cicatrices de su espalda parecían de plata a la tenue luz del cielo nocturno.

—Bueno —dijo con indiferencia—. Son cuatro más que las que tiene Carlos Estuardo.

Aunque aún faltaba mucho para el amanecer, un pájaro estaba cantando fuera. Un ruiseñor que practicaba sus trinos una y otra vez se posó sobre un canalón en algún lugar cercano.

Moviéndose adormilado, Jamie frotó su mejilla contra la suave piel de mi axila recientemente depilada, giró la cabeza y plantó un suave beso en el cálido hueco, enviando una pequeña y deliciosa sacudida a mi costado.

—Hum —susurró, acariciándome con suavidad las costillas—. Me encanta cuando se te pone la piel de gallina, Sassenach.

—¿Cómo, así? —respondí acariciándole la piel de la espalda con las uñas de mi mano derecha; al momento sentí la carne de gallina bajo mis dedos.

—¡Ah!

—A ti también te gusta, entonces —respondí, y continué acariciándolo.

—Hum. —Con un sensual gruñido, rodó hasta ponerse de costado, y me envolvió con los brazos mientras yo proseguía, disfrutando del repentino contacto de cada centímetro de nuestras pieles desnudas, frente a frente, de la cabeza a los pies. El cuerpo de Jamie estaba tibio como un fuego sofocado; su calor duraba toda la noche, y se encendía de nuevo en el frío oscuro del amanecer. Sus labios me mordieron con suavidad un pezón. Gemí, arquéandome levemente para alentarlo a que lo introdujera más en su boca tibia. Mis pechos estaban cada vez más grandes y más sensibles; sentía dolor y a veces escozor en los pezones, apretados bajo los vestidos ajustados, anhelando amamantar.

—¿Me dejarás hacerlo después? —susurró, con un suave mordisco—. ¿Cuando nazca el niño y tus pechos se llenen de leche? ¿Vas a alimentarme también, cerca de tu corazón?

Tomé su cabeza y la acuné, hundiendo mis dedos en su pelo suave como el de un niño, que crecía, grueso, en la base del cráneo.

—Siempre —susurré.

14

Meditaciones sobre la carne

Fergus era un experto y casi todos los días traía una nueva selección de la correspondencia del rey; a veces yo tenía que copiarla antes de la siguiente expedición de Fergus, en la que reponía los elementos robados, antes de robar las nuevas cartas.

Algunas cartas eran comunicaciones codificadas del rey Jacobo desde Roma que Jamie trataba de descifrar más tarde. El grueso de la correspondencia era inofensivo: esquelas de sus amigos en Italia, un número cada vez mayor de cuentas de mercaderes locales (Carlos era aficionado a la ropa ostentosa, las botas elegantes y el coñac) y alguna nota escrita por Louise de La Tour de Rohan. Las de Louise eran las más fáciles de descifrar; escribía con una letra tan pequeña y amanerada que parecía como si un pajarito hubiese estado caminando sobre el papel; además llevaban su marca de fábrica: el perfume de jacinto. Jamie se negaba a leerlas.

—No voy a leer sus cartas de amor —dijo con firmeza—. Incluso un conspirador debe tener algún escrúpulo. —Estornudó, y metió la última carta en el bolsillo de Fergus—. Además —añadió de manera práctica—, Louise te lo cuenta todo a ti.

Eso era verdad. Louise se había convertido en una amiga íntima y pasaba mucho tiempo en mi sala, así como yo en la suya, desesperándose por Carlos u olvidándolo al hablar de las maravillas del embarazo. ¡Nunca tenía náuseas, maldita sea! A pesar de ser tan atolondrada, yo la apreciaba, aunque era un alivio poder huir de su lado todas las tardes para ir a L'Hôpital des Anges.

No era probable que a Louise se le ocurriera visitarlo. Sin embargo, no me faltaba compañía. A pesar de su primera experiencia en el hospital, Mary Hawkins reunió valor para volver a acompañarme una y otra vez. Si bien aún no se atrevía a mirar una herida, era útil dando de comer a los pacientes y fregando el suelo, actividades que consideraba un buen cambio después de las reuniones en la corte o la vida en casa de su tío.

Aunque se escandalizaba por algunas cosas que veía en la corte (no es que viera mucho, sólo que se escandalizaba fácilmente) no parecía disgustarle la presencia del vizconde de Marigny, lo que me hacía sospechar que su familia aún no había arreglado la boda y no le habían dicho nada.

Mis sospechas se confirmaron un día, a finales de abril, cuando, de camino al hospital, me confesó ruborizándose que estaba enamorada.

—¡Ay, es tan apuesto! —exclamó con entusiasmo, casi olvidando su tartamudeo—. Y... tan espiritual, además.

—¿Espiritual? —pregunté—. Ah, qué bien.

Pensé que no era una cualidad que yo desearía en un amante, pero había toda clase de gustos.

—¿Y quién es el afortunado caballero? —le pregunté—. ¿Alguien que conozco?

El rubor se acentuó.

—No, no lo creo. —Entonces alzó la mirada, con ojos brillantes—. No debería decírtelo, pero no lo puedo evitar. Le escribió a mi padre. ¡Vendrá a París la semana que viene!

—¿De veras? —Eso sí que era interesante—. Me han dicho que el conde de Palles estará en la corte la próxima semana —dije—. Tu... pretendiente, ¿forma parte de su séquito?

Mary me miró estupefacta.

—¿Un francés? Ay, no, Claire. ¿Cómo voy a casarme con un francés?

—¿Qué tienen de malo los franceses? —pregunté, algo sorprendida ante su vehemencia—. Tú hablas francés, al fin y al cabo. —Sin embargo, tal vez ése era el problema; a pesar de que Mary hablaba muy bien francés, su timidez la hacía tartamudear aún más en ese idioma que en inglés. Tan sólo el día anterior, me había cruzado con un par de mozos de la cocina, que se entretenían con crueles imitaciones de «*la petite Anglaise maladroite*».

—¿No sabes nada acerca de los franceses? —murmuró, con los ojos muy abiertos y horrorizada—. Claro que no lo sabes. Tu esposo es tan gentil y tan amable... él no lo haría. Qu... quiero decir, sé que él no te molestaría de esa manera... —Su rostro enrojeció desde la barbilla hasta la raíz del pelo, y estaba a punto de ahogarse a causa del tartamudeo.

—¿Te refieres a...? —comencé, tratando de pensar en algún modo delicado de hacerla hablar sin especular demasiado sobre los hábitos de los franceses. Recordando lo que el señor Hawkins me había dicho sobre el padre de Mary y sus planes de boda, pensé que tal vez debería intentar aclararle los comentarios que sin duda había oído en charlas de salones y vestidores. No quería que se muriera del susto en el caso de que terminara casada con un francés.

—A lo que ha... hacen en la... la cama —susurró con voz ronca.

—Bueno —dije—, hay un límite en las cosas que pueden hacerse en la cama con un hombre, después de todo. Y dada la gran cantidad de niños que hay en la ciudad, supongo que hasta los franceses conocen bien los métodos ortodoxos.

—¡Ah! Niños... bueno, sí, por supuesto —dijo, como si lo dicho no tuviera mucha relación con lo que trataba de decirme—. P... p... pero dicen —bajó la mirada, avergonzada, y bajó aún más la voz— qu... que la... la cosa de los franceses, ya sabes...

—Sí, lo sé —dije, tratando de no perder la paciencia—. Por lo que sé, es igual a la de los demás hombres. Los ingleses y los escoceses están dotados de manera muy similar.

—Sí, pero ellos, ellos... ¡se la p... p... ponen entre las piernas a las señoras! Quiero decir, ¡dentro de ellas! —Una vez dicha esta importante noticia, Mary respiró hondo, lo cual pareció calmarla, pues el rubor de su rostro disminuyó un tanto—. Un inglés, o incluso un escocés... oh, no quería decir eso... —Se llevó la mano a la boca, avergonzada—. Pero a un hombre decente como tu esposo, ¡j... jamás se le ocurriría obligar a su esposa a soportar a... algo como eso!

Apoyé una mano sobre mi vientre ligeramente hinchado y la observé pensativa. Empezaba a comprender por qué la espiritualidad resultaba tan importante para Mary Hawkins.

—Mary —le dije—, me parece que tú y yo debemos tener una conversación.

Todavía sonreía cuando salí del gran patio del hospital, con el vestido cubierto por el hábito de novicia de tela rígida y gris.

Una buena cantidad de cirujanos, uroscopistas, componedores de huesos, médicos y otros sanadores donaban su tiempo y servicio como obra de caridad; otros iban para aprender o mejorar su habilidad, ya que los pacientes de L'Hôpital des Anges no tenían posibilidad de protestar por ser sometidos a experimentos de todo tipo.

Dejando a un lado a las monjas, el personal médico variaba casi a diario entre los profesionales que no tuvieran pacientes de pago ese día y los que tenían alguna técnica nueva que necesitaban poner a prueba. Sin embargo, la mayoría de los médicos independientes iban bastante a menudo, así que pronto aprendí a reconocer a los habituales.

Uno de los más interesantes era el hombre alto y demacrado al que había visto amputar una pierna el primer día. Averigüé que se llamaba monsieur Forez y era especialista en componer huesos. A veces realizaba las amputaciones más difíciles, en especial cuando se trataba de una extremidad entera en lugar de una articulación. Las monjas y los enfermeros parecían temerle; nunca le tomaban el pelo ni intercambiaban bromas como con los demás voluntarios.

Aquel día, Monsieur Forez estaba trabajando. Me acerqué en silencio, para ver qué hacía. El paciente, un joven obrero, yacía en el camastro, muy pálido y jadeante. Se había caído de un andamio de la catedral y se había roto un brazo y una pierna. Pude ver que el brazo no era un problema para un profesional: se trataba de una fractura simple de radio. Sin embargo, la pierna tenía una fractura doble compuesta, que afectaba al fémur medio y a la tibia. Afilados fragmentos óseos asomaban por la piel del muslo y la pantorrilla, y la piel lacerada estaba llena de moretones.

No deseaba distraer la atención del profesional, pero monsieur Forez parecía muy pensativo; caminaba lentamente alrededor del paciente, avanzando furtivamente como una enorme corneja, temiendo que la víctima estuviera ya muerta. Parecía un cuervo, con su nariz picuda y el pelo suave y negro sin empolvar peinado hacia la nuca. Su ropa también era negra y lúgubre, aunque de buena calidad. Era evidente que se ganaba bien la vida fuera del hospital.

Por fin supo qué hacer. Levantó la barbilla y miró a su alrededor en busca de ayuda. Sus ojos se posaron en mí, y me hizo un ademán para que me acercara. Yo tenía puesto el hábito de novicia y, concentrado como estaba, no advirtió que no llevaba la toca ni el velo de una monja.

—Aquí, *ma soeur* —ordenó, cogiendo el tobillo del paciente—. Agárrelo firmemente, justo detrás del talón. No apriete hasta que se lo ordene, pero cuando le dé la orden, tire del pie hacia usted. Hágalo muy despacio, pero con fuerza. Necesitará fuerza, ¿de acuerdo?

—Sí. —Cogí el pie como me indicaba; monsieur Forez se dirigió lentamente hacia el otro lado del camastro, sin dejar de contemplar la pierna fracturada.

—Tengo un estimulante que será de utilidad —dijo, sacando un pequeño vial del bolsillo de su chaqueta, y dejándolo en la cabecera del paciente—. Constriñe los vasos sanguíneos de la superficie de la piel, e impele la sangre hacia adentro, donde puede ser de mayor utilidad para nuestro joven amigo.

Diciendo esto, cogió al paciente por los pelos y le metió un medicamento en la boca sin derramar ni una gota.

—Bien —dijo con aprobación, cuando el hombre hubo tragado, e inhaló profundamente—. Eso ayudará. En cuanto al dolor... sí, será mejor si podemos entumecer la pierna, así el paciente se sentirá menos inclinado a resistirse a nuestros esfuerzos para enderezarla.

Volvió a meter la mano en su profundo bolsillo y esta vez sacó un pequeño alfiler de bronce de unos siete centímetros, con una cabeza ancha y plana. Su mano huesuda exploró con suavidad el interior del muslo del paciente, siguiendo la fina línea azul de una enorme vena bajo la piel. Los dedos vacilaron, se detuvieron y palparon en un pequeño círculo hasta detenerse en un punto. Hundiendo un índice en la piel, como para marcar el lugar, monsieur Forez apoyó la punta del alfiler en el mismo sitio. Metiendo la mano una vez más en el bolsillo de las maravillas, sacó un pequeño martillo de bronce y clavó el alfiler en la pierna de un solo golpe.

La pierna se sacudió con violencia, pero después pareció relajarse. El vasoconstrictor administrado previamente estaba haciendo efecto; el flujo de sangre de los tejidos dañados había disminuido considerablemente.

—¡Es increíble! —exclamé—. ¿Qué ha hecho?

Monsieur Forez sonrió con timidez. Sus mejillas se tiñeron de rosa por el placer que le produjo mi admiración.

—Bueno, no siempre funciona tan bien —admitió con modestia—. Esta vez he tenido suerte. —Señaló el alfiler de bronce, mientras explicaba—: Aquí, hermana, hay un gran nudo de nervios, lo que los entendidos en anatomía llaman *plexus*. Si se tiene la suerte de atravesarlo, inhibe una gran cantidad de sensaciones en la extremidad inferior. —De repente, al darse cuenta de que estaba perdiendo un tiempo que podría utilizar operando, se enderezó—. Vamos, *ma soeur* —ordenó—. ¡Vuelva a su puesto! La acción del estimulante no dura mucho; debemos trabajar rápidamente, mientras no hay hemorragia.

Casi muerta, la pierna se enderezó con facilidad y los extremos astillados del hueso volvieron a insertarse en la piel. Siguiendo las órdenes de monsieur Forez, sujeté el torso del joven mientras él maniobraba el pie y la pantorrilla, aplicando una tracción constante mientras se hacían los últimos ajustes.

—Así está bien, hermana. Ahora, si podéis sostener el pie un momento... —Con un grito, llamó a un enfermero y le hizo llevar un par de palos y algunas vendas; poco después, la pierna estaba entablillada, y las heridas, vendadas.

Monsieur Forez y yo intercambiamos una amplia sonrisa de satisfacción sobre el cuerpo de nuestro paciente.

—Ha hecho un trabajo espléndido —dije, retirando un mechón de pelo que se me había soltado durante nuestros esfuerzos.

Al darse cuenta de que no usaba velo, la expresión de monsieur Forez cambió. En aquel momento la campana de la iglesia contigua sonó, llamando a vísperas. Miré boquiabierta la enorme ventana del extremo de la sala, que no tenía cristal para permitir la salida de los vapores dañinos. Como era de esperar, el pedazo de cielo tenía el color añil del inicio del anochecer.

—Discúlpeme —dije, empezando a quitarme el hábito—. Debo irme de inmediato o mi marido se preocupará. Me alegro de haber podido ayudarlo, monsieur Forez.

El componedor de huesos me observó sorprendido.

—Pero usted... claro, no es una monja. Debí darme cuenta antes... pero... ¿quién es usted? —preguntó con curiosidad.

—Mi apellido es Fraser —dije—. Disculpe, pero debo irme, o mi esposo...

Se enderezó hasta alcanzar toda su altura y se inclinó con profunda seriedad.

—Sería un privilegio para mí escoltarla hasta su casa.

—Pues... muchas gracias —respondí, conmovida por su consideración—. Pero ya tengo quien me escolte —dije, buscando a Fergus con la mirada. Éste sustituía a Murtagh en sus labores de escolta cuando no tenía que robar algo. Allí estaba, apoyado en el marco de una puerta, retorciéndose de impaciencia. Me pregunté cuánto tiempo llevaría allí; las hermanas nunca le permitían entrar en el vestíbulo principal ni en las salas, y siempre insistían en que me esperara junto a la puerta.

Monsieur Forez examinó a mi escolta con mirada dubitativa, y luego me cogió firmemente de un codo.

—La acompañaré hasta la puerta de su casa, madame —declaró—. Esta parte de la ciudad es mucho más peligrosa por la noche, y no puede andar por ahí con un niño por compañía.

Vi que Fergus enrojecía de indignación al oír que lo llamaban niño; empezó a protestar y a decir que él era una excelente escolta y que siempre me llevaba por las calles más seguras. Monsieur Forez hizo caso omiso de nosotros y se limitó a hacer un gesto majestuoso con la cabeza a la hermana Angelique mientras me guiaba a través de las enormes puertas dobles del hospital.

Fergus me pisaba los talones, tirándome de la manga.

—¡Madame! —dijo—. ¡Madame! He prometido al amo que todos los días la llevaría a casa sana y salva, y que no le permitiría a usted ir con indeseables...

—Aquí está, madame. Siéntese aquí; su criado puede ocupar el otro asiento. —Sin hacer caso de las protestas de Fergus, monsieur Forez lo alzó y lo colocó dentro del carruaje.

El carruaje era pequeño y abierto, pero estaba elegantemente equipado, con asientos de terciopelo azul oscuro y un pequeño baldaquín para proteger a los pasajeros de las repentinas inclemencias del tiempo, o de la bazofia lanzada desde las ventanas. No había escudo de armas ni ninguna otra decoración en la portezuela; monsieur Forez no pertenecía a la nobleza, así que debía de ser un burgués rico.

Conversamos cortésmente de camino a casa, discutiendo sobre temas médicos. Fergus no se movía de su rincón, echando chispas bajo su cabello alborotado. Al llegar a la Rue Tremoulins, saltó sin esperar a que el cochero abriera la puerta y entró a toda prisa. Lo seguí con la mirada y me volví para despedirme de monsieur Forez.

—No es nada —me aseguró gentilmente, en respuesta a mi sincero agradecimiento—. Su residencia me queda de camino y no habría dejado a una dama tan gentil a merced de las calles parisinas a estas horas. Me dio la mano para ayudarme a descender, e iba a decir algo más cuando oímos que la puerta de mi casa se abría de golpe.

Detrás apareció Jamie, cuya expresión fue cambiando de airada a sorprendida.

—¡Ah! —dijo—. Buenas noches, monsieur. —Hizo una reverencia, que monsieur Forez devolvió con gran solemnidad.

—Su esposa me ha concedido el gran placer de traerla sana y salva a su puerta, milord. En cuanto a la tardanza, le ruego que no la culpe a ella sino a mí, pues ha tenido la nobleza de asistirme en L'Hôpital des Anges.

—Así habrá sido —dijo Jamie, con resignación—. Después de todo —agregó en inglés, enarcando una ceja hacia mí— no puede esperarse que un simple marido tenga los mismos derechos que un intestino inflamado o unas manchas biliosas, ¿no?

No obstante, torció la comisura de su boca y supe que no estaba molesto de verdad, solo preocupado porque no hubiera llegado a casa; sentí una punzada de arrepentimiento por haberlo preocupado. Haciendo otra reverencia a monsieur Forez, me cogió del brazo y me llevó dentro.

—¿Dónde está Fergus? —pregunté en cuanto la puerta se cerró a nuestras espaldas. Jamie soltó un bufido.

—En la cocina, esperando un castigo, supongo.

—¿Castigo? ¿Qué quieres decir? —inquirí.

Inesperadamente se echó a reír.

—Bueno —explicó—. Yo estaba sentado en el estudio, preguntándome dónde diablos andarías y a punto de ir en persona al hospital, cuando se ha abierto la puerta, ha entrado el joven Fergus y se ha arrojado a mis pies suplicándome que lo matara allí mismo.

—¿Matarlo? ¿Por qué?

—Bueno, eso mismo le he preguntado, Sassenach. Pensaba que os habrían atacado unos ladrones en el camino; hay bandas peligrosas de rufianes en las calles, y he pensado que perderte así sería lo único que lo haría comportarse de aquella manera. No obstante, ha respondido que estabas en la puerta, así que ha salido corriendo para ver si estabas bien, con Fergus pegado a mis talones, balbuceando algo sobre haber traicionado mi confianza y ser indigno de llamarme amo, y rogándome que lo golpeara hasta matarlo. Me costaba trabajo pensar con todo lo que estaba pasando, así que le he dicho que lo atendería más tarde y lo he enviado a la cocina.

—¡Maldita sea! —exclamé—. ¿De verdad cree que he traicionado tu confianza sólo porque he llegado un poquito tarde?

Jamie me miró de reojo.

—Sí. Y así ha sido, al dejarte venir en compañía de un extraño. Él jura que se habría arrojado bajo los caballos antes que permitirte entrar en el carruaje, pero que tú —añadió— parecías llevarte muy bien con el hombre.

—Bueno, por supuesto que me llevaba muy bien —respondí indignada—. Acababa de ayudarle a enderezar una pierna.

—Mmmfm. —Aquel argumento no parecía convencerlo.

—Está bien —dije, reticente—. Tal vez ha sido poco sensato por mi parte. Pero me ha parecido un hombre muy respetable, y además tenía prisa por llegar a casa... sabía que estarías preocupado. —Deseaba haber prestado más atención a las protestas y los tirones de Fergus, pero en aquel momento lo único que me preocupaba era llegar a casa lo antes posible—. No vas a pegarle, ¿no? —pregunté alarmada—. No ha tenido la culpa de nada... yo he insistido en ir con monsieur Forez, o sea que si alguien merece ser golpeado, soy yo.

Volviéndose en dirección a la cocina, Jamie arqueó una ceja irónicamente.

—Así es —dijo—. Pero como juré no hacerlo, tendré que conformarme con Fergus.

—¡Jamie! ¡No! —Me detuve de golpe, tirando de su brazo— ¡Jamie, por favor! —Entonces vi su media sonrisa y suspiré aliviada.

—No —dijo sonriendo abiertamente—. No tenía intención de matarlo, ni de golpearlo siquiera. Tendré que ir a darle un par de tirones de oreja, aunque sea para salvar su honor —añadió—. Cree que ha cometido un crimen espantoso al no cumplir mi orden de cuidarte... no puedo dejarlo pasar sin algún signo de disconformidad oficial. —Se detuvo ante la puerta acolchada de la cocina para abrocharse los puños y ajustarse el corbatín alrededor del cuello—. ¿Estoy bien? —inquirió, alisando hacia atrás su abundante cabello rebelde—. Tal vez debería ir a buscar la chaqueta; no sé cuál es la vestimenta adecuada para impartir castigos.

—Yo te veo bien —le aseguré, reprimiendo una sonrisa—. Muy severo.

—Está bien —dijo, enderezando los hombros y apretando los labios—. Espero no reírme; lo echaría todo a perder —susurró, empujando la puerta que daba a la escalera de la cocina.

La atmósfera de la cocina distaba de ser divertida. Cuando entramos, el parloteo habitual cesó al instante, y el personal se retiró rápidamente a un lado de la habitación. Todo el mundo permaneció quieto por un momento, después hubo un pequeño movimiento entre dos criadas, y Fergus avanzó hacia nosotros.

La cara del niño estaba blanca y marcada por las lágrimas, aunque ya no lloraba. Con una dignidad considerable, se inclinó primero ante mí y después ante Jamie.

—Madame, monsieur, estoy avergonzado —dijo, en voz baja pero clara—. Soy indigno de ser su empleado, sin embargo, les ruego que no me echen. —Su voz aguda tembló un poco ante la idea, y me mordí el labio. Miró a las filas de sirvientes, como si buscara apoyo, y recibió un ademán de asentimiento de Fernand, el cochero. Respirando hondo para reunir valor, se puso derecho y le habló a Jamie directamente—. Estoy listo para recibir mi castigo, señor —dijo. Como si ésta hubiera sido la señal, uno de los lacayos salió de las filas, condujo al niño a la mesa y, pasando al otro lado, cogió sus manos por encima del tablero, extendiéndoselas sobre la superficie de la mesa.

—Pero... —empezó Jamie, desconcertado ante la velocidad de los acontecimientos. No pudo continuar hablando pues Magnus, el anciano mayordomo, se acercó con aire grave y le entregó una tira de cuero que se utilizaba para afilar los cuchillos de cocina, posándola ceremoniosamente sobre la fuente para carnes—. Pues... —dijo Jamie, mirándome con impotencia.

—Hum —dije, y di un paso atrás. Con los ojos entornados, Jamie me cogió la mano y le dio un apretón.

—No, Sassenach —susurró en inglés—. ¡Si tengo que hacerlo, quiero que lo veas!

Alternando miradas desesperadas a su futura víctima y al instrumento propuesto para la ejecución del castigo, vaciló por un instante y finalmente cedió.

—¡Oh, maldita sea! —dijo en inglés, cogiendo la tira de cuero que le entregaba Magnus. Flexionó la ancha tira entre las manos: con siete centímetros de ancho y medio centímetro de grosor, era un arma formidable. Deseando estar en cualquier otro sitio, se acercó al cuerpo de Fergus.

—Está bien —dijo, echando una mirada fulminante por la habitación—. Diez golpes, y no quiero oír ni una queja. —Varias criadas palidecieron visiblemente y se aferraron unas a otras, buscando apoyo, pero un terrible silencio se extendió por la estancia cuando levantó la tira.

El impacto me hizo sobresaltarme y las cocineras soltaron grititos de alarma, pero Fergus permaneció callado. El pequeño cuerpo tembló y Jamie cerró los ojos un momento; luego apretó los labios y procedió a infligir el resto de la sentencia, espaciando uniformemente los golpes. Sentí náuseas y me sequé las palmas húmedas en la falda con disimulo. Al mismo tiempo, sentí el impulso de echarme a reír ante la terrible farsa.

Fergus soportó el castigo en silencio y, cuando Jamie terminó y dio un paso atrás, pálido y sudando, el cuerpecito estaba tan quieto que por un momento temí que hubiera muerto... del susto, más que de los efectos de la tunda. Entonces un profundo estremecimiento pareció sacudir el pequeño pecho, y el niño se deslizó hacia atrás y se alejó de la mesa.

Jamie saltó hacia delante para asirlo del brazo, alisando ansiosamente el pelo sudoroso de la frente del niño.

—¿Estás bien? —preguntó—. ¡Por Dios, Fergus, dime que estás bien!

El niño tenía los labios blancos y los ojos como platos, pero sonrió ante la buena voluntad de su amo; los dientes brillaron a la luz de la lámpara.

—Oh, sí, señor —respondió jadeando—. ¿Estoy perdonado?

—¡Jesucristo! —susurró Jamie, y apretó al niño contra su pecho—. ¡Por supuesto que sí, chico tonto! —Alejó al niño y lo sacudió un poco—. No quiero tener que volver a hacerlo, ¿me oyes?

Fergus asintió con los ojos brillantes y se arrojó de rodillas a mis pies.

—¿Usted también me perdona, madame? —preguntó, juntando las manos y levantando la mirada, como una ardilla pidiendo nueces.

Creí morir de humillación allí mismo, pero me dominé lo suficiente para extender el brazo y poner en pie al muchacho.

—No hay nada que perdonar —le dije firmemente, con las mejillas ardiendo—. Eres un niño muy valiente, Fergus. ¿Por qué no vas a comer algo?

Al decir esto, la atmósfera de la cocina se relajó, como si todo el mundo hubiera suspirado de alivio al mismo tiempo. Los demás sirvientes se acercaron, susurrando felicitaciones. Fergus fue alzado como un héroe, mientras Jamie y yo nos retiramos precipitadamente a nuestros aposentos en el piso superior.

—¡Oh, Dios! —dijo Jamie, dejándose caer en la silla como si estuviera completamente agotado—. ¡Virgen Santa! ¡Dios y María Santísima! Necesito un trago. ¡No llames! —exclamó alarmado, aunque ni siquiera me había movido hacia la campanilla—. En este momento no podría soportar enfrentarme a ninguno de los sirvientes.

Se levantó y buscó en el armario.

—Creo que tengo una botella por aquí.

La tenía, un buen whisky escocés añejo. Quitó el corcho con los dientes, bajó el nivel de la bebida unos cuantos centímetros y me la pasó. Seguí su ejemplo sin vacilar.

—¡Jesús! —exclamé cuando recuperé el aliento.

—Sí —dijo y echó otro trago. Dejó la botella y se echó las manos a la cabeza, pasando los dedos por el cabello hasta que se le quedo de punta. Rió débilmente—. Nunca me he sentido más estúpido. ¡Dios, me he sentido como un idiota!

—También yo —dije, cogiendo la botella—. Aún más que tú, me imagino. Después de todo, ha sido culpa mía. Jamie, no sabes cuánto lo siento; nunca me he imaginado...

—No te preocupes —dijo. Una vez aliviada la tensión de la última media hora, me apretó el hombro de manera afectuosa—. No podías saberlo. Yo tampoco —añadió, reflexivo—. Supongo que creía que lo iba a echar, y que volvería a la calle... pobrecillo. No me sorprende que se haya considerado afortunado de recibir una tunda.

Sentí un escalofrío al recordar las calles por las que había pasado el carruaje de monsieur Forez. Mendigos vestidos con harapos y llenos de llagas se aferraban tercamente a su territorio, durmiendo en el suelo incluso en las noches más frías, no fuera que un rival les robara una esquina provechosa. Niños mucho más pequeños que Fergus corrían a toda velocidad entre las multitudes del mercado como ratones hambrientos, siempre alerta ante cualquier migaja o bolsillo descuidado. Y a aquellos demasiado enfermos como para trabajar, poco atractivos como para ser vendidos a un burdel o, simplemente, con menos suerte, les esperaba una vida breve y poco agradable. No me extrañaba que la perspectiva de ser arrancado del lujo de tres comidas diarias y ropa limpia para ser devuelto a aquella sórdida vida hubiera sido suficiente como para provocar en Fergus los paroxismos de la culpa innecesaria.

—Supongo que sí —dije. Para entonces, había pasado de dar tragos a sorber de una manera más elegante. Saboreé el whisky y después pasé la botella. Advertí, ausente, que habíamos bebido más de la mitad—. Espero que no le hayas hecho mucho daño.

—Bueno, sin duda estará un poco dolorido. —Su acento escocés, por lo general leve, era más acusado cuando bebía mucho. Miró cuánto quedaba en la botella—. ¿Sabes que nunca me había dado cuenta de lo difícil que debió de haber sido para mi padre golpearme? Siempre pensé que era yo quien me llevaba la peor parte. —Echó la cabeza hacia atrás y volvió a beber, después apoyó la botella y observó el fuego—. Ser padre debe de ser un poco más complicado de lo que imaginaba. Tendré que pensar en ello.

—Bueno, no pienses mucho ahora —le dije—. Has bebido demasiado.

—No te preocupes —respondió alegremente—. Tengo otra botella en el armario.

15

En el que la música desempeña un papel

Estuvimos bebiendo la segunda botella hasta tarde y repasando una y otra vez la última carta enviada por el caballero de San Jorge (conocido también como Su Majestad Jacobo III) y las cartas dirigidas al príncipe Carlos por sus partidarios.

—Fergus ha conseguido un buen paquete de cartas para el rey —me explicó Jamie—. Algunas eran bastante largas y no nos daba tiempo a copiarlas, así que las guardo para la próxima remesa.

»Mira —dijo, y extrajo una hoja de la pila y la posó sobre mi rodilla—. La mayoría están escritas en clave. Como ésta: «Sé que este año las perspectivas de caza de la perdiz en Salerno son favorables; a los cazadores de esa región les va bien.» Eso es fácil. Es una referencia a Manzetti, el banquero italiano; es de Salerno. Sé que Carlos cenó con él, y logró sacarle quince mil libras. Parece que el consejo de Jacobo fue bueno. Pero aquí... —Buscó en el montón de cartas y sacó otra hoja—. Fíjate en esto —me dijo, entregándome una hoja llena de garabatos.

Miré obedientemente el papel. Había unas letras relacionadas entre sí con flechas y signos de interrogación.

—¿Qué idioma es éste? —pregunté—. ¿Polaco? —La madre de Carlos Estuardo, la difunta Clementina Sobieski, era polaca.

—No, es inglés —contestó Jamie con una sonrisa—. ¿No puedes leerla?

—¿Tú sí?

—Claro —respondió muy ufano—. Es una clave; y no muy complicada. Verás, todo lo que hay que hacer es separar las letras en grupos de cinco, sin contar las X ni las Q. La X separa las oraciones y la Q sólo sirve para confundir un poco las cosas.

—Sí tú lo dices —dije, mirando la extremadamente confusa carta, que empezaba: «Mrti ocruti dlopro qahstmin...», y la hoja escrita por Jamie, con series de cinco letras escritas en una línea, y letras sueltas escritas cuidadosamente por encima de aquéllas.

—De esta manera, una letra sólo puede ser sustituida por otra pero en el mismo orden —explicó Jamie—, así que, si se dispone de suficiente cantidad de texto para trabajar, y se adivina alguna que otra palabra, lo único que hay que hacer es traducir de un alfabeto a otro... ¿ves? —Pasó una larga hoja de papel debajo de mi nariz, con dos alfabetos paralelos, ligeramente inclinados.

—Bueno, más o menos. Supongo que tú lo entiendes, que es lo más importante. ¿Qué dice?

La expresión de vivo interés que invadía a Jamie con cualquier tipo de acertijo se desvaneció, y dejó caer la hoja en la rodilla. Me miró, mordiéndose el labio inferior, pensativo.

—Bueno —dijo— eso es lo más extraño. Y, sin embargo, no veo dónde está el error. En general, el tono de las cartas de Jacobo indica una dirección, y esta carta descifrada la señala con claridad.

Sus ojos azules bajo las espesas y rojizas cejas se encontraron con los míos.

—Jacobo quiere que Carlos se granjee la buena voluntad de Luis —respondió— pero no está buscando ayuda para invadir Escocia. Jacobo no tiene interés en la restauración.

—¿Cómo? —Le quité la carta de la mano y traté de descifrar el texto frenéticamente.

Jamie estaba en lo cierto; mientras que las cartas de los partidarios hablaban con esperanza acerca de la inminente restauración, las de Jacobo a su hijo no hacían ninguna mención a este tema, sino que manifestaban la preocupación de que Carlos causara buena impresión ante Luis. Hasta el préstamo de Manzetti estaba destinado a que Carlos viviera como un caballero en París y no a apoyar un movimiento militar.

—Creo que Jacobo es un hombre muy sagaz —concluyó Jamie, golpeando una de las cartas—. Verás, Sassenach. Él tiene muy poco dinero propio; su mujer tenía mucho, pero el tío Alex me dijo que al morir se lo dejó todo a la Iglesia. El Papa ha estado manteniéndolo, pues es un monarca católico, y el Papa prefiere apoyar sus intereses a los del elector de Hannover.

Cruzó las manos alrededor de una rodilla y observó con aire pensativo el montón de papeles.

—Felipe de España y el anterior rey Luis le proporcionaron hace unos treinta años un pequeño número de tropas y unos cuantos barcos para que recuperara su trono. Pero todo salió mal; el mal tiempo hundió varios barcos, y el resto no tenía pilotos y desembarcaron en el lugar equivocado. Al final, los franceses dieron la vuelta, sin que Jacobo llegara a pisar tierra escocesa. Quizá por eso, en los años posteriores, Jacobo abandonó la idea de recuperar el trono. Pero tiene dos hijos mayores y debe buscarles una buena posición.

»Así que me pregunto —dijo, meciéndose ligeramente hacia atrás— lo que haría yo en una situación así. La respuesta es que trataría de ver si mi buen primo Luis, que, después de todo, es el rey de Francia, puede colocar a uno de mis hijos; darle, quizá, un destino militar, con soldados bajo su mando. Ser general de Francia no es nada despreciable.

—Hum —asentí, pensativa—. Sí, pero si yo fuera muy inteligente, quizá no iría a pedirle una limosna a Luis como un pariente pobre. Enviaría a mi hijo a París, e intentaría que lo aceptara en la corte. Y mientras tanto, mantendría viva la impresión de que sigo buscando activamente mi restauración.

—Porque en cuanto Jacobo reconozca abiertamente que los Estuardo jamás volverán a reinar en Escocia —añadió Jamie con voz suave— dejará de tener valor para Luis.

Y sin la posibilidad de una invasión armada jacobita para mantener ocupados a los ingleses, Luis tendría pocos motivos para dar a su joven primo Carlos nada que no fuera el óbolo mínimo a que lo obligarían la decencia y la opinión pública.

Sólo eran especulaciones; las cartas que Jamie había podido conseguir con cuentagotas eran de enero, cuando Carlos había llegado a Francia. Y oculta en código, cifrada y con un lenguaje generalmente cauto, la situación no era clara. Pero parecía que todo apuntaba en aquella dirección.

Y si la corazonada de Jamie con respecto a los motivos del caballero era correcta, nuestra misión ya estaba cumplida; en realidad, no había llegado a existir.

Todo el día siguiente estuve abstraída reflexionando sobre los acontecimientos de la noche anterior: al visitar el salón matutino de Marie D'Arbanville para oír recitar a un poeta húngaro; al ir a un herbolario del vecindario para recoger un poco de valeriana y de raíz de lirio de Florencia y en mis rondas de la tarde en L'Hôpital des Anges.

Decidí abandonar el trabajo temprano, temerosa de dañar a alguien por accidente a causa de mi abstracción. Todavía no habían llegado Murtagh ni Fergus para escoltarme a casa, de modo que me quité la bata y me senté a esperar en la oficina vacía de la madre Hildegarde, en el vestíbulo del hospital. Hacía cerca de media hora que esperaba, aburrida, retorciendo entre los dedos la tela de mi vestido, cuando oí ladrar a *Bouton*. El portero estaba ausente, como solía suceder. Sin duda, habría ido a comprar comida, o a hacer un recado para una de las monjas. Como de costumbre durante su ausencia, el cuidado de las puertas del hospital quedaba a cargo de las eficientes patas (y dientes) de *Bouton*.

Al primer ladrido de advertencia le siguió un gruñido bajo que dio a entender al extraño que permaneciera en su sitio, bajo amenaza de un descuartizamiento instantáneo. Me levanté para ver si el padre Balmain se estaba enfrentando al demonio otra vez mientras intentaba cumplir con sus deberes sacramentales. Pero la figura que se recortaba contra la enorme vidriera del vestíbulo de entrada no era la del novicio. Era una figura alta, cuyo kilt flameaba con gracia alrededor de sus piernas mientras se alejaba del pequeño animal.

Jamie pestañeó, sorprendido por el asalto. Cubriéndose los ojos ante el resplandor de la ventana, miró hacia las sombras.

—Ah, hola, perrito —dijo educadamente, y dio un paso adelante, con los nudillos extendidos. *Bouton* gruñó un poco más fuerte y Jamie dio otro paso—. ¡Ah! Conque esas tenemos, ¿eh? —dijo. Observó al perro con los ojos entornados—. Piénsatelo bien, muchacho —le advirtió mirándolo desde su nariz larga y recta—. Soy bastante más grande que tú. Yo en tu lugar no haría tonterías.

Bouton se apartó un poco, todavía gruñendo como un avión lejano.

—Más rápido —dijo Jamie, haciendo un amago para pasar. *Bouton* trató de morderle la pantorrilla y tuvo que dar un paso hacia atrás. Inclinándose contra la pared, cruzó los brazos y se dirigió al perro—. Bueno, en eso tienes razón, tengo que admitirlo. En lo que se refiere a dientes no hay duda de que me superas.

Bouton inclinó una oreja ante este amable discurso, pero pronto volvió a gruñir.

Jamie puso un pie sobre el otro, como quien se prepara para esperar indefinidamente. La luz multicolor de la ventana pintaba su rostro de azul, dándole el aspecto de una de esas frías estatuas de mármol de la catedral de al lado.

—Tendrás algo mejor que hacer que molestar a visitantes inofensivos —dijo Jamie en tono familiar—. He oído hablar de ti... eres el famoso tipo que huele las enfermedades, ¿no? Bueno, pues ¿por qué pierdes el tiempo cuidando la puerta cuando podrías ser útil oliendo dedos con gota y traseros con pus? ¡Contéstame, por favor!

La única respuesta fue un hosco ladrido.

Se oyó un movimiento de hábitos y la madre Hildegarde entró en la oficina.

—¿Qué ocurre? —me preguntó al verme espiando por la puerta—. ¿Tenemos visita?

—*Bouton* parece tener una diferencia de opinión con mi marido —dije.

—No tengo por qué soportar esto, ¿sabes? —dijo Jamie. Una mano se deslizaba hacia el broche que sostenía su capa en el hombro—. Un rápido movimiento de mi capa y te envolveré como un... ¡ah, *bonjour*, madame! —dijo, cambiando rápidamente al francés al ver a la madre Hildegarde.

—*Bonjour*, monsieur Fraser. —La madre inclinó su velo, más para esconder una sonrisa que a guisa de saludo, pensé—. Veo que ya conoce a *Bouton*. ¿Viene en busca de su esposa?

Me pareció que era el momento de aparecer y salí de la oficina detrás de la madre. Mi devoto esposo miró primero a *Bouton* y después hacia la puerta de la oficina, sacando conclusiones.

—¿Cuánto hace que estás ahí? —preguntó secamente.

—El suficiente —respondí, con la confianza de aquel que tiene a *Bouton* de su lado—. ¿Y qué le habrías hecho, una vez envuelto en tu capa?

—Lo habría arrojado por la ventana y habría salido corriendo —respondió, con una rápida mirada de admiración a la figura imponente de la madre Hildegarde—. Por una de esas casualidades, ¿ella habla inglés?

—Por suerte para ti, no —respondí. Hablé francés para las presentaciones—. *Ma mère, je vous présente mon mari, le seigneur de Broch Tuarach.*

—Milord. —La madre Hildegarde ya había dominado su sonrisa y lo saludó afablemente—. Echaremos de menos a su esposa, pero si la necesita, por supuesto...

—No he venido a buscar a mi esposa —la interrumpió Jamie— sino a usted, *ma mère*.

En la oficina de la madre Hildegarde, Jamie colocó el montón de papeles que llevaba sobre la brillante madera del escritorio. *Bouton*, que no le perdía de vista, se echó a los pies de su ama. Apoyó el hocico sobre los pies de Jamie, pero mantuvo las orejas tiesas y el labio levantado sobre un colmillo por si necesitaban que descuartizara al visitante.

Jamie miró al perro con los ojos entornados y alejó los pies del hocico negro.

—Herr Gerstmann me recomendó que viniera a consultarle, madre, acerca de estos documentos —dijo, y después de desenrollar el grueso fajo, lo alisó con las palmas.

La madre Hildegarde observó a Jamie y alzó una gruesa ceja con aire burlón. Luego se fijó en los papeles; parecía estar plenamente concentrada en los ellos, pero se mantenía alerta para captar cualquier urgencia que tuviera lugar en los extremos más alejados del hospital.

—¿Sí? —dijo.

Con un dedo recorrió los pentagramas, uno por uno, como si pudiera oír las notas con sólo tocarlas. Dio un golpe con el dedo y apartó la página, exponiendo a medias la siguiente.

—¿Qué es lo que quiere saber, monsieur Fraser? —preguntó.

—No lo sé, madre. —Jamie estaba inclinado hacia delante, atento. Tocó las líneas negras, golpeando suavemente la mancha donde la mano del autor había rozado despreocupadamente los pentagramas antes de que la tinta se hubiera secado—. Hay algo extraño en esta música, madre.

La monja esbozó una especie de sonrisa.

—¿De veras, monsieur Fraser? Sin embargo, presumo, y espero que no se ofenda, que para usted la música es... ¿como una cerradura para la cual no tiene llave?

Jamie se echó a reír, y una hermana que pasaba por el corredor se volvió, sorprendida ante semejante sonido en los confines del hospital. El hospital era un lugar ruidoso, pero una carcajada resultaba algo inusitado.

—Una descripción muy diplomática de mi incapacidad, madre. Y totalmente cierta. Si usted cantara una de estas piezas... —el dedo de Jamie, más largo y delgado, pero casi del mismo tamaño que los de la madre Hildegarde, tocó el papel con un suave crujido—, yo no la distinguiría del Kyrieleisón o de *La Dame fait bien*... excepto por las palabras —añadió con una sonrisa.

Entonces le tocó reírse a la madre.

—¡Bueno, por lo menos entiende las palabras! —Cogió los papeles y hojeó los de arriba. Podía ver la ligera hinchazón de su garganta sobre la banda ajustada de su toca mientras leía, como si cantara en silencio para sí, y un pie que se sacudía ligeramente, manteniendo el tempo.

Jamie se quedó sentado. Apoyó en la rodilla la mano sana sobre la lisiada y se quedó observándola. Los rasgados ojos azules estaban atentos, sin hacer caso al ruido del hospital detrás de él. Los pacientes gritaban, los enfermeros y las monjas vociferaban entre sí y los familiares daban gritos de pena o de consternación. El ruido de los instrumentos metálicos resonaba en las antiguas piedras del edificio, pero ni Jamie ni la madre Hildegarde se movieron.

Por fin la madre apartó las páginas y lo miró por encima de ellas. Sus ojos brillaban como los de una jovencita.

—¡Creo que tiene razón! En este momento no tengo tiempo de pensarlo —lanzó una mirada a la puerta, tapada momentáneamente por la figura de un celador que pasaba con un saco enorme de hebras—, pero aquí hay algo extraño. —Colocó las hojas sobre el escritorio en un solo montón—. ¡Es extraordinario! —dijo.

—Sea como fuere, madre... ¿podría, con sus conocimientos, encontrar una pauta? Es fácil; tengo razones para suponer que se trata de una clave, y que el idioma del mensaje es inglés, aunque el texto de las canciones está en alemán.

La madre Hildegarde emitió un gruñido de sorpresa.

—¿En inglés? ¿Está seguro?

Jamie sacudió la cabeza.

—Seguro no, pero lo sospecho. Tenemos el país de origen; las canciones fueron enviadas desde Inglaterra.

—Bien, monsieur —dijo arqueando una ceja—. Su esposa habla inglés, ¿no? Y me imagino que estará dispuesto a renunciar a su compañía para que me asista en esta tarea.

Jamie la miró con una media sonrisa, fiel reflejo del rostro de ella. Bajó la mirada hasta sus pies, donde los bigotes de *Bouton* temblaban con un esbozo de gruñido.

—Le propongo un trato, madre —dijo—. Si su perrito no me muerde cuando me vaya, puede usted retener a mi esposa el tiempo que quiera.

Y así fue como aquella noche, en lugar de regresar a la casa de Jared en la Rue Tremoulins, compartí la cena con las hermanas del Couvent des Anges ante la larga y angosta mesa del comedor, y luego me dirigí a las habitaciones privadas de la madre Hildegarde para llevar a cabo el trabajo planeado.

Había tres cuartos en la vivienda de la superiora. El primero estaba amueblado como una sala de estar, con cierta riqueza. Después de todo, era allí donde recibía las visitas. El segundo cuarto me sorprendió, simplemente porque no lo esperaba. Al principio tuve la impresión de que lo único que contenía era un enorme clavicordio de madera de nogal lustrada y brillante, y decorado con florecitas pintadas a mano que colgaban de una rama que recorría la caja de resonancia, sobre las brillantes teclas de ébano.

Sin embargo, al mirar más detenidamente vi otros muebles en el cuarto, incluyendo un grupo de repisas en la pared llenas de obras sobre música y manuscritos cosidos a mano, muy parecidos a los que la madre Hildegarde estaba apoyando en aquel momento sobre el atril del clavicordio.

La madre me señaló una silla frente a un pequeño secreter colocado contra la pared.

—Ahí hay papel y tinta, milady. Y ahora veamos qué puede decirnos esta partitura.

La música estaba escrita en un pergamino grueso con los pentagramas bien rectos a lo largo de las páginas, y las notas, claves, pausas y alteraciones trazados con esmero; se trataba de una copia final, no de un borrador garabateado. En la parte superior de la página estaba el título *Lied des Landes*: «Canción del campo.»

—El título, como puedes ver, sugiere algo simple, como un *Volkslied* —dijo la madre Hildegarde—. Y, sin embargo, la forma de la composición es diferente. ¿Puedes leer música? —La enorme mano derecha, de nudillos grandes y uñas cortas, descendió sobre las teclas con un tacto imposiblemente delicado.

Asomándome sobre el hombro negro de la madre, entoné las tres primeras líneas, esmerándome para pronunciar el alemán. Entonces dejó de tocar y se giró para mirarme.

—Ésa es la melodía básica. Luego se repite, con variaciones, pero ¡qué variaciones! Yo he visto algo parecido, de un anciano alemán llamado Bach; de vez en cuando me envía sus cosas... —Señaló con indiferencia la repisa de manuscritos—. Las llama «Invenciones», y en realidad son bastante inteligentes; ejecuta las variaciones en dos o tres líneas melódicas simultáneamente. Esto —frunció los labios hacia el *Lied* que teníamos ante nosotras— es una burda imitación de una de esas invenciones. De hecho, juraría que... —Susurrando para sí, empujó hacia atrás el banco de nogal, se acercó a un estante y pasó el dedo rápidamente por los manuscritos.

Encontró lo que buscaba y volvió al banco con tres partituras.

—Aquí están las piezas de Bach. Son bastante viejas, hace años que no las miro. Sin embargo, estoy casi segura...

Se interrumpió, mientras hojeaba las partituras una tras otra, echando un vistazo de vez en cuando a la canción que había en el atril.

—¡Ja! —gritó triunfal al cabo de un momento, mostrándome una de las partituras de Bach—. ¿Ves?

La pieza se titulaba *Variaciones Goldberg* y estaba escrita con letra indescifrable. Toqué el papel con admiración, tragué saliva y volví la mirada a la canción. Tardé apenas un instante en darme cuenta de lo que quería indicarme la madre.

—Es cierto. ¡Es idéntica! —exclamé—. Una nota diferente aquí y allá, pero básicamente es exactamente igual al tema original de la partitura de Bach. ¡Qué raro!

—¿Verdad? —dijo, profundamente satisfecha—. Pero ¿por qué este compositor anónimo roba una melodía y la trata de esta forma?

Evidentemente se trataba de una pregunta retórica, así que no me molesté en responder; en cambio, hice otra:

—¿La música de Bach está de moda, madre?

Yo no había oído nada de Bach en los salones a los que había asistido.

—No —respondió negando con la cabeza mientras miraba la partitura—. Herr Bach no es muy conocido en Francia; creo que gozaba de cierta popularidad en Alemania y en Austria hace unos quince o veinte años, pero aun allí su música no se toca con frecuencia en público. Me temo que no es la clase de música que perdura; inteligente, pero sin corazón. Hum. Ahora bien, ¿ves esto? —preguntó dando golpecitos con el índice en diferentes páginas—. Se ha repetido la misma melodía, o casi, pero con la clave cambiada. Esto debe de haber sido lo que ha llamado la atención de tu marido; es obvio, incluso para quien no lee música, por el cambio de armadura: la *note tonique*.

Así era; cada cambio de tono iba marcado por una línea vertical doble seguida de una clave de sol y una armadura.

—Cinco cambios de tono en una pieza tan breve —observó la madre golpeando la última de manera enfática—. Y son cambios que no tienen ningún sentido, musicalmente al menos. Mira, la línea básica es la misma; sin embargo, nos movemos del tono de dos bemoles, que es *si* mayor bemol, a *la* mayor, con tres sostenidos. Más extraño aún, ¡continúa con una armadura de dos sostenidos, y sin embargo usa el *sol* sostenido!

—Muy extraño —dije.

Agregar un *sol* sostenido a la sección en *re* mayor producía el efecto de que la línea musical fuera idéntica a la sección en *la* mayor. En otras palabras, no existía ninguna razón para haber cambiado la clave.

—No sé alemán. ¿Entiende lo que dice, madre?

Ella asintió. Los pliegues del velo negro crujían con el movimiento: los ojillos estaban fijos en el manuscrito.

—¡Qué letra tan horrorosa! —murmuró para sí—. Por lo general no es de esperar que los alemanes escriban buena poesía, pero esto... —Se interrumpió, sacudiendo el velo—. Debemos suponer que, si tu marido está en lo cierto al creer que se trata de una clave, el mensaje está en estas palabras. Por lo tanto no tendrían gran importancia en sí mismas.

—¿Qué dicen?

—«Mi pastora retoza con sus corderos entre las verdes colinas» —leyó—. La gramática es horrible; claro que al escribir poesía se permiten ciertas libertades si el poeta insiste en que los versos rimen; suele ser el caso de las canciones de amor.

—¿Sabe mucho acerca de las canciones de amor, madre Hildegarde? —pregunté. Esa noche, la madre Hildegarde estaba llena de sorpresas.

—Toda pieza de música es en esencia una canción de amor —respondió—. En cuanto a tu pregunta, sí, aprendí muchas canciones de amor cuando era niña. —Sonrió con sus enormes dientes blancos como reconociendo lo difícil que debía de resultar imaginarla de niña—. Yo era una especie de prodigio, ¿sabes? Ejecutaba de memoria cualquier cosa que oía y a los siete años escribí mi primera composición. —Hizo un gesto señalando el clavicordio, que brillaba bajo su revestimiento—. Mi familia era rica; de haber sido hombre, sin duda habría sido músico. —Habló con sencillez, sin pesar.

—¿Y no habría podido componer música si se hubiera casado? —pregunté con curiosidad.

La madre Hildegarde extendió las manos grotescas a la luz de la lámpara. Yo había visto aquellas manos arrancar una daga clavada en un hueso, acomodar un hueso en su articulación o coger la cabeza ensangrentada de un bebé entre los muslos de su madre. Y también había visto aquellos dedos tocar las teclas de ébano con la delicadeza de un ángel.

—Bueno —dijo, después de un momento de reflexión—, todo es culpa de san Anselmo.

—¿De verdad?

Sonrió al ver mi expresión, y su rostro poco agraciado se transformó y se despojó de la fachada que mostraba en público.

—Sí. Cuando tenía ocho años, mi padrino, el viejo Rey Sol, me regaló un libro acerca de las vidas de los santos. Era un libro hermoso —dijo recordando—, con páginas de bordes dorados y cubiertas con adornos de joyas; era más una obra de arte que literaria. Sin embargo, lo leí. Y aunque disfruté todas las historias, en especial las de los mártires, hubo una frase en la historia de san Anselmo que dejó huella en mi alma.

Cerró los ojos y echó atrás la cabeza, recordando.

—San Anselmo era un hombre de gran sabiduría y conocimiento, un doctor de la Iglesia. Pero también era obispo, un hombre que amaba a su rebaño y cuidaba sus necesidades temporales y espirituales. La historia contaba con detalle todas sus obras y concluía con estas palabras: «Y así murió, al final de una vida eminentemente útil, y así obtuvo su corona en el paraíso.» —Hizo una pausa, doblando las manos sobre las rodillas

»Hubo algo en esas palabras que me atrajo profundamente. «Una vida eminentemente útil.» —Sonrió—. Podría pensar en muchos epitafios peores, milady. —De repente extendió las manos y se encogió de hombros.

»Yo deseaba ser útil —dijo. Entonces, descartando la conversación, volvió a concentrarse en la música—. Así que lo más

253

extraño son los cambios de tono: la *note tonique*. ¿Y eso dónde nos deja?

Abrí la boca con una ligera exclamación. Al estar hablando en francés no me había dado cuenta antes. Pero al oír a la madre Hildegarde contar su historia, había estado pensando en inglés, y cuando volví a mirar la música caí en la cuenta.

—¿Qué sucede? —preguntó la monja—. ¿Has visto algo?

—¡El tono! —exclamé, riéndome a medias—. En francés es la *note tonique*, pero en inglés se dice *key*, que quiere decir «llave». —Indiqué el gran manojo de llaves que la madre Hildegarde solía llevar en su cinturón y que había dejado en la estantería al entrar—. Eso es un *passe-partout*, ¿no es así? Una llave maestra.

—Sí —respondió ella, intrigada. Tocó la llave—. *Un passe-partout.* Pero esta otra se llama *clef.*

—¡*Clef,* clave! —exclamé con alegría—. ¡Perfecto! —Puse un dedo en la partitura—. Verá, *ma mère,* en inglés la palabra *key* se utiliza tanto para la música como para la cerrajería. En francés, *clef* significa llave, y en inglés, *clef* también forma parte de la armadura musical. Y la clave de la música también es la clave del código. ¡Jamie dijo que creía que se trataba de un código inglés! Hecho por un inglés con un sentido del humor verdaderamente diabólico —añadí.

Tras aquella pequeña reflexión, el código no resultó demasiado difícil de descifrar. Si el autor era inglés, era probable que también el mensaje en clave estuviera escrito en aquel idioma. Eso significaba que las palabras alemanas servían sólo como letras individuales. Y al haber visto el trabajo que Jamie se había tomado con los alfabetos y las letras cambiantes, me bastaron un par de intentos para encontrar el código.

—Dos bemoles significan que hay que contar cada segunda letra, empezando desde el comienzo de la sección —dije, mientras escribía deprisa los resultados—. Y tres sostenidos significan que hay que tomar cada tercera letra, comenzando al final de la sección. Supongo que utilizó el alemán para ocultar el mensaje y por la cantidad de palabras que tiene; en alemán se necesitan casi el doble de palabras para decir lo mismo que en inglés.

—Tienes tinta en la nariz —observó la madre Hildegarde. Miró por encima de mi hombro—. ¿Tiene sentido?

—Sí —respondí. De repente se me secó la boca—. Sí, tiene sentido.

Una vez descifrado, el mensaje era breve y sencillo. También profundamente turbador.

—«Los leales súbditos de Su Majestad en Inglaterra aguardan su restauración. La suma de cincuenta mil libras está a su disposición. Como prenda de buena fe, sólo se hará efectiva en forma personal, a la llegada de Su Majestad a tierra inglesa.» —Leí—. Hay una letra «S» al final. No sé si es una firma o algo que hizo el autor para que la palabra alemana fuera correcta.

—Hum. —La madre Hildegarde observó con curiosidad el mensaje garabateado y después a mí—. Tal vez ya lo sepa, por supuesto —dijo, asintiendo—, pero puedes asegurarle a tu esposo que mantendré esto en secreto.

—Si no confiara en usted no le habría pedido este favor —protesté.

La hermana alzó las gruesas cejas hasta el borde de su toca, y golpeó firmemente el papel manuscrito.

—Si ésta es una prueba de las actividades de tu marido, se arriesga demasiado al confiar en cualquiera. Asegúrale que soy consciente del honor —añadió con voz seca.

—Lo haré —dije, sonriendo.

—Caramba, *chère* madame —dijo al observarme—, ¡estás muy pálida! Suelo quedarme hasta altas horas de la noche cuando trabajo en una pieza nueva, así que por lo general no presto atención a la hora, pero para ti debe de ser tarde. —Echó un vistazo al reloj que había en la mesita junto a la puerta—. ¡Dios mío! Sí que lo es. ¿Llamo a la hermana Madeleine para que te acompañe a tu cuarto?

Jamie había accedido, muy a su pesar, a la sugerencia de la madre Hildegarde de que me quedara a pasar la noche en el convento, para no tener que volver a casa de noche por las calles oscuras.

Negué con la cabeza. Estaba cansada y me dolía la espalda de estar sentada tanto tiempo en el taburete, pero no quería ir a dormir. En cualquier caso, las implicaciones del mensaje musical eran demasiado inquietantes como para poder conciliar el sueño.

—Pues entonces, tomemos un pequeño refrigerio para celebrar nuestro éxito.

La madre Hildegarde se levantó, caminó hasta la antesala e hizo sonar una campana. Poco después llegó una monja con leche caliente y pasteles helados, seguida de *Bouton*. La hermana colocó un pastel sobre un pequeño plato de porcelana y lo dejó en el suelo frente a él como de costumbre, junto a un cuenco con leche.

Mientras sorbía mi vaso de leche caliente, la madre Hildegarde dejó a un lado el resultado de nuestro trabajo, posándolo sobre el secreter y poniendo una partitura manuscrita suelta sobre el atril del clavicordio en su lugar.

—Tocaré para ti —anunció—. Te ayudará a dormir.

La música era suave y tranquilizadora, con una melodía cantada que pasaba de una voz de soprano a un bajo en un patrón de agradable complejidad, pero sin la fuerza impulsora de Bach.

—¿Es suya? —pregunté aprovechando una pausa, cuando levantó las manos al terminar la pieza.

La madre sacudió la cabeza sin girarse.

—No. De un amigo mío, Jean-Philipe Rameau. Es buen teórico, pero no escribe con gran pasión.

Debí de haberme quedado dormida, arrullada por la música, pues me desperté de repente con la voz de la hermana Madeleine en el oído y su mano cálida y firme bajo mi brazo, poniéndome de pie y conduciéndome a mi cuarto.

Al mirar hacia atrás, pude ver la amplia y negra espalda de la madre Hildegarde y la flexión de sus fuertes hombros bajo el pliegue de su velo mientras tocaba, abstraída del mundo más allá del santuario que era su celda. En el suelo, cerca de sus pies, yacía *Bouton*, con el hocico sobre las pezuñas, y su pequeño cuerpo recto como la aguja de una brújula.

—Así que posiblemente esto ha ido más lejos de lo que parece —observó Jamie.

—¿Posiblemente? —repetí—. Una oferta de cincuenta mil libras parece algo bastante claro. —Para la época, la suma equivalía a la renta anual de un ducado de buen tamaño.

Alzó una ceja con escepticismo al ver el manuscrito musical que había traído del convento.

—Sí, claro. Una oferta semejante es bastante segura, pues depende de que Carlos o Jacobo vuelvan a Inglaterra. Si Carlos vuelve a Inglaterra, significa que también ha recibido respaldo suficiente de otros sitios para poder ir a Escocia. No —dijo frotándose la barbilla, pensativo—, lo interesante de esta oferta es que es la primera señal concreta de que los Estuardo, o al menos uno de ellos, organizan un intento de restauración.

—¿Uno de ellos? —capté el énfasis—. ¿Quieres decir que quizá Jacobo no sepa nada de esto? —Miré el mensaje en clave con más interés.

—El mensaje era para Carlos —me recordó Jamie— y vino de Inglaterra, no a través de Roma. Fergus lo consiguió del mensajero regular, en un paquete con sellos ingleses, no del mensajero papal. Y todo lo que leí en las cartas de Jacobo...

Negó con la cabeza, serio. Aún no se había afeitado y la luz de la mañana daba reflejos cobrizos a la sombra rojiza de su barba.

—El paquete ya había sido abierto; Carlos ha visto este manuscrito. No llevaba fecha, así que no sé cuánto tiempo hace que lo recibió. No tenemos las cartas que Carlos envió a su padre. Pero en ninguna de las cartas de Jacobo se habla de esto, de nadie que pudiera ser el compositor ni de cualquier promesa de apoyo por parte de Inglaterra.

Me di cuenta de la dirección en la que apuntaba.

—Y Louise de La Tour decía que Carlos pensaba anular su matrimonio para casarse con ella una vez que fuera rey. ¿Crees que quizá Carlos no estuviera haciendo sólo promesas falsas?

—Quizá no —respondió Jamie. Vertió agua del aguamanil de la habitación en la palangana y se lavó la cara, preparándose para afeitarse.

—De modo que Carlos puede estar actuando a solas —dije, horrorizada e intrigada ante la posibilidad—. Y Jacobo lo ha enviado aquí simulando que busca la restauración, para impresionar a Luis, pero en realidad...

—¿Y Carlos no simula nada? —me interrumpió Jamie—. Sí, eso es lo que parece. ¿Hay alguna toalla ahí, Sassenach?

Golpeó la superficie de la mesa con los ojos firmemente cerrados y la cara chorreando. Guardé el manuscrito y encontré la toalla, arrugada al pie de la cama. Examinó con ojo crítico la cuchilla, decidió que serviría, y se apoyó sobre mi tocador, para mirarse en el espejo mientras se aplicaba jabón de afeitado en las mejillas.

—¿Por qué es tan terrible que yo me quite el vello de piernas y axilas, y no lo es que tú te lo quites de la cara? —pregunté observando cómo estiraba el labio superior sobre los dientes, mientras rascaba debajo de la nariz con pequeños y delicados golpes.

—Lo es —respondió observándose con los ojos entornados en el espejo—. Pero pica muchísimo si no lo hago.

—¿Te has dejado barba alguna vez? —pregunté con curiosidad.

—No a propósito —respondió con media sonrisa mientras se afeitaba una mejilla—, pero la he llevado cuando no me quedaba más remedio, cuando vivía como un proscrito en Escocia. Cuando tuve que elegir entre afeitarme en el frío con una cuchilla desafilada cada mañana o el picor, elegí el picor.

Me reí, mirando cómo pasaba la cuchilla por el borde de la mandíbula en un único movimiento.

—No puedo imaginar qué aspecto tendrías con barba. Sólo te he visto en la fase de la barba de tres días.

Sonrió de un lado, mientras estiraba el otro para rascar bajo la elevada y amplia mejilla.

—La próxima vez que nos inviten a Versalles, Sassenach, pediré que nos dejen visitar el zoo real. Luis tiene una criatura que sus capitanes le trajeron de Borneo, llamada orangután. ¿Los has visto alguna vez?

—Sí —dije—, el zoo de Londres tenía un par antes de la guerra.

—Entonces ya sabes qué aspecto tengo con barba —dijo sonriéndome mientras terminaba de afeitarse la curva de la mejilla—, ralo y desaliñado. Como el vizconde Marigny —añadió—, sólo que rojo.

Como si el nombre se lo hubiera recordado, volvió al principal tema de discusión, quitándose los restos de jabón de la cara con una toalla de lino.

—Lo que debemos hacer ahora, Sassenach, es mantener los ojos bien abiertos, para ver qué ingleses hay en París. —Alzó el manuscrito de la cama y lo hojeó pensativamente—. Si alguien piensa en la posibilidad de buscar apoyo a gran escala, enviarán un mensajero personal a Carlos. Si yo estuviera arriesgando cincuenta mil libras, querría ver qué recibo por mi dinero, ¿no crees?

—Sí, claro —respondí—. Y hablando de ingleses, ¿el rey compra de forma patriótica su coñac a Jared y a ti, o prefiere al señor Silas Hawkins?

—¿El señor Silas Hawkins, que está tan ansioso por enterarse de cómo está el ambiente político en las Highlands? —Jamie movió la cabeza con admiración—. Yo pensaba que me había casado contigo porque tenías una bonita cara y un hermoso trasero. ¡Y pensar que también tienes cerebro!

Esquivó eficientemente el golpe que le lancé a la oreja y me sonrió.

—No lo sé, pero lo sabré antes de que termine el día.

16

La naturaleza del azufre

El príncipe Carlos, en efecto, compraba su coñac al señor Hawkins. Aparte de ese descubrimiento, poco avanzamos durante las cuatro semanas siguientes. Las cosas seguían como siempre. Luis de Francia seguía sin hacer caso de Carlos Estuardo. Jamie continuaba con su negocio de vinos y visitando al príncipe Carlos. Fergus seguía robando cartas. Louise, princesa de Rohan, aparecía en público del brazo de su marido, con aspecto afligido, pero floreciente. Yo seguía vomitando por la mañana, trabajando en el hospital por la tarde y sonriendo en las reuniones.

No obstante, hubo dos sucesos que parecieron prometer cierto progreso. Carlos, aburrido por el encierro, empezó a visitar las tabernas en compañía de Jamie, muchas veces sin la presencia de su tutor, el señor Sheridan, que se consideraba demasiado viejo para ir de juerga.

—¡Por Dios, este príncipe bebe como una cuba! —exclamó Jamie en cierta ocasión al regresar de un antro, oliendo a vino barato. Examinó con ojo crítico una enorme mancha que tenía en la camisa—. Tendré que encargar una camisa nueva —dijo.

—Vale la pena si te dice algo mientras está bebiendo. ¿De qué habla?

—De caza y de mujeres. —Se negó firmemente a entrar en detalles. O bien la política le importaba menos que Louise de La Tour, o era muy discreto, incluso en ausencia de su tutor, el señor Sheridan.

El otro suceso fue que monsieur Duverney, el ministro de Finanzas, perdió al ajedrez con Jamie, no una sino repetidas veces. Tal como Jamie había supuesto, monsieur Duverney estaba cada vez más empeñado en ganar, razón por la cual nos invitaban con frecuencia a Versalles, donde yo me dedicaba a recoger chismes y a evitar alcobas mientras Jamie jugaba, reuniendo una multitud que observaba con admiración, aunque yo no consideraba que fuera un juego que necesitara espectadores.

Aquella noche, Jamie y el ministro de Finanzas (un hombre pequeño, orondo y de hombros hundidos) estaban inclinados sobre el tablero de ajedrez, tan concentrados en el juego que permanecían ajenos a todo lo que les rodeaba, a pesar del murmullo de voces y el tintineo de copas a sus espaldas.

—Nunca he visto algo más aburrido que el ajedrez —murmuró una dama—. ¡Y lo llaman entretenimiento! Me entretengo más mirando cómo mi criada les quita las pulgas a los pajes negros. Por lo menos chillan y ríen un poco.

—No me molestaría que el pelirrojo chillara y riera un poco conmigo —dijo su compañera, sonriendo con encanto a Jamie, que había levantado la cabeza y observaba ausente a monsieur Duverney. Su compañera me vio, y le dio un codazo a la dama, una rubia atractiva.

Le sonreí con afabilidad, y sentí cierto placer al ver que el rubor le iba subiendo desde el cuello y le dejaba el cutis con manchas rosadas. En cuanto a Jamie, la rubia bien podría haberle acariciado la cabeza, que ni siquiera se habría enterado.

Me pregunté en qué estaría tan concentrado. Seguro que en la partida no; monsieur Duverney jugaba con mucha cautela, pero siempre utilizaba las mismas estratagemas. Los dos dedos medios de la mano derecha de Jamie se movieron ligeramente contra su muslo, un breve revoloteo breve de impaciencia que ocultó rápidamente, y supe que, fuera lo que fuera lo que estaba pensando, no era en el juego. Podría llevarle media hora más, pero tenía al rey de monsieur Duverney en la palma de la mano.

El duque de Neve estaba a mi lado. Vi que sus ojillos oscuros se fijaban en los dedos de Jamie y después se apartaban. Meditó un momento, examinando el tablero, y luego se alejó para elevar su apuesta.

Un lacayo se detuvo a mi lado, se inclinó y me ofreció otra copa de vino. La rechacé; ya había bebido suficiente aquella noche; sentía la cabeza ligera y los pies peligrosamente lejanos.

Al girarme para buscar un asiento, vi al conde de Saint Germain al otro lado de la habitación. Quizá era a él a quien miraba Jamie. El conde, a su vez, me miraba a mí; en realidad, me estaba fulminando con la mirada, con una sonrisa en los labios. No era su expresión normal, y no lo favorecía. No me preocupó, pero lo saludé con la cabeza. Después me confundí entre el grupo de damas, charlando de esto y aquello, pero tratando, siempre que podía, de llevar la conversación hacia Escocia y su rey exiliado.

Por lo general, la posible restauración de los Estuardo no parecía preocupar a la aristocracia de Francia. Cuando yo mencionaba a Carlos Estuardo, la gente ponía los ojos en blanco o se encogía de hombros. A pesar de los buenos oficios del conde de Mar y de los demás jacobitas de París, Luis se negaba a recibir a Carlos en la corte. Y un exiliado sin dinero que no gozaba del favor del rey no iba a ser invitado a reuniones sociales donde pudiera conocer a algún banquero rico.

—Al rey no le complace que su primo haya llegado a Francia sin solicitar antes su consentimiento —me dijo la condesa de Brabant, cuando introduje el tema—. Ha dicho que, por lo que a él concierne, Inglaterra puede seguir siendo protestante. Y si los ingleses arden en el infierno con Jorge de Hannover, tanto mejor. —La condesa frunció los labios con compasión—. Lo lamento, sé que ha de ser una desilusión para ustedes, pero realmente... —Se encogió de hombros.

Pensé que podríamos soportar aquella desilusión, y seguí buscando más chismes de este tipo, pero aquella noche no tuve mucho éxito. Los jacobitas, según me dieron a entender, eran muy aburridos.

—Torre por peón cinco dama —susurró Jamie cuando nos preparábamos para acostarnos. Una vez más nos habían invitado a pasar la noche en el palacio. Como la partida de ajedrez había durado hasta bien pasada la medianoche, y el ministro no quiso ni oír hablar de que viajáramos a París a semejante hora, nos habían acomodado en un pequeño *appartement* un poco mejor que el primero, según noté. Tenía una cama de plumas, con una ventana que daba al parterre del sur.

—Torres, ¿eh? —dije, deslizándome en la cama y estirándome con un gruñido—. ¿Vas a soñar con ajedrez?

Jamie asintió con un enorme bostezo que le humedeció los ojos.

—Sí, estoy seguro de que sí. Espero no molestarte, Sassenach, si enroco dormido.

Mis pies se retorcieron de placer al verse librados de mi peso y sentí un dolor placentero en la parte baja de la espalda al acomodarme para dormir.

—Si quieres, puedes hacer el pino mientras duermes —dije—. Esta noche nada podrá molestarme.

Nunca había estado más equivocada.

Pronto estaba soñando con el bebé. Estaba a punto de nacer, y pateaba y se movía dentro de mi barriga hinchada. Me llevé las manos al vientre y masajeé la piel estirada, tratando de calmar la agitación interior. Pero los retortijones no cesaban, y entonces, en el sueño, me di cuenta de que no era un niño sino una víbora lo que serpenteaba en mis entrañas. Me doblé, levantando las rodillas mientras luchaba con el reptil, dando manotazos y buscando la cabeza de la bestia que se retorcía bajo mi piel. Tenía la piel caliente, y mis intestinos se retorcían, convirtiéndose a su vez en serpientes, que mordían y se sacudían entre sí.

—¡Claire! ¡Despierta, querida! ¿Qué te pasa? —Las sacudidas y los gritos me despertaron. Estaba en la cama, Jamie tenía la mano sobre mi hombro y las sábanas de lino me tapaban. Pero las víboras seguían retorciéndose dentro de mí, y me puse a gemir, con un sonido que me alarmó a mí tanto como a Jamie.

Él apartó las sábanas y me puso de espaldas, tratando de bajarme las rodillas. Yo seguía doblada, agarrándome el estómago e intentando contener las terribles punzadas de dolor que me perforaban.

Jamie me cubrió con el edredón y salió corriendo de la habitación; apenas se detuvo para coger el kilt de la silla.

Yo sólo me concentraba en mi agonía. Me zumbaban los oídos y un sudor frío me empapaba la cara.

—¿Madame? ¡Madame!

Abrí los ojos lo suficiente para ver a la criada asignada a nuestro *appartement* con los ojos frenéticos y toda despeinada, inclinada sobre la cama. Jamie, medio desnudo y más frenético aún, estaba detrás de ella. Cerré los ojos sin dejar de gemir, pero antes vi que Jamie la cogía del hombro con suficiente fuerza como para soltar los rizos que recogía el gorro de dormir.

—¿Está perdiendo el bebé?

Parecía muy probable. Me retorcí en la cama, gruñendo, y me encogí aún más, como protegiéndome del dolor.

El rumor de voces iba en aumento, la mayoría de ellas femeninas, y varias manos me tocaron y empujaron. En medio del rumor oí una voz masculina; no era Jamie, sino un francés. A instancias de la voz, algunas manos agarraron mis tobillos y mis hombros y me estiraron sobre la cama.

Una mano se metió debajo de mi camisón y me palpó el vientre. Abrí los ojos, jadeante, y vi a monsieur Flèche, el médico real, arrodillado junto a la cama y muy serio. Debí haberme sentido honrada ante esta muestra de favor real, pero no tuve tiempo para eso. La naturaleza del dolor parecía estar cambiando; si bien los espasmos eran más fuertes, se habían vuelto más o menos constantes; sin embargo, parecían moverse, trasladarse desde lo alto de mi abdomen hacia abajo.

—No es un aborto —aseguró monsieur Flèche a Jamie, que miraba por encima de su hombro—. No hay hemorragia.

Una de las criadas observaba horrorizada las cicatrices de su espalda. Tiró a su compañera de la manga, para que las viera.

—Quizá sea una inflamación de la vejiga —decía monsieur Flèche— o un espasmo hepático.

—Idiota —dije, con los dientes apretados.

Monsieur Flèche me miró altivamente, calzándose tardíamente los quevedos con borde de oro para aumentar el efecto. Apoyó una mano sobre mi frente húmeda, tapándome los ojos para que no pudiera seguir mirándolo.

—Lo más probable es que sea el hígado —le decía a Jamie—. Un golpe en la vejiga produce la acumulación de humores biliosos en la sangre, lo cual causa dolor y locura temporal —añadió con autoridad, apretándome más mientras me retorcía de un lado a otro—. Hay que hacerle una sangría de inmediato. ¡Platón, la palangana!

Me solté y aparté la mano que me tapaba los ojos.

—¡Apártate de mí, maldito matasanos! ¡Jamie! ¡No permitas que me toquen con eso! —grité.

Platón, el asistente de monsieur Flèche, se acercaba con una lanceta y una palangana, mientras que las espectadoras contenían el aliento y se abanicaban unas a otras.

Jamie, pálido, miraba con impotencia a monsieur Flèche y a mí. De repente tomó una decisión, cogió al pobre Platón, lo apartó de la cama, le dio la vuelta y lo empujó hacia la puerta. La lanceta salió disparada, cortando el aire. Las criadas y las damas se echaron atrás, gritando.

—*Monsieur! Monsieur le chevalier!* —gritaba el médico. Se había ajustado la peluca, pero no había tenido tiempo de vestirse, y las mangas del camisón flameaban como alas mientras seguía a Jamie hacia la puerta, agitando los brazos como un espantapájaros enloquecido.

El dolor aumentó otra vez, como una prensa que me retorcía las entrañas; jadeé y me doblé una vez más. Cuando se calmó, abrí los ojos y vi que una de las damas me miraba, alerta. Pareció llegar a una conclusión y, todavía mirándome, se inclinó para susurrar algo a una de sus compañeras. Había demasiado ruido en la habitación, pero pude leer sus labios con claridad.

—Veneno —dijo.

El dolor iba bajando cada vez más con un borboteo interior de mal agüero, y entonces me di cuenta. No se trataba de un aborto, ni de apendicitis, y mucho menos de un espasmo hepático. Tampoco era veneno, precisamente, sino cáscara sagrada.

• • •

—¡Usted! —dije, avanzando amenazadora hacia el maestro Raymond, quien se agazapó a la defensiva tras su mesa de trabajo, detrás del cocodrilo embalsamado—. ¡Usted! ¡Maldito gusano con cara de sapo!

—¿Yo, madonna? No le he hecho ningún daño, ¿verdad?

—¡Aparte de causarme una violenta diarrea frente a una treintena de personas, de hacerme pensar que había tenido un aborto y de aterrorizar a mi marido, ningún daño!

—Ah, ¿su marido estaba presente? —El maestro Raymond parecía nervioso.

—En efecto —le aseguré.

De hecho, me había costado trabajo impedir que Jamie corriera a la tienda del boticario para sacar por la fuerza cualquier información que poseyera aquel enano. Por fin lo convencí de que me esperara fuera, en el carruaje, mientras yo hablaba con el anfibio propietario.

—Pero no está muerta, madonna —puntualizó el herbolario. No tenía cejas que se alzaran, pero una parte de su amplia frente se arrugó—. Y podría estarlo.

Había pasado por alto ese hecho en medio de la tensión y el malestar físico posterior.

—¿De modo que no se trató sólo de una broma de mal gusto? —dije, sin gran convicción—. ¿Realmente alguien quiso envenenarme y no estoy muerta gracias a vuestros escrúpulos?

—Quizá mis escrúpulos no sean del todo responsables de vuestra supervivencia, madonna; es posible que se tratara de una broma, pues imagino que existen otros proveedores de cáscara sagrada. Pero durante este último mes he vendido esa sustancia a dos personas, que no tienen por qué ser necesariamente las responsables.

—Ya veo. —Respiré hondo y me sequé el sudor de la frente con el guante. Así que había dos posibles envenenadores sueltos; justo lo que necesitaba—. ¿Podría decirme quiénes son? —pregunté bruscamente—. Puede que la próxima vez le compren a otro proveedor que no tenga tantos escrúpulos como usted.

El maestro Raymond asintió. La boca amplia, parecida a la de un sapo, se frunció al pensar.

—Es una posibilidad, madonna. Pero dudo que os ayude saber quiénes la compraron. Vinieron sirvientes que obedecían, claro está, a su amo o ama. Una era la doncella de la vizcondesa de Rambeau; el otro, un hombre, no sé para quién trabajaba.

Tamborileé con los dedos sobre el mostrador. La única persona que había proferido amenazas contra mí era el conde de

Saint Germain. ¿Habría contratado a un sirviente anónimo para comprar lo que él pensaba que era veneno y luego lo había puesto él mismo en mi copa? Volviendo a pensar en la reunión de Versalles, pensé que era posible. Los sirvientes pasaron las bandejas con las copas llenas de vino; si bien el conde no se había acercado a mí, podía haber sobornado a un sirviente para que me diera una copa determinada.

Raymond me estaba observando con curiosidad.

—¿Puedo hacer una pregunta, madonna? ¿Ha hecho algo para contrariar a la vizcondesa? Es una mujer muy celosa; no es la primera vez que acude a mí para tratar de eliminar a una rival, aunque por suerte sus celos no duran mucho. Al vizconde se le van los ojos detrás de las mujeres... y siempre hay una nueva rival que le hace olvidar la última.

Me senté sin esperar invitación.

—¿Rambeau? —pregunté, tratando de relacionar el nombre con la cara. De repente caí en la cuenta y recordé la imagen de un cuerpo elegantemente vestido y una cara redonda y vulgar que olía a rapé—. ¡Rambeau! —exclamé—. Pues, sí. Lo conozco, pero lo único que hice fue golpearle con mi abanico cuando me mordió los dedos de los pies.

—Según su estado de ánimo, eso podría ser provocación suficiente para la vizcondesa —observó el maestro Raymond—. Y si es así, creo que no se repetirán los ataques.

—Gracias —dije con sequedad—. ¿Y si no fue la vizcondesa?

El pequeño boticario vaciló un momento, con los ojos entornados contra el resplandor del sol matutino que brillaba a través de los cristales en forma de rombo, detrás de mí. Entonces se decidió: fue a la mesa de piedra donde hervían sus alambiques y me hizo un ademán con la cabeza para que lo siguiera.

—Sígame, madonna. Tengo algo para usted.

Para mi sorpresa, se agachó debajo de la mesa y desapareció. Como no regresaba, me incliné y espié. Había un lecho de carbón ardiendo en el hogar, pero con espacio hacia ambos lados. Y debajo de la mesa, oculta entre las sombras, había una oscura abertura.

Con una pequeña vacilación, me recogí las faldas y me metí debajo de la mesa, detrás de él.

Al otro lado de la pared había suficiente espacio para estar de pie, aunque la habitación era bastante pequeña. La estructura externa del edificio no daba ningún indicio de ella.

Dos paredes de la habitación oculta estaban ocupadas por estantes en forma de panal, cada una de cuyas celdas exhibía el cráneo de diferentes bestias. Al ver la pared di un paso atrás; todos los ojos vacíos parecían fijos en mí, mostrando los dientes en una sonrisa de bienvenida.

Tuve que pestañear varias veces antes de poder localizar a Raymond, que se había agachado con cuidado al pie de su osario como un discípulo. Nervioso, levantó los brazos, mirándome como si esperara que yo gritara o me arrojara sobre él. Pero yo había visto cosas peores que una simple fila de huesos pulidos, así que seguí caminando con calma para examinarlos con mayor detenimiento.

Al parecer, el maestro tenía de todo. Cráneos pequeños, de murciélago, ratón y musaraña, de huesos transparentes, dientes pequeños y afilados. Caballos, desde enormes percherones con enormes mandíbulas en forma de cimitarra, muy adecuados para aplastar ejércitos de filisteos, hasta cráneos de burros, tan duraderos como los de los enormes caballos de tiro.

Todos tenían cierto atractivo, tan quietos y hermosos, como si cada objeto conservara la esencia de su propietario, como si los huesos alojaran el fantasma de la carne y la piel que alguna vez tuvieron.

Extendí la mano y toqué uno de los cráneos; el hueso no estaba frío como había esperado, sino extrañamente tibio, como si la calidez desaparecida hacía tiempo flotara allí cerca.

Yo había visto restos humanos tratados con menos reverencia; los cráneos de los primeros mártires cristianos yacían amontonados en las catacumbas y los fémures arrojados en un montón como si fueran palillos chinos.

—¿Es un oso? —pregunté en voz baja. Se trataba de un cráneo grande, con los colmillos curvos para desgarrar y los molares chatos.

—Sí, madonna. —Al ver que yo no tenía miedo, Raymond se relajó. Su mano flotaba, rozando apenas las curvas del cráneo sólido y duro—. ¿Ve los dientes? Comedor de pescado y carne —dijo mientras yo recorría con el dedo la curva prolongada y retorcida del colmillo, los bordes planos del molar—, pero triturador de bayas y gusanos. Rara vez mueren de inanición, pues comen cualquier cosa.

Me giré lentamente, admirada, tocando aquí y allá.

—Son preciosos —dije. Hablábamos en voz baja, como si hablar más alto pudiera despertar a los silenciosos residentes.

—Sí. —Los dedos de Raymond los tocaron como los míos, acariciando los largos huesos frontales, recorriendo el delicado arco escamosal de la mejilla—. Conservan el carácter del animal, ¿ve? Sólo por lo que queda puede decirse mucho de lo que fue.

Cogió uno de los cráneos más pequeños y señaló las protuberancias de la parte inferior; parecían pequeños globos de paredes finas.

—El canal del oído entra por aquí y así el sonido hace eco en el cráneo. Eso explica el oído tan agudo que tiene la rata, madonna.

—*Timpano bullae* —dije asintiendo.

—Mi latín es muy pobre. Los nombres que uso para esas cosas son... inventados por mí.

—¿Aquéllos...? —dije señalando hacia arriba—. Son especiales, ¿no es cierto?

—Ah, sí, madonna. Son lobos. Lobos muy antiguos. —Levantó uno, manipulándolo con un cuidado reverencial. El hocico era largo y canino, con colmillos pesados y amplios dientes carniceros. La cima sagital se elevaba rigurosa e imponente desde la parte posterior del cráneo, dando testimonio de los pesados músculos del cuello fuerte que una vez lo sostuvo.

Aquellos cráneos no eran de un suave color blanco como los demás, sino manchados de marrón y brillantes de tanto pulido.

—Estas bestias ya no existen, madonna.

—¿No existen? ¿Quiere decir que se han extinguido? —Toqué el cráneo una vez más, fascinada—. ¿Y dónde los consiguió?

—Bajo tierra, madonna. Enterrados en la turba, a muchos metros bajo tierra.

Al mirarlos de cerca, pude ver las diferencias entre aquellos cráneos y los que eran más nuevos y blancos que había en la pared opuesta. Aquellos animales habían sido más grandes que los lobos comunes, con mandíbulas que habrían quebrado los huesos de las patas de un alce, o desgarrado el gaznate de un ciervo.

Sentí un escalofrío al tocarlo, pues recordé el lobo al que había matado al salir de la prisión de Wentworth y a sus compañeros de manada que me habían perseguido en el crepúsculo helado, apenas seis meses atrás.

—¿No le gustan los lobos, madonna? —preguntó Raymond—. ¿Y sin embargo los osos y los zorros no le asustan? También son cazadores, comedores de carne.

—Sí, pero no de la mía —respondí secamente, entregándole el cráneo centenario—. Siento mucha más simpatía por nuestro amigo el alce. —Di una palmadita afectuosa al hocico saliente.

—¿Simpatía? —Los suaves ojos oscuros me miraron con curiosidad—. Es una emoción inusual para un hueso, madonna.

—Bueno... sí —dije, un poco avergonzada—, pero en realidad no parecen sólo huesos. Quiero decir que se puede decir algo de ellos y se puede percibir cómo fue el animal al observar sus cráneos. No son sólo objetos inanimados.

Raymond exhibió una sonrisa desdentada, como si hubiera oído algo que le gustaba. Sin embargo, no respondió.

—¿Para qué los quiere? —pregunté bruscamente al darme cuenta de que un conjunto de cráneos no era lo usual en una botica. Los cocodrilos tal vez sí, pero no todo aquello.

Se encogió de hombros, de buen humor.

—Bueno, me hacen compañía mientras realizo mi trabajo. —Hizo un gesto hacia un rincón, donde había una mesa de trabajo atestada de objetos—. Y aunque pueden hablarme de muchas cosas, no son tan ruidosos como para atraer la atención de los vecinos. Acérquese —dijo, cambiando bruscamente de tema—. Tengo algo para usted.

Intrigada, lo seguí hasta un armario alto, al fondo de la habitación.

El maestro no era un naturalista, ni tampoco lo que yo entendía por científico. No tenía notas, ni hacía dibujos ni registros que otros pudieran consultar y de los cuales pudiera aprenderse. Sin embargo, estaba convencida de que él deseaba fervientemente enseñarme las cosas que sabía... ¿su cariño por los huesos, tal vez?

El armario estaba pintado con una gran cantidad de signos extraños, cruces y espirales metidas en pentágonos y círculos. Símbolos cabalísticos. Reconocí uno o dos, de algunas de las referencias históricas de mi tío Lamb.

—¿Le interesa la cábala? —pregunté, observando los símbolos algo divertida. Aquello explicaría el taller oculto. Si bien existía un fuerte interés por el ocultismo entre los literatos franceses y la aristocracia, se mantenía en la clandestinidad por temor a la ira de la Iglesia.

Ante mi sorpresa, Raymond se echó a reír. Sus dedos de uñas cortas apretaron aquí y allá en la parte frontal del armario, tocando el centro de un símbolo y la cola de otro.

—Pues no, madonna. Los cabalistas son pobres, por lo general, así que no frecuento su compañía. Pero estos símbolos ahuyentan a la gente curiosa. Lo cual no es poco poder para un poco de pintura. A lo mejor los cabalistas tienen razón cuando atribuyen poderes a estos símbolos.

Sonrió con picardía mientras abría el armario. Vi que era doble. Si algún curioso que no temiera los símbolos abría la puerta, sólo vería el armario de un boticario. Pero si se tocaba la secuencia correcta de una serie de pestillos y lengüetas, las estanterías interiores se abrían también y se accedía a una profunda cavidad secreta.

Raymond abrió uno de los cajoncitos que recorrían la cavidad y volcó el contenido en su mano. Revolviendo los objetos, extrajo una piedra blanca cristalina, que me entregó.

—Es para usted —me dijo—. Para su protección.

—¿Es mágica? —pregunté escépticamente, moviendo el cristal sobre mi palma.

Raymond volvió a reír. Sostuvo la mano sobre el escritorio y dejó caer un puñado de piedrecitas de colores, que rebotaron sobre el papel secante.

—Supongo que puede llamarla así, madonna. Puedo cobrarla más cara cuando lo hago. —Con la punta del dedo separó una piedrecita de color verde pálido del montón—. Tienen la misma magia, ni más ni menos, que los cráneos. Son los huesos de la tierra, con la esencia de la matriz de donde provienen, y los poderes que allí se alojaban también pueden encontrarse aquí.

—Empujó hacia mí una piedrecita amarilla—. Azufre. Si lo mezcla con otros elementos y le acerca una cerilla, explota. Pólvora. ¿Es eso magia? ¿O sólo la naturaleza del azufre?

—Supongo que depende de con quién esté hablando —observé; su rostro se iluminó con una sonrisa.

—Si alguna vez quiere abandonar a su marido, madonna —dijo, riéndose entre dientes—, seguramente no se morirá de hambre. Una vez le dije que era usted una profesional, ¿verdad?

—¡Mi marido! —exclamé, palideciendo.

De repente encontré explicación a los ruidos ahogados que provenían de la tienda. Hubo un fuerte golpe, como el de un puño enorme sobre un mostrador, y el profundo murmullo de una voz con escasa tolerancia a la intromisión se hizo oír entre el barboteo conformado por otros sonidos.

—¡Cielo santo! ¡Me he olvidado de Jamie!

—¿Su marido está aquí? —Los ojos de Raymond se abrieron más de lo normal, y si no hubiera estado ya tan pálido, creo que hubiera palidecido aún más.

—Lo he dejado fuera —le expliqué, agachándome para volver a cruzar la apertura secreta—. Debe de haberse cansado de esperar.

—¡Aguarde, madonna! —La mano de Raymond me cogió del codo, deteniéndome. Puso su otra mano sobre la mía, sobre la que sostenía el cristal.

—El cristal, madonna. Le he dicho que era para su protección.

—Sí, sí —dije con impaciencia; la voz de Jamie aumentaba de volumen—. ¿Qué es lo que hace?

—Es sensible al veneno, madonna. Cambia de color en presencia de varios compuestos nocivos.

Me detuve. Me enderecé y lo miré fijamente.

—¿Veneno? —dije lentamente—. Entonces...

—Sí, madonna. Puede existir peligro aún. —La cara de sapo de Raymond se puso seria—. No puedo asegurarlo, ni sé de dónde proviene. Si lo averiguo, se lo comunicaré. —Miró hacia la entrada a través de la chimenea. Se oían golpes sobre la pared exterior—. Y dígaselo también a su marido, por favor, madonna.

—No se preocupe —le aseguré, agachándome para cruzar el dintel—. Jamie no muerde... no lo creo.

—No son sus dientes los que me preocupan, madonna —oí que decía detrás de mí mientras yo caminaba torpemente sobre las cenizas del hogar.

Jamie, a punto de descargar otro golpe con la empuñadura de su daga sobre el mostrador, me vio saliendo por la chimenea, así que bajó el arma.

—Ah, estás ahí —observó con suavidad. Inclinó la cabeza a un lado, mientras me veía sacudir hollín y ceniza de mi vestido; a continuación, frunció el ceño al ver a Raymond salir con cautela de debajo de la mesa de secado—. Y ahí está nuestro pequeño escuerzo. ¿Tiene alguna explicación, *Sassenach*, o lo cuelgo en la pared como los demás? —Sin quitarle los ojos de encima a Raymond, hizo un ademán hacia la pared de la tienda, donde había colgada una serie de sapos y ranas disecados en una larga tira de fieltro.

—No, no —me apresuré a responder al ver que Raymond se disponía a volver a su santuario—. Me lo ha contado todo. De hecho, ha sido de mucha ayuda.

Jamie guardó la daga con desgana y me incliné para ayudar a salir de su escondite a Raymond. Éste retrocedió un poco al ver a Jamie.

—¿Este hombre es su esposo, madonna? —preguntó, como quien espera que la respuesta sea «no».

—Sí, por supuesto —respondí—. Mi esposo, James Fraser, señor de Broch Tuarach —dije señalando a Jamie, aunque no podía haberme referido a ninguna otra persona. Señalé en la otra dirección—. El maestro Raymond.

—Eso suponía —dijo Jamie con voz seca. Hizo una reverencia y extendió una mano hacia Raymond, cuya cabeza apenas superaba en algunos centímetros la cintura de Jamie. Raymond tocó la mano extendida y la apartó enseguida, sin poder reprimir un pequeño escalofrío. Lo miré sorprendida.

Jamie se limitó a alzar una ceja y después se inclinó hacia atrás y se apoyó en la mesa. Cruzó los brazos sobre el pecho.

—De acuerdo —dijo—. ¿Qué ha pasado?

Le di la mayor parte de las explicaciones. Raymond sólo contribuyó de vez en cuando con algunos monosílabos de confirmación. El pequeño boticario parecía despojado de su astuto ingenio habitual, y se acurrucó en un taburete junto al fuego, con los hombros hundidos con recelo. Sólo cuando terminé de dar la explicación sobre el cristal blanco (y su supuesta necesidad), se movió y pareció volver un poco a la vida.

—Es verdad, milord —le aseguró a Jamie—. En realidad no sé si es su esposa o usted quien está en peligro, o tal vez los dos juntos. No oí nada específico; sólo el nombre «Fraser» pronunciado en un lugar donde rara vez se pronuncia un nombre como bendición.

Jamie lo miró con fijeza.

—¿Ah, sí? Y usted frecuenta esos lugares, ¿no es verdad, maestro Raymond? ¿Las personas de las que habla son sus socios?

Raymond sonrió lánguidamente.

—Más bien me inclinaría a describirlos como rivales comerciales, milord.

Jamie gruñó.

—Mmmfm. Y cualquiera que intente algo puede recibir algo más que una bendición. —Tocó la daga que llevaba en el cinturón, y se enderezó—. Sin embargo, le agradezco la advertencia, maestro Raymond. —Hizo otra reverencia, pero esta vez no le ofreció la mano—. Con respecto a lo otro —dirigió una ceja hacia mí—, si mi esposa está dispuesta a perdonarle sus acciones, yo no tengo nada más que decir. Tampoco —añadió— le puedo aconsejar que se meta en su escondite la próxima vez que la vizcondesa entre en la tienda. Vamos, Sassenach.

Mientras regresábamos a la Rue Tremoulins, Jamie permaneció en silencio, mirando por la ventana del carruaje con los dedos rígidos de su mano derecha apoyados en el muslo.

—«Un lugar donde rara vez se pronuncia un nombre como bendición» —susurró cuando el carruaje viró en la Rue Gamboge—. ¿A qué se referirá?

Recordé los signos cabalísticos del armario de Raymond, y sentí un pequeño escalofrío que me puso los pelos de punta. Recordé los chismes de Marguerite acerca del conde de Saint Germain y la advertencia de madame de Ramage. Se lo conté a Jamie, y también lo que me había dicho Raymond.

—Tal vez él lo considere un poco de pintura —concluí—, pero conoce gente que no piensa como él, pues ¿a quién quiere alejar de su armario, si no?

Jamie asintió.

—Sí. He oído rumores de tales actividades en la corte. En aquel momento no les presté atención, pensando que sólo eran tonterías, pero indagaré un poco más. —Se echó a reír de repente, y me apretó contra su cuerpo—. Enviaré a Murtagh a que persiga al conde de Saint Germain. Así el conde tendrá un demonio real con quien jugar.

17

Posesión

Jamie envió a Murtagh a observar las idas y venidas del conde de Saint Germain. Además de informar de que el conde recibía a muchas personas en su casa, de ambos sexos y todas las clases, no detectó nada raro. Sólo recibió una visita digna de mención: Carlos Estuardo, que llegó una tarde, se quedó una hora allí y se marchó.

Carlos había empezado a solicitar la compañía de Jamie con más frecuencia en sus incursiones por las tabernas y los barrios bajos de la ciudad. Pensé que aquella actitud tenía más relación con la fiesta que había ofrecido Jules de La Tour de Rohan para anunciar el embarazo de su esposa, que con ninguna influencia siniestra del conde.

Dichas expediciones a veces duraban hasta bien entrada la noche. Me acostumbré a ir a la cama sin Jamie, y me despertaba cuando él llegaba, con el cuerpo frío y el pelo y la piel oliendo a humo de tabaco y licor.

—Esa mujer lo tiene tan trastornado que no creo que recuerde siquiera que es heredero del trono de Escocia e Inglaterra —dijo Jamie una noche.

—¡Dios mío, pues sí que debe de estar mal! —dije con sarcasmo—. Esperemos que continúe así.

Una semana más tarde me desperté con la fría luz grisácea del amanecer y la cama seguía vacía.

—¿Milord Broch Tuarach está en su estudio? —pregunté. Me incliné sobre la barandilla en camisón, sobresaltando a Magnus, que pasaba por el pasillo inferior. Quizá Jamie había decidido dormir en el sofá del estudio para no molestarme.

—No, milady —respondió Magnus, alzando la mirada—. He venido a destrabar la puerta principal y he visto que no había sido trabada. Milord no vino a casa anoche.

Me senté pesadamente sobre un escalón. Mi aspecto debía de ser alarmante, pues el anciano mayordomo casi saltó las escaleras hacia mí.

—Madame —dijo, frotándome la mano con nerviosismo—. Madame, ¿está usted bien?

—He estado mejor, pero no importa. Magnus, envía de inmediato a un lacayo a la casa del príncipe Carlos en Montmartre. Que averigüe si mi esposo está allí.

—Enseguida, milady. Y enviaré a Marguerite para que os atienda.

Se volvió y se apresuró a bajar las escaleras; las suaves chinelas que llevaba para sus labores matutinas hacían un ruido suave y amortiguado sobre la madera pulida.

—¡Y a Murtagh! —grité a Magnus, que se retiraba—. El pariente de mi marido. ¡Tráemelo, por favor! —Lo primero que pensé fue que tal vez Jamie había pasado la noche en la villa de Carlos; después, que algo le había sucedido, ya fuera por accidente o por la intención deliberada de alguien.

—¿Dónde está? —preguntó la voz quebrada de Murtagh al pie de la escalera. Era obvio que se acababa de levantar; tenía la cara llena de marcas de donde fuera que se había acostado, y pedacitos de paja en los pliegues de su camisa andrajosa.

—¿Cómo voy a saberlo? —dije.

Murtagh siempre actuaba como si sospechara de todo el mundo, y despertarlo bruscamente no mejoraba su ceño habitual. Sin embargo, su aparición me reconfortó; si ocurría algo malo, Murtagh parecía la persona indicada para ocuparse de ello.

—Anoche salió con el príncipe Carlos y todavía no ha vuelto. Es lo único que sé. —Me aparté de la barandilla y alisé los pliegues de seda de mi camisón. Ya habían encendido las chimeneas, pero la casa aún estaba fría.

Murtagh se frotó la cara con la mano, para ayudarse a pensar.

—Mmmfm. ¿Ha ido alguien a Montmartre?

—Sí.

—Entonces esperaré hasta que vuelvan con noticias. Si Jamie está allí, todo bien. De lo contrario, tal vez sepan cuándo salió y adónde fue.

—¿Y si ninguno de los dos está? ¿Y si el príncipe tampoco ha vuelto a su casa? —pregunté.

Si bien había jacobitas en París, también había enemigos de los Estuardo. Y a pesar de que el asesinato de Carlos Estuardo no aseguraba el fracaso de una potencial rebelión escocesa (después de todo, Carlos tenía un hermano menor, Enrique) serviría para enfriar el entusiasmo de Jacobo por semejante empresa... si es que ésta existía, pensé, distraída.

Recordé la historia que Jamie me había contado sobre el intento de asesinato que sufrió el día que conoció a Fergus. Los asesinatos callejeros eran muy comunes, y había pandillas de rufianes que recorrían las calles parisinas al caer la noche.

—Será mejor que vayas a vestirte —dijo Murtagh—. Puedo ver la piel de gallina desde aquí.

—Sí, supongo que sí. —Observé mis brazos; había estado abrazándome mientras las hipótesis se agolpaban en mi mente, pero con escaso resultado; mis dientes empezaron a castañetear.

—¡Madame! ¡Se pondrá usted enferma!

Marguerite subió rápidamente las escaleras y le permití que me empujara hacia el dormitorio, mirando atrás para ver a Murtagh abajo, examinando cuidadosamente la punta de su daga, antes de envainarla de nuevo.

—¡Debería estar en la cama, madame! —me regañó Marguerite—. No es bueno para el bebé que pase usted frío. Le traeré una cacerola con agua caliente; ¿dónde está la bata?... Eso está mejor... —Me eché la pesada bata de lana sobre la fina seda del camisón, pero ignoré el cacareo de Marguerite y me acerqué a la ventana para abrir los postigos.

Fuera, la calle comenzaba a resplandecer con el sol matutino, que caía sobre la parte superior de las fachadas de las casas de piedra. Pese a lo temprano que era, había mucha actividad en la Rue Tremoulins. Las criadas y los lacayos estaban ocupados barriendo escalones o puliendo los accesorios de latón de las entradas; los vendedores pasaban con sus carretillas con fruta, verdura y pescado fresco, y anunciaban a gritos su mercadería por toda la calle; y los cocineros de las grandes casas salían de sus sótanos como genios, atraídos por los gritos de los vendedores. Un carro de reparto cargado de carbón recorría lentamente la calle, tirado por un caballo viejo que tenía el aspecto de preferir estar en su establo. Pero no había ni rastro de Jamie.

Por fin permití que la ansiosa Marguerite me persuadiera de ir a la cama para entrar en calor, aunque no pude volver a dormirme. Cualquier sonido procedente de abajo me ponía en alerta; esperaba que a cada paso sobre el pavimento le siguiera la voz de Jamie en el vestíbulo. El rostro del conde de Saint Germain no me dejaba conciliar el sueño. Era el único noble francés que tenía cierta relación con Carlos Estuardo. Era muy probable que hubiera sido el responsable del anterior intento de asesinato de Jamie... y del mío. Se sabía que tenía amistades poco recomendables. ¿Era posible que hubiera arreglado el asesinato de Carlos y de Jamie? A estas alturas, poco importaba si sus propósitos eran políticos o personales.

Cuando por fin se oyó el ruido de pasos abajo, estaba tan ocupada imaginándome a Jamie tirado en una zanja con la garganta abierta que no me di cuenta de que había llegado a casa hasta que se abrió la puerta del dormitorio.

—¡Jamie! —grité de alegría mientras me sentaba en la cama.

Jamie sonrió y dio un inmenso bostezo, sin hacer el esfuerzo de cubrirse la boca. Pude ver buena parte de su garganta, y observé con alivio que seguía intacta. Por otra parte, tenía muy mal aspecto. Se recostó sobre la cama junto a mí y se estiró en toda su extensión, antes de emitir un gruñido de satisfacción.

—¿Qué te ha pasado? —pregunté.

Abrió un ojo enrojecido.

—Necesito un baño —dijo, y lo cerró de nuevo.

Me incliné y lo olí con delicadeza. Mi olfato detectó el habitual olor ahumado de las habitaciones cerradas y la lana húmeda, bajo una extraordinaria combinación de hedores alcohólicos: cerveza, vino, whisky y coñac, que iban a juego con la de manchas de su camisa. Y a colonia barata, muy fuerte y penetrante.

—Claro que sí —dije. Salí de la cama, e inclinándome hacia el pasillo, llamé a Marguerite. Cuando llegó, la envié a buscar una bañera y agua suficiente para llenarla. Como regalo de despedida, el hermano Ambrose me había dado varias pastillas de jabón fabricado con esencia de rosas, y le pedí que las trajera también.

Mientras la criada se dedicaba a la tediosa tarea de subir los enormes baldes de cobre con agua caliente, volví la atención al bulto que yacía sobre la cama.

Le quité los zapatos y las medias, y después le aflojé la hebilla del kilt y se lo quité. Se llevó las manos a la entrepierna, pensativo, pero mis ojos estaban mirando otra cosa.

—¿Qué te ha pasado? —repetí.

Tenía varios rasguños en los muslos que parecían latigazos rojos sobre la piel pálida. Y en lo alto de la parte interna de un muslo tenía la marca inconfundible de un mordisco; los dientes habían dejado una huella bien visible.

La criada, mientras vertía el agua caliente, observó con interés y creyó conveniente hacer algún comentario en aquel momento tan delicado.

—*Un petit chien?* —preguntó. Un perrito, o algo parecido. Pese a que no conocía a la perfección las expresiones de la época, sabía con seguridad que *les petits chiens* solían caminar por la calle sobre dos piernas y con la cara pintarrajeada.

—¡Fuera! —ordené en francés, con voz de matrona. La criada recogió los baldes y abandonó la habitación, haciendo pucheros. Volví la atención a Jamie, quien abrió un ojo, y después de mirarme volvió a cerrarlo.

—¿Y bien? —pregunté.

En lugar de responder, tembló. Un momento después, se sentó y se frotó la cara con las manos; la barba incipiente hizo un ruido áspero. Inclinó una velluda ceja, como interrogándome.

—No creo que una dama tan decente como tú esté familiarizada con la palabra *soixante-neuf*.

—He oído la expresión —dije, cruzando los brazos sobre mi pecho y mirándole con cierto recelo—. ¿Y puedo preguntar dónde encontraste ese número tan interesante?

—Una dama que conocí anoche me lo sugirió, con cierta violencia, como una actividad deseable.

—¿Por casualidad fue la misma que te mordió en el muslo? Miró hacia abajo y se frotó la marca.

—Hum, en realidad no. La dama parecía preocupada por números un poco más bajos. Creo que se hubiera conformado con el seis, y hubiera dejado de lado el nueve.

—Jamie —dije—, ¿dónde has pasado la noche?

Cogió un poco de agua de la bañera, se la echó a la cara y dejó que resbalara lentamente entre el oscuro vello rojizo del pecho.

—A ver —dijo, con las gotas brillando sobre sus gruesas pestañas— déjame pensar. Primero cenamos en una taberna. Nos encontramos con Glengarry y Millefleurs. —Monsieur Millefleurs era un banquero parisino, mientras que Glengarry era uno de los jacobitas más jóvenes, jefe de una tribu del clan MacDonell. Por lo que me había contado Jamie, estaba de visita en París y, en los últimos tiempos, había frecuentado a Carlos—. Y después de cenar fuimos a casa del duque de Castellotti a jugar a las cartas.

—¿Y después? —pregunté.

A una taberna, al parecer. Y después a otra. Y luego a un sitio parecido a una taberna, pero embellecido por varias damas de aspecto interesante y dotes aún más interesantes.

—Dotes, ¿eh? —dije, echando un vistazo a las manchas de su pierna.

—Por Dios, lo hacían frente al público —se estremeció al recordarlo—. Dos de ellas sobre la mesa. Entre la pata de jamón y las patatas hervidas. Con jalea de membrillo.

—*Mon Dieu* —dijo la criada, que dejó un nuevo balde de agua en el suelo para persignarse.

—Cállate —le dije muy seria. Volví la atención a mi marido—. ¿Y después, qué?

Después, parecía que la acción se había generalizado, aunque todavía de manera bastante pública. Por respeto al pudor de Marguerite, Jamie esperó hasta que saliera a buscar otro balde de agua antes de entrar en detalles.

—... y entonces Castellotti se llevó a un rincón a la gorda pelirroja y a la rubia pequeña y...

—Y mientras, ¿qué hacías tú? —interrumpí en medio de la fascinante narración.

—Observaba —respondió, como sorprendido—. No fue muy educado por mi parte, pero no tenía otra elección, dadas las circunstancias.

Mientras Jamie hablaba estuve hurgando su mochila, y saqué un bolsito y un ancho anillo de metal adornado con un escudo de armas. Me lo probé en un dedo; era mucho más grande que cualquier anillo normal, y colgaba como un aro alrededor de un palo.

—¿A quién diablos pertenece esto? —pregunté, extendiendo la mano—. Parece el escudo de armas del duque de Castellotti, pero la persona a quien pertenece debe de tener los dedos como salchichas.

Castellotti era un italiano delgaducho y pálido, con el rostro enjuto de un hombre con dispepsia crónica. No me sorprendía, a juzgar por la historia de Jamie. ¡Jalea de membrillo, por el amor de Dios!

Levanté la mirada y vi que Jamie estaba ruborizado de pies a cabeza.

—Pues... —dijo, observando una mancha de barro sobre su rodilla con exagerado interés— no... no se usa en el dedo.

—¿Entonces qué...? ¡Ah! —Observé el objeto circular con renovado interés—. ¡Santo Cristo! Ya había oído hablar de ellos...

—¿De veras? —preguntó Jamie, muy escandalizado.

—Pero nunca había visto uno. ¿A ti te va bien? —Me incliné para probárselo, pero se tapó las partes con las manos como por reflejo.

Marguerite, que llegaba con más agua, le aseguró:

—*Ne vous en faîtes pas, monsieur. J'en ai déjà vu un.* —«No os preocupéis, Monsieur; ya había visto uno.»

Dedicándonos una mirada a mí y a la sirvienta, tiró del cobertor para cubrir su regazo.

—Ya es bastante desagradable haber tenido que pasar la noche defendiendo mi virtud —observó con cierta aspereza— para tener que oír comentarios por la mañana.

—Defendiendo tu virtud, ¿eh? —Pasé el anillo de una mano a la otra, calzándolo en los índices—. ¿Fue un regalo? ¿O un préstamo?

—Un regalo. No hagas eso, Sassenach —dijo, echándose hacia atrás—. Me trae recuerdos.

—Ah, sí —dije, mirándolo—. Y hablando de esos recuerdos...

—¡Yo no hice nada! —protestó—. ¡No creerás que haría cosas semejantes! ¡Soy un hombre casado!

—¿Y monsieur Millefleurs no está casado?

—No sólo está casado, sino que tiene dos amantes —me informó Jamie—. Pero es francés... es diferente.

—El duque de Castellotti no es francés, es italiano.

—Pero es duque. También es diferente.

—¿Ah, sí? Me gustaría saber qué opina la duquesa.

—Considerando algunas cosas que el duque asegura que aprendió de la duquesa, me imagino que lo mismo. ¿Todavía no está listo ese baño?

Tapándose con el edredón, fue desde la cama hasta la tina y se metió dentro; dejó caer el edredón y se sentó rápidamente, pero no lo suficientemente rápido.

—*Enorme!* —exclamó la criada, persignándose.

—*C'est tout* —dije duramente—. *Merci bien.*

Marguerite bajó los ojos, se sonrojó y se apresuró a salir.

Cuando la puerta se cerró, Jamie se relajó en la bañera de respaldo alto que le permitía recostarse; parecía que, después de tomarse tanto trabajo para llenar una bañera, más valía disfrutar del baño. Su rostro áspero adoptó una expresión de gozo mientras se hundía en el agua humeante y el calor enrojecía su piel clara. Tenía los ojos cerrados, y un poco de humedad resplandecía sobre los pómulos elevados y anchos, y en los huecos de las cuencas de sus ojos.

—¿Hay jabón? —preguntó esperanzado, abriendo los ojos.

—Sí, claro. —Cogí una pastilla y se la di. Luego me senté en un taburete junto a la bañera. Lo observé durante algún tiempo mientras se frotaba; le alcancé un paño y una piedra pómez, con la cual se frotó las plantas de los pies y los codos.

—Jamie —dije por fin.

—¿Sí?

—No deseo discutir tus métodos —dije— y estuvimos de acuerdo en que ibas a tener que ir a ciertos lugares, pero... de verdad tuviste que...

—¿Que qué, Sassenach? —Había dejado de lavarse y me estaba mirando con la cabeza ladeada.

—Que... que... —Molesta, me di cuenta de que estaba tan ruborizada como él, pero sin la excusa del agua caliente.

Su mano salió goteando del agua y se apoyó en mi brazo. El calor pasó a través de la fina tela de la manga.

—Sassenach —dijo— ¿qué crees que estuve haciendo?

—Pues... bueno... —dije, tratando sin éxito de mantener la mirada lejos de las marcas de su muslo. Jamie se echó a reír, pero no sonó muy divertido.

—¡Mujer de poca fe! —dijo irónicamente.

—Bueno, cuando un marido vuelve a casa cubierto de mordiscos y arañazos y apestando a perfume, admite que pasó la noche en un burdel, y...

—Y te dice que se pasó la noche observando, sin hacer nada.

—¡Esas marcas en la pierna no te las hiciste observando! —exploté, y después cerré con fuerza los labios.

Me sentí como una vieja chismosa y celosa; y no me importó. Había jurado que me lo tomaría con calma, como una mujer de mundo, convenciéndome de que tenía confianza absoluta en Jamie y de que no se puede hacer una tortilla sin romper huevos. Incluso si hubiera pasado algo...

Alisé una esquina mojada de mi manga, sintiendo el aire fresco a través de la seda. Luché para recuperar mi suave tono anterior.

—¿O acaso son las cicatrices de una honorable batalla, ganadas al defender tu virtud? —Por algún motivo mi voz no sonó muy ecuánime. Al escucharme, tuve que admitir que mi tono era bastante feo. Cada vez me importaba menos.

Muy hábil a la hora de leer tonos de voz, Jamie entornó los ojos y pareció a punto de responder. Respiró hondo, pensó mejor lo que estaba a punto de decir y lo dejó escapar otra vez.

—Sí —respondió con calma. Tanteó dentro de la bañera entre sus piernas, encontró el jabón, una bola tosca, y me lo dio.

—¿Me ayudas a lavarme el pelo? Su Alteza me ha vomitado encima al regresar en el carruaje y no huele muy bien.

Vacilé durante un instante, pero acepté la rama de olivo, al menos temporalmente. Sentí la sólida curva de su cráneo bajo el pelo grueso y jabonoso, y el bulto de la cicatriz en la parte de atrás de la cabeza. Enterré los pulgares firmemente en los músculos del cuello y se relajó un poco bajo mis manos.

Las burbujas de jabón descendían por las curvas mojadas y brillantes de sus hombros, y mis manos las seguían, esparciéndolas, de manera que mis dedos parecían flotar sobre la superficie de su piel.

Era verdaderamente enorme, pensé. Habiendo pasado tanto tiempo a su lado, a veces me olvidaba de su tamaño hasta que lo veía de lejos, superando a la mayoría de los hombres; y me sorprendía la gracia y la belleza de su cuerpo. No obstante, ahora estaba sentado con las rodillas casi bajo su barbilla, y sus hombros llenaban la bañera de un extremo al otro. Se inclinó un poco hacia delante para ayudarme, exponiendo las terribles cicatrices de su espalda. Los gruesos verdugones rojos del regalo navideño de Jonathan Randall yacían sobre las finas líneas blancas de los latigazos anteriores.

Toqué las cicatrices con suavidad; se me encogió el corazón al verlas. Había visto las heridas todavía frescas, había visto a Jamie llevado hasta el límite de la locura por la tortura y el abuso. Pero yo lo había curado, y él había luchado con todas sus fuerzas para volver a ser un hombre íntegro, para volver a mí. Conmovida por la ternura, corrí el pelo a un lado y me incliné para besarlo en la nuca.

Me enderecé de repente. Jamie sintió mi movimiento y giró la cabeza.

—¿Qué pasa? —preguntó con voz lenta a causa del sueño.

—Nada —respondí, observando los moretones del cuello.

Las enfermeras del cuartel de Pembroke solían ocultarlos con vistosos pañuelos a la mañana siguiente de haber tenido una cita con los soldados de la base vecina. Siempre pensé que las bufandas eran para coquetear y no para ocultar.

—No, nada —repetí, mientras cogía el aguamanil del estante.

Al estar cerca de la ventana, el agua estaba helada. Me puse detrás de Jamie y la arrojé sobre su cabeza. Me levanté el camisón para evitar mojarme con la repentina ola que saltó de la bañera. Jamie tiritaba de frío, pero estaba demasiado sorprendido para pronunciar ninguna de las palabras que veía formándose en sus labios.

—Conque sólo observaste, ¿no? —pregunté con frialdad—. Supongo que no disfrutaste nada, ¿no es cierto? Pobrecito.

Se dejó caer en la bañera con una violencia tal que el agua salpicó por todos lados el suelo de piedra, y se giró para mirarme.

—¿Qué quieres que diga? —preguntó—. ¿Que tuve ganas de follármelas? ¡Sí, claro que sí! Lo suficiente para que los huevos me dolieran por no hacerlo. Y también lo suficiente para sentir náuseas con sólo pensar en tocar a una de esas prostitutas.

Se apartó la mata de pelo de los ojos, fulminándome con la mirada.

—¿Es eso lo que querías saber? ¿Estás satisfecha?

—No —respondí. La cara me ardía, y apoyé la mejilla contra el cristal helado de la ventana, con las manos tensas sobre el alféizar.

—Quien mira a una mujer con deseo ya ha cometido adulterio en su corazón. ¿Es así como lo ves?

—¿Así lo ves tú?

—No —respondió—. ¿Qué habrías hecho si me hubiera acostado de veras con una prostituta? ¿Darme una bofetada? ¿Echarme de tu habitación? ¿Echarme de tu cama?

Me giré y lo miré.

—Te mataría —dije entre dientes.

Alzó las cejas con incredulidad.

—¿Matarme? Por Dios, si te encontrara con otro hombre, ¡lo mataría a él! —Hizo una pausa, y la comisura de su boca se torció, irónica—. No es que estuviera muy contento contigo, pero lo mataría a él.

—Típica mentalidad masculina. Siempre os equivocáis.

Bufó con una risa amarga.

—¿Ah, sí? Entonces no me crees. ¿Quieres que te demuestre, Sassenach, que no me he acostado con nadie en las últimas horas? —Se puso de pie; el agua caía en cascadas por sus largas piernas. La luz que entraba por la ventana destacó el vello rojo dorado de su cuerpo y el vapor que despedía su piel. Parecía una estatua de oro recién hecha. Miré hacia abajo.

—¡Ja! —dije, con todo el desprecio que es posible poner en una sílaba.

—Es el agua caliente —dijo, saliendo de la bañera—. No te preocupes, no me llevará mucho tiempo.

—¡Eso es lo que tú crees! —dije.

Su rostro se ruborizó aún más y sus manos se convirtieron en puños sin quererlo.

—¿No quieres entrar en razón? —preguntó—. ¡Dios mío, paso toda la noche asqueado, atormentado por mis compañeros por ser poco hombre, y después llego a casa y me atormentan por ser infiel! *Mallaichte bàs!*

Mirando con desesperación a su alrededor, vio su ropa tirada cerca de la cama y se lanzó sobre ella.

—¡Está bien! —dijo buscando su cinturón—. ¡Aquí tienes! Si desear es cometer adulterio y me matarías por cometer adulterio, ¡entonces será mejor que lo hagas!

Se acercó con su daga, que tenía una hoja de metal oscuro de veinticinco centímetros de largo, y me la entregó. Enderezó los hombros, mostrándome toda la extensión de su pecho, y me dijo con aire de desafío:

—Adelante. No querrás cometer perjurio, ¿no? ¡Como eres tan sensible a tu honor de esposa!

Fue una verdadera tentación. Me temblaron los puños del deseo de coger la daga y clavársela en medio de las costillas. Sólo el saber que, pese a su dramatización, no me permitiría apuñalarlo, me detuvo. Ya me sentía bastante ridícula para humillarme todavía más. Me alejé de él con un revoloteo de la seda.

Un momento después, oí el golpe de la daga sobre las tablas del suelo. Me quedé de pie, inmóvil, mirando el patio de atrás por la ventana. Oí crujidos detrás de mí, y observé los tenues reflejos sobre la ventana. Mi cara se reflejaba sobre ella como un óvalo enmarcado en un halo de cabellos castaños revueltos por el sueño. La figura desnuda de Jamie se movió, borrosa en el cristal como si estuviera bajo el agua, buscando una toalla.

—La toalla está en el estante inferior del aguamanil —dije, dándome la vuelta.

—Gracias. —Dejó caer la camisa sucia con la que había empezado a secarse con cautela, y cogió la toalla sin mirarme.

Se secó la cara y pareció tomar una decisión. Dejó la toalla y me miró a los ojos. Pude ver las emociones que luchaban por dominar su rostro, y sentí que ambos seguíamos mirando el espejo de la ventana. El sentido común triunfó.

—Lo siento —dijimos al unísono. Y nos echamos a reír. Su piel húmeda me mojó la fina seda, pero no me importó. Minutos más tarde, susurró algo en mi pelo.

—¿Qué?

—Demasiado cerca —repitió, alejándose un poco—. Estuvo demasiado cerca, Sassenach, y tuve miedo.

Bajé la mirada a la daga, que yacía olvidada en el suelo.

—¿Miedo? Nunca he visto a nadie con menos miedo que tú. Sabías perfectamente que no iba a hacerlo.

—Ah, eso. —Sonrió—. No, no he creído que me matarías, por más ganas que tuvieras. —Se puso serio enseguida—. No, me refería... bueno, a esas mujeres. Lo que sentí con ellas. No las deseaba, de verdad que no...

—Sí, lo sé —dije, tocándolo, pero él no había terminado de hablar. Se alejó con aire preocupado.

—Pero el... el deseo, supongo que así lo llamarías... eso fue... demasiado parecido a lo que siento a veces por ti, y... bueno, no me parece bien. —Se giró mientras se frotaba el pelo con la toalla de lino, por lo que su voz salió amortiguada.

—Siempre había creído que acostarse con una mujer era sencillo. Y sin embargo... quiero ponerme de rodillas a tus pies y adorarte —dejó caer la toalla y estiró los brazos para agarrarme los hombros—, pero también quiero que te arrodilles ante mí, y sostenerte con los dedos entrelazados en tu pelo, y tu boca a mi servicio... y quiero las dos cosas al mismo tiempo, Sassenach. —Recorrió mi pelo con los dedos y tomó mi cara entre sus manos.

»¡No me entiendo! O tal vez sí. —Me soltó y se giró. Ya se le había secado la cara, pero recogió la toalla y se frotó la mandíbula con ella, una y otra vez. La incipiente barba sonó áspera contra el lino fino. Su voz seguía siendo baja, apenas audible a varios metros de distancia—. Esas cosas, es decir, la conciencia de estas cosas, las comprendí poco después... después de Wentworth. —Wentworth. Donde había dado su alma por salvarme la vida y había sufrido tanto para recuperarla.

»Al principio creí que Jonathan Randall me había robado un pedazo de alma, pero después supe que era algo peor. Todo lo que pasó estaba en mí, siempre lo estuvo; él sólo me lo enseñó y me lo hizo saber. Por eso no puedo perdonarle, ¡y que su alma se pudra en el infierno!

Bajó la toalla y me miró con el rostro cansado por la noche anterior, pero los ojos brillantes por la urgencia.

—Claire. Quiero sentir los huesos de tu cuello bajo mis manos, y la piel suave y delgada de tus senos y tus brazos... Dios mío, eres mi esposa, a quien amo con toda mi alma, y, sin embargo, quiero besarte muy fuerte hasta lastimarte los labios; y quiero ver las marcas de mis dedos en tu piel.

Dejó caer la toalla. Levantó las manos, las sostuvo temblorosas en el aire un momento y después las bajó muy lentamente y las apoyó sobre mi cabeza como si me estuviera bendiciendo.

—Deseo guardarte como un gatito dentro de mi camisa, *mo duinne* y, sin embargo, quiero abrirte las piernas y penetrarte como un toro en celo. —Sus dedos se pusieron rígidos en mi pelo—. ¡No me entiendo!

—¿Crees que para mí es diferente? ¿Crees que no siento lo mismo? —le pregunté—. ¿Que a veces no quiero morderte hasta hacerte sangrar, o clavarte las uñas hasta que grites?

Extendí la mano lentamente para tocarlo. La piel de su pecho estaba húmeda y tibia. Lo toqué con la uña del índice, justo debajo del pezón. Ligeramente, sin apenas tocarlo, moví la uña hacia arriba y hacia abajo, en círculos, observando cómo se endurecía la pequeña protuberancia entre los rizos rojizos.

Presioné la uña un poco más fuerte, deslizándola hacia abajo, y dejé una fina línea roja sobre la piel clara de su pecho. Temblaba de arriba abajo, pero no me retiré.

—A veces deseo montarte como si fueras un caballo salvaje, y domarte... ¿sabías? Sabes que puedo hacerlo, sabes que puedo. Arrastrarte hasta el límite y agotarte hasta dejarte jadeando. Puedo llevarte hasta el límite del colapso y a veces lo disfruto, Jamie.

Y, sin embargo, muchas veces quiero... —La voz se me quebró de repente y tuve que tragar fuerte antes de continuar—. Quiero... apoyar tu cabeza en mi pecho y acunarte como a un niño y arrullarte hasta que te duermas.

Mis ojos estaban tan llenos de lágrimas que no podía verle bien la cara; no pude ver si también él estaba llorando. Sus brazos me rodeaban con fuerza, y su calor húmedo me envolvía como el aliento de un monzón.

—Claire, me matas, con daga o sin ella —susurró, con la cara hundida en mi pelo.

Se inclinó, me alzó y me llevó hasta la cama. Cayó de rodillas, apoyándome sobre los edredones revueltos.

—Ahora te acostarás conmigo —dijo con calma—. Y te usaré como debo. Y si quieres vengarte, entonces bienvenida eres, porque mi alma es tuya, hasta sus profundidades más oscuras.

La piel de sus hombros estaba tibia por el calor del baño, sin embargo tembló como si tuviera frío cuando mis manos ascendieron por su cuello, y lo acerqué hacia mí.

Y cuando terminé de vengarme, lo acuné, y acaricié los húmedos rizos.

—Y a veces —susurrré— desearía tenerte dentro de mí. Poder meterte dentro y mantenerte a salvo para siempre.

Su grande y cálida mano ascendió lentamente y cubrió el pequeño bulto redondo de mi vientre, como refugio y caricia.

—Lo haces, mi amor —dijo—. Lo haces.

Lo sentí por primera vez a la mañana siguiente mientras estaba acostada, mirando a Jamie vestirse. Un pequeño revoloteo, conocido y nuevo a la vez. Jamie estaba de espaldas a mí, mientras se retorcía dentro de su camisa y estiraba los brazos, acomodando los pliegues de lino blanco sobre el ancho de sus hombros.

Me quedé quieta, esperando, deseando que se repitiera. Se repitió, esta vez como una serie de rápidos movimientos infinitesimales, como las burbujas de una gaseosa que ascienden a la superficie.

De repente me acordé de la Coca-Cola; esa rara y oscura bebida gaseosa estadounidense. La había probado una vez mientras cenaba con un coronel norteamericano que la había servido como un lujo: en tiempo de guerra lo era. Venía en gruesas botellas verdosas, con estrías suaves y apretadas y una cintura elevada, de manera que la botella tenía forma de mujer, con un saliente redondeado justo debajo del cuello, que se ensanchaba hasta uno más amplio más abajo.

Recordé los millones de burbujas pequeñas que habían subido hacia el cuello angosto cuando se abrió la botella: más pequeñas que las burbujas del champán, explotando alegremente en el aire. Apoyé una mano suavemente en mi abdomen, justo encima del útero.

Allí estaba. No tuve la sensación de que fuera varón o mujer, como había pensado, pero sí la sensación de que había alguien. Me pregunté si los bebés no tendrían género, aparte de las características físicas, hasta el día de su nacimiento, cuando el acto de exposición al mundo exterior los convertía para siempre en hombre o mujer.

—Jamie —dije. Se estaba recogiendo el pelo en una gruesa cola en la nuca y sujetándolo con un lazo de cuero. Con la cabeza inclinada, me miró y sonrió.

—¿Ya estás despierta? Todavía es temprano, *mo duinne*. Duerme un poco más.

Iba a decírselo, pero algo me detuvo. Por supuesto, él no podía sentirlo, todavía no. No era que creyera que no le fuera a importar, pero hubo algo en ese primer reconocimiento que me pareció muy íntimo; el segundo secreto que comparten madre e hijo: el primero es el saber que existe, tener el conocimiento consciente del ser simple del embrión. Compartir dicho conocimiento nos unía tanto como la sangre que pasaba a través de nosotros.

—¿Quieres que te haga una trenza? —le pregunté.

Cuando íbamos a los muelles, a veces me pedía que le trenzara la melena roja en una prieta cola, a prueba de los estirones del viento sobre la cubierta y el muelle. Siempre bromeaba diciendo que lo untaría en alquitrán, como los marineros, para solucionar el problema permanentemente.

Sacudió la cabeza y cogió el kilt.

—No, voy a visitar al príncipe Carlos. Y aunque su casa tiene muchas corrientes, no creo que me vuele el pelo y me tape los ojos. —Me sonrió y se acercó a la cama. Vio que tenía la mano apoyada en el vientre, y apoyó la suya encima.

—¿Te sientes bien? ¿Ya no tienes náuseas?

—Mucho mejor.

De hecho, las náuseas matinales habían disminuido, aunque a veces me asaltaban en momentos extraños. Descubrí que no soportaba el olor a callos fritos con cebolla, y tuve que prohibir el popular plato del menú de los sirvientes, pues su olor se colaba desde la cocina en el sótano, ascendía como un fantasma por las escaleras y me asaltaba de repente al abrir la puerta de la sala de estar.

—Bien. —Alzó mi mano y se inclinó para besarme los nudillos a modo de despedida—. Vuelve a dormir, *mo duinne* —repitió.

Cerró la puerta suavemente tras de sí, como si yo ya estuviera dormida, dejándome sola en el silencio de la madrugada de la habitación, con los pequeños ruidos de la casa amortiguados por los paneles de roble.

La luz pálida del sol de la ventana abatible se reflejaba a cuadros sobre la pared opuesta. Sabía que sería un día precioso: hacía un cálido tiempo primaveral, y las flores del ciruelo estallaban en tonos rosas y blancos, rodeadas de abejas en los jardines de Versalles. Los cortesanos saldrían a los jardines, regocijándose ante el tiempo, tanto como los vendedores que transportaban sus mercancías por las calles.

Así que me regocijé, sola y acompañada, en mi pacífico capullo de calidez y tranquilidad.

—Hola —dije suavemente, y posé una mano sobre las alas de mariposa que aleteaban dentro de mí.

TERCERA PARTE

Mala suerte

18

Violación en París

A comienzos de mayo hubo una explosión en el Arsenal Real. Más tarde me enteré de que la había causado un guardián que había apoyado su antorcha donde no debía y, un minuto después, la mayor selección de pólvora y armas de fuego de París había volado con un estruendo que sobresaltó a las palomas de Notre Dame.

Yo estaba en L'Hôpital des Anges y no oí la explosión, pero me llegaron los ecos. Aunque el hospital se encontraba en el otro extremo de la ciudad, hubo suficientes víctimas para llenar los demás hospitales y mandaron a algunas al nuestro: mutilados y quemados gimiendo en carretas o en camillas improvisadas por sus amigos a través de las calles.

Había oscurecido completamente antes de atender a la última de las víctimas y de colocar cuidadosamente el último cuerpo vendado entre las hileras mugrientas y anónimas de pacientes del hospital.

Había enviado a Fergus a casa con el mensaje de que llegaría tarde cuando vi la magnitud de la tarea que aguardaba a las hermanas del hospital. Fergus había vuelto, acompañado por Murtagh, y ambos me esperaban en la escalinata exterior para escoltarnos a casa a Mary y a mí.

Por fin cruzamos, exhaustas, la puerta doble y encontramos a Murtagh enseñando el arte de lanzar cuchillos a Fergus.

—Vamos —decía, con la espalda vuelta hacia nosotras—. Lo más recto que puedas, cuando cuente hasta tres. ¡Uno... dos... tres!

Al contar «tres» Fergus echó a rodar la enorme cebolla blanca que tenía en la mano, dejándola rebotar en aquel suelo tan irregular.

Murtagh se quedó quieto, con un brazo doblado como al descuido y sujetando la daga por la punta con los dedos de la otra mano. Cuando la cebolla pasó a su lado, su muñeca se dobló una vez, con un movimiento corto y rápido. Nada se movió, sólo su kilt, pero la cebolla saltó de costado, atravesada por la daga, y cayó mortalmente herida, rodando débilmente a sus pies.

—¡Bravo, señor Murtagh! —gritó Mary.

Sorprendido, Murtagh se giró, y pude ver que se ruborizaba a la luz de las puertas dobles que había detrás de nosotros.

—Mmmfm —fue lo único que dijo.

—Lamento la espera —me disculpé—. Hemos tardado bastante tiempo en ocuparnos de todo el mundo.

—Claro —respondió lacónicamente. Luego se volvió hacia Fergus—. Será mejor que busques un coche, muchacho. Es tarde para que las damas vayan a pie.

—No hay coches por aquí —dijo Fergus, encogiéndose de hombros—. Hace una hora que recorro la calle; todos los coches vacíos de la Cité están en la vecindad del Arsenal. Quizá consigamos alguno en la Rue du Faubourg Saint Honoré. —Señaló calle abajo un hueco estrecho y oscuro entre los edificios que mostraba un pasaje que llevaba a la calle siguiente—. Por allí se llega enseguida.

Murtagh frunció el entrecejo un instante y asintió.

—Muy bien, muchacho. Vayamos, entonces.

Hacía frío en el callejón y podía ver las pequeñas nubes blancas que salían de mi boca, pese a la noche sin luna. No importaba lo mucho que oscureciera, en las calles de París, siempre había luz en alguna parte; el resplandor de las lámparas y las velas se filtraba a través de los postigos y las grietas de los muros en los edificios de madera, y la luz se acumulaba alrededor de los puestos de los vendedores ambulantes, y se esparcía desde el pequeño cuerno y los faroles metálicos que colgaban de la parte posterior de carros y carruajes.

La calle siguiente era de mercaderes, y en las tiendas habían colgados faroles de metal perforado sobre las puertas y las entradas. Como muchos no se conformaban con la protección policial, contrataban a un guardián nocturno. Cuando vi a uno frente a la tienda de un fabricante de veleros, sentado en cuclillas en la oscuridad, respondí con un ademán a su saludo: «*Bonsoir, monsieur, mesdames.*»

No obstante, al pasar frente a la tienda, oímos una repentina exclamación de alarma del vigilante.

—¡Monsieur! ¡Madame!

Murtagh se giró para enfrentarse al peligro, desenfundando su espada. De reflejos más lentos, yo sólo me había girado a medias cuando él ya había dado un paso adelante; vislumbré un movimiento rápido en la puerta a sus espaldas. El golpe cayó sobre Murtagh desde atrás, antes de que yo alcanzara a prevenirlo, y fue trastabillando hasta desplomarse boca abajo sobre la calle, inconsciente, mientras la espada y la daga se le escapaban de las manos, repiqueteando sobre los adoquines. Me agaché rápidamente al ver la espada de Murtagh cerca de mi pie, pero un par de manos me agarraron por detrás.

—Encárgate del hombre —ordenó una voz a mis espaldas—. ¡Rápido!

Luché para librarme de mi captor, pero éste me apretó las muñecas y las torció con fuerza, haciéndome gritar. Vi una silueta blanca, espectral, en medio de la oscuridad de la calle, y el «guardián» se inclinó sobre el cuerpo postrado de Murtagh, con unas tiras de género blanco en las manos.

—¡Socorro! —grité—. ¡No lo toquéis! ¡Socorro! ¡Bandidos! ¡Asesinos! ¡SOCORRO!

—¡Cállate! —Un golpe rápido en la oreja hizo que me diera vueltas la cabeza. Cuando dejé de lagrimear, divisé una forma blanca y alargada en la zanja: era Murtagh, amortajado con un saco de lona. El falso guardián estaba agachado junto a él; se incorporó, sonriendo, y vi que llevaba una máscara; una tira oscura de tela que le cubría desde la frente hasta el labio superior.

Un hilo delgado de luz de la tienda contigua le iluminó el cuerpo. A pesar de la noche fría, llevaba sólo una camisa verde esmeralda que brilló momentáneamente a la luz, un par de calzas abrochadas en la rodilla y medias de seda; unos zapatos de cuero completaban su atavío, y no tenía los pies descalzos ni zuecos como hubiera esperado. No se trataba de bandidos comunes y corrientes.

Alcancé a ver a Mary a un lado. Una de las figuras enmascaradas la tenía asida por detrás: con un brazo le rodeaba la cintura y con la otra mano intentaba abrirse camino entre las faldas, como un animal que trata de meterse en su madriguera.

El que estaba frente a mí me puso la mano detrás de la cabeza y me acercó hacia él. La máscara le dejaba al descubierto la boca. Me metió la lengua en la boca; olía a alcohol y a cebolla. Sentí náuseas, le di un buen mordisco y escupí cuando la retiró. Me abofeteó con fuerza, haciéndome caer de rodillas en la zanja.

A mi lado, Mary lanzaba patadas con sus zapatos de hebilla de plata, mientras que el rufián que la abrazaba le subía las faldas por encima de la cintura. Se oyó el ruido del raso al rasgarse y un alarido cuando los dedos del hombre se hundieron entre los muslos de ella.

—¡Una virgen! ¡Tengo una virgen! —graznó. Otro hombre hizo una reverencia burlona ante Mary.

—¡Felicidades, mademoiselle! Su marido tendrá motivos para darnos las gracias la noche de bodas, pues no encontrará torpes obstrucciones que impidan su placer. Pero somos generosos: no pedimos que se nos den las gracias por cumplir con nuestro deber. El servicio es un placer en sí mismo.

Si necesitaba algo más, además de las medias de seda, para darme cuenta de que nuestros asaltantes no eran rufianes callejeros, este discurso, jaleado por los otros con risotadas, habría bastado. Pero encontrar nombres para los rostros enmascarados era otra cuestión.

Las manos que me tomaron por el brazo para levantarme tenían las uñas arregladas, con un pequeño lunar justo encima de la articulación del pulgar. «Debo recordar este detalle —pensé—. Si salimos vivas de ésta, podría resultar útil.»

Otro de los individuos me cogió los brazos por detrás con un tirón tan violento que lancé un grito. La postura me obligó a sacar los pechos del corpiño de escote bajo, como si los estuviera ofreciendo sobre una fuente.

El hombre que parecía dirigir la operación llevaba una camisa de tono pálido, decorada con motivos más oscuros; bordados, quizá. El atavío le daba un contorno impreciso en la oscuridad, y resultaba difícil mirarlo de cerca. No obstante, cuando se inclinó y me pasó un dedo por encima de los senos, alcancé a ver su pelo oscuro, pegado a la cabeza con fijador, y olí su perfume. Tenía orejas grandes, que le servían para sujetar las tiras de la máscara.

—No se preocupen, señoras —dijo el de la camisa bordada—. No queremos hacerles daño; nuestra única intención es hacer un poco de ejercicio. Sus maridos o novios no tienen por qué enterarse. Después las liberaremos. Pero primero tendrán que entregarnos el placer de sus dulces labios —dijo, dando un paso atrás y tirando de los cordones de sus calzas.

—No te metas con ésa, que muerde —le advirtió Camisa Verde.

—No lo hará si quiere conservar sus dientes —replicó su compañero—. De rodillas, madame, si me hace el favor. —Me empujó los hombros hacia abajo con fuerza, y me sacudí hacia atrás, tambaleándome. Me agarró para que no escapara, y la capucha de mi capa cayó hacia atrás, liberando mi pelo. Las horquillas se aflojaron en la pelea, y el pelo se derramó sobre mis hombros, con los mechones ondeando como estandartes en el viento nocturno, y cegándome al azotarme la cara.

Salté hacia atrás, librándome de mi asaltante, y sacudí la cabeza para despejar los ojos. La calle estaba oscura, pero pude ver algo a la luz de los faroles, a través de las contraventanas cerradas, o en resplandor de la luz de las estrellas que atravesaba las sombras de la calle.

Mary agitaba frenéticamente los pies, y las hebillas de plata de sus zapatos reflejaban la luz. Estaba de espaldas, con uno de los hombres encima de ella; lanzaba maldiciones al tratar de bajarse los pantalones y controlarla a ella al mismo tiempo. Se oyó el ruido de tela al rasgarse y se vio el trasero blanco del violador bajo el rayo de luz procedente de la puerta de un patio.

Alguien me cogió por la cintura y me arrastró hacia atrás, haciendo que mis pies se levantaran del suelo. Le hundí un tacón en la espinilla y lanzó un alarido de dolor.

—¡Sujétala! —ordenó Camisa Bordada, emergiendo de las sombras.

—¡Sujétala tú! —Mi aprehensor me arrojó sin ceremonias en los brazos de su amigo. La luz del patio me dio de lleno en los ojos, cegándome por un momento.

—¡Madre de Dios! —Las manos que me apretaban el brazo aflojaron su presión, y me solté. Vi que Camisa Bordada tenía la boca abierta y una expresión horrorizada bajo la máscara. Retrocedió, persignándose.

—*In nomine Patris, et Filii, et Spiritus Sancti* —balbuceó, sin dejar de persignarse—. ¡La Dama Blanca!

—¡La Dama Blanca! —El hombre que estaba a mis espaldas le hizo eco, con un tono de voz que denotaba espanto.

Camisa Bordada seguía retrocediendo, sin dejar de trazar cruces en el aire, cada vez menos cristianas, pero, al parecer, con igual intención. Levantó el índice y el meñique, haciendo la señal tradicional de cuernos contra el mal, y empezó a recitar una lista de autoridades espirituales que iban desde la Trinidad hasta poderes de un nivel considerablemente menor, susurrando los nombres en latín a tal velocidad que las sílabas se mezclaban unas con otras.

Permanecí aturdida en medio de la calle hasta que un grito terrible, proveniente del suelo cerca de mis pies, me recordó dónde estaba. Demasiado ocupado con sus propios asuntos para prestar atención a otra cosa, el hombre montado encima de Mary hacía sonidos guturales de satisfacción mientras movía las caderas rítmicamente. Mary no cesaba de gritar, desesperada.

Actuando por puro instinto, di un paso hacia ellos, cogí impulso y, con todas mis fuerzas, descargué el pie sobre las costillas del hombre en una patada feroz. Con un alarido de dolor, cayó hacia un lado.

Uno de sus amigos corrió y lo cogió de los brazos sin dejar de gritar:

—¡Arriba! ¡Vamos! ¡Es la Dama Blanca! ¡Corramos!

Sumido aún en el frenesí de la violación, el hombre lo miró sin ver y trató de volver sobre Mary, que se retorcía y meneaba frenéticamente, intentando liberar los pliegues de sus faldas del peso que la mantenía presa. Tanto Camisa Verde como Camisa Bordada empezaron a tirar de los brazos del agresor, hasta que lograron ponerlo en pie. Las calzas desgarradas le colgaban alrededor de los muslos, y el ensangrentado pene erecto temblaba con inconsciente avidez en medio de los caídos faldones de la camisa.

El estruendo de pasos que se aproximaban corriendo pareció despertarlo por fin. Al oír el ruido, sus dos ayudantes lo soltaron y echaron a correr a toda prisa, abandonándolo a su suerte. Ahogando una maldición, se dirigió al callejón más cercano, saltando y cojeando mientras trataba de subirse las calzas.

—*Au secours! Au secours! Gendarmes!* —gritaba una voz sin aliento por los callejones; su dueño se acercaba hacia nosotras tropezando con la basura en la oscuridad. No creí que un asaltante pudiera andar pidiendo ayuda a gritos a la *gendarmerie*, aunque en aquel momento nada podía sorprenderme.

Pero me sorprendí de verdad al ver que la figura negra que emergía del callejón era Alexander Randall, envuelto en una capa negra y con la cabeza cubierta por un sombrero de ala flexible. Dirigió una mirada enloquecida a ambos lados del callejón, viendo primero a Murtagh, atrapado en un saco de basura, luego a mí, inmóvil y jadeante apoyada en la pared, y finalmente a la forma agazapada de Mary, casi invisible entre las demás sombras. Permaneció impotente por un momento, luego giró sobre sus talones y se subió a la verja de hierro, por donde habían salido los agresores. Desde allí alcanzó el farol que estaba suspendido de una viga del techo.

La luz fue un consuelo, pese a la lastimosa imagen que revelaba. Al menos, disipó las sombras acechantes que amenazaban con convertirse en nuevos peligros en cualquier momento. Mary estaba de rodillas, acurrucada, con la cabeza hundida entre los brazos, y temblaba en completo silencio. Uno de sus zapatos estaba sobre los adoquines; su hebilla de plata centelleaba bajo la luz oscilante del farol.

Como un pájaro de mal agüero, Alex se abalanzó sobre ella.

—¡Señorita Hawkins! ¡Mary! ¿Está usted bien?

—¡Qué pregunta más estúpida! —exclamé con aspereza. Mary gimió y se apartó de él—. Por supuesto que no está bien. Acaban de violarla.

Haciendo un gran esfuerzo, me separé de la pared y me dirigí hacia ellos, advirtiendo con indiferencia clínica que me temblaban las rodillas, que cedieron del todo al ver una silueta enorme, parecida a la de un murciélago, aterrizando a medio metro de mí sobre los adoquines.

—Bueno, bueno, ¡mirad quién ha llegado! —dije, y empecé a reírme de manera algo desequilibrada. Un par de manazas me cogieron por los hombros y me sacudieron.

—Calla, Sassenach —dijo Jamie; sus ojos azules brillaban, negros y peligrosos a la luz del farol. Se enderezó, y los pliegues de su capa de terciopelo azul cayeron sobre sus hombros mientras estiraba los brazos hacia el tejado del que había saltado. Podía alcanzar el borde, de puntillas—. ¡Bueno, baja! —dijo con impaciencia, alzando la mirada—. Pon los pies en el borde y después en mis hombros, y deslízate por mi espalda. —Con un ruido de tejas sueltas, una pequeña figura negra se movió con cuidado, y después se deslizó por la figura alta como un mono por un palo—. Buen chico, Fergus —dijo. Jamie le dio una palmadita en el hombro e, incluso a la tenue luz, pude ver el rubor de placer que iluminó sus mejillas. Jamie inspeccionó el panorama con ojo táctico y, con un murmullo, envió al muchacho por el callejón para vigilar ante la llegada de los gendarmes. Tras encargarse de lo esencial, se agachó ante mí otra vez—. ¿Estás bien, Sassenach? —inquirió volviéndose hacia mí.

—Muchas gracias por preguntar —dije—. Sí, estoy bien. Pero ella no. —Señalé a Mary. Seguía acurrucada, temblando como si fuera gelatina, mientras Alex intentaba consolarla.

Jamie no le dirigió más que una mirada.

—Ya veo. ¿Dónde diablos está Murtagh?

—Allí —respondí—. Ayúdame a levantarme.

Caminé a tropezones hasta la zanja donde yacía Murtagh, sacudiéndose como un capullo inquieto, emitiendo un mezcla sorprendente de blasfemias ahogadas en tres idiomas.

Jamie sacó su daga y, con lo que pareció cierta indiferencia hacia el contenido, hizo un tajo de un extremo a otro. Murtagh saltó por la abertura, como el muñeco de una caja sorpresa. La mitad del negro pelo erizado estaba empastada con un líquido hediondo, sobre el cual había estado apoyado en el saco. El resto del pelo lo tenía de punta, lo que le daba una expresión de furia a un rostro que ya tenía un aspecto torvo debido a un enorme chichón púrpura y a un ojo que se estaba amoratando rápidamente.

—¿Quién me ha golpeado? —vociferó.

—Bueno, no he sido yo —respondió Jamie, alzando una ceja—. Vamos, hombre, que no tenemos toda la noche.

—Esto no resultará —musité mientras me clavaba alfileres engarzados con brillantes por todo el pelo—. Debe recibir asistencia médica. ¡Necesita un médico!

—Ya lo tiene —señaló Jamie, alzando la barbilla y mirándose en el espejo mientras se ajustaba el cuello duro—. Tú. —Terminada su labor, cogió un peine y se lo pasó apresuradamente por las abundantes ondas de pelo rojizo—. No tengo tiempo para hacerme trenzas —dijo sujetando una gruesa coleta mientras rebuscaba en el cajón—. ¿Tienes un trozo de cinta?

—Permíteme. —Me puse rápidamente detrás de él, le recogí el pelo, luego lo até con una cinta verde—. ¡Qué noche para tener una cena!

Y no era una cena cualquiera. El duque de Sandringham era el huésped de honor, con un grupo pequeño pero selecto de invitados, entre los que se contaba monsieur Duverney y su hijo mayor, un banquero prominente, Louise y Jules de La Tour, y los D'Arbanville. Y para hacer la velada más interesante aún, también habíamos invitado al conde de Saint Germain.

—¡Saint Germain! —había exclamado, atónita, cuando Jamie me lo contó la semana anterior—. ¿Para qué?

—Tengo negocios con él —me había explicado Jamie—. Ya ha cenado aquí otras veces, invitado por Jared. Ahora quiero tener la oportunidad de observarlo cuando hable contigo durante la comida. Por lo que he visto, no es un hombre que esconda lo que piensa. —Cogió el cristal blanco que me había dado el maestro Raymond y lo sostuvo en la mano.

—Es muy bonito —había dicho—. Lo he hecho engarzar en oro para que puedas llevarlo alrededor del cuello. Juguetea con él durante la cena, Sassenach, hasta que alguien te pregunte por él. Diles para qué es, y no dejes de observar la expresión de Saint Germain. Si fue él quien te puso el veneno en Versalles, creo que algún gesto lo traicionará.

Lo que yo quería en aquel momento era paz, tranquilidad y absoluta intimidad para poder ponerme a temblar como un conejo. En cambio, debía asistir a una cena con un duque que podía ser un jacobita o un agente inglés y un conde que podía ser un envenenador, mientras que arriba ocultaba a la víctima de una violación. Me tembló tanto la mano que no pude abrocharme la cadena que sostenía el cristal engarzado; Jamie se acercó a mi espalda y lo hizo en un santiamén.

—¿No estás nervioso? —le pregunté. Jamie me sonrió en el espejo y se puso las manos sobre el vientre.

—Sí, pero los nervios me afectan al estómago, no a las manos. ¿Tienes un poco de ese remedio para los retortijones?

—Sí, allí. —Señalé la caja de remedios que había sobre la mesa, que estaba abierta pues la había utilizado con Mary—. La botellita verde. Una cucharada.

Ignorando la cuchara, alzó la botella y tomó varios sorbos. La bajó y miró de reojo el líquido que contenía.

—¡Por Dios, es espantoso! ¿Ya estás lista? Los invitados llegarán en cualquier momento.

Mary estaba escondida en una habitación del primer piso. La había examinado con cuidado. Tenía magulladuras y estaba conmocionada. Le hice tragar una buena cucharada de jarabe de amapola, lo único que me pareció razonable en aquel momento.

Alex Randall había resistido todos los intentos de Jamie por enviarlo a su casa, insistiendo en permanecer junto a Mary. Tenía instrucciones estrictas de enviar por mí si ella se despertaba.

—¿Cómo es que ese idiota estaba allí? —pregunté buscando en el cajón los polvos de maquillaje.

—Se lo he preguntado —respondió Jamie—. Al parecer, está enamorado de Mary Hawkins y la sigue a todas partes. Parece una flor marchita, porque sabe que tiene que casarse con Marigny.

La caja del maquillaje se me cayó de las manos.

—¿Que está enamorado de ella? —inquirí, esparciendo una nube de partículas flotantes.

—Eso dice, y no veo razón para dudarlo —respondió Jamie, sacudiéndome el polvo del pecho del vestido—. Estaba un poco deprimido cuando me lo ha dicho.

—Me lo imagino.

A pesar del cúmulo de emociones que me invadían, sentí pena por Alex Randall. Estaba convencida de que él no le habría dicho nada a Mary, pensando que la devoción de un secretario sin recursos no era nada comparada con la fortuna y posición social de un miembro de la casa de Gascuña. ¿Cómo se habría sentido el pobre Randall cuando vio prácticamente ante sus propias narices que era víctima de un ataque tan brutal?

—¿Y por qué diablos no ha hablado con Mary? Ella habría huido con él sin pensárselo dos veces. —No cabía duda de que el pálido cura inglés era el objeto «espiritual» de la devoción de Mary.

—Randall es un caballero —respondió Jamie, entregándome una pluma y el frasco de colorete.

—Querrás decir que es un imbécil —repliqué sin misericordia.

El labio de Jamie tembló.

—Bueno, quizá. Pero además es pobre; no tiene ingresos para mantener a una esposa si la familia de Mary la abandona... lo cual harían sin duda si se fugara con él. Además Alex tiene una salud débil; le resultaría difícil encontrar otro trabajo, pues el duque lo echaría.

—Alguno de los sirvientes la encontrará —dije, volviendo a una preocupación anterior para evitar pensar en esta última afirmación trágica.

—No, no la encontrarán. Estarán ocupados sirviendo. Y mañana por la mañana estará lo suficientemente recuperada para volver a la casa de su tío. Ya he enviado una nota —añadió— avisándoles de que pasaría la noche en casa de una amiga. No quiero que anden buscándola.

—Sí, pero...

—Sassenach—. Jamie apoyó sus manos en mi espalda, y miró por encima de mi hombro para buscar mis ojos en el espejo—. No podemos permitir que nadie la vea hasta que sea capaz de hablar y actuar con normalidad. Si se sabe lo que le ha pasado, su reputación quedará arruinada para siempre.

—¡Su reputación! ¡No es culpa suya que la hayan violado! —Me tembló un poco la voz, y sus manos me apretaron los hombros con más fuerza.

—No está bien, pero así son las cosas. Si se sabe que ya no es virgen, ningún hombre la querrá... será difamada y permanecerá soltera el resto de sus días. —Me apretó el hombro, lo soltó y metió una horquilla en el cabello precariamente recogido—. Es lo único que podemos hacer por ella, Claire. Alejarla del daño, curarla lo mejor que podamos... y encontrar a los sucios bastardos que lo hicieron. —Se dio la vuelta y rebuscó en mi joyero, en busca de su alfiler de corbata—. ¡Cristo santo! —añadió suavemente, hablando al forro de terciopelo verde—. ¿Crees que no sé lo que ella debe de estar sintiendo? ¿O él?

Apoyé la mano en sus dedos y se los apreté. Jamie me devolvió el apretón, después me alzó la mano y la besó.

—¡Por Dios, Sassenach! Tienes los dedos fríos como la nieve. —Me hizo dar la vuelta para que lo mirara a los ojos—. ¿Estás bien, querida?

Fuera lo que fuera lo que vio en mi rostro, le hizo susurrar «¡Cristo Santo!» otra vez, ponerse de rodillas y apretarme contra los volantes de su camisa. Dejé de fingir valentía y me aferré a él, enterrando la cara en su calidez almidonada.

—Dios mío, Jamie. Estaba tan asustada. ¡Estoy tan asustada! Oh, Dios, ojalá pudieras hacerme el amor ahora.

Su pecho vibró contra mi mejilla al echarse a reír, pero me abrazó más fuerte.

—¿Crees que eso ayudaría?

—Sí.

De hecho, pensé que no volvería a sentirme segura otra vez hasta que no me recostara en la seguridad de nuestra cama, con el silencio protector de la casa a nuestro alrededor, sintiendo su fuerza y su calor dentro de mí, reforzando mi valentía con la alegría de nuestra unión y borrando el horror de la impotencia y la casi violación con la certeza de la posesión mutua.

Sostuvo mi cara entre sus manos y me besó y, por un momento, el temor al futuro y el terror de la noche desaparecieron. A continuación, se retiró y sonrió. Podía ver su propia preocupación grabada en las líneas de su rostro, pero en sus ojos no se podía ver nada más que el pequeño reflejo de mi cara.

—Déjalo a cuenta, entonces —dijo.

Habíamos llegado al segundo plato sin incidentes, y yo empezaba a tranquilizarme, aunque todavía me temblaba la mano al levantar la taza de consomé.

—¡Fascinante! —dije en respuesta a una anécdota del joven monsieur Duverney que en realidad no estaba escuchando, pues mis oídos estaban alertas a cualquier ruido sospechoso que proviniera de arriba—. Cuénteme más.

Tropecé con la mirada de Magnus, que estaba sirviendo al conde de Saint Germain, sentado frente a mí, y le felicité lo mejor que pude con la boca llena de pescado. Demasiado bien entrenado como para sonreír en público, inclinó la cabeza ligeramente y siguió sirviendo. Me acaricié la piedra de cristal de forma ostentosa, mirando al conde. No vi señal alguna de turbación en su semblante de rasgos demoníacos. Estaba concentrado comiendo la trucha con almendras.

Jamie y el mayor de los Duverney estaban enfrascados en una conversación en el otro extremo de la mesa, ignorando la comida; Jamie garabateaba cifras con la mano izquierda sobre un pedazo de papel con un trozo de tiza. ¿Discutirían de ajedrez o de negocios?

Como huésped de honor, el duque de Sandringham estaba sentado en el centro de la mesa. Había disfrutado de los entrantes con el gusto de un comilón nato, y ahora conversaba con madame D'Arbanville, sentada a su derecha. Como el duque era el inglés más prominente de París en aquel momento, Jamie había considerado oportuno cultivar su relación, con la esperanza de descubrir cualquier cosa que pudiera conducir al remitente del mensaje musical enviado a Carlos Estuardo. Sin embargo, mi atención se desvió hacia el caballero que estaba sentado enfrente del duque: Silas Hawkins.

Pensé que me daría un ataque y me moriría allí mismo cuando el duque había entrado haciendo un gesto relajado por encima de su hombro y había dicho:

—Señora Fraser, conoce al señor Hawkins, ¿no es verdad?

Los ojillos azules y alegres del duque me habían mirado con la confianza de quien sabe que sus caprichos serán satisfechos. No me había quedado otra alternativa que sonreír y pedirle a Magnus que pusiera otro plato en la mesa. Jamie, cuando vio al señor Hawkins entrar por la puerta del salón, pareció necesitar otra dosis de remedio para el estómago; sin embargo, se repuso lo suficiente para estrechar la mano del invitado imprevisto y empezó a conversar sobre las posadas que se encontraban en el camino a Calais.

Eché un vistazo al reloj que había sobre la chimenea. ¿Cuánto tiempo pasaría antes de que todos se fueran? Conté mentalmente los platos ya servidos y los que faltaban por servir. Ya estábamos cerca del postre. Después la ensalada y el queso. Coñac y café, oporto para los hombres, licores para las damas. Una o dos horas de conversación estimulante. «No demasiado, por Dios, o se quedarán hasta el amanecer.»

En aquel momento, el tema de conversación eran las pandillas callejeras. Dejé el pescado y cogí un panecillo.

—Y me he enterado de que algunas de estas bandas no están integradas por la plebe, sino por jóvenes miembros de la nobleza —dijo el general D'Arbanville, inflando los labios ante la monstruosidad de la idea—. Lo hacen por diversión. ¡Diversión! Como si robar a hombres decentes y ultrajar a damas fuera lo mismo que una pelea de gallos.

—¡Es extraordinario! —exclamó el duque, con la indiferencia de quien no sale sin una buena escolta. La fuente de aperitivos calientes merodeaba cerca de su barbilla, y puso media docena en su plato. Jamie me miró y se levantó de la mesa.

—Si me disculpan, señoras y señores —dijo con una reverencia— tengo un buen oporto que me gustaría ofrecerles. Iré al sótano a buscarlo.

—Debe de ser el Belle Rouge —dijo Jules de La Tour, relamiéndose con anticipación—. Esperen a probarlo. No he probado un vino igual en ninguna otra parte.

—¿No? Pronto lo hará, *monsieur le prince* —dijo el conde de Saint Germain—. Un vino aún mejor.

—¡No creo que exista nada mejor que el Belle Rouge! —exclamó el general D'Arbanville.

—Claro que sí —declaró el conde con expresión satisfecha—. He descubierto un nuevo oporto, hecho y embotellado en la isla de Gostos, frente a la costa de Portugal. Tiene el color del rubí y un gusto que hace que el Belle Rouge parezca agua coloreada. Tengo un contrato para la entrega de la cosecha completa en agosto.

—¿De veras, *monsieur le comte*? —Silas Hawkins levantó sus cejas canosas hacia nuestro extremo de la mesa—. ¿Ha encontrado un nuevo socio? Me habían dicho que sus recursos se habían visto... menguados, por así decirlo, después de la triste destrucción del *Patagonia*. —Tomó un aperitivo de queso de su plato y se lo metió delicadamente en la boca.

El conde apretó las mandíbulas y un frío repentino descendió sobre el extremo de la mesa donde estábamos sentados. Por la mirada de soslayo del señor Hawkins, y la leve sonrisa que se ocultaba en su boca, estaba claro que estaba al tanto del papel que yo había desempeñado en el desafortunado episodio.

Volví a llevarme la mano a la piedra, pero el conde no me miró a mí sino al señor Hawkins, con una expresión de abierto disgusto. Jamie estaba en lo cierto: no era un hombre que ocultara sus emociones.

—Afortunadamente, monsieur —dijo, dominando su cólera con aparente esfuerzo—, he encontrado un socio dispuesto a invertir dinero en la empresa. Un compatriota de nuestro gentil anfitrión. —Asintió de manera sarcástica hacia la puerta, donde Jamie acababa de aparecer, seguido de Magnus, el mayordomo, que llevaba una enorme botella de oporto Belle Rouge.

Hawkins dejó de masticar por un instante, dejando la boca abierta de manera poco atractiva.

—¿Un escocés? ¿Quién? No sabía que hubiera escoceses en el negocio de licores y vinos, aparte de los Fraser.

Un expresión divertida iluminó los ojos del conde, mientras miraba al señor Hawkins y a Jamie alternativamente.

—Supongo que es discutible si el inversor en cuestión podría ser considerado escocés. De todos modos, es un compatriota de milord Broch Tuarach. Se llama Carlos Estuardo.

Esta noticia tuvo el impacto esperado por el conde. Silas Hawkins se enderezó en su silla con una exclamación que le hizo atragantarse con los restos de su bocado. Jamie, que se disponía a hablar, cerró la boca y se sentó, mirando pensativo al conde. Jules de La Tour empezó a soltar exclamaciones y gotas de saliva, y los D'Arbanville también mostraron su sorpresa. Incluso el duque apartó los ojos de su plato y pestañeó, mirando al conde con interés.

—¿De verdad? Tenía entendido que los Estuardo eran más pobres que las ratas. ¿Está seguro de que no lo está embaucando?

—No deseo difamar a nadie ni despertar sospechas —comentó Jules de La Tour—, pero es bien sabido en la corte que los Estuardo no tienen dinero. Es cierto que muchos jacobitas han estado buscando fondos pero, por lo que he oído, sin éxito.

—Es verdad —intervino el más joven de los Duverney—. El mismo Carlos Estuardo ha mantenido conversaciones privadas con dos banqueros que conozco, pero ninguno está dispuesto a adelantarle una suma sustancial, dada su situación actual.

Miré brevemente a Jamie, que respondió con un gesto imperceptible. Parecían buenas noticias. Pero entonces, ¿qué había de cierto en la versión del conde sobre un préstamo?

—Sé con certeza —dijo el conde— que Su Alteza se ha asegurado un préstamo de quince mil libras de un banco italiano, suma que ha puesto a mi disposición para poner un barco en servicio activo y adquirir toda la cosecha de Gostos. Aquí tengo la carta firmada. —Dio una palmadita de satisfacción en el bolsillo de su chaqueta. Después volvió a sentarse, observó con una sonrisa triunfal a los comensales y se detuvo en Jamie.

—Y bien, milord —dijo, y señaló la botella apoyada sobre el mantel blanco frente a Jamie—. ¿Va a permitirnos probar este famoso vino?

—Sí, por supuesto —respondió Jamie, alcanzando mecánicamente la primera copa.

Louise, que había permanecido callada durante casi toda la cena, advirtió la incomodidad de Jamie. Para ayudarme, se volvió hacia mí tratando de derivar la conversación hacia un tema neutral.

—¡Qué hermosa piedra llevas en el cuello, *ma chère!* —exclamó señalando mi cristal—. ¿Dónde la has conseguido?

—Ah, ¿ésta? —respondí—. Bueno, en realidad...

Me interrumpió un grito desgarrador. La conversación se detuvo y el eco sacudió los cristales de la araña que pendía del techo.

—*Mon Dieu* —dijo el conde de Saint Germain en medio del silencio—. Qué...

El grito se repitió varias veces. El sonido se extendió por la escalera y hasta el recibidor.

Los invitados se levantaron y se precipitaron al vestíbulo a tiempo para ver a Mary Hawkins, con el vestido hecho jirones, en lo alto de la escalera. Estaba inmóvil y, como para conseguir el máximo efecto, tenía la boca abierta y las manos sobre el pecho, donde la tela desgarrada del vestido dejaba al descubierto las magulladuras de sus senos y brazos.

Con las pupilas reducidas a pequeños puntos a la luz del candelabro, sus ojos vacíos parecían lagos en los que se reflejaba el horror. Miró hacia abajo, pero era evidente que no veía ni la escalera ni la multitud de espectadores atónitos.

—¡No! —chilló—. ¡No! ¡Soltadme! ¡Os lo ruego! ¡NO ME TOQUÉIS! —A pesar de que estaba aturdida por la droga, pareció percibir algún movimiento a sus espaldas, porque se volvió y agitó los brazos a diestro y siniestro, clavándole las uñas a Alex Randall, que intentaba calmarla en vano.

Desgraciadamente, desde abajo parecía más bien la tentativa de un pretendiente rechazado intentando un nuevo ataque.

—*Nom de Dieu* —exclamó el general D'Arbanville—. *Racaille!* ¡Suéltela inmediatamente! —El viejo soldado subió la escalera buscando con la mano la espada que, afortunadamente, había dejado a la entrada.

Me interpuse entre el conde y el joven Duverney, que parecían querer seguir al general, pero nada pude hacer con el tío de Mary, Silas Hawkins. Con los ojos desorbitados, el mercader de vinos permaneció estupefacto un momento, y después bajó la cabeza y cargó como un toro, abriéndose camino entre los demás.

Desesperada, busqué con la mirada a Jamie, y lo descubrí en el extremo del grupo. Lo interrogué con los ojos; de todos modos, nada de lo que hubiera dicho se habría oído en el tumulto que se había formado en el vestíbulo, acrecentado por los gritos agudos de Mary.

Él se encogió de hombros y miró a su alrededor. Vi que su mirada se posaba un momento en una mesa de tres patas que había cerca de la pared y sobre la que había un jarrón con crisantemos. Alzó la mirada, midiendo la distancia, cerró los ojos un instante como si quisiera encomendar su alma a Dios, y después se movió con decisión.

Saltó sobre la mesa, sobre la balaustrada de la escalera y se adelantó un par de pasos al general. Fue una prueba de acrobacia tal que las damas se quedaron sin aliento, entre horrorizadas y admiradas.

Las exclamaciones aumentaron cuando Jamie, saltando los escalones de dos en dos, se interpuso entre Mary y Alex y le propinó a éste un puñetazo en la mandíbula.

Alex, que había estado mirando alelado a su jefe, cayó de rodillas y se desplomó, hecho un ovillo, con los ojos todavía abiertos pero tan vacíos como los de Mary.

19

Un juramento

El reloj que había en la repisa del hogar producía un tictac fuerte y molesto. Era el único sonido de la casa, más allá del crujido del suelo y las pisadas sordas y lejanas de los sirvientes que estaban trabajando hasta tarde en las cocinas de abajo. Yo ya había soportado suficientes ruidos y sólo anhelaba el silencio para recomponer mis exasperados nervios. Abrí la caja del reloj y quité el contrapeso. El tictac cesó.

Indudablemente, aquélla había sido la cena de la temporada. Algunos que no habían asistido dirían durante meses que sí lo habían hecho, reforzando su afirmación con chismes y descripciones deformadas.

Por fin logré coger a Mary para hacerle tragar una nueva dosis de jugo de amapolas. La pobre se convirtió en poco más que un triste montón de trapos ensangrentados, lo que me permitió escuchar la discusión que sostenían Jamie, el general y el señor Hawkins. Alex permaneció inconsciente, y lo coloqué al lado de Mary, en el rellano de la escalera. Parecían Romeo y Julieta, tendidos en la plaza pública a modo de reproche a sus familiares, aunque el señor Hawkins no reconoció el parecido.

—¡Ha perdido su reputación! —decía—. ¡Ha hecho perder la reputación a mi sobrina! ¡El vizconde jamás la aceptará! ¡Inmundo escocés! ¡Usted y su puta! ¡Proxenetas! ¡Atrapan a niñas inocentes en sus viles garras para el placer de la escoria! Usted...

—Jamie, que lo había estado escuchando con bastante paciencia, le puso una mano en el hombro al señor Hawkins, lo giró y le propinó un buen puñetazo en la papada. Luego se quedó abstraído, frotándose los nudillos, mientras el mercader de vinos se desplomaba. El señor Hawkins cayó contra la pared y se deslizó suavemente hasta quedar sentado.

Jamie volvió su mirada fría y azul hacia el general D'Arbanville que, al observar el destino de los que se habían enfrentado a él, dejó sabiamente la botella de vino que había estado sacudiendo y dio un paso atrás.

—Vamos, adelante —lo instó una voz a mis espaldas—. ¿Por qué detenerse ahora, Tuarach? ¡Golpéelos a los tres! ¡Termine de una vez con todos! —El general y Jamie miraron con disgusto al que había hablado.

—Salga de aquí, Saint Germain —dijo Jamie—. Esto no es asunto suyo—. Sonaba cansado, pero alzó la voz para que le oyeran por encima del alboroto de abajo. Se le habían reventado las costuras de los hombros, y los pliegues blancos de su camisa de lino se veían a través de las aberturas.

Los finos labios de Saint Germain se curvaron en una sonrisa. Era evidente que se estaba divirtiendo.

—¿Que no es asunto mío? ¿Cómo pueden semejantes acontecimientos no ser asunto de cualquier hombre cívico? —Observó, divertido, el rellano repleto de cuerpos—. Después de todo, si un invitado del rey ha pervertido el significado de la palabra *hospitalidad* hasta el punto de hacer de su casa un burdel, ¿acaso no es eso...? ¡No, no lo haga! —dijo al ver que Jamie avanzaba hacia él.

Una navaja apareció como por arte de magia entre los encajes que caían en cascada de su muñeca. Vi que Jamie torcía la boca y movía los hombros dentro de las ruinas de su chaqueta, preparándose para la batalla.

—¡Deténgase! —dijo una voz imperiosa, y ambos Duverney, padre e hijo, se abrieron camino a empujones hasta el descansillo de la escalera, ya bastante concurrido. Duverney hijo se volvió y sacudió los brazos para alejar a la multitud, que se intimidó lo suficiente para dar un paso atrás.

—¡Usted! —dijo Duverney padre, señalando a Saint Germain—. Si, como sugiere, sabe qué es el civismo, haga algo útil y despida a los curiosos.

Saint Germain fulminó al banquero con la mirada, pero un momento después se encogió de hombros y la daga desapareció. Se volvió sin decir palabra y se dirigió escaleras abajo, empujando a quienes se interponían en su camino y gritándoles que se fueran.

Pese a tales exhortaciones, y a las de Gérard, el hijo de Duverney, que iba detrás del conde, la mayoría de los invitados sólo partió con la llegada de la Guardia del rey.

El señor Hawkins, que ya se había recuperado, volvió a acusar a Jamie de secuestro y proxenetismo. Por un momento creí que Jamie iba a volver a golpearlo, pues sus músculos estaban tensos bajo el terciopelo azul, pero pareció pensárselo mejor y se relajó.

Después de un rato de confusión y discusiones, Jamie aceptó ir al cuartel general de la Guardia en la Bastilla para dar explicaciones.

Alex Randall, pálido, sudoroso y sin la menor idea de lo que pasaba, también fue conducido hasta el cuartel. El duque no esperó a ver el destino de su secretario; llamó a su carruaje y partió antes de la llegada de la Guardia. Sea cual fuere su misión diplomática, no quería verse involucrado en un escándalo. A Mary Hawkins la llevaron a casa de su tío, envuelta en una sábana.

El oficial no quiso obligarme a ir al cuartel cuando Jamie le explicó que mi condición era muy delicada y no podía ir a prisión. Por fin, al ver a Jamie dispuesto a seguir golpeando a quien se pusiera delante para que le hicieran caso, el capitán de la Guardia aceptó, pero a condición de que no saliera de París. Aunque la idea de abandonar París tenía su atractivo, no podía irme sin Jamie, y di mi *parole d'honneur* sin reservas.

Mientras el grupo se dirigía hacia la salida, encendiendo faroles y recogiendo sombreros y capas, vi a Murtagh, con el rostro amoratado y serio, merodeando cerca de la multitud. Era evidente que planeaba acompañar a Jamie, dondequiera que fuera. Sentí alivio; por lo menos mi esposo no estaría solo.

—No te preocupes —me susurró Jamie al oído mientras me daba un abrazo breve—. Volveré enseguida. Si llegara a pasar algo... No será necesario, pero si necesitas un amigo, acude a Louise de La Tour.

—Lo haré. —No tuve tiempo más que para besarlo con la mirada, antes de que los guardias lo cercaran.

Las puertas de la casa se abrieron; Jamie miró detrás de sí, vio a Murtagh y abrió la boca para decir algo. Murtagh, posando las manos sobre el cinturón que transportaba su espada, miró con ferocidad a su alrededor y se abrió camino hacia Jamie; casi estuvo a punto de arrojar a Duverney hijo a la calle. Se produjo una batalla corta y silenciosa entre las miradas de ambos, y después Jamie se encogió de hombros y alzó las manos, resignado.

Salió a la calle, ignorando a la Guardia que los rodeaba completamente, pero detuvo la mirada en un pequeño bulto que había cerca de la verja. Se inclinó y dijo algo, después se enderezó, miró la casa y me dirigió una sonrisa, claramente visible a la luz del farol. Después, con un ademán a monsieur Duverney padre, subió al carruaje que aguardaba y se lo llevaron, con Murtagh colgado en la parte trasera del vehículo.

Fergus se quedó en la calle, mirando el coche hasta que desapareció. Después, subiendo los escalones con paso firme, me tomó de la mano y me condujo dentro.

—Vamos, milady —dijo—. Milord me ha encargado que la cuide hasta su regreso.

Fergus entró al salón y la puerta se cerró tras él.

—Ya he hecho la ronda de la casa, milady —susurró—. Está todo cerrado.

Pese a la preocupación, no pude dejar de sonreír; la voz de Fergus era una clara imitación de la de Jamie. Su ídolo le había encomendado una responsabilidad y él se tomaba su trabajo con mucha seriedad.

Después de acompañarme hasta el salón, había ido a hacer la ronda de la casa como hacía Jamie cada noche, verificando que las ventanas estuvieran trabadas, que las puertas exteriores tuvieran puesta la barra (que Fergus no tenía fuerza para alzar) y que las chimeneas estuvieran apagadas. Tenía una mancha de hollín que le iba de la frente a una de las mejillas pero, en algún punto, se había frotado el ojo con el puño, y le había quedado un anillo blanco alrededor, que le daba el aspecto de un pequeño mapache.

—Debería descansar, milady —aconsejó—. No se preocupe, me quedaré aquí.

No me eché a reír, pero le sonreí.

—No podría dormir aunque quisiera, Fergus. Me quedaré sentada un rato. Pero tal vez deberías ir a acostarte; ha sido una noche muy larga.

Era reacia a mandarlo a la cama, pues no quería destruir su nueva dignidad como hombre de la casa provisional, pero estaba claramente exhausto. Sus hombros pequeños y huesudos estaban hundidos, y tenía bolsas oscuras bajo los ojos, más oscuras aún que las que había dejado el hollín. Bostezó sin vergüenza, pero sacudió la cabeza.

—No, milady. Me quedaré con usted... si no le molesta —añadió rápidamente.

—No, en absoluto.

De hecho, estaba demasiado cansado como para hablar o moverse inquieto como solía hacer, y su presencia somnolienta en el escabel era tan reconfortante como la de un gato o un perro.

Me quedé observando las llamas, tratando de serenarme. Pensé en un lago tranquilo, en el rocío del bosque, incluso en la oscura paz de la capilla de la abadía, pero nada surtió efecto; por encima de toda imagen de paz se imponía lo sucedido esa noche: puños y dientes centelleantes saliendo de la oscuridad, llenos de temor; el rostro blanco y descompuesto de Mary Hawkins, idéntico al de Alex Randall; el ramalazo de odio en los ojos del señor Hawkins; la repentina desconfianza en los rostros del general y de los Duverney; el placer mal disimulado de Saint Germain por el escándalo, centelleando maliciosamente como las lágrimas de cristal de las arañas. Y, por último, la sonrisa de Jamie, mezcla de confianza e incertidumbre a la luz cambiante de los faroles.

¿Y si no volvía? Ése era el pensamiento que trataba de reprimir desde que se lo habían llevado. ¿Y si no podía librarse de culpa? Si el magistrado sospechaba de los extranjeros (más de lo habitual, corregí), podía encarcelarlo indefinidamente. Y por encima del miedo a que lo sucedido destruyera el trabajo de las últimas semanas estaba la imagen de Jamie en una celda como aquélla en la que lo había encontrado en Wentworth. Comparada con aquella situación, la noticia de que Carlos Estuardo hacía inversiones en vino me parecía trivial.

Una vez sola, tuve mucho tiempo para pensar, pero mis pensamientos no parecían llevarme a ninguna parte. ¿Quién o qué era «la Dama Blanca»? ¿Qué clase de «dama blanca», y por qué la mención de ese nombre había hecho huir a los asaltantes?

Al evocar la cena, recordé el comentario del general acerca de las pandillas callejeras y el rumor de que algunas estaban formadas por miembros de la nobleza. Concordaba con la manera de hablar y la vestimenta del jefe de los hombres que nos atacaron, aunque sus compañeros parecían mucho más rudos que él. Traté de pensar si el hombre me recordaba a alguien en particular, pero la oscuridad y la sorpresa deformaban su imagen.

En su aspecto general, el hombre no era muy distinto del conde de Saint Germain, aunque la voz era diferente. Claro que, si estaba implicado en el ataque, eso era algo que se podía disimular, al igual que la cara. Al mismo tiempo, me parecía casi imposible que el conde participara en un ataque así y luego se sentara tranquilamente a mi mesa, dos horas después, a saborear la sopa.

Me pasé los dedos por el pelo, frustrada. No había nada que se pudiera hacer antes de la mañana. Si Jamie no regresaba, podría visitar a algunos amigos y conocidos hasta encontrar a alguien que me ayudara. Pero durante la noche era inútil, impotente como una libélula en el ámbar.

Mis dedos chocaron con uno de los alfileres decorados y tironeé de él con impaciencia. Se había atascado en mi cabellera.

—¡Ay!

—Permítame, milady. Yo lo sacaré.

No lo había oído pasar detrás de mí, pero sentí los dedos pequeños y hábiles de Fergus en mi pelo, quitando el pequeño adorno; después de sacarlo, dijo vacilante:

—¿Los otros también, milady?

—Gracias, Fergus —respondí agradecida—. Si no te molesta.

Los dedos del carterista, ligeros y seguros, se posaron sobre mi pelo, y los pesados rizos empezaron a caerme alrededor del rostro, libres de los alfileres. Mi respiración se normalizaba a medida que el pelo me iba cayendo sobre los hombros.

—¿Está preocupada, milady? —preguntó la pequeña y suave voz detrás de mí.

—Sí —respondí, demasiado cansada para fingir.

—Yo también —dijo.

El último de los alfileres resonó sobre la mesa y me arrellané en la silla, con los ojos cerrados. Entonces sentí una nueva caricia, y me di cuenta de que Fergus me estaba cepillando el pelo con suavidad, desenredando los nudos.

—¿Me permite, milady? —preguntó, cuando me puse tensa por la sorpresa—. Las señoras decían que las tranquilizaba cuando estaban nerviosas o preocupadas.

Volví a relajarme bajo su caricia.

—Adelante —respondí—. Gracias. —Después de un momento, dije—: ¿Qué señoras, Fergus?

Hubo un instante de vacilación, una araña que se detiene en la construcción de una tela. Después el niño continuó peinando suavemente los mechones.

—Las del sitio donde dormía, milady; no podía salir por los clientes, pero madame Elise me permitía dormir en una alacena debajo de las escaleras si no hacía ruido. Y cuando ya se habían marchado todos los hombres, por la mañana, podía salir y a veces las señoras compartían su desayuno conmigo. Yo las ayudaba a quitarse la ropa. Decían que era muy delicado —añadió con cierto orgullo—. Y las peinaba y les cepillaba el pelo si querían.

—Hum.

El murmullo suave del cepillo en mi pelo tenía un efecto sedante. Sin el reloj sobre la repisa del hogar no era posible saber la hora, pero el silencio de la calle indicaba que era muy tarde.

—¿Cómo es que dormías en casa de madame Elise, Fergus? —le pregunté, ahogando un bostezo.

—Nací allí, milady —respondió. Las caricias del cepillo se hicieron más lentas, y su voz se fue tornando somnolienta—. A veces me preguntaba cuál de las señoras sería mi madre, pero nunca pude averiguarlo.

Me despertó el ruido de la puerta de la sala al abrirse, y vi a Jamie, de pie, pálido y con los ojos rojos por la fatiga, pero sonriente con la primera luz gris del amanecer.

—Tenía miedo de que no volvieras —dije un momento después, sobre su coronilla. Su cabello tenía el ligero aroma acre del humo rancio y el sebo, y su chaqueta tenía un aspecto terrible, pero estaba tibio y entero, y no estaba dispuesta a mostrarme crítica en cuanto al olor de la cabeza que acunaba contra mi pecho.

—Yo también —replicó, con la voz algo amortiguada, y pude sentir su sonrisa. Sus brazos me apretaron la cintura y me soltaron. Luego se sentó y me apartó el pelo de los ojos.

—Por Dios, eres hermosa —dijo—. Despeinada y sin dormir, con tu pelo ondeando alrededor de tu cara. Amor mío. ¿Has estado aquí sentada toda la noche?

—No he sido la única. —Señalé la puerta, donde Fergus se había acostado hecho un ovillo sobre la alfombra, con la cabeza sobre un cojín a mis pies. Se movió un poco en medio de su sueño, y abrió ligeramente la boca, rosada y de labios gruesos, como el bebé que casi era.

Jamie apoyó la mano sobre el hombro de Fergus.

—Vamos, muchacho. Has hecho bien en cuidar a tu ama. —Cogió al niño en brazos y lo apoyó contra su hombro. Fergus susurraba y tenía los ojos somnolientos—. Eres un buen hombre, Fergus, y te has ganado el descanso. Vamos a tu cama. —Vi cómo los ojos del niño se abrían sorprendidos, y después se entornaban al relajarse.

Cuando Jamie volvió al salón yo ya había abierto las persianas y avivado el fuego. Se había quitado la chaqueta estropeada, pero aún llevaba el resto de su atuendo de la noche anterior.

—Toma. —Le entregué una copa de vino, que bebió de tres tragos; se estremeció, se dejó caer en el sofá pequeño y extendió la copa para que le sirviera más.

—Ni una sola gota más —dije— hasta que me cuentes qué pasó. No estás en prisión, así que supongo que todo ha salido bien, pero...

—No ha salido todo bien, Sassenach —me interrumpió—, pero podría haber sido peor.

Después de muchas discusiones, y ante la insistencia del señor Hawkins, que reiteraba su versión, el juez al que habían sacado de su cómoda cama para presidir aquella repentina investigación, llegó a la conclusión de que, al ser Alex uno de los acusados, mal podía ser un testigo imparcial. Yo tampoco, pues era la esposa y posible cómplice del otro acusado. Murtagh, según su propio testimonio, había estado inconsciente durante el supuesto ataque, y Claudel no era un testigo legal debido a su corta edad.

Estaba claro, dijo *monsieur le juge*, fulminando con la mirada al capitán de la Guardia, que la única persona capaz de decir la verdad en este asunto era Mary Hawkins, quien no podía hacerlo en aquel momento. Por ende, todos los acusados debían ser encerrados en la Bastilla hasta que pudiera entrevistar a mademoiselle Hawkins. ¿No era un asunto lo bastante sencillo para que *monsieur le capitaine* lo decidiera por su cuenta?

—Entonces, ¿por qué no estás encerrado en la Bastilla? —pregunté.

—Monsieur Duverney ofreció garantías por mi persona —respondió Jamie, tirando de mí para que me sentara en el sofá junto a él—. Permaneció sentado en un rincón como un erizo, durante todo el parloteo; pero cuando el juez tomó una decisión, se puso en pie y dijo que, al haber tenido oportunidad de jugar al ajedrez conmigo en diversas ocasiones, no creía que yo tuviera una personalidad tan disoluta como para cometer un acto tan depravado... —Se interrumpió y se encogió de hombros—. Bueno, ya lo conoces, una vez que empieza... La idea era que un hombre que podía ganarle al ajedrez seis veces de siete nunca podría inducir a niñas inocentes a ir a su casa para corromperlas.

—Muy lógico —dije secamente—. Me imagino que lo que en realidad quiso decir es que, si te encerraban, nunca más podría jugar al ajedrez contigo.

—Supongo que sí —coincidió. Se desperezó, bostezó y pestañeó sonriente.

—Pero ahora estoy en casa, y en este momento no me importa el porqué. Ven a mí... —Agarrándome la cintura con ambas manos, me alzó para ponerme sobre su regazo, me envolvió con sus brazos y suspiró con placer—. Lo único que deseo —me susurró al oído— es quitarme estos trapos y estar contigo frente a la chimenea, ir a dormir después con la cabeza sobre tu hombro y quedarme así hasta mañana.

—Un poco inconveniente para la servidumbre —indiqué—. Tendrán que limpiar con nosotros en medio.

—Al demonio la servidumbre. ¿Para qué están las puertas?

—Para que las golpeen, evidentemente —dije al oír un suave golpe en la puerta.

Jamie, que tenía la nariz hundida en mi pelo, hizo una pausa, suspiró y levantó la cabeza, deslizándome de su regazo al sofá.

—Treinta segundos —me prometió, en voz baja—. *Entrez!* —dijo luego, en voz alta.

Se abrió la puerta y entró Murtagh. En medio de la confusión de la noche anterior no había reparado en él, y ahora pensé que su apariencia no había mejorado.

Parecía extenuado. El único ojo que tenía abierto estaba rodeado de un halo rojo e inyectado en sangre. Una hendidura negra y brillante destacaba en medio de la piel hinchada. El otro estaba casi negro. Tenía un gran chichón en la frente, una especie de huevo de ganso púrpura con una desagradable herida.

El hombrecillo apenas había pronunciado palabra desde su liberación del saco la noche anterior. Preguntó por el destino de sus cuchillos (guardados por Fergus quien, buscando como una rata según su costumbre, había encontrado tanto su daga como su *sgian dhu* detrás de un montón de basura) y se sumió en el silencio durante la huida, cuidando la retaguardia mientras corríamos por las oscuras calles parisinas. Y una vez hubo llegado a casa, una mirada penetrante de su ojo intacto había sido suficiente para reprimir cualquier pregunta insensata por parte de las muchachas de la cocina.

Supongo que debió de haberle dicho algo al *commissariat de police*, aunque fuera sólo para prestar testimonio sobre el buen carácter de su jefe, aunque, si yo fuera un juez francés, no sé cuánta credibilidad depositaría en Murtagh. Pero ahora estaba tan callado como las gárgolas de Notre Dame, a las que se parecía mucho.

Sin embargo, por mala que fuera su apariencia, Murtagh nunca perdía la dignidad. Con la espalda recta, cruzó la alfombra y se arrodilló formalmente ante Jamie, a quien pareció desconcertar esta conducta.

El delgado pero fuerte y nervudo hombrecito se quitó el puñal del cinturón, sin florituras pero con mucha parsimonia, y se lo tendió a Jamie por el mango. El rostro huesudo y curtido no tenía expresión alguna, pero un ojo negro miró con firmeza el rostro de Jamie.

—Te he fallado —dijo con calma— Y, como jefe, te pido que tomes mi vida, pues la vergüenza no me dejará vivir.

Jamie se incorporó, y percibí que hacía a un lado su propio cansancio mientras miraba a Murtagh. Permaneció inmóvil por un instante, con las manos sobre las rodillas. Luego alargó una mano y la puso con suavidad en el chichón.

—No hay vergüenza alguna en caer en la batalla, *mo caraidh* —le aseguró con voz suave—. Hasta el mejor guerrero puede ser vencido.

Pero el hombrecillo meneó la cabeza con obstinación, sin parpadear y sin cerrar el ojo amoratado.

—No —dijo—. No caí en la batalla. Tú me otorgaste tu confianza para custodiar a tu dama y a tu hijo por nacer, y también a la muchacha inglesa. Y yo presté tan poca atención a la tarea que cuando llegó el peligro no tuve oportunidad de devolver el golpe. Y, a decir verdad, ni siquiera vi la mano que me derribó —dijo parpadeando una única vez.

—La traición... —empezó a decir Jamie.

—Y mira las consecuencias —lo interrumpió. Nunca le había oído decir a Murtagh tantas palabras seguidas—. Tu buen nombre se ha visto empañado, tu esposa ha sido atacada y la jovencita... —Apretó la fina línea que formaban sus labios durante un instante, y su garganta fibrosa se movió al tragar—. Solamente por eso, me invade la culpa.

—Sí —respondió Jamie suavemente, asintiendo—. Soy consciente de ello, amigo. A mí también. —Le tocó el pecho brevemente, sobre el corazón. Era como si los dos estuvieran solos, con sus cabezas separadas apenas por unos centímetros, mientras Jamie se inclinaba sobre el hombre mayor. Con las manos entrelazadas sobre el regazo, permanecí inmóvil en silencio; no era asunto mío—. Pero no soy tu jefe —continuó con un tono más firme—. No tengo poder sobre ti. Tú no me has jurado lealtad.

—Sí. —La voz de Murtagh también se mostró firme. El puño de la daga no se movió.

—Pero...

—Hice un juramento, Jamie Fraser, cuando no tenías nada más que una semana de edad y eras un niño de pecho.

Pude percibir estupor en la mirada de Jamie, quien abrió los ojos de par en par.

—Me arrodillé entonces a los pies de Ellen, tu madre, como me arrodillo ahora —continuó el hombrecito con la barbilla erguida— y juré en nombre de la Santísima Trinidad que te seguiría siempre, que te obedecería y cuidaría cuando te hicieras hombre y necesitaras mis servicios. —La áspera voz se tornó más dulce y el párpado se cerró sobre el ojo cansado—. Sí, muchacho. Te quiero como a mi propio hijo. Pero he traicionado tu confianza.

—No lo has hecho, ni lo harás nunca. —Jamie apoyó las manos sobre los hombros de Murtagh y los apretó con firmeza—. No, no tomaré tu vida, porque te necesito. Pero me harás un juramento.

Tras un momento de vacilación, la negra cabeza despeinada asintió.

La voz de Jamie fue más baja aún, pero no un murmullo. Tensando los tres dedos medios de la mano derecha, los apoyó sobre la empuñadura de la daga, entre el filo y el mango.

—Por el juramento que me hiciste a mí y a mi madre, encuentra a esos hombres. Búscalos y venga el honor de mi esposa y la sangre inocente de Mary Hawkins.

Hizo una pausa momentánea y apartó la mano del cuchillo. Murtagh levantó la daga y la sostuvo por la hoja en forma vertical. Advirtiendo mi presencia por primera vez, hizo una reverencia y dijo:

—Como ha dicho el lord, pongo a sus pies mi juramento de venganza.

Me mojé los labios resecos, sin saber qué decir; no parecía que hiciera falta una respuesta. Murtagh se llevó el puñal a los labios y lo besó; luego se puso en pie y lo metió en su funda.

20

La Dama Blanca

Ya era de día cuando nos cambiamos de ropa. El desayuno ya estaba preparado en la cocina.

—Lo que quiero saber —dije, sirviendo el chocolate— es quién diablos es la Dama Blanca.

—¿La Dama Blanca? —Magnus, inclinado sobre mí con una cesta de pan caliente, se sobresaltó tanto que se le cayó un panecillo de la cesta. Lo atrapé y me volví para mirar al mayordomo, que parecía bastante alterado.

—Sí, eso es. ¿Has oído antes ese nombre, Magnus?

—Pues sí, milady —respondió el anciano—. La Dama Blanca es *une sorcière*.

—¿Una hechicera? —pregunté con incredulidad.

Magnus se encogió de hombros y puso la servilleta sobre los panecillos con excesivo cuidado, sin mirarme.

—La Dama Blanca —dijo en voz baja—. La llaman curandera, mujer sabia. Y sin embargo... puede ver el centro de las personas y convertir su alma en cenizas si allí se esconde el mal.

Magnus negó con la cabeza, se volvió y arrastró los pies rápidamente hacia la cocina. Vi que su codo se movía, y me di cuenta de que se estaba persignando.

—¡Dios mío! —exclamé volviéndome hacia Jamie—. ¿Habías oído hablar de la Dama Blanca?

—¿Hum? Pues... sí, he oído algunas historias.

Los ojos de Jamie estaban ocultos bajo sus largas pestañas rojizas mientras hundía la nariz en su taza de chocolate, pero el rubor de sus mejillas era demasiado profundo como para atribuírselo al calor del líquido humeante.

Me recliné en mi silla, me crucé de brazos y a continuación lo miré fijamente.

—¿Ah, sí? ¿Te sorprendería saber que los atacantes se refirieron a mí como la Dama Blanca?

—¿Sí? —Levantó la vista rápidamente, sorprendido.

Asentí.

—Cuando me vieron a la luz, gritaron: «¡La Dama Blanca!», y huyeron como si tuviera la lepra.

Jamie respiró hondo. El color desapareció de su cara y se quedó pálido como el plato de porcelana que tenía frente a él.

—Dios santísimo —dijo como para sí—. ¡Dios santísimo!

Me incliné y le quité la taza de la mano.

—¿Te importaría contarme lo que sabes acerca de la Dama Blanca? —sugerí con dulzura.

—Bueno... —Vaciló, pero luego me miró con timidez—. Sólo que... yo le dije a Glengarry que tú eras la Dama Blanca.

—¿Que le dijiste a Glengarry qué?

—Bueno, fue a Glengarry y a Castellotti —se defendió—. Estábamos jugando a los naipes y a los dados. Les parecía muy gracioso que quisiera serle fiel a mi mujer. Dijeron... muchas cosas, hasta que... me cansé. —Miró hacia otro lado; tenía las puntas de las orejas coloradísimas.

—Hum —dije, y sorbí el té.

Había oído hablar de la lengua afilada de Castellotti; me imaginé la clase de bromas que Jamie había tenido que soportar.

Vació su tazón de un trago y después lo volvió a llenar cuidadosamente, manteniendo la mirada fija en lo que hacía para evitar que se cruzara con la mía.

—Pero no podía irme así sin más, ¿no te parece? —preguntó—. Tuve que pasar toda la noche con Su Alteza, y no quería que me considerara poco varonil.

—Así que les dijiste que yo era la Dama Blanca —dije, haciendo un esfuerzo por no reírme—. Y que si intentabas algo con aquellas señoras, te encogería las partes.

—Bueno...

—¡Por Dios! ¿Y se lo creyeron? —Sentí que me ardía la cara del esfuerzo que hacía para controlarme.

—Es que fui muy convincente —dijo, torciendo la comisura de sus labios—. Y les hice jurar que guardarían el secreto.

—¿Y cuánto tuvisteis que beber antes de eso?

—Ah, bastante. Esperé a la cuarta botella.

Me di por vencida y estallé en carcajadas.

—¡Ay, Jamie, mi amor! —Me incliné y le besé la mejilla, que ardía de vergüenza.

—Bueno —dijo, incómodo, mientras untaba manteca sobre un trozo de pan—. Fue lo único que se me ocurrió. Y sirvió para que dejaran de arrojarme mujerzuelas a los brazos.

—Bien —dije. Le quité el pan, le puse miel y se lo devolví—. No puedo quejarme —observé—. Pues además de guardar tu virtud, parece que me salvó de ser violada.

—Sí, gracias a Dios. —Me cogió la mano—. Dios mío, si te hubiese pasado algo, yo...

—Sí —lo interrumpí— pero si los que nos atacaron sabían que se suponía que yo era la Dama Blanca...

—Sí, Sassenach. —Hizo un gesto de asentimiento—. Pero no pudieron ser ni Glengarry ni Castellotti, porque estaban conmigo en casa cuando Fergus vino a buscarme. Pero debe de haber sido alguien a quien ellos se lo dijeron.

Me fue imposible reprimir un pequeño escalofrío al recordar la máscara blanca y la voz burlona.

Con un suspiro, Jamie me soltó la mano.

—Lo que significa que tendré que ir a verlos para preguntarles a cuántas personas se lo contaron. —Se pasó una mano por el pelo, exasperado—. Y también iré a ver a Su Alteza para preguntarle qué significa ese arreglo con el conde de Saint Germain.

—Supongo que sí —dije pensativa—. Aunque conociendo a Glengarry es probable que se lo haya contado a medio París. Yo también tengo que hacer unas visitas esta tarde.

—¿Ah, sí? ¿Y a quién vas a visitar, Sassenach? —preguntó mirándome con los ojos entrecerrados.

Respiré hondo, preparándome para la incómoda tarea que me aguardaba.

—Primero al maestro Raymond. Y después, a Mary Hawkins.

• • •

—¿Lavanda, tal vez? —Raymond se puso de puntillas para alcanzar una jarra del estante—. No para aplicarla; su aroma es reconfortante y calma los nervios.

—Bueno, depende de los nervios de quién —dije al recordar la reacción de Jamie al olor a lavanda. Era la fragancia favorita de Jonathan Randall, y Jamie no encontraba nada reconfortante en aquel perfume—. Pero creo que en este caso servirá. Por lo menos no hace ningún daño.

—No hace ningún daño —repitió pensativo—. Un principio muy sólido.

—Es la primera parte del juramento hipocrático —dije mirándolo revolver en sus cajones y latas—. El juramento de un médico: «En primer lugar, no hacer daño.»

—¿Sí? ¿Y usted ha hecho ese juramento, madonna?

Los ojos brillantes y anfibios pestañearon desde el otro lado del mostrador.

Sentí que me ruborizaba al ver que me miraba fijamente.

—Pues... no. En realidad, no. No soy un médico de verdad. Todavía no. —No sé por qué dije esta última frase.

—¿No? Y, sin embargo, intenta usted sanar lo que un médico «de verdad» nunca intentaría, pues sabe que no se puede restaurar la virginidad perdida. —La ironía era evidente.

—¿De veras? —respondí con aspereza. Tras alentarlo un poco, Fergus me había contado bastantes cosas acerca de las «señoras» de la casa de madame Elise—. ¿Y qué es esa vejiga de cerdo llena de sangre de pollo? ¿O acaso piensa que esas cosas son competencia de un boticario pero no de un médico?

El hombrecillo no tenía cejas, pero el borde formado por su frente se alzaba levemente cuando algo le causaba gracia.

—¿Y quién sale perjudicado, madonna? El vendedor no, por supuesto. Ni tampoco el comprador... que probablemente se divertirá más que el comprador del artículo genuino. ¡Ni siquiera la virginidad se ve perjudicada! ¡Sin duda un esfuerzo muy moral e hipocrático!

Me eché a reír.

—Y supongo que usted sabe más de esto que muchos otros. Revisaré el tema en la próxima junta médica. Mientras tanto, prescindiendo de los milagros fabricados, ¿qué podemos hacer en este caso?

—Pues... —Apoyó un trozo de gasa sobre el mostrador y vertió en el centro un manojo de hojas secas finamente cortadas. Se desprendió un aroma fuerte y agradable del pequeño montículo—. Esto es un preparado de hierba sarracena —dijo, doblando hábilmente la gasa—. Es bueno para aliviar la irritación de la piel, laceraciones menores y heridas de las partes íntimas. Útil, ¿no cree?

—Sí, por supuesto —dije, con cierto escepticismo—. ¿Como infusión o decocción?

—Como infusión. Probablemente templada, dadas las circunstancias.

Se volvió hacia otro estante y sacó una jarra blanca de porcelana en la que ponía «CHELIDONIUM».

—Esto es para conciliar el sueño —explicó. Su boca sin labios se estiró—. Creo que sería mejor que evitara el uso de derivados de opio y amapola, pues esta paciente en particular parece tener una respuesta impredecible.

—Ya lo sabe todo, ¿no? —pregunté resignada. Era prácticamente imposible que no se hubiera enterado, pues la información era uno de los principales productos que vendía; la pequeña tienda era una red de chismes de diversas fuentes, desde vendedores callejeros hasta caballeros de la corte.

—De tres fuentes diferentes —replicó Raymond. Echó un vistazo por la ventana, estirando el cuello para ver el enorme reloj que colgaba de la pared del edificio de la esquina—. Y acaban de dar las dos. Espero escuchar varias versiones más de lo que sucedió en su casa antes de que caiga la noche. —Abrió su boca grande y desdentada, y dejó escapar una risita—. Me gustó mucho la versión en la que su marido retó al general D'Arbanville a un duelo en la calle, mientras que usted, más pragmática, ofrecía a *monsieur le comte* el cuerpo inconsciente de la niña si se abstenía de llamar a la Guardia del rey.

—Mmmfm —dije con acento escocés—. ¿Le interesa conocer la verdad? —pregunté.

El tónico de color ámbar pálido brilló mientras el boticario lo vertía en un frasquito.

—La verdad siempre es útil, madonna —respondió, con la mirada fija sobre el fino chorro—. Tiene el valor de un artículo raro, ¿sabe? —Dejó la jarra de porcelana sobre el mostrador con un ruido sordo—. Y por lo tanto tiene un precio alto —añadió.

El dinero por los medicamentos que había comprado estaba sobre el mostrador, y las monedas brillaban al sol. Entorné los ojos, pero él se limitó a sonreírme débilmente, como si nunca hubiera oído hablar de ancas de rana con mantequilla de ajo.

El reloj de la calle dio las dos. Calculé la distancia hasta la casa de los Hawkins en la Rue Malory. No llegaba a media hora si conseguía un carruaje. Tiempo de sobra.

—En ese caso —dije—, ¿pasamos a su cuarto privado un momento?

—Y eso fue lo que pasó —dije, tomando un buen sorbo de jerez. Los vapores de la sala de trabajo eran casi tan fuertes como los que procedían de mi copa, y podía sentir cómo mi cabeza se expandía bajo su influencia, como un enorme y alegre globo rojo—. Dejaron salir a Jamie, pero aún estamos bajo sospecha. Aunque no creo que eso pueda durar mucho, ¿no?

Raymond negó con la cabeza. Una corriente sacudió el cocodrilo que flotaba sobre nosotros, y se levantó a cerrar la ventana.

—No, no es más que una molestia. Monsieur Hawkins tiene dinero y relaciones, y por supuesto está irritado, pero aun así... Está claro que su marido y usted sólo son culpables de mostrar una excesiva amabilidad al tratar de mantener en secreto la desgracia de la muchacha. —Le dio un buen trago a su propia copa—. ¿Y es ella quien le preocupa ahora?

Asentí.

—Es una de mis preocupaciones. A estas alturas ya no puedo hacer nada por su reputación. Lo único que puedo hacer es tratar de ayudarla a sanar.

Me dirigió una mirada sarcástica desde el borde de la copa de metal que sostenía entre las manos.

—La mayoría de los médicos que conozco dirían: «Lo único que puedo hacer es tratar de sanarla.» ¿Va a ayudarla a sanar? Es interesante que perciba la diferencia, madonna. Supuse que lo haría.

Dejé la copa, sintiendo que ya había bebido suficiente. Mis mejillas irradiaban calor, y tenía la sensación de que tenía la punta de la nariz rosa.

—Ya le dije que no soy médico. —Cerré brevemente los ojos, convenciéndome de que aún podía orientarme, y los abrí otra vez—. Además, ya... había tratado un caso de violación. No hay mucho que pueda hacerse externamente. Tal vez no haya mucho que pueda hacerse y punto —añadí. Cambié de opinión y volví a alzar mi copa.

—Tal vez no —dijo Raymond—. Pero si hay alguien capaz de llegar al centro de la paciente, esa persona es la Dama Blanca, ¿no es verdad?

Dejé la copa y lo miré. Había abierto la boca sin darme cuenta, así que la cerré. Ideas, sospechas y certezas se agolpaban en mi mente, chocando unas con otras y formando conjeturas. Las aparté temporalmente de mi cabeza y me centré en la otra mitad de su comentario mientras hacía tiempo para pensar.

—¿El centro de la paciente?

El boticario cogió un frasco que estaba abierto sobre la mesa, tomó una pizca de un polvo blanco y lo echó en una copa con licor. El color ambarino se volvió rojo sangre y empezó a burbujear.

—Sangre de dragón —observó, señalando con indiferencia el líquido burbujeante—. Sólo funciona en un recipiente bañado de plata. Arruina la copa, por supuesto, pero es muy eficaz, administrado en las circunstancias apropiadas.

Hice un sonido gutural para llamar su atención.

—Ah, el centro de la paciente —dijo, como recordando algo de lo que habíamos hablado días atrás—. Sí, claro. Toda curación es efectiva si se llega a... ¿cómo lo denominaremos?, ¿el alma?, ¿la esencia? Llamémosle el centro. Se llega al centro del paciente y desde allí se inicia la curación. Usted lo debe de haber visto, madonna. Hay casos de personas tan enfermas o heridas que es evidente que morirán... pero no mueren. O de personas cuya enfermedad es tan sencilla que sin duda se curarían con los cuidados adecuados. Pero se mueren, pese a todo lo que se haga por ellas.

—Cualquiera que cuide enfermos ha visto casos así —comenté con cautela.

—Sí —convino Raymond—. Y siendo como es el orgullo de un médico, la mayoría suele culparse por los que mueren y se felicitan por su habilidad en los que viven. Pero la Dama Blanca ve la esencia de la persona y produce la curación; o la muerte. La persona malvada teme mirarla a la cara. —Cogió su copa, la levantó haciendo un brindis y bebió el burbujeante contenido, que le dejó una mancha rosada pálida en los labios.

—Gracias —respondí con voz seca—. Creo. ¿Así que no se debió sólo a la credulidad de Glengarry?

Raymond se encogió de hombros con expresión satisfecha.

—Fue su esposo quien tuvo la inspiración —dijo modestamente—. Y es una idea excelente, en verdad. Pero aunque es un hombre respetado por sus propias dotes naturales, nadie lo considera una autoridad en lo que respecta a manifestaciones sobrenaturales.

—Pero usted sí.

Los pesados hombros se alzaron levemente bajo la túnica de terciopelo gris. Una de las mangas tenía varios agujeritos, chamuscados en los bordes, como si se hubiera quemado con chispas. Poco cuidado en un conjuro, supuse.

—Por otra parte, la han visto en mi tienda —señaló—. Su pasado es un misterio. Y, como observó su marido, mi propia reputación se encuentra bajo sospecha. Yo me muevo en... ¿círculos, diría? —la boca sin labios esbozó una sonrisa— en los que una especulación sobre su verdadera identidad se toma con excesiva seriedad. Y ya sabe cómo habla la gente —añadió con un aire de desaprobación que me hizo reír. Dejó la copa y se inclinó hacia delante—. Ha dicho que la salud de mademoiselle Hawkins es una de sus preocupaciones. ¿Tiene otras?

—Así es —respondí, y tomé un pequeño sorbo de coñac—. Parece que se entera de todo lo que pasa en París, ¿no?

El boticario sonrió, con una mirada aguda y afable.

—Oh, sí, madonna. ¿Qué es lo que quiere saber?

—¿Ha oído algo sobre Carlos Estuardo? ¿Sabe quién es?

La pregunta lo sorprendió; levantó un poco la frente, cogió una botellita de vidrio y la hizo rodar entre sus manos, mientras meditaba.

—Sí, madonna —respondió—. Su padre es... o debería ser, el rey de Escocia, ¿no es cierto?

—Bueno, eso depende del punto de vista —respondí, reprimiendo un pequeño eructo—. Es el rey de Escocia en el exilio, o bien el pretendiente al trono, pero eso no me preocupa demasiado. Lo que quiero saber es... si Carlos Estuardo está haciendo algo que haga creer que planea una invasión armada a Escocia o a Inglaterra.

El hombrecillo se echó a reír con ganas.

—¡Por Dios, madonna! Es usted una mujer muy poco común. ¿Tiene idea de lo rara que es tanta franqueza?

—Sí —reconocí—, pero es algo que no puedo evitar. No me gusta andarme con rodeos. —Extendí una mano y le quité la botella—. ¿Ha oído algo?

Miró instintivamente hacia la puerta. La dependienta estaba ocupada mezclando perfume para una clienta voluble.

—Muy poco, madonna; sólo una observación casual en la carta de un amigo, pero la respuesta es sí, sin duda.

Me di cuenta de que vacilaba acerca de lo que podía contarme. Mantuve la mirada en la botella que tenía en la mano, para darle tiempo a decidirse. Los contenidos se movían con una sensación agradable mientras el pequeño vial giraba en mi palma. Era curiosamente pesado para su tamaño, y tenía un extraño tacto, denso y fluido, como si estuviera lleno de metal líquido.

—Es mercurio —dijo el maestro Raymond en respuesta a mi pregunta silenciosa. Al parecer, sea lo que fuera lo que había leído en mi mente, algo lo decidió en mi favor, pues me quitó la botella, vertió su contenido en un charco plateado brillante sobre la mesa y se reclinó en su silla para contarme lo que sabía.

—Uno de los agentes de Su Alteza ha hecho averiguaciones en Holanda. Alguien llamado O'Brien, quien, debo decir, es muy inepto. Espero no tener que darle trabajo nunca —añadió—. Creo que bebe en exceso.

—Todos los que rodean a Carlos Estuardo beben en exceso —dije—. ¿Qué ha estado haciendo O'Brien?

—Quería iniciar negociaciones para un embarque de espadas. Dos mil espadas, compradas en España y enviadas a través de Holanda para ocultar la procedencia.

—¿Y por qué haría eso? —pregunté.

No lograba entenderlo, no sabía si por estupidez o porque estaba aturdida por el alcohol, pero parecía una empresa sin sentido, incluso para Carlos Estuardo.

Raymond se encogió de hombros, empujando el charco de mercurio con el índice.

—Sólo puedo especular, madonna. El rey de España es primo del rey de Escocia, ¿no? Y de nuestro buen Luis.

—Sí, pero...

—¿No podría ser que quisiera ayudar a la causa de los Estuardo, aunque no abiertamente?

La confusión provocada por el coñac empezaba a desaparecer.

—Podría ser.

Raymond presionó con el dedo, haciendo que el mercurio se dividiera en varios glóbulos redondos y pequeños que rodaron por la mesa.

—Uno se entera —dijo con voz suave, con la mirada todavía sobre las gotitas de mercurio— de que el rey Luis agasaja a un duque inglés en Versalles. También se entera de que el duque ha venido en busca de un acuerdo comercial. Pero no se entera de todo, madonna.

Observé las gotitas de mercurio mientras pensaba. También Jamie había oído rumores de que la embajada de Sandringham pretendía algo más que derechos comerciales. ¿Y si la visita del duque en realidad se refería a las posibilidades de un acuerdo entre Francia e Inglaterra, tal vez con respecto al futuro de Bruselas? Y si Luis estaba negociando en secreto con Inglaterra para apoyar su invasión de Bruselas, ¿qué estaría inclinado a hacer Felipe de España, enfrentado a un primo indigente con el poder suficiente para distraer a los ingleses de cualquier asunto extranjero?

—Tres príncipes Borbones —murmuró para sí Raymond. Guió una de las gotas hacia otra; cuando se tocaban, se fundían en una como por arte de magia. El dedo introdujo otra gota, y la más grande se hizo mayor—. Una misma sangre. Pero ¿un mismo interés?

El dedo volvió a presionar la gota, y ésta se rompió en fragmentos brillantes que recorrieron la mesa en todas direcciones.

—Creo que no, madonna —dijo.

—Ya veo —dije suspirando profundamente—. ¿Y qué opina de la nueva sociedad entre Carlos Estuardo y el conde de Saint Germain?

—Me he enterado de que el príncipe va con frecuencia a los muelles estos días... para hablar con su nuevo socio, por supuesto. Y mira los barcos anclados, tan hermosos y veloces y tan... costosos. Escocia está al otro lado del mar, ¿no?

—Así es —admití.

Un rayo de luz tocó el mercurio como un relámpago y atrajo mi atención hacia el sol que ya empezaba a descender. Era hora de irme.

—Gracias —dije—. ¿Me lo dirá si se entera de algo más?

El boticario inclinó la cabeza con gracia; su pelo tenía el color del mercurio al sol. Después la alzó con brusquedad.

—¡No! ¡No toque el mercurio, madonna! —me advirtió al ver que iba a tocar una gota que había rodado hasta mi extremo de la mesa—. Se funde de inmediato con cualquier metal que toca. —Se estiró y empujó con suavidad la gotita hacia sí—. No querréis estropear vuestros hermosos anillos.

—No —respondí—. Bueno, debo admitir que me ha sido muy útil. En los últimos tiempos nadie ha intentado envenenarme. Y supongo que no es muy probable que Jamie o usted me quemen por brujería en la plaza de la Bastilla, ¿no? —dije en tono de broma, pero todavía estaba fresco en mi memoria el recuerdo del calabozo de los ladrones y el juicio de Cranesmuir.

—Por supuesto que no —aseguró con dignidad—. Nadie ha sido quemado por brujería en París desde hace... veinte años, por lo menos. Está usted a salvo, siempre y cuando no mate a nadie.

—Haré lo que pueda —dije, y me levanté para marcharme.

Fergus me consiguió un coche y fui hasta la casa de Hawkins meditando. Supuse que Raymond me había hecho un favor al propagar la historia de Jamie entre sus clientes más supersticiosos, aunque la idea de que mi nombre fuera mencionado en sesiones espiritistas o en misas negras me causaba desazón.

También pensé que, presionada por el tiempo, e inmersa en especulaciones de reyes, espadas y barcos, no había tenido tiempo de preguntar al maestro Raymond si el conde de Saint Germain entraba en su radio de influencia.

La opinión pública lo situaba en el centro de ciertos círculos misteriosos a los que se refería Raymond. Pero ¿como copartícipe de Raymond en las mismas reuniones, o bien como rival? Y los ecos de estos círculos, ¿llegaban hasta la corte? También se rumoreaba que Luis estaba muy interesado en la astrología. ¿Podría haber alguna conexión, a través de los oscuros canales de la cábala y la magia, entre Luis, el conde y Carlos Estuardo?

Sacudí la cabeza con impaciencia para despejarla de la influencia del licor y de las preguntas sin respuesta. Lo único que podía darse por cierto era que el conde había formado una peligrosa sociedad con Carlos Estuardo, y por el momento ésa era preocupación suficiente.

La residencia de los Hawkins en la Rue Malory era una sólida y respetable casa de dos pisos, pero su desorden interior resultaba evidente hasta para un observador casual. El día era cálido, pero todas las ventanas estaban cerradas para prevenir miradas curiosas. Los escalones no habían sido barridos aquella mañana y las marcas de pisadas ensuciaban el mármol blanco. No había señales de cocineros ni criadas que fueran a comprar carne fresca y a conversar con los vendedores callejeros. Era una casa preparada para el desastre.

Como me sentí portadora de malas noticias pese a mi vestido amarillo, bastante alegre, envié a Fergus para que llamara a la puerta. Hubo un intercambio de palabras entre Fergus y la persona que abrió la puerta, pero una de las virtudes de Fergus era que jamás aceptaba un no por respuesta, de manera que pronto me encontré frente a una mujer que parecía ser el ama de casa, y, por lo tanto, la señora de Hawkins, la tía de Mary.

Me vi obligada a sacar mis propias conclusiones, pues la mujer parecía demasiado perturbada para ofrecer cualquier tipo de información, ni siquiera su nombre.

—¡No podemos ver a nadie! —repetía, mirando furtivamente por encima de su hombro, como si temiera que de repente apareciera la forma voluminosa del señor Hawkins detrás de ella con mirada acusadora—. Estamos... tenemos... es decir...

—No vengo a verla a usted —le dije con firmeza— sino a su sobrina, Mary.

El nombre pareció provocarle nuevos paroxismos de alarma.

—Ella... pero... ¿Mary? ¡No! Ella... ¡no está bien!

—Supongo que no —dije, con paciencia. Alcé mi canasta para que la viera—. Le he traído unos medicamentos.

—¡Ah! Pero... pero... ella... usted... ¿no es...?

—Tonterías, mujer —interrumpió Fergus, con su mejor acento escocés. Miró con reprobación semejante muestra de incoherencia—. La criada dice que la joven está arriba, en su cuarto.

—Así es. Entremos, Fergus. —Sin esperar a que nos invitaran, Fergus pasó debajo del brazo extendido de la mujer y entró en la lóbrega oscuridad de la casa. La señora Hawkins se volvió emitiendo un alarido incoherente, y me permitió pasar a su lado.

Había una criada custodiando la entrada de la habitación de Mary, una mujer corpulenta con delantal a rayas, pero no ofreció resistencia cuando afirmé que me proponía entrar. Negó con la cabeza con pesar.

—No puedo hacer nada por ella, madame. Tal vez usted tenga más suerte.

La perspectiva no era muy alentadora, pero no tenía otra opción. Por lo menos no iba a hacer más daño. Me arreglé el vestido y abrí la puerta.

Fue como entrar en una caverna. Gruesas cortinas de terciopelo cubrían las ventanas para impedir que entrara la luz, que se filtraba por pequeños resquicios.

Respiré hondo y exhalé inmediatamente, tosiendo. La figura, patéticamente pequeña bajo un edredón de plumas, no hizo ningún movimiento. La droga ya debía de haber perdido efecto, y no podía estar dormida con todo el barullo que habíamos armado abajo. Quizá estuviera fingiendo por si acaso era su tía la que regresaba para darle otra estúpida arenga. En su lugar, yo habría hecho lo mismo.

Me volví, cerré la puerta en las narices de la señora Hawkins y me dirigí hacia la cama.

—Soy yo —dije—. ¿Por qué no asomas la cara antes de ahogarte?

Hubo un revuelo de sábanas y Mary, emergiendo bajo el edredón como un delfín que surge de las aguas, me abrazó, colgándose de mi cuello.

—¡Cla... Claire! ¡Oh, Claire! ¡Gracias a Dios! ¡Pe... pensé que no vol... volvería a verte más! Mi tío dijo que es... estabas en prisión. Di... dijo que tú...

—Espera un momento.

Me arreglé para librarme de su abrazo y la aparté para poder mirarla bien. Tenía la cara roja y sudorosa y estaba despeinada por esconderse bajo los edredones, pero no tenía mal aspecto. Sus ojos castaños estaban muy abiertos y brillantes, sin señales de intoxicación por el opio; si bien estaba excitada y alarmada, el descanso nocturno, sumado a la resistencia de su juventud, se habían encargado de restablecer su físico. Eran las otras heridas las que me preocupaban.

—No, no estoy en prisión —dije, tratando de responder la andanada de preguntas—. Es evidente, aunque tu tío se esforzó bastante para que lo estuviera.

—¡Pe... pero yo le dije...! —empezó a decir, pero tartamudeo y dejó caer los ojos—. Por... por lo me... menos tra... traté de decirle, pero él... yo...

—No te preocupes por eso —la tranquilicé—. Está tan aturdido que no escucharía nada de lo que dijeras, por mucho que te esforzaras. Y de todos modos, no importa. Lo importante eres tú. ¿Cómo te sientes? —Le aparté el pesado cabello oscuro de la frente y la miré inquisitivamente.

—Estoy bien —respondió, y tragó saliva—. Sangré un po... poco, pero ya pasó. —Sus blancas mejillas se tiñeron de rojo, pero no bajó la mirada—. Me... me arde. ¿Se me pasará?

—Sí, pasará —le respondí con suavidad—. Te he traído unas hierbas. Hay que remojarlas en agua caliente y, cuando la infusión se enfríe, debes aplicarla con un paño, o sentarte en una tina, si tienes una a mano. Eso te ayudará. —Saqué las hierbas del bolso y las puse sobre la mesilla de noche.

Ella asintió, mordiéndose el labio. Estaba claro que quería decirme algo más, pero su timidez innata luchaba contra la necesidad de hacer una confidencia.

—¿De qué se trata? —le pregunté con el tono más relajado posible.

—¿Voy a tener un bebé? —preguntó—. Tú dijiste...

—No —le contesté con toda la firmeza que pude—. El hombre no pudo... terminar. —Crucé los dedos bajo los pliegues del vestido, deseando con fervor estar en lo cierto. Las probabilidades eran escasas, aunque esas cosas a veces sucedían. Aun así, no había necesidad de alarmarla más de la cuenta. La idea me dejó helada. ¿Podría haberse producido un accidente? ¿Sería ésa la respuesta que explicaba el misterio de la existencia de Frank? Aparté la idea de mi mente; un mes de espera serviría para confirmarla o descartarla.

—Hace muchísimo calor aquí —dije—. Y hay mucho humo; parece el vestíbulo del infierno, como decía mi tío. —Sin saber qué decir a continuación, me levanté y me puse a abrir cortinas y ventanas.

—La tía Helen dice que no debo permitir que nadie me vea —dijo Mary, arrodillándose sobre la cama mientras me observaba—. Dice que he sido deshonrada y que la gente me va a señalar si salgo.

—No lo dudo. —Terminé de airear la habitación y regresé al lado de la muchacha—. Pero eso no significa que tengas que enterrarte viva y ahogarte—. Me senté junto a ella, y me recosté en mi silla, sintiendo un soplo de aire fresco en mi pelo mientras disipaba el humo de la habitación.

Mary permaneció en silencio, jugando con los montoncitos de hierbas. Por fin alzó la mirada, sonriendo con valentía, a pesar de que le temblaba un poco el labio inferior.

—Por lo menos no ten... tendré que ca... casarme con el vi... vizconde. El tío di... dice que ahora no me aceptará.

—Supongo que no.

Asintió, mirando la gasa que envolvía su rodilla. Sus dedos jugueteaban inquietos con el cordón y éste acabó por soltarse, dejando caer algunas hebras doradas sobre el cobertor.

—Yo... so... solía pensar en eso; en lo que me di... dijiste, acerca de co... cómo un hombre... —Se detuvo y tragó saliva; vi que caía una lágrima en la gasa—. Pe... pensaba que no iba a po... poder soportar que el vi... vizconde me hiciera eso. Ahora ya... ya me lo han hecho... y nadie puede re... remediarlo y nu... nunca tendré que volver a hacerlo... y... y... ¡ay, Claire, Alex no volverá a dirigirme la palabra! ¡Nunca más volveré a verlo, nunca!

Se arrojó en mis brazos, sollozando y desparramando las hierbas. La apreté contra mi hombro y le di una palmadita, tratando de calmarla, aunque yo misma derramé unas lágrimas que cayeron sobre su pelo brillante.

—Sí, volverás a verlo. —susurré—. Por supuesto que lo verás. A él no le importará. Es un buen hombre.

Pero yo sabía que sí le importaría. Había visto la angustia reflejada en su rostro la noche anterior, y en aquel momento pensé que era la misma lástima que había visto en Jamie y Murtagh. Pero como sabía que Alex Randall estaba enamorado de Mary, me di cuenta de que su pena debía de ser profunda, igual que su temor.

Parecía un buen hombre, pero era pobre, hijo menor, con una salud delicada y pocas probabilidades de prosperar. La posición que tenía dependía de la buena voluntad del duque de Sandringham. Y yo tenía pocas esperanzas de que el duque viera con buenos ojos que se casara con una muchacha que había perdido su buen nombre, sin conexiones sociales ni dote.

Y si Alex conseguía reunir el valor para casarse con ella a pesar de todo, ¿qué probabilidades tendría la pareja, sin dinero, expulsada de la buena sociedad y con la deshonra de una violación como una sombra interponiéndose entre ellos?

No había nada que yo pudiera hacer, excepto abrazarla y llorar junto a ella por lo perdido.

Ya había caído el sol cuando partí, y las primeras estrellas salían a modo de tenues puntos sobre las chimeneas. En el bolsillo llevaba una carta escrita por Mary, ante testigos, que contenía su declaración de los sucesos de la noche anterior. Una vez entregada a las autoridades competentes, por lo menos no tendríamos más problemas con la ley. De cualquier manera, había muchos problemas pendientes que procedían de otros ámbitos.

Temerosa del peligro, esta vez no me opuse a la oferta de la señora Hawkins de que nos llevaran a Fergus y a mí a casa en el carruaje familiar.

Arrojé el sombrero en la mesa del vestíbulo y observé la gran cantidad de notas y ramilletes de flores que inundaban la bandeja dispuesta a tal efecto. Por lo visto aún no éramos parias, aunque la noticia del escándalo debía de haberse difundido ampliamente entre los estratos sociales de París.

Rechacé con un gesto las preguntas ansiosas de los criados, y me dirigí a mi habitación arrojando descuidadamente mis prendas externas por el camino. Estaba demasiado cansada como para preocuparme por nada.

Cuando abrí la puerta del dormitorio y vi a Jamie sentado junto al fuego, mi apatía se transformó en ternura. Tenía los ojos cerrados y el pelo revuelto, clara señal de su agitación mental.

Pero cuando me oyó entrar sonrió, con los ojos claros y azules a la luz tenue del candelabro.

—Está todo bien —susurró mientras me abrazaba—. Ya estás en casa. —Nos quedamos en silencio mientras nos desvestíamos el uno al otro y nos íbamos al lecho, hallando un santuario tardío y sin palabras en nuestro abrazo.

21

Resurrección inoportuna

Seguía pensando en banqueros cuando nuestro carruaje se detuvo ante la residencia que había alquilado el duque, en la Rue Saint Anne. Era una casa grande, con amplios jardines y una prolongada entrada curva, bordeada de álamos.

—¿Crees que es el préstamo que Carlos consiguió de Manzetti el que está invirtiendo con Saint Germain? —le pregunté a Jamie.

—Tiene que serlo —respondió. Se puso los guantes de cuero apropiados para una visita formal, haciendo una ligera mueca mientras alisaba el cuero prieto sobre el anular rígido de su mano derecha—. El dinero que su padre cree que gasta para mantenerse en París.

—De manera que Carlos en realidad está tratando de formar un ejército —dije, casi con admiración. El carruaje se detuvo y el lacayo bajó de un salto para abrir la portezuela.

—Bueno, por lo menos trata de conseguir dinero —afrimó Jamie mientras me ayudaba a salir del carruaje—. Por lo que sé, lo único que quiere es fugarse con Louise de La Tour y su bastardo.

Negué con la cabeza.

—Por lo que me dijo ayer el maestro Raymond, no lo creo. Además, Louise dice que no lo ve desde que Jules y ella... bueno... no...

Jamie soltó un breve resoplido.

—Por lo menos tiene algo de honor.

—No sé si se trata de eso —dije mientras nos dirigíamos hacia la puerta—. Ella me contó que Carlos estaba tan furioso cuando se enteró de que se había acostado con su marido, que se fue y no ha vuelto a verlo. Carlos le escribe de vez en cuando cartas apasionadas, donde le jura que vendrá a buscarlos en cuanto recobre el lugar que le pertenece, pero ella no quiere verlo. Teme que Jules descubra la verdad.

Jamie soltó un resoplido de disgusto.

—¿Hay algún hombre que se libre de que le pongan cuernos?

Le di una palmadita en el brazo.

—Algunos más que otros.

—¿De verdad lo crees? —preguntó sonriendo.

Frente a la puerta nos esperaba un mayordomo bajo, regordete y calvo, con un uniforme inmaculado.

—Milord y milady. Les están esperando. Entren, por favor.

El duque era la personificación misma de la gracia al recibirnos en el salón principal.

—No tiene importancia —dijo, rehusando las disculpas de Jamie por el contratiempo de la noche anterior—. Estos franceses son muy excitables. Arman un escándalo por cualquier cosa. ¿Por qué no nos ocupamos de esas interesantes propuestas? Quizá su buena esposa quiera entretenerse... —Extendió el brazo vagamente en dirección a la pared, dejando a mi elección varios cuadros grandes, la biblioteca repleta y diversos estuches de cristal que acogían la colección de cajas de rapé.

—Gracias —susurré, y fui en la dirección que me indicaba, simulando concentrar toda mi atención en un gran Boucher que representaba a una mujer desnuda sentada sobre una roca en medio de la naturaleza. Si aquél era el gusto de la época, no me extrañaba que Jamie tuviera tan buena opinión de mi trasero.

—¡Ja! Vaya atributos, ¿eh?

—¿Cómo? —Jamie y el duque, sorprendidos, levantaron la vista de los papeles de las inversiones, supuesta razón de nuestra visita.

—No me hagáis caso —dije, haciendo un ademán con la mano—. Sólo estaba disfrutando del arte.

—Me complace profundamente —dijo el duque, y volvió a concentrarse en los papeles; Jamie se centró en el verdadero objeto de nuestra visita: obtener toda la información posible sobre la posición del duque con respecto a la causa Estuardo.

Yo también tenía una misión. Cuando los hombres estuvieron concentrados en sus asuntos, me acerqué a la puerta, fingiendo mirar la biblioteca. En cuanto desapareciera el peligro, tenía que ir al pasillo para tratar de encontrar a Alex Randall. Yo ya había hecho todo lo que podía para reparar el daño que sufría Mary Hawkins; el resto tendría que salir de él. Según las reglas de la etiqueta, Alex no podía visitarla en la casa de su tío, ni ella podía ponerse en contacto con él. Sin embargo, yo podía reunirlos en la Rue Tremoulins.

La conversación que tenía lugar a mis espaldas se había convertido en un murmullo confidencial. Metí la cabeza en el vestíbulo; no vi ningún lacayo, pero alguno andaría cerca: una casa de semejantes dimensiones debía de tener decenas de sirvientes. Con semejante tamaño, iba a tener que pedir ayuda para poder localizar a Alexander Randall. Elegí una dirección al azar y caminé por el pasillo, buscando un sirviente a quien preguntar.

Vi un leve movimiento al final del corredor y llamé. Fuera quien fuese no respondió, pero oí ruido de pisadas sobre la madera.

Me pareció una conducta rara en un sirviente. Me detuve al final del pasillo y miré a mi alrededor. Otro pasillo se abría hacia la derecha con puertas a uno de los lados y largos ventanales que daban a la entrada y al jardín. La mayor parte de las puertas estaban cerradas, pero había una entreabierta.

Moviéndome en silencio, caminé hasta allí y apoyé la oreja en la madera. Como no oía nada, la empujé para abrirla del todo.

—¿Qué haces tú aquí, en nombre de Dios? —exclamé sorprendida.

—¡Ay, me has asustado! ¡Dios misericordioso, pe... pensaba que... que me iba a morir!

Mary Hawkins se apretó las manos contra el corpiño. Estaba blanca como el papel, y sus ojos oscuros estaban abiertos de par.

—No, no te vas a morir —dije—. A menos que tu tío descubra que estás aquí; entonces es probable que te mate. ¿O lo sabe?

Mary sacudió la cabeza.

—No. No se... se lo he di... dicho a na... nadie. He co... cogido un carruaje público.

—¿Por qué, Dios mío?

Miró a su alrededor, asustada como un conejillo en busca de su madriguera, pero, al no encontrarla, se enderezó y tensó la mandíbula.

—Te... tenía que ver a Alex. Te... tenía que ha... hablar con él. Ver si él... —Retorció las manos y me di cuenta del esfuerzo que le costaba hablar.

—No importa —dije resignada—. Lo entiendo. Pero tu tío no lo entenderá, y tampoco el duque. Nadie sabe que estás aquí, ¿verdad?

Ella negó con la cabeza, sin decir ni una palabra.

—Está bien —dije—. Lo primero que debemos hacer es...

—¿Madame? ¿Puedo hacer algo por usted?

Mary se sobresaltó, y yo sentí que el corazón se me salía del pecho. Malditos lacayos; siempre tan inoportunos.

No había nada que hacer más que afrontarlo con descaro. Me volví hacia el lacayo, que estaba de pie en el vano de la puerta, con aire digno y receloso.

—Sí —respondí, con toda la arrogancia que logré reunir—. ¿Podría decirle al señor Alexander Randall que tiene visita?

—Lamento no poder hacerlo, madame —respondió el lacayo, con fría formalidad.

—¿Y por qué no?

—Porque el señor Alexander Randall ya no está al servicio del duque —fue la respuesta—. Fue despedido. —El lacayo miró a Mary, luego bajó la nariz y se enderezó lo suficiente como para decir—: Tengo entendido que monsieur Randall ha tomado un barco de regreso a Inglaterra.

—¡No! ¡No puede haberse marchado! ¡No!

Mary corrió hacia la puerta y casi chocó con Jamie. La muchacha se detuvo con un jadeo asustado, y Jamie la miró atónito.

—¿Qué...? —empezó a preguntar estupefacto; luego me vio detrás de Mary—. Ah, estás ahí. He dado una excusa para venir a buscarte. El duque me acaba de decir que Alex Randall...

—Lo sé —lo interrumpí—. Se ha ido.

—¡No! —gimió Mary, y volvió a correr hacia la puerta; salió antes de que pudiéramos detenerla. Sus tacones repiqueteaban sobre el entarimado pulido.

—¡Qué estúpida! —exclamé, y eché a correr tras ella. Me quité los zapatos: corriendo con medias era mucho más rápida que Mary con tacones altos. Tal vez pudiera alcanzarla antes de que la atraparan, con el consiguiente escándalo.

Seguí el movimiento de las faldas que escapaban por una curva del pasillo. El suelo estaba alfombrado; si no me apresuraba, podía perderla de vista, ya que no podría oír en qué dirección iba. Bajé la cabeza, doblé la última esquina y me tropecé de cabeza con un hombre que venía en sentido contrario.

Éste lanzó un grito de sorpresa, me cogió por los brazos y trastabillamos juntos.

—Lo siento —empecé a decir, sin aliento—. Pensaba que era... ¡Dios mío!

La impresión inicial de que me había topado con Alexander Randall no duró más que una décima de segundo, el tiempo necesario para ver los ojos que miraban por encima de la boca de labios finos. La boca era muy parecida a la de Alexander, excepto las líneas profundas que la rodeaban. Pero aquellos ojos fríos sólo podían pertenecer a un hombre.

Mi estupor fue tan grande que por un instante todo me pareció normal; tuve el impulso de disculparme, sacudirle el polvo y continuar mi persecución, dejándolo olvidado en el corredor, como un encuentro casual.

El hombre estaba recobrando el aliento, y junto con el aliento, el aplomo.

—Me inclino a compartir sus sentimientos, madame, aunque no su modo de expresarlos. —Todavía me tenía asida por los codos, y me separó para ver mi cara en el corredor no muy bien iluminado. El impacto lo hizo palidecer cuando acercó mi cara a la luz—. ¡Diablos, es usted! —exclamó.

—¡Creía que estaba muerto! —Forcejeé para librarme de las manos, firmes como el acero, de Jonathan Randall.

Me soltó un brazo para poderse frotar el estómago, pero no dejó de examinarme con ojos fríos. Sus rasgos finos se veían bronceados y saludables; no tenía señas visibles de haber sido pisoteado por treinta bestias hacía sólo cinco meses. Ni siquiera una marca en la frente.

—Una vez más, madame, comparto su impresión. Yo tenía una creencia similar con respecto a su estado de salud. Es posible que sea usted una bruja, después de todo. ¿Qué hizo? ¿Se convirtió en loba?

Su expresión de disgusto se mezcló con una pizca de superstición. Al fin y al cabo, cuando se deja a alguien en medio de una manada de lobos en una fría noche de invierno, más bien se espera que éstos se lo coman. El sudor de las palmas de mis manos y mi corazón desbocado eran testigos del efecto perturbador que provocaba ver de repente frente a ti a alguien a quien creías muerto y enterrado. Pensé que él también debía sentirse algo indispuesto.

—¿Le gustaría saberlo? —La tentación de fastidiarlo, de turbar aquella gélida calma, fue lo primero que sentí al ver su rostro. Sus dedos aumentaron la presión sobre mi brazo y los labios se afinaron. Podía ver cómo funcionaba su mente y comenzaba a descartar posibilidades.

—Si no era suyo el cuerpo que los hombres de sir Fletcher sacaron del calabozo, ¿de quién era? —le pregunté, tratando de sacar ventaja de cualquier signo de debilidad. Un testigo ocular afirmó que quitaron un «muñeco de trapo, envuelto en sangre» de la escena de la estampida que sirvió para camuflar la huida de Jamie del mismo calabozo.

Randall sonrió, aunque sin humor. Estaba tan azorado como yo, aunque no lo demostraba. Su respiración era algo más acelerada de lo normal, y las líneas de la boca y los ojos eran algo más profundas de lo que recordaba, pero no boqueaba como un pez fuera del agua. Inhalé tanto oxígeno como me lo permitieron los pulmones, e intenté respirar por la nariz.

—Era mi asistente, Marley. Aunque, si usted no responde a mis preguntas, ¿por qué habría de hacerlo yo?

Me examinó de pies a cabeza, evaluando mi atavío: vestido de seda, adornos en el peinado, joyas, y pies enfundados en medias, pero sin zapatos.

—Se casó usted con un francés, ¿no? Siempre pensé que era una espía francesa. Confío en que su nuevo marido la tenga más a raya que...

Las palabras murieron en su garganta cuando miró para ver a quién pertenecían los pasos que acababan de girar por el pasillo detrás de mí. Había querido perturbarle, y ahora mi deseo estaba siendo concedido. Ningún Hamlet sobre el escenario había reaccionado ante la aparición de un fantasma con un terror más convincente que el que se reflejaba ahora en su aristocrático rostro. La mano que aún sostenía mi brazo me clavó profundamente las uñas, y sentí la sacudida de sorpresa que lo atravesó como una carga eléctrica. Yo sabía lo que él veía a mis espaldas, pero tenía miedo de girarme. Se hizo un profundo silencio en el pasillo; incluso el roce de las ramas de los cipreses contra las ventanas parecía formar parte del silencio ensordecedor que provocan las olas en el fondo del mar. Lentamente, solté mi brazo y su mano cayó muerta a su costado. No hubo ningún ruido detrás de mí, aunque podía oír las voces que procedían de la habitación al final del pasillo. Recé para que la puerta se mantuviera cerrada, e intente recordar desesperadamente qué armas llevaba Jamie.

Mi mente se quedó en blanco y, a continuación, me vino a la mente la visión reconfortante de su pequeña espada, colgando del cinturón en una percha del armario, con el sol centelleando sobre la empuñadura esmaltada. Naturalmente, aún llevaba su daga y el pequeño cuchillo que solía llevar en la media. Llegado el caso, estaba completamente convencida de que, si no le quedaba otro remedio, sus manos desnudas le serían suficientes. En cuanto a mi situación, de pie entre ambos hombres... tragué saliva y me giré lentamente.

Jamie estaba inmóvil a no más de un metro de mí, al lado de una de las altas ventanas. Las oscuras sombras de las agujas de los cipreses ondeaban sobre él como el agua sobre una roca hundida. Estaba tan inexpresivo como una piedra. Fuera lo que fuera lo que había detrás de aquellos ojos, estaba oculto. Tenía los ojos abiertos y vacíos, como si el alma que reflejaban hubiera huido mucho tiempo atrás.

No habló pero, al cabo de momento, me extendió una mano. Ésta flotó en el aire hasta que reuní el valor suficiente para cogerla. Estaba fría y rígida, y me aferré a ella.

Me abrazó, me tomó del brazo y nos volvimos, sin una palabra. Cuando llegamos al recodo del corredor, Randall habló a nuestras espaldas.

—Jamie —dijo. La voz era ronca y el tono estaba entre la sorpresa y la súplica.

Jamie se detuvo y se giró para mirarlo. Randall estaba pálido y tenía una pequeña mancha roja en cada mejilla. Se había quitado la peluca y la apretaba entre sus manos, mientras el sudor le pegaba el hermoso cabello oscuro a las sienes.

—No. —La voz que habló encima de mí era suave, casi sin expresión. Alcé la mirada y vi que el rostro seguía inexpresivo, pero la vena del cuello le latía con rapidez, y la pequeña cicatriz triangular encima del cuello brillaba.

»Mi nombre es lord Broch Tuarach para toda ocasión formal —dijo la suave voz escocesa a mi lado—. Y más allá de los requerimientos de la formalidad, no me volverá a dirigir la palabra hasta que ruegue por su vida ante la punta de mi espada. Entonces podrá usar mi primer nombre, porque será la última palabra que pronunciará.

Con repentina violencia, se giró y su capa se abrió, tapándome la visión de Randall mientras doblábamos la esquina del corredor.

El carruaje todavía nos estaba esperando; yo subí sin atreverme a mirar a Jamie y me dediqué a arreglar los pliegues de seda amarilla de la falda. El ruido de la portezuela al cerrarse me hizo levantar la mirada, pero antes de alcanzar el tirador, el carruaje partió con una sacudida que me arrojó sobre el asiento.

Con esfuerzo y maldiciendo, me puse de rodillas y miré por la ventanilla de atrás. Él no estaba. No había nada en el sendero, excepto las sombras del ciprés y del álamo.

Golpeé frenéticamente el techo del carruaje, pero el cochero gritó a los caballos, azuzándolos para que fueran más rápido. Había poco tráfico a aquella hora e íbamos a gran velocidad por las estrechas calles, como si nos persiguiera el diablo.

Cuando nos detuvimos en la Rue Tremoulins, salté del coche, asustada y furiosa a la vez.

—¿Por qué no te has detenido? —increpé al cochero. Éste se encogió de hombros, sintiéndose a salvo sobre el pescante.

—El amo me ha ordenado que os trajera a casa sin demora, madame. —Cogió el látigo y acarició la grupa del caballo.

—¡Espera! —grité—. ¡Quiero regresar! —Pero él hundió la cabeza entre los hombros y simuló no oírme. El carruaje se alejó.

Furiosa e impotente, me volví hacia la puerta, donde apareció la figura pequeña de Fergus, quien alzó las cejas con sorpresa al verme llegar.

—¿Dónde está Murtagh? —pregunté. Era la única persona que se me ocurría capaz de hallar a Jamie y detenerlo.

—No lo sé, madame. Quizá por allí. —Señaló en dirección a la Rue Gamboge, donde había varias tabernas de diversa respetabilidad, que iban desde aquéllas en las que una dama de paso podría cenar con su esposo hasta los antros junto al río, en los que incluso un hombre armado dudaría en entrar solo.

Puse una mano sobre el hombro de Fergus para apremiarle.

—Corre a buscarlo, Fergus. ¡Lo más rápido que puedas!

Alarmado por mi tono, saltó los escalones y desapareció antes de que yo pudiera recomendarle que tuviera cuidado. No obstante, el niño conocía la vida parisina mejor que yo; no había nadie más acostumbrado a deslizarse entre la multitud de una taberna que un antiguo carterista. Al menos, esperaba que lo hubiera dejado.

Pero sólo podía preocuparme por una cosa a la vez. Las imágenes en las que Fergus era capturado y ahorcado por sus actividades desaparecieron ante la visión de Jamie pronunciando las últimas palabras a Randall.

¡Seguramente no habría vuelto a entrar en la casa del duque! No, me dije para tranquilizarme. No llevaba espada. Fuera lo que fuera lo que estaba sintiendo (y al pensar en lo que él podía estar sintiendo se me cayó el alma a los pies), no iba a actuar con precipitación. Ya lo había visto antes en batalla: tenía una mente fría y calculadora, ajena a las emociones que pudieran nublar su juicio. Y para esto, por encima de todo, se ceñiría a las formalidades. Se refugiaría en las rígidas prescripciones, en las fórmulas para satisfacer el honor; necesitaba algo a lo que aferrarse ante las emociones que lo sacudían: la terrible sed de sangre y la venganza.

Me detuve en el pasillo, arrojé mecánicamente mi capa e hice una pausa ante el espejo para arreglarme el pelo. «Piensa, Beauchamp —me dije—. Si va a enfrentarse a un duelo, ¿qué es lo primero que necesitará?»

¿Una espada? No, no podía ser. La suya estaba arriba, colgada en el armario. Aunque podía pedir prestada una, no creía que se enfrentara al duelo más importante de su vida con otra espada. Su tío, Dougal MacKenzie, se la había regalado a los diecisiete años y le había enseñado a usarla, así como los trucos y puntos fuertes de un espadachín zurdo. Dougal lo había hecho practicar, zurdo contra zurdo, durante horas, hasta que, según me contó, sentía que el metal adquiría vida y se transformaba en una prolongación de su brazo y la empuñadura se fundía con la palma de su mano. Jamie me había contado que se sentía desnudo sin su espada. Y aquélla no era una pelea a la que pudiera presentarse desnudo.

No, de haber necesitado la espada, habría ido a casa a buscarla. Me pasé la mano por el pelo con impaciencia, intentando pensar. Maldita sea, ¿cuál era el protocolo de un duelo? Antes de llegar a las espadas, ¿cuáles eran los pasos a seguir? El reto, por supuesto. ¿Las palabras de Jamie en el corredor lo eran? Recordaba vagamente personas abofeteadas con guantes, pero no tenía ni idea de si realmente se trataba de la costumbre o si era el producto de la imaginación de un cineasta.

Entonces lo recordé. Primero el reto, luego determinar algún lugar escondido para no llamar la atención de la policía ni de la Guardia del rey. Y como mensajero del reto y para determinar el lugar, se necesitaba a alguien más. Ah. Eso es lo que había ido a hacer: a buscar a su padrino, Murtagh.

Aunque Jamie encontrara a Murtagh antes que Fergus, había que ocuparse de las formalidades. Comencé a respirar con mayor facilidad, aunque el corazón aún me palpitaba con fuerza y los cordones del corpiño parecían demasiado apretados. No había ningún criado a la vista; me solté los cordones e inhalé profundamente.

—No sabía que tenías la costumbre de desvestirte en los pasillos, o de lo contrario me habría quedado en la sala —dijo una irónica voz escocesa a mis espaldas.

Me giré, mientras el corazón me saltaba la garganta. El hombre que se desperezaba en la puerta del salón, con los brazos extendidos tocando el marco de la puerta, era casi tan grande como Jamie, con los mismos movimientos rígidos y el mismo aire de frío aplomo. Pero tenía el pelo oscuro y los ojos hundidos eran de un verde turbio. Era Dougal MacKenzie, que aparecía de repente en mi casa como si lo hubiera llamado con el pensamiento.

—¿Qué estás haciendo aquí, en nombre de Dios? —La sorpresa de verlo se fue desvaneciendo, aunque el corazón me seguía latiendo con fuerza. No había comido desde el desayuno y me invadió una repentina oleada de náuseas. Dio un paso adelante y me tomó del brazo para acercarme a una silla.

—Siéntate —dijo—. Parece que no te encuentras bien.

—Muy observador de tu parte —señalé. Empecé a ver manchas negras que me nublaban la visión y pequeños destellos brillantes—. Disculpa —dije educadamente, y puse la cabeza entre las rodillas.

Jamie. Frank. Randall. Dougal. Los rostros pasaban fugazmente por mi cerebro y los nombres me zumbaban en los oídos. Me sudaban las palmas de las manos y las metí bajo los brazos, abrazándome para intentar detener los temblores. Jamie no se batiría en duelo con Randall de inmediato, eso era lo importante. Tenía un poco de tiempo para pensar, para hacer algo. Pero ¿qué? Dejando que mi subconsciente lidiara con aquella pregunta, me obligué a ralentizar mi respiración y volví mi atención a cuestiones más prácticas.

—Dime —dije, enderezándome y retirándome el cabello hacia atrás—, ¿qué estás haciendo aquí?

Las cejas oscuras se arquearon con sorpresa.

—¿Necesito una excusa para visitar a un pariente?

Todavía tenía gusto a bilis en la garganta, pero al menos las manos me habían dejado de temblar.

—En estas circunstancias, sí —le dije.

Me incorporé, ignorando los cordones desatados, y fui en busca del coñac. Dougal se me anticipó, cogió una copa y sirvió un dedo de bebida. Luego, después de observarme, duplicó la medida.

—Gracias —le dije con sequedad, aceptando la copa.

—Las circunstancias, ¿eh? ¿Y qué circunstancias son ésas? —Sin aguardar respuesta ni autorización se sirvió una copa y la levantó para brindar de manera informal—. Por Su Majestad.

Sentí que se me torcía la boca en una mueca.

—¿El rey Jacobo, supongo? —Tomé un sorbo de coñac y sentí cómo los cálidos vapores aromáticos me abrasaban las membranas detrás de los ojos—. El hecho de que estés en París, ¿significa que has convencido a Colum para llevarlo a tu terreno?

Si bien Dougal MacKenzie era jacobita, su hermano Colum era el capitán de los MacKenzie de Leoch. Debido a que tenía las piernas baldadas por una enfermedad degenerativa, Colum ya no participaba en las batallas; lo reemplazaba Dougal. No obstante, aunque Dougal guiara a los hombres en la batalla, Colum seguía teniendo el poder de decisión.

Dougal ignoró mi pregunta y, tras vaciar su vaso, se sirvió otra copa inmediatamente. Saboreó el primer sorbo claramente en su boca, y lamió una última gota que había quedado sobre sus labios mientras tragaba.

—No está mal —declaró—. Debo llevarle una botella a Colum. Necesita algo más fuerte que el vino para poder dormir por la noche.

Una manera indirecta de responderme. Colum había empeorado. Siempre dolorido a causa de la enfermedad que erosionaba su cuerpo, bebía abundante vino para poder dormir por las noches; y en aquel momento necesitaba coñac. De seguir así, pronto tendría que recurrir al opio para obtener alivio.

Y cuando eso sucediera, sería el fin de su reinado como capitán de su clan. Privado de recursos físicos, todavía dirigía gracias a la fuerza de su carácter. Pero si la fortaleza mental de Colum quedaba destruida por el dolor y las drogas, el clan tendría un nuevo líder: Dougal.

Lo observé por encima de mi copa. Él me devolvió la mirada sin arredrarse, con una ligera sonrisa en aquella amplia boca MacKenzie. Su rostro era muy parecido al de su hermano y al de su sobrino, con rasgos fuertes y pronunciados, pómulos altos y nariz larga y recta como el filo de un cuchillo.

A los dieciocho años había jurado apoyar el mandato de su hermano y había cumplido el juramento durante casi treinta años. Y lo seguiría haciendo hasta el día en que Colum muriera o no pudiera mandar. Pero aquel día, el manto del jefe se posaría sobre sus hombros y los hombres del clan MacKenzie lo seguirían a donde él decidiera, tras el emblema de Escocia y el estandarte del rey Jacobo, a la vanguardia del príncipe Carlos.

—¿Circunstancias? —dije volviendo a su pregunta anterior—. Bien, supongo que no podríamos considerar de buen gusto venir a visitar a un hombre a quien diste por muerto, y a cuya esposa intentaste seducir.

Siguiendo su costumbre Dougal MacKenzie se rió. No sabía qué hacía falta para desconcertar a aquel hombre, pero, sin duda, esperaba poder verlo cuando por fin ocurriera.

—¿Seducirte? —preguntó con una sonrisa divertida—. Te propuse matrimonio.

—Más bien me propusiste violarme, por lo que recuerdo —le espeté.

En realidad, sí que me había propuesto matrimonio, pero por la fuerza, después de negarse a ayudarme a rescatar a Jamie de la prisión de Wentworth el invierno anterior. Aunque su motivo principal era apoderarse de la heredad de Jamie en Lallybroch (que me pertenecería a mí cuando Jamie muriera), no le disgustaban en absoluto las compensaciones que le traería el matrimonio, entre ellas el goce de mi cuerpo.

—Con respecto a negarme a rescatar a Jamie —continuó, ignorándome como de costumbre—, no había manera de hacerlo; ni tenía sentido arriesgar a mis hombres en una empresa condenada al fracaso. Jamie sería el primero en entenderlo. Y era mi deber como pariente ofrecer protección a su esposa, si él moría. Yo era su padre adoptivo, ¿no? —Echó atrás la cabeza y vació la copa.

Tomé un largo sorbo y tragué rápidamente para no atragantarme. El coñac me quemó la garganta y el esófago, equiparándose al calor que me incendiaba las mejillas. Tenía razón. Jamie no lo había culpado por no querer arriesgarse. Tampoco esperaba que yo lo hiciera, y fue un milagro que tuviera éxito. Por mi parte, aunque le conté a Jamie el ofrecimiento de su padrastro, no hice referencia alguna al aspecto carnal de su intención. Al fin y al cabo, no esperaba volver a ver a Dougal MacKenzie.

Sabía por experiencia propia que era un hombre que aprovechaba las oportunidades; cuando Jamie estaba a punto de ser ahorcado, ni siquiera esperó a la ejecución de la sentencia para asegurarse la posesión de mi persona y de la propiedad que yo estaba a punto de heredar. Si, o mejor dicho, cuando Colum muriera o fuera incapaz, Dougal quedaría a cargo del clan MacKenzie inmediatamente. Y si Carlos Estuardo lograba el respaldo que buscaba, Dougal lo apoyaría. Después de todo, ya tenía experiencia en ostentar el poder.

Ladeé mi copa, pensativa. Colum tenía intereses comerciales en Francia, sobre todo vino y madera. Aquél sería el pretexto de la visita de Dougal a París, incluso podría ser, aparentemente, su principal motivo. Pero estaba segura de que tenía otras razones. Y el hecho de que el príncipe Carlos estuviera en París era una de ellas.

Dougal MacKenzie tenía algo positivo: los encuentros con él eran estimulantes porque te obligaban a dilucidar qué se traía entre manos. Con la inspiración de su presencia y un buen trago de coñac portugués, mi subconsciente empezó a vislumbrar una idea.

—Bueno, de todos modos, me alegro de que hayas venido —dije dejando mi vaso vacío sobre la bandeja.

—¿De veras? —preguntó enarcando sus abundantes cejas oscuras con incredulidad.

—Sí. —Me levanté y fui hacia el pasillo—. Ve a por mi capa mientras me ato los cordones. Necesito que me acompañes al *commissariat de police*.

Al ver que abría la boca con sorpresa, sentí una pequeña esperanza: si había conseguido coger desprevenido a Dougal MacKenzie, también podría detener un duelo.

—¿Me puedes decir qué estás tramando? —inquirió Dougal, mientras el carruaje se tambaleaba por Cirque du Mireille, esquivando a duras penas una calesa y un carro lleno de calabacines.

—No —respondí brevemente—, aunque supongo que tendría que saberlo. ¿Sabías que Jonathan Randall está vivo?

—No sabía que hubiera muerto —respondió, razonable.

La contestación me tomó por sorpresa. Pero claro, tenía razón. Creíamos que Jack *el Negro* había muerto porque sir Marcus MacRannoch confundió el cuerpo mutilado de su asistente durante la liberación de Jamie de la prisión de Wentworth. Era natural que la noticia de su muerte no llegara a las Highlands, pues simplemente no se había producido. Traté de ordenar mis pensamientos.

—No está muerto, y está en París.

—¿En París? —Esto atrajo su atención y levantó las cejas. Después, ató cabos y preguntó bruscamente—: Y Jamie, ¿dónde está?

Me alegró ver que comprendía cuál era el fondo del asunto. Aunque no sabía lo que había ocurrido entre Jamie y Randall en Wentworth (nadie lo sabría, excepto Jamie, Randall y, hasta cierto punto, yo), estaba muy bien enterado de las acciones anteriores de Randall y sabía cuál sería la reacción de Jamie al encontrarse con él allí, fuera de Inglaterra.

—No lo sé —respondí, mirando por la ventanilla. Estábamos pasando por Les Halles y había un fuerte olor a pescado. Saqué un pañuelo perfumado y me cubrí la nariz y la boca. El olor fuerte y penetrante de la gaulteria que había empleado para perfumarlo no era rival para el tufo que emanaba de una docena de puestos de anguilas, pero ayudó un poco. Hablé a través de los aromáticos pliegues de lino—. Hoy hemos visto a Randall inesperadamente en casa del duque de Sandringham. Jamie me envió a casa en el carruaje, y desde entonces no lo he vuelto a ver.

Dougal ignoró el olor y los gritos estridentes de las pescaderas, anunciando su mercancía. Frunció el ceño.

—¡Seguro que piensa matarlo!

Sacudí la cabeza y le expliqué lo que pensaba en cuanto a la espada.

—No puedo permitir que se batan en duelo —dije, bajando el pañuelo para hablar con mayor claridad—. ¡No lo permitiré!

Dougal asintió, abstraído.

—Sí, sería peligroso. No es que crea que el muchacho tuviera dificultades para matar a Randall... Fui yo quien le enseñó, ¿sabes? —añadió con cierta presunción—, pero la sentencia por duelo...

—Lo sé.

—De acuerdo —dijo lentamente—. Pero ¿por qué la policía? No querrás que lo apresen antes, ¿no? ¿A tu propio marido?

—A Jamie no, a Randall.

Una amplia sonrisa se dibujó en su rostro, mezclada con cierto escepticismo.

—¿Ah, sí? ¿Y cómo lo lograrás?

—Una amiga y yo fuimos... atacadas en la calle hace algunas noches —expliqué, tragando saliva ante el recuerdo—. Los hombres estaban enmascarados; no pude identificarlos. Pero uno de ellos era de la estatura de Jonathan Randall. Voy a declarar que lo he conocido hoy en la casa, y que lo he reconocido como uno de los que nos atacaron.

Dougal enarcó las cejas y después las volvió a bajar. Sus fríos ojos parpadearon. De repente se le ocurrió algo.

—¡Dios santo, sí que tienes valor! ¿Os robaron? —preguntó con tacto.

Contra mi voluntad, sentí que la ira me encendía las mejillas.

—No —respondí, en un murmullo.

—Ah. —Se reclinó contra los cojines del carruaje, todavía mirándome—. Pero ¿os hicieron daño? —Miré hacia la calle, pero sentí su mirada en el escote de mi vestido, deslizándose hasta la curva de mis caderas.

—A mí no —dije—. Pero a mi amiga...

—Ya veo. —Se mantuvo en silencio durante un momento y después me preguntó, pensativo—: ¿Has oído hablar de Les Disciples?

Giré la cabeza para mirarlo. Estaba en un rincón, agazapado como un gato, observándome con los ojos entornados por el sol.

—No. ¿Quiénes son? —quise saber.

Dougal se encogió de hombros y se enderezó, observando por la ventanilla el Quai des Orfèvres, gris y sombrío sobre el resplandor del Sena.

—Una especie de sociedad. Jóvenes de buena familia, con cierto interés en cosas... ¿inmorales, diríamos?

—¿Y qué sabes tú acerca de Les Disciples?

—Sólo lo que he oído en una taberna de la Cité —explicó—. Que la sociedad exige mucho de sus miembros, y que el precio de iniciación es alto... según algunos parámetros.

—¿Y cuáles son esos parámetros? —le pregunté desafiante.

Sonrió con cierta severidad antes de responder.

—Lograr desvirgar a una doncella, por ejemplo. O conseguir los pezones de una mujer casada. —Echó un rápido vistazo a mi pecho—. Tu amiga es virgen, ¿verdad? ¿O lo era?

—Lo era. ¿Qué más sabes de Les Disciples? ¿Sabes quiénes están implicados?

Negó con la cabeza. Tenía mechones canos en el cabello rojizo de las sienes que reflejaban la luz de la tarde.

—Sólo rumores. El vizconde de Busca, el menor de los Charmisse... quizá. El conde de Saint Germain. ¡Eh! ¿Te encuentras bien, muchacha?

Se inclinó hacia delante, consternado.

—Estoy bien —dije, y respiré hondo por la nariz—. Muy bien. —Saqué el pañuelo y me sequé el sudor del entrecejo.

«No queremos hacerles daño, señoras.» La voz resonó en mi cabeza. El hombre de camisa verde era de estatura media y moreno, delgado y de hombros angostos. Si esa descripción encajaba con Jonathan Randall, también encajaba con el conde de Saint Germain. Pero ¿podría haber reconocido su voz? ¿Era concebible que un hombre normal estuviera cenando frente a mí, comiendo *mousse* de salmón y conversando cortésmente apenas dos horas después del incidente en la Rue du Faubourg Saint Honoré?

Sin embargo, utilizando la lógica, ¿por qué no? Yo lo había hecho, después de todo. Y no tenía ninguna razón para suponer que el conde fuera un hombre «normal», de acuerdo con mis estándares, si los rumores eran ciertos.

El coche ya se estaba deteniendo y tenía poco tiempo para la reflexión. Estaba a punto de dejar libre al responsable de la violación de Mary y de salvar la vida al enemigo más odiado por Jamie. Respiré profundamente. Tenía poca elección, pensé. La vida era lo más importante; la justicia iba a tener que esperar su turno.

El cochero se apeó y se dispuso a abrir la portezuela. Me mordí el labio y miré a Dougal MacKenzie. Éste me devolvió la mirada, encogiéndose de hombros. ¿Qué quería que hiciera él?

—¿Vas a respaldar mi historia? —le pregunté bruscamente.

Dougal miró hacia el Quai des Orfèvres. La luz brillante de la tarde entraba a raudales por la puerta abierta.

—¿Estás segura? —me preguntó.

—Sí. —Se me secó la boca.

Se deslizó por el asiento y me extendió una mano.

—Entonces, roguemos a Dios que no terminemos los dos en la cárcel —dijo.

Una hora después salimos de la comisaría de policía. Yo había enviado el coche a casa para que nadie lo viera allí, en el Quai des Orfèvres. Dougal me ofreció el brazo, y lo tomé, obligada. Había barro, y era difícil caminar sobre los adoquines con tacones altos.

—Les Disciples —dije mientras caminábamos lentamente por la orilla del Sena hacia las torres de Notre Dame—. ¿De verdad crees que el conde de Saint Germain podría ser uno de los que... nos atacaron en la Rue du Faubourg Saint Honoré?

Empecé a temblar por la impresión, la fatiga y el hambre; no había comido nada desde el desayuno, y la falta de alimento empezaba a hacerse notoria. Fueron los nervios los que me mantuvieron en pie durante la entrevista con la policía. Ahora la necesidad de pensar estaba desapareciendo y, con ello, la capacidad de hacerlo.

El brazo de Dougal se mantenía firme bajo mi mano, pero no podía mirarlo; necesitaba concentrar toda mi atención en el suelo. Íbamos por la Rue Elise, y los adoquines brillaban por la humedad y porquería diversa; un portero que cargaba un cajón se detuvo en nuestro camino y escupió ruidosamente junto a mis pies. El gargajo se adhirió a una piedra, deslizándose finalmente para flotar, viscoso, sobre la superficie de un pequeño charco de barro que ocupaba el espacio de un adoquín.

—Mmmfm. —Dougal estaba buscando un coche con el ceño fruncido, pensativo—. No lo sé; he oído cosas peores de él pero nunca he tenido el honor de conocerlo en persona. —Bajó la cabeza para mirarme—. Has armado una buena —dijo—. Jonathan Randall estará en la Bastilla en menos de una hora. Pero tendrán que dejarlo ir tarde o temprano, y no creo que para entonces el genio de Jamie se haya aplacado. ¿Quieres que hable con él, que lo convenza de que no haga nada descabellado?

—¡No! ¡Por el amor de Dios, no interfieras! —Las ruedas de un carruaje que se acercaba hicieron un estruendo terrible sobre los adoquines, pero había elevado la voz lo suficiente como para hacer que Dougal alzara las cejas, sorprendido.

—Muy bien, entonces —dijo suavemente—. Dejaré que tú lo arregles. Es más terco que una mula... pero supongo que podrás persuadirlo. —Me miró de soslayo, con una sonrisa perspicaz.

—Lo intentaré.

Eso haría. Tenía que conseguirlo. Porque todo lo que le había contado a Dougal era cierto. Muy cierto. Y, sin embargo, estaba muy lejos de la verdad. Porque habría mandado al demonio la causa de Carlos Estuardo y de su padre, habría sacrificado cualquier esperanza de detener aquella estupidez, incluso habría dejado que Jamie fuera a prisión, con tal de curar la herida que la resurrección de Randall había abierto en la mente de Jamie. Lo habría ayudado a asesinar a Randall, y con placer, excepto por una razón. La única más poderosa que el orgullo de Jamie, más importante que su virilidad y que la paz de su alma: Frank.

Era la única idea que me había impulsado durante el día, la que me había sostenido hasta bien pasado el punto donde en otro momento me habría derrumbado. Durante meses había creído que Randall había muerto sin dejar descendencia y había temido por la vida de Frank. Pero durante aquellos meses me había consolado la presencia de la alianza de oro que todavía llevaba en el índice de mi mano izquierda.

Igual que el anillo de plata de Jamie en mi mano derecha, el anillo era un talismán durante las oscuras horas de la noche, cuando las dudas me asaltaban en los sueños. Si todavía llevaba el anillo de Frank, significaba que éste iba a vivir. Me lo había repetido una y mil veces. No importaba cómo podía iniciar un muerto la línea de descendencia que condujera hasta Frank; el anillo seguía allí, y Frank iba a vivir.

Ya sabía por qué el anillo seguía en mi mano, con el metal igual de frío que mi dedo. Randall estaba vivo; todavía podía casarse y ser padre del hijo que transmitiría la vida a Frank. A menos que Jamie lo matara primero.

Hasta el momento había hecho todo lo posible por evitarlo, pero lo acontecido en el corredor de la casa del duque seguía vigente. El precio de la vida de Frank era el alma de Jamie. ¿Cómo iba a elegir entre los dos?

Ignorando la llamada de Dougal, el carruaje que se acercaba pasó junto a nosotros sin detenerse, lo suficientemente cerca como para salpicar agua sucia sobre las medias de seda de Dougal y el bajo de mi vestido. Dougal no quiso insultar al cochero y se limitó a agitar un puño amenazante.

—Bueno, ¿y ahora qué? —preguntó retóricamente.

El escupitajo flotaba en el charco a mis pies, reflejando una luz gris. Podía sentir su fría viscosidad en la lengua. Extendí una mano y agarré el brazo de Dougal, firme como la rama de un sicomoro de corteza suave. Firme, pero parecía oscilarse vertiginosamente, alejándome con un balanceo del agua fría, brillante y con olor a pescado que había a nuestros pies. Puntos negros flotaban ante mis ojos.

—Ahora —dije—, voy a vomitar.

Era casi de noche cuando regresé a la Rue Tremoulins. Me temblaban las rodillas y me suponía un gran esfuerzo poner un pie delante del otro en las escaleras. Me encaminé directamente al dormitorio para dejar el abrigo, preguntándome si ya habría vuelto Jamie.

Así era. Me quedé inmóvil en el vano de la puerta, examinando la habitación. Mi botiquín estaba sobre la mesa, abierto. Las tijeras que usaba para cortar vendas yacían medio abiertas sobre mi tocador. Eran unas tijeras fantásticas que me había dado un fabricante de cuchillos que trabajaba de vez en cuando en el hospital; las agarraderas estaban chapadas en oro y labradas en forma de cigüeñas. Los largos picos eran las cuchillas de las tijeras. Brillaban bajo los rayos del sol del atardecer, sobre un montón de mechones cobrizos.

Di varios pasos hacia el tocador, y los brillantes y sedosos mechones se elevaron debido a la corriente formada por mi movimiento, flotando por el tablero.

—¡Por Jesucristo! —exclamé. Jamie había estado allí y se había vuelto a marchar. Su espada había desaparecido.

El pelo, apilado donde había caído, cubría parte del suelo, del tocador y del taburete. Levanté un rizo de la mesa sintiendo el cabello fino y suave separarse entre los dedos como hilos de seda de borda. Sentí un escalofrío que comenzó en algún punto entre los hombros y descendió por la columna. Recordé a Jamie, sentado en la fuente de la mansión de los Rohan, contándome cómo había librado su primer duelo en París.

«La cinta que me sujetaba el pelo se rompió y me caía en los ojos, así que apenas veía lo que hacía.»

De modo que no quería volver a correr aquel riesgo. Al ver las pruebas que había dejado atrás, al sentir el sedoso rizo de Jamie en mi mano, pude imaginar la fría deliberación con que había procedido; podía oír el ruido del metal contra su cráneo al cortar todo lo que pudiera oscurecer su visión. Nada se interpondría entre él y la muerte de Jonathan Randall.

Excepto yo. Todavía con el rizo en la mano, fui hasta la ventana y miré afuera, como esperando verlo en la calle. Pero la Rue Tremoulins estaba tranquila; nada se movía, excepto las sombras parpadeantes de los álamos de la entrada y el pequeño movimiento de un criado, de pie en la entrada de la casa de la izquierda, hablando con un vigilante que blandía su pipa para dar énfasis a su argumento.

En la casa se oía el murmullo cotidiano; abajo tenían lugar los preparativos para la cena. Como no esperábamos a nadie aquella noche, el bullicio era mínimo; comíamos con sencillez cuando estábamos solos.

Me senté sobre la cama y cerré los ojos, apoyando las manos sobre mi vientre abultado, asiendo con fuerza el rizo, como si Jamie estuviera a salvo si no lo soltaba.

¿Habría llegado a tiempo? ¿Habría encontrado la policía a Jonathan Randall antes que Jamie? ¿Y si habían llegado a la vez, o justo a tiempo para encontrar a Jamie desafiando a Randall a un duelo formal? Si así era, por lo menos ambos estarían a salvo. En prisión, quizá, pero aquél era un detalle sin importancia en comparación con otros peligros.

¿Y si Jamie había encontrado a Randall primero? Miré hacia fuera; la luz se desvanecía con rapidez. Tradicionalmente los duelos se libraban al amanecer, pero no sabía si Jamie podría esperar. En aquel momento podrían estar cara a cara, en algún lugar apartado, donde el choque de las espadas y los gritos no atraerían la atención de nadie.

Sin duda sería una lucha a muerte. Lo que había entre aquellos hombres sólo podía solucionarse con la muerte. ¿La muerte de quién? ¿La de Jamie? ¿O la de Randall, y con la suya, la de Frank? Sin duda Jamie era mejor espadachín pero, como desafiado, a Randall le correspondía la elección de las armas. Y el éxito con la pistola no residía tanto en la habilidad como en la suerte; sólo las mejores pistolas apuntaban bien, e incluso éstas podían errar el tiro. Tuve una repentina visión de Jamie, laxo e inmóvil sobre la hierba, la sangre manando de la cuenca vacía de un ojo y el potente olor de la pólvora negra entre los aromas primaverales en el Bois de Boulogne.

—¿Qué diablos haces, Claire?

Me sobresalté de tal manera que me mordí la lengua. Los dos ojos de Jamie estaban en sus órbitas. Nunca lo había visto con el pelo tan corto. Parecía un desconocido, con los fuertes huesos de su rostro marcándose bajo la piel.

—¿Qué hago? —repetí. Tragué saliva para volver a humedecer mi boca seca—. ¿Qué hago? Estoy sentada con un rizo de tu pelo en la mano, preguntándome si estás muerto o no. ¡Eso hago!

—No estoy muerto. —Cruzó hasta el armario y lo abrió. Llevaba su espada, pero se había cambiado de ropa; tenía puesta su vieja chaqueta, que le permitía el libre movimiento de los brazos.

—Sí, me he dado cuenta —le dije—. Has sido muy considerado al venir a decírmelo.

—He venido a buscar mi ropa. —Sacó dos camisas y su abrigo largo y los puso sobre un banco, y después rebuscó en la cómoda de la ropa blanca.

—¿Tu ropa? ¿Adónde vas? —No sabía qué pasaría cuando volviera a verlo, pero sin duda aquello no entraba dentro de mis planes.

—A una posada. —Me observó y, al parecer, llegó a la conclusión de que me merecía algo más que una explicación de tres palabras. Se volvió y me miró con sus ojos azules, opacos como la azurita.

—Cuando te he enviado a casa en el coche, he caminado un rato, hasta que me he tranquilizado. Luego he venido a casa a buscar la espada y he regresado a la mansión del duque para retar a Randall a un duelo. El mayordomo me ha dicho que Randall había sido arrestado.

Me miró, con ojos lejanos como las profundidades del océano. Tragué saliva otra vez.

—He ido a la Bastilla. Me han dicho que habías acusado a Randall del ataque que sufristeis Mary Hawkins y tú la otra noche. ¿Por qué?

—Jamie —le dije con voz temblorosa—. No puedes matarlo.

Torció ligeramente la boca.

—No sé si emocionarme por tu interés en mi seguridad, o si ofenderme por tu falta de confianza. Pero de cualquier modo no debes preocuparte. Puedo matarlo fácilmente. —Pronunció las últimas palabras despacio, con una mezcla de odio y satisfacción.

—No es eso lo que quiero decir. Jamie...

—Por suerte —prosiguió sin oírme— Randall puede probar que estaba en la residencia del duque la noche de la violación. En cuanto la policía termine de interrogar a los invitados presentes, y se convenzan de que Randall es inocente (de ese cargo, por lo menos) lo dejarán ir. Me quedaré en una posada hasta que eso suceda. Entonces lo buscaré. —Sus ojos miraban fijamente el armario, pero era evidente que estaba viendo otra cosa—. Me estará esperando —añadió con voz suave.

Metió la ropa en un bolso de viaje y se echó la capa sobre el brazo. Se giró para salir, pero salté de la cama y lo así por la manga.

—¡Jamie! ¡Por favor, escúchame! ¡No puedes matar a Jonathan Randall porque no te lo permitiré!

Me miró atónito.

—Es por Frank —añadí. Le solté la manga y di un paso atrás.

—Frank —repitió, sacudiendo la cabeza como para aclararse los oídos—. Frank.

—Sí —le dije—. Si tú matas a Jonathan Randall ahora, Frank... no existirá. No nacerá. Jamie, ¡no puedes matar a un hombre inocente!

Su rostro, que normalmente era de color bronce, palideció mientras yo hablaba. Después empezó a enrojecer.

—¿Un hombre inocente?

—¡Frank es un hombre inocente! ¡No me importa Jonathan Randall...!

—¡Pues a mí sí! —Cogió el maletín y se dirigió a la puerta, con la capa colgando de un brazo—. ¡Por Dios, Claire! ¿Estás tratando de impedir que me vengue del hombre que me obligó a ser su ramera? ¿Que me puso de rodillas e hizo que le chupara el pene manchado con mi propia sangre? ¡Por Cristo, Claire! —Abrió la puerta de un golpe y salió al corredor antes de que pudiera alcanzarlo.

Había oscurecido, los sirvientes ya habían encendido las velas y el corredor estaba iluminado. Lo agarré del brazo y tiré de él.

—¡Jamie! ¡Por favor!

Se soltó impacientemente de mi mano. Yo estaba casi llorando, pero contenía las lágrimas. Cogí el maletín y se lo arrebaté.

—¡Por favor, Jamie! ¡Tan sólo espera un año! El hijo de Randall será concebido en diciembre. Después ya no importará. Pero, por favor, espera hasta entonces. Hazlo por mí.

Los candelabros que había sobre una mesa con bordes dorados arrojaron su sombra, enorme y vacilante, en la pared opuesta. Jamie la miró, con las manos apretadas, como si se estuviera enfrentando a un gigante sin rostro y amenazante que lo sobrepasaba como una torre.

—Sí —susurró, como para sí mismo—, soy un tipo enorme. Enorme y fuerte. Puedo soportar mucho. Sí, puedo soportarlo. —Giró sobre sus talones, vociferando—. ¡Puedo soportar mucho! Pero ¿eso significa que debo? ¿Tengo que soportar las debilidades de todo el mundo? ¿Acaso no puedo tener las mías?

Empezó a caminar a un lado y otro del corredor; su sombra lo seguía en silencioso frenesí.

—¡No puedes pedirme eso! Tú, que sabes lo que... —Se atragantó, incapaz de hablar por la ira.

Mientras caminaba, golpeó repetidas veces la pared, estrellando ferozmente el costado del puño contra la superficie de cal, que aceptó cada golpe con muda violencia.

Regresó y se detuvo frente a mí, respirando con dificultad. Me quedé inmóvil, temerosa de moverme o hablar. Asintió una o dos veces, rápidamente, como si estuviera tomando una decisión. Sacó la daga de su cinturón con un susurro y la sostuvo a la altura de mi nariz. Con un esfuerzo visible, dijo con calma:

—Tendrás que elegir, Claire. Él o yo. —Las llamas de la vela bailaban sobre el metal pulido mientras giraba lentamente el cuchillo—. No puedo vivir mientras él viva. ¡Si no quieres que lo mate, mátame a mí ahora! —Me agarró la mano y me obligó a apretar los dedos contra la empuñadura. El cuello de encaje se abrió de un tirón, dejó al descubierto la garganta y me levantó la mano, con sus dedos apretados sobre los míos.

Me eché atrás con todas mis fuerzas, pero él llevó la punta de la daga contra el hueco suave que tenía sobre la clavícula, debajo de la lívida cicatriz que el cuchillo de Randall había dejado allí años atrás.

—¡Jamie, basta! ¡Basta ya! —Le así la muñeca con la otra mano con tanta fuerza como pude, aflojándosela lo suficiente para liberar mis dedos. El cuchillo cayó al suelo, saltando entre las piedras hasta quedarse en un rincón de la mullida alfombra Aubusson. Con esa claridad para ver los detalles más pequeños que se da en los momentos más terribles de la vida, vi que la daga yacía, quieta, junto al tallo rizado de un racimo de uvas verdes, a punto de cortarlo y liberarlas para que rodaran a nuestros pies.

Jamie permaneció frente a mí con el rostro blanco y los ojos iracundos. Le cogí el brazo; estaba tan rígido como la madera.

—Por favor, por favor, créeme. No haría esto si hubiera otra opción —dije. Inhalé profundamente, temblorosa, para reprimir el pulso acelerado bajo mis costillas—. Me debes la vida, Jamie. No una sino dos veces. Te salvé de ser ahorcado en Wentworth, y cuando estuviste con fiebre, en la abadía. ¡Me debes una vida, Jamie!

Me miró un largo rato antes de responder. Cuando lo hizo, la voz volvió a ser tranquila, aunque reflejaba cierta amargura.

—Ya. ¿Y ahora exiges que te pague? —Sus ojos eran del azul claro y profundo que arde en el centro de una llama.

—¡Tengo que hacerlo! ¡Es la única manera de hacerte razonar!

—Razonar. Ah, razonar. No, no hay nada que razonar.

Cruzó los brazos a la espalda, entrelazando los dedos rígidos de la derecha con los curvos de la izquierda. Se alejó lentamente de mí por el pasillo interminable, con la cabeza gacha. El pasillo estaba cubierto de pinturas, algunas iluminadas desde arriba o desde abajo con candelabros dorados, y las menos favorecidas, ocultas en la oscuridad. Jamie caminaba lentamente entre ellas, alzando la mirada de vez en cuando, como si estuviera conversando con los personajes ataviados con pelucas de la galería.

El corredor que recorría la segunda planta estaba alfombrado y tenía enormes vitrales en las paredes. Jamie caminó hasta el otro extremo y, a continuación, girando con la precisión de un soldado en un desfile, regresó, con paso todavía lento y formal. Después volvió hacia el otro extremo; así una y otra vez. Con las piernas temblorosas, me senté en un sillón al final del pasillo. Uno de los criados omnipresentes se acercó servilmente para preguntar si madame necesitaba vino o, quizá, una galleta. Lo rechacé con toda la cortesía que fui capaz de reunir, y esperé. Por fin se detuvo frente a mí, con los pies separados y enfundados en zapatos con hebillas plateadas, y las manos detrás de la espalda. Esperó a que lo mirara antes de hablar. Su rostro estaba inmóvil, sin signos de agitación que lo traicionaran, aunque había profundas líneas de cansancio alrededor de sus ojos.

—Un año, entonces —fue lo único que dijo. Se volvió de inmediato y ya se había alejado varios metros cuando por fin pude salir del sillón verde oscuro de terciopelo. Apenas me había puesto en pie cuando regresó y pasó a mi lado, llegó en tres zancadas al enorme vitral y le dio un puñetazo.

El vitral estaba formado por miles de cristales de colores, unidos por trozos de plomo derretido. Aunque el vitral entero, una representación mitológica del Juicio de Paris, se sacudió en su armazón, el esqueleto de plomo sostuvo intactos casi todos los cristales; a pesar del puñetazo, sólo un agujero a los pies de Afrodita dejó entrar la suave brisa primaveral.

Jamie se quedó un momento quieto, apretándose las manos. Una oscura mancha roja comenzó a teñir el puño de encaje. Volvió a pasar junto a mí mientras me dirigía hacia él, y salió sin decir nada más.

Me dejé caer en el sillón con tanta fuerza que del almohadón de terciopelo salió una nubecilla de polvo. Allí me quedé, inmóvil, con los ojos cerrados, sintiendo la fresca brisa nocturna. El cabello de mis sienes estaba húmedo, y pude sentir mi pulso, rápido como el de un pajarillo, acelerado en la base de mi cuello.

¿Podría Jamie perdonarme alguna vez? Se me encogió el corazón al recordar la mirada que me había dirigido. «¡No puedes pedirme eso! —me había dicho—. Tú, que sabes lo que...» Sí, sabía, y pensé que ese conocimiento podría arrancarme del lado de Jamie como me había arrancado del de Frank.

Me perdonase Jamie o no, no iba a poder perdonarme a mí misma si condenaba a un hombre inocente... al que una vez había amado.

—Los pecados de los padres —susurré—. Los pecados de los padres no los pagarán los hijos.

—¿Madame?

Di un salto y abrí los ojos; me encontré con una criada asustada que dio un paso atrás. Posé una mano sobre mi corazón palpitante, jadeando.

—Madame, ¿se siente mal? ¿Le traigo...?

—No —respondí, con tanta firmeza como pude—. Estoy bien. Deseo quedarme sentada aquí un momento. Por favor retírate.

La muchacha pareció ansiosa por obedecerme.

—*Oui, madame!* —dijo, y desapareció por el pasillo, dejándome con la mirada perdida en una escena de amor en un jardín, que colgaba en la pared de enfrente. Sintiendo un frío repentino, tiré de los pliegues de la capa que no había tenido tiempo de quitarme, y cerré los ojos otra vez.

Después de medianoche volví al dormitorio. Jamie estaba allí, sentado ante una mesita, observando un par de polillas que revoloteaban peligrosamente alrededor de la vela que constituía la única fuente de luz de la habitación. Dejé mi capa en el suelo y fui hacia él.

—No me toques —me dijo—. Vete a la cama.

A pesar de que estaba absorto, me detuve.

—Pero tu mano... —empecé a decir.

—No importa. Vete a la cama —repitió.

Los nudillos de la mano derecha estaban ensangrentados y tenía el puño de la camisa lleno de sangre, pero no me habría atrevido a tocarlo en aquel momento aunque hubiera tenido un puñal clavado en el vientre. Lo dejé observando las polillas y me fui a la cama.

Me desperté cerca del alba, cuando las primeras luces del día empezaban a perfilar los contornos de los muebles de la habitación. A través de las puertas dobles que daban a la antesala pude ver a Jamie tal cual lo había dejado, sentado ante la mesita. La vela ya se había extinguido, las polillas no estaban, y él tenía la cabeza entre las manos, con los dedos entre los mechones irregulares de su pelo. La luz robaba todo el color de la habitación; incluso su cabello erizado como llamas entre sus dedos se reducía al color de la ceniza.

Me levanté. Sentí frío con el delgado camisón. Jamie no se volvió cuando me acerqué, aunque sabía que yo estaba allí. Cuando le toqué la mano, la dejó caer sobre la mesa y echó la cabeza hacia atrás, hasta apoyarla justo debajo de mis senos. Respiró hondo cuando empecé a friccionarla, y sentí que la tensión empezaba a desaparecer. Le masajeé el cuello y los hombros, sintiendo el frío de su piel a través del fino lino de la camisa. Por fin me puse frente a él. Jamie extendió los brazos y me rodeó la cintura, acercándome a él y hundiendo la cabeza en mi camisón, justo encima de la pequeña prominencia redonda del hijo que estaba por nacer.

—Tengo frío —dije por fin—. ¿Quieres venir y darme calor?

Después de un momento asintió y se puso torpemente en pie. Lo conduje a la cama, lo desvestí sin que opusiera resistencia y lo metí bajo los edredones. Me arrimé a su cuerpo y me apreté contra él, hasta que el frío de su piel se desvaneció y permanecimos apretados en un capullo de suave calidez.

Apoyé cuidadosamente una mano en su pecho, acariciándolo con suavidad hasta que el pezón se puso rígido, formando un pequeño nudo de deseo. Él apoyó su mano sobre la mía para detenerla. Yo tenía miedo de que me alejara, y lo hizo, pero sólo para poder acomodarse junto a mí.

La luz era cada vez más intensa, y pasó un buen rato observando mi rostro, acariciándolo desde la sien hasta la barbilla, pasando el pulgar por la línea de mi garganta y sobre la línea de mi clavícula.

—Dios, cuánto te amo —susurró, como si hablara consigo mismo. Me besó impidiendo una respuesta y, rodeándome un seno con su mano herida, se preparó para hacerme el amor.

—Pero tu mano... —dije, por segunda vez esa noche.

—No importa —respondió.

CUARTA PARTE

Escándalo

22

La caballeriza real

El carruaje avanzó traqueteando por un tramo especialmente desigual del camino, lleno de charcos por las heladas invernales y las lluvias de la primavera. Había llovido mucho aquel año; incluso entonces, a principios del verano, había charcos pantanosos bajo los frondosos arbustos de grosellas silvestres a la vera del camino.

Jamie iba sentado a mi lado, en el estrecho banco acolchado que formaba uno de los asientos del carruaje. Fergus, dormido, se había arrellanado en el rincón del otro banco, y el movimiento del coche le meneaba la cabeza como si fuese la de una muñeca mecánica con un muelle por cuello. En el carruaje, el aire era tibio y el polvo entraba por las ventanas en forma de motas doradas cada vez que nos topábamos con un área de tierra seca.

Al principio charlamos del paisaje, de las cuadras reales de Argentan, adonde nos dirigíamos, de los chismes de la corte y de los círculos comerciales. Al igual que Fergus, también podría haber dormido, arrullada por el traqueteo del carruaje y la calidez del día. Pero debido al contorno cambiante de mi cuerpo cada vez me resultaba más incómodo estar sentada en una sola posición, y me dolía la espalda por los botes. Además, el bebé era cada vez más activo, y los aleteos de los primeros movimientos se habían convertido en pataditas, placenteras pero algo molestas.

—Quizá deberías haberte quedado en casa, Sassenach —me dijo Jamie, frunciendo el ceño, al ver que trataba de acomodarme en el asiento.

—Estoy bien —respondí—. Un poco nerviosa, pero no me hubiera perdido esto por nada del mundo.

Señalé los campos verde esmeralda entre las hileras de álamos oscuros. Polvoriento o no, el aire fresco del campo era embriagador y exuberante después de los fétidos olores de la ciudad y los hedores de L'Hôpital des Anges.

Como gesto de cautelosa amistad hacia los ingleses, Luis había acordado que el duque de Sandringham le comprara cuatro yeguas percheronas de las caballerizas reales de Argentan, para mejorar la sangre de la pequeña manada de caballos de tiro que éste tenía en Inglaterra. Ése era el motivo de la visita del duque a Argentan, y éste había invitado a Jamie para que lo acompañara y aconsejara. La invitación le había sido ofrecida en una cena.

—Es una buena señal, ¿no crees? —pregunté, echando una mirada para asegurarme de que nuestros compañeros de viaje estuvieran dormidos—. Me refiero al hecho de que Luis haya dado permiso al duque para adquirir caballos. Si es tan atento con los ingleses, entonces no debe de sentir ninguna inclinación por Jacobo Estuardo, por lo menos no abiertamente.

Jamie sacudió la cabeza. Se había negado rotundamente a usar peluca, y su cabeza rapada había ocasionado no poca conmoción en la corte. En aquel momento tenía sus ventajas: a pesar del ligero brillo de sudor que tenía sobre el puente de la nariz larga y recta, no sufría tanto como yo.

—No, estoy casi seguro de que Luis no quiere tener nada que ver con los Estuardo, al menos con respecto a una restauración. Monsieur Duverney dice que el consejo se opone. Aunque Luis llegue a ceder a la insistencia del Papa y le dé a Carlos una pequeña asignación, no está dispuesto a que los Estuardo tengan ningún tipo de influencia en Francia, con Jorge de Inglaterra vigilando. —Llevaba el tartán sujeto con un broche al hombro; era un hermoso adorno que su hermana le había enviado desde Escocia, con la forma de dos ciervos con el cuerpo curvado, de manera que formaban un círculo al unir sus cabezas y sus colas. Agarró un pliegue del tartán y se secó la cara con él—. Creo que he hablado con todos los banqueros importantes de París en estos últimos meses, y todos comparten el mismo desinterés por la causa. —Sonrió con cierta ironía—. El dinero no abunda tanto como para que alguien desee respaldar algo tan descabellado como la restauración de los Estuardo.

—Entonces sólo queda España —comenté, estirándome con un quejido.

Jamie asintió.

—Así es. Y Dougal MacKenzie.

Lo dijo con un poco de presunción. Me incorporé en el asiento, intrigada.

—¿Has sabido algo de él?

Pese a su rechazo inicial, Dougal había aceptado a Jamie como fiel seguidor jacobita, y la cosecha habitual de cartas se había visto aumentada por una serie de discretas comunicaciones enviadas por Dougal desde España, para que Jamie las leyera y se las pasara a Carlos Estuardo.

—Ya lo creo que sí.

Por su expresión me di cuenta de que era una buena noticia, aunque no para los Estuardo.

—Felipe se niega a dar ayuda a los Estuardo —dijo—. Ha recibido órdenes de la oficina papal; debe mantenerse fuera de la cuestión del trono de Escocia.

—¿Sabes por qué? —Lo último que se había interceptado a un mensajero papal eran unas cartas dirigidas a Jacobo o a Carlos Estuardo, sin referencia alguna a las conversaciones del Papa con España.

—Dougal cree saber por qué. —Jamie se echó a reír—. Está muy disgustado. Se pasó casi un mes en Toledo, y no consiguió más que unas vagas promesas de ayuda «para el futuro, *Deo volente*». —Su voz profunda remedó el tono piadoso a la perfección, y me eché a reír.

»Benedicto quiere evitar toda fricción entre España y Francia; tampoco desea que Felipe y Luis gasten un dinero que podría servir a otros fines —añadió con cinismo—. No es muy propio que un Papa lo diga, pero Benedicto alberga dudas de que pueda volver a reinar en Inglaterra un rey católico. Escocia tiene sus jefes católicos entre los clanes de las Highlands, pero hace mucho que Inglaterra no tiene rey católico, y pasará mucho tiempo antes de que vuelva a haberlo, *Deo volente* —añadió con una sonrisa.

Se rascó la cabeza, despeinándose el cabello cobrizo de su sien.

—De manera que las perspectivas para los Estuardo no son buenas, Sassenach, lo cual es una buena noticia. No, los Borbones no ofrecerán su ayuda. Lo único que me preocupa ahora es el trato con el conde de Saint Germain.

—Entonces, ¿no crees que se trate sólo de un acuerdo comercial?

—Sí, lo es —dijo—, pero hay algo más. He oído rumores, ¿sabes?

Pese a que las familias de banqueros parisinas no tendían a tomar en serio al joven pretendiente al trono de Escocia, la situación podía cambiar fácilmente si Carlos conseguía dinero para invertir.

—Su Alteza me ha contado que ha estado hablando con los Gobelin. Se los presentó Saint Germain, de otro modo no le habrían hecho caso. Y el viejo Gobelin piensa que Carlos es un holgazán y un tonto, y lo mismo piensa uno de sus hijos. El otro prefiere esperar. Si Carlos tiene éxito en esta empresa, quizá le ofrezca una buena oportunidad.

—Lo cual no sería nada bueno —observé.

Jamie sacudió la cabeza.

—En absoluto. Como bien dicen, el dinero atrae el dinero. Si tiene éxito en uno o dos negocios importantes, los banqueros empezarán a escucharlo. El hombre no es un gran pensador —dijo con una sonrisa irónica—, pero es muy simpático en persona; puede convencer a la gente de que haga cosas que van en contra de su manera de pensar. Aun así, no podrá avanzar sin un poco de capital a su nombre... pero lo tendrá si la inversión tiene éxito.

—Pues sí. —Volví a cambiar de posición, moviendo los dedos de los pies, dentro de su abrasadora prisión de cuero. Los zapatos me quedaban bien cuando me los hicieron, pero se me empezaban a hinchar un poco los pies, y las medias de seda estaban húmedas por el sudor—. ¿Hay algo que podamos hacer?

Jamie se encogió de hombros y esbozó una sonrisa torcida.

—Supongo que rezar para que haya mal tiempo en la costa de Portugal. A menos que el barco se hunda, no veo muy probable que el negocio fracase, si te digo la verdad. Saint Germain ya tiene vendida toda la carga. Tanto él como Carlos triplicarán su inversión.

Me estremecí ante la sola mención del conde. No podía evitar recordar mi conversación con Dougal. No había hablado a Jamie de la visita de Dougal ni de sus sospechas sobre las actividades nocturnas del conde. No me gustaba tener secretos con Jamie, pero Dougal me había exigido silencio a cambio de ayudarme en el asunto de Jonathan Randall, y no había tenido otro remedio que aceptar.

Jamie me sonrió de repente y me extendió una mano.

—Ya pensaré en algo. Por el momento, dame tus pies. Jenny me contó que le sentaba muy bien que le frotara los pies cuando estaba embarazada.

No me resistí; saqué los pies de los zapatos calientes y los puse sobre su falda con un suspiro de alivio; el aire de la ventana secaba la seda húmeda de mis medias.

Sus manos eran grandes, y sus dedos, a la vez fuertes y suaves. Frotó los nudillos en el arco de mi pie y me recliné con un leve gemido. Viajamos en silencio durante unos cuantos minutos, en los que me abandoné a una dicha inconsciente.

Con la cabeza inclinada sobre la seda verde de mis medias, Jamie hizo un comentario de pasada:

—Sabes, en realidad no fue una deuda.

—¿Qué? —Adormecida como estaba por el calor y por el masaje, no sabía de qué estaba hablando.

Sin dejar de frotarme, levantó la mirada. Su expresión era seria, pero una sonrisa iluminaba sus ojos.

—Dijiste que te debía una vida, Sassenach, porque me la salvaste. —Cogió un dedo gordo y lo dobló—. Pero he estado pensando, y no estoy tan seguro de que eso sea verdad. Pensándolo bien, creo que estamos casi en paz.

—¿Qué quieres decir con «casi»? —Traté de liberar el dedo, pero Jamie lo sostuvo con fuerza.

—Tú me has salvado la vida pero... yo también te la he salvado a ti, y por lo menos la misma cantidad de veces. Te salvé de Jonathan Randall en el Fuerte William, ¿recuerdas?, y te salvé de la multitud en Cranesmuir, ¿no?

—Sí —respondí con cautela. No sabía adónde quería llegar, pero aquélla no era una conversación ligera—. Y te estoy muy agradecida, por supuesto.

Hizo un ruidito de indiferencia, típicamente escocés.

—No es una cuestión de gratitud, Sassenach, ni de tu parte ni de la mía... A lo que quiero llegar es que no es tampoco una cuestión de obligación. —La sonrisa había desaparecido de su mirada; estaba completamente serio—. No te di la vida de Randall a cambio de la mía... no hubiera sido justo. Cierra la boca, Sassenach —añadió— o te entrarán moscas.

De hecho, había varios insectos presentes; tres de ellos descansaban sobre la camisa de Fergus, impertérritos ante la constante subida y bajada de su pecho.

—¿Entonces por qué aceptaste? —Dejé de luchar y Jamie envolvió mis pies con ambas manos, recorriendo las curvas de los talones lentamente con los pulgares.

—Bueno, no fue por ninguna de las razones con las que trataste de convencerme. Con respecto a Frank... es cierto que le robé a su mujer, y lo lamento por él... algunas veces más que otras —añadió, haciendo una impúdica mueca—. Pero ¿sería diferente si hubiera sido mi rival aquí? Podías escoger libremente entre los dos, y me elegiste a mí... renunciando incluso al agua caliente junto con Frank. ¡Ay!

Liberé un pie y le di una patada. Se enderezó y volvió a agarrarme el pie, a tiempo para impedir que volviera a hacerlo.

—Lamentas la elección, ¿no?

—Todavía no —dije— pero lo haré en cualquier momento. Sigue.

—Bien. No veía por qué el hecho de que me hubieras elegido otorgaba a Frank Randall un privilegio especial. Además —añadió con franqueza— debo admitir que estoy un poco celoso.

Le di una patada con el otro pie, pero él atajó el golpe antes de que llegara a su destino, retorciéndome hábilmente el tobillo.

—Y con respecto a deberle la vida —continuó, ignorando mis intentos de huida—, es un argumento que el hermano Anselmo de la abadía podría responder mejor que yo. Por supuesto que no mataría a un hombre inocente a sangre fría. No obstante, maté a muchos hombres en batalla, ¿acaso es diferente?

Recordé el soldado y el niño a quienes yo había matado en nuestra fuga de Wentworth. El recuerdo ya no me atormentaba, pero sabía que nunca me abandonaría.

Jamie negó con la cabeza.

—Podríamos discutir mucho al respecto, pero finalmente llegaríamos a una conclusión: se mata cuando se debe, y después se debe vivir con ello. Recuerdo el rostro de todos los hombres a quienes he matado, y los recordaré siempre. Pero la realidad es que yo vivo y ellos no; ésa es mi única justificación, sea correcta o no.

—Pero eso no es cierto en este caso —señalé—. No se trata de matar o morir.

Sacudió la cabeza para espantar una mosca que se le había instalado en el pelo.

—En eso te equivocas. Lo que hay entre Jonathan Randall y yo sólo podrá solucionarse cuando uno de los dos esté muerto... y tal vez ni siquiera entonces. Existen otras formas de matar que con un cuchillo o una pistola, y hay cosas mucho peores que la muerte física. —Su tono se suavizó—. En Sainte Anne me salvaste de más de una clase de muerte, *mo duinne*, no creas que no lo sé. —Negó con la cabeza—. Tal vez te debo más de lo que tú me debes, al fin y al cabo.

Me soltó los pies y reacomodó sus piernas.

—Y eso me lleva a examinar tu conciencia además de la mía. Después de todo, no tenías idea de qué sucedería cuando me elegiste, y una cosa es abandonar a un hombre y otra condenarlo a muerte.

No me gustaba en absoluto aquella manera de describir mis actos, pero no pude negar los hechos. Había abandonado a Frank, cierto, y pese a que no podía lamentar mi elección, sí que lamentaba, y siempre lo haría, haber tenido que hacerla. Las siguientes palabras de Jamie reflejaron claramente mis pensamientos. Jamie continuó:

—Si hubieras sabido que implicaba la muerte de Frank, tal vez tu elección habría sido otra. Dado que me elegiste a mí, ¿tengo derecho a hacer que tus acciones tengan mayores consecuencias de las que tú deseabas?

Absorto en su discurso, no se había dado cuenta del efecto que producía en mí. Al ver mi expresión se detuvo y permaneció observándome en silencio.

—No sé cómo lo que hiciste puede ser pecado, Claire —dijo por fin, mientras extendía una mano para extenderla sobre mi pie cubierto—. Soy tu esposo legal, tanto como él lo fue... o lo será. Ni siquiera sabes si hubieras podido volver a él; *mo duinne*, podrías haber ido mucho más atrás o hacia delante, a una época totalmente diferente. Actuaste como creíste que debías hacerlo, y no hay nada mejor que eso. —Alzó la mirada; la expresión de sus ojos me angustió.

»Soy sincero al decir que no me importa qué es lo correcto y qué no lo es, siempre que estés aquí conmigo, Claire —dijo—. Si fue un pecado que me eligieras... entonces iría al demonio mismo y lo bendeciría por haberte tentado a hacerlo. —Alzó mi pie y besó suavemente la punta de mi dedo gordo.

Apoyé la mano sobre su cabeza; el pelo corto era puntiagudo y suave a la vez, como el de un erizo muy pequeño.

—No creo que haya sido incorrecto —dije suavemente—. Pero si lo fue, iré contigo al infierno, Jamie Fraser. —Cerró los ojos e inclinó la cabeza sobre mi pie. Lo sostenía con tanta fuerza que podía sentir los largos y esbeltos metatarsos apretados entre sí; no obstante, no retiré el pie. Hundí los dedos en su cuero cabelludo y tiré suavemente de su pelo—. ¿Entonces por qué, Jamie? ¿Por qué decidiste dejar con vida a Randall?

Siguió sujetándome el pie, pero sonrió.

—Bueno, esa noche, mientras caminaba de un lado a otro, pensé en muchas cosas. Para empezar, pensé que ibas a sufrir si mataba a ese cerdo inmundo. Haría muchas cosas, o no las haría, para no hacerte sufrir; pero... ¿hasta qué punto importa más tu sufrimiento que mi honor? No. —Volvió a negar con la cabeza, desechando el argumento—. Cada uno de nosotros sólo puede ser responsable de sus propios actos y de su propia conciencia. No puedes responsabilizarte de mis acciones.

Parpadeó con los ojos húmedos por el viento polvoriento, y se pasó una mano por el pelo, en un vano intento de alisar los mechones despeinados. Con el pelo corto, las puntas de un mechón se erguían sobre su cráneo, desafiantes.

—¿Por qué, entonces? —insistí inclinándome hacia delante—. Me has dicho todas las razones por las cuales no lo hiciste; ¿por qué lo hiciste?

Vaciló un momento, pero después me miró.

—Por Carlos Estuardo. Hasta ahora hemos hecho muchas cosas, pero esta inversión... bueno, podría permitirle dirigir un ejército en Escocia. Y si eso sucede... bueno, sabes mejor que yo lo que puede pasar.

Lo sabía, y la idea me congeló la sangre. No podía dejar de recordar la descripción que un historiador había hecho del destino de los montañeses en Culloden: «Los muertos se amontonaban en cuatro capas, hundidos en la lluvia y en su propia sangre.»

Los montañeses, mal liderados y muriéndose de hambre, pero feroces hasta el final, iban a quedar aniquilados en una media hora decisiva. Iban a ser abandonados y se desangrarían bajo la fría lluvia de abril; y la causa que los había impulsado durante cien años moriría junto con ellos.

De repente se inclinó y me cogió las manos.

—Creo que no va a suceder, Claire; creo que podremos detenerlo. Y si no podemos, aun así creo que no me pasará nada a mí. Pero si me pasa... —Se había puesto muy serio, y hablaba con suavidad y con urgencia—. Si algo me pasa, quiero que haya un sitio para ti; quiero que tengas a alguien a quien recurrir si no estoy... para cuidarte. Si no puedo ser yo, entonces me gustaría que fuera un hombre que te ame. —Apretó aún más los dedos; pude sentir cómo se hundían ambos anillos en mi carne, y sentí la urgencia en sus manos—. Claire, sabes lo que me ha costado hacer esto por ti... perdonarle la vida a Randall. Prométeme que, si llega el momento, volverás con Frank—. Sus ojos azules como el cielo que se veía en la ventana detrás de él buscaron mi rostro—. Ya intenté dos veces hacerte volver. Y gracias a Dios no quisiste irte. Pero si hay una tercera, prométeme que volverás a él, a Frank. Por esa razón le he perdonado la vida a Jonathan Randall durante un año... por ti. ¿Me lo prometes, Claire?

—*Allez! Allez! Montez!* —gritó el cochero desde arriba, azuzando a los caballos para que ascendieran una cuesta. Ya casi llegábamos.

—De acuerdo —respondí por fin—. Te lo prometo.

···

Las cuadras de Argentan estaban limpias y aireadas, y olían a verano y a caballos. En una caballeriza abierta, Jamie estaba haciendo caminar una yegua percherona, concentrado como un tábano.

—¡Oh, qué bonita eres! Ven aquí, déjame ver tus ancas anchas y hermosas. ¡Son magníficas!

—¡Ojalá mi marido me hablara así a mí! —dijo la duquesa de Neve, haciendo reír a las demás damas del grupo que permanecía de pie en el pasillo central, observando.

—Tal vez lo haría, madame, si vuestro trasero provocara una atracción similar. Pero tal vez vuestro esposo no comparta la apreciación de milord Broch Tuarach por unas ancas bonitas.

El conde de Saint Germain dirigió sus ojos hacia mí con cierta malicia. Traté de imaginarme aquellos ojos negros detrás de una máscara, y no me costó lo más mínimo. Por desgracia, el encaje de la camisa le tapaba los nudillos y no podía ver más allá del pulgar.

Percibiendo la escena, Jamie se apoyó cómodamente sobre el ancho trasero de la yegua: sólo la cabeza, los hombros y los antebrazos se veían sobre el enorme percherón.

—Milord Broch Tuarach aprecia la belleza dondequiera que la encuentre, *monsieur le comte*; sea en un animal o en una mujer. Pero a diferencia de algunas personas a quienes podría nombrar, soy capaz de diferenciar entre ambas. —Sonrió con malicia a Saint Germain y luego dio una palmadita en el pescuezo de la yegua a modo de despedida, mientras el grupo estallaba en carcajadas.

Jamie me cogió del brazo y me condujo a la siguiente cuadra; el resto del grupo nos seguía lentamente.

—¡Ah! —exclamó, inhalando la mezcla de olores a caballo, arneses, estiércol y heno como si fuera incienso—. ¡Cómo extraño el olor a cuadras! Y el campo me recuerda a Escocia.

—No se parece mucho a Escocia —señalé, entornando los ojos para hacer frente al sol brillante cuando salimos de la penumbra del establo.

—No, pero es campo. Es limpio, verde y no hay humo en el aire ni aguas negras bajo los pies... a menos que te fijes en la bostas de caballo, cosa en la que no reparo.

El sol de principios del verano brillaba sobre los techos de Argentan, situada entre verdes colinas ondulantes. La caballeriza real se hallaba justo en las afueras de la ciudad y era de construcción mucho más sólida que las vecinas casas de los súbditos de rey. Los graneros y cuadras eran de piedra, con suelo también de piedra y techo de tejas, y eran conservados en una condición de pulcritud tal que superaba en mucho la de L'Hôpital des Anges.

Desde detrás de un rincón de la cuadra oímos un alarido; Jamie se detuvo en seco, justo a tiempo para esquivar a Fergus, quien salió corriendo delante de nosotros como disparado por una honda, furiosamente perseguido por dos mozos de cuadra, ambos bastante mayores que él. Un mancha verde de estiércol fresco en la mejilla de uno de los mozos parecía ser la causa del altercado.

Con considerable serenidad, Fergus volvió sobre sus pasos, pasó junto a sus perseguidores y se metió en medio del grupo, donde buscó refugio en la falda de Jamie. Al ver a su presa a salvo, los mozos miraron con respeto al grupo, intercambiaron una mirada de determinación, se giraron y salieron corriendo.

Al verlos partir, Fergus sacó la cabeza de detrás de mis faldas y gritó algo en francés vulgar que le valió un fuerte tirón de orejas de Jamie.

—Fuera de aquí —lo regañó—. Y por el amor de Dios, no arrojes bosta de caballo a chicos mayores que tú. Ahora vete y no te metas en problemas —dijo, acompañando este consejo con una patadita en el trasero que envió a Fergus tropezando en dirección opuesta a la que habían tomado sus perseguidores.

No tenía muchas ganas de llevar a Fergus en esta expedición, pero la mayoría de las damas llevaban pajes para los recados y para cargar con cestas de comida y otra parafernalia considerada necesaria para una salida. Y Jamie quería enseñarle el campo, pues creía que se había ganado unas vacaciones. Hasta aquí todo bien, excepto que Fergus, que nunca había estado fuera de París, estaba excitado por el aire, la luz y los hermosos y enormes animales. Loco de alegría, no había dejado de meterse en problemas desde nuestra llegada.

—Sólo Dios sabe cuál será su próxima travesura —dije resignada, cuidando de Fergus, que se batía en retirada—. Prender fuego a uno de los graneros, supongo.

Jamie no se inquietó ante la sugerencia.

—Se portará bien. Todos los chicos juegan con el estiércol.

—¿Ah, sí? —Me di la vuelta y examiné a Saint Germain, inmaculado con su vestimenta de lino blanco, sarga blanca y seda blanca, quien se inclinaba cortésmente para escuchar a la duquesa, mientras ésta caminaba lentamente por el patio cubierto de paja.

—Tal vez tú lo hiciste —comenté—. Pero no él. Y creo que el obispo tampoco. —Me pregunté si aquella excursión había sido una buena idea por mi parte. Jamie estaba en su elemento con los percherones gigantes, y sin duda había impresionado al duque, lo cual nos convenía. Por otra parte, me dolía la espalda por el viaje en coche, tenía los pies hinchados y los ajustados zapatos de cuero me apretaban.

Jamie me miró y me sonrió, apretándome la mano que tenía apoyada sobre su brazo.

—Ya falta menos. El guía quiere enseñarnos los criaderos; después tú y las demás damas podréis ir a comer, mientras los hombres nos quedamos haciendo bromas pesadas acerca del tamaño del pito del otro.

—¿Eso es lo que se hace después de observar cómo se cría a los caballos? —pregunté fascinada.

—Bueno, los hombres sí; no sé qué hacen las mujeres. Presta atención y después me lo cuentas.

Sí que percibí cierta excitación entre los miembros del grupo cuando nos apretamos en el estrecho criadero. De piedra, al igual que el resto de los edificios, en lugar de tener cubículos a ambos lados, éste estaba equipado con un pequeño redil, y una especie de pasarela en la parte posterior, con diversas puertas que se podían abrir o cerrar para controlar el movimiento de los caballos.

El edificio en sí era luminoso y aireado, gracias a las ventanas que se abrían a cada lado, dejando ver las cuadras que había fuera. Pude ver varias yeguas percheronas pastando cerca; una o dos parecían inquietas, y se soltaban a galopar un poco, después se ponían a trotar o a iban al paso, sacudiendo las cabezas y las colas con un relincho. De repente, se oyó un enorme relincho nasal procedente de uno de los cubículos que había al final del establo, y los paneles se sacudieron con la coz que dio un caballo.

—Está listo —susurró una voz admirativa—. Me pregunto cuál será la elegida.

—La que está más cerca del portón —sugirió la duquesa, siempre dispuesta a apostar—. Cinco libras a ésa.

—¡Ah, no! Se equivoca, madame, ésa está demasiado tranquila. Será la pequeña que está debajo del manzano, poniendo los ojos en blanco con coquetería. ¿Ve cómo sacude la cabeza? Ésa es mi elegida.

Todas las yeguas se habían detenido al oír el relincho del semental, alzando los hocicos a modo de interrogación y moviendo las orejas, nerviosas. Las más inquietas agitaban la cabeza; una estiró el pescuezo y emitió un largo y agudo relincho.

—Es ésa —dijo Jamie lentamente, señalándola con la cabeza—. ¿No oyen cómo lo llama?

—¿Y qué le dice, milord? —preguntó el obispo, con ojos brillantes.

Jamie sacudió la cabeza solemnemente.

—Es una canción, milord, que un sacerdote no escucha... o no debería escuchar —añadió ante las risotadas de los demás.

Efectivamente, la yegua que relinchó fue la elegida. Una vez dentro, se detuvo en seco, con la cabeza erguida y olfateó el aire. El semental podía olerla; sus relinchos resonaban con tanta fuerza en el techo de madera que hacían imposible la conversación.

De todas maneras, nadie quería hablar. Aunque estaba incómoda, pude sentir el rápido hormigueo de excitación entre mis senos, y una contracción en el vientre cuando la yegua volvió a responder a la llamada del semental.

Los percherones son caballos muy grandes. Pueden alcanzar más de un metro y medio de altura en el hombro, y las ancas de una yegua bien criada miden casi un metro. Son de un color gris pálido y moteado o negro brillante, adornadas con una cascada de pelo negro muy grueso.

El semental salió del establo con tal violencia hacia la yegua, que hizo caer a todo el mundo de la cerca. Se levantaron nubes de humo cuando los enormes cascos golpearon el polvo del establo, y gotas de saliva volaron de su boca abierta. El mozo que había abierto la puerta de la caballeriza saltó a un lado, pequeño e insignificante al lado de la magnífica furia recién liberada.

La yegua dio vueltas y chilló alarmada, pero entonces el semental se montó sobre ella y sus dientes se cerraron sobre su arco del pescuezo, obligándola a bajar la cabeza con sumisión. Su enorme cola se levantó, dejándola expuesta al deseo del semental.

—Jesús —susurró monsieur Prudhomme.

Duró muy poco tiempo, pero pareció muy largo; los flancos se alzaban oscurecidos por el sudor, las luces jugueteaban sobre el pelo y los músculos brillaban, tensos y cansados por la agonía del apareamiento.

Todo el mundo se quedó callado al salir del establo. Por fin el duque se echó a reír, dio un codazo a Jamie y dijo:

—¿Está usted acostumbrado a presenciar semejante espectáculo, milord Broch Tuarach?

—Así es —respondió Jamie—. Lo he visto muchas veces.

—¿Ah, sí? —dijo el duque—. Y dígame, milord, ¿qué se siente después de tantas veces?

Jamie torció la boca al responder, pero por lo demás permaneció inmutable.

—Modestia, excelencia —dijo.

—¡Qué espectáculo! —dijo la duquesa de Neve. Partió una galleta poniendo ojos soñadores y la masticó lentamente—. Muy excitante, ¿no creéis?

—Querrás decir, ¡qué pene! —dijo madame Prudhomme bruscamente—. Ojalá Philibert tuviera algo así. Pero en realidad... —Alzó una ceja señalando un platillo de salchichitas, cada una de las cuales medía unos cinco centímetros. Todas las damas se echaron a reír.

—Un poco de pollo, por favor, Paul —dijo la condesa de Saint Germain a su paje. La condesa era joven y la conversación obscena de las damas mayores la hacía sonrojar. Me pregunté qué clase de matrimonio tendría con Saint Germain; sólo le acompañaba en público en ocasiones como aquélla, donde la presencia del obispo impedía que apareciera con una de sus amantes.

—¡Bah! —dijo madame Montresor, una de las damas de la reina, cuyo esposo era amigo del obispo—. El tamaño no lo es todo. ¿Para qué sirve que sea del tamaño de un semental si no dura más que uno o dos minutos? ¿De qué sirve? —Alzó un pepinillo entre dos dedos y lo lamió delicadamente, sacando refinadamente la punta rosa de la lengua—. No es lo que tengan dentro de los pantalones, digo yo; es lo que hacen con ello.

Madame Prudhomme bufó.

—Bueno, si encuentras a algún hombre que sepa hacer algo además de meterlo en el agujero más cercano, por favor dímelo. Me interesaría saber qué más puede hacerse con una cosa como ésa.

—Por lo menos tú tienes uno que está interesado —interrumpió la duquesa de Neve. Echó una mirada de disgusto a su marido, que se encontraba con los demás hombres cerca de uno de las cuadras, comprobando el estado físico de una yegua enjaezada.

—Esta noche no, querida —dijo, imitando a la perfección la voz sonora y nasal de su marido—. ¡Estoy fatigado! —Se echó una mano a la frente y puso los ojos en blanco— ¡La presión de los negocios es tan agotadora! —Alentada por las risitas, continuó con su imitación, agrandando los ojos con horror y cruzando las manos sobre el regazo—. ¿Cómo, otra vez? ¿Acaso no sabes que desperdiciar la esencia masculina gratuitamente provoca enfermedades? ¿No te basta que tus exigencias me hayan convertido en un despojo, Mathilde? ¿Deseas que tenga un ataque?

Las mujeres se desternillaron de risa, lo suficiente para atraer la atención del obispo, quien nos hizo una seña y sonrió con indulgencia, provocando más risas.

—Bueno, por lo menos él no gasta toda su esencia masculina en los burdeles... ni en ninguna otra parte —dijo madame Prudhomme, dirigiendo una elocuente mirada de lástima a la condesa de Saint Germain.

—No —dijo Mathilde con tristeza—. Lo guarda como si fuera oro. Una creería que no tiene nada que hacer por el modo en que... ¡ah! Excelencia ¿Os apetece una copa de vino? —Sonrió con encanto al duque, que se había acercado en silencio. Estaba de pie, sonriendo a las damas, con una ceja ligeramente arqueada. Si había escuchado nuestra conversación, no lo demostró. Sentándose junto a mí, se puso a conversar con las damas de manera informal e ingeniosa; su voz aguda no contrastaba con la de sus compañeras. Aunque parecía estar atento a la conversación, advertí que su mirada se perdía de vez en cuando en el grupito de hombres parados junto al portón de la cuadra. El kilt de Jamie destacaba entre los trajes de terciopelo y de seda.

Yo había tenido mis reservas con respecto a volver a ver al duque. Después de todo, nuestra última visita culminó con el arresto de Jonathan Randall por mi acusación de intento de violación. Pero el duque había se había mostrado muy amable durante esta excursión y no había mencionado a ninguno de los hermanos Randall. Tampoco había trascendido el arresto; fueran cuales fueren las actividades diplomáticas del duque, parecían bastante importantes para merecer el silencio real.

En realidad, me sentí agradecida por la aparición del duque en nuestro grupo. Por una parte, impedía que las damas me siguieran haciendo preguntas sobre si era cierto lo que decían que tenían los escoceses bajo la kilt, como hacían en las fiestas algunas damas atrevidas. Dado el espíritu de esta excursión, no creía que se conformaran con la respuesta usual de «ah, lo normal».

—Su marido tiene muy buen ojo para los caballos —observó el duque cuando la duquesa de Neve, sentada al otro lado, se inclinó para hablar con madame Prudhomme—. Me ha dicho que tanto su padre como su tío tienen caballerizas en las Highlands.

—Así es —dije—. Pero usted ha visitado a Colum MacKenzie en el castillo Leoch; debe de haber visto las caballerizas.

—Había conocido al duque un año atrás en Leoch, aunque el encuentro había sido breve; él partió a una cacería poco antes de que a mí me arrestaran por brujería. Supuse que se habría enterado, pero si era así, nunca lo dijo.

—Por supuesto. —Sus pequeños y avispados ojos azules miraron a un lado y otro para comprobar que nadie lo estaba observando y después empezó a hablar en inglés—. En aquella época, su marido me dijo que no residía en sus propias tierras debido a una desafortunada y errónea acusación de asesinato por parte de la Corona inglesa. Me pregunto, milady, si sigue siendo un proscrito.

—Su cabeza todavía tiene precio —respondí con franqueza.

La expresión de educado interés del duque no cambió. Con ademán distraído, se sirvió una pequeña salchicha.

—No es algo que no se pueda remediar —dijo—. Después de mi encuentro con su marido en Leoch, hice algunas averiguaciones, por supuesto muy discretas, mi querida señora. Y creo que el asunto puede arreglarse sin grandes dificultades si se pronuncia la palabra apropiada en el oído apropiado. Y si todo proviene de la fuente apropiada.

Esto era muy interesante. Jamie le había contado su caso, a instancias de Colum MacKenzie, con la esperanza de que el duque lo ayudara. Como Jamie no había cometido el crimen que se le imputaba, no había pruebas en su contra; era posible que la influencia del duque entre los nobles de Inglaterra pudiera lograr que se archivara el caso.

—¿Por qué? —pregunté—. ¿Qué quiere a cambio?

Alzando sus exiguas cejas rubias, el duque sonrió, mostrando unos pequeños dientes blancos y regulares.

—¡Por Dios, es usted muy directa! ¿No podría ser porque valoro lo experto que es con los caballos y me gustaría que volviera al lugar donde puede poner su experiencia en práctica?

—Podría ser, pero no es así. —dije. Vi que madame Prudhomme nos miraba, así que sonreí con cordialidad—. ¿Por qué?

Se metió una salchicha entera en la boca y la masticó despacio. Su insulsa cara redonda no reflejaba nada, más allá de deleite por el día y la comida. Por fin tragó y se limpió la boca con una servilleta de lino.

—Bien —dijo—. Es tan sólo una suposición, como comprenderá...

Asentí, y el duque continuó.

—Supongamos, entonces, que la reciente amistad de su marido con... ¿cierto personaje que acaba de llegar de Roma? Ah, veo que me comprende. Sí, supongamos que dicha amistad se ha convertido en motivo de preocupación para ciertas personas que preferirían que el personaje en cuestión regresara a Roma pacíficamente o que, de lo contrario, se estableciera en París. Aunque Roma sería mucho mejor... más seguro, ¿entiende?

—Ya veo. —Cogí una salchicha. Estaban muy especiadas, y un ligero olor a ajo flotaba hasta mi nariz con cada bocado—. Y estas personas consideran tan importante esta amistad que estarían dispuestas a permitir que se retiren los cargos contra mi marido si se produce un distanciamiento. ¿Por qué? Mi marido no es tan importante.

—Ahora no —convino el duque—. Pero puede llegar a serlo en el futuro. Tiene conexiones con diversas personas poderosas entre las familias de banqueros franceses y más aún entre los mercaderes. Es recibido en la corte y tiene acceso a los oídos de Luis. Puede llegar a tener poder para lograr dinero e influencia. Además, es miembro no de uno, sino de dos poderosos clanes escoceses. Y las personas que desean que el personaje del que hablamos regrese a Roma albergan el temor, bastante razonable, de que dicha influencia pueda ser ejercida en una dirección indeseable. Así que sería mucho mejor que su marido regresara a sus tierras de Escocia, una vez que haya recuperado su buen nombre, ¿no cree?

—Es una posibilidad —comenté. También era un atractivo soborno. Cortar toda conexión con Carlos Estuardo y poder regresar a Lallybroch sin correr peligro de ser ahorcado. La desaparición de un posible defensor problemático de los Estuardo sin que la Corona inglesa incurriera en ningún gasto también era una propuesta atractiva para los ingleses.

Miré al duque tratando de imaginarme cuál era su papel en todo aquello. Era obvio que era un enviado de Jorge II, elector de Hannover y, si Jacobo Estuardo permanecía en Roma, rey de Inglaterra; pero su visita a Francia bien podía tener un doble propósito. Quizá ejercer la diplomacia con Luis, con el delicado equilibrio de cortesía y amenaza que ésta supone, y a la vez sofocar la posibilidad de un alzamiento jacobita. En los últimos tiempos, varios integrantes de la camarilla de Carlos habían desaparecido, poniendo como excusa que tenían negocios urgentes en el exterior. Me pregunté si habrían sido comprados o si los habían amenazado.

La expresión imperturbable del duque no dejaba ver sus pensamientos. Empujó hacia atrás la peluca sobre su creciente frente y se rascó la cabeza de manera desenfadada.

—Piense en ello, querida —dijo—. Y cuando lo haya hecho, hable con su marido.

—¿Y por qué no habla usted con él?

Se encogió de hombros y se sirvió más salchichas; tres, esta vez.

—Me he dado cuenta de que los hombres suelen reaccionar mejor si reciben los consejos de alguien de casa, de alguien en quien confían, que si los reciben de alguien de fuera y piensan que los están presionando. —Sonrió—. Hay que tener en cuenta el orgullo, que debe ser tratado con delicadeza. Y si hablamos de delicadeza... ¿qué mejor que el «toque femenino»?

No tuve tiempo de responderle, pues se oyó un grito desde el establo principal y todas las cabezas se volvieron en esa dirección.

Un caballo subía por el angosto sendero que llevaba de las cuadras al largo cobertizo abierto que contenía la fragua. Era un potro percherón, muy joven; no tenía más de dos o tres años, a juzgar por las motas de su piel. Incluso los percherones jóvenes son grandes, y aquel potro parecía enorme, trotando mientras restallaba la cola de lado a lado. Era evidente que no estaba acostumbrado a llevar montura; el robusto lomo se retorcía tratando de tirar a la pequeña forma que tenía aferrada al pescuezo, con las dos manos enterradas en el pelo grueso y negro.

—¡Diablos, es Fergus!

Las damas, alborotadas por los gritos, ya se habían puesto en pie y miraban con interés el espectáculo.

No me di cuenta de que los hombres se nos habían acercado hasta que una mujer dijo:

—¡Pero qué peligroso! ¡Si el niño se cae se va a lastimar!

—Bueno, si no se lastima al caerse, me encargaré personalmente de ello en cuanto le ponga las manos encima —amenazó una voz a mis espaldas. Me di la vuelta y vi a Jamie, observando por encima de mí al caballo, que se acercaba rápidamente.

—¿Vas a ir a bajarlo? —pregunté.

Jamie negó con la cabeza.

—No, ya se encargará el caballo de hacerlo.

En realidad, éste parecía más confundido que asustado por el extraño peso que sentía sobre el lomo. La piel gris moteada se retorcía y temblaba como si lo acosaran nubes de moscas, y el potro sacudía la cabeza, como si quisiera saber qué estaba pasando.

Fergus tenía las piernas estiradas sobre el amplio lomo del percherón; era evidente que el único sitio de donde se asía con todas sus fuerzas eran las crines del pescuezo. Podría habérselas arreglado para deslizarse por un costado o por lo menos arrojarse sin resultar herido, pero las víctimas de la batalla de estiércol habían completado su plan para vengarse.

Dos o tres mozos seguían al caballo a distancia prudencial, bloqueando la salida por detrás. Otro había corrido delante del potro para abrir la puerta de un establo vacío que había cerca. La puerta estaba entre un grupo de visitantes y el final del callejón, entre los edificios. La intención era meter al potrillo tranquilamente en el establo, donde arrojaría a Fergus, o no, según su capricho, pero por lo menos no se lastimaría ni se escaparía.

Sin embargo, antes de que eso sucediera, una ágil silueta sacó la cabeza por la pequeña ventana del ático, encima del callejón. Los espectadores estaban concentrados en el caballo, así que fui la única que lo vio. El niño del ático observó la escena, volvió a entrar y reapareció casi de inmediato, sosteniendo un enorme fardo de heno con ambas manos. Esperó el momento oportuno y lo arrojó cuando Fergus y el caballo pasaron justo debajo.

El efecto fue parecido al de la detonación de una bomba. El heno se desparramó en el sitio donde habían estado el potro y Fergus, el potro dio un relincho de pánico, quitó las patas de debajo del fardo y salió disparado en dirección al grupo de cortesanos, que se dispersaron chillando como gansos.

Jamie se me arrojó encima, apartándome del camino y derribándome al suelo en el proceso. Se incorporó, maldiciendo en gaélico y, sin detenerse a preguntarme cómo estaba, corrió en dirección a Fergus.

El caballo retrocedía y se retorcía, completamente asustado. Alzó las patas delanteras, manteniendo a distancia al grupo de mozos de cuadra, que estaban perdiendo la calma al ver que uno de los valiosos caballos del rey resultaba lastimado ante sus ojos.

Ya fuera por obstinación o por miedo, Fergus seguía en su sitio y sus piernas delgadas se sacudían mientras se deslizaba y rebotaba sobre el agitado lomo. Todos los mozos le gritaban que lo soltara, pero Fergus ignoraba el consejo y, con los ojos firmemente cerrados, se aferraba con las dos manos a las crines del caballo, como si de un salvavidas se tratara. Uno de los mozos llevaba una horca para el heno y la agitó en el aire como amenaza, causando un chillido de consternación por parte de madame Montresor, que pensó que quería despanzurrar al niño.

El grito no calmó los nervios del potro, que siguió danzando y retorciéndose, apartándose de la gente que estaba empezando a rodearlo. No creía que la intención del mozo fuera pinchar a Fergus para desmontarlo del lomo del potrillo; el verdadero peligro era que el niño fuera pisoteado si se caía, y tenía la impresión de que eso estaba a punto de suceder. El caballo corrió de repente hacia un grupo de árboles que crecían cerca del establo, bien para buscar refugio de la multitud, bien porque había decidido librarse con ayuda de una rama de la carga que llevaba en la espalda.

Cuando el potro pasó por las primeras ramas, vi un trozo de tartán rojo entre el verde del paisaje, y a Jamie, un destello rojo, subiéndose a un árbol desde el cobertizo. Saltó sobre el potrillo y cayó al suelo en medio de un revoloteo de tela y piernas desnudas que hubieran revelado a un observador perspicaz que aquel escocés en concreto no llevaba nada debajo del kilt.

Los cortesanos se acercaron deprisa, preocupados por lord Broch Tuarach, mientras los mozos corrían hacia el caballo.

Jamie yacía bajo las hayas; tenía la cara verdusca y los ojos y la boca abiertos. Con ambos brazos sostenía con fuerza a Fergus, que se aferraba a su pecho como una sanguijuela. Jamie pestañeó al verme correr a su lado, e hizo un esfuerzo por sonreír. Los suaves resuellos procedentes de su boca abierta se convirtieron en un jadeo superficial, y me relajé, aliviada; sólo se había quedado sin aliento.

Al darse cuenta de que Jamie no se movía, Fergus alzó la cabeza con cautela. Después se sentó sobre el vientre de su amo y dijo con entusiasmo:

—¡Qué divertido, milord! ¿Podemos hacerlo otra vez?

Jamie se había desgarrado un músculo durante su rescate en Argentan, y cuando regresamos a París cojeaba bastante. Envió a Fergus (que no había escarmentado) a la cocina a buscar su comida y se sentó en un sillón junto al fuego mientras se frotaba la pierna hinchada.

—¿Te duele mucho? —pregunté con lástima.

—Un poco. Pero sólo necesito descansar. —Se puso en pie y se estiró con placer; sus largos brazos casi alcanzaban las vigas de roble ennegrecidas de la repisa de la chimenea—. El coche era angosto; habría preferido cabalgar.

—Hum. Yo también. —Me froté la espalda, que tenía dolorida debido a la fatiga del viaje. El dolor parecía trasladarse hacia la pelvis y las piernas. Supuse que serían las articulaciones que se aflojaban por el embarazo. Revisé con una mano la pierna de Jamie y le señalé el sillón—. Ven y échate de lado. Tengo un ungüento muy bueno para la pierna; tal vez te alivie el dolor.

—Bueno, si no te molesta. —Se levantó rígidamente y se echó del lado izquierdo.

Abrí mi caja de remedios y revolví entre las cajitas y los frascos. Agrimonia, olmo, parietaria... aquí estaba. Extraje el frasquito de vidrio azul que monsieur Forez me había regalado y lo destapé. Olí con precaución; los bálsamos enseguida se ponían rancios, pero aquél parecía tener una buena proporción de sal para conservarse bien. Tenía un aroma suave y un color crema muy bonito.

Saqué una buena cantidad de bálsamo y lo extendí sobre el largo músculo de la pierna, mientras remangaba el kilt por encima de la cadera para que no estorbara. Tenía la piel cálida, pero no debido al calor de una infección, sino a la tibieza normal de un cuerpo joven, agitado por el ejercicio y el vibrante pulso de la salud. Masajeé la crema suavemente para que penetrara en la piel, sintiendo el músculo rígido mientras sondeaba la división del cuádriceps y el tendón de la corva. Jamie soltó un pequeño gruñido cuando lo froté con más fuerza.

—¿Te duele? —pregunté.

—Sí, un poco, pero no te detengas —respondió—. Parece que me alivia. —Se rió—. No lo admitiría ante nadie que no fueras tú, Sassenach, pero ha sido divertidísimo. Hacía meses que no me divertía tanto.

—Me alegro de que te hayas divertido —dije, tomando un poco más de bálsamo—. Yo también he estado bastante entretenida. —Y, sin dejar de masajearle la pierna, le conté la oferta de Sandringham.

Jamie gruñó como respuesta, sobresaltándose un poco cuando le toqué un punto doloroso.

—De manera que Colum estaba en lo cierto cuando me dijo que el duque podía serme de ayuda para los cargos contra mí.

—Eso parece. La pregunta es: ¿estás dispuesto a escucharlo?

Intenté no contener el aliento mientras aguardaba su respuesta, aunque ya sabía cuál sería. Los Fraser eran conocidos por su testarudez y, a pesar de que su madre era una MacKenzie, Jamie era un Fraser de pura cepa. Una vez decidido que detendría a Carlos Estuardo, nada lo haría abandonar su empeño. Aun así, la oferta era tentadora: poder volver a Escocia, a su hogar, y vivir en paz.

Claro que había otro inconveniente. Si volvíamos y dejábamos que los planes de Carlos siguieran su curso hacia el futuro que yo conocía, entonces la paz en Escocia duraría muy poco.

Jamie bufó; al parecer había pensado lo mismo que yo.

—Pues te diré una cosa, Sassenach. Si creyera que Carlos Estuardo puede triunfar y liberar a Escocia del dominio inglés, daría mis tierras, mi libertad y mi vida para ayudarlo. Podrá ser estúpido, pero es un estúpido de la realeza, y creo que no le falta caballerosidad. —Suspiró—. Pero le conozco bien, he hablado con él y con los jacobitas que pelearon junto a su padre. Y si pasa lo que tú me dices que pasará si hay una rebelión... Por eso no tengo elección: debo quedarme aquí, Sassenach. Una vez que lo detengamos, tal vez tengamos la posibilidad de regresar... o tal vez no. Pero por el momento, debo rechazar la oferta del duque.

Le di una palmadita suave en el muslo.

—Eso pensaba que dirías.

Me sonrió, y después observó la crema amarillenta que embadurnaba mis dedos.

—¿Qué es esa crema?

—Algo que me dio monsieur Forez. No me dijo cómo se llama. No creo que tenga ningún ingrediente activo, pero es agradable al tacto.

El cuerpo se puso rígido y Jamie miró el frasco azul.

—¿Monsieur Forez te lo dio? —preguntó inquieto.

—Sí —respondí sorprendida—. ¿Qué sucede? —Me apartó las manos llenas de crema y, balanceando las piernas sobre el costado del sofá, buscó una toalla.

—¿El frasco tiene una flor de lis en la tapa? —preguntó mientras se limpiaba la crema.

—Sí, así es —respondí—. Jamie, ¿qué tiene de malo este bálsamo? —La expresión de su rostro era muy peculiar: entre la consternación y la risa.

—No diría que tiene nada de malo, Sassenach —respondió por fin. Después de haberse frotado tanto la pierna, le quedó la piel colorada bajo el rizado vello rojizo. Apartó la toalla y miró el frasco.

—Monsieur Forez debe de tenerte en muy alta estima —dijo—. Es un bálsamo muy caro.

—Pero...

—No es que no lo aprecie —se apresuró a asegurarme—. Es sólo que me hace sentir un poco extraño pensar que he estado a punto de formar parte de los ingredientes.

—¡Jamie! —exclamé— ¿Qué lleva este bálsamo? —Agarré la toalla y empecé a limpiarme las manos.

—Fluido de ahorcados —respondió reticente.

—F... f... f... —Ni siquiera podía pronunciar la palabra, y empecé otra vez—. Quieres decir... —Se me puso la piel de gallina, y el vello de los brazos se me erizó como alfileres sobre un cojín.

—Pues... sí. Fluido de criminales ahorcados —explicó alegremente, recobrando la compostura con tanta rapidez como yo la iba perdiendo—. Es muy bueno para el reumatismo y los dolores de las articulaciones, según dicen.

Recordé el cuidado con que monsieur Forez recogía los resultados de sus operaciones en L'Hôpital des Anges, y la actitud de Jamie cuando vio que el alto *chirurgien* me acompañaba a casa. Sentí que me temblaban las rodillas y se me revolvió el estómago.

—¡Jamie! ¿Quién diablos es monsieur Forez? —pregunté casi gritando.

Jamie sonrió, divertido.

—Es el verdugo público del Quinto Distrito, Sassenach. Creía que lo sabías.

Jamie regresó húmedo y tiritando de las cuadras, adonde había ido a quitarse el ungüento, puesto la palangana del dormitorio no era lo suficientemente grande para lavarse el cuerpo.

—No te preocupes, ya me lo he quitado todo —me aseguró; se quitó la camisa y se metió desnudo entre las sábanas. Tenía la piel áspera y fría, y tembló brevemente al abrazarme—. ¿Qué sucede, Sassenach? No sigo oliendo mal, ¿no? —preguntó, al verme acurrucada bajo las sábanas, abrazándome a mí misma.

—No —dije—. Tengo miedo, Jamie. Estoy sangrando.

—Jesús —dijo en voz baja. Percibí el temor repentino que lo atravesó al escuchar mis palabras, idéntico al que yo sentía. Me acercó más a él, alisando mi pelo y acariciándome la espalda, pero ambos sentíamos una terrible impotencia ante un desastre físico en el que sus acciones no servían de nada. Por muy fuerte que fuera, no podía protegerme; aunque quisiera, no podía ayudarme. Por primera vez, no estaba a salvo en sus brazos, y aquella certeza nos aterrorizaba.—. ¿Crees? —empezó a preguntar, pero se interrumpió y tragó saliva. Pude sentir el estremecimiento en su garganta y oír cómo se tragaba el miedo—. ¿Es malo, Sassenach? ¿Lo sabes?

—No —respondí. Me apreté con más fuerza, buscando seguridad—. No sé. No es una hemorragia fuerte. Al menos por ahora.

La vela todavía estaba encendida. Me miró con ojos cargados de preocupación.

—¿No es mejor que busque ayuda, Claire? ¿Una curandera, o alguien de L'Hôpital?

Negué con la cabeza y me mojé los labios resecos.

—No. No creo... que puedan hacer nada.

Era lo último que quería decir; deseaba, más que nada en el mundo, que hubiera alguien que supiera cómo solucionarlo. Pero recordé mis prácticas como enfermera en una unidad de obstetricia y las palabras que había pronunciado uno de los médicos al salir del cuarto de una paciente que había tenido un aborto: «No hay nada que hacer. Si tiene que perderlo, lo perderá hagamos lo que hagamos. Lo mejor es el reposo, y a veces ni siquiera eso es suficiente.»

—Tal vez no sea nada —dije intentando infundirnos ánimo—. No es raro tener pequeñas hemorragias durante el embarazo.

No era raro... durante los tres primeros meses. Pero yo ya estaba en el sexto y aquella hemorragia no era normal en absoluto. No obstante, había muchas cosas que podían causar hemorragias, y no todas eran graves.

—Seguramente no sea nada grave —dije. Apoyé la mano sobre el vientre y apreté con mucha suavidad. Sentí una reacción inmediata desde el interior, una patada perezosa, que enseguida me hizo sentir mejor. Se me humedecieron los ojos de gratitud.

—Sassenach, ¿qué puedo hacer? —susurró Jamie. Me rodeó con el brazo y apoyó su mano sobre la mía, protegiéndome el abdomen.

Puse mi otra mano sobre la de él, y la sostuve.

—Sólo rezar, Jamie —dije—. Reza por nosotros.

23

Los mejores planes de hombres y ratones...

A la mañana siguiente la hemorragia se había detenido. Me levanté con mucho cuidado, pero todo siguió bien. Sin embargo, era obvio que ya no podría seguir trabajando en L'Hôpital des Anges, así que envié a Fergus con una nota en la que le explicaba a la madre Hildegarde mi situación y le presentaba mis disculpas. Me devolvió el mensaje ofreciéndome sus mejores deseos y una botella de un elixir color pardusco muy valorado, según su nota, por *les maîtresses sage-femme* para la prevención de abortos. Después del ungüento de monsieur Forez, albergaba mis dudas acerca de cualquier medicamento que no hubiese preparado yo misma, pero usando el olfato me aseguré de que todos los ingredientes eran de procedencia vegetal.

Después de mucho vacilar, bebí una cucharada. El líquido era amargo y me dejó mal gusto en la boca, pero el simple hecho de hacer algo, aunque fuera algo probablemente inútil, me hizo sentir mejor. Pasé la mayor parte del día recostada en el sofá de la habitación, leyendo, dormitando, cosiendo o, simplemente, sin hacer nada mientras descansaba con las manos sobre el vientre.

Cuando estaba sola, claro. Cuando Jamie estaba en casa, pasábamos la mayor parte del tiempo juntos comentando los asuntos del día, o discutiendo acerca de las cartas jacobitas más recientes. Al parecer, el rey Jacobo había sido informado de la inversión de su hijo en oporto, y la aprobaba de buen grado afirmando que se trataba de «... un buen plan, que estoy seguro te ayudará a establecerte en Francia, como es mi deseo».

—Así que Jacobo cree que el dinero servirá para que Carlos se abra camino como caballero y se haga una posición aquí —dije a Jamie—. ¿Crees que es lo único que tiene en mente? Louise ha venido a verme esta tarde; dice que Carlos fue a verla la semana pasada e insistió en hablar con ella, aunque al principio se negó a recibirlo. Me contó que parecía muy excitado y entusiasmado con algo, pero no le quiso decir de qué se trataba; tan sólo se limitó a hablar misteriosamente sobre algo grande que estaba a punto de hacer. «Una gran aventura» dice que le dijo. No suena como una simple inversión en oporto, ¿no?

—No. —A Jamie no le gustó mucho la idea.

—En definitiva —dije—, está claro que Carlos no pretende conformarse con los beneficios de su empresa y convertirse en un próspero mercader parisino.

—Me apuesto lo que sea a que no —dijo Jamie—. La pregunta es: ¿cómo podemos detenerlo?

La respuesta llegó varios días después, tras muchas discusiones y sugerencias inútiles. Murtagh se encontraba con nosotros en el dormitorio, pues me había traído varios retales de los muelles.

—Dicen que ha habido un brote de viruela en Portugal —observó, soltando el costoso muaré sobre la cama como si fuera un montón de arpillera—. Esta mañana ha llegado un barco que transportaba hierro de Lisboa y el inspector del puerto lo ha revisado con lupa junto con sus tres asistentes, pero no ha encontrado nada.

Divisó la botella de coñac sobre la mesa, se sirvió medio vaso y se lo bebió como si fuera agua, dando tragos largos. Observé boquiabierta aquella actuación; sólo la exclamación de Jamie consiguió distraerme del espectáculo.

—¿Viruela? —preguntó Jamie.

—Sí —respondió Murtagh, entre sorbo y sorbo—. Viruela. —Volvió a alzar el vaso y siguió bebiendo.

—Viruela —murmuró Jamie para sí con preocupación—. Viruela.

Lentamente le fue cambiando el semblante y la arruga vertical que tenía entre las cejas desapareció. Adquirió una expresión meditativa, y se reclinó en su silla con las manos entrelazadas detrás del cuello, mirando fijamente a Murtagh. Esbozó una ligera sonrisa.

Murtagh observó el proceso con considerable escepticismo.

—¿Se te ha ocurrido algo? —pregunté.

—Sí —respondió Jamie riendo suavemente—. Tengo una idea. Se volvió hacia mí con una mirada maliciosa.

—¿Tienes algo en tu cofre que pueda causar fiebre? ¿O que haga salir manchas en la piel?

—Pues sí —contesté lentamente mientras pensaba—. Romero. O cayena. Y, naturalmente, cáscara sagrada, que es laxante. ¿Por qué?

Miró a Murtagh con una amplia sonrisa. Después, satisfecho con su idea, alborotó el pelo de su pariente, de modo que le quedó de punta. Murtagh lo fulminó con la mirada.

—Escuchad —dijo Jamie, inclinándose hacia nosotros con aire conspirador—. ¿Qué pasaría si el barco del conde regresara de Portugal con viruela a bordo?

Me quedé mirándolo.

—¿Es que has perdido la cabeza? —pregunté educadamente—. ¿Qué pasaría?

—Perdería el cargamento —dijo Murtagh—. Lo quemarían o lo hundirían en el puerto, por ley. —Sus pequeños ojos negros mostraron un destello de interés—. ¿Y cómo te propones conseguirlo, muchacho?

La alegría de Jamie disminuyó un poco, aunque le seguían brillando los ojos.

—Bueno —admitió—. Todavía no tengo un plan definido, pero no está mal para empezar...

Tras varios días de discusión e investigación, el plan por fin quedó concluido. Buscamos un sustituto para la cáscara sagrada, debido a que los efectos de ésta eran demasiado fuertes, y lo encontré entre las hierbas del maestro Raymond.

Armado con una bolsa llena de una mezcla de esencia de romero, jugo de ortiga y raíz de rubia, Murtagh partiría para Lisboa aquel mismo fin de semana y, conversando con los marineros de las tabernas, procuraría averiguar el paradero del barco del conde de Saint Germain, intentaría conseguir un pasaje en él y nos enviaría un mensaje con el nombre de la embarcación y la fecha de partida.

—No, es muy común —respondió Jamie cuando le pregunté si al capitán no le parecería rara esa conducta—. Casi todos los buques de carga llevan pasajeros, los que caben entre una y otra cubierta. Además, Murtagh tendrá suficiente dinero para ser bien recibido a bordo, aunque tengan que darle el camarote del capitán. —Con un gesto de advertencia se dirigió a Murtagh—: Y consigue un camarote, ¿me oyes? No importa lo que cueste; vas a necesitar intimidad para tomar las hierbas y no queremos arriesgarnos a que te descubran si no tienes más que una hamaca. —Examinó a su padrino—. ¿Tienes una chaqueta decente? Si vas como un mendigo, te echarán por la borda antes de descubrir lo que llevas en el morral.

—Mmmfm —dijo Murtagh. Por lo general hablaba poco, pero lo que decía era sensato y oportuno—. ¿Cuándo tengo que tomar las hierbas? —quiso saber.

Saqué la hoja de papel sobre la que había escrito las instrucciones y las dosis.

—Debes tomar dos cucharadas colmadas de esencia de rubia, que es ésta —toqué un frasco transparente, lleno de un líquido rosáceo—, cuatro horas antes del momento en que quieras que aparezcan los primeros síntomas. Toma otra cucharada cada dos horas después de la primera dosis, pues no sabemos cuánto tiempo te durará el efecto.

Le entregué la segunda botella, de vidrio verde y llena de un licor negro púrpura.

—Esto es esencia de hojas de romero. Su acción es más rápida. Tienes que beber alrededor de un cuarto de botella media hora antes de dejarte ver; a la media hora empezarás a ponerte rojo. El efecto desaparece enseguida, así que tendrás que tomar más en cuanto puedas hacerlo sin que nadie te vea. —Saqué otro frasco más pequeño de mi botiquín—. Una vez que la «fiebre» esté bien avanzada, te frotas los brazos y el rostro con el jugo de ortiga para que te salgan ampollas. ¿Quieres guardar las instrucciones?

Murtagh sacudió la cabeza decididamente.

—No, lo recordaré. Es más fácil que me descubran con el papel encima que olvidar cuánto tomar. —Se volvió hacia Jamie—. ¿Esperarás el barco en Orvieto? —le preguntó.

—Sí. Hará una parada allí, como todos los barcos que transportan vinos, para aprovisionarse de agua fresca. Si no hace la parada, entonces... —Se encogió de hombros—. Alquilaré un barco y trataré de alcanzaros. Lo importante es hacerlo antes de que llegue a Le Havre, mejor todavía en algún puerto español. No pienso pasar más tiempo del necesario a bordo. —Señaló con la barbilla el frasco que Murtagh tenía en la mano—. Es mejor que no te lo tomes hasta que me veas a bordo. Sin testigos, el capitán puede deshacerse de ti en cualquier momento.

Murtagh gruñó:

—Mejor será que no lo intente —respondió con ironía mientras tocaba la punta de la daga.

Jamie frunció el entrecejo.

—No olvides que se supone que tienes viruela. Con suerte, tendrán miedo de tocarte, pero por si acaso... espera a tenerme cerca y a que estemos en alta mar.

—Mmmfm.

Miré a uno y a otro. El plan era bastante complicado, pero podía resultar. Si el capitán del barco creía que uno de sus pasajeros tenía viruela, no se dirigiría a Le Havre, donde las autoridades sanitarias destruirían su carga. Entre volver a Lisboa y perder su ganancia en la travesía, o regresar a Orvieto y perder dos semanas mientras se enviaba la noticia a París y vender su cargamento al acaudalado mercader escocés que acababa de subir a bordo, no dudaría en decidirse por esta última opción.

Lo que hiciera el presunto enfermo resultaría crucial en la farsa. Jamie se ofreció como voluntario para probar las hierbas, y funcionaron a la perfección con él. Su piel se puso roja en minutos, y el jugo de ortiga le levantó unas ampollas que harían creer a un médico de a bordo o a un capitán desesperado que era viruela. Y por si había alguna duda, la orina coloreada por la rubia ofrecería la ilusión de un hombre que orina sangre al tener los riñones atacados por la viruela.

—¡Dios mío! —exclamó Jamie, sorprendido ante la primera demostración del efecto de la hierba.

—¡Muy bien! —dije, mirando la bacinilla de porcelana y sus contenidos carmesíes por encima de su hombro—. Mejor de lo que esperaba.

—¿Ah, sí? ¿Y cuánto tarda en irse el efecto? —preguntó Jamie, que parecía algo nervioso.

—Algunas horas, creo —respondí—. ¿Por qué? ¿Te sientes extraño?

—No exactamente —dijo frotándose—. Me pica un poco.

—Eso no se debe a la hierba —dijo Murtagh—, es la condición natural de un muchacho de tu edad.

Jamie sonrió a su padrino.

—¿Aún recuerdas esa época?

—Eso fue mucho antes de que nacieras o pensaran siquiera en concebirte —respondió, meneando la cabeza.

El hombrecillo guardó los frascos en su mochila, envolviendo metódicamente cada uno en un trozo de cuero blando para evitar que se rompieran.

—Tan pronto como pueda, enviaré un mensaje con el nombre del barco y su fecha de partida. Te veo dentro de un mes a bordo. ¿Tendrás tiempo de reunir el dinero?

Jamie asintió.

—Sí, imagino que lo tendré la semana que viene. —Aunque el negocio de Jared había prosperado bajo la dirección de Jamie, las reservas no eran suficientes para adquirir cargas completas de oporto y al mismo tiempo cumplir todos los compromisos de la casa Fraser. No obstante, las partidas de ajedrez habían dado sus frutos y monsieur Duverney hijo, prominente banquero, había garantizado un préstamo considerable al amigo de su padre.

—Es una pena que no podamos traer el oporto a París —comentó Jamie— pero Saint Germain nos descubriría. Creo que será mejor que lo vendamos a algún mercader en España: conozco al hombre indicado en Bilbao. La ganancia será mucho menor que en Francia, y los impuestos son más altos, pero no se puede tener todo, ¿no?

—Me conformaré con que podamos devolverle el préstamo a Duverney —dije—. Y hablando de préstamos, ¿qué va a hacer Manzetti con el préstamo que le hizo a Carlos Estuardo?

—Puede esperar sentado por él —dijo Jamie alegremente—. Y de paso arruinar la reputación de los Estuardo con todos los banqueros del continente.

—No parece muy justo para el pobre Manzetti —observé.

—No. Pero no se puede hacer una tortilla sin cascar huevos, como dice mi abuela.

—Si no tienes abuela —señalé.

—No —admitió—, pero si la tuviera, lo diría. —De repente se puso serio—. Tampoco es muy justo para los Estuardo. De hecho, si algún jacobita se enterara de lo que estoy haciendo, supongo que me consideraría un traidor, y tendría toda la razón. —Se frotó la frente y movió la cabeza. Pude ver la seriedad que ocultaban sus bromas—. No tengo otra opción. Si tienes razón en lo que va a suceder, y lo he puesto todo en riesgo por ello, debo elegir entre las aspiraciones de Carlos Estuardo y la vida de muchos escoceses. No siento ninguna simpatía por el rey Jorge... ¿Cómo iba a sentirla si mi cabeza tiene precio?, pero no veo otra salida.

Frunció el entrecejo y se pasó una mano por el pelo, como hacía siempre que pensaba o se enfadaba.

—Si existiera alguna posibilidad de que Carlos triunfara... sí, sería diferente. Me arriesgaría por una buena causa... pero según tu historia él no va a triunfar, y ahora que lo conozco, debo admitir que es muy probable que tengas razón. Mi pueblo y mi familia están en peligro, y si el precio de sus vidas es el dinero de un banquero... bueno, no parece un sacrificio mayor que el de mi propio honor.

Se encogió de hombros, fingiendo desesperación.

—He pasado de robar el correo del príncipe a robar bancos y a convertirme en un pirata de alta mar; no tengo alternativa.

Permaneció en silencio un momento, mirándose las manos entrelazadas sobre el escritorio. Después alzó la cabeza y me sonrió.

—De pequeño siempre quise ser pirata —dijo—. Lástima que no pueda usar un sable.

Estaba en la cama con la cabeza y los hombros recostados sobre la almohada y las manos ligeramente entrelazadas sobre el estómago, pensando. Desde la primera alarma había tenido muy pocas hemorragias, y ya me sentía bien. Sin embargo, cualquier hemorragia en aquella fase del embarazo era motivo de alarma. Me pregunté qué pasaría si se producía una emergencia mientras Jamie viajaba a España, pero no ganaba nada con preocuparme. Él tenía que irse; había demasiado en juego en aquella carga de vino como para dejar que ningún asunto personal interfiriera. Y si todo iba bien, estaría de regreso mucho antes de que el niño naciera.

Dada la situación, había que dejar de lado todo problema personal, supusiera un peligro o no. Carlos, incapaz de contener su alegría, le había confiado a Jamie que pronto iba a necesitar dos barcos, o más, y le había pedido consejo sobre cañones de cubierta. En las cartas más recientes que enviaba su padre desde Roma se percibía cierto tono de duda; con su agudo olfato político, típico de los Borbones, Jacobo Estuardo sospechaba algo, pero aún no conocía las intenciones de su hijo. Jamie, sumergido hasta las cejas en cartas descodificadas, creía probable que Felipe de España todavía no le hubiera mencionado las insinuaciones de Carlos o el interés del Papa, pero Jacobo tenía sus propios espías.

Al cabo de un rato, percibí cierto cambio en la actitud de Jamie. Lo miré y vi que, pese a que todavía tenía un libro abierto sobre las rodillas, había dejado de pasar las páginas y de mirarlas. Tenía los ojos fijos en mí o, para ser más explícita, en el punto donde se abría la bata, varios centímetros más abajo de lo que recomendaba la decencia, aunque la decencia no parecía necesaria en la cama con mi propio marido.

Tenía la mirada abstraída, con un azul profundo de añoranza, y me di cuenta de que, aunque socialmente no era requerida, dada mi situación actual no nos quedaba otro remedio que mantener la decencia. Claro que existían alternativas.

Al ver que lo estaba mirando, Jamie se ruborizó ligeramente y se apresuró a mostrarse exageradamente interesado en su libro. Giré y apoyé una mano en su muslo.

—¿Te gusta el libro? —pregunté, acariciándolo.

—Mmmfm, pues... sí. —El rubor aumentó, pero no apartó los ojos de la página.

Sonriendo, deslicé la mano bajo las sábanas. Jamie dejó caer el libro.

—¡Sassenach! —exclamó—. Sabes que no puedes...

—No —respondí—. Pero tú sí puedes. O mejor dicho, puedo hacerlo por ti.

Cogió mi mano con firmeza y me la devolvió.

—No, Sassenach, no sería correcto.

—¿Ah, no? —dije sorprendida—. ¿Y por qué no?

Se retorció incómodo, evitando mi mirada.

—Pues... no me parece bien, Sassenach. Aceptar el placer que me das sin poder darte nada a cambio... no me sentiría bien, eso es todo.

Me eché a reír, apoyando la cabeza sobre su muslo.

—¡Jamie, eres demasiado bueno!

—No soy bueno —dijo, indignado—. Pero no soy tan egoísta... ¡Claire, estate quieta!

—¿Tenías planeado esperar muchos meses más? —pregunté sin detenerme.

—Podría hacerlo —dijo, con toda la dignidad posible, dadas las circunstancia—. Esperé veintidós años, y puedo...

—No, no puedes —dije, mientras apartaba los edredones y admiraba la forma bien visible bajo su camisón. La toqué, y se movió un poco hacia mi mano—. Fueran cuales fueran los planes que Dios tenía reservados para ti, Jamie Fraser, ser monje no era uno de ellos.

Con mano segura, levanté la camisa.

—Pero... —comenzó.

—Dos contra uno —dije agachándome—. Has perdido.

Jamie trabajó mucho durante los días siguientes, preparando el negocio para que funcionara solo durante su ausencia. Sin embargo, siempre encontraba tiempo para sentarse conmigo un rato después del almuerzo. Un día recibimos una visita. Las visitas no eran excepcionales; Louise venía a menudo para charlar sobre el embarazo y añorar el amor perdido, aunque yo creía que ella disfrutaba más teniendo a Carlos como objeto de noble renuncia que como amante. Me había prometido unos dulces turcos y tenía ganas de ver su rosada carita redonda aparecer por la puerta.

Sin embargo, para mi sorpresa, se trataba de monsieur Forez. Magnus lo guió hasta la salita y le retiró el sombrero y la capa con una reverencia que rayaba la superstición. Jamie se sorprendió, pero se puso de pie para saludar al verdugo y ofrecerle una bebida.

—Como regla general, no bebo alcohol —respondió monsieur Forez—. Pero no quiero desairar a mi estimada colega—. Se inclinó ceremoniosamente hacia el sofá en el que estaba recostada—. Espero que se encuentre bien, madame Fraser.

—Sí —respondí cautelosa—. Gracias.

Me pregunté cuál era el motivo de su visita. A pesar de que monsieur Forez gozaba de cierto prestigio y buenos ingresos por su trabajo, no creía probable que lo invitaran a cenar muy a menudo. ¿Tendrían vida social los verdugos?

Atravesó la habitación y depositó un paquetito junto a mí, como un buitre que trae la cena a sus polluelos. Al recordar el fluido de hombres ahorcados, cogí el paquetito y lo sopesé; era ligero y tenía un aroma astringente.

—Un pequeño recuerdo de la madre Hildegarde —explicó—. Tengo entendido que es el remedio preferido por *les maîtresses sage-femme*. También le ha escrito las instrucciones para su uso. —Sacó una nota doblada y sellada de su bolsillo interior y me la entregó.

Olí el paquete. Hojas de frambuesa y saxífraga, y otro ingrediente que no reconocí. Esperaba que la madre Hildegarde hubiera incluido también la lista de ingredientes.

—Por favor, dele las gracias a la madre Hildegarde de mi parte. ¿Cómo están todos en el hospital?

Echaba mucho de menos mi trabajo, a las monjas y a los practicantes médicos. Charlamos un rato sobre el hospital y el personal. Jamie contribuía con algún comentario ocasional, pero normalmente escuchaba con una sonrisa cortés, y cuando la cuestión se tornaba clínica, hundía la nariz en su copa de vino.

—Qué pena —dije cuando monsieur Forez me habló de la cura de una clavícula rota—. Nunca lo he visto hacer. Echo de menos la cirugía.

—Yo también la echaré de menos —dijo él, tomando un pequeño sorbo. Su copa seguía prácticamente llena; al parecer, no había mentido al decir que apenas bebía.

—¿Se va usted de París? —preguntó Jamie, sorprendido.

Monsieur Forez se encogió de hombros, y los pliegues de su larga chaqueta susurraron como si fueran plumas.

—Sólo por un tiempo —aseguró—. Unos dos meses. De hecho —inclinó la cabeza hacia mí otra vez—, ésa es la principal razón de mi visita.

—¿Ah, sí?

—Sí. Verá, tengo que viajar a Inglaterra y he pensado que, si lo desea, me resultaría muy sencillo llevar un mensaje. Es decir, si hay alguien con quien desee comunicarse —añadió con su precisión habitual.

Eché un vistazo a Jamie, cuya expresión había cambiado de educado interés a una máscara sonriente que ocultaba todo pensamiento. Un extraño no habría notado la diferencia, pero yo sí.

—No —dije—. No tengo amigos ni parientes en Inglaterra; he perdido el contacto, desde que... enviudé. —Sentí una pequeña punzada de pena al referirme así a Frank, pero la reprimí.

Si mi respuesta sorprendió a monsieur Forez, no lo demostró. Se limitó a asentir y dejó a un lado su copa de vino a medio beber.

—Ya veo. Entonces es usted muy afortunada al tener amigos aquí. —Su voz pareció contener una advertencia de algún tipo, pero no me miró mientras se inclinaba para arreglarse la media antes de levantarse—. La visitaré a mi regreso; espero que para entonces ya se haya recuperado.

—¿Cuál es el motivo de su viaje a Inglaterra, monsieur? —preguntó Jamie bruscamente.

Monsieur Forez se volvió hacia él con una leve sonrisa. Inclinó la cabeza, con los ojos brillantes, y una vez más me pareció un pájaro enorme. Pero no un cuervo negro como antes, sino un ave de rapiña.

—¿Y cuál podría ser el motivo para un hombre de mi profesión, monsieur Fraser? —inquirió—. He sido contratado para desempeñar mis obligaciones usuales en Smithfield.

—Será una ocasión importante —dijo Jamie—. Quiero decir, para que convoquen a una persona de su capacidad. —Sus ojos estaban alerta, aunque su expresión no reflejaba otra cosa que un amable interés.

Los ojos de monsieur Forez brillaron aún más. Se puso en pie lentamente, mirando a Jamie, que estaba sentado cerca de la ventana.

—Es verdad, monsieur Fraser —dijo—. Porque se trata de una capacidad, no le quepa duda. Ahorcar a un hombre... ¡Bah! Cualquiera puede hacerlo. Para romper un cuello limpiamente, de un solo tirón, se requieren ciertos cálculos en cuanto a peso y caída, y una cierta experiencia en la colocación de la cuerda.

Pero para combinar estos métodos, para ejecutar adecuadamente la sentencia de muerte de un traidor, se requiere muchísima capacidad.

Sentí que la boca se me secaba de repente.

—¿La sentencia de un traidor? —dije sin ganas de oír la respuesta.

—Ahorcar, destripar y descuartizar —resumió Jamie—. ¿Eso quiere decir, monsieur Forez?

El verdugo asintió. Jamie se puso en pie, como contra su voluntad, para enfrentarse al demacrado visitante vestido de negro. Eran casi de la misma estatura y podían mirarse a los ojos sin dificultad. Monsieur Forez dio un paso hacia Jamie con una expresión súbitamente abstraída, como si fuera a hacer una demostración de algún argumento médico.

—En efecto. Ésa es la sentencia para un traidor. Primero, debe ser ahorcado, como bien dice, pero no del todo, para que el cuello no se rompa ni se aplaste la tráquea... el resultado deseado no es la sofocación, ¿entiende?

—Oh, sí, entiendo. —La voz de Jamie era casi burlona; lo observé con sorpresa.

—¿De veras, monsieur? —Monsieur Forez sonrió, pero continuó sin aguardar respuesta—. Es cuestión de tiempo; se juzga por los ojos. La sangre oscurece el rostro casi de inmediato... más rápido si el reo es de cutis blanco... y en el transcurso de la asfixia, la lengua sale por la boca. Por supuesto, eso es lo que más gusta a la multitud, además de los ojos saltones. Sin embargo, es preciso buscar las marcas coloradas en las comisuras de los ojos cuando explotan las pequeñas arterias. Cuando eso sucede, enseguida debe darse la orden para que el sujeto sea descolgado; se requiere un asistente de confianza, ¿comprende? —Se giró para incluirme en esta macabra conversación, y yo asentí—. Entonces —continuó, volviéndose hacia Jamie— debe administrarse un estimulante para revivir al sujeto mientras se le quita la camisa; es preciso insistir en que el reo sea vestido con una camisa abierta por delante, pues con frecuencia resulta difícil sacarla por la cabeza. —Con un dedo largo y delgado señaló el botón del medio de la camisa de Jamie, sin llegar a tocar el lino recién almidonado.

—Supongo que sí —dijo Jamie.

Monsieur Forez retiró el dedo, asintiendo aprobadoramente ante aquella prueba de su comprensión.

—Sí. El asistente habrá encendido el fuego de antemano; esta tarea está por debajo de la dignidad del verdugo. Enseguida le llega el turno al cuchillo. —Hubo un silencio mortal en la habitación. El rostro de Jamie aún era inescrutable, pero vi una huella de sudor en su cuello—. Aquí es donde se requiere la mayor capacidad —explicó Monsieur Forez—. Debe trabajarse con rapidez, pues el sujeto no debe expirar antes de que se haya terminado. Mezclando una dosis de vasoconstrictor con el estimulante se consigue un momento de gracia, pero no muy largo.

Al ver un abrecartas de plata sobre la mesa, cruzó hasta él y lo cogió. Lo sostuvo con la mano envolviendo el mango y el índice apoyado en el filo, apuntando hacia la brillante mesa de nogal.

—Así —dijo casi como si estuviera soñando—. En la base de la clavícula. Y rápido, hasta la ingle. En la mayoría de los casos enseguida puede verse el hueso. Otra vez. —Y el abrecartas centelleó a un lado y otro, rápido y delicado como el vuelo en zigzag de un colibrí, siguiendo el arco de las costillas—. No debe cortarse con profundidad, pues no se desea dañar el saco que contiene las entrañas. Sin embargo, debe cortarse piel, grasa y músculo, y hacerlo de un solo corte. Esto —dijo con satisfacción, observando su propio reflejo sobre la mesa— es arte.

Apoyó el cuchillo sobre la mesa y se volvió hacia Jamie. Éste se encogió de hombros.

—Después, todo es cuestión de rapidez y un poco de destreza, pero si se ha procedido con exactitud en el método, se presentarán pocas dificultades. Las entrañas están dentro de una membrana, que se parece a una bolsa. Si no se ha roto por accidente, es un asunto simple que requiere un poco de fuerza, para meter las manos debajo de la capa muscular y extraer toda la masa. Un corte rápido en el estómago y en el ano, y las entrañas pueden ser arrojadas al fuego. Ahora bien —alzó un dedo admonitorio—, si se ha procedido con rapidez y delicadeza, aún se dispone de un momento, pues todavía no se ha cortado ninguna arteria importante.

Sentí que me caía, a pesar de estar sentada; sin duda mi rostro estaba tan blanco como el de Jamie. Éste, a pesar de su palidez, sonrió cortésmente.

—¿Así que el... sujeto... puede vivir un rato más?

—*Mais oui, monsieur*. —Los ojos brillantes del verdugo observaron el poderoso cuerpo de Jamie, calculando el ancho de hombros y las piernas musculosas—. Los efectos de semejante situación son impredecibles, pero he visto vivir a un hombre fuerte más de un cuarto de hora en ese estado.

—Me imagino que al sujeto se le hace mucho más largo —comentó Jamie con voz seca.

El verdugo no pareció oírlo. Volvió a alzar el abrecartas y a blandirlo mientras hablaba.

—A medida que se aproxima la muerte, debe meterse la mano en la cavidad del cuerpo para extraer el corazón. Aquí, una vez más, se requiere capacidad. Sin el apoyo de las vísceras, el corazón se mueve, y sorprendentemente suele estar mucho más arriba de lo normal. Además, es muy resbaladizo. —Restregó la mano en el faldón de su chaqueta, a modo de pantomima—. Pero lo más difícil es cortar con rapidez las grandes arterias que hay por encima, de modo que el órgano pueda ser extraído latiendo todavía. Hay que complacer a la multitud —explicó—. Es una diferencia muy grande en cuanto a la remuneración. El resto... —encogió un hombro delgado, despectivo— mera carnicería. Una vez que se extingue la vida, no es necesaria ninguna habilidad.

—No, supongo que no —dije débilmente.

—¡Pero qué pálida está, madame! ¡La he entretenido demasiado tiempo con esta tediosa conversación! —exclamó. Me tomó la mano, y resistí el impulso de apartarla. Su mano estaba fría, pero la calidez de sus labios al rozar su boca ligeramente sobre mi mano fue tan inesperada que, sorprendida, yo misma la apreté. Me dio un apretón imperceptible y se volvió para inclinarse formalmente ante Jamie—. Debo irme, monsieur Fraser. Espero que volvamos a vernos... en las mismas agradables circunstancias de hoy.

Las miradas de los dos hombres se cruzaron un segundo. Entonces Monsieur Forez pareció recordar el abrecartas que aún sostenía en la mano. Con una exclamación de sorpresa se lo entregó a Jamie. Éste arqueó una ceja y lo cogió con delicadeza por la punta.

—*Bon voyage*, monsieur Forez —dijo con una sonrisa irónica—. Y gracias por su instructiva visita.

Insistió en acompañarlo a la puerta. Al quedarme a solas, me levanté y fui hacia la ventana, y permanecí allí respirando profundamente hasta que el carruaje azul oscuro desapareció por la esquina de la Rue Gamboge.

La puerta se abrió detrás de mí y, cuando entró Jamie, todavía tenía el abrecartas en la mano. Cruzó hasta el enorme jarrón rosa que había cerca de la chimenea y lo echó en su interior con un sonido metálico. Después se volvió hacia mí, haciendo todo lo posible por sonreír.

—Bueno, como advertencia ha sido muy efectiva.

Me estremecí ligeramente.

—¿Eso ha sido?

—¿Quién crees que lo ha enviado? —preguntó Jamie—. ¿La madre Hildegarde?

—Supongo que sí. Ella me lo advirtió la noche que desciframos la música. Dijo que lo que hacías era muy peligroso. —Hasta la visita del verdugo no había sido realmente consciente de lo peligroso que era. Hacía tiempo que no sufría náuseas por la mañana, pero ahora me sentía indispuesta. Si algún jacobita se enterara de lo que ha estado haciendo, supongo que sería considerado un traidor. ¿Y qué harían si lo descubrieran?

Para todo el mundo, Jamie era un jacobita fiel; bajo esa máscara visitaba a Carlos, invitaba al conde Marischal a cenar y visitaba la corte. Y hasta entonces se las había ingeniado bastante bien entre las partidas de ajedrez, las visitas a las tabernas y las borracheras, para socavar la causa de los Estuardo a la vez que parecía apoyarla. Aparte de nosotros dos, sólo Murtagh sabía que queríamos sofocar un alzamiento de los Estuardo... y ni siquiera él sabía por qué, simplemente obedecía a su jefe. Mientras viviéramos en Francia era necesario mentir. Pero esa misma mentira convertiría a Jamie en traidor si alguna vez volviera a pisar suelo inglés.

Por supuesto, lo sabía, pero en mi ignorancia pensé que había poca diferencia entre ser ahorcado por proscrito y ser ejecutado como traidor. La visita de monsieur Forez se había encargado de aclararlo.

—Te lo tomas con mucha calma —observé. El corazón todavía me latía con fuerza y tenía las palmas frías pero sudorosas. Las restregué sobre la falda y las metí entre las rodillas para calentarlas.

Jamie se encogió de hombros y me dedicó una sonrisa torcida.

—Bien, hay muchísimas maneras desagradables de morir. Y no me gustaría que una de ellas fuera la mía. Pero la pregunta es: ¿estoy tan asustado como para abandonar lo que estoy haciendo? —Se sentó a mi lado en el sofá y me tomó una mano entre las suyas. Tenía las palmas cálidas; su robusta presencia me resultó reconfortante.

—Lo estuve pensando, Sassenach, durante las semanas que pasé en la abadía, curándome. Y de nuevo cuando llegamos a París. Y otra vez, cuando conocí a Carlos Estuardo. —Negó con la cabeza, inclinándola sobre nuestras manos entrelazadas—. Sí, puedo imaginarme en el cadalso. Vi la horca en Wentworth... ¿te lo conté?

—No. No me lo habías contado.

Jamie asintió con la mirada perdida en el recuerdo.

—A los que estábamos en la celda de los condenados nos hicieron marchar por el patio. Y nos hicieron detenernos en fila sobre las piedras para observar una ejecución. Aquel día ahorcaron a seis hombres, hombres a los que conocía. Yo observé a cada uno ascender los doce escalones y quedarse en pie, con las manos atadas a la espalda, mirando hacia el patio mientras le colocaban la soga al cuello. En aquel momento me pregunté cómo reaccionaría cuando me llegara el turno de subir las escaleras. ¿Lloraría y rezaría como John Sutter, o podría permanecer erguido como Willie MacLeod, que le sonrió a un amigo que lo miraba desde el patio?

Movió la cabeza de repente, como un perro sacudiéndose gotas de agua, y me sonrió con tristeza.

—De todos modos, monsieur Forez no me ha contado nada que no supiera. Pero es demasiado tarde, *mo duinne*. —Apoyó una mano sobre la mía—. Sí, tengo miedo. Pero si no me voy a echar atrás por la posibilidad de volver a casa y a la libertad, tampoco me voy a echar atrás por miedo. No, *mo duinne*, es demasiado tarde.

24

El Bois de Boulogne

La visita de monsieur Forez resultó ser la primera de una serie de visitas inusuales.

—Hay un italiano abajo, madame —dijo Magnus—. No ha querido dar su nombre. —Hizo una mueca de congoja; supuse que, aunque no había querido darle el nombre, había estado más que dispuesto a proporcionarle algunos detalles.

Eso, sumado a la designación de «italiano», fue suficiente para darme una pista de la identidad de la visita, y fue poca mi sorpresa al entrar en la sala y encontrarme con Carlos Estuardo, que esperaba junto a la ventana.

Se giró al oírme entrar, con el sombrero en las manos. Pareció sorprendido de verme; abrió la boca durante un instante, pero después se controló e hizo una reverencia a modo de saludo.

—¿Milord Broch Tuarach no se encuentra en casa? —inquirió. Alzó las cejas con disgusto.

—No, no está —dije—. ¿Quiere un refresco, Alteza?

Miró con interés el salón fastuosamente decorado, pero negó con la cabeza. Por lo que yo sabía, sólo había estado en la casa una vez, cuando llegó por los tejados después de su encuentro con Louise. Ni Carlos ni Jamie habían considerado apropiado que lo invitáramos a las cenas que ofrecíamos. Sin el reconocimiento oficial de Luis, la nobleza francesa lo despreciaba.

—No, se lo agradezco, madame. No me quedaré. Mi sirviente aguarda fuera y tengo un largo viaje hasta mi casa. Sólo quería hacerle una petición a mi amigo James.

—Bien... estoy segura de que mi marido estaría encantado de servirle... en la medida de lo posible —respondí con cautela, preguntándome de qué se trataría. Un préstamo, probablemente. Las actividades de Fergus habían descubierto una cantidad de cartas apremiantes de sastres, zapateros y otros acreedores.

Carlos sonrió y su expresión se tornó dulce.

—Lo sé. No tengo palabras para expresar cuánto estimo la devoción de su marido; su lealtad me reconforta en la soledad de mis circunstancias actuales.

—Oh —dije.

—No pido nada complicado —me aseguró—. Es sólo que acabo de hacer una pequeña inversión: un cargamento de oporto embotellado.

—¿De veras? ¡Qué interesante! —Murtagh había partido rumbo a Lisboa aquella mañana, con el jugo de ortiga y la raíz de rubia en el morral.

—Es algo pequeño. —Carlos volteó una de sus distinguidas manos, menospreciando la inversión de cada céntimo que había logrado que le prestaran—. Pero deseo que mi amigo James se encargue de recibir el cargamento cuando llegue. No es apropiado, ¿sabe?, que... —entonces enderezó los hombros y elevó ligeramente la nariz de manera inconsciente— una persona como yo se ocupe del comercio.

—Sí, lo entiendo perfectamente —dije mordiéndome el labio. Me intrigó saber si había expresado este punto de vista a su socio, Saint Germain, quien sin duda tenía al joven pretendiente del trono escocés como una persona de menor importancia que cualquiera de los nobles franceses. Éstos no dudaban en ocuparse del «comercio» cada vez que se ofrecía la oportunidad de obtener ganancias.

—¿Su Alteza está solo en esta empresa? —pregunté con inocencia.

Frunció el entrecejo.

—No, tengo un socio, pero es francés. Prefiero confiar mis ganancias a un compatriota. Además —añadió—, sé que mi querido James es un mercader muy astuto y competente. Es posible que pueda aumentar mis ganancias mediante una buena venta.

Supuse que, fuera quien fuese la persona que le había hablado de la capacidad de Jamie, no se había molestado en añadir que tal vez no hubiese mercader de vinos en todo París a quien Saint Germain odiase más. Sin embargo, si el plan funcionaba, sería un detalle sin importancia. Y si no resultaba, era posible que Saint Germain resolviera todos nuestros problemas estrangulando a Carlos Estuardo cuando descubriera que éste había contratado la entrega de la mitad de su exclusivo oporto de Gostos a su más odiado rival.

—Estoy segura de que mi marido colocará la mercancía con el máximo beneficio de todos los involucrados —dije.

Me dio las gracias gentilmente, tal y como haría un príncipe que acepta el servicio de un leal súbdito. Hizo una reverencia, me besó la mano con gentileza y partió, sin dejar de expresar su gratitud a Jamie. Magnus, nada impresionado ante la visita real, cerró la puerta.

Cuando Jamie volvió, yo ya dormía, pero por la mañana le conté la visita de Carlos y su petición.

—Demonios, ¿se lo contará al conde? —se preguntó. Tras asegurar la salud de sus intestinos comiéndose rápidamente un plato de gachas, procedió a completar su desayuno francés con bollitos de mantequilla y una taza de chocolate humeante. Mientras saboreaba su chocolate, sonrió al imaginarse cuál sería la reacción del conde.

—Supongo que será delito de lesa majestad golpear con un martillo a un príncipe exiliado. Si no, espero que Su Alteza tenga a Sheridan o a Balhaldy cerca cuando Saint Germain se entere.

No pudimos seguir especulando pues de repente se oyeron voces en el vestíbulo. Un momento después apareció Magnus en la puerta, con una nota sobre la bandeja de plata.

—Disculpe, milord —dijo—. El portador de esta nota me ha pedido que se la trajera enseguida.

Jamie alzó las cejas y cogió la nota de la bandeja, la abrió y la leyó.

—¡Maldita sea! —exclamó disgustado.

—¿Qué sucede? —pregunté—. ¿Ya tenemos noticias de Murtagh?

Negó con la cabeza.

—No, es del capataz de la bodega.

—¿Hay problemas en los muelles?

Una rara mezcla de emociones se reflejó en el rostro de Jamie: impaciencia y malicia.

—Bueno, no precisamente. Parece que se ha metido en un lío en un burdel. Humildemente, me pide perdón —hizo un gesto irónico ante la nota—, pero espera que vaya a ayudarlo. En otras palabras —dijo arrugando la servilleta mientras se incorporaba— me pregunta si podría pagar su deuda.

—¿Lo harás? —pregunté divertida.

Soltó un bufido y se quitó las migas del regazo.

—Supongo que tendré que hacerlo, a menos que quiera supervisar la bodega yo mismo, y no tengo tiempo. —Frunció el ceño mientras repasaba mentalmente su orden del día. Esa tarea lo tendría ocupado, y entretanto lo esperaban pedidos sobre su escritorio, capitanes en los muelles y barriles en la bodega—. Será mejor que Fergus venga conmigo para llevar mensajes —dijo resignado—. Tal vez pueda ir a Montmartre con una carta, si no tengo tiempo.

—Un corazón noble vale más que cualquier título —dije a Jamie al verlo junto a su escritorio, hojeando un montón de papeles.

—¿Ah, sí? ¿Y quién opina eso?

—Lord Alfred Tennyson, creo —dije—. Creo que todavía no ha nacido, pero es poeta. El tío Lamb tenía un libro de poetas británicos famosos. También había un poema de Burns que recuerdo... Es escocés —expliqué—. Dijo: «La libertad y el whisky van juntos.»

Jamie soltó un bufido.

—No sé si es poeta, pero sin duda es escocés. —Sonrió y se inclinó para besarme la frente—. Volveré para el almuerzo, *mo duinne*. Cuídate.

Terminé mi desayuno, así como la tostada de Jamie, y después subí a mi dormitorio para mi siesta matutina. Desde la primera alarma había tenido pequeñas hemorragias, aunque sólo una o dos manchitas, y hacía semanas que no tenía nada. Sin embargo, permanecía echada el mayor tiempo posible, y sólo bajaba al salón para recibir visitas, o al comedor para comer con Jamie. Cuando bajé a comer encontré la mesa puesta para uno.

—¿Milord todavía no ha vuelto? —pregunté. El anciano mayordomo negó con la cabeza.

—No, milady.

—Bueno, me imagino que volverá pronto; asegúrate de que haya comida para cuando llegue. —Tenía demasiada hambre para esperar a Jamie; las náuseas tendían a regresar si pasaba mucho tiempo sin comer.

Después del almuerzo fui a acostarme otra vez. Como las relaciones conyugales se habían suspendido por el momento, no había mucho que hacer en la cama aparte de leer o dormir, de modo que practicaba con frecuencia ambas actividades. Dormir boca abajo era imposible, y dormir boca arriba era incómodo, pues hacía que el bebé se retorciera. Por lo tanto, me tumbaba de costado, curvándome sobre mi creciente abdomen, como una gamba de cóctel alrededor de una aceituna. Raramente lograba dormir profundamente; en cambio, dormitaba, permitiendo que mi mente se dejara llevar por los suaves movimientos del bebé.

En algún momento de mi sueño, me pareció sentir que Jamie estaba cerca de mí, pero cuando abrí los ojos la habitación estaba vacía, y los cerré otra vez, sosegada como si yo también flotara, ingrávida, en un mar cálido.

Hacia el final de la tarde, un suave golpe en la puerta del dormitorio me despertó.

—*Entrez* —dije pestañeando mientras me despertaba. Era el mayordomo, Magnus, quien pidió disculpas y anunció más visitas.

—Es la princesa de Rohan, madame —dijo—. Quería esperar hasta que despertara, pero como también ha llegado madame D'Arbanville, pensé que quizá...

—Está bien, Magnus —dije, luchando para enderezarme y bajando las piernas por un costado de la cama—. Bajo enseguida.

Me alegraba tener visitas. Habíamos dejado de organizar fiestas durante el último mes, y echaba de menos el ajetreo y la conversación, por frívola que fuera. Louise venía con frecuencia y me contaba los últimos rumores de la corte, pero hacía tiempo que no veía a Marie D'Arbanville. Me pregunté qué la habría traído aquí.

Bajé despacio; mi aumento de peso hacía que me tambaleara a cada paso. La puerta de madera de la sala estaba cerrada, pero pude oír las voces con claridad.

—¿Crees que ella lo sabrá?

La pregunta, hecha con ese tono bajo que caracteriza los chismes más jugosos, me llegó cuando estaba a punto de entrar en la salita. Me detuve en el umbral.

Era Marie D'Arbanville quien había hablado. Bienvenida en todas partes debido a la buena posición de su anciano marido, y muy sociable incluso para los estándares franceses, Marie oía todo lo que mereciera la pena oírse.

—¿Saber qué? —preguntó Louise; su voz aguda y fuerte tenía la perfecta confianza del aristócrata innato, a quien no le importa quién oye qué.

—¡Ah, no te has enterado! —Marie se le acercó como un gatito encantado de encontrar un nuevo ratón con el que jugar—. ¡Por Dios! Claro, lo he oído hace apenas una hora.

«Y has corrido a contármelo», pensé. Fuera lo que fuese. Pensé que sería mejor quedarme a escuchar la versión íntegra desde el vestíbulo.

—Es lord Broch Tuarach —dijo Marie. No tenía necesidad de verla para imaginármela inclinándose con los ojos verdes moviéndose de un lado a otro, disfrutando de la noticia—. Esta misma mañana ha retado a duelo a un inglés. ¡Por una ramera!

—¿Qué? —El grito de sorpresa de Louise ahogó mi jadeo. Tuve que aferrarme a una mesita, pues pequeñas manchas negras flotaban ante mis ojos, mientras el mundo se desmoronaba.

—Sí —decía Marie—. Jacques Vincennes estaba presente, y se lo ha contado a mi marido. Ha sido en ese burdel que hay cerca de la lonja. ¡Imagínate, ir a un burdel por la mañana! ¡Algunos hombres son tan raros! De todos modos, Jacques estaba tomando una copa con madame Elise, la administradora, cuando se ha oído un alarido horrible en la planta alta, seguido de golpes y gritos.

Hizo una pausa para tomar aliento (y provocar un efecto dramático), y escuché el sonido de un líquido.

—Así pues, Jacques ha subido corriendo por las escaleras, bueno, eso es lo que él dice, pero seguro que se ha escondido detrás del sofá, con lo cobarde que es. Después de más gritos y golpes ha habido un terrible estrépito y un oficial inglés ha caído por los escalones, a medio vestir, sin peluca, trastabillando y golpeándose contra las paredes. Y ¿quién ha aparecido en la parte superior, con aspecto de ángel vengador, sino nuestro *petit* James?

—¡No! Y yo que hubiera jurado que él nunca... ¡pero continúa! ¿Qué ha sucedido después?

Tras el sonido suave de una taza posada sobre su platillo, se oyó la voz entusiasmada de Marie, que había olvidado la discreción.

—El hombre ha llegado al pie de la escalera, se ha puesto en pie, se ha dado la vuelta y ha mirado a lord Tuarach. Jacques ha dicho que poseía un aplomo envidiable para alguien a quien acababan de tirar por las escaleras con las calzas desabrochadas. Ha sonreído, pero no ha sido una sonrisa de verdad, sino una de esas sonrisas desagradables, y ha dicho: «No hay necesidad de violencia, Fraser, ¿no podrías haber esperado tu turno? Creía que quedabas satisfecho con lo que te dan en tu casa. Aunque hay hombres que prefieren pagar por el placer.»

Louise lanzó una exclamación escandalizada.

—¡Es terrible! ¡El muy canalla! Pero por supuesto, milord Tuarach no tiene la culpa... —Percibí la tensión en su voz; la amistad estaba en conflicto con la necesidad de contar un chisme. No me sorprendió cuando ganó esta última.

—Milord Tuarach no puede gozar de los favores de su esposa, pues está esperando un hijo y el embarazo es difícil. Así que es comprensible que satisfaga sus necesidades en un burdel; ¿qué otra cosa podría hacer? ¡Pero continúa, Marie! ¿Qué ha pasado después?

—Bien. —Marie inhaló mientras se acercaba al punto culminante de la historia—. ¡Milord Tuarach ha corrido escaleras abajo, ha cogido al inglés por el cuello y lo ha sacudido!

—*Non! Ce n'est pas vrai!*

—¡Oh, sí! Han sido necesarios tres sirvientes para calmarlo... Un hombre tan grande, de aspecto tan feroz...

—Y entonces, ¿qué?

—Bueno, Jacques ha contado que el inglés se ha sobresaltado un poco, pero después se ha enderezado y le ha dicho a milord Tuarach: «Es la segunda vez que estás a punto de matarme. Tal vez algún día tengas éxito.» Milord Tuarach ha lanzado una maldición en ese terrible idioma escocés, yo no entiendo ni una palabra, ¿y tú?, y después se ha desecho de los hombres que lo retenían, le ha cruzado la cara a mano limpia —Louise se ha horrorizado ante semejante insulto— y ha dicho: «¡Mañana al alba estarás muerto!» Después se ha girado y ha vuelto a subir las escaleras, y el inglés se ha marchado. John ha dicho que estaba muy pálido... ¡y no me sorprende! ¡Imagínate!

Podía imaginármelo.

—¿Se encuentra bien, madame? —La voz de Magnus ahogó las exclamaciones de Louise. Extendí una mano, buscando la suya, y Magnus la tomó, apoyando la otra mano debajo de mi codo para sostenerme.

—No, no estoy bien. Por favor... díselo a las damas. —Hice un gesto vago en dirección al salón.

—Por supuesto, madame. Enseguida; ahora permítame que la acompañe a la alcoba. Por aquí, *chère madame...* —Me condujo escaleras arriba, susurrando palabras de consuelo. Me guió hasta la silla del dormitorio, donde me dejó después de prometerme que enviaría a una criada para que me atendiera.

No esperé ayuda; pasado el primer momento de conmoción, me levanté y crucé la habitación hasta donde estaba mi botiquín, sobre el tocador. No creía que fuera a desmayarme, pero tenía una botella de amoníaco que quería tener a mano por si acaso.

Abrí el botiquín y me quedé quieta, mirando fijamente el contenido. Por un momento mi mente se negó a registrar lo que veían mis ojos: un pequeño cuadrado de papel blanco, cuidadosamente doblado entre las botellas multicolores. Noté, ausente, que los dedos me temblaban al cogerlo; tuve que intentarlo varias veces antes de lograr abrirlo.

«Lo siento.» Las palabras estaban escritas en negro y en mayúsculas, y las letras dispuestas cuidadosamente en el centro de la página, con la inicial «J» escrita con igual cuidado más abajo. Y debajo, dos palabras más, garabateadas con prisa, como una posdata desesperada: «¡Debo hacerlo!»

—Debes hacerlo —susurré, y mis rodillas cedieron. Echada en el suelo, con los paneles tallados del techo parpadeando tenuemente sobre mí, me encontré pensando que, hasta entonces, siempre había creído que la tendencia a desmayarse de las mujeres del siglo XVIII se debía a los corsés apretados. Pero no, se debía a la estupidez de los hombres de aquel siglo.

Oí un grito de consternación desde algún lugar de la alcoba; poco después unas manos serviciales me alzaron, y sentí la suavidad del colchón de lana debajo de mí y compresas frescas con olor a vinagre sobre mi frente y mis muñecas.

Pronto me recuperé, pero no tenía ganas de hablar. Aseguré a las criadas que me encontraba bien, las hice salir de la alcoba y volví a acostarme, tratando de pensar.

Se trataba de Jonathan Randall, por supuesto, y Jamie había ido a matarlo. Ése era el único pensamiento que veía con claridad en medio del horror que llenaba mi mente. Pero ¿por qué? ¿Qué le había hecho romper su promesa?

Tratando de organizar los sucesos relatados por Marie, a pesar de ser de tercera mano, pensé que tuvo que haber algo más que un encuentro inesperado. Yo conocía al capitán mucho más de lo que hubiese querido. Y si había algo de lo que estaba segura, era de que no había estado utilizando los servicios habituales de un burdel: el simple goce de una mujer no estaba en su naturaleza. Con lo que él disfrutaba, y lo que necesitaba, era ver en el otro dolor, miedo, humillación.

Por supuesto, tales servicios también podían adquirirse, aunque a un precio más alto. En L'Hôpital des Anges había visto suficiente para saber que existían *les putains*, cuya mercancía principal no se encontraba entre sus piernas, sino en los huesos fuertes cubiertos de frágil piel que se amorataba de inmediato y exhibía marcas de látigos y golpes.

Y si Jamie, cuya piel blanca estaba marcada por los favores de Randall, había encontrado al capitán gozando de manera similar con una de las damas del establecimiento... eso, pensé, le habría hecho olvidar cualquier promesa o control de sí mismo. Jamie tenía una marca en su pecho izquierdo, justo debajo del pezón; un pequeño pliegue blanquecino donde él mismo se había extirpado la marca del sello candente que Jonathan Randall le había impreso. La misma ira que lo había llevado a sufrir una mutilación antes que llevar aquella marca vergonzosa podía muy bien volver a aparecer, para destruir a su autor... y a su desafortunada progenie.

—Frank —dije, y mi mano izquierda se curvó involuntariamente sobre el brillo de mi alianza de oro—. ¡Dios mío, Frank!

Para Jamie, Frank no era más que un fantasma, la remota posibilidad de refugio para mí en un poco probable caso de necesidad. Pero Frank era el hombre con el que yo había vivido, con el que había compartido el lecho y al que había abandonado para quedarme con Jamie Fraser.

—No puedo —susurré. El bebé se estiró y retorció perezosamente dentro de mí, ignorando mi angustia—. ¡No puedo permitírselo!

La luz de la tarde había dejado paso a las sombras grisáceas de la oscuridad. La habitación parecía llena de la desesperación del fin del mundo. «¡Mañana al alba estarás muerto!» No tenía esperanza de encontrar a Jamie aquella noche. Sabía que no regresaría a la Rue Tremoulins; no habría dejado la nota si pensara volver. No podría permanecer a mi lado toda la noche sabiendo lo que haría por la mañana. No, sin duda había buscado refugio en alguna posada a fin de prepararse en soledad para cumplir con el acto de justicia que había jurado.

Creí conocer el sitio donde se llevaría a cabo el duelo. Con el recuerdo fresco de su primer duelo, Jamie se había rasurado el pelo a modo de preparación. Estaba segura de que también recurriría a su memoria para elegir el sitio donde se encontraría con su enemigo. El Bois de Boulogne, cerca del sendero de los Siete Santos. El Bois era un sitio popular para llevar a cabo duelos ilícitos, pues la espesura evitaba que los participantes fueran vistos. Al alba, uno de sus sombreados senderos iba a ser testigo del encuentro entre Jamie Fraser y Jonathan Randall. Y yo.

Me recosté en la cama sin desvestirme ni cubrirme el vientre con las manos. Vi cómo se desvanecía la luz del crepúsculo, y supe que no dormiría. Obtuve tanto consuelo como pude de los pequeños movimientos de mi habitante invisible, con el eco de las palabras de Jamie en mis oídos: «Mañana al alba estarás muerto.»

El Bois de Boulogne era una zona de bosque casi virgen situado en el límite de París. Se decía que aún había tejos, zorros y lobos en sus profundidades, lo que no desalentaba a las parejas de enamorados que retozaban bajo las ramas de los árboles. Constituía una liberación del ruido y la suciedad ciudadanas, y su ubicación evitaba que se convirtiera en un patio de juego para la nobleza. Lo visitaban sobre todo los que vivían cerca, que encontraban un respiro temporal a la sombra de los enormes robles y los abedules pálidos del Bois, y los que iban en busca de intimidad.

A pesar de ser pequeño, resultaba difícil recorrerlo a pie en busca de un claro apropiado para un duelo. Había empezado a llover durante la noche, y el amanecer había llegado reticente, brillando, taciturno, en el cielo nublado. El bosque susurraba, y el suave tamborileo de la lluvia sobre las hojas se mezclaba con el crujido apagado de las hojas y las ramas.

El carruaje se detuvo en el camino que atravesaba el Bois, cerca del último puñado de casas desvencijadas. Yo había dado instrucciones al cochero: bajó de su asiento, ató los caballos y desapareció entre los edificios. La gente que vivía cerca del Bois sabía lo que allí ocurría. No podía haber muchos sitios adecuados para un duelo; los que había serían conocidos.

Me recliné en el asiento y me envolví en la capa, tiritando por el frío de las primeras luces del alba. Me sentía muy mal; a la fatiga de una noche de insomnio se añadían el temor y la angustia. Sobre todo aquello estaba la ira que intentaba reprimir, por temor a que interfiriera con la tarea que tenía por delante.

No obstante, seguía subiendo a la superficie, burbujeando cada vez que bajaba la guardia, como en aquel instante. Mi mente seguía preguntándose con furia cómo podía Jamie hacerme aquello. Yo no debería estar allí, sino en casa, descansando junto a él. No debería estar persiguiéndole, deteniéndole, combatiendo la ira y la enfermedad. Un dolor irritante causado por el viaje se ubicó en la base de mi columna. Podía comprender que estuviera disgustado, pero la vida de un hombre estaba en juego, por el amor de Dios. ¿Cómo podía ser su orgullo más importante que eso? ¡Y dejarme sin una explicación! Dejar que me enterara de lo ocurrido por los chismes de los vecinos.

—Me lo prometiste, Jamie, maldito seas, ¡me lo prometiste! —susurré. Llovía y el bosque estaba en silencio, envuelto en la neblina. ¿Habrían llegado ya? ¿Me habría equivocado de lugar?

El cochero reapareció, acompañado por un muchacho de unos catorce años, y con un gesto señaló hacia delante y a la izquierda. Volvió a subir al pescante y con un chasquido del látigo alentó a los caballos para que avanzaran al trote. Salimos del camino y nos sumergimos en las sombras del bosque.

Nos detuvimos dos veces, mientras el muchacho, que era cojo, se metía en la maleza y reaparecía poco después negando con la cabeza. La tercera vez volvió con una expresión tan evidente de excitación que abrí la puerta antes de que acercarse lo suficiente como para llamar al cochero.

Tenía el dinero preparado en la mano; se lo entregué mientras le tiraba de la manga y le decía:

—¡Enséñame dónde! ¡Rápido, rápido!

Apenas veía las ramas que se nos cruzaban en el camino, ni la repentina humedad de mis ropas al pasar entre la espesura. El sendero estaba blando por las hojas que lo cubrían y ni mis zapatos ni los de mi guía hacían ruido mientras yo seguía la sombra de su camisa raída.

Los oí antes de verlos; ya habían empezado. El ruido del metal chocando llegaba amortiguado por la vegetación, pero aun así era nítido.

Era un claro grande, situado en lo más profundo del Bois, pero accesible por el camino y los senderos. Tenía espacio suficiente para el juego de pies necesario en un duelo serio. Los hombres, en mangas de camisa, se batían bajo la lluvia, y la tela mojada se les pegaba al cuerpo, destacando los huesos de los hombros y la columna.

Jamie me había dicho que él era mejor con la espada, pero Jonathan Randall no le iba a la zaga. Zigzagueaba y esquivaba los golpes, ágil como una serpiente: su espada hacía las veces de colmillo de plata. Jamie era igualmente veloz, y se movía con una gracia sorprendente para ser un hombre tan grande, con pies ligeros y manos seguras. Yo los observaba, inmóvil, como pegada a la tierra; no me atrevía a gritar para no distraer la atención de Jamie. Giraban en un círculo de ataque y defensa, con pies que parecían bailar sobre la hierba.

Permanecí quieta, observando. Había viajado durante la noche para detenerlos. Y una vez que los había encontrado, no podía intervenir, pues una interrupción podía resultar fatal. No podía hacer más que esperar, para ver cuál de mis dos hombres moriría.

Randall tenía la hoja levantada para desviar el golpe, pero no tuvo la rapidez ni la fuerza necesarias para sostenerla cuando el golpe llegó con tal ímpetu que envió su espada por los aires.

Abrí la boca para gritar. Intentaba llamar a Jamie por su nombre, para detenerlo en aquel momento de gracia, después de haber desarmado a su oponente y antes de asestar el golpe fatal. Grité, pero el sonido salió sin fuerzas, estrangulado. Mientras observaba la escena de pie, el irritante dolor de mi espalda se agudizó y se contrajo como un puño. Entonces sentí una súbita ruptura en algún lugar, como si el puño hubiera soltado lo que sujetaba.

Tanteé a mi alrededor con desesperación y me aferré a una rama. Vi la cara de Jamie, que tenía una expresión de exultante calma, y me di cuenta de que no podría oír nada a través del halo de violencia que lo circundaba. Sólo vería su objetivo hasta que el duelo terminara. Randall, retrocediendo ante la espada inexorable, resbaló en la hierba mojada y se cayó. Arqueó la espalda, intentando levantarse, pero la hierba era resbaladiza. La tela de su corbatín estaba rasgada y tenía la cabeza echada hacia atrás, con el cabello oscuro empapado y el cuello expuesto, como un lobo suplicando piedad. Pero la venganza no conoce piedad, y no era el cuello lo que buscaba la hoja de la espada.

A través de una neblina ennegrecida, vi descender la espada de Jamie, grácil y fatal, fría como la muerte. La punta tocó la cintura de las calzas de ante, penetró y se retorció; la piel se oscureció con un chorro repentino de sangre oscura.

La sangre fluyó, caliente, entre mis muslos, y el frío de la piel se trasladó a mis huesos. Parecía que se me iba a romper el hueso que unía la pelvis con la espalda; sentía la tensión a medida que se sucedían los dolores como un relámpago que bajaba por la columna vertebral para explotar y estallar en llamaradas en mis caderas, arrasándolo todo a su paso.

Tanto mi cuerpo como mis sentidos parecían fragmentarse. No veía nada, pero no sabía si tenía los ojos abiertos o cerrados; todo giraba en la oscuridad, primero en forma de manchas y, después, con los patrones cambiantes que ves por la noche cuando eres niño y aprietas los puños contra los párpados cerrados. Las gotas de lluvia me martilleaban la cara, el cuello y los hombros. Cada gota me golpeaba y se disolvía en un diminuto riachuelo tibio, fluyendo por mi piel helada. La sensación era bastante clara; se sumaba al terrible sufrimiento que avanzaba y se retraía, cada vez más abajo. Traté de concentrar mi mente en la lluvia y no prestar atención a la vocecita en mi interior que decía, como si estuviera tomando notas en un historial clínico: «Tienes una hemorragia. Una ruptura de placenta, quizá, a juzgar por la cantidad de sangre. Por lo general es mortal. La pérdida de sangre explica el entumecimiento de pies y manos, así como la visión nublada. Dicen que lo último que se pierde es el sentido del oído, lo que parece ser verdad.»

Fuera o no el último de los sentidos en perderse, todavía oía. Y eran voces, la mayoría agitadas, algunas tratando de calmarse, todas hablando en francés. Hubo una palabra que pude oír y comprender... mi propio nombre, gritado una y otra vez en la distancia: «¡Claire! ¡Claire!»

—Jamie —traté de decir, pero tenía los labios ateridos de frío. No podía moverme. La conmoción que me rodeaba se estaba calmando; había llegado alguien que por lo menos parecía dispuesto a actuar como si supiera qué debía hacerse.

Tal vez lo sabía. Levantó la falda empapada y puso una gruesa compresa de paño en su sitio. Unas manos serviciales me dieron la vuelta y me subieron las rodillas hasta el pecho.

—Llevadla al hospital —sugirió una voz.

—No vivirá tanto para llegar a tiempo —dijo otra voz, pesimista—. Será mejor esperar unos minutos, y después mandar a buscar el carro de la carne.

—No —insistió otra voz—. La hemorragia es débil; puede vivir. Además, yo la conozco, la he visto en L'Hôpital des Anges. Llevadla a la madre Hildegarde.

Reuní las pocas fuerzas que me quedaban y logré susurrar «Madre». Luego abandoné la lucha y me envolvió la oscuridad.

25

Raymond el Hereje

El alto techo abovedado que había encima de mí estaba sujeto por ojivas, aquel rasgo arquitectónico del siglo XIV por el que cuatro costillas se elevaban de la parte superior de los pilares para unirse en arcos entrecruzados.

Mi cama estaba rodeada por cortinas para darme privacidad. No obstante, el punto central de la ojiva no estaba directamente sobre mí; habían colocado mi cama a unos metros del centro. Aquello me molestaba cada vez que miraba hacia arriba; quería mover la cama con la simple fuerza de mi voluntad, como si estar centrada en la habitación fuera a ayudarme a encontrar mi propio centro.

Si es que aún lo tenía. Sentía mi cuerpo débil y magullado y me dolían todas las articulaciones, como los dientes debilitados por el escorbuto. A pesar de estar cubierta por varias mantas, éstas solo podían atrapar el calor, y yo no tenía ninguno que guardar. El frío de aquel amanecer lluvioso parecía haberse instalado en mis huesos.

Notaba todos estos síntomas físicos de manera objetiva, como si pertenecieran a otra persona; por lo demás, no sentía nada. Todavía poseía el centro pequeño, frío y lógico del cerebro, pero la membrana de sentimiento que solía filtrar su voz había desaparecido, muerto, se había paralizado o ya no estaba allí. Ni lo sabía, ni me importaba. Hacía cinco días que estaba en L'Hôpital des Anges.

Los largos dedos de la madre Hildegarde me tocaban con suavidad el vientre, a través del camisón, buscando los bordes duros del útero; pero la carne estaba blanda como la fruta madura bajo sus dedos. Me retorcí cuando sus dedos se hundieron más; se puso seria y susurró algo en voz muy baja, tal vez una oración.

Alcancé a distinguir un nombre entre sus susurros y le pregunté:

—¿Raymond? ¿Conoce al maestro Raymond? —No se me ocurría pensar en una pareja más desigual: la monja intachable y el pequeño gnomo de la caverna de las calaveras.

La madre Hildegarde levantó las cejas, sorprendida.

—¿El maestro Raymond, dice? ¿Ese charlatán herético? *Que Dieu nous en garde!* Dios nos proteja.

—Ah, me había parecido que decía su nombre.

—Ah. —Sus dedos volvieron a su tarea, tanteando mi entrepierna en busca de las protuberancias de nódulos linfáticos que indicarían una infección. Sabía que estaban allí, pues yo misma me los había palpado, moviendo las manos con angustia infinita sobre mi cuerpo vacío. Podía sentir la fiebre, el dolor y los escalofríos en la médula de mis huesos, que explotarían en una llama cuando llegaran a la superficie de mi piel.

—Estaba invocando la ayuda de san Ramón Nonato —explicó la madre mientras escurría un paño de agua fría—. Es de gran ayuda para las mujeres embarazadas.

—Ya no estoy embarazada. —Advertí la breve expresión de dolor con que arrugó la frente, que desapareció casi de inmediato al concentrarse en secarme la frente, las mejillas y los pliegues calientes y húmedos de mi cuello.

Sentí un escalofrío ante el contacto con el agua fría. La madre se detuvo y me puso la mano sobre la frente.

—San Ramón no es quisquilloso —dijo abstraída, en tono admonitorio—. Yo acepto ayuda donde quiera que pueda encontrarla, y te recomiendo que hagas lo mismo.

—Hum.

Cerré los ojos y me sumergí en una neblina gris. Ahora parecía haber pequeñas luces en la neblina, pequeñas aperturas como rayos en un horizonte estival.

Oí las cuentas del rosario de la madre Hildegarde cuando ésta se enderezó, y la voz suave de una de las hermanas que la llamaba para que asistiera a otra de las tantas emergencias de aquel día. Casi había llegado a la puerta, cuando se le ocurrió algo. Regresó con un crujido de su falda y señaló el pie de la cama con dedo autoritario.

—*Bouton!* —exclamó—. *Au pied, reste!*

El perro, tan decidido como su ama, giró a mitad de camino y saltó a mi cama. Una vez allí, acomodó las sábanas con las patas y giró tres veces a contramano, como si quisiera eliminar la maldición de su sitio de descanso; luego, sin más demora se echó a mis pies y apoyó el hocico sobre las patas delanteras con un profundo suspiro.

—*Que Dieu vous bénisse, mon enfant* —dijo la madre a modo de despedida, y desapareció satisfecha.

A través de la neblina y el aturdimiento en que estaba sumida, pude valorar su gesto. Como no tenía un bebé para depositar entre mis brazos, me dio el mejor sustituto.

De hecho, el bulto peludo sobre mis pies resultó un pequeño consuelo. *Bouton* permaneció quieto, como los perros esculpidos a los pies de los reyes en las lápidas de San Dionisio. Su calidez suavizó el frío marmóreo de mis pies y su presencia fue mejor que la soledad o que la compañía de cualquier ser humano, ya que no pedía nada de mí. Nada era precisamente lo que yo sentía, y lo único que tenía para dar.

Bouton soltó una pequeña ventosidad y se acomodó para dormir. Me cubrí con las mantas y traté de imitarlo.

Por fin me quedé dormida. Y soñé. Sueños febriles de fatiga y desolación, de una tarea imposible e interminable. Un doloroso e incesante esfuerzo, llevado a cabo en un lugar frío y estéril. Con una gruesa niebla gris, a través de la cual me perseguía la pérdida como un demonio en la neblina.

Me desperté de repente. *Bouton* se había ido, pero yo no estaba sola.

Raymond estaba a mi lado con el ceño fruncido. Llevaba el pelo grisáceo peinado hacia atrás, y le colgaba hasta los hombros, de modo que la voluminosa frente le sobresalía como un bloque de piedra, eclipsando el resto de la cara. Y estaba encorvado sobre mí, lo que ante mis ojos febriles le daba el aspecto de una lápida.

Las líneas y los surcos se movieron ligeramente mientras hablaba con las hermanas, y pensé que parecían letras, escritas justo bajo la superficie de la tierra, tratando de salir a la superficie, para que el nombre del muerto pudiera ser leído. Estaba convencida de que, en cualquier momento, podría leerse mi nombre en aquella losa blanca y de que, en ese instante, moriría de verdad. Arqueé la espalda y no pude evitar lanzar un grito.

—¿Es que no se da cuenta? ¡No quiere verlo, asquerosa criatura! Está turbando su descanso. ¡Salga inmediatamente!

La madre Hildegarde cogió a Raymond del brazo y lo alejó de la cama. Él se resistió, permaneciendo inmóvil, como un gnomo de piedra en un jardín, pero la hermana Celeste sumó sus esfuerzos, bastante considerables, a los de la madre Hildegarde y entre las dos lo alzaron en el aire y se lo llevaron. A Raymond se le cayó un zueco y se quedó torcido en el centro de un mosaico. Con la intensa fijación que da la fiebre no podía quitarle los ojos de encima. Recorrí con la mirada, una y otra vez, la curva increíblemente suave del gastado borde, alejando la mirada de la impenetrable oscuridad de su interior. Si me permitía entrar en ella, mi alma se vería arrastrada al caos. Mientras mi mirada se posaba en el zueco, podía volver a oír los sonidos del túnel del tiempo a través del círculo de piedras; extendí los brazos, aferrándome con desesperación a las frazadas, buscando un punto de apoyo contra la confusión.

De repente apareció un brazo entre los cortinajes y una mano enrojecida por el trabajo recogió el zueco y desapareció. Desprovista del centro de atención, mi mente febril giró alrededor de las ondas de las baldosas durante un tiempo y después, tranquilizada por la regularidad geométrica, volví a caer en el estupor del sueño, como un trompo que deja de moverse.

Sin embargo, no hubo quietud en mi sueño; me tropezaba en laberintos de figuras repetidas, interminables vueltas y espirales. Con profundo alivio, vi por fin una cara irregular e intensamente preocupada con los labios apretados en un ruego o un conjuro. Sólo cuando sentí la presión de la mano sobre la boca me di cuenta de que ya no era un sueño.

La boca larga y sin labios de la gárgola me habló junto al oído.

—¡No hagáis ruido, *ma chère*! ¡Si me encuentran aquí, estoy perdido! —Los grandes ojos oscuros miraron a un lado y otro, alerta a cualquier movimiento de las cortinas.

Asentí lentamente, y él me soltó la boca. Los dedos tenían un leve olor a amoníaco y azufre. Había encontrado (o robado) un raído hábito de monje color gris, que ahora cubría el sucio terciopelo de su túnica de boticario. La caperuza ocultaba el pelo plateado y la monstruosa frente.

Las fantasías producto de la fiebre desaparecieron un poco, desplazadas por lo que me quedaba de curiosidad. Estaba demasiado débil para hablar.

—¿Qué...? —acerté a decir cuando Raymond volvió a apoyar un dedo sobre mis labios y apartó la sábana que me cubría.

Observé pensativa que me desataba velozmente el camisón y lo abría hasta la cintura. Sus movimientos eran rápidos y precisos, carentes en absoluto de lascivia. Tampoco podía imaginarme que alguien quisiera aprovecharse de un esqueleto enfermo como el mío, especialmente con la madre Hildegarde atenta a cualquier ruido. Y sin embargo...

Observé con cierta fascinación cómo colocaba las manos sobre mis senos. Unas manos anchas, casi cuadradas, con todos los dedos del mismo tamaño, con pulgares inusualmente largos y flexibles que me rodearon los senos con increíble delicadeza. Al observarlos tuve un recuerdo vívido de Marian Jenkinson, una muchacha con quien había trabajado en el hospital Pembroke, quien aseguraba a sus extasiadas compañeras que el tamaño y la forma de los pulgares de un hombre constituían una señal segura de la calidad de su apéndice más íntimo.

—Es verdad, lo juro —declaraba Marian, echando atrás su rubia cabellera para dar un efecto dramático a su afirmación. Pero cuando se le pedían ejemplos, se limitaba a reírse y a mirar al teniente Hanley, que se parecía mucho a un gorila pese a sus enormes pulgares.

Los grandes pulgares presionaban suave pero firmemente mi piel; pude sentir mis hinchados pezones endureciéndose bajo las palmas rígidas, frías en comparación con mi piel calenturienta.

—Jamie —dije, y sentí un escalofrío.

—Silencio, madonna —dijo Raymond. Habló en voz baja, con gentileza pero con aire abstraído, como si no me estuviera prestando atención, a pesar de lo que estaba haciendo.

El estremecimiento volvió; era como si el calor pasara de mi cuerpo al suyo, pero sus manos no calentaran. Tenía los dedos frescos, y yo temblaba mientras la fiebre menguaba y fluía, abandonando mis huesos.

La luz de la tarde era tenue a través de la gruesa gasa de las cortinas que rodeaban mi cama, y las manos de Raymond se veían oscuras sobre la piel blanca de mis senos. Sin embargo, la sombra que veía entre los dedos gruesos y sucios no era negra, sino... azul, pensé.

Cerré los ojos, mirando los puntos multicolores que aparecieron de inmediato detrás de mis párpados. Cuando volví a abrirlos, fue como si algo de color tiñera las manos de Raymond.

A medida que la fiebre cedía, aclarando mi mente, pestañeé tratando de alzar la cabeza para mirar mejor. Raymond presionó un poco más, instándome a volver a acostarme, y dejé caer la cabeza sobre la almohada, mirando de reojo mi pecho.

Después de todo, no era producto de mi imaginación... ¿o sí? Cuando las manos de Raymond no se movían, veía un tenue destello de luz coloreada que parecía moverse sobre éstas, cubriendo de rosa y azul mi piel blanca.

Ahora mis senos estaban más tibios, pero no tenían la tibieza natural de la salud ni el calor de la fiebre. La corriente del pasillo penetró por las cortinas y me levantó el pelo húmedo de las sienes, pero no sentí frío.

La cabeza de Raymond estaba inclinada y su rostro quedaba oculto por la capucha del hábito. Después de lo que pareció mucho tiempo, movió las manos de los senos muy lentamente hacia mis brazos, apretando suavemente las articulaciones del hombro y del codo, las muñecas y los dedos. El dolor cedió y me pareció ver una tenue línea azul dentro del antebrazo, el fantasma del hueso.

Tocando sin prisas, volvió a colocar las manos sobre la curva poco profunda de la clavícula y hacia el meridiano de mi cuerpo, extendiendo las manos sobre mis costillas.

Lo más extraño era que yo no estaba sorprendida. Todo parecía natural y mi cuerpo torturado se relajaba, agradecido, derritiéndose y volviendo a tomar forma como cera en el rígido molde de sus manos. Sólo las líneas de mi esqueleto se mantenían firmes.

Una extraña sensación de tibieza emergía de aquellas manos anchas y cuadradas de trabajador, que ahora se movían con esmerada lentitud sobre mi cuerpo. Me parecía sentir que las bacterias que habitaban en mi sangre se iban muriendo, con pequeñas explosiones que marcaban el aniquilamiento del último vestigio de infección. Podía sentir y ver mis órganos completos y tridimensionales, como si estuvieran depositados sobre una mesa delante de mí. Allí estaba el estómago, de paredes huecas, allá la solidez lobulada del hígado, y cada giro de los intestinos, doblados a un lado y otro y sobre sí mismos, guardados en la brillante tela de la membrana mesentérica. La calidez brilló y se extendió dentro de cada órgano, iluminándolos como un sol interior, para después extinguirse y continuar.

Raymond hizo una pausa con las manos ambos lados de mi hinchado vientre. Me pareció que fruncía el ceño, pero era difícil saberlo con certeza. La cabeza encapuchada se volvió, alerta, pero los ruidos del hospital eran los acostumbrados y nadie se nos acercaba.

Jadeé y me moví involuntariamente cuando una de las manos se deslizó hacia abajo por mi entrepierna. Un aumento de presión de la otra mano me advirtió que guardara silencio y los dedos encontraron el camino dentro de mí.

Cerré los ojos y aguardé, sintiendo que mis paredes interiores se iban adecuando a aquella extraña intrusión. La inflamación iba cediendo poco a poco mientras él tanteaba cada vez más adentro, con suavidad.

Llegó al centro y un espasmo de dolor contrajo las pesadas paredes de mi útero inflamado. Lancé un gemido, pero apreté los labios cuando lo vi menear la cabeza.

La otra mano se deslizó y se apoyó cómodamente sobre mi vientre mientras los dedos de la otra tocaban mi matriz. Entonces se detuvo, sosteniendo el origen de mi dolor entre las dos manos como si fuera una esfera de cristal, pesada y frágil.

—Ahora —dijo en voz muy baja—. Llamadlo. Llamad al hombre rojo. Llamadlo.

La presión de los dedos en el interior y la palma en el exterior aumentó y apreté las piernas contra la cama para contrarrestarla. Pero no me quedaban fuerzas para resistir y la presión inexorable persistió, quebrando la esfera de cristal, liberando el caos interno.

La mente se me llenó de imágenes, peores que las de mis sueños febriles porque eran más reales. Me sacudían el miedo y el dolor y la pérdida, y el polvoriento perfume de la muerte me llenó las ventanas de la nariz. Buscando ayuda en los aleatorios patrones de mi mente, oí la voz que continuaba susurrando, paciente pero firmemente:

—Llamadlo. —Y busqué mi fuente de esperanza.

—¡Jamie! ¡JAMIE!

Un relámpago de calor me inundó el vientre, de una mano a la otra, como una flecha disparada a través del centro de mis huesos. La presión de los dedos cedió, se retiró, y la suavidad de la armonía me colmó.

El armazón de la cama tembló; Raymond consiguió meterse debajo justo a tiempo.

—¡Milady! ¿Se encuentra bien?

La hermana Angelique abrió los cortinajes con el redondo rostro inundado de preocupación. La angustia de su mirada se mezclaba con resignación; las hermanas sabían que yo estaba a punto de morir... Si ésta era mi última lucha, estaba preparada para llamar al sacerdote.

Su mano pequeña y dura se apoyó en mi mejilla, se movió rápidamente a mi frente y volvió a la mejilla. Las sábanas todavía estaban arrugadas alrededor de mis piernas y mi camisón estaba abierto. Sus manos se deslizaron hasta mis axilas, donde permanecieron un momento antes de que las retirara.

—¡Loado sea Dios! —exclamó, con los ojos humedecidos—. ¡Se ha ido la fiebre! —Se inclinó sobre mí, mirándome asustada para comprobar que la desaparición de la fiebre no se debiera a que estaba muerta. Le sonreí débilmente.

—Estoy bien —aseguré—. Decídselo a la Madre.

Ella asintió y, haciendo una breve pausa para correr la cortina, desapareció. La cortina apenas se había cerrado cuando Raymond salió de debajo de la cama.

—Debo irme —dijo, posando una mano sobre mi cabeza—. Que os vaya bien, madonna.

A pesar de lo débil que estaba, me incorporé y le cogí el brazo. Deslicé la mano por su musculoso brazo, buscando sin encontrar. La suavidad de su piel era inmaculada, clara hasta el hombro. Me miró, atónito.

—¿Qué hace, madonna?

—Nada —contesté decepcionada. Estaba demasiado débil y mareada para elegir las palabras—. Quería ver si tiene la cicatriz de una vacuna.

—¿Una vacuna? —Experta como era entonces en leer rostros, habría visto el más leve gesto de comprensión aunque lo hubiera ocultado rápidamente. Pero no hubo ninguno.

—¿Por qué sigue llamándome madonna? —le pregunté. Apoyé las manos sobre mi estómago con suavidad para no molestar el terrible vacío—. He perdido a mi hijo.

El me miró, sorprendido.

—Ah, yo no la llamaba madonna porque estuviera encinta, señora.

—¿Por qué, entonces? —No esperaba respuesta, pero me la dio. Aunque los dos estábamos cansados y agotados, parecíamos estar suspendidos juntos en un sitio donde ni el tiempo ni las consecuencias existían; no había lugar entre nosotros para otra cosa que no fuera la verdad.

Raymond suspiró.

—Todos tenemos un color como aureola —dijo con sencillez—. Es como una nube que nos rodea. El suyo es azul, madonna. Como el manto de la Virgen. Como el mío.

La cortina de gasa revoloteó un instante y Raymond desapareció.

26

Fontainebleau

Dormí varios días seguidos. No sé si fue una parte necesaria de mi restablecimiento físico o una simple huida de la realidad, pero apenas me despertaba para comer y volvía a caer en el sopor del olvido, como si el pequeño y cálido peso del caldo en mi estómago fuera un ancla que tiraba de mí hacia las turbias profundidades del sueño.

Unos días después me desperté oyendo voces insistentes cerca del oído y sintiendo unas manos que me levantaban de la cama. Los brazos que me sostenían eran fuertes y masculinos, y por un momento me sentí flotar de alegría. Luego me desperté del todo, rodeada de olor a tabaco y vino barato. Estaba en los brazos de Hugo, el lacayo de Louise de La Tour.

—¡Bájame! —le ordené, forcejeando débilmente. Hugo se quedó tan sorprendido ante la repentina resurrección, que casi me deja caer, pero una voz aguda y enérgica nos detuvo a los dos.

—¡Claire, querida amiga! No temas, *ma chère*, no pasa nada. Te llevamos a Fontainebleau. Necesitas aire puro y buena comida. Y descanso, mucho descanso...

Pestañeé ante la luz como un cordero recién nacido. El rostro de Louise, redondo, rosado y lleno de inquietud, flotaba a mi lado como un querubín sobre una nube. La madre Hildegarde estaba detrás de ella, alta y seria como el ángel guardián del Edén; la ilusión divina se veía reforzada por el hecho de que ambas estaban de pie frente a la vidriera del vestíbulo del hospital.

—Sí —dijo. Su profunda voz hizo que esta sola palabra fuera más decisiva que toda la charla de Louise—. Le hará bien. *Au revoir*, querida.

Tras esta despedida, me llevaron escaleras abajo y me metieron en el carruaje de Louise sin que yo tuviera fuerza ni voluntad para protestar.

El traqueteo del coche a causa de los baches me mantuvo despierta durante el camino a Fontainebleau. Eso y la conversación constante de Louise, que intentaba consolarme. Al principio hice algún esfuerzo por responder, pero pronto me di cuenta de que mi amiga no quería respuestas, y que le era más fácil hablar sin ellas.

Después de la fría y gris bóveda de piedra del hospital, me sentía como una momia recién sacada de su sarcófago y tanta luminosidad y color me molestaba. Me resultaba más fácil dejarme llevar sin tratar de distinguir los elementos.

Esta estrategia funcionó hasta que llegamos a un bosquecito justo en las afueras de Fontainebleau. Los troncos de los robles eran oscuros y gruesos, con ramas bajas que sombreaban el suelo entre claros de luz, de modo que el bosque parecía moverse lentamente. Estaba admirando el efecto, cuando advertí que lo que se suponía que eran troncos se movía de verdad de un lado a otro.

—¡Louise! —Mi exclamación y el hecho de que me aferrara a su brazo hizo que se detuviera en mitad de una palabra.

Se asomó para ver qué me había llamado la atención y, luego, volvió a recostarse en su lado del carruaje y sacó la cabeza por la ventanilla para darle una orden al cochero.

Hicimos un alto justo enfrente de los troncos. Eran tres: dos hombres y una mujer. Louise seguía hablando con voz aguda y agitada, inquiriendo y preguntando, mientras el cochero intentaba explicar o pedir disculpas, pero no les presté atención.

Pese a sus movimientos y al ondear de la ropa, los cuerpos estaban bastante quietos, más inertes que los árboles de los que colgaban. Los rostros estaban negros por la asfixia; monsieur Forez no habría aprobado el método, pensé en medio del estupor. Una ejecución llevada a cabo por aficionados, pero efectiva, pese a todo. El viento trajo un leve olor a podrido.

Louise chilló y golpeó la ventana en un ataque de indignación. El carruaje reanudó su viaje con un tirón que la arrojó de vuelta a su asiento.

—*Merde!* —exclamó, abanicando su sonrojado rostro frenéticamente—. ¡Qué idiota, detenerse justo ahí! ¡Qué imprudencia! Es malo para el niño, estoy segura, y tú, pobre querida... ¡Ay, querida, mi pobre Claire! Lo lamento mucho, no quería recordarte... ¿Podrás perdonarme? ¡Qué falta de tacto...!

Afortunadamente, su agitación ante la posibilidad de haberme disgustado la hizo olvidar los cadáveres, pero me resultó agotador conseguir que cesara de disculparse. Por fin, en un intento desesperado, volví al tema de los ahorcados.

—¿Quiénes son?

La distracción funcionó; Louise pestañeó y, recordando el efecto que había tenido sobre sus nervios, extrajo una botella de amoníaco y olió tan hondo que estornudó por reflejo.

—Hugo... ¡*Achís!* Hugonotes —logró decir, resoplando y jadeando—. Protestantes herejes. Eso es lo que dice el cochero.

—¿Todavía los ahorcan? —No sé por qué pensaba que semejante persecución religiosa pertenecía a épocas anteriores.

—Bueno, no sólo por ser protestantes, aunque eso es suficiente —dijo Louise. Se sonó la nariz delicadamente con un pañuelo bordado, examinó los resultados de forma crítica, se volvió a apretar el paño contra la nariz y volvió a sonarse con satisfacción.

—Ah, eso está mejor. —Guardó el pañuelo en el bolsillo y se inclinó hacia delante—. Ahora estoy bien. ¡Qué horror! Vale que tengan que colgarlos pero ¿tienen que hacerlo en la vía pública, donde las damas quedamos expuestas a semejante inmundicia? ¿Los has olido? ¡Puaj! Estas tierras pertenecen al conde Medard; le enviaré una carta muy dura; ya verás.

—Pero ¿por qué los han colgado? —pregunté, interrumpiéndola; era la única manera de conversar con ella.

—Ah, lo más probable es que haya sido por brujería. Había una mujer. Cuando se trata de mujeres por lo general es por brujería. Si son sólo hombres, lo más probable es que estén predicando sedición y herejías, pero las mujeres no predican. ¿Has visto las horribles ropas negras que llevaban? ¡Espantosas! ¡Es tan deprimente usar siempre colores oscuros! ¿Qué clase de religión obliga a sus seguidores a usar semejante ropa? Evidentemente es cosa del demonio, cualquiera puede darse cuenta. Temen a las mujeres, eso es, así que ellos...

Cerré los ojos y me recliné en mi asiento. Esperaba que no faltara mucho para llegar.

Además del mono, del que no se separaba por ningún motivo, la casa de campo de Louise estaba decorada con un gusto dudoso. En París, Louise debía contar con el gusto de su esposo y de su propio padre. Las habitaciones de la casa estaban decoradas con lujo, pero en tonos discretos. Pero como Jules rara vez iba a la casa de campo, Louise había dado rienda suelta a sus preferencias.

—Éste es mi último juguete; ¿no es precioso? —susurró acariciando la madera oscura y tallada de una casita que sobresalía de la pared, junto a un candelabro de bronce con la silueta de Eurídice.

—Parece un reloj de cuco —dije, incrédula.

—¿Ya los conocías? ¡No creí que hubiera ningún otro en París! —Louise hizo un pequeño puchero ante la idea de que su juguete no fuera único, pero giró con entusiasmo las manecillas del reloj hasta la hora siguiente. Se inclinó hacia atrás, sonriendo con orgullo cuando el pajarito sacó la cabeza y emitió varios cucús seguidos.

—¿No es precioso? —Rozó la cabeza del pájaro cuando desapareció en su escondite—. Berta, el ama de llaves de aquí, me lo consiguió; su hermano lo trajo desde Suiza. Se diga lo que se diga de los suizos, son grandes talladores, ¿no?

Quise responder que no, pero me limité a susurrar un comentario de admiración.

La mente de Louise saltó a un nuevo tema, posiblemente al pensar en sirvientes suizos.

—¿Sabes, Claire? —dijo, con cierto disgusto—, creo que deberías acompañarme a misa todas las mañanas.

—¿Por qué?

Movió la cabeza en dirección a la puerta; en ese momento una de las criadas entraba con una bandeja.

—Por lo que a mí respecta, no me importa, pero los sirvientes... aquí en el campo son muy supersticiosos, ¿sabes? Y uno de los lacayos de París cometió la estupidez de contarle a la cocinera todo ese cuento de que tú eras la Dama Blanca. Yo misma les aseguré que era una tontería, por supuesto, y los amenacé con despedir a quien difundiera ese chisme, pero... bueno, podría ayudar que vinieras a misa. O por lo menos que rezáramos en voz alta de tanto en tanto, para que te oigan.

Atea como era, pensé que la misa diaria en la capilla de la casa sería demasiado, pero me pareció divertida la idea de aceptar hacer lo que fuera para aplacar el miedo de los sirvientes; en consecuencia, Louise y yo pasamos la siguiente hora leyendo salmos en voz alta y recitando el padrenuestro al unísono. No sabía qué efecto tendría semejante espectáculo en los sirvientes, pero por lo menos me dejó tan exhausta que subí a mi habitación a echar la siesta, y dormí de un tirón hasta la mañana siguiente.

Solía tener dificultades para conciliar el sueño, tal vez porque mi estado de vigilia era muy parecido a una siesta intranquila. Por la noche permanecía despierta, observando el techo de yeso blanco, con sus adornos de frutas y flores. Pendía sobre mí como una sombría forma gris: la personificación de la depresión que me nublaba la mente cada día. Cuando lograba cerrar los ojos, soñaba. No podía bloquear mis sueños con el color gris; se me aparecían con colores vívidos en la oscuridad. Así que rara vez dormía.

No se sabía nada de Jamie. Ignoraba si no había ido al hospital porque se sentía culpable o porque estaba herido. Pero lo cierto es que no había ido a verme, ni tampoco a Fontainebleau. Seguramente ya habría partido para Orvieto.

A veces me preguntaba cuándo lo vería o si volvería a verlo y, si llegaba el caso, qué nos diríamos. Pero evitaba pensar en el futuro o en el pasado, y vivía sólo en el presente.

Desprovisto de su ídolo, Fergus se deprimió. Lo veía a menudo desde mi ventana, sentado con desconsuelo bajo un espino del jardín, abrazándose las rodillas y mirando la carretera hacia París. Por fin, me levanté para ir a buscarlo. Bajé pesadamente por las escaleras y me dirigí el sendero hacia el jardín.

—¿Por qué no buscas algo que hacer, Fergus? —le dije—. Seguramente alguno de los mozos de cuadra necesita que le eches una mano.

—Sí, milady —respondió sin muchas ganas. Se rascó el trasero, distraído. Observé su conducta con recelo.

—Fergus —dije cruzándome de brazos—, ¿tienes piojos? —Quitó la mano de inmediato, como si le quemara.

—¡Oh, no, milady!

Me acerqué y lo hice poner de pie, lo olí con delicadeza y le metí un dedo en el cuello, lo que reveló la costra de suciedad que lo rodeaba.

—Necesitas un baño —resumí.

—¡No! —Se sacudió, pero lo cogí del hombro. Me sorprendió su vehemencia; aunque no era más amante del baño que la mayoría de los parisinos (a los que la sola idea de sumergirse en el agua les producía horror) me costaba creer que el niño obediente que yo conocía se hubiera convertido en aquella bestezuela que de repente se sacudía y retorcía entre mis manos.

Oí un rasgar de ropas y Fergus se liberó, metiéndose entre los arbustos de zarzamoras, como un conejo perseguido por una comadreja. Se oyó un susurro de hojas y un ruido de piedras, y desapareció: saltó la pared y corrió hacia los edificios de la parte trasera.

Atravesé el conjunto de edificios destartalados que había detrás del *château*, maldiciendo en voz baja al pasar por charcos de barro y muladares. De repente oí un zumbido agudo y chillón y vi una nube de moscas en el muladar que había a unos metros de mí; sus cuerpos tenían un brillo azul a la luz del sol.

No estaba lo suficientemente cerca para haberlas espantado, así que tuvo que haber sido algún movimiento en la puerta que había cerca del montón de mugre.

—¡Ajá! —exclamé—. ¡Te he atrapado, sucio mocoso! ¡Sal de ahí ahora mismo!

Nadie salió, pero oí que algo se movía dentro del cobertizo y me pareció ver algo blanco en el oscuro interior. Apretándome la nariz, esquivé el montón de basura y entré al cobertizo.

Solté una exclamación de horror al ver frente a mí algo que se asemejaba mucho al Hombre Salvaje de Borneo apretado contra la pared. Él también soltó un grito al verme a mí.

La luz del sol se colaba por las hendiduras de las tablas, y una vez que mis ojos se adaptaron a la relativa oscuridad, pude verlo con claridad. Al fin y al cabo, el hombrecillo no era tan horrible como pensé al principio, pero su aspecto dejaba mucho que desear. Su barba estaba tan mugrienta y enmarañada como su cabellera, que le caía sobre una camisa harapienta como la de un mendigo. Estaba descalzo, y si la expresión *sans-culottes* aún no estaba en boga, no era por falta de esfuerzo por su parte.

No me dio miedo, porque noté que él me tenía miedo. Se apoyaba en la pared como si tratara de atravesarla por ósmosis.

—Está bien —dije suavemente—. No voy a hacerte daño.

En lugar de calmarse, se enderezó abruptamente, se metió la mano en la camisa y extrajo una cuerda de cuero con un crucifijo de madera. Lo extendió hacia mí y comenzó a rezar; la voz le temblaba de terror.

—¡Oh, no! —exclamé de mal humor—. ¡Otro no! —Suspiré profundamente—. *Pater-Noster-qui-es-in-coelis-et-in-terra...*

Siguió mirándome y sosteniendo el crucifijo, pero por lo menos dejó de rezar en respuesta a mi espectáculo.

—¡... Amén! —terminé jadeando. Alcé ambas manos y las sacudí frente a su rostro—. ¿Ves? Ni una palabra al revés, ni un solo *quotidianus da nobis hodie* fuera de lugar, ¿eh? Ni siquiera he cruzado los dedos. No puedo ser una bruja, ¿verdad?

El hombre bajó lentamente el crucifijo y se quedó mirándome con la boca abierta.

—¿Una bruja? —dijo. Parecía pensar que estaba loca, lo cual resultaba algo exagerado.

—¿No has pensado que era una bruja? —le pregunté, empezando a sentirme algo ridícula.

Algo parecido a una sonrisa asomó entre la mata de barba y volvió a desaparecer.

—No. Normalmente, eso es lo que dicen de mí.

—¿Y lo eres? —Lo miré con mayor detenimiento. Además de los harapos y la mugre, era evidente que estaba hambriento; sus muñecas eran delgadas como las de un niño. Pero al mismo tiempo su francés era culto, aunque tenía un acento raro.

—Si eres brujo —observé— no lo haces muy bien. ¿Quién diablos eres?

Ante esta pregunta, el miedo volvió a sus ojos. Miró a un lado y a otro, buscando una vía de escape, pero el cobertizo era de sólida construcción, pese a ser viejo, y no había otra entrada que la que yo tapaba. Por fin, invocando alguna reserva oculta de valor, se irguió cuan alto era (unos siete centímetros más bajo que yo) y con gran dignidad dijo:

—Soy el reverendo Walter Laurent, de Ginebra.

—¿Eres sacerdote? —Estaba atónita. No podía imaginarme cómo un sacerdote podía llegar a semejante estado.

El padre Laurent pareció tan horrorizado como yo.

—¿Sacerdote? —repitió—. ¿Un papista? ¡Nunca!

De repente caí en la cuenta.

—¡Un hugonote! —exclamé—. Eso es... eres protestante, ¿no es así? —Recordé los ahorcados que había visto en el bosque. Sólo eso, pensé, explicaba muchas cosas.

Los labios le temblaron, pero los apretó con fuerza durante un momento antes de abrirlos para responder.

—Sí, madame. Soy pastor; he predicado en este distrito durante un mes. —Se pasó la lengua por los labios, mirándome—. Discúlpeme, madame... no es usted francesa, ¿verdad?

—Soy inglesa —dije, y el pastor se relajó de repente, como si lo hubieran librado del peso que cargaba en la espalda.

—Padre que estás en los Cielos —dijo, a modo de oración—. ¿Entonces también sois protestante?

—No, soy católica —respondí—. Pero no soy fanática —me apresuré a añadir al ver que la preocupación volvía a sus ojos castaños—. No te preocupes, no le diré a nadie que estás aquí. ¿Has venido a robar un poco de comida? —pregunté.

—¡Robar es pecado! —exclamó horrorizado—. No, madame. Pero... —Cerró fuertemente los labios, pero se delató al mirar en dirección al *château*.

—Así que uno de los sirvientes te trae comida —dije—. Ellos roban por ti. Pero supongo que los absuelves del pecado y ya está. Una moral un poco laxa, ¿no? —dije en tono reprobador—, pero supongo que no es asunto mío.

Una luz de esperanza brilló en sus ojos.

—¿Quiere decir que no me hará arrestar, madame?

—No, por supuesto que no. Siento simpatía por los fugitivos de la ley, ya que una vez casi muero en la hoguera. —No sabía por qué hablaba tanto; supongo que por el alivio de encontrar alguien que parecía inteligente. Louise era dulce, devota y amable, pero tenía el cerebro tan pequeño como el del cuco del reloj de su salón. Al pensar en el reloj suizo, de repente me di cuenta de quiénes podían ser los secretos feligreses del pastor Laurent.

—Mira —dije—, si quieres quedarte en el cobertizo, iré hasta el *château* y le diré a Berta o a Maurice que estás aquí.

El pobre hombre no era más que piel, huesos y ojos. Todo pensamiento se veía reflejado en sus enormes ojos castaños. En aquel mismo momento estaba pensando que quienes trataron de quemarme en la hoguera iban por el camino correcto.

—He oído hablar —comenzó lentamente, aferrándose otra vez a su crucifijo— de una inglesa a quien los parisinos llaman «la Dama Blanca». Una aliada de Raymond *el Hereje*.

Suspiré.

—Ésa soy yo. Aunque no soy una aliada del maestro Raymond. Sólo su amiga. —Al ver que me miraba con recelo, volví a respirar hondo—. *Pater Noster...*

—No, no, madame, por favor. —Para mi sorpresa, bajó el crucifijo y me sonrió—. Yo también conozco al maestro Raymond. Lo conocí en Ginebra, donde era un famoso herbolario y médico. Ahora me temo que se dedica a actividades más siniestras, aunque no existen pruebas, por supuesto.

—¿Pruebas? ¿Acerca de qué? ¿Y qué significa eso de Raymond *el Hereje*?

—Ah, ¿no lo sabía? —Alzó las cejas—. Ah, entonces no participa en sus... actividades. —Se relajó de manera notable.

Actividad parecía una palabra muy vaga para el modo en que Raymond me había curado, así que negué con la cabeza.

—No, pero me gustaría que me contaras de qué se trata. No deberíamos estar aquí. Le diré a Berta que traiga comida.

Hizo un ademán, con cierta dignidad.

—No hay prisa, madame. Los apetitos del cuerpo no tienen importancia cuando se los compara con los apetitos del alma. Ha sido muy amable conmigo, a pesar de ser católica. Si aún no está involucrada en ellas, debo ponerla sobre aviso acerca de las actividades ocultas del maestro Raymond.

Sin importarle la suciedad y las tablas astilladas del suelo, dobló las piernas y se sentó, apoyando la espalda contra la pared del cobertizo, invitándome amablemente a hacer lo mismo. Intrigada, me dejé caer frente a él, levantándome las faldas para no arrastrarlas en el estiércol.

—¿No ha oído hablar de un hombre llamado Du Carrefours, madame? —me preguntó el pastor—. ¿No? Pues su nombre es muy conocido en todo París, aunque haría bien en no mencionarlo. Ese hombre fue el organizador y jefe de un círculo de vicios y depravaciones innombrables, relacionado con las prácticas ocultas más degradantes. Ni siquiera puedo mencionarle la clase de ceremonias que se realizaban en secreto entre la nobleza. ¡Y dicen que yo soy un brujo! —dijo en voz baja.

Levantó un dedo índice huesudo, como para impedir que pusiera alguna objeción.

—Estoy al tanto, madame, de la clase de habladurías que se divulgan sin tener ninguna prueba. ¿Quién mejor que nosotros para entenderlo? Pero las actividades de Du Carrefours y sus seguidores son conocidas por todo el mundo, porque fue juzgado por ellas, encarcelado y quemado en la plaza de la Bastilla como castigo por sus crímenes.

Recordé el comentario de Raymond: «Nadie ha sido quemado en París en los últimos veinte años, por lo menos», y sentí un escalofrío, a pesar del día templado.

—¿Y dices que el maestro Raymond estaba asociado con ese Du Carrefours?

El pastor frunció el ceño y se rascó la barba. Debía de tener piojos y pulgas, pensé, y me aparté.

—Bueno, es difícil decirlo. Nadie sabe de dónde ha venido el maestro Raymond; habla varios idiomas, todos sin ningún acento. Un hombre muy misterioso, el maestro Raymond, pero, lo juraría en nombre de Dios, un buen hombre.

Le sonreí.

—Soy de la misma opinión.

Él asintió sonriendo, pero luego se puso serio al retomar su historia.

—Así es, madame. Aun así, mantenía correspondencia con Du Carrefours desde Ginebra; lo sé porque él mismo me lo dijo. Le enviaba ciertas sustancias: plantas, elixires, pieles disecadas de animales. Hasta una clase de pescado, muy peculiar, que según él provenía de las profundidades del mar. Una criatura horrible, llena de dientes y casi sin carne, y con unas luces pequeñas y horrorosas debajo de los ojos.

—¿De veras? —dije fascinada.

El pastor Laurent se encogió de hombros.

—Todo esto puede ser muy inocente, claro, nada más que negocios. Pero él desapareció de Ginebra al mismo tiempo que empezó a sospecharse de Du Carrefours, y a las pocas semanas de la ejecución de ese hombre se dijo que el maestro Raymond acababa de instalarse en París, y que se ocupaba de algunas de las actividades clandestinas de Du Carrefours.

—Hum—. Recordé el cuarto interior y los signos cabalísticos. Para que no se acercaran quienes creían en ellos—. ¿Algo más?

El reverendo Laurent arqueó las cejas.

—No, madame —dijo débilmente—. Nada más, que yo sepa.

—Pues yo tampoco sé nada de esas cosas —dije.

—Está bien —dijo. Guardó silencio, como si fuera a decir algo, luego inclinó la cabeza—. Perdóneme que me entrometa, madame, pero Berta y Maurice me han contado lo de su pérdida. Lo siento mucho, madame.

—Gracias —le dije, observando las franjas de luz sobre el suelo.

Hubo otro silencio, al cabo del cual el pastor Laurent preguntó con delicadeza:

—Su marido, madame, ¿no está aquí con usted?

—No —le respondí, sin levantar los ojos del suelo. Las moscas aterrizaron un momento y echaron a volar al no encontrar comida—. No sé dónde está.

No quería decir nada más, pero algo me hizo mirar al harapiento predicador.

—Le importó más su honor que yo, su hijo o un hombre inocente —dije, con amargura—. No me importa dónde está. No quiero volver a verlo nunca más.

Me detuve bruscamente, abrumada. No lo había expresado con palabras, ni siquiera a mí misma. Pero era cierto. Jamie había traicionado la confianza que nos unía para vengarse. Lo comprendía; había visto el poder del odio que lo dominaba, y sabía que semejante odio no podía borrarse. Pero le había pedido unos meses de gracia, y me los había prometido. Incapaz de esperar, había roto su palabra, y al hacerlo, había sacrificado todo lo que nos unía. No sólo eso: había puesto en peligro el proyecto en que estábamos embarcados. Podía entenderlo, pero no iba a perdonarlo.

El pastor Laurent apoyó una mano sobre la mía. Estaba sucia, con costras de mugre, y las uñas estaban rotas y con bordes negros; sin embargo, no la aparté. Esperé que dijera alguna trivialidad, pero no habló; se limitó a sostener mi mano durante un largo rato, mientras el sol se movía sobre el suelo y las moscas zumbaban, lentas y pesadas, sobre nuestras cabezas.

—Es mejor que se vaya —dijo por fin, soltándome la mano—. Deben de echarla de menos.

—Supongo que sí. —Respiré hondo. Me sentí un poco más segura, aunque no mejor. Palpé el bolsillo de mi vestido; tenía un monedero. Vacilé, pues no quería ofenderlo. Después de todo, para él, aunque no fuera una bruja, era una hereje—. ¿Me permites que te dé un poco de dinero? —pregunté con tacto.

Pensó un momento y después sonrió. Los ojos castaños se le iluminaron.

—Con una condición, madame. Si me permite que rece por usted.

—Trato hecho —respondí, y le entregué el monedero.

27

Una audiencia con Su Majestad

A medida que pasaban los días en Fontainebleau, iba recuperando las fuerzas, aunque mi mente seguía flotando, ajena a cualquier decisión. Había pocas visitas; allí, la frenética vida social de París parecía un sueño. Por eso me sorprendí cuando supe que tenía una visita esperándome en el salón. Pensé que podría ser Jamie, y sentí náuseas. Pero después razoné: Jamie habría partido hacia España y no volvería hasta finales de agosto. ¿Y cuando volviera, qué? No podía pensar en ello. Rechacé la idea, pero mis manos temblaban mientras me ataba los lazos para bajar.

Para mi sorpresa, la «visita» resultó ser Magnus, el mayordomo de la casa de Jared de París.

—Perdón, madame —dijo, haciendo una profunda reverencia al verme—. No era mi intención... pero no sabía si el asunto era importante, y como no está el amo... —Distinguido en su propia esfera de influencia, el anciano se sentía fuera de lugar tan lejos de su casa. Llevó un rato conseguir extraerle una historia coherente, pero, finalmente, me entregó una nota, doblada y sellada.

—La letra es de monsieur Murtagh —dijo Magnus, con tono de repugnancia. Eso explicaba la vacilación, claro. Los criados de la casa de París miraban a Murtagh con una mezcla de horror y respeto, que había ido creciendo por los rumores acerca de lo sucedido en la Rue du Faubourg St. Honoré.

La nota había llegado a París hacía dos semanas, me explicó Magnus. Al no saber qué hacer con ella, los sirvientes habían deliberado y finalmente habían decidido que debían dármela a mí.

—Como el amo se ha ido... —repitió. Esta vez presté atención a sus palabras.

—¿Se ha ido? —le pregunté. La nota estaba arrugada y manchada por el viaje, ligera como la hoja de un árbol sobre mi mano—. ¿Jamie partió antes de que llegara esta nota? —No tenía sentido; era la nota en que Murtagh nos informaba del nombre y la fecha de partida del barco de Carlos Estuardo. Jamie no podía haber partido hacia España antes.

Para verificarlo, rompí el sello y desdoblé la nota. Estaba dirigida a mí, ya que Jamie había pensado que había menos posibilidades de que interceptaran mi correo que el suyo. Despachada en Lisboa, con fecha de un mes atrás, la nota no llevaba firma.

«El *Scalamandre* zarpa de Lisboa el 18 de julio», era lo único que decía. Me sorprendió la pulcritud de la letra; había esperado un garabato indescifrable.

Levanté la mirada del papel y vi a Magnus y a Louise intercambiando una mirada muy extraña.

—¿Qué sucede? —pregunté—. ¿Dónde está Jamie? —Yo pensaba que su ausencia de L'Hôpital des Anges se debía a la culpa que sentía porque su temeraria acción había matado a nuestro hijo, a Frank, y casi me había costado la vida a mí. Pero ya no me importaba; tampoco quería verlo. Pero ahora empecé a pensar en otra explicación más siniestra sobre su ausencia.

Fue Louise quien habló por fin, irguiendo los hombros para darme la desagradable noticia.

—Está en la Bastilla —dijo respirando hondo—. Por batirse en duelo.

Se me doblaron las rodillas y me senté sobre la superficie más cercana.

—¿Por qué no me lo dijiste? —No sabía qué sentir ante la noticia; ¿estupor, miedo? ¿O cierta satisfacción?

—No... no quise inquietarte, *chérie* —contestó Louise, a quien mi enfado tomaba por sorpresa—. Estabas tan débil... y no había nada que pudieras hacer. Tampoco preguntaste —señaló.

—Pero... ¿cuánto tiempo va a estar ahí? —pregunté. Fuera cual fuese mi emoción inicial, se vio sucedida por una súbita urgencia. La nota de Murtagh había llegado a la Rue Tremoulins hacía dos semanas, y Jamie tenía que haber partido nada más recibirla... pero no lo había hecho.

Louise llamaba a los criados y les ordenaba que trajeran vino, amoníaco y plumas quemadas; mi aspecto debía de ser alarmante.

—Está acusado de desobediencia al rey —dijo deteniéndose—. Permanecerá en prisión tanto tiempo como el rey quiera.

—¡Por los clavos de Roosevelt! —murmuré, deseando poder decir algo más fuerte.

—Tuvo suerte de no matar a su oponente —añadió Louise—. En ese caso, el castigo habría sido mucho peor.

Apartó su falda justo a tiempo para evitar la cascada de chocolate y galletas que cayó de la bandeja de la merienda recién servida. La bandeja cayó haciendo un sonido metálico mientras yo la observaba. Tenía las manos fuertemente entrelazadas contra mis costillas, con la derecha curvada de manera protectora sobre el anillo de oro de la izquierda. El fino metal parecía quemarme la piel.

—Entonces, ¿no ha muerto? —pregunté, como en un sueño—. ¿El capitán Randall... vive?

—Pues sí —dijo mirándome con curiosidad—. ¿No lo sabías? Está muy malherido, pero dicen que se recuperará. ¿Te encuentras bien, Claire? Pareces... —Pero no pude oír el resto de la frase.

—Has hecho demasiadas cosas en muy poco tiempo —dijo Louise en tono severo mientras tiraba de las cortinas—. Ya te lo dije, ¿no?

—Me imagino que sí —respondí. Me incorporé y saqué las piernas de la cama. Ya había pasado el desmayo, mis signos vitales eran normales: la cabeza no me daba vueltas, no me zumbaban los oídos, no tenía visión doble ni sentía que me fuera caer al suelo—. Necesito mi vestido amarillo y que me pidas el coche, Louise —le pedí.

Louise me miró horrorizada.

—¿No pensarás salir? ¡Ni hablar! ¡Monsieur Clouseau va a venir a atenderte! ¡He enviado un mensajero para que lo traiga de inmediato!

La noticia de que monsieur Clouseau, un prominente médico de la sociedad, vendría desde París a examinarme, habría sido motivo suficiente para ponerme de pie.

Faltaban diez días para el 18 de julio. Con un buen caballo, buen tiempo y dejando de lado la comodidad personal, se podía ir de París a Orvieto en seis días. Tenía cuatro días para tratar de liberar a Jamie de la Bastilla; no tenía tiempo para monsieur Clouseau.

—Pues... —dije, buscando por la habitación, pensativa—. Bueno, de cualquier forma, quiero vestirme. No quiero que monsieur Clouseau me vea en camisón.

Aunque todavía me miraba con recelo, mi explicación le pareció plausible; la mayoría de las damas de la corte se habrían levantado de su lecho de muerte para estar bien vestidas para la ocasión.

—De acuerdo —dijo dándose la vuelta para marcharse—. Pero quédate en la cama hasta que llegue Yvonne, ¿de acuerdo?

El vestido amarillo era uno de los mejores que tenía: era suelto, con un amplio cuello, mangas largas y cierre con botones. Después de haberme empolvado, peinado, perfumado y puesto las medias, observé los zapatos que me había preparado Yvonne. Volví la cabeza con el entrecejo fruncido.

—No... —dije por fin—. Creo que no. Me pondré los otros, los rojos de tacón.

La criada miró mi vestido, como si quisiera imaginarse los zapatos rojos con el vestido amarillo, pero se puso a revolver en la parte inferior del armario.

Me acerqué de puntillas por detrás, descalza, y le metí la cabeza en el armario, luego empujé hacia dentro, con la puerta, aquella masa que jadeaba y chillaba; se retorció bajo el montón de vestidos, que cayeron. Giré la llave, la dejé caer en mi bolsillo y me felicité. «Buen trabajo, Beauchamp —pensé—. Toda esta intriga política te está enseñando cosas que nunca hubieras soñado en la escuela de enfermería.»

—No te preocupes —dije al armario que se sacudía—. Pronto vendrán a liberarte. Y podrás decirle a la princesa que no me dejaste ir a ninguna parte.

Creí oír un grito desesperado desde el interior del armario que mencionaba a monsieur Clouseau.

—Que examine al mono —respondí—. Tiene sarna.

El éxito de mi actuación con Yvonne me levantó el ánimo. Sin embargo, una vez en el carruaje, traqueteando hacia París, mi buen humor se vino abajo.

Aunque ya no estaba tan enfadada con Jamie, no quería verlo. Mis sentimientos eran confusos y no quería analizarlos en detalle; era demasiado doloroso. Sentía pena, una horrible sensación de fracaso y de traición; suya y mía. Él no tenía que haber ido al Bois de Boulogne y yo no tenía que haberlo seguido.

Pero los dos seguimos los dictados de nuestra naturaleza, y, quizá, ambos causamos la muerte de nuestro hijo. No deseaba encontrarme con mi socio en el crimen, y mucho menos expresar mi pena ante él, ni comparar su pena con la mía. Evitaba cualquier cosa que me recordara aquella mañana lluviosa en el Bois; rehuía cualquier recuerdo de Jamie tal y como lo había visto la última vez, levantándose del cuerpo de su víctima, con el rostro resplandeciente por la venganza que momentos después se volvería contra su propia familia.

No podía pensar en ello sin que se me encogiera terriblemente el estómago, lo que evocaba el fantasma del dolor del parto prematuro. Apreté los puños contra el terciopelo azul del asiento, enderezándome para aliviar la presión imaginaria que sentía en la espalda.

Me giré para mirar por la ventana, con la esperanza de distraerme, pero no veía el paisaje; mi mente regresaba, sin querer, al objetivo de mi viaje. No importaba cuáles eran mis sentimientos hacia Jamie, si nos volveríamos a ver y qué seríamos el uno para el otro; el hecho era que él estaba en prisión, y yo sabía que el encierro evocaría en él los recuerdos de Wentworth: manos que lo acariciaban en sueños, muros de piedra que golpeaba mientras dormía.

Pero lo más importante era Carlos y el barco de Portugal, el préstamo de monsieur Duverney y Murtagh, a punto de embarcarse en Lisboa para encontrarse con Jamie en Orvieto. Los riesgos eran demasiado grandes para permitir que entraran en juego mis propias emociones. Por el bien de los clanes escoceses y de las Highlands, por la familia de Jamie y los moradores de Lallybroch, por los miles de personas que morirían en Culloden, teníamos que intentarlo. Y para intentarlo, Jamie debía quedar libre; no podía hacerlo por mi cuenta. No, no había duda. Tenía que hacer cualquier cosa para que lo liberaran. Pero ¿qué podía hacer?

Al entrar en la Rue du Faubourg St. Honoré, observé a los mendigos arrastrándose y haciendo gestos. «Cuando tengas dudas —pensé—, busca la ayuda de una autoridad.»

Golpeé el panel que había junto al asiento del conductor. Éste se abrió con un crujido y apareció el rostro bigotudo del cochero de Louise.

—¿Madame?

—Dobla a la izquierda —dije—. Vamos a L'Hôpital des Anges.

• • •

La madre Hildegarde golpeteó pensativamente una partitura, como si tratara de dilucidar una secuencia difícil. Estaba sentada frente a su escritorio de mosaico en su despacho, frente a Herr Gerstmann, a quien habíamos convocado para una consulta urgente.

—Pues, sí —respondió Herr Gerstmann, dubitativo—. Sí, creo que puedo arreglar una audiencia en privado con Su Majestad, pero... ¿está segura de que su esposo...? —El maestro parecía tener problemas para expresarse, lo cual me hizo sospechar que quizá poner en libertad a Jamie podría resultar un poco más complicado de lo que pensaba. La madre Hildegarde ratificó esta sospecha con su reacción.

—¡Johannes! —exclamó tan agitada que incluso dejó de lado la habitual forma de cortesía—. ¡Ella no puede hacer eso! Después de todo, madame Fraser no es como las damas de la corte... ¡Es una persona virtuosa!

—Eh... gracias —dije—. Pero si no les molesta... ¿podrían explicarme qué tiene que ver mi virtud con pedir la libertad de Jamie?

La monja y el maestro de canto intercambiaron una mirada de horror ante mi inocencia, que se mezclaba con cierta desgana por remediarla. Por fin la madre Hildegarde, más valiente que su compañero, me explicó.

—Si acudes sola a pedir semejante favor al rey, él esperará que te acuestes con él —dijo bruscamente. Después de todos los rodeos que habían dado para informarme, no estaba muy sorprendida, pero miré a Herr Gerstmann para que lo confirmara, y éste asintió.

—Su Majestad es muy solícito ante las peticiones de damas con cierto encanto —dijo delicadamente, mostrando un súbito interés por uno de los adornos que había sobre la mesa.

—Pero tales peticiones tienen un precio —añadió la madre Hildegarde, sin tanta delicadeza—. A la mayoría de los cortesanos les complace que sus esposas reciban el favor real; la ganancia que reciben justifica con creces el sacrificio de la virtud de sus esposas. —Torció la boca con desdén ante la idea y, a continuación, volvió a su gesto habitual de serio humor—. Pero tu esposo —continuó— no me parece la clase de persona a quien le complacería que le engañaran con otro. —Sus cejas se alzaron a modo de pregunta, y negué con la cabeza en respuesta.

—No lo creo.

De hecho, era uno de los sarcasmos más grandes que había escuchado. Si «complaciente» no era la última palabra que se me venía a la cabeza al pensar en Jamie Fraser, sin duda estaba entre las últimas. Traté de imaginar qué pensaría, diría o haría Jamie si alguna vez se enteraba de que me había acostado con otro hombre, aunque fuera el rey de Francia.

Ese pensamiento me trajo a la memoria la confianza que había existido entre los dos, casi desde el día de nuestra boda, y me sentí desolada. Cerré los ojos un momento, para no derrumbarme, pero tenía que enfrentarme a la posibilidad.

—Bueno —dije inhalando profundamente—. ¿Existe algún otro modo?

La madre Hildegarde frunció las cejas mirando a Herr Gerstmann, como esperando que éste respondiera. El pequeño músico se encogió de hombros y también frunció las cejas.

—¿Hay algún amigo de importancia que pueda interceder por su marido? —preguntó, vacilante.

—No lo creo.

Ya había contemplado todas esas alternativas en el viaje desde Fontainebleau, y había llegado a la conclusión de que no había nadie a quien pudiera pedirle semejante favor. Debido a la naturaleza ilegal y escandalosa del duelo (pues Marie D'Arbanville había difundido el rumor por todo París), ninguno de nuestros conocidos franceses podía interceder por él. Monsieur Duverney, que había accedido a verme, se mostró amable pero poco alentador. Su consejo fue que esperara. En unos meses, cuando el escándalo se apaciguara, podría hablar con Su Majestad. Pero ahora...

Lo mismo pasaba con el duque de Sandringham, que, presionado por sus tareas diplomáticas, había despedido a su secretario privado simplemente porque parecía que había estado involucrado en un escándalo; no estaba en posición de solicitar a Luis ningún favor de esta clase.

Me quedé mirando las incrustaciones de la mesa, sin ver apenas las complejas curvas de esmalte que se extendían por las abstracciones de geometría y color. Mi índice recorrió los círculos y espirales, proporcionándome un precario punto de apoyo para mis pensamientos. Si realmente era necesario sacar de la prisión a Jamie a fin de impedir una invasión jacobita en Escocia, iba a tener que encargarme de la liberación, fuera cual fuese el método o las consecuencias.

Por fin alcé la mirada y miré al maestro de música.

—Veré al rey sola —dije—. No hay otra salida.

Hubo un momento de silencio. Herr Gerstmann miró a la madre Hildegarde.

—Ella permanecerá aquí —declaró con firmeza la madre Hildegarde—. En cuanto la haya concertado, Johannes, comuníquele la hora de la audiencia. —Se volvió hacia mí—. Después de todo, si de verdad estás decidida, querida amiga... —Apretó los labios con fuerza y, a continuación, los abrió para decir—: Tal vez sea pecado ayudarte a hacer algo inmoral. Sin embargo, lo haré. Sé que tienes tus razones. Y tal vez el pecado no sea comparable a la gracia de tu amistad.

—Oh, madre. —Temía llorar si decía más, así que me limité a apretar la mano grande y endurecida por el trabajo que descansaba sobre mi hombro. Tuve el impulso de arrojarme entre sus brazos y enterrar la cabeza en el pecho de sarga negra, pero la monja quitó la mano de mi hombro y cogió el largo rosario que se perdía entre los pliegues de su falda cuando caminaba.

—Rezaré por ti —dijo con una sonrisa que hubiera sido trémula en un rostro menos decidido—. Aunque me pregunto —añadió meditativa— cuál es el santo patrón que debo invocar en estas circunstancias.

María Magdalena fue el nombre que me vino a la memoria al levantar las manos encima de la cabeza como si estuviera rezando para permitir que el pequeño armazón de mimbre del vestido se deslizara por los hombros y se ajustara en las caderas. O Mata Hari, pero ese nombre nunca formaría parte del santoral. Tampoco estaba muy segura de Magdalena, pero me parecía que una prostituta reformada era la que más podría simpatizar con lo que estaba a punto de emprender.

Pensé que el Convento de los Ángeles nunca había visto semejante vestimenta. Aunque las postulantes que estaban a punto de recibir los votos finales eran ataviadas como novias de Cristo, no creía que la seda roja ni el polvo de arroz figuraran en la ceremonia.

Muy simbólico, pensé mientras los ricos pliegues escarlata se deslizaban por mi rostro. Blanco por pureza, y rojo por... lo que fuera. La hermana Minèrve, una joven monja proveniente de una acaudalada familia de la nobleza, había sido la elegida para ayudarme. Me peinó con habilidad y aplomo, adornándome el pelo con una pluma de avestruz llena de perlitas. Me arregló con cuidado las cejas, oscureciéndolas con un pequeño peine de plomo, y me pintó los labios con una pluma que sumergió en un frasco de colorete. El contacto sobre mis labios me hizo cosquillas, exagerando mi tendencia a reír como una desquiciada. No era hilaridad, sino histeria.

La hermana Minèrve me alcanzó el espejo de mano. La detuve con un gesto; no quise mirarme. Inhalé profundamente y asentí.

—Estoy lista —dije—. Mande a buscar el coche.

Nunca había estado en aquella parte del palacio. De hecho, tras numerosos giros a través de los pasillos de espejos iluminados con velas, no sabía con exactitud dónde me encontraba, ni mucho menos adónde llevaban.

El discreto y anónimo caballero de la alcoba real me condujo hasta la pequeña puerta de una de las dependencias. Llamó una vez y se inclinó ante mí, dio media vuelta y se marchó sin esperar respuesta. La puerta se abrió y entré.

El rey todavía tenía sus calzas puestas. Esto acalló los latidos de mi corazón hasta un límite tolerable, y dejé de sentir náuseas.

No sabía qué había estado esperando, pero la realidad no era muy reconfortante. Estaba vestido con formalidad, con camisa y calzas, y una bata de seda marrón sobre los hombros. Sonrió y me instó a que me levantara poniendo una mano debajo de mi brazo. La palma de su mano era tibia (en mi subconsciente había esperado que fuera pegajosa). Le devolví la sonrisa lo mejor que pude.

El intento no debió de tener mucho éxito, pues me dio una amable palmadita en el brazo y dijo:

—No me tenga miedo, *chère* madame. No muerdo —me dijo.

—No. Por supuesto que no.

Tenía mucho más aplomo que yo. Bueno, claro que sí, pensé, lo hace todo el tiempo. Respiré hondo y traté de relajarme.

—¿Toma un poco de vino, madame? —me preguntó.

Estábamos solos; no había sirvientes, pero el vino ya estaba servido en un par de copas que descansaban sobre la mesa, brillando como rubíes a la luz de las velas. La cámara era lujosa pero muy pequeña y, aparte de la mesa y un par de sillas de respaldo ovalado, sólo contenía una *chaise longue* lujosamente tapizada con terciopelo verde. Intenté evitar mirarla mientras tomaba mi copa, con un murmullo de agradecimiento.

—Siéntese, por favor... —Louis se hundió en una de las sillas, haciendo un gesto para que me sentara en la otra—. Ahora dígame qué puedo hacer por usted —dijo con una sonrisa.

—Mi... mi... marido... —empecé, tartamudeando por los nervios— está en la Bastilla.

—Por supuesto —musitó el rey—. Por batirse en duelo, según recuerdo.

Me cogió la mano, con los dedos apoyados levemente sobre mi pulso.

—¿Qué quiere que haga, *chère* madame? Ya sabe que se trata de una ofensa seria. Su marido ha quebrantado mi propio edicto. —Uno de los dedos me acarició la muñeca, produciéndome un cosquilleo en el brazo.

—Sí... sí, eso lo comprendo. Pero fue... provocado. —Tuve una idea—. Su Alteza sabe que mi marido es escocés. Los hombres de esa tierra son... —traté de pensar en un buen sinónimo de «frenético»— muy feroces en todo lo que concierne al honor.

Luis asintió, aparentemente absorto, con la cabeza inclinada sobre la mano que sostenía. Podía ver el ligero brillo grasiento de su piel, y oler su perfume. Violetas. Un fuerte olor dulzón, pero no lo suficiente como para ocultar su acre virilidad. Terminó su vino en dos largos tragos y dejó la copa para tomar mejor mi mano entre las suyas. Con un dedo acarició mi anillo de matrimonio, con sus eslabones entrelazados y sus flores de cardo.

—Así es —dijo, acercando mi mano como para examinar el anillo—. Así es, madame. No obstante...

—Yo... le quedaría muy agradecida, majestad —lo interrumpí. Levantó la cabeza y miré sus ojos, negros e inquisitivos. El corazón me latía como un martillo—. Muy... agradecida.

Tenía los labios delgados y los dientes en mal estado; me llegaba su aliento, con olor a cebollas y caries. Traté de contener la respiración; después de todo, el asunto no duraría mucho tiempo.

—Bien... —dijo con lentitud, como si lo estuviera meditando—. Yo me inclinaría por la clemencia, madame...

Solté el aliento con un breve jadeo, y sus dedos apretaron los míos como advertencia.

—Pero verá, existen algunas complicaciones.

—¿Ah, sí? —pregunté débilmente.

El rey asintió, con los ojos fijos en mi cara. Los dedos acariciaron el dorso de mi mano, recorriendo las venas.

—El inglés que tuvo la desgracia de ofender a milord Broch Tuarach —explicó— estaba empleado por un noble de cierta importancia.

Sandringham. Se me encogió el corazón cuando lo mencionó, aunque fuera indirectamente.

—Y este noble está comprometido en ciertas negociaciones que lo hacen merecedor de consideración. —Sus labios finos esbozaron una sonrisa, enfatizando la imperiosa nariz—. Y este noble caballero se ha interesado en la cuestión del duelo entre su marido y el capitán inglés, Randall. Y temo que ha sido muy exigente; ha demandado que su marido reciba un pleno castigo por su indiscreción.

«Maldito gordo», pensé. Por supuesto: como Jamie había rehusado el soborno del indulto para no tener que «involucrarse» en los asuntos de los Estuardo, ¿qué mejor manera que asegurarse de que pasara algunos años en la Bastilla? Un método seguro, discreto y gratuito, típico del duque.

Por otra parte, Luis seguía jadeándome en la mano, con lo cual pensé que no todo estaba perdido. Si no iba a acceder a mi ruego, no podía esperar que me acostara con él... o si lo esperaba, iba a sufrir una gran decepción.

Me preparé para insistir.

—¿Y Su Majestad recibe órdenes de los ingleses? —pregunté con desparpajo.

Los ojos de Luis se abrieron momentáneamente por la sorpresa. Al darse cuenta de cuál era mi intención volvió a sonreír. Sin embargo, había dado en el clavo; vi el movimiento de hombros con que reafirmó su poder, como un manto invisible.

—No, madame —dijo secamente—. Pero sí tengo en cuenta... varios factores. —Cerró los párpados durante un instante, pero siguió sosteniendo mi mano—. He oído que su marido se interesa por los asuntos de mi primo.

—Su Majestad está bien informado —dije educadamente—. Pero debe saber que mi marido no apoya la restauración de los Estuardo en el trono de Escocia. —Rogué que esto fuera lo que esperaba oír.

Al parecer lo era. Sonrió, se llevó mi mano a los labios y la besó.

—¿De veras? Había oído informes confusos con respecto a su marido.

Respiré hondo y resistí el impulso de retirar la mano.

—Bueno, se trata de un asunto de negocios —expliqué, tratando de sonar lo más relajada que pude—. El primo de mi marido, Jared Fraser, es un jacobita declarado; Jamie, mi marido, no puede hacer públicas sus ideas, pues es socio de Jared. —Al ver que la duda empezaba a desaparecer de su rostro, me apresuré a añadir—: Puede preguntárselo a monsieur Duverney —sugerí—. Él conoce muy bien las verdaderas simpatías de mi marido.

—Ya lo he hecho. —Luis hizo una larga pausa y observó sus propios dedos, oscuros y regordetes, que trazaban círculos sobre el dorso de mi mano—. Una piel tan pálida. Tan fina. Me parece ver la sangre debajo.

Me soltó la mano y me observó. Yo creía ser buena para leer las caras, pero en aquel momento la de Luis me resultó impenetrable. De repente me di cuenta de que era rey desde los cinco años; la habilidad para ocultar sus pensamientos formaba parte de él como la nariz borbónica o los somnolientos ojos negros.

Este pensamiento me llevó a otro que me produjo escalofríos. Él era el rey. Los ciudadanos de París no se sublevarían hasta unos cuarenta años después; hasta ese día, su gobierno sobre Francia era absoluto. Podía liberar o hacer matar a Jamie con una sola palabra. Podía hacer conmigo lo que quisiera; no tenía escapatoria. Un movimiento de cabeza y las arcas de Francia volcarían el oro necesario para ayudar a Carlos Estuardo, arrojándolo como una flecha mortífera al corazón de Escocia.

Era el rey. Haría lo que quisiera. Observé sus ojos oscuros, reflexivos, y esperé, temblando, para ver cuál sería el deseo real.

—Dígame, *ma chère* madame —dijo por fin, saliendo de su meditación—. Si yo le concediera lo que me pide, liberar a su marido... —Hizo una pausa, sopesando las opciones.

—¿Sí?

—Tendría que irse de Francia —dijo Luis, enarcando las cejas a modo de advertencia—. Sería una condición.

—Comprendo. —Mi corazón palpitaba con tanta fuerza, que casi ahogaba sus palabras. De eso se trataba, precisamente: de que se fuera de Francia—. Pero está exiliado de Escocia...

—Creo que eso puede arreglarse.

Vacilé, pero no tenía más opción que aceptar en nombre de Jamie.

—Muy bien.

—Excelente. —El rey asintió, complacido. Luego sus ojos se posaron en mi cara y bajaron por mi cuello, mis senos y mi cuerpo—. Le pediría un pequeño servicio a cambio, madame —dijo con suavidad.

Lo miré a los ojos un segundo. Luego incliné la cabeza.

—Estoy a su disposición, majestad.

—Ah. —Se puso en pie y arrojó su bata, que dejó sobre el respaldo de la silla. Sonrió y me extendió una mano—. *Très bien, ma chère.* Venga conmigo, entonces.

Cerré los ojos por un instante, deseando que las rodillas me respondieran. «Has estado casada dos veces —me dije—. Deja de hacer aspavientos.»

Me puse en pie y tomé su mano. Pero no me condujo hacia la *chaise longue*, sino hacia la puerta que se encontraba en el extremo opuesto de la alcoba.

Tuve un momento de fría claridad cuando me soltó la mano para abrir la puerta.

«¡Maldito seas, Jamie Fraser! —pensé—. ¡Vete al infierno!»

Me quedé quieta en el umbral, parpadeando. Mis meditaciones sobre cuál sería el protocolo real para desvestirse se desvanecieron para dar paso a la sorpresa.

La habitación estaba a oscuras, iluminada por lámparas de aceite colocadas formando grupos en nichos en las paredes. La alcoba en sí era redonda, lo mismo que la inmensa mesa del centro; la madera oscura brillaba con reflejos precisos. Alrededor de ella había varias personas sentadas, que no eran más que sombras oscuras agazapadas en la oscuridad de la habitación.

Cuando entré se levantó un murmullo que cesó rápidamente al aparecer el rey. A medida que mis ojos se acostumbraban a la oscuridad, me di cuenta con asombro de que las personas sentadas a la mesa llevaban caperuzas; el hombre más cercano se volvió para mirarme; pude ver el pálido brillo de sus ojos a través de los agujeros en el terciopelo. Parecía una convención de verdugos.

Al parecer, yo era la invitada de honor. Por un momento me pregunté qué se esperaría de mí. Por lo que les había oído decir a Raymond y a Marguerite, yo había tenido visiones fantasmagóricas de ceremonias ocultas que incluían sacrificios de niños, violaciones rituales y toda suerte de ceremonias satánicas. Sin embargo, suele suceder que en lo sobrenatural hay más fantasía que realidad. Esperé que esta ocasión no resultara la excepción.

—Hemos oído hablar de sus grandes poderes, madame, y de su... reputación. —Luis sonrió, pero con cierta cautela, como si no estuviera muy seguro de lo que yo podía hacer—. Estaríamos muy agradecidos si nos otorga el beneficio de sus poderes esta noche.

Asentí. Muy agradecidos, ¿eh? Bueno, me convenía que estuviera agradecido conmigo. Pero ¿qué esperaba que hiciera? Un sirviente colocó una inmensa vela de cera sobre la mesa y la encendió. Ésta lanzó una luz tenue sobre la madera lustrada. Tenía símbolos como los que había visto en la cámara secreta del maestro Raymond.

—*Regardez*, madame. —La mano del rey estaba debajo de mi codo, dirigiendo mi atención hacia la mesa. A la luz de la vela pude distinguir las dos figuras silenciosas que estaban de pie en las sombras titilantes. Me sobresaltó lo que vi, y la mano del rey me apretó el brazo.

El conde de Saint Germain y el maestro Raymond estaban allí, uno junto al otro, separados por una distancia de dos metros, aproximadamente. Raymond no dio señales de reconocerme, sino que permaneció quieto, mirando fijamente hacia un lado, con sus ojos negros de rana perdidos en un pozo sin fondo.

El conde me vio y abrió los ojos de par en par sin poder creerlo; después me miró con el ceño fruncido. Estaba vestido con sus mejores galas, completamente de blanco, como de costumbre: una chaqueta blanca de satén sobre una camisa de seda beis, y unas calzas. Una filigrana de perlas decoraba sus puños y solapas, brillando a la luz de las velas. Dejando de lado el esplendor de la vestimenta, tenía muy mal aspecto: su rostro se veía agotado, el encaje de su corbatín estaba mustio y el cuello oscurecido por el sudor.

Raymond, por el contrario, parecía muy tranquilo, de pie, impasible, con las manos metidas en las mangas de su acostumbrada toga de terciopelo; su expresión era plácida e inescrutable.

—Estos dos hombres han sido acusados, madame —explicó Luis, haciendo un gesto hacia Raymond y el conde—. De brujería, hechicería y de perversión en la búsqueda del saber mediante la exploración de las artes arcanas. —La voz de Luis era fría y severa—. Tales prácticas prosperaron en el reinado de mi abuelo, pero nosotros no soportaremos tales maldades.

El rey chasqueó los dedos a uno de los encapuchados, sentado con pluma y tinta ante un montón de papeles.

—Leed las acusaciones, por favor —dijo.

El hombre encapuchado se puso en pie y empezó a leer una de las hojas: acusaciones de bestialidad y sacrificios detestables, derramamiento de sangre de inocentes, profanación del sagrado sacrificio de la misa, realización de actos amatorios sobre el altar de Dios; tuve una breve visión de lo que debió de haber parecido la curación que Raymond hizo conmigo en L'Hôpital des Anges, y me sentí profundamente agradecida de que nadie lo hubiera descubierto.

Oí que se pronunciaba el nombre «Du Carrefours», y tragué un poco de bilis. ¿Qué había dicho el pastor Laurent? Du Carrefours el hechicero había sido quemado en París, apenas veinte años atrás, acusado por los mismos cargos que estaba escuchando:

—... invocación de demonios y poderes de las tinieblas, causar enfermedades y la muerte a cambio de dinero —me puse una mano sobre el vientre, al recordar la cáscara sagrada—, maleficios contra miembros de la corte, violación de vírgenes...

—Miré rápidamente al conde, pero su rostro tenía una expresión pétrea.

Raymond permanecía inmóvil; el pelo plateado le rozaba los hombros y parecía estar escuchando algo tan intranscendente como el canto de un tordo en los arbustos. Yo había visto los símbolos cabalísticos en su gabinete, pero me resultaba imposible relacionar al hombre que conocía, al envenenador compasivo, al boticario práctico, con la lista de maldades que se estaban enumerando.

Por fin cesaron las acusaciones. El encapuchado miró al rey y se sentó.

—Se ha hecho una investigación exhaustiva —dijo el rey, volviéndose hacia mí—. Se han presentado pruebas y tenemos el testimonio de muchos testigos. Está claro que ambos hombres —miró con frialdad a los dos magos acusados— han investigado los escritos de antiguos filósofos y han empleado las artes de la adivinación, usando los cálculos de los movimientos de los cuerpos celestes. Sin embargo... —se encogió de hombros— esto no constituye, en sí, un crimen. Y tengo entendido —miró a un robusto encapuchado que sospeché que sería el obispo de París— que no es contrario a las enseñanzas de la Iglesia, pues hasta san Agustín investigó los misterios de la astrología.

Me pareció recordar que, si bien era cierto que san Agustín había investigado la astrología, la había descartado con cierto desprecio como un montón de estupideces. Aún así, dudé que Luis hubiera leído las *Confesiones* de san Agustín, cuya línea argumental era sin duda favorable para un acusado de hechicería; la observación de las estrellas parecía bastante inocente en comparación con el sacrificio de niños y la realización de orgías innombrables.

Estaba empezando a preguntarme, con considerable recelo, qué pintaba yo en aquella asamblea. ¿Me habría visto alguien con el maestro Raymond en el hospital?

—No estamos en contra del uso apropiado del conocimiento, ni de la búsqueda de la sabiduría —continuó el rey en tono comedido—. Puede aprenderse mucho de los escritos de los antiguos filósofos, si se abordan con la cautela apropiada y humildad de espíritu. Pero a pesar de que se puede encontrar mucho bien en dichos escritos, también puede descubrirse la maldad, y la búsqueda de la verdad puede verse pervertida en el deseo de poder y de riquezas... cosas mundanas.

Volvió a mirar a un acusado y a otro. Era evidente que estaba sacando conclusiones sobre cuál de ellos estaría más inclinado a ese tipo de perversión. El conde seguía sudando. Tenía manchas de humedad en la seda blanca de la chaqueta.

—No, majestad —dijo echando atrás su cabello oscuro y fijando la mirada en el maestro Raymond—. Es verdad que hay fuerzas oscuras que trabajan en el país; ¡la bajeza de que habla se encuentra entre nosotros! Pero esa maldad no anida en el pecho de su súbdito más fiel. —Se golpeó el pecho, por si no habíamos comprendido—. ¡No, Alteza! Si busca la perversión del saber y el uso de artes prohibidas, debe dirigir su mirada más allá de vuestro reino. —No acusaba en forma directa al maestro Raymond, pero la dirección de su mirada resultaba obvia.

El rey permaneció impasible.

—Tales abominaciones prosperaron durante el reinado de mi abuelo —repitió—. Las hemos arrancado de raíz dondequiera que han sido halladas; hemos destruido la amenaza de semejante abyección en nuestro reino. Hechiceros, brujos, quienes pervierten las enseñanzas de la Iglesia... No permitiremos que resurjan semejantes maldades.

Dio una palmada ligera a la mesa con ambas manos y se enderezó. Siguió mirando a Raymond y al conde, pero extendió una mano en mi dirección.

—Hemos traído aquí a un testigo —declaró—. Un juez infalible de la verdad y de la pureza de corazón.

Hice ruido al tragar, y el rey se volvió para mirarme.

—Una Dama Blanca —dijo—. La Dama Blanca no miente; ve el corazón y el alma de los hombres, y puede convertir esa verdad en bien... o en aniquilación.

El aire de irrealidad que había caracterizado la velada se desvaneció en un instante. El leve mareo provocado por el vino desapareció y de repente me encontré sobria por completo. Abrí la boca y a continuación la cerré, al darme cuenta que no había nada que pudiera decir.

El horror se deslizó por mi columna y se alojó en mi estómago cuando el rey ordenó las disposiciones. Debían trazarse dos pentagramas en el suelo para colocar a los acusados. Cada uno atestiguaría con respecto a sus actividades y motivos. Y la Dama Blanca juzgaría la verdad de lo que se decía.

—¡Dios mío! —dije en voz baja.

—*Monsieur le comte?*

El rey señaló el primer pentagrama trazado con tiza sobre la alfombra. Sólo un rey podía tratar con semejante indiferencia una Aubusson genuina.

El conde me rozó al pasar a mi lado para ocupar su lugar. Al hacerlo, oí un murmullo:

—Le advierto, madame, que no trabajo solo.

Ocupó su sitio y se volvió para dedicarme una reverencia irónica. Exteriormente parecía lleno de aplomo.

La amenaza era razonablemente clara: si lo condenaba, sus secuaces pronto me buscarían para cortarme los pezones y quemar la bodega de Jared. Me mojé los labios resecos, maldiciendo a Luis. ¿No podría haberse conformado con mi cuerpo?

Raymond también ocupó el lugar asignado y asintió con cordialidad en mi dirección. No había ni la más mínima sombra de presión en sus ojos redondos y negros.

No tenía ni la menor idea de lo que debía hacer. El rey me indicó que me colocara a su lado, entre los dos pentagramas. Los encapuchados se pusieron en pie y se situaron detrás del rey, como una multitud amenazante y sin rostro.

Todo estaba sumido en un gran silencio. El humo de las velas se acumulaba junto al techo tallado, y las volutas se movían con las lánguidas corrientes de aire. Todos los ojos estaban fijos en mí. Con desesperación, me volví hacia el conde y asentí.

—Puede comenzar, *monsieur le comte* —dije.

Él sonrió, o eso me pareció, y empezó con una explicación acerca de la fundación de la Cábala, pasando por una exégesis de las veintitrés letras del alfabeto hebreo y el profundo simbolismo de cada una. Todo era muy intelectual y erudito, totalmente inocuo y tedioso. El rey bostezó, sin molestarse en cubrirse la boca.

Mientras tanto, yo iba considerando las alternativas. Aquel hombre me había amenazado y atacado, además de intentar asesinar a Jamie, sin importar si era por cuestiones personales o políticas. Posiblemente era el cabecilla del grupo de violadores que nos atacaron a Mary y a mí. Además, y más allá de los rumores que había oído en cuanto a sus actividades complementarias, se oponía a nuestro designio de detener a Carlos Estuardo. ¿Debía dejarlo escapar? ¿Permitirle que utilizara su influencia sobre el rey a favor de los Estuardo, y que siguiera vagando por París con su banda de matones enmascarados?

Pude ver mis pezones erguidos de miedo bajo la seda de mi vestido. Sin embargo me enderecé y lo fulminé con la mirada.

—Un minuto —dije—. Todo lo que habéis dicho es verdad, *monsieur le comte*, pero veo una sombra detrás de vuestras palabras.

El conde abrió la boca. Luis, interesado de repente, dejó de encorvarse sobre la mesa y se enderezó. Cerré los ojos y apoyé las yemas de los dedos contra los párpados, como si mirara hacia dentro.

—Veo un nombre en su mente, *monsieur le comte* —dije. Mi voz sonaba entrecortada por el miedo, pero no podía evitarlo. Dejé caer las manos y lo miré a los ojos—. *Les Disciples du Mal* —continué—. ¿Qué relación tiene con ellos?

Era verdad que no sabía ocultar sus emociones. Palideció y se le salieron los ojos de las órbitas. Sentí satisfacción detrás de mi miedo.

El nombre de *Les Disciples du Mal* le resultaba familiar al rey; los somnolientos ojos oscuros se achicaron.

El conde bien podía ser un sinvergüenza y un charlatán, pero no era cobarde. Reuniendo fuerzas me miró con furor y echó hacia atrás la cabeza.

—Esta mujer miente —dijo, con la misma certeza con la que había informado a la audiencia de que la letra Aleph era un símbolo de la fuente de la sangre de Cristo—. No es una verdadera Dama Blanca, sino una servidora de Satanás. ¡Aliada con su amo y notorio brujo, el aprendiz de Du Carrefours! —Señaló a Raymond, que lo miró atónito.

Uno de los encapuchados se persignó y oí un murmullo de oración entre las sombras.

—Puedo probar lo que digo —declaró el conde, sin permitir que nadie hablara. Metió la mano en su chaqueta. Recordé la navaja que había extraído de la manga la noche de la cena, y me dispuse a agacharme. Sin embargo, no fue una navaja lo que extrajo.

—La santa Biblia dice: «Tocarán las serpientes sin recibir daño. Y mediante tales signos conoceréis a los servidores del Dios verdadero.»

Pensé que sería una pitón pequeña, pero medía casi un metro y tenía la piel lustrosa, dorada y marrón, lisa y sinuosa como una soga aceitada, y un par de ojillos dorados.

Se oyó un grito de sorpresa ante la aparición de la serpiente y dos de los encapuchados dieron un paso atrás. El mismo Luis se sobresaltó, sorprendido, y buscó a su guardaespaldas, quien estaba parado con los ojos desorbitados junto a la puerta de la recámara.

La culebra sacó la lengua un par de veces, sondeando el ambiente. Al parecer, tras decidir que la mezcla de cera e incienso no era comestible, se volvió e intentó meterse de nuevo en el tibio bolsillo de donde había salido tan bruscamente. El conde la cogió y la arrojó hacia mí.

—¿Ve? —dijo en tono triunfante—. ¡La mujer retrocede espantada! ¡Es una bruja!

De hecho, comparada con los demás, sobre todo con uno de los jueces que se había agazapado contra la pared, yo era un modelo de fortaleza, pero debo admitir que retrocedí un paso al ver al reptil. Sin embargo, di un paso adelante, con la intención de quitársela. Después de todo, el bicho no era venenoso. Sería interesante verla enrollada alrededor del cuello de Saint Germain.

Sin embargo, antes de que pudiera hacer nada, el maestro Raymond habló detrás de mí. En medio de la conmoción me había olvidado de él.

—Eso no es lo que dice la Biblia, *monsieur le comte* —observó. No levantó la voz, y la ancha cara de anfibio pareció imperturbable. Sin embargo, todos callaron, y el rey se volvió para escucharlo.

—¿Sí, monsieur? —preguntó.

Raymond asintió a modo de cortés reconocimiento, y rebuscó en su toga con ambas manos. Sacó de un bolsillo una botella y del otro una copa.

—«Tocarán las serpientes sin recibir daño» —citó— «y si beben un veneno, no morirán». —Tenía la copa en la palma de una mano y su borde plateado brillaba a la luz de las velas. En la otra mano tenía la botella; estaba listo para verter su contenido en la copa.

—Como tanto milady Broch Tuarach como yo hemos sido acusados —dijo Raymond, mirándome—, sugiero que los tres nos sometamos a esta prueba. Con vuestro permiso, Alteza.

Luis estaba aturdido por el rápido avance de los acontecimientos, pero asintió. Un fino hilo de líquido ambarino cayó en la copa y de inmediato se volvió rojo y comenzó a burbujear, como si estuviera hirviendo.

—Sangre de dragón —dijo Raymond a modo informativo, alzando la copa—. Inofensiva para los puros de corazón. —Sonrió alentadoramente con una sonrisa sin dientes y me tendió la copa.

No había más remedio que beber. La sangre de dragón era una especie de bicarbonato; sabía a coñac con agua de Seltz. Tomé dos o tres sorbos y se la devolví.

Con gran ceremonia, Raymond también bebió. Bajó la copa, dejando ver los labios manchados de rosa y se volvió hacia el rey.

—¿Podría la Dama Blanca entregar la copa a *monsieur le comte*? —preguntó. Señaló las marcas de tiza sobre el suelo para indicar que no podía trasponerlas.

Ante el asentimiento del rey, cogí la copa mecánicamente y me encaminé hasta donde estaba el conde, temblando aún más violentamente que en la pequeña antesala, cuando estaba sola con el rey. Tenía que cruzar alrededor de dos metros de alfombra. La Dama Blanca adivina la verdadera naturaleza del hombre. ¿Sería cierto? ¿De verdad conocía la verdad sobre Raymond o sobre el conde?

¿Pude haber detenido los hechos?, me pregunté más tarde cientos, miles de veces... ¿Podría haber hecho otra cosa?

Recordé lo que había pensado al conocer a Carlos Estuardo; lo conveniente que sería para todos que muriera. Pero una persona no puede matar a un hombre por sus ideales, aunque esos ideales impliquen la muerte de inocentes... ¿O sí que se puede?

No lo sabía. No sabía si el conde era culpable, ni tampoco si Raymond era inocente. No sabía si perseguir una causa honorable justificaba el uso de medios deshonrosos. No sabía lo que valía una vida... o mil. No conocía el verdadero precio de la venganza.

Lo que sí que sabía era que la copa que llevaba en las manos significaba la muerte. El cristal blanco que pendía alrededor de mi cuello presagiaba la presencia de veneno. No había visto que Raymond le añadiera nada; nadie lo había visto, estaba segura. Pero no necesité sumergir el cristal en el líquido escarlata para saber qué contenía ahora.

El conde vio la seguridad en mi rostro; la Dama Blanca no puede mentir. Vaciló, mirando la copa burbujeante.

—Beba, monsieur —ordenó el rey. Los ojos se oscurecieron otra vez, inescrutables—. ¿O tiene miedo?

El conde podía tener muchos defectos, pero la cobardía no era uno de ellos. Su rostro estaba pálido, pero miró fijamente al rey con una leve sonrisa.

—No, majestad —respondió.

Tomó la copa de mi mano y la vació, sin dejar de mirarme. Sus ojos permanecieron fijos en mi rostro, aun cuando brillaron con la certeza de la muerte. La Dama Blanca puede convertir la naturaleza de un hombre en bondad o en destrucción.

El conde se desplomó, retorciéndose, y un coro de gritos se elevó entre los encapuchados, ahogando cualquier sonido que aquél pudiera emitir. Sus talones tamborilearon brevemente y en silencio sobre el suelo alfombrado; su cuerpo se arqueó y, finalmente, quedó flácido. La serpiente, irritada, salió de entre los pliegues de raso blanco y se deslizó hacia el santuario de los pies de Luis, y aquello se convirtió en un pandemónium.

28

El advenimiento de la luz

Regresé de París a la casa de Louise en Fontainebleau. No quería ir a la Rue Tremoulins, ni a ninguna parte donde Jamie pudiera encontrarme. Tendría poco tiempo para buscarme, pues debería partir para España si no quería echar a perder el plan.

Louise, como buena amiga que era, perdonó mi comportamiento y no me preguntó adónde había ido o qué había hecho. No hablaba mucho con nadie; me quedaba en mi habitación, comía poco y observaba los rollizos querubines desnudos que decoraban en techo blanco. La necesidad del viaje a París me había levantado el ánimo, pero después no tenía nada que hacer, no había una rutina cotidiana a la que aferrarme. Sin timón, volví a ir a la deriva.

A veces trataba de hacer un esfuerzo. Estimulada por Louise, solía bajar de mi cuarto para asistir a alguna cena, o la acompañaba a tomar el té con alguna visita. También trataba de prestar atención a Fergus, la única persona en el mundo de quien me sentía responsable.

Así que una tarde en que lo oí discutir al otro lado de un edificio anexo mientras hacía mi acostumbrada caminata, me sentí obligada a ir a ver qué pasaba. Estaba frente a uno de los mozos de cuadra, un muchacho mayor que él, de expresión hosca y hombros amplios.

—¡Cierra la boca, sapo ignorante! —le decía el mozo de cuadra—. ¡No sabes de lo que hablas!

—¡Sé más que tú, hijo de madre apareada con un cerdo! —Fergus se puso dos dedos en los agujeros de la nariz, se la empujó hacia arriba y se puso a bailar de un lado a otro, gritando una y otra vez—: ¡Oink, oink!

El mozo de cuadra, que realmente tenía una probóscide bastante notable, no perdió el tiempo en réplicas y se acercó agitando los dos puños apretados. En pocos segundos los dos rodaban sobre el barro, chillando como gatos y rasgándose la ropa mutuamente.

Mientras pensaba si debía intervenir, el mozo de cuadra se montó sobre Fergus, le cogió el cuello con ambas manos y empezó a golpearle la cabeza contra el suelo. Por un lado consideraba que Fergus se había ganado la paliza, pero, por otro, su cara se estaba poniendo roja, y no quería verlo morir tan joven. Después de pensarlo un buen rato, fui hacia ellos.

El mozo de cuadra estaba arrodillado a horcajadas sobre Fergus, ahogándolo, y tenía el trasero levantado. Cogí impulso y le propiné una bonita patada en la costura del pantalón. Al faltarle el equilibrio, el muchacho cayó lanzando un grito de sorpresa encima del cuerpo de su víctima. Rodó hacia un lado y se puso en pie de un salto, con los puños apretados. Pero al verme, salió corriendo sin decir palabra.

—¿A qué crees que estás jugando? —pregunté. Levanté de un tirón a Fergus, que jadeaba y farfullaba con la cabeza gacha, y empecé a sacudirle la ropa, quitándole las manchas de barro—. Mira —lo regañé—, no sólo has roto la camisa, sino también las calzas. Tendremos que pedirle a Berta que las cosa.

Le hice dar la vuelta y toqué la tela rasgada. Al parecer, el mozo de cuadra lo había asido de la cintura de las calzas y las había roto hasta la costura lateral; la tela almidonada le caía sobre las caderas, dejando al desnudo todo menos una nalga.

De repente dejé de hablar y me quedé mirándolo. No fue su desnudez lo que me dejó pasmada, sino una pequeña marca roja que la adornaba. Era del tamaño de una moneda de medio penique y tenía el color rojo púrpura de una herida recién cicatrizada. Sin poder creerlo, la toqué; Fergus saltó asustado. Los bordes de la marca estaban hundidos; fuera cual fuese el objeto, se había clavado en la carne. Cogí al niño por el brazo para impedir que saliera corriendo, y me incliné para examinar la marca con mayor detenimiento.

A una distancia de quince centímetros se veía con claridad su forma: era ovalada, con letras en su interior.

—¿Quién te hizo esto, Fergus? —pregunté. Mi voz sonó extraña incluso a mis propios oídos; extrañamente tranquila e indiferente.

Fergus tironeó, tratando de liberarse, pero lo retuve.

—¿Quién, Fergus? —pregunté, dándole una sacudida.

—No es nada, madame; me lastimé al saltar la verja. Es sólo una astilla. —Los grandes ojos negros miraron a un lado y a otro, buscando refugio.

—No es una astilla. Sé qué es, Fergus. Pero quiero saber quién te lo hizo. —Había visto algo parecido en otra ocasión, pero aquella herida era reciente, mientras que ésta ya había cicatrizado. Sin embargo, la marca era inconfundible.

Al ver que hablaba en serio, dejó de luchar. Se pasó la lengua por los labios, vacilante, pero dejó caer los hombros y vi que se había rendido.

—Fue... un inglés, milady. Con un anillo.

—¿Cuándo?

—¡Hace mucho tiempo, madame! En mayo.

Respiré hondo, calculando. Tres meses. Tres meses atrás, cuando Jamie se fue de casa para visitar un burdel en busca del capataz de la bodega. Acompañado por Fergus. Tres meses desde que Jamie se había encontrado con Jonathan Randall en el burdel de madame Elise y había visto algo que anuló todas sus promesas, algo que lo determinó a matar a Jonathan Randall. Tres meses desde que se fue... para no volver.

Tuve que reunir mucha paciencia y mucha fuerza para sostener el brazo de Fergus e impedir que se escapara, pero por fin logré sonsacarle la historia.

Cuando llegaron al establecimiento de madame Elise, Jamie le dijo a Fergus que lo esperara mientras subía a hacer los arreglos financieros. Sabiendo, por experiencia anterior, que dichos arreglos llevaban bastante tiempo, Fergus fue al salón mayor, donde varias muchachas a quienes conocía «descansaban», conversando y arreglándose el pelo unas a otras, preparándose para recibir a los clientes.

—Normalmente el negocio está muy tranquilo por las mañanas —me explicó—. Pero los martes y viernes los pescadores suben el Sena para vender sus productos en el mercado de la mañana. Entonces tienen dinero y madame Elise hace un buen negocio, de modo que las *jeunes filles* deben estar preparadas antes del desayuno.

De hecho, la mayoría de las «chicas» eran las más antiguas del establecimiento; los pescadores no eran considerados unos clientes selectos, así que eran destinados a las prostitutas menos deseables. Entre éstas se hallaban las antiguas amigas de Fergus, y éste pasó un agradable cuarto de hora en el salón recibiendo caricias y bromas. Aparecieron unos pocos clientes mañaneros, eligieron y se dirigieron a las habitaciones superiores; como la casa de madame Elise tenía cuatro pisos, no molestaba la conversación de quienes quedaban abajo.

—Entonces llegó el inglés, acompañado por madame Elise.
—Fergus se detuvo y tragó saliva; vi que la nuez se le movía con dificultad en la delgada garganta.

A Fergus le resultó obvio, pues había visto a muchos hombres en diferentes estados de ebriedad y excitación, que el capitán había pasado la noche de fiesta. Estaba acalorado y sucio, y tenía los ojos inyectados en sangre. Ignorando los intentos de madame Elise de conducirlo hacia una de las prostitutas, se deshizo de ella y se paseó por el salón, buscando inquieto entre la mercancía expuesta. Entonces su mirada cayó en Fergus.

—Dijo: «Tú, ven aquí», y me tomó del brazo. Me eché atrás, madame... le dije que mi jefe estaba arriba, y que no podía... pero no quiso escucharme. Madame Elise me susurró al oído que debía ir con él, que después repartiría el dinero conmigo. —Se encogió de hombros y me miró con impotencia—. Yo sabía que los hombres a quienes les gustan los niños no tardan mucho tiempo; pensé que terminaría mucho antes de que milord estuviera listo para partir.

—¡Santo Cristo! —exclamé. Mis dedos aflojaron la presión y se deslizaron por su manga—. Fergus, ¿quieres decir que lo habías hecho antes?

Me miró como si quisiera llorar. Yo también estaba a punto de hacerlo.

—No muy a menudo, madame —explicó. Parecía un ruego para que comprendiera—. Hay establecimientos que se especializan en eso, y los hombres suelen ir allí. Pero a veces un cliente me veía y le gustaba... —Estaba empezando a gotearle la nariz; se la secó con el dorso de la mano.

Busqué un pañuelo en mi bolsillo y se lo di. Estaba empezando a lloriquear al recordar aquel viernes por la mañana.

—Era mucho más grande de lo que yo pensaba. Le pregunté si no lo podía hacer con la boca, pero él... él quería...

Lo acerqué hacia mí y apreté su cabeza contra mi pecho, ahogando su voz en la tela de mi vestido. Los frágiles huesos de los hombros parecían las alas de un pájaro bajo mi mano.

—No me cuentes más —le dije—. Está bien, Fergus. No estoy enfadada, pero no me digas nada más.

Fue una orden inútil; no podía dejar de hablar, después de tantos días de miedo y silencio.

—¡Pero fue culpa mía, madame! —explotó, alejándose. El labio le temblaba y tenía los ojos inundados de lágrimas—. Debí haberme callado; ¡no debí haber gritado! Pero no pude evitarlo, y milord me oyó, y... y entró... y... ¡oh, madame, no fue correcto, pero me alegré tanto al verlo, que corrí hacia él, y él me puso a sus espaldas y golpeó al inglés en la cara. Entonces el inglés se levantó del suelo con un taburete en la mano y se lo arrojó, y yo tenía tanto miedo que huí de la habitación y me escondí en un armario que hay al final del corredor. Después hubo muchos gritos y golpes, y un terrible ruido, y más gritos. Después todo terminó, y milord abrió la puerta del armario y me sacó. Tenía mi ropa, y él mismo me vistió, porque yo no podía abrocharme los botones... me temblaban los dedos.

Se aferró a mis faldas con las dos manos; la necesidad de que yo le creyera le atenazaba el rostro.

—¡Es culpa mía, madame, pero yo no lo sabía! ¡No sabía que seguiría peleándose con el inglés! ¡Y ahora milord se ha ido y nunca volverá, y yo tengo la culpa!

Estaba sollozando, y cayó al suelo, a mis pies. Lloraba tan alto que no creo que me oyera cuando me incliné para alzarlo, pero lo dije de todos modos:

—No es culpa tuya, Fergus. Tampoco mía... pero tienes razón: él se ha ido.

Después de la revelación de Fergus, me hundí aún más en mi apatía. La nube gris que me había rodeado desde el aborto parecía acercarse, envolviéndome en sombras que atenuaban la luz del día más soleado. Los sonidos eran vagos, como el repiqueteo de una boya entre la neblina del mar. Louise se ponía de pie frente a mí y me miraba preocupada.

—Estás muy delgada —me regañaba—. Y pálida. ¡Me han dicho que hoy tampoco has desayunado!

No podía recordar la última vez que había tenido hambre. Tampoco tenía importancia. Mucho antes del incidente en el Bois de Boulogne, mucho antes de mi viaje a París. Fijé la vista sobre la repisa y la dejé vagar por las florituras del tallado rococó. Louise continuó hablando, pero no le presté atención; tan solo era un ruido en la habitación, como la rama de un árbol que roza contra el muro de piedra de la casa, o el zumbido de las moscas atraídas por el olor del desayuno que había dejado intacto.

Observé cómo una de ellas se elevaba súbitamente de los huevos, mientras Louise daba una palmada. Zumbó en círculos breves e irritantes antes de volver a posarse sobre su alimento. Se oyó el sonido de pasos apresurados detrás de mí, una orden brusca de Louise, un sumiso «*Oui, madame*» y el súbito golpe de una criada, que se dedicaba a eliminar las moscas, una por una. Tras recogerlos de la mesa, se metía cada pequeño cadáver en el bolsillo y limpiaba la mancha que había dejado con la esquina de su delantal.

Louise se inclinó y, de repente, su cara apareció en mi campo de visión.

—¡Puedo verte todos los huesos de la cara! ¡Si no quieres comer, por lo menos sal un poco! —dijo con impaciencia—. Ya ha dejado de llover; vamos, veamos si quedan uvas en la parra. Tal vez quieras comer algunas.

Me daba igual estar fuera o dentro; la suave y entumecedora confusión seguía conmigo, diluyendo los trazos y haciendo que todos los lugares parecieran iguales. Pero a Louise parecía importarle, así que me levanté para acompañarla.

Cerca de la puerta del jardín, nos interceptó la cocinera con una lista de preguntas y quejas sobre el menú para la cena. Louise había invitado gente a cenar con la intención de distraerme, y los preparativos habían causado desacuerdos domésticos toda la mañana.

Louise suspiró y me dio una palmadita en la espalda.

—Ve tú —dijo empujándome hacia la puerta—. Enviaré a un lacayo con tu abrigo.

Aunque estábamos en agosto, hacía fresco debido a la lluvia caída la noche anterior. En los senderos de grava había charcos de agua, y el goteo de los árboles mojados era incesante como la lluvia misma.

El cielo estaba cubierto pero ya no había nubes negras. Crucé los brazos; parecía que el sol quería volver a salir, pero aún hacía frío para prescindir del abrigo.

Cuando oí pasos a mis espaldas sobre el sendero, me di la vuelta y me encontré con François, el segundo lacayo, pero no me traía nada. Tenía un aspecto vacilante y me miraba como si quisiera asegurarse de que yo fuera la persona que estaba buscando.

—Madame —dijo—. Tiene una visita.

Suspiré por dentro; no quería verme obligada a ser cortés con las visitas.

—Dile que estoy indispuesta —dije, volviéndome para seguir con mi paseo—. Y cuando se haya ido, tráeme el abrigo.

—Pero, madame —insistió—, es el señor Broch Tuarach, su marido.

Sobresaltada, giré para mirar hacia la casa. Era verdad, pues alcancé a ver la alta figura de Jamie, torciendo la esquina del edificio. Me volví fingiendo no haberlo visto, y me dirigí hacia la glorieta. Allí la maleza era espesa; quizá podría ocultarme.

—¡Claire!

Era inútil fingir; él también me había visto, y caminaba por el sendero hacia mí. Caminé más rápido, pero no podía rivalizar con sus largas piernas. Ya estaba jadeando a mitad de camino hacia la glorieta y tuve que aflojar el paso. No estaba en condiciones de hacer ejercicios pesados.

—¡Aguarda, Claire!

Miré atrás; casi me había alcanzado. El suave entumecimiento que sentía empezó a desaparecer, y tuve miedo de que el mero hecho de verlo me lo arrancara. Pensé que, si lo hacía, moriría, como una larva arrancada del suelo y lanzada sobre una roca para marchitarse, desnuda y vulnerable, al sol.

—¡No! —exclamé—. No quiero hablar contigo. Vete. —Vaciló por un instante; me giré y eché a andar otra vez por el sendero, hacia el cenador. Oí sus pasos en la grava del sendero, pero caminé más rápido, sin volverme, casi corriendo.

Cuando hice una pausa para pasar por debajo de la glorieta, él me cogió de la muñeca. Traté de soltarme, pero me retuvo con fuerza.

—¡Claire! —volvió a decir. Me costó, pero mantuve la cara girada; si no lo miraba, podía fingir que no estaba allí. Estaría a salvo.

Jamie me soltó la muñeca pero me cogió por los hombros y tuve que levantar la cabeza para mantener el equilibrio. Tenía la cara bronceada y delgada, con líneas duras junto a la boca, y había dolor en sus ojos.

—Claire —dijo con suavidad, ahora que me podía ver mirándolo—. Claire, también era hijo mío.

—Sí, lo era... ¡y lo mataste! —Me solté y atravesé el angosto arco. Me detuve dentro, jadeando como un perro aterrado. No me había dado cuenta de que el arco daba a una pequeña glorieta cubierta de parra. Me encontraba rodeada de paredes enrejadas: estaba atrapada. La luz detrás de mí se apagó cuando su cuerpo bloqueó el arco.

—No me toques. —Di un paso atrás mirando el suelo.

«¡Vete! —pensé—. ¡Por favor, por el amor de Dios, déjame en paz!» Sentí que la nube gris quedaba inexorablemente destruida, y unas punzadas de dolor me atravesaron como relámpagos.

Jamie se detuvo a pocos metros. Me tambaleé a ciegas hacia la pared enrejada y me dejé caer sobre un banco de madera. Cerré los ojos y me senté, temblorosa. Aunque ya no llovía, un viento frío y húmedo atravesaba el enrejado y me helaba el cuello.

No se acercó. Podía sentirlo, allí de pie, mirándome. Podía oír su respiración agitada.

—Claire —repitió una vez más, con desesperación en la voz—. Claire, acaso no ves... ¡Claire, tienes que hablar conmigo! ¡Por el amor de Dios, Claire, ni siquiera sé si era niño o niña!

Me quedé sentada, helada, aferrada a la áspera madera del banco. Un momento después oí un ruido pesado frente a mí. Abrí los ojos y vi que él se había sentado sobre la grava mojada. Tenía la cabeza gacha; la lluvia había dejado un brillo en su pelo.

—¿Quieres que te lo ruegue? —preguntó.

—Era una niña —respondí después de un momento. Mi voz sonaba extraña y ronca—. La madre Hildegarde la bautizó: Faith. Faith Fraser. La madre Hildegarde tiene un raro sentido del humor.

No se movió. Al poco rato me preguntó:

—¿La viste?

Abrí los ojos por completo. Miré mis rodillas, donde las gotas de agua de las parras que estaban detrás de mí dejaban manchas mojadas sobre la seda.

—Sí. La *maîtresse sage-femme* dijo que debía verla, así que me obligaron.

Recordé la voz de madame Bonheur, la más respetada y anciana de las parteras que donaban su tiempo a L'Hôpital des Anges: «Dadle la niña; es mejor que la vea. Así no se imaginará cosas raras.»

Así que yo no imaginaba, sino que recordaba.

—Era perfecta —dije con voz suave, como hablando conmigo misma—. Tan pequeña que la cabecita me cabía en la palma de la mano. Las orejas le sobresalían un poco; podía ver la luz a través de ellas.

La luz también brillaba a través de su piel, iluminando la redondez de sus mejillas y nalgas con la luz de las perlas; calma y fresca, con el extraño tacto del mundo marino sobre ellas.

—La madre Hildegarde la envolvió en un paño de satén blanco —continué, observando mis puños cerrados sobre mi regazo—. Sus ojos estaban cerrados. Todavía no tenía pestañas, pero los ojos eran rasgados. Comenté que eran como los tuyos, pero me dijeron que todos los recién nacidos tienen los ojos así.

Diez dedos en las manos y diez en los pies. Sin uñas, pero con el brillo de las pequeñas articulaciones, las rótulas y las falanges como ópalos, como los huesos preciosos de la tierra misma. Recuerda, hombre, que polvo eres...

Recordé el bullicio lejano del hospital, donde la vida seguía su curso, y el murmullo acallado de la madre Hildegarde y de madame Bonheur, quienes hablaban con un sacerdote que daría una misa especial a petición de la madre Hildegarde. Recordé la expresión de tranquilidad en los ojos de madame Bonheur al volverse para mirarme, al constatar mi debilidad. Quizá ella también veía la brillantez delatora de la fiebre; se había vuelto hacia la madre Hildegarde y había hablado con voz aún más baja... sugiriéndole tal vez que esperaran; podrían ser necesarios dos funerales.

Y en polvo te convertirás.

Pero yo había vuelto de entre los muertos. Sólo el poder de Jamie sobre mi cuerpo había sido lo bastante fuerte para librarme de aquel final; el maestro Raymond lo había sabido. Yo sabía que sólo Jamie podía devolverme por completo al reino de los vivos. Por eso me alejaba de él, había hecho todo lo posible por mantenerlo lejos, para asegurarme de que nunca volviera a acercarse. No tenía deseos de vivir, ni de volver a sentir. No quería conocer el amor para perderlo otra vez.

Pero ya era demasiado tarde. Lo sabía, aunque seguía luchando por conservar la nube gris que me envolvía. Luchar solo aceleraba su disolución; era como agarrar pedazos de nube que se desvanecían en la bruma fría entre mis dedos. Podía sentir la luz cegadora y abrasadora que se acercaba.

Jamie se había puesto en pie. Su sombra cayó sobre mis rodillas; eso debía significar que la nube se había roto; una sombra no surge sin luz.

—Claire —susurró—. Por favor. Quiero consolarte.

—¿Consolarme? —pregunté—. ¿Y cómo puedes hacerlo? ¿Puedes devolverme a mi hija?

Cayó de rodillas frente a mí, pero mantuve la cabeza gacha, observando mis manos abiertas, vacías sobre mi regazo. Percibí que se movía cuando se estiró para tocarme, vaciló, se echó atrás, y volvió a acercarse.

—No —dijo, con voz apenas audible—. No, no puedo hacer eso. Pero... con la bendición de Dios... puedo darte otro hijo.

Su mano flotó sobre la mía, tan cerca que sentí el calor de su piel. También sentí otras cosas: la pena que tenía bajo control, la ira y el miedo que lo ahogaban, y el valor que lo hacía hablar a pesar de todo. Reuní fuerzas de flaqueza; cogí su mano, alcé la cabeza y miré directamente al sol.

Permanecimos sentados en el banco con las manos entrelazadas y apretadas, inmóviles, sin hablar durante un largo tiempo, horas quizá, con la suave llovizna susurrando nuestros pensamientos a las hojas de parra que nos cubrían. Las gotas de agua se dispersaban sobre nosotros con el viento, sollozando por la pérdida y la separación.

—Tienes frío —susurró Jamie por fin. Cogió un extremo de su capa y me envolvió con ella, con la calidez de su piel. Poco después me apoyé en él, buscando su abrigo, temblando más por la sorprendente solidez de su cuerpo, por su repentina presencia, que por el frío.

Puse una mano sobre su pecho lentamente, como si al tocarlo pudiera quemarme, y así nos quedamos un rato, dejando que las hojas de parra hablaran por nosotros.

—Jamie —dije finalmente, con voz suave—. Oh, Jamie. ¿Dónde has estado?

Su brazo se apretó más contra mí, pero pasó un momento antes de que contestara.

—Creí que estabas muerta, *mo duinne* —dijo tan despacio que apenas era capaz de oírlo sobre el susurro del cenador—. La última vez que te vi estabas tendida en el suelo. ¡Dios! Estabas tan blanca, con la falda ensangrentada... Traté de acercarme a ti en cuanto vi... corrí hacia ti, pero entonces me apresó el guardia.

Tragó saliva con fuerza; noté que un escalofrío descendía por la larga curva de su columna.

—Luché... luché y rogué... pero no me permitieron hacer nada. Me llevaron, me metieron en un calabozo, y allí me dejaron... creyendo que estabas muerta; sabiendo que te había matado.

Sentí que temblaba. Estaba llorando, aunque no podía verle el rostro. ¿Cuánto tiempo habría estado solo en la oscuridad de la Bastilla? Solo con el olor a sangre y el fantasma vacío de la venganza.

—Está bien —le dije, y apreté la mano contra su pecho como para acallar los latidos de su corazón—. Jamie, está bien. No fue culpa tuya.

—Traté de romperme la cabeza contra la pared para dejar de pensar —dijo casi en un murmullo—. Entonces me ataron de pies y manos. Y al día siguiente fue a verme Rohan y me dijo que estabas viva, aunque quizá no por mucho tiempo.

Calló, pero pude sentir su dolor, agudo como el filo cristalino del hielo.

—Claire —susurró por fin—. Lo siento.

«Lo siento.» Eran las palabras que había escrito antes de que el mundo se derrumbara. Por fin las comprendía.

—Lo sé —dije—. Jamie, lo sé. Fergus me lo contó. Sé por qué fuiste.

Inspiró honda y temblorosamente.

—Sí, bien... —dijo, y se detuvo.

Dejé que mi mano cayera en su muslo; sentí las calzas frías y húmedas bajo mi mano.

—Cuando te soltaron, ¿te dijeron por qué te dejaban en libertad? —Intenté mantener el ritmo de mi respiración, pero no pude.

El muslo se tensó bajo mi mano, pero Jamie mantenía su voz bajo control.

—No —respondió—. Sólo que era... la voluntad de Su Majestad. —Pronunció la palabra *voluntad* con un ligero énfasis, con una delicada ferocidad que me hizo ver que había supuesto por qué estaba en libertad, tanto si se lo habían dicho sus guardianes como si no.

Me mordí con fuerza el labio inferior, tratando de decidir qué decirle.

—Fue la madre Hildegarde —continuó, con voz segura—. Fui de inmediato a L'Hôpital des Anges a buscarte. Y encontré a la madre Hildegarde y la nota que dejaste para mí. Y ella... me lo contó todo.

—Sí —dije, tragando saliva—. Fui a ver al rey.

—¡Lo sé! —Me apretó la mano con fuerza, y por el sonido de su respiración me di cuenta de que estaba apretando los dientes.

—Pero Jamie... cuando fui...

—¡Por Dios! —dijo, y se incorporó de repente, volviéndose para mirarme—. ¿No sabes lo que...? Claire. —Cerró los ojos un instante y respiró profundamente—. En todo el camino a Orvieto no veía más que sus manos sobre la blancura de tu piel, sus labios sobre tu cuello, su... su pene... lo vi cuando presencié el *lever*... vi el maldito y sucio pene poniéndose erecto... ¡Por Dios, Claire! ¡En la prisión creía que estabas muerta, y cuando viajé a España, deseaba que lo estuvieras!

Los nudillos de su mano estaban blancos, y sentí los huesos de mis dedos crujiendo bajo su presión.

Solté mi mano.

—¡Jamie, escúchame!

—¡No! —dijo—. No quiero escuchar...

—¡Escúchame, maldito seas!

Mi voz sonó lo suficientemente potente para acallarlo por un instante. Mientras estaba callado, comencé a contarle con rapidez la historia de la recámara del rey, los encapuchados, la habitación a oscuras, el duelo de los hechiceros y la muerte del conde de Saint Germain.

Mientras hablaba, el color rojo desapareció de sus mejillas azotadas por el viento y su expresión se suavizó, pasando de la angustia a la furia y a la confusión, y poco a poco a la sorpresa.

—¡Dios mío! —dijo por fin—. ¡Oh, Dios santo!

—No te imaginas lo que empezaste con esa tonta historia de la Dama Blanca. —Estaba exhausta, pero logré sonreír—. Así que... así que el conde... bien, Jamie... ha muerto.

No respondió, pero me acercó suavemente hacia él, de modo tal que mi frente se apoyó sobre su hombro, y mis lágrimas le mojaron la camisa. Sin embargo, un minuto después me enderecé y lo miré fijamente, secándome la nariz.

—¡Se me acaba de ocurrir, Jamie! ¡El oporto... la inversión de Carlos Estuardo! Si el conde está muerto...

Negó con la cabeza, con una tenue sonrisa.

—No, *mo duinne*. Está a salvo.

Sentí una ola de alivio.

—Oh, gracias a Dios. ¿Lo conseguiste, entonces? ¿Las drogas funcionaron con Murtagh?

—Bueno, no —respondió con una amplia sonrisa—. Pero conmigo sí.

Liberada del miedo y la ira, me sentía mareada y medio aturdida. El olor a uvas mojadas por la lluvia era fuerte y dulce, y fue un alivio reclinarme contra Jamie, sintiendo su calidez como un consuelo y no como una amenaza, mientras escuchaba la historia de la piratería del oporto.

—Hay hombres que nacieron para estar en el mar —comenzó—. Pero me temo que yo no estoy entre ellos.

—Lo sé —dije—. ¿Te mareaste?

—Nunca he estado peor —me aseguró irónicamente.

El mar de la costa de Orvieto había estado revuelto. A la hora se hizo evidente que Jamie no iba a poder cumplir con su parte del plan original.

—En cualquier caso, no podía hacer otra cosa que quedarme acostado en mi camastro y quejarme —dijo, encogiéndose de hombros—. Así que pensé que también podría tener viruela.

Jamie y Murtagh intercambiaron rápidamente los papeles, y veinticuatro horas después de haber partido de España, el capitán del *Scalamandre* había descubierto, horrorizado, que la plaga se había apoderado de su barco.

Jamie se rascó el cuello pensativo, como si todavía sintiera los efectos del jugo de ortigas.

—Cuando me descubrieron pensaron en arrojarme por la borda —continuó—, y debo decir que me pareció una buena idea. —dijo con una sonrisa torcida—. ¿Alguna vez has estado mareada y con urticaria?

—No, gracias a Dios. —Me estremecí al pensarlo—. ¿Murtagh se lo impidió?

—Sí. Es muy feroz este Murtagh. Durmió en la puerta de mi camarote con la mano sobre la espada hasta que llegamos a salvo a Bilbao.

Según lo previsto, el capitán del *Scalamandre,* frente a la elección poco rentable de seguir viaje a Le Havre y perder el cargamento, o volver a España y esperar impaciente mientras aguardaba noticias de París, optó por vendérselo a un comprador caído del cielo, Murtagh.

—Pero no le fue tan fácil conseguir un buen precio —observó Jamie, rascándose el brazo—. Regateó durante medio día... ¡y yo muriéndome en el camastro, orinando sangre y vomitando las entrañas!

No obstante, el trato se había cerrado. Tanto el oporto como el enfermo de viruela desembarcaron en Bilbao y, salvo cierta tendencia a orinar color bermellón, la recuperación de Jamie fue rápida.

—Vendimos el oporto a un comerciante de Bilbao —dijo—. Envié a Murtagh a París de inmediato, para que saldara la deuda con monsieur Duverney, y luego... vine aquí.

Se miró las manos, apoyadas en su regazo.

—No sabía qué hacer —dijo suavemente—. Si venir o no. Caminé para darme tiempo para pensar. Caminé todo el trayecto desde París a Fontainebleau. Y casi todo el camino de regreso. Volví una decena de veces, diciéndome que era un asesino y un tonto, sin saber si prefería matarme o si tú...

Entonces suspiró y me miró con los ojos oscurecidos por el reflejo de las hojas agitadas.

—Tenía que venir —resumió.

No dije nada, pero apoyé mi mano sobre la suya y me senté junto a él. Las uvas caídas se acumulaban en el suelo del cenador, y el aroma pungente de su fermentación prometía el olvido del vino.

El sol cubierto de nubes se estaba acostando, y la negra silueta de Hugo se recortó en la entrada de la glorieta.

—Perdón, madame —dijo—. La señora quiere saber si *le seigneur* se queda a cenar.

Eché un vistazo a Jamie. Estaba quieto, esperando; el sol que se colaba entre las hojas de parra resplandecía sobre su pelo, y éstas lanzaban sombras sobre su rostro.

—Es mejor que lo hagas. Estás muy delgado.

Me miró, sonriendo a medias.

—Y tú también, Sassenach.

Se puso en pie y me ofreció su brazo con galantería. Lo tomé y juntos fuimos a cenar, dejando conversar en silencio a las hojas de parra.

Estaba acostada junto a Jamie, abrazada a él, con su mano apoyada en mi muslo mientras dormía. Miré hacia arriba en la oscuridad de la habitación, escuchando el pacífico sonido de su aliento y respirando el aroma fresco del aire húmedo de la noche, mezclado ligeramente con el aroma de la glicinia.

La caída del conde de Saint Germain había puesto fin a la velada en lo que respectaba a todos menos a Luis. Mientras el grupo se marchaba, murmurando con entusiasmo entre sí, me había cogido del brazo y me había conducido a través de la misma puerta por la que había entrado. Bueno con las palabras cuando la ocasión lo requería, esta vez no necesitó decir nada.

Me llevó al sillón de terciopelo verde, me puso de espaldas y me levantó las faldas suavemente antes de que pudiera hablar. No me besó; no me deseaba. Se trataba sólo del reclamo ritual del pago que habíamos acordado. Luis era un negociante astuto, y no perdonaba una deuda a la que creía tener derecho, tanto si el pago tenía valor para él como si no. Y tal vez lo tenía, después de todo; vi algo más que cierta excitación temerosa en sus preparativos. ¿Quién sino un rey se atrevería a abrazar a la Dama Blanca?

Yo estaba cerrada y seca, no estaba lista. Impaciente, cogió un frasco de aceite de rosas de la mesa y masajeó rápidamente mi entrepierna. Permanecí inmóvil, callada, mientras extraía el dedo y lo reemplazaba de inmediato con un miembro un poco más grande, y... —*sufrí* no era la palabra adecuada pues no hubo dolor ni humillación; fue sólo una transacción comercial— esperé, durante el rápido balanceo; después se puso en pie, abrochándose las calzas sobre el pequeño bulto; la excitación coloreaba su rostro. No quería arriesgarse a la posibilidad de un bastardo mitad real, mitad mágico; no con madame de La Tourelle lista (mucho más que yo, supuse) y esperándolo en su alcoba al final del corredor.

Yo le había dado lo que implícitamente había prometido; ahora el rey podía, con honor, acceder a mi petición sin sentir que se le había quitado nada. En cuanto a mí, devolví la reverencia, liberé el codo de la mano del rey, quien galantemente me escoltó hasta la puerta, y abandoné el salón de audiencias sólo minutos después de haber entrado, con la seguridad de que la orden de liberación de Jamie sería dada por la mañana.

El caballero de la alcoba real aguardaba en el corredor. Me hizo una reverencia y se la devolví. Después lo seguí por el pasillo de los espejos, sintiendo los muslos resbaladizos al rozarse entre sí y con un fuerte olor a rosas entre las piernas.

Al oír el portón del palacio cerrarse a mis espaldas, cerré los ojos y pensé que nunca más volvería a ver a Jamie. Y si por casualidad lo veía, le restregaría la nariz en el aceite de rosas hasta que se le descompusiera el alma y se muriera.

Pero allí estaba, con su mano sobre mi muslo, oyendo su respiración, profunda y constante en la oscuridad junto a mí. Dejé que la puerta se cerrara para siempre sobre la audiencia con el rey.

29

Cogiendo la ortiga

—Escocia —dije suspirando. Pensaba en los frescos arroyos y en los pinos de Lallybroch, la heredad de Jamie—. ¿De verdad podemos volver?

—Supongo que debemos hacerlo —respondió Jamie con ironía—. El indulto real dice que si no he salido de Francia a mediados de septiembre, vuelvo a la Bastilla. Al parecer, Luis también ha conseguido el perdón de la Corona inglesa; de lo contrario, me ahorcarían en cuanto desembarcara en Inverness.

—Podríamos ir a Roma, o a Alemania —sugerí vacilante. No había nada que deseara más que ir a Lallybroch y sanar en la paz de las Highlands. Estaba cansada de cortes e intrigas, y de la constante tensión del peligro y la inseguridad. Pero si Jamie opinaba otra cosa...

Él meneó la cabeza; el pelo rojizo le cayó sobre la cara al levantarse para calzarse las medias.

—No, es Escocia o la Bastilla —dijo—. Ya está reservado el pasaje en el barco, por si acaso. —Se enderezó y se apartó el pelo de los ojos con una sonrisa irónica—. Me imagino que el duque de Sandringham, y quizá también el rey Jorge, quieren que esté en casa, donde pueden vigilarme y no como espía en Roma, o consiguiendo fondos en Alemania. Supongo que las tres semanas de gracia son una cortesía para Jared, que deberá volver antes de que yo parta.

Yo estaba sentada en el asiento de la ventana del dormitorio, mirando el mar verde de los bosques de Fontainebleau. El aire caliente y lánguido del verano parecía oprimirnos, drenando toda la energía.

—No puedo decir que no me alegre —dije, apoyando la mejilla sobre el cristal, en busca de un poco de frescor. La llovizna del día anterior había dejado una manta de humedad que hacía que el pelo y la ropa se me pegaran a la piel, provocándome picazón—. Pero ¿crees que es seguro? ¿Crees que Carlos, ahora que ha muerto el conde y ha perdido el dinero de Manzetti, se dará por vencido?

Jamie frunció el ceño, frotándose la mandíbula con la mano para juzgar cuánto le había crecido la barba.

—Ojalá supiera si ha recibido alguna carta de Roma en las últimas dos semanas y, si ha sido así, qué había en ellas. Pero sí, creo que lo hemos conseguido. No creo que haya banquero en Europa dispuesto a adelantar dinero para la causa de los Estuardo, desde luego. Felipe de España tiene otras preocupaciones, y Luis... —se encogió de hombros, y torció la boca con ironía—. Entre monsieur Duverney y el duque de Sandringham, yo diría que las expectativas de Carlos en esa dirección son más bien escasas. ¿Crees que debería afeitarme?

—A mí no me molesta —dije. La intimidad casual de la pregunta me hizo sentirme repentinamente tímida. Habíamos compartido la cama la noche anterior, pero estábamos exhaustos, y la delicada red tejida entre nosotros en el cenador parecía demasiado frágil como para soportar la tensión de intentar hacer el amor. Había pasado toda la noche consciente de su cálida proximidad, pero pensé que, dadas las circunstancias, debía dejarle dar el primer paso.

Capté el juego de luces sobre sus hombros mientras se giraba para buscar su camisa, y me asaltó el deseo de tocarlo, de sentirlo, suave, duro y ansioso contra mí una vez más.

Su cabeza apareció por el cuello se la camisa, y sus ojos se encontraron con los míos, súbitamente y por descuido. Se detuvo durante un instante y me miró, sin hablar. Los sonidos matutinos de la casa se oían con claridad fuera de la burbuja de silencio que nos rodeaba; el ajetreo de los criados, el sonido agudo de la voz de Louise, elevada por alguna clase de altercado.

«Aquí no —decían los ojos de Jamie—. No en medio de tanta gente.»

Bajó la vista para abrocharse los botones de la camisa cuidadosamente.

—¿Louise tiene caballos para cabalgar? —preguntó con los ojos puestos en la tarea que estaba realizando—. Hay unos peñascos cerca de aquí. Podríamos ir cabalgando... quizá el aire sea más fresco.

—Creo que sí —respondí—. Se lo preguntaré.

Llegamos a los peñascos justo antes del mediodía. Más que peñascos eran rocas y crestas de piedra caliza que surgían entre la hierba amarillenta, como ruinas de una ciudad antigua, agrietadas por el paso del tiempo y por el clima, y cubiertas de miles de plantas pequeñas y extrañas que habían encontrado un punto de apoyo allí donde la tierra estaba erosionada.

Dejamos los caballos en un prado y subimos a pie a una meseta amplia y llana de piedra caliza, cubierta de parches de hierba áspera, justo debajo del peñasco más alto. Los arbustos daban poca sombra, pero soplaba una ligera brisa.

—¡Por Dios, qué calor! —dijo Jamie. Se desabrochó la hebilla del kilt, la dejó caer a sus pies y empezó a quitarse la camisa.

—¿Qué estás haciendo, Jamie? —pregunté riendo.

—Me estoy desnudando —respondió de forma natural—. ¿Por qué no haces lo mismo, Sassenach? Has sudado más que yo, y no nos puede ver nadie.

Tras vacilar un momento, hice lo que me sugería. Estábamos aislados por completo; al ser una zona demasiado escarpada y rocosa para las ovejas, la posibilidad de que apareciera un pastor perdido era remota. Solos, desnudos y juntos, lejos de Louise y de una multitud de sirvientes... Jamie extendió su capa sobre el áspero suelo mientras me quitaba la ropa sudada. Luego se acostó de espaldas.

Se estiró perezosamente y se recostó, con los brazos debajo de la cabeza, completamente ajeno a las hormigas curiosas, la grava y los trozos de vegetación espinosa.

—Debes de tener piel de cabra —observé—. ¿Cómo puedes acostarte en el suelo así, sin nada debajo? —Desnuda como él, me recosté cómodamente sobre la capa que había extendido para mí.

Jamie se encogió de hombros, con los ojos cerrados frente al cálido sol de la tarde. La luz lo iluminaba en la hondonada en la que yacía, dándole un brillo cobrizo contra la oscuridad de la hierba áspera que tenía debajo.

—Me apaño —dijo, poniéndose cómodo, y se quedó callado; el sonido de su respiración apenas me llegaba por encima del gemido suave del viento que cruzaba los riscos que había sobre nosotros.

Me giré y apoyé la barbilla sobre sus brazos para mirarlo. Era ancho de hombros y estrecho de caderas, con piernas largas y fuertes, ligeramente abombadas por músculos que estaban tensos incluso cuando estaba relajado. La cálida brisa agitaba los mechones suaves de color canela bajo sus brazos, y erizaba el vello cobrizo que ondeaba en sus muñecas, en el punto en el que sostenían su cabeza. La ligera brisa era bienvenida, puesto que el sol de principios de otoño todavía calentaba mis hombros y pantorrillas.

—Te amo —dije en voz baja, sin intención de que me oyera, por el simple placer de decirlo.

Pero me oyó, pues vi que una pequeña sonrisa curvaba su amplia boca. Poco después se acercó y se puso boca abajo sobre la capa, junto a mí. Tenía algunas briznas de hierba sobre la espalda y el trasero. Le quité una con suavidad, y su piel se estremeció un poco ante el contacto. Me incliné para besarle el hombro, disfrutando del cálido aroma y del gusto ligeramente salado de su piel. Sin embargo, en lugar de besarme se alejó un poco y se recostó sobre un codo, mirándome. Había algo en su expresión que no entendía y me inquietaba un poco.

—Pagaría por saber lo que piensas —dije, pasando un dedo por el profundo surco de su columna. Se alejó un poco para evitar que lo tocara, e inhaló profundamente.

—Bueno, me preguntaba... —empezó, y se detuvo, Miraba hacia abajo, y jugueteaba con una diminuta flor que brotaba de la hierba.

—¿Qué te preguntabas?

—Cómo fue hacerlo... con Luis.

Creí que se me paraba el corazón por un instante. Sabía que el color había desaparecido de mi rostro, puesto que sentía los labios entumecidos mientras me obligaba a pronunciar las palabras.

—¿Cómo... fue... hacerlo?

Alzó la mirada, tratando de sonreír.

—Bueno —dijo—. Es el rey. Podría creerse que es... diferente, de alguna manera. Especial, tal vez. —La sonrisa se estaba desvaneciendo y su rostro se puso tan blanco como el mío. Bajó la mirada otra vez, evitando la mía, afligida—. Supongo que lo que quería saber —susurró— era... era si... es distinto que conmigo.

Vi que se mordía el labio como si deseara no haber pronunciado las palabras, pero era demasiado tarde.

—¿Cómo diablos lo supiste? —pregunté. Me sentí confundida y expuesta, y me puse boca abajo, presionando la hierba con fuerza.

Meneó la cabeza, mordiéndose aún el labio inferior. Cuando por fin lo liberó, se veía una profunda marca roja en el punto en el que se había mordido.

—Claire —dijo con suavidad—. Oh, Claire. Desde la primera vez te entregaste totalmente y nunca me negaste nada. Nunca. Cuando te pedí que fueras sincera, te dije que la mentira no estaba en tu naturaleza. Cuando te toqué... —Su mano se movió y acunó mi nalga, y yo me encogí por la sorpresa—. ¿Cuánto tiempo hace que te amo? —preguntó en voz baja—. ¿Un año? Desde el momento en que te vi. ¿Y cuántas veces he amado tu cuerpo? ¿Quinientas veces? ¿Más?... —Entonces, me tocó con un dedo, suave como una mariposa, y recorrió la línea de mi brazo y mi hombro, deslizándose por mis costillas hasta que me estremecí por el contacto y me giré para mirarlo de frente—. Nunca evitaste mis caricias —dijo, con la mirada fija sobre el sendero que había tomado su dedo, que bajaba por la curva de mi pecho—. Ni siquiera al principio, cuando era natural que lo hicieras y no me habría sorprendido. Pero no lo hiciste; me lo diste todo desde el principio; no te guardaste nada, no me negaste ninguna parte de ti.

»Pero ahora... —continuó, retirando la mano—. Al principio pensé que era porque habías perdido a la niña, y tal vez tenías vergüenza de mí, o te sentías rara después de tanto tiempo separados. Pero después me he dado cuenta de que no era ése el motivo.

Entonces se hizo un largo silencio. Podía sentir el doloroso ruido sordo de mi corazón contra el suelo frío, y oír la conversación del viento en los pinos que había más abajo. A lo lejos, se oía el canto de unos pequeños pájaros. Deseé ser uno de ellos. O estar lejos, si no.

—¿Por qué? —preguntó con suavidad—. ¿Por qué me mentiste? Cuando volví, creía que lo habías hecho.

Bajé la mirada hasta mis manos, entrelazadas bajo mi barbilla, y tragué saliva.

—Si... —empecé, y tragué otra vez—. Si te decía que había permitido que Luis... me habrías hecho preguntas. Pensé que no podrías olvidar... tal vez me perdonaras, pero nunca lo olvidarías, y eso siempre se interpondría entre nosotros—. Tragué una vez más, con fuerza. Tenía las manos frías a pesar del calor, y sentí un peso en el estómago. No obstante, si iba a decirle la verdad, tenía que decirle toda la verdad—. Si preguntabas, ¡y lo has hecho, Jamie!, habría tenido que hablar sobre ese momento, volverlo a vivir, y tuve miedo... —Me detuve, incapaz de hablar, pero él no iba dejar que me escapara.

—¿Miedo de qué? —insistió.

Volví la cabeza ligeramente sin mirarlo a los ojos, pero lo suficiente como para ver su contorno oscuro contra el sol, asomando entre la cortina que formaba mi cabello.

—Miedo de decirte por qué lo hice —dije suavemente—. Jamie... tuve que hacerlo para que salieras de la Bastilla. Había hecho algo peor, de haber sido necesario. Pero entonces... y más tarde... tenía la esperanza de que alguien te lo contara, de que te enteraras. Estaba muy enfadada, Jamie, por el duelo y por la niña. Y porque me obligaste a hacerlo... a ir con Luis. Quise hacer algo que te alejara para asegurarme de que nunca volvería a verte. Lo hice... en parte... porque quise herirte —susurré.

Un músculo se contrajo junto a la comisura de su boca, pero mantuvo la mirada fija sobre sus manos entrelazadas. El abismo que había entre nosotros, con sus puentes peligrosamente construidos, se abría y se volvía impracticable una vez más.

—Ah. Pues lo conseguiste... —Apretó los labios en una fina línea y se quedó en silencio durante un rato. Finalmente, giró la cabeza y me miró directamente. Me hubiera gustado evitar sus ojos, pero no pude.

—Claire —dijo tras un corto silencio—. ¿Cómo te sentiste... cuando le di mi cuerpo a Jonathan Randall? ¿Cuando le permití poseerme, en Wentworth?

Un pequeño escalofrío me sacudió de la cabeza a los pies. Era la última pregunta que esperaba escuchar. Abrí y cerré la boca varias veces, antes de encontrar una respuesta.

—No... no sé —respondí débilmente—. Nunca lo pensé. Enfadada, por supuesto. Furiosa... ultrajada. Y sentí asco. Y miedo por ti. Y... lástima por ti.

—¿Te pusiste celosa cuando te conté lo sucedido... que me había excitado, contra mi voluntad?

Inhalé profundamente, sintiendo el cosquilleo de la hierba en mis pechos.

—No, creo que no. Entonces no lo pensé así. Después de todo, no fue como si tú... lo hubieras deseado. —Me mordí el labio, bajando la vista. Su voz sonaba serena sobre mi hombro.

—No creo que desearas acostarte con Luis... ¿o sí?

—¡No!

—Ah, bien —dijo. Juntó los pulgares sobre una brizna de hierba y se concentró en arrancarla lentamente de raíz—. Yo también estaba irritado y lleno de asco y lástima. —La hierba salió de su vaina con un pequeño crujido—. Cuando me pasó a mí —dijo, casi en un susurro— creí que ni siquiera podrías soportar pensar en ello, y no te habría culpado. Sabía que podías dejarme, y traté de alejarte para no tener que ver el asco y el dolor en tu cara. —Cerró los ojos y alzó la brizna entre sus dedos, acariciando ligeramente sus labios—. Pero no quisiste dejarme. Me abrazaste y me consolaste. Me curaste. Me amaste, a pesar de todo.

—Suspiró profundamente y volvió a mirarme. Tenía los ojos brillantes por las lágrimas, pero ninguna se deslizó por sus mejillas—. Pensé que, tal vez, podría hacer lo mismo por ti. Por eso decidí venir a Fontainebleau, por fin.

Parpadeó con fuerza una vez, y sus ojos se despejaron.

—Entonces, cuando me contaste que no había pasado nada... por un instante te creí; deseaba tanto creerte... Pero después... me di cuenta, Claire. No pude seguir ocultándomelo; supe que me habías mentido. Pensé que no confiabas en mi amor, o de lo contrario... que habías deseado hacerlo, y tenías miedo de que lo adivinara.

Dejó caer la hierba y hundió la cabeza hacia delante, sobre sus nudillos.

—Has dicho que querías herirme —continuó—. Bueno, sólo imaginarte acostada con el rey me dolió más que la marca sobre mi pecho, o el latigazo sobre mi espalda desnuda. Pero el hecho de que no confiaras en mi amor era como despertar del lazo del verdugo para sentir el cuchillo hundido en el vientre. Claire... —Abrió la boca sin emitir sonido; a continuación, la cerró con fuerza por un momento, hasta que encontró la fuerza para seguir adelante—. No sé si la herida es mortal, Claire... cuando te miro siento que se me escapa la sangre del corazón.

El silencio fue creciendo y se hizo más profundo entre nosotros. El pequeño zumbido de un insecto en las rocas vibró en el aire.

Jamie estaba quieto como una roca, con el rostro inexpresivo mientras miraba al suelo debajo de él. No soportaba aquel rostro vacío, ni la idea de lo que se escondía detrás. Había visto un destello de su furia desesperada en el cenador, y sentí el corazón vacío ante la idea de aquella rabia dominada a semejante coste, y ahora bajo un control de acero que contenía no sólo la ira, sino también la confianza y la alegría.

Deseaba desesperadamente romper de alguna forma el silencio que nos separaba; hacer algo que pudiera recuperar la confianza perdida entre nosotros. Entonces, Jamie se incorporó, con los brazos doblados con fuerza sobre sus muslos, y de espaldas mientras observaba el pacífico valle.

Pensé que era mejor la violencia que el silencio. Extendí el brazo para atravesar el abismo que había entre nosotros y posé una mano sobre su brazo. Estaba tibio por el sol, vivo ante mi contacto.

—Jamie —susurré—. Por favor.

Giró lentamente la cabeza hacia mí. Su rostro parecía sereno, aunque sus ojos felinos se cerraron aún más mientras me miraba en silencio, Finalmente, me agarró por la muñeca.

—¿Deseas que te golpee? —preguntó suavemente.

La presión sobre mi muñeca aumentó; forcejeé para liberarme de él, pero él tiró fuerte, arrastrándome por el suelo y acercando mi cuerpo al suyo.

Me sentía temblar y la piel de gallina erizaba el vello de mis antebrazos, pero conseguí hablar.

—Sí —dije.

Su expresión era impenetrable. Mirándome fijamente, estiró su mano libre, buscando entre las rocas hasta tocar un manojo de ortigas. Respiró hondo cuando sus dedos tocaron los tallos espinosos, pero apretó la mandíbula; cerró el puño y arrancó las plantas de raíz.

—Los campesinos de Gascuña golpean a las esposas infieles con ortigas —dijo. Bajó el manojo y me rozó un seno. Resollé ante el repentino pinchazo y una tenue marca roja apareció como por arte de magia sobre mi piel—. ¿Quieres que haga eso? —preguntó—. ¿Que te castigue así?

—Si... tú quieres. —Me temblaban tanto los labios que apenas podía hablar. Me cayó un poco de tierra de las raíces de las ortigas entre los pechos, y otro poco rodó por la pendiente de mis costillas debido al golpeteo de mi corazón, pensé. La roncha quemaba como fuego. Cerré los ojos, imaginando con vivo detalle cómo sería que me azotaran con un manojo de ortigas.

De repente, relajó la mano que me apretaba la muñeca. Abrí los ojos para encontrarme a Jamie sentado con las piernas cruzadas junto a mí y las plantas dispersas en el suelo a su lado. Tenía una ligera sonrisa arrepentida en los labios.

—Una vez te golpeé con justicia, Sassenach, y me amenazaste con quitarme las entrañas con mi propia daga. ¿Y ahora me pides que te azote con ortigas? —Movió la cabeza, perplejo; extendió la mano como por voluntad propia y la apoyó en mi mejilla—. ¿Entonces mi orgullo tiene tanto valor para ti?

—¡Sí! ¡Claro que sí, maldita sea! —Me enderecé y lo agarré de los hombros, cogiéndonos a ambos por sorpresa, y lo besé con fuerza y torpeza.

Sentí su sorpresa inicial y, a continuación, tiró de mí, me rodeó con fuerza la espalda y su boca respondió a la mía. En ese momento me aplastó contra la tierra, y su peso me mantuvo inmóvil debajo de él. Su hombros oscurecieron el brillante cielo, y sus manos sostuvieron mis brazos contra mis costados, manteniéndome prisionera.

—De acuerdo —susurró. Posó sus ojos sobre los míos, retándome a cerrarlos, obligándome a sostener la mirada—. De acuerdo. Ya que lo deseas, te castigaré. —Movió sus caderas sobre mí a modo de orden imperiosa y sentí que mis piernas se abrían para él, se abrían para dar la bienvenida a la violación—. Nunca —me susurró—. Nunca. ¡Nunca más otro que no sea yo! ¡Mírame! ¡Dímelo! ¡Mírame, Claire! —Se movió dentro de mí y gemí; hubiera girado la cabeza, pero me sostenía la cara entre las manos, obligándome a mirarlo a los ojos, a ver su amplia y dulce boca, retorcida por el dolor—. Nunca —repitió con más suavidad—. Porque eres mía. Mi esposa, mi corazón, mi alma.

Su peso me mantenía inmóvil, como una losa sobre mi pecho, pero la fricción de nuestra carne hacía que me retorciera contra él, deseando más y más.

—Mi cuerpo —dijo jadeando al darme lo que yo quería. Me resistí debajo de él como si quisiera escapar, mi espalda se arqueó, presionando aún más mi cuerpo contra el suyo. Entonces se extendió completamente sobre mí, sin moverse apenas, de manera que nuestra conexión más íntima apenas parecía más cercana que la fusión de nuestras pieles.

Sentí el suelo áspero y espinoso en mi espalda; el olor acre de los tallos aplastados se mezclaba con el del hombre que me poseía. Mis pechos estaban planos debajo de él, y sentía el cosquilleo del vello de su pecho mientras nos restregábamos. Me retorcí, instándolo a la violencia, sintiendo la hinchazón de sus muslos mientras me presionaba hacia abajo.

—Nunca —susurró, con su rostro a escasos centímetros del mío.

—Nunca —repetí, y volví la cabeza, cerrando los ojos para escapar de la intensidad de su mirada.

Una presión suave e inexorable me giró la cara hacia él, mientras los pequeños movimientos rítmicos proseguían.

—No, Sassenach —dijo suavemente—. Abre los ojos. Mírame. Porque ése es tu castigo, como también es el mío. Mira lo que me has hecho. Mírame.

Y miré, prisionera atada a él. Miré cuando Jamie se quitó la última máscara y me mostró sus profundidades y las heridas de su corazón. Si hubiera podido, hubiera llorado por su dolor y por el mío. Pero su mirada sostenía la mía, con los ojos secos y abiertos, infinitos como la sal marina. Su cuerpo me mantenía cautiva, guiándome con su fuerza, como el viento del oeste en las velas de una barca.

Y navegué dentro de él, igual que él dentro de mí, de manera que, cuando la última de las pequeñas tormentas del amor comenzó a sacudirme, gritó, y cabalgamos sobre las olas convertidos en uno, y nos vimos a nosotros mismos en los ojos del otro.

El sol de la tarde se reflejaba en las blancas rocas de piedra caliza, arrojando profundas sombras sobre las rocas y las hondonadas. Por fin encontré lo que estaba buscando, creciendo en la angosta hendidura de una roca gigante, como desafiando la falta de tierra. Rompí un tallo de aloe de una mata, corté la rama carnosa y desparramé la resina verde y fresca sobre las heridas de la mano de Jamie.

—¿Mejor? —le pregunté.

—Mucho mejor. —Jamie flexionó la mano, sonriendo—. ¡Cómo pican esas ortigas!

—Ya lo creo que sí. —Bajé el cuello de mi corpiño y apliqué un poco de jugo de aloe sobre mi seno con cautela. La frescura me alivió.

—Me alegro de que no hayas aceptado mi oferta —dije con ironía, echando un vistazo a un manojo cercano de ortigas en flor.

Jamie sonrió y me dio una palmadita en el trasero.

—Te has salvado por poco, Sassenach. No deberías tentarme de ese modo. —Se inclinó y me besó—. No, *mo duinne*. Te lo juré una vez, y lo hice en serio. Nunca más volveré a levantarte la mano con ira. Después de todo —añadió— ya te he hecho suficiente daño.

Traté de olvidar el dolor del recuerdo, pero debía ser justa con él.

—Jamie —dije, con labios temblorosos—, lo del niño... no fue culpa tuya. En aquel momento sentí que sí, pero no lo fue. Creo... creo que habría pasado de todos modos, tanto si hubieras peleado con Jonathan Randall como si no.

—¿Sí? Ah... bien. —Sentí su abrazo tibio y consolador, y me apretó la cabeza contra la curva de su hombro—. Me tranquiliza un poco que lo digas. Pero no me refería tanto a la niña como a Frank. ¿Crees que podrás perdonarme por eso? —Los ojos azules parecían preocupados al mirarme.

—¿Frank? —dije confundida—. Pero... no hay nada que perdonar.

Entonces caí en la cuenta. Tal vez él no sabía que Jonathan Randall seguía vivo... al fin y al cabo lo habían detenido justo después del duelo. Pero si no lo sabía... Respiré hondo. Tarde o temprano lo iba a saber, y quizá era mejor que lo supiera por mí y no por otro.

—No mataste a Jonathan Randall, Jamie —dije.

Ante mi asombro, no pareció sorprendido. Meneó la cabeza, y la luz del sol provocó chispas en su cabello. Aunque aún no lo tenía lo suficientemente largo como para atarlo otra vez, le había crecido bastante en prisión, y se lo tenía que apartar de la cara constantemente.

—Lo sé, Sassenach —respondió.

—¿Sí? Pero entonces qué... —No entendía nada.

—¿No... no lo sabías? —preguntó, vacilante.

Una sensación de frío me subió por los brazos, pese al calor del sol.

—¿Si no sabía qué?

Se mordió el labio inferior. Por fin respiró hondo y exhaló el aire con un suspiro.

—No, no lo maté. Pero lo herí.

—Sí, Louise me dijo que lo heriste gravemente. Pero también me contó que se estaba recuperando. —De repente, volví a recordar la última escena en el Bois de Boulogne; lo último que había visto antes de sumirme en la oscuridad. La aguda punta de la espada de Jamie cortando la calza de ante manchada por la lluvia. La repentina mancha roja que oscurecía la tela... y el ángulo de la hoja, brillando bajo la fuerza que la impulsaba hacia abajo—. ¡Jamie! —exclamé, con los ojos desorbitados de horror—. No... Jamie, ¿qué hiciste?

Él bajó la mirada, frotándose la mano lastimada en la falda. Sacudió la cabeza.

—Fui tan tonto, Sassenach. No podía considerarme un hombre y dejar de castigarlo por lo que le hizo al chico, y sin embargo... no dejaba de pensar: «No puedes matar al bastardo, lo prometiste. No puedes matarlo.»

Sonrió brevemente, sin humor, mirándose las marcas de la mano.

—Mi mente hervía como una olla de avena sobre el fuego, pero me aferraba a ese pensamiento: «No puedes matarlo.» Y no lo maté. Pero estaba loco de furia por la lucha, la sangre me zumbaba en los oídos, y no me detuve a pensar en la razón por la que no debía matarlo; sólo pensaba en lo que te había prometido.

Y cuando lo vi en el suelo ante mí, y recordé lo acontecido en Wentworth, y luego lo que hizo con Fergus, y con la espada viva en mi mano... —Se interrumpió de repente.

Sentí que la sangre me abandonaba y me senté, abatida, sobre un saliente de la roca.

—Jamie —dije. Se encogió de hombros con impotencia.

—Bueno, Sassenach —dijo, evitando todavía mi mirada—. Lo único que sé es que es un sitio terrible para una herida.

—¡Demonios! —Permanecí sentada, abrumada por la revelación. Jamie se sentó en silencio junto a mí, estudiando los anchos dorsos de sus manos. Aún había una marca rosada sobre el dorso de la derecha. Jonathan Randall le había clavado un clavo en Wentworth.

—¿Me odias, Claire? —Su voz era suave, casi vacilante.

Meneé la cabeza con los ojos cerrados.

—No. —Los abrí, y vi su cara cerca, con el ceño fruncido—. No sé qué es lo que pienso ahora, Jamie. De verdad que no. Pero no te odio. —Puse una mano sobre la suya y le di un ligero apretón—. Pero... déjame sola un momento, ¿de acuerdo?

Vestida otra vez con mi vestido ya seco, apoyé las manos abiertas sobre mis muslos. Uno de plata, el otro de oro. Mis dos anillos seguían en su sitio y no tenía idea de qué significaba.

Jonathan Randall nunca iba a tener hijos. Jamie parecía estar seguro y no me sentía inclinada a cuestionarlo. Y, sin embargo, todavía llevaba puesto el anillo de Frank, todavía recordaba al hombre que había sido mi primer marido, podía evocar recuerdos de quién había sido, y qué iba a hacer. ¿Cómo era posible, entonces, que no fuera a existir?

Sacudí la cabeza, colocando detrás de las orejas los rizos secos por el viento. Lo más probable era que nunca lo supiera. Fuera o no cierto que se podía cambiar el futuro (y al parecer lo habíamos hecho) estaba segura de que no era posible cambiar el pasado inmediato. Lo hecho, hecho estaba, y nada que hiciera ahora lo alteraría. Jonathan Randall no engendraría hijos.

Una piedra rodó por la colina a mis espaldas, saltando y soltando pedacitos de grava. Me giré y alcé la mirada hacia donde Jamie, vestido otra vez, exploraba la zona.

El desprendimiento era reciente. Las superficies blancas indicaban dónde se había quebrado la piedra caliza, erosionada por la acción del tiempo. Las plantas que habían encontrado un punto de apoyo sobre aquel montón de rocas eran muy pequeñas, a diferencia de los abundantes arbustos que cubrían el resto de la ladera.

Jamie se movió con cuidado, concentrado en hallar sitios donde pisar en medio del desprendimiento. Lo vi bordear un peñasco enorme, abrazando la roca, y me llegó el sonido de su daga que raspaba la roca en el aire inmóvil de la tarde. Después desapareció. Esperando que reapareciera al otro lado de la roca, esperé, disfrutando del sol sobre mis hombros. Pero no apareció otra vez y, después de un rato, empecé a preocuparme: podría haber resbalado y caído, o haberse golpeado la cabeza contra una roca.

Me llevó lo que me pareció una eternidad volverme a desatar las botas, y todavía no regresaba. Me remangué las faldas y empecé a subir la colina, pisando descalza y con cuidado las rocas ásperas y calientes.

—¡Jamie!

—Aquí estoy, Sassenach.

Habló a mis espaldas, por lo que me sobresalté y casi perdí el equilibrio. Me agarró del brazo y me alzó para dejarme en un pequeño espacio despejado entre las rocas del desprendimiento. Me hizo dar la vuelta hacia la pared de piedra caliza, manchada de óxido y de humo. Había algo más.

—Mira —dijo con voz suave.

Miré hacia donde señalaba, en la superficie suave de la pared de la gruta, y retuve el aliento.

Bestias pintadas galopaban en la roca sobre mí; los cascos pateaban el aire al saltar hacia la luz. Había bisontes y ciervos, juntos y con las colas levantadas, y al final de la repisa de roca, un esbozo de pájaros delicados con las alas extendidas volando sobre las bestias.

Pintadas en rojo, negro y ocre con una elegancia delicada que empleaba las líneas de la misma roca para enfatizarlas, resonaban sin emitir sonido alguno: los cuartos traseros viraban con esfuerzo, las alas echaban a volar a través de las grietas de la roca. Habían vivido una vez en la oscuridad de una cueva, iluminadas únicamente por las llamas de aquellos que las habían dibujado. Expuestas al sol a causa del derrumbe del techo que las protegía, parecían vivas como cualquier otro ser que caminara sobre la tierra.

Absorta en la contemplación de los enormes hombros que se abrían paso en la roca, no eché de menos a Jamie hasta que me llamó.

—¡Sassenach! ¿Puedes venir? —Su voz sonaba algo extraña y me apresuré a llegar a él. Estaba parado a la entrada de una pequeña gruta lateral, mirando hacia el suelo.

Yacían detrás de un saliente de la roca, como si hubieran buscado refugio del viento que perseguía a los bisontes.

Eran dos y yacían juntos sobre el suelo compacto de la gruta. Aunque la piel se había convertido en polvo hacía mucho, los huesos habían soportado el paso del tiempo, sellados al aire seco de la cueva. Un pequeño resto de piel marrón apergaminada colgaba de la curva redonda de una calavera; era un mechón de pelo que había enrojecido por el tiempo y se agitaba suavemente en la corriente creada por nuestra presencia.

—¡Dios mío! —exclamé en voz baja, como si temiera molestarlos. Me acerqué más aún a Jamie y me pasó la mano por la cintura.

—¿Crees... que... los mataron aquí? ¿Un sacrificio, tal vez?

Jamie sacudió la cabeza, mirando el montoncito de huesos delicados y frágiles.

—No —respondió.

Él también habló en voz baja, como si estuviera en una iglesia. Se volvió y alzó una mano hasta la pared que había a nuestras espaldas, donde los ciervos saltaban y las grullas levantaban el vuelo, más allá de la roca.

—No —repitió—. La gente que dibujó estas bestias... no hacía cosas semejantes.

Volvió a mirar los dos esqueletos, entrelazados a nuestros pies. Se agachó junto a ellos, siguiendo la línea de los huesos suavemente con un dedo, con cuidado de no tocar la superficie de marfil.

—Mira cómo están acostados —observó—. No cayeron aquí, ni nadie los acostó. Ellos mismos lo hicieron. —Su mano se dirigió a los largos huesos del brazo del esqueleto más grande; una sombra oscura revoloteaba como una polilla enorme mientras recorría los huesos que formaban las costillas—. Él tenía ambos brazos alrededor de su compañera —dijo—. Puso los muslos detrás de los de ella y la apretó contra él, y su cabeza descansa sobre los hombros de la mujer.

Pasó la mano sobre los huesos, iluminándolos, señalándolos, vistiéndolos otra vez con la carne de la imaginación, para que pudiera verlos tal y como habían estado, abrazados por última vez, para siempre. Los huesos pequeños de los dedos se habían separado, pero un vestigio de cartílago unía aún los metacarpos de las manos. Las diminutas falanges cubrían las otras; habían unido las manos en su última espera. Se puso en pie para investigar el interior de la caverna. El sol del atardecer pintaba las paredes de carmesí y ocre.

—Mira —dijo señalando un sitio cerca de la entrada a la caverna. Allí, las rocas estabas marrones por el polvo y el tiempo, pero no estaban oxidadas por el agua y la erosión, como las que estaban en el interior de la gruta—. Alguna vez ésa fue la entrada —dijo—. Las rocas se derrumbaron y sellaron este lugar. —Se giró y apoyó una mano sobre el saliente rocoso que protegía a los amantes de la luz.

—Debieron de haber buscado a tientas en la caverna, de la mano —dije—. Buscando una salida en medio del polvo y la oscuridad.

—Sí. —Apoyó la frente en la piedra con los ojos cerrados—. Y la luz se extinguió y se quedaron sin aire. Así que se acostaron en la oscuridad para morir.

Las lágrimas crearon senderos húmedos en el polvo de sus mejillas. Me pasé una mano por mis propios ojos, y tomé su mano libre, entrelazando cuidadosamente mis dedos con los suyos.

Jamie se volvió hacia mí en silencio, y se quedó sin aliento al abrazarme con fuerza. Nuestras manos se buscaron en la luz agonizante de la puesta de sol, urgentes en el contacto cálido, en el consuelo de la carne, con la dureza del hueso invisible bajo la piel, recordándonos lo corta que es la vida.

QUINTA PARTE

He vuelto a casa

30

Lallybroch

Se llamaba Broch Tuarach debido a la vieja torre redonda de piedra que sobresalía en la colina, detrás de la casa solariega. La gente que vivía en la propiedad la llamaba «Lallybroch», que significaba «torre perezosa», lo cual tenía tanto sentido como aplicar la frase «torre mirando al norte» a una estructura cilíndrica.

—¿Cómo puede mirar hacia el norte algo que es redondo? —pregunté mientras bajábamos por el estrecho sendero de brezo y granito, guiando los caballos en fila india por el camino estrecho y serpenteante que los ciervos rojos habían creado entre los mullidos arbustos.

—Tiene una puerta —me explicó Jamie, con sensatez—. Y la puerta mira hacia el norte.

Un brusco declive de la colina le hizo hundir los pies y chistar al caballo que llevaba detrás de él. Las ancas musculosas se detuvieron de repente, mientras el paso cauteloso se volvía vacilante, y cada casco se deslizaba unos centímetros sobre la tierra húmeda antes de arriesgar otro paso. Los caballos, que habíamos comprado en Inverness, eran dos hermosos ejemplares de buen tamaño. Los ponis escoceses se las habrían arreglado mejor en la empinada cuesta, pero aquellas yeguas no eran para labranza, sino para cría.

—De acuerdo —dije, pasando sobre un riachuelo que cruzaba el sendero de los ciervos—. Está bien. ¿Y Lallybroch? ¿Por qué es una torre perezosa?

—Porque está levemente inclinada —respondió. Podía ver la parte posterior de su cabeza, inclinada y concentrada en buscar un punto de apoyo, y unos cuantos mechones de cabello cobrizo elevándose de la coronilla en la brisa vespertina que soplaba en la pendiente—. Desde la casa no se nota, pero, si te paras en el oeste, verás que se inclina un poco hacia el norte. Y si miras por una de las hendiduras del piso superior que está encima de la puerta, no puedes ver la pared que hay abajo debido a la inclinación.

—Bueno, supongo que nadie había oído hablar de plomadas en el siglo XIII —observé—. Es un milagro que todavía no se haya caído.

—Ah, se ha caído unas cuantas veces —dijo Jamie, alzando ligeramente la voz mientras el viento refrescaba—. La gente que vivía aquí volvió a construirla; quizá por eso está inclinada.

—¡La veo! ¡La veo! —gritó Fergus con emoción detrás de mí, interrumpiendo nuestra conversación.

Le habíamos dado permiso para continuar montado, pues su peso ínfimo no podía causar gran dificultad al caballo, pese al mal estado del camino. Al mirar atrás, lo vi arrodillado en su montura, saltando de excitación. Su caballo, una yegua zaina paciente y de buen temperamento, gruñó ante esta actitud, pero se abstuvo de tirarlo al suelo. Desde su aventura con el potrillo percherón en Argentan, Fergus había aprovechado cualquier oportunidad que se le presentara para subirse a un caballo; Jamie, divertido y contento ante otro amante de los caballos como él, lo había consentido, llevándolo en su propia montura cuando paseaba por las calles de París y permitiéndole de vez en cuando subir a alguno de los caballos del carruaje de Jared, enormes criaturas imperturbables que se limitaban a sacudir las orejas ante las patadas y gritos de Fergus.

Me protegí los ojos del sol con una mano y miré en la dirección que señalaba el muchacho. Estaba en lo cierto; desde su altura había visto la forma oscura de la vieja torre de piedra, en la cima de la colina. La moderna casa solariega estaba más abajo y era más difícil de ver; había sido construida con piedra blanca, y el sol se reflejaba sobre sus muros, así como sobre los campos circundantes. Situada en una hondonada entre los campos de cebada, se veía oscurecida en parte por una fila de árboles que la protegían de la fuerza del viento.

Vi que Jamie alzaba la cabeza y miraba hacia la granja de Lallybroch situada más abajo. Se quedó inmóvil y callado durante un minuto, pero le vi elevar y cuadrar los hombros. El viento jugueteó con su pelo y los pliegues de su capa y los elevó como si fuera a echar a volar, feliz como una cometa.

Me recordó el modo en que se habían hinchado las velas de los barcos al salir del puerto de Le Havre. Me había detenido en el final del muelle, observando las idas y venidas de los barcos, así como el comercio. Las gaviotas se zambullían y aullaban entre los mástiles, y sus voces eran tan ásperas como los gritos de los marineros.

Jared Munro Fraser se había puesto a mi lado, observando con expresión afable las riquezas que pasaban de barco a barco, algunas de su propiedad. El *Portia,* uno de sus barcos, nos llevaría a Escocia. Jamie me había contado que todos los barcos de Jared tenían los nombres de sus amantes, evocadas en los mascarones de proa. Entorné los ojos contra el viento en la proa del barco, tratando de decidir si Jamie se habría burlado de mí. Concluí que, si no lo había hecho, a Jared le gustaban las mujeres bien dotadas.

—Os echaré de menos —había dicho Jared por cuarta vez en media hora. Parecía triste de verdad; incluso su alegre nariz parecía menos optimista de lo habitual. Su viaje a Alemania había sido un éxito; exhibía un diamante enorme en su corbatín, y la chaqueta que llevaba era de un terciopelo verde botella con botones de plata—. En fin —dijo meneando la cabeza—. Por mucho que quiera quedarme con el muchacho, no puedo negarle la alegría de la vuelta a casa. Tal vez os visite algún día, querida; hace mucho tiempo que no voy a Escocia.

—También nosotros te echaremos de menos —le respondí, sincera. Había otras personas a las que extrañaría: Louise, la madre Hildegarde, Herr Gerstmann y, sobre todo, el maestro Raymond. Sin embargo, esperaba el momento de volver a Escocia, a Lallybroch. No deseaba regresar a París, y había personas a quienes de ninguna manera quería volver a ver: Luis de Francia, por ejemplo.

Tampoco a Carlos Estuardo. Una investigación entre los jacobitas parisinos había confirmado la impresión inicial de Jamie: la pequeña explosión de optimismo de Carlos por su «gran empresa» se había esfumado. Y a pesar de que los súbditos leales al rey Jacobo seguían apoyando a su soberano, no parecía probable que aquella terca lealtad los llevara a la acción.

«Pues que Carlos se las arregle con el exilio», pensé. El nuestro había terminado: volvíamos a casa.

—El equipaje está a bordo —me dijo una hosca voz escocesa al oído—. El capitán del barco dice que debéis subir; zarparemos con la marea.

Jared se volvió hacia Murtagh; luego miró a derecha e izquierda del espigón.

—¿Dónde está Jamie? —preguntó.

Murtagh dirigió la cabeza hacia el muelle.

—En una taberna. Emborrachándose.

Me había preguntado cómo planeaba Jamie soportar el cruce del Canal. Había echado un vistazo al cielo rojo del atardecer que amenazaba con tormentas posteriores, se había excusado ante Jared y había desaparecido. En el lugar que Murtagh indicaba, vi a Fergus, sentado cerca de la entrada de un bar, montando guardia.

Jared, a quien la incapacidad de su sobrino le había producido al principio incredulidad y después risa, sonrió al escuchar esta noticia.

—¿Ah, sí? —preguntó—. Bueno, espero que haya terminado su última copa cuando vayamos a buscarlo. De lo contrario va a ser difícil arrastrarlo por la pasarela.

—¿Y por qué lo ha hecho? —pregunté a Murtagh, algo irritada—. Le dije que tenía láudano. —Di una palmadita al saquito de seda que llevaba—. Se dormiría mucho más rápido.

Murtagh se limitó a pestañear una vez.

—Sí. Dijo que si iba a tener dolor de cabeza, prefería disfrutarlo. Y el whisky tiene mucho mejor sabor que esa porquería negra—. Hizo un gesto hacia el saquito y, después, hacia Jared—. Vamos, entonces, si quieres ayudarme.

En el camarote delantero del *Portia,* me senté en la litera del capitán, observando las idas y venidas de la marea, con la cabeza de mi marido sobre las rodillas.

Un ojo se entreabrió y me miró. Le aparté el pelo húmedo de la frente. Apestaba a coñac y whisky.

—Cuando te despiertes en Escocia vas a sentirte como el mismo demonio —le previne.

El otro ojo se abrió y observó la luz movediza reflejada en el techo de madera. Después me miró; sus ojos parecían charcos profundos de azul límpido.

—Prefiero sentir el infierno después y no ahora —dijo con un tono medido y preciso—; prefiero después, siempre. —Tenía los ojos cerrados. Eructó suavemente una vez y su largo cuerpo se relajó, meciéndose, tranquilo.

Los caballos parecían tan ansiosos como nosotros; presintiendo la cercanía de los establos y la comida, empezaron a apretar el paso, con la cabeza alta y las orejas apuntadas hacia delante en anticipación.

Estaba pensando que me vendría bien un baño y algo de comer cuando mi caballo, que llevaba la delantera, enterró las patas en el polvo rojizo y se detuvo en seco. Sacudió la cabeza con vehemencia, bufando y resoplando.

—Eh, ¿qué sucede? ¿Tienes una abeja en el hocico? —Jamie desmontó y se apresuró a sujetar las riendas de la yegua. Al sentir que el ancho lomo temblaba y se retorcía debajo de mí, desmonté.

—¿Qué le pasa? —Miré con curiosidad al animal, que retrocedía cuando Jamie apretaba la rienda, sacudiendo la crin, con los ojos saltones. Los demás caballos, contagiados por su inquietud, también empezaron a moverse y a patear.

Jamie echó un vistazo sobre su hombro, hacia el camino vacío.

—Ha visto algo.

Fergus se levantó en sus estribos y miró más allá de la yegua, haciendo visera con las manos. Bajó la mano y me miró, encogiéndose de hombros.

Me encogí de hombros también; no parecía haber nada que molestara a la yegua; el sendero y los campos estaban vacíos; el grano maduraba y se secaba con el último sol del verano. La arboleda más cercana estaba a más de cien metros de distancia, más allá de un pequeño montón de piedras que podrían haber sido los vestigios de una chimenea derrumbada. En aquellas tierras apenas había lobos y ningún zorro ni tejón molestaría a un caballo a esa distancia.

Abandonando el intento de hacer avanzar al caballo, Jamie lo hizo caminar en semicírculo; la yegua caminó en la dirección por la que habíamos venido por propia voluntad.

Hizo una seña a Murtagh para que apartara los caballos del camino, montó en el animal e, inclinándose hacia delante agarrando las crines con una mano, lo instó a avanzar, hablándole suavemente al oído. Avanzó vacilante, pero sin resistencia, hasta que llegó al punto donde se había detenido antes. Allí volvió a pararse, se puso a temblar y no quiso dar un paso más.

—Está bien —dijo Jamie, resignado—. Haz lo que quieras.

Giró la cabeza del caballo y lo condujo al campo, donde las espigas le acariciaban el vientre peludo. Nosotros los seguimos; los caballos inclinaron las cabezas para arrancar algún que otro bocado mientras atravesábamos el campo.

Cuando rodeábamos un afloramiento de granito, justo debajo de la cima de la colina, oí un breve ladrido de advertencia. Bajamos al camino y encontramos un perro pastor negro y blanco que estaba de custodia, con la cabeza erguida, el rabo tieso y la mirada vigilante.

Lanzó otro ladrido corto, y otro perro, también negro y blanco, emergió de un grupo de alisos, seguido más lentamente por una figura alta y delgada, vestida con una capa marrón.

—¡Ian!

—¡Jamie!

Jamie me devolvió las riendas del caballo y corrió al encuentro de su cuñado. Los dos hombres se abrazaron, riendo y dándose palmadas en la espalda. Tras abandonar sus sospechas, los perros brincaron felizmente a su alrededor, meneando la cola, y se acercaban de vez en cuando para olfatear las patas de los caballos.

—No os esperábamos hasta mañana como muy pronto —decía Ian, con el rostro rebosante de alegría.

—Hemos tenido una buena travesía —explicó Jamie—. O eso es lo que dice Claire. Yo no pude notar nada, tan mareado como estaba. —Me miró, sonriendo, e Ian se acercó para estrecharme la mano.

—Buena hermana —dijo a modo de saludo. Luego sonrió, y la calidez de su sonrisa iluminó sus suaves ojos marrones—. Claire. —Impulsivamente, me besó la mano y le apreté la suya.

—Jenny no ha hecho más que cocinar y limpiar —dijo, aún sonriendo—. Tendréis suerte si conseguís un colchón para esta noche. Los ha sacado todos para airearlos.

—Después de tres noches durmiendo en los brezales, no me importaría dormir en el suelo —le aseguré—. ¿Están bien Jenny y los chicos?

—Sí. Estamos esperando otro —añadió—. Para febrero.

—¿Otro? —preguntamos Jamie y yo al mismo tiempo. Ian se ruborizó.

—Pero por Dios, hombre, la pequeña Maggie no tiene ni un año —dijo Jamie, alzando una ceja reprobadora—. ¿Es que no tienes sentido de la moderación?

—¿Yo? —dijo Ian, indignado—. ¿Acaso crees que tuve algo que ver?

—Bueno, si no fuiste tú, estarás interesado en saber quién fue —dijo Jamie, sonriendo.

El rubor se transformó en un rosa profundo, que contrastó con el suave pelo castaño de Ian.

—Sabes muy bien lo que quiero decir —respondió—. Dormí dos meses en la cama nido con el pequeño Jamie, pero después Jenny...

—No estarás diciéndome que mi hermana no tiene freno, ¿no?

—Estoy diciendo que es tan terca como su hermano cuando quiere salirse con la suya —replicó Ian. Hizo un amago hacia un lado, se echó hacia atrás y dio un golpe en la boca del estómago de Jamie. Éste se dobló, riéndose.

—Entonces es una suerte que haya vuelto —dijo—. Te ayudaré a tenerla bajo control.

—¿Ah, sí? —preguntó Ian—. Llamaré a todos los arrendatarios para que observen.

—Has perdido algunas ovejas, ¿no? —le preguntó Jamie, cambiando de tema, con un gesto que abarcaba a los perros y el largo báculo de Ian, abandonado en el polvo del camino.

—Quince hembras y un macho —dijo Ian—. Del rebaño de merinos de Jenny, que cría para lana. El carnero es un desgraciado: rompió la cerca y desapareció. Pensé que podrían estar pastando aquí arriba, pero no hay señales de ellos.

—Nosotros no los hemos visto —aseguré.

—Ah, no —dijo Ian—. Ninguno de los animales va más allá de la cabaña —dijo con un gesto desdeñoso.

—¿La cabaña? —dijo Fergus, cada vez más impaciente ante este intercambio de cortesías, poniendo su yegua a la altura de la mía—. Yo no he visto ninguna cabaña, milord. Sólo un montón de piedras.

—Eso es todo lo que queda de la cabaña de MacNab, muchacho —le dijo Ian. Entornó los ojos, mirando a Fergus, cuya figura se recortaba contra el sol del crepúsculo—. Y te recomiendo que tú tampoco te acerques.

Pese al calor que hacía, se me erizó el pelo en la nuca. Ronald MacNab era el arrendatario que había traicionado a Jamie, delatándolo a los hombres de la guardia inglesa hacía un año, y que murió al ser descubierta su traición. Había muerto, recordé, entre las cenizas de su casa, quemada por los hombres de Lallybroch. Los restos de las chimeneas, tan inocentes cuando las pasamos momentos atrás, tenían el triste aspecto de un mojón. Tragué saliva, tratando de dejar atrás el sabor amargo que sentía en la garganta.

—¿MacNab? —preguntó Jamie con voz suave. Su expresión cambió—. ¿Ronnie MacNab?

Yo le había contado a Jamie la traición de MacNab y su muerte, pero no los detalles de ésta.

Ian asintió.

—Sí. Murió allí la noche que te llevaron los ingleses, Jamie. El techo de paja debió de encenderse con una chispa, y él debía de estar demasiado borracho para salir a tiempo. —Miró los ojos de Jamie; el tono de broma había desaparecido.

—¿Y la mujer y los hijos? —La mirada de Jamie era como la de Ian: fría e inescrutable.

—Están bien. Mary MacNab hace la limpieza en nuestra casa y Rabbie trabaja en las cuadras. —Ian echó un vistazo involuntario a la cabaña arruinada—. Mary sube allí de vez en cuando; es la única que va.

—Entonces, ¿lo quería? —Jamie se había girado hacia la cabaña, así que no le vi la cara, pero noté que estaba tenso.

Ian se encogió de hombros.

—No lo creo. Ronnie era un borracho empedernido; ni siquiera su madre lo soportaba. No creo que Mary se sienta obligada a rezar por su alma... aunque no creo que a él le sirviera de mucho —añadió.

—Ah. —Jamie hizo una pausa y se quedó pensativo; después, se echó las riendas del caballo al cuello y se dirigió a la colina.

—Jamie —dije, pero ya estaba caminando por el sendero hacia el pequeño claro junto a la arboleda. Le entregué las riendas a Fergus, quien las cogió, sorprendido.

—Quédate aquí con los caballos —le dije—. Tengo que ir con él. —Ian quería ir conmigo, pero Murtagh lo detuvo con un movimiento de cabeza. Subí sola, siguiendo a Jamie por la cresta de la colina.

Jamie tenía la zancada larga e infatigable de un montañero, y llegó al pequeño claro antes de que yo pudiera alcanzarlo. Se detuvo en el borde de lo que había sido la pared exterior de la cabaña. La forma cuadrada del suelo todavía era visible, ya que los matorrales que la cubrían eran más escasos que la cebada adyacente, de un verde más vivo y silvestre a la sombra de los árboles.

Había pocos restos del incendio, excepto algunos trozos de madera chamuscada que sobresalían entre la hierba cerca del hogar de piedras, que estaba ahora expuesto como una lápida. Con cuidado, para no pasar los límites de la pared exterior, Jamie empezó a caminar alrededor del claro. Lo hizo tres veces, caminando siempre a la izquierda, para evitar el mal que pudiera haber quedado en el lugar.

Permanecí a un lado, observándolo. Era una ceremonia privada, pero no podía dejarlo solo. Aunque no me miraba, yo sabía que se alegraba por mi presencia.

Por fin se detuvo junto al montón de piedras caídas, se agachó, y colocó cautelosamente una mano sobre las piedras, cerrando los ojos, como si estuviera rezando. Luego levantó una piedra del tamaño de su puño y con mucho cuidado la colocó sobre el montón, como para sofocar el alma inquieta del fantasma. Se persignó, se volvió y se dirigió hacia mí con paso firme y sin prisa.

—No mires atrás —me dijo, cogiéndome del brazo para regresar al camino.

No lo hice.

Jamie, Fergus y Murtagh acompañaron a Ian a buscar las ovejas y yo llevé los caballos a casa, sola. No era ninguna experta en caballos, pero pensé que podía arreglármelas, siempre y cuando no se interpusiera nada inesperado en mi camino.

Era muy distinto a la primera vez que habíamos ido a Lallybroch; entonces, ambos estábamos huyendo: yo, del futuro; Jamie, del pasado. Nuestra estancia había sido feliz pero frágil e insegura; teníamos miedo de ser descubiertos y de que apresaran a Jamie. Pero gracias a la intervención del duque de Sandringham, Jamie podía tomar posesión de sus derechos y yo ocupar mi lugar a su lado como esposa legal.

En aquella ocasión habíamos llegado desaliñados, sin anunciarnos, como una inesperada irrupción en la vida de la casa. Esta vez habíamos anunciado nuestra llegada con la debida ceremonia y llevábamos regalos de Francia. Pese a que estaba segura de que nos recibirían con toda cordialidad, me preguntaba cómo se tomarían nuestro regreso Jenny y su marido Ian. Al fin y al cabo, vivían como amos de la heredad desde hacía varios años: desde la muerte del padre de Jamie y Jenny, y desde los desastrosos acontecimientos que lo habían empujado a una vida de bandolerismo y exilio.

Recorrí la última colina sin problemas y apareció a mis pies la casa solariega y sus dependencias; sus tejados de pizarra se oscurecían a medida que se acercaban las primeras nubes de lluvia. De repente mi caballo se asustó; y yo también. Traté de mantener las riendas bajo control mientras la yegua saltaba y pateaba, alarmada.

No podía culparla; en una esquina de la casa habían aparecido dos fardos enormes y blandos, que rodaron por el suelo como bolas.

—¡Detente! —grité—. ¡Sooo! —Todos los caballos se retorcían y tironeaban; estaba a punto de enfrentarme a una estampida.

«Bonita bienvenida —pensé—, si dejo que el nuevo caballo de cría de Jamie se rompa las patas.»

Uno de los fardos se enderezó un poco y, a continuación, se echó al suelo. Jenny Fraser Murray, liberada de la carga del colchón de plumas que había estado sosteniendo, fue corriendo por el sendero, con sus rizos oscuros volando al viento.

Sin un momento de vacilación cogió las riendas del animal que tenía más cerca y tiró con fuerza hacia abajo.

—¡Sooo! —dijo. El caballo, que evidentemente había reconocido una voz autoritaria, obedeció. Con un poco de esfuerzo los otros caballos se calmaron. Cuando pude desmontar de mi silla, se nos había acercado otra mujer y un niño de nueve o diez años, que nos ayudó hábilmente con el resto de las bestias.

Reconocí al joven Rabbie MacNab y deduje que la mujer debía de ser su madre, Mary. El bullicio de los caballos, la carga y los colchones impedían conversar mucho, pero tuve tiempo para darle un breve abrazo a Jenny. Olía a canela, a miel y a sudor limpio, producto del trabajo, y también un poco a bebé, es decir, a leche vomitada, heces blandas y a la piel fresca y suave.

Nos abrazamos con fuerza un momento, recordando nuestro último abrazo, cuando nos despedimos en las afueras de un bosque oscuro: yo para ir en busca de Jamie y ella para regresar con su hija recién nacida.

—¿Cómo está la pequeña Maggie? —pregunté cuando nos separamos.

Jenny hizo una mueca que mezclaba ironía y orgullo.

—Está empezando a dar sus primeros pasos; es el terror de la casa. —Miró el sendero vacío—. ¿Os habéis cruzado con Ian?

—Sí. Jamie, Murtagh y Fergus han ido con él a buscar las ovejas.

—Es mejor que lo hagan ellos —dijo, haciendo un rápido gesto hacia el cielo—. En cualquier momento empezará a llover. Que Rabbie lleve los caballos a las cuadras y tú ayúdame con los colchones si no queréis dormir mojados esta noche.

Comenzamos a trabajar frenéticamente; cuando empezó a llover, Jenny y yo estábamos sentadas cómodamente en la sala, deshaciendo los paquetes que habíamos traído de Francia y admirando el tamaño de la pequeña Maggie, una hermosa y vivaz criatura de unos diez meses, de ojos redondos y azules, y pelusa rojiza; y a su hermano mayor, el pequeño Jamie, un muchachito robusto de casi cuatro años. El niño que esperaba no era más que un bultito debajo del delantal de Jenny, pero vi que su mano se apoyaba con ternura allí de vez en cuando, y sentí una punzada al verla.

—Has mencionado a un tal Fergus —dijo Jenny, mientras hablábamos—. ¿Quién es?

—Ah, ¿Fergus? Él es... bueno, es... —vacilé, sin saber cómo describirlo. Las perspectivas de trabajar como carterista en una granja parecían limitadas—. Es de Jamie —respondí por fin.

—¿Ah, sí? Bueno, supongo que podrá dormir en el establo —dijo Jenny, resignada—. Hablando de Jamie —echó un vistazo por la ventana, donde llovía con fuerza—, espero que encuentren pronto esas ovejas. Tengo una buena cena preparada y no quisiera que se echara a perder por la tardanza.

De hecho, ya había oscurecido y Mary MacNab había puesto la mesa antes de que llegaran los hombres. La observé mientras trabajaba: era una mujer pequeña y de huesos finos, con cabello castaño oscuro y cierto aspecto preocupado que se convirtió en sonrisa cuando Rabbie regresó de los establos y fue a la cocina, preguntando hambriento cuándo se cenaba.

—Cuando vuelvan los hombres, *mo luaidh* —respondió—. Ya lo sabes. Ve a lavarte, así ya estarás listo.

Cuando por fin llegaron los hombres, tenían aspecto de necesitar un baño más que Rabbie. Empapados, desaliñados y llenos de barro hasta las rodillas, entraron lentamente en el vestíbulo. Ian se quitó la capa mojada de los hombros y la colgó sobre la pantalla de la chimenea, donde empezó a gotear y a echar humo al calor del fuego. Fergus, agotado por su abrupta introducción a la vida agrícola, se sentó donde estaba y se quedó mirando el suelo entre sus piernas.

Jenny miró a su hermano, al que no veía desde hacía casi un año. Paseó la mirada desde el pelo empapado hasta los pies llenos de barro y señaló la puerta.

—Sal y quítate las botas —dijo—. Y si has estado en la tierra alta, acuérdate de orinar sobre el marco de la puerta antes de regresar. Así se impide que un fantasma entre en la casa —me explicó en voz baja, con una rápida mirada hacia la puerta por la que había salido Mary MacNab para llevar la cena.

Jamie se dejó caer en una silla, abrió un ojo y miró a su hermana.

—Desembarco en Escocia casi muerto por la travesía, cabalgo durante cuatro días por las colinas para llegar aquí y cuando llego ni siquiera puedo entrar en casa a tomar un trago; en vez de eso, salgo a caminar sobre el barro para buscar ovejas perdidas.

Y cuando por fin llego, quieres echarme otra vez a la oscuridad para orinar sobre la puerta. ¡Puaj!

Volvió a cerrar el ojo, cruzó las manos sobre el estómago y se hundió en la silla, negándose tercamente.

—Querido Jamie —dijo su hermana con dulzura—, ¿quieres tu cena, o se la doy a los perros?

Permaneció inmóvil un largo rato, con los ojos cerrados. Después, con un suspiro resignado, se levantó con mucho esfuerzo. Con un ademán del hombro, llamó a Ian y siguieron a Murtagh, que ya estaba fuera. Cuando salía, Jamie se agachó y con un largo brazo puso en pie a Fergus y lo arrastró con él.

—Bienvenido a casa —dijo Jamie de mal humor y, lanzando una última mirada melancólica al fuego y al whisky, se arrastró una vez más hacia la noche.

31

Correspondencia

Después de aquella fría bienvenida, las cosas mejoraron rápidamente. Lallybroch absorbió a Jamie como si nunca se hubiera ido, y yo también entré sin esfuerzo en la vida de la granja. Era un otoño inestable, con lluvias frecuentes, pero también con bellos días soleados que hacían vibrar la sangre. El lugar bullía de vida. Era la época de la cosecha y todo el mundo corría; además, había que hacer los preparativos para el invierno.

Todas las granjas de las Highlands estaban aisladas, pero Lallybroch lo estaba más aún. No había buenos caminos que llevaran a ella, aunque llegaba el correo; el mensajero subía por los riscos y las laderas cubiertas de brezo. Era la única conexión con el mundo exterior, un mundo que se tornaba irreal en el recuerdo. A veces tenía la sensación de que no era yo la que había bailado entre los espejos de Versalles. Pero las cartas nos devolvían a Francia, y al leerlas veía los álamos de la Rue Tremoulins y oía las campanadas de la catedral que había junto al Hôpital des Anges.

Louise tuvo un hijo varón sano. Sus cartas, llenas de exclamaciones y frases subrayadas, ensalzaban a su angelical Henri. Al padre, putativo o real, no lo mencionaba.

Tampoco la carta de Carlos Estuardo, que llegó un mes después, mencionaba al niño; según Jamie, era más incoherente que de costumbre, pues todo eran planes vagos y grandiosos.

El conde de Mar escribió una carta sobria y circunspecta, que evidenciaba su irritación con Carlos. El príncipe no se estaba portando bien. Era grosero y autoritario con sus súbditos más leales, hacía caso omiso de los que podían ayudarlo e insultaba a los demás; hablaba sin tino y, según lo que leíamos entre líneas, bebía en exceso. Todo esto se adivinaba entre líneas. Dada la actitud de la época con respecto al consumo de alcohol por parte de los caballeros, pensé que la conducta de Carlos debió de haber sido desastrosa para merecer semejantes comentarios. Supuse que el nacimiento de su hijo no le había pasado inadvertido.

La madre Hildegarde escribía de vez en cuando. Sus cartas eran breves esquelas escritas entre tarea y tarea. Todas terminaban igual: «*Bouton* también envía sus saludos.»

El maestro Raymond no me escribía, pero de vez en cuando me llegaba un paquete sin remitente que contenía cosas extrañas: hierbas raras y pequeños cristales o una colección de piedras lisas, del tamaño del pulgar de Jamie, en forma de disco y algunas con una figura diminuta tallada, con letras encima o en el reverso. Me enviaba huesos: una pezuña de oso que aún conservaba la enorme uña curvada, las vértebras completas de una serpiente pequeña, articuladas y ensartadas en un cordón de cuero, de manera que la cuerda se flexionaba como si estuviera viva; otro paquete contenía dientes, desde unos redondeados, que según Jamie provenían de una foca, o el diente afilado de un ciervo, hasta otro que parecía un molar humano.

De vez en cuando llevaba en el bolsillo algunas de las suaves piedras talladas, y disfrutaba sintiendo su tacto entre los dedos. Lo único que sabía es que eran antiguas; databan por lo menos de la época romana, tal vez de antes. Y por el aspecto de algunas de las criaturas talladas, la intención original debía de haber sido que fueran mágicas. No sabía si poseían alguna virtud real, como las hierbas, o si eran simples símbolos, como los signos de la Cábala. Pero me gustaban.

Aunque disfrutaba de las tareas domésticas, prefería los paseos por las granjas de la región. Siempre llevaba un gran cesto con objetos diversos que iban desde regalos para los niños hasta los medicamentos más necesarios; la pobreza y la falta de higiene hacían que las enfermedades fueran comunes, y no había médicos desde el Fuerte William, al norte, hasta Inverness, al sur.

Algunas enfermedades podían ser tratadas, como las encías sangrantes o las erupciones de la piel, típicas del escorbuto leve. Otras se hallaban más allá de mi poder.

Apoyé una mano sobre la cabeza de Rabbie MacNab. Su cabello desgreñado estaba húmedo sobre sus sienes, pero tenía la mandíbula abierta y relajada, y el pulso de su cuello era lento.

—Ahora está bien —dije. Su madre se dio cuenta tanto como yo; el niño dormía, con las mejillas enrojecidas por el calor del fuego. No obstante, ella había estado tensa y vigilante, merodeando alrededor del armazón de la cama hasta que había hablado. Una vez que le mostré las pruebas que tenía ante sus ojos, se mostró dispuesta a creer, y hundió los hombros bajo su chal.

—Gracias a la Virgen —susurró Mary MacNab, persignándose—. Y a usted, milady.

—Pero yo no he hecho nada —protesté. Lo cual era cierto; la única ayuda que había prestado a Rabbie era hacer que su madre lo dejara tranquilo. De hecho, había necesitado mucha determinación para que dejara de obligarlo a comer salvado mezclado con sangre de gallo, agitar plumas quemadas bajo su nariz o echarle agua fría; ninguno de estos remedios era de mucha utilidad en un ataque de epilepsia. Cuando llegué, la madre de Rabbie se estaba lamentando por no haber podido administrarle el más efectivo de los remedios: agua de manantial bebida en la calavera de un suicida.

—Me asusto tanto cuando lo veo así —dijo Mary MacNab, observando con ansia la cama sobre la que yacía su hijo—. La última vez que le pasó llamé al padre MacMurtry, y él rezó muchísimo tiempo y lo salpicó con agua bendita para echar fuera los demonios. Pero ahora han vuelto. —Apretó ambas manos como si quisiera tocar a su hijo pero no se decidiera a hacerlo.

—No son demonios —dije—. Es sólo una enfermedad, y tampoco es muy grave.

—Si usted lo dice, milady... —susurró; estaba poco dispuesta contradecirme, pero se veía que no estaba convencida.

—Estará bien. —Traté de consolar a la mujer, sin darle esperanzas que no se pudieran cumplir—. Siempre se recupera de estos ataques, ¿no?

Los ataques habían comenzado hacía dos años, probablemente como resultado de los golpes administrados por su difunto padre, pensé. Aunque los ataques no eran muy frecuentes, su madre se aterrorizaba cuando se producían.

Asintió con reticencia, poco convencida.

—Sí... aunque a veces se golpea la cabeza muy fuerte durante los ataques.

—Sí, ése es un riesgo —dije con paciencia—. Si vuelve a hacerlo, aléjalo de cualquier objeto duro y déjalo solo. Sé que suena mal, pero es lo mejor. Deja que el ataque siga su curso y, cuando haya terminado, acuéstalo. —Sabía que mis palabras tenían un valor relativo, por más ciertas que fuesen. Hacía falta algo más concreto para reconfortarla.

Cuando me volví para marcharme, oí un ruidito en el bolsillo de mi falda y tuve una inspiración repentina. Metí la mano y saqué un par de piedras mágicas suaves y pequeñas que me había enviado Raymond. Elegí una blanca (calcedonia, quizá) con la figura de un hombre retorciéndose tallada en un lado. «Así que son para eso», pensé.

—Cósele esto en el bolsillo —dije colocando la pequeña piedra mágica en la mano de la mujer—. Lo protegerá de... de los demonios. —Me aclaré la garganta—. No te preocupes por él aunque tenga otro ataque; lo superará.

Entonces me marché, sintiéndome estúpida y algo satisfecha, en medio de un mar de agradecimientos. No estaba segura de si me estaba convirtiendo en mejor médico o en una charlatana con más experiencia. Sin embargo, aunque no era mucho lo que podía hacer por Rabbie, podía ayudar a su madre... o permitir que se consolara, por lo menos. La curación proviene del paciente, no del médico. Eso me lo había enseñado Raymond.

Dejé a los MacNab para continuar con mis faenas. Visité dos de las cabañas del oeste de la granja. Todo estaba en orden en casa de los Kirby y de los Weston Fraser. En lo alto de la pendiente, me senté bajo una haya para descansar un momento, antes iniciar el largo camino de vuelta. El sol se estaba poniendo, pero aún no había alcanzado la hilera de pinos que coronaba la cima al oeste de Lallybroch. Estaba anocheciendo, y el mundo resplandecía con los colores del final del otoño.

El tronco del árbol era fresco y resbaladizo, pero todavía había bastantes hojas amarillentas y rizadas en su copa. Me apoyé contra el suave tronco y cerré los ojos, y el resplandor de los campos de trigo maduro se fue apagando hasta que se tornó del rojo oscuro de mis párpados.

El encierro en las cabañas de los agricultores me había dado dolor de cabeza. La apoyé en la suave corteza y empecé a respirar profundamente, dejando que el aire fresco me llenara los pulmones. Era un intento imperfecto de emular la sensación que el maestro Raymond me había provocado en L'Hôpital des Anges; evocar la visión y sensación de cada parte de mi ser, imaginando exactamente cómo se veía y qué sentía cada uno de los diversos órganos y sistemas funcionando normalmente.

Me quedé sentada con las manos inertes sobre mi regazo, escuchando los latidos de mi corazón. Al principio el ritmo era rápido debido al esfuerzo de la subida, pero enseguida disminuyó. La brisa otoñal elevaba los mechones de pelo de mi nuca y me refrescaba las mejillas enrojecidas.

Permanecí sentada con los ojos cerrados y seguí el recorrido de mi sangre desde las cámaras de paredes gruesas de mi corazón, primero de un color azul purpúreo mientras fluían a través de la arteria pulmonar y después de un rojo brillante cuando los pulmones volcaban su carga de oxígeno. A continuación, una explosión a través del arco de la aorta, y la carrera hacia arriba, hacia abajo y hacia fuera, a través de la carótida, la renal y la subclavia. Seguí el recorrido de mi sangre a través de los sistemas de mi cuerpo, hasta los capilares más diminutos que florecen bajo la superficie de la piel, recordando el sentimiento de perfección, de salud. De paz.

Me quedé sentada, inmóvil, respirando lentamente, sintiéndome lánguida y pesada, como si acabara de hacer el amor. Sentía la piel sensible y los labios algo hinchados, y la presión de mis prendas era como el tacto de las manos de Jamie. No era una casualidad que hubiera invocado su nombre para curarme. Tanto si se trataba de la salud mental o corporal, su amor me resultaba tan necesario como el aliento o la sangre. Mi mente lo buscó, dormido o despierto y, al encontrarlo, se sintió satisfecha. Mi cuerpo enrojeció y resplandeció y, a medida que volvía a la vida, anheló el suyo.

El dolor de cabeza había desaparecido. Me quedé allí un rato, respirando. Después me levanté y bajé la colina, camino a casa.

En realidad, nunca había tenido un hogar. Huérfana a los cinco años, había llevado una vida académica errante junto a mi tío Lamb durante los trece años siguientes: había vivido en tiendas de campaña sobre planicies polvorientas, en cuevas escondidas en colinas y en las cámaras adornadas de pirámides vacías. Quentin Lambert Beauchamp, doctor en Filosofía y no sé cuántos títulos más, era un famoso arqueólogo nómada cuando un accidente de coche terminó con la vida de su hermano, mi padre, y yo quedé a su cargo. Como no era una persona que tuviera tiempo para ocuparse de detalles minúsculos como una sobrina huérfana, el tío Lamb me había metido interna en una escuela.

Pero yo no quise aceptar los caprichos del destino sin luchar y me opuse a ir allí. Y el tío Lamb reconoció algo en mí que él poseía en grandes cantidades, así que se encogió de hombros y me arrancó para siempre de un mundo de orden y rutina, sumas, sábanas limpias y baños diarios, para que lo acompañara en su vida de vagabundo.

Aquella vida nómada había continuado con Frank, con la diferencia de que éste trabajaba en universidades en lugar de en campos, pues las excavaciones de un historiador por lo general tienen lugar entre paredes. Así que cuando estalló la guerra en 1939, para mí fue menos terrible que para la mayoría.

Me había mudado del último apartamento que alquilamos junto con otras enfermeras al Hospital Pembroke, y de allí a un hospital de campaña en Francia; antes de terminar la guerra, estaba de regreso a Pembroke. Y después unos breves meses con Frank antes de viajar a Escocia para reencontrarnos... y una vez allí perdernos de una vez y para siempre cuando atravesé el círculo de piedras, entre la locura, y emergí en el pasado que era mi presente.

Por todo esto me parecía extraño, y al mismo tiempo maravilloso, despertarme en la habitación del segundo piso de la granja de Lallybroch, junto a Jamie, y recordar, mientras el amanecer tocaba su rostro dormido, que él había nacido en aquella cama. Todos los sonidos de la casa, desde el crujido de la escalera de atrás bajo el peso de una criada que se había levantado temprano, al repiqueteo de la lluvia sobre las tejas de pizarra, los había oído él con tanta frecuencia que ya no los percibía. Pero yo sí. Su madre, Ellen, había plantado el rosal de la entrada. Su aroma intenso flotaba por los muros de la casa hasta la ventana de la habitación. Era como si ella misma se estirara para tocarlo con delicadeza, y tocarme a mí también, a modo de bienvenida.

Más allá de la casa propiamente dicha se extendía Lallybroch; campos, graneros, el pueblo y pequeñas granjas. Jamie había pescado en los arroyos que bajaban de las colinas, había trepado a los robles y a los imponentes alerces y había comido junto a la chimenea de cada una de las granjas. Era su hogar.

Sin embargo, él también había vivido en medio del desorden y el cambio. La prisión, la fuga, la vida sin raíces de un mercenario. Y más tarde otra vez la prisión y la tortura, el exilio recién finalizado. Pero había vivido en un solo sitio sus primeros catorce años. Y aunque lo habían enviado, según la costumbre, a vivir dos años con el hermano de su madre, Dougal MacKenzie, era parte de la vida que se esperaba de un hombre que regresaría a vivir para siempre a su tierra, para cuidar a sus arrendatarios y sus propiedades, para formar parte de un organismo mayor. La permanencia era su destino.

Pero había habido un período de ausencia y de experiencias que iban más allá de los límites de Lallybroch, incluso más allá de las costas rocosas de Escocia. Jamie había hablado con reyes, había estado en contacto con la ley y el comercio, había vivido aventuras, había sido testigo de la violencia y la magia. Me preguntaba si, una vez transgredidos los límites del hogar, bastaría el destino para retenerlo.

Mientras descendía de la colina, lo vi más abajo, colocando rocas para arreglar una pared de piedra que servía de límite con uno de los campos más pequeños. Cerca de él, sobre el suelo, yacían un par de conejos, casi destripados pero sin despellejar.

—«A casa llega el marinero, a casa desde el mar, y el cazador a casa desde la montaña» —cité, sonriendo, al acercarme.

Me devolvió la sonrisa, se secó el sudor de la frente y fingió tiritar.

—No me nombres el mar, Sassenach. Esta mañana he visto a dos chicos haciendo flotar un trozo de madera en el estanque y casi vomito el desayuno.

Me eché a reír.

—Entonces, ¿no tienes prisa por regresar a Francia?

—¡No, Dios me libre! Ni siquiera por el coñac. —Colocó una última roca sobre la parte superior del muro y la encajó—. ¿Vuelves a casa?

—Sí. ¿Quieres que lleve los conejos?

Negó con la cabeza y se inclinó para recogerlos.

—No hace falta; yo también vuelvo. Ian necesita ayuda en el nuevo sótano para las patatas.

La primera cosecha de patatas de Lallybroch tendría lugar en esos días y, siguiendo mi tímido e inexperto consejo, se estaba cavando un pequeño sótano para almacenarlas. Cada vez que miraba el campo de patatas tenía sentimientos contradictorios al respecto: por una parte me sentía orgullosa al ver las numerosas y desgarbadas hojas que lo cubrían. Pero por otra, sentía pánico al pensar que sesenta familias dependían de lo que había debajo para pasar el invierno. Siguiendo mi consejo del año anterior, habían utilizado un excelente campo de cebada para plantar patatas, una planta desconocida en las Highlands por aquella época.

Sabía que, con el tiempo, las patatas se convertirían en una importante fuente de ingresos en las Highlands, menos vulnerables a las plagas que la avena y la cebada. Sin embargo, una cosa era haberlo leído en un libro de geografía hacía tiempo y otra muy diferente aceptar la responsabilidad de la vida de las personas que consumirían la cosecha.

Me pregunté si la tarea de asumir riesgos por otras personas se hacía más fácil con el tiempo. Jamie lo hacía de forma rutinaria: manejaba los asuntos de la heredad y los arrendatarios como si hubiera nacido para eso. Pero, claro, *había* nacido para eso.

—¿Ya está terminado el sótano? —pregunté.

—Sí, casi. Ian tiene listas las puertas y el foso ya casi está cavado. El único problema es que hay un pedazo de tierra blanda cerca de la parte de atrás y la pata de palo se le entierra cuando trabaja allí. —Pese a que Ian se las arreglaba bastante bien con la pata de madera que usaba como sustituto de la pantorrilla derecha, en ciertas ocasiones le resultaba incómoda.

Jamie miró la colina, pensativo.

—Tenemos que terminar y cubrir el sótano hoy; lloverá antes de que amanezca.

Me volví para mirar en la dirección de su mirada. Sobre la colina no se veía otra cosa que hierba y brezo, algunos árboles y las rocosas grietas del granito que sobresalían entre la exuberante vegetación.

—¿Y cómo diablos lo sabes?

Jamie sonrió, señalando la colina con la barbilla.

—¿Ves aquel roble pequeño? ¿Y el fresno que está al lado?

Observé los árboles, confundida.

—Sí. ¿Qué tienen?

—Las hojas. ¿No ves que los dos árboles parecen más ligeros que de costumbre? Cuando hay humedad en el aire, las hojas de un roble o de un fresno se vuelven y puedes ver la parte posterior. El árbol parece bastante más claro.

—Supongo que sí —respondí, dubitativa—. Si conoces el color normal del árbol.

Jamie se echó a reír y me cogió del brazo.

—Tal vez no tenga oído para la música, Sassenach, pero tengo ojos en la cara. Y he visto esos árboles tal vez diez mil veces, en todo tipo de climas —dijo.

Había un trecho desde el prado hasta la granja, y recorrimos la mayor parte del camino en silencio, disfrutando de la ligera calidez del sol de la tarde sobre nuestras espaldas. Olfateé el aire, y pensé que Jamie estaba probablemente en lo cierto en cuanto a la lluvia; todos los aromas habituales del otoño parecían más intensos, desde la resina de los pinos hasta el olor polvoriento del trigo maduro. Pensé que estaba empezando a adaptarme a los ritmos, imágenes y olores de Lallybroch. Quizá, con el tiempo, llegaría a conocerlo tan bien como Jamie. Le apreté suavemente el brazo, y sentí la presión de su mano sobre la mía a modo de respuesta.

—¿Echas de menos Francia, Sassenach? —preguntó un poco después.

—No —respondí sorprendida—. ¿Por qué?

Se encogió de hombros, sin mirarme.

—Bueno, al verte bajar la colina con el cesto en el brazo, pensaba en lo hermosa que estabas, con el sol reflejado en tu cabello castaño. Pensé que era como si hubieras crecido aquí, como uno de los retoños, como si siempre hubieras formado parte de este lugar. Y entonces se me ocurrió que, tal vez, para ti Lallybroch es un lugar pobre. No tenemos vida social, como teníamos en Francia; ni siquiera un trabajo interesante, como tenías en el hospital. —Me miró con timidez—. Supongo que tengo miedo de que te aburras aquí... después de un tiempo.

Hice una pausa antes de responder, aunque ya lo había pensado antes.

—Después de un tiempo —repetí cuidadosamente—. Jamie, en mi vida he visto muchas cosas y he estado en muchísimos lugares. Allí de donde vengo... hay cosas que a veces echo de menos. Me gustaría volver a subirme a un autobús londinense, o coger un teléfono y hablar con alguien que está lejos. Me gustaría abrir un grifo y tener agua caliente, en lugar de acarrearla desde el pozo y calentarla en un caldero. Me gustaría... pero no lo necesito. Con respecto a la gran vida que llevábamos, no la quería cuando la teníamos. La ropa elegante me gusta mucho, pero si va acompañada de chismes, intrigas, preocupaciones, fiestas estúpidas y reglas de etiqueta... no la quiero. Prefiero quedarme en camisón y decir lo que pienso.

Se echó a reír y volví a apretarle el brazo.

—Con respecto al trabajo... aquí tengo mucho. —Eché un vistazo al cesto con hierbas y medicinas que me colgaba del brazo—. Puedo ser de utilidad. Y si echo de menos a la madre Hildegarde, o a mis otros amigos... bueno, no es tan rápido como el teléfono, pero siempre me quedarán las cartas. —Callé un momento, sosteniendo su brazo, y lo miré. El sol se estaba poniendo, y la luz iluminaba un lado de su rostro, destacando sus fuertes huesos. Entonces, dije—: Jamie... sólo quiero estar donde tú estés. Nada más.

Permaneció en silencio un momento, después se inclinó y me besó muy suavemente en la frente.

—Es gracioso —dije, mientras ascendíamos la última colina que llevaba a la casa—. Me estaba preguntando lo mismo de ti. Si eras feliz aquí, después de lo que hiciste en Francia.

Jamie sonrió con cierto remordimiento y miró hacia la casa; sus tres pisos de piedra blanca resplandecían con tonos dorados y ocres bajo la puesta de sol.

—Bueno, éste es mi hogar, Sassenach. Es mi lugar.

Le toqué el brazo con suavidad.

—Y naciste para esto, ¿verdad?

Respiró profundamente y apoyó la mano en la verja de madera que rodeaba la casa.

—Bueno, en realidad no nací para esto, Sassenach. Por derecho, Willie tendría que haber sido el terrateniente. Si él hubiera vivido, supongo que yo habría sido soldado... o quizá mercader, como Jared.

Willie, el hermano mayor de Jamie, había muerto de viruela a los once años, dejando a su hermano menor, de seis, como heredero de Lallybroch.

Jamie hizo un extraño gesto como si se encogiera de hombros para aliviar la presión de la camisa. Era un ademán que hacía cuando se sentía torpe o inseguro; hacía meses que no lo veía hacerlo.

—Pero Willie murió. Así que soy el terrateniente. —Me observó con cierta timidez y después metió la mano en su alforja y sacó algo: una pequeña serpiente de madera de cerezo que Willie le había tallado como regalo de cumpleaños. Tenía la cabeza torcida, como si estuviera sorprendida de ver que su cola le perseguía. Jamie la acarició suavemente; la madera estaba brillante de tanto tocarla, y las curvas del cuerpo brillaban como escamas a la luz del crepúsculo—. A veces hablo con Willie —me contó. Inclinó la serpiente sobre su palma—. Si hubieras vivido, hermano, si hubieras sido terrateniente como debías, ¿habrías tomado la misma decisión que yo? ¿O habrías encontrado una manera mejor? —Bajó la mirada, sonrojándose un poco—. Suena muy tonto, ¿no?

—No. —Toqué la suave cabeza de la serpiente con la punta del dedo. A lo lejos se oyó el grito agudo y claro de una alondra, frágil como el cristal en el aire del anochecer.

—Yo hago lo mismo —dije, un instante después—. Con el tío Lamb. Y con mis padres. Con mi madre especialmente. No... no pensaba mucho en ella cuando era más pequeña, sólo de vez en cuando soñaba con alguien suave y cálido, con un hermoso canto. Pero cuando estuve enferma, después de... Faith, a veces me imaginaba que estaba conmigo. A mi lado. —Una repentina ola de dolor me invadió al recordar las pérdidas recientes y pasadas.

Jamie me acarició el rostro, enjugando la lágrima que se me había formado en el extremo de un ojo pero que no se había derramado.

—Creo que a veces los muertos nos hablan, como nosotros a ellos —dijo suavemente—. Vamos, Sassenach. Paseemos un poco, tenemos tiempo antes de cenar.

Enlazó su brazo con el mío y caminamos a lo largo de la verja, lentamente, con la hierba seca susurrando contra mi falda.

—Sé a qué te refieres, Sassenach —dijo Jamie—. A veces escucho la voz de mi padre en el granero, o en el campo. Por lo general cuando ni siquiera estoy pensando en él. Pero, de repente, giro la cabeza como si acabara de oírle fuera, riendo con uno de los arrendatarios, o detrás de mí, acariciando un caballo.

Se rió de repente y señaló con la cabeza hacia un rincón de césped que había frente a nosotros.

—Es extraño, pero nunca lo he oído en ese lugar.

No era un sitio nada llamativo: un portón de madera en la verja de piedra paralela al camino.

—¿De veras? ¿Y aquí qué solía decirte?

—Por lo general era: «Si ya has terminado de hablar, Jamie, date la vuelta e inclínate.»

Nos echamos a reír, haciendo una pausa para inclinarnos sobre la verja. Me acerqué un poco más para mirar la madera.

—¿Así que aquí es donde te daba las palizas? No veo ninguna marca de dientes —dije.

—No, no eran tan fuertes —respondió, riéndose. Pasó una mano sobre la madera gastada de la cerca con afecto.

—Ian y yo siempre nos clavábamos astillas. Y volvíamos a casa para que la señora Crook o Jenny nos las quitaran... Siempre nos regañaban.

Echó un vistazo a la casa; las ventanas del primer piso ya estaban iluminadas. Podíamos ver las siluetas dentro: sombras pequeñas en las ventanas de la cocina, donde la señora Crook y las criadas hacían los preparativos para la cena; una forma más grande, alta y delgada en una de las ventanas de la sala de estar. Ian se detuvo un momento al lado de la ventana, como si el recuerdo de Jamie lo hubiera evocado. Después corrió las cortinas y la luz se hizo más tenue.

—Siempre me alegraba de que Ian estuviera conmigo —dijo Jamie, todavía mirando la casa—. Sobre todo cuando nos atrapaban haciendo alguna travesura y nos daban una paliza.

—En los malos momentos es buena la compañía —dije sonriendo.

—Así es. No me sentía tan malo cuando éramos dos para compartir la culpa. Pero lo que más me gustaba era que podía contar con él para hacer mucho ruido.

—¿Te refieres a gritar?

—Sí. Siempre aullaba y chillaba, y sabía que lo haría, así que no me daban tanta vergüenza mis propios gritos. —Estaba demasiado oscuro como para ver su cara, pero aún pude ver el ligero gesto de desdén que hacía cuando estaba avergonzado o incómodo—. Claro que siempre trataba de no gritar, pero no siempre podía. Si mi padre creía que valía la pena la paliza, lo hacía bien. Y el padre de Ian tenía el brazo derecho como un tronco de árbol.

—¿Sabes? —dije, echando un vistazo a la casa—. No lo había pensado antes, pero ¿por qué tu padre te zurraba aquí fuera? Hay espacio suficiente en la casa... o en el granero.

Jamie permaneció en silencio un momento, y después volvió a encogerse de hombros.

—Nunca se lo pregunté. Pero supongo que era por algo parecido a lo del rey de Francia.

—¿El rey de Francia? —La respuesta me cogió por sorpresa.

—Sí —dijo secamente—. No sé qué se siente al tener que lavarse, vestirse y vaciar los intestinos en público, pero te aseguro que es una experiencia muy humillante tener que explicarle a uno de los arrendatarios de tu padre qué hiciste para que estén a punto de darte una paliza.

—Supongo que sí —dije reprimiendo las ganas de reírme—. ¿Quieres decir que te pegaba aquí porque ibas a ser el terrateniente?

—Supongo que sí. De ese modo los arrendatarios sabrían que comprendía la justicia... por lo menos, desde el punto de vista del que la recibe.

32

Campo de sueños

El campo había sido arado como de costumbre, con grandes montículos de tierra y profundos surcos entre ellos. Los surcos llegaban hasta la rodilla, de manera que un hombre podía sembrar a mano fácilmente desde los montículos. Diseñado para plantar cebada o avena, no había motivo para alterarlo para el cultivo de las patatas.

—Decía «colinas» —dijo Ian, echando un vistazo al extenso y frondoso campo de patatas— pero me parece que los montículos sirven igual. El objetivo de las colinas debe de ser evitar que el agua pudra las semillas, pero creo que en un campo viejo con montículos altos se puede conseguir el mismo resultado.

—Parece sensato —dijo Jamie—. La planta parece estar floreciendo. ¿Dice cuándo hay que desenterrarlas?

Cargado con la responsabilidad de plantar patatas en una tierra donde nunca se había visto semejante planta, Ian había actuado con método y lógica. Había encargado en Edimburgo las semillas y un libro sobre plantación de patatas. A su debido tiempo hizo su aparición el *Tratado científico sobre métodos de cultivo*, de sir Walter O'Bannion Reilly, que incluía una pequeña sección sobre la siembra de patata tal como se practicaba en Irlanda.

Ian llevaba el pesado volumen bajo el brazo; Jenny me había contado que no se acercaba al campo de patatas sin él por temor a que surgiera alguna duda filosófica o técnica mientras se encontraba allí; en aquel momento lo abrió y buscó en su alforja las gafas que utilizaba para leer y que habían pertenecido a su difunto padre; eran pequeños círculos de cristal montados en alambre y los apoyaba en el extremo de la nariz. Parecía una cigüeña joven y seria.

—«La recolección de la cosecha debe realizarse simultáneamente a la aparición de los primeros gansos invernales» —leyó, y después miró por encima de los lentes el campo de patatas, como esperando que algún ganso apareciera entre los surcos.

—¿Gansos invernales? —Jamie echó un vistazo al libro por encima del hombro de Ian—. ¿A qué clase de ganso se refiere? ¿A los silvestres? Pero esos se ven todo el año. Se habrá equivocado.

Ian se encogió de hombros.

—Tal vez en Irlanda sólo se ven en invierno. O quizá se refiere a un tipo específico de ganso irlandés, no a los silvestres.

Jamie soltó un resoplido.

—¡De poco nos sirve! ¿Dice algo útil?

Ian pasó un dedo por los renglones, moviendo los labios en silencio. Ya entonces se había reunido un grupo de campesinos, fascinados por este nuevo enfoque a la agricultura.

—No hay que desenterrar las patatas cuando el suelo está mojado —nos informó Ian, con lo que recibió un bufido más alto por parte de Jamie—. Vaya —murmuró para sí—. Patatas podridas, insectos de la patata (no hemos tenido ningún insecto, así que supongo que hemos tenido suerte), cultivo de patatas... Hum, no, eso es sólo cuando se marchitan las hojas. Plagas de las patatas... eso no podremos decirlo hasta que no las veamos. Semillas de patata, almacenamiento de patatas...

Aturdido e impaciente, Jamie se alejó de Ian con las manos en las caderas.

—Conque agricultura científica, ¿eh? —replicó. Miró el campo lleno de matorrales verde oscuro—. ¡Supongo que el libro es demasiado científico para explicar cuándo están listas para comer esas malditas patatas!

Fergus, que había estado siguiendo a Jamie como era su costumbre, levantó la mirada de una oruga que se movía lentamente sobre su índice.

—¿Y por qué no cavas un poco y miras? —preguntó.

Jamie miró a Fergus de hito en hito. Abrió la boca, pero no salió ningún sonido. La cerró, le dio una suave palmadita en la cabeza y fue a buscar una horca que estaba junto a la cerca.

Los campesinos, hombres que habían ayudado a plantar y cuidar el campo bajo la dirección de Ian (asistido por sir Walter) se agruparon para ver el resultado de su labor.

Jamie eligió una planta floreciente cerca del borde del campo y apoyó la horca cuidadosamente cerca de la raíz. Conteniendo la respiración, puso un pie sobre la horca y empujó. Los dientes se deslizaron lentamente en el barro.

Yo también contuve la respiración. En aquel experimento estaba en juego mucho más que la reputación de sir Walter O'Bannion Reilly. O la mía.

Jamie e Ian habían confirmado que la cosecha de cebada de aquel año había sido menos abundante de lo normal, aunque suficiente para satisfacer las necesidades de los arrendatarios de Lallybroch. Sin embargo, con otro año de escasez se agotarían las magras reservas de grano. Para ser una hacienda de las Highlands, Lallybroch era una heredad próspera; pero sólo en comparación con las demás granjas de las Highlands. El éxito de la cosecha de patatas significaba la diferencia entre hambre y prosperidad durante los dos años siguientes.

Jamie empujó la horca. La tierra se abrió alrededor de la planta y, con un repentino crujido, Jamie arrancó la mata y la tierra reveló su tesoro.

Una exclamación unánime se elevó entre los espectadores al ver la miríada de tubérculos marrones aferrados a las raíces de la planta desenterrada. Ian y yo caímos de rodillas sobre el barro, buscando entre la tierra las patatas separadas de la planta madre.

—¡Ha funcionado! —decía Ian mientras arrancaba patata tras patata de la tierra—. ¡Mira el tamaño de ésa!

—¡Sí, y mira ésta! —exclamé maravillada, sosteniendo una del tamaño de mis dos puños juntos.

Por fin tuvimos la producción de la primera planta en una canasta: unas diez patatas de buen tamaño, más de veinte del tamaño de un puño y algunas pequeñitas del tamaño de pelotas de golf.

—¿Qué opinas? —Jamie escrutó nuestra provisión de patatas con curiosidad—. ¿Deberíamos dejar el resto para que las pequeñas crezcan más? ¿O las cosechamos ahora, antes de que venga el frío?

Ian buscó sus lentes; al recordar que había dejado a sir Walter junto a la valla, abandonó el esfuerzo. Sacudió la cabeza.

—No, creo que está bien —dijo—. El libro dice que hay que guardar las más pequeñas como semilla para el año próximo. Vamos a necesitar muchas.

Me dirigió una sonrisa de alivio, y una madeja de su abundante y liso cabello castaño le cayó sobre la frente. Tenía un manchurrón en un lado de la cara.

La esposa de uno de los campesinos estaba inclinada sobre la canasta, observando su contenido. Estiró un dedo con cautela y tocó una patata.

—¿Decís que se comen? —Arrugó la frente con escepticismo—. No veo cómo pueden molerse en el molinillo para hacer pan o gachas.

—Bueno, no creo que sirvan para moler, señora Murray —le explicó Jamie cortésmente.

—¿Ah, no? —La mujer miró de reojo la canasta con censura—. Bueno, ¿y para qué sirven, entonces?

—Bueno, se... —empezó Jamie, y se detuvo. Se me ocurrió, como seguramente se le acababa de ocurrir a él, que a pesar de haber comido patatas en Francia nunca había visto cómo se preparaban. Oculté una sonrisa al verlo mirar con impotencia la patata llena de tierra que tenía en la mano. Ian también la miró; al parecer sir Walter no decía nada de cómo cocinarlas.

—Se asan. —Fergus vino al rescate una vez más, apareciendo debajo del brazo de Jamie. Se relamió al ver las patatas—. Hay que ponerlas en las brasas. Se comen con sal. Y con manteca también, si hay.

—Hay —dijo Jamie con alivio. Le dio la patata a la señora Murray, como si estuviera ansioso por deshacerse de ella—. Se asan —dijo con firmeza.

—También se pueden cocer —contribuí—. O triturarlas con leche. O freírlas. O cortarlas y echarlas a la sopa. Es un vegetal muy versátil, la patata.

—Eso es lo que dice el libro —susurró Ian, satisfecho.

Jamie me miró con una sonrisa irónica.

—Nunca me habías dicho que sabías cocinar, Sassenach.

—No lo llamaría cocinar exactamente —dije— pero tal vez pueda cocer una patata.

—Bien.

Jamie observó el grupo de arrendatarios y sus esposas, quienes se pasaban las patatas de mano en mano, mirándolas con cierto recelo. Batió palmas para atraer la atención.

—Vamos a hacer una cena junto al campo —les dijo—. Tom y Willie, traed madera para hacer fuego. Señora Willie, ¿sería tan amable de traer su tetera grande? Sí, está bien, uno de los hombres le ayudará a bajarla. Y tú, Kincaid —se volvió hacia uno de los más jóvenes y señaló el pequeño grupo de cabañas bajo la arboleda—, ve y avisa a todo el mundo: ¡hoy cenamos patatas!

Así, con la ayuda de Jenny, diez cubos de leche de la granja, tres pollos sacados del corral y cuatro docenas de enormes puerros del huerto, dirigí la preparación de sopa de pollo y puerros y patatas asadas para el terrateniente y los arrendatarios de Lallybroch.

Cuando la comida estuvo lista el sol ya había desaparecido, pero el cielo todavía estaba iluminado por franjas rojas y doradas que atravesaban las oscuras ramas del pinar sobre la colina. Hubo cierta vacilación cuando los arrendatarios vieron la novedad de su dieta, pero la atmósfera festiva, junto con un generoso barril de whisky casero, disipó cualquier recelo y pronto el terreno cercano al campo de patatas se llenó de comensales inclinados sobre los cuencos.

—¿Qué opinas, Dorcas? —oí preguntar a una mujer a su vecina—. Tiene un gusto algo raro, ¿no?

Dorcas asintió y tragó antes de responder.

—Sí. Pero el señor ya ha comido seis cosas de ésas y todavía está vivo.

La respuesta de hombres y niños fue bastante más entusiasta, sin duda debido a las generosas cantidades de manteca con que se untaron las patatas.

—Los hombres comerían hasta bosta de caballo, si la sirvieran con manteca —dijo Jenny, en respuesta a un comentario sobre ese tema—. ¡Hombres! La panza llena y un lugar para dormir cuando están borrachos, es lo único que le piden a la vida.

—Me pregunto por qué nos soportas a Jamie y a mí —se burló Ian al oírla—. Ya que tienes una opinión tan baja de los hombres...

Jenny revolvió la sopa con gesto de indiferencia ante su esposo y su hermano, sentados juntos en el suelo, cerca de la tetera.

—Ah, pero vosotros no sois «hombres».

Las velludas cejas de Ian se enarcaron y las de Jamie, más gruesas y rojizas, también.

—¿Ah, no? Entonces, ¿qué somos? —preguntó Ian.

Jenny se volvió hacia él con una amplia sonrisa. Dio una palmadita a Jamie en la cabeza y besó la frente de Ian.

—Vosotros sois míos —dijo.

Después de cenar, uno de los hombres comenzó a cantar. Otro sacó una flauta de madera y lo acompañó; el sonido era agudo pero penetrante en aquella fría noche de otoño. El aire era fresco pero no había viento y estábamos bastante cómodos, envueltos en chales y mantas, apretados en pequeños grupos familiares alrededor del fuego. La hoguera se había agrandado después de la comida y daba una luz considerable en la oscuridad.

El corro que formaba nuestra familia estaba tibio, pese a estar algo más activo que los demás. Ian había ido a buscar otra brazada de leña y la pequeña Maggie se colgaba de su madre, obligando a su hermano mayor a buscar refugio y calor corporal en otra parte.

—Voy a meterte de cabeza en esa tetera si no dejas de pisarme los huevos —dijo Jamie a su sobrino, que se agitaba en el regazo de su tío—. ¿Qué te pasa, tienes hormigas en el trasero?

Esta pregunta fue recibida con unas risitas y un intento de esconderse en el abdomen de su tío. Jamie palpó en la oscuridad los brazos y las piernas de su tocayo, después lo rodeó con sus brazos y de repente se giró y se tiró encima de él, obligando al pequeño Jamie a lanzar un grito de alegría.

Jamie apretó a su sobrino contra el suelo y lo retuvo con una mano, mientras con la otra palpaba a ciegas. Cogió un manojo de hierba con un gruñido de satisfacción y lo elevó lo suficiente como para metérselo por el cuello de la camisa; el pequeño Jamie soltó un chillido.

—Ahí tienes —dijo Jamie, soltando el pequeño bulto—. Ve a molestar un rato a tu tía.

Obediente, el pequeño Jamie se acercó a mí gateando, y sin dejar de reír se acurrucó en mi regazo, entre los pliegues de mi capa. Se quedó tan quieto como puede estarlo un niño de casi cuatro años (que no es mucho, a decir verdad) y me dejó que le sacara el montón de hierba de la camisa.

—Hueles muy bien, tía —dijo, frotando sus rizos negros en mi barbilla—. A comida.

—Bueno, gracias —dije—. ¿Eso quiere decir que tienes hambre otra vez?

—Sí. ¿Hay leche?

—Sí. —Me estiré para alcanzar la jarra. La meneé, decidí que no había suficiente para que valiera la pena ir a buscar una taza y ladeé la jarra, sosteniéndola para que el niño bebiera.

Concentrado por el momento en beber, el pequeño y pesado cuerpo permaneció quieto en mi regazo, apoyado en mi brazo, cogiendo la jarra con ambas manos. Las últimas gotas de leche borbotearon en la jarra. Luego se relajó y soltó un eructo de satisfacción. Pude sentir el calor que emitía, el repentino ascenso de temperatura que presagia que un niño va a dormirse. Lo envolví con un pliegue de la capa y lo acuné lentamente, tarareando la música de la canción que se cantaba junto al fuego. Las protuberancias de las vértebras eran redondas y rígidas como cuentas bajo mis dedos.

—¿Se ha dormido? —preguntó Jamie, cuya figura había aparecido junto a mi hombro. La luz del fuego centelleaba en la empuñadura de su daga y le daba un destello cobrizo a su cabello.

—Sí —respondí—. Por lo menos ha dejado de retorcerse, así que debe de haberse dormido. Es como sostener un gran jamón.

Jamie se echó a reír y después se calló. Pude sentir su brazo rígido rozando el mío, y la calidez de su cuerpo a través de los pliegues de su capa.

Me aparté un mechón de pelo de la cara y descubrí que el pequeño Jamie tenía razón: mis manos olían a puerros, a manteca y al almidón de las patatas. Dormido, Jamie era un peso muerto y, a pesar de que sostenerlo me resultaba agradable, me cortaba la circulación de la pierna izquierda. Me moví un poco, con la intención de acostarlo sobre mi falda.

—No te muevas, Sassenach —dijo Jamie—. Sólo un momento, *mo duinne*... quédate quieta.

Obedecí y permanecí inmóvil, hasta que Jamie me tocó el hombro.

—Ya está, Sassenach —dijo con una sonrisa en la voz—. Estabas tan hermosa, con el fuego reflejado en el rostro y el pelo ondeando al viento. Quería que me quedara grabada esa imagen.

Me giré y le sonreí por encima del cuerpo del niño. La noche estaba oscura y fría, viva por la gente que nos rodeaba; sin embargo, donde estábamos sentados no había nada salvo la luz y el calor... y nosotros dos.

33

Guardián de tu hermano

Tras un período inicial de observación silenciosa detrás de las esquinas, Fergus había pasado a formar parte de la casa como mozo de cuadra junto con Rabbie MacNab. A pesar de que Rabbie era un año o dos menor que Fergus, era tan grande como el delgado niño francés; pronto se hicieron inseparables, excepto en aquellas ocasiones en que discutían (que era dos o tres veces al día) e intentaban matarse. Una mañana, la habitual pelea estuvo llena de mordiscos, patadas y puñetazos, y derramaron dos cubos de crema puesta a agriar, así que Jamie decidió intervenir.

Con una expresión de profundo pesar en la cara, cogió a ambos bribones por el cogote y los llevó a la intimidad del granero, donde, supuse, superó cualquier escrúpulo que pudiera haber tenido con respecto a la administración de castigos corporales. Salió del granero sacudiendo la cabeza y volviéndose a poner el cinturón, y partió con Ian a caballo al valle de Broch Mordha. Los niños salieron un rato después bastante calmados y, unidos en la adversidad, volvían a ser amigos otra vez.

De hecho, salieron tan tranquilos que permitieron al pequeño Jamie que los acompañara en sus tareas. Poco más tarde vi por la ventana que los tres estaban jugando en la entrada con una pelota hecha de harapos. Era un día frío y nublado, y el aliento de los niños creaba suaves nubes mientras corrían y gritaban.

—Tu hijo está precioso —le dije a Jenny, que revisaba su costurero en busca de un botón. Alzó la mirada, vio lo que yo miraba y sonrió.

—Ah, sí, el pequeño Jamie es encantador. —Se acercó a la ventana a observar el juego que transcurría abajo.

—Es la viva imagen de su padre —observó con cariño—, pero creo que tendrá los hombros más anchos. Tal vez sea como su tío, ¿ves sus piernas? —Pensé que tenía razón; a pesar de que, a sus casi cuatro años, Jamie tenía la redondez típica de un niño, sus piernas eran largas y la espalda era ancha y musculosa; y tenía los huesos largos de su tío, así como el mismo aire que proyectaba su tocayo, como si estuviera hecho de algo más duro y elástico que la carne.

Lo vi saltar con la pelota, atraparla hábilmente y arrojarla con fuerza suficiente para que pasara por encima de Rabbie Mac-Nab, quien salió corriendo para cogerla al vuelo.

—Tiene otra cosa parecida a su tío —observé—. Creo que también va a ser zurdo.

—¡Dios mío! —dijo Jenny con el ceño fruncido mientras observaba a su retoño—. Espero que no, pero quizá tengas razón. —Meneó la cabeza mientras suspiraba—. ¡Señor, cuando pienso en los problemas que tuvo el pobre Jamie por ser zurdo! Todo el mundo trataba de curarlo, desde mis padres hasta el maestro, pero siempre fue terco como una mula, y no cedía. Todo el mundo menos el padre de Ian —añadió.

—¿Él no creía que ser zurdo estuviera mal? —pregunté con curiosidad, consciente de que en aquella época el ser zurdo se consideraba señal de mala suerte y podía llegar a ser visto como síntoma de posesión demoníaca. Jamie escribía con dificultad con la mano derecha, porque en la escuela lo castigaban por coger la pluma con la izquierda.

Jenny sacudió la cabeza y los rizos negros le cayeron sobre la cara.

—No, el viejo John Murray era un hombre extraño. Decía que si el Señor había elegido a Jamie para que fortaleciera su brazo izquierdo, era un pecado echar a perder dicha virtud. También era muy bueno con la espada, así que mi padre lo escuchaba, y permitió que Jamie aprendiera a luchar con la mano izquierda.

—Pensé que había sido Dougal MacKenzie el que le enseñó a luchar con la izquierda —dije. Me preguntaba qué opinión tendría Jenny de su tío Dougal.

Jenny asintió, humedeciendo la punta de un hilo para enhebrarlo rápidamente.

—Sí; eso fue más tarde, cuando Jamie creció y fue a vivir con Dougal. Pero fue el padre de Ian quien le enseñó los primeros golpes. —Sonrió, con los ojos puestos en la camisa que tenía en el regazo—. Recuerdo que cuando eran muy jóvenes, el viejo John le dijo a Ian que su función era ponerse a la diestra de Jamie, pues debía guardar el lado más débil de su jefe durante una pelea. Y lo hacía... se lo tomaban los dos con mucha seriedad. Y supongo que el viejo John tenía razón en eso —añadió, cortando el hilo sobrante—. Al poco tiempo nadie peleaba con ellos, ni siquiera los muchachos MacNab. Tanto Jamie como Ian eran robustos y buenos luchadores, y nadie podía vencerlos; ni aunque los superaran en número.

Se echó a reír de repente, y se colocó un mechón de pelo detrás de la oreja.

—Obsérvalos cuando caminan juntos por el campo. Supongo que no se dan cuenta de que siguen haciéndolo, pero así es. Jamie siempre se pone a la izquierda para que Ian pueda ocupar su lugar a la derecha, protegiendo el lado más débil.

Jenny miró por la ventana, olvidando momentáneamente la camisa de su regazo, y apoyó una mano sobre su vientre.

—Espero que sea varón —dijo mirando a su hijo de cabello oscuro—. Zurdo o no, es bueno que un hombre tenga un hermano que lo ayude. —Me di cuenta de que estaba mirando un cuadro colgado en la pared en el que aparecía un Jamie muy joven sentado en las rodillas de su hermano mayor, Willie. Ambos tenían la nariz respingona y una expresión solemne; la mano de Willie estaba apoyada sobre el hombro de su hermanito, como protegiéndolo.

—Jamie tiene suerte de tener a Ian —dije.

Jenny apartó la mirada del cuadro y parpadeó una vez. Era dos años mayor que Jamie; tres años menor que William.

—Así es. Y yo también —añadió con voz suave volviendo a coger la camisa.

Tomé el blusón del niño de la cesta y le di la vuelta para buscar la costura rasgada de la axila. Hacía demasiado frío fuera para cualquiera que no fuera un niño jugando o un hombre trabajando, pero la sala estaba tibia, y las ventanas se empañaron rápidamente mientras trabajábamos, aislándonos del mundo helado del exterior.

—Hablando de hermanos —dije, entornando los ojos para enhebrar la aguja—, ¿veías muy a menudo a Dougal y a Colum MacKenzie cuando eras pequeña?

Jenny negó con la cabeza.

—Nunca conocí personalmente a Colum. Dougal vino aquí una o dos veces, cuando traía a Jamie de Hogmanay, pero no puedo decir que lo conozca bien. —Levantó la mirada de su costura; sus ojos brillaron con interés—. Pero tú sí que los conoces. Dime: ¿cómo es Colum MacKenzie? Siempre me intrigó, por lo que decían de él las visitas, pero mis padres nunca hablaban de él. —Hizo una pausa con el ceño fruncido—. No, me equivoco; mi padre dijo una vez algo de él. Fue cuando Dougal acababa de irse a Beannachd con Jamie. Papá estaba apoyado sobre la valla, viéndolos marchar, y yo me acerqué para saludar con la mano a Jamie; siempre me ponía triste cuando se iba, porque no sabía cuánto tiempo estaría fuera. De todos modos, los seguimos con la mirada hasta que desaparecieron, y después papá se movió un poco, gruñó y dijo: «Que Dios ayude a Dougal MacKenzie cuando muera su hermano Colum.» Entonces pareció recordar que yo estaba allí, pues se dio la vuelta, me sonrió y dijo: «Y bien, muchachita, ¿qué tenemos para cenar?», y no quiso decir nada más. —Sus cejas finas y negras como trazos de caligrafía se elevaron.

»Me pareció extraño, pues yo había oído (¿quién no?) que Colum estaba lisiado y Dougal hacía el trabajo de jefe, cobrar las rentas, solucionar las rencillas y llevar al clan a la batalla si hacía falta.

—Así es, pero... —Vacilé; no sabía cómo describir aquella extraña relación simbiótica—. Bueno —dije con una sonrisa—, lo único que puedo decirte es que una vez que los oí discutir, Colum le dijo a Dougal: «Si los hermanos MacKenzie tienen sólo un pito y un cerebro entre los dos, ¡me alegro de la mitad que me ha tocado!»

Jenny rió, sorprendida, y después se quedó mirándome, con un brillo especulativo en aquellos ojos azules, tan parecidos a los de su hermano.

—¿Así que eso es lo que pasa? Una vez oí a Dougal hablar del hijo de Colum, el pequeño Hamish; me pareció un poco exagerado el cariño que le tenía a su sobrino.

—Eres rápida, Jenny —dije, devolviéndole la mirada—. Muy rápida. A mí me llevó mucho tiempo llegar a esa conclusión; y estuve varios meses viéndolos todos los días.

Se encogió de hombros con modestia, pero una pequeña sonrisa se dibujó en sus labios.

—Sólo escucho —dijo con sencillez— lo que la gente dice... y lo que no dice. Y aquí en las Highlands la gente habla mucho. Así que... —cortó un hilo con los dientes y dejó los extremos en la palma de su mano— háblame de Leoch. La gente dice que es grande, pero no tanto como Beauly o Kilravock.

Trabajamos y hablamos toda la mañana, cosiendo, ovillando lana para tejer y dibujando el patrón de un vestidito nuevo para Maggie. Los gritos de los niños cesaron, para ser sustituidos por murmullos y golpes en la parte posterior de la casa, que sugerían que los más jovencitos habían sentido frío y habían entrado en las cocinas.

—Me pregunto si tardará mucho en nevar. El aire está húmedo; ¿has visto la niebla esta mañana? Quizá nieve pronto —dijo Jenny, mirando por la ventana.

Negué con la cabeza.

—Espero que no, pues de lo contrario a Jamie y a Ian les resultará difícil regresar.

El pueblo de Broch Mordha estaba a menos de quince kilómetros, pero el camino se extendía por elevadas colinas con pendientes empinadas y rocosas, y era poco más que un sendero para ciervos.

Poco después del mediodía empezó a nevar y siguió nevando hasta bien entrada la noche.

—Deben de haberse quedado en Broch Mordha —dijo Jenny, inspeccionando el cielo nublado, con su resplandor rosado—. No te preocupes por ellos: estarán pasando la noche bien calentitos en alguna cabaña. —Sonrió para darme confianza mientras cerraba los postigos. Al otro extremo del corredor se oyó un gemido, y se alzó las faldas del camisón con una exclamación amortiguada.

—Buenas noches, Claire —dijo apresurándose para cumplir con sus deberes maternales—. Que duermas bien.

Por lo general dormía bien; a pesar del tiempo frío y húmedo, la casa estaba bien construida, y la cama de plumas estaba repleta de mantas. No obstante, aquella noche estaba inquieta sin Jamie. El lecho parecía vasto y húmedo, mis piernas estaban inquietas y tenía los pies fríos. Traté de dormir de espaldas, con las manos ligeramente entrelazadas sobre mis costillas, con los ojos cerrados y respirando profundamente para invocar la imagen de Jamie; si podía imaginarlo allí, respirando profundamente en la oscuridad junto a mí, quizá pudiera dormirme.

El canto de un gallo me hizo saltar de la almohada como si un cartucho de dinamita hubiera explotado debajo de la cama.

—¡Idiota! —dije, con los nervios a flor de piel por el susto. Me levanté y abrí los postigos. Había cesado de nevar, pero el cielo seguía completamente nublado, con un color uniforme. El gallo volvió a cantar en el corral de abajo—. ¡Cállate! —exclamé—. ¡Estamos en mitad de la noche, bastardo con plumas! —Se oyó un cacareo en la noche serena y, al otro lado del pasillo, un niño empezó a llorar, seguido de una palabrota amortiguada por parte de Jenny—. Tienes los días contados —le dije al gallo invisible. No hubo respuesta y, tras una pausa para asegurarme de que el gallo había acabado, cerré los postigos y me fui a dormir.

El susto me dejó con los nervios hechos trizas. En lugar de pensar en otra cosa, decidí intentar concentrarme en mí cuerpo, con la esperanza de que la contemplación física me relajara lo suficiente como para dormir.

Funcionó. Cuando empezaba a dormirme, concentrada en un sitio cercano al páncreas, oí a lo lejos al pequeño Jamie, que corría por el pasillo hacia el dormitorio de su mamá: se había despertado con ganas de orinar y, en lugar de hacerlo por su cuenta, había salido de su habitación y estaba bajando torpemente las escaleras en busca de ayuda.

Al volver a Lallybroch me había preguntado si me iba a resultar difícil estar cerca de Jenny; si sentiría envidia de su fertilidad. Y podría haberlo hecho, de no haber visto que ser madre de muchos hijos también tenía sus inconvenientes.

—Tienes una bacinilla junto a tu cama, cabeza hueca. —Oí la voz exasperada de Jenny mientras guiaba al pequeño Jamie de vuelta a su cama—. Debes de haberla pisado al venir aquí. ¿Por qué no puedes usarla? ¿Por qué tienes que venir a usar la mía todas las noches? —Su voz se desvaneció al subir la escalera. Sonreí, y mi campo de visión descendió por la curva extensa de mis intestinos.

Había otra razón por la cual no envidiaba a Jenny. Al principio temía que el nacimiento de Faith me hubiera producido algún daño interno, pero ese miedo había desaparecido gracias a la intervención de Raymond. Cuando completé el inventario de mi cuerpo y mi columna se relajó al borde del sueño, pude sentir que todo estaba en su sitio. Había quedado embarazada una vez y podía volver a hacerlo. Sólo necesitaba tiempo. Y a Jamie.

Los pasos de Jenny sonaron sobre las tablas del pasillo mientras avanzaban con rapidez en respuesta a un gemido somnoliento de Maggie, en el otro extremo de la casa.

«Los niños son la felicidad del hogar, pero no son fáciles de criar», pensé, y me dormí.

Esperamos durante todo el día siguiente, haciendo nuestras tareas y siguiendo con nuestra rutina cotidiana con una oreja atenta al sonido de caballos en el patio.

—Deben de haberse quedado a hacer algún negocio —dijo Jenny en un tono confiado. Sin embargo, vi que hacía una pausa cada vez que pasaba junto a la ventana que daba a la entrada de la casa.

A mí me resultaba difícil controlar la imaginación. La carta firmada por el rey Jorge, que confirmaba el perdón otorgado a Jamie, estaba guardada bajo llave en el cajón del escritorio del estudio del terrateniente. Jamie la consideraba una humillación y la habría quemado, pero insistí en que la guardara por si acaso. En aquel momento, mientras trataba de oír algo entre las ráfagas de viento invernal, me imaginaba que todo había sido un error o una trampa... que Jamie era arrestado otra vez por dragones con uniforme rojo y arrastrado a la miseria de la prisión y al peligro inminente de la horca.

Por fin los hombres llegaron antes del anochecer, con los caballos cargados de bolsas con sal, agujas, especias para encurtir y otras mercancías que Lallybroch no podía producir por su cuenta.

Oí relinchar a uno de los caballos al entrar en el establo y corrí escaleras abajo. Me encontré con Jenny, que salía de las cocinas.

Me invadió el alivio al ver la alta figura de Jamie a la sombra del establo. Atravesé corriendo el patio, sin reparar en la capa de nieve que cubría el suelo, y me arrojé en sus brazos.

—¿Dónde diablos has estado? —inquirí.

Se tomó tiempo para besarme antes de responder. Sentí su rostro frío contra el mío; sus labios tenían un tenue y agradable sabor a whisky.

—Hum, ¿hay salchichas para cenar? —preguntó en tono aprobador mientras me olfateaba el pelo, que conservaba el olor de la cocina—. ¡Dios, estoy muerto de hambre!

—Salchichas con puré —dije—. ¿Dónde has estado?

Se echó a reír, sacudiéndose la nieve de la capa.

—¿Salchichas con puré? Eso es comida, ¿no?

—Salchichas con patatas trituradas —traduje—. Un plato tradicional inglés, hasta ahora desconocido en estos remotos confines de Escocia. Ahora, maldito escocés, ¿dónde diablos has estado los últimos dos días? ¡Jenny y yo estábamos preocupadas!

—Bueno, tuvimos un pequeño accidente... —comenzó Jamie; en aquel momento vio la pequeña silueta de Fergus con un candil—. Ah, ¿has traído una luz, Fergus? Buen chico. Colócala allí, donde no le prendas fuego a la paja, y después lleva a esta pobre bestia a su establo. Cuando termines, ven a cenar. Supongo que ya podrás cenar —dijo, dándole un tironcito amistoso a Fergus en la oreja. El niño se inclinó y sonrió; al parecer no se había ofendido por lo sucedido en el granero el día anterior.

—Jamie —dije con calma—. Si no dejas de hablar de caballos y salchichas y me cuentas qué clase de incidente habéis tenido, voy a darte una patada. Lo cual será muy duro para mis pies, pues sólo llevo las pantuflas, pero te lo advierto, lo haré de todos modos.

—¿Debo considerarlo una amenaza? —dijo riéndose—. Nada serio, Sassenach, sólo que...

—¡Ian! —Jenny, que se había rezagado para atender a Maggie, acababa de llegar, a tiempo para ver a su marido entrar en el círculo de luz del candil. Asustada por el estupor que reflejaba su voz, me di la vuelta y vi que ponía una mano en la cara de Ian.

—¿Qué diablos te ha pasado, hombre? —preguntó. Era evidente que, fuera lo que fuese lo que había pasado, Ian había recibido la peor parte. Tenía un ojo amoratado e hinchado, a medio cerrar, y debajo del pómulo había una herida reciente.

—Estoy bien, *mi dhu* —dijo, dándole unas suaves palmaditas a Jenny mientras ésta lo abrazaba y la pequeña Maggie se acurrucaba, incómoda, entre los dos—. Sólo estoy un poquito lastimado.

—Bajábamos por una colina a dos millas del pueblo, llevando a los caballos de las riendas porque el camino era malo, cuando Ian pisó la madriguera de un topo y se rompió la pierna —explicó Jamie.

—La de madera —dijo Ian. Sonrió con cierta timidez—. El topo se llevó la mejor parte.

—Así que nos quedamos en una cabaña cercana el tiempo suficiente para tallarle una nueva —finalizó Jamie—. ¿Podemos comer? Me ruge el estómago.

Entramos sin decir nada más, y la señora Crook y yo servimos la cena mientras Jenny le limpiaba los rasguños a Ian con hamamelis y le preguntaba ansiosa por las otras heridas.

—No es nada —le aseguraba Ian—. Sólo algunos moretones.

Sin embargo, yo había notado que su cojera era más acentuada. Mientras lavábamos los platos de la cena, conversé con Jenny y, una vez acomodados en la salita, con el contenido de las alforjas bien guardado, Jenny se arrodilló en la alfombra junto a Ian y cogió su nueva pierna.

—Voy a quitártela —dijo con firmeza—. Te has lastimado y quiero que Claire eche un vistazo. Tal vez pueda ayudarte mejor que yo.

La amputación original había sido realizada con cierta habilidad y mucha suerte; el cirujano del ejército que le amputó la pantorrilla pudo salvarle la articulación de la rodilla. Por eso Ian gozaba de una flexibilidad mucho mayor que si se la hubieran quitado. Sin embargo, en ese momento la articulación de la rodilla era una desventaja más que otra cosa.

La caída le había torcido la pierna; el muñón estaba azul por la contusión y lacerado allí donde se apoyaba en el borde afilado de la pata de palo. Para él debió de haber sido muy doloroso apoyar su peso sobre esa pierna, aunque no tuviera ninguna otra herida grave. Pero además la rodilla se había torcido y la carne en el interior de la articulación estaba hinchada, roja y caliente.

El rostro largo y bondadoso de Ian estaba casi tan rojo como la pierna lastimada. Pese a la actitud de total indiferencia ante su discapacidad, sabía que detestaba la impotencia que ésta imponía. Su incomodidad al verse así le resultaría tan dolorosa como el hecho de que yo le tocara la pierna.

—Te has roto un ligamento aquí —dije, recorriendo la hinchazón de la rodilla con un dedo suave—. No sé si es muy grave, pero no es nada bueno. Tienes fluido en el interior; por eso está hinchado.

—¿Puedes curarlo, Sassenach? —Jamie estaba inclinado sobre mi hombro, seriamente preocupado por el feo aspecto de la pierna.

Negué con la cabeza.

—Lo único que puedo hacer es aplicarle compresas frías para disminuir la hinchazón.

Miré a Ian, tratando de parecerme lo más posible a la madre Hildegarde.

—Lo que puedes hacer es permanecer en reposo. Mañana puedes tomar whisky para el dolor; hoy te daré láudano para que puedas dormir. Mantente quieto al menos una semana y veremos cómo andas.

—¡No puedo! —protestó Ian—. Tengo que arreglar la pared del establo y dos diques en el campo superior y afilar los arados y...

—Y curar una pierna, también —dijo Jamie. Le dirigió a Ian lo que yo llamaba su «mirada de terrateniente», una penetrante mirada azul que hacía que la mayoría de las personas le obedecieran. Pero Ian, que había compartido comidas, juguetes, expediciones de caza, peleas y palizas con Jamie, era mucho menos susceptible que la mayoría.

—No lo haré —dijo con firmeza. Sus ojos castaños miraron los de Jamie con dolor, ira y resentimiento... y algo más que no pude definir—. ¿Crees que puedes darme órdenes?

Jamie se sentó en cuclillas y se ruborizó como si le hubieran dado una bofetada. Se mordió la lengua para no decir lo que pensaba y finalmente dijo con calma:

—No, no voy a tratar de darte órdenes. Pero ¿puedo pedirte... que te cuides?

Los dos hombres se miraron largamente, transmitiéndose un mensaje que no pude descifrar. Por fin, Ian bajó los hombros, relajándose, y asintió, con una extraña sonrisa.

—Puedes. —Suspiró y se frotó la herida del pómulo, dando un respingo al tocar la piel en carne viva. Respiró hondo, reuniendo fuerzas, y después extendió una mano hacia Jamie—. ¿Me ayudas a subir?

Fue una tarea ardua ayudar a subir dos tramos de escaleras a un hombre con una sola pierna, pero lo conseguimos. En la puerta del dormitorio Jamie dejó a Ian con Jenny. Cuando se retiraba, Ian dijo algo rápido y en voz baja en gaélico. Todavía no dominaba esa lengua, pero me pareció que había dicho: «Que estés bien, hermano.»

Jamie hizo una pausa, miró hacia atrás y sonrió. La vela iluminó sus ojos.

—Tú también, *mo brathair*.

Seguí a Jamie por el corredor hasta nuestro propio dormitorio. Por sus hombros caídos me di cuenta de que estaba cansado, pero quería hacerle algunas preguntas antes de que se durmiera.

—Son sólo algunos moretones —había dicho Ian para que Jenny no se asustara. Era cierto. Algunos moretones. Además de las magulladuras de la cara y la pierna, yo había visto las marcas oscuras medio ocultas por el cuello de la camisa. Por mucho que Ian hubiera molestado al topo, no podía imaginarlo tratando de estrangularlo para vengarse.

Jamie no quiso dormirse de inmediato.

—Ah, me has echado de menos, ¿no? —dije.

La cama, que la noche anterior me había parecido tan ancha, ahora apenas nos contenía a los dos.

—¿Qué? —dijo, con los ojos entornados y satisfecho—. Ah, sí, claro. Sí, eso también. No te detengas, el masaje es maravilloso.

—No te preocupes, ahora sigo con el masaje —le aseguré—. Pero déjame que apague la vela. Me levanté y la apagué; con los postigos abiertos, el reflejo de la nieve daba luz suficiente a la habitación, aunque estuviera la vela apagada. Pude ver con claridad a Jamie, la larga forma de su cuerpo relajada debajo de los edredones, con las manos semiabiertas en los costados. Me deslicé a su lado y tomé su mano derecha, reanudando el lento masaje de los dedos y la palma.

Dio un largo suspiro, que fue casi un gruñido cuando froté firmemente la base de sus dedos con el pulgar. Endurecidos tras largas horas de asir las riendas de su caballo, los dedos se calentaron y relajaron lentamente bajo mi caricia. La casa estaba en silencio, y la habitación, fría fuera del santuario del lecho. Me causó placer sentir toda la longitud de su cuerpo calentando el espacio junto a mí, y disfrutar de su caricia, sin ninguna urgencia. Con el tiempo, esta caricia podía exigir más; estábamos en invierno, y las noches eran largas. Jamie estaba allí; yo también, y estaba contenta con cómo estaban las cosas en aquel momento.

—Jamie —dije, momentos después—, ¿quién ha herido a Ian?

No abrió los ojos, pero dio un largo suspiro antes de responder. No obstante, no se resistió. Había estado esperando la pregunta.

—Yo —dijo.

—¿Qué? —Dejé caer su mano, estupefacta. Cerró el puño y lo abrió, probando el movimiento de sus dedos. Después apoyó la mano izquierda en la colcha para que viera los nudillos, un poco hinchados por el contacto con los huesos de Ian.

—¿Por qué? —pregunté abrumada. Presentía que había algún asunto delicado entre Jamie e Ian, aunque no parecía precisamente hostilidad. No podía imaginarme por qué Jamie había golpeado a Ian, su cuñado, al que quería casi tanto como a Jenny, su hermana.

Jamie tenía los ojos abiertos, pero no me miraba. Se frotó los nudillos, observándolos. Aparte de algún leve rasguño, Jamie no tenía otras marcas; al parecer Ian no le había devuelto los golpes.

—Por lo visto Ian lleva demasiado tiempo casado —dijo, a la defensiva.

—Y yo diría que has estado demasiado tiempo tomando el sol —observé, mirándolo fijamente— si no fuera porque estos días no hay sol. ¿Acaso tienes fiebre?

—No —dijo, y esquivó mis intentos por tocarle la frente—. No, es sólo que... ¡déjame, Sassenach, estoy bien! —Apretó los labios, pero después se dio por vencido y me contó toda la historia.

Era cierto que Ian se había roto la pierna de madera al pisar una madriguera de topo cerca de Broch Mordha.

—Era casi de noche. Habíamos tenido mucho que hacer en el pueblo, y estaba nevando. Me di cuenta de que le dolía mucho la pierna, aunque insistía en que podía cabalgar. De todos modos, había dos o tres cabañas cerca, así que lo subí a uno de los ponis y subimos la colina para pedir refugio por la noche.

Con la característica hospitalidad de las Highlands, les ofrecieron de buen grado refugio y comida, y después de un cuenco de caldo caliente y avena fresca, ambos visitantes fueron acomodados en un camastro frente al fuego.

—Había poco sitio para tender un edredón junto al fuego y estábamos un poco apretados, pero nos acostamos uno al lado del otro y nos pusimos lo más cómodos que pudimos. —Respiró profundamente y me miró con timidez.

»Bueno, yo estaba agotado por el viaje y me dormí profundamente; supongo que Ian hizo lo mismo. Pero hace cinco años que duerme con Jenny todas las noches, y supongo que al tener un cuerpo tibio junto a él en la cama... bueno, en algún momento de la noche se acercó a mí, me rodeó con el brazo y me besó en la nuca. Y yo... —vaciló; incluso a la luz grisácea del cuarto iluminado por el reflejo de la nieve, pude ver el color rojo que inundó su rostro— desperté de un sueño profundo, creyendo que era Jonathan Randall.

Mientras él hablaba yo había contenido la respiración; luego la solté lentamente.

—Tuvo que ser terrible —dije.

Jamie torció la boca.

—Más bien fue terrible para Ian. Me di la vuelta y lo golpeé en la cara; cuando terminé de despertarme, estaba encima de él tratando de estrangularlo; Ian tenía la lengua fuera. Y menudo susto se llevaron los Murray, que estaban en la cama —añadió pensativo—. Les dije que había tenido una pesadilla; en cierto modo la tuve, pero se armó un barullo terrible: los niños gritaban, Ian se ahogaba en un rincón y la señora Murray, sentada en la cama, decía: «¿Quién, quién?», como una lechuza gorda.

Me eché a reír a mi pesar ante la escena.

—¡Por Dios, Jamie! ¿Ian estaba bien?

Jamie se encogió levemente de hombros.

—Bueno, ya lo has visto. Todo el mundo volvió a dormir y yo me quedé delante del fuego el resto de la noche, mirando las vigas del techo. —No se resistió cuando le tomé la mano izquierda y empecé a masajearle los nudillos amoratados. Sus dedos se cerraron sobre los míos, sosteniéndolos—. Así que, cuando partimos al día siguiente —continuó— esperé hasta llegar a algún sitio donde pudiéramos sentarnos y ver el valle. Y entonces... —tragó saliva y su mano apretó más la mía— se lo conté. Lo de Randall. Y todo lo que pasó.

Empecé a comprender la ambigüedad de la mirada de Ian. Y comprendí la tensión en la mirada de Jamie, y sus ojeras. Sin saber qué decir, me limité a apretarle las manos.

—Nunca pensé que se lo contaría a nadie, excepto a ti —añadió, devolviendo el apretón. Sonrió un poco, y después liberó una mano para pasársela por la cara.

—Pero Ian... bueno, él es... —Buscó la palabra adecuada—. Él me conoce, ¿entiendes?

—Creo que sí. Lo conoces de toda la vida, ¿no?

Asintió, mirando sin ver por la ventana. Había empezado a nevar otra vez y los copos danzaban tras el cristal, más blancos que el cielo.

—Ian es sólo un año mayor que yo. Cuando éramos pequeños siempre estaba a mi lado. Hasta los catorce años no pasé un día sin verlo. Después me fui a vivir con Dougal a Leoch, y después a París, a la universidad... pero cuando volvía, daba la vuelta a una esquina y allí estaba él, como si nunca me hubiera ido. Sonreía cuando me veía, como siempre, y nos íbamos a caminar juntos por los prados y los arroyos, hablando de todo. —Emitió un suspiro profundo y se pasó una mano por el pelo—. Ian... es la parte de mí que pertenece a este lugar, que nunca se fue de aquí —dijo intentando explicarse—. Pensé... que debía contárselo; no quise alejarme... de Ian. De aquí. —Hizo un gesto hacia la ventana y se volvió hacia mí, con los ojos oscuros bajo la luz tenue—. ¿Lo entiendes?

—Creo que sí —repetí con voz suave—. ¿Ian lo entendió?

Jamie se encogió de hombros, como si estuviera intentando acomodarse una camisa que le quedaba demasiado estrecha.

—Bueno, no sabría decirte. Al principio, cuando empecé a contarlo, se limitaba a negar con la cabeza, como si no pudiera creerme, y cuando me creyó... —Hizo una pausa y se pasó la lengua por los labios; me imaginé lo mucho que debió de haberle costado aquella confesión en la nieve—. Noté que tenía ganas de ponerse de pie de un salto y caminar de un lado a otro, pero no podía, por su pierna. Tenía los puños apretados y la cara pálida, y no hacía otra cosa que decir: «¿Cómo? Maldita sea, Jamie, ¿cómo pudiste permitírselo?» —Negó con la cabeza.

»No recuerdo qué le respondí. O qué dijo él. Nos gritamos, eso sí. Y yo tuve ganas de pegarle, pero no pude, por su pierna. Y él quería pegarme pero no podía, por su pierna. —Soltó una pequeña risotada—. ¡Dios santo!, debíamos parecer un par de tontos, sacudiendo los brazos y gritándonos. Pero yo grité más tiempo, y por fin él se calló y escuchó el final.

»De repente, no pude seguir hablando; no tenía sentido. Me senté sobre una roca y apoyé la cabeza entre las manos. Ian dijo que era mejor que nos fuéramos. Yo asentí, me levanté y lo ayudé a subir a su caballo; y volvimos sin dirigirnos la palabra.

De repente Jamie pareció darse cuenta de que me estaba apretando la mano con mucha fuerza. Me liberó del apretón pero continuó sosteniéndome la mano, dando vueltas el anillo de bodas entre su pulgar y su índice.

—Cabalgamos un buen rato —continuó en voz baja—. Entonces oí un ruido a mis espaldas y me detuve para esperar al caballo de Ian. Me di cuenta de que había estado llorando; y seguía haciéndolo, las lágrimas le resbalaban por las mejillas. Vio que lo estaba mirando y sacudió la cabeza, como si todavía estuviera enfadado, pero después me extendió la mano. Yo la estreché; Ian me dio un apretón, suficiente para romperme los huesos. Después me soltó y volvimos a casa.

Pude sentir que la tensión desaparecía con el final de la historia. «Que estés bien, hermano», había dicho Ian, haciendo equilibrio con su pierna sana en la puerta del dormitorio.

—¿Entonces está todo bien? —le pregunté.

—Lo estará.

Jamie se relajó por completo y hundió la cabeza en las almohadas. Me deslicé bajo los edredones junto a él, me acerqué y me acurruqué a su lado. Vimos cómo caía la nieve, susurrando suavemente contra el cristal.

—Me alegro de que hayas vuelto sano y salvo —dije.

A la mañana siguiente me desperté con la misma luz gris. Jamie, ya vestido, estaba de pie junto a la ventana.

—Ah, ¿estás despierta, Sassenach? —dijo, al verme levantar la cabeza de la almohada—. ¡Qué bien! Te traje un regalo.

Revolvió en su alforja y sacó varias monedas de cobre, dos o tres piedras pequeñas, hilo de pescar enrollado alrededor de un palito, una carta arrugada y cintas para el pelo.

—¿Cintas para el pelo? —dije—. Gracias, son preciosas.

—No, no son para ti —dijo, poniéndose serio mientras desenredaba las cintas azules de la pata de topo que llevaba como amuleto contra el reuma—. Son para la pequeña Maggie. —Miró de reojo las piedras que quedaban en su mano. Ante mi sorpresa, cogió una y la lamió.

—No, ésta no —murmuró, y volvió a meterla en la alforja.

—¿Qué diablos estás haciendo? —pregunté con interés, observando su conducta. No respondió, pero sacó otro puñado de rocas, y las fue oliendo y descartando una por una hasta que llegó a una que le llamó la atención. La lamió una vez, para mayor seguridad, y después la dejó caer en mi mano, sonriente.

—Ámbar —dijo satisfecho mientras yo daba vueltas a la forma irregular con el índice. Parecía cálida al tacto y cerré la mano sobre ella, casi inconscientemente—. Hay que pulirla, por supuesto —explicó—. Pero pensé que podría hacerte un bonito collar. —Se sonrojó un poco, mientras me observaba—. Es... es un regalo por nuestro primer año de matrimonio. Cuando lo vi, me recordó el pedacito de ámbar que Hugh Munro te regaló cuando nos casamos.

—Todavía lo tengo —dije con voz suave, acariciando el extraño pedacito de savia de árbol petrificada. El pedacito de ámbar de Hugh, que tenía un lado cortado y pulido como una pequeña ventana, contenía una libélula atrapada, suspendida en un vuelo eterno. La guardaba en mi caja de remedios como el más poderoso de mis amuletos.

Un regalo por nuestro primer aniversario. Aunque nos habíamos casado en junio, no en diciembre. Pero en la fecha de nuestro primer aniversario, Jamie estaba en la Bastilla y yo... en los brazos del rey de Francia. No había habido tiempo para celebraciones.

—Es casi Hogmanay, Año Nuevo —dijo Jamie, observando por la ventana la suave nieve que cubría completamente los campos de Lallybroch—. Me pareció que era un buen momento para comenzar de nuevo.

—Yo también lo creo.

Salí de la cama, me acerqué a la ventana y le rodeé la cintura. Permanecimos así, sin hablar, hasta que mi mirada reparó de repente en unas bolitas amarillas que Jamie había sacado de su alforja.

—¿Qué diablos es eso, Jamie? —pregunté, y lo solté sólo lo suficiente para señalarlas.

—¿Ah, eso? Son bolitas de miel, Sassenach. —Cogió una y le quitó el polvo con los dedos—. Me las dio la señora Gibson, del pueblo. Están muy buenas, aunque creo que se les ha pegado algo de polvo en la alforja. —Extendió la mano sonriendo—. ¿Quieres una?

34

El cartero siempre llama dos veces

No sabía qué, ni cuánto, habría contado Ian a Jenny de su conversación con Jamie en la nieve. Su comportamiento hacia su hermano era el mismo de siempre: serio y áspero, con un ligero toque de provocación afectuosa. Pero lo conocía lo suficiente para saber que una de sus virtudes era la capacidad para ver las cosas con claridad y después actuar como si no existieran.

A lo largo de los meses las dinámicas fueron cambiando entre nosotros, y establecimos una relación sólida basada en la amistad y fundamentada en el trabajo. El respeto mutuo y la confianza eran una necesidad; había mucho que hacer.

A medida que el embarazo de Jenny progresaba, yo me ocupaba cada vez más de las tareas domésticas, y ella delegaba en mí más a menudo. Nunca habría intentado usurpar su sitio; Jenny había sido el centro de la casa desde la muerte de su madre y era a ella a quien se dirigían los sirvientes o arrendatarios con mayor frecuencia. Sin embargo, se acostumbraron a mí, y me trataban con un respeto que a veces rozaba la aceptación, y otras, el temor.

El primer acontecimiento de la primavera fue la plantación de una enorme cantidad de patatas; se reservó más de la mitad del terreno disponible a aquella cosecha, una decisión que resultó justificada cuando a las pocas semanas una granizada destruyó la cebada recién sembrada. Las patatas, creciendo lentas e imperturbables bajo la tierra, sobrevivieron.

El segundo fue el nacimiento de la segunda hija de Ian y Jenny: Katherine Mary. Llegó de manera tan repentina que nos cogió a todos por sorpresa, incluyendo a Jenny. Cierto día, Jenny se quejó de un dolor en la espalda y fue a acostarse. Al poco tiempo se hizo evidente lo que en realidad estaba sucediendo y Jamie fue corriendo a buscar a la señora Martins, la partera. Los dos llegaron justo a tiempo de beber un vaso de vino para celebrar el nacimiento de la recién nacida, cuyo llanto retumbaba por los pasillos de la casa.

A medida que pasaba el tiempo, mis heridas se iban curando, y empecé a florecer gracias al trabajo y al amor.

Las cartas llegaban de manera irregular; a veces había correspondencia una vez por semana, otras no llegaba nada durante un mes entero o más. Teniendo en cuenta las distancias que debían recorrer los carteros para entregar las cartas en las Highlands, me parecía increíble que llegara algo.

Pero aquel día llegó un gran paquete de cartas y libros, envuelto en una hoja de pergamino y atado con un cordel. Jenny envió al cartero a la cocina para que tomara algo, y luego desató el paquete y guardó el cordel. Echó un vistazo al puñado de cartas, dejando de lado por el momento un paquete atractivo que venía de París.

—Una carta para Ian: debe de ser la cuenta de las semillas, y otra de la tía Jocasta... ¡Qué bien! Hace meses que no tenemos noticias de ella. Pensaba que estaría enferma, pero veo que su letra es firme.

Una carta con fuertes trazos negros cayó en la pila de Jenny, seguida de una nota de una de las hijas casadas de Jocasta. Había otra carta para Ian, de Edimburgo; una para Jamie, de Jared (reconocí su caligrafía enmarañada y casi ilegible), y otra en un sobre grueso de color crema con el sello de los Estuardo. En ella Carlos seguramente se quejaría, como de costumbre, de los rigores de la vida en París y de las penas del amor no correspondido. Al menos, ésta parecía corta; por lo general escribía varias páginas, en las que desahogaba su pena con «*cher* James» en una jerigonza políglota llena de faltas de ortografía, que por lo menos revelaban que no buscaba ayuda de su secretario para sus cartas personales.

—¡Ah! ¡Tres novelas francesas y un libro de poemas desde París! —exclamó Jenny, excitada, abriendo el paquete de libros—. *C'est un embarras de richesse*, ¿eh? ¿Cuál leeremos esta noche?

Deshizo el envoltorio y acarició el cuero del lomo del primer tomo con un índice que temblaba con deleite. Jenny amaba los libros con la misma pasión que su hermano sentía por los caballos. De hecho, la casa contaba con una pequeña biblioteca y a pesar de que el tiempo libre entre el trabajo y el descanso era corto, solía encontrar un rato para leer.

—Me da algo en que pensar mientras hago las tareas —me había explicado Jenny cierta noche en que estaba muerta de cansancio y le insistí en que se fuera a acostar en lugar de leernos en voz alta a Ian, Jamie y a mí. Había bostezado y se había llevado el puño a la boca—. Aunque esté tan cansada que apenas vea las palabras, al día siguiente se me aparecen mientras bato la manteca o abatano la lana, y puedo repasarlas mentalmente.

Oculté una sonrisa ante la mención de la lana. Estaba convencida de que las mujeres de Lallybroch eran las únicas, en todas las Highlands, que abatanaban la lana no sólo al ritmo de los antiguos cánticos tradicionales, sino también a los ritmos de Molière y Piron.

Me vino a la mente un recuerdo repentino del cobertizo donde lo hacían; las mujeres se sentaban en dos hileras, frente a frente, descalzas y con los brazos arremangados, con sus prendas más viejas, apoyándose contra las paredes mientras empujaban el largo y empapado paño de lana con los pies, golpeándolo hasta convertirlo en el tejido de fieltro que repelería las neblinas escocesas e incluso las lloviznas, protegiendo del frío a aquél que lo llevara.

De vez en cuando, una mujer se levantaba y salía a buscar una tetera de orina humeante puesta al fuego. Con las faldas recogidas, caminaba con las piernas separadas por el centro del cobertizo, empapando el paño que había entre ellas. Los vapores calientes se elevaban, asfixiantes, de la lana mojada, mientras que las abatanadoras retiraban los pies para evitar los salpicones y hacían bromas vulgares.

—La orina caliente asienta el tinte —me había explicado una de ellas mientras yo parpadeaba, lagrimeando, la primera vez que entré al cobertizo.

Al principio, las otras mujeres me observaron para ver si reculaba ante el trabajo, pero abatanar no me resultaba tan sorprendente, después de las cosas que había visto y hecho en Francia, tanto en la guerra de 1944 como en el hospital de 1744. El tiempo es irrelevante en lo que a las realidades básicas de la vida se refiere. Y dejando el olor de lado, el cobertizo era un lugar cálido donde se reunían las mujeres de Lallybroch, bromeaban entre rollos de paños y cantaban juntas mientras trabajaban, moviendo las manos rítmicamente sobre la mesa, o con los pies hundidos en la tela humeante, sentadas en el suelo, empujando el rollo contra una compañera que empujaba a su vez.

El golpe sordo de unas botas pesadas en el pasillo me sacó de mi ensimismamiento. En ese momento entró una ráfaga de aire fresco y lluvioso al abrirse la puerta. Jamie e Ian hablaban en gaélico, con el tono neutro y sin énfasis que utilizaban cuando trataban temas agrícolas.

—Ese campo va a necesitar un drenaje el año próximo —decía Jamie mientras cruzaba la puerta.

Jenny, al verlos, apartó las cartas y fue a buscar toallas limpias en la cómoda del pasillo.

—Secaos o mojaréis la alfombra —ordenó, entregando una toalla a cada uno—. Y quitaos las botas sucias, también. Ha llegado el correo, Ian; hay una carta para ti de un hombre de Perth, el que te escribió acerca de las semillas de patata.

—¿Ah, sí? La leeré ahora, pero ¿hay algo para comer mientras lo hago? —preguntó él, frotándose la cabeza mojada con la toalla hasta que el grueso pelo castaño le quedó erizado—. Estoy hambriento, y desde aquí puedo oír el estómago de Jamie quejándose.

Jamie se sacudió como un perro mojado, haciendo que su hermana diera un grito al ver las gotas volando por todo el vestíbulo. Tenía la camisa pegada a los hombros, y los mechones sueltos de pelo empapado colgaban sobre sus ojos, con el color del hierro oxidado.

Le envolví el cuello con una toalla.

—Termina de secarte, e iré a buscar algo para comer.

Estaba en la cocina cuando oí que daba un grito. Nunca lo había oído gritar así. Había una mezcla de estupor y horror en él, y algo más: cierta nota de fatalidad, como el grito de un hombre que se encuentra entre las fauces de un tigre. Salí corriendo hacia la sala sin pensarlo, con una bandeja de galletas de avena en las manos.

Cuando llegué a la puerta, lo vi de pie junto a la mesa en que Jenny había colocado las cartas. Tenía el rostro mortalmente pálido, y se balanceaba como un árbol talado, a la espera de que alguien gritara «¡Árbol va!» para caer.

—¿Qué pasa? —pregunté, asustadísima al ver su expresión—. Jamie, ¿qué pasa?

Haciendo un visible esfuerzo, cogió una de las cartas que había sobre la mesa y me la entregó.

Dejé la bandeja con galletas y la leí rápidamente. Era de Jared; reconocí de inmediato la letra fina y poco legible. «Querido sobrino —leí para mí—, tan complacido... no hay palabras que expresen mi admiración... tu osadía y coraje serán una inspiración... no puede sino tener éxito... te recordaré en mis oraciones...»

Levanté la mirada del papel, confundida.

—¿De qué demonios está hablando? ¿Qué hiciste, Jamie?

Tenía la piel tirante en los pómulos y sonrió sin alegría mientras cogía otra hoja, esta vez de impresión barata.

—No es lo que haya hecho, Sassenach —dijo. El volante estaba encabezado por la cimera de los Estuardo. El mensaje era breve, expresado en un estilo e idioma formales.

Comenzaba diciendo que por orden de Dios Todopoderoso, el rey Jacobo VIII de Escocia y III de Inglaterra e Irlanda, reafirmaba su justo derecho a reclamar el trono de los tres reinos. Y junto con esto reconocía el apoyo de los jefes de los clanes de las Highlands, los nobles jacobitas y «varios otros súbditos leales a Su Majestad, el rey Jacobo, que han suscrito la presente Declaración de Asociación mediante juramento».

Sentí que se me helaban los dedos mientras leía y me invadió una sensación de terror tan intensa que me costaba respirar. Los oídos me zumbaban y veía manchas oscuras delante de los ojos.

Al final de la hoja aparecían las firmas de los jefes escoceses que declaraban su lealtad al mundo y ofrecían su vida y su reputación a Carlos Estuardo. Figuraban Clanranald y Glengarry, Stewart de Appin, Alexander MacDonald de Keppoch, Angus MacDonald de Scotus.

Y al pie de la lista se leía: «James Alexander Malcolm Mac-Kenzie Fraser, de Broch Tuarach.»

—¡Maldito sea, por Jesucristo! —susurré, deseando que hubiera otro insulto mayor para desahogarme—. ¡El sucio bastardo ha añadido tu nombre!

Jamie seguía muy pálido, pero empezaba a recuperarse.

—Sí, así es —se limitó a responder. Su mano se deslizó hacia la carta sin abrir que yacía sobre la mesa: la cimera de los Estuardo era perfectamente visible en el sello de cera. Jamie rompió el sobre con impaciencia, rasgando el papel. Leyó rápidamente y después lo dejó caer sobre la mesa como si le quemara.

—Es una disculpa —explicó con voz ronca—. Por falta de tiempo no me envió el documento para que lo firmara. Y expresa su gratitud por mi leal apoyo. ¡Jesús, Claire! ¿Qué voy a hacer?

Era un pregunta para la que yo no tenía respuesta. Observé con impotencia cómo se hundía en un sillón y se quedaba quieto mirando el fuego.

Jenny, que había permanecido callada durante todo este rato, fue hasta la mesa a recoger las cartas y el pergamino. Los leyó con cuidado, moviendo levemente los labios al hacerlo, y volvió a dejarlos sobre la madera pulida. Los observó muy seria; después se dirigió a su hermano y apoyó una mano sobre su hombro.

—Jamie —dijo. Ella también estaba muy pálida—. Sólo hay una cosa que puedes hacer, querido. Debes ir a luchar por Carlos Estuardo. Debes ayudarlo a ganar.

Lentamente empecé a ser consciente de lo que significaban sus palabras. La publicación de la declaración convertía a todos quienes la habían firmado en rebeldes y traidores a la Corona de Inglaterra. Ya no importaba cómo se las hubiera arreglado Carlos para conseguir los fondos; se había embarcado en una rebelión. Y Jamie y yo estábamos junto a él aunque no lo quisiéramos. Como decía Jenny, no había otra alternativa.

Mi mirada se posó en la carta de Carlos, en el lugar donde se había deslizado de las manos de Jamie.

«... Pese a que muchas personas me dicen que es una locura que me embarque en esta empresa sin el apoyo de Luis (¡o al menos de sus banqueros!) no escucharé ninguna opinión que diga que he de regresar al sitio donde estoy —decía—. Alégrate conmigo, mi querido amigo, pues he vuelto a casa.»

35

Luz de luna

A medida que avanzaban los preparativos para la partida, la excitación y la especulación empezaron a reinar en la casa. Las armas escondidas desde el Alzamiento del año 15 fueron sacadas de entre paja, los almiares y los fondos de las chimeneas, y se bruñeron y afilaron. Los hombres hablaban en grupos bajo el caliente sol de agosto, y las mujeres callaban al observarlos.

Jenny compartía con su hermano su actitud impenetrable y su capacidad para no mostrar lo que pensaba. Yo, transparente como un cristal, envidiaba esa habilidad. Por eso, cuando cierta mañana me pidió que le dijera a Jamie que fuera a la destilería a hablar con ella, no sabía de qué podría querer hablar.

Jamie entró detrás de mí y se detuvo en la puerta de la destilería, esperando que los ojos se acostumbraran a la oscuridad. Respiró hondo, inhalando con placer el aroma picante y húmedo.

—¡Ah! —dijo, suspirando de forma soñadora—. Podría emborracharme sólo con respirar.

—Bueno, pues contén la respiración un momento, porque te necesito sobrio —le aconsejó su hermana.

Jamie infló los pulmones y llenó de aire las mejillas, esperando. Jenny le dio un golpecito en el estómago con la mano del mortero y Jamie se dobló al soltar la respiración de golpe.

—Payaso —dijo Jenny, sin rencor—. Quería hablarte de Ian.

Jamie cogió un balde vacío de un estante, le dio la vuelta y se sentó. El leve brillo procedente de la ventana cubierta con papel aceitado le tiñó el pelo de un profundo color cobre.

—¿Qué le ocurre? —le preguntó.

Jenny respiró hondo. La enorme palangana de salvado que había delante de ella desprendía un aroma cálido y húmedo de fermentación, compuesto de grano, lúpulo y alcohol.

—Quiero que lo lleves contigo cuando te marches.

Jamie enarcó las cejas, pero no respondió enseguida. La mirada de Jenny estaba fija en el mortero, y observaba la turbia mezcla. Jamie la miró pensativamente, con las enormes manos colgando entre las piernas.

—Conque te has cansado del matrimonio, ¿eh? —preguntó en broma—. Si quieres lo llevo al bosque y le pego un tiro. Así será más fácil para mí. —Hubo un rápido cruce de miradas.

—Si quisiera pegarle un tiro, lo haría yo misma, Jamie Fraser. Pero Ian no sería el blanco elegido.

Su hermano resopló y torció un poco la boca.

—¿Ah, sí? ¿Por qué, entonces?

Los hombros de Jenny se movían a un ritmo constante: un movimiento se desvanecía en el siguiente.

—Porque yo te lo pido.

Jamie abrió la mano derecha y la puso sobre la rodilla, acariciando la cicatriz en zigzag que le recorría el dedo.

—Es peligroso, Jenny —le dijo en voz baja.

—Lo sé.

Jamie meneó la cabeza despacio, mirándose la mano. Ésta había cicatrizado bien y podía utilizarla, pero el rígido anular y el áspero tejido de la cicatriz en el dorso le daban un aspecto extraño.

—Crees que lo sabes.

—Lo sé.

Jamie levantó la cabeza. Parecía impaciente, pero trataba de controlarse.

—Sí, sé que Ian debe de haberte contado historias acerca de la guerra en Francia y todo eso. Pero no tienes ni idea de lo que es realmente, Jenny. *Mo cridh*, no se trata de arrear ganado. Es una guerra, y es muy probable que termine siendo desastrosa. Es...

La mano de mortero golpeó el costado de la palangana con un ruido, y cayó de nuevo en la mezcla.

—¡No me digas que no sé lo que es la guerra! —Jenny lo fulminó con la mirada—. Conque historias, ¿eh? ¿Quién crees que cuidó a Ian cuando volvió de Francia con media pierna y una fiebre que casi lo mata?

Golpeó el banco con la mano, perdiendo los nervios.

—¿Que no lo sé? ¿Yo no lo sé? ¡Yo fui quien le extrajo los gusanos de la carne viva del muñón, porque ni su propia madre se atrevía a hacerlo! ¡Yo sostuve el cuchillo caliente en su pierna para cauterizar la herida! ¡Yo olí su carne quemándose como cerdo asado y oí sus gritos mientras lo hacía! ¡Y te atreves a decirme que no... que no sé cómo es!

Las lágrimas resbalaron por sus mejillas. Se las secó con la mano mientras buscaba un pañuelo en el bolsillo.

Con los labios fuertemente apretados, Jamie se levantó, sacó un pañuelo de la manga y se lo entregó. Sabía que era mejor que no la tocara ni intentara consolarla. Se quedó mirándola un momento mientras se enjugaba furiosamente las lágrimas y la nariz.

—Muy bien, lo sabes, entonces —dijo—. ¿Y aun así quieres que lo lleve?

—Sí —dijo. Se sonó la nariz enérgicamente, y metió el pañuelo en su bolsillo—. Él sabe muy bien que está lisiado, Jamie. Lo sabe demasiado bien. Pero contigo podría arreglárselas. Tiene caballo; no tendría que caminar.

Jamie hizo un gesto de impaciencia con la mano.

—No se trata de si puede arreglárselas o no. Un hombre puede hacer lo que cree correcto... ¿Por qué crees tú que debe hacerlo?

Un poco más sosegada, sacó la herramienta de la mezcla y la agitó. Gotas marrones salpicaron la palangana.

—Él no te ha preguntado nada, ¿verdad? ¿Si lo necesitarás o no?

—No.

Introdujo de nuevo la mano de mortero en la palangana y prosiguió con su labor.

—Piensa que tú no lo querrás porque es cojo, y que no te servirá de nada. —Levantó la mirada; sus ojos eran idénticos a los de su hermano—. Tú conociste a Ian antes, Jamie. Ahora es diferente.

Jamie asintió con desgana y volvió a sentarse en el balde.

—Sí. Bueno, era de esperar, ¿no? Y parece que está bastante bien. —Miró a su hermana y sonrió—. Es feliz contigo y con los niños, Jenny.

Ella asintió, y sus rizos negros se balancearon.

—Es verdad —dijo suavemente—. Porque para mí es un hombre entero, no un lisiado, y siempre lo será. —Lo miró a los ojos—. Pero si cree que a ti no puede serte de utilidad, no será un hombre entero ante sus propios ojos. Por eso quiero que lo lleves contigo.

Jamie entrelazó las manos y, con los codos apoyados sobre las rodillas, acomodó la barbilla sobre los nudillos.

—Esto no será como en Francia —explicó con calma—. En aquella batalla sólo arriesgó la vida. En cambio aquí... —Vaciló y, a continuación, prosiguió—. Jenny, esto es traición. Si las cosas salen mal, los que siguen a los Estuardo terminarán en la horca.

La tez pálida de Jenny se volvió más blanca aún, pero no dejó de remover la mezcla.

—Yo no tengo alternativa —continuó Jamie, con la mirada fija en ella—. Pero ¿para qué arriesgar a otro hombre? ¿Harás que Ian mire desde el patíbulo cómo arde el fuego a la espera de sus entrañas? ¿Quieres arriesgarte a criar a tus hijos sin su padre sólo para salvar su honor? —Su rostro estaba casi tan pálido como el de Jenny, y brillaba en la oscuridad de la destilería.

Los golpes del mortero eran ahora más lentos, sin la violenta velocidad anterior, pero su voz contenía toda la convicción de sus movimientos lentos e inexorables.

—Tendré un hombre entero, o no tendré ninguno —dijo con voz firme.

Jamie permaneció sentado sin moverse durante un largo rato, observando la cabeza oscura de su hermana inclinada sobre su tarea.

—De acuerdo —dijo por fin, con calma.

Ella no alzó la mirada ni alteró sus movimientos, pero pareció inclinarse ligeramente hacia él. Jamie soltó un suspiro, se levantó y giró abruptamente hacia mí.

—Salgamos de aquí, Sassenach —dijo—. ¡Cielo santo, debo de estar borracho!

—¿Por qué crees que puedes darme órdenes? —preguntó Ian. La vena de su frente palpitaba con fuerza. Jenny me apretó la mano.

Cuando Jamie comunicó a Ian que iba a unirse con él al ejército de los Estuardo, reaccionó primero con incredulidad, después con recelo y, finalmente, ante la insistencia de Jamie, con ira.

—Estás loco —declaró Ian, inexpresivo—. Soy un lisiado, lo sabes bien.

—Lo que sé es que eres un buen luchador, y no hay otra persona a quien quisiera tener a mi lado en una batalla —dijo Jamie con firmeza. Su rostro no reveló duda ni vacilación; había accedido al ruego de Jenny y lo llevaría a cabo hasta las últimas consecuencias—. Ya has luchado así antes; ¿vas a abandonarme ahora?

Ian hizo un ademán con la mano, indiferente al elogio.

—Es imposible. Si se me suelta o se me rompe la pierna, poco podré luchar... quedaré tirado en el suelo como un gusano, esperando a que pase el primer soldado inglés para escupirme en la cara. Y además —miró seriamente a su cuñado—, ¿quién crees que cuidará este lugar hasta que regreses, si voy a la guerra contigo?

—Jenny —respondió Jamie con presteza—. Dejaré aquí una cantidad suficiente de hombres para que realicen las tareas; Jenny puede ocuparse perfectamente de las cuentas.

Ian enarcó las cejas y maldijo en gaélico.

—*Pog ma mahon!* ¿La dejarás sola aquí, con tres pequeños colgados de su delantal y apenas la mitad de los hombres necesarios? ¡Te has vuelto loco! —Alzando ambas manos, Ian giró hacia el armario donde se guardaba el whisky.

Jenny, sentada junto a mí en el sofá con Katherine en el regazo, chasqueó la lengua en voz baja. Su mano buscó la mía bajo nuestras faldas y le apreté los dedos.

—¿Por qué crees que puedes darme órdenes?

Jamie miró la espalda tensa de su cuñado durante un instante, ceñudo. De repente, torció un músculo de la comisura de la boca.

—Porque soy más grande que tú —respondió con beligerancia, todavía serio.

Ian se dio la vuelta, incrédulo. La indecisión cruzó por sus ojos por un instante. Enderezó los hombros y alzó la barbilla.

—Yo soy más viejo que tú —respondió, igualmente serio.

—Yo soy más fuerte.

—¡No es cierto!

—¡Sí, soy más fuerte!

—¡No, yo soy más fuerte!

Bajo el tono jocoso había una seriedad mortal; pese a que esta pequeña confrontación podría haberse dado en un tono de diversión, estaban tan concentrados el uno en el otro como debieron de haberlo estado en la juventud o la infancia. El eco del desafío se hizo sentir en la voz de Jamie mientras aflojaba el puño de la camisa y se remangaba.

—Demuéstramelo —dijo. Limpió el tablero de ajedrez de un manotazo, se sentó y apoyó el codo sobre su superficie con incrustaciones, flexionando los dedos para la ofensiva. Los profundos ojos azules miraron fijamente a los ojos castaños de Ian, compartiendo la misma ira.

Ian tardó medio segundo en evaluar la situación y sacudió la cabeza a modo de breve aceptación; al hacerlo, un mechón de pelo oscuro le cayó sobre los ojos.

Se echó el pelo atrás con calma, se desabrochó el puño y se remangó la camisa hasta el hombro, vuelta a vuelta, sin dejar de mirar a su cuñado.

Desde mi perspectiva podía ver la cara de Ian, un poco colorada bajo la piel bronceada; su larga y fina barbilla expresaba determinación. No podía ver el rostro de Jamie, pero su determinación era evidente en la línea de su espalda y sus hombros.

Los dos hombres acomodaron los codos cuidadosamente, maniobrando para tener un buen apoyo, frotando la mesa con la punta del codo para asegurarse de que la superficie no fuera resbaladiza.

Con el debido ritual, Jamie extendió los dedos, con la palma hacia Ian. Éste apoyó su propia mano contra la de Jamie. Los dedos se tocaron como en un espejo, después se desplazaron, uno hacia la derecha y otro hacia la izquierda, y se entrelazaron.

—¿Listo? —preguntó Jamie.

—Listo. —La voz de Ian era tranquila, pero sus ojos brillaban bajo las espesas cejas.

Los músculos se tensaron en los dos brazos, definiéndolos, mientras ellos se movían en sus asientos, buscando ventaja.

Jenny me miró y puso los ojos en blanco. Sea lo que fuere lo que esperaba de Jamie, no era precisamente aquel juego.

Los dos hombres estaban concentrados en los puños y no veían nada más. Ambos rostros estaban rojos por la fuerza, el sudor humedecía el cabello de sus sienes, y los ojos les sobresalían por el esfuerzo. De repente vi que la mirada de Jamie dejaba de concentrarse en los puños al ver los labios apretados de Ian. Éste sintió el cambio, sus miradas se cruzaron... y ambos soltaron una carcajada.

Siguieron con las manos entrelazadas un rato más y después se separaron.

—Empate —dijo Jamie echándose atrás un mechón de pelo. Sacudió la cabeza de buen humor, mirando a Ian—. De acuerdo, hombre. Aunque pudiera darte órdenes, no lo haría. Pero puedo pedirte un favor, ¿no? ¿Vendrás conmigo?

Ian se enjugó el sudor del cuello, donde un hilillo le había humedecido la camisa. Su mirada se paseó por la habitación y se posó un momento en Jenny. El rostro de ésta no estaba más pálido de lo normal, pero pude ver su pulso rápido justo debajo del ángulo de la mandíbula. Ian la miró fijamente mientras se bajaba la manga con lentitud. Vi el rubor rosa profundo que le empezaba a subir desde el cuello del vestido.

Ian se frotó la mandíbula como si pensara, y después se volvió hacia Jamie y negó con la cabeza.

—No, mi amor —dijo—. Tú me necesitas aquí, y aquí me quedaré. —Su mirada se posó en Jenny, que sostenía a Katherine, y en la pequeña Maggie, que se aferraba a la falda de su madre con manos mugrientas. Y en mí. La enorme boca de Ian se curvó en una leve sonrisa—. Me quedaré aquí —repitió—. Cuidando tu flanco débil, hombre.

—¿Jamie?

—¿Sí? —respondió de inmediato; supe que no estaba dormido, aunque estaba tan quieto como una figura tallada sobre una tumba. La luna llena iluminaba la habitación, y pude ver su rostro cuando me apoyé sobre el codo. Él miraba hacia arriba, como si pudiera ver la noche estrellada más allá de las pesadas vigas.

—No pensarás dejarme aquí, ¿verdad? —No se me habría ocurrido preguntar de no haber sido por la escena con Ian, ocurrida hacía un rato. Una vez decidido que Ian se quedaría, Jamie se sentó con él para organizarlo todo; eligieron quién marcharía con el terrateniente a ayudar al príncipe y quién se quedaría a cuidar del ganado y los pastos de Lallybroch.

Supe que había sido un proceso difícil, aunque no lo dejó entrever; discutieron con calma si Lallybroch podía prescindir de Ross, el herrero, y se decidió que sí, aunque debía dejar reparadas y listas las rejas de arado que se necesitarían para la primavera. Decidieron que Joseph Fraser Kirby no podía ir pues era el sostén no sólo de su familia sino también de su hermana viuda. Brendan era el hijo mayor de ambas familias y a los nueve años no estaba preparado para reemplazar a su padre, en el caso de que no regresara.

Fue una tarea delicada planificarlo todo. ¿Cuántos hombres debían ir para poder influir en el curso de la guerra? Jenny tenía razón; Jamie no tenía otra alternativa que ayudar a ganar a Carlos Estuardo. Y para conseguirlo había que reunir la mayor cantidad posible de hombres y armas.

Pero por otra parte estaba yo, y todo lo que sabía... y lo que no. Habíamos logrado impedir que Carlos Estuardo consiguiera dinero para financiar su rebelión; sin embargo, el príncipe, imprudente, incompetente y decidido a reclamar su legado, desembarcaba para reunir a los clanes en Glenfinnan. Por una carta posterior de Jared nos enteramos de que Carlos había cruzado el canal de la Mancha con dos pequeñas fragatas, una de ellas provista por un tal Antoine Walsh, un esclavista que esperaba con avidez la primera oportunidad que se le presentara. Al parecer, consideraba que la empresa de Carlos era menos arriesgada que una expedición esclavista, una apuesta que podía estar justificada o no. Una de las fragatas fue abordada por los ingleses; la otra llevó a Carlos a la isla de Eriskay, donde había desembarcado sano y salvo.

Lo acompañaban siete hombres, entre ellos el dueño de un pequeño banco, de nombre Aeneas MacDonald. Incapaz de financiar la expedición entera, MacDonald había proporcionado los fondos para una provisión de espadas, que constituían el armamento completo de Carlos. Jared se manifestaba admirado y horrorizado a la vez por la intrepidez de la aventura, pero como era un jacobita leal, se esforzaba por tragarse su recelo.

Hasta aquel momento, Carlos había tenido éxito. Por vía clandestina nos enteramos de que había desembarcado en Eriskay y cruzado hasta Glenfinnan, donde esperaba, en compañía de varios barriles de coñac, para ver si los clanes respondían a su convocatoria. Tras unas horas de espera, llegaron por los desfiladeros de las empinadas colinas verdes trescientos hombres del clan Cameron, conducidos no por su jefe, que había salido de viaje, sino por su hermana, Jenny Cameron.

Los Cameron fueron los primeros, pero luego se les sumaron otros, como evidenciaba la Declaración de Asociación.

Si Carlos se encaminaba a un desastre, a pesar de todos los esfuerzos, ¿cuántos hombres de Lallybroch se podrían salvar de la muerte?

Ian se salvaría, eso era seguro, lo que suponía un consuelo para Jamie. ¡Pero los otros, las sesenta familias que habitaban en Lallybroch! Elegir quién iría o no equivalía a elegir hombres para el sacrificio. Yo había visto antes actuar a los comandantes; hombres a los que la guerra forzaba a tomar semejantes decisiones... y sabía cuán duro era para ellos tomarlas.

Jamie lo había hecho, pues no tenía alternativa, pero se mantuvo firme en dos aspectos: ninguna mujer acompañaría a las tropas ni tampoco ningún muchacho de menos de dieciocho años. Ian se mostró sorprendido ante esta decisión: mientras la mayoría de las mujeres con hijos pequeños normalmente se quedaban en casa, no era inusual que las esposas de las Highlands siguieran a sus hombres a la batalla, para cocinarles, cuidarlos y repartir las provisiones del ejército. Y los jóvenes, que se consideraban hombres a los catorce años, se iban a sentir muy humillados al verse excluidos de la lista. Pero Jamie había impartido sus órdenes en un tono que no admitía discusión. Ian, tras un instante de vacilación, se había limitado a asentir y las había escrito.

No hice preguntas delante de Ian y Jenny respecto a si la prohibición de las mujeres me incluía a mí también. Porque, estuviera o no incluida, yo iba a ir con Jamie, y eso era definitivo.

—¿Dejarte aquí? —dijo. Vi que la boca se le curvaba en una sonrisa—. ¿Crees que tengo alternativa?

—No —respondí, acurrucándome junto a él con repentino alivio—. No la tienes. Pero había pensado que quizá se te pasara por la cabeza.

Dio un pequeño bufido y me atrajo hacia sí.

—Sí, claro. Y si creyera que debo dejarte aquí, tendría que atarte con cadenas; de lo contrario nada te detendría. —Sentí que meneaba la cabeza, negando—. No, debo llevarte conmigo, Sassenach, quiera o no. Hay cosas que tal vez sepas a medida que ocurren; aunque ahora no parezcan tener importancia, tal vez la tengan más tarde. Además, eres buena curandera: no puedo negarles a mis hombres tu habilidad. —Me dio una palmadita en el hombro y suspiró—. Daría cualquier cosa, *mo duinne*, por poder dejarte aquí, a salvo, pero no puedo. Así que vendrás conmigo; y Fergus también.

—¿Fergus? —Me sorprendió esta decisión—. ¡Pensaba que no llevarías a ningún muchacho joven!

Volvió a suspirar y apoyé la mano en el centro de su pecho, donde le latía el corazón, lento y regular, bajo el pequeño hueco.

—Bueno, el caso de Fergus es diferente. Los otros muchachos... no los llevaré, pues son de aquí; si todo se va al demonio, deberán quedarse para impedir que sus familias se mueran de hambre, a trabajar los campos y a atender a las bestias. Tendrán que crecer rápido, pero por lo menos estarán aquí para hacerlo. Pero Fergus... éste no es su lugar. Tampoco lo es Francia, pues de lo contrario lo enviaría de regreso. Pero no tiene un lugar allí.

—Su lugar está junto a ti —dije, comprensiva, con voz suave—. Como el mío.

Permaneció en silencio un rato y luego sentí la tibieza de su mano.

—Sí, así es —dijo en voz muy baja—. Ahora duerme, *mo duinne*; es tarde.

El molesto llanto me devolvió a la vigilia por tercera vez. A Katherine le estaban saliendo los primeros dientes y no se molestaba en ocultarlo. Desde su habitación junto al vestíbulo, oí el murmullo somnoliento de Ian y la voz más alta de Jenny, resignada, al salir de la cama para ir a consolar a la niña.

Entonces oí los pasos suaves y pesados en el corredor, y me di cuenta de que Jamie estaba caminando descalzo por la casa.

—¿Jenny? —Su voz, baja para no molestar, era claramente audible en el silencio de la casa—. He oído el llanto de la pequeña. Ella no puede dormir y yo tampoco, pero tú sí. Si ha comido y está seca, tal vez podamos hacernos compañía un rato, mientras tú vuelves a la cama.

Jenny reprimió un bostezo, y pude adivinar la sonrisa en la voz.

—Jamie, querido, eres la bendición de las madres. Sí, está llena como un barril y acabo de ponerle un pañal seco. Cógela y que os divirtáis.

Se cerró una puerta y oí otra vez los pasos pesados en dirección a nuestro dormitorio, y el murmullo bajo de la voz de Jamie mientras le hablaba a la niña para calmarla.

Me acurruqué más aún en el lecho y volví a dormirme, escuchando a medias el llanto de la niña y el canturreo profundo y sin melodía de Jamie, cuyo sonido era tan reconfortante como pensar en las colmenas en el sol del verano.

—Eh, pequeña Kitty, *ciamar a tha thu? Much, mo naoidheachan, much.*

El sonido de ambos se oía de un lado a otro del corredor, y me fui adormilando, aunque me mantuve medio despierta a propósito, para escucharlos. Tal vez algún día Jamie sostuviera así a su hijo, acunando la cabecita redonda en sus manos grandes, y el cuerpecito apretado contra su pecho. Y así cantaría a su propia hija; una canción desafinada, un cántico cálido y suave en la oscuridad.

El dolor de mi corazón se convirtió en una ola de ternura. Había concebido una vez; podía volver a hacerlo. Faith me había dado esa certeza; Jamie me había dado la valentía y los medios para usarla. Mis manos se apoyaron suavemente en mis pechos, envolviéndolos, sabiendo sin lugar a dudas que algún día iban a alimentar al niño de mi corazón. Me dejé llevar por el sueño con el sonido de Jamie en mis oídos.

Poco después volví a despertar y abrí los ojos en el cuarto lleno de luz. Había salido la luna, llena y brillante, y todos los objetos de la habitación se veían con claridad, de esa manera bidimensional en la que se ven las cosas sin sombra.

La niña se había tranquilizado, pero podía oír la voz de Jamie en el corredor, hablando en voz mucho más baja, que constituía poco más que un murmullo. El tono había cambiado; no era el tono rítmico y dulce con que se habla a los bebés, sino el discurso pausado de un hombre que busca en los recovecos de su propio corazón.

Con curiosidad, salí de la cama y me acerqué en silencio a la puerta. Podía verlos en el extremo del corredor. Jamie estaba apoyado en la ventana, sólo con la camisa puesta. Las piernas desnudas estaban alzadas, formando un respaldo sobre el cual Katherine Mary descansaba de espaldas, con las piernas regordetas pateándole, inquietas, el estómago.

El rostro de la niña era inexpresivo y blanco como la luna; sus ojos, dos lagos oscuros que absorbían las palabras de Jamie. Éste dibujó la curva de su mejilla con un dedo, una y otra vez, susurrando con dulzura conmovedora.

Hablaba en gaélico, y en voz tan baja que no hubiera podido entender lo que decía aunque conociera las palabras. Pero la voz era ronca, y la luz de la luna mostraba los surcos de las lágrimas que le resbalaban por las mejillas.

No era una escena que admitiera intrusos. Regresé al lecho todavía tibio, reteniendo la imagen del terrateniente de Lallybroch, medio desnudo a la luz de la luna, entregando su corazón a un futuro desconocido, sosteniendo en su regazo la promesa de su sangre.

Cuando desperté por la mañana percibí un aroma cálido y desconocido y noté que tenía algo enredado en el pelo. Abrí los ojos y encontré la boquita de Katherine Mary chasqueando somnolienta y los deditos regordetes agarrados a mi pelo, sobre la oreja izquierda. Le desenredé la manita con cuidado; la niña se movió, pero se puso boca abajo, encogió las rodillas y se volvió a dormir.

Jamie estaba acostado al otro lado de la niña, con el rostro medio enterrado en la almohada. Abrió un ojo, azul como el cielo matutino.

—Buenos días, Sassenach —dijo en voz baja para no despertar a la pequeña dormilona. Me sonrió mientras me enderezaba.

—Las dos estabais preciosas, dormidas cara a cara.

Me pasé una mano por el pelo enmarañado y sonreí al ver el trasero de Kitty, alzado en el aire.

—No parece una postura muy cómoda —observé—. Pero sigue dormida, así que no debe de estar tan mal. ¿Hasta qué hora estuviste despierto anoche? No te oí cuando te acostaste.

Bostezó y se pasó una mano por el pelo, apartándoselo de la cara. Tenía ojeras, pero parecía satisfecho.

—Oh, bastante tiempo. Por lo menos hasta que se ocultó la luna. No quise despertar a Jenny llevándosela otra vez, así que la acosté en la cama entre nosotros, y no se ha movido ni una sola vez durante el resto de la noche.

La niña restregó los codos y las rodillas en el colchón, buscando entre las sábanas con un leve gruñido. Debía de ser la hora de su leche matinal. Dicha suposición se confirmó enseguida, cuando alzó la cabeza, con los ojos fuertemente apretados, y emitió un saludable alarido. La cogí en brazos rápidamente.

—Bueno, bueno, bueno —la calmé, dándole palmadas en la espalda. Saqué las piernas de la cama y toqué a Jamie en la cabeza. El brillante cabello pelirrojo estaba tibio bajo mi mano.

—Se la llevaré a Jenny —dije—. Todavía es temprano; duerme un poco más.

—Lo haré —respondió haciendo una mueca ante el ruido—. Te veré en el desayuno. —Se dio la vuelta, cruzó las manos sobre el pecho en su postura favorita y ya dormía profundamente cuando Katherine Mary y yo llegamos a la puerta de la habitación.

La niña se sacudía vigorosamente, bajando la cabeza en busca de un pezón y chillando, frustrada, al ver que no aparecía uno inmediatamente. Corrí por el pasillo y me crucé con Jenny, que salía de su dormitorio en respuesta al llanto de su retoño mientras se ponía un camisón verde. Le entregué a la niña, que sacudía los puñitos con urgencia.

—Bueno, *mo mùirninn*, calla ahora, calla —la calmó Jenny. Con la ceja alzada a modo de invitación, cogió la niña de mis brazos y volvió a entrar en su habitación.

La seguí y me senté en la cama mientras Jenny se sentaba en una mecedora junto al fuego y daba el pecho a su niña. La boquita se aferró al pezón y ambas nos sentimos aliviadas por el silencio.

—¡Ah! —suspiró Jenny. Sus hombros se encorvaron al empezar a fluir la leche—. Eso está mejor, ¿no, mi pequeñita? —Abrió los ojos y me sonrió, con esos ojos tan claros y azules como los de su hermano.

—Fuisteis muy amables al quedaros con la niña toda la noche; he dormido como un tronco.

Me encogí de hombros, sonriendo ante la imagen de madre e hija, relajadas y satisfechas. La curva de la cabeza de la niña era exactamente igual a la curva alta y redonda del seno de Jenny, y el pequeño bulto emitía pequeños ruidos contra su madre, acomodado en la curva del regazo de ésta.

—Fue Jamie, no yo —dije—. Parece que él y su sobrina se llevan bien. —Me volvió a la memoria la imagen de los dos, Jamie hablándole a la niña mientras las lágrimas le caían por las mejillas.

Jenny asintió, observándome.

—Sí. Pensé que tal vez se consolarían mutuamente. ¿Jamie no duerme bien últimamente? —preguntó.

—No —respondí en voz baja—. Tiene muchas cosas en la cabeza.

—No me sorprende —dijo observando la cama a mis espaldas. Ian se había levantado al amanecer a comprobar las existencias del granero. Se requerían herraduras y arneses para preparar para la rebelión a los caballos de los que se podía prescindir en la granja, además de otros de los que no se podía prescindir.

—Se puede hablar con un bebé, ¿sabes? —dijo de repente, interrumpiendo mis pensamientos—. Quiero decir, hablar en se-

542

rio. Puedes contarles cualquier cosa, no importa lo tonto que te parezca o lo poco que puedan entenderte.

—Ah, ¿lo oíste, entonces? —pregunté. Ella asintió, con los ojos fijos en la mejilla de Katherine, donde las pequeñas pestañas oscuras se apoyaban contra la piel suave, con los ojos cerrados en éxtasis.

—Sí. No debes preocuparte —añadió, con una sonrisa amable—. No es que no pueda hablar contigo; sabe bien que puede hacerlo. Pero es diferente hablar con un bebé. Es una persona; sabes que no estás solo. Pero no entienden tus palabras, así que no te preocupa lo que piensen, ni lo que sientan que deben hacer. Puedes abrirles tu corazón sin elegir las palabras, sin guardarte nada... es un consuelo para el alma.

Habló con indiferencia, como si se tratara de una verdad universal. Me pregunté si le hablaría así a su bebé con mucha frecuencia. Su generosa boca, tan parecida a la de su hermano, se curvó ligeramente.

—Es así como se les habla antes de que nazcan —continuó con voz suave—. Lo sabes, ¿no?

Apoyé las manos suavemente sobre mi vientre, una encima de la otra, recordando.

—Sí, lo sé.

Jenny apretó un pulgar contra la mejilla de la niña para interrumpir la succión, y con un movimiento ágil cambió el cuerpecito al otro pecho.

—He pensado que tal vez por eso las mujeres están tan tristes una vez que nace el bebé —dijo reflexivamente, como si pensara en voz alta—. Mientras les hablas piensas en ellos, y los conoces mientras están en tu interior, tal y como crees que son. Y luego nacen, y son diferentes... no como habías pensado que eran dentro. Y los amas, por supuesto, y los llegas a conocer tal como son... Sin embargo, siempre piensas en el niño a quien le hablaste desde tu corazón, y ese niño ya no está. Así que pienso que lo que se siente es pena por ese niño que no nació, aunque estés sosteniendo entre tus brazos al que acaba de nacer—. Bajó la cabeza y besó el cráneo aterciopelado de su hija.

—Sí. Antes... todo son posibilidades. Podría ser varón, o mujer. Un niño feo o guapo. Y después nace, y todo lo que podría haber sido ya no será, porque ya es.

Se balanceó suavemente adelante y atrás, y la manecita que asía los pliegues de seda verde empezó a aflojar la tensión.

—Y nace una niña, y el niño que pudo haber sido está muerto —continuó en voz baja—. Y el hermoso niño que te llevas al pecho ha matado a la pequeñita que pensabas que tenías. Y lloras por lo que no conociste, que se fue para siempre, hasta que conoces al niño que sí tienes, y finalmente es como si nunca hubieran sido otra cosa que lo que son, y no sientes otra cosa que alegría. Pero hasta entonces, lloras con facilidad.

—Y los hombres... —dije al pensar en Jamie susurrando secretos a los oídos inconscientes del bebé.

—Sí. Ellos sostienen a sus hijos y sienten todas las cosas que podrían ser, y las cosas que nunca serán. Pero para un hombre no es tan fácil llorar por lo desconocido.

SEXTA PARTE

Llamas de rebelión

36

Prestonpans

Escocia, septiembre de 1745

Tras cuatro días de marcha estábamos en la cima de una colina, cerca de Calder. Un gran páramo se extendía a nuestros pies, pero nosotros acampamos bajo unos árboles, en lo alto. Dos arroyuelos atravesaban la roca cubierta de musgo y el tiempo fresco de comienzos del otoño hacía parecer que habíamos ido de excursión y no a la guerra. Pero era el 17 de septiembre y, por lo poco que recordaba sobre la historia de los jacobitas, la guerra empezaría en cuestión de días.

—Cuéntamelo otra vez, Sassenach —me había pedido Jamie por enésima vez, mientras nos abríamos paso por los senderos sinuosos y los caminos polvorientos.

Yo iba montada en *Donas* y él caminaba a mi lado, pero desmonté para facilitar la conversación. *Donas* y yo habíamos alcanzado una especie de acuerdo, pues era la clase de caballo que exigía plena concentración a la hora de montarlo. Le gustaba demasiado tirar a jinetes incautos mientras caminaba bajo ramas bajas.

—Ya te lo dije: no sé demasiado —contesté—. No había muchos detalles en los libros de historia y en aquel momento no presté demasiada atención. Todo lo que te puedo decir es que hubo (es decir, habrá) una batalla cerca de la ciudad de Preston, y por eso se llama la batalla de Prestonpans, aunque los escoceses la llamaron (la van a llamar) la batalla de Gladsmuir, porque una antigua profecía dice que el rey saldrá victorioso en Gladsmuir. Dios sabrá dónde queda Gladsmuir, si es que existe.

—Sí. ¿Y?

Fruncí el entrecejo, tratando de recordar hasta el último detalle. Conjuré una imagen mental de la copia marrón, pequeña y destartalada de la *Historia de Inglaterra para niños* que había leído a la luz titilante de una lámpara de queroseno en una cabaña de algún lugar de Persia. Pasé mentalmente las páginas y recordé la sección de dos páginas que el autor había dedicado al segundo Alzamiento jacobita, conocido por los historiadores como «el del 45». Y dentro de aquellas dos páginas, el único párrafo que trataba de la batalla que pronto tendría lugar.

—Ganan los escoceses —dije amablemente.

—Bueno, es un detalle importante —dijo, sarcástico—, pero sería de gran ayuda saber un poquito más.

—Si querías una profecía, debiste haber contratado a un adivino —repuse y, a continuación, me arrepentí—. Lo siento. Es que no sé mucho más, y resulta muy frustrante.

—Sí, lo es. —Extendió el brazo, me cogió la mano y la apretó con una sonrisa—. No te irrites, Sassenach. Ya sé que no puedes decirme más de lo que sabes, pero dímelo todo, sólo una vez más.

—De acuerdo. —Le apreté la mano, y seguimos caminando con las manos entrelazadas—. Fue una victoria asombrosa —comencé, leyendo una imagen mental— pues a los jacobitas los superaban en número. Sorprendieron al ejército del general Cope al amanecer, eso lo recuerdo, y lo derrotaron. Hubo cientos de víctimas del lado inglés y sólo unas pocas del lado jacobita: treinta hombres. Sólo murieron treinta hombres.

Jamie miró hacia atrás, a la hilera dispersa de hombres de Lallybroch, que conversaban y cantaban en pequeños grupos. Habíamos llevado treinta hombres de Lallybroch. Al mirarlos no parecían tan pocos... Sin embargo, yo había visto los campos de batalla en Alsacia y Lorena, y hectáreas de pradera convertidas en cementerios cenagosos, tras enterrar a miles de muertos.

—En conjunto —dije sintiendo un poco de culpa— me temo que fue una batalla más bien... sin importancia, históricamente hablando.

Jamie resopló y me miró con cierta desolación.

—Sin importancia. Sí, está bien.

—Lo siento —dije.

—No es culpa tuya, Sassenach.

Sin embargo, no pude dejar de sentir que sí lo era.

Los hombres se sentaron alrededor del fuego después de cenar, disfrutando con el estómago lleno, intercambiando historias y rascándose. La picazón era endémica; la cercanía con los demás hombres y la falta de higiene hacían que los piojos fueran tan comunes que no llamaba la atención que alguno de los hombres sacara uno de su capa y lo arrojara al fuego. El piojo ardía un instante entre las llamas y desaparecía.

Aquella noche, el joven llamado Kincaid (en realidad se llamaba Alexander, pero había tantos con el mismo nombre que, al final, llamaban a cada uno por un sobrenombre o por su segundo nombre) parecía particularmente afectado por aquella plaga. Se rascó ferozmente el vello castaño del sobaco y después, con una rápida mirada para ver si yo estaba mirando en esa dirección, la entrepierna.

—Te están volviendo loco, ¿no, muchacho? —dijo Ross, el herrero, con compasión.

—Sí —respondió Kincaid—, me están comiendo vivo.

—Es una maldición quitarlos del paquete —observó Wallace Fraser, rascándose igualmente—. Me pica de sólo mirarte, muchacho.

—¿Sabes cuál es la mejor manera de deshacerse de ellos? —dijo Sorley McClure con amabilidad; ante la negativa de Kincaid, se inclinó y cogió un palo ardiendo.

—Levántate el kilt un momento, y te los quitaré con humo —dijo, ante los silbidos de los demás.

—Maldito granjero —murmuró Murtagh—. ¿Qué sabes tú de eso?

—¿Conoces una manera mejor?

Wallace alzó las cejas con escepticismo, arrugando la piel bronceada de la frente calva.

—Por supuesto. —Sacó su daga con una floritura—. El muchacho ya es un soldado; que haga como los soldados.

El rostro cándido de Kincaid reflejó un gran interés.

—¿Cómo?

—Bueno, es muy sencillo. Coges tu daga, te levantas el tartán y te afeitas la mitad de los pelos de la entrepierna. —Alzó la daga con una advertencia—. Sólo la mitad, ¿entiendes?

—¿La mitad? Sí, bien... —Kincaid pareció dudar, pero prestaba mucha atención. Yo podía ver las sonrisas de los hombres, pero nadie se reía aún.

—Entonces... —Murtagh hizo un gesto a Sorley y su palo—. Entonces, muchacho, le prendes fuego a la otra mitad y, cuando las bestezuelas escapen, las matas con tu daga.

Cuando los hombres estallaron en carcajadas, Kincaid se puso tan rojo que su rostro resplandecía a la luz del fuego. Hubo algunos empujones cuando un par de hombres fingieron probar la cura con fuego blandiendo estacas encendidas. Justo cuando parecía que la broma se ponía pesada y que iban a empezar a pegarse en serio, Jamie regresó de trabar los caballos. Entró en el círculo y entregó una botella que llevaba bajo el brazo a Kincaid. Le dio otra a Murtagh y las peleas terminaron.

—Sois todos tontos —declaró—. La segunda mejor manera de deshacerse de los piojos es echarles whisky y emborracharlos. Cuando se quedan dormidos, uno se levanta y se caen.

—La segunda, ¿eh? —dijo Ross—. ¿Y cuál es la mejor, señor, si puede decírnoslo?

Jamie sonrió con indulgencia al círculo, como un padre que ríe ante las travesuras de sus hijos.

—Bueno, pues hacer que tu esposa te los quite uno por uno. —Dobló el codo y me hizo una reverencia, con una ceja alzada—. ¿Si me hace el favor, milady?

Aunque estaba bromeando, en realidad quitar los piojos de uno en uno era el único método efectivo para deshacerse de ellos. Por mi parte, me peinaba todo el cabello por la mañana y por la noche y me lo lavaba con milenrama cada vez que acampábamos cerca de agua lo suficientemente profunda para bañarme, y, hasta entonces, había evitado la plaga. Consciente de que yo no tendría piojos si conseguía que Jamie no los tuviera, le administraba el mismo tratamiento cada vez que podía tenerlo quieto el tiempo suficiente.

—Los babuinos hacen esto todo el tiempo —comenté, desenredando delicadamente una espiga de su abundante cabellera roja—. Pero creo que ellos se comen el fruto de su labor.

—Por mí no dejes de hacerlo, si lo deseas —respondió. Hundió ligeramente los hombros con placer mientras el peine se deslizaba por los brillantes mechones. La luz de la hoguera reflejaba en mis manos una cascada de chispas y rayos dorados de fuego—. No sabía que era tan agradable que te peinaran.

—Espera a que termine —le dije, tirándole del pelo y haciéndole reír—. Aunque me siento tentada de probar la idea de Murtagh.

—Si me tocas la entrepierna con una antorcha, recibirás el mismo tratamiento —amenazó—. ¿Qué es lo que dijo Louise de La Tour de las chicas que se depilan?

—Que son eróticas. —Me incliné hacia delante y le mordisqueé la oreja.

—Mmmfm.

—Bueno, hay gustos para todo. *Chacun à son gout.*

—Opinión de los franceses, y sé lo que me digo.

—¿No es verdad?

Un fuerte gruñido interrumpió mi tarea. Dejé el peine de lado y miré hacia los árboles.

—O hay osos en el bosque, o... ¿no has comido?

—He estado ocupado con los animales —respondió—. Uno de los ponis tiene una pata rota y he tenido que ponerle un emplasto. Tampoco tengo mucha hambre, con toda esta charla sobre los piojos.

—¿Qué clase de emplasto se utiliza para la pata de un caballo? —pregunté.

—Muchas cosas; la bosta fresca sirve. Pero esta vez he usado hojas masticadas de algarrobo mezcladas con miel.

Habíamos colocado nuestras alforjas junto al fuego, cerca del borde del pequeño claro donde los hombres habían levantado mi tienda. Aunque hubiera estado dispuesta a dormir a la intemperie, igual que ellos, me sentí agradecida por la intimidad que me proporcionaba la lona, lejos de los demás hombres. Y tal y como había señalado Murtagh con su franqueza habitual cuando le di las gracias por ayudar a montar el refugio, el arreglo no era únicamente para mi bien.

—Y si alguna noche él puede obtener satisfacción entre tus piernas, nadie va a negárselo —había dicho Murtagh, sacudiendo la cabeza hacia Jamie, que charlaba muy concentrado con varios hombres—. Pero no hay necesidad de que los muchachos piensen demasiado en cosas que no pueden tener, ¿no?

—Claro —respondí con cierta aspereza—. Muchas gracias.

Sus finos labios se curvaron en una de sus extrañas sonrisas.

—No hay de qué —respondió.

Una rápida búsqueda en las alforjas dio como resultado un trozo de queso y varias manzanas. Se las di a Jamie.

—¿No hay pan? —preguntó.

—Tal vez haya un poco en la otra alforja. Pero cómete antes las manzanas; son buenas para tu salud. —Jamie compartía el recelo de todo habitante de las Highlands por las frutas y las verduras frescas, aunque su enorme apetito lo hacía comer casi cualquier cosa.

—Bien —dijo, y dio un mordisco a una manzana—. Si tú lo dices, Sassenach.

—Lo digo. Mira. —Le enseñé los dientes—. ¿Cuántas mujeres de mi edad conoces que conserven todos sus dientes?

Su sonrisa dejó al descubierto su dentadura perfecta.

—Bueno, debo admitir que estás muy bien conservada, Sassenach, para ser una mujer tan vieja.

—Es que estoy bien alimentada —repliqué—. La mitad de la gente de tu heredad sufre de escorbuto y por lo que he visto en el camino, es peor en otras partes. La vitamina C es la que previene el escorbuto, y las manzanas están llenas de esa vitamina.

Se sacó la manzana de la boca y la miró muy serio.

—¿Ah, sí?

—Así es —dije con firmeza—. Y también la mayor parte de frutas y verduras: las naranjas y los limones son los mejores, aunque aquí no se consiguen, pero también las cebollas, el repollo, las manzanas... Si comes algo de eso todos los días, no tendrás escorbuto. Hasta la hierba verde contiene vitamina C.

—Mmmfm. ¿Por eso los ciervos no pierden los dientes cuando envejecen?

—Supongo.

Giró la manzana, examinándola, y después se encogió de hombros.

—Está bien —dijo, y dio otro mordisco.

Acababa de ir a buscar el pan cuando me llamó la atención un leve crujido. Con el rabillo del ojo vi un movimiento entre las sombras y la luz del fuego se reflejó en algo que se encontraba cerca de la cabeza de Jamie. Corrí hacia él, gritando, justo a tiempo para verlo caer del tronco y desaparecer en la oscuridad de la noche.

No había luna y la única pista de lo que estaba sucediendo era una tremenda lucha que estaba teniendo lugar entre las hojas secas de los alisos, y el ruido de hombres enzarzados en una difícil pero silenciosa pelea, con gruñidos, jadeos y alguna que otra maldición. Se oyó un grito corto y agudo y después se hizo un silencio absoluto. Supongo que duró tan sólo unos segundos, aunque me parecieron eternos.

Todavía estaba parada junto al fuego, congelada en mi posición original, cuando Jamie emergió de la tenebrosa oscuridad del bosque, sujetando a un cautivo por el brazo, doblado a su espalda. Lo soltó, le dio la vuelta a la figura oscura y le dio un brusco empujón que lo envió de espaldas contra un árbol. El hombre se golpeó contra el tronco con fuerza, haciendo caer una lluvia de hojas y bellotas, y cayó, aturdido, entre las hojas.

Atraídos por el ruido, Murtagh, Ross y un par de los otros Fraser aparecieron junto al fuego. Levantaron al intruso a la fuerza y lo arrastraron hasta el círculo de luz del fuego. Murtagh cogió al cautivo por el pelo y le echó la cabeza hacia atrás, dejando al descubierto su rostro.

Era un rostro pequeño y de huesos finos, con grandes ojos de largas pestañas que miraron confundidos a los que se agolpaban a su alrededor.

—¡Pero si es sólo un niño! —exclamé—. ¡No debe de tener más de quince años!

—¡Dieciséis! —corrigió el muchacho. Sacudió la cabeza, recobrando los sentidos—. No es que haya tanta diferencia —añadió con acento inglés. De Hampshire, pensé. Estaba muy lejos de su casa.

—Claro que no —dijo Jamie—. Tengas dieciséis o sesenta, acabas de intentar cortarme la garganta. Advertí entonces el pañuelo teñido en sangre que tenía apretado contra el cuello.

—No le diré nada —dijo el muchacho. Sus ojos parecían estanques oscuros en su cara pálida, aunque la luz del fuego hacía brillar su cabello claro. Se sostenía con firmeza un brazo y pensé que quizá estaba herido. Hacía un esfuerzo visible por mantenerse erguido entre los hombres y apretaba los labios para evitar cualquier gesto de miedo o dolor.

—Algunas cosas no es necesario que me las digas —respondió Jamie, examinando al muchacho cuidadosamente—. En primer lugar, eres inglés, así que es probable que haya tropas cerca. Y en segundo lugar, estás solo.

El muchacho pareció sorprendido.

—¿Cómo lo sabe?

Jamie alzó las cejas.

—Supongo que nos has atacado porque pensabas que la señora y yo estábamos solos. Si hubieras estado con alguien que hubiese pensado lo mismo, ya habría venido en tu rescate. Dicho sea de paso, ¿tienes el brazo roto? Me ha parecido oír un crujido. Si estabas con alguien que sabía que no estábamos solos, te habría impedido cometer una tontería tan grande.

Pese a su diagnóstico, advertí que tres hombres se habían dirigido al bosque en respuesta a una señal de Jamie, presumiblemente para buscar otros intrusos. La expresión del muchacho se puso rígido al oír que su acción era considerada una tontería. Jamie se limpió el cuello e inspeccionó el pañuelo.

—Muchacho, si quieres matar a alguien por la espalda, elige un hombre que no esté sentado en un montón de hojas secas —le aconsejó—. Y si usas un cuchillo contra un adversario más fuerte que tú, elige un sitio más seguro; cortar la garganta no es fácil a menos que tu víctima se quede quieta.

—Gracias por su valioso consejo —dijo el muchacho. Se estaba esforzando por hacerse el valiente, aunque miraba con inquietud los rostros amenazadores. Ningún habitante de las Highlands habría ganado un concurso de belleza a la luz del día, y por la noche no eran la clase de persona que a uno le gustaría encontrarse en un lugar oscuro.

Jamie respondió con cortesía.

—No tienes por qué. Es una desgracia que no tengas oportunidad de aplicarlo en el futuro. ¿Y por qué me has atacado, ya que estamos conversando?

Los hombres de los otros campamentos, atraídos por el ruido, habían empezado a acercarse, emergiendo de los bosques de manera espectral. La mirada del muchacho se paseó por el círculo de hombres, cada vez mayor, y por fin se posó en mí. Vaciló un momento, pero respondió:

—Esperaba liberar a la dama de su custodia.

Se oyó un murmullo de risas ahogadas entre los hombres, sofocadas por un gesto rápido de Jamie.

—Ya veo —dijo, evasivo—. Nos has oído hablando y has pensado que la dama era inglesa y bien educada. Mientras que yo...

—¡Mientras que usted, señor, es un proscrito sin conciencia, con reputación de ladrón y de violento! ¡Su cara y descripción se encuentran en todo Hampshire y Sussex! ¡Lo he reconocido de inmediato; es usted un rebelde y un degenerado sin principios! —exclamó el muchacho con el rostro más rojo que el fuego por la indignación.

Me mordí el labio y bajé la vista para no mirar a Jamie.

—Ah, bien. Exactamente —dijo Jamie con cordialidad—. Pero si es cierto lo que dices, tal vez puedas sugerirme alguna razón por la que no deba matarte de inmediato. —Desenvainó la daga y la movió con delicadeza, haciendo que el fuego se reflejara en el filo.

La sangre abandonó el rostro del joven, que pareció un fantasma en las sombras; sin embargo, se irguió, tirando de los captores que lo sostenían a ambos lados.

—Era lo que esperaba. Estoy preparado para morir —dijo poniendo rígidos los hombros.

Jamie asintió, pensativo. A continuación se agachó y apoyó el filo de la daga en el fuego. Un hilo de humo se elevó alrededor del metal ennegrecido, que despidió un intenso olor a fragua. Todos observamos fascinados cómo la llama, de un azul espectral donde tocaba el filo, parecía dar vida al hierro con un profundo rubor rojo.

Mientras se envolvía la mano con el pañuelo manchado en sangre, Jamie sacó la daga del fuego. Avanzó lentamente hacia el muchacho, dejando caer el filo, como si éste tuviera voluntad propia, hasta tocar la chaqueta del joven. Hubo un fuerte olor a tela chamuscada del pañuelo que envolvía la empuñadura, que aumentó cuando la punta quemada siguió su camino hacia la parte delantera de la chaqueta. La punta, que se oscurecía al enfriarse, se detuvo muy cerca de la barbilla del muchacho. Pude ver el sudor brillándole en los tensos huecos del delgado cuello.

—Sí, bien, me temo que no estoy preparado para matarte... todavía. —Jamie habló con suavidad, con lo que la amenaza resultaba más terrible aún—. ¿Con quiénes vas?

La pregunta fue un latigazo que sorprendió a los oyentes. La punta del cuchillo se acercó un poco más, humeante en la brisa nocturna.

—¡No... no se lo diré! —Los labios del muchacho se cerraron con fuerza tras el tartamudeo, y un ligero estremecimiento descendió por su delicada garganta.

—¿Ni a qué distancia están tus compañeros? ¿Ni cuántos son? ¿Ni en que dirección marchan?

Jamie formuló las preguntas en un tono suave, y luego le tocó con la punta del cuchillo el borde de la mandíbula. El muchacho abrió los ojos como un caballo aterrorizado, pero sacudió la cabeza con violencia, haciendo ondear la cabellera rubia. Ross y Kincaid aumentaron la presión en sus brazos.

Jamie apretó el lado plano del cuchillo contra su mandíbula con fuerza. Se oyó un grito débil y ronco, y un hedor a carne quemada.

—¡Jamie! —grité, completamente atónita. No se volvió sino que mantuvo la mirada fija en su prisionero, que, librado de la presión en sus brazos, cayó de rodillas con la mano apretada contra la garganta.

—Esto no es asunto suyo, señora —dijo Jamie entre dientes. Extendió un brazo, cogió al muchacho por la camisa y lo sacudió hasta ponerlo de pie. El filo del cuchillo se alzó, tambaleante, entre los dos, y se posó justo debajo del ojo izquierdo del chico. Jamie inclinó la cabeza a modo de pregunta silenciosa y recibió en respuesta una mínima negativa con la cabeza.

La voz del muchacho no fue más que un murmullo tembloroso; tuvo que aclararse la garganta para hacerse oír.

—No... no —dijo—. No. Nada de lo que me haga me obligará a decir algo.

Jamie lo sostuvo un momento más, mirándolo a los ojos, y después soltó la tela arrugada y dio un paso atrás.

—No —dijo lentamente— supongo que no. A ti no. Pero ¿y a la dama?

Al principio no me di cuenta de que se refería a mí, hasta que me asió de la muñeca y me arrastró hacia él, haciéndome tambalear ligeramente sobre el terreno irregular. Caí a sus pies y me retorció el brazo en la espalda.

—Puede que seas indiferente a tu propio bienestar, pero tal vez no lo seas tanto al honor de la dama, ya que te has tomado tanto trabajo en rescatarla. —Me giró hacia él, enredó los dedos en mi pelo, me echó la cabeza hacia atrás y me besó con una brutalidad deliberada, lo cual hizo que me retorciera sin querer, a modo de protesta.

Soltándome el pelo, me apretó contra él, de cara al muchacho que estaba al otro lado de la hoguera. El chico abrió los ojos, estupefacto; las llamas se reflejaban en sus amplias pupilas oscuras.

—¡Suéltela! —exigió con voz ronca—. ¿Qué se propone hacer con ella?

Las manos de Jamie fueron hacia el escote de mi vestido. Con un tirón repentino, rasgó la tela del vestido y de la enagua, dejando al descubierto la mayor parte de mi pecho. Reaccionando por instinto, le di una patada en la espinilla. El muchacho ahogó un grito y se sacudió hacia delante, pero Ross y Kincaid lo contuvieron.

—Ya que lo preguntas —respondió Jamie amablemente, detrás de mí— me propongo violar a esta dama delante de tus ojos. Después se la daré a mis hombres, para que hagan con ella lo que quieran. ¿Quizá quieras aprovecharte también antes de que te mate? Un hombre no debe morir virgen, ¿no crees?

Para entonces yo ya luchaba en serio para liberar el brazo retorcido con fuerza en mi espalda mientras Jamie acallaba mis protestas con la enorme palma de su mano sobre mi boca. Le hundí los dientes en la mano hasta que salió sangre. Jamie apartó la mano reprimiendo una exclamación, pero volvió a taparme la boca mientras me ponía un pedazo de tela enrollado entre los dientes. Emití sonidos ahogados alrededor de la mordaza cuando las manos de Jamie aferraron mis hombros, apartando los jirones de mi vestido. Rasgando de un tirón el lino y el fustán, me desnudó hasta la cintura. Vi que Ross desviaba la mirada rápidamente, fijándola intencionadamente en el prisionero. Un leve rubor tiñó sus pómulos. Kincaid, que no tenía más de diecinueve años, miró sorprendido, con la boca abierta.

—¡Suéltela! —La voz del muchacho temblaba, pero más de ira que de miedo—. ¡Maldito cobarde! ¡Cómo se atreve a deshonrar a una dama, chacal escocés! —Se quedó quieto un momento, con el pecho sacudido por la indignación, y después tomó una decisión. Alzó la mandíbula y estiró la barbilla.

—Muy bien. Supongo que no tengo alternativa. Suelte a la dama y le diré lo que quiera.

Una mano de Jamie me soltó el hombro momentáneamente. No vi su expresión, pero Ross soltó el brazo herido del muchacho y se apresuró a alcanzarme la capa, que había caído, al suelo durante la conmoción de la captura. Jamie me llevó ambas manos a la espalda y, quitándome el cinturón, lo usó para atármelas. Cogió la capa que le entregaba Ross, la echó sobre mis hombros y la sujetó con cuidado.

—Tienes mi palabra de que la dama estará a salvo —dijo. El tono de su voz podía deberse a la tensión provocada por la ira y la lujuria frustrada, pero me di cuenta de que en realidad se estaba reprimiendo las ganas de reír; y lo hubiera matado con placer.

Con el rostro impávido, el muchacho dio la información requerida, hablando con sílabas entrecortadas.

Su nombre era William Grey, segundo hijo del vizconde de Melton. Acompañaba a una tropa de doscientos hombres que se dirigían a Dunbar, con la intención de unirse allí al ejército del general Cope. Sus compañeros se encontraban acampados a una legua hacia el oeste. William estaba caminando por el bosque cuando vio nuestro fuego y se acercó a investigar. No, ningún compañero iba con él. Sí, la tropa llevaba armas pesadas, dieciséis cañones ligeros y dos morteros de dieciséis pulgadas. La tropa estaba armada con mosquetes y disponía de treinta caballos.

El muchacho estaba empezando a agotarse tanto por el interrogatorio como por el brazo herido, pero rehusó sentarse. En cambio, se recostó contra un árbol, cogiéndose el codo con la mano.

Las preguntas continuaron durante casi una hora. Jamie le hacía las mismas preguntas una y otra vez para encontrar alguna discrepancia, repasar los detalles y buscar alguna omisión. Una vez satisfecho, suspiró y dejó tranquilo al muchacho, que se dejó caer bajo las sombras vacilantes del roble. Jamie extendió una mano sin hablar; Murtagh, como de costumbre adivinando su intención, le entregó una pistola.

Se volvió hacia el prisionero, comprobando la carga de la pistola. La culata en forma de corazón brilló en la oscuridad; el gatillo y el percutor emitieron destellos plateados bajo la luz del fuego.

—¿A la cabeza o al corazón? —preguntó Jamie como de pasada, levantando la cabeza por fin.

—¿Eh? —El muchacho abrió la boca, sin comprender.

—Voy a dispararte —explicó Jamie pacientemente—. A los espías por lo general se los ahorca, pero, en consideración a tu gallardía, estoy dispuesto a ofrecerte una muerte rápida y limpia. ¿Prefieres recibir la bala en la cabeza o en el corazón?

El muchacho se irguió rápidamente, enderezando los hombros.

—Ah, sí, por supuesto. —Se pasó la lengua por los labios y tragó saliva—. Creo que... en el... en el corazón. Gracias —añadió, tras pensarlo. Alzó la barbilla y apretó los labios; su rostro adquirió una expresión infantil.

Jamie asintió e inclinó la pistola, con un clic que resonó en el silencio, bajo los robles.

—¡Esperad! —dijo el prisionero.

Jamie lo miró con la pistola apuntando al delgado pecho.

—¿Cómo sé que no molestará a la dama después de que yo... muera? —inquirió el muchacho, mirando con beligerancia al círculo de hombres. Tenía la mano sana apretada con fuerza, pero temblaba de todos modos. Ross dejó escapar un sonido que convirtió hábilmente en un estornudo.

Jamie bajó la pistola y consiguió mantener una expresión de solemne gravedad.

—*Bueeno* —dijo acentuando todavía más su acento escocés—. Tienes mi palabra, por supuesto, aunque tal vez dudes en aceptar la palabra de... —torció un poco el labio de manera involuntaria— un cobarde escocés. ¿Quizá aceptes oírlo de boca de la propia dama? —Alzó una ceja en mi dirección y Kincaid saltó de inmediato para liberarme, luchando torpemente con la mordaza

—¡Jamie! —exclamé furiosa, con la boca libre al fin—. ¡Esto es demasiado! ¿Cómo has podido hacer algo semejante? Eres un... un...

—Cobarde —dijo amablemente—. O chacal, si lo prefieres. ¿Qué dices tú, Murtagh? —dijo, volviéndose hacia su lugarteniente—. ¿Soy un cobarde o un chacal?

La boca casi sin labios de Murtagh se torció en una sonrisa irónica.

—Diría que eres hombre muerto si desatas a esa mujer sin tener una daga para defenderte.

Jamie se volvió hacia el prisionero.

—Debo pedir disculpas a mi esposa por haberla obligado a participar en esta farsa. Te aseguro que lo ha hecho completamente a disgusto. —Contempló con tristeza su mano mordida a la luz del fuego.

—¡Su esposa! —El muchacho nos miró atónito a Jamie y a mí.

—También te aseguro que, aunque a veces la dama honra mi lecho con su presencia, nunca lo ha hecho a la fuerza. Y tampoco lo hará en esta ocasión —añadió enfáticamente—, pero no la desates todavía, Kincaid.

—James Fraser —murmuré entre dientes—. ¡Si tocas a ese muchacho, no te quepa duda de que nunca volverás a compartir mi lecho!

Jamie alzó una ceja. Sus colmillos brillaron fugazmente a la luz del fuego.

—Es una amenaza grave para un degenerado sin principios como yo, pero supongo que en semejante situación no puedo tener en cuenta mis propios intereses. Después de todo, la guerra es la guerra. —La pistola empezó a levantarse una vez más.

—¡Jamie! —grité.

Volvió a bajar el arma y se volvió hacia mí con una expresión de impaciencia.

—¿Sí?

Inspiré hondo para evitar que la voz me temblara de indignación. Creía adivinar lo que se proponía y esperaba estar haciendo lo correcto. Estuviera o no en lo cierto, cuando todo aquello terminara... Aparté la visión de Jamie agonizando en el suelo con mi pie pisándole la nuez de Adán, para concentrarme en lo que tenía que decir.

—No tienes pruebas de que sea un espía —dije—. El muchacho dice que nos ha encontrado por casualidad. ¿Quién no sentiría curiosidad si viera un fuego en el bosque?

Jamie asintió, siguiendo mi argumento.

—Sí, ¿y el intento de asesinato? Espía o no ha intentado matarme, y lo admite. —Se pasó un dedo suavemente por la herida de la garganta.

—Bueno, por supuesto que sí —respondí con vehemencia—. Él dice que sabía que eras un proscrito. ¡Por el amor de Dios, tu cabeza tiene precio, maldita sea!

Jamie se frotó la barbilla y por fin se volvió hacia el prisionero.

—Bueno, eso es cierto —dijo—. William Grey, tu abogada te defiende bien. No es política de su alteza el príncipe Carlos ni mía ejecutar ilegalmente a los prisioneros, sean o no enemigos. —Llamó a Kincaid con un ademán—. Kincaid, tú y Ross llevad a este hombre en la dirección que él dice que está su tropa. Si la información que nos ha dado es cierta, atadlo a un árbol cerca de su campamento en la línea de marcha. Sus amigos lo encontrarán allí mañana. Pero si lo que nos ha dicho no es cierto... —hizo una pausa mirando fríamente al prisionero—, cortadle el cuello.

Miró al muchacho a los ojos y dijo, sin sombra de burla:

—Te devuelvo la vida. Espero que le des un buen uso.

Se colocó detrás de mí y cortó las ataduras de mis muñecas. Cuando me volví, se dirigió al muchacho, que de repente se había sentado en el suelo.

—¿Quieres examinarle el brazo antes de que se vaya? —La máscara de fingida ferocidad había abandonado su rostro, dejándolo inexpresivo como una pared. Bajó los párpados, impidiéndome que me encontrara con su mirada.

Sin decir una palabra, me acerqué al muchacho y me arrodillé junto a él. Parecía aturdido, y no se resistió a que lo examinara ni a las manipulaciones que siguieron, aunque tuvieron que resultarle dolorosas.

El vestido roto se me caía a cada rato de los hombros; yo murmuraba por lo bajo cada vez que tenía que alzarme un lado y otro. Los huesos del brazo del muchacho eran ligeros y angulosos, apenas más anchos que los míos. Entablillé el brazo y lo puse en cabestrillo usando mi propio pañuelo.

—Está roto —le dije en tono impersonal—. Trata de mantenerlo inmóvil dos semanas por lo menos. —Asintió sin mirarme.

Jamie había permanecido sentado en silencio sobre un tronco, observándome trabajar. Respirando con dificultad, me acerqué a él y le di una bofetada lo más fuerte que pude. El golpe le dejó una mancha blanca en la mejilla y le humedeció los ojos, pero no se movió ni cambió de expresión.

Kincaid levantó al muchacho de un tirón y lo empujó hasta el borde del claro con una mano en la espalda. Al llegar a las sombras, el prisionero se detuvo y se dio la vuelta. Evitando mirarme, habló sólo con Jamie.

—Le debo la vida —dijo formalmente—. Preferiría no debérsela, pero ya que me obliga a recibir ese regalo, debo considerarlo una deuda de honor. Espero pagar esa deuda en el futuro, pero una vez pagada... —La voz del muchacho tembló un poco con odio reprimido, perdiendo la fingida formalidad en la sinceridad de sus sentimientos—. ¡Lo mataré!

Jamie se levantó del tronco. Su rostro estaba sereno, sin rastro alguno de diversión. Inclinó la cabeza hacia el prisionero.

—En ese caso, señor, espero que nunca volvamos a encontrarnos.

El muchacho enderezó los hombros y devolvió el saludo con rigidez.

—Un Grey nunca olvida una obligación, señor —dijo, y desapareció en la oscuridad con Kincaid agarrándole del codo.

Hubo un intervalo de tensa espera mientras se alejaban en la oscuridad. Entonces empezaron las risas: primero uno de los hombres reprimió una carcajada, y después otro soltó una risotada. Aunque no eran escandalosas, las carcajadas fueron aumentando de volumen, extendiéndose por el círculo de hombres.

Jamie entró en el círculo y los miró. Las risas cesaron abruptamente. Me miró y se limitó a decir:

—Ve a la tienda.

Advertido por mi expresión, me cogió de la muñeca antes de que pudiera alzar la mano.

—Si vas a volver a golpearme, por lo menos deja que ponga la otra mejilla —dijo con sequedad—. Además, creo que puedo ahorrarte el trabajo. De todos modos, te aconsejaría que fueras a la tienda.

Me soltó la mano y caminó hacia el borde del fuego. Con una inclinación de cabeza, juntó a los hombres dispersos delante de él, formando un grupo reacio y algo cauteloso. Los hombres tenían los ojos muy abiertos, con las órbitas vacías en la oscuridad de las sombras.

No comprendí todo lo que dijo, pues habló en una mezcla de gaélico e inglés, pero intuí que estaba preguntando con una voz monótona que parecía volver de piedra a sus oyentes la identidad de los centinelas que se encontraban de guardia esa noche.

Los hombres intercambiaron miradas furtivas y se movieron inquietos, uniéndose aún más frente al peligro. Pero después las filas cerradas se abrieron y dos de ellos se adelantaron. Levantaron la mirada, la bajaron y permanecieron hombro con hombro, con la mirada baja, ajenos a la protección de sus compañeros.

Eran los hermanos McClure, George y Sorley. Ambos rondaban los treinta años y permanecieron uno junto al otro, avergonzados; los dedos de las manos curtidas por el trabajo se retorcían deseando entrelazarse como para protegerse de la tormenta que se avecinaba.

Se produjo una pausa breve y silenciosa mientras Jamie observaba a los negligentes centinelas. A continuación transcurrieron unos largos cinco minutos en los que Jamie habló en voz baja pero firme. Los hombres del grupo permanecieron en silencio. Los McClure, ambos corpulentos, parecieron encogerse bajo el peso de la situación. Me sequé las manos sudorosas en la falda; me alegraba de no comprender todo lo que estaba pasando. Empezaba a lamentar no haber cumplido la orden de Jamie de retirarme a la tienda.

Lo lamenté aún más cuando Jamie se volvió de repente hacia Murtagh, que, a la espera de la orden, estaba preparado con una correa de cuero de unos sesenta centímetros anudada en un extremo para poder asirla bien.

—Desnudaos y poneos frente a mí, los dos.

Los McClure obedecieron de inmediato; los gruesos dedos luchaban con las camisas, ansiosos por obedecer; parecían aliviados de que la situación preliminar hubiera terminado y el castigo se cumpliera.

Pensé que iba a desmayarme, aunque suponía que el castigo sería leve comparado con lo que se estilaba en semejantes circunstancias. No se oyó ningún sonido en el claro del bosque, excepto el golpe del látigo y algún que otro jadeo o gruñido del hombre que recibía el latigazo.

Después del último golpe, Jamie dejó caer la faja a un lado. Estaba sudando a mares y la camisa sucia se le pegaba a la espalda. Hizo un ademán a los McClure para que se retiraran y se secó la cara mientras uno de los hermanos se inclinaba dolorido para coger las camisas y el otro, tembloroso, lo sostenía.

Los hombres parecían haber dejado incluso de respirar durante el castigo. Entonces se oyó un murmullo en el grupo, como si la respiración se hubiera convertido en un suspiro de alivio. Jamie los miró y sacudió ligeramente la cabeza. Se estaba levantando viento nocturno que agitaba el cabello de su coronilla.

—No podemos permitirnos ningún descuido, *mo duinne* —dijo en voz baja—. De nadie. —Suspiró y sonrió irónicamente—. Eso me incluye a mí. Fue mi fuego el que atrajo al muchacho.

El sudor le había vuelto a brotar en la frente. Se pasó una mano por la cara y se la secó en el kilt. Hizo un gesto a Murtagh, quien se mantenía apartado de los demás hombres, y le extendió la correa de cuero.

—¿Me hace el favor, señor?

Tras un momento de vacilación, la mano agarrotada de Murtagh cogió la correa. Una ligera expresión de diversión brilló en los ojos negros del hombrecillo.

—Será un placer... señor.

Jamie volvió la espalda a sus hombres y empezó a desabrocharse la camisa. Al verme, paralizada entre los troncos de los árboles, enarcó una ceja a modo de irónica pregunta. ¿Quería quedarme a mirar? Sacudí la cabeza frenéticamente, di la vuelta y corrí tropezando entre los árboles, siguiendo, por fin, su consejo.

No regresé a la tienda. No podía soportar la idea del encierro; sentía que me ahogaba: necesitaba aire y lo encontré en una pequeña colina, detrás de la tienda. Tropecé, me detuve en un pequeño claro, me tendí sobre el suelo y me tapé la cabeza con los brazos. No quería oír el más leve eco del acto final del drama que se desarrollaba a mis espaldas, junto al fuego.

La hierba, áspera, estaba fría bajo mi piel desnuda, y me encorvé para envolverme con la capa. Así, arropada y aislada, permanecí en silencio, escuchando los latidos de mi corazón y esperando que el torbellino de mi interior se calmara. Poco tiempo después oí pasar a los hombres en grupos de cuatro o cinco, que se iban a dormir. No distinguí sus voces, amortiguadas por los pliegues de tela, pero parecían tranquilas, tal vez un poco asombradas. Pasó algún tiempo antes de que me diera cuenta de que él estaba allí. No me habló ni hizo ningún ruido, pero de repente supe que estaba a mi lado. Cuando me giré y me senté, pude ver su sombra sobre una piedra, con la cabeza descansando sobre sus antebrazos, cruzados sobre las rodillas.

No sabía si acariciarle la cabeza o rompérsela con una roca, pero no hice ninguna de las dos cosas.

—¿Estás bien? —pregunté tras una pausa inicial, con la voz más neutra que pude emitir.

—Sí. —Se estiró lentamente y con cuidado, lanzando un profundo suspiro—. Lamento lo de tu vestido —dijo un minuto después. Me di cuenta de que Jamie podía ver mi piel desnuda brillando en la oscuridad, y me tapé con brusquedad.

—Ah, sólo lo del vestido, ¿no? —dije bastante irritada.

Volvió a suspirar.

—Sí, y el resto también. —Hizo una pausa y dijo—: He pensado que quizá estarías dispuesta a sacrificar tu recato para impedir que le hiciera daño al muchacho, pero dadas las circunstancias, no he tenido tiempo de pedirte permiso. Si me he equivocado, le pido perdón, señora.

—¿Quieres decir que habrías seguido torturándolo?

Jamie estaba irritado y no se preocupó por ocultarlo.

—¡Torturarlo! Ni siquiera lo he herido.

Me acurruqué todavía más entre los pliegues de la capa.

—Ah, ¿no consideras herir a una persona romperle el brazo y marcarlo con un cuchillo?

—No. —Cruzó rápidamente los pocos metros que nos separaban y me cogió del codo obligándome a mirarlo—. Escúchame. El muy tonto se ha roto él solo el brazo, intentando soltarse de una llave inquebrantable. Es tan valiente como cualquiera de mis hombres, pero no tiene experiencia en la lucha cuerpo a cuerpo.

—¿Y el cuchillo?

Jamie bufó.

—¡Bah! Le ha quedado una pequeña quemadura debajo de la oreja, pero mañana por la noche ya no se acordará. Espero que le haya dolido un poco, pero mi intención era asustarlo, no lastimarlo.

—Claro.

Me deshice de él y regresé al bosque oscuro, buscando la tienda. Su voz me siguió.

—Podría haberlo lastimado de verdad, Sassenach. Pero hubiera sido sucio y, probablemente, permanente. Preferiría no tener que usar esos métodos. Pero, Sassenach —su voz me llegó desde las sombras con un tono de advertencia—, a veces voy a tener que hacerlo. Tenía que saber dónde estaban sus compañeros, la cantidad de armas que llevaban y cuántos eran. No he podido asustarlo para que lo confesara, así que tenía que engañarlo o lastimarlo.

—Ha dicho que no podías hacer nada que lo hiciera hablar.

La voz de Jamie sonó cansada.

—Por Dios, Sassenach, claro que habría podido. Cualquiera termina confesando si se le tortura lo suficiente. Lo sé mejor que nadie.

—Sí —dije en voz baja—. Supongo que sí.

Ninguno de los dos se movió ni habló. Podía oír los murmullos de los hombres que se iban a acostar, con el ocasional ruido sordo de las botas sobre la tierra dura y el crujido de las hojas amontonadas como barrera contra el frío otoñal. Mis ojos se acostumbraron lo suficiente a la oscuridad para poder ver la silueta de nuestra tienda, a unos diez metros, bajo un enorme alerce.

También pude ver la silueta negra de Jamie en la oscuridad más clara de la noche.

—De acuerdo —dije por fin—. De acuerdo. Dada la alternativa entre lo que has hecho y lo que podrías haber hecho... sí, está bien.

—Gracias. —No pude ver si sonreía o no, pero eso parecía.

—Te has arriesgado mucho con todo lo demás —dije—. Si yo no te hubiera servido de excusa para no matarlo, ¿qué habrías hecho?

La enorme silueta se movió y se encogió de hombros; oí una tenue risita en las sombras.

—No lo sé, Sassenach. Me preguntaba si se te ocurriría algo. De lo contrario... bueno, supongo que tendría que haber matado al muchacho. No podía desilusionarlo y dejarlo marchar, ¿no?

—Maldito bastardo escocés —dije sin ira.

Soltó un suspiro exageradamente profundo.

—Sassenach, he sido apuñalado, mordido, abofeteado y azotado desde la cena, que ni siquiera he podido terminar. No me gusta asustar a niños ni azotar a hombres, y he tenido que hacer las dos cosas. Tengo doscientos ingleses acampados a una legua, y no tengo ni idea de lo que voy a hacer al respecto. Estoy cansado, hambriento y herido. Si tienes un poco de compasión, me gustaría poder gozar de ella.

Sonó tan apenado que me reí a pesar de mí misma. Me levanté y caminé hacia él.

—Supongo que sí. Ven aquí y veré si encuentro un poco para ti. —Se había vuelto a poner la camisa sobre los hombros, sin preocuparse por abrochársela. Metí mis manos debajo y toqué la piel caliente y sensible de la espalda—. No te ha cortado la piel —dije tocándolo un poco más arriba.

—Una correa no corta; sólo pica.

Le quité la camisa y lo senté para pasarle una esponja por la espalda con agua fría del río.

—¿Mejor? —pregunté.

—Hum.

Los músculos de los hombros se relajaron, pero saltó un poco cuando le toqué un sitio especialmente sensible.

Volví la atención al rasguño que tenía debajo de la oreja.

—No lo habrías matado, ¿verdad?

—¿Por quién me tomas, Sassenach? —dijo con fingida indignación.

—Por un cobarde escocés. O mejor, un proscrito sin conciencia. ¿Quién sabe lo que es capaz de hacer una persona así? Y mucho menos un degenerado sin principios.

Se echó a reír conmigo; su hombro se sacudió bajo mi mano.

—Vuelve la cabeza. Si deseas compasión, deberás quedarte quieto mientras te la doy.

—Bien. —Hubo un momento de silencio—. No —dijo por fin—, no lo habría matado. Pero de alguna manera tenía que salvar su honor después de haberlo ridiculizado. Es un muchacho valiente; merecía sentir que valía la pena que lo mataran.

Meneé la cabeza.

—Nunca entenderé a los hombres —murmuré mientras le aplicaba aceite de caléndula en el rasguño.

Me cogió ambas manos y las juntó debajo de su barbilla.

—No es necesario que me entiendas, Sassenach —dijo en voz baja—. Mientras me ames. —Inclinó la cabeza hacia delante y besó con suavidad mis manos entrelazadas—. Y me alimentes —añadió, soltándolas.

—¡Ah, consuelo femenino, amor y comida! —dije echándome a reír—. No pides poco, ¿no?

Había panecillos fríos en las alforjas, queso y un poco de tocino frío. La tensión de las últimas dos horas había sido más agotadora de lo que creía, y me uní al banquete.

Los sonidos de los hombres que nos rodeaban se habían apagado, y no había ningún ruido ni destello de una hoguera que indicara que no estábamos a miles de kilómetros de cualquier alma humana. Sólo el viento agitaba las hojas, haciendo que alguna ramita ocasional cayera de los árboles.

Jamie se apoyó en un árbol. Tenía la cara en la penumbra, pero, a la luz de las estrellas, pude ver su expresión pícara.

—Le he dado mi palabra a tu salvador de que no te molestaría con mis insinuaciones. Supongo que eso significa que, a menos que me invites a compartir tu lecho, tendré que ir a dormir con Murtagh o Kincaid. Y Murtagh ronca.

—Tú también —dije.

Lo miré un momento, después me encogí de hombros, dejando que el vestido roto se deslizara.

—Bueno, has fingido un intento de violación. —Dejé caer el otro hombro y la tela rota cayó hasta la cintura—. Será mejor que vengas a terminar el trabajo que has empezado.

La calidez de sus brazos fue como la seda tibia deslizándose por mi piel fría.

—Sí, bien —susurró—. La guerra es la guerra, ¿no?

• • •

—Soy muy mala para las fechas —dije mirando al cielo lleno de estrellas un poco más tarde—. ¿Miguel de Cervantes ha nacido ya?

Jamie yacía, por necesidad, sobre su vientre junto a mí, con la cabeza y los hombros fuera de la tienda. Abrió un ojo lentamente y miró hacia el este. Al no encontrar indicios del amanecer, volvió a mirar mi rostro con actitud de resignación.

—¿De repente sientes necesidad de hablar de novelas españolas? —dijo con voz algo ronca.

—No especialmente —respondí—. Sólo me preguntaba si te resultaba familiar la palabra *quijotesco*.

Se apoyó sobre los codos, se rascó la cabeza con ambas manos para despertarse por completo y se volvió hacia mí, parpadeando pero alerta.

—Cervantes nació hace casi doscientos años, Sassenach, y yo, que he podido gozar de una buena educación, sí, estoy familiarizado con el caballero. Tu último comentario no será nada personal, ¿no?

—¿Te duele la espalda?

Encogió los hombros a modo de experimento.

—No mucho. Están un poquito amoratados, creo.

—Jamie, ¿por qué, por el amor de Dios? —exploté.

Jamie apoyó la barbilla en los brazos. El giro de la cabeza enfatizaba sus ojos rasgados. El único ojo que veía se entornó al sonreír.

—Bueno, Murtagh disfrutó. Me debe una paliza desde que yo tenía nueve años y le metí pedacitos de panal en las botas que él se había quitado para airearse los pies. En aquel momento no me pudo atrapar, pero aprendí una serie de palabras nuevas muy interesantes mientras me perseguía descalzo. Él...

Lo interrumpí dándole un pellizco, lo más fuerte que pude, en el hombro. Sorprendido, dejó caer el brazo con un agudo «¡Ay!» y giró de costado, dándome la espalda.

Apoyé las rodillas detrás de él y lo abracé por la cintura. Su espalda me tapaba las estrellas. Lo besé entre los omóplatos, después me eché atrás y le soplé suavemente, por el placer de sentir su piel estremeciéndose bajo mis dedos y el vello erizándose a lo largo de la espina dorsal.

—¿Por qué? —repetí. Apoyé la cara contra su espalda cálida y húmeda. Las cicatrices eran invisibles en la oscuridad, pero podía sentir las líneas duras bajo mi mejilla.

Permaneció en silencio un momento. Las costillas ascendían y descendían bajo mi brazo al ritmo de su respiración.

—Bueno —dijo, y se calló otra vez, pensativo—. No lo sé exactamente, Sassenach —respondió por fin—. Pensaba que tal vez te lo debía. O tal vez a mí mismo.

Posé suavemente una palma sobre un omóplato amplio y liso, cuyos bordes sobresalían claramente bajo la piel.

—A mí no.

—¿No? ¿Es de caballeros desvestir a tu mujer en presencia de treinta hombres? —Su tono se volvió amargo, y mis manos se quedaron quietas sobre él—. ¿Es de hombre galante utilizar la violencia contra un enemigo cautivo, para colmo un niño? ¿Considerar siquiera cosas peores?

—¿Habría sido mejor protegerme a mí, o a él, y perder la mitad de tus hombres en dos días? Tenías que saberlo. No podías... no puedes permitirte el lujo de pensar con caballerosidad.

—No —respondió en voz baja—, no puedo. Debo cabalgar junto a un hombre, el hijo de mi rey, a quien el deber y el honor me llaman a seguir (y buscar medios para entorpecer su causa, aquella que he jurado defender). Debo renunciar a las vidas de quienes amo... y traicionar el honor para que aquellos a quienes amo puedan sobrevivir.

—El honor ha matado a muchísimos hombres —dije al surco oscuro de su espalda lastimada—. El honor sin sentido es... una tontería. Una tontería caballeresca, pero tontería al fin y al cabo.

—Sí, así es. Y eso va a cambiar... ya me lo dijiste. Pero si voy a ser de los primeros en sacrificar el honor por las ventajas que vendrán... ¿no sentiré vergüenza al hacerlo? —De repente, se volvió hacia mí, con la mirada afligida bajo las estrellas—. No me echaré atrás... ya no puedo. Pero a veces, Sassenach, añoro esa parte de mí que dejé en el pasado.

—Es culpa mía —dije suavemente. Le toque la cara, las cejas gruesas, su boca amplia y la barba incipiente sobre su mandíbula limpia y larga—. Es mía. Si no hubiera venido... y te hubiera dicho lo que va a suceder...

Sentí una gran pena por lo que estaba obligado a hacer y compartí con él la sensación de pérdida de aquel muchacho inocente y galante que había sido una vez. Y, sin embargo... ¿qué alternativa habíamos tenido, siendo quienes éramos? Yo había tenido que contárselo y él había tenido que tomar cartas en el asunto. Recordé un versículo del Antiguo Testamento: «Cuando guardé silencio, mis huesos envejecieron a causa de mi trabajo de todo el día.»

Como si hubiera adivinado mi pensamiento bíblico, sonrió levemente.

—Sí, bien —dijo—. No recuerdo que Adán pidiera a Dios que se llevara a Eva... y mira lo que ella le hizo. —Se inclinó hacia delante y me besó la frente cuando me eché a reír; después me cubrió los hombros desnudos con la sábana—. Ve a dormir, mi pequeña costilla. Por la mañana necesitaré una compañera.

Me desperté con un extraño ruido metálico. Saqué la cabeza, miré en dirección al ruido y mi nariz se topó con la rodilla de Jamie.

—¿Ya estás despierta? —Algo plateado y tintineante descendió repentinamente frente a mi cara y un gran peso me rodeó el cuello.

—¿Qué diablos es esto? —pregunté, sentándome sorprendida y mirándome el cuello. Parecía un collar compuesto de un gran número de objetos de metal de tres pulgadas, cada uno con un vástago dividido y un agujero en la parte superior, engarzados en un cordón de cuero. Algunos de los objetos estaban oxidados en las puntas, otros eran nuevos. Todos tenían marcas, como si hubieran sido arrancados por la fuerza de algún objeto mayor.

—Trofeos de guerra, Sassenach —respondió Jamie.

Alcé la mirada y di un grito al verlo.

—Ah —dijo, pasándose una mano por la cara—. Lo había olvidado. No tuve tiempo de lavarme.

—Casi me matas del susto —dije, apretándome el corazón palpitante—. ¿Qué es?

—Carbón —respondió con la voz amortiguada por el paño con que se estaba frotando la cara. Lo dejó a un lado y me sonrió. Se había quitado parte de la suciedad de la nariz, la barbilla y la frente, que brillaban, bronceadas, bajo las manchas que le quedaban, pero todavía tenía anillos negros alrededor de los ojos como los mapaches; y a ambos lados de la boca tenía lo que parecían paréntesis de carbón. Apenas había amanecido, y bajo la tenue luz de la tienda, su tez oscura y su cabello tendían a perderse en el fondo oscuro de la pared de lona que estaba detrás de él, dando la perturbadora sensación de que le estaba hablando a un cuerpo sin cabeza.

—Fue idea tuya —dijo.

—¿Idea mía? Pareces el hombre sin cabeza del circo —dije—. ¿Qué diablos has estado haciendo?

Sus dientes brillaron entre las arrugas de su cara.

—Un ataque de comando —respondió, con inmensa satisfacción—. ¿Comando? ¿Es así como se dice?

—¡Dios mío! ¿Has estado en el campamento inglés? ¡Cristo Santo! No habrás ido solo, ¿verdad?

—No podía negar a mis hombres un poco de diversión, ¿no crees? Dejé a tres para que te cuidaran, y el resto hemos tenido una noche muy provechosa. —Señaló con orgullo mi collar.

—Son las clavijas de los cañones. No podíamos traerlos ni romperlos sin hacer ruido, pero no irán muy lejos sin las ruedas. Y los dieciséis morteros no le van a ser muy útiles al general Cope, perdidos en el brezal.

Examiné el collar.

—Está bien, pero ¿no pueden fabricar clavijas nuevas? Parece que pueden hacerse con alambre.

Jamie asintió, con el mismo aire vanidoso.

—Sí, podrían. Pero no les servirá de mucho si no tienen ruedas nuevas donde ponerlas.

Levantó un extremo de la tienda y señaló el pie de la colina; allí estaba Murtagh, negro como un diablo, supervisando las actividades de varios diablillos decorados de manera similar, que alimentaban un enorme fuego con treinta y dos enormes ruedas de madera. Los bordes de hierro de las ruedas yacían en una pila, a un lado; Fergus, Kincaid y uno de los hombre jóvenes habían improvisado un juego con una de ellas, haciéndola rodar de un lado a otro con palos. Ross estaba sentado sobre un tronco cercano, bebiendo de un cuerno y haciendo girar otra perezosamente con su fornido antebrazo.

Me eché a reír ante la escena.

—¡Jamie, qué inteligente!

—Yo seré inteligente —replicó— pero tú estás medio desnuda y tenemos que irnos ya. ¿No tienes algo con que taparte? Dejamos a los centinelas atados en un corral abandonado, pero el resto ya debe de haberse levantado, y ya estarán detrás de nosotros. Será mejor que nos vayamos.

Como para dar énfasis a sus palabras, la tienda cayó encima de mí cuando alguien quitó las estacas. Solté un grito y busqué en las alforjas mientras Jamie iba a supervisar los detalles de la partida.

• • •

Ya era media tarde cuando llegamos a la aldea de Tranent, que se encontraba en la ladera de una colina sobre la costa. La vida de la población, tranquila por lo general, se había visto alterada por el ejército escocés. El grueso de las tropas era visible en las colinas que dominaban la pequeña planicie que se extendía hacia el mar. Sin embargo, con las desorganizadas idas y venidas habituales, había tantos hombres dentro de Tranent como fuera de ella: destacamentos que se desplazaban en formación más o menos militar, mensajeros que galopaban de aquí para allá, unos montados en ponis y otros en yeguas, mujeres, niños y seguidores del ejército desbordando las cabañas o sentados junto a ellas, inclinándose sobre las paredes de piedra mientras amamantaban a sus bebés bajo el sol intermitente o pedían información sobre las novedades más recientes a los mensajeros que pasaban.

Hicimos un alto junto a aquel núcleo de actividad y Jamie envió a Murtagh a averiguar el paradero de lord George Murray, el comandante en jefe del ejército, mientras él procedía a una rápida higiene en una de las casas del pueblo.

Mi propio aspecto era bastante desaseado; aunque no me había pintado deliberadamente con carbón, sin duda tenía en la cara marcas de suciedad por haber dormido al aire libre. La señora de la casa me facilitó una toalla y un peine. Me había sentado en su mesa a luchar contra mis rizos cuando se abrió la puerta y entró lord George en persona sin ninguna ceremonia.

Su vestimenta, por lo general impecable, dejaba mucho que desear: varios botones del chaleco estaban desabrochados; el alzacuello, suelto, y una jarretera, desatada. Llevaba la peluca metida descuidadamente en el bolsillo y tenía el pelo de punta, como si hubiera estado tirando de él por la frustración.

—¡Gracias a Dios! —dijo—. ¡Un rostro cuerdo, por fin!

Se inclinó, mirando de soslayo a Jamie. Se había quitado la mayor parte del carbón del pelo, pero por el rostro le corrían regueros grises que le mojaban la camisa. Las orejas, olvidadas en la prisa de las abluciones, todavía estaban negras.

—¿Qué...? —empezó a preguntar lord George, pero se interrumpió, sacudió la cabeza rápidamente una o dos veces como para descartar algo que se le había ocurrido y reanudó la conversación como si no hubiera notado nada fuera de lo normal.

—¿Cómo va todo, señor? —saludó Jamie respetuosamente, fingiendo no haber advertido la peluca que colgaba del bolsillo de lord George y que se agitaba cuando éste gesticulaba, como la cola de un perro pequeño.

—¿Que cómo va todo? —repitió—. ¡Bueno, te diré, Fraser! ¡Va hacia el este, después hacia el oeste, y después la mitad vuelve colina abajo a almorzar, mientras la otra mitad avanza quién sabe dónde! ¡Así es como va! Me refiero al leal ejército escocés de Su Alteza —dijo, momentáneamente aliviado por su estallido. Un poco más tranquilo, empezó a contarnos los hechos ocurridos desde la llegada del ejército a Tranent el día anterior.

Tras llegar con el ejército, lord George había dejado el grueso de sus hombres en el pueblo y se había dirigido con un pequeño grupo a tomar posesión del risco que había encima de la planicie. Al príncipe Carlos, que había llegado poco después, no le había gustado tal acción y así lo había proclamado a los cuatro vientos. Entonces había cogido a la mitad del ejército y había marchado hacia el oeste, llevando consigo al dócil duque de Perth (el otro comandante en jefe) con el objeto de evaluar las posibilidades de ataque a través de Preston.

Con el ejército dividido y su excelencia ocupado en consultar con los hombres del pueblo, quienes sabían muchísimo más del terreno circundante que Su Alteza o su excelencia, O'Sullivan, uno de los confidentes irlandeses del príncipe, había decidido por su cuenta ordenar que un contingente del clan Cameron de Lochiel ocupara el cementerio de Tranent.

—Cope, por supuesto, trajo un par de morteros y los bombardeó —dijo lord George con tristeza—. Y esta tarde he mantenido una conversación desagradable con Lochiel. Como es comprensible, estaba enfadado porque sus hombres habían sido expuestos y heridos sin ningún objetivo evidente. Ha solicitado que los retiraran, petición a la que he accedido, naturalmente. Entonces viene ese engendro de sapo, O'Sullivan... ¡qué peste! Sólo por haber desembarcado en Eriskay con Su Alteza se cree que... bueno, no importa, entonces viene O' Sullivan gritando que la presencia de los Cameron en el cementerio resulta esencial (¡esencial!) si queremos atacar por el oeste. Le he respondido en términos inequívocos que, si debíamos atacar, debía ser por el este. Perspectiva muy dudosa en este momento, pues no sabemos dónde se encuentra la mitad de nuestros hombres... ni Su Alteza —añadió, en un tono que dejó bien claro que consideraba el paradero del príncipe Carlos sólo una cuestión de interés académico.

»¡Y los jefes! Los Cameron de Lochiel, cuando se echó a suerte, recibieron el honor de luchar en la derecha de la batalla pero los MacDonald, después de haber accedido al acuerdo, ahora niegan terminantemente haberlo hecho, e insisten en que no van a presentar batalla si se les niega su privilegio tradicional de luchar por la derecha.

Lord George había empezado la narración con bastante calma, pero había ido sulfurándose a medida que avanzaba, y en este punto se puso de pie de un salto, frotándose el cuero cabelludo enérgicamente con ambas manos.

—Los Cameron han estado ejercitándose todo el día. Hasta ahora han estado marchando de aquí para allá, tanto que ya no distinguen el pito del trasero... disculpe señora —añadió dirigiéndome una mirada distraída—, y los hombres de Clanranald han estado peleándose a puñetazo limpio con los de Glengarry. —Hizo una pausa—. Si Glengarry no fuera quien es, yo... ah, bien. —Descartó a Glengarry con un ademán y reanudó su narración.

»Lo único positivo de todo esto es que los ingleses también se han visto obligados a dar vueltas, en respuesta a nuestros movimientos. Han movilizado a todo el ejército de Cope no menos de cuatro veces, y su flanco derecho se encuentra al lado del mar: sin duda se pregunta qué diablos vamos a hacer a continuación. —Se inclinó y espió por la ventana, como si esperara ver aparecer en cualquier momento al general Cope por la calle principal para preguntárselo.

—Pero... ¿dónde se encuentra exactamente la mitad del ejército en este momento, señor?

Jamie se levantó para seguir a su excelencia en sus peregrinaciones por la cabaña, pero mi mano apretada contra su cuello lo detuvo. Con una toalla y una palangana de agua tibia, me había dedicado a quitarle el carbón de las orejas a mi marido durante la exégesis de su señoría. Ahora destacaban, brillando con formalidad.

—Sobre el risco, justo al sur del pueblo.

—Entonces, ¿todavía dominamos el terreno alto?

—Sí, suena bien, ¿no? —Su excelencia sonrió débilmente—. Pero eso nos beneficia poco, teniendo en cuenta que el terreno que hay debajo del risco está lleno de charcos y pantanos. ¡Dios nos libre! ¡Hay un foso lleno de agua de dos metros de profundidad que recorre treinta metros a lo largo de la base del risco! En este momento hay apenas quinientos metros entre los dos ejércitos, pero podrían ser quinientos kilómetros por lo poco que podemos hacer.

Lord George hundió una mano en el bolsillo en busca de un pañuelo, lo sacó y se quedó mirando la peluca con la cual estaba a punto de secarse la cara. Con delicadeza le ofrecí el pañuelo sucio de carbón. Cerró los ojos, respiró hondo, volvió a abrirlos y me hizo una reverencia con su habitual modo cortés.

—Se lo agradezco, señora. —Se enjugó el rostro minuciosamente con el trapo mugriento, me lo devolvió con cortesía y se echó la peluca despeinada en la cabeza—. Que me ahorquen —dijo con voz clara— si permito que ese tonto pierda esta oportunidad. —Se volvió a Jamie con decisión.

—¿Cuántos hombres tienes, Fraser?

—Treinta, señor.

—¿Caballos?

—Seis, señor. Y cuatro ponis para carga.

—¿Para carga? Ah, ¿llevas provisiones para tus hombres?

—Sí, señor. Y sesenta sacos de comida que hurtamos a un destacamento inglés anoche. Ah, y un mortero de dieciséis pulgadas, señor.

Jamie dio esta última información con un aire de tan perfecta indiferencia que me dieron ganas de hacerle tragar el pañuelo. Lord George se quedó mirándolo un momento; en su boca se dibujó una sonrisa torcida.

—¿Ah, sí? Bien, ven conmigo, Fraser. Cuéntamelo por el camino. —Se dirigió a la puerta, y Jamie, mirándome con los ojos muy abiertos, cogió su sombrero y lo siguió.

En la puerta de la cabaña, lord George se detuvo abruptamente y se dio la vuelta. Miró la silueta de Jamie, con el cuello de la camisa desabrochado y la chaqueta echada apresuradamente sobre un brazo.

—Puede que tengamos prisa, Fraser, pero tenemos tiempo suficiente para cumplir con las reglas de urbanidad. Despídete de tu esposa. Te espero fuera.

Girando sobre sus talones, me hizo una profunda reverencia y la peluca cayó hacia delante.

—A sus pies, señora.

Sabía lo suficiente sobre ejércitos para darme cuenta de que no era probable que sucediera nada durante algún tiempo. Y de hecho, así fue. Grupos aislados de hombres iban de aquí para allá por la calle principal de Tranent. Las esposas, los trabajadores civiles del campamento y los ciudadanos caminaban sin rumbo, sin saber si quedarse o irse. Los mensajeros corrían entre la multitud llevando notas.

Había conocido a lord George en París. No era un hombre que se detuviera en ceremonias cuando se requería acción, aunque, en mi opinión, los responsables de su visita a Jamie eran más su exasperación ante la conducta del príncipe Carlos y su deseo de escapar de la compañía de O'Sullivan que cualquier diligencia o deseo de confidencialidad. Como el total del ejército escocés ascendía a mil quinientos o dos mil soldados, treinta hombres no iban a ser considerados un regalo caído del cielo, pero tampoco serían despreciados.

Observé a Fergus, que se movía inquieto de un lado a otro como una rana saltarina con el baile de san Vito, y decidí enviar algunos mensajes por mi cuenta. Recordé el refrán que decía: «En el país de los ciegos, el tuerto es rey» y, basándome en mi experiencia, inventé una analogía: «Cuando nadie sabe qué hacer, la gente escucha a quien tiene una sugerencia sensata.»

Había papel y tinta en las alforjas. Me senté, observada por la matrona con un temor casi reverencial, pues probablemente jamás había visto escribir a una mujer, y escribí una nota para Jenny Cameron. Jenny había conducido a trescientos hombres del clan Cameron a través de las montañas para unirse al príncipe Carlos cuando éste alzó su estandarte en Glenfinnan, en la costa. Su hermano Hugh había partido a toda prisa hacia Glenfinnan poco después de la salida de sus hombres para hacerse cargo del mando. Pero Jenny había rehusado volver a casa y perderse la diversión. Había disfrutado de la breve parada en Edimburgo, donde Carlos recibió las aclamaciones de sus leales súbditos, pero también había estado dispuesta a acompañar a su príncipe a la batalla.

No tenía sello propio, pero el sombrero de Jamie estaba en una de las alforjas, y tenía un distintivo con la cimera y el lema del clan Fraser. Lo arranqué y lo hundí en la cera caliente con la que había sellado la nota, lo que le dio un aspecto oficial.

—Para la dama escocesa con pecas —instruí a Fergus y, satisfecha, lo vi salir como una flecha por la puerta y desaparecer entre la multitud de la calle. No tenía idea de dónde podía estar Jenny Cameron en aquel momento, pero los oficiales estaban reunidos en una rectoría cercana a la iglesia; era un buen sitio para comenzar. Por lo menos la búsqueda mantendría a Fergus ocupado y no se metería en problemas.

Terminada mi tarea, hablé con la dueña de la cabaña.

—¿Tienes sábanas, pañuelos y enaguas para darme?

• • •

Pronto supe que no me había equivocado en cuanto a la fuerza de la personalidad de Jenny Cameron. Una mujer capaz de conducir a trescientos hombres por las montañas para pelear por un mequetrefe de acento italiano y amante del coñac no podía ser aburrida, y debía tener un excepcional talento para conseguir que la gente hiciera lo que quería.

—Muy sensato —dijo después de escuchar mi plan—. El primo Archie ya hizo algunos arreglos, espero, pero ya debe de estar con el ejército —prosiguió alzando la barbilla—. Al fin y al cabo, allí está la diversión —añadió con tristeza.

—Me sorprende que no hayas insistido en acompañarlos —sugerí.

Se echó a reír. Su rostro pequeño y agradable y su marcada mandíbula la hacían parecer un perro de presa contento.

—Lo haría si fuera posible, pero no puedo —admitió con franqueza—. Ahora que Hugh ha llegado, quiere que me vaya a casa. Le dije —miró a su alrededor para asegurarse de que nadie nos oía, y bajó la voz con tono conspirador— que ni loca volvía a casa a sentarme a esperar. No mientras pueda ser útil aquí.

Se detuvo en el umbral de la cabaña y miró pensativamente a un lado y otro de la calle.

—Pensé que no me prestarían atención —dije—. Como soy inglesa...

—Sí, tienes razón, pero a mí sí que me escucharán. No sé cuántos heridos habrá, Dios quiera que no muchos —se persignó—. Pero será mejor que empecemos con las casas cercanas a la rectoría; será menos problemático acarrear el agua del pozo. —Salió con decisión por la puerta y se dirigió a la calle; yo la seguí.

Lo que nos ayudó no fue sólo el poder de persuasión de miss Cameron, sino también el hecho de que sentarse a esperar es una de las ocupaciones más tristes que conoce el hombre, aunque por lo general los hombres no la ejercitan, y las mujeres lo hacen con mucha mayor frecuencia. Cuando el sol se ocultó tras la iglesia de Tranent, ya teníamos medio organizado un hospital.

Las hojas empezaban a caer en el bosque cercano y yacían sueltas, lisas y amarillas sobre el suelo arenoso. Algunas se habían tostado y enroscado hasta adquirir un color marrón y echaban a volar en el viento como un pequeño bote en un mar agitado. Una de estas hojas cayó en espiral frente a mí y se posó con suavidad cuando la corriente se desvaneció. La atrapé y la sostuve un momento, admirando la perfección de su nervadura principal y las secundarias; un esqueleto de encaje que sobreviviría a la descomposición de la hoja. Un repentino golpe de viento hizo caer al suelo la hoja, que se fue rodando por la calle vacía.

Protegiéndome los ojos del sol del atardecer, vi el risco donde estaba acampado el ejército escocés. La mitad del ejército de Su Alteza había regresado una hora antes, recogiendo a los rezagados en su marcha para unirse a lord George. A esa distancia, sólo podía distinguir alguna que otra silueta pequeña, negra contra el cielo gris, cuando un hombre surgía por la cima del risco. A unos cuarenta metros de donde finalizaba la calle, vi las primeras luces de las fogatas inglesas, pálidas bajo la tenue luz. El pesado aroma a turba quemada proveniente de las cabañas se mezclaba con el olor más fuerte de las fogatas inglesas, por encima de la fragancia del mar.

Todos los preparativos posibles ya estaban en marcha. A las familias de los soldados escoceses las habían recibido con generosa hospitalidad; nos alojábamos en las cabañas de la calle principal, compartiendo la sencilla cena de arenque salado de nuestros anfitriones. Mi cena me esperaba en el interior de la cabaña, aunque tenía poco apetito.

Una pequeña silueta apareció a mi lado, silenciosa como las sombras cada vez más grandes.

—¿Quiere venir a comer, madame? La dueña de la casa le ha guardado comida.

—¿Cómo? Ah, sí, Fergus. Sí, ya voy. —Eché un último vistazo al risco y regresé a la cabaña—. ¿Vienes, Fergus? —pregunté al ver que se quedaba parado en la calle.

Se protegía los ojos con las manos mientras trataba de ver las actividades que tenían lugar sobre el risco, en las afueras del pueblo. Jamie le había ordenado que se quedara conmigo, pero era evidente que añoraba estar con los soldados, preparándose para la batalla del día siguiente.

—¿Qué? Ah, sí, madame. —Se volvió con un suspiro, resignado, por el momento, a una vida de aburrida paz.

Los largos días del verano dejaron paso rápidamente a la oscuridad, y las lámparas se encendieron mucho antes de que termináramos los preparativos. La noche se percibía inquieta por el movimiento constante y el resplandor de las fogatas en el horizonte.

Fergus, incapaz de estarse quieto, iba de cabaña en cabaña llevando mensajes, recogiendo rumores y emergiendo de entre las sombras de vez en cuando como un pequeño espectro, con los ojos brillantes de entusiasmo.

—Madame —me dijo tirándome de la manga. Yo estaba rasgando unas telas de hilo para esterilizarlas—. ¡Madame!

—¿Qué pasa esta vez, Fergus? —Me sentía un tanto irritada por la intrusión; acababa de dar una charla a un grupo de amas de casa sobre la importancia de lavarse las manos con frecuencia cuando se atendía a los heridos.

—Un hombre, madame. Quiere hablar con el comandante del ejército de Su Majestad. Dice que tiene información importante.

—Muy bien, pues no seré yo quien lo detenga, ¿no? —Tiré de una rebelde costura de camisa y tuve que usar los dientes para descoserla. Se rasgó limpiamente, con un agradable sonido.

Escupí uno o dos hilos. Fergus todavía estaba allí, esperando.

—De acuerdo —dije resignada—. Y tú, o él, ¿qué creéis que puedo hacer yo?

—Si me da permiso —dijo— yo podría llevarlo hasta donde está mi amo. Él puede arreglar el encuentro.

«Él», según Fergus, podía hacer cualquier cosa, desde caminar sobre el mar y convertir el agua en vino hasta inducir a lord George a hablar con extraños misteriosos que surgían de la oscuridad con información importante.

Me aparté el pelo de los ojos; me lo había recogido con una redecilla, pero los mechones se me escapaban de todas formas.

—¿Está cerca ese hombre?

No fue necesario decir nada más; Fergus desapareció por la puerta abierta y regresó enseguida con un joven delgado, cuya mirada se fijó de inmediato en mi cara.

—¿Señora Fraser? —Hizo una reverencia cuando asentí, secándose las manos en las calzas, como si no supiera qué hacer con ellas pero quisiera estar listo por si acaso—. Soy Richard Anderson, de Whitburgh.

—Ah, encantada —dije cortésmente—. Mi sirviente dice que tienes información valiosa para lord George Murray.

Asintió con la cabeza.

—Verá, señora Fraser, he vivido aquí toda mi vida. Conozco el terreno donde están los ejércitos como la palma de mi mano. Y hay un camino por la loma donde están acampadas las tropas escocesas que lleva hasta abajo y cruza el foso.

—Ya veo.

Sentí un nudo en el estómago. Si los escoceses iban a atacar a la salida del sol, tendrían que dejar las alturas durante la noche. Y para que el ataque tuviera éxito, debían cruzar el foso o rodearlo.

A pesar de que creía saber lo que iba a suceder, no tenía ninguna certeza al respecto. Había estado casada con un historiador y sabía lo poco fiables que solían ser las fuentes históricas. Tampoco tenía ninguna certeza de que mi presencia pudiera o fuera a cambiar nada.

Por un momento se me ocurrió pensar qué pasaría si trataba de impedir que Richard Anderson hablara con lord George. ¿Cambiaría el resultado de la batalla? ¿El ejército escocés (incluyendo a Jamie y a sus hombres) moriría al correr pendiente abajo sobre terreno pantanoso y meterse en un foso? ¿A lord George se le ocurriría otro plan efectivo? ¿O Richard Anderson se las arreglaría por su cuenta para encontrar un modo de hablar con lord George, sin importar lo que yo hiciera?

No iba a correr semejante riesgo. Miré a Fergus, que se movía, impaciente por irse.

—¿Crees que encontrarás a tu amo? Ese risco está tan oscuro como la boca del lobo. No me gustaría que a ninguno de los dos os dispararan por error.

—Puedo encontrarlo, madame —me aseguró Fergus con aplomo. Era probable que pudiera, pensé. En lo que se refería a Jamie, parecía tener una especie de radar.

—De acuerdo —dije—. Pero, por el amor de Dios, tened cuidado.

—*Oui, madame!*

En un segundo estaba en la puerta, vibrando por las ganas de marcharse.

Una media hora después me di cuenta de que el cuchillo que había dejado sobre la mesa había desaparecido. Y sólo entonces recordé, con un nudo en el estómago, que a pesar de haberle dicho a Fergus que tuviera cuidado, había olvidado ordenarle que regresara.

El estruendo del primer cañonazo llegó con la primera luz del alba: un ruido sordo que resonó a través de las tablas sobre las que estaba durmiendo. Di un respingo y me aferré a los dedos de la mujer que yacía bajo la manta junto a mí. Saber lo que va a suceder debería ser un consuelo, pero nunca lo es.

Se oyó un leve gemido en un rincón de la casa, y la mujer que estaba a mi lado susurró: «Dios y María santísima nos ayuden.» Se armó un poco de bullicio cuando las mujeres empezaron a levantarse. Se hablaba poco, como si todos los oídos estuvieran atentos a los sonidos de la batalla que se libraba en la planicie.

Vi que la esposa de uno de los escoceses, una tal señora MacPherson, colocaba una sábana cerca de la ventana. Palideció de miedo y cerró los ojos con un escalofrío al oír otro estruendo.

Revisé mi opinión con respecto a lo inútil que resulta saber. Aquellas mujeres no sabían nada de senderos secretos, cartas al amanecer ni ataques sorpresa. Lo único que sabían era que sus esposos e hijos se estaban enfrentando a los cañones y al fuego de un ejército inglés que los superaba cuatro veces en número.

Predecir lo que ocurriría resultaría, en el mejor de los casos, arriesgado. Supe que no me prestarían atención y que lo mejor que podía hacer por ellas era mantenerlas ocupadas. Por mi mente pasó una imagen fugaz de su cabellera roja brillando bajo el sol del amanecer, convirtiéndolo en el blanco perfecto. Una segunda imagen se presentó casi inmediatamente: un niño con dentadura de ardilla, armado con un cuchillo de carnicero robado y la entusiasta convicción de lograr las glorias de la guerra. Cerré los ojos y tragué con fuerza. Lo mejor que podía hacer era mantenerme ocupada.

—¡Señoras! —dije—. Hemos hecho mucho, pero todavía queda mucho más por hacer. Vamos a necesitar agua hirviendo. Calderos para hervir, sartenes para empapar. Potaje para quienes puedan comer; leche para quienes no puedan. Sebo y ajo para condimentar. Listones de madera para entablillar. Botellas y jarras, tazas y cucharas. Agujas para coser e hilo fuerte. Señora MacPherson, si es tan amable...

Poco sabía yo de la batalla, excepto el bando que ganaría y que las bajas jacobitas serían pocas. De la lejana y borrosa página del libro de texto, volví a recordar aquella pequeña información: «... mientras que los jacobitas triunfaron, con sólo treinta víctimas».

Víctimas. Muertos, corregí. Cualquier herido es una víctima desde el punto de vista médico, y había bastante más de treinta en mi cabaña mientras el sol se elevaba, ardiente, hacia el mediodía. Lentamente, los ganadores de la batalla se iban abriendo paso, triunfales, hacia Tranent, ayudando a sus compañeros heridos.

Curiosamente, Su Alteza había ordenado que los heridos ingleses fueran retirados primero del campo de batalla y atendidos. «Son súbditos de mi Padre —había dicho con firmeza, poniendo énfasis en la "P" mayúscula— y quiero que se los atienda bien.» El hecho de que los escoceses que acababan de ganar la batalla para él también eran súbditos de su Padre parecía habérsele escapado por el momento.

—Dada la conducta del Padre y del Hijo —murmuré a Jenny Cameron cuando me enteré— será mejor para el ejército escocés que al Espíritu Santo no se le ocurra descender hoy.

La señora MacPherson me miró, escandalizada al oír una observación tan blasfema, pero Jenny se rió.

Los gritos triunfales en gaélico pronto ahogaron los débiles quejidos de los heridos, transportados en camillas improvisadas hechas de tablas o de mosquetes atados o, más frecuentemente, sostenidos por amigos y camaradas. Algunos heridos avanzaban trastabillando sin ayuda alguna, borrachos por la victoria. El dolor de sus heridas parecía un inconveniente menor frente a la reivindicación gloriosa de su fe. Pese a las heridas que los llevaban a la cabaña, el saberse victoriosos llenó la casa de una alegría contagiosa.

—Por Cristo, ¿has visto cómo corrían? Parecían ratones con el gato pisándoles la cola —dijo un paciente a otro, al parecer sin importarle la fea quemadura de pólvora que le recorría el brazo desde los nudillos hasta el hombro.

—Y un buen número la han perdido —respondió su amigo, echándose a reír.

Sin embargo, la alegría no era generalizada. Aquí y allá, pequeños grupos de soldados se abrían paso entre las colinas llevando la forma inmóvil de algún compañero, con la punta de la capa cubriendo el rostro inexpresivo y vacío mirando al cielo.

Aquélla fue la primera prueba para las asistentes que había escogido y entrenado, y se enfrentaron al desafío como habían hecho los soldados en el campo de batalla. Es decir, se estorbaban y se quejaban, pero después, cuando la necesidad urgía, se entregaban a la tarea con gran valor, si bien no dejaban de quejarse mientras lo hacían.

La señora McMurdo volvió con otra botella llena y la colgó en el lugar asignado de la pared, luego se inclinó en la tina que contenía las botellas de agua con miel. Era la anciana esposa de un pescador de Tranent que se había visto obligado a prestar servicio en el ejército y era la aguadora de turno; tenía que ir instando a los heridos a beber tanto líquido dulce como pudieran; luego hacía una segunda ronda con dos o tres botellas vacías para recoger los resultados.

—Si no les diera tanto de beber, no orinarían tanto —se quejó, no por primera vez.

—Necesitan agua —le expliqué con paciencia, una vez más—. Les mantiene la presión estable y reemplaza parte de los fluidos que han perdido, además de evitar un paro cardíaco... Mira, mujer, ¿ves cuántos se están muriendo? —pregunté, perdiendo la paciencia ante las continuas dudas y quejas de la señora McMurdo; su boca casi sin dientes confería un aire de pesar a una expresión de por sí agria: todo está perdido, parecía decir; ¿para qué buscar más problemas?

—Mmmfm —dijo.

Cogió el agua con miel y regresó a sus rondas sin quejarse, por lo que deduje que aceptaba mi explicación. Salí un momento para escapar de la señora McMurdo y de la cargada atmósfera de la cabaña; estaba llena de humo, calor y del aire viciado de los cuerpos sucios, y me sentía un poco mareada. Las calles estaban llenas de hombres borrachos cargados con el botín de la batalla. Un grupo de hombres con la capa rojiza de los MacGillivrays empujaban un cañón inglés, sujeto con sogas como si fuera una peligrosa bestia salvaje. El parecido se veía aumentado por las esculturas de lobos al acecho que decoraban el fogón y la boca. Una de las piezas del general Cope, supuse.

Entonces reconocí la pequeña figura negra montada sobre la boca del cañón, con el pelo de punta como un cepillo. Cerré los ojos en agradecimiento, y después los abrí y fui a bajarlo del cañón.

—¡Bribón! —dije, sacudiéndolo y abrazándolo a continuación—. ¿Qué te propones desapareciendo así? ¡Si no estuviera tan ocupada te tiraría de las orejas hasta arrancártelas!

—Madame —dijo parpadeando bajo el sol de la tarde—. Madame.

Me di cuenta de que no había oído ni una palabra de lo que le había dicho.

—¿Estás bien? —le pregunté con más suavidad.

Me miró con una expresión de sorpresa. Tenía la cara manchada de barro y pólvora. Asintió, y entre la mugre apareció una especie de sonrisa aturdida.

—He matado a un soldado inglés, madame.

—Ah. —No sabía si quería que lo felicitara o si necesitaba consuelo. Tenía diez años.

Arrugó la frente y se puso serio, como si se esforzara mucho por recordar algo.

—Creo que lo he matado. Ha caído y lo he atravesado con mi cuchillo. —Me miró confuso, como si yo tuviera que tener la respuesta.

—Vamos, Fergus —dije—. Buscaremos comida y un sitio donde dormir. No pienses más en eso.

—*Oui, madame.*

Caminó a trompicones a mi lado; momentos después me di cuenta de que estaba a punto de caer de bruces. Lo alcé con cierta dificultad y lo llevé a las cabañas cercanas a la iglesia, donde había instalado el cuartel central de nuestro hospital. Mi intención era alimentarlo primero, pero ya estaba profundamente dormido cuando llegué al sitio donde O'Sullivan intentaba (con escaso éxito) organizar los comedores.

En cambio, dejé a Fergus hecho un ovillo en una cama de una cabaña donde una mujer cuidaba a varios niños mientras sus madres atendían a los heridos. Me pareció el sitio más adecuado para él.

A media tarde había en la cabaña entre veinte y treinta hombres, y las dos mujeres (todo mi personal) corrían de un lado a otro. Normalmente, la casa acogía a una familia de cinco o seis personas, y los hombres que podían tenerse en pie estaban sobre los tartanes de aquellos que estaban tumbados. Al otro lado de la habitación, podía ver a los oficiales que entraban y salían de la rectoría, que había sido tomada por el Alto Mando. Mantenía la mirada atenta en la puerta, que permanecía siempre entornada, pero no veía a Jamie entre los que llegaban para informar de las bajas y recibir felicitaciones.

Me tranquilicé pensando que tampoco lo había visto entre los heridos. Casi desde el principio, no había tenido tiempo de visitar la pequeña tienda en lo alto de la cuesta, donde se dejaba a los muertos en ordenadas filas, como a la espera de una última inspección. Pero no podía estar allí.

«Seguramente, no», me dije.

La puerta se abrió de repente y entró Jamie.

Sentí que se me aflojaban las rodillas al verlo, y tuve que apoyarme en la chimenea de madera. Me había estado buscando;

sus ojos recorrieron la habitación antes de verme; al hacerlo, una sonrisa le iluminó el rostro.

Estaba mugriento, renegrido por el humo de la pólvora, salpicado de sangre, descalzo y con las piernas y los pies cubiertos de barro reseco. Pero estaba entero y de pie. No iba a ponerme a reparar en detalles.

Algunos de los heridos tumbados en el suelo lo saludaron con gritos de bienvenida. Bajó la mirada y sonrió a George McClure, el cual sonreía pese a que llevaban una oreja colgando; luego volvió a mirarme.

«Gracias a Dios», dijeron sus ojos azules. «Gracias a Dios», respondieron los míos.

No había tiempo para más; los heridos seguían entrando y se había acordado que toda persona no militar y sana del pueblo debería ayudar a cuidarlos. Archie Cameron, el hermano médico de Lochiel, que oficialmente estaba a cargo de los enfermos, se movía de un lado a otro y, de hecho, lo estaba haciendo bien.

Yo había dispuesto que llevaran a todos los hombres de Lallybroch a mi cabaña. Evaluaba rápidamente la gravedad de las heridas, enviaba a quienes todavía podían moverse con Jenny Cameron y a los moribundos a la iglesia con Archie Cameron; lo creía capaz de administrar láudano y el ambiente podía brindar cierto consuelo a los enfermos.

Trataba las heridas graves lo mejor que podía. Los hombres con huesos rotos eran trasladados a la cabaña vecina, donde dos cirujanos del regimiento Macintosh entablillaban y colocaban vendajes. Los que tenían heridas no mortales en el pecho eran acomodados lo mejor posible, sentados contra la pared para que respirasen bien; al no contar con oxígeno ni con instalaciones apropiadas para practicar la cirugía, no podía hacer mucho más por ellos. Los que tenían heridas graves en la cabeza eran enviados a la iglesia con los moribundos; no tenía nada para ofrecerles y estaban mejor en manos de Dios, aunque no tanto en las de Archie Cameron.

Lo peor eran las extremidades desgarradas y arrancadas. Era casi imposible seguir las normas de higiene; lo único que podía hacer era lavarme las manos antes de cada paciente, insistir para que mis asistentes hicieran lo mismo (lo hacían cuando estaban bajo mi escrutinio directo) y tratar de asegurarme de que los vendajes que se utilizaban hubieran sido hervidos antes de su aplicación. Sabía que, a pesar de mis instrucciones, en las demás cabañas dichas precauciones se consideraban sin duda una pérdida de tiempo. Si no podía convencer a las hermanas y médicos de L'Hôpital des Anges de la existencia de los gérmenes, ¿cómo iba a tener éxito con un grupo de esposas escocesas y cirujanos del ejército que también trabajaban de veterinarios?

Traté de olvidar a los heridos leves que morirían de una infección. Podía ofrecer a los hombres de Lallybroch y a algunos más el beneficio de las manos limpias y los vendajes esterilizados, pero no podía ocuparme del resto. Una de las lecciones que había aprendido en los campos de batalla de Francia en una guerra muy lejana era: no puedes salvar al mundo, pero sí al hombre que tienes frente a ti si trabajas con la suficiente rapidez.

Jamie se quedó un momento en el umbral, evaluó la situación y se puso a ayudar en las tareas pesadas, moviendo a los pacientes, alzando calderos con agua caliente o llevando baldes de agua limpia del pozo de Tranent. Aliviada al ver que estaba a salvo e inmersa en el tumulto del trabajo, me olvidé de él por completo.

El puesto de un hospital de campaña en el que se decide la prioridad de los heridos siempre se parece mucho a un matadero, y aquél no era una excepción. El suelo era de tierra apisonada, lo cual resultaba bueno para absorber sangre y otros líquidos. Por otra parte, había peligrosos charcos.

De los calderos hirvientes salía humo y calor, que se sumaban al calor del esfuerzo. Todo el mundo chorreaba sudor: los que trabajaban, el sudor pegajoso del ejercicio, y los heridos, el sudor hediondo del miedo y la ira. El humo de la pólvora del campo de batalla se estaba disipando, flotaba en las calles de Tranent y penetraba por las puertas abiertas. Hacía arder los ojos y amenazaba la pureza de los paños recién hervidos, que colgaban goteando de un palo junto al fuego.

El flujo de heridos penetraba en la cabaña como el oleaje, convirtiendo todo en confusión con la llegada de cada nueva ola. Nos movíamos de un lado a otro, luchando contra la marea y, jadeando, nos preparábamos para recibir a la nueva ola que llegaba tras la que se acababa de retirar.

Había descansos durante la más frenética de las actividades, por supuesto. Éstos empezaron a ser más frecuentes sobre todo por la tarde y a la puesta del sol, cuando el flujo de heridos disminuyó hasta convertirse en un goteo y empezábamos la rutina de cuidar a los pacientes que habían quedado con nosotros. Seguíamos estando ocupados, pero teníamos tiempo de respirar, de pararnos en un lugar durante un momento y mirar a nuestro alrededor.

Estaba de pie junto a la puerta abierta, respirando la fresca brisa marina, cuando Jamie regresó a la cabaña cargado de leña. La echó en el fogón, regresó a mi lado y apoyó una mano sobre mi hombro.

—¿Has estado en las otras cabañas? —le pregunté.

Jamie asintió mientras su respiración comenzaba a normalizarse. Tenía la cara tan manchada de humo y sangre que me pareció que estaba pálido, aunque no estaba del todo segura.

—Sí. Todavía siguen saqueando el campo de batalla y hay muchos soldados desaparecidos. Pero todos nuestros heridos están aquí... en ninguna otra parte. —Señaló el extremo de la cabaña, donde los tres heridos de Lallybroch estaban acostados o sentados cerca del fogón, compartiendo bromas con los demás escoceses. Los pocos heridos ingleses de la cabaña permanecían solos cerca de la puerta, bastante más silenciosos, conformándose con reflexionar sobre las sombrías perspectivas de la cautividad.

—¿Ninguno grave? —me preguntó, mirando a los tres.

Sacudí la cabeza.

—George McClure podría perder la oreja; no estoy segura. Pero creo que se recuperarán.

—Bien. —Sonrió con aspecto cansado y se secó el rostro sonrojado con la punta de la capa. Vi que se había envuelto con ella descuidadamente en lugar de colocársela sobre un hombro. Probablemente para que no le molestara, pero debía de tener calor.

Se giró para irse y alcanzó la botella que colgaba de un gancho de la puerta.

—¡Ésa no! —dije.

—¿Por qué no? —preguntó confundido. Sacudió la botella de boca ancha y escuchó cómo se agitaba el líquido—. Está llena.

—Lo sé —respondí—. Es la que he estado usando para orinar.

—Ah. —Sosteniendo la botella con dos dedos, volvió a ponerla en su sitio, pero yo lo detuve.

—No, está bien, llévatela —le sugerí—. Vacíala fuera y llena ésta. —Le entregué otra botella, idéntica a la primera.

—Trata de no confundirlas —dije amablemente.

—De acuerdo —respondió con una mirada escocesa que acompañaba a su respuesta, y se volvió hacia la puerta.

—¡Eh! —dije, al verle la espalda—. ¿Qué es eso?

—¿Qué? —preguntó sorprendido, tratando de mirar por encima del hombro.

—¡Eso! —Mis dedos siguieron la huella de barro impresa sobre la tela mugrienta de su camisa como si fuera una plantilla—. Parece la marca de una herradura —dije sin poder creerlo.

—Ah, eso —dijo, encogiéndose de hombros.

—¿Te ha pisado un caballo?

—Bueno, no ha sido a propósito —dijo defendiendo al caballo—. A los caballos no les gusta pisar a la gente; supongo que para ellos es terreno inseguro.

—Supongo que sí —dije, y frené sus intentos de escapar agarrándolo de una manga—. Estate quieto. ¿Cómo diablos ha sucedido?

—No tiene importancia —protestó—. No me he roto ninguna costilla, sólo me duele un poco.

—Conque un poco, ¿no? —dije con sarcasmo. Aparté la tela sucia de la herida y pude ver la marca clara y definida de una herradura en la piel de la espalda, justo encima de la cintura—. Dios mío, se notan hasta los clavos de la herradura. —Se sobresaltó cuando pasé el dedo sobre las marcas.

Había sido durante una breve salida de los dragones montados, explicó. Los escoceses, acostumbrados a los pequeños y toscos ponis de las Highlands, estaban convencidos de que los caballos ingleses estaban entrenados para atacarlos con cascos y dientes. Aterrorizados al verlos cargar, se metieron debajo de los cascos, cortando ferozmente patas y vientres con espadas, guadañas y hachas.

—¿Y dices que no quería atacarte?

—Por supuesto que no, Sassenach —respondió, impaciente—. No estaba tratando de atacarme. El jinete quería escapar pero el otro lado estaba sellado; sólo podía salir por encima de mí.

Al ver la intención en los ojos del jinete, una décima de segundo antes de que el dragón espoleara al caballo, Jamie se tiró al suelo con los brazos sobre la cabeza.

—Después ha parecido que se me cortaba la respiración —explicó—. He sentido el impacto, pero no me ha dolido. En aquel momento no. —Se puso una mano en la espalda y se frotó la marca, sonriendo.

—Está bien —dije soltando el borde de la camisa—. ¿Has orinado desde entonces?

Se quedó mirándome como si me hubiese vuelto loca.

—Un caballo de cuatrocientos kilos te ha pisado un riñón —le expliqué con cierta impaciencia. Había otros heridos que esperaban atención—. Quiero saber si has orinado sangre.

—Ah —respondió más tranquilo—. No sé.

—Bueno, será mejor que lo averigüemos. —Había puesto mi botiquín en un rincón; revolví en él y saqué una pequeña cuña de cristal para uroscopias que me había llevado de L'Hôpital des Anges.

—Llénalo y devuélvemelo. —Se lo entregué y regresé al fogón, donde un caldero repleto de paños hirvientes aguardaba mi atención.

Me di la vuelta y vi que se había quedado mirando el orinal con expresión algo irónica.

—¿Necesitas ayuda, muchacho? —Un enorme soldado inglés observaba desde su camastro, sonriéndole a Jamie.

Los dientes blancos asomaron en medio de la mugre del rostro de Jamie.

—Ah, sí —dijo. Se inclinó, ofreciéndole el orinal al inglés—. Toma, sujétalo mientras apunto.

Todos los hombres se echaron a reír, distrayéndose por el momento de sus problemas.

Tras vacilar un momento, el enorme puño del inglés se cerró sobre el frágil recipiente. El hombre había recibido una descarga de metralla en la cadera y su pulso no era muy firme; pese al sudor que le humedecía el labio superior, sonrió.

—Apuesto seis peniques a que no lo consigues —dijo. Movió la cuña por el suelo y la dejó a un metro de los pies descalzos de Jamie—. Desde donde estás ahora.

Jamie miró pensativo, frotándose la barbilla mientras medía la distancia. El hombre cuyo brazo estaba vendando dejó de quejarse, concentrado en la escena.

—Bueno, no diré que sea fácil —dijo Jamie, exagerando a propósito el acento escocés—. Pero por seis peniques vale la pena intentarlo, ¿no? —Sus ojos, siempre ligeramente entornados, adquirieron un aspecto felino.

—Dinero fácil, muchacho —dijo el inglés, respirando con dificultad—. Para mí.

—Dos peniques de plata por el muchacho —dijo uno de los miembros del clan MacDonald desde el rincón de la chimenea.

Un soldado inglés, con la casaca vuelta para indicar su condición de prisionero, buscó entre sus ropas la abertura de su bolsillo.

—¡Ja! ¡Una bolsa de tabaco en contra! —exclamó, sosteniendo, triunfante, un pequeño paquete de tabaco.

Gritos de apuestas y comentarios vulgares llenaron el aire mientras Jamie se agachaba y estimaba la distancia que había hasta el orinal con grandes aspavientos.

—De acuerdo —dijo por fin, levantándose y enderezando los hombros—. ¿Todos listos?

El inglés soltó una risita.

—Yo estoy listo, muchacho.

—Bien.

Un murmullo llenó la habitación. Los hombres se incorporaron sobre los codos para observar, ignorando la incomodidad y la hostilidad.

Jamie echó un vistazo a su alrededor, asintió hacia sus hombres de Lallybroch, se alzó el kilt y metió la mano debajo. Frunció el ceño con concentración, tanteando al azar, y en su rostro apareció una expresión de sorpresa.

—La tenía cuando ha salido esta mañana —dijo, y el cuarto estalló en carcajadas.

Sonriendo ante el éxito de su broma, se levantó el kilt un poco más, asió su arma claramente visible y apuntó con cuidado. Miró de soslayo, inclinó un poco las rodillas y apretó aún más los dedos.

No salió nada.

—¡Se ha encasquillado! —gritó uno de los ingleses.

—¡La pólvora está húmeda! —aulló otro.

—¿No tiene balas, tu pistola, muchacho? —preguntó el que estaba en el suelo.

Jamie miró hacia abajo con expresión dubitativa, produciendo otro estallido de carcajadas. Después se le iluminó el rostro.

—¡Ja! ¡El depósito está vacío, eso es todo! —Extendió el brazo hacia el grupo de botellas que colgaban de la pared, me miró alzando una ceja y cuando yo asentí, cogió una y la inclinó sobre la boca abierta. El agua le salpicaba la barbilla y la camisa, y su nuez subía y bajaba melodramáticamente mientras bebía.

—¡Ahhh! —Bajó la botella, se limpió la boca con una manga e hizo una reverencia.

—Ahora sí —empezó, inclinándose. Entonces me miró y se detuvo. Él no podía ver la puerta abierta a sus espaldas, ni al hombre que había entrado, pero el repentino silencio que invadió la habitación debió de indicarle que las apuestas quedaban anuladas.

Su alteza el príncipe Carlos Eduardo inclinó la cabeza para entrar en la cabaña. Venía a visitar a los heridos, y estaba vestido para la ocasión con calzas de terciopelo, medias a juego, camisa inmaculada y, para mostrar solidaridad con las tropas, una chaqueta y chaleco de tartán de los Cameron y una capa sujeta en el hombro con un broche de cuarzo ahumado. Tenía el pelo recién empolvado y la orden de San Andrés le brillaba en el pecho.

Permaneció en el umbral, infundiendo respeto a todos los presentes e impidiendo claramente la entrada a los que se encontraban detrás de él. Miró lentamente a su alrededor, a los hombres apretujados en el suelo, unos veinticinco, a los ayudantes agachados sobre ellos, el montón de vendajes sangrientos arrojados en un rincón, los remedios y los instrumentos sobre la mesa, y a mí.

Por lo general a Su Alteza no le preocupaban mucho las mujeres del ejército, pero su educación no le permitía ignorar las reglas de cortesía. Y yo seguía siendo una mujer, a pesar de las manchas de sangre y vómito que me cubrían la falda, y del hecho de que media docena de mechones de pelo escapaban de mi cofia.

—Madame Fraser —dijo, con una graciosa reverencia.

—Alteza —respondí, devolviendo la reverencia y esperando que no pensara quedarse mucho tiempo.

—Aprecio mucho lo que está haciendo por nuestros hombres, madame —dijo; noté que su acento italiano era más fuerte que nunca.

—Pues... gracias —le respondí—. Por favor, tenga cuidado al caminar. El suelo está mojado de sangre.

Frunció levemente la boca al sortear el charco que le había señalado. En aquel momento entraron Sheridan O'Sullivan y lord Balmerino, quienes se sumaron a la ya de por sí abarrotada cabaña. Después de haber cumplido con las normas de cortesía, Carlos se agachó y posó una mano sobre el hombro de un soldado.

—¿Cómo se llama, valiente soldado?

—Gilbert Munro... Alteza —contestó el hombre rápidamente, pasmado al ver al príncipe.

Los dedos, de uñas bien cortadas y cuidadas, se posaron sobre el vendaje y las tablillas que cubrían lo que quedaba del brazo de Gilbert Munro.

—Su sacrificio ha sido grande, Gilbert Munro —dijo Carlos con sencillez—. Le prometo que no será olvidado. —La mano rozó el rostro de largas patillas y Munro enrojeció de placer.

Delante de mí había un hombre con una herida en la cabeza que había que coser; con el rabillo del ojo miraba a Carlos mientras éste hacía la ronda de la cabaña. Moviéndose lentamente, fue de cama en cama sin olvidar a ninguno de los hombres. Se detenía para preguntar el nombre y la procedencia, transmitía su agradecimiento y afecto y ofrecía felicitaciones y condolencias.

Tanto ingleses como escoceses permanecieron en silencio, asombrados. Apenas consiguieron responder a Su Alteza con suaves murmullos. Por fin el príncipe se irguió y se estiró, con un audible crujido de huesos. Un extremo de su capa se arrastraba por el barro, pero no pareció notarlo.

—Les transmito la bendición y el agradecimiento de mi padre —dijo—. Su hazaña de hoy siempre será recordada.

Los hombres tumbados en el suelo no estaban en condiciones de vitorearlo, pero hubo sonrisas y un murmullo general de agradecimiento.

Al volverse para retirarse, Carlos vio a Jamie, que se había colocado en un rincón para que las botas de Sheridan no le pisotearan los pies descalzos. El rostro de Su Alteza se iluminó de alegría.

—*Mon cher!* No lo había visto hoy. Temía que le hubiera ocurrido algo. —Una mirada de reproche cruzó su rostro—. ¿Por qué no ha venido a cenar con los demás caballeros?

Jamie sonrió e hizo una respetuosa reverencia.

—Mis hombres están aquí, Alteza.

El príncipe enarcó las cejas y abrió la boca como para decir algo, pero lord Balmerino dio un paso adelante y le susurró algo al oído. La expresión de sorpresa de Carlos dio paso a otra de preocupación.

—Pero ¿qué es esto que oigo? —dijo a Jamie, perdiendo el control de su sintaxis, como le ocurría cuando se emocionaba—. Su excelencia me dice que ha resultado herido.

Jamie pareció un poco desconcertado. Me miró para ver si había oído algo y, al darse cuenta de que sí, volvió a mirar al príncipe.

—No es nada, Alteza. Es sólo un rasguño.

—Enséñemelo. —Lo dijo con sencillez pero era, sin lugar a dudas, una orden, y el tartán manchado cayó sin protesta.

Los pliegues de la oscura capa estaban casi negros por dentro. La camisa estaba roja desde la axila hasta la cadera, con manchas marrones donde la sangre se había empezado a secar.

Dejando la herida de la cabeza por un momento, di un paso adelante y le abrí la camisa, apartándola con suavidad en el lugar donde estaba la herida. Pese a la cantidad de sangre, me di cuenta de que no era una herida grave; Jamie estaba firme como una roca y ya no sangraba.

Era una herida de sable que le cruzaba las costillas. Un ángulo afortunado; si se lo hubieran clavado de frente habría atravesado los músculos intercostales. Pero se trataba de un corte de veinte centímetros. La sangre había vuelto a brotar al liberarse la presión. Necesitaría un buen número de puntos pero, aparte del peligro constante de infección, la herida no revestía gravedad.

Me volví hacia Carlos y me detuve al ver la extraña expresión de su cara. Durante una décima de segundo pensé que se trataba del «temor de novato», el que siente una persona no acostumbrada a ver heridas y sangre. Había visto a más de una enfermera quitar un vendaje y salir para ir a vomitar fuera discretamente antes de volver a atender al paciente. Las heridas de guerra suelen tener un aspecto muy feo.

Sin embargo, no podía tratarse de eso. Carlos no era un guerrero nato, pero a los catorce años había visto derramar mucha sangre, al igual que Jamie, en su primera batalla en Gaeta. No, decidí, incluso cuando vi que la expresión momentánea desaparecía de sus suaves ojos marrones: Carlos no se hubiera sobresaltado al ver sangre o heridas.

Carlos no estaba frente a un campesino o un pastor. Jamie no era un súbdito sin nombre cuyo deber fuera luchar por la causa de los Estuardo. Se hallaba frente a un amigo. Y pensé que tal vez la herida se lo había recordado: se había derramado sangre siguiendo sus órdenes, y había hombres heridos por defender su causa; no era raro que esa realidad lo golpeara con tanta fuerza como la herida de una espada.

Miró la herida durante largo rato y después levantó la mirada hacia Jamie. Lo cogió de la mano e inclinó la cabeza.

—Gracias —dijo con voz suave.

Fue el único momento en que pensé que podría haber sido un buen rey, a pesar de todo.

Por orden de Su Alteza, se había levantado una tienda sobre una pequeña colina detrás de la iglesia para acoger a los muertos en batalla. Aunque se les había dado preferencia en la cura de las heridas, aquí los soldados ingleses no recibían ningún trato especial. Los hombres yacían en filas, con paños cubriéndoles el rostro. Sólo la vestimenta diferenciaba a los escoceses que esperaban para ser enterrados. MacDonald de Keppoch había traído a un sacerdote francés; el hombre, con los hombros hundidos por el cansancio y la estola púrpura colocada sobre una sucia capa de las Highlands, se movía lentamente por toda la tienda, haciendo una pausa al pie de cada figura acostada.

—Oh, Dios, concédele descanso eterno y que la luz eterna brille sobre él —decía mientras se persignaba mecánicamente y se trasladaba hasta otro cadáver.

Yo ya había estado en la tienda y, con el corazón en la boca, había contado los cuerpos de los muertos escoceses: veintidós. Sin embargo, al volver a entrar descubrí que habían ascendido a veintiséis.

El número veintisiete yacía en la iglesia cercana, en el último tramo de su viaje hacia la eternidad. Alexander Kincaid Fraser se estaba muriendo lentamente por las heridas recibidas en el vientre y el pecho, de una lenta hemorragia interna. Lo había visto cuando lo trajeron, pálido tras una tarde desangrándose lentamente hacia la muerte, solo en el campo, entre los cuerpos de sus compañeros.

El muchacho trataba de sonreír; mojé sus labios agrietados con agua y los unté con sebo. Darle de beber significaría matarlo, pues el líquido le hubiera atravesado los intestinos perforados y le hubiera producido una muerte instantánea. Vacilé al ver la gravedad de sus heridas, y pensé que una muerte rápida podría ser mejor... pero después me contuve. Me di cuenta de que él querría ver a un sacerdote y confesarse. Así que lo había enviado a la iglesia, donde el padre Benin atendía a los moribundos como yo atendía a los vivos.

Jamie hacía visitas cortas a la iglesia cada media hora más o menos; Kincaid parecía aferrarse a la vida a pesar de que no dejaba de perder sangre, pero Jamie no había vuelto de su última visita. Me di cuenta de que la lucha estaba llegando a su fin, y fui a ver si podía ayudar en algo.

En el espacio donde había estado Kincaid no había nada excepto una mancha oscura. Tampoco estaba en la tienda de los muertos, y no veía a Jamie por ninguna parte.

Finalmente los encontré a cierta distancia, detrás de la iglesia. Jamie estaba sentado sobre una roca, con el cuerpo de Alexander Kincaid entre sus brazos, la cabeza de cabello rizado apoyada en su hombro y las piernas largas y velludas colgando. Ambos estaban quietos sobre la roca. Tan inmóviles que parecían estar muertos, aunque sólo uno lo estuviera.

Toqué la mano flácida y blanca para asegurarme de que estaba muerto y apoyé la mano sobre el espeso pelo castaño: parecía que todavía estaba vivo. Un hombre no debería morir virgen, pero aquél lo había hecho.

—Ha muerto, Jamie —susurré.

Al principio no se movió, pero después asintió, abriendo los ojos como si no quisiera enfrentarse a la realidad de la noche.

—Lo sé. Ha muerto poco después de llegar aquí, pero no quería dejarlo ir.

Cogí el cuerpo por los hombros y entre los dos lo apoyamos con suavidad en el suelo. Estaba cubierto de pasto, y el viento nocturno agitó la hierba alrededor del muchacho, acariciándole el rostro, como un gesto de bienvenida a la tierra.

—No querías que muriera bajo techo —dije, comprensiva. El cielo se deslizaba sobre nosotros, cubierto de nubes, pero infinito en su promesa de refugio.

Asintió lentamente, se arrodilló junto al cuerpo y besó la frente amplia y pálida.

—Me gustaría que alguien hiciera lo mismo por mí —dijo con suavidad. Tapó con la capa el pelo castaño y susurró en gaélico algo que no comprendí.

Un hospital de campaña no era sitio para lágrimas, pues había demasiado que hacer. No había llorado en todo el día, pese a las cosas que había visto, pero en aquel momento me desahogué por un momento. Apoyé la cara en el hombro de Jamie para buscar fortaleza y él me acarició la espalda. Cuando alcé la mirada, me sequé las lágrimas y vi que Jamie seguía mirando con los ojos secos la forma inmóvil que yacía en el suelo. Sintió que lo observaba y levantó la mirada.

—Lloré por él mientras todavía estaba vivo para verlo, Sassenach —explicó en voz baja—. ¿Cómo va todo en la casa?

Aspiré, me limpié la nariz y tomé su brazo mientras volvíamos a la cabaña.

—Necesito tu ayuda con uno.

—¿Con quién?

—Hamish MacBeth.

El rostro de Jamie, agotado después de tantas horas de vigilia, se relajó un poco bajo las manchas y la mugre.

—¿Ha vuelto? Me alegro. Pero ¿está grave?

—Ya verás.

MacBeth era uno de los favoritos de Jamie. Era un hombre robusto, de barba castaña y actitud reservada. Siempre estaba pendiente de las órdenes de Jamie, preparado cuando hacía falta algo durante el viaje. Era poco hablador, pero tenía una sonrisa tímida que surgía a través de la barba como una flor nocturna, rara pero radiante.

Sabía que Jamie estaba preocupado por su ausencia después de la batalla, a pesar de la tensión y de los detalles de los que había tenido que encargarse. A medida que transcurría el día y los rezagados volvían uno por uno, yo buscaba a MacBeth. Pero llegó el crepúsculo, los fuegos se encendieron en el campamento del ejército y Hamish MacBeth seguía sin aparecer. Empecé a temer que lo encontraría entre los muertos.

Pero media hora antes había entrado en la cabaña moviéndose lentamente, por su propio pie. Tenía una pierna manchada de sangre hasta el tobillo, y caminaba dando saltitos, pero no había permitido que una mujer le pusiera las manos encima para ver qué tenía.

El enorme hombre yacía sobre una sábana cerca de la lámpara, con las manos apoyadas en el vientre y la mirada fija en las vigas del techo. Giró la cabeza cuando Jamie se arrodilló a su lado, pero tampoco se movió. Permanecí detrás, oculta por las anchas espaldas de Jamie.

—¿Qué tal, MacBeth? —dijo Jamie, apoyando una mano sobre la ancha muñeca—. ¿Cómo va todo, hombre?

—Estoy bien, señor —susurró el gigante—. Estoy bien. Sólo un poco... —Vaciló.

—Bueno, echémosle un vistazo. —MacBeth no protestó cuando Jamie apartó el kilt. Espiando a través de un hueco entre el brazo y el cuerpo de Jamie, pude ver la causa de su vacilación.

Una espada o lanza lo había herido en la entrepierna y le había desgarrado la piel. El escroto estaba rasgado por un lado, y un testículo colgaba, casi arrancado de cuajo, con su superficie rosada brillando como un huevo pelado.

Jamie y los dos o tres hombres que vieron la herida palidecieron. Vi que uno de los asistentes se tocaba, como para asegurarse de que sus partes estaban intactas.

Pese al horrible aspecto de la herida, el testículo no parecía dañado y la hemorragia no era excesiva. Toqué a Jamie en el hombro y sacudí la cabeza para darle a entender que la herida no era seria a pesar del efecto que pudiera causar sobre la mente masculina. Comprendiendo mi gesto, Jamie dio una palmada en la rodilla de MacBeth.

—Bueno, no es tan grave, MacBeth. No te preocupes, todavía podrás ser padre.

El gigante había estado mirando hacia abajo con aprensión, pero al oír las palabras de Jamie, lo miró.

—Bueeno, eso no me preocupa mucho, señor, pues ya tengo seis hijos. Es más bien lo que dirá mi esposa si yo... —MacBeth enrojeció cuando los hombres que lo rodeaban se echaron a reír y lo abuchearon.

Mirándome para buscar confirmación, Jamie reprimió su propia risa y dijo con firmeza:

—De eso tampoco tienes que preocuparte, MacBeth.

—Gracias, señor —suspiró el hombre, confiando totalmente en su comandante.

—Sin embargo —añadió Jamie— es necesario que te cosan, hombre. Ahora bien, tú eliges.

Buscó en el botiquín abierto una de mis agujas de sutura caseras. Pasmada por los objetos que utilizaban los cirujanos para coser a sus pacientes, me había fabricado tres docenas de mis propias agujas: seleccioné las agujas de bordar más finas que pude conseguir, las calenté con un fórceps sobre la llama de una lámpara de alcohol y las doblé suavemente hasta conseguir la curva necesaria para coser tejidos desgarrados. Asimismo me había fabricado mi propio hilo de tripa de gato: una tarea desagradable, pero por lo menos me aseguraba de la higiene de mis materiales.

La diminuta aguja se veía minúscula entre los enormes dedos de Jamie. La ilusión de competencia médica no mejoraba con los torpes intentos de Jamie por enhebrar la aguja.

—Lo puedo hacer yo mismo —dijo, mordiéndose la punta de la lengua—. O... —Se interrumpió al caérsele la aguja y buscarla entre los pliegues de la capa de Macbeth—. O —continuó, sosteniéndola triunfante delante de los ojos aprensivos de su paciente— puede hacerlo mi esposa.

Con un leve movimiento de cabeza, me llamó. Hice lo que pude para parecer indiferente; cogí la aguja de la mano incompetente de Jamie y la enhebré diestramente al primer intento.

Los enormes ojos marrones de MacBeth miraron las manazas de Jamie, que él hizo parecer tan torpes como pudo, posando la mano torcida sobre la izquierda; luego miró las mías, pequeñas y veloces. Por fin se recostó lanzando un profundo suspiro y murmuró su consentimiento a que una mujer le tocara las partes íntimas.

—No te preocupes, hombre —dijo Jamie, dándole una palmadita amistosa en el hombro—. Después de todo, hace tiempo que ella me los toca y hasta ahora no me ha castrado. —Empezó a ponerse en pie entre las risotadas de los asistentes y los pacientes cercanos, pero lo detuve colocándole una botellita entre las manos.

—¿Qué es esto? —preguntó.

—Alcohol y agua —dije—. Solución desinfectante. Si no queremos que tenga fiebre, pústulas o algo peor, debemos esterilizar la herida.

MacBeth había caminado cierta distancia con la herida y alrededor de ésta había manchas de suciedad y de sangre. El alcohol era un desinfectante fuerte aunque estuviera rebajado con agua en un cincuenta por ciento. No obstante, era la única herramienta efectiva contra la infección, y yo era terminante en cuanto a su uso, pese a las quejas de los asistentes y a los gritos de dolor de los pacientes que eran sometidos a él.

Jamie miró la botella de alcohol y la herida abierta y le dio un escalofrío. Él mismo había sufrido una dosis cuando le había cosido la espalda poco antes.

—Bueno, MacBeth, mejor que seas tú y no yo —dijo, y apoyando la rodilla con firmeza sobre el vientre de MacBeth, vertió el contenido de la botella sobre los tejidos expuestos.

Un terrible alarido sacudió las paredes y MacBeth se retorció como una serpiente cuarteada. Cuando dejó de gritar, el rostro adquirió un color verdoso, y no opuso resistencia cuando empecé la dolorosa tarea de coserle el escroto. La mayoría de los pacientes, incluso los que tenían heridas terribles, aguantaban estoicamente el tratamiento rudimentario al que se los sometía y MacBeth no fue la excepción. Permaneció inmóvil, terriblemente avergonzado, con los ojos fijos en la llama de la lámpara, y no movió un músculo mientras lo cosía. Sólo los colores cambiantes de su rostro, de blanco a rojo y de rojo a blanco, traicionaban sus emociones.

Sin embargo, finalmente su rostro adquirió un tono púrpura. Cuando terminé mi tarea, el pene flácido se irguió ligeramente al sentir el roce de mi mano. Desconcertado tras comprobar que la palabra que le había dado Jamie se había cumplido, MacBeth se bajó el kilt inmediatamente, se puso de pie tambaleándose y salió cojeando a la oscuridad. Yo me quedé sonriendo, mirando el botiquín.

• • •

Busqué un rincón donde una caja de provisiones médicas hacía las veces de asiento y me apoyé en la pared. Sentí una punzada de dolor en las pantorrillas: tras liberarme de la tensión, los nervios reaccionaban en consecuencia. Me quité los zapatos y me apoyé en la pared, disfrutando de los pequeños espasmos que recorrían la espalda y el cuello al verse librados de la presión de estar de pie.

Cada centímetro de piel parece más sensible en tal estado de fatiga; cuando se interrumpe súbitamente la necesidad de forzar al cuerpo a actuar, el impulso que persiste parece enviar la sangre al perímetro del cuerpo, como si el sistema nervioso se negara a creer lo que los músculos ya han aceptado con agradecimiento; ya no tienes que moverte.

El ambiente de la cabaña era tibio, alterado sólo por el ruido de la respiración de los hombres; no era el ruido saludable de los ronquidos, sino los jadeos superficiales de hombres a los que les duele respirar, y los gemidos de aquellos que han encontrado un alivio temporal que los libera de la obligación masculina de sufrir en silencio.

Los hombres de aquella cabaña tenían heridas graves, aunque no mortales. Pero yo sabía que la muerte suele rondar por la noche los pasillos de las salas de enfermos, buscando a aquellos que tienen las defensas bajas, a los que se desvían inconscientemente de su camino a través de la soledad y el miedo. Algunos de los heridos tenían esposas que dormían junto a ellos para consolarlos en la oscuridad, pero no había ninguna en nuestra cabaña.

Me tenían a mí. Si bien no podía hacer mucho para curarlos o aliviar su dolor, al menos podía hacerles saber que no estaban solos; que había alguien allí, entre ellos y la oscuridad. Más allá de lo que pudiera hacer, mi único trabajo era estar allí.

Me levanté y volví a caminar lentamente entre los camastros, inclinándome en cada uno, susurrando y tocando, estirando una sábana, alisando una cabellera alborotada o frotando los calambres de las extremidades. Daba un sorbo de agua a uno, le cambiaba el vendaje a otro, interpretaba una mueca que significaba que se necesitaba un orinal y hacía un gesto de indiferencia que permitía al hombre orinar tranquilo mientras la botella se ponía tibia y pesada en mi mano.

Salí a la calle para vaciar una de esas botellas e hice una pausa, respirando el aire fresco y lluvioso de la noche. Dejé que la llovizna borrara el tacto de la piel áspera y peluda y el olor de hombres sudorosos.

—No has dormido mucho, Sassenach. —La suave voz provenía de la calle. El resto de las cabañas del hospital estaban en aquella dirección; los cuarteles de los oficiales estaban en dirección contraria, en la rectoría del pueblo.

—Tú tampoco —respondí con sequedad. «¿Cuánto hará que no duerme?», me pregunté.

—Dormí anoche en el campamento, con mis hombres.

—¿Ah, sí? Muy tranquilo tu sueño —dije con ironía, y se echó a reír.

Seis horas de sueño en un campo húmedo, seguido de una batalla en la que fue pisoteado por un caballo, herido por una espada y Dios sabe qué otras cosas. Después reunió a sus hombres, juntó a los heridos, los atendió, veló a sus muertos y sirvió a su príncipe. Y en ningún momento lo había visto hacer una pausa para comer, beber o descansar.

No me molesté en regañarlo. Ni siquiera valía la pena mencionarle que debería estar entre los pacientes que yacían en el suelo. También era su tarea estar allí.

—Hay otras mujeres, Sassenach —dijo—. ¿Le digo a Archie Cameron que envíe a alguien?

Era una oferta tentadora, pero la descarté antes de pensarlo demasiado por miedo a que, si reconocía mi fatiga, nunca pudiera volver a moverme.

Me desperecé, con las manos contra la nuca.

—No —respondí—. Me las arreglaré hasta el amanecer. Entonces buscaré a alguien que me sustituya. Por algún motivo, sentía que debía acompañarlos durante la noche; al amanecer estarían a salvo.

Él tampoco me regañó; sólo apoyó una mano sobre mi hombro y me atrajo hacia sí durante un momento. Compartíamos la fuerza que nos quedaba en silencio.

—Entonces me quedaré contigo —dijo, separándose por fin—. No puedo dormirme antes del amanecer.

—¿Y los otros hombres de Lallybroch?

Movió la cabeza hacia los campos cercanos al pueblo, donde estaba acampado el ejército.

—Murtagh está a cargo.

—Ah, entonces está bien. No tienes de qué preocuparte —dije, y vi que sonreía.

Había un banco fuera de la cabaña, donde la dueña de la casa se sentaba los días soleados para limpiar pescado o remendar ropa. Lo hice sentarse junto a mí, y se apoyó en la pared de la casa con un suspiro. Su evidente agotamiento me recordó a Fergus y la expresión confusa del niño después de la batalla.

Acaricié la nuca de Jamie y giró la cabeza ciegamente hacia mí, apoyando su frente contra la mía.

—¿Cómo fue, Jamie? —pregunté con voz suave mientras le masajeaba el cuello con los dedos—. ¿Cómo? Cuéntamelo.

Hubo un corto silencio, después suspiró y empezó a hablar, al principio lentamente y luego cada vez más rápido, como si quisiera contarlo de una vez.

—No teníamos fuego, pues lord George pensó que nos iríamos del risco antes del amanecer y no quería que desde abajo se viera ni un movimiento. Permanecimos sentados en la oscuridad. Ni siquiera podíamos hablar, pues el sonido se podía oír en la planicie. Así que nos quedamos sentados.

»Entonces sentí que algo me cogía el muslo en la oscuridad; casi me muero del susto. —Se metió un dedo en la boca y la masajeó con delicadeza—. Casi me arranqué la lengua. —Sentí el movimiento de sus músculos al sonreír, aunque no podía ver su rostro.

—¿Fergus?

El fantasma de una carcajada flotó en la oscuridad.

—Sí, Fergus. El pequeño bastardo se acercó gateando por la hierba y pensé que era una serpiente. Me dijo lo de Anderson, gateé detrás de él y lo llevé a que viera a lord George.

Su voz sonaba lenta y somnolienta bajo el hechizo de mi masaje.

—Entonces llegó la orden de que fuéramos detrás de Anderson. Todo el ejército se puso en pie, y nos pusimos en marcha en la oscuridad.

La noche era negra, sin luna, sin las nubes que atrapan la luz de las estrellas y la difuminan sobre la tierra. Caminando en silencio por el estrecho sendero, detrás de Richard Anderson, ninguno de los hombres del ejército de las Highlands podía ver más allá de los talones del hombre que tenían frente a sí, y cada paso ensanchaba el trillado camino a través de la hierba mojada.

El ejército avanzaba casi sin hacer ruido. Las órdenes pasaban en susurros de hombre a hombre, sin gritar. Ocultaron las espadas y las hachas en los pliegues de sus capas y la pólvora bajo las camisas, contra los corazones palpitantes.

Una vez en terreno firme, los escoceses se sentaron, se pusieron lo más cómodos que pudieron sin encender fuego, comieron y se dispusieron a descansar, envueltos en sus capas y vislumbrando las fogatas del enemigo.

—Podíamos oírlos hablar —dijo Jamie. Tenía los ojos cerrados y las manos entrelazadas detrás de la cabeza, apoyado contra la pared de la cabaña—. Era extraño oírlos reírse por una broma, pedirse la sal o un trago de vino, y saber que a las pocas horas yo podía matarlos, o ellos a mí. No puedes dejar de preguntarte: «¿Cómo es el rostro del que proviene esa voz? ¿Conoceré a ese hombre si lo encuentro por la mañana?»

Sin embargo, el temor por la batalla fue mayor que la simple fatiga y los «Negros Fraser» (así llamados por las huellas de carbón que todavía les adornaban las caras) y su jefe llevaban despiertos más de treinta y seis horas. Jamie usó un montón de hierba como almohada, se tapó los hombros con la capa y se acostó sobre la hierba junto a sus hombres.

Durante su época con el ejército francés, años atrás, un sargento había explicado a los mercenarios más jóvenes el truco para dormir la noche anterior a una batalla.

—Os tenéis que poner cómodos, examinar vuestras conciencias y hacer un buen acto de contrición. El padre Hugo dice que, en tiempos de guerra, aunque no haya sacerdotes para confesar, los pecados son perdonados de este modo. Y como no pueden cometerse pecados estando dormido (¡ni siquiera tú, Simeon!) os despertaréis en estado de gracia, listos para caer sobre esos bastardos. Y sin nada que esperar más que la victoria o el cielo... ¿cómo podéis tener miedo?

Aunque veía los puntos débiles de este argumento, a Jamie le había parecido un buen consejo; liberar la conciencia aligeraba el alma y repetir una oración distraía la mente de fantasías macabras, y le ayudaba a dormir.

Miró hacia arriba, a la oscura bóveda del cielo, y deseó que la tensión del cuello y los hombros se relajara en el abrazo de la tierra. La luz de las estrellas era tenue; no podía compararse con el brillo cercano de las fogatas inglesas.

Pensó en los hombres que descansaban a su alrededor, deteniéndose brevemente en cada uno. La mancha del pecado era un peso pequeño en su conciencia en comparación con ellos. Ross, McMurdo, Kincaid, Kent, McClure... Hizo una pausa para agradecer que, al menos, su esposa y Fergus estuvieran a salvo. Pensó en su esposa, y le reconfortó el recuerdo de su sonrisa confiada, su sólida y maravillosa calidez cuando la había apretado con fuerza aquella tarde al darle un beso de despedida. Pese a su propio cansancio y a la presencia de lord George, que esperaba fuera, había deseado tumbarla en aquel mismo instante sobre el colchón y poseerla rápidamente, sin desvestirla. Era extraño que la inminencia de la lucha lo excitara siempre...

Aún no había terminado su registro mental y ya sentía que le pesaban los párpados por el cansancio que lo invadía. Olvidó la leve presión que sentía en los testículos al pensar en ella y reanudó la lista como un pastor que se duerme contando las ovejas que lleva al matadero.

Pero no iba a ser un matadero, pensó para tranquilizarse. Habría pocas víctimas del lado jacobita. Treinta hombres. Entre dos mil, era poco probable que hubiera hombres de Lallybroch entre ellos. Siempre y cuando ella tuviera razón.

Jamie tembló bajo su capa y dominó la duda momentánea que le retorcía los intestinos. Siempre y cuando... Dios mío, siempre y cuando. Todavía le costaba creerla, aunque la había visto junto a aquella maldita roca, con el rostro descompuesto de terror alrededor de los atemorizados ojos dorados y la silueta difuminándose mientras él, también aterrorizado, la asía, sintiendo poco más que el frágil hueso del brazo bajo su mano. Tal vez tendría que haberla dejado volver a su lugar de origen. No, tal vez no. Sabía que tendría que haberlo hecho. Sin embargo, la había arrastrado hacia atrás. Le había dado la alternativa, pero la había mantenido a su lado, sólo porque la deseaba. Y ella se había quedado. Y ella le había dado a él la alternativa: creerla o no. Actuar o salir corriendo. La decisión ya estaba tomada y ningún poder sobre la tierra podía detener el amanecer que se aproximaba.

Su corazón latió con fuerza y el pulso se aceleró en las muñecas, en la entrepierna y en la boca del estómago. Trató de calmarse, reanudando su lista, un nombre por cada latido. Willie McNab, Bobby McNab, Geordie McNab... gracias a Dios, el niño Rabbie McNab estaba a salvo, en casa... Will Fraser, Ewan Fraser, Geoffrey McClure... McClure... ¿había nombrado a los dos, a George y a Sorley? Se movió un poco y, sonriendo levemente, sintió la aspereza en las costillas. Murtagh. «Sí, Murtagh, viejo lobo... mi mente no está preocupada por ti.» William Murray, Rufus Murray, Geordie, Wallace, Simon...

Y por fin cerró los ojos, encomendó a todos al cuidado del cielo y se perdió en las palabras que recordaba con más naturalidad en francés: «*Mon Dieu, je regrette...*»

$\bullet\ \bullet\ \bullet$

Hice la ronda en el interior de la cabaña y cambié el vendaje bañado en sangre de la pierna de un hombre. La hemorragia ya debería haberse detenido, pero no lo había hecho. Por culpa de la mala alimentación y los huesos frágiles. Si la hemorragia no se detenía antes de que amaneciera, tendría que llamar a Archie Cameron o a uno de los cirujanos para que amputara la pierna y cauterizara el muñón.

La mera idea me resultaba odiosa. La vida ya era bastante dura para un hombre entero y saludable. Esperando lo mejor, empapé el nuevo vendaje con alumbre y azufre. Si no ayudaba, por lo menos no molestaría. Seguramente dolería, pero eso no podía evitarse.

—Arderá un poquito —susurré al hombre, mientras le vendaba la pierna con capas de tela.

—No se preocupe —susurró. Me sonrió, pese al sudor que le recorría las mejillas, brillantes bajo la luz de mi vela—. Podré soportarlo.

—Bien. —Le di una palmadita en el hombro, y le ofrecí un poco de agua—. Volveré a revisarla dentro de una hora, si puedes soportarlo.

—Lo soportaré —repitió.

Fuera una vez más, pensé que Jamie se había dormido. Tenía apoyada la cara sobre los brazos, cruzados sobre las rodillas. Pero al oír mis pasos alzó la cabeza; me cogió la mano cuando me senté junto a él.

—Oí el estruendo de un cañón al amanecer —dije, pensando en el hombre con la pierna destrozada por una bala de cañón—. Tuve miedo por ti.

Jamie se echó a reír suavemente.

—Yo también, Sassenach. Todos tuvimos miedo.

Silenciosos como la niebla, los escoceses avanzaron a través de la inmensa pradera, paso a paso. No tenían la sensación de que la oscuridad hubiera disminuido, pero la noche había cambiado. Es decir, el viento había cambiado: soplaba desde el mar sobre la tierra fría del amanecer, y se podía oír el suave estruendo de las olas contra la arena lejana.

Pese a la impresión de continua oscuridad, el amanecer se aproximaba. Jamie se detuvo justo a tiempo para ver a un hombre a sus pies; un paso más y habría tropezado con el cuerpo acurrucado.

Con el corazón latiéndole rápidamente por el susto, se puso en cuclillas para mirarlo mejor. Era un soldado inglés y estaba durmiendo, ni muerto ni herido. Miró a su alrededor en la oscuridad para ver si había otros hombres durmiendo. Pero no oyó nada más que el mar, la hierba y el viento, y el rumor de pies furtivos, casi ocultos por su rugido sordo.

Echó un vistazo hacia atrás y se mojó los labios, que se habían secado pese al aire húmedo. Sus hombres lo seguían de cerca, así que podía perder mucho tiempo. El siguiente podía no ser tan cuidadoso al pisar, y no podían arriesgarse a que el hombre gritara.

Apoyó una mano en la daga, pero vaciló. La guerra era la guerra, pero iba contra sus principios matar a un enemigo dormido. El hombre parecía estar solo, a cierta distancia de sus compañeros. No era un centinela; ni el más descuidado de los guardias se hubiera dormido sabiendo que los escoceses estaban acampados cerca de ellos. Tal vez el soldado se había levantado para orinar, se había alejado a una distancia prudente para no molestar a sus compañeros, se había perdido en la oscuridad y se había acostado para dormir en el sitio donde estaba.

El metal del mosquete le resbalaba en la mano sudorosa. Se frotó la mano en la capa, se incorporó, asió el mosquete por el cañón y describió un arco con la culata hacia abajo. El impacto le sacudió los omóplatos al sentir la solidez de la cabeza inmóvil. Los brazos del hombre se desplazaron con la fuerza del golpe, soltó un fuerte resoplido y quedó tumbado boca abajo, inmóvil como un trapo.

Sintiendo un hormigueo en las manos, volvió a agacharse y palpó la mandíbula del hombre, buscando el pulso. Lo encontró y, tranquilizado, se levantó. Un grito ahogado a sus espaldas le hizo darse la vuelta con el mosquete listo en el hombro, el cañón apuntando a la cara de uno de los hombres del clan MacDonald de Keppoch.

—*Mon Dieu!* —susurró el hombre, persignándose, y Jamie apretó los dientes con irritación. Era el sacerdote francés de Keppoch, vestido, siguiendo la sugerencia de O'Sullivan, con camisa y capa como los soldados.

—El hombre había insistido en que era su obligación llevar los sacramentos a los heridos y moribundos en el campo de batalla —me explicó Jamie, enganchando el tartán manchado más arriba, sobre su hombro. La noche era cada vez más fría—. La idea de Sullivan era que, si los ingleses lo encontraban en el campo de batalla vestido con sotana, lo destrozarían. Tal vez estaba en lo cierto, tal vez no. Pero parecía un idiota con capa —añadió con tono reprobador.

La conducta del sacerdote tampoco había mejorado la impresión causada por su atavío. Cuando por fin se dio cuenta de que su atacante era escocés, suspiró de alivio y abrió la boca. Jamie se movió con rapidez y se la tapó con la mano antes de que hiciera preguntas poco aconsejables.

—¿Qué está haciendo aquí, padre? —gruñó, con la boca pegada a la oreja del sacerdote—. Se supone que debería estar detrás de la línea de ataque.

Al ver que el sacerdote abría los ojos de par en par, Jamie comprendió la verdad: el hombre de Dios, perdido en la oscuridad, creía que estaba detrás de la línea de ataque. Al darse cuenta de que se encontraba en la vanguardia de la avanzada escocesa, las rodillas empezaron a flaquearle.

Jamie echó un vistazo hacia atrás; no se atrevía a enviarlo de regreso. En medio de la oscura bruma, podían confundirlo con el enemigo y matarlo. Asiendo al hombrecillo de la nuca, lo puso de rodillas.

—Póngase boca abajo y quédese así hasta que el fuego cese —susurró al oído del sacerdote, que asintió frenéticamente; de repente vio el cuerpo del soldado inglés. Levantó la mirada hacia Jamie, horrorizado, y sacó las botellas de crisma y agua bendita que llevaba en el cinturón en lugar de daga.

Jamie intentó decirle por señas que el hombre no estaba muerto y que por lo tanto no requería sus servicios. Al ver que no lo comprendía, le cogió la mano y le apretó los dedos contra el cuello del inglés para demostrarle que, de hecho, el hombre no era la primera víctima de la batalla. En esta ridícula posición se encontraba cuando, aterrorizado, oyó una voz en medio de la niebla, a sus espaldas.

—¡Alto! —dijo la voz—. ¿Quién anda ahí?

—¿Tienes un poco de agua, Sassenach? —preguntó Jamie—. Se me está secando la boca de tanto hablar.

—¡Desgraciado! ¡No puedes detenerte ahora! ¿Qué pasó después?

—Dame agua —dijo, sonriendo— y te lo diré.

—De acuerdo —respondí, le entregué una botella con agua y observé cómo bebía—. ¿Qué pasó después?

—Nada —dijo, bajando la botella y secándose la boca con la manga—. ¿Qué creías, que iba a responderle? —Sonrió descaradamente y se inclinó al ver que iba a darle una bofetada—. Oye, oye —dijo—, ¿te parece que ésa es manera de tratar a un hombre herido al servicio de su rey?

—¿Herido? —dije—. Créeme, Jamie Fraser, un simple corte con un sable no es nada comparado con lo que te haré si...

—Ah, ¿me estás amenazando? ¿Cómo era ese poema del que me hablaste? «Cuando el dolor y la angustia atormentan el espíritu, un ángel protector...» ¡Ay!

—La próxima vez te la arranco —dije, soltándole la oreja—. Continúa, tengo que volver en cualquier momento.

Se frotó la oreja, pero volvió a reclinarse contra la pared y reanudó su historia.

—Bueno, el padre y yo permanecimos sentados en cuclillas, mirándonos y escuchando a los centinelas, que estaban a dos metros de distancia. «¿Qué es eso?», dijo uno; yo calculaba si podría levantarme a tiempo para atacarlo con la daga antes de que me disparase; también debía tener en cuenta a su amigo. Porque la única ayuda que podía esperar del clérigo era una última oración sobre mi cadáver.

Se hizo un silencio prolongado y exasperante, durante el cual los dos jacobitas permanecieron agachados con las manos entrelazadas, temerosos de moverse siquiera para soltarse.

—Bah, estás viendo fantasmas —dijo por fin el otro centinela. Jamie sintió el escalofrío de alivio del cura; los dedos húmedos lo soltaron—. Aquí arriba no hay nada más que aliagas.

—No importa, muchacho —aseguró el centinela. Jamie oyó el ruido de una mano sobre un hombro y pisadas de botas, tratando de entrar en calor—. Hay muchísimas, seguro, pero en esta oscuridad podría estar todo el maldito ejército escocés y no se vería nada. —A Jamie le pareció oír una risa ahogada en una de las «aliagas» de la ladera cercana.

Echó un vistazo a la cima de la colina; las estrellas estaban empezando a desvanecerse. «Faltan menos de diez minutos para que aparezcan las primeras luces», pensó. Y en ese momento, las tropas de Johnnie Cope no tardarían en darse cuenta de que el ejército escocés no se hallaba, como pensaban, a una hora de marcha en la dirección opuesta, sino frente a sus líneas delanteras.

Se oyó un ruido a la izquierda, en dirección al mar. Fue leve e indistinto, pero claro para oídos entrenados para la batalla: alguien había pisado una aliaga.

—¿Eh? —Uno de los centinelas lo había oído—. ¿Qué pasa? El cura iba a tener que arreglárselas solo, pensó Jamie. Desenvainó la espada mientras se levantaba y, de un solo paso, se plantó frente al enemigo. El hombre no era más que un bulto en la oscuridad, pero era lo suficientemente visible. El filo despiadado descendió con toda su fuerza y le golpeó en la cabeza en el mismo sitio donde se encontraba.

—¡Escoceses! —gritó el compañero del hombre abatido, que saltó como un conejo de un matorral, huyendo en la oscuridad antes de que Jamie pudiera liberar el arma de su sangriento hueco. Apoyó un pie sobre la espalda del caído y tiró, apretando los dientes ante la horrible sensación que le producía la carne muerta.

La alarma se extendió a lo largo y ancho de las líneas inglesas; se podía oír y sentir la agitación de los hombres despertados con brusquedad, palpando ciegamente sus armas mientras buscaban en todas las direcciones la invisible amenaza.

Los gaiteros de Clanranald estaban detrás, hacia la derecha, pero aún no tocaron ninguna señal de ataque. Continuó el avance: el corazón le latía con furia y sentía un hormigueo en el brazo izquierdo por el golpe mortal que había asestado. Tenía los músculos del estómago rígidos y los ojos irritados de tanto forzarlos en la oscuridad. Las salpicaduras de sangre tibia en el rostro se habían vuelto frías y pegajosas.

—Al principio podía oírlos —dijo, mirando hacia la noche como si todavía buscara soldados ingleses. Se inclinó hacia delante, abrazándose las rodillas—. Después también los pude ver. A los ingleses, que se retorcían en el suelo como gusanos en la carne, y a los hombres que venían detrás de mí. George McClure se me acercó, y Wallace y Ross fueron por el otro lado. Caminamos con cautela aunque cada vez más rápido, viendo a los ingleses abrirse paso hacia nosotros.

Se oyó un estallido hacia la derecha: el fuego de un cañón. Un momento después otro y, como si se tratara de una señal, un grito vacilante de los escoceses.

—Entonces empezaron a tocar las gaitas —siguió—. No me acordé de mi mosquete hasta que oí un disparo a mi espalda; lo había dejado sobre la hierba junto al sacerdote. Cuando se está peleando no se ve otra cosa que lo que está sucediendo alrededor. Escuchas un grito y echas a correr. Lentamente, tan sólo un paso o dos, mientras te sueltas el cinturón, y entonces la capa se cae y saltas, salpicándote las piernas de barro. Sientes la hierba mojada bajo tus pies y el faldón de tu camisa vuela encima de tu trasero desnudo. El viento sopla dentro de tu camisa, por tu vientre y por tus brazos... Entonces el ruido te atrapa y gritas, como se grita al bajar corriendo una colina de cara al viento, como cuando eres niño y parece que puedes elevarte con el sonido.

Recorrieron la planicie a gritos y la fuerza del ataque escocés aplastó al numeroso ejército inglés, ahogándolos en una mezcla hirviente de sangre y terror.

—Echaron a correr —dijo—. Sólo un hombre se me enfrentó... en toda la batalla, sólo uno. A los demás los maté por la espalda. —Se pasó una mano sucia por la cara, y pude sentir que le recorría un ligero temblor—. Recuerdo... todo —dijo, casi susurrando—. Cada golpe. Cada rostro. El hombre tirado en el suelo que se meó de miedo. Los relinchos de los caballos. Todos los olores: la pólvora negra, la sangre y el olor de mi propio sudor. Todo. Pero es como si sólo hubiera sido un espectador. En realidad no estuve allí.

Abrió los ojos y me miró de soslayo. Estaba doblado casi en dos, con la cabeza sobre las rodillas: el temblor ya era visible.

—¿Sabes? —dijo.

—Lo sé.

Aunque no había luchado con una espada o un cuchillo, había luchado a menudo con mis manos y mi voluntad; superando el caos de la muerte, sólo porque no había más remedio. Y era verdad que dejaba aquel extraño sentimiento de indiferencia; el cerebro parecía imponerse sobre el cuerpo, juzgando fríamente y dirigiendo las vísceras, que permanecían sumisas hasta que la crisis había pasado. El temblor comenzaba algo después.

Yo no había llegado a ese punto todavía. Me quité la capa de los hombros y lo cubrí, antes de volver a entrar en la cabaña.

Llegó la madrugada y, con ella, el relevo: dos mujeres del pueblo y un cirujano del ejército. El hombre con la pierna herida estaba pálido y temblaba, pero la hemorragia había cesado. Jamie me cogió del brazo y me guió por la calle de Tranent.

Las constantes dificultades de O'Sullivan con las provisiones se habían visto aliviadas por el momento por el botín, y había comida en abundancia. Comimos deprisa, probando apenas la avena caliente, conscientes de que la comida era tan sólo una mera necesidad corporal, como respirar. La sensación de satisfacción comenzó a inundarme, dejándome en libertad para pensar en mi necesidad más urgente: el sueño.

Los hombres heridos estaban alojados en las casas y cabañas, mientras que la mayoría de los ilesos dormía en el campo. Jamie podría haber reclamado un sitio con los demás oficiales pero, en cambio, me tomó del brazo y pasamos entre las cabañas, subimos a una colina y nos metimos en un bosquecillo que había en las afueras de Tranent.

—Tenemos que caminar un poco —me dijo, mirándome con un tono de disculpa—, pero he pensado que preferirías un poco de intimidad.

—Sí.

A pesar de haber sido criada en condiciones que la mayoría de la gente de mi época consideraba primitivas (viviendo en tiendas y casas de barro en las expediciones del tío Lamb) no estaba acostumbrada a dormir en habitaciones atestadas de gente que comía, dormía y con frecuencia mantenía relaciones sexuales, apiñados en diminutas y sofocantes cabañas, a la luz de las fogatas de turba. Lo único que no hacían juntos era bañarse, principalmente porque no se bañaban.

Jamie me guió bajo las ramas caídas de un enorme castaño de Indias y nos internamos en un pequeño claro, lleno de hojas caídas de fresno, aliso y sicomoro. El sol acababa de salir y hacía frío bajo los árboles; algunas de las hojas amarillentas tenían el borde blanquecino de escarcha.

Jamie escarbó una zanja entre las hojas, se puso de pie en un extremo del hueco, apoyó la mano en la hebilla del cinturón y sonrió.

—Es un poco ridículo ponérselo pero es muy fácil quitárselo. —Se desabrochó el cinturón y el kilt cayó alrededor de sus tobillos, dejándolo vestido hasta la mitad del muslo sólo con la camisa. Normalmente llevaba el kilt militar que se abrochaba en la cintura, con el tartán separado alrededor de los hombros. No obstante, ahora, con su kilt rasgado y manchado por la batalla, había cogido uno de los antiguos tartanes con cinturón: era poco más que una tira larga de tela ajustada a la cintura y sujeta con un cinturón.

—¿Cómo haces para ponértelo? —pregunté con curiosidad.

—Pues, se apoya en el suelo, así —se inclinó, cubriendo con la tela el hueco cubierto de hojas— y después se frunce cada tantos centímetros, te echas encima y giras.

Estallé en carcajadas y me puse de rodillas para ayudarlo a alisar la gruesa tela.

—Eso me gustaría verlo —le dije—. Despiértame antes de que te vistas.

Meneó la cabeza con humor, y los rayos de sol que se filtraban a través de las hojas hicieron que su cabello centelleara.

—Sassenach, no podré despertarme antes que tú. No me importa si me pisa otro caballo, no pienso moverme hasta mañana. —Se acostó con cuidado, apartando las hojas—. Ven a acostarte conmigo —dijo, extendiendo una mano—. Nos cubriremos con tu capa.

Las hojas formaban un colchón muy cómodo, aunque habría dormido de buena gana sobre una cama de clavos. Relajada, me tendí a su lado, disfrutando del placer de tumbarme.

El frío desapareció cuando nuestros cuerpos entibiaron el hueco. Estábamos bastante lejos del pueblo, lo suficiente para que los ruidos nos llegaran sólo cuando soplaba el viento. Pensé que cualquiera que buscara a Jamie podía tardar un día en encontrarnos.

La noche anterior me había quitado las enaguas y las había utilizado para fabricar más vendajes; ahora sólo nos separaba la delgada tela de mi falda y su camisa. Sentí algo rígido y duro contra el estómago.

—¡Por supuesto que no...! —dije divertida pese al cansancio—. Jamie, debes de estar medio muerto.

Se echó a reír con cansancio, acercándome con una mano grande y tibia en el pequeño hueco de mi espalda.

—Mucho más que eso, Sassenach. Estoy destrozado, y mi pene es el único que no lo sabe. No puedo acostarme contigo sin desearte, pero desearte es lo único que puedo hacer.

Luché con el doblez de su camisa, después lo levanté y envolví el pene suavemente con mi mano. Más cálido que la piel de su vientre, parecía de seda bajo la caricia de mi pulgar y palpitaba con fuerza con cada latido de su corazón.

Jamie soltó un gemido de placer y se puso boca arriba, dejando que las piernas quedaran sueltas, medio cubiertas por mi capa.

El sol había llegado a nuestro lecho de hojas y mis hombros se relajaron bajo el cálido tacto de la luz. Todo parecía ligeramente dorado; la mezcla del principio del otoño y la fatiga extrema. Me sentía lánguida y algo incorpórea mientras observaba los pequeños movimientos de su carne bajo mis dedos. Todo el terror, el cansancio y el ruido de los últimos dos días se desvanecieron lentamente, dejándonos solos y juntos.

La fatiga parecía actuar como una lupa, exagerando los pequeños detalles y las sensaciones. Podía ver la herida de sable bajo la camisa arrugada. Dos o tres moscas pequeñas volaban bajo, investigando, y las aparté de un manotazo. El silencio tronaba en mis oídos; el susurro de los árboles no se podía comparar con los ecos del pueblo. Su piel era transparente en el pliegue de la ingle, y sus venas serpenteantes eran azules y delicadas como las de un niño.

Apoyé la mejilla contra su cuerpo, sintiendo la curva rígida y suave del hueso de su cadera, justo debajo de su piel.

Levantó la mano lentamente, flotando como las hojas, y la apoyó con suavidad sobre mi cabeza.

—Claire, te necesito —susurró—. Te necesito tanto...

Sin las molestas enaguas fue fácil. Sentí que flotaba, que me levantaba sin mediar mi voluntad, pasando mis faldas por encima de su cuerpo, instalándome sobre él como una nube sobre una colina, cobijando su necesidad.

Tenía los ojos cerrados, la cabeza echada hacia atrás, el pelo rojizo y dorado entre las hojas. Pero sus manos se levantaron y me rodearon la cintura, apoyándose en la curva de mis caderas.

Yo también cerré los ojos, y sentí su mente igual que sentía su cuerpo debajo de mí; el agotamiento bloqueaba todos nuestros pensamientos y recuerdos; toda sensación más allá de la conciencia del otro.

—No... mucho —susurró. Asentí, sintiendo lo que no veía, y me levanté sobre sus muslos, potentes y seguros bajo la tela de mi vestido.

Una, dos veces, otra, y otra vez, y el temblor surgió a través de él y llegó hasta mí, como el ascenso del agua por las raíces de una planta y hasta sus hojas. El jadeo se transformó en suspiro y sentí su descenso a la inconsciencia como una lámpara que se apaga. Caí a su lado, con el tiempo justo para cubrir con la capa nuestros cuerpos antes de que la oscuridad me invadiera. Me acosté con el peso tibio de su simiente en mi vientre. Dormimos.

37

Holyrood

Edimburgo, octubre de 1745

Un golpe en la puerta me sorprendió mientras revisaba mi botiquín recién aprovisionado. Después de la aplastante victoria de

Prestonpans, Carlos había conducido a su ejército triunfante a Edimburgo para que disfrutara de la adulación. Mientras él se complacía, sus generales y jefes trabajaban incansablemente para reunir a sus hombres, conseguir el equipamiento necesario y prepararse para lo que vendría a continuación.

Animado por su éxito, Carlos hablaba de tomar Stirling, luego Carlyle, y más tarde, quizá, avanzar hacia el sur y llegar incluso a Londres. Yo pasaba mi tiempo libre contando las agujas para suturas, acumulando cortezas de sauce y robando hasta la última onza de alcohol que encontraba para convertirla en desinfectante.

—¿Quién es? —pregunté mientras abría la puerta. El mensajero era un muchacho apenas mayor que Fergus. Trataba de parecer serio y deferente, pero no podía ocultar su natural curiosidad. Vi que miraba toda la habitación; sus ojos se detuvieron fascinados en el enorme botiquín que tenía en un rincón. Estaba claro que los rumores sobre mí se habían propagado por todo el palacio de Holyrood.

—Su Alteza requiere su presencia, señora Fraser —respondió. Sus brillantes ojos marrones me miraron fijamente; sin duda buscaba señales de alguna posesión sobrenatural. Pareció algo desilusionado ante mi apariencia normal.

—¿Ah, sí? Muy bien. ¿Y dónde está?

—En la sala matinal, señora. Yo debo escoltarla. Ah... —Recordó algo y se giró, antes de que yo pudiera cerrar la puerta—. Debe llevar su botiquín, por favor.

Mientras me conducía por el largo corredor que llevaba al ala real del palacio, mi escolta rebosaba orgullo ante tamaña misión. Alguien debía de haberlo instruido sobre cuál debía ser el comportamiento de un paje real, pero de vez en cuando un saltito dejaba entrever que era nuevo en ese trabajo.

¿Qué diablos querría Carlos? Pese a que me toleraba a causa de Jamie, la historia de la Dama Blanca lo había desconcertado y lo incomodaba. Más de una vez lo había sorprendido persignándose subrepticiamente en mi presencia o haciendo la señal de cuernos con dos dedos contra el mal. Me parecía poco probable que me pidiera tratamiento médico.

Cuando la pesada puerta de madera que daba a una pequeña salita se abrió, la idea me pareció aún más improbable. Vi al príncipe en perfecto estado de salud, reclinado sobre el clavicordio, punteando una melodía con un dedo. Su delicada piel estaba roja, pero eso era debido a la excitación, no a la fiebre, y su mirada era clara.

—¡Señora Fraser! ¡Es mucho amable al acudir tan pronto! —Estaba ataviado con más lujo que de costumbre; llevaba peluca y un nuevo chaleco de seda beis, con flores bordadas. Debía de estar excitado por algo, pensé, pues cuando estaba nervioso su inglés se iba al diablo.

—Es un placer, Alteza —le dije recatadamente con una reverencia. Estaba solo, una situación bastante inusual. ¿Querría utilizar mis servicios médicos, después de todo?

Hizo un gesto rápido y nervioso hacia una de las sillas de damasco dorado, instándome a que tomara asiento. Había una segunda silla enfrente, pero él empezó a pasear, demasiado nervioso para sentarse.

—Necesito su ayuda —dijo.

—¿Hum? —inquirí en tono cortés.

¿Tendría gonorrea?, me pregunté, examinándolo con disimulo. No sabía que hubiera estado con ninguna mujer desde Louise de La Tour, pero con una vez era suficiente. Movió los labios como buscando alguna otra forma de decírmelo, pero finalmente se dio por vencido.

—Tengo un *capo*... un jefe, ¿comprende? Está pensando en unirse a la causa de mi padre, pero aún tiene ciertas dudas.

—¿Es el jefe de un clan?

Carlos asintió, con el ceño fruncido bajo los rizos cuidados de su peluca.

—*Oui*, madame. Por supuesto que apoya los derechos de mi padre...

—Claro, claro —susurré.

—... pero desea hablar con usted, madame, antes de comprometer a sus hombres...

Incluso él parecía incrédulo al oír sus propias palabras. Me di cuenta de que el rubor de sus mejillas se debía a una mezcla de sorpresa y furia reprimida.

Yo también estaba más que sorprendida. Pronto mi imaginación visualizó al jefe de un clan afectado por una terrible enfermedad, y cuya adherencia a la causa dependía de que yo realizara una cura milagrosa.

—¿Está seguro de que quiere hablar conmigo? —inquirí. La fama de la Dama Blanca no podía haber llegado tan lejos.

Carlos inclinó la cabeza fríamente en mi dirección.

—Eso dice, madame.

—Pero no conozco al jefe de ningún clan —dije—. Salvo Glengarry y Lochiel, por supuesto. Ah, y Clanranald y Keppoch, claro. Pero todos ellos ya están comprometidos con vuestra causa. Y por qué...

—Bueno, es de la opinión que usted lo está conociendo —dijo. Su sintaxis empeoraba a medida que también lo hacía su humor. Contrajo las mano, obligándose a hablar con cortesía—. Es de suma importancia, madame, que se convenza de unirse a mi causa. Ruego... exijo... por tanto, que... lo convenza.

Me froté la nariz, pensativa, mirándolo. Una decisión más que debía tomar. Una oportunidad más para hacer que las cosas pasaran como yo eligiera. Y una vez más, la incapacidad de saber qué era mejor.

Carlos tenía razón: era de suma importancia convencer a aquel jefe de que se comprometiera con la causa jacobita. Con los Cameron, los MacDonald y todos los demás, el ejército jacobita apenas llegaba a los dos mil combatientes, en su mayoría hombres andrajosos con los que nunca habría contado un general. Sin embargo, aquellos andrajosos eran los que habían tomado la ciudad de Edimburgo, habían vencido a una fuerza inglesa muy superior en Preston y parecían dispuestos a seguir arrasando la campiña.

No habíamos podido detener a Carlos; quizá, como había dicho Jamie, la única manera de evitar la calamidad era hacer todo lo posible por ayudarlo. La adhesión de otro importante jefe de clan entre los partidarios sería decisiva para que otros nos unieran. Aquél podía ser un punto de inflexión, en el que las fuerzas jacobitas podían llegar a convertirse en un verdadero ejército, capaz de llevar a cabo la invasión de Inglaterra. Y si así fuera, ¿qué sucedería?

Suspiré. No podía tomar una decisión hasta que no viera a aquel misterioso personaje. Miré mi vestido para asegurarme de que fuera adecuado para entrevistarme con el jefe de un clan, enfermo o no, y me levanté, poniéndome el botiquín bajo el brazo.

—Lo intentaré, Alteza —dije.

Las manos apretadas se relajaron, mostrando las uñas mordidas, y relajó el ceño.

—Ah, bien —dijo. Se dirigió hacia la puerta que daba a un salón más grande—. Venga. La llevaré yo mismo.

El guardia dio un salto al ver que Carlos abría la puerta y entraba sin siquiera mirarlo. En un extremo de la habitación había una chimenea de mármol, recubierta de azulejos de cerámica de

Delft, que representaban escenas de la campiña holandesa en tonos azules y morados. De pie frente al fuego, junto a un pequeño sofá, había un hombre alto, de hombros anchos, con atavío escocés.

En una habitación menos imponente hubiera parecido enorme, con sus robustas piernas cubiertas con medias a cuadros bajo el kilt. No obstante, en aquella sala inmensa con techos de yeso, era simplemente grande, a tono con los héroes de la mitología que decoraban los tapices en ambos extremos de la habitación.

Me detuve en seco al ver al visitante; la sorpresa al reconocerlo se mezcló con una absoluta incredulidad. Carlos había seguido hasta el fondo de la sala, y miró hacia atrás con impaciencia, instándome a unirme a él delante del fuego. Saludé con un ademán, caminé lentamente alrededor del sofá y bajé la mirada hacia el hombre que yacía en él.

Sonrió levemente al verme y los ojos grises se encendieron con una chispa de ironía.

—Sí —dijo al ver la expresión de mi cara—. Yo tampoco esperaba volver a verte. Se diría que se ha interpuesto el destino. —Volvió la cabeza y alzó una mano hacia su enorme sirviente.

—Angus, ¿quieres traer una copa de coñac para la señora Claire? Puede que el verme tan repentinamente la haya descompuesto.

«Eso —pensé—, era una manera suave de decirlo.» Caí sobre una silla de patas anchas y acepté la copa que Angus Mhor me extendía.

Los ojos de Colum MacKenzie no habían cambiado, ni tampoco su voz. Seguían conteniendo la esencia del hombre que durante treinta años había dirigido el clan MacKenzie, a pesar de la enfermedad que lo había dejado lisiado en la adolescencia. Todo lo demás había empeorado: el pelo era gris y las arrugas de la cara se habían profundizado sobre la piel flácida que cubría los contornos afilados de los huesos. Incluso el amplio pecho y los potentes hombros estaban hundidos; la carne había desaparecido del frágil esqueleto que había debajo.

Él ya tenía una copa medio llena de un líquido color ámbar que brillaba a la luz del fuego. Se incorporó con dolor y alzó la copa a modo de saludo.

—Tienes muy buen aspecto... sobrina. —Con el rabillo del ojo vi que Carlos se había quedado boquiabierto.

—Tú no —le respondí con brusquedad.

Colum miró fríamente sus piernas arqueadas y torcidas. Cien años después llamarían a aquella enfermedad como su más célebre víctima: el síndrome de Toulouse-Lautrec.

—No —convino él, y miró a Carlos—. Pero claro, hace dos años que no nos vemos. En aquel entonces la señora Duncan presagió que viviría menos de dos años.

Bebí un trago de coñac. Uno de los mejores; realmente Carlos estaba ansioso por complacerlo.

—No creía que dieras tanta importancia a la maldición de una bruja —dije.

Una sonrisa torció los finos labios. Pese a la enfermedad, tenía la belleza de su hermano Dougal, y cuando la mirada de indiferencia desapareció de sus ojos, el poder de su hombría hizo olvidar los despojos de su cuerpo.

—A las maldiciones, no. Pero siempre tuve la impresión de que la ocupación de aquella señora era observar, no maldecir. Y nunca conocí a una observadora más aguda que Geillis Duncan... con una excepción. —Inclinó la cabeza en mi dirección, aclarando lo que aquello significaba.

—Gracias —dije.

Colum miró a Carlos, que escuchaba boquiabierto nuestra conversación.

—Le doy las gracias por la gentileza de permitirme usar su residencia para mi encuentro con la señora Fraser, Alteza —dijo con una reverencia.

Las palabras eran corteses, pero el tono las transformaba en una tácita despedida. Carlos, que no estaba acostumbrado a que lo echaran, se puso rojo y abrió la boca. Luego, recuperando la compostura, la cerró, inclinó la cabeza y dio media vuelta.

—Tampoco necesitaremos al guardia —añadí.

Carlos levantó los hombros y la nuca se le puso roja bajo la coleta de su peluca, pero hizo un gesto y el guardia lo siguió, lanzándome una mirada pasmada.

—Hum.

Colum lanzó una mirada de reprobación hacia la puerta y después concentró su atención en mí.

—Quería verte porque te debo una disculpa —me dijo sin preámbulos.

Me recliné en la silla, apoyando la copa con aire despreocupado sobre mi estómago.

—¿Conque una disculpa? —dije con tanto sarcasmo como pude—. ¿Por tratar de quemarme por bruja, no? —Hice un gesto con la mano, como restándole importancia al asunto—. No te preocupes por eso. —Lo fulminé con la mirada—. ¡Una disculpa!

Sonrió, en absoluto desconcertado.

—Supongo que resulta algo inadecuada —comenzó.

—¿Inadecuada? ¿Después de arrestarme y de meterme en el calabozo de los ladrones durante tres días, sin alimento ni agua? ¿Por exhibirme medio desnuda y azotarme ante todo el pueblo de Cranesmuir? ¿Por abandonarme junto a un barril de alquitrán y un haz de leña? —Me detuve y respiré profundamente—. Sí, ya que lo mencionas —dije un poco más tranquila— *inadecuada* es la palabra exacta.

La sonrisa se había esfumado.

—Te pido disculpas por mi aparente ligereza —dijo con voz suave—. No era mi intención burlarme de ti.

Lo miré, pero no vi ni un rastro de ironía en los ojos de negras pestañas.

—No —dije, inhalando profundamente otra vez—. Supongo que no. Ahora dirás que tampoco querías encarcelarme por brujería.

Los ojos grises me miraron con agudeza.

—¿Lo sabías?

—Geillis me lo dijo cuando estábamos en el calabozo. Me dijo que era de ella de quien te querías deshacer; que lo mío había sido un accidente.

—Así fue—. De repente parecía muy cansado—. Si te hubieras quedado en el castillo, habría podido protegerte. ¿Por qué fuiste al pueblo?

—Me dijeron que Geillis Duncan estaba enferma y que me había pedido ayuda —respondí.

—Ah —dijo en voz baja—. ¿Y quién te lo dijo, si puedo preguntar?

—Laoghaire. —No pude reprimir la ira al pronunciar el nombre de la muchacha.

Muerta de celos al ver que me casaba con Jamie, había tratado de matarme deliberadamente. Demasiada malicia para una muchacha de dieciséis años. Además de ira, sentía cierta satisfacción: «Él es mío —pensé, casi subconscientemente—. Mío. Nunca me lo quitarás. Nunca.»

—Ah —repitió Colum, pensativo, observando mi semblante sonrojado—. Eso pensé. Dime —continuó—, si una mera disculpa te parece inadecuada, ¿aceptarías la venganza?

—¿Venganza? —Debí parecer sorprendida ante la idea, pues sonrió, aunque sin ganas.

—Sí. La muchacha se casó hace seis meses con Hugh Mac-Kenzie de Muldaur, uno de mis empleados. Él hará con ella lo que yo le diga, y tú quieres que la castiguen. ¿Qué quieres que haga con ella?

Pestañeé sorprendida ante la oferta. No parecía tener prisa por obtener una respuesta. Permaneció sentado, sorbiendo la nueva copa de coñac que Angus Mhor le había servido. No me estaba observando, pero me levanté y me alejé, pues quería estar sola un momento. Fui hasta la ventana.

Las paredes tenían un metro y medio de grosor. Me apoyé en la profunda tronera de la ventana para tener algo de privacidad. El sol brillante iluminaba el fino vello rubio de mis antebrazos apoyados en el alfeizar. Eso me hizo pensar en el calabozo de los ladrones, aquel agujero húmedo y pestilente, y en la única franja de luz que brillaba a través de la abertura superior, haciendo que el agujero oscuro se pareciera aún más a una tumba por el contraste.

Había pasado el primer día en medio del frío y la suciedad, atónita e incrédula; el segundo en un estado miserable, cada vez más temerosa al descubrir hasta dónde llegaba la traición de Geillis Duncan y las medidas que Colum había tomado contra ella. Y el tercer día me habían llevado a juicio. Allí, bajo las nubes de un cielo otoñal, había sentido vergüenza y terror y había notado cómo las garras de Colum se cernían sobre mí por culpa de lo que le había dicho Laoghaire.

Laoghaire. Rubia y de ojos azules, con una carita redonda y bonita, pero con ningún otro rasgo que la distinguiera de las demás muchachas de Leoch. Había pensado en ella durante mi estancia en el calabozo con Geillis Duncan; había tenido tiempo de pensar en muchas cosas. Sin embargo, por muy furiosa y aterrorizada que estuviera entonces, y por muy furiosa que siguiera estando ahora, no podía considerarla una persona malvada.

—¡Sólo tenía dieciséis años, por el amor de Dios!

—Edad suficiente para casarse —dijo una voz a mis espaldas; me di cuenta de que había hablado en voz alta.

—Sí, ella amaba a Jamie —dije, volviéndome. Colum continuaba en el sofá, con las gruesas piernas cubiertas con una manta. Angus Mhor estaba detrás de él con la mirada fija en su amo—. O creía amarlo.

Los hombres estaban entrenando en el patio, entre gritos y choques de armas. El sol hacía brillar el metal de las espadas y los mosquetes, los tachones de latón de los escudos y el cabello cobrizo de Jamie, que revoleteaba con la brisa mientras se pasaba una mano por el rostro sonrojado y sudoroso por el ejercicio, y se reía ante uno de los comentarios inexpresivos de Murtagh.

Al fin y al cabo, quizá había sido injusta con Laoghaire al suponer que sus sentimientos tenían menos valor que los míos. Nunca sabría si la había impulsado el despecho o una verdadera pasión. En cualquier caso, había fracasado. Yo había sobrevivido y Jamie era mío. Mientras lo observaba, Angus se alzó el kilt y se rascó el trasero; los rayos de sol iluminaron el vello rojizo que suavizaba la curva dura de su muslo. Sonreí y regresé a mi silla junto a Colum.

—Aceptaré tus disculpas —dije.

Asintió, y sus ojos grises me miraron, pensativos.

—Entonces, ¿crees en la piedad?

—Más bien en la justicia. Pero no me dirás que has viajado desde Leoch a Edimburgo nada más que para disculparte conmigo. Debe de haber sido un viaje infernal.

—Sí, así ha sido —dijo Angus Mhor, que se movió un par de centímetros detrás de él e inclinó su enorme cabeza hacia su señor. Colum sintió el movimiento y elevó la mano brevemente: el gesto decía que estaba bien, por el momento.

—No —continuó Colum—. No he sabido que estabas en Edimburgo hasta que Su Alteza ha mencionado a Jamie Fraser, y yo se lo he preguntado. —Una sonrisa repentina apareció en su rostro—. El príncipe no te aprecia mucho, Claire. Supongo que ya lo sabes.

Hice caso omiso de su comentario.

—¿De modo que piensas unirte al príncipe?

Tanto Colum como Dougal o Jamie podían ocultar sus pensamientos cuando querían, pero de los tres, Colum era el que mejor lo hacía. Se podía sacar más de las cabezas talladas de la fuente del patio, si no se sentía muy comunicativo.

—He venido a verlo —fue lo único que dijo.

Permanecí en silencio un rato, preguntándome qué podía, o debía decir a favor de Carlos. Tal vez sería mejor que dejara el asunto en manos de Jamie. Después de todo, el hecho de que Colum se arrepintiera por haberme casi matado por accidente no significaba que confiara en mí. Y a pesar de que mi permanencia en el castillo, como parte del entorno de Carlos, sin duda descartaba que yo fuera una espía inglesa, no era imposible que no lo fuera.

Todavía estaba pensando en eso cuando Colum apartó su copa y me miró fijamente.

—¿Sabes cuánto coñac he tomado desde esta mañana?

—No—. Tenía las manos firmes, callosas y ásperas por la enfermedad, pero bien cuidadas. Los párpados enrojecidos y los ojos ligeramente inyectados en sangre podían deberse tanto a los rigores del viaje como a la bebida. No farfullaba, y lo único que indicaba que no estaba completamente sobrio era cierta prudencia en los movimientos. No obstante, había visto a Colum beber antes, y tenía una buena idea de su capacidad.

Apartó la mano de Angus Mhor, que se cernía sobre la botella.

—Media botella. La habré terminado para la noche.

—Ah. —Por eso querían que llevara el botiquín. Extendí la mano para levantarlo del suelo, donde lo había dejado.

—Si necesitas tanto coñac, lo único que puede ayudarte es algún derivado del opio —dije, buscando entre mi surtido de viales y tarros—. Me parece que tengo un poco de láudano, pero puedo conseguirte un poco de...

—No es eso lo que necesito de ti. —Su tono autoritario me detuvo y alcé la mirada. Si bien era capaz de ocultar sus pensamientos, también era capaz de mostrarlos cuando le interesaba—. Puedo conseguir láudano con facilidad. Me imagino que habrá algún boticario en la ciudad que lo vende... o jarabe de amapola, u opio puro, si hace falta.

Dejé caer la tapa del pequeño botiquín y apoyé las manos encima de él. Así que no quería sumirse en un estado de adormecimiento, dejando el liderazgo del clan en la incertidumbre. Y si no era un calmante lo que yo podía ofrecerle, entonces, ¿qué era? ¿Algo definitivo? Conocía a Colum MacKenzie. La mente fría y calculadora que había planeado la muerte de Geillis Duncan no vacilaría en planear la suya propia.

Así que era eso. Colum había ido a ver a Carlos Estuardo para decidir si uniría a los MacKenzie de Leoch a la causa jacobita. Si lo hacía, sería Dougal quien dirigiera el clan. Y entonces...

—Creía que el suicidio era un pecado mortal —le dije.

—Imagino que sí —dijo, sin inmutarse—. O al menos es un pecado de orgullo elegir una muerte limpia en el momento que yo quiera, según convenga a mis propósitos. Aunque no espero sufrir por mi pecado, pues dejé de creer en la existencia de Dios a los diecinueve años.

El cuarto estaba en silencio. Sólo se oía el crepitar del fuego y los gritos ahogados de la batalla ficticia. Podía oír la respiración de Colum, lenta y constante.

—¿Por qué acudes a mí? Tienes razón, puedes conseguir láudano donde quieras, siempre que tengas dinero, y lo tienes. Sabes que una cantidad suficiente te mataría. Y es una muerte fácil.

—Demasiado fácil. —Negó con la cabeza—. En la vida he dependido de pocas cosas, salvo de la cordura. Y quiero conservarla hasta para morir. En cuanto a la facilidad... —Se movió ligeramente sobre el sofá, sin molestarse en ocultar su incomodidad—. Ya tendré suficiente. —Señaló mi botiquín—. Compartías con la señora Duncan el conocimiento de las medicinas. Pensé que quizá sabías qué utilizó ella para matar a su marido. Me pareció un método rápido y seguro... Y adecuado —añadió.

—Utilizó la brujería, según el veredicto del tribunal. —«El tribunal que la condenó a muerte, según tu plan», pensé—. ¿O acaso no crees en la brujería? —pregunté.

Colum se rió despreocupadamente en la habitación iluminada por el sol.

—Un hombre que no cree en Dios tampoco puede dar crédito a Satanás, ¿no?

Vacilé, aunque Colum era un hombre que juzgaba a los demás con tanta agudeza como se juzgaba a sí mismo. Me había pedido perdón antes de pedirme un favor, y se había convencido de que yo creía en la justicia... o en la piedad. Abrí el botiquín y saqué una botellita de cianuro que guardaba para matar ratas.

—Te lo agradezco, Claire —dijo—. Aunque mi sobrino no hubiera demostrado tu inocencia en Cranesmuir, nunca creí que fueras una bruja. No sé más de lo que sabía de ti cuando nos conocimos, ni quién eres, ni por qué estás aquí, pero que fueras bruja nunca fue una de las posibilidades. —Hizo una pausa alzando una ceja—. Supongo que no estás dispuesta a decirme quién, o qué, eres.

Vacilé un instante. Pero un hombre que no creía en Dios ni en el diablo, tampoco iba a creer la verdad de mi presencia allí. Apreté sus dedos suavemente y los solté.

—Es mejor que creas que soy una bruja —le dije—. Es lo que más se acerca.

A la mañana siguiente, camino del patio, me crucé con lord Balmerino en las escaleras.

—¡Ah, señora Fraser! —me saludó alegremente—. ¡Justo a quien buscaba!

Le sonreí; era un hombre regordete y alegre, uno de los personajes más agradables de Holyrood.

—Si no es fiebre, flujo ni viruela —dije—, ¿le importaría esperar un momento? Mi esposo y su tío están ofreciendo una demostración de esgrima escocesa para don Francisco de la Quintana.

—Oh, ¿de veras? Yo también quiero verla. —Balmerino se puso a caminar a mi lado, balanceando la cabeza alegremente a la altura de mi hombro—. Me gusta ver a un hombre con una espada —dijo—. Y cualquier cosa que guste a los españoles cuenta con mi aprobación.

—Con la mía también. —Considerando que era demasiado arriesgado que Fergus robara la correspondencia del príncipe en Holyrood, Jamie dependía de la información que el mismo Carlos le proporcionaba. Sin embargo, dicha información era abundante; Carlos consideraba a Jamie un amigo íntimo; en realidad era el único jefe escocés que gozaba de tal favor, pese a su escasa contribución en hombres y dinero.

Sin embargo, en lo que a dinero se refería, Carlos le confió que tenía grandes esperanzas de obtener apoyo financiero de Felipe de España, cuya última carta a Jacobo en Roma había sido claramente alentadora. Don Francisco, aunque no era un enviado, era miembro de la corte española y podía confiarse en que llevaría un informe favorable. Aquélla era la oportunidad de Carlos de ver cuán lejos le llevaría su propia fe en el destino a la hora de convencer a los jefes de las Highlands y a los reyes extranjeros para que se unieran a él.

—¿Para qué quería verme? —pregunté mientras salíamos a un sendero que bordeaba el patio de Holyrood. Un grupo de espectadores se estaba congregando en el lugar, pero todavía no se veía ni a don Francisco ni a los dos luchadores.

—¡Ah! —Lord Balmerino buscó en su chaqueta—. Nada de gran importancia, mi querida señora. Recibí esto de uno de mis mensajeros, que lo consiguió de un pariente en el sur. Pensé que le resultaría divertido.

Me entregó un puñado de papeles mal impresos. Los reconocí como edictos, las circulares populares que se distribuían en las tabernas o que volaban de puerta en puerta por los pueblos y aldeas.

«CARLOS EDUARDO ESTUARDO, conocido por todos como El Joven Pretendiente —decía uno—. Que todos los presentes sepan que este personaje depravado y peligroso, habiendo desembarcado ilegalmente en las costas de Escocia, ha incitado a amotinarse a la población de ese país, y ha desatado sobre los inocentes ciudadanos la furia de una guerra injusta.»

El edicto continuaba en el mismo tono y concluía con una exhortación a los ciudadanos que leyeran el edicto «a hacer todo lo que se encuentre en su poder para entregar a este personaje a la justicia que tanto merece». La hoja estaba decorada en la parte superior con lo que supuse que sería un retrato de Carlos; no se parecía mucho al original, pero sin duda tenía aspecto de depravado y peligroso, que seguramente era la intención principal.

—Y éste es bastante moderado —dijo Balmerino, mirando por encima de mi codo—. Algunos de los otros dan muestra de una gran capacidad de imaginación e invectiva. Mire. Éste soy yo —dijo señalando el papel con evidente placer.

El edicto mostraba a un escocés enjuto de gruesas patillas, con cejas prominentes y ojos que brillaban, salvajes, bajo la sombra de un sombrero escocés. Miré de reojo a lord Balmerino, ataviado, como de costumbre, con calzas y chaqueta de la mejor calidad, pero de confección y colores discretos, para que se adaptaran a su silueta pequeña y rechoncha. Observó el edicto, acariciándose las mejillas redondas.

—No sé —dijo—. Las patillas me dan un aire aventurero, ¿no le parece? Sin embargo, la barba produce un terrible escozor; no estoy seguro de poder llevarla, ni siquiera para estar más guapo.

Miré el siguiente y casi se me caen todos al suelo.

—Se esmeraron un poco más en el dibujo de su esposo —observó Balmerino— pero por supuesto nuestro querido Jamie se parece mucho al concepto que los ingleses tienen de un malhechor escocés... sin ánimo de ofenderla, querida señora. Pero es enorme, ¿no es cierto?

—Sí —respondí débilmente, mientras leía el edicto.

—No sabía que su esposo tuviera por costumbre cocinar niños y comérselos —dijo Balmerino riéndose—. Aunque siempre sospeché que su estatura se debía a algo especial en su dieta.

La actitud irreverente del hombrecillo me tranquilizó. A mí también me hacían gracia las ridículas acusaciones y descripciones de los edictos, aunque me preguntaba cuánta credibilidad les darían quienes los leyeran. Mucha, me temía; la gente siempre está dispuesta a creer lo peor... y cuanto peor fuera, mejor.

—Pensé que le interesaría leer el último. —Balmerino interrumpió mis pensamientos, y pasó a la penúltima hoja.

«LA BRUJA DE LOS ESTUARDO», proclamaba el título. Una mujer de nariz larga y grandes pupilas asomaba sobre un texto que acusaba a Carlos Estuardo de invocar «los poderes de la oscuridad» en apoyo de su causa ilegítima. Contar en su entorno con una bruja famosa (que tenía el poder de la vida y de la muerte sobre los hombres, así como el poder más común de malograr las cosechas, envenenar ganado y causar ceguera) hacía evidente que Carlos había vendido su alma al diablo, y por lo tanto «¡ardería por siempre en el infierno!», como finalizaba el edicto.

—Supongo que es usted —dijo Balmerino—. Aunque le aseguro que el dibujo no le hace justicia.

—Muy divertido —dije. Le devolví los edictos, reprimiendo la necesidad de limpiarme la mano en la falda. Me sentía algo indispuesta, pero hice lo posible por sonreír. Balmerino me miró y después me cogió el codo y le dio un apretón.

—No se preocupe, querida —me dijo—. Una vez que Su Majestad haya recuperado el trono, la gente olvidará todas estas tonterías. El villano de ayer es el héroe de mañana a los ojos del populacho; lo he visto una y otra vez.

—*Plus ça change, plus c'est la même chose* —murmuré. Y si Su Majestad el rey Jacobo no llegaba a recuperar el trono...

—Y si por desgracia nuestros esfuerzos resultaran inútiles —dijo Balmerino, repitiendo mis pensamientos—, lo que digan los edictos será el menor de nuestros problemas.

—*En garde.* —Tras pronunciar la formal apertura francesa, Dougal adoptó la postura clásica de espadachín junto a su oponente, con el brazo de la espada curvado en posición, el otro brazo alzado formando un elegante arco y la mano abierta para demostrar que no guardaba ninguna daga. La espada de Jamie chocó con la de Dougal y el metal resonó con el susurro de un choque.

—*Je suis prest.* —Jamie me miró de reojo y pude ver que sonreía. La acostumbrada respuesta del espadachín era el lema de su clan: *Je suis prest*: «Estoy listo.»

Por un momento pensé que tal vez no lo estaba y solté un bufido cuando Dougal dio una estocada. Pero Jamie había visto el movimiento y, cuando la espada llegó a su sitio, él ya no estaba allí.

Se echó a un lado con un rápido chocar de hojas y arremetió. Las dos espadas se mantuvieron unidas por el mango durante un segundo; después los espadachines se separaron, dieron un paso atrás, se giraron y volvieron al ataque.

Con un golpe y un batir de hojas, un quiebro y un choque en *tierce,* Jamie se acercó a escasos centímetros de la cadera de Dougal, que se echó a un lado con un revuelo de faldas. Otro quiebro y un rápido golpe hacia arriba que apartó la hoja del oponente, y Dougal dio un paso adelante, obligando a Jamie a retroceder.

Pude ver a don Francisco de pie al otro lado del patio, con Carlos, Sheridan, Tullibardine y algunos otros. Una leve sonrisa curvaba los labios del español bajo el bigote engominado, pero no supe deducir si se debía a la admiración por los espadachines o si se trataba de una variación de su expresión arrogante. Colum no estaba. No me sorprendió; aparte de que no le gustaba aparecer en público, debía de estar exhausto por el viaje a Edimburgo.

Tanto el tío como el sobrino eran unos espadachines consumados, y ambos zurdos. Estaban ofreciendo una hábil demostración; el espectáculo era aún más impresionante porque aunque estaban luchando conforme a las reglas más estrictas del duelo francés, ninguno usaba la pequeña espada similar al florete que formaba parte del atuendo del caballero, ni el sable de un soldado. En cambio, los dos empuñaban espadones escoceses: un metro de acero templado, con un filo capaz de partir a un hombre desde la coronilla al cuello. Blandían las armas con una gracia y una ironía de la que no hubieran sido capaces hombres más pequeños.

Vi que Carlos susurraba algo al oído de don Francisco y el español asentía, sin apartar los ojos de la lid que tenía lugar en el patio cubierto de hierba. Muy parecidos en tamaño y agilidad, Jamie y su tío aparentaban querer matarse el uno al otro. Dougal había sido el maestro de esgrima de Jamie y habían peleado juntos muchas veces; ambos conocían las sutilezas del estilo del otro tanto como las propias... o por lo menos eso esperaba yo.

Dougal presionó con una doble arremetida, obligando a Jamie a retroceder hacia el borde del patio. Jamie dio un paso hacia un lado, paró la espada de Dougal con un golpe y después golpeó desde el otro lado con tal velocidad que el filo del espadón desgarró la camisa de Dougal. Se oyó cómo se rasgaba la tela y un jirón de lino blanco quedó colgando.

—¡Oh, muy bien, señor!

Me volví para ver quién había hablado y vi a lord Kilmarnock junto a mí. Era un hombre serio y feo de unos treinta años. Él y su pequeño hijo Johnny eran huéspedes de Holyrood. El hijo rara vez se separaba de su padre y lo busqué con la mirada. No tuve que buscar mucho: efectivamente, se encontraba junto a él, con la boca ligeramente abierta mientras contemplaba el duelo. Al otro lado de la columna vi a Fergus, con los ojos negros fijos en Johnny. Bajé las cejas y lo miré de manera amenazadora.

Johnny se envanecía de ser heredero de Kilmarnock y presumía de su privilegio de poder ir a la guerra con su padre a la edad de doce años; tenía la costumbre de jactarse ante los demás muchachos, que o bien lo evitaban o bien seguían esperando a que saliera de la sombra protectora de su padre.

Sin duda, Fergus pertenecía a este último grupo. Resentido por un comentario de Johnny con respecto a los «terratenientes de gorra», que había interpretado como un insulto a Jamie, Fergus había desistido de atacar a Johnny unos días atrás cuando Jamie le había dado una paliza y le había señalado que la lealtad era una virtud admirable y muy valorada por el receptor, pero la estupidez no.

—El muchacho es dos años mayor que tú, y bastante más robusto —le dijo, sacudiéndole ligeramente el hombro—. ¿Crees que me ayudarás haciendo que te rompan la cabeza? Hay veces en que debes luchar sin reparar en las consecuencias, pero otras en que hay que morderse la lengua y esperar la oportunidad. *Ne pétez plus haut que votre cul*, ¿eh?

Fergus asintió, enjugándose las lágrimas con el borde de la camisa, pero yo no creía que las palabras de Jamie le hubieran causado mucha impresión. No me gustaba nada cómo lo estaba mirando con aquellos grandes ojos negros. Pensé que, si Johnny fuera un poco más inteligente, se habría puesto entre su padre y yo.

Jamie se inclinó a medias sobre una rodilla y dio un golpe hacia arriba que pasó a milímetros de la oreja de Dougal. MacKenzie retrocedió, sorprendido por un instante, y después sonrió y golpeó el espadón de canto sobre la cabeza de Jamie, provocando un fuerte ruido.

Oí los aplausos desde el otro lado del patio. La lucha estaba pasando de un elegante duelo al estilo francés a una riña escocesa, y los espectadores disfrutaban con la broma.

Lord Kilmarnock, tras escuchar también el ruido, miró al otro lado del patio y sonrió con amargura.

—Su Alteza está convocando a sus consejeros para conocer al español —observó, sarcástico—. O'Sullivan y ese viejo mequetrefe Tullibardine. ¿Y por qué no acepta consejos de lord

Elcho? ¿O de Balmerino, de Lochiel... incluso de mi humilde persona?

Sin duda se trataba de una pregunta retórica; respondí con un murmullo de compasión, sin apartar la mirada de los espadachines. El choque de los espadones casi ahogó las palabras de Kilmarnock. Sin embargo, una vez que empezó no pudo contener su amargura.

—¡No, claro que no! O'Sullivan, O'Brien y el resto de los irlandeses ¡no arriesgan nada! Si llegara a suceder lo peor, podrían invocar la inmunidad debido a su nacionalidad. Pero a nosotros, que arriesgamos nuestros bienes, el honor, ¡la vida!, se nos trata como a vulgares soldados. ¡Ayer le dije buenos días a Su Alteza y levantó la nariz como si hubiese violado alguna regla de etiqueta al dirigirme a él!

Era evidente que Kilmarnock estaba furioso, y con razón. Carlos los había convencido de que le proveyeran de los hombres y el dinero necesarios para su aventura, y después se volcaba en sus antiguos consejeros del continente, que consideraban Escocia una tierra desierta, y a sus habitantes, poco menos que salvajes.

Se oyó un grito de sorpresa de Dougal y una risotada de Jamie. La manga izquierda de Dougal le colgaba del hombro, dejando al descubierto la piel marrón y suave sin un rasguño.

—Pagarás por esto, pequeño Jamie —dijo Dougal, sonriendo. Por el rostro le corrían gotas de sudor.

—¿Ah sí, tío? —preguntó Jamie jadeando—. ¿Con qué? —Un preciso golpe del espadón y el morral de Dougal voló por los aires.

Percibí un movimiento con el rabillo del ojo y giré la cabeza con brusquedad.

—¡Fergus! —exclamé.

Kilmarnock miró en la misma dirección que yo y vio a Fergus. El niño llevaba un largo palo en la mano con una indiferencia que resultaría cómica si no fuera por la amenaza implícita.

—No se preocupe, milady Broch Tuarach —dijo lord Kilmarnock—. Mi hijo sabrá defenderse llegada la ocasión. —Sonrió con indulgencia a Johnny y volvió a mirar a los espadachines. Yo también me giré, pero mantuve un oído alerta en la dirección de Johnny. No es que creyera que Fergus careciera de sentido del honor, pero tenía la impresión de que difería completamente de la noción de lord Kilmarnock.

—*Gu leoir!*

Ante el grito de Dougal, la lucha terminó. Sudando profusamente, los dos espadachines se inclinaron y se adelantaron un paso para aceptar las felicitaciones y ser presentados a don Francisco.

—¡Milord! —gritó una voz aguda—. ¡Por favor, *le parabola*!

Jamie se volvió, con el entrecejo fruncido ante la interrupción, pero después se encogió de hombros, sonrió y volvió al centro del patio. *Le parabola* era el nombre que Fergus había dado a aquel truco.

Con una rápida reverencia a Su Alteza, Jamie cogió el espadón por la punta, se agachó un poco y lo arrojó al aire dando vueltas. Todas las miradas se clavaron en la espada. Toda su longitud brillaba al sol mientras daba varias vueltas con tal inercia que pareció detenerse en el aire antes de caer hacia abajo.

El truco consistía en arrojar el arma de manera que se enterrara de punta al caer en la tierra. Jamie se paraba justo debajo del arco de descenso, y daba un paso atrás en el último momento.

La espada se clavó a los pies de Jamie, acompañada de un murmullo de admiración por parte de todos los espectadores. Cuando Jamie se inclinó para sacar la espada de la hierba, me di cuenta de que en la fila había dos espectadores menos.

Uno de ellos, el joven amo de Kilmarnock, yacía boca abajo en el borde cubierto de hierba. A través del pelo castaño y fino empezaba a asomar un chichón. El segundo había desaparecido; sin embargo, oí un leve murmullo a mis espaldas.

—*Ne pétez plus haut que votre cul* —decía satisfecho. No pedorrees por encima de tu trasero.

El tiempo era inusualmente cálido para noviembre y las nubes se habían dispersado, permitiendo que un fugitivo sol de otoño brillara brevemente sobre el ambiente gris de Edimburgo. Aproveché el calor para estar al aire libre, aunque fuera por poco tiempo, y me puse a andar a gatas por los jardines de Holyrood, para diversión de varios escoceses que paseaban por allí, disfrutando del sol con una jarra de whisky casero.

—¿Qué está buscando, señora? —dijo uno.

—Seguramente duendes, no orugas —bromeó otro.

—Es más probable que encuentre usted duendes en esa jarra que yo bajo las piedras —respondí.

El hombre alzó la jarra, cerró un ojo y escudriñó teatralmente en sus profundidades.

—Bueno, mientras no haya orugas en mi jarra —contestó, y dio un enorme sorbo.

De hecho, lo que yo buscaba les iba a resultar tan significativo como las orugas, pensé mientras levantaba una roca unos centímetros para dejar expuesto un liquen naranja amarronado sobre su superficie. La raspé con decisión con un pequeño cortaplumas y varias escamas de liquen cayeron en la palma de mi mano, de allí fueron a la cajita de rapé que contenía mi preciado botín, que tanto me había costado conseguir.

A los escoceses visitantes se les había pegado algo de la actitud relativamente cosmopolita de Edimburgo; mientras que en las aldeas montañesas más remotas me habrían mirado con recelo, por no decir con hostilidad, allí mi conducta resultaba una rareza inofensiva. Aunque los escoceses me trataban con mucho respeto, me alivió saber que no me tenían miedo.

Hasta me habían perdonado el hecho de ser inglesa una vez que supieron quién era mi marido. Supuse que nunca iba a saber más de lo que Jamie me había contado sobre sus hazañas en la batalla de Prestonpans, pero fuera lo que fuese, había impresionado mucho a los escoceses. Jamie *el Rojo* era vitoreado cada vez que salía de Holyrood.

Precisamente en aquel momento un grito de algunos escoceses que estaban cerca me hizo levantar la mirada, y vi al mismísimo Jamie paseando por el jardín y saludando distraídamente a los hombres como si buscara algo.

Su rostro se iluminó al verme. Cruzó el prado hasta donde me encontraba, arrodillada en medio de las rocas.

—Aquí estás —dijo—. ¿Puedes venir conmigo un rato? Y trae tu canasta, por favor.

Me puse de pie, quitándome la hierba seca del vestido, y dejé caer el cortaplumas en la cesta.

—De acuerdo. ¿Adónde vamos?

—Colum quiere hablar con nosotros dos.

—¿Dónde? —pregunté, caminando más rápido para poder mantener el ritmo de sus zancadas por el camino.

—En la iglesia de Canongate.

«Qué interesante.» Fuera lo que fuese lo que Colum quería decirnos, era evidente que no deseaba que en Holyrood se supiera que había hablado con nosotros en privado.

Tampoco Jamie; por eso la canasta. Quien nos viera atravesar cogidos del brazo el portal del castillo de la Royal Mile con la canasta en la mano, pensaría que íbamos a comprar o a distribuir medicinas entre los hombres acampados en las afueras de Edimburgo.

La calle principal de Edimburgo era empinada. Holyrood estaba al pie de la cuesta y la bóveda de su abadía le otorgaba cierto aire de seguridad. Con soberbia hacía caso omiso del imponente castillo de Edimburgo, situado en lo alto de la colina rocosa. La Royal Mile se alzaba con un ángulo de unos cuarenta y cinco grados entre los dos castillos. Jadeando por el esfuerzo, me pregunté cómo diablos había hecho Colum MacKenzie para sortear la pendiente que mediaba entre el palacio y la iglesia.

Encontramos a Colum en el cementerio, sentado en un banco de piedra, donde el sol de la tarde le calentaba la espalda. Su bastón de endrino estaba junto a él y sus piernas cortas y torcidas colgaban cerca del suelo. Con los hombros hundidos y la cabeza inclinada, meditabundo, a cierta distancia parecía un duende, un habitante natural de aquel jardín, con sus rocas torcidas y sus líquenes rastreros. Vi un espécimen excelente sobre una cripta erosionada, pero supuse que sería mejor no detenernos.

Aunque no hicimos ruido al acercarnos, Colum levantó la cabeza cuando todavía estábamos a cierta distancia. Al menos sus sentidos funcionaban a la perfección.

La sombra que había bajo un tilo cercano se movió cuando nos acercamos. También los sentidos de Angus Mhor funcionaban a la perfección. Satisfecho tras comprobar nuestra identidad, el sirviente reanudó su silenciosa guardia, transformándose otra vez en parte del paisaje.

Colum asintió a modo de saludo y nos señaló el banco. De cerca no parecía un duende, pese a su cuerpo contrahecho. Frente a frente, no se veía más que el hombre que había dentro.

Jamie me encontró un asiento en una piedra cercana antes de sentarse junto a Colum. La piedra estaba sorprendentemente fría, pues la notaba incluso a través de mis gruesas faldas, y me moví un poco; la calavera y los huesos cruzados que estaban tallados en la piedra resultaban bastante incómodos. Vi el epitafio tallado más abajo y sonreí:

Aquí yace Martin Elginbrod,
ten piedad de mi alma, Señor Dios,
como haría yo si fuera el Señor Dios,
y tú fueras Martin Elginbrod.

Jamie enarcó una ceja a modo de advertencia y se volvió hacia Colum.

—¿Querías vernos, tío?

—Quiero hacerte una pregunta, Jamie Fraser —dijo Colum, sin ningún preámbulo—. ¿Me consideras parte de tu familia?

Jamie estudió en silencio el rostro de su tío. Después sonrió débilmente.

—Tienes los ojos de mi madre —dijo—. ¿Acaso puedo negarlo?

Colum pareció sorprenderse. Sus ojos eran del claro y suave color gris del ala de una paloma, enmarcados por abundantes pestañas negras. Pese a su belleza, podían ser tan fríos como el acero y me pregunté, no por primera vez, cómo habría sido la madre de Jamie.

—¿Recuerdas a tu madre? Eras sólo un niño cuando murió.

La boca de Jamie se torció un poco al oír esto, pero respondió con calma.

—Tenía la edad suficiente para recordarla. Además, la casa de mi padre tenía espejos; me dijeron que me parezco un poco a ella.

Colum se echó a reír.

—Más que un poco. —Miró de cerca a Jamie, entornando levemente los ojos bajo el sol radiante—. Ah, sí, muchacho; eres el hijo de Ellen, no cabe duda. Ese pelo, para empezar... —Hizo un gesto vago hacia el pelo de Jamie, que resplandecía con tonos cobrizos, ambarinos, ruanos y bermellones; una masa abundante y ondulada con miles de tonos rojos y dorados—. Y esa boca... —Una comisura de Colum se elevó con un recuerdo reticente—. Amplia como la de un chotacabras, solía decirle. Le decía que podría cazar insectos como un sapo si tuviera una lengua pegajosa.

Al oírlo, Jamie se echó a reír, sorprendido.

—Willie me dijo lo mismo una vez —respondió y, a continuación, cerró la boca; rara vez hablaba de su difunto hermano mayor e imaginaba que nunca lo había mencionado ante Colum.

Si Colum se dio cuenta del desliz, no dio señal alguna de haberlo hecho.

—Le escribí una carta —continuó, mirando ausente una de las lápidas inclinadas— cuando tu hermano y el recién nacido murieron de viruela. Aquélla fue la primera vez desde que se fue de Leoch.

—Desde que se casó con mi padre, quieres decir.

Colum asintió lentamente, mirando en otra dirección.

—Sí. Ella era mayor que yo, sabes, uno o dos años; la misma diferencia que hay entre tu hermana y tú. —Los ojos oscuros se fijaron en Jamie—. No he conocido a tu hermana. ¿Os lleváis bien?

Jamie no habló, sino que se limitó a asentir, estudiando a su tío minuciosamente, como si buscara la respuesta a un acertijo en el rostro curtido que tenía delante.

Colum asintió también.

—Así éramos Ellen y yo. Yo era un enfermo y ella me atendía siempre. Recuerdo el sol brillando a través de su pelo, y cuando me contaba cuentos mientras yo estaba en cama. Incluso después —sus labios finos se elevaron en una pequeña sonrisa—, cuando dejé de caminar; ella iba y venía por todo Leoch, y todas las mañanas y todas las noches se detenía en mi alcoba para contarme a quiénes había visto y qué habían dicho. Hablábamos de los terratenientes y de los empleados, y de cómo podían arreglarse las cosas. Después me casé, pero Letitia no tenía cabeza ni interés por estos asuntos. —Hizo un ademán, como descartando a su esposa.

»Hablábamos los dos, a veces con Dougal, a veces solos, de cuál era la mejor manera de asegurar el futuro del clan; cómo podía conservarse la paz entre las tribus, qué alianzas podían hacerse con otros clanes, cómo podían manejarse las tierras y la madera... y después ella se fue —dijo bruscamente, bajando la vista hasta sus manos anchas, plegadas sobre una rodilla—. Sin pedir permiso y sin despedirse. Se fue. Y de vez en cuando tenía noticias de ella por otras personas, pero de ella, nada.

—¿No respondió a tu carta? —pregunté en voz baja, sin ánimo de interrumpir.

Colum sacudió la cabeza, todavía con la mirada baja.

—Estaba enferma; había perdido a su hijo y tenía viruela. Tal vez tenía la intención de escribir después; es tan fácil posponer las cosas. —Sonrió brevemente y, a continuación, su rostro se tornó sombrío—. Pero en la Navidad siguiente ya había muerto.

Miró a los ojos a Jamie, quien le sostuvo la mirada.

—Me sorprendí cuando tu padre me escribió para decirme que iba a llevarte con Dougal, y que deseaba que después fueras a Leoch para que continuaras con tu aprendizaje.

—Así se acordó cuando se casaron —respondió Jamie—. Que debía criarme con Dougal y después ir a vivir contigo un tiempo. —Las ramas secas de un alerce crujieron ante una ráfaga de viento; Jamie y Colum encorvaron los hombros por el repentino frío; la similitud del gesto destacó el parecido familiar.

Colum vio mi sonrisa al advertir el parecido y sonrió a modo de respuesta.

—Sí —dijo a Jamie—. Pero los acuerdos valen tanto como los hombres que los hacen, y nada más. Y entonces no conocía a tu padre.

Abrió la boca para seguir hablando, pero después pareció reconsiderar lo que estaba a punto de decir. El silencio del cementerio inundó el espacio creado por su conversación, llenando el vacío como si nunca se hubiera pronunciado palabra alguna.

Finalmente, fue Jamie quien rompió el silencio una vez más.

—¿Qué pensabas de mi padre? —preguntó, y en su tono vislumbré la curiosidad de un niño que ha perdido a sus padres muy pronto y que busca pistas de la identidad de esas personas a las que sólo ha conocido como niño. Comprendí su impulso; lo poco que sabía de mis padres provenía de las breves respuestas del tío Lamb a mis preguntas; no era un hombre acostumbrado a analizar a las personas.

Pero Colum sí que lo era.

—¿Cómo era, quieres decir? —Miró con detenimiento a su sobrino y soltó un gruñido de diversión—. Mírate al espejo, muchacho —dijo con una media sonrisa en el rostro—. Verás la cara de tu madre y los ojos de gato de los malditos Fraser de tu padre. —Se estiró y cambió de posición, acomodando los huesos sobre el banco de piedra cubierto de liquen. Mantenía los labios apretados para evitar cualquier muestra de incomodidad, un hábito que le había causado aquellos profundos pliegues entre la nariz y la boca—. Pero en respuesta a tu pregunta —continuó una vez que se acomodó—, no me gustaba mucho tu padre, ni tampoco yo a él. Pero era un hombre de honor—. Hizo una pausa y dijo en voz baja—: Sé qué tú también lo eres, Jamie MacKenzie Fraser.

Jamie no cambió su expresión, pero hubo un imperceptible temblor en sus párpados; sólo alguien que lo conociera tanto como yo (o alguien tan observador como Colum) lo habría notado.

Colum emitió un prolongado suspiro.

—Por eso, muchacho, quería hablar contigo. Debo decidir si los MacKenzie de Leoch deberán apoyar al rey Jacobo o al rey Jorge. —Sonrió con amargura—. Es un asunto feo, pero es una decisión que debo tomar.

—Dougal... —empezó a decir Jamie, pero su tío lo interrumpió con un movimiento de la mano.

—Sí, sé lo que piensa Dougal... en estos últimos dos años no he tenido descanso al respecto —dijo con impaciencia—. Pero soy yo quien representa a los MacKenzie de Leoch, y soy yo quien debe decidir. Dougal hará lo que yo diga. Quiero saber cuál es tu consejo... por el bien del clan cuya sangre corre por tus venas.

Jamie miró hacia arriba, con los ojos azules oscuros e inexpresivos, entornados para protegerlos del sol de la tarde que brillaba sobre su cara.

—Estoy aquí, y mis hombres conmigo —dijo—. ¿No es evidente mi elección?

Colum volvió a cambiar de posición, con la cabeza inclinada hacia su sobrino con atención, como si quisiera captar cualquier cambio en la voz o en la expresión que le diera una pista.

—¿Lo es? —preguntó—. Los hombres prestan lealtad por un sinfín de razones, muchacho, y pocas tienen relación con las que exponen. He hablado con Lochiel, Clanranald y Angus y Alex MacDonald de Scotus. ¿Crees que todos ellos están aquí sólo porque creen que Jacobo Estuardo es su legítimo rey? Ahora quiero oír tu opinión, quiero que digas la verdad, por el honor de tu padre.

Al ver que Jamie vacilaba, Colum continuó, observando a su sobrino con detenimiento.

—No lo pregunto por mí; si tienes ojos, te darás cuenta de que no es un asunto que me vaya a preocupar mucho tiempo. Pero por Hamish... tu primo, ¿recuerdas? Si es que va a haber un clan para él, debo decidir lo correcto.

Dejó de hablar y permaneció quieto; su habitual cautela había abandonado su cara, y tenía los ojos abiertos, dispuesto a escuchar.

Jamie permaneció tan quieto como su tío, inmóvil como el ángel de mármol de la tumba que estaba detrás de él. Yo conocía el dilema ante el que se encontraba, aunque el rostro adusto y cincelado no reflejaba nada. Era el mismo dilema al que nos habíamos enfrentado antes, cuando elegimos ir con los hombres desde Lallybroch. La rebelión de Carlos estaba en la punta de un cuchillo; la alianza de un clan grande como el de los MacKenzie de Leoch podría alentar a otros a unirse al impetuoso Joven Pretendiente y hacerlo triunfar. Pero si fracasaba, el clan MacKenzie de Leoch podría ser aniquilado.

Por fin Jamie volvió la cabeza deliberadamente, mirándome con sus ojos azules. «Tú tienes opinión en esto —parecía decir su mirada—. ¿Qué hago?»

Pude sentir que Colum también me miraba. Antes que ver, sentí la pregunta en sus gruesas y oscuras cejas enarcadas. Pero lo que vi en mi imaginación fue al joven Hamish, un muchacho pelirrojo de diez años, tan parecido a Jamie como para ser su hijo en lugar de su primo. Y lo que sería la vida para él, y el resto de su clan, si los MacKenzie de Leoch caían con Carlos en Culloden. Los hombres de Lallybroch tenían a Jamie para salvarlos de la masacre final. Pero los hombres de Leoch, no. Y sin embargo, no podía ser yo quien tomara la decisión. Me encogí de hombros e incliné la cabeza. Jamie respiró profundamente y tomó una decisión.

—Vuelve a casa, a Leoch, tío —dijo—. Y mantén tus hombres allí.

Colum permaneció inmóvil un largo rato, mirándome fijamente. Por fin su boca se curvó hacia arriba, pero la expresión no llegó a ser una sonrisa.

—Casi le impedí a Ned Gowan que fuera a rescatarte de la hoguera —me dijo—. Supongo que me alegro de no haberlo hecho.

—Gracias —dije con un tono de voz tan serio como el suyo.

Colum suspiró, frotándose la nuca con una mano callosa, como si le pesara bajo el peso del liderazgo.

—Bien, pues. Veré a Su Alteza por la mañana y le comunicaré mi decisión. —La mano descendió y permaneció inerte sobre el banco de piedra, a mitad de camino entre él y su sobrino—. Te agradezco tu consejo, Jamie. —Vaciló, y añadió—: Y que Dios te acompañe.

Jamie se inclinó y apoyó la mano sobre la de Colum. Sonrió con la sonrisa dulce de su madre y dijo:

—Y a ti también, *mo caraidh.*

La Royal Mile bullía de gente ansiosa por aprovechar las breves horas de calor. Caminamos en silencio a través de la multitud, con mi mano hundida en el hueco del codo de Jamie. Por fin, Jamie negó con la cabeza, murmurando algo en gaélico.

—Has hecho lo correcto —le dije, respondiendo a sus pensamientos, en lugar de a las palabras—. Yo habría hecho lo mismo. Suceda lo que suceda, por lo menos los MacKenzie estarán a salvo.

—Sí, quizá. —Saludó a un oficial que pasaba, mientras empujaba a la multitud que rodeaba el World's End—. Pero ¿qué pasa con el resto? ¿Y los MacDonald, los MacGillivray y todos los que han venido? ¿Serán abatidos ahora, cuando tal vez no lo serían si hubiera tenido las agallas de aconsejarle a Colum que se les uniera? —Movió la cabeza con preocupación—. Es imposible saberlo, ¿no es verdad, Sassenach?

—Sí —dije en voz baja, apretándole el brazo—. Imposible. Pero no podemos hacer nada al respecto, ¿no es así?

Me sonrió y me apretó la mano.

—No. Supongo que no. Ya está hecho y nada puede cambiarlo, así que no vale la pena preocuparse. Los MacKenzie se quedarán fuera.

El centinela de Holyrood era un MacDonald, uno de los hombres de Glengarry. Reconoció a Jamie e hizo una señal hacia el patio sin dejar de quitarse piojos del cuerpo. El tiempo cálido ponía activos a los insectos y, al abandonar los nidos de la entrepierna y la axila, a menudo podía vérselos cruzando el peligroso terreno de la camisa o la capa, lo que hacía más fácil retirarlos del cuerpo de su anfitrión.

Jamie le dijo algo en gaélico, sonriendo. El hombre se echó a reír, se quitó algo de la camisa y se lo arrojó a Jamie, quien fingió atraparlo, miró el animal imaginario con ojo crítico y después, guiñándome un ojo, se lo puso en la boca.

—¿Cómo está su hijo, lord Kilmarnock? —pregunté cortésmente cuando salimos a la pista de baile de la Gran Galería de Holyrood. No me importaba demasiado, pero pensé que, como no podía evitar el tema completamente, tal vez era mejor sacarlo a colación en un sitio donde no podría mostrar una abierta hostilidad.

Pensé que la Galería cumplía aquel criterio. La gran sala de techos altos con sus dos enormes chimeneas y las elevadas ventanas habían sido el escenario de frecuentes bailes y fiestas desde la entrada triunfal de Carlos en Edimburgo, en septiembre. Ahora, llena de celebridades de la clase alta de Edimburgo, todas ansiosas por honrar a su príncipe (ahora que parecía que podría vencer), la sala brillaba. Don Francisco, el invitado de honor, estaba en el otro extremo de la habitación con Carlos, vestido al deprimente estilo español, con pantalones oscuros y holgados, chaqueta sin forma e incluso una pequeña gorguera, que parecía provocar bastante diversión entre las personas más jóvenes y modernas.

—Ah, bastante bien, señora Fraser —respondió Kilmarnock, imperturbable—. Un chichón en la cabeza no incomodará a un muchacho de su edad por mucho tiempo; aunque tal vez su orgullo tarde un poco más en curarse —añadió con un repentino toque de humor.

Le sonreí aliviada.

—Entonces, ¿no está enfadado?

Negó con la cabeza, mirando hacia abajo para asegurarse de mantener los pies alejados de mi falda.

—He procurado enseñarle a John las cosas que debe saber como heredero de Kilmarnock. Pero parece que fallé al enseñarle a ser humilde; tal vez su sirviente haya tenido más éxito.

—Supongo que nunca lo ha castigado a la vista de todos —dije abstraída.

—¿Cómo?

—Nada —dije, ruborizándome—. Mire, ¿no es ése Lochiel? Creía que estaba enfermo.

La danza requería toda mi respiración y lord Kilmarnock no parecía inclinado a conversar, así que tuve tiempo de mirar a mi alrededor. Carlos no bailaba; aunque era un buen bailarín y las jóvenes de Edimburgo se peleaban por sus atenciones, aquella noche estaba concentrado por completo en atender a su huésped. Por la tarde había visto cómo metían en la cocina un pequeño barril con una marca portuguesa, y la copa que don Francisco sostenía en la mano izquierda parecía llenarse con el líquido color rubí como por arte de magia.

Nos cruzamos en el camino de Jamie, quien avanzaba con una de las señoritas Williams al son de la danza. Eran tres señoritas Williams que casi no se distinguían entre sí: jóvenes, de pelo castaño, guapas, y todas «tan tremendamente interesadas, señor Fraser, en esta noble Causa». Me tenían harta, pero Jamie, que era todo paciencia, bailaba con todas ellas, una por una, y respondía a las mismas preguntas tontas una y otra vez.

—Pobrecitas, no tienen otra oportunidad de salir —explicaba—. Y su padre es un rico mercader, así que Su Alteza quiere conseguir el favor de la familia.

La señorita Williams que lo acompañaba en aquel momento parecía subyugada, y me pregunté cuánto la estaría alentando Jamie. Después me distraje al ver a Balmerino bailando con la esposa de lord George Murray. Vi que los Murray intercambiaban miradas cariñosas cuando se cruzaban; el señor Murray también estaba bailando con otra de las señoritas Williams, y me sentí algo avergonzada por prestar atención a la compañera de baile de Jamie.

Colum, como no era de extrañar, no estaba en el baile. Me pregunté si habría tenido oportunidad de hablar con Carlos, pero supuse que no; Carlos parecía demasiado alegre y animado para haber recibido malas noticias.

A un lado de la Galería vi dos figuras robustas, casi idénticas, vestidas con un incómodo e inusual atuendo formal. Eran John Simpson, jefe del gremio de fabricantes de espadas de Glasgow, y su hijo, también llamado John Simpson. Habían llegado para presentar a Su Alteza uno de los magníficos espadones que los habían hecho famosos en toda Escocia. Evidentemente, habían sido invitados para demostrarle a don Francisco hasta dónde llegaba el apoyo que tenían los Estuardo.

Ambos tenían un abundante pelo oscuro y barba algo canosa. Simpson padre era canoso, con algunos cabellos castaños, mientras que su hijo parecía una colina oscura con un borde de nieve; tenía canas en las sienes y en los pómulos. Cuando los miré, el padre dio un codazo al hijo e hizo un ademán con la cabeza hacia una de las hijas del mercader que paseaba cerca de la pista de baile bajo la protección de su padre.

Simpson hijo miró a su padre con escepticismo, pero después se encogió de hombros, se acercó y ofreció su brazo con una reverencia a la tercera señorita Williams.

Los observé, entre divertida y fascinada, cuando empezaron a bailar; Jamie conocía a los Simpson y me había contado que el hijo era completamente sordo.

—De tanto martillar en la fragua, supongo —me había dicho, al mostrarme con orgullo la hermosa espada que había comprado a los artesanos—. Es sordo como una tapia; el padre es el que habla y el hijo el que lo ve todo.

Vi los agudos ojos oscuros recorriendo la sala, observando la distancia entre una pareja y otra. El joven Simpson era un poco lento de reflejos, pero mantenía el ritmo bastante bien... por lo menos tan bien como yo. Cerré los ojos y percibí la vibración de la música a través del suelo de madera, por los chelos apoyados en él; supuse que era eso lo que lo guiaba. Después, al abrir los ojos para no tropezar con todo el mundo, vi que el joven hacía una mueca ante una nota desafinada de los violines. Quizá podía oír algunos sonidos, después de todo.

Los pasos de baile nos acercaron al lugar donde se encontraban Carlos y don Francisco, que se calentaban los faldones de sus chaquetas junto a la enorme chimenea cubierta de azulejos. Ante mi sorpresa, Carlos me miró con severidad por encima del hombro de don Francisco, instándome a que me alejara con un movimiento subrepticio de la mano. Al verlo, Kilmarnock se echó a reír.

—¡Parece que Su Alteza tiene miedo de presentarle al español! —dijo.

—¿De veras? —Volví a mirar por encima del hombro, pero Carlos había vuelto a su conversación, gesticulando con expresivos ademanes italianos mientras hablaba.

—Creo que sí. —Lord Kilmarnock era un buen bailarín, y yo estaba empezando a relajarme lo suficiente para poder hablar, sin preocuparme constantemente por tropezar con mis faldas.

—¿Ha visto ese estúpido edicto que Balmerino ha enseñado a todo el mundo? —preguntó; asentí y continuó—: Me imagino que Su Alteza también lo habrá visto. Los españoles son bastante supersticiosos con ese tipo de idioteces. Ninguna persona inteligente ni de buena crianza podría tomarse en serio algo semejante —me aseguró—, pero sin duda Su Alteza cree que es mejor asegurarse. El oro español justifica cualquier sacrificio, después de todo —añadió.

Incluyendo el sacrificio de su propio orgullo; Carlos todavía trataba a los condes escoceses y a los jefes de los clanes como mendigos en su mesa; al menos habían sido invitados a las festividades de aquella noche, aunque sólo fuera para impresionar a don Francisco.

—¿Ha visto los cuadros? —pregunté, deseosa de cambiar de tema. Había más de cien en las paredes de la Gran Galería, todos retratos de reyes y reinas de gran similitud.

—¿Ah, la nariz? —dijo, reemplazando la expresión amarga que había inundado su rostro al ver a Carlos y al español por una sonrisa divertida—. Sí, por supuesto. ¿Conoce la historia?

Al parecer los retratos eran obra de un solo pintor, un tal Jacob DeWitt, que había sido contratado por Carlos II en el momento de la restauración para que pintara los retratos de todos los antepasados del rey, desde Roberto I en adelante.

—Para que todo el mundo quedara convencido de la antigüedad de su linaje y de que su restauración era absolutamente justa —explicó Kilmarnock, con una mueca irónica—. Me pregunto si el rey Jacobo llevará a cabo algún proyecto similar cuando recupere el trono.

En cualquier caso, continuó, a fin de cumplir con las exigencias del monarca, DeWitt se había dedicado a pintar un retrato cada dos semanas. La dificultad, claro estaba, era que DeWitt no tenía modo de saber cómo eran los antepasados de Carlos, así que había usado como modelos a cualquier persona que pudiera arrastrar hasta su estudio, y se había limitado a pintar a cada retrato con la misma nariz prominente para asegurarse el parecido familiar.

—Ése es el rey Carlos —dijo Kilmarnock, señalando un retrato de cuerpo entero, resplandeciente en terciopelo rojo y con un sombrero plumado. Echó una mirada crítica a su descendiente, Carlos, cuyo rostro mostraba que había bebido tanto como su huésped.

»De todos modos tiene una nariz más bonita —susurró el conde, como para sí—. Su madre era polaca.

Se estaba haciendo tarde y las velas de los candelabros de plata empezaron a vacilar y apagarse antes de que la gente de Edimburgo quedara saciada de vino y danza. Don Francisco, que posiblemente no estaba tan acostumbrado a la bebida como Carlos, cabeceaba.

Jamie, después de haber devuelto la última de las señoritas Williams a su padre con un suspiro de alivio, se reunió conmigo en el rincón en el que había encontrado un asiento que me permitía quitarme los zapatos disimuladamente bajo los faldones. Esperaba no tener que volver a ponérmelos a toda prisa.

Jamie se sentó en un asiento vacío a mi lado enjugándose la frente y señaló una mesita donde había una bandeja con algunos pasteles que habían sobrado.

—Tengo hambre —dijo—. El baile me da un terrible apetito, y la conversación mucho más. —Se puso un pastel entero en la boca, lo masticó un poco y se estiró para coger otro.

Vi que el príncipe Carlos se inclinaba sobre el huésped de honor y lo sacudía por el hombro sin éxito. El enviado español tenía la cabeza hacia atrás y la boca abierta bajo el bigote. Su Alteza se levantó tambaleándose, y miró a su alrededor buscando ayuda, pero Sheridan y Tullibardine, ambos ancianos, dormían en medio de encajes y terciopelos, apoyados uno sobre otro como un par de viejos borrachines de pueblo.

—¿Por qué no vas a echarle una mano a Su Alteza? —sugerí.

—Hum.

Resignado, Jamie se tragó el resto del pastel, pero antes de que pudiera levantarse vi que Simpson hijo había reparado en la situación y daba un codazo en las costillas a su padre.

Éste avanzó y se inclinó ante el príncipe Carlos. Antes de que el príncipe pudiera responder, los artesanos cogieron al enviado español por las muñecas y los tobillos. Con los fuertes músculos endurecidos por la forja, lo alzaron de su asiento y se lo llevaron, balanceándose suavemente entre ellos como si fuera alguna clase de espécimen de caza mayor. Desaparecieron por la puerta del otro extremo de la sala, seguidos, con paso vacilante, por Su Alteza.

Esta partida indicó el final del baile.

Los demás invitados empezaron a relajarse y a moverse de un lado a otro. Las damas desaparecieron en la antesala para recoger mantones y capas; los caballeros se quedaron esperando con impaciencia en grupos pequeños, intercambiando quejas acerca del tiempo que tardaban las mujeres en prepararse.

Como dormíamos en Holyrood, salimos por la otra puerta, situada en la parte norte de la galería, y atravesamos varias salitas hasta llegar a la escalera principal. El descansillo y la elevada escalera estaban cubiertos de tapices, con figuras que brillaban tenues y plateadas bajo la luz de las velas. Y, debajo de los tapices nos encontramos con Angus Mhor, que proyectaba una sombra enorme en la pared, temblando como una de las figuras de los tapices que titilaban por la corriente.

—Mi amo está muerto —dijo.

—Su Alteza ha dicho —me informó Jamie— que quizá haya sido para bien. —Hablaba con amargo sarcasmo—. Por Dougal —añadió, al ver mi sorpresa ante aquella declaración—. Dougal siempre ha estado dispuesto a colaborar con él. Y ahora que Colum ha muerto, Dougal es el jefe. Y los MacKenzie de Leoch marcharán con el ejército —dijo suavemente—. A la victoria, o no.

Las arrugas de pena y cansancio se marcaban profundamente en su rostro. No se resistió cuando me puse detrás de él y apoyé las manos en sus anchos hombros. Emitió un suspiro de alivio incoherente cuando mis dedos presionaron con fuerza los músculos de la base del cuello y dejó caer la cabeza hacia delante, apoyándola sobre los brazos. Estaba sentado a la mesa de nuestra alcoba, y a su alrededor había varios montones de cartas y despachos. Entre los documentos había una libretita, algo gastada, con tapas de cuero rojo. Era el diario de Colum, que Jamie había sacado del dormitorio de su tío con la esperanza de encontrar alguna anotación reciente que confirmara la decisión de Colum de no apoyar la causa jacobita.

—No es que eso vaya a hacer que Dougal cambie de idea —había dicho, mientras pasaba las páginas escritas con letra apretada—, pero es la única alternativa que tenemos.

Pero Colum no había escrito nada en su diario en los últimos tres días, salvo una breve anotación, hecha cuando regresó del cementerio el día anterior.

«Me he reunido con el joven Jamie y su esposa. Por fin estoy en paz con Ellen.» Por supuesto, dicha anotación era importante para Colum, para Jamie y tal vez para Ellen, pero de poco serviría para cambiar la decisión de Dougal MacKenzie.

Jamie se enderezó un instante después y se volvió hacia mí. Sus ojos estaban inundados de preocupación y resignación.

—Eso significa que ahora estamos comprometidos con él, Claire, es decir, con Carlos. Tenemos menos escapatoria que antes. Debemos tratar de asegurarnos la victoria.

Tenía la boca seca de tanto vino. Me mojé los labios antes de responder.

—Supongo que sí. ¡Maldita sea! ¿Por qué Colum no pudo esperar un poco más, lo justo para haber hablado con Carlos?

Jamie esbozó una sonrisa.

—No creo que haya tenido mucha elección. Pocos hombres pueden elegir la hora de su muerte.

—Pero Colum sí. —No sabía si contarle a Jamie mi primera conversación con Colum en Holyrood, pero ya no tenía sentido guardar los secretos de su tío.

Jamie meneó la cabeza y suspiró, hundiendo los hombros ante la revelación de que Colum había querido quitarse la vida.

—Entonces me pregunto —susurró, como para sí—, ¿crees que habrá sido una señal, Claire?

—¿Una señal?

—La muerte de Colum ahora, antes de que pudiera hacer lo que tenía pensado, es decir, antes de negarse a prestar ayuda a Carlos, ¿será una señal de que Carlos está destinado a ganar esta guerra?

Recordé la última imagen que tenía de Colum. La muerte le había sobrevenido sentado en la cama, con una copa de coñac intacta cerca de la mano. Había sucedido tal como él quería, con la mente despejada y alerta; la cabeza le había caído hacia atrás, pero los ojos estaban abiertos, apagados frente a las imágenes que había dejado atrás. Tenía la boca apretada con fuerza, con las arrugas profundamente marcadas de nariz a barbilla. El dolor, que había sido su compañero fiel, lo había acompañado hasta el final.

—Sólo Dios lo sabe —dije por fin.

—Sí —respondió, con la voz amortiguada otra vez por sus brazos—. Espero que alguien más lo sepa.

38

Un pacto con el diablo

El catarro se convirtió en algo tan normal en Edimburgo como la nube que ocultaba la vista del castillo sobre la colina. El agua caía día y noche y, aunque los adoquines estaban temporalmente libres de aguas residuales, la ausencia del hedor se veía reemplazada por los gargajos que cubrían calles y senderos, y por la nube de humo de las chimeneas que llenaba todas las habitaciones desde el suelo hasta el techo.

Pese a la inclemencia del tiempo, yo solía pasar bastante tiempo paseando entre Holyrood y Canongate. Prefería la lluvia a tener los pulmones llenos de humo y de gérmenes. En todo el palacio se oía el ruido de toses y estornudos, aunque la presencia de Su Alteza obligaba a la mayoría a escupir en pañuelos mugrientos o en las chimeneas recubiertas con azulejos de Delft, en lugar de en los lustrosos suelos de roble escocés.

En aquella época del año anochecía pronto, así que me di la vuelta en mitad de la calle mayor para llegar a Holyrood antes de que oscureciera. No tenía miedo de que me atacaran en la oscuridad; aunque no me hubieran conocido todos los soldados jacobitas que ocupaban la ciudad, el temor al aire fresco mantenía a todo el mundo resguardado en el interior.

Los hombres que aún estaban en condiciones de abandonar sus hogares para trabajar terminaban sus obligaciones a toda prisa para zambullirse en el santuario lleno de humo de la taberna de Jenny Ha, y se quedaban allí, cómodamente acurrucados, en el cálido espacio sin aire, donde el olor a cuerpos sucios, whisky y cerveza casi lograba superar el hedor de la chimenea.

Mi único miedo era tropezar en la oscuridad y romperme un tobillo sobre los adoquines. La ciudad estaba iluminada sólo por los tenues faroles de los serenos, que tenían la costumbre de meterse entre un umbral y otro, apareciendo y desapareciendo como luciérnagas. A veces, el farolero entraba a una taberna al final de Canongate para beber un trago de cerveza caliente y desaparecía durante media hora.

Miré el tenue brillo sobre la iglesia de Canongate y calculé cuánto tiempo quedaba hasta que oscureciera. Con suerte, tenía tiempo de detenerme en la tienda del boticario, el señor Haugh, que, aunque no tenía la variedad que se podía encontrar en el emporio parisino de Raymond, estaba especializado en vender castañas de Indias y corteza de olmo; por lo general también me proveía de menta y bérbero. En aquella época del año, su ganancia principal provenía de la venta de bolas de alcanfor, consideradas el mejor remedio para resfriados, catarro y tisis. Aunque no era más efectivo que los remedios modernos contra el resfriado, pensé, tampoco era peor, y por lo menos tenía un olor muy agradable.

Pese a las narices rojas y los rostros pálidos, en el palacio había fiestas varias noches por semana; la nobleza de Edimburgo seguía dando la bienvenida a su príncipe. Un par de horas después, los faroles de los asistentes a la fiesta comenzarían a titilar en la calle mayor.

Suspiré al pensar en tener que asistir a otro baile, lleno de caballeros que estornudaban y echaban piropos con voz ronca. Tal vez debería agregar un poco de ajo a la lista; se suponía que si lo llevabas en el interior de un relicario de plata colgado del cuello, prevenía enfermedades. Lo que en realidad hacía, pensaba yo, era mantener a los enfermos a una distancia segura, lo cual era igualmente satisfactorio, desde mi punto de vista.

La ciudad estaba ocupada por las tropas de Carlos, y los ingleses, aunque no estaban sitiados, estaban secuestrados en el castillo. Sin embargo, en ambos bandos corrían rumores de dudosa veracidad. Según el señor Haugh, el rumor más reciente sostenía que el duque de Cumberland estaba reuniendo tropas al sur de Perth con la intención de marchar hacia el norte de inmediato. No sabía si era cierto; de hecho, tenía mis dudas al respecto, pues no recordaba que se mencionara en la historia nada acerca de las actividades de Cumberland antes de la primavera de 1746, que aún no había llegado. Pero ahí estaba el rumor.

El centinela me dejó pasar, tosiendo. Los guardias de los pasillos y los rellanos también tosían. Resistiendo el impulso de agitar una canasta de ajo como un incensario a mi paso, subí las escaleras hasta el salón, donde fui admitida sin problemas.

Encontré a Su Alteza con su secretario, además de Jamie, Aeneas MacDonald, O'Sullivan y un hombre de aspecto diabólico llamado Francis Townsend que últimamente gozaba de su favor. La mayoría tenía la nariz roja y estornudaba, y el hogar de elegante repisa estaba lleno de escupitajos. Miré a Jamie, que estaba sentado sobre un sillón y muy pálido.

Acostumbrados a mis paseos por la ciudad y deseosos de recibir alguna noticia acerca de los movimientos de los ingleses, los hombres me escucharon con atención.

—Estamos en deuda con usted por las noticias que nos trae, señora Fraser —dijo Carlos con una graciosa reverencia y una sonrisa—. Dígame si hay alguna manera de pagar su generoso servicio.

—La hay —respondí, aprovechando la oportunidad—. Quiero llevar a mi marido a casa y meterlo en la cama. Ya.

Los ojos del príncipe se abrieron de par en par por un instante, aunque se recuperó enseguida. Aeneas MacDonald tuvo un sospechoso acceso de tos. La cara pálida de Jamie se tornó carmesí. Estornudó y enterró la cara en un pañuelo; los ojos azules echaban chispas sobre los pliegues.

—Ah... su marido... —dijo Carlos, recibiendo con galantería el desafío—. Hum... —Un suave rubor rosado empezó a cubrirle las mejillas.

—Está enfermo —dije con aspereza—. Seguramente Su Alteza se habrá dado cuenta. Quiero que se acueste y descanse.

—Ah, que descanse —repitió MacDonald como para sí.

Busqué una manera más cortés de decirlo.

—Lamento privar a Su Alteza de la compañía de mi marido, pero si no descansa, no le podrá seguir acompañando por mucho tiempo.

Carlos, ya recuperado de la sorpresa, parecía encontrar divertido el desconcierto de Jamie.

—Claro —dijo mirando a Jamie, cuyo rostro había adquirido una especie de palidez moteada—. Nos desagradaría mucho considerar tal perspectiva, madame. —Inclinó la cabeza hacia mí—. Como usted desee. Se excusa a *cher* James de acompañar a nuestra persona hasta que se restablezca. Por supuesto, lleve a su esposo a sus aposentos y... realice cualquier cura que considere... ah... adecuada.

El príncipe torció la boca, sacó un gran pañuelo del bolsillo y siguió el ejemplo de Jamie: enterró en él la cara y tosió.

—Debe cuidarse, Alteza, o podría contagiarse —le aconsejó MacDonald, algo mordaz.

—Ojalá tuviera yo la mitad del mal que aqueja al señor Fraser —murmuró Francis Townsend, sin ocultar una sonrisa irónica que le daba el aspecto de un zorro en un gallinero.

Jamie, ahora con el aspecto de un tomate congelado, se levantó bruscamente, se inclinó ante el príncipe con un breve: «Se lo agradezco, Alteza» y, tras cogerme del brazo, se encaminó a la puerta.

—Suéltame —le dije, cuando pasamos junto a los guardias—. Me estás estrujando el brazo.

—Bien —susurró él—. En cuanto estemos a solas, te romperé el cuello. —Pero cuando vi su sonrisa supe que su rudeza era sólo una fachada.

Una vez en nuestros aposentos, con la puerta cerrada, me atrajo hacia sí y se rió a carcajadas, apretando la mejilla en mi cabeza.

—Gracias, Sassenach —dijo, resollando un poco.

—¿No estás enfadado? —pregunté, con la voz algo amortiguada por su camisa—. No quise avergonzarte.

—No, no me importa —respondió, soltándome—. Dios, no me habría importado aunque hubieras dicho que ibas a prenderme fuego en la Gran Galería, mientras pudiera dejar a Su Alteza y venir a descansar un rato. Estoy harto de ese hombre y me duele todo el cuerpo. —Un espasmo repentino de tos lo sacudió, y se apoyó sobre la puerta una vez más, esta vez para sostenerse.

—¿Estás bien? —Me puse de puntillas para tocarle la frente. No me sorprendió, pero me alarmé bastante al sentir lo caliente que estaba la piel—. ¡Tienes fiebre! —dije con tono acusador.

—Todo el mundo tiene fiebre, Sassenach —dijo—. Sólo que algunos tienen más que otros, ¿no?

—No te salgas por la tangente —le advertí, aliviada de que aún fuera capaz de hablar con lógica—. Quítate la ropa. Y ni se te ocurra —añadí con firmeza, al ver la sonrisa que se le formaba al abrir la boca—. Lo único que pienso hacer con tu cuerpo enfermo es meterlo en un camisón.

—¿Ah, sí? ¿No crees que me vendría bien un poco de ejercicio? —bromeó, empezando a desabrocharse la camisa—. Creí que decías que el ejercicio era sano. —Su risa se convirtió en un acceso de tos ronca que lo dejó sin aliento y sonrojado. Dejó caer la camisa al suelo y casi de inmediato empezó a tiritar.

—Demasiado sano para ti, muchacho. —Le pasé el grueso camisón de lana por la cabeza, dejando que él peleara para ponérselo, y le quité la falda, los zapatos y las medias—. ¡Dios mío, tienes los pies congelados!

—Podrías... calentármelos. —Pero los dientes le castañetearon al decirlo, de modo que no protestó cuando lo conduje hacia la cama.

Temblaba demasiado para poder hablar cuando cogí un ladrillo caliente con unas tenacillas, lo envolví en un trozo de franela y lo puse a sus pies.

El escalofrío fue intenso pero breve y ya no temblaba cuando terminé de poner en remojo en una sartén un manojo de menta y grosella.

—¿Qué es eso? —preguntó con recelo, olfateando el aire cuando abrí otra jarra de mi canasta—. No pretenderás que lo beba, ¿no? Huele a pato muerto.

—Casi —dije—. Es grasa de ganso mezclada con alcanfor. Voy a frotártela en el pecho.

—¡No! —Se tapó con las mantas hasta la barbilla.

—Sí —insistí con firmeza, avanzando hacia él.

Mientras estaba inmersa en mis labores, me di cuenta de que teníamos público. Fergus estaba a un lado de la cama, observándonos fascinado. Estaba moqueando. Quité la rodilla del abdomen de Jamie y le alcancé un pañuelo.

—Y tú, ¿qué haces aquí? —le preguntó Jamie, tratando de volverse a tapar con el camisón.

Fergus, sin desconcertarse por el tono del recibimiento, hizo caso omiso del pañuelo y se limpió la nariz con la manga. Observaba con los ojos abiertos de admiración el pecho musculoso de su amo.

—El milord delgado me ha enviado a buscar un paquete que dice que tiene para él. ¿Todos los escoceses tienen tanto pelo en el pecho, milord?

—¡Cristo! Me había olvidado de los despachos. Espera, yo mismo se los llevaré a Cameron. —Jamie empezó a levantarse, proceso durante el cual su nariz quedó cerca del sitio donde estaba preparando la mezcla—. ¡Puaj! —Agitó el camisón para disipar el penetrante aroma y me miró con aire acusador—. ¿Cómo voy a deshacerme de este hedor? ¿Esperas que ande por ahí oliendo a ganso muerto, Sassenach?

—No —respondí—. Espero que te quedes tranquilamente acostado y descanses, pues de lo contrario tú serás un ganso muerto. —Lo fulminé con la mirada.

—Yo puedo llevar el paquete —le aseguró Fergus.

—No harás nada de eso —dije al ver las mejillas rojas y los ojos brillantes del muchacho. Le puse una mano sobre la frente.

—No me digas —dijo Jamie, sarcástico—. ¿Tiene fiebre?

—Sí, así es.

—Ja —dijo a Fergus con sombría satisfacción—. Ahora te toca a ti. Veremos si te gusta que te apaleen.

Después de un período de intenso esfuerzo, Fergus quedó arropado en su camastro junto al fuego, con grasa de ganso y té medicinal caliente administrados con abundancia y un pañuelo limpio depositado bajo la barbilla de cada paciente.

—Bien —dije enjuagándome meticulosamente las manos en la palangana—. Ahora yo llevaré este precioso paquete de despachos al señor Cameron. Vosotros dos vais a descansar, a beber té caliente, a sonaros la nariz y a descansar, en ese orden. ¿Entendido, tropa?

La punta de una nariz larga y roja apenas visible encima de la colcha osciló lentamente de un lado a otro, mientras Jamie negaba con la cabeza.

—Ebria de poder —indicó con tono reprobador, mirando hacia el techo—. Una actitud muy poco femenina.

Le di un beso en la frente y descolgué mi capa de su gancho.

—Qué poco sabes de mujeres, mi amor —le dije.

Ewan Cameron estaba a cargo de lo que se consideraba el servicio de inteligencia de Holyrood. Sus aposentos se encontraban al final del ala occidental, no lejos de las cocinas. No por casualidad, sospeché tras ver el apetito del hombre. Posiblemente tenía la solitaria, pensé al ver su semblante cadavérico cuando abrió el paquete y revisó los despachos.

—¿Todo en orden? —le pregunté momentos después. Tuve que reprimir el impulso de añadir «señor».

Interrumpido en sus pensamientos, levantó la cabeza de los despachos y pestañeó.

—¿Qué? ¡Oh! —Sonrió y se apresuró a disculparse.

—Perdón, señora Fraser. Es muy descortés de mi parte dejarla de pie. Sí, todo parece estar bien. Muy interesante —susurró para sí. Entonces, recordando mi presencia, dijo—: ¿Me haría el favor de decirle a su marido que deseo discutir estos despachos con él lo más pronto posible? Tengo entendido que no está bien de salud —añadió con delicadeza, evitando cuidadosamente mirarme a los ojos. Al parecer, Aeneas MacDonald no había tardado mucho en informarle de mi entrevista con el príncipe.

—Así es —respondí, con poco espíritu de servicio.

Lo último que quería era que Jamie pasara la noche estudiando despachos con Cameron y Lochiel. Sería casi tan malo como bailar toda la noche con las damas de Edimburgo.

—Estoy segura de que se reunirá con usted en cuanto pueda —respondí, mientras me arropaba con la capa—. Se lo diré. —Y así lo hice... uno o dos días después. Fuera cual fuese la posición de las tropas inglesas, estaba segura de que estaban a más de ciento cincuenta kilómetros de Edimburgo.

Volví a nuestros aposentos. Los dos bultos estaban inmóviles bajo las frazadas y el rumor de la respiración lenta y regular, aunque algo congestionada, llenaba la habitación. Satisfecha, me quité la capa y me senté en la salita con una taza de té caliente para prevenir el catarro a la que añadí una buena porción de coñac.

Mientras lo saboreaba, sentía cómo el calor del líquido fluía por el centro de mi pecho, se extendía por mi abdomen e iniciaba su camino de descenso hacia los pies, helados después de la caminata a través del patio, camino que prefería al pasadizo interno, lleno de interminables escaleras y rincones.

Sostuve la taza debajo de la barbilla, inhalando el aroma agradable y amargo y sintiendo que el coñac caliente aclaraba mis fosas nasales. Me puse a reflexionar cuál sería la razón por la cual, en una ciudad y en un edificio plagado de catarros, mi nariz permanecía descongestionada.

De hecho, aparte de la fiebre posterior al parto, no había caído enferma desde mi paso a través del círculo de piedras. Era muy extraño, pensé; dadas las condiciones de higiene, las medidas sanitarias y el hacinamiento en el que solíamos vivir, a estas alturas tendría que haber contraído por lo menos un par de catarros. Pero me conservaba tan sana como siempre.

Evidentemente, no era inmune a todas las enfermedades, pues en ese caso no habría contraído la fiebre. Pero ¿y las enfermedades que normalmente eran contagiosas? El hecho de que estuviera vacunada explicaba que no pudiera contraer la viruela, el tifus, el cólera ni la fiebre amarilla. Tampoco es que fuera probable que contrajera la fiebre amarilla, pero aun así... Apoyé la taza y me palpé el brazo izquierdo. La cicatriz de la vacuna se había difuminado con el tiempo, pero todavía podía notarla: era un círculo de piel lisa de un centímetro de diámetro.

Sentí un breve escalofrío al recordar a Geillis Duncan, pero aparté el pensamiento de mi cabeza; volví a sumergirme en los pensamientos sobre mi estado de salud para evitar pensar en la mujer que había muerto en la hoguera, y en Colum MacKenzie, el hombre que la había condenado.

La taza estaba casi vacía. Me levanté para volver a llenarla, pensativa. ¿Habría adquirido algún tipo de inmunidad? Durante la formación para enfermeras había aprendido que los resfriados eran causados por innumerables virus, cada uno diferente y siempre en evolución. Una vez expuesta a un virus en particular, según nos había explicado el instructor, una persona se hace inmune a él. Ésta se continúa resfriando a medida que se enfrenta a virus nuevos y diferentes, pero las posibilidades de encontrar uno al que no esté expuesta se reducen con la edad. Así, decía que, mientras que los niños tenían un promedio de seis resfriados por año, las personas de mediana edad tenían sólo dos y los ancianos podían pasar años sin resfriarse. La única razón era que ya se habían enfrentado a la mayoría de los virus conocidos y se habían inmunizado.

Era una posibilidad, pensé. ¿Y si algunos tipos de inmunidad fueran hereditarios, a medida que los virus y las personas evolucionaban? Sabía que los anticuerpos de muchas enfermedades podían pasar de madre a hijo a través de la placenta o de la leche materna, de modo que el niño se inmunizaba (si bien temporalmente) contra cualquier enfermedad a la que la madre hubiera estado expuesta. Tal vez nunca me había resfriado porque había heredado anticuerpos de virus del siglo XVIII y de todos mis ancestros de los últimos doscientos años.

Me encontraba reflexionando sobre esta idea, tan concentrada que no me había molestado sentarme y estaba sorbiendo mi taza de té de pie en el centro de la habitación, cuando oí una suave llamada en la puerta.

Suspiré con impaciencia, irritada ante la distracción. Sin dejar la taza, me aproximé a la puerta, preparada para recibir (o rechazar) las esperadas averiguaciones acerca de la salud de Jamie. Seguramente Cameron se había topado con un párrafo poco claro en un despacho, o Carlos había reconsiderado su generosidad al prescindir de la presencia de Jamie en el baile. Pues bien, sólo lo sacarían de la cama por encima de mi cadáver.

Abrí la puerta y las palabras de saludo murieron en mi garganta. Jonathan Randall estaba de pie bajo el umbral.

∙ ∙ ∙

El té que derramé sobre la falda me hizo volver en mí; sin embargo, él ya había entrado. Me miró de arriba abajo con su acostumbrado desdén y observó la puerta cerrada que daba al dormitorio.

—¿Está sola?

—¡Sí!

Los ojos color avellana me miraron primero a mí y después hacia la puerta, como tratando de averiguar si decía la verdad. Su cara reflejaba la mala salud y una palidez causada por la mala nutrición y un invierno puertas adentro. Sin embargo, su agudeza mental no parecía haber disminuido. La mente rápida y despiadada había quedabo oculta por aquella mirada de hielo, pero seguía allí, sin duda alguna.

Decidiéndose, me asió del brazo y cogió mi capa del suelo con la otra mano.

—Venga conmigo.

Le hubiera permitido que me hiciera picadillo antes de hacer ningún ruido y que la puerta del dormitorio se abriera.

Cuando estábamos a mitad del corredor pensé que ya no había peligro de que nadie nos oyera. No había guardias apostados en las dependencias destinadas al personal, pero los jardines estaban fuertemente vigilados. Randall no podía esperar sacarme por el jardín ni por los portones laterales sin que lo descubrieran, y mucho menos a través de la entrada principal al palacio. Por lo tanto, debía hacer lo que pretendía dentro de Holyrood.

¿Asesinarme, quizá, para vengarse de la herida que Jamie le había infligido? Me dolió el estómago de sólo pensarlo. Lo inspeccioné mientras caminábamos rápidamente junto a las luces que emitían los candeleros de la pared. Éstos no tenían fines decorativos ni de refinamiento; las velas de aquella parte de palacio eran pequeñas y muy espaciadas, y sus llamas eran débiles; su única razón de ser era proporcionar luz suficiente para los huéspedes que regresaban a sus habitaciones.

Randall no iba de uniforme ni parecía estar armado. Llevaba un atuendo insulso, tejido en casa, con un abrigo grueso sobre unas calzas marrones y medias. Nada, excepto el porte y la arrogante inclinación de su cabeza sin peluca, dejaba entrever su identidad: habría podido deslizarse en palacio con uno de los asistentes al baile, haciéndose pasar por un sirviente.

No, pensé mientras lo observaba al pasar por los pasillos tenuemente iluminados, no estaba armado, aunque me apretaba el brazo con fuerza. Sin embargo, si tenía en mente estrangularme, no le iba a resultar una víctima fácil; yo era tan alta como él y estaba mucho mejor alimentada.

Como si me hubiera leído el pensamiento, se detuvo cerca del final del corredor y me dio la vuelta para que lo mirara, con las manos firmes sobre mis codos.

—No quiero hacerle daño —dijo en voz baja pero firme.

—Permítame dudarlo —respondí, evaluando la posibilidad de que alguien me escuchara si gritaba. Sabía que había un guardia al pie de la escalera, pero se encontraba al otro lado de unas puertas dobles, un descansillo y una larga escalera.

Por otra parte, estábamos empatados: él no podía llevarme más lejos, ni yo podía pedir ayuda desde allí. Aquel extremo del corredor no era muy concurrido y sus residentes se encontraban en el ala opuesta del palacio, ya fuera participando del baile o sirviendo en él.

Habló de inmediato.

—No sea idiota. Si quisiera matarla, podría hacerlo aquí. Sería mucho más seguro que fuera. Además —añadió— si quisiera hacerle daño, ¿para qué habría traído la capa? —Alzó el atuendo a modo de ilustración.

—¿Cómo diablos voy a saberlo? —pregunté, aunque su razonamiento parecía lógico—. ¿Por qué la ha traído?

—Porque quiero que salga conmigo. Tengo que hacerle una proposición y no quiero correr el riesgo de que alguien nos oiga. —Miró hacia la puerta situada al final del corredor. Como todos los de Holyrood, estaba construido al estilo cruz y Biblia: los cuatro paneles superiores formaban una cruz y los dos inferiores una Biblia abierta. Holyrood había sido una abadía en otra época.

—¿Quiere que vayamos a la iglesia? Allí podremos hablar sin temor a que nos interrumpan.

Era verdad. La iglesia contigua al palacio, parte de la abadía original que iba a ser Holyrood según el plan original, estaba abandonada y se la consideraba insegura por falta de mantenimiento a lo largo de los años. Vacilé, pensando qué hacer.

—¡Piense, mujer! —Me sacudió levemente, luego me soltó y dio un paso atrás. La luz de las velas recortaba su silueta, de manera que sus rasgos no eran más que un borrón oscuro frente a mí—. ¿Por qué iba a correr el riesgo de entrar en el palacio?

Era una buena pregunta. Una vez había abandonado el refugio del castillo disfrazado, las calles de Edimburgo estaban a su disposición. Podría haberme esperado en algún callejón oscuro durante mis excursiones diarias y abordarme. La única posible razón para no haberlo hecho era la que me estaba dando: necesitaba hablarme sin correr el riesgo de que nos vieran o nos oyeran.

Vio en mi rostro que llegaba a esa conclusión, y sus hombros se relajaron un poco. Extendió el abrigo para que me lo pusiera.

—Tiene mi palabra de que regresará de nuestra conversación sana y salva, madame.

Traté de interpretar su expresión, pero era impenetrable. Su mirada era firme y no me decía más de lo que me habría dicho la mía en un espejo.

Acepté la capa.

—De acuerdo —dije.

Salimos a la oscuridad del jardín rocoso. Pasamos junto al centinela y lo saludé con la cabeza. Me reconoció; no era raro que yo saliera de noche para atender algún caso urgente en la ciudad. El guardia miró a Jonathan Randall con severidad (por lo general era Murtagh quien me acompañaba, cuando Jamie no podía hacerlo) pero con semejante atuendo, no había modo de conocer la verdadera identidad del capitán. Randall le devolvió la mirada al guardia con indiferencia y la puerta del palacio se cerró detrás de nosotros, librándonos a la noche.

Había estado lloviendo, pero la tormenta se estaba disipando. Espesas nubes se deshacían y flotaban sobre nuestras cabezas, guiadas por el viento, que me azotaba la capa y me pegaba la falda a las piernas.

—Por aquí. —Me cubrí con el pesado terciopelo, incliné la cabeza contra el viento y seguí la delgada figura de Jonathan Randall a través del sendero rocoso.

Salimos al extremo inferior y, tras una breve pausa para mirar alrededor, cruzamos rápidamente el jardín hacia el portal de la iglesia.

La puerta estaba destartalada y entreabierta; hacía varios años que estaba en desuso debido a fallas estructurales que hacían que el edificio fuera peligroso, y nadie se había preocupado por repararlo. Me abrí paso a través de una capa de hojas muertas y basura, pasando de la titilante luz de la luna del jardín posterior del palacio a la absoluta oscuridad de la iglesia. O no tan absoluta; a medida que mis ojos se acostumbraban a ella, pude ver las líneas de los pilares a cada lado de la nave y la enorme ventana en el extremo, casi sin vidrios.

Un movimiento en la oscuridad me indicó adónde había ido Jonathan Randall; anduve entre los pilares y lo encontré en un espacio donde alguna vez había estado la pila bautismal y había dejado un saliente de piedra a lo largo de la pared. Había manchas pálidas en las paredes a ambos lados; eran las lápidas de aquéllos que habían sido enterrados en la iglesia. Otras estaban lisas, incrustadas en el suelo, a cada lado del pasillo central y con los nombres borrados por las pisadas.

—Muy bien —dije—. Aquí no puede oírnos nadie. ¿Qué quiere de mí?

—Su habilidad como médico y su absoluta discreción. A cambio de cierta información que poseo referente a los movimientos y planes de las tropas del elector —respondió de inmediato.

Me quedé sin aliento. No esperaba algo semejante. No podía referirse a...

—¿Busca tratamiento médico? —le pregunté sin esforzarme por ocultar el horror y la sorpresa de mi voz—. ¿De mí? Tengo entendido que usted... quiero decir... —Haciendo un gran esfuerzo, dejé de titubear y dije con firmeza—: Usted ya debe de haber recibido todo el tratamiento posible. Parece estar en buenas condiciones. Por fuera, al menos. —Me mordí el labio, reprimiendo un ataque de histerismo.

—Se me ha informado de que tengo la fortuna de seguir vivo, madame —respondió con frialdad—. Aunque eso es discutible. —Colocó el farol en un hueco de la pared, donde yacía el cuenco redondeado de una pila de agua bendita, seco y vacío—. Supongo que su pregunta tiene que ver más con su curiosidad médica que con su interés en mi bienestar —prosiguió.

La luz del farol, a la altura de su cintura, le iluminaba desde las costillas hasta los pies, dejando ocultos la cabeza y los hombros. Apoyó una mano sobre la cintura de sus calzas y se volvió hacia mí.

—¿Desea inspeccionar la herida para apreciar la eficacia del tratamiento? —Las sombras le ocultaban el rostro, pero su voz estaba cargada de ponzoña.

—Quizá más tarde —le dije con la misma frialdad—. Si no es para usted, ¿para quién requiere mis servicios?

Vaciló, pero ya era demasiado tarde para mostrarse reticente.

—Para mi hermano.

—¿Su hermano? —No pude evitar el tono de sorpresa—. ¿Alexander?

—Que yo sepa, mi hermano mayor William se encuentra ocupado en administrar las propiedades de la familia en Sussex, y no necesita ayuda... —dijo con sequedad—. Sí, mi hermano Alex.

Apoyé las manos sobre la fría piedra de un sarcófago para estabilizarme.

—Cuénteme.

La historia era simple y triste. De haber sido otra persona y no Jonathan Randall quien me la contara, habría sentido compasión.

Privado de su empleo con el duque de Sandringham debido al escándalo con Mary Hawkins, y con una salud demasiado frágil para conseguir otro nombramiento, Alexander Randall se había visto obligado a pedir ayuda a sus hermanos.

—William le envió dos libras y una carta de exhortación. —Jonathan Randall se apoyó contra la pared, cruzando los tobillos—. William es un tipo muy sincero, me temo. Pero no estaba preparado para recibir a Alex en Sussex. La mujer de William es un tanto... radical, digamos, en sus opiniones religiosas. —Hubo un dejo de risa en su voz; durante un momento me pareció un hombre agradable. En otras circunstancias, ¿podría haber sido como el descendiente al que tanto se parecía?

La imagen de Frank me desequilibró tanto que no oí su siguiente comentario.

—Lo siento. ¿Qué ha dicho?

Me apreté la alianza de oro de la mano izquierda con la derecha. Frank no existía. Debía dejar de pensar en él.

—Dije que fui yo quien le procuré un alojamiento para Alex cerca del castillo, para poder tenerlo bajo mi protección, pues mis fondos no eran suficientes para poder pagarle un sirviente.

Pero sus ocupaciones en Edimburgo habían dificultado sus visitas, de manera que Alex Randall había quedado librado a sus propios recursos durante el último mes; sólo disfrutaba de los servicios de una mujer que iba a limpiar de vez en cuando. Su mala salud se vio agravada por el mal tiempo, la mala dieta y las condiciones miserables en las que vivía hasta que, seriamente alarmado, Jonathan Randall se vio obligado a buscar ayuda. Y para procurarse esa ayuda estaba dispuesto a traicionar a su rey.

—¿Por qué ha acudido a mí? —pregunté por fin, retirando la mirada de la placa.

Pareció ligeramente sorprendido.

—Por ser usted quien es. —Sus labios se curvaron en una sonrisa leve y burlona—. Si uno quiere vender su alma, ¿no es mejor acudir a los poderes de la oscuridad?

—Realmente cree que soy un poder de la oscuridad, ¿no?

—Era evidente que así era; estaba más que capacitado para la burla, pero en su propuesta no había habido ni rastro de burla.

—Aparte de las historias que circularon en París, usted misma me lo dijo —señaló— cuando la dejé ir de Wentworth. —Se volvió en la oscuridad, acomodándose sobre el anaquel de piedra—. Fue un error terrible —dijo con voz suave—. Jamás debí dejarla con vida, peligrosa criatura. Pero no tenía alternativa: su vida fue el precio fijado por él. Y yo habría pagado un precio mayor aún por lo que él me brindó.

Emití un ligero siseo que amortigüe inmediatamente, pero no lo suficiente como para que no lo oyera. Se sentó a medias sobre el anaquel, con una cadera apoyada sobre la piedra, y una pierna estirada para mantener el equilibrio. La luna se filtraba a través de las nubes rápidas del exterior, iluminándolo desde atrás a través de la ventana rota.

Sentado en la oscuridad, con la cabeza medio vuelta y las líneas de crueldad borradas por la oscuridad, era posible confundirlo con un hombre que yo había amado. Con Frank.

Pero yo había traicionado a aquel hombre; debido a mi decisión, él jamás existiría. «Pues los pecados de los padres vivirán en los hijos... y tú lo destruirás, raíz y rama, para que su nombre no sea conocido entre las tribus de Israel.»

—¿Él se lo ha dicho? —preguntó su voz, suave y agradable entre la sombras—. ¿Le ha contado lo que pasó entre él y yo en aquel pequeño cuarto de Wentworth?

En medio del estupor y la rabia, advertí que seguía obedeciendo la orden de Jamie; ni una vez le oí utilizar su nombre. «Él.» Nunca «Jamie». Ese nombre me pertenecía a mí.

Apreté los dientes con fuerza, pero logré hablar a pesar de todo.

—Me lo contó. Todo.

Randall suspiró.

—Aunque la idea no le complazca, querida, usted y yo estamos unidos. No puedo decir que a mí me complazca tampoco, pero admito la verdad. Los dos conocemos el roce de su piel tan cálida, ¿no es así? Como si ardiera desde dentro. Conocemos el olor de su sudor y la aspereza del vello de sus muslos. Usted conoce el sonido que hace al final, cuando se pierde. Y yo también.

—Cállese —le dije—. ¡Cállese!

Me ignoró y se recostó, y continuó hablando como para sí. Reconocí, con una rabia incontenible, el impulso que lo había llevado a esto: no la intención de ofenderme, como había pensado al principio, sino la necesidad imperiosa de hablar de un ser amado; de repasar otra vez, en voz alta, los detalles que se habían desvanecido. Al fin y al cabo, ¿con quién más podía hablar de Jamie, más que conmigo?

—¡Me voy! —dije en voz alta, y giré sobre mis talones.

—¿Se va? —preguntó—. Yo puedo entregarle al general Hawley. De lo contrario, él destruirá el ejército escocés. La decisión depende de usted.

Sentí la tentación de decirle que el general Hawley no valía la pena. Pero pensé en los jefes escoceses alojados en Holyrood: Kilmarnock y Balmerino y Lochiel, que estaban a apenas unos metros de distancia, al otro lado del muro de la abadía. Y en el mismo Jamie. En los miles de soldados a los que dirigían. ¿La posibilidad de la victoria valía el sacrificio de mis sentimientos? ¿Era aquél otro momento crucial? Si no escuchaba, si no aceptaba lo que Randall proponía, ¿qué pasaría?

Me di la vuelta lentamente.

—Hable, entonces —dije.

No pareció conmovido por mi furia, ni preocupado por la posibilidad de que me negara a escucharlo. Su voz en la oscura iglesia sonaba tranquila y controlada como la de un profesor.

—Me pregunto si habrá recibido de él tanto como yo. —Inclinó la cabeza; al salir de entre las sombras, los rasgos angulosos quedaron visibles. La luz reflejó los ojos color avellana haciéndolos brillar como los de una bestia oculta entre los arbustos.

La nota de triunfo en su voz fue leve pero inconfundible.

—Yo —continuó en voz baja— lo tuve como usted jamás podrá tenerlo. Es una mujer y no puede entenderlo, a pesar de ser una bruja. Yo poseí el alma de su hombría, tomé de él lo que él tomó de mí. Lo conozco como él me conoce a mí. Estamos unidos por la sangre.

«Te doy mi Cuerpo, para que los dos podamos ser Uno...»

—Ha elegido una manera muy extraña de pedir mi ayuda —le dije con voz temblorosa. Mis manos se aferraban a los pliegues de mi falda, cuya tela estaba fría y arrugada entre mis dedos.

—¿Sí? Me parece que es mejor que lo entienda bien, madame. No busco su lástima; no recurro a sus poderes como un hombre que busca piedad por parte de una mujer, compasión femenina. Si así fuera, usted ayudaría a mi hermano de todas formas. —Un mechón de cabello oscuro le cayó sobre la frente; se lo apartó con una mano—. Prefiero que hagamos un trato justo, madame: un pago a cambio de un servicio, pues debe saber que mis sentimientos hacia usted son los mismos que los que siente usted por mí.

No salía de mi estupor; mientras luchaba por hallar una respuesta, él continuó.

—Usted y yo estamos unidos a través del cuerpo de un hombre, de él. No permitiré que un vínculo semejante se forme a través del cuerpo de mi hermano; busco sus servicios para curar su cuerpo, pero no me arriesgo a que su alma caiga presa de usted. Dígame, entonces, ¿el precio que ofrezco es aceptable?

Me di la vuelta y caminé hacia el centro de la nave. Temblaba tanto que mis pasos sonaban inseguros y la dureza del suelo me estremeció. La tracería de la enorme vidriera tras el altar abandonado se veía negra contra las veloces nubes blancas, y tenues rayos de luz de luna iluminaban mi camino.

Cuando llegué al final de la nave, lo más lejos que podía estar de él, me detuve y apreté las manos contra la pared para buscar apoyo. Estaba demasiado oscuro como para ver las letras de la lápida de mármol bajo mis manos, pero podía sentir las líneas frías y nítidas de la escultura. La curva de un pequeño cráneo sobre unos huesos entrecruzados, una versión piadosa de la bandera pirata. Dejé caer la cabeza hacia delante, frente a frente con el cráneo invisible, suave como el hueso contra mi piel. Esperé, con los ojos cerrados, a que pasara la tormenta y a que mi pulso volviera a la normalidad.

«No importa —me dije a mí misma—. No importa lo que él sea. No importa lo que él diga.»

«Estamos unidos a través del cuerpo de un hombre. Sí, pero ese hombre no es Jamie. ¡No es Jamie! —insistí, a él, a mí misma—. ¡Sí, lo tuviste, bastardo! Pero yo lo liberé de ti. ¡No te quedaste con nada de él!» Pero el sudor que me caía por las costillas y el sonido de mis sollozos contradecía mi convicción.

¿Era aquél el precio que debía pagar por Frank? ¿Salvar, quizá, mil vidas como compensación por esa pérdida?

La oscura mole del altar se elevaba a mi derecha y deseé con todo mi corazón que hubiese alguna presencia, fuera cual fuese su naturaleza, algo que me diera una respuesta. Pero no había nadie en Holyrood, excepto yo. Los espíritus de los muertos guardaban su consejo, silenciosos en las piedras de la pared y el suelo.

Traté de olvidar a Jonathan Randall. Si no fuera él, si otro hombre me pidiera ese favor, ¿iría? Tenía que tener en cuenta a Alex Randall. «Si así fuera, usted ayudaría a mi hermano de todas formas», había dicho el capitán. Y tenía razón. Fuera cual fuese la curación que le ofreciera, ¿podía negársela a causa del hombre que la solicitó?

Pasó un largo rato antes de que me enderezara trabajosamente, y con las manos húmedas y pegajosas sobre la curva del cráneo. Me sentía agotada y débil, el cuello me dolía y me pesaba la cabeza, como si, finalmente, la enfermedad que asolaba la ciudad hubiera caído sobre mí.

Él seguía allí, esperando en la oscuridad.

—Sí —dije bruscamente cuando me acerqué—. De acuerdo. Iré mañana por la mañana. ¿Adónde?

—A Ladywalk Wynd —respondió—. ¿Lo conoce?

—Sí.

Edimburgo era una ciudad pequeña; no tenía más que una calle principal de la que salían pequeños y mal iluminados callejones. Ladywalk Wynd era uno de los más pobres.

—La veré allí. Tendré lista la información.

Se puso en pie y dio un paso adelante. Después se detuvo, esperando a que yo avanzara. Vi que no deseaba que pasara cerca de él para llegar a la puerta.

—Me tiene miedo, ¿no es verdad? —pregunté, riendo sin humor—. ¿Cree que lo voy a convertir en un hongo venenoso?

—No —respondió, observándome con calma—. No le tengo miedo, madame. No puede tenerlo todo. Quiso aterrorizarme en Wentworth al darme la fecha de mi muerte. Pero después de habérmelo dicho ya no puede amenazarme; si estoy destinado a morir en abril del año próximo, no puede hacerme daño ahora, ¿no es cierto?

De haber tenido un cuchillo, le habría demostrado gustosamente lo contrario. Pero me pesaba la profecía y las vidas de mil escoceses. Jonathan Randall estaba a salvo de mí.

—Mantengo mi distancia, madame —dijo—, simplemente porque preferiría no arriesgarme a tocarla.

Una vez más me eché a reír.

—Ése, capitán —dije—, es un impulso con el que coincido plenamente. —Me volví y abandoné la iglesia, dejándolo solo.

No dudé de que cumpliría su palabra. Una vez me había liberado de Wentworth porque lo había prometido. Una vez que daba su palabra, la cumplía. Jonathan Randall era un caballero.

«¿Qué sentiste cuando le di mi cuerpo a Jonathan Randall?», me había preguntado Jamie.

«Rabia —le había respondido—. Asco. Horror.»

Me apoyé en la puerta de la salita, volviendo a sentir todas aquellas sensaciones. El fuego se había apagado y la habitación estaba fría. El olor de grasa de ganso alcanforada me provocó un cosquilleo en la nariz. La habitación estaba en silencio, excepto por la áspera respiración que procedía de la cama, y el suave sonido del viento que pasaba junto a los muros de casi dos metros de grosor.

Me arrodillé frente a la chimenea y empecé a reanimar el fuego. Se había apagado por completo. Empujé el tronco a medio quemar y encendí unas astillas, antes de amontonarlas en el centro de la chimenea. En Holyrood el fuego se alimentaba con leña, no con turba. Una lástima, pensé; un fuego de turba no se habría extinguido tan fácilmente.

Las manos me temblaban un poco. El pedernal se me cayó dos veces antes de lograr sacar una chispa. «Es por el frío», me dije. Allí hacía mucho frío.

«¿Le ha contado lo que pasó entre él y yo?», dijo la voz burlona de Jonathan Randall.

—Todo lo que necesito saber —susurré, mientras encendía un papel y prendía fuego a la leña en varios puntos diferentes. Uno a uno, fui añadiendo pequeños palitos, metiéndolos en la llama y sosteniéndolos hasta que prendían. Cuando el montón de astillas comenzó a arder con fuerza, di un paso atrás y cogí el extremo de un tronco grande, poniéndolo con cuidado en el centro de la hoguera. Era madera de pino; verde, pero con un poco de savia que burbujeaba en una grieta de la madera, como una pequeña cuenta dorada. Cristalizada y helada con el tiempo, se convertiría en una gota de ámbar, dura y permanente como una piedra preciosa. Ahora, brillaba durante un momento por el súbito calor y estallaba en una pequeña ráfaga de chispas, desapareciendo en un instante.

»Todo lo que necesito saber —susurré.

El camastro de Fergus estaba vacío. Al despertarse y sentir frío, había ido en busca de un refugio cálido.

Estaba acurrucado en la cama de Jamie; la cabeza oscura y la pelirroja descansaban una junto a otra sobre la almohada; las bocas entreabiertas roncaban pacíficamente. No pude evitar sonreír ante la escena, pero no tenía intención de dormir en el suelo.

—Fuera —le susurré a Fergus, moviéndolo hasta el borde de la cama y cogiéndolo en mis brazos.

Era de huesos pequeños y delgado para tener diez años, pero aun así pesaba mucho. Lo coloqué en su camastro sin dificultad, lo arropé, aún inconsciente, y regresé a la cama de Jamie.

Me desvestí despacio, junto a la cama, mirándolo. Se había puesto de costado y se había acurrucado. Sus largas pestañas se curvaban contra su mejilla; eran de un profundo color caoba, casi negro en las puntas, pero rubias junto a la raíz. Le daban un aire inocente, a pesar de la nariz larga y recta, y las líneas firmes de su boca y su barbilla.

Me puse el camisón y me deslicé en la cama detrás de él; tenía la espalda tibia bajo su camisón de lana. Se movió un poco, tosiendo, y apoyé una mano sobre su cadera para tranquilizarlo. Se apretó contra mí con un pequeño suspiro de reconocimiento. Lo abracé por la cintura, rozando con mi mano la suave masa de sus testículos. Podía excitarlo, lo supe, dormido como estaba; me resultaba muy fácil: sólo hacían falta unas caricias firmes de mis dedos.

Pero no quise turbar su descanso y me contenté con acariciarle el vientre. Jamie echó una mano enorme hacia atrás y me acarició torpemente el muslo.

—Te amo —susurró, medio despierto.

—Lo sé —respondí, y me dormí de inmediato, abrazándole.

39

Vínculos familiares

Era un barrio bastante pobre. Me hice a un lado para evitar un charco de inmundicia: evidentemente habían vaciado las bacinillas de los pisos superiores esperando que lo arrastrara la próxima lluvia.

Randall me cogió del codo para que no resbalara en los adoquines mojados. Me puse tensa al sentir su mano y él la retiró de inmediato. Vio mi expresión ante la jamba destartalada de la puerta, y se defendió diciendo:

—No me alcanzó para un lugar mejor, pero dentro no está tan mal.

No lo estaba. Al menos habían tratado de amueblar el cuarto con cierta comodidad. Había una jarra y una palangana, una mesa con una hogaza de pan, un queso y una botella de vino, y la cama tenía un colchón de plumas y varios edredones gruesos.

El hombre que estaba tendido en la cama había apartado los edredones, al parecer acalorado por el esfuerzo que hacía al toser. Tenía la cara roja, y la violencia de sus accesos de tos sacudía la cama, por muy robusta que fuera.

Crucé el cuarto hasta llegar la ventana y la abrí, haciendo caso omiso de las protestas de Randall. El aire frío entró en la sofocante habitación y el hedor a cuerpo sin lavar, sábanas sucias y bacinilla repleta menguó un tanto.

La tos disminuyó gradualmente y el color rojo de la tez de Alexander Randall se convirtió en una palidez espectral. Sus labios estaban ligeramente azulados y respiraba con dificultad.

Miré a mi alrededor, pero no vi nada que sirviera a mi propósito.

Abrí mi maletín de medicamentos y saqué una hoja dura de pergamino. Estaba un poco raída en los bordes, pero todavía podía ser de utilidad. Me senté en un borde de la cama y sonreí a Alexander Randall lo mejor que pude.

—Ha sido... muy amable... al venir —dijo, luchando por no toser entre palabra y palabra.

—Enseguida se sentirá mejor —le dije—. No hable y no se resista a la tos. Necesito oírla.

Tenía la camisa desabrochada y por ella asomaba el pecho hundido, casi sin carne. Se le notaban las costillas desde el abdomen hasta la clavícula. Siempre había sido delgado, pero con la enfermedad era piel y huesos.

Enrollé el pergamino formando un tubo y coloqué un extremo sobre su pecho y el otro en mi oído. Era un tosco estetoscopio, pero sorprendentemente eficaz.

Escuché en distintos puntos, diciéndole que respirara hondo. No tuve necesidad de pedirle que tosiera, pobre muchacho.

—Póngase boca abajo un momento.

Le levanté los faldones de la camisa y escuché, dando golpecitos suaves, comprobando la resonancia de sus pulmones. La carne bajo mis dedos estaba viscosa por el sudor.

—Muy bien. Dese la vuelta y quédese quieto. Relájese. Esto no le dolerá.

Continué hablando con calma mientras examinaba el blanco de los ojos, las glándulas linfáticas del cuello, que estaban hinchadas, la lengua y las amígdalas inflamadas.

—Tiene catarro —le dije, dándole un golpecito en un hombro—. Le daré algo para la tos. Mientras tanto... —señalé el tiesto de porcelana debajo de la cama y miré al hombre que aguardaba junto a la puerta—. Deshágase de esto —le ordené. Me fulminó con la mirada, pero se acercó y se inclinó para obedecerme—. ¡No lo tire por la ventana! —dije con sequedad, mientras se dirigía hacia allá—. Llévelo abajo. —Se giró y salió sin mirarme.

Alexander respiró cuando la puerta se cerró detrás de su hermano. Me sonrió; los ojos color avellana destacaban en su rostro pálido. Su piel era casi transparente, estirada sobre los pómulos.

—Es mejor que se dé prisa antes de que vuelva Johnny. ¿Qué tengo?

Su pelo oscuro estaba despeinado de tanto toser; tratando de reprimir los sentimientos que me provocaba, se lo alisé. No quería decírselo, pero era evidente que ya lo sospechaba.

—Tiene catarro. Y también tuberculosis... tisis.

—¿Qué más?

—Y una insuficiencia cardíaca —respondí, mirándole directamente a los ojos.

—Ah. Pensaba... que era algo por el estilo. A veces siento palpitaciones en el pecho... como un pequeño pájaro. —Apoyó una mano suavemente sobre el corazón.

No podía soportar ver su pecho, jadeando bajo su carga imposible; con delicadeza le abroché la camisa y le sujeté la corbata al cuello. Una mano larga y blanca tomó la mía.

—¿Cuánto tiempo me queda? —preguntó. Su tono era bajo, casi indiferente, como si le importara poco.

—No lo sé. Es la verdad, no lo sé.

—Pero no mucho —dijo, con seguridad.

—No, no mucho. Meses quizá, pero casi seguro menos de un año.

—¿Puede... aliviar la tos?

Busqué en mi botiquín.

—Sí. Puedo aliviarla, por lo menos. Y también detener las palpitaciones. Puedo preparar un extracto de digitalina.

Encontré el paquetito de hojas secas de dedalera; su preparación me llevaría algún tiempo.

—Su hermano —dije sin mirarlo—. ¿Quiere que...?

—No —respondió con determinación. Torció una comisura de la boca. Lo vi tan parecido a Frank que tuve ganas de llorar por él—. No —repitió—. Seguramente lo sabe, de todos modos. Siempre... hemos sabido cosas el uno del otro.

—¿Ah sí? —pregunté, mirándolo directamente a los ojos. No desvió la mirada, pero sonrió.

—Sí —respondió—. Sé las cosas que ha hecho. Pero no me importa.

«¿Ah, no? —pensé—. Tal vez a ti no te importe.» Como no quería que mi expresión me delatara, me giré y me ocupé de encender la pequeña lámpara de alcohol que llevaba conmigo.

—Es mi hermano —continuó la voz suave a mis espaldas.

Respiré profundamente y mantuve las manos firmes para calcular las hojas.

—Sí —dije—. Eso sí.

Al propagarse la noticia de la terrible derrota de Cope en Prestonpans, desde el norte llovieron ofertas de apoyo, hombres y dinero. En algunos casos, tales ofertas llegaban a materializarse: lord Ogilvy, el hijo mayor del conde de Airlie, aportó seiscientos arrendatarios de su padre, mientras que Stewart de Appin apareció al mando de cuatrocientos hombres de los condados de Aberdeen y Banff. Lord Pitsligo se convirtió en responsable de la mayor parte de la caballería escocesa al aportar un gran número de caballeros y sus sirvientes procedentes de los condados del noreste, todos montados y con buenas armas, por lo menos en comparación con las de algunos de los clanes, cuyas armas se reducían a viejas espadas de dos filos guardadas por sus abuelos en la rebelión del 15, hachas oxidadas y horcas utilizadas hasta entonces para limpiar establos de vacas.

Eran una multitud heterogénea, pero no por eso menos peligrosa, reflexioné, al ver un grupo de hombres reunidos alrededor de un afilador ambulante, que afilaba dagas, navajas y guadañas con total indiferencia. Los soldados ingleses podrían contraer el tétanos en lugar de morir instantáneamente, pero el resultado era el mismo.

Mientras tanto, lord Lewis Gordon, hermano menor del duque de Gordon, había ido a rendir homenaje a Carlos en Holyrood, y ofrecía llevar a todo el clan Gordon; pero una cosa era besar la mano del príncipe y otra muy diferente contribuir con hombres.

Y las Tierras Bajas escocesas, aunque se alegraron mucho al recibir noticias de la victoria de Carlos, no se mostraban dispuestas a enviar hombres para apoyarlo; casi todo el ejército Estuardo estaba compuesto por hombres de las Highlands, y lo más probable era que siguiera siendo así. No obstante, las Tierras Bajas también aportaron algo; lord George Murray me había contado que las contribuciones de comida, bienes y dinero de los condados sureños constituían una suma considerable para el tesoro del ejército, que podría sacarles del apuro durante un tiempo.

—Recibimos cinco mil quinientas libras sólo de Glasgow. Aunque no es mucho en comparación con el dinero prometido por Francia y España —había confiado su excelencia a Jamie—. Pero no me siento inclinado a despreciarlas, especialmente teniendo en cuenta que Su Alteza no ha recibido de Francia otra cosa que palabras alentadoras.

Jamie, que sabía lo improbable que era que apareciera el oro francés, se limitó a asentir.

—¿Te has enterado de alguna otra cosa hoy, *mo duinne*? —me preguntó Jamie cuando llegué de la calle. Tenía un despacho a medio escribir frente a él, y metió la pluma en el tintero para humedecerla otra vez. Me quité la capucha mojada del pelo con un crujido de electricidad estática, asintiendo.

—Corre el rumor de que el general Hawley está formando unidades de caballería en el sur. Tiene orden de formar ocho regimientos.

Jamie gruñó. Dada la aversión que sentían los escoceses por la caballería, aquélla no era una buena noticia. Con mirada ausente, se frotó la espalda, donde aún tenía el moratón en forma de casco que le había quedado de Prestonpans.

—Lo anotaré para el coronel Cameron, entonces —dijo—. ¿Crees que es cierto, Sassenach? —Casi automáticamente, miró por encima de su hombro para asegurarse de que estábamos solos. Me llamaba «Sassenach» sólo en privado; en público utilizaba «Claire», que era más formal.

—Sí —dije—. Estoy segura.

No era un rumor; era la información que había dado Jonathan Randall, el último pago de la deuda que insistió en asumir por el cuidado de su hermano.

Por supuesto, Jamie sabía que visitaba a Alex Randall, al igual que a los demás enfermos del ejército jacobita. Lo que no sabía, y lo que nunca le diría, era que una vez por semana (a veces más a menudo) me reunía con Jonathan Randall para enterarme de las noticias que se filtraban en el castillo de Edimburgo desde el sur.

Algunas veces iba al cuarto de Alex cuando yo estaba allí; otras veces, cuando volvía a casa en el crepúsculo invernal, tratando de no caer sobre los adoquines resbaladizos de la Royal Mile, una silueta delgada vestida de marrón me llamaba desde la boca de un callejón, u oía una voz a mis espaldas en medio de la niebla. Siempre me desconcertaba, pues me parecía ver el fantasma de Frank.

Para él habría sido mucho más sencillo dejarme una carta en el cuarto de Alex, pero no quería dejar nada escrito, y lo comprendía. Si alguna vez llegaban a encontrar una carta, aunque fuera sin firma, quedaría involucrado no sólo él sino también Alex. Tal como estaban las cosas, Edimburgo estaba lleno de extranjeros: voluntarios del rey Jacobo, curiosos del norte y del sur, enviados de Francia y España, muchísimos espías e informantes. Las únicas personas que no salían a la calle eran los oficiales y hombres de la guarnición inglesa, que permanecían encerrados en el castillo. Siempre y cuando nadie oyera lo que me decía, nadie podía reconocerlo por lo que era, ni sospechar nada extraño de nuestros encuentros, aunque nos vieran. Sin embargo, rara vez nos veían, tales eran sus precauciones.

Por mi parte, también debía actuar con prudencia, pues habría tenido que destruir cualquier papel escrito. Aunque no creía que Jamie reconociera la letra de Randall, no podría haberle explicado cuál era mi fuente de información sin tener que mentirle. Era mucho mejor aparentar que la información formaba parte de mis pesquisas diarias.

La desventaja, claro, era que al hacer pasar las informaciones de Randall junto con los demás rumores corría el riesgo de que no se les diera importancia. Sin embargo, aunque creía que Jonathan Randall me proporcionaba información de buena fe (confiando en que tal concepto pudiera ir de la mano de la clase de persona que era) no significaba que ésta fuera siempre correcta. Eso pensaba con escepticismo.

Le comuniqué la noticia de los nuevos regimientos de Hawley con la acostumbrada sensación de culpa ante mi medio engaño. Sin embargo, pese a que yo creía que la sinceridad entre marido y mujer era esencial, también creía que no había que llevarla hasta los extremos. Y conseguir información útil para los jacobitas no le causaría daño a Jamie.

—El duque de Cumberland sigue esperando que sus tropas regresen de Flandes —añadí—. Y el sitio del castillo de Stirling no lleva a ninguna parte.

Jamie gruñó, mientras escribía rápidamente.

—Eso ya lo sabía; lord George recibió un despacho de Francis Townsend hace un par de días; tiene la ciudad rodeada, pero los fosos que ordenó abrir Su Alteza son una pérdida de dinero y agotan a sus hombres sin resultados. No son necesarios; sería mejor que bombardearan el castillo desde lejos con fuego de cañón y después lo atacaran.

—¿Y para qué cavan fosos?

Jamie movió una mano distraídamente, concentrado en lo que escribía. Tenía las orejas rojas por la frustración.

—Porque los italianos cavaron fosos frente al castillo de Verano, que es el único sitio que ha presenciado Su Alteza, así que hay que hacer lo mismo, ¿no?

—*Ach*, sí —dije imitando su acento escocés.

Dio resultado: Jamie levantó la mirada y se echó a reír, con los ojos entornados.

—Muy buen intento, Sassenach —dijo—. ¿Qué otra cosa sabes decir?

—¿Te conformas con el padrenuestro en gaélico? —pregunté.

—No —contestó. Se levantó, me dio un beso y cogió su chaqueta—. Pero me conformaré con una cena. Ven conmigo, Sassenach. Encontraremos una taberna bonita y cómoda y te enseñaré muchas cosas que no debes decir en público. Las tengo todas frescas en la memoria.

Finalmente, el castillo de Stirling cayó en manos escocesas, a pesar de que el precio fue muy alto, las probabilidades de mantenerlo eran escasas, y el beneficio, dudoso. Sin embargo, el efecto sobre Carlos fue eufórico... y desastroso.

—Por fin he logrado convencer a Murray, ¡maldito cabezón! —exclamó Carlos, frunciendo el entrecejo. Después recordó su victoria y volvió a regodearse—. He ganado. ¡En una semana marcharemos a Inglaterra, para reclamar todas las tierras de mi padre!

Los jefes escoceses reunidos en el salón se miraron unos a otros, tosieron y se movieron en sus asientos. El ánimo general no pareció ser de gran entusiasmo ante la noticia.

—Esto... Alteza —comenzó lord Kilmarnock con tacto—. ¿No sería más sensato considerar...?

Lo intentaron. Todos lo intentaron. Todos adujeron que Escocia ya le pertenecía por completo. Desde el norte seguían llegando hombres, pero desde el sur había pocas esperanzas de apoyo. Y los lores sabían que los escoceses de las Highlands, aunque eran luchadores fuertes y seguidores leales, también eran granjeros. Necesitaban cultivar los campos para la cosecha de primavera y preparar el ganado para el invierno. Muchos de los hombres se resistirían a seguir marchando hacia el sur en invierno.

—Y estos hombres, ¿no son mis súbditos? ¿No irán donde yo les ordene? ¡Tonterías! —dijo Carlos con firmeza. Y eso fue todo. O casi.

»¡James, amigo! Espera, debo hablar contigo en privado, por favor.

Su Alteza interrumpió la conversación que mantenía con lord Pitsligo, y suavizó un poco la expresión de su barbilla larga y terca mientras hacía un gesto con la mano a Jamie.

No creí estar incluida en esta invitación. Pero tampoco tenía intención de marcharme, así que me acomodé con firmeza en una de las sillas color damasco, mientras los lores y jefes jacobitas se marchaban, murmurando entre sí.

—¡Ja! —Carlos chasqueó los dedos con desprecio en dirección a la puerta que se cerraba—. ¡Viejas gruñonas! Ya verán. Y también mi primo Luis, y Felipe... ¿acaso necesito su ayuda? Se van a enterar.

Vi que los dedos pálidos y cuidados tocaban algo que tenía encima del pecho. Un pequeño rectángulo se dejaba ver a través de la seda de su chaqueta. Llevaba una miniatura de Louise; ya la había visto.

—Le deseo toda la buena suerte en la empresa —dijo Jamie— pero...

—¡Ah, gracias, *cher* James! ¡Por lo menos usted cree en mí! —Carlos echó un brazo alrededor de los hombros de Jamie, masajeando con afecto sus deltoides—. Aunque es una lástima que no pueda acompañarme y no esté a mi lado para recibir el aplauso de mis súbditos al entrar en Inglaterra —dijo Carlos, sacudiéndolo vigorosamente.

—¿No? —Jamie parecía atónito.

—Ay, *mon cher ami*, el deber requiere de usted un gran sacrificio. Sé cuánto añora su gran corazón las glorias de la batalla, pero requiero de usted otro servicio.

—¿Sí? —preguntó Jamie.

—¿Qué? —dije con brusquedad.

Carlos miró con marcado disgusto en mi dirección y después se volvió hacia Jamie y recuperó su expresión de buen talante.

—Es una tarea de gran importancia, mi querido James, que sólo usted puede llevar a cabo. Es cierto que muchos hombres llevan el estandarte de mi padre; cada día llegan más. Pero no debemos actuar con precipitación, ¿no? Hemos tenido la suerte de que sus parientes MacKenzie hayan acudido en nuestra ayuda. Pero su familia tiene otra rama, ¿verdad?

—No —dijo Jamie, con una expresión de horror en el rostro.

—Claro que sí —dijo Carlos, con un apretón final. Se giró para quedar frente a Jamie—. ¡Irá al norte, a la tierra de su padre y regresará al mando de los hombres del clan Fraser!

40

La madriguera del zorro

—¿Conoces bien a tu abuelo? —pregunté dando un manotazo a un tábano impropio de la estación que parecía no poder decidir cuál de los dos constituiría un mejor alimento: el caballo o yo. Jamie negó con la cabeza.

—No. He oído que se comporta como un viejo monstruo, pero no debes asustarte. —Me sonrió mientras yo le daba un golpe al tábano con el extremo del chal—. Yo estaré contigo.

—Ah, los viejos antipáticos no me preocupan —le aseguré—. Conocí a muchos en mi época. En su mayoría, por dentro son suaves. Me imagino que tu abuelo es igual.

—No —respondió pensativo—. De verdad es un viejo monstruo. Y si pareces asustada, es aún peor. Es como las bestias que huelen sangre, ¿sabes?

Miré delante de mí: las colinas lejanas que ocultaban el castillo de Beaufort me parecieron siniestras. Aprovechando mi momentánea falta de atención, un tábano pasó rozando mi oreja izquierda. Chillé y me incliné, y el caballo, sorprendido por mi movimiento brusco, dio un respingo, asustado.

—¡Eh! *Cuir stad!*

Jamie se inclinó para coger mis riendas, soltando las de su caballo. Mejor domado que el mío, su caballo resopló, pero aceptó su maniobra y se limitó a sacudir las orejas con un aire de complaciente superioridad.

Jamie clavó las rodillas en los flancos del caballo y detuvo al mío junto al suyo.

—Y ahora —dijo mientras observaba el vuelo del tábano—, déjalo aterrizar, Sassenach, y lo atraparé. —Esperó, con las manos alzadas y alertas, entrecerrando un poco los ojos bajo la luz del sol.

Permanecí sentada como una estatua, un poco nerviosa, medio hipnotizada por el zumbido. El cuerpo de grandes alas, demasiado lento, zumbó entre las orejas del caballo y las mías. El caballo agitó las orejas en un impulso que me sentía completamente inclinada a compartir.

—Si esa cosa aterriza en mi oreja, Jamie, voy a... —empecé a decir.

—¡Shh! —ordenó Jamie, inclinándose con anticipación y con la mano izquierda ahuecada como una pantera a punto de saltar—. Otro segundo y lo atraparé.

Entonces vi cómo el oscuro bulto se posaba en su hombro. Otro tábano buscando un sitio para tomar el sol. Volví a abrir la boca.

—Jamie...

—¡Silencio! —Cerró las manos, triunfal, sobre mi atormentador una décima de segundo antes de que el otro tábano lo picara en el cuello.

Los miembros de los clanes escoceses luchaban de acuerdo con sus antiguas tradiciones. Desdeñando la estrategia, la táctica y la sutileza, su método de ataque era la simplicidad misma. Cuando el enemigo estaba a la vista, se quitaban las capas, desenvainaban las espadas y atacaban al enemigo, gritando con toda la fuerza de sus pulmones. Siendo lo que son los gritos en gaélico, este método solía tener mucho éxito. Un gran número de enemigos, al ver una masa de seres peludos y sin pantalones arremetiendo contra ellos, perdían todo su valor y salían corriendo.

Aunque muy bien domado, el caballo de Jamie no estaba preparado para oír un tremendo grito en gaélico, pronunciado a todo volumen, tan cerca de su cabeza. Perdiendo los nervios, echó atrás las orejas y corrió como si lo llevara el mismísimo diablo.

Mi caballo y yo permanecimos inmóviles en el camino, observando la exhibición de equitación mientras Jamie, con los dos estribos perdidos y las riendas sueltas, quedaba con la mitad del cuerpo fuera por la brusca partida del caballo. Se inclinó hacia delante y se cogió a las crines. Su capa ondeó al viento al pasar y el caballo, completamente aterrorizado, tomó la masa de pelo como excusa para correr aún más rápido.

Agarrando las largas crines con una mano, Jamie trataba de enderezarse, con las largas piernas colgando del caballo e ignorando los estribos metálicos que bailaban bajo la panza de la bestia. A pesar de mi limitado conocimiento de gaélico pude oír cómo profería insultos muy vulgares.

Un sonido pausado y lento me hizo darme la vuelta. Murtagh, que conducía el animal de carga, se aproximaba a la pequeña colina que acabábamos de descender. Bajó hacia el camino donde yo esperaba. Hizo detener al animal y miró hacia delante, hacia el sitio por el que Jamie y el caballo aterrorizado acababan de desaparecer detrás de la siguiente colina.

—Un tábano —dije, a modo de explicación.

—Ya me parecía que no podía tener tanta prisa por ver a su abuelo como para dejarte atrás —comentó Murtagh, con su aspereza habitual—. No es que una esposa más o menos vaya a hacer diferente la recepción.

Cogió sus riendas y azuzó al poni con reticencia. El animal de carga lo siguió mansamente. Mi caballo, alegre por la compañía y tranquilo por la ausencia de moscas, siguió trotando alegremente.

—¿Ni siquiera una esposa inglesa? —pregunté con curiosidad. Por lo poco que sabía, no creía que lord Lovat se llevara bien con nada que fuera inglés.

—Ni inglesa, ni francesa, ni danesa, ni alemana. Da igual. Será el hígado del muchacho el que se comerá el viejo zorro mañana en el desayuno, no el tuyo.

—¿Qué quieres decir con eso? —Me quedé mirando al hombrecillo, que se parecía mucho a uno de los bultos que cargaba el caballo bajo la capa. Cualquier atuendo que llevara puesto Murtagh, aunque fuera nuevo o de excelente confección, enseguida adquiría el aspecto de haber salido del basurero.

»¿Qué clase de relación tiene Jamie con lord Lovat?

Sorprendí a Murtagh mirándome de reojo con uno de sus pequeños y astutos ojos negros; volvió la cabeza hacia el castillo de Beaufort. Se encogió de hombros con resignación o anticipación.

—Ninguna, hasta ahora. El muchacho no ha hablado con su abuelo en toda su vida.

—Pero ¿cómo sabes tanto sobre él si no lo conoces?

Empezaba a comprender la resistencia de Jamie a pedir ayuda a su abuelo. Después de volver a reunirse con Jamie y su caballo, este último con aspecto muy castigado, y el primero bastante irritado, Murtagh le lanzó una mirada interrogativa y se ofreció a ir primero hasta Beaufort con el animal de carga, dejando que Jamie y yo disfrutáramos de la comida a un lado del camino.

Después de un reconfortante almuerzo con cerveza y torta de avena, Jamie me contó que su abuelo, lord Lovat, no aprobó la elección de la novia de su hijo; se había negado a bendecir la unión y a comunicarse con su hijo, o con sus nietos, desde la boda de Brian Fraser y Ellen MacKenzie, hacía más de treinta años.

—Sin embargo, de un modo u otro supe muchas cosas de él —añadió, masticando un trozo de queso—. Es la clase de hombre que impresiona a la gente.

—Eso parece.

El anciano Tullibardine, uno de los jacobitas parisinos, me había dado su opinión sobre el líder del clan Fraser; me pareció que quizá Brian Fraser no se había sentido desolado por la actitud de su padre. Se lo conté a Jamie y éste asintió.

—Pues sí. No recuerdo que mi padre haya tenido mucho bueno que decir del viejo, aunque nunca le faltó al respeto. Pero no hablaba con frecuencia de él.

Se frotó el cuello, donde se veía una mancha roja de la picadura del tábano. Hacía mucho calor y se había quitado la capa para que yo me sentara encima. La conversación con el jefe del clan Fraser imponía cierta dignidad, así que Jamie llevaba un nuevo kilt del tipo militar con hebilla y la capa separada. Aunque abrigaba menos que el anterior, que tenía cinturón, era mucho más práctico en un apuro.

—Muchas veces me he preguntado —dijo, pensativo— si mi padre fue la clase de padre que fue debido al modo en que el viejo Simon lo trató. En aquel momento no me daba cuenta, por supuesto, pero no es muy común que un hombre demuestre sus sentimientos hacia sus hijos como lo hizo mi padre.

—Has pensado mucho al respecto —dije. Le ofrecí otra cerveza; Jamie la cogió con una sonrisa que me penetró con más calidez que el débil sol otoñal.

—Sí, así es. Me preguntaba qué clase de padre sería yo con mis propios hijos, y recordaba a mi padre como el mejor ejemplo que tenía. Sin embargo, también sabía, por lo poco que él decía y por lo que Murtagh me había contado, que mi abuelo no había sido como mi padre, así que pensé que cuando tuvo la oportunidad trató de hacerlo todo de otro modo.

Suspiré un poco, dejando a un lado mi pedazo de queso.

—Jamie —dije—. ¿De verdad crees que algún día...?

—Sí —respondió con seguridad, sin dejarme terminar. Se inclinó y me besó la frente—. Lo sé, Sassenach, y tú también lo sabes. Naciste para ser madre y no tengo la intención de que ninguna otra persona sea el padre de tus hijos.

—Bien, pues yo tampoco.

Se echó a reír y empujó hacia atrás mi barbilla para besarme en la boca. Le devolví el beso, y extendí la mano para quitarle una miga de pan que tenía en la barbilla, cerca de los labios.

—¿No crees que deberías afeitarte —sugerí— ya que vas a conocer a tu abuelo?

—Ah, pero ya lo he visto una vez —dijo como con aire indiferente—. Y él también me ha visto. Con respecto a su opinión de mi actual apariencia, puede aceptarme tal cual soy, o irse al diablo.

—¡Pero Murtagh me ha dicho que no lo conocías!

—Mmmfm.

Se sacudió el resto de las migas de la camisa, frunciendo un poco el ceño, como si estuviera decidiendo cuánto contarme. Finalmente, se encogió de hombros y se recostó a la sombra de un matorral de aliagas, con las manos detrás de su cabeza mientras miraba al cielo.

—Bueno... en realidad nunca nos presentaron. Fue así...

A los diecisiete años, el joven Jamie Fraser zarpó rumbo a Francia para finalizar su educación en la Universidad de París y para aprender todo lo que no enseñan los libros.

—Zarpé del puerto de Beauly —explicó, haciendo un gesto en dirección a la siguiente colina, donde un estrecho fragmento de color gris en el horizonte lejano marcaba el borde el estuario de Moray—. Había otros puertos desde donde podría haber zarpado, Inverness hubiera sido lo más lógico, pero mi padre reservó el pasaje desde Beauly; y vino a despedirme antes de que fuera a ver mundo, podría decirse.

Desde su matrimonio, Brian Fraser pocas veces había abandonado Lallybroch, y camino del puerto le señaló a su hijo diversos sitios donde había cazado o viajado cuando era niño o joven.

—Pero a medida que nos acercábamos a Beaufort se fue quedando callado. En aquel viaje no me habló de mi abuelo, y sabía que era mejor que no se lo mencionara. Sin embargo, sabía que me hacía zarpar desde Beauly por alguna razón.

Varios gorriones pequeños se acercaban con cautela, saltando de los arbustos bajos, listos para volverse a ocultar ante el menor atisbo de peligro. Al verlos, Jamie cogió unas migas y las arrojó con considerable exactitud en la mitad de la bandada, que echó a volar ante la repentina intrusión.

—Volverán —dijo, haciendo un gesto hacia los pájaros que se dispersaban. Luego, se puso un brazo sobre la cara, como para protegerlo del sol, y continuó su relato.

»Oímos un rumor de caballos en el camino que baja del castillo y, cuando nos volvimos, vimos un pequeño grupo que descendía: seis jinetes y un carro; uno de ellos llevaba el estandarte de Lovat, así que supe que mi abuelo estaba entre ellos. Miré rápidamente a mi padre para ver si iba a hacer algo, pero sólo sonrió, me apretó el hombro y dijo: «Subamos a bordo, muchacho.»

»Pude sentir los ojos de mi abuelo sobre mí mientras bajábamos a la playa, con mi pelo y mi altura gritando a los cuatro vientos: «MacKenzie»; me alegré de llevar puestas mis mejores ropas y de no tener aspecto de mendigo. No miré atrás, pero me erguí cuan alto era; sentí orgullo de llevarle media cabeza al hombre más alto del grupo. Mi padre caminaba a mi lado, en silencio, y tampoco me miraba, pero podía sentir que se enorgullecía de ser mi padre.

Me dirigió una media sonrisa.

—Fue la última vez que supe que él aprobaba mis actos, Sassenach. Después ya no estuve tan seguro, pero me alegré por ese único día.

Se abrazó las rodillas, mirando al infinito como si reviviera la escena del muelle.

—Subimos al barco y nos presentaron al capitán. Después nos quedamos junto a la borda, hablando un poco de todo. Ninguno miraba a los hombres de Beaufort que descargaban los bultos, ni hacia la costa, donde estaban los jinetes. Entonces el capitán dio orden de zarpar. Besé a mi padre y él saltó la borda, bajó al muelle y caminó hasta su caballo. No miró atrás hasta que se montó, y entonces el barco ya había zarpado.

»Saludé a mi padre con la mano y él me respondió. Después se volvió, montado sobre mi caballo, y regresó a Lallybroch.

El grupo de Beaufort también se giró y se retiró. Pude ver a mi abuelo a la cabeza del grupo, erguido en su montura. Mi padre y mi abuelo, a veinte metros de distancia el uno del otro, subieron y atravesaron la colina hasta desaparecer de mi vista, y en ningún momento ninguno se volvió hacia el otro, ni actuó como si el otro estuviera presente.

Jamie giró la cabeza y miró el camino, como si buscara señales de vida provenientes de Beaufort.

—Me crucé con su mirada —dijo en voz baja—. Una sola vez. Esperé a que mi padre llegara a su caballo y después miré a lord Lovat con tanta soberbia como pude. Quería que supiera que no le íbamos a pedir nada, pero que no le temía. —Sonrió a medias—. Pero no era cierto: le temía.

Apoyé una mano sobre la suya y le acaricié los nudillos.

—¿Y él te estaba mirando?

Soltó un corto resoplido.

—Sí. Creo que no me quitó los ojos de encima desde que descendí la colina hasta que mi barco zarpó. Podía sentir su mirada taladrándome la espalda. Y cuando lo miré, allí estaba, mirándome fijamente con sus ojos negros bajo las cejas.

Se quedó en silencio, todavía mirando el castillo, hasta que lo insté a que continuara.

—¿Y qué aspecto tenía?

Apartó los ojos de la oscura masa de nubes en el horizonte lejano y me miró; su expresión acostumbrada de buen humor había desaparecido de su boca y de su mirada.

—Frío como el hielo, Sassenach —respondió—. Frío como la piedra.

Fuimos afortunados con el tiempo; hizo calor desde que partimos de Edimburgo.

—No va a durar —predijo Jamie, mirando hacia el mar—. ¿Ves aquel banco de nubes? Esta noche llegará a tierra firme. —Olió el aire y se echó la capa sobre los hombros—. ¿Hueles el aire? Se siente venir la tormenta.

Aunque no tenía tanta experiencia en adivinar la meteorología con el olfato, pensé que, quizá, sí que podía oler la humedad del aire, que agudizaba los olores habituales del brezo seco y la resina de pino, mezclados con un ligero aroma húmedo a alga marina, procedentes de la costa lejana.

—¿Habrán llegado los hombres a Lallybroch? —pregunté.

—Lo dudo. —Jamie sacudió la cabeza—. Tienen menos distancia que recorrer que nosotros, pero van a pie, y deben de haber tardado en irse. —Se irguió sobre los estribos, protegiéndose los ojos con la mano, y miró el banco de nubes—. Ojalá sólo sea lluvia, que no los molestará demasiado. Puede que no sea una tormenta grande. Quizá no llegue tan al sur.

Se había levantado la brisa, así que me envolví en la cálida capa de tartán. El tiempo cálido de los últimos días me había parecido un buen presagio; ojalá no estuviera equivocada.

Después de recibir la orden de Carlos, Jamie había pasado la noche entera sentado junto a la ventana de Holyrood. Y por la mañana había ido a ver primero a Carlos, para comunicarle que él y yo iríamos solos a Beauly, con la única compañía de Murtagh, para presentar los respetos de Su Alteza a lord Lovat y solicitarle el honor de proporcionarle hombres y ayuda.

Después Jamie llamó a Ross, el herrero, a nuestro dormitorio y le dio órdenes en voz tan baja que no pude entender las palabras desde el lugar donde me encontraba, junto al fuego. No obstante, había visto al herrero elevar los robustos hombros y ponerse firme mientras escuchaba la información.

El ejército escocés viajaba con poca disciplina, en una muchedumbre heterogénea que no podía ser considerada una «columna». A lo largo de un día de marcha los hombres de Lallybroch se fugarían, uno por uno. Saltarían a los arbustos como si fueran a descansar un momento o a hacer sus necesidades y no regresarían a la columna sino que se marcharían en silencio, uno a uno, hasta un punto de encuentro con los demás hombres de Lallybroch. Una vez juntos, volverían a sus hogares bajo las órdenes de Ross.

—Dudo que los echen de menos durante un tiempo, si llegan a hacerlo —dijo Jamie, al discutir conmigo el plan—. La deserción es bastante común en el ejército. Ewan Cameron me dijo que su regimiento perdió a veinte hombres la semana pasada. Es invierno y los hombres quieren volver a sus hogares para preparar la siembra de primavera. De todos modos, no tienen a nadie de quien prescindir para que los busque, en caso de que se note su ausencia.

—Entonces, ¿te das por vencido, Jamie? —le pregunté posando una mano sobre su brazo. Se había frotado la cara con cansancio antes de responder.

—No lo sé, Sassenach. Quizá sea demasiado tarde; quizá no. No sé. Fue una tontería ir hacia el sur en pleno invierno, y más aún perder tiempo en sitiar Stirling. Pero a Carlos no lo han derrotado y algunos jefes responden a su convocatoria. Ahora los MacKenzie, más tarde otros a instancias de éstos. Ahora cuenta con el doble de hombres de los que tenía en Prestonpans. ¿Qué significará eso? —Alzó las manos, frustrado—. No sé. No hay oposición; los ingleses están aterrorizados. Bueno, ya sabes; has visto los edictos. —Sonrió sin ganas—. Asesinamos a niños y los asamos al fuego, y deshonramos a las esposas e hijas de hombres honrados.

Soltó un gruñido de disgusto. Aunque crímenes como el robo y la insubordinación eran comunes entre el ejército escocés, la violación era casi desconocida.

—Cameron oyó un rumor según el cual Jorge II se está preparando para escapar de Londres, por miedo a que el ejército del príncipe pronto ocupe la ciudad. —Era cierto: tal rumor le había llegado a Cameron a través de mí y a mí a través de Jonathan Randall—. Y están Kilmarnock y Cameron. Lochiel, Balmerino y Dougal, con sus MacKenzie. Todos buenos luchadores. Y si Lovat envía los hombres que prometió... Dios mío, tal vez sea suficiente. Y si entramos en Londres...

»Pero no puedo arriesgarme —dijo—. No puedo ir a Beauly y abandonar a mis hombres aquí para que los lleven Dios sabe dónde. Si estuviera yo para guiarlos... sería diferente. Pero no los dejaré a merced de Carlos o de Dougal para hacer frente a los ingleses mientras yo estoy a ciento cincuenta kilómetros, en Beauly.

Y así quedó arreglado. Los hombres de Lallybroch (incluyendo a Fergus, que había protestado a gritos) iban a desertar con disimulo rumbo a sus hogares. Y una vez que completáramos nuestra misión en Beauly y nos reuniéramos con Carlos... bueno, tendríamos tiempo suficiente para pensar.

—Por eso llevo a Murtagh con nosotros —explicó Jamie—. Si todo va bien, lo enviaré a Lallybroch para que traiga de vuelta a los hombres. —Una ligera sonrisa iluminó su rostro sombrío—. No parece muy imponente sobre un caballo, pero es un buen jinete. Rápido como un relámpago.

No lo parecía en aquel momento, pensé, pero tampoco había ninguna prisa. De hecho, se movía más despacio de lo normal; cuando llegamos a la cima de una colina, lo vimos al pie de ésta, deteniendo a su caballo. Cuando lo alcanzamos, había descendido y miraba la montura del animal de carga.

—¿Qué sucede? —Jamie se dispuso a bajar de su caballo, pero Murtagh lo detuvo con un gesto de irritación.

—No, no, nada de qué preocuparse. Se ha soltado la cincha, eso es todo.

Jamie hizo un gesto de conformidad, de modo que seguimos.

—No está muy alegre hoy, ¿verdad? —comenté con un gesto, refiriéndome a Murtagh. De hecho, el hombrecillo se volvía más irritado e impaciente cuanto más nos acercábamos a Beauly—. Supongo que no le gusta nada la idea de visitar a lord Lovat.

Jamie sonrió, lanzando una pequeña mirada a la pequeña figura oscura, inclinada sobre la cuerda que estaba empalmando con concentración.

—No, Murtagh no siente ninguna simpatía por el viejo Simon. Quería mucho a mi padre —torció la boca—, y también a mi madre. No le gustó cómo los trató Lovat. Ni tampoco aprobaba el método de Lovat para conseguir esposas. Murtagh tiene una abuela irlandesa, pero está relacionado con Primrose Campbell por el lado materno —explicó, como si ese comentario lo explicara todo.

—¿Y quién es Primrose Campbell? —pregunté confundida.

—Ah. —Jamie se rascó la nariz pensativo. El viento del mar estaba arreciando y los mechones rojizos que escapaban de su cinta revoloteaban sobre su cara—. Primrose Campbell fue la tercera esposa de Lovat... todavía lo es, supongo —añadió—, aunque hace algunos años lo abandonó y volvió a la casa de su padre.

—Tiene éxito con las mujeres, ¿no? —susurré.

Jamie resopló.

—Creo que puedes llamarlo así. Con su primera esposa se casó a la fuerza. Secuestró a la futura lady Lovat de su casa en mitad de la noche, se casó y la llevó directamente a la cama. Sin embargo —añadió con justicia—, más tarde ella decidió que lo quería, así que no debió de haber sido tan malo.

—Por lo menos sería bastante divertido en la cama —dije con ligereza—. Supongo que es hereditario.

Me miró sorprendido, pero luego sonrió con timidez.

—Sí, bien. De todos modos, no lo ayudó mucho. Sus sirvientas hablaron en su contra y Simon fue declarado proscrito y tuvo que irse a Francia.

Matrimonios forzados y proscripción, ¿eh? Traté de no seguir buscando parecidos familiares, pero en mi fuero íntimo esperaba que Jamie no siguiera los pasos de su abuelo con respecto a esposas subsiguientes. Al parecer a Simon una no le había bastado.

—Fue a visitar al rey Jacobo en Roma y juró fidelidad a los Estuardo —continuó Jamie— y después fue a ver directamente a Guillermo de Orange, rey de Inglaterra, que estaba de visita en Francia. Le hizo prometer a Jacobo que le daría títulos y propiedades si recuperaba su trono, y después, sólo Dios sabe cómo, recibió el perdón de William y pudo volver a Escocia.

Ahora me tocó a mí sorprenderme. Al parecer no sólo resultaba atractivo para el sexo opuesto.

Simon continuó sus aventuras: más tarde volvió a Francia, esta vez para espiar a los jacobitas. Cuando lo descubrieron fue encarcelado, pero se fugó, volvió a Escocia, organizó la reunión de los clanes so pretexto de una expedición de caza en el valle de Mar en 1715 y después consiguió endilgarse todo el crédito ante la Corona inglesa por haber sofocado la rebelión resultante.

—Qué viejo zorro, ¿eh? —dije, completamente intrigada—. Aunque no debía de ser tan viejo entonces; tendría unos cuarenta años.

Cuando supe que lord Lovat tenía unos setenta y cinco años, había esperado encontrarme con una persona decrépita y senil, pero cambié mis expectativas, en vista de tales historias.

—Mi abuelo —observó Jamie con tranquilidad— tiene una personalidad tal que le permitiría esconderse detrás de una escalera de caracol. Pero —continuó, dejando a un lado el carácter de su abuelo con un gesto de la mano— después se casó con Margaret Grant, la hija de Grant o' Grant. Después de su muerte se casó con Primrose Campbell. En aquella época ella tendría unos dieciocho años.

—¿Y el viejo Simon era tan buen partido para que su familia la obligara a casarse? —le pregunté con lástima.

—En absoluto, Sassenach. —Hizo una pausa para apartarse el cabello de la cara, y se metió los mechones sueltos detrás de las orejas—. Sabía muy bien que ella no iba a aceptarlo, aunque fuera muy rico, y no lo era, así que le envió una carta diciéndole que su madre había caído enferma en Edimburgo y dándole la dirección adonde debía ir.

La joven y hermosa señorita Campbell se apresuró a viajar a Edimburgo, pero no encontró a su madre, sino al viejo e ingenioso Simon Fraser, que la informó de que estaba en un conocido burdel y que su única esperanza de preservar su buen nombre era casarse con él enseguida.

—Debía de ser muy tonta para caer en esa trampa —dije con cinismo.

—Bueno, era muy joven —dijo Jamie a la defensiva— y tampoco era una amenaza vana; si lo rechazaba, el viejo Simon no hubiera dudado en arruinar su reputación. De todos modos, se casó con él... y lo lamentó.

—Hum. —Me puse a hacer cuentas. El encuentro con Primrose Campbell había sido sólo unos años atrás, según había dicho Jamie—. Entonces... ¿Quién fue tu abuela, la primera lady Lovat o Margaret Grant? —pregunté con curiosidad.

Los pómulos tostados por el sol y el viento se tiñeron de rojo.

—Ninguna de las dos —dijo.

No me miró, sino que mantuvo la mirada fija en el frente, en dirección al castillo de Beaufort. Tenía los labios apretados con fuerza.

—Mi padre fue un bastardo —explicó por fin. Se irguió recto como una espada en la montura; sus nudillos estaban blancos de tanto apretar las riendas—. Reconocido, pero bastardo al fin. Hijo de una de las criadas del castillo Downie.

—Ah —dije. Me pareció que no había mucho más que añadir.

Jamie tragó saliva; pude ver el movimiento en su garganta.

—Debí habértelo dicho antes —dijo con rigidez—. Lo siento.

Toqué su brazo; estaba duro como el hierro.

—No importa, Jamie —le dije, sabiendo, incluso mientras hablaba, que nada de lo que dijera serviría—. No me importa.

—¿No? —dijo por fin, mirando al frente todavía—. Bueno... a mí sí.

El viento que provenía del estuario de Moray invadió la colina a través de los oscuros pinos. El paisaje era una extraña combinación de colinas y costa. El sendero que seguíamos estaba bordeado por alisos, alerces y abedules, pero a medida que nos aproximábamos a la masa oscura que era el castillo de Beaufort, percibíamos el efluvio de las tierras bajas y las algas marinas.

Nos estaban esperando; los centinelas, con faldas y armados con hachas, no nos detuvieron cuando atravesamos el portón. Nos miraron con curiosidad, pero al parecer sin hostilidad. Jamie iba sentado como un rey en su montura. Saludó con la cabeza a un hombre y recibió un gesto similar como respuesta. Tuve la sensación de que llevábamos la bandera blanca de tregua; no se sabía cuánto podía durar ese estado.

Seguimos cabalgando sin problemas hasta el patio del castillo, un edificio pequeño en comparación con otros castillos, pero suficientemente imponente y construido con piedra local. No tan fortificado como algunos de los castillos que había visto en el sur, pero capaz de resistir muchos ataques. A lo largo de las paredes exteriores se veían, a intervalos regulares, cañones de boca ancha; además, la fortaleza contaba con cuadras que daban al patio.

En éstas había varios ponis con las cabezas sobresaliendo encima de la media puerta de madera, que relincharon para dar la bienvenida a nuestros caballos. Cerca de la pared había varios paquetes recién descargados.

—Lovat ha reunido a varios hombres para recibirnos —observó Jamie, mirando los paquetes—. Parientes, supongo. —Se encogió de hombros—. Por lo menos son amistosos.

—¿Cómo lo sabes?

Descendió de su montura y extendió un brazo para ayudarme a bajar.

—Han dejado las espadas junto al equipaje.

Jamie entregó las riendas a un palafrenero que salía de los establos para recibirnos.

—¿Y ahora qué? —susurré a Jamie. No había señales del dueño de la casa ni de algún mayordomo; nadie parecido a la figura alegre y autoritaria de la señora FitzGibbons, que nos había recibido en el castillo Leoch dos años atrás.

Algunos mozos de cuadra nos miraban de tanto en tanto, pero continuaron con sus labores, igual que los criados que cruzaban el patio, cargando cestas de ropa para lavar, fardos de turba y otros objetos pesados que exigía vivir en un castillo de piedra. Lancé una mirada de aprobación a un robusto criado que sudaba bajo dos baldes de cobre de unos veinte litros cada uno, llenos de agua. Fueran cuales fueran las limitaciones de las normas de hospitalidad, al menos el castillo de Beaufort tenía una bañera en algún lugar.

Jamie se quedó en el centro del patio, con los brazos cruzados, inspeccionando el lugar como si fuera un comprador que alberga serias dudas sobre los drenajes.

—Ahora nos quedamos esperando, Sassenach —explicó—. Los centinelas ya habrán avisado de que estamos aquí. O alguien viene a recibirnos... o no.

—Bien, pero que se decidan pronto; tengo hambre y no me vendría mal un baño.

—Sí, es cierto —dijo, sonriendo mientras me miraba—. Tienes una mancha de hollín en la nariz y cardos en el pelo. No, déjalos —añadió cuando me llevé la mano al pelo—. Te quedan bien, aunque no lo hayas hecho a propósito.

No lo había hecho a propósito, pero los dejé. Sin embargo, me acerqué a un abrevadero para inspeccionar mi aspecto y mejorarlo en la medida de lo posible con un poco de agua fría.

Estábamos en una situación delicada con respecto al viejo Simon Fraser, pensé mientras me inclinaba sobre el agua y trataba de diferenciar qué manchas de mi imagen eran verdaderas y cuáles eran briznas de heno.

Por otra parte, Jamie era un emisario formal de los Estuardo. Tanto si las promesas de apoyo por parte de Lovat eran sinceras como si no, no le quedaba más remedio que recibir al representante del príncipe, aunque fuese por cortesía.

Pero dicho representante era un nieto ilegítimo; y aunque estaba reconocido, no era considerado como un miembro de la familia. Y ya conocía bastante de luchas entre clanes para saber que era un problema que no mejoraba con el paso del tiempo.

Me pasé una mano mojada por los ojos y la sienes, y me alisé los mechones de pelo sueltos.

En realidad, no creía que lord Lovat nos dejara abandonados en el patio. Sin embargo, podía dejarnos el tiempo suficiente para que nos diéramos cuenta de la naturaleza dudosa de su acogida.

Después de eso... ¿quién sabe? Lo más probable era que nos recibiera lady Frances, una de las tías de Jamie, una viuda que, por lo que sabíamos por Tullibardine, manejaba los asuntos domésticos de su padre. Si éste decidía recibirnos como una misión diplomática y no como parientes, supuse que lord Lovat en persona podría aparecer para recibirnos, seguido por la pompa habitual formada por secretario, guardias y sirvientes.

Esta última posibilidad parecía la más probable, en vista de lo que tardaba; después de todo, no iba a mantener a todo un séquito vestido de etiqueta allí de pie; llevaría cierto tiempo reunir al personal necesario. Al considerar la posibilidad de que apareciera con todo su personal, pensé que no era oportuno dejarme los cardos en el pelo y volví a inclinarme en el abrevadero.

En aquel momento me interrumpió un ruido de pasos detrás de los pesebres. Un anciano de figura regordeta con la camisa abierta y las calzas desabrochadas entró en el patio, dando un violento codazo a una yegua rolliza color castaño y emitiendo un irritado *Tcha!* Pese a su edad, tenía la espalda erguida y los hombros casi tan anchos como los de Jamie.

Se detuvo junto al abrevadero y miró el patio como si buscara a alguien. Su mirada pasó sobre mí sin verme y volvió de repente. Dio un paso y adelantó belicosamente la cara sin afeitar, con la barba erizada como un puercoespín.

—¿Quién diablos es usted? —preguntó.

—Claire Fraser, quiero decir, lady Broch Tuarach —dije, recordando las normas de cortesía. Me recompuse y me enjugué una gota de agua de la barbilla—. ¿Y quién diablos es usted? —pregunté.

Una mano firme me cogió del codo y una voz resignada por encima de mí dijo:

—Es mi abuelo. Milord, le presento a mi esposa.

—¿Eh? —dijo lord Lovat, mirándome con sus fríos ojos azules—. Me enteré de que te habías casado con una inglesa.

Su tono dejó en claro que dicho acto confirmaba sus peores sospechas con respecto al nieto que nunca conoció.

Alzó una ceja gris en mi dirección y después dirigió su mirada de lince a Jamie.

—Por lo visto que no eres más sensato que tu padre.

Vi que Jamie retorcía las manos, resistiendo el impulso de convertirlas en puños.

—Por lo menos no tuve necesidad de tomar esposa con violaciones o trampas —observó con calma.

Su abuelo gruñó, imperturbable ante el insulto. Me pareció ver que fruncía la boca, pero no estaba segura.

—Sí, pero no hiciste muy buen negocio —observó—. Aunque por lo menos ésta parece menos costosa que esa ramera MacKenzie de la que se enamoró Brian. Si esta extranjera no te da nada, por lo menos su aspecto dice que te costó poco.

Los ojos azules rasgados, tan parecidos a los de Jamie, recorrieron mi vestido manchado por el viaje, observando el doblez descosido, la costura deshecha y las manchas de barro de la falda.

Pude percibir que una fina vibración recorría el cuerpo de Jamie, pero no sabía si era de ira o de risa.

—Gracias —dije, dirigiendo una sonrisa amistosa a su señoría—. Tampoco como mucho. Pero me vendría bien un poco de agua. Sólo agua; no se moleste por el jabón, si es muy caro.

Esta vez estaba segura de que había fruncido la boca.

—Sí, ya veo —dijo lord Lovat—. Enviaré una criada para que la lleve a su alcoba. Y también jabón. Nos veremos en la

biblioteca antes de la cena... nieto —añadió mirando a Jamie.
Volvió sobre sus pasos y desapareció bajo la arcada.

—¿Quiénes son los demás? —pregunté

—Simon hijo, supongo —respondió Jamie—. El heredero
del viejo. Algún que otro primo, tal vez. Y algunos de los herradores, me imagino, a juzgar por los caballos que hay en el patio.
Si Lovat está considerando unirse a los Estuardo, sus herradores
y arrendatarios tendrán que dar su opinión.

—¿Has visto alguna vez un gusano en medio de las gallinas?
—susurró Jamie mientras atravesábamos el vestíbulo una hora
después, detrás de un sirviente—. Ése soy yo; o mejor dicho,
nosotros. Ahora quédate cerca de mí.

Todas las ramas del clan Fraser se habían congregado allí.
Cuando nos hicieron pasar a la biblioteca del castillo de Beaufort,
encontramos a más de veinte hombres sentados.

Jamie fue presentado formalmente y pronunció un discurso
a favor de los Estuardo, presentando los respetos del príncipe
Carlos y del rey Jacobo a lord Lovat y apelando a su ayuda; el
anciano respondió brevemente y sin comprometerse. Una vez
cumplidas las normas de etiqueta fui presentada. La atmósfera se
volvió un tanto más relajada.

Estaba rodeada por varios caballeros, que se turnaron para
intercambiar palabras de bienvenida conmigo mientras Jamie
conversaba con alguien llamado Graham, que parecía ser primo
de lord Lovat. Los herradores me miraron con cierta reserva,
pero fueron corteses... con una excepción.

Simon el Joven, muy parecido a su padre en cuanto a su forma regordeta, pero casi cincuenta años más joven, se me acercó
y se inclinó sobre mi mano. Enderezándose, me observó con una
atención que rozaba el límite de la descortesía.

—La esposa de Jamie, ¿eh? —preguntó. Tenía los ojos rasgados de su padre y de Jamie, pero los suyos eran castaños, tur-
bios como el agua de un lodazal—. Supongo que la puedo llamar
«sobrina», ¿no es así? —Era casi de la edad de Jamie, claramente menor que yo.

—Muy ingenioso —dije, mientras él se reía de su broma.
Intenté liberar mi mano, pero no la soltaba. En cambio, sonrió
jovialmente, volviendo a echarme una ojeada.

—He oído hablar de usted —dijo—. Goza de cierta fama en
las Highlands, señora.

—¿Ah, sí? Qué bien. —Intenté soltar mi mano con disimulo; en respuesta, me apretó tanto la mano que casi me dolió.

—Sí. He oído que es muy popular entre los hombres a los que dirige su esposo —dijo con una sonrisa exagerada—. Me han dicho que la llaman *neo-geimnidh meala,* que significa «señora labios de miel» —tradujo, al ver por mi expresión confusa que no estaba familiarizada con el gaélico.

—Bueno, gracias... —empecé, pero no pude terminar de hablar pues el puño de Jamie se estrelló contra la mandíbula de Simon hijo y arrojó a su tío contra una mesa, desparramando con un terrible estruendo las confituras y cucharas por el suelo pulido.

Aunque se vestía como un caballero, tenía los instintos de un bravucón. Simon el Joven se arrodilló con los puños apretados, y allí se quedó. Jamie se puso encima de él, cerrando los puños pero sin mostrarse agresivo; su tranquilidad era peor que una amenaza abierta.

—No —dijo—, ella no sabe mucho gaélico. Y ahora que lo has confirmado delante de todos, pedirás disculpas a mi esposa antes de que te patee los dientes y tengas que tragártelos.

Simon el Joven fulminó con la mirada a Jamie y después miró a su padre, que asintió de manera imperceptible, al parecer impaciente ante la interrupción. El desgreñado pelo negro del joven Fraser se había desatado y le colgaba como musgo alrededor de la cara. Miró a Jamie con cautela, pero con una extraña mezcla de diversión y respeto. Se pasó el dorso de la mano por la boca y me hizo una reverencia, todavía de rodillas.

—Le pido disculpas, señora Fraser, y ruego que me perdone por cualquier ofensa que le pueda haber causado.

No pude hacer otra cosa que asentir gentilmente antes de que Jamie me condujera al corredor. Casi habíamos llegado a la puerta cuando hablé, mirando hacia atrás para comprobar que no nos oyeran.

—¿Qué diablos significa *neo-geimnidh meala?* —pregunté, tirándole de la manga para que caminara más lento.

Me miró, como si acabara de verme.

—¿Eh? Ah, significa labios de miel, como te dijo. Más o menos.

—Pero...

—No se refería a tu boca, Sassenach —dijo Jamie con sequedad.

—Pero ese... —Quise regresar al estudio pero Jamie me detuvo.

—Ya, ya, ya. No te preocupes. Sólo me están probando. Está todo bien —me susurró al oído.

Me dejó al cuidado de lady Frances, la hermana de Simon hijo, y regresó a la biblioteca con los hombros erguidos para presentar batalla. Deseé que no golpeara a más parientes; aunque los Fraser no eran tan grandes como los MacKenzie, estaban siempre al ataque, una actitud que no convenía a nadie que intentara algo en su contra.

Lady Frances era joven, tal vez de unos veintidós años. Parecía estar fascinada y aterrorizada ante mi presencia, como si yo fuera a saltar sobre ella si no me aplacaba continuamente con té y pasteles. Me esforcé por parecer lo más agradable e inofensiva posible. Poco tiempo después, se relajó lo suficiente para confesarme que nunca antes había conocido a una mujer inglesa. «Mujer inglesa», según supuse, era una especie exótica y peligrosa.

Tuve cuidado de no hacer ningún movimiento repentino y, al cabo de un rato, se sintió más cómoda y me presentó tímidamente a su hijo, un robusto chiquillo de unos tres años, que se encontraba en un estado de limpieza poco habitual gracias al constante cuidado de una sirvienta de cara muy seria.

Les estaba hablando a Frances y a su hermana menor, Aline, de Jenny y su familia, a quienes no conocían, cuando de repente se oyó un ruido y un grito en el corredor. Me puse en pie de un salto y llegué a la puerta de la sala justo a tiempo para ver un montón de ropa que trataba de ponerse en pie en el corredor de piedra. La pesada puerta de la biblioteca estaba abierta y la figura regordeta y malévola de Simon Fraser padre se recortaba en el vano.

—Lo pasarás peor, muchacha, si no te esfuerzas más —dijo.

Su tono no era particularmente amenazador, sino que se limitaba a exponer un hecho. La figura se puso en pie y levantó la cabeza; vi un rostro extraño, anguloso y bonito, con grandes y oscuros ojos que resaltaban sobre la mancha roja que se le estaba formando en el pómulo. Ella me vio, pero no hizo ningún gesto de reconocimiento. Se limitó a ponerse de pie y a marcharse apresuradamente, sin pronunciar palabra. Era muy alta y delgada en extremo, y se movía con la gracia extraña y un poco torpe de una cigüeña, con su sombra siguiéndola sobre la piedra.

Me quedé mirando al viejo Simon, cuya silueta se recortaba contra la luz del fuego de la biblioteca situada a sus espaldas. Sintió que lo miraba y volvió la cabeza para mirarme. Los viejos ojos azules se posaron en mí, fríos como zafiros.

—Buenas tardes, querida —dijo, y cerró la puerta.

Me quedé mirando la oscura puerta de madera.

—¿Qué ha sido eso? —le pregunté a Frances, que había aparecido detrás de mí.

—Nada —dijo, y se mojó los labios, nerviosa—. Vámonos, sobrina. —La dejé que me llevara, pero decidí que más tarde le preguntaría a Jamie qué había sucedido en la biblioteca.

Llegamos a la alcoba que nos habían asignado para la noche. Jamie despidió a nuestro pequeño guía con una palmadita.

Me dejé caer en la cama, mirando con impotencia a mi alrededor.

—¿Y ahora qué hacemos? —pregunté. La cena había pasado sin pena ni gloria, pero de vez en cuando había sentido la mirada de Lovat posada sobre mí.

Jamie se encogió de hombros, quitándose la camisa por la cabeza.

—No tengo ni la menor idea —respondió—. Me han preguntado el estado del ejército escocés, la condición de las tropas, qué sabía de los planes de Su Alteza. Les he respondido. Y después han vuelto a preguntarme lo mismo otra vez. Mi abuelo nunca piensa que alguien le puede dar una respuesta directa —añadió fríamente—. Cree que todo el mundo es tan retorcido como él, que tiene una docena de motivos diferentes para cada ocasión.

Meneó la cabeza y arrojó la camisa en la cama.

—No puede saber si le estoy mintiendo con respecto al estado del ejército. Pues si yo quisiera que él se uniera a los Estuardo, le contaría las cosas mejor de lo que son, y si no me importara personalmente, entonces diría la verdad. Y no piensa comprometerse hasta que sepa dónde estoy yo.

—¿Y cómo piensa averiguar si dices la verdad? —pregunté con escepticismo.

—Tiene una vidente —respondió como si hablara de uno de los muebles del castillo. En lo que a mí respectaba, lo era.

—¿De veras? —Me incorporé en la cama, intrigada—. ¿Es esa mujer tan extraña que sacó a patadas al corredor?

—Sí. Se llama Maisri y posee el don desde que nació. Pero no ha podido decirle nada... o no ha querido —añadió—. Era evidente que ella sabía algo, pero lo único que hacía era sacudir la cabeza y decir que no podía ver. Entonces ha sido cuando mi abuelo ha perdido la paciencia y la ha golpeado.

—¡Maldito bastardo! —exclamé indignada.

—Bueno, no es lo que yo llamaría un caballero —admitió Jamie.

Vertió agua en una palangana y empezó a lavarse la cara. Levantó la mirada, sorprendido y chorreando agua, al oír mi exclamación.

—¿Qué?

—Tu estómago... —dije, señalándolo. Entre el esternón y el kilt tenía una enorme contusión que se extendía como un feo y enorme capullo sobre la piel clara.

Jamie miró hacia abajo.

—Ah, eso —dijo con indiferencia, y continuó lavándose.

—Sí, eso —repetí, levantándome para mirarlo de cerca—. ¿Qué ha pasado?

—No importa —dijo con la voz amortiguada por una toalla—. Esta tarde he hablado un poco rápido y mi abuelo ha hecho que Simon el Joven me diera una pequeña lección de respeto.

—¿Así que ha hecho que un par de Frasers te sostuvieran mientras él te golpeaba en el estómago? —pregunté, sintiendo náuseas.

Haciendo a un lado la toalla, Jamie cogió la camisa de noche.

—Muy halagador de tu parte pensar que sólo se necesitaron dos para sostenerme —dijo, sonriendo mientras metía la cabeza por la abertura—. En realidad han sido tres; uno me ha cogido por detrás y ha intentado estrangularme.

—¡Jamie!

Se echó a reír, sacudiendo la cabeza apenado mientras echaba hacia atrás el cobertor.

—No sé lo que te pasa, pero siempre quieres que alardee ante ti. Un día de éstos me matarán intentando impresionarte. —Suspiró, alisando con cuidado la camisa de lana sobre su estómago—. Sólo están marcando el territorio, no te preocupes, de verdad.

—¡Marcando el territorio! ¡Por Dios, Jamie!

—¿Acaso no has visto nunca a un perro extraño unirse a una jauría? Los otros lo huelen, le muerden las patas y gruñen para ver si se acobarda o les devuelve el gruñido. A veces se muerden, a veces no, pero al final cada perro de la jauría conoce su lugar y sabe quién es el líder. El viejo Simon quiere asegurarse de que sé quién manda en su jauría; eso es todo.

—¿Ah, sí? ¿Y lo sabes? —Me acosté, esperando que él también se acostara. Cogió la vela y me miró. La luz parpadeante provocó un destello azul en sus ojos.

—Uf —dijo, y sopló la vela.

• • •

Durante las dos semanas siguientes sólo vi a Jamie por la noche. Por el día estaba siempre con su abuelo, cazando o cabalgando (Lovat era un hombre vigoroso pese a su edad) o bebiendo en el estudio, mientras el Viejo Zorro sacaba lentamente conclusiones y daba forma a sus planes.

Yo pasaba la mayor parte del tiempo con Frances y las demás mujeres. Fuera de la sombra de su temible y anciano padre, Frances recobró suficiente coraje para hablar por su cuenta y resultó ser una compañera inteligente e interesante. Tenía que administrar el castillo y su personal, pero cuando su padre aparecía en escena, se mantenía en un segundo plano y rara vez alzaba la mirada. No la culpaba por ello.

Dos semanas después de nuestra llegada, Jamie fue a buscarme a la salita donde estaba sentada con Frances y Aline, y me dijo que lord Lovat quería verme.

El viejo Simon señaló con gesto indiferente unas botellas que había en la mesa y después se sentó en un amplio sillón de nogal tallado, acolchado con un gastado terciopelo azul. La silla se adaptaba a su figura corta y robusta como si hubiese sido construida a su medida; me pregunté si así habría sido o si, de tanto usarla, Lovat había adquirido la forma de la silla.

Me senté en silencio en un rincón con mi copa de oporto y me mantuve callada mientras Simon preguntaba a Jamie una vez más acerca de la situación y las perspectivas de Carlos Estuardo.

Por vigésima vez en una semana, Jamie informó pacientemente del número de tropas, la estructura de mando (si es que existía), el armamento de que se disponía y su condición (en su mayor parte, pobre); qué posibilidades había de que a Carlos se le uniera lord Lewis Gordon de Farquharson, qué había dicho Glengarry después de Prestonpans, qué sabía o deducía Cameron del movimiento de las tropas inglesas, por qué Carlos había decidido marchar hacia el sur, etcétera. Me di cuenta que me estaba durmiendo sobre mi copa y me sacudí para despertarme justo a tiempo para evitar que el líquido color rubí se me derramara en la falda.

—... y tanto lord George Murray como Kilmarnock opinan que Su Alteza haría mejor en replegarse a las Highlands durante el invierno —concluía Jamie, dando un enorme bostezo.

Incómodo en la estrecha silla que le habían dado, se levantó y se estiró. Su sombra parpadeó sobre los pálidos tapices que cubrían las paredes de piedra.

—¿Y tú qué piensas?

Los ojos del viejo Simon brillaron bajo sus párpados entrecerrados. El fuego centelleaba con fuerza en la chimenea; Frances había apagado el fuego del corredor principal, cubriéndolo con trozos de turba, pero éste había sido atizado por orden de Lovat con madera, no turba. El aroma a resina de pino era penetrante y se mezclaba con el olor a humo.

La luz proyectaba la sombra de Jamie en la pared mientras se movía inquieto, sin querer sentarse de nuevo. El pequeño estudio estaba cerrado y oscuro, con la ventana tapada por la noche... muy diferente del cementerio abierto y soleado donde Colum le había hecho la misma pregunta. Y la situación había cambiado; Carlos ya no era el líder popular a quien consultaban los jefes de los clanes; ahora tenía que ir a buscar a los jefes para que cumplieran con sus obligaciones. Pero la el problema seguía siendo el mismo: oscuro, incierto, pendiendo como una sombra sobre nosotros.

—Ya te he dicho lo que pienso... un docena de veces o más —respondió Jamie bruscamente. Movió los hombros con impaciencia, encogiéndolos como si la chaqueta le quedara pequeña.

—Ah, sí. Me lo has dicho. Pero esta vez quiero la verdad. —El anciano se acomodó en su silla, con las manos entrelazadas sobre el vientre.

—¿De veras? —Jamie soltó una risita y se volvió para mirar a su abuelo. Se inclinó sobre la mesa, con las manos en la espalda. Pese a la diferencia de postura y figura, hubo cierta tensión entre los dos hombres que los hizo parecidos. Uno alto y el otro bajo, pero ambos fuertes, obstinados y determinados a ganar aquella partida.

—¿Acaso no soy tu pariente? ¿Y tu jefe? Yo dirijo tu lealtad, ¿no es así?

Ése era el punto. Colum, tan acostumbrado a la debilidad física, había conocido el secreto de utilizar la debilidad de otro hombre en su propio beneficio. Simon Fraser, fuerte y vigoroso pese a su avanzada edad, estaba acostumbrado a salirse con la suya por medios más directos. Pude ver, por la sonrisa de Jamie, que él también comparaba la petición de Colum con la exigencia de su abuelo.

—¿En serio? No recuerdo haberte hecho ningún juramento.

De las cejas de Simon sobresalían varios pelos largos y rígidos, tal y como solía ocurrirles a los hombres mayores. Éstos temblaron a la luz del fuego, aunque no supe si de indignación o de risa.

—¿Un juramento? ¿Acaso no corre por tus venas la sangre de los Fraser?

La boca de Jamie se torció al responder.

—Dicen que un niño sabio reconoce a su propio padre, ¿no? Mi madre era una MacKenzie; es lo único que sé.

La cara de Simon enrojeció y se le juntaron las cejas. Después abrió la boca y estalló en carcajadas. Se rió hasta que tuvo que enderezarse en la silla e inclinarse hacia delante, farfullando y ahogándose. Por último, golpeando con una mano el brazo de la silla sin poder parar de reír, se metió la otra en la boca y se quitó la dentadura postiza.

—¡*Pod Dioz!* —farfulló, jadeando y resollando. Con el rostro lleno de lágrimas y saliva, palpó ciegamente en la mesita que había junto a su silla y dejó caer los dientes en un platito. Los dedos agarrotados se cerraron en una servilleta de tela y la apretó contra su cara, emitiendo sonidos parecidos a la risa mientras se secaba.

»*Pod Cdisto, mushasho* —dijo por fin, ceceando—. *Pázame* el *whizky*.

Jamie alzó las cejas, cogió la botella y se la pasó a su abuelo, quien le quitó la tapa y bebió un buen trago sin molestarse en verterlo en una copa.

—¿*Creez* que no *erez* un Frazer? —dijo, bajando la botella y exhalando bocanadas de aire—. ¡Ja!

Se reclinó una vez más; el estómago subía y bajaba rápidamente mientras recobraba el aliento. Señaló a Jamie con un dedo largo y delgado.

—Tu *pdopio pade ze padó* en el *mizmo zitio* donde tú *eztaz ahoda,* y me dijo lo *mizmo* que tú el día que abandonó *pada ziempde* el *caztillo* de Beaufort. —El anciano se estaba calmando; tosió varias veces y se enjugó la cara otra vez.

»¿*Zabíaz* que intenté *impedid* que *tuz padez ze cazadan* diciendo que el hijo de Ellen MacKenzie no *eda* de *Bdian?*

—Sí, lo sabía.

Jamie se inclinó sobre la mesa otra vez, mirando a su abuelo con los ojos entrecerrados.

Lord Lovat soltó un gruñido.

—No *didé* que *ziempde* ha habido buena voluntad entre yo y *loz míoz, pedo* conozco a *miz hijoz.* Y a *miz nietoz* —añadió—. Que me lleve el diablo *zi cdeyeda* que alguno de *elloz* puede *zed* un *codnudo.*

A Jamie no se le movió un pelo, pero no pude evitar alejar mi mirada del anciano. Me quedé mirando los dientes postizos; la sucia madera de haya brillaba entre las migas de torta. Afortunadamente lord Lovat no se dio cuenta.

El anciano continuó hablando, otra vez serio.

—Ahora bien. Dougal MacKenzie de Leoch *ze* ha *declada-do pod Cadloz*. ¿Lo *conzidedaz* tu jefe? ¿*Ez ezo* lo que me *quie-dez decid*: que le *haz pdeztado judamento*?

—No. No he prestado juramento a nadie.

—¿Ni *ziquieda* a *Cadloz*? —El anciano pensó con rapidez: se abalanzó sobre esta posibilidad como un gato sobre un ratón. Casi pude verle menear la cola cuando miró a Jamie; los ojos rasgados y profundos brillaban bajo los arrugados párpados.

La mirada de Jamie estaba fija en las llamas, y su sombra estaba inmóvil en la pared detrás de él.

—No me lo ha pedido.

Era cierto. Carlos no había tenido necesidad de pedirle juramento a Jamie; dicha necesidad fue anulada al firmar por Jamie el Acta de Asociación. Sin embargo, yo sabía que el hecho de no haberle dado su palabra era importante para Jamie. Al menos, si traicionaba a Carlos, no sería a un hecho reconocido por él. La idea de que el mundo supiera que dicho juramento podía existir era un asunto de menor importancia.

Simon volvió a gruñir. Sin su dentadura postiza, la nariz y la barbilla se juntaban y la parte inferior de su cara parecía extraña-mente corta.

—*Entonzez* nada te impide *pdeztadme judamento* como jefe de tu clan —dijo con calma.

La cola era menos visible, pero todavía estaba allí. Casi podía oír sus pensamientos, caminando con sigilo. Si Jamie le juraba lealtad a él en lugar de a Carlos, el poder de Lovat aumentaría. También su riqueza, gracias a la porción de los ingresos de Lallybroch que podría reclamar como jefe del clan. La perspectiva de ser duque se acercaba cada vez más, brillando a través de la niebla.

—Nada excepto mi propia voluntad —coincidió Jamie ama-blemente—. Pero ése es un detalle sin importancia, ¿no? —Los ojos se entrecerraron aún más.

—Bien. —Los ojos de Lovat estaban casi cerrados y sacudió la cabeza lentamente de un lado a otro—. Ah, *zí, mushasho, edez* hijo de tu *pade. Obztinado* como una piedra y doblemente *eztú-pido*. Debí haber *zabido* que Brian no engendraría otra *coza* que *tontoz* de esa *proztituta*.

Jamie se acercó a la mesita y cogió la dentadura postiza.

—Será mejor que te los pongas, viejo tonto —dijo con brus-quedad—. No entiendo una palabra de lo que dices.

La boca de su abuelo se agrandó en una sonrisa que exhibió un único diente amarillento en la mandíbula inferior.

—¿No? —dijo—. ¿*Podráz entended* mi trato? —Me echó un rápido vistazo, como si fuera un elemento más de la negociación—. Tu juramento por el honor de tu *ezpoza*, ¿qué te parece?

Jamie se echó a reír, con la dentadura todavía en la mano.

—¿Ah, sí? ¿Pretendes forzarla delante de mis ojos, abuelo? —Lo miró con desprecio, con la mano sobre la mesa—. Adelante, y cuando ella haya terminado contigo, enviaré a la tía Frances a que recoja tus pedazos.

Su abuelo lo miró con calma.

—Yo no, *mushasho*. —La boca sin dientes dibujó una sonrisa al volver la cabeza para mirarme—. Aunque *ganaz* no me faltarían. —Me habría gustado echar mi capa sobre mis pechos para protegerse de la malicia de sus ojos oscuros; por desgracia no la llevaba puesta—. ¿*Cuántoz hombrez* hay en Beaufort, Jamie? ¿*Cuántoz,* que querrían *uzar* a tu *zazzenach pada* lo único que *zidve*? No *puedez* cuidarla día y noche.

Jamie se enderezó lentamente. Su enorme sombra siguió sus movimientos sobre la pared. Miró a su abuelo con cara inexpresiva.

—Oh, no creo que deba preocuparme, abuelo —dijo con suavidad—. Mi esposa es una mujer rara. Una hechicera, ¿sabes? Una Dama Blanca, como Dame Aliset.

Nunca había oído hablar de Dame Aliset, pero evidentemente lord Lovat sí; giró la cabeza con brusquedad para mirarme con los ojos desorbitados por el miedo. Abrió la boca, pero antes de que pudiera decir algo, Jamie continuó hablando, en un tono de malicia claramente audible.

—Al hombre que la tome en abrazo impuro se le marchitarán las partes privadas como una manzana azotada por la escarcha —dijo— y su alma arderá eternamente en el infierno. —Le enseñó los dientes a su abuelo y retiró la mano—. Así. —La dentadura postiza cayó en medio del fuego y de inmediato comenzó a chisporrotear.

41

La maldición de la vidente

La mayoría de los escoceses de las Tierras Bajas se habían convertido al presbiterianismo hacía dos siglos. Algunos de los clanes de las Highlands los habían imitado, pero otros, como los Fraser y los MacKenzie, habían conservado su fe católica. En especial los Fraser, que mantenían fuertes vínculos familiares con la Francia católica.

Había una pequeña capilla en el castillo de Beaufort para uso devoto del conde y su familia, pero el priorato de Beauly, arruinado como estaba, seguía siendo el cementerio de los Lovat, y el suelo del antealtar estaba repleto de las lápidas de aquellos que yacían debajo.

Era un sitio pacífico por el que me gustaba pasear pese al tiempo frío y ventoso. No sabía si el viejo Simon me había amenazado de verdad, o si el hecho de que Jamie me comparara con Dame Aliset (que resultó ser una curandera legendaria, el equivalente escocés de la Dama Blanca) había sido suficiente para poner fin a la amenaza. Pero pensaba que no era probable que alguien me atacara entre las tumbas de los difuntos Fraser.

Una tarde, pocos días después del incidente en la biblioteca, atravesé un hueco de la ruinosa pared del priorato y vi que, por una vez, no estaba sola. La mujer alta que había visto fuera de la biblioteca estaba allí, reclinada en una de las tumbas de piedra roja, con los brazos cruzados para darse calor y las largas piernas estiradas, como una cigüeña.

Me dispuse a retirarme, pero ella me vio y me llamó.

—Usted debe de ser lady Broch Tuarach, ¿no? —dijo, aunque su pregunta fue más bien retórica con su suave acento de las Highlands.

—Así es. Y usted es... ¿Maisri?

Una sonrisa le iluminó el rostro; éste era raro, algo asimétrico, como una pintura de Modigliani, y tenía el pelo largo y negro con algunos mechones grises, aunque aún era joven. Vidente, ¿eh? Tenía todo el aspecto de serlo.

—Sí, tengo el don —dijo sonriendo un poco con la boca torcida.

—También lee la mente, ¿no? —pregunté.

Se echó a reír; el sonido se perdió con el viento que gemía a través de las paredes ruinosas.

—No, señora. Pero leo el rostro, y...

—Y el mío es como un libro abierto —dije, resignada.

Permanecimos en silencio un momento, una al lado de la otra, observando el aguanieve que caía sobre la arenisca y la espesa hierba que cubría el cementerio.

—Dicen que sois una Dama Blanca —dijo Maisri de repente. Sentí que me miraba fijamente, pero sin el nerviosismo que solía acompañar a dicha observación.

—Eso dicen —coincidí.

—Ah. —No volvió a hablar; sólo se miró los pies, largos y elegantes, con medias de lana y sandalias de cuero. Mis propios pies, que estaban más abrigados, estaban muy fríos, y pensé que los de ella se estarían congelando si hacía rato que estaba allí.

—¿Qué está haciendo aquí? —pregunté. El priorato era un sitio acogedor con buen tiempo, pero no era muy recomendable en la fría nevisca.

—Vengo a pensar —respondió. Sonrió un poco, pero era evidente que estaba preocupada. Fueran cuales fuesen sus pensamientos, no eran muy agradables.

—¿A pensar en qué? —pregunté, levantándome para sentarme sobre la tumba, junto a ella. Sobre la lápida se veía la gastada figura de un caballero, con la espada apretada contra su pecho.

—¡Quiero saber por qué! —explotó. Su delgado rostro de repente se mostró indignado.

—¿Por qué, qué?

—¡Por qué! ¿Por qué puedo ver lo que va a suceder, cuando humanamente no puedo hacer nada para modificarlo o detenerlo? ¿De qué sirve un don semejante? No es un don, sino una maldición, aunque no he hecho nada para merecerla.

Se volvió y miró siniestramente la tumba de Thomas Fraser, sereno, con la empuñadura de su espada entre las manos cruzadas.

—¡Sí, y quizá es tu maldición, viejo tonto! ¡Tú y el resto de tu maldita familia! ¿Alguna vez lo habéis pensado? —preguntó de repente, volviéndose hacia mí. Sus cejas se arquearon sobre los ojos castaños, que brillaban con furiosa inteligencia.

»¿Alguna vez ha pensado que quizá no sea en absoluto el destino el que nos hace lo que somos? ¿Que tal vez una persona tiene el don o el poder sólo porque le es necesario a otra persona, y no tiene nada que ver con ella, excepto que es esa persona y no otra la que lo tiene, y debe sufrir por ello? ¿Alguna vez lo ha pensado?

—No lo sé —dije lentamente—. O sí, ahora que lo dice, me lo he preguntado. ¿Por qué yo? Me hago siempre esa pregunta, por supuesto. Pero nunca he dado con una respuesta satisfactoria. Usted piensa que tal vez posee el don porque es una maldición para los Fraser... ¿saber cuándo van a morir? Es una idea terrible.

—Es un infierno —dijo con amargura.

Se apoyó contra el sarcófago de piedra roja, observando el aguanieve que cubría la parte superior del muro roto.

—¿Qué opina? —me preguntó de repente—. ¿Se lo digo?

Quedé sorprendida.

—¿A quién? ¿A lord Lovat?

—Sí. Me pregunta qué veo y me golpea cuando le respondo que nada. Él lo sabe; puede ver en mi rostro que he tenido una visión. Pero es el único poder que tengo: el de no responder. —Los largos dedos blancos surgieron de entre la capa, jugando nerviosamente con los pliegues.

»Siempre existe la posibilidad, ¿no es verdad? —dijo. Tenía la cabeza inclinada de manera que la capucha de su capa ocultaba su cara de mi mirada—. Existe la posibilidad de que si lo digo las cosas sean diferentes. De vez en cuando ocurre. Le dije a Lachlan Gibbon que había visto a su yerno envuelto en algas marinas y con las anguilas debajo de su camisa. Lachlan me escuchó y fue directamente a hacerle un agujero al bote de su yerno. —Se echó a reír al recordar—. ¡Por Dios, lo que hubo que hacer para arreglarlo! Pero cuando vino la gran tormenta la semana siguiente, se ahogaron tres hombres, y el yerno de Lachlan estaba a salvo en casa, arreglando su bote. Y cuando volví a verlo tenía la camisa seca y ya no tenía algas en el pelo.

—A veces sucede —dije en voz baja.

—A veces —repitió, asintiendo, mirando todavía al suelo.

Lady Sarah Fraser yacía a sus pies, y su lápida tenía una calavera cruzada con dos huesos. «*Hodie mihi cras tibi*», rezaba la inscripción. «*Sic transit gloria mundi.*» «Hoy es mi turno; mañana el tuyo. Y así pasa la gloria del mundo.»

—A veces, no. Cuando veo a un hombre envuelto en una mortaja, sobreviene la enfermedad... y no hay nada que pueda hacerse.

—Tal vez —dije.

Me miré las manos, extendidas sobre la piedra junto a mí. Sin medicinas, ni instrumentos, ni conocimiento... sí, entonces la enfermedad era el destino, y nada podía hacerse. Pero si había un médico cerca y tenía los elementos para curarla... ¿era posible que Maisri viera la sombra de una enfermedad aproximándose como un síntoma real (aunque normalmente invisible), como la fiebre o una erupción? ¿Que sólo la falta de medicinas convirtiera la lectura de dichos síntomas en una sentencia de muerte? Nunca lo sabría.

—Nunca podremos saberlo —dije, girándome hacia ella—. No se sabe. Sabemos cosas que otras personas no saben y no podemos decir por qué ni cómo. Pero poseemos el don... y tiene razón: es una maldición. Pero si se tiene el conocimiento... y puede prevenir el daño... ¿cree que puede causarlo?

Maisri negó con la cabeza.

—No puedo responder a eso. Si usted supiera que va a morir pronto, ¿haría algo? ¿Y serían sólo cosas buenas, o aprovecharía la última oportunidad que le quedara para hacer daño a sus enemigos, un daño que de otro modo no haría?

—No lo sé.

Permanecimos en silencio, observando cómo el aguanieve se convertía en nieve, y cómo los copos se arremolinaban en ráfagas por la tracería estropeada del muro del priorato.

—A veces sé que hay algo —dijo Maisri de repente— pero puedo apartarlo de mi mente, puedo no verlo. Fue lo que pasó con su excelencia; supe que había algo, pero conseguí no verlo. Después él me hizo mirar y pronunciar el hechizo para que la visión se volviera clara. Y así lo hice.

La capucha de su capa cayó hacia atrás cuando inclinó la cabeza para mirar el muro del priorato que se cernía sobre nosotras, ocre, blanco y rojo, con la argamasa deshaciéndose entre las piedras. El cabello negro y algo canoso se derramó sobre su espalda, libre al viento.

—Él estaba delante del fuego, pero era de día, se veía con claridad. Había un hombre detrás de él, quieto como un árbol, que tenía el rostro cubierto de negro. Y frente al rostro de su excelencia cayó la sombra de un hacha.

Maisri habló con indiferencia, pero sentí un escalofrío en la espalda. Por fin suspiró y se volvió hacia mí.

—Bueno, se lo diré y que haga lo que quiera. No puedo condenarlo ni salvarlo. Es su elección... y que Dios lo ayude.

Se volvió para retirarse; salí de la tumba y me detuve sobre la lápida de lady Sarah.

—Maisri —la llamé. Se volvió para mirarme, con los ojos tan negros como las sombras entre las tumbas.

—¿Sí?

—¿Qué ve, Maisri? —pregunté, y me quedé esperando, mirándola, con las manos a los costados.

Ella me miró de hito en hito. Por fin sonrió levemente, asintiendo.

—No veo nada más que a usted, señora —dijo con suavidad—. Sólo está usted.

Se volvió y desapareció entre los árboles, dejándome entre las ráfagas de copos de nieve.

No puedo ni condenar ni salvar. Pues no tengo otro poder que el conocimiento, ninguna habilidad para doblegar a otros a hacer mi voluntad, ningún modo de impedirles que hagan lo que quieran. Sólo estoy yo.

Me sacudí la nieve de la capa y me volví para seguir a Maisri por el camino, compartiendo su amargo conocimiento de que sólo estaba yo. Y yo no era suficiente.

La actitud del viejo Simon fue la misma en el curso de las siguientes dos o tres semanas, pero me imaginé que Maisri había mantenido su intención de contarle su visión. Cuando parecía estar a punto de convocar a los herradores y arrendatarios para marchar, de repente se echaba atrás, diciendo que, al fin y al cabo, no había prisa. Tal indecisión enfurecía a Simon el Joven, que ardía en deseos de ir a la guerra y cubrirse de gloria.

—No es una cuestión urgente —dijo el viejo Simon por enésima vez. Alzó otro pastel de avena, lo olfateó y lo dejó de nuevo—. Tal vez será mejor esperar a la primavera.

—¡Antes de la primavera podrían estar en Londres! —Simon el Joven fulminó con la mirada a su padre, y extendió una mano para alcanzar la mantequilla—. ¡Si no quieres ir tú, déjame a mí llevar a los hombres para que se unan al príncipe!

Lord Lovat gruñó.

—Eres demasiado impaciente —dijo—, pero no eres sensato. ¿Nunca aprenderás a esperar?

—¡Ya pasó el tiempo de esperar! —exclamó Simon—. Los Cameron, los MacDonald, los MacGillivray... todos han estado allí desde el principio. ¿Vamos a llegar al final, como mendigos, y quedar en segundo lugar después de Clanranald y Glengarry? ¡Maldita la oportunidad que tendrás entonces de conseguir un ducado!

La boca de Lovat era grande y expresiva; incluso en la ancianidad, conservaba cierto humor y sensualidad. Pero en aquel momento no se notaba. Apretó los labios, observando a su heredero sin ningún entusiasmo.

—Si te casas con prisa, tendrás toda la vida para arrepentirte —dijo—. Y es más cierto al elegir un arrendatario que una mujer. Uno puede deshacerse de una mujer.

Simon el Joven gruñó y miró a Jamie en busca de apoyo. En los dos últimos meses, su hostilidad inicial había dado paso al respeto ante la evidente experiencia que tenía su pariente bastardo en el arte de la guerra.

—Jamie dice... —empezó.

—Sé muy bien lo que dice Jamie —lo interrumpió el viejo Simon—. Lo ha dicho muchas veces. Tomaré una decisión a su debido tiempo. Pero recuerda, muchacho: cuando se trata de involucrarse en una guerra, no se pierde nada esperando.

—Esperando a ver quién gana —susurró Jamie, limpiando cuidadosamente su plato con un poco de pan. El anciano alzó la mirada bruscamente pero decidió ignorar el comentario.

—Diste tu palabra a los Estuardo —continuó Simon el Joven, terco, sin hacer caso al disgusto de su padre—. No querrás romperla, ¿no? ¿Qué dirá la gente de tu honor?

—Lo mismo que dijeron en el año quince —respondió su padre con calma—. La mayoría de los que «dijeron cosas» están muertos, en la bancarrota o mendigando en Francia. Y yo sigo aquí.

—Pero... —Simon hijo estaba rojo de rabia, algo habitual cuando mantenía este tipo de conversación con su padre.

—Basta —interrumpió bruscamente el viejo conde. Sacudió la cabeza mientras miraba a su hijo con los labios apretados con desaprobación—. ¡Cristo Santo! A veces desearía que Brian no hubiera muerto. Sería un estúpido, pero por lo menos sabía cuándo dejar de hablar.

Tanto Simon hijo como Jamie se pusieron rojos de ira pero, después de mirarse el uno al otro, volvieron a prestar atención a la comida.

—¿Y tú qué miras? —gruñó lord Lovat cuando apartó la mirada de su hijo, al ver que yo lo estaba mirando.

—A usted —dije—. No tiene buen aspecto.

Era cierto, incluso para un hombre de setenta años. Aunque de altura mediana, con los hombros caídos y anchos, era un hombre de aspecto sólido, y daba la impresión de que su pecho fuerte y su barriga redonda eran firmes y saludables bajo la camisa. Sin embargo, últimamente parecía como si hubiese engordado y encogido un poco. Las bolsas arrugadas debajo de los ojos se le habían oscurecido y tenía la piel pálida.

—¿Ah, sí? —gruñó—. ¿Y por qué no? No descanso cuando duermo, ni estoy tranquilo cuando estoy despierto. No es de sorprender que no parezca un recién casado.

—Pero sí que lo pareces, padre —comentó Simon el Joven con malicia, aprovechando la oportunidad de devolvérsela—. Un recién casado al final de su luna de miel que se ha quedado sin fuerzas.

—¡Simon! —exclamó lady Frances. Un rumor de risas se extendió por la mesa ante la ocurrencia; hasta lord Lovat sonrió.

—¿Sí? Bueno, preferiría sufrir dolor por esa causa, muchacho. —Se removió incómodo en la silla y rechazó la fuente de nabos hervidos que le ofrecían. Cogió su copa de vino, la alzó hasta la nariz, la olió y volvió a dejarla.

—Es de mala educación mirar a la gente —indicó con frialdad—. ¿O es que los ingleses tienen reglas de educación diferentes?

Me ruboricé un tanto, pero no dejé de mirarlo.

—Sólo me preguntaba... no tiene apetito y no bebe. ¿Qué otros síntomas tiene?

—Quieres probar que sirves para algo, ¿eh? —Lovat se recostó en su asiento, cruzando las manos sobre su amplio estómago como un viejo sapo—. Una curandera, según dice mi nieto. Una Dama Blanca, ¿eh?

Dirigió una mirada fulminante a Jamie, que continuó comiendo sin hacerle caso. Lovat gruñó e inclinó la cabeza irónicamente en mi dirección.

—Bueno, no bebo, señora, porque no puedo orinar y no quiero explotar como un cerdo. Y no descanso porque me levanto diez veces durante la noche para usar la bacinilla, aunque poco uso le doy. ¿Qué dice de eso, Dame Aliset?

—Padre —susurró lady Frances— realmente, creo que no deberías...

—Podría deberse a una infección de la vejiga, pero más bien me parece prostatitis —respondí.

Alcé mi copa de vino y bebí un sorbo, saboreándolo antes de tragarlo. Sonreí con timidez a su señoría a través de mi copa, mientras la dejaba.

—¿Ah, sí? —dijo, alzando las cejas—. ¿Y qué es eso, por favor?

Me remangué y levanté las manos, flexionando los dedos como un mago a punto de realizar un acto de prestidigitación. Estiré mi índice izquierdo.

—La próstata en los varones —expliqué— encierra el canal de la uretra, que es el pasaje desde la vejiga hasta el exterior. —Encerré con dos dedos de la mano derecha el índice izquierdo, a modo de ilustración—. Cuando la próstata se inflama o se agranda, lo que se llama prostatitis, aprieta la uretra —continué estrechando el círculo de mis dedos—, cortando el flujo de la orina. Es muy común en los ancianos. ¿Lo ve?

Lady Frances, al no poder impresionar a su padre con sus opiniones sobre las conversaciones adecuadas durante la cena, murmuraba agitada con su hermana menor y ambas me miraban con más recelo que de costumbre.

Lord Lovat observó mi pequeña demostración, fascinado.

—Sí, ya veo —respondió. Sus ojos felinos se entrecerraron, observando mis dedos de manera especuladora—. ¿Y qué puede hacerse, ya que tiene tanto conocimiento sobre el tema?

Pensé, mientras escudriñaba en mi memoria. En realidad nunca había visto (y mucho menos tratado) un caso de prostatitis, pues no era una enfermedad que afligiera a los jóvenes soldados. Sin embargo, había leído textos médicos donde estaba descrita. Recordaba el tratamiento porque había causado mucha risa entre las estudiantes de enfermería, que se habían horrorizado por las gráficas ilustraciones del texto.

—Bueno —respondí—, exceptuando la cirugía, hay sólo dos cosas que se puedan hacer: insertar un palillo de metal a través del pene y hacerlo llegar hasta la vejiga, a fin de abrir la uretra —metí el índice en el pequeño círculo—, o masajear la próstata, a fin de disminuir la hinchazón. A través del recto —agregué con precisión.

Oí un leve ruido de atragantamiento junto a mí y miré a Jamie. Tenía la mirada fija en el plato, pero el rubor le subía desde el cuello y las puntas de las orejas eran de un rojo brillante. Tembló un poco. Miré alrededor de la mesa y encontré un grupo de miradas fascinadas clavadas en mí. Lady Frances, Aline y las demás mujeres me observaban con expresiones variadas: desde curiosas hasta disgustadas; los hombres parecían todos horrorizados.

La excepción a la reacción general fue la del propio lord Lovat, que se frotó la barbilla pensativamente, con los ojos entornados.

—Vaya —dijo—. No tengo mucha elección: un palo en el pito o un dedo en el trasero, ¿eh?

—Más bien dos o tres dedos —aclaré—. Varias veces. —Le lancé una pequeña sonrisa decorosa.

—Ah. —Una sonrisa similar apareció en la boca de lord Lovat, quien levantó con lentitud la mirada y fijó sus ojos azules en los míos con una expresión entre burlona y desafiante—. Suena... divertido —observó apaciblemente. Los ojos rasgados miraron mis manos, evaluándolas—. Tienes hermosas manos, querida —dijo—. Muy bien cuidadas... y con dedos muy largos y blancos, ¿no?

Jamie apoyó ambas manos sobre la mesa con un golpe y se puso en pie. Se inclinó, poniendo la cara a medio metro de la de su abuelo.

—Si necesitas tales atenciones, abuelo, me ocuparé de ellas en persona. —Extendió las manos sobre la mesa, anchas y macizas: cada dedo tenía el diámetro del cañón de una pistola—. Para mí no es ningún placer meter el dedo en tu peludo y viejo trasero —dijo a su abuelo— pero supongo que es mi obligación filial impedir que la orina te haga explotar, ¿no?

Frances emitió un pequeño chillido.

Lord Lovat miró a su nieto con considerable disgusto y se levantó con lentitud de su asiento.

—No te molestes. Haré que una de las sirvientas lo haga. —Extendió una mano al grupo, indicando que podíamos continuar la comida, y abandonó el recinto. Se detuvo para mirar a una joven sirvienta que entraba con una fuente de faisán. Ésta abrió los ojos de par en par y dio un paso a un lado para pasar lejos de él.

Después de la partida de lord Lovat se produjo un gran silencio en la mesa. Simon el Joven me miró y abrió la boca. Después miró a Jamie y volvió a cerrarla. Se aclaró la garganta.

—Pásame la sal, por favor —dijo.

—... y como consecuencia de la lamentable dolencia que me impide prestar asistencia personal a Su Alteza, le envío por intermedio de mi hijo y heredero una muestra de la lealtad (no, cámbialo por «respeto»), una muestra del respeto que siempre he sentido por Su Majestad y Su Alteza.

Lord Lovat hizo una pausa, mirando al techo.

—¿Qué podemos enviarle, Gideon? —preguntó al secretario—. Algo lujoso pero no tanto que no podamos decir que fue sólo un presente sin importancia.

Gideon suspiró y se enjugó el rostro con un pañuelo. El secretario era un hombre robusto, de mediana edad, algo calvo y con mejillas redondas y coloradas; era evidente que el calor que daba el fuego de la habitación le resultaba opresivo.

—¿El anillo que su excelencia recibió del conde de Mar? —sugirió, sin esperanza. Una gota de sudor cayó de la doble barbilla a la carta que le estaban dictando y la limpió disimuladamente con la manga.

—No es lo bastante valioso —juzgó el anciano— y tiene demasiadas asociaciones políticas.

Los dedos pecosos golpetearon el cubrecama, mientras lord Lovat pensaba.

El viejo Simon había representado bien la escena. Llevaba puesta su mejor camisa de dormir y estaba sentado en la cama con un impresionante despliegue de remedios distribuidos sobre la mesa. Estaba asistido por su médico personal, el doctor Menzies, un hombre pequeño con un ojo desviado que no dejaba de mirarme con considerable recelo. Supuse que el viejo no confiaba en el poder de imaginación de Simon el Joven y había montado esta escena para que su heredero informara con todo lujo de detalles sobre el estado de decrepitud de lord Lovat cuando se presentara ante Carlos Estuardo.

—Ja —dijo con satisfacción—. Le enviaremos el juego de cubiertos de oro y plata. Es bastante lujoso y demasiado frívolo para ser interpretado como un apoyo político. Además —añadió de manera práctica—, una cuchara está abollada. De acuerdo, entonces —comunicó al secretario— continuemos con: «Como Su Alteza sabrá...»

Intercambié una mirada con Jamie, quien ocultó una sonrisa.

—Creo que le diste lo que el viejo necesitaba, Sassenach —me había dicho mientras nos desvestíamos después de la famosa cena de la semana anterior.

—¿Qué? —pregunté—. ¿Una excusa para acosar a las sirvientas?

—Dudo de que se preocupe mucho por excusas de ese tipo —respondió Jamie con sequedad—. No, le diste la posibilidad de jugar a dos bandas, como siempre. Si sufre de una enfermedad de nombre impresionante que lo confina en la cama, no pueden culparlo por no aparecer en persona con los hombres que prometió. Al mismo tiempo, si envía a su heredero a luchar, los Estuardo sabrán que Lovat cumplió su promesa; y si todo sale mal, el Viejo Zorro les asegurará a los ingleses que él no tenía intención de ofrecer ayuda a los Estuardo, sino que Simon el Joven fue por su propia voluntad.

—¿Le puedes deletrear «prostatitis» a Gideon, muchacha? —me pidió lord Lovat interrumpiendo mis pensamientos—. Y escríbelo con cuidado, estúpido —dijo a su secretario—. No quiero que Su Alteza lo lea mal.

—P-r-o-s-t-a-t-i-t-i-s —deletreé lentamente, para beneficio de Gideon—. ¿Y cómo se encuentra esta mañana? —pregunté, acercándome al lecho de su señoría.

—Mucho mejor, gracias —dijo el anciano, sonriendo y mostrándome su nueva dentadura postiza—. ¿Quieres verme orinar?

—Ahora no, gracias —respondí con cortesía.

· · ·

Era un día despejado y frío de mediados de diciembre cuando partimos de Beauly para unirnos a Carlos Estuardo y el ejército escocés. Desoyendo todos los consejos, Carlos había insistido en avanzar hacia Inglaterra, desafiando el tiempo y el sentido común, así como a sus generales. Pero por fin, en Derby, los generales prevalecieron, los jefes escoceses se negaron a seguir adelante y el ejército escocés empezó a regresar al norte. Una carta urgente de Carlos dirigida a Jamie nos instaba a dirigirnos hacia el sur «sin demora», para encontrarnos con él en Edimburgo. Simon el Joven, quien tenía todo el aspecto de un jefe de clan con su tartán carmesí, cabalgaba a la cabeza de una columna. Los que tenían caballo lo seguían, pero la mayoría iba a pie.

Como teníamos caballo, cabalgaríamos con Simon a la cabeza de la columna hasta que llegáramos a Comar. Allí nos dividiríamos: Simon y las tropas Fraser se dirigirían a Edimburgo y Jamie me acompañaría hasta Lallybroch antes de regresar a Edimburgo. Por supuesto, no tenía intención de regresar, pero eso no era asunto de Simon.

A media mañana, salí de una pequeña arboleda junto al camino y encontré a Jamie esperando con impaciencia. A los hombres que partían se les había servido cerveza caliente para ayudarlos a resistir el viaje. Y aunque a mí me había parecido sorprendentemente bueno como desayuno, también descubrí que tenía un fuerte efecto sobre mis riñones.

Jamie gruñó.

—¡Mujeres! —exclamó—. ¿Cómo podéis tardar tanto tiempo para hacer algo tan sencillo como orinar? Armáis tanto lío como mi abuelo.

—Bueno, la próxima vez puedes venir conmigo y observarme —sugerí con aspereza—. Tal vez puedas darme alguna sugerencia.

Se limitó a gruñir otra vez y se dio la vuelta para observar la columna de hombres que marchaban; sin embargo, sonreía. El día claro y brillante levantaba el espíritu a todo el mundo, pero Jamie estaba de muy buen humor esta mañana. Y no era para menos: regresábamos a casa. Yo sabía que Jamie no se engañaba con que todo iba a salir bien; esta guerra iba a tener su precio. Pero si bien no habíamos podido detener a Carlos, tal vez podríamos salvar ese pequeño rincón de Escocia que tanto amábamos: Lallybroch. Quizá eso todavía estuviera en nuestro poder.

Observé la columna de hombres.

—Doscientos hombres son un buen número.

—Ciento setenta —corrigió Jamie distraídamente, mientras tomaba las riendas de su caballo.

—¿Estás seguro? —pregunté con curiosidad—. Lord Lovat dijo que enviaba doscientos hombres. Lo oí cuando dictaba la carta.

—Pues no. —Jamie se subió a la montura, se puso de pie sobre los estribos y señaló la colina que había más adelante, donde el estandarte Fraser con su cimera de cabeza de ciervo flameaba a la cabeza de la columna—. Los conté mientras te esperaba —explicó—. Treinta jinetes con Simon, más cincuenta hombres armados con espadas y escudos, esos serán los hombres de la Guardia local, más los campesinos, con guadañas y martillos, que son noventa.

—Tu abuelo debe de creer que el príncipe Carlos no los va a contar en persona —observé con cinismo—. Trata de obtener crédito por más de lo que envía.

—Sí, pero los nombres serán registrados en el ejército apenas lleguen a Edimburgo —dijo Jamie, frunciendo el entrecejo—. Será mejor que vaya a ver.

Lo seguí a paso más lento. Mi caballo debía de tener como mínimo unos veinte años y no se le podía pedir más que eso. El de Jamie era un poco más rápido, aunque no era comparable a *Donas*. El hermoso corcel había quedado en Edimburgo, pues el príncipe Carlos quería montarlo en ocasiones públicas. Jamie accedió a su petición pues albergaba la sospecha de que el viejo Simon iba a querer apropiárselo, si *Donas* se ponía al alcance de sus manos.

A juzgar por la escena que veía delante de mí, Jamie no se había equivocado al evaluar a su abuelo como lo hacía. Jamie cabalgó hasta el secretario de Simon el Joven. Lo que parecía, desde mi punto de vista, una discusión acalorada, terminó cuando Jamie se inclinó en su montura, asió las riendas del indignado empleado y arrastró su caballo hasta el borde del camino.

Ambos hombres desmontaron, quedaron cara a cara y obviamente se pusieron a reñir violentamente. Simon el Joven, al ver el altercado, se apartó de la línea de marcha e indicó al resto que prosiguiera. A continuación hubo más discusiones; yo estaba lo suficientemente cerca para ver el rostro de Simon, rojo de ira, la mueca de preocupación del empleado y una serie de gestos violentos por parte de Jamie.

Observé fascinada esta pantomima: el empleado, encogiéndose de hombros, abrió su alforja, revolvió en su interior y extrajo varias hojas de pergamino. Jamie se las quitó y las revisó rápidamente, pasando el índice por las líneas escritas. Cogió una página, dejando que el resto cayera al suelo y la agitó en la cara de Simon Fraser. El Joven Zorro pareció sorprendido. Cogió la hoja, la examinó y después miró a Jamie, confundido. Jamie volvió a coger la hoja, rompió el duro pergamino en cuatro y metió los pedazos en su morral.

Detuve mi poni, que aprovechó la ocasión para olisquear las pocas plantas que había. Vi que la nuca de Simon el Joven estaba roja cuando regresó a su caballo, así que decidí mantenerme alejada. Jamie volvió a montar su caballo, regresó trotando hasta mí, con el pelo rojo flameando como un estandarte al viento, los ojos brillantes de ira y los labios fruncidos.

—¡El viejo sucio! —dijo sin ceremonia.

—¿Qué ha hecho? —inquirí.

—Puso a mis hombres en sus propios registros —dijo Jamie—. Como si fueran parte del regimiento Fraser. ¡Viejo gusano traicionero! —Miró hacia atrás con añoranza—. Lástima que ya estemos tan lejos para abofetear a ese viejo decrépito.

Resistí la tentación de instarlo a que siguiera insultando a su abuelo, y le pregunté:

—¿Y por qué lo habrá hecho? ¿Sólo para que pareciera una contribución más importante a los Estuardo?

Jamie asintió. Las mejillas estaban recuperando su color normal.

—Sí, eso también. Para quedar mejor, sin ningún coste adicional. Pero no sólo eso. El viejo tramposo quiere recuperar mi tierra; la ha querido desde que se vio obligado a darla cuando mis padres se casaron. Ahora cree que si todo sale bien y él se convierte en duque de Inverness, puede afirmar que Lallybroch siempre fue suya y que yo sólo soy su arrendatario: la prueba está en que envió hombres de allí para responder a la llamada de los Estuardo.

—¿Y puede hacer algo así? —pregunté en tono de duda.

Jamie aspiró una gran bocanada de aire y la soltó. La nube de aliento se elevó de su nariz como si fuera un dragón. Sonrió y dio una palmadita a su morral, que le colgaba de la cintura.

—No, ahora ya no —respondió.

• • •

Con buen tiempo, buenos caballos y el suelo seco, el viaje de Beauly a Lallybroch debía durar dos días, si no nos deteníamos más que para las necesidades básicas: comer, dormir y lavarnos. Pero uno de los caballos se lastimó a diez kilómetros de Beauly, nevó, llovió y sopló el viento; el suelo pantanoso se congelaba por momentos y se convertía en hielo resbaladizo; entre una cosa y otra pasó casi una semana antes de que descendiéramos la última colina que nos llevaba a la granja de Lallybroch: llegamos con frío, cansados, hambrientos y bastante sucios.

Estábamos nosotros dos solos. Murtagh había sido enviado a Edimburgo junto con Simon el Joven y los caballeros armados a fin de evaluar la situación del ejército escocés.

La casa se erguía sólida entre las dependencias, blanca como los campos nevados que la rodeaban. Recordé las emociones que sentí al ver Lallybroch por primera vez. Por supuesto, la había visto un hermoso día de otoño, no a través de la nevisca helada; en aquel momento me había parecido un refugio acogedor. La impresión de fortaleza y serenidad de la casa ahora se veía acentuada por la cálida luz de la lámpara que se filtraba a través de las ventanas inferiores, de un suave color amarillo en medio del gris cada vez más acentuado del crepúsculo.

La sensación de bienvenida se intensificó cuando seguí a Jamie por la puerta principal y nos recibió el aroma riquísimo de carne asada y pan recién horneado.

—Cena —dijo Jamie, cerrando los ojos gozoso mientras inhalaba el fragante aroma—. ¡Dios mío, podría comerme un caballo! —El hielo de su capa se derritió en charcos en el suelo de madera.

—Pensé que íbamos a tener que comernos uno —observé mientras desataba las cintas de mi capa y me quitaba la nieve del pelo—. Esa pobre criatura que compraste en Kirkinmill apenas podía cojear.

El sonido de nuestras voces atravesó el vestíbulo y una puerta se abrió, seguida del sonido de pequeños pies y un grito de alegría cuando el pequeño Jamie vio a su tocayo.

El alboroto atrajo la atención del resto de los habitantes de la casa. Antes de darnos cuenta, estábamos envueltos en saludos y abrazos mientras Jenny y el bebé, la pequeña Maggie, Ian, la señora Crook y varios sirvientes llegaban al corredor.

—¡Me alegro tanto de verte, querido! —dijo Jenny por tercera vez, poniéndose de puntillas para besar a Jamie—. Con las noticias que recibimos del ejército, temíamos que pasaran meses antes de que aparecierais.

—Sí —dijo Ian—. ¿Has traído a algunos de los hombres contigo, o es sólo una visita?

—¿Que si los he traído? —Justo cuando se disponía a saludar a su sobrina mayor, Jamie miró a su cuñado, olvidándose momentáneamente de la niña que tenía en los brazos. Cuando ésta le tironeó el pelo recordó su presencia, la besó distraído y me la entregó.

—¿Qué quieres decir, Ian? —preguntó—. Los hombres tendrían que haber vuelto hace un mes. ¿Acaso algunos no han regresado?

Apreté a Maggie contra mi pecho. Una horrible sensación me invadió al ver cómo se desvanecía la sonrisa de Ian.

—No ha vuelto ninguno, Jamie —dijo lentamente. Su rostro largo y jovial de repente fue un reflejo de la expresión sombría de Jamie—. No los hemos visto desde que se fueron con vosotros.

Se oyó un grito desde el patio, donde Rabbie MacNab estaba guardando los caballos. Jamie se dio la vuelta, abrió la puerta y se inclinó bajo la tormenta.

Por encima de su hombro pude ver que venía un jinete a través de la nieve. La visibilidad era muy escasa para poder distinguir su rostro, pero la forma pequeña, robusta y colgando como un mono sobre la montura era inconfundible.

—Rápido como un rayo —lo había descrito Jamie en una ocasión; y tenía razón: hacer el viaje desde Beauly hasta Edimburgo y después a Lallybroch en una semana era una hazaña. El jinete era Murtagh, y no necesitamos el don de profecía de Maisri para adivinar que las nuevas que traía eran malas.

42

Reuniones

Jamie, blanco de ira, abrió de un golpe la puerta del salón de Holyrood. Ewan Cameron se puso en pie de un salto, volcando el tintero que estaba usando. Simon Fraser, señor de Lovat, levantó sus espesas cejas negras al ver entrar a su medio sobrino.

—¡Maldición! —exclamó Ewan, buscando un pañuelo para secar la tinta—. ¿Qué pasa, Fraser? Ah, buenos días, señora Fraser —dijo al verme detrás de Jamie.

—¿Dónde está Su Alteza? —preguntó Jamie sin más preámbulos.

—En el castillo de Stirling —respondió Cameron, sin poder encontrar el pañuelo que buscaba—. ¿No tienes un trapo, Fraser?

—Si lo tuviera, te ahorcaría con él —le dijo Jamie. Se había relajado un poco al enterarse de que Carlos Estuardo no estaba allí, pero seguía apretando los labios—. ¿Por qué has permitido que pusieran a mis hombres en Tolbooth? Acabo de verlos, ¡en ese sitio ni siquiera pondrían a los cerdos! ¡Podrías haber hecho algo!

Cameron se ruborizó, pero sus claros ojos marrones se posaron sobre los de Jamie con firmeza.

—Lo intenté —respondió—. Le dije a Su Alteza que era un error... sí, y eso que los treinta hombres estaban a quince kilómetros cuando fueron descubiertos; ¡vaya un error! Además, aunque quisieran desertar, Su Alteza no puede permitirse el lujo de prescindir de ellos. Eso fue lo que los salvó de ir a la horca en el acto —dijo, empezando a enfadarse a medida que se desvanecía el susto por la entrada de Jamie—. ¡Recuerda que es traición desertar en tiempo de guerra!

—¿Ah, sí? —preguntó Jamie con escepticismo. Hizo un pequeño gesto a Simon el Joven, y empujó una silla hacia mí, antes de sentarse—. ¿Acaso has ordenado que ahorcaran a esos veinte hombres tuyos que han vuelto a casa, Ewan? ¿O son cuarenta, ya?

Cameron se ruborizó más aún y bajó la mirada mientras limpiaba la tinta con el pañuelo que le había dado Simon Fraser.

—No los descubrieron —dijo por fin. Miró a Jamie con seriedad—. Ve a ver a Su Alteza en Stirling —le aconsejó—. Estaba furioso por la deserción, pero después de todo fue por orden suya por lo que fuiste a Beauly dejando a los hombres sin vigilancia, ¿no? Tiene muy buena opinión de ti, Jamie, y te considera su amigo. Tal vez perdone a tus hombres si le ruegas por sus vidas.

Cogió el trapo empapado en tinta con recelo, lo miró y, murmurando una excusa, salió a deshacerse de él, pero se notaba que quería alejarse de Jamie.

Jamie se dejó caer en su silla, respirando a través de los dientes apretados con un siseo. Tenía la mirada fija sobre un pequeño tapiz bordado de la pared que representaba la cota de armas de los Estuardo. Los dos dedos rígidos de su mano derecha tamborileaban sobre la mesa. Estaba así desde que Murtagh había llegado a Lallybroch con la noticia de que treinta de los hombres bajo su mando habían sido aprehendidos desertando y se encontraban en la famosa prisión de Tolbooth, en Edimburgo, condenados a muerte.

Personalmente, no creía que Carlos fuera a ejecutarlos. Como señaló Ewan Cameron, el ejército escocés necesitaba todos y cada uno de los hombres físicamente capaces que pudiera conseguir. La marcha sobre Inglaterra por la que Carlos había abogado había sido difícil y el apoyo que esperaba el príncipe de los campesinos ingleses no se había producido. Además, ejecutar a los hombres de Jamie en ausencia de éste habría sido un acto de estupidez política y una traición personal demasiado grande, incluso para Carlos Estuardo.

No, Cameron tenía razón, los perdonarían con el tiempo. Sin duda, Jamie también lo sabía, pero saberlo no compensaba el hecho de que, en lugar de ver a sus hombres a salvo de los riesgos de aquella espantosa campaña, por seguir sus órdenes estaban en una de las peores prisiones de toda Escocia, considerados como unos cobardes y sentenciados a una muerte vergonzosa en la horca.

Esto, sumado a la perspectiva inminente de tener que abandonar a sus hombres en su horrible prisión para ir a Stirling a humillarse ante Carlos, era más que suficiente para explicar la expresión de Jamie (la de un hombre que acababa de desayunar pedazos de cristal).

Simon el Joven también estaba en silencio, serio, con la amplia frente arrugada mientras pensaba.

—Te acompañaré —le dijo de repente.

—¿Lo harás? —Jamie miró sorprendido a su tío y entornó los ojos—. ¿Por qué?

Simon sonrió a medias.

—La sangre es la sangre, al fin y al cabo. ¿O crees que trataría de quitarte a tus hombres como hizo mi padre?

—¿Lo harías?

—Podría —respondió Simon con franqueza— si creyera que existe alguna posibilidad de que salga bien. Pero lo más probable es que sea motivo de problemas, eso es lo que pienso. No deseo pelear con los MacKenzie, ni contigo, sobrinito —añadió, ensanchando la sonrisa—. Por muy próspera que sea Lallybroch, está muy lejos de Beauly y habría que luchar mucho para conseguirla, ya sea por la fuerza o por las cortes. Se lo dije a mi padre, pero él sólo escucha lo que quiere.

El joven negó con la cabeza y se acomodó el cinturón de la espada alrededor de la cadera.

—Habrá mejores cosas que roer si ganamos la guerra con un nuevo rey. Además —concluyó—, si ese ejército debe volver a luchar como lo hizo en Preston, necesitaremos todos los hombres que se puedan conseguir. Iré contigo —repitió.

Jamie meneó la cabeza y sonrió.

—Se te agradece, Simon. Serás de gran ayuda.

—Sí, bien. Y no vendría mal que nos acompañara Dougal MacKenzie para hablar a tu favor. Ahora se encuentra en Edimburgo.

—¿Dougal MacKenzie? —Jamie alzó las cejas, socarrón—. No, supongo que no me vendría mal, pero...

—¿Venirte mal? Hombre, ¿acaso no te has enterado? Dougal es el favorito del príncipe Carlos en este momento. —Simon se reclinó en su silla, mirando burlonamente a su sobrino.

—¿Por qué? —pregunté—. ¿Qué diablos ha hecho?

Dougal había llevado doscientos cincuenta hombres para luchar por la causa de los Estuardo, pero otros jefes de clanes habían hecho aportaciones mayores.

—Diez mil libras —explicó Simon—. Diez mil libras en plata fina, que depositó a los pies de Su Alteza. Y muy necesarias —dijo con indiferencia, abandonando la posición de descanso—. Cameron me estaba diciendo que Carlos ya ha gastado todo el dinero español y que está entrando muy poco de los partidarios ingleses con los que contaba. Las libras de Dougal alimentarán y aprovisionarán el ejército durante varias semanas; por lo menos, y con suerte, hasta que lleguen los refuerzos de Francia.

Por fin, al ver que su temerario primo distraía a los ingleses, Luis había decidido enviar algún dinero. Sin embargo, éste tardaba en llegar.

Observé a Jamie, cuyo rostro reflejaba mi propia sorpresa. ¿De dónde diablos había sacado diez mil libras Dougal MacKenzie? De repente recordé dónde había oído mencionar esa suma antes... en la prisión de Cranesmuir, donde había pasado tres interminables días y noches, esperando a que me juzgaran por brujería.

—¡Geillis Duncan! —exclamé. Sentí un escalofrío al recordar nuestra conversación en la penumbra absoluta de una fosa llena de lodo, con su voz como única compañera en la oscuridad. Aunque en la sala la temperatura era agradable, me envolví en mi capa.

«Conseguí casi diez mil libras —me había contado Geillis, jactándose de los robos perpetrados por medio de hábiles falsificaciones llevadas a cabo en nombre de su difunto marido. Arthur Duncan, a quien ella había envenenado, era procurador fiscal del distrito—. Diez mil libras para la causa jacobita. Cuando llegue el momento del Alzamiento, sabré que fui de ayuda.»

—Ella lo robó —dije, sintiendo que un escalofrío me recorría los brazos al pensar en Geillis Duncan, condenada a la hoguera por brujería bajo las ramas de un serbal. Geillis Duncan, que había escapado a la muerte sólo el tiempo suficiente para dar a luz al fruto de sus amores con su amante Dougal MacKenzie—. Lo robó y se lo dio a Dougal; o él se lo quitó, ahora eso no importa.

Agitada, me levanté y caminé de un lado a otro delante del fuego.

—¡Ese bastardo! —exclamé—. ¡Eso es lo que estaba haciendo en París hace dos años!

—¿Qué? —preguntó Jamie.

Simon me miraba boquiabierto.

—Fue a visitar a Carlos Estuardo para averiguar si era cierto que planeaba una rebelión. Quizá fue entonces cuando le prometió el dinero; tal vez eso fue lo que alentó a Carlos a arriesgarse a venir a Escocia: la promesa del dinero de Geillis Duncan. Pero Dougal no podía darle el dinero mientras Colum viviera, pues éste habría hecho preguntas; era un hombre demasiado honrado para utilizar dinero robado, sin importar quién lo hubiera robado en primer lugar.

—Claro —dijo Jamie con los ojos entornados, pensativo—. Pero ahora Colum está muerto y Dougal MacKenzie es el favorito del príncipe —dijo en voz baja.

—Lo cual te beneficia, como estaba diciendo —dijo Simon, impacientándose al oír nuestra conversación sobre personas que no conocía y asuntos que sólo comprendía a medias—. Ve a buscarlo. Es posible que esté en la taberna de siempre a esta hora del día.

—¿Crees que hablará en tu favor ante el príncipe? —pregunté a Jamie, preocupada. Dougal había sido el tutor de Jamie durante un tiempo, pero la relación había sufrido sus altibajos, sin duda alguna. Quizá Dougal no quería arriesgar su amistad privilegiada con el príncipe hablando a favor de un grupo de cobardes y desertores.

El Joven Zorro podía no tener la experiencia de su padre, pero sí su perspicacia. Arqueó las espesas cejas negras y dijo:

—MacKenzie todavía quiere Lallybroch, ¿no? Y si él cree que mi padre y yo queremos reclamar tu tierra, estará deseando ayudarte a recuperar tus hombres. Le costaría mucho más pelear con nosotros por ella que hacer tratos contigo, una vez terminada la guerra.

Movió la cabeza, mordiéndose el labio superior, mientras consideraba las implicaciones de la situación.

—Iré a restregarle por la nariz una copia de la lista de mi padre antes de que hables con él. Entonces tú entras y le dices que antes que permitirme reclamar a tus hombres te vas al infierno. Y después vamos todos juntos a Stirling. —Miró a Jamie con sonrisa de complicidad.

—Siempre he sabido que escocés es sinónimo de intriga —observé.

—¿Qué? —Los dos hombres me miraron, sorprendidos.

—No importa —dije, moviendo la cabeza—. La sangre dirá.

Permanecí en Edimburgo mientras Jamie y sus tíos rivales iban a Stirling a hablar con el príncipe. Dada mi situación, no podía quedarme en Holyrood, así que busqué alojamiento en uno de los callejones de Canongate. Era una habitación pequeña, fría y estrecha, pero no pasaba mucho tiempo en ella.

Los prisioneros de Tolbooth no podían salir, pero no había nada que impidiera visitarlos. Fergus y yo íbamos a diario a la cárcel, y pequeños sobornos nos permitían llevarles comida y medicamentos a los hombres de Lallybroch. En teoría no estaba permitido hablar a solas con los prisioneros, pero una vez más, el sistema permitía ciertas excepciones con un buen soborno de por medio. Así, en dos o tres oportunidades logré hablar a solas con Ross, el herrero.

—Fue culpa mía, milady —me dijo la primera vez que le vi—. Tendría que haber tenido más sensatez: hacerlos ir en grupos de tres o cuatro y no a los treinta juntos, como hicimos. Pero tenía miedo de que se perdieran. Ninguno se había alejado antes de Lallybroch.

—No te culpes por eso —le aseguré—. Por lo que he oído, ha sido mala suerte que os atraparan. No te preocupes: Jamie ha ido a Stirling a ver al príncipe y os liberará pronto.

Ross asintió, echándose atrás un mechón de pelo con aire cansado. Estaba mugriento y desgreñado; ya no era el herrero fornido que había sido meses antes. Pero sonrió y me agradeció la comida.

—No nos vendrá mal —dijo con franqueza—. Lo único que nos dan es agua sucia. ¿Cree que...? —Vaciló—. ¿Cree que podría conseguirnos unas mantas, milady? Yo no se lo pediría por mí, pero cuatro hombres tienen fiebre y...

—Lo intentaré —prometí.

Salí de la prisión preguntándome dónde conseguiría el dinero para comprar mantas. Aunque el ejército había marchado hacia el sur para invadir Inglaterra, Edimburgo seguía siendo una ciudad ocupada, con soldados, lores y curiosos yendo de un lado a otro; cualquier mercancía costaba una fortuna y todo escaseaba. Había mantas y ropa de abrigo, pero eran muy caras y yo sólo tenía diez chelines en mi monedero.

Había un banquero en Edimburgo, un tal señor Waterford, que en el pasado había manejado algunos de los negocios e inversiones de Lallybroch, pero Jamie había retirado todos los fondos del banco hacía meses, temiendo que los depósitos bancarios cayeran en manos de la Corona. Con el dinero había comprado oro: envió una parte a Jared, en Francia, para que lo guardara en una caja fuerte, y el resto lo ocultó en la granja. De un modo u otro, me resultaba inaccesible en aquel momento.

Me detuve en la calle para pensar. Los transeúntes me empujaban al pasar. No tenía dinero, pero todavía contaba con algunos objetos de valor. El cristal que me había dado el maestro Raymond en París, aunque no valía mucho en sí, estaba montado en oro, y la cadena también era de oro. Mis alianzas... no, no quería separarme de ellas, ni siquiera por un tiempo. Pero las perlas... Me palpé el bolsillo para asegurarme de que el collar de perlas que Jamie me había regalado continuaba cosido al dobladillo de la falda.

Sí, allí estaba: las perlas pequeñas e irregulares de agua dulce eran duras y suaves bajo mis dedos. No eran tan valiosas como las perlas orientales, pero formaban un collar fino, con cuentas de oro entre perla y perla. Había pertenecido a la madre de Jamie, Ellen. Pensé que a ella le habría gustado que las utilizara para ayudar a sus hombres.

—Cinco libras —dije con absoluta firmeza—. Vale diez y podría venderlo fácilmente por seis, si me molestara en ir hasta la otra tienda.

No sabía si esto era cierto o no, pero hice un ademán como para recoger el collar del mostrador, fingiendo que estaba a punto de abandonar el establecimiento. El prestamista, un tal señor Samuels, apoyó rápidamente la mano sobre el collar. A juzgar por su rapidez me di cuenta de que podría haber empezado pidiéndole seis libras.

—Tres libras y diez chelines, entonces —dijo—. Estoy condenando a mi familia a morir de hambre, pero por una dama fina como usted...

La campanilla sonó al abrirse la puerta y oímos unos pasos vacilantes.

—Discúlpeme —dijo una voz femenina; me di la vuelta, olvidando el collar de perlas, y vi la sombra del prestamista sobre el rostro de Mary Hawkins. Había engordado algo, y crecido. Había cierta dignidad en su porte, aunque aún era muy joven. Parpadeó y corrió hacia mí con una exclamación de alegría. Me abrazó con fuerza y su cuello de piel me hizo cosquillas en la nariz.

—¿Qué estás haciendo aquí? —le pregunté, librándome por fin de su abrazo.

—La her... hermana de mi pa... padre vive aquí —respondió—. Es... estoy con ella. ¿O pre... preguntas por qué estoy aquí? —señaló los lóbregos confines de la tienda donde nos encontrábamos.

—Bueno, eso también, pero puede esperar. —Me volví hacia el señor Samuels—. Cuatro libras con seis chelines, o me voy a otra tienda —le dije—. Decídase, que tengo prisa.

Refunfuñando, el prestamista buscó la caja debajo del mostrador, mientras yo me volvía hacia Mary.

—Tengo que comprar unas mantas, Mary. ¿Puedes acompañarme?

Miró hacia fuera, donde la esperaba un hombrecito con uniforme de lacayo junto a la puerta.

—Sí, si luego vienes conmigo. ¡Ay, Claire, estoy tan contenta de verte!

»Me envió un mensaje —me contó luego, mientras íbamos calle abajo—. Alex. Un amigo me trajo la carta.

Su rostro se encendió al pronunciar su nombre, pero también vi una pequeña arruga entre sus cejas.

—Cuando me enteré de que estaba en Edimburgo, hice que mi pa... padre me en... enviara a visitar a la tía Mildred. A él no le im... importó —añadió con amargura—. Le ponía en... enfermo verme después de lo sucedido en Francia, así que se alegró de que me fuera.

—¿Cómo has hecho para ver a Alex? —le pregunté. No sabía cómo estaba el joven clérigo, desde la última vez que le había visto. Me pregunté también de dónde habría sacado valor para escribir a Mary.

—Él no me pidió que viniera —añadió—. Lo decidí sola. —Alzó la barbilla en un gesto desafiante, pero le tembló la voz al decir—: No... no me ha... habría es... escrito, pero pensó que se estaba mu... muriendo, y quería saber... quería saber... —Le rodeé los hombros y giré rápidamente por uno de los callejones para alejarla del intenso tráfico callejero.

—Está bien —le dije abrazándola, sabiendo que nada de lo que dijera solucionaría nada—. Viniste, y lo has visto, y eso es lo importante.

Ella asintió, sin decir palabra, y se sonó la nariz.

—Sí —dijo, por fin—. He... hemos estado juntos... dos meses. Siempre me digo que eso es más de lo que pue... pueden tener muchos: dos meses de felicidad... pero he... hemos perdido tanto tiempo, y... no basta. ¡Claire, no basta!

—No —le dije en voz baja—. Toda una vida no basta para esa clase de amor. —Con una punzada repentina, me pregunté dónde estaría Jamie y cómo le estaría yendo.

Mary, más tranquila, me cogió de la manga.

—Claire, ¿puedes venir conmigo a verlo? Sé que no... no es mu... mucho lo que puedes hacer... —Se le quebró la voz, e hizo un esfuerzo para continuar hablando—. Pero quizá po... podrías ayudarlo. —Vio que yo miraba al lacayo, que seguía parado, impasible, en el callejón, sin importarle el tráfico—. Le pago —explicó con sencillez—. Mi tía cree que salgo a caminar todas las tardes. ¿Vamos?

—Sí, por supuesto.

Miré al cielo para ver el nivel del sol sobre las colinas a las afueras de la ciudad. Oscurecería en una hora; quería que las mantas fueran entregadas en la prisión antes de que la noche enfriara aún más las húmedas paredes de Toolboth. Tomando una decisión repentina, me volví hacia Fergus, que se había quedado de pie pacientemente junto a mí observando a Mary. Fergus había regresado a Edimburgo con el resto de los hombres de Lallybroch, se había salvado de ir a prisión por ser francés y había sobrevivido gracias a su oficio habitual. Lo había encontrado en las cercanías de Tolbooth llevando comida a sus compañeros en prisión.

—Toma este dinero —le indiqué, dándole mi monedero— y busca a Murtagh. Dile que compre todas las mantas que pueda y que se las lleve al guardia de Tolbooth. Ya lo he sobornado, pero guardad unos pocos chelines por si acaso.

—Pero, madame —protestó—, le prometí a milord que no la dejaría sola...

—Milord no está aquí —dije con firmeza— y yo sí. Vete ya, Fergus.

Nos miró a Mary y a mí. Evidentemente decidió que ella constituía una amenaza menor para mí que mi mal humor para él, pues partió encogiéndose de hombros y murmurando algo en francés acerca de la terquedad de las mujeres.

El cuartito de la parte superior del edificio había cambiado considerablemente desde mi última visita. Estaba limpio e impecable, y todas las superficies horizontales brillaban. Había comida en la alacena, un edredón sobre la cama y toda clase de comodidades para el paciente. Mary me contó que había empeñado en secreto las joyas de su madre para ayudar a Alex tanto como fuera posible.

Había límites para lo que el dinero podía comprar, pero el rostro de Alex se iluminó como la llama de una vela cuando Mary atravesó la puerta, ocultando los estragos causados por la enfermedad.

—He traído a Claire, querido. —Mary dejó caer su abrigo en una silla y corrió a arrodillarse junto a la cama. Tomó las delgadas manos de venas azuladas entre las suyas.

—Señora Fraser. —Le faltaba la respiración, pero sonrió—. Me alegro de que nos volvamos a ver.

—Yo también. —Le devolví la sonrisa, y observé el pulso rápido visible en su cuello y la transparencia de su piel. Los ojos de color avellana eran dulces; contenían la mayor parte de la vida que quedaba en el frágil cuerpo.

Carecía de medicamentos, de modo que era poco lo que podía hacer, pero lo examiné cuidadosamente y volví a arroparlo; sus labios adquirieron un tono azul por el esfuerzo causado por el examen.

Traté de ocultar la angustia que me producía su condición y le prometí volver al día siguiente con medicamentos que lo ayudaran a dormir. Casi no me prestó atención, pues estaba pendiente de Mary, que estaba sentada a su lado, con expresión ansiosa, sosteniéndole la mano. La vi mirar a la ventana, donde la luz se desvanecía rápidamente y comprendí su preocupación: tenía que regresar a casa de su tía antes del anochecer.

—Tengo que irme —dije a Alex con tanto tacto como pude, para dejarlos a solas durante unos preciosos instantes.

Alex me miró, y luego a Mary, y después me devolvió la sonrisa, agradecido.

—Dios la bendiga, señora Fraser —dijo.

—Lo veré mañana —dije, y salí deseando que fuera cierto.

Los días siguientes estuve muy ocupada. Las armas de los hombres habían sido confiscadas, como era de suponer, cuando los arrestaron. Hice todo lo posible por recuperarlas: intimidé y amenacé, soborné y usé mis armas de mujer cuando fue necesario. Empeñé dos broches que Jared me había regalado a modo de despedida y compré comida para asegurarme de que los hombres de Lallybroch recibieran el mismo alimento que el resto del ejército, por pobre que éste fuera.

Logré entrar en las celdas de la prisión y pasé algún tiempo tratando las enfermedades de los prisioneros, desde el escorbuto y la desnutrición habitual en el invierno, hasta excoriaciones, sabañones, artritis y una variedad de enfermedades respiratorias.

Visité a los pocos jefes y lores que todavía se hallaban en Edimburgo (no muchos) y que podían ser de ayuda a Jamie si su visita a Stirling fracasaba. No lo creía, pero me pareció sensato tomar precauciones.

Y entre mis actividades cotidianas, todos los días sacaba un rato para acercarme a visitar a Alex Randall. Trataba de ir por la mañana, para no echarle a perder los momentos en que estaba con Mary. Alex dormía poco y mal y por eso solía estar exhausto y alicaído por la mañana; no tenía ganas de hablar, pero siempre me sonreía a modo de bienvenida cuando llegaba. Le daba una mezcla ligera de menta y lavanda, con algunas gotas de jarabe de amapola; esto le permitía dormir un poco para estar despierto por la tarde, cuando llegaba Mary.

Además de Mary y de mí, nadie visitaba a Alex en el piso superior del edificio. Por eso me sorprendí cierta mañana cuando, al subir las escaleras, oí voces tras la puerta cerrada.

Di un golpecito breve, como habíamos acordado, y entré. Jonathan Randall estaba sentado junto al lecho de su hermano, vestido con uniforme de capitán, rojo y canela. Se levantó cuando entré y me hizo una reverencia, con la mirada fría.

—Madame —saludó.

—Capitán —dije.

Nos quedamos parados en medio de la habitación, mirándonos, sin saber qué decir, reacios a dar un paso más.

—Johnny —dijo la voz ronca de Alex desde la cama. Había una nota persuasiva en su voz, y también de autoridad; su hermano se encogió de hombros irritado al oírlo.

—Mi hermano me ha llamado para que le comunique una noticia —dijo con los labios fruncidos. No llevaba peluca; con el pelo oscuro atado, el parecido con su hermano era asombroso. Pálido y frágil como estaba Alex, parecía el fantasma de Jonathan.

—La señora Fraser y tú habéis sido muy bondadosos con mi Mary —dijo Alex, poniéndose de lado para mirarme—. Y conmigo también. Yo... conozco el trato de mi hermano con usted —sus mejillas se tiñeron de rosa— y sé también lo que usted y su marido hicieron por Mary... en París. —Se humedeció los labios resecos por el calor constante de la habitación—. Creo que debería oír la noticia que ha traído Johnny del castillo.

Jonathan Randall me miró con disgusto, pero era un hombre de palabra.

—Hawley ha sucedido a Cope, como dije que pasaría. Hawley no tiene dotes de mando, pero consigue que los hombres que están a su cargo lo obedezcan ciegamente. No sé si eso le será más útil que el cañón de Cope... —Se encogió de hombros con impaciencia—. Sea como fuere, al general Hawley se le ha ordenado marchar hacia el norte para recuperar el castillo de Stirling.

—¿Sí? ¿Y sabe con cuántas tropas cuenta?

Randall asintió brevemente.

—Tiene ocho mil hombres, mil trescientos de los cuales pertenecen a la caballería. Espera, además, la llegada de seis mil mercenarios. —Frunció el ceño, pensativo—. También he oído que el jefe del clan Campbell enviará mil hombres para unirse a las fuerzas de Hawley, pero no sé si esa información es fiable. No parece haber forma de predecir lo que hacen los escoceses.

—Ya veo.

Aquello era serio. El ejército escocés tenía entre seis y siete mil hombres. Si se enfrentaban a Hawley antes de que llegaran los refuerzos esperados, podían conseguir la victoria. Esperar a que llegaran los mercenarios y los hombres de Campbell era una locura, sin contar el hecho de que el punto fuerte del ejército escocés era el ataque y no la defensa. La noticia debía llegar a lord George Murray de inmediato.

La voz de Jonathan Randall me arrancó de mis pensamientos.

—Le deseo buenos días, madame —me dijo con su formalidad acostumbrada; no hubo rastro de humanidad en su dura y hermosa expresión cuando me hizo una reverencia y se retiró.

—Gracias —dije a Alex Randall mientras esperaba que Jonathan descendiera la larga y sinuosa escalera antes de partir—. Le estoy muy agradecida.

Alex asintió. Las sombras bajo sus ojos eran pronunciadas: otra mala noche.

—No hay de qué —respondió—. ¿Me dejará la medicina? Imagino que pasará algún tiempo antes de que la vuelva a ver.

Me sorprendió la seguridad con que Alex daba por sentado que yo misma iría a Stirling. Era lo que hasta el último centímetro de mi cuerpo me apremiaba a hacer, pero tenía que pensar en los hombres presos en Tolbooth.

—No lo sé. Pero sí, le dejaré la medicina.

Caminé despacio hasta mi habitación; la cabeza me daba vueltas. Obviamente, tenía que hacer llegar la noticia a Jamie de inmediato. Tendría que ir Murtagh, pensé. Jamie me creería si le enviaba una nota, pero ¿podría convencer a lord George, al duque de Perth y a los demás comandantes del ejército?

No podía decirle de dónde provenía la información. ¿Estarían dispuestos a creer en la palabra escrita de una mujer? ¿Aunque se tratara de una mujer supuestamente dotada de poderes sobrenaturales? De repente pensé en Maisri y temblé. «Es una maldición —había dicho. Sí, pero ¿qué alternativa me quedaba?—. El único poder que tengo es el de no decir lo que sé.» Yo también tenía ese poder, pero no me atrevía a utilizarlo.

Ante mi sorpresa, la puerta de mi pequeña habitación estaba abierta y en su interior se oía un entrechocar de metales. Yo había estado guardando las armas recuperadas debajo de mi cama, y cuando ya no cabían más empecé a almacenar espadas y cuchillos de todo tipo junto a la chimenea, hasta que casi no hubo espacio en el suelo, salvo el pequeño cuadrado donde Fergus dormía.

Me detuve en la escalera, sorprendida ante la escena que veía a través de la puerta abierta. Murtagh, de pie en la cama, dirigía la entrega de armas a los hombres apiñados en el cuarto: los hombres de Lallybroch.

—¡Madame! —Me giré al oír el grito y me encontré con Fergus, con me miraba con una amplia sonrisa.

—¡Madame! ¿No es maravilloso? Milord ha recibido el perdón para sus hombres. ¡Esta mañana llegó un mensajero de Stirling con la orden de liberarlos y se nos ha ordenado que nos unamos de inmediato a milord en Stirling!

Lo abracé, sonriendo también.

—Es maravilloso, Fergus.

Algunos de los hombres me habían visto y estaban empezando a ir hacia mí, sonriendo y tirando de las mangas de otros. La pequeña habitación se llenó de alegría y emoción. Murtagh, apoyado sobre el bastidor de la cama como un gnomo sobre una seta venenosa, me vio y sonrió; su rostro era casi irreconocible, dado lo mucho que transformaba su cara.

—¿El señor Murtagh llevará a los hombres hasta Stirling? —preguntó Fergus. En el reparto había recibido una espada corta y practicaba como desenvainarla y envainarla mientras hablaba.

Miré a Murtagh y negué con la cabeza. Después de todo, pensé, si Jenny Cameron podía conducir a las tropas de su hermano hasta Glenfinnan, yo podía llevar a las de mi marido hasta Stirling. Y a ver si lord George y Su Alteza se atrevían a restar importancia a mi información, dada en persona.

—No —dije—. Yo lo haré.

43

Falkirk

Podía sentir a los hombres cerca, rodeándome en la oscuridad. Había un gaitero caminando a mi lado; sentí el crujido de la gaita debajo de su brazo y vi el contorno de los tubos, que sobresalían por detrás y se movían a su paso, como si fuera un animalillo luchando por liberarse.

Conocía al gaitero: se llamaba Labhriunn MacIan. Los gaiteros de los clanes se turnaban para anunciar el amanecer en

Stirling, caminando de un lado a otro del campamento con el andar pausado de los gaiteros para que el sonido resonara en las tiendas, llamando a todos a la batalla del nuevo día.

Al atardecer, otro gaitero atravesaba lentamente el patio y el campamento detenía su actividad para escuchar; las voces se apagaban y el resplandor del atardecer se desvanecía tras las lonas de las tiendas. Las notas altas y agudas convocaban a las sombras y, cuando el gaitero finalizaba su tarea, ya era de noche.

De tarde o de mañana, Labhriunn MacIan tocaba con los ojos cerrados, iba y venía con paso firme y lento por el patio, con el codo apretado contra la gaita y los dedos ágiles sobre los agujeros. Pese al frío, a veces me sentaba a observarlo al atardecer, dejando que las notas me atravesaran el corazón. MacIan paseaba de un lado a otro, ajeno a todo lo que pasaba a su alrededor, girando sobre un solo pie y poniendo todo su ser en la melodía.

Había gaitas irlandesas, que eran pequeñas y se utilizan en el interior de las casas para hacer música, y había grandes gaitas en el norte, que se utilizaban al aire libre para el toque de diana, para llamar a los clanes al orden y para incitar a los hombres a la batalla. MacIan tocaba la gaita del norte, caminando de aquí allá con los ojos cerrados.

Una tarde me levanté cuando terminó de tocar, esperé hasta que hubo sacado el aire de la gaita con un gemido moribundo y me puse a caminar a su lado cuando atravesó el portón de Stirling.

—Buenas noches, señora —me dijo. Su voz era suave y sus ojos más suaves aún, merced al hechizo de la melodía que todavía lo acompañaba.

—Buenas noches, MacIan —respondí—. Quería hacerte una pregunta, ¿por qué tocas con los ojos cerrados?

Sonrió y se rascó la cabeza, pero respondió rápidamente:

—Supongo que se debe a que me enseñó mi abuelo, señora, y él era ciego. Siempre lo veo cuando toco, caminando por la costa con la barba flotando al viento y los ojos ciegos cerrados para que no le entrara arena en ellos; se guiaba por el sonido de la gaita al reverberar contra las rocas del acantilado, y sabía así dónde se encontraba.

—¿Así que lo ves, y tocas a los peñascos y al mar? ¿De dónde eres, MacIan? —pregunté. Su voz era aún más baja y sibilante que la de la mayoría de los escoceses de las Highlands.

—De las Shetland, señora —explicó, pronunciando esta última palabra casi como si fuera *Zitland*—. Muy lejos de aquí.

—Volvió a sonreír, e hizo una reverencia cuando llegamos al sector de los invitados, donde yo debía quedarme—. Pero creo que usted aún viene de más lejos, señora.

—Es cierto —respondí—. Buenas noches, MacIan.

Más tarde, aquella misma semana, me pregunté si su habilidad para tocar sin ver sería de ayuda allí, en la oscuridad. Un grupo de hombres en marcha hacen mucho ruido, por más silenciosos que anden. Sin embargo, pensé que cualquier eco que crearan sería ahogado por el rumor del viento. No había luna, pero el cielo estaba claro por las nubes y caía una llovizna helada que me quemaba las mejillas.

Los hombres del ejército escocés cubrían el terreno en grupos pequeños de diez o veinte; se movían como bultos desiguales, como si de la tierra surgieran pequeños montes, o como si los bosquecillos de alerces y alisos caminaran en la oscuridad. Mi información se había visto respaldada, pues los espías de Ewan Cameron también habían avisado acerca de los desplazamientos de Hawley, y el ejército escocés avanzaba a su encuentro, en algún punto al sur del castillo de Stirling.

Jamie se había dado por vencido; ya no insistía en que regresara. Le prometí mantenerme al margen, pero si se libraba una batalla, yo debía estar junto a los otros médicos para ayudar. Cuando se giró me di cuenta de que estaba concentrado en sus hombres y en lo que les aguardaba. Se irguió sobre *Donas* lo suficiente como para ser visible como una sombra, incluso en la oscuridad, y alzó un brazo; dos sombras más pequeñas se apartaron de la masa en movimiento y se acercaron a sus estribos. Conversaron entre murmullos; después se enderezó en su montura y se volvió hacia mí.

—Dicen que nos han visto; los guardias ingleses han ido volando a Callendar House a alertar al general Hawley. No esperaré más. Haré que mis tropas marchen en círculo delante de las de Dougal, en el extremo de la colina de Falkirk. Iremos por atrás mientras los MacKenzie avanzan desde el oeste. Hay una iglesia en la colina, a la izquierda. Ése es tu lugar, Sassenach. Ve allí y quédate.

Buscó mi brazo en la oscuridad, lo encontró y le dio un apretón.

—Iré a buscarte en cuanto pueda, o enviaré a Murtagh si no puedo ir yo. Si las cosas salen mal, entra en la iglesia y pide refugio. Es lo único que se me ocurre.

—No te preocupes por mí —le dije.

Tenía los labios fríos y esperaba que mi voz no temblara tanto como creía. Me mordí la lengua para no decir «Ten cuidado», y me contenté con tocarle rápidamente. La superficie fría de su mejilla era tan dura como el metal bajo mi mano, y la caricia de un mechón de pelo me pareció fría y suave como la piel de un ciervo.

Dirigí el caballo hacia la izquierda y me moví despacio, mientras los hombres pasaban a mi alrededor. Mi caballo se excitó con el tumulto; sacudió la cabeza, resoplando, y se movió, inquieto. Tiré con fuerza de las riendas, como me había enseñado Jamie, y las mantuve firmes mientras el terreno descendía súbitamente bajo los cascos del caballo. Luego miré hacia atrás, pero Jamie había desaparecido en la noche.

Necesité toda mi atención para encontrar la iglesia en la oscuridad. Era un edificio de piedra con techo de paja, construido en una pequeña depresión de la colina; parecía un animal agazapado. Sentí una intensa afinidad con él. Desde allí se veían las fogatas de los ingleses y se oían gritos lejanos, de ingleses o escoceses; era imposible saberlo.

Luego empezaron a sonar las gaitas en medio de la tormenta. Oí chillidos discordantes que se elevaban desde diferentes sitios de la colina. Habiéndolo visto de cerca antes, podía imaginarme a los gaiteros soplando sus instrumentos, hinchando sus pechos con jadeos rápidos, los labios azules apretados sobre las boquillas, y los dedos rígidos por el frío moviéndose para conseguir la coherencia del soplido.

Casi podía sentir la terca resistencia de la bolsa de piel, cálida y flexible bajo la capa, pero reacia a llenarse del todo y, a continuación, saltar a la vida como una prolongación del cuerpo del gaitero, como un tercer pulmón, respirando para él cuando el viento le robaba el aliento, como si lo llenaran los gritos de los hombres de los clanes que se encontraban junto a él.

Los gritos aumentaban y me llegaban a rachas cuando cambiaba el viento, transportando torbellinos de aguanieve.

No había una galería bajo la cual refugiarse, ni árboles sobre la colina que detuvieran el viento. Mi caballo se volvió, bajó la cabeza y sacudió la crin en mi cara, áspera por el hielo.

La iglesia ofrecía un refugio contra los elementos y contra los ingleses. Empujé la puerta y, tirando de la brida, guié el caballo detrás de mí.

El interior estaba oscuro; la única ventana no era más que una mancha difusa en la negrura sobre el altar. El sitio parecía cálido en comparación con el exterior, pero el olor a sudor lo hacía sofocante. No había asientos con los que el caballo pudiera tropezarse; sólo un pequeño santuario sobre una pared y el altar propiamente dicho. Angustiado por el fuerte olor de las personas, el caballo permaneció quieto, resoplando, pero no se movió mucho. Mirándolo con cautela, volví a la puerta y saqué la cabeza.

Era imposible saber qué estaba sucediendo en la colina de Falkirk. Chispas de fuego de artillería resplandecían de vez en cuando. De forma débil e intermitente me llegaba el sonido de metal y el ruido sordo de alguna que otra explosión. Y también el alarido de un herido, parecido al chillido de una gaita, distinto a los gritos de los guerreros. Y luego cambiaba la dirección del viento y ya no oía nada, o me imaginaba que oía voces, pero no había nada más que el viento.

Yo no había visto la batalla de Prestonpans; acostumbrada a los desplazamientos de ejércitos gigantescos y al fuego de tanques y morteros, no me daba cuenta de lo rápido que podían ocurrir las cosas en una batalla pequeña de lucha cuerpo a cuerpo y con armas pequeñas y ligeras.

La primera advertencia fue un grito cercano. «*Tulach Ard!*» Ensordecida por el viento, no los oí subir la colina. «*Tulach Ard!*» era el grito de batalla del clan MacKenzie; algunas de las tropas de Dougal habían sido obligadas a retroceder en dirección a la iglesia. Volví a entrar, pero mantuve la puerta entreabierta para poder espiar.

Un pequeño grupo de hombres subía por la colina. Escoceses, por el ruido y el aspecto: con faldas y barbas y melena ondeando al viento, parecían nubes negras corriendo colina arriba.

Volví a entrar en la iglesia cuando el primero entró corriendo. Oscuro como estaba, no pude verle el rostro, pero reconocí su voz cuando chocó de cabeza contra mi caballo.

—¡Maldición!

—¡Willie! —exclamé—. ¡Willie Coulter!

—¡Cristo Santo! ¿Quién es?

No tuve tiempo de responder; la puerta volvió a estrellarse contra la pared y entraron otras dos siluetas negras. Excitado por la ruidosa aparición, mi caballo retrocedió y relinchó, escarbando el aire. Esto provocó gritos de alarma por parte de los intrusos, que creían que el sitio estaba vacío.

La entrada de varios hombres más aumentó la confusión; renuncié a calmar al caballo. Obligada a retirarme a la parte posterior de la iglesia, me escondí entre el altar y la pared y esperé a que las cosas se solucionaran solas. Empezaban a dar señales de hacerlo cuando una de las voces se alzó por encima de las demás.

—¡SILENCIO! —gritó en un tono que no admitía réplica. Todo el mundo obedeció menos el caballo y, cuando el bullicio cesó, hasta el caballo se tranquilizó y se retiró a un rincón, dando algunos resoplidos mezclados con relinchos quejumbrosos de disgusto.

—Soy MacKenzie de Leoch —dijo la arrogante voz—. ¿Quién vive?

—Soy Geordie, Dougal, y mi hermano está conmigo —dijo una voz cercana con profundo alivio—. Hemos traído a Rupert; está herido. ¡Por Dios, creí que era el mismísimo diablo el que estaba aquí!

—Gordon McLeod de Ardsmuir —dijo otra voz que no reconocí.

—Y Ewan Cameron de Kinnoch —dijo otro—. ¿De quién es el caballo?

—Mío —respondí, saliendo cautelosamente de detrás del altar. El sonido de mi voz produjo otro alboroto, al que Dougal puso fin una vez más levantando la voz por encima del bullicio.

—¡SILENCIO, maldita sea! ¿Eres tú, Claire Fraser?

—Bueno, ¿quién iba a ser, si no? —dije, malhumorada—. Willie Coulter también está aquí, o lo estaba hace un minuto. ¿Alguien tiene un pedernal?

—¡Nada de luz! —exclamó Dougal—. No es probable que los ingleses vean este lugar si nos están siguiendo, pero no tiene sentido atraer su atención.

—De acuerdo —dije, mordiéndome el labio—. Rupert, ¿puedes hablar? Di algo para saber dónde estás.

No sabía qué podía hacer por él en la oscuridad; dada la situación, ni siquiera podía alcanzar mi botiquín. Pero tampoco podía permitir que se desangrara en el suelo.

Se oyó una fea tos al otro extremo de la iglesia y una voz ronca dijo:

—Aquí, muchacha. —Y tosió otra vez.

Anduve a tientas, maldiciendo en voz baja. Por el sonido burbujeante de la tos sabía que era mala; la clase de tos que no podía aliviar con mi botiquín. Me agaché y anduve en cuclillas los últimos metros, sacudiendo los brazos para tocar cualquier obstáculo que se interpusiera en mi camino.

Mi mano chocó contra un cuerpo cálido y una mano me cogió. Tenía que ser Rupert; podía oírlo jadear. Era un sonido estertóreo con un ligero gorjeo por detrás.

—Aquí estoy —dije, dándole una palmadita a ciegas en lo que esperaba que fuera un lugar tranquilizador. Supuse que así era, pues él emitió una especie de jadeo, arqueó las caderas y apretó mi mano con fuerza contra la suya.

—Haced eso otra vez, señora, y olvidaré la bala del mosquete —aseguró.

Recuperé mi mano.

—Quizá un poco más tarde —dije con aspereza.

Subí mi mano por el cuerpo en busca de su cabeza. La espesa barba me anunció que había llegado a mi meta y palpé con cuidado su cuello, buscando el pulso. Rápido y ligero, pero bastante regular todavía. Tenía la frente empapada en sudor y la piel pegajosa. La punta de la nariz estaba fría por el aire del exterior cuando la rocé.

—Lástima que no soy un perro —dijo, con un hilo de risa entre los jadeos—. La nariz fría... sería una buena señal.

—Mejor señal sería que dejaras de hablar —dije—. ¿Dónde te ha dado la bala? No, no hables, toma mi mano y apóyala en la herida... y si la pones en otro sitio, Rupert MacKenzie, te dejaré morir aquí como un perro, y que te aproveche.

Debajo de mi mano sentí que el ancho pecho vibraba con una risa reprimida. Rupert llevó mi mano lentamente debajo de la capa; con la otra mano aparté la tela.

—Ya está, la tengo —susurré. Sentí un pequeño desgarrón en su camisa, húmedo de sangre en los bordes; la cogí con ambas manos y lo abrí. Rocé muy suavemente su costado; sentí la piel de gallina y después el pequeño orificio de entrada de la bala. Parecía pequeñísimo en comparación con el cuerpo de Rupert, que era un hombre robusto.

—¿Ha salido por algún lado? —susurré. El interior de la iglesia estaba en silencio, salvo el caballo, que se movía inquieto en un rincón. Aun con la puerta cerrada, se oían los ruidos difusos de la batalla; era imposible adivinar si estaban o no cerca.

—No —respondió, y volvió a toser.

Sentí que movía la mano hacia la boca y la seguí con un pliegue de su capa. Mis ojos se habían acostumbrado a la oscuridad tanto como era posible; aun así, Rupert no era más que una silueta oscura tendida en el suelo. Sin embargo, para algunas cosas el tacto me bastaba. En el sitio de la herida la hemorragia era pequeña, pero el paño que le llevé a la boca inundó mi mano con un repentino líquido tibio.

La bala le había afectado por lo menos un pulmón, quizá los dos, y el pecho se le estaba llenando de sangre. Podía durar unas horas, como mucho un día si el pulmón funcionaba. Si le había herido el pericardio, moriría más rápido. Sólo podía salvarlo la cirugía, algo que yo no podía llevar a cabo.

Sentí una presencia tibia detrás de mí y oí una respiración normal mientras una mano me tocaba. Estiré la mano y sentí que me la asían con fuerza. Era Dougal MacKenzie.

Se acercó y apoyó una mano sobre el cuerpo de Rupert.

—¿Cómo te sientes, hombre? —preguntó en voz baja—. ¿Puedes caminar? —Con mi otra mano todavía sobre Rupert, pude sentir que movía la cabeza en respuesta a la pregunta de Dougal. Los hombres empezaron a hablar en voz baja.

Dougal me presionó el hombro con la mano.

—¿Qué necesitas para poder ayudarlo? ¿Tu cajita? ¿Está en el caballo? —Se levantó antes de que pudiera decirle que nada que hubiera en el maletín podía ser de ayuda.

Un ruido repentino proveniente del altar interrumpió los susurros y los hombres buscaron sus armas en el suelo. Otro crujido y por la piel rasgada que cubría la ventana entró una ráfaga de aire frío y algunos copos de nieve.

—¡Sassenach! ¡Claire! ¿Estás ahí? —La voz me hizo ponerme en pie y olvidarme un instante de Rupert.

—¡Jamie!

A mi alrededor se produjo una exhalación colectiva y se oyó el ruido de las espadas y los escudos al caer. La cabeza y los hombros de Jamie taparon por un momento la tenue luz del exterior. Bajó del altar y preguntó, con el contorno perfilado contra la ventana abierta:

—¿Quién está ahí? —dijo en voz baja, mirando a su alrededor—. Dougal, ¿eres tú?

—Sí, soy yo, muchacho. Están tu esposa y unos cuantos más. ¿Viste a esos bastardos *sassenaches* ahí fuera?

Jamie soltó una risita.

—¿Por qué crees que entré por la ventana? Hay unos veinte al pie de la colina.

Dougal emitió un ruido de disgusto desde el fondo de la garganta.

—Los desgraciados nos han separado del grueso de las tropas —dijo Dougal.

—Así es. *Ho, mo cridh! Ciamar a tha thu?* —Al reconocer una voz familiar en medio de la locura, mi caballo levantó el hocico con un relincho de alegría.

—¡Cállate, pequeño estúpido! —le dijo Dougal con violencia—. ¿Quieres que nos oigan los ingleses?

—No creo que los ingleses vayan a ahorcarlo a él —observó Jamie con suavidad—. Y para saber que estamos aquí, no van a necesitar oídos si tienen ojos en la cara; la colina está embarrada y llena de vuestras pisadas.

—Mmmfm. —Dougal miró hacia la ventana, pero Jamie ya estaba negando con la cabeza.

—Es inútil, Dougal. El cuerpo principal ha marchado hacia el sur y lord George Murray ha ido a su encuentro, pero la partida de ingleses que encontramos vinieron para este lado. Un grupo me persiguió colina arriba. Los esquivé y subí arrastrándome hasta la iglesia por la hierba. Todavía deben de estar buscándome.

Extendió una mano hacia mí y la cogí. Estaba fría y húmeda por haber gateado en la hierba, pero me alegré de tocarlo, de tenerlo cerca.

—Has venido gateando, ¿eh? ¿Y cómo planeas volver a salir? —preguntó Dougal. Adiviné que Jamie se encogía de hombros. Inclinó la cabeza en dirección al caballo.

—Pensaba que podría salir al galope; no saben nada del caballo. Con eso haríamos bastante alboroto para que Claire quede libre.

Dougal resopló.

—¡Bah! Reventarán al caballo como a una manzana madura —dijo Dougal.

—Poco importa —dijo Jamie, con aspereza—. No veo cómo podréis salir todos sin que nadie lo note, por mucho alboroto que yo haya armado.

Como confirmando lo dicho, Rupert lanzó un fuerte quejido junto a la pared. Dougal y yo nos arrodillamos junto a él de inmediato, seguidos más lentamente por Jamie.

No estaba muerto, pero tampoco estaba bien. Tenía las manos heladas y respiraba con un silbido.

—Dougal —susurró.

—Aquí estoy, Rupert. Quédate quieto, hombre, pronto estarás bien. —El jefe de los MacKenzie se quitó la capa de tartán, la plegó y la puso bajo la cabeza y los hombros de Rupert. Su respiración era un poco más regular, pero al tocarlo bajo la barba supe que tenía manchas húmedas en la camisa. Todavía tenía algo de fuerza; extendió una mano y cogió el brazo de Dougal.

—Sí... nos van a encontrar de todos modos... enciende una luz —dijo jadeando—. Quiero ver tu cara una vez más, Dougal. Al estar tan cerca de Dougal, sentí la conmoción que lo invadió al escuchar estas palabras y lo que ellas implicaban. Giró la cabeza bruscamente hacia mí pero no pudo ver mi cara. Susurró una orden por encima del hombro y, tras algunos movimientos y murmullos, alguien cortó un manojo de paja del techo, lo torció formando una antorcha y la encendió con una chispa de pedernal. Se quemó rápidamente, pero me proporcionó luz suficiente para examinar a Rupert mientras los hombres se ocupaban de afinar una larga estaca de madera de los postes del tejado que sirviera como antorcha un poco más duradera.

Estaba blanco como una sábana, tenía el pelo lleno de sudor y una mancha de sangre en el labio inferior. Había manchas oscuras en la espesa barba negra, pero sonrió débilmente cuando me incliné para controlar su pulso otra vez; era más ligero y muy rápido, y de vez en cuando los latidos se detenían. Le aparté el pelo de la cara y él me tocó las manos en agradecimiento.

Sentí la mano de Dougal sobre mi codo y me puse en cuclillas, volviéndome para mirarlo. Una vez lo había visto como en este momento, frente al cuerpo de un hombre mortalmente herido por un jabalí. Entonces me había preguntado: «¿Podrá vivir?» Vi que el recuerdo de ese día se reflejaba en su rostro. Sus ojos me hacían la misma pregunta, pero esta vez temían mi respuesta. Rupert era su amigo más íntimo, el que cabalgaba y peleaba a su derecha, como Ian hacía con Jamie.

No respondí; Rupert lo hizo por mí.

—Dougal —dijo, y sonrió cuando éste se inclinó con inquietud sobre él. Cerró los ojos un instante y respiró hondo, tratando de reunir fuerzas para aquel momento—. Dougal —repitió, abriendo los ojos—. No llores por mí, hombre.

El rostro de Dougal se contrajo bajo la luz de la antorcha. Pude ver en sus labios la negación de la muerte, pero se abstuvo.

—Soy tu jefe —dijo, con una sonrisa temblorosa—. No puedes darme órdenes; te lloraré si quiero. —Cogió la mano de Rupert, que estaba sobre su pecho, y la apretó con fuerza.

Ruper se rió levemente, lo que le provocó otro acceso de tos.

—Bueno, sufre si quieres, Dougal —dijo cuando terminó—. Me alegro. Pero no podrás llorarme hasta que me muera, ¿no? Quiero morir por tu mano, *mo caraidh*, no por la de desconocidos.

Dougal se movió inquieto. Jamie y yo intercambiamos miradas atónitas a sus espaldas.

—Rupert... —empezó a decir Dougal, impotente, pero Rupert lo interrumpió cogiéndole la mano y sacudiéndola suavemente.

—Eres mi jefe, hombre, y es tu deber —susurró—. Vamos. Hazlo ahora. Morir me duele, Dougal, y quiero que termine. —Me buscó, inquieto, con la mirada—. ¿Quieres sostener mi mano mientras me voy, muchacha? —me preguntó—. Me gustaría que así fuera.

No había nada más que hacer. Moviéndome despacio, sintiendo que estaba en medio de un sueño, cogí su mano ancha y velluda entre las mías, apretándola como si pudiera darle calor.

Con un gruñido, Rupert giró ligeramente a un lado y miró a Jamie, que estaba sentado junto a su cabeza.

—Ella debió haberse casado conmigo, muchacho, cuando tuvo la oportunidad —susurró—. Eres un pobre diablo, pero haces lo que puedes. —Un ojo se cerró con fuerza—. Dale un buen hogar por mí, muchacho.

Los ojos negros se dirigieron a mí y una sonrisa final se extendió por su rostro.

—Adiós, hermosa muchacha —dijo con voz suave.

El puñal de Dougal lo alcanzó debajo del esternón, duro y recto. El voluminoso cuerpo se convulsionó hacia un lado con una explosión de tos, aire y sangre, pero el breve grito de agonía fue de Dougal.

El jefe MacKenzie permaneció rígido un momento, con los ojos cerrados y las manos apretando el mango del puñal. Jamie se levantó, lo cogió por los hombros y lo alejó, murmurando algo en gaélico. Jamie me miró, y yo asentí y extendí los brazos. Suavemente, giró a Dougal hacia mí y lo apreté contra mi pecho mientras ambos nos arrodillábamos sobre el suelo, sosteniéndolo mientras lloraba.

Jamie también lloraba. Oí los breves suspiros y sollozos de los demás hombres. Supuse que era mejor que lloraran por Rupert y no por sí mismos. Si caíamos en manos de los ingleses, nos ahorcarían por traición. Era más fácil llorar por Rupert, que ya estaba a salvo gracias a la ayuda de un amigo.

Esperamos en la larga noche de invierno, pero no llegaron. Nos acurrucamos contra una pared, cubiertos de capas y abrigos. Dormité a ratos, apoyada sobre el hombro de Jamie, con Dougal encorvado y silencioso al otro lado. Sabía que ninguno de los dos dormía. Estaban velando el cuerpo de Rupert, cubierto por su capa plegada, al otro lado del abismo que separa a los muertos de los vivos.

Hablamos poco, pero sabía lo que estaban pensando. Se preguntaban, al igual que yo, si las tropas inglesas se habrían retirado para reagruparse con el ejército principal en Callendar House, o si seguirían montando guardia fuera, esperando que amaneciera antes de hacer un movimiento, para que ninguno de los ocupantes de la pequeña iglesia pudiera escapar al abrigo de la noche.

Todo se resolvió con la llegada de las primeras luces.

—¡Eh, vosotros, los de la iglesia! ¡Salid ya! ¡Entregaos! —gritó una voz con acento inglés desde la ladera de abajo.

Hubo un movimiento entre los hombres de la iglesia y el caballo que dormía en su rincón levantó la cabeza, sobresaltado por el movimiento cercano. Jamie y Dougal intercambiaron una mirada y después, como si ya lo hubieran planeado, se levantaron y permanecieron en pie, hombro con hombro, ante la puerta cerrada. Jamie me envió a la parte posterior de la iglesia con un gesto de la cabeza, de modo que volví a mi refugio detrás del altar.

Otro grito del exterior fue recibido en silencio. Jamie sacó su pistola del cinturón y comprobó tranquilamente si estaba cargada, como si tuviera todo el tiempo del mundo. Cayó sobre una rodilla y preparó la pistola, apuntando a la puerta, a la altura de la cabeza de un hombre.

Geordie y Willie custodiaban la ventana de atrás con las espadas y pistolas listas. Pero era probable que el ataque viniera de delante, pues el terreno que había detrás de la iglesia era abrupto; apenas había espacio entre la colina y la pared de la iglesia para que pasara un hombre.

Oí pasos que se acercaban a la puerta por el barro y el ruido de armas que entrechocaban. Los pasos se detuvieron a cierta distancia y se oyó una voz, esta vez más cercana y más clara.

—¡En el nombre de Su Majestad, el rey Jorge, salid y entregaos! ¡Sabemos que estáis ahí!

Jamie disparó. Dentro de la iglesia, el estruendo fue ensordecedor. También debió resultar bastante impresionante desde fuera. Oí el ruido de pasos que retrocedían, acompañados de maldiciones. El disparo abrió un pequeño agujero en la puerta; Dougal se acercó a mirar por él.

—Maldición —dijo en voz baja—. Son muchos.

Jamie me miró, luego apretó los labios y se ocupó de volver a cargar la pistola. Estaba claro que los escoceses no tenían intención de rendirse. Estaba igualmente claro que los ingleses no tenían intención de tomar la iglesia por asalto, dado que la entrada estaba bien defendida. ¿Pensarían matarnos de hambre? Seguramente el ejército escocés enviaría hombres en busca de los heridos en la batalla de la noche anterior. Si llegaban antes de que los ingleses tuvieran oportunidad de montar un cañón contra la iglesia, podíamos salvarnos.

Por desgracia, fuera también habían pensado en eso. Otra vez se oyó el ruido de pasos y después una voz inglesa llena de autoridad.

—Tenéis un minuto para salir y rendiros —dijo— o prenderemos fuego al techo de paja.

Miré hacia arriba completamente horrorizada. Las paredes de la iglesia eran de piedra, pero la paja no tardaría en arder aunque estuviera empapada de lluvia y nevisca. Una vez encendida, lloverían sobre nosotros llamas y brasas. Recordé la terrible velocidad con que había ardido la antorcha de paja la noche anterior; el resto chamuscado yacía junto al cadáver tapado de Rupert, que parecía un espantoso recuerdo a la luz grisácea del amanecer.

—¡No! —grité—. ¡Malditos bastardos! ¡Esto es una iglesia! ¿Acaso no sabéis lo que es un santuario?

—¿Quién es ésa? —dijo la voz virulenta de fuera—. ¿Una inglesa?

—¡Sí! —gritó Dougal, saltando hacia la puerta. La entreabrió y siguió gritándoles a los soldados ingleses apostados al pie de la colina—. ¡Sí! ¡Tenemos a una inglesa cautiva! ¡Prended fuego al techo y ella morirá con nosotros!

Se oyeron unas voces al pie de la colina y en la iglesia hubo un repentino movimiento entre los hombres. Con semblante serio, Jamie miró a Dougal y le dijo:

—¡Qué...!

—¡Es nuestra única oportunidad! —susurró Dougal—. Que se la lleven, a cambio de nuestra libertad. No le harán daño si creen que es nuestro rehén; ya la liberaremos una vez que estemos libres.

Salí de mi escondite, me dirigí a Jamie y lo así de la manga.

—¡Sí! —le dije con urgencia—. ¡Dougal tiene razón! ¡Es la única posibilidad!

Jamie me miró con una mezcla de impotencia, furia y miedo. Y también una sonrisa ante lo paradójico de la situación.

—Después de todo, soy una *sassenach*.

Me acarició la cara con una sonrisa apesadumbrada.

—Sí, *mo duinne*. Pero eres mi *sassenach*. —Se volvió a Dougal, irguiendo los hombros. Inspiró hondo y asintió—. Está bien. Diles que la apresamos anoche —pensó con rapidez, pasándose la mano por el pelo— en el camino de Falkirk.

Dougal asintió y sin esperar más salió de la iglesia agitando un pañuelo blanco en señal de tregua.

Jamie se volvió a mí, serio, observando la puerta de la iglesia; se oían voces inglesas aunque no se distinguía lo que decían.

—No sé qué vas a decirles, Claire; quizá será mejor que finjas estar tan turbada que no puedes hablar. Quizá es mejor que inventar una historia, pues si descubren quién eres... —Se detuvo de repente y se frotó la cara.

Si descubrían quién era, me llevarían a Londres, a la Torre, y muy posiblemente sería ejecutada. Pero a pesar de que los edictos se referían a la «Bruja de los Estuardo», nadie, por lo que sabía, se había dado cuenta ni había publicado el detalle de que la bruja era inglesa.

—No te preocupes —dije, percatándome de lo estúpido del comentario pero incapaz de decir nada mejor. Puse una manos sobre su manga y sentí el pulso acelerado que latía en su muñeca—. Me rescataréis antes de que puedan darse cuenta de nada. ¿Crees que me llevarán a Callendar House?

Cuando hubo recuperado el control, asintió.

—Sí, eso creo. Si puedes, trata de estar sola junto a una ventana después de medianoche. Iré a buscarte entonces.

No hubo tiempo para más. Dougal volvió a deslizarse por la puerta, cerrándola cuidadosamente.

—Hecho —dijo, mirándome a mí y a Jamie—. Les damos la mujer y nos permitirán partir sin problemas. No nos perseguirán. Nos quedamos con el caballo. Vamos a necesitarlo para Rupert —me dijo, como pidiendo disculpas.

—Está bien —asentí.

Miré hacia la puerta; el pequeño agujero por donde había pasado la bala era del mismo tamaño que la herida de Rupert. Tenía la boca seca y tragué con fuerza. Me sentí como un huevo de cuclillo a punto de ser colocado en el nido equivocado. Los tres vacilamos ante la puerta, reacios a dar el paso final.

—Será mejor que vaya —dije, haciendo un enorme esfuerzo por controlar mi voz y mis temblorosas extremidades—. Se estarán preguntando qué nos detiene.

Jamie cerró los ojos por un momento, asintió y después se acercó a mí.

—Creo que es mejor que te desmayes, Sassenach —dijo—. Tal vez así sea más fácil.

Se inclinó, me tomó en sus brazos y atravesó la puerta que Dougal sostenía abierta.

Su corazón latía con fuerza junto a mi oído; sentía que los brazos le temblaban. Después del encierro en la iglesia, con los olores a sudor, sangre, pólvora y estiércol de caballo, el aire fresco y frío de la mañana me quitó el aliento y me apreté contra él, temblando. Sus manos me apretaron más debajo de las rodillas y los hombros a modo de promesa: nunca me dejaría.

—Dios —dijo en voz baja.

Habíamos llegado. Oí que le hacían preguntas y que él respondía en un murmullo. Jamie me depositó con desgana en el suelo. Después oí el ruido de sus pies, corriendo por la hierba húmeda. Estaba sola, en manos de extraños.

44

En el que muchas cosas salen mal

Me acerqué más al fuego y extendí las manos para calentarlas. Las tenía sucias de sostener las riendas todo el día. Me pregunté si valdría la pena recorrer la distancia hasta el río para lavarlas. Mantener la higiene en ausencia de comodidades era bastante problemático. No era raro que la gente enfermara y muriera con tanta frecuencia, pensé con amargura. Morían de suciedad e ignorancia más que de otra cosa.

El pensar en morir a causa de la suciedad fue suficiente para que me pusiera en pie a pesar de lo cansada que estaba. El riachuelo que pasaba junto al campamento era pantanoso en las márgenes y mis zapatos se hundieron en el barro. No sólo no pude lavarme las manos sino que volví con los pies mojados junto al fuego, donde me esperaba el cabo Rowbotham con un cuenco de lo que él aseguraba que era un guiso.

—El capitán le envía sus saludos, señora —dijo, haciendo una reverencia mientras me entregaba el cuenco—, y me ha pedido que le dijera que mañana llegaremos a Tavistock, donde hay una posada. —Vaciló; en su rostro redondo y agradable se notaba la preocupación. Después añadió—: El capitán me manda sus disculpas por la falta de comodidades, señora, pero hemos armado una tienda para usted. No es mucho, pero le resguardará de la lluvia.

—Dadle las gracias al capitán de mi parte, cabo —dije, con la mayor amabilidad que pude—. Y gracias a usted, también —añadí con más calidez.

Era consciente de que el capitán Mainwaring me consideraba una carga y que no se había detenido a pensar en mi bienestar nocturno. La tienda (un trozo de tela colocado sobre la rama de un árbol y sujeto en ambos extremos) sin duda era idea del cabo Rowbotham.

El cabo se marchó y me quedé sentada sola, comiendo patatas chamuscadas y carne correosa. Junto al arroyo, había encontrado un matorral de mostaza con las hojas marchitas y marrones en los bordes, y había traído un puñado en el bolsillo, junto con algunas bayas de enebro que había recogido durante una parada anterior. Las hojas de mostaza estaban viejas y eran muy amargas, pero conseguí tragarlas metiendo pedazos entre bocados de patata. Terminé la comida con bayas de enebro, mordiéndolas un poco para evitar atragantarme y, a continuación, tragando la baya dura y plana, con semilla y todo. El estallido aceitoso de sabor enviaba vapores por la parte posterior de mi garganta que hacía que me lloraran los ojos, pero me quitaron el sabor a grasa y almidón de la lengua y, junto con las hojas de mostaza, tal vez serían suficientes para evitar el escorbuto.

Tenía una gran cantidad de helecho seco, escaramujo, manzanas secas y semillas de eneldo en el más grande de mis baúles de medicamentos, cuidadosamente recolectados como defensa contra la deficiencia nutricional durante los prolongados meses de invierno. Esperaba que Jamie se los estuviera comiendo.

Puse la cabeza entre las piernas; no creía que nadie me estuviera mirando, pero no quería que me vieran la cara mientras pensaba en Jamie.

Había permanecido el mayor tiempo posible fingiendo estar desmayada en la colina de Falkirk, pero poco tiempo después me despertó un dragón británico que trataba de obligarme a beber coñac de una botellita. Como no sabían muy bien qué hacer conmigo, me habían llevado a Callendar House y me habían entregado al personal del general Hawley.

Hasta ese momento, todo había salido según lo planeado. Sin embargo, una hora después la situación se había complicado bastante. Sentada en una sala de espera, escuché todo lo que decían a mi alrededor. Me enteré de que lo que yo había creído que era una gran batalla durante la noche no había sido más que una pequeña escaramuza entre los MacKenzie y un grupo de tropas inglesas que marchaban a unirse al cuerpo principal del ejército. Dicho ejército se estaba preparando para enfrentarse al ataque escocés en la colina de Falkirk; ¡en realidad, la batalla a la que creía haber sobrevivido aún no se había producido!

El general Hawley en persona supervisaba este proceso y, como nadie parecía tener idea de qué hacer conmigo, encargaron mi custodia a un joven soldado raso, y junto con una carta en la que se describían las circunstancias de mi rescate, me enviaron al campamento de un tal coronel Campbell, en Kerse. El joven soldado, un gordo llamado Dobbs, se mostraba muy ansioso por cumplir con su deber y, pese a varios intentos, aún no había podido deshacerme de él.

Llegamos a Kerse, sólo para descubrir que el coronel Campbell no se encontraba allí, sino que había sido enviado a Livingston.

—Mire —le sugerí a mi carcelero-escolta— es evidente que el coronel Campbell no tiene tiempo ni ganas de hablar conmigo y de todos modos no tengo nada que decirle. ¿Por qué no me alojo aquí, en el pueblo, hasta que pueda hacer algún arreglo para continuar viaje hasta Edimburgo?

A falta de una idea mejor, le había contado a los ingleses la misma historia que le había contado a Colum MacKenzie dos años atrás: que era una viuda de Oxford que me encontraba viajando para visitar a un pariente en Escocia cuando fui secuestrada por bandoleros escoceses.

El soldado Dobbs movió la cabeza, ruborizándose tercamente. No podía tener más de veinte años y no era muy inteligente, pero una vez que se le metía una idea en la cabeza, no había nada que se la quitara.

—No puedo permitirle que haga eso, señora Beauchamp —dijo, pues yo utilizaba mi apellido de soltera—. El capitán Bledsoe me matará si no la llevo sana y salva ante el coronel.

Así que nos dirigimos hacia Livingstone, montados en dos caballos que daban lástima. Por fin me vi liberada de las atenciones de mi escolta, pero sin que mejorara mi situación. Me encerraron en la habitación superior de una casa de Livingston, y tuve que volver a contarle mi historia a un tal coronel Gordon MacLeish Campbell, un escocés de las Tierras Bajas a cargo de uno de los regimientos del elector.

—Sí, entiendo —dijo, aunque el tono de su voz demostraba que no había entendido nada.

Era un hombre pequeño, con cara de zorro, y el escaso pelo rojizo peinado hacia atrás. Entornó aún más los ojos, observando la carta arrugada sobre su escritorio.

—Aquí dice —explicó, colocando unos lentes de media luna sobre su nariz para ver más de cerca la hoja de papel— que uno de sus captores era un tal Fraser, un hombre muy robusto y pelirrojo. ¿Es cierto?

—Sí —respondí, preguntándome adónde quería llegar.

Inclinó la cabeza para que los lentes le resbalaran por la nariz, y poder mirarme mejor por encima de ellos.

—Los hombres que la rescataron cerca de Falkirk piensan que uno de sus captores no era otro que el famoso jefe escocés conocido como Jamie *el Rojo*. Ahora bien, entiendo, señora Beauchamp, que usted debía de estar... ¿angustiada, por así decirlo? —sus labios se estiraron al pronunciar la palabra, pero no fue una sonrisa— durante su cautiverio, y tal vez no estaba en condiciones de hacer ninguna observación, pero ¿advirtió si en algún momento los demás hombres le llamaban Jamie?

—Así es; lo llamaban Jamie.

No imaginaba que pudiera causarle ningún daño al contarle eso; los edictos que yo había visto dejaban bien claro que Jamie era partidario de la causa de los Estuardo. Quizá el hecho de que Jamie participara en la batalla de Falkirk interesara a los ingleses, pero no podía involucrarlo aún más.

«No pueden ahorcarme más de una vez», me había dicho Jamie.

Una vez iba a ser más que suficiente. Miré la ventana. Hacía media hora que había anochecido y los faroles resplandecían en la calle, transportados por soldados que iban de un lado a otro. Jamie estaría en Callendar House, buscando la ventana donde yo debía esperarlo.

De repente tuve la absurda certeza de que Jamie me estaba siguiendo, que de algún modo había averiguado adónde me llevaban y que esperaba en la calle a que yo apareciera.

Me puse en pie bruscamente y fui hacia la ventana. La calle estaba vacía, a excepción de un vendedor de arenque en salmuera, sentado en un banquillo con una lámpara a los pies, esperando posibles clientes. No era Jamie, por supuesto. No tenía manera de encontrarme. Nadie en el campamento de los Estuardo sabía dónde estaba yo; estaba totalmente sola. Apreté fuertemente las manos contra el cristal sin importarme que podía romperlo.

—¡Señora Beauchamp! ¿Se encuentra bien? —El coronel parecía alarmado.

Apreté los labios para que dejaran de temblar e inhalé profundamente varias veces, empañando el cristal de tal manera que la calle desapareció bajo la niebla. Cuando me tranquilicé, me volví hacia el coronel.

—Estoy bien —dije—. Si ha terminado de hacerme preguntas, me gustaría irme.

—¿Sí? Pues... —Me miró con cierta duda y después movió la cabeza con decisión.

—Pasará la noche aquí —declaró—. Por la mañana la enviaré al sur.

Sentí que me recorría un escalofrío.

—¡Al sur! ¡¿Y para qué diablos voy a ir al sur?! —grité.

Alzó las cejas de zorro, atónito, y abrió la boca. Después se recompuso, la cerró y volvió a abrirla para responderme.

—Tengo órdenes de enviar cualquier información concerniente al criminal escocés conocido como Jamie Fraser *el Rojo* —dijo—. O de cualquier persona relacionada con él.

—¡No estoy relacionada con él! —protesté. A menos que cuente el matrimonio, por supuesto.

El coronel Campbell no me escuchaba. Se dirigió a su escritorio y buscó entre un montón de despachos.

—Sí, aquí está. El capitán Mainwaring es el oficial que la escoltará. La vendrá a buscar al amanecer. —Hizo sonar una campanilla de plata en forma de duende; la puerta se abrió y apareció su secretario privado—. Garvie, acompaña a la dama a sus habitaciones. Y cierra la puerta con llave. —Se volvió hacia mí e hizo una reverencia mecánica—. No creo que volvamos a vernos, señora Beauchamp; que descanse y buen viaje.

Y eso fue todo.

El capitán Mainwaring estaba a cargo de un tren de provisiones, con rumbo a Lanark. Tras dejar allí las provisiones y a los maquinistas, debía dirigirse hacia el sur con el resto de su destacamento, entregando despachos poco urgentes durante el recorrido. Al parecer yo entraba en la categoría de despacho no urgente, pues llevábamos más de una semana de viaje y no había señales de que llegáramos al destino, fuera éste cual fuese.

«Al sur.» ¿Eso significaba Londres?, me pregunté por enésima vez. El capitán Mainwaring no me había dicho cuál era mi destino final, pero no se me ocurría otra posibilidad.

Al levantar la cabeza vi que uno de los dragones que estaba sentado al otro lado del fuego me observaba. Yo le devolví la mirada hasta que se ruborizó y bajó la mirada hacia el cuenco que tenía en las manos. Ya estaba acostumbrada a tales miradas, aunque la mayoría no eran tan atrevidas.

Primero había sido el estúpido soldado que me había llevado a Livingston, que me miraba con cierta reserva. Me llevó algún tiempo descubrir que lo que causaba la actitud de cautela en los oficiales ingleses no era que sospecharan de mí, sino una mezcla de desprecio y horror, además de cierta lástima y una sensación de responsabilidad que les impedía expresar sus verdaderos sentimientos abiertamente.

No sólo me habían rescatado de una banda de escoceses rapaces y saqueadores. Había sido liberada de un cautiverio tras haber pasado una noche entera en la misma habitación que un montón de hombres considerados por todos los ingleses de bien como «poco menos que bestias salvajes, culpables de pillaje, robo e innumerables crímenes terribles». Por lo tanto, no podían concebir que una joven inglesa saliera indemne después de haber pasado la noche en compañía de semejantes salvajes.

Pensé, desalentada, que el hecho de que Jamie me hubiera llevado en brazos, al parecer desmayada, tal vez había facilitado las cosas al principio, pero sin duda había contribuido a la impresión general de que tanto Jamie como los demás escoceses me habían violado. Y gracias a la detallada carta escrita por el capitán del grupo que me rescató, todo el mundo a quien fui transferida posteriormente (y todo el mundo con quienes éstos hablaban, me imaginé) lo sabían. Después de haber pasado por la escuela de París, sabía muy bien cómo se extendían los rumores.

Sin duda, el cabo Rowbotham había oído dichos rumores, pero continuaba tratándome amablemente, sin la mirada que con tanta frecuencia sorprendía en los rostros de los demás soldados. Si me hubiera inclinado por rezar, lo habría incluido en mis oraciones.

Me levanté, me quité el polvo de la capa y me dirigí a mi tienda. Al verme partir, el cabo Rowbotham también se levantó, caminó con discreción alrededor del fuego y volvió a sentarse junto a sus camaradas, con la espalda frente a la entrada de mi tienda. Cuando los soldados se fueran a dormir, yo sabía que él buscaría un sitio, a una distancia respetuosa, pero cerca del lugar donde me encontraba. Lo había hecho durante las tres últimas noches tanto si dormíamos en una posada como si lo hacíamos en el campo.

Tres noches atrás yo había intentado escaparme otra vez. El capitán Mainwaring sabía muy bien que viajaba contra mi voluntad y, aunque yo le resultaba una carga, era demasiado concienzudo para no cumplir con su responsabilidad. Dos guardias me vigilaban de cerca y durante el día cabalgaban a mi lado.

Por la noche no me vigilaban; el capitán no creía probable que me arriesgara a recorrer a pie los páramos desiertos en pleno invierno. Y tenía razón: no tenía interés en suicidarme.

Sin embargo, aquella noche habíamos pasado por una pequeña aldea dos horas antes de acampar. Aunque fuera a pie, estaba segura de poder llegar a la aldea antes del amanecer. La aldea tenía una pequeña destilería desde la cual partían carros llenos de barriles hacia diversos pueblos de la región. Había visto el patio de la destilería, repleto de barriles, y pensé que podía esconderme ahí y partir en el primer carro.

Así que cuando el campamento se quedó en silencio, y los soldados dormían y roncaban bajo sus mantas alrededor del fuego, me arrastré fuera de mi manta, cuidadosamente extendida junto al borde de un bosquecillo de sauces, y de mi tienda y me abrí paso sin más ruido que el rumor del viento. Cuando salí de la arboleda, pensé que el ruido que oía a mis espaldas era el viento, hasta que una mano me cogió del hombro.

—No grites. No querrás que el capitán sepa que sales sin permiso.

No grité, pero sólo porque me había quedado sin aliento. El soldado, un hombre más bien alto a quien sus compañeros llamaban «Jessie» por el tiempo que pasaba peinándose los rizos rubios, me sonrió; le devolví la sonrisa con cierto recelo.

Su mirada resbaló hasta mi pecho. Suspiró, me miró a los ojos y dio un paso hacia mí. Yo di tres pasos atrás, rápidamente.

—Pero en realidad no importa, ¿no, corazón? —dijo, con su sonrisa dulzona—. No después de lo que ya pasó. ¿Qué puede hacerte una vez más? Además, yo soy inglés —continuó—, no un sucio escocés.

—Deja tranquila a la señora, Jess —dijo el cabo Rowbotham, saliendo lentamente de la hilera de sauces detrás de él—. Ya ha tenido suficientes problemas, pobre mujer.

Habló en voz muy baja, pero Jessie lo fulminó con la mirada y después, pensándolo mejor, se giró sin decir palabra y desapareció bajo las hojas de los sauces.

El cabo esperó en silencio a que recogiera mi capa, y después me siguió hasta el campamento. Me hizo una seña para que me acostara y se acomodó a dos metros de mí, sentándose con la manta alrededor de los hombros, como los indios. Cada vez que me despertaba durante la noche lo veía sentado, observando el fuego.

Tavistock tenía una posada. Sin embargo, no tuve mucho tiempo para disfrutar de sus comodidades. Llegamos al pueblo al mediodía y el capitán Mainwaring salió enseguida para entregar sus despachos. Regresó una hora después y me dijo que cogiera mi capa.

—¿Por qué? —dije sorprendida—. ¿Adónde vamos?

Me miró con indiferencia y respondió:

—A la residencia Bellhurst.

—Muy bien —dije.

Parecía un lugar mejor que mi entorno actual, formado por varios soldados jugando a los dados en el suelo, un chucho lleno de pulgas dormido junto al fuego, y un fuerte olor a lúpulo.

La casona, que no mostraba ninguna consideración hacia la belleza natural del lugar, daba la espalda tercamente a las praderas abiertas y se agazapaba tierra adentro, de cara al acantilado. El sendero de acceso era corto, recto y sin adornos, a diferencia de los hermosos senderos curvos de las mansiones francesas, pero la entrada estaba flanqueada por dos columnas de piedra, cada una con el emblema del propietario. Lo miré cuando mi caballo se detuvo, tratando de interpretarlo. Un felino, quizá un leopardo, con un lirio en la garra. Lo conocía. Pero ¿de quién era?

Vi un movimiento en la alta hierba cerca de la puerta y alcancé a ver un par de ojos azules pálidos cuando un montón de harapos agazapados se escabulleron entre las sombras, apartándose de los ruidos de los cascos de los caballos. Algo en aquel mendigo harapiento también me resultó familiar. Quizá tenía alucinaciones y me aferraba a cualquier cosa que no me recordara a soldados ingleses.

La escolta aguardó en la puerta, sin molestarse en desmontar, mientras el capitán Mainwaring y yo subíamos los escalones y esperábamos a que abrieran. Me preguntaba qué habría al otro lado de la puerta.

—¿Señora Beauchamp? —El mayordomo, si eso era, parecía esperar lo peor. Sin duda, estaba en lo cierto.

—Sí —respondí—. Eh... ¿de quién es esta casa?

En el momento en que hacía la pregunta levanté la mirada y miré el sombrío vestíbulo. Una cara me estaba mirando con ojos de ciervo asustado.

Mary Hawkins.

Cuando la muchacha abrió la boca, yo hice lo mismo. Y chillé lo más fuerte que pude. El mayordomo, cogido por sorpresa, dio un paso atrás, tropezó con un diván y se cayó de lado como un bolo. Oí los ruidos que hacían los soldados mientras subían los escalones.

Me levanté las faldas, gritando:

—¡Un ratón! ¡Un ratón! —Y corrí hasta el vestíbulo aullando como alma en pena.

Contagiada por mi histeria, Mary también gritó y me rodeó por la cintura cuando la embestí. La arrastré hasta el fondo del vestíbulo y la cogí por los hombros.

—No le digas a nadie quién soy —le susurré al oído—. ¡Absolutamente a nadie! ¡Mi vida depende de ello! —Sabía que exageraba, aunque quizá ésa era la realidad de mi situación. Estar casada con Jamie *el Rojo* podía costarme la vida.

Mary sólo tuvo tiempo de asentir, como hipnotizada, porque en ese instante se abrió una puerta al otro lado de la habitación y apareció un hombre.

—¿Qué es este ruido infernal, Mary? —preguntó un hombre regordete, de aspecto satisfecho, con el mentón decidido y la expresión de alguien que siempre se sale con la suya.

—Na... nada, papá —respondió Mary, tartamudeando por los nervios—. Só... sólo un ratón.

El baronet cerró los ojos e inspiró hondo, como implorando paciencia. Pareció hallarla, de modo que volvió a abrirlos y miró a su hija.

—Dilo otra vez, muchacha —ordenó—. Pero bien. No quiero que andes tartamudeando y farfullando. Respira hondo, tranquilízate. Ahora, otra vez.

Mary obedeció, inspiró hasta que su corsé le apretó el joven busto. Aferró con los dedos la seda de su falda, buscando apoyo.

—Un ra... ratón, papá. La señora Fra... esto... la se... señora se asustó al ver un ratón.

Poco satisfecho con este intento, el baronet dio un paso adelante y me examinó con interés.

—¿Ah? ¿Y quién es usted, señora?

El capitán Mainwaring, que finalmente había aparecido en escena después de haber estado buscando al ratón, me cogió del brazo y me presentó, a la par que entregaba la nota de presentación del coronel MacLeish.

—Así que su gracia será su anfitrión, madame, al menos por un tiempo. —Le entregó la nota al mayordomo y cogió el sombrero que éste había descolgado de un perchero cercano—. Lamento que nuestra relación sea breve, señora Beauchamp. Estaba a punto de partir. —Miró por encima de su hombro una corta escalera que salía del vestíbulo. El mayordomo, tras recuperar su dignidad, ya estaba ascendiendo, con la nota—. Veo que Walmisley va a notificar a su gracia su llegada. Yo debo irme o perderé el coche correo. *Adieu,* señora Beauchamp.

Se volvió hacia Mary, que se había apoyado contra la pared.

—Adiós, hija. Intenta... En fin. —Las comisuras de la boca se alzaron en una sonrisa paternal—. Adiós, Mary.

—Adiós, papá —susurró Mary, con los ojos clavados en el suelo. Miré a uno y a otra. ¿Qué diablos hacía allí Mary Hawkins? Era evidente que se alojaba en la mansión; supuse que el propietario de ésta sería algún pariente de Mary.

—¿Señora Beauchamp? —Un lacayo pequeño y regordete estaba haciendo una reverencia junto a mi codo—. Su gracia os espera.

Mary me tiró de la manga cuando me volví para seguir al lacayo.

—Pe... pero... —empezó a decir.

En mi estado de nerviosismo, no tenía paciencia para escucharla hasta que terminara de hablar. Sonreí vagamente y le di una palmadita en la mano.

—Sí, sí —le dije—. No te preocupes, todo irá bien.

—Pe... pero es mi...

El lacayo se inclinó y abrió una puerta al final del corredor. Entramos en una lujosa sala. El sillón que vi llevaba la cimera de la familia tallada en el respaldo; una versión más clara de la que había visto sobre la gastada piedra.

Un leopardo acostado, con un lirio en la garra, ¿o era una flor de azafrán? El ocupante del sillón se puso en pie; su sombra se proyectó en el umbral de la puerta pulida al darse la vuelta. Al verlo, una campanilla de alarma sonó en mi cerebro. Entonces entendí las palabras angustiadas de Mary, pronunciadas al mismo tiempo que el anuncio del lacayo.

—¡Mi pa... padrino! —dijo.

—Su gracia, el duque de Sandringham —anunció el lacayo.

—Señora... ¿Beauchamp? —dijo el duque, abriendo la boca con sorpresa.

—Bien... algo por el estilo —respondí con voz débil.

La puerta de la sala se cerró a mis espaldas y me quedé sola con su gracia. Lo último que vi de Mary fue que estaba parada en el corredor, con los ojos abiertos de par en par, boqueando como un pez.

Enormes jarrones chinos flanqueaban las ventanas y las mesas con incrustaciones que había debajo de ellas. Una Venus de bronce posaba con coquetería sobre la repisa, acompañada por un par de cuencos de porcelana con bordes dorados y candelabros de plata dorada, que resplandecían con velas de cera de abeja. Una alfombra cardada que reconocí como una excelente Kermanshah cubría la mayor parte del suelo, y una espineta se agazapaba en un rincón. El poco espacio que quedaba libre estaba ocupado por muebles de marquetería y algunas estatuas.

—Tiene una casa muy elegante —dije amablemente; el duque, que estaba frente al fuego con las manos cruzadas tras la espalda, me observaba con una expresión divertida en su amplio y colorado rostro.

—Gracias —respondió con aquella voz de tenor que procedía, extrañamente, de aquel pecho ancho—. Su presencia la adorna, querida. —La diversión venció la cautela y me dirigió una encantadora y fingida sonrisa—. ¿Por qué Beauchamp? —preguntó—. No es su verdadero nombre.

—Es mi nombre de soltera —respondí, obligada a decir la verdad.

El duque enarcó sus gruesas cejas rubias.

—¿Es usted francesa?

—No, inglesa. Pero no podía usar el apellido Fraser, como comprenderá.

—Ya veo.

Con las cejas aún enarcadas, hizo un gesto hacia un pequeño sofá brocado de dos plazas, invitándome a sentarme. Estaba hermosamente tallado y proporcionado; era una pieza de museo, como todo lo que había en aquella habitación. Recogí mis faldas empapadas a un lado con tanta elegancia como pude, ignorando las manchas de lodo y pelo de caballo, y me senté delicadamente sobre el satén primaveral.

El duque se paseó de un lado a otro frente al fuego, observándome y sonriendo. Luché contra el creciente calor y la comodidad que se extendían por mis piernas doloridas, amenazando con arrastrarme hacia el abismo de la fatiga que se abría a mis pies. No era el momento de bajar la guardia.

—¿Qué es en este momento? —preguntó de repente—. ¿Una rehén inglesa, una jacobita o una agente francesa?

Me apreté la frente con dos dedos, entre los ojos, para aliviar la tensión. La respuesta correcta era «ninguna de las tres cosas», pero no creí que eso me llevara muy lejos.

—La hospitalidad de esta casa brilla por su ausencia comparada con su elegancia —dije con toda la arrogancia de que fui capaz, dadas las circunstancias, que no era mucha. No obstante, los modales de gran dama que había aprendido de Louise no habían sido inútiles.

El duque se echó a reír, con una risa aguda, como quien acaba de escuchar un buen chiste.

—Disculpe, madame. Tiene razón; tendría que haberle ofrecido algo de beber antes de preguntar nada. Muy desconsiderado por mi parte.

Le dijo algo al lacayo, que acudió a su llamada; después esperamos en silencio ante el fuego a que trajeran la bandeja. Sentada en silencio, miré a mi alrededor, echando un vistazo de vez en cuando a mi anfitrión. Ninguno de los dos estaba interesado en charlas triviales. A pesar de las apariencias, se trataba de una tregua armada, y ambos lo sabíamos.

Lo que yo quería saber era por qué. Al igual que el resto de la gente, el duque se preguntaría quién diablos era yo. Pero yo por mi parte me preguntaba dónde encajaba el duque en todo aquello. O dónde creía él que yo encajaba. Me había visto dos veces antes como la señora Fraser, esposa del terrateniente de Lallybroch. Y de repente llegaba a su puerta como rehén inglesa llamada Beauchamp, recién rescatada de una banda de jacobitas escoceses. Eso era suficiente para que dudara de mí. Sin embargo, su actitud hacia mí iba mucho más allá de la simple curiosidad.

Llegó el té completo con pastas y pastel. El duque cogió su taza y me indicó con una ceja alzada que cogiera la mía. Tomamos el té en silencio. En algún lugar, al otro lado de la casa, podía oír unos golpes amortiguados, como si estuvieran amartillando algo. El suave ruido de la taza del duque al posarse sobre el platillo fue la señal para reanudar las hostilidades.

—Bien —dijo, con tanta firmeza como puede mostrar un hombre cuya voz sonaba como Mickey Mouse—. Permítame comenzar, señora Fraser... ¿la puedo llamar así? Gracias. Permítame comenzar diciendo que ya sé muchas cosas sobre usted. Mi intención es saber más. Le conviene responder con la verdad y sin vacilaciones. Debo decir, señora Fraser, que es increíblemente difícil matarla —hizo una leve reverencia, con la sonrisa aún en los labios—, pero estoy seguro de que podría lograrse, con la suficiente determinación.

Me quedé mirándolo, inmóvil, no debido a mi habitual sangre fría, sino más bien porque estaba atónita. Adoptando otro de los ameneramientos de Louise, enarqué ambas cejas de manera inquisitiva, sorbí el té, y me golpeé los labios delicadamente con la servilleta con monograma que me habían proporcionado.

—Me temo que creerá que soy algo pesada —dije—, pero no sé de qué está hablando.

—¿Ah, no, querida?

Los alegres ojillos azules no pestañearon. Alcanzó la campanilla de plata que había sobre la bandeja y llamó.

El hombre que acudió debía de estar esperando en la habitación contigua, pues la puerta se abrió casi de inmediato. Un hombre alto, delgado y vestido de oscuro como un sirviente de alto rango se acercó al duque e hizo una profunda reverencia.

—¿Vuestra gracia?

Hablaba inglés, pero el acento francés era inconfundible. El rostro también era francés; nariz larga y blanca, con labios finos y un par de orejas que sobresalían de la cabeza como pequeñas alas a cada lado, con las puntas muy rojas. Su rostro palideció aún más cuando alzó la vista y me vio, y dio un paso involuntario atrás.

Sandringham lo observó con el ceño fruncido por la irritación y, a continuación, se volvió hacia mí.

—¿No lo reconoce? —preguntó.

Empecé a negar con la cabeza cuando la mano derecha del hombre se apretó de repente contra sus calzas. Estaba haciendo el signo de los cuernos con tanta discreción como le era posible, con los dedos medios cerrados y el índice y el meñique apuntando hacia mí. Entonces lo supe, y a los pocos segundos tuve la confirmación: la pequeña marca sobre el pulgar.

No tuve la menor duda: era el hombre que nos había atacado a Mary y a mí en París. Evidentemente, era empleado del duque.

—¡Maldito bastardo! —exclamé y me puse en pie de un salto, volcando la mesa del té. Cogí lo primero que encontré, una caja de tabaco de alabastro, y se la arrojé a la cabeza. El hombre se volvió y huyó lo más rápido que pudo. La caja le pasó rozando la cabeza y se estrelló contra el marco de la puerta.

La puerta se cerró cuando empezaba a perseguirlo; me detuve de repente, respirando con dificultad. Me quedé mirando a Sandringham, con las manos en jarras.

—¿Quién es ése?

—Mi ayuda de cámara —dijo con calma—. Albert Danton es su nombre. Muy bueno en lo que se refiere a corbatines y medias, pero un tanto excitable, como todos los franceses. E increíblemente supersticioso. —Frunció el entrecejo observando la puerta cerrada—. Malditos papistas, con todos esos santos y olores. Se lo creen todo.

Mi respiración se estaba normalizando, aunque el corazón me seguía latiendo con fuerza contra las barbas de ballena de mi corsé. Me costaba respirar profundamente.

—¡Es un asqueroso degenerado!

El duque recibió mi insulto con indiferencia y asintió con aire negligente.

—Sí, sí, querida. Eso, y mucho más. Pero, por lo menos en esa ocasión, no tuvimos suerte.

—¿No tuvieron suerte? ¿Eso le parece? —Me acerqué con paso inseguro al sofá y me senté. Las manos me temblaban por los nervios, y junté para esconderlas en los pliegues de mi falda.

—En muchos aspectos, mi querida señora. Escuche —dijo extendiendo ambas manos a modo de súplica—. Envié a Danton para que se librara de usted. Él y sus compañeros decidieron divertirse un poco primero. Eso está muy bien pero, en el proceso, la miran y llegan a la conclusión de que es usted una especie de bruja, pierden la cabeza y huyen. No antes de desvirgar a mi ahijada, presente allí por mero accidente. Lo que echa a perder un excelente matrimonio, arreglado por mí con gran cuidado. ¡Ya ve qué ironía!

Estaba boquiabierta y no atinaba a reaccionar. Sin embargo, en su discurso parecía haber una afirmación particularmente llamativa.

—¿Qué quiere decir «para que se librara de mí» —pregunté—. ¿Quiere decir que pensaba hacerme matar?

La habitación parecía dar vueltas y tomé un trago de té, lo único que tenía a mano. Pero no resultó muy efectivo.

—Pues sí —respondió amablemente—. Eso era lo que intentaba decir. ¿Preferiría una copa de jerez, querida?

Lo miré, achicando los ojos. ¿Acababa de decirme que intentaba matarme, e iba a aceptar una copa de jerez de sus manos?

—Coñac —dije—. Y mucho.

Se rió con aquel agudo tono de voz otra vez y se acercó a la mesilla, diciendo por encima del hombro:

—El capitán Randall dice que es una mujer muy divertida. Es un gran halago viniendo del capitán. No suele hacerle mucho caso a las mujeres, aunque éstas se le tiran encima. Será por su aspecto, pues no creo que sea por sus modales.

—De modo que Jonathan Randall trabaja para usted —dije, tomando el vaso que me entregaba. Le había observado servir los dos vasos, y estaba segura de que ninguno de los dos contenía otra cosa más que coñac. Le di un enorme y necesario trago.

—Por supuesto. Por lo general, la mejor herramienta es la más peligrosa. No se vacila al utilizarla, pero es preciso tomar algunas precauciones.

—Peligroso, ¿eh? ¿Cuánto conoce a Jonathan Randall? —pregunté con curiosidad.

El duque rió.

—Oh, creo que mucho, querida. De hecho, mucho más que usted. No tiene sentido emplear a un hombre semejante sin contar con medios para controlarlo. Y el dinero es un buen freno, pero una pobre rienda.

—¿A diferencia del chantaje? —dije con voz seca.

Se reclinó en su asiento con las manos apretadas contra el abultado vientre y me observó con cierto interés.

—Ah, ¿supongo que cree que el chantaje funciona de ambas maneras? —Negó con la cabeza, sacudiendo unos granos de rapé que habían flotado hasta su chaleco de seda—. No, querida. Mi posición es muy diferente a la del capitán. Aunque esa clase de rumores puede afectar a mi recibimiento en algunos círculos de la sociedad, eso no me preocupa demasiado. No obstante, el ejército tiene un punto de vista restringido con respecto a ciertas inclinaciones. Con frecuencia se castiga con pena de muerte. No, no existe comparación.

Inclinó la cabeza hacia un lado, tanto como sus múltiples papadas le permitieron.

—Pero no es la promesa de riquezas ni la amenaza de desvelar su secreto más íntimo lo que ata a Randall a mí —explicó. Su pequeños y acuosos ojos azules brillaban en sus órbitas—. Él me sirve porque yo le puedo dar lo que desea.

Miré su figura obesa sin disimular mi asco, lo que hizo reír a su gracia.

—No, no es eso —dijo—. Las preferencias del capitán son mucho más refinadas. A diferencia de las mías.

—¿Qué es, entonces?

—El castigo —dijo en voz baja—. Pero usted ya lo sabe, ¿verdad? O, por lo menos, su marido.

Me sentí sucia por el solo hecho de estar cerca de él y me puse en pie para irme. Los fragmentos de la caja de tabaco de alabastro estaban en el suelo, y pateé uno sin darme cuenta, de modo que rebotó contra la pared y se deslizó hasta quedar debajo del sofá, lo que me recordó a Danton.

No sabía si quería discutir con él la tentativa de asesinato contra mí, pero en aquel momento me pareció preferible a otras alternativas posibles.

—¿Por qué quería mi muerte? —le pregunté de repente, volviéndome hacia él. Eché un rápido vistazo hacia la colección de objetos sobre la mesita, buscando un arma apropiada para defenderme, en caso de que aún sintiera la necesidad.

No parecía ser así. En cambio, se inclinó laboriosamente, recogió la tetera (milagrosamente intacta) y la posó sobre la mesita de té.

—Parecía necesario en su momento —dijo con calma—. Me había enterado de que usted y su marido intentaban frustrar un asunto en el que yo tenía cierto interés. Consideré deshacerme de su marido, pero resultaba demasiado arriesgado debido a su parentesco con dos de las familias más importantes de Escocia.

—¿Pensó en deshacerse de él? —Una luz se encendió en mi mente (una de tantas que se estaban encendiendo en mi cabeza como fuegos artificiales)—. ¿Acaso fue usted quien envió a los marineros que atacaron a Jamie en París?

El duque asintió con indiferencia.

—Me pareció el método más simple, aunque algo violento. Pero luego Dougal MacKenzie apareció en París y empecé a preguntarme si su marido no estaría trabajando para los Estuardo. Eso me desconcertó.

Lo que yo me preguntaba era cuáles eran los intereses del duque. Aquella extraña conversación me hacía llegar a la conclusión de que era un jacobita; de ser así, había guardado muy bien su secreto.

—Además —continuó— debía tener en cuenta su amistad con Luis de Francia. Aunque su esposo hubiera fracasado con los banqueros, Luis podría haber proporcionado a Carlos Estuardo lo que éste necesitaba, siempre y cuando usted hubiera mantenido su linda naricita fuera del asunto.

Miró de cerca el panecillo que sostenía y le sacudió un par de hilillos. Finalmente, decidió no comérselo y lo tiró sobre la mesa.

—Cuando descubrí lo que estaba pasando, traté que su marido regresara a Escocia con el ofrecimiento del indulto. Resultó muy costoso —reflexionó—. ¡Y vano!

»Pero después recordé la aparente devoción que su esposo siente hacia usted, muy conmovedora, por cierto —añadió con un sonrisa benevolente que me desagradaba especialmente—. Supuse que su trágica desaparición sin duda le distraería de sus propósitos, sin provocar el tipo de interés que habría atraído el asesinato de su esposo.

De repente se me ocurrió algo, y me giré para mirar el clavicordio que estaba en un rincón. Varias partituras adornaban el atril, escritas en letra fina y clara. «Cincuenta mil libras una vez que Su Alteza desembarque en Escocia.» Y firmado «S». De Sandringham, por supuesto. El duque se echó a reír con aparente buen humor.

—Fue muy inteligente por su parte, querida. Debió de ser usted la que interpretó las partituras; conozco la ineptitud de su marido para la música.

—En realidad no fui yo —respondí, dejando de mirar el clavicordio.

La mesa que había a mi lado no tenía ningún abrecartas ni objeto contundente que me fuera de utilidad. Rápidamente alcé un jarrón y enterré la cara en la mata de flores de invernadero que contenía. Sentí el roce de los pétalos fríos contra las mejillas repentinamente calientes. No me atreví a levantar la mirada, por miedo a que mi expresión me delatara.

Porque detrás del duque vi algo redondo, curtido, con forma de calabaza, bordeado por cortinajes de terciopelo verde como uno de los exóticos objetos de arte del duque. Abrí los ojos, espiando con cautela a través de los pétalos, y entonces la boca ancha y de dientes rotos sonrió.

No sabía si sentir terror o alivio. Había tenido razón con respecto al mendigo que estaba junto al portón: era Hugh Munro, un antiguo compañero de Jamie, de sus días de proscrito en Escocia. Había sido maestro de escuela, pero después de que los turcos lo capturaran en alta mar y lo desfiguraran mediante las torturas a que lo sometieron, se vio obligado a mendigar y a cazar y pescar en forma ilícita, lo que alternaba con el trabajo de espía. Se decía que era un agente del ejército escocés, pero nunca pensé que sus actividades lo llevaran tan al sur.

¿Cuánto tiempo habría estado allí posado como un pájaro entre la hiedra, atisbando desde la ventana de la segunda planta? No me atreví a intentar comunicarme con él; lo único que podía hacer era mantener la mirada fija en un punto justo encima del hombro del duque, fingiendo indiferencia.

El duque me estaba mirando con interés.

—¿De veras? Seguro que no fue Gerstmann. No me pareció que tuviera una mente suficientemente retorcida.

—¿Y cree que yo lo hice? Me halaga. —Seguí con la nariz hundida entre las flores, hablando distraídamente a una peonia.

La figura que estaba fuera soltó la hiedra el tiempo suficiente para que yo viera una mano. Los sarracenos le habían cortado la lengua, así que hablaba con las manos. Me miró fijamente, me señaló y luego se señaló a sí mismo, luego hacia un lado. Inclinó la mano ancha y, con dos dedos, hizo la figura de piernas que corrían hacia el este. Finalmente, me guiñó un ojo, alzó un puño a guisa de saludo y desapareció.

Me relajé, temblando por la emoción, y respiré profundamente. Estornudé y aparté las flores.

—¿De manera que es jacobita? —pregunté.

—No necesariamente —respondió el duque afablemente—. La pregunta es: ¿lo es usted? —Sin el menor atisbo de vergüenza, se quitó la peluca y se rascó la cabeza blanca y calva antes de volver a ponérsela—. Su marido y usted intentaron frustrar la causa en París. Fracasaron y ahora aparecen como los más devotos colaboradores de Su Alteza. ¿Por qué?

Los ojillos azules no mostraban otra cosa que un escaso interés, pero no era un escaso interés el que había provocado que intentaran matarme.

Desde que descubrí quién era mi anfitrión, había tratado de recordar con todas mis fuerzas qué era lo que Frank y el reverendo Wakefield habían dicho una vez del duque. ¿Era jacobita? Por lo que podía recordar, el veredicto de la historia (según Frank y el reverendo) era incierto. El mío también.

—No se lo pienso decir —respondí.

Enarcando una ceja rubia, el duque sacó una pequeña caja esmaltada del bolsillo y extrajo un poco de su contenido.

—¿Está segura de que eso es prudente, mi querida? Danton está cerca, listo para cumplir mis órdenes.

—Danton no me tocaría ni con una vara de tres metros —dije secamente—. Ni usted tampoco —me apresuré a añadir al ver que abría la boca—. Si tiene tantas ganas de saber de qué lado estoy, no se libraría de mí antes de averiguarlo, ¿verdad?

El duque se atragantó con el pellizco de tabaco y tosió con fuerza mientras se golpeaba el pecho sobre su chaleco bordado. Me levanté y lo miré con frialdad mientras tosía y farfullaba.

—Está tratando de asustarme para que revele cosas, pero de nada le servirá —dije fingiendo más seguridad de la que sentía.

Sandringham se secó suavemente los ojos llorosos con un pañuelo. Finalmente, inhaló hondo y exhaló a través de los labios gruesos y fruncidos mientras me miraba.

—Muy bien —dijo con calma—. Supongo que ya habrán terminado de preparar sus aposentos. Llamaré a una criada para que la acompañe.

Debí de mirarlo con expresión estúpida, pues sonrió, burlón, mientras se levantaba de su silla.

—En realidad, no importa —dijo—. Sea cual fuere su identidad o la información que posee, tiene un mérito inestimable como huésped.

—¿Cuál? —pregunté. El duque hizo una pausa con la mano apoyada en la campanilla y sonrió.

—Es usted la esposa de Jamie *el Rojo* —dijo suavemente—. Y él la tiene en muy alta estima, querida, ¿no es verdad?

Había visto prisiones peores. Era una habitación de alrededor de nueve metros de ancho y tan suntuosamente amueblada que sólo era superada por la sala de abajo. La cama con dosel se elevaba sobre una pequeña tarima con baldaquines de plumas de avestruz que brotaban de las esquinas de sus cortinas de damasco, y había un par de sillas brocadas a juego acomodadas con holgura frente a la chimenea.

La criada que me acompañó dejó la jofaina y el aguamanil y corrió a encender el fuego, ya preparado. Un lacayo posó la bandeja cubierta de la cena sobre la mesa que había junto a la puerta y se colocó delante de la entrada, echando por tierra cualquier idea que pudiera tener de echar a correr por el pasillo.

No podría tener éxito en mi intento, pensé sombríamente; me perdería sin remedio por la casa después de la primera curva; aquella mansión era tan grande como el palacio de Buckingham.

—Su gracia espera que esté cómoda, madame —dijo la criada haciendo una bonita reverencia al salir.

—Sí, claro que sí —respondí con displicencia.

La puerta se cerró tras ella con un deprimente ruido sordo, y el sonido de la enorme llave me acabó de poner los nervios de punta.

Temblando en la vasta habitación, me cogí los codos y caminé hacia el fuego para dejarme caer en una de las sillas. Mi primer impulso fue aprovechar la soledad para tener un pequeño ataque de histeria. Por otra parte, temía que si daba rienda suelta a mis emociones reprimidas, nunca podría volver a controlarlas. Cerré los ojos con fuerza y observé la oscilación roja del fuego tras mis párpados, obligándome a calmarme.

Al fin y al cabo, no me hallaba en peligro inminente, y Hugh Munro estaba en camino en busca de Jamie. Aunque Jamie hubiera perdido mi rastro en el transcurso del viaje, Hugh lo encontraría y lo guiaría hasta mí. Hugh conocía cada campesino y hojalatero, cada granja y mansión de los cuatro condados. Un mensaje del hombre mudo podía viajar a través de la red de noticias y chismes con tanta rapidez como las nubes empujadas por el viento sobre las montañas. Es decir, si es que había logrado bajar de su escondite en la hiedra y salir de los terrenos del duque sin ser aprehendido.

—No seas ridícula —dije en voz alta—, el hombre es un cazador profesional. Claro que lo ha conseguido.

El eco de mis palabras me reconfortó.

—Y si lo ha conseguido —continué con firmeza, hablando en voz alta para escucharme—, Jamie vendrá a rescatarme.

«Claro —pensé de repente—. Y los hombres de Sandringham estarán esperándolo cuando llegue.» «Es usted la esposa de Jamie *el Rojo*», había dicho el duque. Yo era un cebo.

—¡Soy un huevo de salmón! —exclamé, enderezándome sobre la silla.

La humillante imagen provocó un pequeño pero bienvenido brote de ira que hizo atenuar un poco el miedo. Intenté avivar la rabia que sentía levantándome y paseando de un lado a otro, y pensando en nuevos apelativos que ofrecerle al duque la siguiente vez que nos viéramos. Había llegado hasta «pederasta furtivo» cuando un griterío ahogado que provenía de fuera me distrajo.

Aparté las pesadas cortinas de terciopelo de la ventana y descubrí que el duque no había hablado en vano. Tenía fuertes barrotes de madera, tan juntos que apenas podía pasar un brazo. Sin embargo, me permitían ver.

Había caído el crepúsculo y las sombras bajo los árboles del parque eran negras como la boca del lobo. El griterío provenía de allí, combinado con gritos en respuesta desde los establos, donde dos o tres figuras aparecieron de repente llevando antorchas encendidas.

Las figuras pequeñas y oscuras corrieron hacia el bosque, con las llamas de las antorchas de pino flameando en tonos naranjas bajo el viento frío y húmedo. Cuando llegaron al borde del parque, pude ver un grupo de siluetas cayendo sobre el césped de delante de la casa. El suelo estaba mojado y la fuerza de la lucha dejó profundas manchas oscuras en el césped invernal.

Me puse de puntillas, asiéndome a los barrotes y apretando la cabeza contra la madera, esforzándome por ver más. Ya no había luz del día y a la luz de la antorcha no pude distinguir otra cosa que alguna que otra extremidad en medio de la lucha.

No podía ser Jamie, me dije a mí misma, tratando de tragar el nudo que sentía en la garganta. No tan pronto, no todavía. Y no solo; seguramente no habría ido solo. Porque ahora ya podía ver que la lucha se centraba en un solo hombre que estaba de rodillas, apenas un bulto oscuro bajo los golpes y palos de los guardabosques y mozos de cuadra del duque.

La figura agazapada quedó despatarrada en el suelo y el griterío terminó, aunque le propinaron unos cuantos golpes más como medida preventiva antes de que el pequeño grupo de criados se echara atrás. Se intercambiaron unas palabras, inaudibles desde donde yo estaba, y dos de los hombres se inclinaron y cogieron al hombre por las axilas. Cuando pasaron debajo de mi ventana en el tercer piso, camino a la parte trasera de la casa, la antorcha iluminó un par de pies con sandalias que se arrastraban y los andrajos de un sucio delantal. No era Jamie.

Uno de los mozos de cuadra corría llevando una gruesa billetera de cuero sobre una correa. Estaba demasiado lejos para oír el entrechocar de los pequeños objetos de metal de la correa, pero titilaban a la luz de la antorcha: sentí cómo me abandonaba toda la fuerza que me quedaba y me invadía el horror y la desesperación.

Los pequeños objetos metálicos eran monedas y botones. Y *gaberlunzies*: los diminutos sellos de plomo que permitían que un mendigo pidiera limosna en un condado determinado. Hugh Munro tenía cuatro, una marca de favor por sus juicios en manos de los turcos. No era Jamie, sino Hugh.

Temblaba tanto que las piernas no me sostenían; sin embargo, corrí hasta la puerta y golpeé con toda mis fuerzas.

—¡Dejadme salir! —grité—. ¡Tengo que ver al duque! ¡Dejadme salir!

Nadie respondió a mis gritos y golpes, de modo que regresé a la ventana. Ahora, el lugar estaba tranquilo; un muchacho sostenía una antorcha para uno de los jardineros, que, arrodillado al borde del césped, reemplazaba delicadamente los pedazos de tierra arrancados durante la lucha.

—¡Eh! —grité.

Como la ventana estaba cubierta de barrotes, no podía abrirla hacia fuera. Corrí al otro extremo de la habitación para coger uno de los pesados candelabros de plata, me apresuré hasta la ventana y rompí un cristal sin hacer caso de los fragmentos que salieron volando.

—¡Ayúdeme! ¡Eh, allí abajo! ¡Dígale al duque que quiero verlo! ¡Ahora! ¡Ayuda!

Me pareció que una de las figuras miraba en mi dirección, pero ninguna hizo ademán de dirigirse a la casa, sino que continuaron su tarea como si no hubieran oído más que el chillido de un pájaro en medio de la oscuridad.

Regresé a la puerta, golpeé y grité y volví a la ventana, y de vuelta a la puerta. Grité, rogué y amenacé hasta que la garganta me dolió, y golpeé la puerta hasta que los puños me quedaron rojos y lastimados, pero nadie acudió. Por lo que podía oír, bien podía estar sola en la casa. En el corredor, el silencio era tan profundo como el de la noche; tan silencioso como una tumba. Perdí el control sobre mi miedo y caí de rodillas ante la puerta, sin poder parar de sollozar.

Me desperté, helada y rígida, con un terrible dolor de cabeza, cuando sentí que algo amplio y sólido me arrastraba por el suelo. Di una sacudida cuando el borde de la pesada puerta me atrapó el muslo contra el suelo.

—¡Ay! —Rodé por el suelo y luego me arrodillé con dificultad, con el pelo colgándome en la cara.

—¡Claire! ¡Ay, guarda si... silencio, por fa... favor! Querida, ¿estás herida?

756

Mary se arrodilló a mi lado con un susurro de batista almidonada. La puerta se cerró tras ella y oí el ruido de la llave en la cerradura.

—Sí... quiero decir, no. Estoy bien —le respondí, aturdida—. Pero Hugh... —Cerré los labios y meneé la cabeza, tratando de aclararla—. ¿Qué diablos haces tú aquí, Mary?

—He so... sobornado al ama de llaves para que me per... permitiera entrar —susurró—. ¿Tienes que hablar en voz tan alta?

—No importa demasiado —le dije con un tono normal de voz—. Esa puerta es tan gruesa que ni siquiera podría oírse un partido de fútbol.

—¿Un qué?

—No importa.

Se me empezaba a aclarar la mente, aunque tenía los ojos pegajosos e hinchados y la cabeza me latía como un tambor. Me levanté, fui hasta la jofaina y me salpiqué la cara con agua fría.

—¿Has sobornado al ama de llaves? —pregunté, limpiándome la cara con una toalla—. Pero todavía estamos encerradas, ¿no? He oído el ruido de la llave.

Mary se veía pálida en la penumbra de la habitación. La vela se había extinguido mientras yo dormía y la única luz que había provenía de las brasas del hogar. Mary se mordió el labio.

—Es lo único que he podido hacer. La señora Gibson le tiene demasiado miedo al duque para darme una llave. Lo único que me ha permitido es encerrarme aquí contigo y dejarme salir por la mañana. Pensaba que querrías compañía —añadió con timidez.

—Ah. Bien... gracias. Ha sido muy amable de tu parte.

Cogí una vela nueva del cajón y fui a encenderla en la chimenea. El candelabro estaba lleno de la cera de la vela gastada; saqué un poco de cera fundida y lo dejé sobre la mesa para encajar la nueva vela, haciendo caso omiso a los daños que estaba causando a la entalladura del duque.

—Claire —dijo Mary—. ¿Estás... en apuros?

No sabía qué responder. Mary sólo tenía diecisiete años, y de política sabía aún menos que de hombres.

—Eh... sí —dije por fin—. Me temo que me he metido en un buen lío.

Mi cerebro comenzaba a funcionar de nuevo. Mary no podía ayudarme a escapar, pero al menos podía darme información sobre su padrino y las actividades de la casa.

—¿Has oído el alboroto que ha habido en el parque hace un rato? —pregunté. Mary sacudió la cabeza. Estaba empezando a temblar; en una habitación tan grande, el calor del fuego se desvanecía mucho antes de alcanzar la tarima de la cama.

—No, pero una cocinera decía que los guardianes han atrapado a un cazador furtivo. Hace mucho frío. ¿Podemos meternos en la cama?

Ya estaba trepando sobre el edredón, hurgando bajo la almohada para buscar la esquina de la sábana. Tenía un trasero redondo y bonito, parecido al de un niño bajo aquel camisón blanco.

—No era un cazador furtivo —dije—. O sí, pero también es un amigo que iba a decirle a Jamie dónde estoy. ¿Sabes qué ha sucedido después?

Mary se dio la vuelta; su cara era una mancha pálida en las sombras de los cortinajes de la cama. Incluso con aquella luz, podía ver que sus ojos oscuros estaban muy abiertos.

—¡Ah, Claire! ¡Lo siento tanto!

—Bueno, también yo —dije con impaciencia—. ¿Sabes dónde está el hombre ahora?

Si Hugh estaba en algún lugar accesible, como los establos, existía una pequeña probabilidad de que Mary pudiera liberarlo por la mañana.

El temblor de sus labios que hacía que su tartamudeo normal resultara comprensible debió de habérmelo advertido. Pero las palabras, una vez las pronunció, me atravesaron el corazón, afiladas y repentinas como una daga.

—Lo han colgado —dijo—. En la entrada del bosque.

Pasó algún tiempo antes de que pudiera reaccionar. El estupor, la pena, el miedo y las esperanzas rotas me abrumaban. Era levemente consciente de la pequeña mano de Mary dándome palmaditas tímidas en el hombro, y su voz ofreciéndome pañuelos y agua, pero permanecí hecha un ovillo, sin hablar, temblando y esperando a que la desesperación que me retorcía el estómago como un puño se aflojara. Por fin el pánico cedió, y abrí los ojos empañados.

—Me repondré —le dije a Mary, incorporándome y limpiándome la nariz de manera poco elegante con la manga. Tomé la toalla que me ofrecía y me sequé los ojos con ella. Mary merodeaba a mi alrededor con aspecto preocupado, así que extendí un brazo y le estreché la mano para reconfortarla—. De veras. Ya estoy bien. Y contenta de que estés aquí... —Se me ocurrió algo, dejé caer la toalla y la miré con curiosidad—. Y, ahora que lo pienso, ¿por qué estás en esta casa? —pregunté.

Mary bajó la mirada, ruborizada, y cogió una punta del edredón.

—El duque es mi padrino, sabes.

—Sí, eso supuse —dije—. Pero tengo la sospecha de que no sólo busca el placer de tu compañía.

Sonrió ante mi comentario.

—No. Pero cree que me ha en... encontrado otro ma... marido. —El esfuerzo de decir «marido» la hizo enrojecer—. Papá me trajo para que lo conociera.

Por su expresión supuse que no debía felicitarla.

—¿Y conoces a tu pretendiente?

Aparentemente, sólo el nombre. Un tal señor Isaacson, un importador de Londres. Demasiado ocupado para viajar a Edimburgo a conocer a su prometida, había accedido a viajar a Bellhurst, donde se llevaría a cabo el matrimonio si todas las partes estaban de acuerdo.

Levanté el cepillo de plata de la mesilla de noche y comencé a cepillarme el pelo, con aire ausente. Por lo visto, al no poder asegurar una alianza con la nobleza francesa, el duque pretendía vender a su ahijada a un judío rico.

—Tengo un ajuar nuevo —dijo, intentando sonreír—. Cuarenta y tres enaguas bordadas, dos con hilo de oro.

Se interrumpió, apretó los labios y se quedó mirando fijamente su desnuda mano izquierda. Se la cubrí con la mía.

—Bueno —intenté animarla—. Tal vez sea un hombre bondadoso.

—Eso es lo que temo. —Esquivó mi mirada inquisitiva y bajó la vista, retorciéndose las manos sobre el regazo—. No le han dicho nada al señor Isaacson... de lo de París. Y dicen que no debo contárselo. —Arrugó la cara—. Trajeron a una vieja horrible para que me diera instrucciones sobre cómo debo comportarme la noche de bodas... para fingir que es la primera vez... ¡Ay, Claire! ¿Cómo podré hacerlo? —gimió—. A Alex no le dije nada. Fui una cobarde. Ni siquiera le dije adiós.

Se lanzó a mis brazos y le di palmaditas en la espalda, olvidando un poco mi dolor en mi esfuerzo para reconfortarla. Con el tiempo, se calmó, y se incorporó, hipando, para tomar un poco de agua.

—¿Vas a seguir adelante? —le pregunté. Me miró con las pestañas puntiagudas y mojadas.

—No tengo opción —dijo simplemente.

—Pero... —comencé, y después me detuve, impotente.

Mary tenía razón. Siendo joven y mujer, sin recursos y sin un hombre que pudiera venir a rescatarla, no había nada que pudiera hacer, más que acceder a los deseos de su padre y su padrino, y casarse con el desconocido señor Isaacson de Londres.

Abatidas, ninguna de las dos tenía apetito para la comida de la bandeja. Nos metimos bajo las sábanas para conservar el calor. Mary, exhausta por la emoción, se durmió a los pocos minutos. No menos exhausta, descubrí que no podía dormir, pensando en Hugh, preocupada por Jamie y sintiendo curiosidad por el duque.

Las sábanas estaban frías, y mis pies parecían carámbanos de hielo. Evitando otras cuestiones más inquietantes, centré mis pensamientos en Sandringham. ¿Qué papel tenía él en el asunto? En apariencia era jacobita. Él mismo había admitido que estaba dispuesto a asesinar (o a pagar para hacerlo, al menos) a fin de asegurar que Carlos recibiera el apoyo necesario para su expedición a Escocia. Y la evidencia del acertijo musical dejaba bien claro que había sido el duque quien había inducido a Carlos a zarpar en agosto, al recibir promesas de ayuda.

Era indudable que algunos se esforzaban por ocultar sus simpatías jacobitas; y no era sorprendente, puesto que serían castigados por traición. Y el duque tenía mucho que perder si respaldaba una causa que fracasaba.

Sin embargo, Sandringham no me parecía un admirador entusiasta de los Estuardo. Teniendo en cuenta los comentarios que había hecho sobre Danton, era evidente que no simpatizaba con un gobernante católico. Y ¿para qué esperar tanto tiempo para proporcionar apoyo, cuando Carlos necesitaba con tanta desesperación el dinero? De hecho, lo necesitaba desde su llegada a Escocia.

Pensé en dos motivos verosímiles de la conducta del duque. Ninguno de los dos era especialmente honorable para el caballero, pero ambos cuadraban bastante bien con su personalidad. Podía ser un simpatizante de los jacobitas dispuesto a aceptar a un desagradable rey católico a cambio de futuros beneficios como principal sostén de los Estuardo.

Era evidente que no actuaba por principios, sino por interés. Tal vez quería esperar a que Carlos llegara a Inglaterra para que el dinero no se gastara antes de que el ejército escocés diera el golpe final en Londres. Cualquiera que conociera a Carlos Estuardo tenía el suficiente sentido común como para no confiarle demasiado dinero de una sola vez.

O querría asegurarse de que los Estuardo recibieran un apoyo sustancial para su causa antes de arriesgar su dinero; después de todo, no era lo mismo contribuir a una rebelión que sostener a un ejército.

Pero por otra parte, podía ver una razón mucho más siniestra. Su apoyo dependía de que el ejército jacobita llegara a suelo inglés; de este modo, Carlos debía luchar contra la oposición cada vez mayor de sus propios líderes y arrastrar a su ejército hambriento y débil cada vez más al sur, más lejos de las montañas protectoras que conocían tan bien.

Si bien el duque podía esperar beneficios de los Estuardo por contribuir a la restauración, ¿qué podía esperar de los Hanover, a cambio de poner a Carlos Estuardo a su alcance (y entregarlo a él y a sus seguidores al ejército inglés)?

La historia no había podido dilucidar cuáles eran las verdaderas inclinaciones del duque, lo cual me resultaba extraño: tarde o temprano tendría que revelar sus verdaderas intenciones. Por supuesto, reflexioné, el Viejo Zorro, lord Lovat, había conseguido jugar a dos bandas en el último Alzamiento jacobita, congraciándose con los Hanover y reteniendo el favor de los Estuardo. Jamie había hecho lo mismo durante un tiempo. Quizá no fuera tan difícil ocultar la verdadera lealtad, en medio del constante tumulto de la política real.

Tenía los pies helados y movía las piernas sin parar, pero mi piel parecía insensible mientras me frotaba las pantorrillas. Evidentemente, las piernas generaban mucha menos fricción que los palillos secos, y la actividad no me proporcionaba ningún calor.

Tumbada sin poder dormir, inquieta y húmeda, de repente oí un ruidito rítmico junto a mí. Volví la cabeza para escuchar, me incorporé sobre un codo y miré incrédula a mi compañera. Estaba acurrucada de costado; su delicada piel estaba sonrojada, de manera que parecía una flor de invernadero en plena floración, y tenía el pulgar metido en el suave hueco rosado de su boca. Su labio inferior succionaba ligeramente mientras la observaba.

No sabía si reír o llorar. Al final, no hice ninguna de las dos cosas. Me limité a liberar suavemente su pulgar y a colocar la mano floja sobre su pecho. Apagué la vela y me acurruqué junto a Mary.

Tanto si fue por la inocencia de aquel pequeño gesto, con los recuerdos lejanos de confianza y seguridad que provocaba, por el sencillo consuelo de la cercanía de un cuerpo tibio o por el agotamiento causado por el miedo y el dolor, mis pies empezaron a entrar en calor, me relajé y finalmente me dormí.

Envuelta en el cálido edredón, dormí profundamente y sin soñar. Por eso el sobresalto fue mayor cuando me despertaron bruscamente de mi sueño. Todavía estaba oscuro, muy oscuro, pues el fuego se había extinguido, pero el ambiente no estaba tranquilo ni en silencio. Algo pesado había caído de repente en la cama, golpeándome el brazo, y parecía dispuesto a asesinar a Mary.

La cama se sacudió y el colchón se movió debajo de mí; el marco de la cama osciló con la fuerza de la lucha que se libraba a mi lado. Desde muy cerca oí gritos y amenazas susurradas, y una mano que se agitaba (creo que la de Mary) me dio un golpe en el ojo.

Salí rápidamente de la cama, tropecé con la tarima y caí al suelo. Los sonidos de la lucha se intensificaron; oí un horrible chillido que interpreté como el mejor intento de Mary de gritar mientras la estrangulaban.

Se oyó una voz de hombre que lanzaba una exclamación, más movimientos de la ropa de cama y el chillido se apagó bruscamente. Moviéndome a tientas, encontré el pedernal sobre la mesa y encendí una vela. La llama se hizo más fuerte, se elevó y reveló al que había proferido la exclamación y a Mary, invisible excepto por un par de manos que se agitaban a causa de la almohada que la asfixiaba y cuyo cuerpo era aplastado por mi marido, que pese a su tamaño tenía las manos bien ocupadas.

Decidido a someter a Mary, no miró la vela recién encendida, sino que siguió intentando cogerle las manos mientras sostenía la almohada sobre su cara. Reprimiendo la necesidad de reír histérica ante el espectáculo, dejé la vela, me incliné sobre la cama y le di un toque en el hombro.

—¿Jamie? —le dije.

—¡Jesús! —Saltó de la cama como un salmón y se agachó con la daga a medio desenvainar. Entonces me vio, suspiró aliviado y cerró los ojos un instante.

—¡Dios mío, Sassenach! No vuelvas a hacer eso nunca más, ¿me oyes? Cállate —ordenó brevemente a Mary, que se había librado de la almohada y estaba sentada en la cama, con los ojos saltones, farfullando—. No te iba a hacer daño. Creía que eras mi esposa.

Caminó resueltamente en torno a la cama hasta que llegó hasta donde yo estaba, me agarró por los hombros y me besó con fuerza, como para asegurarse de que tenía a la mujer que buscaba. Le devolví el beso con considerable fervor, deleitándome en la áspera barba sin afeitar y en su fuerte olor a lino y lana húmedos y a sudor masculino.

—Vístete —dijo—. Esta maldita casa está llena de sirvientes. Abajo es como un hormiguero.

—¿Cómo has llegado hasta aquí? —le pregunté, mirando a mi alrededor en busca de mi vestido.

—Por la puerta, por supuesto —dijo, impaciente—. Toma.

Me arrojó el vestido que estaba en el respaldo de una silla. Evidentemente, la enorme puerta estaba abierta, y un gran manojo de llaves colgaba de la cerradura.

—Pero ¿cómo...? —empecé a preguntar.

—Después —dijo con brusquedad. Miró a Mary, que había salido de la cama y forcejeaba con su bata—. Mejor métete en la cama, muchacha —le aconsejó—. El suelo está frío.

—Voy con vosotros —dijo. Las palabras se vieron amortiguadas por los pliegues de tela, pero su determinación se hizo evidente cuando sacó la cabeza por el cuello de la bata, con el pelo revuelto y aspecto desafiante.

—Ni lo sueñes —dijo Jamie. La miró, y vi los recientes arañazos en su mejilla. No obstante, al ver el temblor en sus labios, logró dominar su temperamento y habló en tono tranquilizador—. No te preocupes, muchacha. No tendrás problemas: te encerraré con llave y mañana por la mañana puedes contar lo sucedido. Nadie te echará la culpa.

Ignorando sus palabras, Mary se puso las chinelas y corrió rápidamente hacia la puerta.

—¡Eh! ¿Adónde crees que vas?

Sorprendido, Jamie corrió hacia ella, pero no con la suficiente rapidez para evitar que llegara a la puerta. Mary se paró en el pasillo, justo fuera de la alcoba, inmóvil como un ciervo.

—¡Iré con vosotros! —gritó Mary, desafiante—. Si no me lleváis, correré por los pasillos gritando como una loca hasta despertar a todo el mundo. ¡Estáis advertidos!

Jamie se quedó mirándola, con su cabello cobrizo brillando a la luz de la vela y la cara enrojecida. Estaba claro que se dividía entre la necesidad de silencio y la necesidad de mandar al diablo el silencio y matarla con sus propias manos. Mary le devolvió la mirada, sujetándose las faldas con una mano y lista para correr. Ya vestida y calzada, le di un toque en las costillas, rompiendo su concentración.

—Llevémosla —dije, brevemente—. Y vámonos ya.

Me miró igual que había mirado a Mary, pero no vaciló ni un minuto más. Con un leve gesto de asentimiento, me cogió del brazo y los tres salimos a la fría oscuridad del pasillo.

La casa estaba a la vez mortalmente tranquila y llena de ruidos; las tablas crujían bajo nuestros pies y los vestidos rozaban el suelo como hojas en un vendaval. Las paredes parecían respirar a través de la madera, y los pequeños ruidos bajo el pasillo sugerían la existencia de madrigueras secretas de animales bajo el suelo. Y sobre todo, estaba el profundo y aterrador silencio de una enorme casa oscura, inmersa en un sueño que no debía interrumpirse.

Mary me apretaba el brazo mientras caminábamos por el corredor detrás de Jamie. Éste se movía como una sombra, abrazando la pared pero con rapidez, en silencio.

Cuando pasamos delante de una puerta oí el sonido de suaves pasos al otro lado. Jamie también los oyó y se apoyó contra la pared, mientras nos hacía una señal a Mary y a mí para que nos adelantáramos. El yeso de la pared estaba frío contra las palmas de mis manos, mientras intentaba apretarme contra ella.

La puerta se abrió con cautela y salió una cabeza con una cofia blanca, espiando el corredor en dirección opuesta.

—¿Hola? —dijo en un susurro—. ¿Eres tú, Albert? —Un sudor frío me recorrió la espalda. Era una sirvienta a la espera de una visita del ayuda de cámara del duque, quien parecía dispuesto a seguir justificando la reputación de los franceses.

No me pareció que un escocés armado fuera un sustituto adecuado para su amante ausente. Sentí que Jamie se ponía tenso junto a mí, tratando de sofocar sus escrúpulos por golpear a una mujer. En un momento ella se volvería, lo vería y se pondría a gritar.

Me aparté de la pared.

—Eh, no —dije en tono de disculpa—. Me temo que soy sólo yo.

La sirvienta se sobresaltó y dio un rápido paso atrás, de manera que quedó frente a mí; Jamie seguía a sus espaldas.

—Lamento haberte asustado —dije, sonriendo alegremente—. No podía dormir, ¿sabes? Quería ir a beber un vaso de leche tibia. ¿Voy en dirección correcta a las cocinas?

—¿Eh? —La sirvienta, una regordeta señorita de unos veinte años, se quedó con la boca abierta, exponiendo una total falta de higiene dental. Por fortuna no era la misma que me había llevado a mi habitación; quizá no se daría cuenta de mi condición de prisionera, no de huésped.

—Soy una invitada de la casa —expliqué. Siguiendo el principio de que la mejor defensa es una buena ofensa, le lancé una mirada acusadora—. Conque Albert, ¿eh? ¿Su gracia sabe que traes hombres a tu habitación por la noche? —inquirí.

Aquello pareció afectarla, pues la mujer se puso pálida y cayó de rodillas, aferrándose a mi falda. La idea de que la delatara le resultaba tan alarmante que no se detuvo a preguntar por qué una invitada andaba deambulando por los pasillos de madrugada, llevando vestido, zapatos y una capa de viaje.

—¡Ay, señora! Por favor, no le cuente nada a su gracia. Puedo ver que tiene un rostro amable. No haga que me despidan de mi puesto. Tenga piedad, milady, tengo seis hermanos y hermanas que mantener, y...

—Bueno, bueno —la tranquilicé, dándole golpecitos en el hombro—. No te preocupes. No le contaré nada al duque. Vuelve a la cama.

La tranquilicé con ese tono de voz que uno usa con los niños y con los pacientes mentales, mientras ella seguía defendiendo su inocencia, y la metí en su diminuta habitación.

Cerré la puerta y me apoyé en ella. El rostro de Jamie salió de la oscuridad y me sonrió. No dijo nada, pero me dio una palmadita en la cabeza a modo de felicitación, antes de cogerme del brazo y apremiarme a correr por el pasillo una vez más.

Mary esperaba bajo una ventana en el descansillo de la escalera; su bata de noche brillaba bajo la luz de la luna que resplandecía momentáneamente a través de las veloces nubes. Parecía que se estaba formando una tormenta, y me pregunté si aquello nos ayudaría o nos impediría huir. Se aferró a la capa de Jamie cuando éste pisó el descansillo.

—¡Shh! —susurró—. ¡Alguien viene!

Era cierto; pude oír el sonido de pisadas que subían y vi la luz de una vela que se proyectaba en la pared. Mary y yo miramos a nuestro alrededor, pero no había ningún sitio donde esconderse. Se trataba de una escalera trasera para el uso de los criados, y los descansillos eran simples cuadrados, totalmente desprovistos de muebles y cortinas.

Jamie suspiró, resignado. Entonces, instándonos a Mary y a mí a que retrocediéramos por el corredor, desenvainó la daga y esperó agazapado en un rincón del rellano.

Los dedos de Mary agarraron los míos, estrujándolos con fuerza en una agonía provocada por el miedo. Jamie tenía una pistola colgando del cinturón, pero no podía usarla dentro de la casa; un sirviente se daría cuenta y no serviría como amenaza. Tendría que ser el cuchillo. Sentí pena por el sirviente que estaba a punto de toparse con un enorme escocés con una daga.

Estaba repasando mi vestimenta y pensando que podía usar una de mis enaguas como ataduras cuando apareció la cabeza inclinada de la persona que llevaba la vela. El cabello oscuro estaba peinado en una raya en medio y tenía un olor dulzón, lo cual me hizo recordar de inmediato una oscura calle de París y la curva de labios finos y crueles bajo una máscara.

Respiré sobresaltada al reconocer a Danton; éste, al oír el ruido, alzó la cabeza, un escalón por debajo del descansillo. Inmediatamente Jamie lo atrapó por el cuello y lo arrojó contra la pared del descansillo con tal fuerza que hizo volar el candelero.

Mary también había visto a Danton.

—¡Es él! —exclamó, olvidando susurrar o tartamudear por el susto—. ¡El hombre de París!

Jamie tenía al criado que forcejeaba levemente apoyado contra la pared, apretándole el pecho. El rostro del hombre, que se tornaba visible e invisible según pasaban las nubes, estaba terriblemente pálido. Palideció más todavía cuando Jamie le apoyó la daga en la garganta.

Subí al descansillo, insegura de lo que Jamie haría o de lo que yo quería que hiciera. Danton dejó escapar un gemido cuando me vio, e hizo un intento vano por persignarse.

—¡La Dama Blanca! —susurró aterrorizado.

Jamie se movió violentamente, cogió al hombre por el pelo y le tiró la cabeza hacia atrás con tanta fuerza que golpeó la pared.

—Si tuviera tiempo, *mo garhe,* morirías lentamente —susurró con aterradora convicción—. Da gracias a Dios que no lo tengo. —Echó la cabeza de Danton aún más atrás, de manera que podía ver el movimiento de su nuez mientras tragaba convulsivamente, con sus ojos atemorizados fijos en los míos—. Tú la llamas la «Dama Blanca» —dijo Jamie entre dientes—. ¡Yo la llamo esposa! ¡Que su cara sea la última que veas!

El cuchillo cortó la garganta del hombre con tanta violencia que Jamie gruñó con la fuerza que hizo y la sangre le manchó la camisa. El olor a muerte llenó el rellano con un prolongado sonido sibilante y gorjeante que procedía del bulto desplomado en el suelo.

Los ruidos a mis espaldas me devolvieron a la realidad: Mary se había puesto a vomitar en el pasillo. Mi primer pensamiento coherente fue que los sirvientes iban a tener mucho que limpiar por la mañana. Mi segundo pensamiento fue para Jamie, a quien vi a la luz de la luna. Tenía el rostro y el pelo salpicado de gotas de sangre y respiraba con dificultad. Parecía que él también iba a vomitar.

Me volví hacia Mary y vi, a lo lejos en el corredor, una luz detrás de una puerta que se abría. Alguien se acercaba a investigar de dónde procedía ruido. Le cogí el ruedo de la bata, le limpié la boca y la así del brazo, tirando de ella hacia el descansillo.

—¡Vamos! —dije—. ¡Salgamos de aquí! —Jamie salió de su concentrada observación del cadáver de Danton, se sacudió y, volviendo en sí, se volvió hacia la escalera.

Jamie parecía saber adónde nos dirigíamos, pues nos condujo a través de los corredores oscuros sin vacilar. Mary tropezaba a mi lado, jadeando con fuerza como un motor en mi oído.

Al llegar al fregadero, Jamie se detuvo en seco y silbó. Enseguida le respondieron y la puerta se abrió hacia una oscuridad habitada por formas difusas. Una figura se adelantó. Se intercambiaron algunos murmullos y el hombre, quienquiera que fuera, se acercó a Mary y la empujó a las sombras. Una corriente fría me indicó que había una puerta abierta en algún lugar.

La mano de Jamie sobre mi hombro me guió para salvar los obstáculos del oscuro fregadero y de un cuarto más pequeño que parecía ser una especie de leñera; me golpeé la espinilla con algo, pero ahogué la exclamación de dolor.

Por fin salimos al aire libre de la noche. El viento se había apoderado de mi capa y la agitaba como si fuera un globo enorme. Después de haber atravesado la casa a oscuras, me parecía que me saldrían alas y echaría a volar.

Los hombres que me rodeaban parecían compartir mi alivio; hubo comentarios y risas ahogadas que Jamie no tardó en silenciar. Los hombres salieron de uno en uno por el espacio abierto delante de la casa; apenas eran unas sombras bajo la luna. A mi lado, Jamie vio cómo desaparecían entre los árboles del parque.

—¿Dónde está Murtagh? —preguntó en voz baja al ver pasar al último de sus hombres—. Supongo que habrá ido a buscar a Hugh —dijo, en respuesta a su propia pregunta—. ¿Tienes idea de dónde puede estar, Sassenach?

Tragué saliva, sintiendo el golpe frío del viento bajo mi capa. El recuerdo acalló el repentino alborozo de libertad.

—Sí —respondí, y le di la mala noticia tan brevemente como pude. Su expresión se ensombreció bajo la máscara de sangre y, cuando terminé mi explicación, tenía el rostro duro como la piedra.

—¿Os pensáis quedar aquí toda la noche? —preguntó una voz detrás de nosotros—. ¿O hacemos sonar una alarma para avisarles dónde buscar?

La expresión de Jamie se alivió un poco cuando Murtagh emergió de las sombras a nuestras espaldas, silencioso como un fantasma. Llevaba un bulto envuelto en un lienzo bajo un brazo; un pedazo de carne sustraído de la cocina, pensé al ver la mancha de sangre oscura sobre el lienzo. Justificaba esta impresión el enorme jamón que se había metido debajo del otro brazo y las tiras de salchichas que llevaba alrededor del cuello.

Jamie frunció la nariz, con una leve sonrisa.

—Hueles como un carnicero, hombre. ¿No puedes olvidarte por un momento de tu estómago?

Murtagh inclinó la cabeza, observando a Jamie, que estaba salpicado de sangre.

—Es mejor parecerse al carnicero que a su mercancía —dijo—. ¿Vamos?

El viaje a través del bosque fue oscuro y aterrador. Los árboles eran altos y espaciados, pero crecían retoños entre ellos, que, bajo la luz incierta, parecían guardabosques. Las nubes eran cada vez más gruesas y la luna se veía cada vez menos, cosa que era de agradecer. Cuando llegamos al extremo del bosque, comenzó a llover.

Tres hombres se habían quedado con los caballos. Mary se subió a uno, delante de uno de los soldados de Jamie. Turbada por el hecho de verse obligada a montar a horcajadas, no hacía más que tirar de los pliegues del camisón debajo de los muslos, como para ocultar el hecho de que tenía piernas.

Más experimentada, pero maldiciendo los pesados pliegues de mi falda, me arremangué y puse el pie sobre la mano que me ofrecía Jamie para montar. Subí al lomo con un hábil movimiento. El caballo bufó ante el impacto y echó atrás las orejas.

—Lo siento —dije sin compasión—. Si crees que esto es malo, espera a que monte él.

Me giré para buscar al «él» en cuestión y lo encontré bajo uno de los árboles, con la mano sobre el hombro de un muchacho desconocido de unos catorce años.

—¿Quién es? —pregunté, atrayendo la atención de Geordie Paul Fraser, ocupado en ajustar la cincha junto a mí.

—¿Eh? Ah, él. —Miró al muchacho, y después a la cincha, frunciendo el entrecejo—. Se llama Ewan Gibson. Es el hijastro mayor de Hugh Munro. Parece que estaba con su padre cuando los descubrieron los guardabosques del duque. El muchacho escapó y lo encontramos cerca del páramo. Él nos trajo hasta aquí. —Con un tirón innecesario, observó la cincha como si la retara a decir algo y después me miró—. ¿Sabes dónde está el padre del muchacho? —preguntó de repente.

Asentí; debió leer la respuesta en mi rostro pues se volvió a mirar al muchacho. Jamie lo estaba sosteniendo, y lo abrazaba contra su pecho, dándole palmaditas en la espalda. Cuando miramos, lo apartó, le puso ambas manos sobre los hombros y le dijo algo, mirándolo fijamente. No pude oír lo que le decía, pero un momento después el muchacho se enderezó y asintió. Jamie también asintió y lo guió hacia uno de los caballos, donde George MacClure ya le estaba extendiendo una mano para ayudarlo. Jamie caminó hacia nosotros, con la cabeza gacha, y el extremo de su tartán revoloteando detrás de él, a pesar del viento frío y de la lluvia.

Geordie escupió en el suelo.

—Pobre muchacho —dijo, sin especificar a quién se refería, y se montó en su propio caballo.

Nos detuvimos cerca del extremo sudeste del bosque; los caballos pateaban y se retorcían, y dos de los hombres se metieron entre los árboles. No pasarían más de veinte minutos antes de que regresaran, pero pareció el doble de tiempo.

Los dos hombres montaban en un solo caballo y el segundo caballo cargaba una forma larga envuelta en una capa del clan Fraser. A los caballos no les gustó la carga; el mío sacudió la cabeza y resopló cuando el caballo que llevaba el cadáver de Hugh pasó junto a él. Jamie tiró de las riendas, hizo un comentario iracundo en gaélico y la bestia se tranquilizó.

Noté que Jamie se levantaba en los estribos detrás de mí, mirando hacia atrás, contando los miembros restantes de su banda. Después me rodeó la cintura con el brazo y partimos hacia el norte.

Cabalgamos toda la noche y sólo nos detuvimos para descansar. Durante una de estas paradas, al abrigo de un castaño de Indias, Jamie se acercó para abrazarme, pero de repente se detuvo.

—¿Qué sucede? —pregunté sonriendo—. ¿Tienes miedo de besar a tu esposa delante de tus hombres?

—No —respondió, y me lo demostró. Después dio un paso atrás, sonriendo—. No, por un momento tuve miedo de que te pusieras a gritar y a arañarme la cara. —Se tocó cautelosamente las marcas que Mary le había dejado en la mejilla.

—¡Pobrecito! —dije riendo—. No era la bienvenida que esperabas, ¿no?

—Bueno, cuando por fin te encontré lo fue —respondió con una sonrisita.

Había cogido dos salchichas de una de las sartas de Murtagh, y me ofreció una. No recordaba cuándo había comido por última vez, pero debía haber pasado mucho tiempo, pues ni siquiera el miedo al botulismo impidió que la carne grasa y especiada me pareciera deliciosa.

—¿Qué quieres decir? ¿Creíste que no iba a reconocerte después de una semana?

Meneó la cabeza, sonriendo todavía, y tragó un bocado de salchicha.

—No. Es que cuando entré en la casa, supe dónde estabas por los barrotes de tu ventana. —Arqueó una ceja—. Por el aspecto que tenían, debiste haberle causado gran impresión al duque.

—Así fue —respondí brevemente, sin querer pensar en el duque—. Continúa.

—Bueno —dijo, dando otro bocado y pasándolo a la mejilla mientras hablaba—. Sabía cuál era la alcoba, pero necesitaba la llave, ¿no?

—Claro. Estabas a punto de contármelo.

Masticó un poco y tragó.

—Me la dio el ama de llaves, pero no fue fácil. —Se frotó suavemente debajo del cinturón—. Me pareció que a la mujer la han despertado otras veces... y que no le disgustó la experiencia.

—Ah, sí —dije, entretenida con la imagen mental que me provocó aquello—. Bueno, diría que para la mujer fuiste una fruta rara y refrescante.

—Lo dudo mucho, Sassenach. Se puso a gritar como una loca y me dio una patada en el bajo vientre, después me tiró un candelabro mientras estaba doblado, quejándome.

—¿Qué hiciste?

—Le di una buena tunda. No me sentía muy caballeroso en aquel momento. La até con los lazos de su cofia. Después le puse una toalla en la boca para que dejara de insultarme e inspeccioné la habitación hasta que encontré las llaves.

—Buen trabajo —dije, mientras se me ocurría algo—. Pero ¿cómo sabías dónde dormía el ama de llaves?

—No lo sabía —respondió—. La lavandera me lo dijo después de decirle quién era yo y de amenazarla con destriparla y quemarla si no me decía lo que quería saber. —Sonrió—. Como te dije, Sassenach, a veces es una ventaja que te consideren un bárbaro. Supongo que todo el mundo habrá oído hablar ya de Jamie *el Rojo*.

—Bueno, si no se han enterado todavía, se enterarán ahora —dije. Le miré como pude bajo la tenue luz—. ¿Y la lavandera no se desquitó?

—Me tiró del pelo —dijo pensativo—. Me arrancó un mechón de raíz. Te diré algo, Sassenach, si alguna vez decido cambiar de trabajo, no creo que me dedique a atacar mujeres. Es una manera muy dura de ganarse la vida.

Cerca del amanecer, empezó a caer aguanieve, pero seguimos cabalgando hasta que Ewan Gibson detuvo su poni, se levantó en sus estribos para mirar a su alrededor y se dirigió hacia la colina que se elevaba a la izquierda.

Estaba tan oscuro que era imposible guiar a los caballos colina arriba. Tuvimos que desmontar y conducirlos a pie a lo largo del sendero cenagoso y casi invisible que zigzagueaba a través del brezo y el granito. El amanecer comenzaba a iluminar el cielo cuando nos detuvimos para descansar en la cima de la colina. El horizonte estaba oculto por las nubes, pero un gris de origen incierto comenzó a reemplazar al gris más oscuro de la noche. Por lo menos podía ver dónde hundía los pies hasta los tobillos y evitar las peores rocas y zarzas con las que tropezábamos colina abajo.

Al pie de la colina había una pequeña hondonada, con seis casas, aunque la palabra *casa* era mucho decir para aquellas burdas estructuras agazapadas bajo los alerces. Los techos de paja llegaban hasta un metro del suelo, dejando entrever sólo un poco de pared de piedra.

Nos detuvimos frente a una de ellas. Ewan miró a Jamie con aire indeciso, como si no supiera qué dirección tomar; obedeciendo a una orden suya, se agachó y desapareció bajo el techo de la cabaña. Me acerqué más a Jamie, apoyándole la mano en un brazo.

—Ésta es la casa de Hugh Munro —me explicó en voz baja—. Lo hemos traído con su esposa. El muchacho ha ido a explicárselo.

Miré la puerta baja y oscura y el bulto inmóvil, cubierto por la capa, que dos de los hombres estaban bajando del caballo. Sentí que a Jamie le temblaba el brazo. Cerró los ojos un momento y vi que movía los labios; después dio una paso adelante y extendió los brazos para recibir el cuerpo. Respiré hondo, me aparté el pelo de los ojos y lo seguí, agachándome bajo el dintel de la puerta.

No fue tan malo como había temido, pero sí lo suficiente. La mujer, la viuda de Hugh, permaneció en silencio, aceptando el discurso de condolencia que Jamie pronunció en gaélico, con la cabeza inclinada y las lágrimas cayéndole por las mejillas. Hizo un gesto como para quitar la capa que cubría el cuerpo de su esposo, pero no pudo y se quedó con la mano suspendida en el aire, mientras con la otra atraía contra sus piernas a un niño pequeño.

Había varios niños acurrucados alrededor del fuego: eran los hijos adoptados de Hugh; también había un bebé en una rústica cuna. Me sentí mejor al ver al chiquitín; por lo menos quedaba algo de Hugh. Pero el consuelo fue reemplazado por el temor cuando volví a mirar a los niños, con sus caras sucias confundiéndose con las sombras. Hugh era su principal sostén. Ewan era valiente y dispuesto, pero sólo tenía catorce años, y le seguía una niña de unos doce años. ¿Cómo iban a arreglárselas?

La cara de la mujer se veía cansada y arrugada, casi sin dientes. Me di cuenta con estupor que sólo tenía algunos años más que yo. Señaló la única cama y Jamie depositó el cuerpo suavemente en ella. Jamie volvió a hablarle en gaélico; la mujer sacudió la cabeza con impotencia, mirando todavía la figura sobre la cama.

Jamie se inclinó junto a ésta, inclinó la cabeza y apoyó una mano sobre el cadáver. Habló en voz baja pero clara: hasta yo pude seguirlo con mi limitado conocimiento del gaélico.

—Te presto juramento, amigo mío, y que el Dios Todopoderoso me sirva de testigo. Por tu amor hacia mí, los tuyos nunca pasarán necesidades mientras yo tenga algo para dar.

Se quedó de rodillas, inmóvil, durante un buen rato. No se oía más ruido que el crujido de la turba en la chimenea y el tamborileo suave de la lluvia en el tejado. La humedad había oscurecido la cabeza inclinada de Jamie; gotas de agua brillaban como gemas en los pliegues de su capa. A continuación, contrajo la mano en una última despedida y se levantó.

Jamie hizo una reverencia a la mujer, se giró y me cogió del brazo. Antes de que saliéramos, la piel de vaca que pendía sobre la puerta se levantó, y me eché atrás para dar paso a Mary Hawkins, seguida por Murtagh.

Mary parecía confundida; tenía una capa húmeda alrededor de los hombros, y sus chinelas embarradas sobresalían bajo el borde empapado de su bata. Al verme se acercó a mí, como si estuviera agradecida por mi presencia.

—Yo no... no quería entrar —me susurró, mirando con timidez a la viuda de Hugh Munro—, pero el señor Murtagh insistió.

Jamie alzó las cejas inquisitivamente mientras Murtagh saludaba a la mujer de Hugh Munro y le decía algo en gaélico. El hombrecillo se comportaba igual que siempre, severo y competente, pero me pareció percibir cierta dignidad en su comportamiento. Llevaba una de las alforjas consigo, con un bulto. Sería un regalo de despedida para la señora Munro, pensé.

Murtagh apoyó la alforja junto a mis pies, después se enderezó y nos miró: a mí, a Mary, a la viuda de Hugh Munro y, finalmente, a Jamie, que parecía tan confundido como yo. Después de asegurarse la atención de los presentes, Murtagh inclinó la cabeza formalmente en mi dirección; un mechón de pelo oscuro y mojado le cayó sobre la frente.

—Le traigo su venganza, señora —dijo. Nunca lo había oído hablar en voz tan baja. Se irguió e inclinó la cabeza hacia Mary y hacia la mujer—. Y justicia por el mal causado.

Mary estornudó y se secó la nariz rápidamente con una punta de la capa. Se quedó mirando a Murtagh, con los ojos muy abiertos y desconcertada. Miré la abultada alforja, sintiendo un repentino escalofrío que no se debía al tiempo imperante. Pero fue la viuda de Hugh Munro quien cayó de rodillas y, con manos firmes, abrió la alforja y sacó la cabeza del duque de Sandringham.

45

Malditos sean todos los Randall

El regreso hacia el norte, a Escocia, fue un viaje tortuoso. Tuvimos que desviarnos y escondernos varias veces, siempre con temor a que nos reconocieran como montañeses, sin poder comprar alimentos ni pedir limosna, robando lo que podíamos en cabañas desatendidas o arrancando raíces del campo para comer.

Lentamente, avanzamos hacia el norte. No teníamos idea de dónde estaría el ejército escocés, solo sabíamos que estaba al norte. Sin manera de saber dónde se encontraba, decidimos encaminarnos a Edimburgo para recibir noticias de la campaña. No habíamos tenido contacto con nadie durante varias semanas; sabíamos que los ingleses no habían podido recuperar el castillo de Stirling y que la batalla de Falkirk había sido un triunfo escocés. Pero ¿qué había sucedido después?

Cuando por fin entramos en la calle adoquinada y gris de la Royal Mile, Jamie se dirigió al cuartel general del ejército, y dejó que Mary y yo fuéramos a buscar a Alex Randall. Nos apresuramos a subir la calle, sin hablar apenas. Teníamos miedo de lo que pudiéramos encontrar.

Él estaba allí, y vi que a Mary se le aflojaron las rodillas cuando entró en la habitación, y se dejó caer junto a su cama. Alex había estado dormitando; abrió los ojos y el rostro se le iluminó, como si hubiera recibido una visita divina.

—¡Dios mío! —exclamaba con la voz entrecortada contra su pelo—. ¡Dios mío! Yo creía... y rezaba... Quería verte una vez más. Sólo una vez más. ¡Ay, Dios!

Apartar la mirada no parecía suficiente; salí al rellano y me quedé sentada en la escalera durante media hora, apoyando la cabeza sobre las rodillas.

Cuando lo juzgué prudente, entré en el cuartito, que volvía a estar sucio y sombrío tras las semanas de ausencia de Mary, y examiné a Alex, apoyando las manos sobre la piel demacrada. Me sorprendió que hubiera durado tanto. Ya debía de quedarle muy poco tiempo.

Él vio la verdad en la expresión de mi cara, y asintió sin sorprenderse.

—Estaba esperando —me dijo en voz baja, recostándose sobre sus almohadas con cansancio—. Tenía la esperanza... de que ella viniera una vez más. No tenía razón para hacerlo... pero recé. Y mi oración ha sido escuchada. Ahora podré morir en paz.

—¡Alex! —El grito de angustia de Mary estalló como si las palabras de su amado le hubieran asestado un golpe, pero él sonrió y le apretó la mano.

—Lo sabemos desde hace mucho, amor mío —susurró—. No desesperes. Yo estaré contigo siempre, cuidándote, amándote. No llores, mi amor. —Mary se secó, obediente, las mejillas, pero no podía hacer nada por evitar las lágrimas que caían sobre ellas. Pese a su evidente desesperación, nunca había tenido un aspecto más radiante—. Señora Fraser —me dijo Alex, reuniendo fuerzas para pedir un último favor—. Tengo que pedirle algo... mañana... ¿podría venir con su marido? Es importante.

Vacilé un instante. Según lo que averiguara, Jamie querría partir de Edimburgo de inmediato para unirse al ejército y al resto de sus hombres. Pero un día más no cambiaría mucho el curso de la guerra... y no podía negarme al ruego de los dos pares de ojos que me miraban con tanta esperanza.

—Vendremos —le prometí.

—Soy un imbécil —protestó Jamie, mientras subíamos las empinadas calles adoquinadas hasta el alojamiento de Alex—. Debíamos haber partido ayer, en cuanto recuperamos tus perlas. ¿No sabes lo lejos que está Inverness? ¿Y con poco más que unos caballos viejos para llegar allí?

—Lo sé —respondí impaciente—. Pero se lo prometí. Y si lo hubieras visto... bueno, lo verás dentro de un momento; entonces lo comprenderás.

—Mmmfm.

No obstante, me sostuvo la puerta y me siguió por las escaleras serpenteantes del decrépito edificio sin más quejas.

Mary estaba sentada a medias sobre la cama de Alex. Aún vestida con sus andrajosas prendas de viaje, abrazaba a su amado y lo acunaba con fuerza contra su pecho. Se había quedado toda la noche allí.

Al verme, Alex se liberó de su abrazo, apartándole las manos con unas palmaditas. Se apoyó sobre un codo, con el rostro más pálido que las sábanas sobre las que yacía.

—Señora Fraser —dijo. Sonrió levemente, pese al brillo de sudor enfermizo y la palidez gris que presagiaba un mal ataque—. Ha sido muy gentil de su parte haber venido. Su esposo... —dijo jadeando un poco. Miró detrás de mí— ¿está con usted?

Como en respuesta, Jamie entró en la habitación. Mary olvidó su infelicidad con el ruido de nuestra entrada, nos miró, se puso en pie y apoyó una mano sobre el brazo de Jamie.

—Yo... no... nosotros... le ne... necesitamos, lord Tuarach.

Creo que fue su tartamudeo, más que el uso de su título, lo que conmovió a Jamie. Aunque aún estaba serio, parte de la tensión desapareció. Se inclinó ante ella con respeto.

—Le pedí a su esposa que le trajera hasta aquí, milord. Me estoy muriendo, como ve.

Alex Randall se había incorporado y sentado en el borde de la cama. Sus esbeltas espinillas resplandecían, blancas como el hueso, bajo su camisón. Los dedos de los pies, largos, delgados y pálidos, estaban azulados por la mala circulación.

Yo había visto la muerte muchas veces, en todas sus formas, pero ésta era siempre la peor, o la mejor: la de un hombre que se enfrentaba a ella con conocimiento y valor, sabiendo que las artes de la medicina resultaban inútiles. Inútil o no, rebusqué entre los contenidos de mi caja, en busca de la digitalina que le había preparado Tenía varias infusiones con distintas concentraciones, un espectro de líquidos marrones en viales de cristal. Elegí el vial más oscuro sin dudar; podía oír el burbujeo de su respiración a través del agua de sus pulmones.

No era la digitalina lo que lo mantenía vivo, sino que era su propósito lo que lo iluminaba con un resplandor, como si una vela ardiera bajo la piel cerosa de su cara. También lo había visto antes; el hombre o la mujer cuya voluntad era lo suficientemente fuerte como para anteponerse a los imperativos del cuerpo durante un tiempo.

Supuse que era así como se formaban los fantasmas: sobrevivía la voluntad y el propósito, sin importar el frágil cuerpo que desaparecía por el camino, incapaz de mantener la vida el tiempo suficiente. No quería que Alex Randall fuera un fantasma para mí; ésa había sido una de las razones por la que había ido hasta allí con Jamie.

Parecía que Jamie había llegado a la misma conclusión.

—Sí —dijo—. ¿Necesita algo de mí?

Alex asintió, cerrando brevemente los ojos. Alzó el vial que le había entregado y bebió, estremeciéndose un poco ante su sabor amargo. Abrió los ojos y sonrió a Jamie.

—Tan sólo la indulgencia de su presencia. Prometo que no le robaré mucho tiempo. Esperamos a una persona más.

Mientras esperábamos, hice lo que pude por Alex Randall, lo cual no era mucho, dadas las circunstancias. Una nueva infusión de dedalera y un poco de alcanfor para facilitarle la respiración. Parecía estar un poco mejor después de administrarle los medicamentos, pero, al poner el estetoscopio casero sobre su pecho hundido, pude escuchar el penoso golpeteo de su corazón, interrumpido por tantos aleteos y palpitaciones, que esperaba que se detuviera en cualquier momento.

Mary no le soltaba la mano y Alex mantenía la mirada fija en ella, como si estuviera memorizando cada línea de su rostro. El solo hecho de estar en la misma habitación con ellos me hacía sentirme una intrusa.

Cuando se abrió la puerta, apareció la figura de Jonathan Randall en el umbral. Nos miró a Mary y a mí, como sin comprender, y cuando sus ojos se posaron en Jamie pareció convertirse en piedra. Jamie lo miró de frente y se volvió hacia la cama.

Al ver la cara desencajada de su hermano, Jonathan Randall atravesó el cuarto y se arrodilló junto a la cama.

—¡Alex! —exclamó—. Dios mío, Alex...

—Está bien —dijo su hermano. Sostuvo la cara de Jonathan entre sus frágiles manos y le sonrió, tranquilizándolo—. Está bien, Johnny.

Cogí a Mary del brazo para apartarla de la cama. A pesar de ser quien era, Jonathan Randall merecía tener unas últimas palabras en privado con su hermano. Aturdida por la desesperación, no se resistió. Acompañé a Mary hasta otro extremo de la habitación, y la senté sobre un taburete. Serví un poco de agua del aguamanil y mojé mi pañuelo. Intenté dárselo para que se limpiara los ojos, pero se limitó a quedarse allí sentada, apretándolo, inmóvil. Con un suspiro, se lo quité, le limpié la cara y le alisé el pelo todo lo que pude.

Se oyó un pequeño sonido ahogado que me hizo mirar hacia la cama. Jonathan, siempre de rodillas, había hundido la cara en el regazo de su hermano, que le acariciaba la cabeza y le sostenía una mano.

—John —le dijo—. Sabes que no te pido esto con ligereza. Pero por el amor que sientes por mí... —La tos lo interrumpió, y el esfuerzo le sonrojó las mejillas.

Noté que el cuerpo de Jamie se ponía aún más rígido, si eso era posible. Jonathan Randall también se puso rígido, como si sintiera la fuerza de la mirada de Jamie sobre él, pero no levantó la vista.

—Alex —dijo en voz baja. Posó una mano sobre el hombro de su hermano menor, como para calmar la tos—. No te fatigues. Sabes que no necesitas preguntar: haré cualquier cosa que me pidas. ¿Se trata de la muchacha? —Giró la cabeza en dirección a Mary, pero no pudo decidirse a mirarla.

Alex asintió, siempre tosiendo.

—Está bien —dijo. Posó las manos sobre los hombros de Alex, intentando recostarlo de nuevo sobre la almohada—. No permitiré que le falte nada. Descansa.

Jamie me miró con los ojos muy abiertos. Sacudí la cabeza lentamente, sintiendo que el vello se me erizaba desde el cuello hasta la base de la columna. Todo tenía sentido: el rubor en las mejillas de Mary, pese a su tristeza, y su aparente deseo de casarse con el acaudalado judío de Londres.

—No es por el dinero —expliqué—. Está embarazada. Él quiere... —Me detuve, aclarándome la garganta—. Creo que él quiere que se case con ella.

Alex asintió con los ojos cerrados. Respiró con dificultad un momento y los abrió; parecían brillantes lagos de avellana fijos en el rostro sorprendido y atónito de su hermano.

—Sí —confirmó—. John... Johnny, necesito que la cuides por mí. Quiero... que mi hijo lleve el apellido Randall. Tú puedes... ofrecerles cierta posición... muchas más cosas de las que yo podría ofrecerles. —Extendió una mano y Mary la cogió, apretándola contra su pecho como si aquello pudiera preservarle la vida. Él le sonrió con ternura y estiró una mano para tocar los brillantes rizos oscuros que le caían sobre la cara y le ocultaban el rostro—. Mary. Deseo... bueno, tú sabes lo que deseo, querida, tantas cosas... Y lamento tantas cosas... Pero no puedo arrepentirme de nuestro amor. Después de haber conocido semejante felicidad, moriría feliz, pero tengo miedo de que te veas expuesta a la vergüenza y al deshonor.

—¡No me importa! —exclamó Mary, con ferocidad—. ¡No me importa quién lo sepa!

—Pero a mí sí que me importa —respondió Alex en voz baja.

Extendió una mano a su hermano, quien la tomó tras vacilar un momento. Entonces Alex juntó ambas manos, la de Mary y la de Randall. La de Mary estaba inerte y la de Jonathan Randall rígida como un pescado sobre una tabla de madera, pero Alex apretó sus manos alrededor de las dos.

—Os entrego el uno al otro, amados míos —dijo en voz baja. Los miró; cada uno reflejaba el horror de semejante sugerencia bajo la pena de la pérdida inminente.

—Pero... —Por primera vez desde que nos conocíamos, vi que Jonathan Randall se quedaba sin palabras.

—Bien. —Fue casi un susurro. Alex abrió los ojos y dejó escapar el aliento que había estado conteniendo, sonriendo a su hermano—. No queda mucho tiempo. Yo mismo os casaré. Ahora. Por eso pedí a la señora Fraser que trajera a su marido... ¿Podría ser testigo junto con su esposa, señor? —Miró a Jamie, el cual, después de quedarse inmóvil un momento por el aturdimiento, asintió como un autómata.

No creo haber visto nunca tres personas tan desdichadas.

Alex estaba tan débil que su hermano, con el rostro duro como una piedra, tuvo que ayudarlo a atarse el alzacuello blanco alrededor de su pálida garganta. Tampoco Jonathan tenía mucho mejor aspecto. Demacrado por la enfermedad, las líneas del rostro estaban tan acentuadas que parecía mucho mayor de lo que era y tenía los ojos hundidos en las órbitas. Vestido de manera impecable, como siempre, parecía un maniquí de sastre, con los rasgos mal tallados en un bloque de madera.

En cuanto a Mary, estaba sentada sobre la cama, sollozando sin parar contra los pliegues de su capa, con el cabello despeinado y revuelto. Hice lo que pude por ella; le alisé el vestido y le cepillé el pelo. Ella estaba sentada, sorbiéndose los mocos sombríamente, con los ojos fijos en Alex.

Apoyándose con una mano sobre la mesilla, este tanteó el cajón del armario y sacó, por fin, el Libro de Oraciones. Le resultaba demasiado pesado para sostenerlo abierto delante de él como era habitual. No podía estar de pie, así que se sentó en la cama, con el libro abierto sobre las rodillas. Cerró los ojos, respirando con dificultad, y una gota de sudor cayó de su cara, formando una mancha en la página.

—Amados míos... —comenzó Alex, y esperé, por su bien y por el de todos los demás, que eligiera la forma abreviada de la ceremonia.

Mary había dejado de llorar, pero tenía la nariz roja y brillante en el rostro pálido, y sus mejillas estaban llenas de lágrimas. Jonathan lo vio e, inexpresivo, sacó un enorme pañuelo cuadrado de su manga y se lo ofreció.

Mary lo recibió con un ligero asentimiento y sin mirarlo, y se limpió la cara.

—Acepto —dijo cuando llegó el momento, como si no le importara lo que decía.

Jonathan Randall dio su promesa con voz firme pero remota. Tuve una extraña sensación al ver un matrimonio de dos personas tan indiferentes la una a la otra; toda su atención estaba centrada en el hombre que tenían delante, con la mirada fija sobre las páginas de su libro.

Una vez terminada la ceremonia, hubo un incómodo silencio, pues no parecía adecuado felicitar a la nueva pareja. Jamie me lanzó una mirada inquisitiva y yo me encogí de hombros. Cuando me casé con Jamie me había desmayado y Mary parecía dispuesta a seguir mi ejemplo.

Una vez que hubo terminado, Alex permaneció sentado en silencio durante un momento. Sonrió y paseó la mirada por la habitación, posando los ojos durante un instante sobre cada uno. Jonathan, Jamie, Mary y yo. Vi el brillo de sus ojos cuando su mirada se cruzó con la mía. El cabo de la vela se estaba reduciendo, pero el final de la mecha ardió con fuerza durante un momento. Observó a Mary y después cerró los ojos brevemente, como si no soportara mirarla, y pude oír el sonido lento y áspero de su respiración. El resplandor de su piel estaba desapareciendo al disminuir la vela. Sin abrir los ojos, extendió una mano, tanteando a ciegas. Jonathan la asió, lo cogió por los hombros y lo ayudó a recostarse sobre las almohadas. Sus manos largas y suaves como las de un muchacho se retorcieron, inquietas, más blancas que las sábanas sobre las que yacían.

—Mary.

Los labios azulados se movieron en un susurro. La muchacha tomó las manos que se extendían entre las suyas y las apretó contra su pecho.

—Estoy aquí, Alex. ¡Oh, Alex, estoy aquí! —Se inclinó cerca de su amado, susurrándole al oído. El movimiento forzó a Jonathan Randall a retroceder un poco, de manera que se apartó de la cama. Se quedó de pie, mirando al suelo, inexpresivo.

Los párpados pesados se alzaron una vez más, sólo a medias, buscando un rostro y encontrándolo.

—Johnny. Tan... bueno conmigo. Siempre, Johnny.

Mary se inclinó sobre él; la sombra de su pelo suelto ocultaba su rostro. Jonathan Randall permaneció quieto, inmóvil como una de las piedras de un círculo, observando a su hermano y a su esposa. No se oía nada en el cuarto, salvo el murmullo del fuego y el suave sollozar de Mary Randall.

Jamie me tocó el hombro y señaló a Mary.

—Quédate con ella —dijo en voz baja—. Ya falta poco, ¿no?

—Sí.

Jamie asintió. Después inspiró hondo, soltó el aire y cruzó el cuarto hasta donde estaba Jonathan Randall. Cogió la helada figura por un brazo y lo hizo girar hacia la puerta.

—Vamos, hombre —le dijo suavemente—. Te acompañaré hasta donde vives.

La puerta rechinó cuando partieron. Jonathan Randall se dirigió al cuarto donde pasaría su noche de bodas, solo.

• • •

Cerré la puerta del cuarto de la posada y me apoyé en ella, extenuada. Fuera empezaba a anochecer, y los gritos de los vigilantes resonaban en la calle.

Jamie estaba junto a la ventana, observándome. Antes de que pudiera quitarme la capa, se acercó y me apretó con fuerza. Me dejé caer sobre él, agradeciendo su calidez y la solidez de su cuerpo. Me alzó poniendo un brazo bajo mis rodillas, y me llevó hasta el asiento de la ventana.

—Toma un trago, Sassenach —me dijo—. Pareces agotada, y no es de extrañar. —Levantó la botella de la mesa y mezcló algo que parecía ser coñac y agua, sin el agua.

Me pasé una mano cansada por el cabello. Habíamos ido a la habitación de Ladywalk Wynd después de desayunar; ahora ya eran pasadas las seis. No obstante, tenía la sensación de haber pasado muchos días fuera.

—No ha durado mucho, pobrecito. Es como si hubiera estado esperando a que ella estuviera segura para irse. Mandé avisar a la casa de la tía de Mary; ella y sus dos primos fueron a buscarla. Se encargarán de... Alex.

Bebí un sorbo de coñac. Me quemó la garganta y me subió a la cabeza como niebla, pero no me importó.

—Bien —dije, intentando esbozar una sonrisa—, por lo menos sabemos que Frank está a salvo, a pesar de todo.

Jamie me miró con cólera, frunciendo el ceño.

—¡Maldito sea Frank! —dijo ferozmente—. ¡Malditos sean todos los Randall: Jonathan Randall, Mary Hawkins Randall y Alex Randall!... que Dios guarde su alma —se corrigió rápidamente, persignándose.

—Creí que no te importaba... —empecé.

Me fulminó con la mirada.

—Mentí.

Me cogió por los hombros y me sacudió un poco, sosteniéndome a distancia.

—¡Y maldita seas tú también, Claire Randall Fraser, ya que estamos! —dijo—. ¡Por supuesto que me importa! ¡Me importa cada recuerdo tuyo que no me incluya, y cada lágrima que hayas derramado por otro, y cada segundo que hayas pasado en el lecho de otro hombre! ¡Maldita seas! —Arrojó la copa de coñac al suelo, sin querer, me apretó contra él y me besó con fuerza.

Me apartó lo suficiente para volver a sacudirme.

—¡Eres mía, maldita seas, Claire Fraser! Mía, y no voy a compartirte, ni con un hombre ni con un recuerdo ni con nada, mientras ambos tengamos vida. No volverás a mencionar su nombre, ¿me oyes? —Me volvió a besar con fuerza para enfatizar su argumento—. ¿Me has entendido? —preguntó deteniéndose.

—Sí —dije, con cierta dificultad—. Si dejaras... de sacudirme, podría... responderte.

Algo avergonzado, aflojó su presión sobre mis hombros.

—Lo siento, Sassenach. Es sólo que... Dios, ¿por qué tuviste que...? Bueno, sí, me doy cuenta de que... pero, tenías que...

—Interrumpí su discurso incoherente pasándole una mano por detrás de la cabeza y acercándolo a mí.

—Sí —dije con firmeza, soltándolo—. Tuve que hacerlo. Pero ya terminó. —Me solté los cordones de la capa y la dejé caer desde mis hombros hasta el suelo. Él se agachó para recogerla, pero lo detuve—. Jamie —dije—. Estoy cansada. ¿Puedes llevarme a la cama?

Inspiró profundamente y soltó el aire con lentitud, mirándome con ojos hundidos de cansancio y tensión.

—Sí —dijo en voz baja, por fin—. Sí.

Permaneció en silencio. Al principio fue brusco; su ira agudizaba el amor que sentía por mí.

—¡Ay! —dije en cierto momento.

—Dios, lo lamento, *mo duinne*. No pude...

—Está bien. —Interrumpí sus disculpas con mi boca y lo abracé con fuerza, sintiendo que la ira desaparecía a medida que crecía la ternura entre nosotros. No rehuyó el beso, pero se mantuvo inmóvil, explorando suavemente mis labios, acariciándolos levemente con la punta de la lengua.

Toqué su lengua con la mía y cogí su cara entre mis manos. No se había afeitado desde la mañana y la barba incipiente me raspaba placenteramente la punta de los dedos.

Descendió y giró para no aplastarme con su peso, y continuamos acariciándonos, unidos por la cercanía, hablando en silencio.

Estábamos vivos y éramos uno.

«Somos uno y, mientras nos amemos, la muerte nunca podrá tocarnos.»

«La tumba es un sitio bonito y privado. Pero nadie, creo, se abraza allí.» Alex Randall yacía frío en su lecho y Mary Randall sola en el suyo. Pero nosotros estábamos juntos y nada ni nadie importaba más allá de ese hecho.

Jamie asió mis caderas con sus enorme manos tibias sobre mi piel y me atrajo hacia él. El escalofrío que me invadió también lo invadió a él, como si compartiéramos una sola carne.

Me desperté durante la noche todavía en sus brazos, y supe que no estaba durmiendo.

—Vuelve a dormir, *mo duinne* —dijo.

Su voz era suave, baja y reconfortante, pero algo en su tono me hizo alargar la mano y sentir la humedad de sus mejillas.

—¿Qué sucede, mi amor? —susurré—. Jamie, de veras te amo.

—Lo sé —dijo en voz baja—. Lo sé, mi amor. Déjame decirte mientras duermes cuánto te amo. No puedo expresarte lo mucho que te amo mientras estás despierta; sólo las mismas palabras, una y otra vez. Pero mientras duermes entre mis brazos, puedo decirte cosas que sonarían estúpidas estando despierta, y en tus sueños sabrás la verdad. Vuelve a dormir, *mo duinne.*

Volví la cabeza lo suficiente para rozar con los labios su cuello, allí donde su pulso latía lento bajo la pequeña cicatriz de tres puntas. Después apoyé la cabeza sobre su pecho y entregué mis sueños a su vigilia.

46

Timor mortis conturbat me

Mientras avanzábamos hacia el norte, siguiendo al ejército escocés, encontrábamos hombres por todas partes. Pasamos pequeños grupos que caminaban haciendo esfuerzos por resguardarse de la lluvia y el viento. Otros yacían en cunetas y bajo los setos, demasiado cansados para seguir. Habían dejado el equipo y las armas por el camino; aquí se veía una carreta volcada, con sacos de harina destrozados y estropeados por el agua, allí un par de mosquetes debajo de un árbol, brillando en las sombras.

El mal tiempo nos había acompañado, dificultando el viaje. Era 13 de abril; yo tenía un constante temor en el corazón. Lord George, los jefes de los clanes, el príncipe y sus principales consejeros estaban en Culloden House, según nos informó uno de los MacDonald que nos encontramos por el camino. No sabía nada más, y no lo detuvimos; el hombre se alejó en la neblina, moviéndose como un zombi. En el último mes, desde que yo había caído en manos de los ingleses, las raciones habían disminuido y la situación había empeorado. Los hombres que veíamos se movían con lentitud debido al agotamiento y al hambre. Pero continuaban viaje hacia el norte, tercamente, obedeciendo las órdenes del príncipe. Se dirigían hacia el lugar que los escoceses denominaban páramo de Drumoissie. Hacia Culloden.

En cierto punto, el camino se volvió demasiado accidentado para los tambaleantes ponis. Tendríamos que rodear un pequeño bosque, bajo el húmedo rocío primaveral, hasta un punto en el que el camino fuera más transitable, un kilómetro más allá.

—Será más rápido atravesar el bosque a pie —me dijo Jamie, tomando las riendas de mis manos entumecidas. Hizo un gesto hacia la pequeña arboleda de pinos y robles, donde el aroma dulce y fresco de las hojas se elevaba sobre el terreno mojado—. Ve por ahí, Sassenach; nos encontraremos contigo al otro lado.

Estaba demasiado cansada para discutir. Poner un pie delante del otro suponía un gran esfuerzo, y sin duda nos costaría mucho menos caminar sobre la capa suave de hojas y agujas de pino del bosque que sobre el brezo cenagoso y traicionero.

El bosque estaba tranquilo; las ramas de los pinos suavizaban los gemidos del viento. La lluvia que caía tamborileaba suavemente sobre las capas de hojas curtidas de los robles, que crujían aun estando mojadas.

El hombre estaba a apenas unos metros del otro extremo del bosque, junto a una enorme roca gris. Los líquenes verde pálidos eran del mismo color que su tartán, y el marrón se mezclaba con las hojas que habían caído sobre él. Parecía formar parte del bosque; tanto, que podía haber tropezado con él si no me hubiera detenido una mancha azul brillante.

Suave como el terciopelo, el extraño hongo extendía su capa sobre los fríos y pálidos miembros desnudos. Seguía la curva del hueso y el tendón, lanzando pequeñas hojas temblorosas, como las hierbas y los árboles de un bosque que invaden tierra yerma.

Era un azul eléctrico y vivo, fuerte y extraño. Nunca lo había visto, pero había oído hablar de ello a un viejo soldado al que había cuidado, que había luchado en las trincheras de la Primera Guerra Mundial.

—Lo llamábamos vela de cadáver —me había dicho—. Azul, azul brillante. No se ve en ningún otro lugar más que en el campo de batalla, sobre los muertos. —Había levantado la vista para mirarme, con sus viejos ojos, perplejos bajo la venda blanca—. Siempre me he preguntado dónde vive entre guerras.

En el aire, tal vez, con sus esporas invisibles esperando para aprovechar la oportunidad, pensé. El color era brillante, incongruente, vivo como el añil con el que los ancestros de aquel hombre se pintaban la cara, antes de ir a la guerra.

Una brisa atravesó el bosque, ondulando el cabello del hombre. Éste se agitó y se elevó, sedoso y vívido. Oí un crujido de hojas detrás de mí, y salí del trance en el que había estado mirando el cadáver.

Jamie estaba de pie junto a mí, con la mirada baja. No dijo nada, sólo me tomó del codo y me sacó del bosque, dejando al difunto atrás, vestido con los tonos saprofitos de la guerra y el sacrificio.

El 15 de abril, a media mañana, llegamos a Culloden House, después de una dura travesía. Nos acercamos desde el sur, atravesando, primero, un núcleo de edificios anexos. Había un movimiento, casi un frenesí, de hombres en el camino, pero el establo estaba curiosamente desierto.

Jamie desmontó y entregó las riendas a Murtagh.

—Esperad aquí un momento —dijo—. Aquí hay algo que no va del todo bien.

Murtagh echó un vistazo a la puerta de las cuadras, que estaba un poco entreabierta, y asintió. Fergus, que iba montado detrás, quiso seguir a Jamie, pero Murtagh se lo impidió con una palabra brusca.

Dolorida por la cabalgata, bajé del caballo y seguí a Jamie, resbalando en el barro del establo. Había algo raro allí, era cierto. Sólo cuando entré en el establo me di cuenta de qué era: había demasiado silencio.

Dentro no había ningún movimiento; hacía frío y estaba oscuro. Faltaba el calor y el ruido característicos de los establos. Sin embargo, el lugar no estaba completamente desprovisto de vida; una figura oscura se movía en la penumbra, demasiado grande para ser una rata o un zorro.

—¿Quién anda ahí? —preguntó Jamie a viva voz, adelantándose para dejarme detrás de él automáticamente—. ¿Alec? ¿Eres tú?

La figura que estaba entre el heno levantó la cabeza con lentitud, y la capa cayó hacia atrás. El caballerizo mayor del castillo de Leoch tenía un solo ojo; el otro lo había perdido en un accidente hacía muchos años, y cubría el agujero con un parche negro.

Normalmente un ojo le bastaba; un brillante ojo azul para dirigir tanto a mozos de cuadra como a caballos.

El ojo de Alec McMahon MacKenzie no tenía brillo. Estaba acurrucado y tenía las mejillas hundidas con la apatía de la hambruna.

Sabiendo que el anciano sufría de artritis cuando el tiempo era húmedo, Jamie se agachó a su lado para que no se levantara.

—¿Qué ha pasado? —preguntó—. Acabamos de llegar; ¿qué pasa aquí?

El viejo Alec tardó mucho tiempo en asimilar la pregunta y formar palabras necesaria para responder; quizá fue sólo debido a la quietud del establo vacío que sus palabras sonaron huecas cuando por fin salieron de su boca.

—Todo se ha ido al diablo —dijo—. Marcharon a Nairn hace dos noches y volvieron huyendo ayer. Su Alteza dice que tomarán una decisión según vayan las cosas en Culloden; allí está lord George ahora, con las pocas tropas que ha logrado juntar.

No pude reprimir un gemido al oír la palabra «Culloden». Era allí. A pesar de todo, iba a suceder, y estábamos allí.

Un escalofrío recorrió también a Jamie. Vi que se le erizaba el vello de los brazos, pero su voz no dejó entrever en ningún momento su nerviosismo.

—Las tropas... no tienen fuerza para pelear. ¿Es que lord George no se da cuenta de que necesitan descanso y comida?

El sonido que emitió el viejo Alec debía de ser la sombra de una risa.

—Lo que él crea no tiene importancia. Su Alteza ha tomado el mando del ejército. Y Su Alteza dice que haremos frente a los ingleses en Drumossie. En cuanto a la comida... —Las cejas del anciano eran gruesas y abundantes; se habían vuelto blancas durante el último año, y pelos toscos brotaban de ellas. Enarcó una ceja con esfuerzo, como si aquel pequeño cambio de expresión le resultara agotador. Una mano retorcida se movió en su regazo, haciendo un gesto hacia las casillas vacías—. El mes pasado se comieron los caballos —explicó con sencillez—. Desde entonces ha habido poco que comer.

Jamie se levantó bruscamente y se apoyó en la pared con la cabeza gacha, estupefacto. No pude verle el rostro, pero su cuerpo estaba rígido.

—Sí —dijo por fin—. Sí. Mis hombres... ¿recibieron una porción justa de la carne? *Donas*... era... un caballo robusto.

Hablaba con dificultad, pero, por la repentina intensidad de la mirada de Alec, supe que él oía tan bien como yo el esfuerzo que le costaba a Jamie evitar que se le quebrara la voz.

El anciano se levantó y apoyó una mano agarrotada en el hombro de Jamie. Sus dedos artríticos no se cerraron, si no que la mano descansó allí, con su reconfortante peso.

—No se llevaron a *Donas* —explicó con calma—. Lo conservaron... para que el príncipe *Tcharlach* lo montara en su regreso triunfal a Edimburgo. O'Sullivan dijo que era... impropio... que Su Alteza fuera a pie.

Jamie se cubrió el rostro con las manos y se quedó temblando apoyado en las tablas de la caballeriza vacía.

—Soy imbécil —dijo por fin, jadeando para recuperar el aliento—. Oh, Dios, qué tonto soy. Dejó caer las manos y mostró su cara, con las lágrimas arrastrando la suciedad del viaje. Se pasó la mano por la mejilla pero el llanto continuó, como si se tratara de un proceso que escapara a su control.

—La causa está perdida, mis hombres van camino del matadero, hay hombres muertos pudriéndose en el bosque... ¡y yo lloro por un caballo! Oh, Dios —susurró, moviendo la cabeza—. ¡Soy imbécil!

El viejo Alec suspiró y su mano se deslizó pesadamente por el brazo de Jamie.

—Es bueno que todavía puedas llorar, muchacho —dijo—. Yo ya no puedo.

El anciano dobló una pierna bajo la rodilla y se sentó de nuevo. Jamie se quedó de pie durante un momento, observando al viejo Alec. Las lágrimas seguían rodando por su cara, pero era como la lluvia lavando una lámina de granito pulido. A continuación, me tomó del codo, y se volvió sin decir palabra.

Lancé una mirada a Alec cuando llegamos a la puerta del establo. Estaba sentado inmóvil; era una forma oscura y hundida cubierta por su tartán, con un ojo azul tan ciego como el otro.

Había hombres exhaustos por toda la casa, buscando olvidarse del hambre constante y del desastre, seguro e inminente. Ya no quedaban mujeres; las pocas que habían acompañado a los jefes se habían marchado: la fatalidad proyectaba una larga sombra.

Jamie me dejó fuera de la puerta que llevaba a los aposentos del príncipe. Mi presencia no contribuiría en nada. Caminé suavemente por la casa, susurrante con la respiración pesada de los hombres que dormían, y el aire viciado por la desesperación.

Encontré un pequeño trastero en la parte superior de la casa. Pese a estar lleno de trastos y muebles viejos, nadie más lo ocupaba. Me adentré con lentitud en aquella madriguera de curiosidades, sintiéndome como un pequeño roedor que busca refugio de un mundo en el que se estaban desatando enormes y misteriosas fuerzas de destrucción.

Había una pequeña ventana, iluminada por la nublada mañana gris. Retiré la suciedad con una esquina de mi capa, pero no se veía nada más que la neblina. Apoyé la frente sobre el cristal frío. Allí fuera, en algún lugar, estaba Culloden, pero no vi nada más que el sombrío contorno de mi propio reflejo.

Sabía que el príncipe Carlos se había enterado de la terrible y misteriosa muerte del duque de Sandringham; lo habíamos oído de boca de casi todas las personas con quienes habíamos hablado en nuestro camino hacia el norte, cuando volvió a ser seguro mostrarnos otra vez. ¿Qué habíamos hecho exactamente?, me pregunté. ¿Habríamos echado a perder la causa jacobita para siempre con aquella aventura nocturna, o sin darnos cuenta habríamos salvado a Carlos Estuardo de una trampa inglesa? Con un dedo, dibujé una línea en el cristal empañado. Nunca sabría la respuesta.

Pareció pasar mucho tiempo hasta que oí pasos en las escaleras desnudas que había fuera de mi refugio. Me acerqué a la puerta y vi a Jamie que llegaba al rellano. Una sola mirada fue suficiente.

—Alec estaba en lo cierto —dijo, sin preámbulos. Los huesos de su cara se marcaban bajo la piel, prominentes por el hambre y agudizados por el miedo—. Las tropas se desplazan a Culloden como pueden. Hace dos días que no comen ni duermen, no hay artillería para el cañón, pero marchan.

De repente, descargó su ira contra una mesa desvencijada. Una cascada de pequeños platos de latón de la pila de trastos que había encima cayó al suelo y resonó por todo el ático, causando un gran estrépito.

Con un gesto impaciente, sacó la daga de su cinturón y la clavó en la mesa, y allí se quedó temblando con la fuerza del golpe.

—Los campesinos dicen que si ves sangre en tu daga, significa que habrá muerte —dijo exhalando con un siseo y con el puño contraído sobre la mesa—. Pues bien, ¡la he visto! Todos la han visto. Ellos lo saben: Kilmarnock, Lochiel y el resto. ¡Y de nada sirve haberla visto!

Inclinó la cabeza aferrando la mesa con las manos y observando la daga. Parecía demasiado grande para los confines de la habitación, como una presencia llameante e iracunda que podría empezar a arder en cualquier momento. En cambio, levantó los brazos y se dejó caer en un asiento decrépito, con la cabeza entre las manos.

—Jamie —dije, y tragué. Apenas podía pronunciar las palabras, pero había que hacerlo. Sabía qué noticias traía Jamie, y había pensado en lo que se podía hacer todavía—. Sólo queda una cosa por hacer, una única posibilidad.

Tenía la cabeza inclinada y su frente descansaba sobre sus nudillos. Negó con la cabeza, sin mirarme.

—Es imposible —dijo—. Está empecinado. Murray ha intentado convencerlo, lo mismo que Lochiel. Y Balmerino. Y yo. Pero los hombres ya están en Culloden. Cumberland ha partido hacia Drumossie. No queda escapatoria.

Las artes de la curación son poderosas, y cualquier médico versado en el uso de sustancias curativas también conoce el poder de las que producen daño. Yo le había dado a Colum el cianuro que no tuvo tiempo de utilizar y había sacado la poción mortal de su mesa de noche. Y estaba en mi botiquín; los cristales marrón claro cruelmente destilados, en apariencia inofensivos.

—Hay una manera. Sólo una —insistí.

Jamie continuó con la cabeza hundida en las manos. Había sido un largo viaje y las noticias de Alec habían agudizado su cansancio. Nos habíamos desviado para encontrar a sus hombres, o la mayoría, en un estado miserable y harapiento, al igual que los Fraser de Lovat que los rodeaban. La entrevista con Carlos había sido la gota que colmó el vaso.

—¿Sí? —dijo.

Vacilé, pero tenía que hablar. Debía mencionar aquella posibilidad, y él o yo tendríamos que reunir valor para llevarla a cabo.

—Es Carlos Estuardo —dije por fin—. Él es todo: la batalla, la guerra, todo depende de él, ¿te das cuenta?

—¿Sí? —Jamie me miraba inquisitivamente con los ojos inyectados en sangre.

—Si él muriera... —susurré por fin.

Jamie cerró los ojos y los últimos vestigios de sangre desaparecieron de su rostro.

—Si él muriera... ahora. Hoy. O esta noche. Jamie, sin Carlos, no hay nada por qué luchar. Nadie que ordene a los hombres ir a Culloden. No habría batalla.

Los largos músculos de su garganta se movieron un poco cuando tragó. Abrió los ojos y me miró, consternado.

—Por Dios —susurró—. No puedes estar hablando en serio.

Mi mano se cerró sobre el cristal ahumado y montado en oro que me rodeaba el cuello.

Antes de Falkirk me habían llamado para que atendiera al príncipe: O'Sullivan, Tullibardine y los demás. Su Alteza estaba enfermo: una indisposición, según dijeron. Había examinado a Carlos, le hice desnudar el pecho y los brazos y le había mirado la boca y el blanco de los ojos.

Era escorbuto junto con alguna otra enfermedad propia de la desnutrición. Así lo dije.

«¡Tonterías! —había dicho Sheridan, indignado—. ¡Su Alteza no puede sufrir eso, como los campesinos comunes!»

«Está comiendo como uno de ellos —había replicado yo—. O peor que ellos.»

Los «campesinos» se veían obligados a comer cebollas y repollos, por no tener otra cosa. Despreciando semejante comida, Su Alteza y sus consejeros comían carne, y casi nada más. Mirando alrededor del círculo de rostros asustados y resentidos, vi que no pocos exhibían síntomas de falta de alimentos frescos. Dientes sueltos o caídos, encías blandas y sangrantes, los folículos llenos de pus que adornaban generosamente la piel blanca de Su Alteza.

No me gustaba tener que utilizar mi preciosa provisión de pétalos de rosa y bellotas secas, pero me ofrecí con desgana a preparar una infusión al príncipe. Los consejeros rechazaron la oferta con el mínimo decoro, y después supe que habían convocado a Archie Cameron, armado con su cuenco y su lanceta, para ver si una sangría aliviaba el dolor real.

—Podría hacerlo —dije. El corazón me palpitaba con fuerza en el pecho, dificultándome la respiración—. Podría preparar una pócima y persuadirlo de que la bebiera.

—¿Y si muriera al beberla? ¡Claire, por Dios! ¡Te liquidarían en el acto!

Metí las manos debajo de los brazos, tratando de entrar en calor.

—¿Importaría eso? —pregunté, intentando con desesperación que no me temblara la voz. La verdad era que sí, me importaba. En aquel momento, mi propia vida pesó mucho más que los cientos que podría salvar. Cerré los puños, temblando de terror, como un ratón en una trampa.

Jamie corrió a mi lado. Las piernas no me sostenían; me llevó hasta el banco destartalado y se sentó conmigo, rodeándome fuertemente con los brazos.

—Tienes el valor de un león, *mo duinne* —me susurró al oído—. ¡De un oso, de un lobo! Pero sabes bien que no te lo permitiré.

El estremecimiento cesó, aunque todavía sentía frío y horror por lo que estaba diciendo.

—Podría haber otra manera —dije—. Hay poca comida, pero al príncipe no le falta. No sería difícil añadir algo a su plato con disimulo; todo está tan desorganizado...

Esto era cierto; por toda la casa los oficiales dormían sobre las mesas y el suelo, con las botas puestas, demasiado cansados para deshacerse de las armas. La casa era un caos, con constantes idas y venidas. Sería fácil distraer a un sirviente el tiempo suficiente para añadir veneno en la cena del príncipe.

El miedo que me invadía había cedido un poco, pero mi sugerencia era tan terrible que me congeló la sangre como si fuera veneno. Jamie me apretó los hombros y después se apartó para meditar sobre la situación.

La muerte de Carlos Estuardo no detendría el Alzamiento. Las cosas habían ido ya demasiado lejos. Lord George Murray, Balmerino, Kilmarnock, Lochiel, Clanranald, todos seríamos considerados traidores: nuestras vidas y propiedades pasarían a la Corona. El ejército escocés quedaría destruido; sin la figura de un rey por quien luchar, se disiparía como el humo. Los ingleses, aterrorizados y humillados en Preston y Falkirk, no vacilarían en perseguir a los fugitivos y en querer recuperar el honor perdido lavando el insulto con sangre.

No era muy probable que Enrique de York, el piadoso hermano menor de Carlos, que ya había prestado votos religiosos, ocupara el lugar de su hermano para continuar la lucha por la restauración. En el futuro no había otra cosa que catástrofe y destrucción y no había modo de impedirlas. Lo único que podía salvarse era la vida de los hombres que iban a morir al día siguiente en el brezal.

Fue Carlos el que decidió pelear en Culloden, Carlos, cuyo terco despotismo desafió el consejo de sus propios generales y quiso invadir Inglaterra. Y tanto si Sandringham había hecho su oferta de buena o mala fe, ésta había muerto con él. No había apoyo del sur; los jacobitas ingleses no habían acudido, según lo esperado, detrás del estandarte de su rey. Obligado contra su voluntad a retirarse, Carlos había elegido esta última posición, donde había obligado a sus hombres, mal armados, exhaustos y hambrientos, a colocarse en la línea de fuego en un terreno pantanoso para enfrentarse a los cañones de Cumberland. Si Carlos Estuardo muriera, la batalla de Culloden podría no tener lugar. Una vida contra dos mil. Una vida: pero una vida de la realeza, arrebatada, no en la batalla, sino a sangre fría.

La pequeña habitación en la que estábamos sentados tenía una chimenea, pero no la habían encendido, pues no había combustible. Jamie la miraba como si buscara respuesta en las llamas invisibles. Asesinato. No solo asesinato, regicidio. No solo asesinato, sino la muerte de alguien del que había sido amigo en otro tiempo.

Y aun así... Los jefes de los clanes de las Highlands ya estaban tiritando en el páramo abierto, ajustando, arreglando y reordenando los planes de batalla, mientras más hombres se les unían. Entre ellos, los MacKenzie de Leoch y los Fraser de Beauly, cuatrocientos hombres de la sangre de Jamie. Y sus treinta hombres de Lallybroch.

El rostro de Jamie estaba pálido, y permanecía inmóvil mientras pensaba, con las manos entrelazadas en la rodilla. Juntó los dedos lisiados y los sanos. Me acerqué a él, sin atreverme siquiera a respirar, aguardando su decisión.

Finalmente, exhaló con un suspiro casi inaudible y se volvió hacia mí, con una mirada de tremenda tristeza en los ojos.

—No puedo —susurró. Me acarició, acunándome la mejilla—. Ojalá pudiera, Sassenach, pero no puedo.

El alivio que me invadió me privó del habla, pero Jamie se dio cuenta de lo que sentía y tomó mis manos entre las suyas.

—¡Ay, Dios, Jamie, me alegro tanto! —dije.

Inclinó la cabeza entre mis manos. Volví la cabeza para apoyar mi mejilla en su pelo y me quedé helada.

En el umbral de la puerta, mirándome con repugnancia, estaba Dougal MacKenzie.

Los últimos meses lo habían envejecido; la muerte de Rupert, las noches sin dormir en medio de inútiles discusiones, la tensión de la difícil campaña y finalmente la amargura de la derrota inminente. Tenía canas en la barba castaña, cierta palidez en su piel y profundas arrugas en el rostro que no tenía en noviembre. Con estupor me di cuenta de que se parecía a su hermano Colum. Dougal MacKenzie había querido dirigir. Había heredado el liderazgo y estaba pagando su precio.

—¡Sucia... traidora... prostituta... bruja!

Jamie saltó como si le hubieran disparado, palideciendo como el aguanieve del exterior. Me puse de pie de un salto, volcando el banco con un estrépito que resonó en la habitación.

Dougal MacKenzie avanzó hacia mí lentamente, haciendo a un lado los pliegues de su capa, de modo que la empuñadura de su espada quedó libre. Yo no había oído abrirse la puerta; debía de estar entreabierta. ¿Cuánto tiempo había estado escuchando?

—Debí haberlo sabido —dijo en voz baja—. Desde la primera vez que te vi debí haberme dado cuenta.

Sus ojos estaban fijos en mí, con una mezcla de horror y furia en sus profundidades verdosas. Sentí un repentino movimiento del aire junto a mí; Jamie estaba allí, con una mano sobre mi brazo, empujándome a sus espaldas.

—Dougal —dijo—. No es lo que crees, hombre. Es...

—¿Ah no? —lo interrumpió Dougal. Me deslicé detrás de Jamie, agradecida por la pausa—. ¿No es lo que creo? —repitió, aún en voz baja—. La mujer te insta a cometer asesinato... ¡a asesinar a tu príncipe! ¡No sólo a cometer un vil asesinato, sino también la peor traición! ¿Y me dices que no es lo que creo? —Meneó la cabeza, con la maraña de rizos rojizos lacios y grasientos sobre sus hombros. Igual que el resto, estaba desnutrido; los huesos sobresalían en su cara, pero sus ojos ardían en sus sombrías órbitas—. No te culpo, muchacho, de veras —dijo. Su voz parecía cansada y recordé que tenía más de cincuenta años—. No es culpa tuya, Jamie. Ella te ha embrujado... cualquiera puede darse cuenta. —Torció la boca mientras volvía a mirarme—. Sí, sé muy bien cómo lo hizo. —Sus ojos abrasadores se posaron sobre mí—. También utilizó la misma brujería conmigo. Una perra asesina y mentirosa coge a un hombre del pito y lo lleva a la destrucción, con las garras bien clavadas en sus pelotas. Ése es el hechizo que te ha hecho, muchacho, ella y la otra bruja. Te llevan a su cama y te roban el alma mientras duermes con la cabeza sobre sus pechos. Te quitan el alma y se comen tu hombría, Jamie.

Sacó la lengua y se mojó los labios. Seguía observándome, y apretó la empuñadura de su espada.

—Apártate, muchacho. Te liberaré de la prostituta *sassenach*.

Jamie dio un paso frente a mí, apartándome por un momento de la vista de Dougal.

—Estás cansado, Dougal —dijo con voz tranquilizadora—. Y oyes cosas que no son, hombre. Vete abajo. Iré...

No pudo terminar. Dougal no lo escuchaba; sus hundidos ojos verdes estaban fijos sobre mi rostro, y había desenvainado la daga.

—Te cortaré la garganta —me dijo en voz baja—. Debí haberlo hecho la primera vez que te vi. Nos habríamos ahorrado muchas penas.

No estaba segura de si estaba equivocado, pero eso no significaba que fuera a permitirle remediar la situación. Retrocedí tres pasos rápidamente y me aferré a la mesa.

—¡Apártate, hombre! —Jamie se puso delante de mí, extendiendo un brazo, a medida que Dougal avanzaba hacia mí.

El jefe MacKenzie sacudió la cabeza como un toro, sin apartar sus ojos enrojecidos de mí.

—Ella es mía —dijo con aspereza—. ¡Bruja! ¡Traidora! Apártate, muchacho. No quiero hacerte daño pero, por Dios, si proteges a esa mujer, te mataré también, aunque seas mi ahijado.

Arremetió contra Jamie y me cogió del brazo. Exhausto, hambriento y envejecido como estaba, todavía era un hombre fuerte y sus dedos me lastimaron la piel.

Grité de dolor y pateé frenéticamente mientras me atraía hacia él. Me tomó del pelo y tiró de él, obligándome a echar atrás la cabeza. Sentí su aliento caliente y ácido en la cara. Grité y lo golpeé, hundiéndole las uñas en la mejilla en el esfuerzo por liberarme.

Soltó el aire cuando el puño de Jamie le dio en las costillas y me soltó el pelo cuando el otro puño se estrelló contra su hombro. Libre otra vez, me arrojé sobre la mesa, sollozando.

Dougal se giró para enfrentarse a Jamie, adoptando postura de combate, con el filo de la daga hacia arriba.

—Que así sea, entonces —dijo, jadeando. Se movió ligeramente de un lado a otro, desplazando su peso mientras buscaba la ventaja—. La sangre hablará. Tú, maldito engendro Fraser. La traición corre por tus venas. Ven aquí, zorro, te mataré rápidamente, por el bien de tu madre.

Había poco sitio para la lucha en el pequeño ático. No había espacio para sacar una espada; con su daga clavada en la mesa, Jamie estaba desarmado. Imitó la posición de Dougal y fijó la mirada en la punta de la daga.

—Baja el arma, Dougal —dijo—. ¡Por la memoria de mi madre, escúchame!

MacKenzie no respondió; por el contrario, arremetió de repente, dando una estocada hacia arriba.

Jamie se hizo a un lado y volvió a esquivar otro golpe del otro brazo. Jamie tenía la agilidad de la juventud, pero Dougal empuñaba el cuchillo.

Dougal se acercó deprisa; la daga rozó a Jamie, cortándole la camisa e hiriéndolo. Con un siseo de dolor Jamie se echó atrás y asió la muñeca de Dougal en el momento en que el filo descendía.

El resplandor opaco del cuchillo destelló una vez y desapareció en medio de los cuerpos en lucha. Rodaron juntos, entrelazados como amantes, y el aire se llenó del aroma del sudor masculino y la furia. El cuchillo volvió a subir, con dos manos asidas a su empuñadura. Un tirón, un repentino gruñido de esfuerzo, otro de dolor. Dougal dio un paso atrás, tambaleándose, con el rostro congestionado y lleno de sudor; la empuñadura de la daga sobresalía en la base de la garganta.

Jamie cayó a medias y se inclinó sobre la mesa. Su cabello estaba empapado de sudor, y los bordes rasgados de su camisa estaban manchados con la sangre del arañazo.

Dougal soltó un terrible alarido, un grito de sorpresa y de respiración sofocada. Jamie lo atajó cuando trastabilló y cayó. El peso de su tío le hizo caer de rodillas. La cabeza quedó apoyada sobre su hombro, y Jamie rodeó con sus brazos a su padrino.

Caí de rodillas junto a ellos, tratando de ayudar, de sostener a Dougal. Pero era demasiado tarde. El enorme cuerpo quedó inmóvil, sufrió un espasmo y se escurrió del abrazo de Jamie. Dougal yacía desplomado en el suelo, convulsionando involuntariamente, moviéndose con dificultad como pez fuera del agua.

Su cabeza estaba apoyada sobre el muslo de Jamie. Un jadeo nos mostró su rostro. De un rojo intenso, estaba contraído, y tenía los ojos entrecerrados. Movía la boca como diciendo algo, intentando hablar con un enorme esfuerzo... pero no salía ningún sonido, salvo el burbujeo proveniente de la garganta destrozada.

El rostro de Jamie se puso pálido; pareció entender lo que decía Dougal. Trató de sostener el cuerpo tembloroso. Hubo un espasmo final, después un horrible sonido, y Dougal MacKenzie quedó inmóvil, con las manos de Jamie apretando sus hombros, como queriendo impedir que se incorporara.

—¡San Miguel bendito nos proteja!

El susurro ronco provino del umbral de la puerta. Era Willie Coulter MacKenzie, uno de los hombres de Dougal. Miró con horror el cuerpo de su jefe. Un pequeño charco de orina se estaba formando debajo de éste, deslizándose bajo el tartán extendido. El hombre se persignó, todavía observando.

—Willie. —Jamie se levantó—. Willie. —El hombre parecía estupefacto. Miró a Jamie completamente confundido—. Necesito una hora, hombre. —Jamie posó una mano sobre el hombro de Willie Coulter y lo hizo entrar en el cuarto—. Una hora para poner a salvo a mi esposa. Después vendré para responder por esto. Te doy mi palabra de honor. Pero debo tener una hora libre. Sólo una. ¿Me darás una hora, hombre, antes de hablar?

Willie se pasó la lengua por los labios resecos, mirando el cuerpo de su jefe y al sobrino de éste, evidentemente asustado. Por fin asintió, sin saber qué hacer, decidiendo aceptar su petición porque no se le ocurría ninguna otra alternativa razonable.

—Bien. —Jamie tragó saliva con fuerza y se secó el rostro con su capa. Dio una palmada a Willie en el hombro—. Quédate aquí, hombre. Reza por su alma. —Hizo un gesto hacia la forma inmóvil en el suelo, sin mirarla—. Y por la mía.

Pasó junto a Willie para extraer su daga de la mesa, y después me empujó delante de él hacia la puerta y por las escaleras.

Cuando estaba bajando, se detuvo y se apoyó contra la pared con los ojos cerrados. Inspiraba profundamente, como si fuera a desmayarse, y puse mis manos sobre su pecho, alarmada. Su corazón martilleaba como un tambor y estaba temblando, pero, un instante después, se enderezó, me hizo un gesto y me tomó del brazo.

—Necesito a Murtagh —dijo cuando bajábamos.

Lo encontramos fuera, arropado en su capa para protegerse del aguanieve, sentado en un punto seco bajo el alero de la casa. Fergus estaba junto a él, dormitando tras la larga cabalgata.

Murtagh miró la cara de Jamie y se puso en pie, serio y hosco, preparado para cualquier cosa.

—He matado a Dougal MacKenzie —dijo Jamie sin preámbulos.

Murtagh palideció por un instante y después recobró su habitual expresión de seriedad.

—Sí —dijo—. ¿Qué hay que hacer, entonces?

Jamie palpó en su alforja y sacó un papel doblado. Las manos le temblaban al tratar de abrirlo; se lo quité y lo abrí bajo el refugio del alero.

«Título de propiedad», decía en la parte superior de la hoja. Era un documento corto, de pocas líneas, que otorgaba el título de la propiedad conocida como Broch Tuarach a James Jacob Fraser Murray. Dicha propiedad sería administrada por los padres de James Murray: Janet Fraser Murray e Ian Gordon Murray, hasta la mayoría de edad de James Murray. La firma de Jamie estaba al pie y había dos espacios en blanco más abajo, cada uno con la palabra «Testigo» escrita debajo. Estaba fechado el primero de julio de 1745, un mes antes de que Carlos Estuardo iniciara el Alzamiento y convirtiera a Jamie Fraser en traidor a la Corona.

—Necesito que Claire y tú lo firméis —dijo Jamie, quitándome la nota y entregándosela a Murtagh—. Pero eso implica perjurio; no tengo ningún derecho a pedírtelo.

Los ojillos negros de Murtagh examinaron rápidamente la escritura.

—No —dijo secamente—. Ningún derecho. Pero no hace falta que me lo pidas.

Despertó a Fergus con un pie y el muchacho se incorporó, pestañeando.

—Entra en la casa y tráele a tu amo pluma y tinta, muchacho —dijo Murtagh—. ¡Rápido!

Fergus sacudió la cabeza para despejarse, miró a Jamie y luego entró.

De los aleros caían gotas de agua que se me escurrían por la nuca. Tirité y me arropé más en la capa de lana que tenía alrededor de los hombros. Me preguntaba cuándo habría escrito Jamie aquel documento. La fecha falsa hacía suponer que la propiedad había sido transferida antes de que Jamie se convirtiera en traidor, momento en que sus bienes y propiedades pasarían a manos de la Corona; si el documento no era cuestionado, la propiedad pasaría a manos del pequeño Jamie. Por lo menos la familia de Jenny quedaría a salvo y en posesión de las tierras y la granja.

Jamie se había dado cuenta de que posiblemente necesitaría este documento; sin embargo, no lo había ejecutado antes de partir de Lallybroch; de algún modo tenía la esperanza de regresar y volver a ocupar su lugar. Eso ya no era posible, pero podía salvar la propiedad de la Corona. Nadie sabría cuándo había sido firmado el documento, salvo los testigos, Murtagh y yo.

Fergus regresó jadeando, con un pequeño tintero y una pluma gastada. Cada uno firmó, apoyando el papel contra la pared de la casa, y cuidando de agitar la pluma primero, para evitar que goteara. Murtagh firmó primero; vi que su apellido materno era FitzGibbons.

—¿Quieres que se lo lleve a tu hermana? —preguntó Murtagh mientras yo sacudía el papel para que se secara.

Jamie negó con la cabeza. La lluvia dejaba manchas húmedas del tamaño de una moneda en su tartán, y brillaba sobre sus pestañas como lágrimas.

—No, Fergus lo llevará.

—¿Yo? —Los ojos del niño se abrieron de par en par por el asombro.

—Sí, tú, hombre. —Jamie cogió el papel, lo dobló, se arrodilló y lo metió en la camisa de Fergus—. Este papel debe llegar a mi hermana, madame Murray, sin falta. Vale más que mi vida, hombre, y que la tuya.

Prácticamente exánime ante la tarea encomendada, Fergus se irguió con las manos en los costados.

—¡No le fallaré, milord!

Una breve sonrisa apareció en los labios de Jamie y apoyó una mano en el suave pelo de Fergus.

—Lo sé, hombre, y te lo agradezco —dijo. Se quitó el anillo de la mano izquierda: el rubí que había pertenecido a su padre—. Ve a los establos y enséñale esto al anciano que verás allí. Dile que te he ordenado que te llevases a *Donas*. Coge el caballo y cabalga hasta Lallybroch. No te detengas excepto para dormir y, cuando lo hagas, escóndete bien.

Fergus estaba mudo por la excitación, pero Murtagh lo miró dubitativo.

—¿Crees que el muchacho podrá manejar esa maldita bestia? —preguntó.

—Sí puede —respondió Jamie con firmeza.

Abrumado, Fergus tartamudeó, cayó de rodillas y besó la mano de Jamie con fervor. Poniéndose en pie de un salto, corrió en dirección a las cuadras, y su pequeña figura desapareció en la niebla.

Jamie se pasó la lengua por los labios secos, cerró los ojos y se volvió a Murtagh con decisión.

—A ti, *mo caraidh*, te necesito para que reúnas a los hombres.

Las cejas de Murtagh se alzaron con sorpresa, pero se limitó a asentir.

—¿Y después?

Jamie me miró y después a su padrino.

—Ahora deben de estar en el páramo, junto a Simon el Joven. Limítate a reunirlos en un lugar. Pondré a salvo a mi esposa y después... —Vaciló y se encogió de hombros—. Os encontraré. Esperad a que regrese.

Murtagh asintió una vez más y se volvió para retirarse. Después hizo una pausa. Miró a Jamie, hizo una mueca y dijo:

—Quiero pedirte algo, muchacho... que sean los ingleses. No tu gente.

Jamie vaciló un poco, pero después de un momento asintió. Entonces, sin hablar, abrió los brazos para abrazar al hombre mayor. Se abrazaron rápidamente, con fuerza, y Murtagh partió con un revoloteo de su gastado tartán.

Sólo quedaba yo.

—Vamos, Sassenach —dijo, asiéndome del brazo—. Debemos irnos.

Nadie nos detuvo. Había tanto movimiento en los caminos que apenas nos vieron mientras estábamos cerca del páramo. Y cuando abandonamos el camino principal, no había nadie que nos pudiera ver. Jamie iba en silencio, concentrado en su propósito. No le hablé; estaba demasiado aturdida para conversar.

«Pondré a salvo a mi esposa.» No sabía a qué se refería, pero lo comprendí al cabo de un par de horas, cuando dirigió su caballo hacia el sur y vi la empinada colina verde llamada Craigh na Dun.

—¡No! —exclamé al verla y comprender hacia dónde nos dirigíamos—. ¡Jamie, no! ¡No iré!

No me contestó; espoleó su caballo y galopó, sin dejarme otra opción que la de seguirlo.

Estaba sumida en un estado de confusión; más allá de la fatalidad de la batalla que se avecinaba y del horror de la muerte de Dougal, debía enfrentarme a las piedras. Al círculo maldito por el que había llegado a aquella época. Estaba claro que Jamie intentaba enviarme de regreso a mi propio tiempo, si eso era posible.

Podía intentarlo cuanto quisiera, pensé, contrayendo la mandíbula mientras le seguía por el estrecho sendero a través del brezo. No había poder sobre la tierra que me obligara a abandonarlo.

Nos detuvimos juntos en la colina, en la entrada de la choza que estaba debajo de la cima. Hacía años que nadie vivía allí; la gente decía que estaba embrujada, que era la morada de un duende.

Jamie me instó a subir, pero casi tuvo que arrastrarme, haciendo oídos sordos a mis protestas. Sin embargo, al llegar a la cabaña se detuvo y se sentó en el suelo.

—Está bien —dijo por fin—. Ahora tenemos algún tiempo; nadie nos encontrará aquí.

Se sentó en el suelo, cubierto por su capa para calentarse. Había cesado de llover por el momento, pero soplaba un viento frío desde las montañas cercanas, donde la nieve aún cubría los picos y obstruía los pasos. Dejó caer la cabeza entre las rodillas, agotado por la huida.

Me senté junto a él, acurrucada en mi capa, y sentí que su respiración se calmaba a medida que disminuía el pánico. Permanecimos en silencio un rato, temerosos de movernos. Abajo quedaba el caos, un caos que quizá yo misma había contribuido a crear.

—Jamie —dije por fin. Extendí una mano para tocarlo, pero me arrepentí y la dejé caer—. Jamie... lo siento.

Continuó con la mirada fija en el oscuro páramo de abajo. Por un momento creí que no me había escuchado. Cerró los ojos y después negó con la cabeza.

—No —dijo con voz suave—. No tienes por qué disculparte.

—Sí, tengo que hacerlo. —La pena casi me ahogaba, pero sentí que debía decirlo; debía decirle que sabía lo que le había hecho—. Debí haber regresado, Jamie. Si en aquella ocasión me hubiese ido, cuando me trajiste desde Cranesmuir... quizá entonces...

—Sí, quizá —me interrumpió. Se dio la vuelta bruscamente para mirarme. Había añoranza en sus ojos y una pena igual que la mía, pero no había ira ni reproche.

Volvió a mover la cabeza.

—No —repitió—. Sé lo que quieres decir, *mo duinne*. Pero no es así. De haberte ido entonces, quizá todo habría sucedido tal y como sucedió. Tal vez sí, tal vez no. Quizá todo habría pasado antes, de manera diferente. Quizá, sólo quizá, no habría sucedido. Pero intervino mucha más gente. No permitiré que te eches la culpa.

Su mano rozó mi cabello y me lo apartó de los ojos. Una lágrima rodó por mi mejilla y él la atrapó con un dedo.

—No me refiero a eso —dije. Estiré una mano hacia la oscuridad para abarcar los ejércitos, Carlos, los hombres hambrientos en el bosque y la masacre que vendría—. Eso no. Me refiero a lo que te he hecho.

Entonces sonrió con ternura y me acarició la mejilla, posando su palma tibia sobre mi piel fría.

—¿Sí? ¿Y qué hay de lo que te hice yo a ti, Sassenach? Te saqué de tu propio lugar, te conduje a la pobreza y al bandolerismo, te arrastré por el campo de batalla y arriesgué tu vida. ¿Me lo echas en cara?

—Sabes que no, Jamie.

Sonrió.

—Bien. Pues yo tampoco, Sassenach.

La sonrisa se desvaneció de su rostro al mirar la cima de la colina que estaba sobre nosotros. Las piedras no eran visibles, pero podía sentir su amenaza cerca.

—No me iré, Jamie —repetí obstinadamente—. Me quedaré contigo.

—No —dijo negando con la cabeza. Habló con suavidad, pero su voz era firme, sin posibilidad de negativa—. Debo regresar.

—¡Jamie, no! —Me aferré a su brazo con desesperación—. ¡Jamie, ya habrán encontrado a Dougal! Willie Coulter ya se lo habrá contado a alguien.

—Sí, así es.

Puso una mano sobre mi brazo y me dio una palmada. Había tomado una decisión camino de la colina; me di cuenta al ver su rostro, una mezcla de resignación y determinación. También había pena y tristeza, pero apartó estos sentimientos, pues no tenía tiempo para lamentarse.

—Podríamos volver a Francia —dije—. ¡Jamie, debemos intentarlo! —Incluso mientras hablaba, sabía que no iba a cambiar de parecer.

—No —repitió en voz baja. Se dio la vuelta y alzó una mano, haciendo un gesto hacia el valle oscuro que había abajo y hacia las colinas, más allá—. El país entero está en rebelión. Los puertos están cerrados. Hace tres meses que O'Brien intenta traer un barco que rescate al príncipe para llevarlo a salvo a Francia. Dougal me lo dijo... antes. —Un temblor le recorrió el rostro, y un súbito espasmo de dolor le obligó a fruncir el ceño. No obstante, lo relajó, y siguió hablando con voz tranquila—. A Carlos Estuardo lo persiguen sólo los ingleses. Pero a mí me perseguirán no sólo los ingleses, sino también los clanes. Soy traidor por partida doble, un rebelde y un asesino. Claire... —Hizo una pausa, pasándose la mano por la parte posterior del cuello, y dijo suavemente—. Claire, soy hombre muerto.

Las lágrimas se estaban congelando sobre mis mejillas, dejando rastros helados que me quemaban la piel.

—No —repetí; en vano.

—No paso precisamente desapercibido, sabes —dijo, intentando bromear mientras se pasaba la mano a través de los mechones rojizos de su cabello—. Jamie *el Rojo* no podría llegar muy lejos. Pero a ti... —Me tocó la boca, y recorrió la línea de mis labios—. A ti puedo salvarte, Claire, y lo haré. Es lo más importante. Pero yo debo volver con mis hombres.

—¿Los hombres de Lallybroch? Pero ¿cómo?

Jamie se puso serio y tocó distraídamente la empuñadura de su espada mientras pensaba.

—Creo que puedo salvarlos. En el páramo será todo confusión, con hombres y caballos yendo de un lado a otro, y todos gritando órdenes y contradiciéndolas. Las batallas son muy confusas. Y aunque se sepa lo que... he hecho —continuó, vacilando un instante— nadie podrá detenerme, con los ingleses a la vista y la batalla a punto de comenzar. Sí, puedo hacerlo —dijo. Su voz se había calmado, y tenía los puños cerrados con determinación a los costados—. Me seguirán sin hacer preguntas. Después de todo, ¡fui yo quien los trajo aquí! Murtagh los habrá juntado; los guiaré fuera del campo de batalla. Si alguien intenta detenerme, diré que reclamo el derecho de guiar a mis propios hombres a la batalla; ni siquiera Simon el Joven podrá negármelo.

Inhaló con fuerza con el ceño fruncido mientras visualizaba la escena en el campo de batalla a la mañana siguiente.

—Los pondré a salvo. El campo es bastante grande y hay suficientes hombres para que nadie se dé cuenta de que nos hemos movido a otra posición. Los sacaré del páramo y los pondré en el camino de regreso a Lallybroch.

Se quedó en silencio, como si sus planes llegaran hasta allí.

—¿Y después? —pregunté sin querer conocer la respuesta, pero sin poder evitar hacer la pregunta.

—Después regresaré a Culloden —respondió, soltando la respiración. Me lanzó una sonrisa insegura—. No tengo miedo de morir, Sassenach. —Hizo una mueca irónica—. Bueno... no mucho. Pero algunas maneras de morir son... —Un breve e involuntario escalofrío le recorrió el cuerpo, pero trató de seguir sonriendo—. Dudo de que me consideren digno de los servicios de un profesional, pero supongo que, llegado el caso, tanto a monsieur Forez como a mí nos parecerá... extraño. Quiero decir, que alguien que compartió una copa de vino conmigo me arranque el corazón...

Con un gemido de desesperación, lo abracé, estrechándolo con todas mis fuerzas.

—Está bien —susurró sobre mi cabello—. Está bien, una bala de mosquete. Quizá la hoja de una espada. Pasará enseguida.

Yo sabía que era mentira. Había visto muchas heridas de guerra y la muerte de muchos guerreros. Sentí que no podía respirar. Lo único cierto era que cualquier cosa era preferible a aguardar la horca. Volví a sentir el terror que me había invadido desde que salimos desde la propiedad de Sandringham. Sentí en mis oídos mi propio pulso y la garganta se me cerró tanto que no podía respirar.

Entonces, de repente, el miedo desapareció. No podía abandonar a Jamie; no lo dejaría.

—Jamie —le dije, contra los pliegues de su capa—. Vuelvo contigo.

Me apartó para mirarme.

—¡Claro que no! —exclamó.

—Sí —dije con calma, sin rastro de duda—. Puedo hacerme un kilt con mi capa. Puedo pasar por un muchacho. Todo será confusión. Nadie se dará cuenta.

—¡No! —exclamó—. ¡No, Claire! —Apretó la mandíbula y me observó con una mezcla de ira y horror.

—Si tú no tienes miedo, yo tampoco —dije apretando los dientes—. Pasará pronto, como tú dices. —Me temblaba la barbilla a pesar de mi determinación—. ¡Jamie, no quiero... no puedo... no viviré sin ti, eso es todo!

Abrió la boca, mudo, y volvió a cerrarla, sacudiendo la cabeza. La luz sobre las montañas se estaba desvaneciendo y las nubes adquirían un resplandor rojizo opaco. Finalmente, extendió una mano y me acercó a él.

—¿Crees que no lo sé? —me dijo en voz baja—. Soy yo quien se lleva la mejor parte. Porque si tú sientes por mí lo que yo siento por ti, entonces te estoy pidiendo que te arranques el corazón y que vivas sin él. —Me acarició el cabello; su nudillos ásperos atrapaban los mechones que revoloteaban—. Pero debes hacerlo, *mo duinne*. Mi valerosa leona. Debes hacerlo.

—¿Por qué? —pregunté, apartándome para mirarlo—. ¡Cuando me liberaste del juicio por brujería en Cranesmuir, dijiste que habrías muerto conmigo, que habrías ido a la hoguera conmigo si era necesario!

Me asió las manos, mirándome con ojos imperturbables.

—Sí, lo habría hecho —dijo—. Pero yo no estaba esperando un hijo tuyo.

El viento me había congelado; era el frío el que me hacía temblar, me dije, el que me quitaba el aliento.

—No puedes estar seguro —dije por fin—. Es demasiado pronto para saberlo.

Resopló brevemente, y una pequeña chispa de humor iluminó sus ojos.

—No olvides que soy agricultor, Sassenach. Nunca te has retrasado en tus períodos desde la primera vez que compartí tu cama. Y ahora hace cuarenta y seis días que no sangras.

—¡Maldito! —dije, encolerizada—. ¡Has llevado la cuenta! ¡En medio de esta maldita guerra, has estado llevando la cuenta!

—¿Tú no?

—¡No! —Era cierto; tenía demasiado miedo de reconocer la posibilidad de que algo que había esperado y por lo que había rezado tanto tiempo, llegara tan terriblemente tarde—. Además —continué, intentando negar la posibilidad— eso no prueba nada. El hambre puede causar el retraso. Ocurre a menudo.

Enarcó una ceja y apoyó suavemente su mano ancha bajo mi seno.

—Sí, estás delgada; pero a pesar de ello tus pechos están llenos y tus pezones tienen el color de las uvas de Champaña. Te olvidas de que ya te he visto antes así. No tengo dudas y tampoco las tienes tú.

Traté de reprimir las náuseas (tan fácilmente atribuibles al miedo y al hambre) pero sentí la pequeña pesadez quemándome de repente en el vientre. Me mordí el labio con fuerza, pero las náuseas me invadieron.

Jamie me soltó las manos y se puso de pie frente a mí con las manos en los costados, con su silueta oscura recortada contra el cielo.

—Claire —dijo con calma—. Mañana moriré. Este hijo... es todo lo que quedará de mí. Te pido, Claire, te ruego que lo salves.

Me quedé inmóvil, con la visión borrosa; en aquel momento sentí que se me rompía el corazón. Fue un sonido suave y limpio, como el ruido que hace el tallo de una flor al partirse.

Por fin incliné la cabeza; el viento ululaba en mis oídos.

—Sí —susurré—. Sí, me iré.

Era casi de noche. Se acercó y me abrazó; me apoyé sobre él, mientras él miraba el valle por encima de mi hombro. Habían empezado a aparecer hogueras, pequeñas luces resplandecientes en la lejanía. Nos quedamos en silencio mientras la tarde se convertía en noche. La colina estaba en silencio; sólo oía la respiración de Jamie. Cada respiración era un sonido precioso.

—Te encontraré —susurró—. Te lo prometo. Aunque deba soportar doscientos años de purgatorio, doscientos años sin ti. Ése será el castigo por mis crímenes: por haber mentido, matado, robado y traicionado. Pero algo me salvará a la hora de la verdad. Cuando esté frente a Dios, tendré algo que decir que compensará todo lo demás.

Su voz se apagó, convirtiéndose en un murmullo, y estrechó sus brazos alrededor de mí.

—Dios, me diste una mujer única. Y yo la amé como correspondía.

Fue lento y cuidadoso; también yo. Cada caricia, cada momento debía ser saboreado, recordado, atesorado como un talismán contra un futuro vacío de él.

Acaricié cada hueco, cada sitio oculto de su cuerpo. Sentí la gracia y la fortaleza de cada curva de sus huesos, sus músculos maravillosos y firmes, flexibles a lo ancho de sus hombros, suaves y sólidos a lo largo de la espalda, dura como la madera de roble estacionada en las columnas de sus muslos. Saboreé el sudor salado del hueco de su cuello, olí el cálido almizcle del vello entre sus piernas, la dulzura de la boca suave y ancha, con un ligero sabor a manzana seca y el gusto amargo de las bayas de enebro.

—Eres tan hermosa, mi amor —me susurró, acariciando la humedad entre mis piernas, la piel suave del interior de mis muslos.

Su cabeza no era más que una mancha oscura sobre la blancura de mis senos. Los agujeros del techo sólo dejaban pasar un mínimo de luz del cielo nublado; el suave rumor de los truenos primaverales murmuraba constantemente en las colinas, más allá de nuestras frágiles paredes. Sentí su erección en mi mano; estaba tan firme por el deseo, que mi caricia lo hizo gemir de una necesidad cercana al dolor.

Cuando no pudo esperar más, me penetró, como un cuchillo penetra en su vaina. Nos movimos juntos, apretándonos, deseándonos, necesitando con suma urgencia ese momento de fusión y a la vez temiendo llegar a él, sabiendo que después vendría la separación eterna.

Me llevó una y otra vez al orgasmo, deteniéndose, jadeando y temblando en el límite. Hasta que por fin toqué su rostro, enredé mis dedos en su pelo, lo apreté con fuerza y arqueé mi espalda y mis caderas debajo de él, incitándolo, forzándolo.

—Ahora —le dije en voz baja—. Ahora. Ven conmigo, ven a mí. ¡Ahora!

Se entregó a mí, y yo a él. La desesperación cedió paso a la pasión, de modo que el eco de nuestros gritos pareció desvanecerse lentamente en la oscuridad de la fría cabaña de piedra.

Permanecimos tumbados y juntos, inmóviles; sentí su peso como una bendición, como escudo y protección. Un cuerpo tan sólido, tan lleno de calor y vida... ¿cómo era posible que dejara de existir dentro de pocas horas?

—Escucha —me dijo por fin, en voz baja—. ¿Oyes?

Al principio no oí nada excepto el rumor del viento y el goteo de la lluvia que se escurría por los agujeros del techo. Entonces lo oí: el latido constante y lento de su corazón sobre el mío, parejos en el ritmo de la vida. La sangre pasaba a través de nuestro frágil vínculo, entraba en mí y volvía a él de nuevo.

Nos quedamos así, arropados bajo la cubierta improvisada de tartán y capa, sobre una cama hecha con nuestras ropas, entrelazados. Finalmente se incorporó y, apartándome de él, apoyó una mano sobre mi vientre, con su aliento tibio sobre la nuca.

—Ahora duerme un poco, *mo duinne* —susurró—. Quiero dormir una vez más así: abrazándote, abrazando a nuestro hijo.

Creí que no iba a poder dormir, pero estaba exhausta y me quedé dormida sin apenas darme cuenta. Cerca del alba me desperté, con los brazos de Jamie a mi alrededor y me quedé contemplando el alba, deseando el íntimo refugio de la oscuridad.

Rodé hacia un lado y me incorporé para poder observarlo, para ver cómo la luz tocaba la forma de su rostro, inocente en el sueño, para ver cómo el sol del amanecer encendía su cabello en una llamarada... por última vez.

Me invadió una angustia tan intensa que debí de hacer algún ruido; Jamie abrió los ojos. Sonrió al verme y me escrutó el rostro. Supe que estaba memorizando mis rasgos, como yo los suyos.

—Jamie —dije. Mi voz era ronca por el sueño y las lágrimas—. Jamie, quiero que me marques.

—¿Qué? —dijo, sobresaltado.

Tenía el pequeño *sgian dhu* que llevaba en la media al alcance de mi mano. Cogí la empuñadura de hueso de jabalí tallado y le entregué el arma.

—Córtame —le ordené—. Profundamente, para que dejes una cicatriz. Quiero llevar tu tacto conmigo, siempre, y tenerte cada vez que la toque. No me importa si es doloroso; nada puede dolerme más que dejarte. Por lo menos, cuando la toque, dondequiera que esté, podré sentir tu caricia sobre mí.

Apoyó su mano sobre la mía, que se apoyaba sobre la empuñadura del cuchillo. Un momento después, la apretó y asintió. Vaciló un momento, cogió el afilado cuchillo y le ofrecí mi mano derecha. Estaba cálida por haber estado bajo nuestra ropa, pero su aliento ascendió en volutas visibles en el aire frío de la habitación.

Puso la palma hacia arriba, examinándola con cuidado, y se la llevó a los labios. Me dio un suave beso en la palma y mordió la base del pulgar con fuerza. Lo soltó y cortó con el arma la piel entumecida. Sentí como una suave quemadura, pero la sangre empezó a manar de inmediato. Volvió a llevarse mi mano a la boca hasta que la sangre disminuyó. Con cuidado, vendó la herida, ahora punzante, con su pañuelo. Vi que el corte tenía la forma de la letra «J».

Levanté la mirada y vi que me extendía el pequeño cuchillo. Lo tomé y, algo vacilante, acepté la mano que me ofrecía.

Cerró los ojos un instante y apretó los labios, pero se le escapó un pequeño gruñido de dolor cuando apreté la punta del cuchillo en la base carnosa del pulgar. Una quiromante me había dicho que era el Monte de Venus; el indicador de la pasión y el amor.

Cuando acabé de hacer la pequeña incisión semicircular me di cuenta de que me había dado su mano izquierda.

—Debí haberlo hecho en la otra —dije—. Te lastimarás con la empuñadura de la espada.

Sonrió levemente.

—No podría pedir más que sentir tu caricia en mi última pelea, dondequiera que ésta sea.

Desenvolví el pañuelo bañado en sangre y apreté mi mano herida contra la suya, entrelazando los dedos. Sentí entre nuestras manos la sangre cálida y resbaladiza que todavía no se tornaba pegajosa.

—Sangre de mi sangre... —murmuré.

—... y carne de mi carne —respondió con suavidad. Ninguno de los dos pudo terminar el voto: «hasta que la muerte nos separe», pero las palabras no pronunciadas pendieron, dolorosas, entre los dos. Por fin sonrió con ironía.

—Más que eso —dijo con firmeza, y me atrajo hacia él una vez más.

. . .

—Frank —dijo por fin, con un suspiro—. Bueno, tú verás lo que le cuentas de mí. Es probable que no quiera oír nada. Pero si lo hace, si descubres que puedes hablarle de mí, como me has hablado de él, entonces dile... que estoy agradecido. Dile que confío en él, porque no me queda otro remedio. Y dile... —Sus manos apretaron súbitamente mis brazos, y habló con una mezcla de hilaridad y absoluta sinceridad—. ¡Dile que lo odio con todo mi corazón y con cada poro de mi cuerpo!

Estábamos vestidos y el amanecer se había convertido en día. No teníamos comida, nada con que desayunar. Nada más que hacer... y nada más que decir.

Tendríamos que despedirnos para que él llegara a tiempo al páramo de Drumossie. Era nuestra última despedida, y no encontrábamos la forma de decirnos adiós.

Por fin sonrió, se inclinó y me besó en los labios.

—Decían... —comenzó a decir, y se detuvo para aclararse la garganta— En otro tiempo decían que, cuando un hombre debía partir para hacer algo importante, buscaba a una mujer sabia y le pedía que lo bendijera. Él se detenía en la dirección a la que se dirigía, y ella se acercaba por detrás para rezar una oración por él. Cuando ella terminaba, él echaba a andar sin mirar atrás, porque de lo contrario tendría mala suerte en su empresa.

Me tocó la cara una vez y se volvió hacia la puerta abierta. El sol de la mañana entraba a raudales, iluminando su cabello como si fueran llamaradas. Enderezó los hombros, anchos bajo su capa, e inspiró hondo.

—Bendíceme, mujer sabia —me dijo—, y vete.

Puse una mano sobre su hombro, buscando las palabras adecuadas. Jenny me había enseñado unas antiguas plegarias celtas de protección. Traté de recordar alguna.

—Jesús, hijo de María —empecé—. Invoco tu nombre y, en el nombre adorado de Juan Apóstol y en el nombre de los santos, te pido que lo protejas en la batalla que viene...

Me detuve, interrumpida por un sonido procedente de la colina. Había ruido de voces y de pasos.

Jamie se quedó helado por un momento, luego se dio la vuelta y me empujó hacia la parte posterior de la choza, donde se había derrumbado la pared.

—¡Por ahí! —dijo—. Son ingleses. ¡Corre, Claire!

Corrí hacia el hueco de la pared con el corazón en la garganta, y vi que él se dirigía a la puerta, espada en mano. Me detuve un momento para verlo por última vez. Él volvió la cabeza, me miró, corrió a mi lado y me apretó contra la pared, en la agonía de la desesperación. Me acercó a su cuerpo con furor. Sentí su erección contra el vientre y la empuñadura de su daga que se me clavaba en el cuerpo.

Habló con voz ronca contra mi pelo.

—¡Debo hacerlo una vez más! ¡Pero rápido!

Me empujó contra la pared y levantó mi falda y la suya. No fue amor, sino un acto rápido y furioso, que terminó en segundos. Las voces se acercaban; estarían a cien metros.

Me volvió a besar y me dejó en la boca el sabor de su sangre.

—Llámalo Brian —me dijo—, por mi padre.

Me empujó hacia el agujero de la pared. Corrí, pero me giré para verlo parado en medio del vano de la puerta, con la espada en una mano y el puñal en la otra.

Los ingleses, que no sabían que la cabaña estaba ocupada, no pensaron en enviar un guía a la parte trasera. La ladera detrás de la choza estaba desierta. Corrí hasta el refugio de un bosquecillo de alisos que había bajo la cima de la colina.

Me abrí paso entre el matorral y las ramas de los árboles, tropezando contra las rocas, cegada por las lágrimas. A mis espaldas alcanzaba a oír gritos y el ruido de armas que entrechocaban en la choza. Mis muslos estaban pegajosos y húmedos del semen de Jamie. Me parecía que la cima de la colina nunca se acercaría; ¿iba a pasarme el resto de mi vida abriéndome paso a través de árboles?

Oí un crujido en el matorral a mis espaldas. Alguien me había visto salir corriendo de la cabaña. Me sequé las lágrimas y trepé a cuatro patas cuando el terreno se hizo más empinado. Aquello era un claro: era la plataforma de granito que recordaba. Allí estaba el cornejo que sobresalía del risco, y también el montón de rocas pequeñas.

Me detuve en el borde del círculo de piedras y miré hacia abajo, tratando de ver lo que pasaba. ¿Cuántos soldados habrían llegado hasta la choza? ¿Habría podido Jamie huir de ellos y alcanzar su caballo? Sin él, jamás llegaría a tiempo a Culloden.

De repente vi un destello tras un matorral: un soldado inglés. Me volví, atravesé jadeando el círculo de hierba y me arrojé a través de la hendidura de la roca.

SÉPTIMA PARTE

Profecía retrospectiva

47

Cabos sueltos

—Tenía razón, por supuesto. Maldito sea, casi siempre tenía razón. Claire parecía irritada al decirlo. Una sonrisa triste le cruzó el rostro; miró a Brianna, sentada junto a la chimenea, agarrándose las rodillas con gesto inexpresivo. Solo su pelo, que se elevaba y se movía ligeramente con el calor del fuego, mostraba algún tipo de movimiento.

—Fue un embarazo complicado, otra vez, y un parto difícil. Y si me hubiera quedado habríamos muerto las dos. —Hablaba con su hija, como si estuvieran solas en la habitación. Roger, que se despertaba lentamente del hechizo del pasado, se sintió como un intruso—. La verdad es, sinceramente, que no podía soportar dejarlo —continuó—. Ni siquiera por ti... Durante un tiempo te odié, antes de que nacieras, porque eras la culpable de que tu padre me hubiera obligado a irme. No me importaba morir, no a su lado. Pero tener que continuar, vivir sin él... Jamie tenía razón, yo me llevé la peor parte. Pero cumplí mi promesa porque le amaba. Y por eso vivimos tú y yo, Brianna, gracias al amor de tu padre.

Brianna no se movió; no podía apartar los ojos de su madre. Sólo sus labios se movieron, con rigidez, como si no estuvieran acostumbrados a hablar.

—¿Cuánto tiempo... me odiaste?

Los ojos dorados se encontraron con los ojos azules, inocentes y despiadados como los de un halcón.

—Hasta que naciste. Hasta que te tuve en brazos, te amamanté y vi que me mirabas con los ojos de tu padre.

Brianna emitió un sonido ahogado, pero su madre continuó; su voz se suavizó al mirar a la muchacha que estaba a sus pies.

—Entonces empecé a conocerte como alguien distinto de Jamie y de mí. Y te amé por ti misma, no sólo por tu padre.

Hubo un movimiento sobre la alfombra y Brianna se levantó. Su cabello estaba erizado como la melena de un león, y sus ojos azules ardían como el corazón de las llamas detrás de ella.

—¡Frank Randall era mi padre! —exclamó—. ¡Él era mi padre! ¡Lo sé! —Con los puños cerrados, miró a su madre con furia. La voz le temblaba—. No sé por qué haces esto. Quizá porque me odiabas y sigues odiándome. —De repente las lágrimas corrieron por sus mejillas, y se las secó furiosamente con el dorso de una mano—. Papá... papá me quería... y no me habría querido si no hubiera sido su hija. ¿Por qué quieres convencerme de que no era mi padre? ¿Tenías celos de mí? ¿Por eso? ¿Te molestaba tanto que me quisiera? ¡A ti no te amaba! ¡Eso lo sé!

Los ojos azules se entrecerraron como los de un gato, ardiendo en su rostro pálido.

Roger sintió ganas de desaparecer detrás de la puerta antes de que Brianna advirtiera su presencia y se desquitara con él. Pero a pesar de su incomodidad sintió una gran admiración. Se dio cuenta de que la muchacha que defendía con furia a su padre de pie sobre la alfombra ardía con la misma fuerza salvaje que había hecho caer a los guerreros escoceses sobre sus enemigos. Su nariz larga y recta se alargaba aún más por el efecto de las sombras, tenía los ojos rasgados como un gato: era la viva imagen de su padre. Sin duda éste no era el profesor moreno y sereno cuya fotografía adornaba la contraportada del libro que había en la mesa.

Claire abrió la boca para hablar, pero volvió a cerrarla y observó fascinada a su hija, la tensa postura del cuerpo, el arco de los anchos pómulos; a Roger le pareció que había visto esos rasgos muchas veces... pero no en Brianna.

Con un movimiento repentino que hizo que tanto Claire como Roger dieran un respingo, Brianna giró sobre sus talones, cogió los recortes amarillentos y los arrojó al fuego. Cogió el atizador y lo metió con furia en medio de la masa ennegrecida, sin importarle la lluvia de chispas que saltó de la chimenea y le manchó las botas.

Brianna dio un pisotón en la chimenea, sobre la masa de papeles que se ennegrecían rápidamente.

—¡Perra! —le gritó a su madre—. ¿Tú me odiabas? ¡Pues yo también te odio!

Echó el brazo hacia atrás con el atizador en la mano; los músculos de Roger se tensaron instintivamente, listo para saltar sobre ella. Pero Brianna se volvió, con el brazo hacia atrás como un lanzador de jabalina, y arrojó el atizador por la ventana; los vidrios reflejaron por un momento la imagen de una mujer en llamas, antes de desaparecer en la oscuridad vacía.

· · ·

El silencio en el estudio era pasmoso. Roger, que se había levantado de un salto para correr detrás de Brianna, permaneció en medio del cuarto, paralizado. Se miró las manos como si no supiera qué hacer con ellas y luego miró a Claire. Ésta permanecía inmóvil en el santuario de su sillón, como un animal congelado al ver pasar la sombra de un ave de rapiña.

Poco después, Roger se acercó al escritorio y se inclinó sobre él.

—No sé qué decir —dijo.

Claire hizo una mueca.

—Tampoco yo.

Permanecieron en silencio durante varios minutos. La vieja casa crujía, asentándose a su alrededor, y por el pasillo se oía un lejano ruido de cacerolas en la cocina, donde Fiona preparaba la cena. La sensación de estupor e incomodidad dio lugar a otro sentimiento que Roger no supo definir. Tenía las manos congeladas; se las frotó en las piernas, sintiendo el cálido roce de la pana.

—Yo... —empezó a decir él, pero se detuvo y movió la cabeza.

Claire inspiró hondo, y él se dio cuenta de que era el primer movimiento que la había visto hacer desde que Brianna se había marchado. Su mirada era clara y directa.

—¿Me crees? —le preguntó.

Roger la miró, pensativo.

—En realidad, no lo sé —dijo, por fin.

Su comentario provocó una sonrisa de Claire.

—Eso mismo me dijo Jamie al principio, cuando le pregunté si sabía de dónde venía —dijo.

—No lo culpo. —Roger vaciló y, a continuación, tomando una decisión, se apartó del escritorio y cruzó la habitación hasta llegar a ella—. Permiso —dijo, se arrodilló y le cogió la mano, volviéndola hacia la luz. Ella no se resistió. De repente recordó algo: puede diferenciarse el marfil verdadero del sintético porque el verdadero es cálido al tacto. La palma de su mano era de un rosado pálido, pero la línea que formaba una «J» en la base del pulgar era blanca como hueso.

—No prueba nada —dijo Claire, observándolo—. Pudo ser un accidente. Pude haberlo hecho yo misma.

—Pero no lo hiciste, ¿verdad? —Dejó la mano otra vez suavemente sobre su regazo, como si fuera un objeto frágil.

—No, pero no puedo probarlo. Las perlas —se tocó el collar brillante que le rodeaba el cuello— son auténticas: eso puede comprobarse. Pero no puedo probar dónde las obtuve.

—¿Y el retrato de Ellen MacKenzie...? —empezó.

—Es lo mismo: una coincidencia. Una justificación de mis mentiras.

Había una nota amarga en su voz, aunque hablaba con calma. Sus mejillas estaban teñidas de rosa; estaba perdiendo la absoluta quietud. Era como ver una estatua volver a la vida, pensó.

Roger se puso en pie. Paseó lentamente de un lado a otro, pasándose una mano por el pelo.

—Pero es importante para ti, ¿no? Muy importante.

—Sí.

Se levantó y se acercó al escritorio, donde se encontraba la carpeta con sus averiguaciones. Puso una mano sobre la lámina de manila con reverencia, como si fuera una lápida; él supuso que, para ella, lo era.

—Tenía que saberlo. —La voz le tembló un poco—. Tenía que saber si lo había conseguido: si había salvado a sus hombres, o si se había sacrificado por nada. Y debía contárselo a Brianna. Aunque no me crea... aunque nunca me crea. Jamie fue su padre. Tenía que decírselo.

—Sí, lo entiendo. Y no podías hacerlo mientras viviera el doctor Randall, tu esp..., quiero decir, Frank —se corrigió ruborizándose.

Claire sonrió ligeramente.

—Está bien, puedes llamarle mi esposo. Lo fue durante muchos años. Y Bree tiene razón, en cierto modo: él fue su padre tanto como Jamie.

Se observó las manos y extendió los dedos; la luz brilló en sus dos alianzas. A Roger se le ocurrió algo.

—Tu anillo —dijo Roger, acercándose a ella de nuevo—. El de plata. ¿Tiene la marca del orfebre? Algunos orfebres escoceses del siglo XVIII ponían su marca. Eso podría servir de algo.

Claire pareció sorprendida. Cubrió su mano derecha con la izquierda, como protegiéndola. Sus dedos frotaron al ancho anillo de plata, decorado con motivos escoceses y cardos.

—No lo sé —dijo, ruborizándose un poco—. No he mirado el interior. Nunca me lo he quitado.

Giró lentamente el anillo sobre la articulación del nudillo; sus dedos eran esbeltos, pero, al llevarlo durante tanto tiempo, el anillo había dejado una marca en la carne.

Miró el interior del anillo, se levantó y se acercó a la mesa, donde estaba Roger girando el círculo de plata para que le diera la luz de la lámpara.

—Hay palabras escritas —dijo asombrada—. Nunca había notado que él... ay, Dios.

Su voz se quebró y se le cayó el anillo, que repiqueteó sobre la mesa con un sonido metálico. Roger se apresuró a recogerlo, pero ella se había dado la vuelta, con los puños apretados contra la cintura. Él sabía que ella no quería que le viera la cara; el control que había mantenido durante todo el día y durante la escena con Brianna la había abandonado.

Se quedó un momento parado, sintiéndose fuera de lugar. Con el terrible sentimiento de que estaba violando la intimidad más profunda que había conocido jamás, pero sin saber qué más hacer, alzó el anillo a la luz y leyó las palabras del interior.

—*Da mi basia mille...*

Fue Claire quien pronunció las palabras con voz temblorosa. Roger se dio cuenta de que estaba llorando, recuperando el control poco a poco. No podía perderlo durante mucho tiempo; la fuerza de aquello que mantenía a raya podría destruirla.

—Es de Catulo. Un fragmento de un poema de amor. Hugh... Hugh Munro me dio el poema como regalo de bodas, envuelto en ámbar, con una libélula dentro. —Sus manos, todavía como puños, pendían a lo largo de su cuerpo—. No lo recuerdo entero, pero ese fragmento... lo recuerdo...

Su voz era cada vez más firme a medida que hablaba, pero seguía dándole la espalda a Roger. El pequeño círculo de plata resplandecía en su palma, aún tibio por el calor del dedo que había abandonado.

—... *da mi basia mille...*

Todavía de espaldas, tradujo el resto:

> *Deja que amorosos besos vivan*
> *en nuestros labios, comienza y cuenta*
> *hasta mil cien,*
> *y luego cien, y luego mil más.*

Cuando terminó, permaneció un momento sin moverse; luego se volvió lentamente para mirarlo. Tenías las mejillas ruborizadas y húmedas y las pestañas mojadas, pero ya estaba tranquila.

—Mil cien —dijo, e intentó sonreír—. Pero no está la marca del platero, de modo que tampoco es una prueba.

—Sí, lo es—. Roger parecía tener algo en la garganta, y se la aclaró rápidamente—. Una prueba indiscutible. Para mí.

En los ojos de Claire algo se iluminó, y la sonrisa se tornó real. Entonces las lágrimas fluyeron y perdió el control.

—Lo siento —dijo finalmente. Estaba sentada en el sofá, con los codos sobre las rodillas, con la cara medio enterrada en uno de los enormes pañuelos blancos del reverendo Wakefield. Roger se sentó junto a ella, casi tocándola. Parecía muy pequeña y vulnerable. Quería acariciarle los rizos castaños, pero no se atrevía—. Nunca pensé... nunca se me ocurrió —dijo, sonándose la nariz otra vez—. No sabía lo que podía significar que alguien me creyera.

—¿Aunque no sea Brianna?

Sonrió al oír sus palabras y se echó el pelo hacia atrás con una mano mientras se enderezaba.

—Ha sido un duro golpe para ella —dijo, defendiendo a su hija—. Naturalmente, no pudo... ella quería mucho a su padre... a Frank, quiero decir —corrigió rápidamente—. Yo sabía que al principio no iba a aceptarlo, pero... cuando tenga tiempo de pensar, de hacer preguntas... —Su voz se desvaneció, y los hombros de su camisa blanca de lino se hundieron bajo el peso de las palabras.

Como para distraerse, Claire miró el montón de libros de historia que había sobre la mesa.

—Es extraño, ¿verdad? Viví veinte años con un estudioso de los jacobitas, pero siempre tuve miedo de lo que podía llegar a saber, de modo que nunca quise abrir uno de sus libros. —Negó con la cabeza, mirando todavía los libros—. No sé qué fue de muchos de ellos... no podría soportar saberlo. Conocí a todos esos hombres; no puedo olvidarlos. Sin embargo, pude enterrarlos, conservar su recuerdo. Por un tiempo.

Ese tiempo había terminado, y empezaba otro. Roger levantó el primer libro y lo sopesó, como si tuviera una responsabilidad. Quizá eso la haría olvidar un rato el enfado de Brianna.

—¿Quieres que yo te lo diga? —le preguntó.

Claire vaciló, pero finalmente asintió rápidamente, como si temiera arrepentirse si lo pensaba más tiempo.

Roger se mojó los labios resecos y empezó a hablar. No necesitaba leer del libro; eran hechos conocidos por cualquier profesor especializado en aquel período. Sin embargo, apretó el libro de Frank Randall contra su pecho, sólido como un escudo.

—Francis Townsend —empezó—, el hombre que conquistó Carlisle para Carlos, fue capturado, juzgado por traición, ahorcado y destripado.

Hizo una pausa, pero toda la sangre había desaparecido del rostro de Claire, ya no había vuelta atrás. Ella se sentó al otro lado de la mesa frente a él, inmóvil como una estatua de sal.

—MacDonald de Keppoch entró en batalla con sus soldados en Culloden, a pie, con su hermano Donald. A ambos los derribaron los cañones ingleses. Lord Kilmarnock cayó en el campo de batalla, pero lord Ancrum, que había ido en busca de los caídos, lo reconoció y le salvó la vida. Pero no le hizo ningún favor, pues fue decapitado en agosto en Tower Hill, junto con Balmerino. —Vaciló antes de continuar.

»El joven hijo de Kilmarnock se perdió en el campo; su cuerpo nunca fue recuperado.

—Siempre me gustó Balmerino —susurró Claire—. ¿Y el Viejo Zorro, lord Lovat? —Su voz era poco más que un susurro—. La sombra de un hacha...

—Sí. —Los dedos de Roger acariciaban la cubierta suave del libro de manera inconsciente, como si leyera las palabras que contenía en braille—. Fue juzgado por traición y condenado a ser decapitado. Pero lo hizo bien; según todos los relatos, murió con gran dignidad.

Una escena apareció en la imaginación de Roger; una anécdota de Hogarth. Recitó de memoria, con la mayor exactitud posible:

—«Entre gritos y silbidos de la multitud inglesa, camino a la Torre, el viejo jefe del clan Fraser parecía imperturbable, indiferente a los objetos que le pasaban rozando por la cabeza y casi de buen humor. En respuesta a una anciana, que le gritó: "¡Van a rebanarte la cabeza, viejo canalla escocés!", él se asomó a la ventana de su carro y le respondió jovialmente: "¡Eso espero, horrible perra inglesa!"»

Claire se rió, pero su risa era a la vez un sollozo.

—Seguro que lo dijo, el viejo bastardo.

—Cuando lo llevaron —prosiguió Roger— pidió inspeccionar el filo del hacha, y le ordenó al verdugo que hiciera un buen trabajo. Le dijo: «Hazlo bien, pues me enfadaré mucho si no lo haces.»

Las lágrimas brotaban debajo de sus párpados cerrados, brillantes como joyas a la luz del fuego. Roger hizo un movimiento hacia Claire, pero ella lo percibió y negó con la cabeza, con los ojos todavía cerrados.

—Estoy bien. Continúa.

—No hay mucho más. Algunos sobrevivieron. Lochiel escapó a Francia.

No le dijo nada del hermano de Lochiel, Archibald Cameron. El médico fue colgado, destripado y decapitado en Tyburn. Luego le extrajeron el corazón y lo arrojaron a las llamas. Claire no pareció advertir la omisión.

Roger terminó la lista rápidamente, observándola. Las lágrimas habían cesado, pero estaba sentada con la cabeza echada hacia delante, de manera que el cabello rizado ocultaba toda expresión de su cara.

Cuando terminó de hablar, Roger esperó un momento. Después se levantó y la cogió del brazo con firmeza.

—Vamos. Necesitas un poco de aire. Ya ha dejado de llover: salgamos a caminar.

El aire era fresco; era casi embriagador, después del aire viciado del estudio del reverendo. Había dejado de llover al atardecer y, ahora, al anochecer, sólo el goteo de árboles y arbustos recordaba el aguacero.

Sentí un gran alivio al salir de la casa. Había temido aquel momento durante mucho tiempo, pero ya estaba hecho. Aunque Bree nunca... pero no, ella lo entendería. Aunque tardara mucho tiempo, seguramente aceptaría la verdad. Tenía que hacerlo; la verdad la miraba todos los días en el espejo; corría por su misma sangre. Por el momento, se lo había contado todo, y sentía la ligereza del alma tras salir del confesionario, aún aliviada sin pensar en la penitencia que sobrevenía.

Era como dar a luz, pensé. Un breve período de gran dificultad y dolor desgarrador, y la certeza de noches en vela y días tensos en el futuro. Pero por ahora, por un bendito instante, no había nada más que una euforia silenciosa que llenaba el alma y no dejaba espacio para recelos. Incluso el dolor reciente por los hombres que había conocido desaparecía allí, suavizado por las estrellas que brillaban a través de las rendijas de la nube que se disipaba.

Era una noche húmeda de inicios de la primavera, y los neumáticos de los coches que pasaban por la calle principal siseaban sobre el asfalto mojado. Roger mi llevó sin hablar por la pendiente que había detrás de la casa, subimos otra tras un pequeño claro musgoso, y bajamos otra vez hasta un sendero que conducía al río. Un puente de ferrocarril negro cruzaba el río en aquel punto; había una escalera de hierro junto al borde del sendero, sujeta a una de las vigas. Alguien armado con un frasco de pintura blanca en aerosol había escrito con descaro «LIBERTAD PARA ESCOCIA» sobre la arcada.

A pesar de la tristeza que me provocaban los recuerdos, me sentí en paz, o casi. Había cumplido con la parte más difícil: Bree ya sabía quién era. Deseé con fervor que alguna vez llegara a creerme, no sólo por su propio bien, sino también por el mío. Deseaba tener a alguien con quien recordar a Jamie más de lo que quería admitir; quería alguien a quien poder hablarle de él.

Sentí un agotamiento sobrecogedor; un agotamiento de mente y cuerpo. Pero enderecé la columna una vez más, obligando a mi cuerpo a superar sus límites, tal y como había hecho tantas veces. Pronto, prometí a mis articulaciones doloridas, a mi mente tierna, a mi corazón recién desgarrado. Pronto podría descansar. Podría sentarme sola en la pequeña y acogedora salita del hostal; sola junto al fuego con mis fantasmas. Podría llorarlos en paz, dejando que la fatiga se desvaneciera con mis lágrimas, y buscar por fin el olvido temporal del sueño, en el que incluso podría verlos vivos una vez más.

Pero aún no. Aún tenía que hacer algo antes de dormir.

Caminaron en silencio durante algún tiempo. Sólo se oía el lejano murmullo del tráfico y el sonido del río en la ribera. Roger no tenía ganas de conversar; temía recordarle a Claire cosas que ella deseaba olvidar. Pero las compuertas se habían abierto y no había modo de volver atrás.

Ella empezó a hacerle preguntas, vacilante y dubitativa. Él las respondió lo mejor que pudo, también vacilante, y a su vez le hizo otras preguntas. La libertad de poder hablar, después de tantos años de secretos guardados, pareció actuar en ella como una droga, y Roger, que la escuchaba fascinado, la sacó de su encierro pese a sí misma. Cuando llegaron al puente del ferrocarril, Claire había recuperado el vigor y la fuerza de carácter con que la había conocido.

—Era un estúpido, un borracho, un hombre débil —declaró con pasión—. Todos eran estúpidos: Lochiel, Glengarry y el resto. Bebían demasiado juntos, y se emborracharon con los sueños ridículos de Carlos. Hablar es barato; Dougal tenía razón: es fácil ser valiente, sentado con una copa de vino en una habitación acogedora. Se aturdían con el alcohol; eran demasiado orgullosos y no hacían más que hablar de su honor. Castigaban a sus hombres y los amenazaban, los sobornaban y los atraían, y al final los llevaron a la perdición... por el honor y la gloria.

Resopló por la nariz y permaneció en silencio un rato. De repente se echó a reír.

—¿Sabes qué es lo más gracioso? Ese pobre idiota y sus estúpidos y avariciosos asistentes, y los hombres honorables que no se atrevieron a echarse atrás... tenían una pequeña virtud en común: todos creyeron. Y lo raro es que esa virtud es lo único que ha quedado de ellos: toda la estupidez, la incompetencia, la cobardía y la vanagloria del borracho, todo eso desapareció. Lo único que queda de Carlos Estuardo y sus hombres es la gloria por la que lucharon y que nunca encontraron.

»Quizá Raymond tenía razón —añadió con más suavidad— cuando decía que lo único que cuenta es la esencia del hombre. Cuando el tiempo se lleva todo lo demás, solo queda la dureza del hueso.

—Supongo que sentirás cierta amargura con los historiadores —aventuró Roger—. Con los escritores, que transformaron al príncipe Carlos en un héroe. Quiero decir que es imposible caminar por las Highlands sin ver a Carlos en las latas de dulces y las tazas de recuerdo para los turistas.

Claire sacudió la cabeza, con la mirada fija en la lejanía. La neblina del anochecer estaba aumentando, y los extremos de las hojas comenzaban a gotear de nuevo en los arbustos.

—Con los historiadores, no. Su mayor error es suponer que saben lo que sucedió y sus causas, cuando sólo tienen lo que les dejó el pasado: en general, creen lo que se quiso que creyeran, y es raro aquél que ve lo que pasó en realidad, más allá de la pantalla de humo de los artefactos y los papeles.

Se oyó un leve rumor en la distancia. El tren nocturno de Londres, pensó Roger. Desde la rectoría se oía el silbato en las noches despejadas.

—No, más culpa tienen los artistas —continuó Claire—. Los escritores, los cantantes, los músicos. Ellos toman el pasado y lo recrean a su antojo. Son ellos quienes hacen de un estúpido un héroe y de un imbécil un rey.

—Entonces, ¿todos son unos mentirosos? —preguntó Roger.

Claire se encogió de hombros. Pese al aire fresco, se había quitado la chaqueta del traje, y la humedad moldeaba su camisa de algodón, mostrando la delicadeza de su clavícula y sus omóplatos.

—¿Mentirosos? —preguntó—. ¿O tal vez hechiceros? Ven los huesos en el polvo de la tierra, la esencia de lo que fue, y la visten con una nueva piel, de modo que la bestia reaparece como un monstruo fabuloso.

—¿Y están equivocados? —preguntó Roger.

El puente del ferrocarril tembló cuando el Flying Scotsman tomó el desvío. Las letras blancas temblaron con la vibración: «LIBERTAD PARA ESCOCIA.»

Claire alzó la mirada hacia las letras, con la cara iluminada por una estrella fugitiva.

—Todavía no lo entiendes, ¿verdad? —dijo. Estaba irritada, pero no alzó la voz—. No se sabe por qué. Tú no lo sabes, ni yo, y nunca lo sabremos. ¿No te das cuenta? No se puede saber cuál es el fin, pues no existe ningún fin. No puedes decir que «este hecho» estaba «destinado» a ocurrir, y por lo tanto sucedió todo lo demás. Lo que Carlos hizo al pueblo de Escocia, ¿era el «hecho» que tenía que ocurrir? ¿O estaba «destinado» a suceder así y el verdadero propósito de Carlos era ser lo que es ahora: una figura, un icono? Sin él, ¿habría soportado Escocia doscientos años de unión con Inglaterra, y aun así —señaló las palabras escritas sobre la viga— habría conservado su propia identidad?

—¡No lo sé! —exclamó Roger; en aquel momento, el foco reflector iluminó los árboles y la vía, el tren rugió sobre el puente, así que tuvo que gritar.

Transcurrió un minuto entero de traqueteo y estruendo, un ruido ensordecedor que los mantuvo anclados al lugar. Por fin pasó, y el traqueteo se desvaneció hasta convertirse en un solitario chillido cuando la luz roja del último vagón desapareció de su vista delante de ellos.

—Bueno, eso es lo malo —dijo—. Nunca se sabe, pero de todos modos hay que actuar, ¿no?

De repente, extendió las manos, flexionando los dedos, de manera que su anillos centellearon bajo la luz.

—Lo aprendes cuando eres médico. No en la universidad (no es allí donde aprendes), sino cuando tratas a las personas y crees que las curas. Hay tantos enfermos fuera de tu alcance, tantos a los que nunca podrás curar, tantos cuya esencia no puedes encontrar, tantos que se te escapan de entre las manos... Pero no puedes pensar en ellos. Lo único que puedes hacer, lo único, es tratar de curar al que tienes enfrente. Actuar como si ese paciente fuera la única persona en el mundo; de lo contrario puedes perderlo también. Uno a uno, eso es lo único que puedes hacer.

Y aprendes a no desesperarte por los que no puedes ayudar, sino a hacer todo lo que puedas.

Se volvió hacia él, con el rostro demacrado por la fatiga, pero con los ojos brillantes bajo la lluvia, y con gotas de agua atrapadas en los nudos de su cabello. Apoyó la mano sobre el brazo de Roger, apremiante como el viento que hincha las velas de un barco y lo guía.

—Volvamos a la rectoría, Roger —dijo—. Tengo algo que decirte.

Claire permaneció en silencio en el camino de regreso, evitando las preguntas de Roger. Rechazó el brazo que éste le ofrecía y caminó sola, con la cabeza gacha y pensativa. No parecía que estuviera tomando una decisión, pensó Roger; ya lo había hecho. Estaba decidiendo qué decir.

Roger también se hacía preguntas. El silencio le dio un respiro tras el torbellino que habían provocado las revelaciones del día, y empezó a preguntarse por qué Claire había decidido incluirlo también a él. De haberlo deseado, podría haber hablado a solas con su hija. ¿Habría temido la reacción de Brianna y no habría querido afrontarla sola? ¿O habría dado por sentado, con razón, que él la creería y por eso lo quería como aliado en la causa de la verdad, de su verdad y la de Brianna?

Cuando llegaron a la rectoría, la curiosidad de Roger había llegado a su punto máximo. No obstante, primero había una cosa más importante que hacer: juntos, vaciaron una de las estanterías más altas y la colocaron frente a la ventana rota, impidiendo que entrara el aire frío de la noche.

Sonrojada por el esfuerzo, Claire se sentó en el sofá y Roger sirvió dos vasos de whisky en la mesita de la esquina. Cuando la señora Graham vivía, siempre llevaba las bebidas en una bandeja, con sus servilletas, sus posavasos y acompañadas de galletas. Fiona, si se lo hubiera permitido, habría hecho lo mismo de buen grado, pero Roger prefería la sencillez de servirse sus propios tragos en soledad. Claire le dio las gracias, dio un sorbo, apoyó el vaso sobre la mesa y lo miró, cansada pero serena.

—Seguramente te preguntarás por qué quería que escucharas toda la historia —dijo, con aquella perturbadora capacidad de leerle el pensamiento—. Había dos razones. Te diré la segunda enseguida, pero creo que tienes derecho a oír la primera.

—¿Yo? ¿Qué derecho?

Sus ojos dorados eran directos, inquietantes como la candorosa mirada de un leopardo.

—El mismo que Brianna: el derecho a saber quién eres. —Se levantó y caminó hasta la pared del fondo, recubierta de corcho hasta el techo, con fotos, gráficos, notas, tarjetas de visita, antiguos horarios de la parroquia, llaves de repuesto y toda clase de cosas pinchadas en el corcho—. Recuerdo esta pared. —Claire sonrió, tocando una foto de un evento en la escuela secundaria—. ¿Alguna vez tu padre quitó algo de ella?

Roger negó con la cabeza, sorprendido.

—No, no lo creo. Decía que nunca encontraba nada en los cajones; si se trataba de algo importante, prefería tenerlo bien a la vista.

—Entonces es probable que todavía esté aquí. Él lo consideraba importante.

Claire se puso de puntillas y comenzó a buscar entre las capas, separando con suavidad los papeles amarillentos.

—Es éste, creo —dijo, tras hojear un poco. Buscando debajo de notas para sermones y facturas del lavadero de coches, sacó una hoja y la extendió sobre el escritorio.

—Es mi árbol genealógico —dijo Roger, sorprendido—. Hace años que no lo miro. Tampoco le presté mucha atención cuando lo vi por primera vez —añadió—. Si vas a decirme que soy adoptado, ya lo sé.

Claire asintió, con la mirada fija en el papel.

—Claro. Por eso el señor Wakefield dibujó este árbol. Quería estar seguro de que conocieras a tu verdadera familia, a pesar de haberte dado su propio apellido.

Roger suspiró pensando en el reverendo y en el marco de plata que tenía sobre su escritorio con la foto de un joven sonriente y desconocido, de pelo oscuro, vestido con uniforme de la Real Fuerza Aérea durante la Segunda Guerra Mundial.

—Sí, también lo sé. El apellido de mi familia era MacKenzie. ¿Vas a decirme que estoy relacionado con los MacKenzie que tú... conociste? No veo ninguno de esos nombres en este árbol.

Claire actuó como si no lo hubiese oído; pasó un dedo por las líneas dibujadas a mano del árbol genealógico.

—El señor Wakefield era muy riguroso —murmuró, hablando como para sí—. No admitía errores. Su dedo se detuvo en cierto punto de la hoja.

—Aquí está. Aquí es donde pasó. Debajo de este punto —dijo señalando con el dedo— todo es correcto. Éstos fueron tus padres, tus abuelos, tus bisabuelos, tus tatarabuelos, etcétera. Pero no por arriba. —El dedo ascendió en la hoja.

Roger se inclinó sobre el papel y luego levantó los ojos, pensativo.

—¿Aquí? William Buccleigh MacKenzie, nacido en 1744, hijo de William John MacKenzie y Sarah Innes. Muerto en 1782.

Claire negó con la cabeza.

—En realidad murió en el cuarenta y cuatro, a los dos meses de vida, de viruela. —Alzó la vista y sus ojos dorados lo miraron con tal fuerza que le provocó un escalofrío en la columna—. Tú no fuiste la primera adopción en la familia —dijo. Señaló el nombre con el dedo—. El niño necesitaba un ama de leche. Su madre había muerto, de modo que lo dieron a otra familia que había perdido a su hijo. Le pusieron el nombre del bebé muerto, lo cual era común, y no lo anotaron en el registro parroquial. Ya había sido bautizado al nacer; no era necesario volverlo a hacer. Colum me contó dónde lo pusieron.

—El hijo de Geillis Duncan —dijo Roger lentamente—. El hijo de la bruja.

—Así es. —Claire lo observó de manera apreciativa con la cabeza inclinada—. Supe que así era en cuanto te vi. Tienes sus mismos ojos.

Roger se sentó. De repente sentía frío a pesar de la estantería que bloqueaba la corriente y del fuego que ardía en el hogar.

—¿Estás segura? —le preguntó.

Pero por supuesto que estaba segura... si toda aquella historia no era inventada, una construcción elaborada por una mente enferma. La miró, tranquila con su whisky en la mano, como si estuviera a punto de pedir unos palitos de queso.

¿Una mente enferma? ¿La doctora Claire Beauchamp-Randall, jefa de personal de un hospital importante? ¿Deliraba? Era más fácil creer que el loco era él. En realidad, era lo que empezaba a pensar.

Respiró hondo y apoyó ambas manos sobre el papel, tapando el nombre de William Buccleigh MacKenzie.

—Bueno, es muy interesante. Supongo que me alegro de que me lo hayas contado. Pero en realidad no cambia nada, ¿no? Excepto que supongo que puedo romper la parte superior de esta genealogía y tirarla a la basura. Al fin y al cabo, no sabemos de dónde venía Geillis Duncan, ni quién fue el padre de la criatura; pareces estar segura de que no fue el pobre Arthur.

Claire meneó la cabeza, con la mirada perdida.

—Oh, no, no fue Arthur Duncan. El padre fue Dougal Mac-Kenzie. Por eso la mataron, no por bruja. Pero Colum MacKenzie no podía permitir que se supiera que su hermano había tenido una relación adúltera con la esposa del fiscal. Y Geillis quería casarse con Dougal; creo que quizá amenazó a los MacKenzie con revelar la verdad sobre Hamish.

—¿Hamish? Ah, el hijo de Colum. Sí, lo recuerdo. —Roger se frotó la frente. La cabeza empezaba a darle vueltas.

—No era hijo de Colum —dijo Claire— sino de Dougal. Colum no podía tener hijos, pero Dougal, sí. Hamish era el heredero del clan MacKenzie. Colum habría matado a cualquiera que amenazara la posición de Hamish... y eso hizo.

Claire respiró profundamente.

—Y eso me lleva a la segunda razón por la que debías conocer toda la historia.

Roger enterró ambas manos en el pelo, con la mirada fija en la mesa, donde las líneas del árbol genealógico parecían retorcerse como serpientes burlonas, con sus lenguas bífidas siseando entre los nombres.

—Geillis Duncan —dijo con voz ronca—, tenía la marca de una vacuna.

—Sí. Fue eso lo que me hizo regresar a Escocia. Cuando me fui con Frank, juré que no volvería. Sabía que no podría olvidar, pero sí enterrar el pasado. Podía alejarme y no saber nunca qué ocurrió después de marcharme. Parecía lo mínimo que podía hacer por ambos, por Frank y Jamie. Y por el bebé que venía. —Apretó los labios con fuerza durante un momento.

»Geillis me salvó la vida en el juicio de Cranesmuir. Ella sabía que estaba condenada (creo que es lo que ella pensaba), pero perdió toda posibilidad de salvarse por salvarme a mí. Me dejó un mensaje, que me dio Dougal en una gruta de las Highlands cuando vino a decirme que Jamie estaba en prisión. El mensaje tenía dos partes. La primera decía: «No sé si es posible, pero creo que sí.» La segunda era una secuencia de números: uno, nueve, seis, ocho.

—1968 —dijo Roger, con la sensación de que estaba en medio de un sueño. Seguramente pronto despertaría—. Este año. ¿Qué quería decir con eso de que pensaba que era posible?

—Regresar. A través de las piedras. No lo había intentado, pero creía que yo podría conseguirlo. Y no se equivocó. —Claire se volvió y levantó su whisky de la mesa. Miró a Roger por encima del borde de su vaso, con sus ojos del mismo color que el contenido—. Estamos en el año en que ella atravesó las piedras. Sólo que creo que aún no lo ha hecho.

Roger casi dejó caer el vaso por la sorpresa, y apenas logró agarrarlo a tiempo.

—¿Qué... aquí? Pero ella... ella no... tú no puedes saber... —empezó a decir, tartamudeando de manera incoherente.

—No lo sé con seguridad —señaló Claire—. Pero creo que sí. Estoy casi segura de que es escocesa, y existen muchas probabilidades de que se haya ido al pasado aquí, en las Highlands. Existen muchas piedras verticales, pero sabemos que Craigh na Dun es un pasaje. Además —añadió—, Fiona la ha visto.

—¿Fiona? —«Esto es demasiado», pensó Roger. «El colmo del absurdo.» Podía creer cualquier cosa: viajes en el tiempo, traición entre clanes, revelaciones históricas... Pero incluir a Fiona en todo aquello era más de lo que su razón podía soportar. Lanzó una mirada suplicante a Claire—. Dime que no es en serio —rogó—. Fiona, no.

Claire frunció la boca.

—Me temo que sí —respondió, no sin compasión—. Le pregunté acerca del grupo druida al que pertenecía su abuela. Tienen un juramento de silencio, por supuesto, pero yo ya sabía bastante acerca de él y... bien... —Se encogió de hombros a modo de disculpa—. No fue difícil hacerla hablar. Me dijo que había otra mujer que hacía preguntas, una mujer alta, rubia, de ojos verdes muy bonitos. Fiona me dijo que la mujer le recordaba a alguien —añadió delicadamente, poniendo especial cuidado en no mirarlo—, pero no sabía a quién.

Roger se limitó a gruñir y se agachó lentamente hasta apoyar la frente sobre la mesa. Cerró los ojos, sintiendo la fresca dureza de la madera bajo la cabeza.

—Y Fiona, ¿sabe quién es esa mujer? —preguntó con los ojos todavía cerrados.

—La mujer se llama Gillian Edgars —dijo. Lo oyó levantarse, cruzar la habitación, y servirse un poco más de whisky. Volvió y se quedó de pie junto a la mesa. Podía sentir su mirada en la nuca—. Depende de ti. Tienes derecho a elegir. ¿Quieres que la busque?

Roger levantó la cabeza de la mesa y pestañeó con incredulidad.

—¿Que si quiero que la busques? Si todo esto es verdad, entonces debemos encontrarla, ¿no? ¡Y más si va a regresar para que la quemen viva! ¡Por supuesto que debemos encontrarla! —exclamó—. ¿Qué otra alternativa tenemos?

—¿Y si la encuentro? —replicó Claire. Apoyó una fina mano sobre el árbol genealógico y alzó la mirada—. ¿Qué pasa contigo? —preguntó con voz suave.

Roger miró con impotencia el estudio iluminado y repleto, con la pared cubierta de papeles, la vieja tetera desconchada sobre la vieja mesa de roble. Sólida como.... Apretó con fuerza sus muslos, aferrando la áspera pana como si quisiera asegurarse de que él era tan real como la silla sobre la que estaba sentado.

—Pero... ¡yo soy real! —exclamó—. ¡No puedo... evaporarme!

Claire alzó las cejas.

—No sé lo que te pasaría, no tengo la menor idea. Quizá no habrías existido. En todo caso, no debes preocuparte demasiado ahora. Tal vez la parte de ti que te hace único, tu alma o como quieras llamarla, estaba destinada a existir de cualquier modo, y tú seguirías siendo tú. Al fin y al cabo, ¿qué porcentaje de tus rasgos físicos pueden deberse a tus ancestros de hace seis generaciones? ¿Un cincuenta? ¿Un diez por ciento? —Se encogió de hombros y frunció los labios, mirándolo con cuidado.

»Heredaste los ojos de Geillis, como ya te dije. Pero también tienes rasgos de Dougal. No es un rasgo específico, aunque tienes las mejillas MacKenzie, Bree también las tiene. No, es algo más sutil, algo en tu manera de caminar; cierta gracia. No... —Negó con la cabeza—. No puedo describirlo. Pero el parecido existe. ¿Es algo que necesitas para ser quien eres? ¿Podrías existir sin ese pedacito de Dougal?

Se puso en pie, cansada. Por primera vez desde que Roger la conocía parecía tener la edad que tenía.

—Me he pasado más de veinte años buscando respuestas, Roger, y sólo puedo decirte una cosa: no hay respuestas, sólo elecciones. Yo he tomado unas cuantas decisiones y nadie puede decirme si fueron erróneas o no. Quizá el maestro Raymond, aunque no creo que hubiera opinado; era un hombre que creía en los misterios. Lo único que sé es que tenía que decírtelo; tú debes elegir.

Roger alzó el vaso y vació el resto del whisky.

El año de Nuestro Señor de 1968. El año en que Geillis Duncan entró en el círculo de piedras verticales. El año en que fue a enfrentarse a su destino bajo los serbales en las colinas cercanas a Leoch: un hijo ilegítimo, y una muerte en la hoguera.

Se puso en pie y paseó de un lado a otro de las hileras del estudio. Libros llenos de historia, ese tópico tan burlón y mutable. No hay respuestas, sino elecciones.

Inquieto, tocó los libros de la repisa superior. Era la historia del movimiento jacobita, la historia de las rebeliones: la del año 15 y la del 45. Claire había conocido a varios de los hombres y mujeres descritos en aquellos libros. Había luchado y sufrido con ellos para salvar a un pueblo ajeno. Había perdido todo lo que amaba en el esfuerzo. Y, finalmente, había fracasado. Pero la elección había sido suya, igual que ahora era de él.

¿Existía alguna posibilidad de que todo fuera un sueño, una especie de fantasía? Lanzó una mirada a Claire. Estaba recostada en el sillón, con los ojos cerrados, inmóvil excepto por el latido del pulso, apenas visible en el hueco de su garganta. No. Podía pensar que todo era una ilusión, pero sólo mientras no mirara a Claire. Por mucho que quisiera creer lo contrario, no podía mirarla y poner en duda ni una sola de sus palabras.

Apoyó las manos sobre la mesa, después las giró y vio el laberinto de líneas que cruzaba sus palmas. ¿Se trataba sólo de su destino, o también tenía la vida de una mujer desconocida entre sus manos?

No había respuestas. Cerró las manos suavemente, como si tuviera algo pequeño atrapado entre sus puños y se decidió.

—Busquémosla —dijo.

No hubo respuesta de la figura inmóvil sentada en la silla, ni ningún movimiento salvo el que hacía el pecho al respirar. Claire se había dormido.

48

Caza de brujas

El anticuado timbre retumbó en el interior del apartamento. No era la mejor parte de la ciudad, ni tampoco la peor. Eran casas de gente trabajadora y algunas, como aquélla, estaban divididas en dos o tres apartamentos. Un cartelito escrito a mano debajo del timbre rezaba «MCHENRY ARRIBA. TOCAR DOS VECES». Roger volvió a pulsar el timbre con cuidado y se limpió la mano en los pantalones. Le sudaban las palmas, cosa que le molestaba mucho.

Había un macetero de narcisos amarillos junto a la puerta, medio muertos por falta de agua. Las puntas de las hojas estaban marrones y arrugadas, y las cabezas amarillas caían desconsoladas hacia el tallo.

Claire también los vio.

—Quizá no haya nadie en casa —dijo Claire señalando una maceta—. No han regado esta planta desde hace más de una semana.

Roger sintió alivio ante la idea; creyera o no que Geillis Duncan era Gillian Edgars, no le resultaba muy agradable la visita. Empezaba a retirarse cuando la puerta se abrió de repente, con un crujido de madera que le llevó el corazón a la boca.

—¿Sí? —El hombre que apareció en la puerta los miró de soslayo; tenía los ojos hinchados y la cara ensombrecida por la barba sin afeitar.

—Perdón por interrumpir su siesta, señor —dijo Roger haciendo un esfuerzo por calmarse. Sentía el estómago algo vacío—. Buscamos a la señorita Gillian Edgars. ¿Es ésta su casa?

El hombre se pasó una mano peluda por la cabeza, dejando los mechones en beligerantes puntas.

—Señora Edgars para ti, estúpido. ¿Qué quieren de mi mujer?

Roger sintió ganas de retroceder ante el aliento cargado de alcohol del hombre, pero se mantuvo en su sitio.

—Sólo queremos hablar con ella —dijo en tono conciliador—. ¿Está en casa, por favor?

—¿Está en casa, por favor? —repitió el hombre, que debía ser el señor Edgars, haciendo una mueca para imitar el acento de Oxford de Roger—. No, no está en casa. Lárguense —añadió, y cerró la puerta con semejante golpe que hizo que la cortina de encaje temblara por la vibración.

—No es raro que no esté en casa —comentó Claire poniéndose de puntillas para mirar por la ventana—. Tampoco yo estaría, si eso fuera lo que me esperase.

—Sí. Ése parece ser el caso. ¿Tienes alguna otra idea de dónde encontrar a la mujer? —preguntó Roger.

Claire se apartó del marco de la ventana.

—El hombre está frente al televisor —dijo—. Dejémoslo, por lo menos hasta que abra el bar. Mientras tanto, podemos preguntar en ese instituto. Fiona me dijo que Gillian Edgars asiste a clases en él.

El Instituto para el Estudio del Folklore y el Pasado Escocés estaba en el piso superior de una casa angosta, al lado del distrito comercial. La recepcionista, una pequeña mujer regordeta con chaqueta marrón y vestido estampado, pareció encantada de verlos. No iba mucha gente a aquel lugar, pensó Roger.

—Ah, la señora Edgars —dijo al oír su nombre. A Roger le pareció notar una repentina nota de duda en la voz de la señora Andrews, pero se mantuvo feliz y alegre—. Sí, estudia aquí y está al día con sus pagos. Viene a menudo.

Por el tono de voz, parecía que a la señora Andrews no le importaba mucho.

—¿No está aquí ahora, por casualidad? —preguntó Claire.

La señora Andrews negó con la cabeza, haciendo que docenas de bucles grises bailaran en su cabeza.

—No. Es lunes. Hoy sólo estamos aquí el doctor McEwan y yo. Es el director... —Lanzó una mirada de reproche a Roger, como si debiera haberlo sabido. Entonces, aparentemente apaciguada por su evidente respetabilidad, se ablandó un poco—. Si desean preguntar por la señora Edgars, será mejor que hablen con él. Iré a decirle que están aquí, ¿les parece bien?

Cuando la recepcionista se disponía a salir de detrás del escritorio, Claire la detuvo y le preguntó:

—¿Tiene una foto de la señora Edgars? —preguntó bruscamente. Ante la mirada de sorpresa de la señora Andrews, Claire sonrió con dulzura y dijo—: No quisiéramos hacer perder tiempo al director, si no es la persona que buscamos.

La señora Andrews abrió la boca ligeramente y parpadeó, confusa, pero asintió y empezó a revolver en su escritorio, abriendo cajones y hablando consigo misma.

—Sé que están por aquí, en algún lado. Ayer mismo las vi, así que no pueden haber ido lejos... ¡Aquí están! —Sacó del cajón una carpeta con fotos de ocho por diez en blanco y negro, y rebuscó entre ellas—. Aquí está en una de las excursiones para excavar, cerca del pueblo, pero no se le ve la cara, ¿no? Veamos si encuentro otra...

Volvió a buscar, susurrando para sí, mientras Roger espiaba con interés sobre el hombro de Claire la foto que la señora Andrews había puesto en el escritorio. Mostraba a un pequeño grupo de personas de pie junto a un Land Rover, con bolsos y herramientas en el suelo junto a ellos. Era una foto espontánea, y muchos de los presentes no miraban a la cámara. Claire señaló sin vacilar la imagen de una mujer alta, de largo pelo rubio y lacio que le colgaba hasta la mitad de la espalda. Dio un golpecito a la fotografía y miró a Roger.

—No se ve muy bien —dijo éste.

—¿Qué dice? —preguntó la señora Andrews, alzando la mirada ausente por encima de las gafas—. Ah, no me hablaba a mí. Está bien. He encontrado una foto mejor; aunque tampoco se la ve de frente... Está de lado, pero es mejor que la otra —dijo dejando caer la nueva foto sobre la otra con un golpecillo triunfal.

La foto mostraba a un hombre mayor con gafas y a la misma mujer rubia, inclinada sobre una mesa con lo que a Roger le parecieron partes oxidadas de un coche, pero que seguramente serían antigüedades valiosas. A la muchacha el pelo le caía a un lado y su cabeza miraba al hombre mayor, pero se veían con claridad la nariz recta y corta, la barbilla redondeada y una boca hermosa. Tenía la mirada baja, escondida bajo unas pestañas largas y abundantes.

Roger reprimió un involuntario silbido de admiración. Antepasada o no, era una verdadera muñeca, pensó, irreverente.

Observó a Claire. Ella asintió en silencio. Estaba más pálida que de costumbre y pudo ver que le latía una vena en la garganta, pero dio las gracias a la señora Andrews con su compostura habitual.

—Sí, es ella. Nos gustaría hablar con el director, si es posible —dijo.

La señora Andrews echó un rápido vistazo a la puerta blanca que había detrás de su escritorio.

—Bueno, iré a preguntarle. ¿Podría saber de qué se trata?

Roger estaba a punto de abrir la boca, buscando alguna excusa, pero Claire salió al paso.

—Venimos de Oxford. La señora Edgars solicitó una beca de estudios en el Departamento de Antigüedades y dio el Instituto como referencia junto con el resto de sus credenciales. Así que, si no le molesta...

—Ah, ya veo —dijo la señora Andrews, impresionada—. Oxford. ¡Quién lo diría! Preguntaré al doctor McEwan si puede recibirlos ahora.

Cuando desapareció detrás de la puerta blanca, después de dar un ceremonioso golpecito antes de entrar, Roger se inclinó para susurrar al oído de Claire:

—No existe ningún Departamento de Antigüedades en Oxford —dijo— y tú lo sabes.

—Tú lo sabes —respondió con modestia— y yo también, como has señalado con tanta inteligencia. Pero hay muchas personas en el mundo que no lo saben, y acabamos de encontrarnos con una de ellas.

La puerta blanca comenzó a abrirse.

—Esperemos que por aquí sean todos igual de distraídos —dijo Roger, secándose la frente—, o que tu sepas mentir rápido.

Claire se puso en pie sonriendo a la señora Andrews, que los llamaba, mientras le decía entre dientes:

—¿Yo? ¿Yo, que leí las almas para el rey de Francia? —Se sacudió la falda y la acomodó—. Esto es pan comido.

Roger hizo una reverencia irónica, haciendo un gesto hacia la puerta.

—*Après vous, madame*

Cuando Claire pasó delante de él, añadió en voz baja:

—*Après vous, le déluge.*

Claire irguió los hombros, pero no se volvió.

Para sorpresa de Roger, fue muy fácil. No podría decir si fue por la habilidad de Claire para mentir o por las preocupaciones personales del doctor McEwan, pero éste no puso en duda su buena fe. Al parecer, el hombre no pensó que no era muy probable que unos profesores de Oxford se aventuraran hasta Inverness para hacer averiguaciones sobre una potencial estudiante. Roger pensó que el doctor McEwan tenía la cabeza en otra parte; quizá no pensaba con la claridad acostumbrada.

—Bueeeno... sí, la señora Edgars posee sin duda alguna una mente privilegiada. Muy privilegiada —dijo el director, como si se estuviera autoconvenciendo. Era un hombre alto y sobrio, con un gran labio superior, similar al de un camello, que temblaba mientras buscaba, vacilante, cada palabra—. ¿Ustedes han... ella ha... es decir...? —tartamudeó y por fin preguntó—: ¿Ustedes conocen a la señora Edgars?

—No —dijo Roger, lanzado una mirada austera al doctor McEwan—. Por eso estamos buscando referencias sobre ella.

—¿Hay algo... —Claire hizo una delicada pausa a modo de invitación— que tal vez usted crea que el comité debería saber, doctor McEwan? —Se inclinó hacia delante poniendo unos ojos como platos—. Usted sabe que las informaciones de este tipo son absolutamente confidenciales. Pero es muy importante que estemos muy bien informados; es una cuestión de confianza. —Bajó el tono de voz, sugestivamente—. El ministerio, ya sabe.

A Roger le habría encantado estrangularla, pero el doctor McEwan asentía y su labio temblaba terriblemente.

—Claro que sí, mi querida señora. Sí, por supuesto. El ministerio. Lo entiendo perfectamente. Sí, sí. Bueno, yo..., pues tal vez... No me gustaría que me malinterpretara. Y sin duda se trata de una oportunidad maravillosa para la señora Edgars...

Roger quería degollarlos a ambos. Claire debió de notar que retorcía las manos sobre su regazo por el irresistible deseo, pues puso fin a las divagaciones del director.

—Básicamente nos interesan dos puntos —se apresuró a decir, abriendo el cuaderno que llevaba y colocándolo sobre su rodilla a modo de referencia. «Recoger botella de jerez para la señora T.», leyó Roger de soslayo. «Jamón para el picnic»—. Queremos saber, en primer lugar, cuál es su opinión sobre la erudición de la señora Edgars y, en segundo lugar, qué opina de su personalidad en general. Lo primero ya lo hemos evaluado nosotros —dijo haciendo una pequeña marca en el cuaderno, junto a una entrada que decía «Cambiar cheques de viaje»—; pero, por supuesto, usted cuenta con más elementos para juzgarlo detalladamente.

El doctor McEwan asentía, completamente hipnotizado.

—Sí, pues... —Resopló un poquito y, tras echar un vistazo a la puerta para asegurarse de que estuviera cerrada, se inclinó sobre el escritorio—. La calidad de su trabajo... bueno, con respecto a eso creo poder informarles bien. Les enseñaré algunas cosas en las que ha estado trabajando. Con respecto a lo otro...

Roger pensó que su labio iba a empezar a temblar otra vez y se inclinó hacia delante, amenazador. El doctor McEwan se echó atrás abruptamente, al parecer sorprendido.

—En realidad no es nada importante —prosiguió— pero... bueno, es una joven muy intensa. Quizá su interés a veces parece algo... ¿obsesivo? —elevó la voz, inquisitivo. Miró a Roger y a Claire como una rata atrapada.

—¿Ese intenso interés podría estar centrado en las piedras verticales? ¿Los círculos de piedras? —sugirió Claire.

—Ah, ¿entonces estaba en su solicitud? —El director sacó un pañuelo y se secó la cara con él—. Sí, eso es. Por supuesto, mucha gente se apasiona con el tema. Con el romance, el misterio. Como, por ejemplo, esas almas ignorantes que se reúnen en

Stonehenge el día de San Juan, con capuchas y túnicas, y cantan... todas esas tonterías. No es que quiera comparar a Gillian Edgars con...

Continuó hablando, pero Roger dejó de escuchar. Se ahogaba en la pequeña oficina y el cuello de la camisa le apretaba. Podía oír cómo le latía el corazón, y un lento pero incesante martilleo en los oídos que le resultaba muy irritante.

«No puede ser —pensó—. Es imposible.» Cierto, la historia de Claire Randall era convincente, muy convincente. Pero estaba viendo el efecto que tenía sobre aquel pobre hombre, que no sabía lo que era una beca ni aunque se la pusieran delante de sus narices. Claire era capaz de hacerle creer cualquier cosa. Y no era que Roger fuera tan susceptible como el doctor McEwan, pero...

Agobiado por las dudas y empapado en sudor, Roger prestó poca atención cuando el doctor McEwan sacó un manojo de llaves de su escritorio y se levantó para guiarlos por un largo corredor lleno de puertas.

—Salas de estudio —explicó el director.

Abrió una de las puertas, revelando un cubículo de un metro de lado, donde apenas cabía una mesa, una silla y una pequeña librería. Sobre la mesa había una pila ordenada de carpetas de diferentes colores. En un lado Roger vio un cuaderno con una etiqueta escrita a mano: «VARIOS.» Por alguna razón, la letra le produjo un escalofrío.

Aquel asunto se volvía cada vez más personal. Primero fotografías, después los escritos de la mujer. Por un momento sintió pánico de encontrarse con Geillis Duncan. Es decir, Gillian Edgars. Quienquiera que fuese esa mujer.

El director abría varias carpetas, señalando y dando explicaciones a Claire, la cual fingía tener idea de lo que estaba hablando. Roger espió por encima de su hombro, asintiendo y diciendo: «Ajá, muy interesante» de cuando en cuando, pero lo que había escrito le resultaba incomprensible.

«Ella escribió esto —pensó—. Es real. De carne y hueso, labios grandes y pestañas largas. Y si pasa por la piedra, la quemarán viva... crepitará y arderá, con el cabello prendido como una antorcha en el negro amanecer. Y si no lo hace... yo no existiré.»

Sacudió la cabeza con violencia.

—¿No está de acuerdo, señor Wakefield? —El director lo estaba mirando, sorprendido.

Roger volvió a negar con la cabeza, esta vez avergonzado.

—No, no. Quiero decir... es sólo que... ¿podría beber un vaso de agua?

—¡Por supuesto, por supuesto! Venga conmigo, hay una fuente al volver la esquina, se la enseñaré. El doctor McEwan lo condujo por el corredor, expresando en alta voz su preocupación por su estado de salud.

Una vez fuera de los claustrofóbicos confines de la sala y lejos de los libros y carpetas de Gillian Edgars, Roger empezó a sentirse un poco mejor. Sin embargo, la sola idea de volver a aquel cubículo, donde las palabras de Claire sobre su pasado parecían resonar... no. Tomó una decisión: Claire podía terminar su conversación a solas con el doctor McEwan. Pasó delante del gabinete rápidamente, sin mirar adentro, y atravesó la puerta que daba al escritorio de la recepcionista.

La señora Andrews lo miró al entrar; sus gafas resplandecían con interés y curiosidad.

—¡Por Dios, señor Wakefield! ¿Se siente mal?

Roger se pasó una mano por la cara; debía tener mal aspecto. Sonrió débilmente a la secretaria regordeta.

—No, muchas gracias. Es que hacía mucho calor ahí dentro; quería salir para tomar un poco de aire fresco.

—Ah —asintió la secretaria, de manera comprensiva—. Los radiadores. Se bloquean, ¿sabe?, y no se apagan. Será mejor que los revise.

Se levantó de su escritorio, donde había quedado una foto de Gillian Edgars. La secretaria miró la foto y después a Roger.

—¿No es extraño? —dijo en tono informal—. Estaba mirando esta foto; me preguntaba a quién me recordaba la señora Edgars y no me daba cuenta. Pero se parece mucho a usted, señor Wakefield, en especial en los ojos. ¿No es una coincidencia? ¿Señor Wakefield?

La señora Andrews miró en dirección a la escalera, donde se oían las pisadas de Roger, que se retiraba.

—Tenía prisa, pobre muchacho —dijo.

Aún era de día cuando Claire se reunió con él en la calle, pero ya era tarde; la gente se marchaba a casa a tomar el té, y había un sentimiento relajación general en el aire... una anticipación a una tranquilidad ociosa tras un largo día de trabajo. Roger no sentía lo mismo. Se acercó para abrir la puerta del coche, y sintió tal mezcla de emociones que no sabía lo que debía decir. Claire subió y lo miró con compasión.

—Qué golpe, ¿no? —fue lo único que dijo.

El laberinto endemoniado de las nuevas calles de un único sentido hacía que atravesar el centro de la ciudad requiriera toda su atención.

—¿Cuál es el paso siguiente? —preguntó Roger cuando hubieron atravesado el centro del pueblo y pudo apartar los ojos de la carretera el tiempo suficiente.

Claire estaba recostada en su asiento con los ojos cerrados; algunos mechones de cabello habían escapado de la horquilla. No abrió los ojos ante la pregunta; en cambio, se estiró ligeramente para acomodarse en el asiento.

—¿Por qué no invitas a Brianna a cenar? —le sugirió.

«¿A cenar?», pensó Roger. No le parecía muy adecuado ponerse a cenar en medio de una investigación como aquélla, pero también se dio cuenta de que el vacío que sentía en el estómago tenía varios motivos.

—Bueno, está bien —respondió lentamente—. Pero mejor mañana...

—¿Por qué esperar hasta mañana? —lo interrumpió Claire. Se había incorporado, y se estaba arreglando el cabello. Era abundante y rebelde, y caía en espirales sobre sus hombros. A Roger se le ocurrió que, de repente, la hacía parecer mucho más joven—. Puedes volver a hablar con Greg Edgars después de la cena, ¿no?

—¿Cómo sabes que se llama Greg? —quiso saber Roger con curiosidad—. Y si no ha hablado con nosotros antes, ¿por qué habría de hacerlo más tarde?

Claire lo miró como si de repente dudara de su inteligencia.

—Sé su nombre porque lo leí en su buzón —contestó—. Y esta noche hablará contigo porque le llevarás una botella de whisky.

—¿Y tú crees que nos invitará a pasar?

Claire arqueó una ceja.

—¿No viste la colección de botellas vacías en la basura? Por supuesto que os hará pasar. —Se recostó de nuevo con los puños en los bolsillos de la chaqueta y se quedó mirando fijamente la calle que atravesaban—. E intenta que Brianna te acompañe —dijo en tono informal.

—Ha dicho que no quiere tener nada que ver con todo esto —le recordó Roger.

Claire lo miró con impaciencia. El sol se estaba poniendo detrás de ella y hacía que sus ojos resplandecieran con un tono ámbar, como los de un lobo.

—En ese caso, te sugiero que no le digas de qué se trata —dijo, empleando el tono de jefa de personal de un hospital.

Le ardieron las orejas, y respondió obstinadamente.

—No podrás ocultarlo mucho tiempo, si vamos tú y yo...

—Yo no —lo interrumpió Claire—. Tengo otra cosa que hacer.

Aquello era demasiado, pensó Roger. Detuvo el coche sin hacer señas, lo acercó al bordillo y la miró.

—¿Tienes otra cosa que hacer? ¡Qué bonito! ¡Me ordenas que vaya a engatusar a un borracho que seguramente me atacará cuando me vea y que le oculte a tu hija la razón por la cual hago que me acompañe! ¿Qué pasa? ¿Crees que la necesitaré para que me lleve al hospital una vez que Edgars haya terminado de golpearme con la botella?

—No —respondió Claire, haciendo caso omiso de su tono—. Creo que Greg Edgars y tú podéis convencer a Bree de lo que yo no pude, de que Gillian Edgars es la mujer que yo conocí como Geillis Duncan. A mí no quiere escucharme. A ti tampoco te escuchará si intentas explicarle lo que descubrimos hoy en el Instituto. Pero a Greg Edgars le creerá —concluyó en tono severo, y Roger sintió que su disgusto disminuía un poco. Arrancó el coche de nuevo, y se adentró en la marea de tráfico.

—De acuerdo, lo intentaré —dijo de mala gana, sin mirarla—. ¿Y dónde vas a estar mientras tanto?

Notó un pequeño movimiento junto a él. Claire rebuscó en su bolsillo, sacó la mano y la abrió. Roger vio el brillo plateado de un objeto pequeño en la oscuridad: una llave.

—En el Instituto —contestó—. Quiero ese cuaderno.

Después de que Claire se disculpara para ir a hacer un «recado» (lo que hizo que Roger se estremeciera un poco), condujeron hasta el pub, pero luego decidieron esperar para cenar, puesto que era una noche inesperadamente agradable. Fueron dar un paseo junto al río Ness y Roger se olvidó de sus temores para disfrutar de la compañía de Brianna.

Al principio conversaron con cautela, para evitar temas polémicos. Después empezaron a hablar del trabajo de Roger y la charla se hizo cada vez más animada.

—¿Y cómo sabes tanto del tema? —preguntó Roger, interrumpiéndola en mitad de una frase.

—Mi padre me lo enseñó —respondió. Al pronunciar la palabra *padre* se puso un poco tensa, como si esperara que Roger dijera algo—. Mi verdadero padre —añadió con énfasis.

—Bueno, sabía mucho —respondió Roger con suavidad, rechazando el desafío. «Ya habrá tiempo para discutir —pensó con cinismo—. Pero no seré yo quien tienda la trampa.»

Bajando la calle, Roger vio una luz en la ventana de Edgars. La presa estaba en su guarida. Sintió una inesperada corriente de adrenalina al pensar en la confrontación que le aguardaba.

La adrenalina fue sustituida por los jugos gástricos cuando entraron en el pub, lleno de olor a grasa de cordero. Conversaron de diversos temas evitando referirse a la escena del día anterior. Roger había advertido la frialdad con que se trataban Claire y su hija antes de dejarla en la parada de taxis de camino al pub. Sentadas una junto a la otra en el asiento trasero, le habían recordado a dos gatos que no se conocían, con las orejas planas y las colas inquietas, pero ambas evitando la mirada que las llevaría a atacarse con uñas y dientes.

Después de cenar, Brianna fue a buscar las chaquetas mientras Roger pagaba la cuenta.

—¿Para qué es eso? —preguntó, al ver la botella de whisky—. ¿Piensas coger una melopea?

—¿Coger una melopea? —dijo, sonriéndole—. Te veo muy avanzada en tus estudios lingüísticos. ¿Qué más has aprendido?

Brianna bajó la mirada con exagerada timidez.

—Hay un baile en Estados Unidos que se llama *Shag*. Pero será mejor que no te invite a bailarlo aquí.

—No, a menos que lo digas en serio —dijo.

Ambos se echaron a reír, pero a Roger le pareció que Brianna se había ruborizado, y fue consciente de la agitación que le causó la sugerencia, lo que le hizo colgarse la chaqueta de un brazo en lugar de ponérsela.

—Bueno, después de beber bastante de ese whisky, todo es posible —dijo Brianna, señalando la botella con una sonrisa algo maliciosa—. ¡Sabe a rayos!

—Es un gusto adquirido —le hizo saber Roger, exagerando su acento—. Sólo los escoceses apreciamos su sabor. Te compraré una botella para que vayas practicando. Pero ésta es un regalo; se la prometí a alguien. ¿Quieres acompañarme o la llevo después?

No sabía si deseaba que Brianna lo acompañara o no, pero sintió una oleada de felicidad cuando ella asintió, se encogió de hombros y se puso la chaqueta.

—Claro, ¿por qué no?

—Bien. —Extendió la mano y le dobló con delicadeza la solapa—. Queda calle abajo... ¿Vamos caminando?

El vecindario tenía mejor aspecto de noche. La oscuridad disimulaba la sordidez de las casas y las luces de las ventanas daban a la calle un aspecto de intimidad ausente durante el día.

—Sólo será un momento —dijo Roger mientras tocaba el timbre. No sabía si esperaba estar en lo cierto o no. Su primer temor desapareció al abrirse la puerta; había alguien en casa y todavía estaba consciente.

Era evidente que Edgars había pasado la tarde en compañía de una de las botellas alineadas en el borde de la alacena que se veía detrás de él. Afortunadamente, no pareció relacionar a los visitantes nocturnos con los de la tarde. Entrecerró los ojos cuando Roger hizo las presentaciones, inventadas camino de la casa.

—¿El primo de Gilly? No sabía que tuviera un primo.

—Pues lo tiene —dijo Roger, aprovechando audazmente aquella admisión—. Y soy yo. —Ya vería cómo se las arreglaría con Gillian cuando la viera. Si es que la veía.

Edgars parpadeó una o dos veces, después se frotó un ojo hinchado con un puño, como si quisiera verlos mejor. Con cierta dificultad fijó los ojos en Brianna, que se escondía detrás de Roger.

—¿Y quién es ella? —preguntó.

—Es... mi novia —improvisó Roger.

Brianna lo miró pero no dijo nada. Seguramente se habría dado cuenta de que pasaba algo raro, pero se adelantó sin protestar cuando Greg Edgars los hizo pasar.

El apartamento era pequeño y mal ventilado, y estaba atestado de muebles de segunda mano. El aire olía a cigarrillos y a basura de varios días y se veían restos de comida para llevar, dispersos por todas las superficies horizontales de la habitación. Brianna miró a Roger como diciéndole: «¡Vaya, qué parientes que tienes!», y él se encogió de hombros, como respondiéndole: «No tengo la culpa.» El ama de casa no estaba y se veía que desde hacía mucho.

Por lo menos no en el sentido físico. Al sentarse en la silla que Edgars le ofrecía, Roger vio una fotografía de tamaño natural del rostro de Gillian, en un marco de latón, en el centro de la pequeña repisa, y se mordió el labio para reprimir una exclamación.

La mujer parecía mirarlo directamente a la cara, sonriéndole ligeramente. Abundantes mechones de pelo rubio platino le caían, brillantes, sobre los hombros, y le enmarcaban el rostro en forma de corazón. Sus ojos eran de un verde profundo como el musgo invernal, y brillaban bajo unas pestañas gruesas y oscuras.

—Buena fotografía, ¿eh? —Greg Edgars miró el retrato con una mezcla de hostilidad y añoranza.

—Eh, sí. Igual a ella —contestó Roger, casi sin aliento, y se volvió para retirar un envoltorio arrugado de pescado con patatas de la silla.

Brianna miró el retrato con interés y después a Roger. Claramente, estaba comparándolos. Primos, ¿eh?

—Veo que Gillian no está —comentó Roger. Empezó a rechazar la copa que le ofrecía Edgars, pero después cambió de parecer y aceptó. Quizá se ganara su confianza si compartía una copa con él. Si Gillian no estaba, necesitaba averiguar dónde podía encontrarla.

Ocupado en quitar el sello con los dientes, Edgars sacudió la cabeza; después se quitó con delicadeza la cera y el papel del labio inferior.

—No. Esto no parece tan feo cuando ella está. —Con un ademán señaló los ceniceros llenos y los vasos de papel tirados—. Es parecido, pero no está tan mal.

Cogió tres vasos del aparador de la porcelana, observando cada uno con vacilación, para ver si tenían polvo.

Vertió el whisky con el cuidado exagerado de alguien muy borracho, cruzando la habitación para llevar los vasos, uno por uno, a sus invitados. Brianna aceptó un vaso pero no quiso sentarse; en cambio, se apoyó con elegancia contra la esquina del armario.

Edgars se echó sobre el raído sofá, ignorando los desechos, y alzó su vaso.

—Salud, compañero —dijo rápidamente, y bebió un buen trago—. ¿Cómo has dicho que te llamabas? —preguntó, espabilando de repente—. Ah, Roger, claro. Gilly nunca me ha hablado de ti... pero, claro —añadió de mal humor—, nunca he sabido nada de su familia; no la menciona. Creo que se avergüenza de ellos... pero tú no pareces tan malo —dijo con generosidad—. Tu chica es guapa, por lo menos. Ah, eso suena bien, ¿no? «Tu chica es guapa, por lo menos.» —Estalló en carcajadas, salpicando gotas de whisky.

—Sí —dijo Roger—. Gracias.

Bebió un sorbo. Brianna, ofendida, le dio la espalda a Edgars y fingió examinar los contenidos del aparador a través de las puertas de cristal biselado. Pensó que no había necesidad de andarse por las ramas. Edgars no reconocería la sutileza ni aunque la tuviera delante de sus narices, y existía una gran probabilidad de que pronto perdiera el conocimiento, al ritmo que llevaba.

—¿Sabe dónde está Gillian? —preguntó bruscamente. Cada vez que pronunciaba su nombre le sonaba raro. Esta vez no pudo evitar mirar a la repisa, donde la foto le sonreía serenamente.

Edgars meneaba la cabeza de un lado a otro sobre su vaso con energía. Era un hombre bajo y robusto, más o menos de la edad de Roger, pero parecía mucho mayor.

—No —respondió—. Creí que tú lo sabrías. Seguramente estará con las Rosas, o con los nacionalistas. No sé con cuál de los dos.

—¿Los nacionalistas? —El corazón de Roger comenzó a acelerarse—. ¿Se refiere a los nacionalistas escoceses?

Los párpados de Edgar comenzaban a caer; sin embargo, los abrió una vez más.

—Ah, sí. Malditos nacionalistas. Ahí es donde conocí a Gilly.

—¿Y cuándo fue eso, señor Edgars?

Roger, sorprendido, levantó la mirada al oír la suave voz. Pero no era la fotografía quien había hablado, sino Brianna, que le miraba fijamente. Roger no supo si su pregunta fue sólo para conversar o si sospechaba algo. Su rostro no mostraba nada, más allá de un amable interés.

—No sé... dos o tres años. Al principio era todo diversión: echar a los malditos ingleses, que Escocia se una al Mercado Común por su cuenta... cerveza en las tabernas y unos arrumacos en la parte de atrás de la camioneta cuando volvíamos de las campañas. —Edgar meneó la cabeza, con la mirada empañada ante la imagen. Entonces la sonrisa desapareció de su rostro y frunció el ceño sobre su vaso—. Eso fue antes de que se volviera loca.

—¿Loca? —Roger echó otro rápido vistazo a la foto. Ardiente, cierto. Eso parecía. Pero no loca. ¿Podía saberse, por una foto?

—Sí. Se unió a la Sociedad de la Rosa Blanca, ese grupo jacobita que entroniza al príncipe y todo eso. Están todos locos; se visten con trajes antiguos, con espada y todo. Está bien si les gusta, por supuesto —añadió, intentando mostrarse objetivo—. Pero Gilly siempre se toma las cosas muy a pecho. No hacen más que hablar del príncipe Carlos. ¿Qué habría pasado si hubiera ganado en el cuarenta y cinco? Beben cerveza en la cocina hasta altas horas de la noche y discuten por qué no ganó. Y en gaélico. —Puso los ojos en blanco—. Tonterías, digo yo. —Vació el vaso de un trago, como para enfatizar su opinión.

Roger sintió la mirada de Brianna taladrándole la nuca. Se tiró del cuello de la camisa para aflojarlo, aunque no llevaba corbata y el botón ya estaba desabrochado.

—¿Su esposa también está interesada en las piedras verticales, señor Edgars? —Brianna ya no se preocupaba por mostrarse cortés. Su voz era cortante como la de un cuchillo, pero Edgars no lo advirtió.

—¿Piedras?

Parecía confuso; se metió un dedo en la oreja y comenzó a hurgar laboriosamente, como si así esperara mejorar el sentido del oído.

—Los círculos de piedras prehistóricas. Como los de Clava Cairns —dijo Roger, mencionando uno de lugares más emblemáticos de la región. De perdidos, al río, pensó, con un suspiro mental de resignación. Brianna no volvería a hablarle, así que, ya puestos, averiguaría todo lo que pudiera.

—Ah, ésas. —Edgars rió—. Sí, claro. En todas esas bobadas. Eso fue lo último, y lo peor. Y gasta un montón de dinero en ese Instituto, donde se pasa día y noche haciendo cursos... ¡cursos! No son más que cuentos de hadas. «No aprenderás nada útil en ese lugar, muchacha —le dije—. ¿Por qué no aprendes a escribir a máquina? Búscate un empleo, si estás aburrida», le dije. Así que se fue —dijo de mal talante—. Hace dos semanas que no la veo.

Miró su vaso, como sorprendido por encontrarlo vacío.

—¿Queréis otro? —dijo alcanzando la botella, pero Brianna negó con la cabeza con decisión.

—No, gracias. Debemos irnos. ¿No es cierto, Roger?

Al ver el peligroso brillo de sus ojos, Roger no sabía si no sería mejor quedarse a terminar el resto de la botella con Greg Edgars. Pero si Brianna se llevaba el coche tendría que recorrer un largo camino hasta la rectoría. Se levantó con un suspiro y sacudió la mano de Edgars a modo de despedida. La sintió cálida y sorprendentemente firme, aunque un poco húmeda.

Edgars los siguió hasta la puerta, agarrando la botella por el cuello. Los miró a través de la reja y de repente les gritó:

—Si veis a Gilly, decidle que vuelva a casa, ¿eh?

Roger se dio la vuelta e hizo un ademán a la figura borrosa parada en el rectángulo iluminado la puerta.

—Lo intentaré —dijo; las palabras se le atascaban en la garganta.

Estaban ya cerca del pub cuando Brianna saltó.

—¿Qué diablos te propones? —preguntó. Parecía enfadada, pero no histérica—. Me dijiste que no tenías parientes aquí. ¿Qué es esto de una prima? ¿Quién es la mujer de la foto?

Roger miró la calle a oscuras buscando inspiración, pero no consiguió ninguna. Respiró hondo y la cogió del brazo.

—Geillis Duncan —dijo.

Brianna se detuvo en seco y la sorpresa hizo que hasta el brazo de él se estremeciera. Ella apartó el brazo deliberadamente. El frágil ambiente de la noche se había roto.

—No... me... toques —dijo entre dientes—. ¿Ha sido idea de mi madre?

A pesar de su resolución de mostrarse comprensivo, Roger sintió que se enfadaba.

—Mira —le dijo—, ¿no puedes pensar en otra persona que no seas tú? Sé que todo esto ha sido un duro golpe para ti, y lo entiendo. Y si no puedes decidirte a pensar siquiera en la posibilidad... bueno, no voy a obligarte. Pero también debes tener en cuenta a tu madre. Y a mí.

—¿A ti? ¿Qué tienes tú que ver con todo esto?

Estaba demasiado oscuro como para verle la cara, pero la sorpresa de su voz era evidente.

Roger no quería complicar más las cosas explicando su relación con el asunto, pero ya era demasiado tarde para guardar secretos. Y, sin duda alguna, Claire había sido consciente de ello cuando sugirió que saliera con Brianna aquella noche.

Como en una revelación, se dio cuenta por primera vez de cuál había sido la intención de Claire. Tenía un modo de probarle a Brianna que su historia era verdadera más allá de toda duda. Tenía a Gillian Edgars, que (quizá) todavía no había desaparecido para encontrar su destino como Geillis Duncan, atada a un poste ardiente bajo los serbales de Leoch. Hasta el más escéptico quedaría convencido, supuso, al ver a alguien desapareciendo en el pasado delante de sus ojos. No era raro que Claire quisiera encontrar a Gillian Edgars.

En pocas palabras le contó a Brianna su relación con la supuesta bruja de Cranesmuir.

—De modo que puede ser cuestión de su vida o la mía —terminó, encogiéndose de hombros, horriblemente consciente de lo melodramático que sonaba—. Claire... tu madre dejó que yo decidiera. Pero pensé que, al menos, tenía que buscarla.

Brianna había dejado de caminar para escucharlo. La luz tenue de una tienda atrapó el destello de sus ojos mientras lo miraba.

—Entonces, ¿la crees? —preguntó. No había incredulidad ni desdén en su voz; estaba seria.

Roger suspiró y volvió a cogerla del brazo. Ella no se resistió, sino que caminó junto a él.

—Sí —contestó—. Tuve que creerla. Tú no viste su cara cuando vio las palabras escritas en el interior del anillo. Eso fue real, lo suficiente para romperme el corazón.

—Será mejor que me lo cuentes —dijo Brianna, después de un corto silencio—. ¿Qué palabras?

Cuando hubo terminado de explicarle la historia, ya habían llegado al aparcamiento del pub.

—Bueno... —dijo Brianna, vacilante—. Si... —Se detuvo otra vez, mirándolo a los ojos. Estaba lo bastante cerca para que Roger sintiera la calidez de sus senos cerca de su pecho, pero no intentó abrazarla. La iglesia de St. Kilda estaba demasiado lejos y ninguno de los dos deseaba recordar la tumba donde los nombres de los padres de Brianna estaban escritos en la piedra.

—No sé, Roger —dijo Brianna, moviendo la cabeza. El cartel de neón que había sobre la puerta trasera del pub provocaba destellos morados en su cabello—. No puedo... no puedo pensar en esto todavía. Pero... —Las palabras murieron en su boca, pero le acarició una mejilla con la mano, ligera como el viento nocturno—, pensaré en ti —susurró.

Si te lo propones, entrar a robar en un lugar con una llave no es difícil. La posibilidad de que volvieran el doctor McEwan o la señora Andrews y me sorprendieran era mínima. Y aunque me descubrieran, sólo tenía que decir que había regresado a buscar un cuaderno que había perdido y que había encontrado la puerta abierta. Ya no estaba muy acostumbrada, pero en una etapa de mi vida el engaño había sido como mi segunda naturaleza. Mentir era como montar en bicicleta, pensé; no se olvida nunca.

No era el acto de apoderarme del cuaderno de Gillian Edgars lo que me ponía el corazón a cien y hacía que el sonido de mi respiración resonara en mis oídos, sino el cuaderno en sí.

Como me había dicho el maestro Raymond en París, el poder y el peligro de la magia residen en las personas que creen en ella. Por lo que había visto, la información que contenía el cuaderno era una serie de hechos, suposiciones y fantasías, importantes sólo para quien lo había escrito. Pero sentí un rechazo casi físico al tocarlo. Sabiendo quién lo había escrito, supe de qué se trataba: lo que los franceses llaman un *grimoire*: el libro de un brujo, lleno de sus secretos.

Si había alguna pista acerca del paradero y de las intenciones de Geillis Duncan, estaría allí. Reprimí un escalofrío al tocar la cubierta suave, y lo metí bajo la chaqueta, sosteniéndolo con el codo mientras bajaba por las escaleras. Una vez a salvo en la calle, seguí con el cuaderno bajo el abrigo; a medida que caminaba, la cubierta se humedecía más por el sudor. Me parecía que llevaba una bomba, algo que debía ser tratado con mucho cuidado para prevenir una explosión.

Caminé un rato. Finalmente, entré en un restaurante italiano con terraza junto al río. La noche era fría, pero un pequeño fuego eléctrico calentaba las mesas de la terraza lo suficiente como para poder usarlas. Elegí una y pedí una copa de Chianti. Saboreé el vino un rato; había puesto el cuaderno sobre el mantel frente a mí, a la sombra de un cesto de pan de ajo.

Estábamos a finales de abril. Faltaban pocos días para el primero de mayo, la festividad de Beltane. El día en que yo había iniciado mi viaje al pasado. Supuse que debía de haber algo relacionado con ese día que lo había hecho posible. ¿O quizá era sólo la época del año? Había regresado a mediados de abril. Quizá la época del año no tenía nada que ver. Pedí otra copa de vino.

Podía ser que sólo ciertas personas tuvieran la capacidad de penetrar esa barrera, y que fuera impenetrable para todos los demás. ¿Quizá algo en la constitución genética? Quién sabe. Jamie no había podido atravesarla, pero yo sí. Era evidente que Geillis Duncan había podido, o iba a poder hacerlo. O quizá no podría, ya veríamos. Pensé en el joven Roger Wakefield y sentí cierta inquietud. Decidí pedir un poco de comida para acompañar el vino.

La visita al Instituto me había convencido de que fuera cual fuese el paradero de Gillian/Geillis, aún no había realizado el viaje al pasado. Cualquiera que estudiara el folklore escocés sabía que se acercaba Beltane y, si trataba de volver al pasado, seguramente escogería ese día. Pero no sabía dónde podía estar Gillian, si no estaba en casa: ¿estaría escondida? ¿O realizando algún rito especial de preparación aprendido del grupo de neodruidas de Fiona? En el cuaderno podía haber una clave, pero sólo Dios lo sabía.

Dios también sabía cuál era mi objetivo en todo aquello. Pensaba que yo también lo sabía, pero ya no estaba tan segura. ¿Había involucrado a Roger en la búsqueda de Geillis porque me parecía la única manera de convencer a Brianna? Aunque la encontráramos a tiempo, mi propósito sólo se vería cumplido si Gillian lograba volver al pasado. Y si lo hacía, moriría quemada.

Cuando Geillis Duncan fue condenada por bruja, Jamie me dijo: «No te lamentes por ella, Sassenach, es una mujer malvada.» Fuera malvada o loca, en aquel momento no había tenido importancia. ¿Debería dejar las cosas como estaban y permitir que se enfrentara a su propio destino? Sin embargo, pensé, ella me había salvado la vida. Pese a lo que era (o sería) ¿le debía el favor de tratar de salvarle la vida? ¿Y de ese modo quizá condenar a Roger? ¿Qué derecho tenía a entrometerme todavía más?

«No se trata de derecho, Sassenach —me pareció oír la voz de Jamie con un tono de impaciencia—. Es una cuestión de deber. De honor.»

—Honor, ¿no es así? —dije en voz alta—. ¿Y qué es el honor?

El camarero, que sujetaba mi plato de tortellini Portofino, me miró asombrado.

—¿Eh? —dijo.

—No importa —respondí, demasiado distraída para importarme lo que pensara de mí—. Será mejor que me traiga el resto de la botella.

Terminé mi cena rodeada de fantasmas. Después, fortalecida por la comida y el vino, aparté el plato vacío y abrí el cuaderno gris de Gillian Edgars.

49

Bienaventurados los que...

No existe lugar más oscuro que un camino de las Highlands una noche sin luna. Los faros de un coche iluminaron la silueta de la cabeza y los hombros de Roger en un súbito destello de luz. Tenía los hombros inclinados hacia delante, como defendiéndose del peligro inminente. Bree también estaba encorvada, acurrucada en un rincón del asiento junto a mí. Los tres estábamos callados, aislados el uno del otro, encerrados en nuestros pequeños mundos de silencio, dentro del silencio aún mayor del coche, que avanzaba a toda velocidad.

Tenía los puños doblados en los bolsillos de mi chaqueta, y tocaba ociosamente algunas monedas y otros objetos: un pañuelo de papel, un lápiz gastado, una pequeña pelota de goma que había dejado un joven paciente en mi oficina. Mi pulgar recorrió e identificó el borde acordonado de una moneda de veinticinco centavos estadounidenses, la amplia cara labrada de un penique inglés, y el borde serrado de una llave... la llave del cubículo de Gillian Edgars, que no había devuelto aún al Instituto.

Había llamado por teléfono a Greg Edgars antes de salir de la rectoría, pero no había respondido nadie.

Observé el cristal oscuro de la ventana sin ver mi reflejo, ni las formas de las paredes de piedra ni los árboles dispersos junto a los que pasábamos a toda velocidad. En cambio, veía una hilera de libros sobre la única estantería del cubículo, en una hilera tan ordenada como los frascos de un boticario y, debajo, el cuaderno escrito con caracteres inclinados, con conclusiones y fantasías mezcladas con mitos y ciencia, escritos eruditos y leyendas, todo basado en el poder de los sueños. Para un observador accidental, podía tratarse de un montón de tonterías a medio hilar o, en el mejor de los casos, del borrador de una novela medio ingeniosa y medio superficial. Sólo para mí tenía el aspecto de un plan cuidadosamente preparado.

En una parodia del método científico, la primera sección se titulaba «Observaciones». Contenía referencias inconexas, dibujos y tablas numeradas. Una de ellas era «La posición del sol y de la luna en la festividad de Beltane», con una lista de más de doscientas cifras pares. Otras se referían a la víspera de Año Nuevo, a la del solsticio de verano o noche de San Juan, y a la de Samhain o víspera de difuntos. Otra hacía referencia a las antiguas festividades del fuego y del sol, y otra al sol de Beltane, que aparecería al día siguiente.

La parte central del cuaderno se titulaba «Especulaciones». Por lo menos, reflexioné, el nombre se correspondía más con la realidad. Una página contenía la siguiente aseveración escrita en letras oblicuas: «Los druidas quemaban víctimas propiciatorias dentro de jaulas de mimbre con formas humanas, pero por lo general se estrangulaba a la gente y la sangre se derramaba hasta que el cuerpo quedaba vacío. ¿Era el fuego o la sangre el elemento fundamental?» La curiosidad despiadada de esta pregunta me hizo evocar claramente el rostro de Geillis Duncan. Pero no la estudiante de ojos grandes y pelo liso cuyo retrato había en el Instituto, sino la esposa del fiscal, callada y de sonrisa irónica, diez años mayor, versada en el uso de drogas y del cuerpo, la que seducía a los hombres y los mataba sin compasión para lograr sus fines.

La última sección de la libreta, titulada «Conclusiones», era la que nos había llevado a emprender aquel oscuro viaje en la víspera de Beltane. Apreté la llave, deseando con todo mi corazón que Greg Edgars hubiera respondido al teléfono.

Roger aminoró la marcha al entrar en el sendero de tierra que serpenteaba por la colina de Craigh na Dun.

—No veo nada —dijo. Hacía tanto que no hablaba que la voz le salió ronca, beligerante.

—Pues claro que no —dijo con impaciencia Brianna—. Desde aquí no se ve el círculo de piedras.

Roger gruñó y aminoró la marcha aún más. Era evidente que estaban nerviosos. Sólo Claire parecía tranquila, inmune a la tensión creciente del coche.

—Ella está aquí —dijo de repente.

Roger frenó con tanta brusquedad que tanto Claire como su hija chocaron contra el asiento delantero.

—¡Ten cuidado, idiota! —gritó Brianna, furiosa.

Se pasó una mano por el pelo y se lo apartó de la cara con un gesto rápido y nervioso. Tragó saliva de manera visible mientras se inclinaba para mirar a través de la ventana oscura.

—¿Dónde? —preguntó.

Claire señaló hacia la derecha, con las manos aún metidas en los bolsillos.

—Hay un coche justo detrás de ese matorral.

Roger se mojó los labios y se dispuso a abrir la puerta.

—Es el coche de Edgars. Iré a ver; quedaos aquí.

Brianna abrió la portezuela con un chirrido metálico provocado por las bisagras sin engrasar y miró a Roger con una expresión burlona que lo hizo enrojecer bajo el tenue resplandor. Antes de que Roger bajara del coche, ya había vuelto.

—Allí no hay nadie —informó. Miró hacia la parte superior de la colina—. ¿Creéis que...?

Claire terminó de abrocharse la chaqueta y bajó sin responder a la pregunta.

—Es por aquí —dijo.

Tomó la delantera; Roger, al observar la pálida silueta fantasmal que subía la colina delante de él, recordó la otra expedición colina arriba, en el cementerio de St. Kilda. Brianna también pareció recordarlo, pues vaciló y murmuró algo, irritada. Pero después cogió a Roger por el codo y lo apretó con fuerza. Si fue para darle ánimos o para pedir apoyo, Roger no lo sabía. Pero en todo caso a él lo animó, de modo que le dio una palmadita en la mano y la encajó en la curva de su brazo. Pese a su incertidumbre general, y la innegable inquietud que le provocaba la expedición, sintió cierto entusiasmo a medida que se acercaban a la cima de la colina.

Era una noche despejada, sin luna y muy oscura; sólo los débiles destellos de las partículas de mica bajo la luz de las estrellas les permitían distinguir las enormes piedras del antiguo círculo de la noche que los rodeaba. Se detuvieron en la cumbre redonda de la colina, y se apiñaron como un rebaño perdido de ovejas. Roger respiraba ruidosamente.

—¡Esto es una tontería! —exclamó Brianna entre dientes.

—No, no lo es —replicó Roger. De repente, sintió que se quedaba sin aliento, como si una faja le hubiera extraído todo el aire del pecho—. Allí hay una luz.

Apenas se veía. Fue apenas una chispa que desapareció enseguida, pero Brianna alcanzó a verla. Roger oyó su respiración agitada.

«¿Y ahora qué? —se preguntó Roger—. ¿Deberían gritar? ¿O el ruido de los visitantes precipitaría la acción de la presa? Y de ser así, ¿en qué consistiría?»

Vio que Claire movía la cabeza repentinamente, como si tratara de espantar un insecto. Dio un paso atrás y tropezó con él.

Roger la cogió del brazo, murmurando: «Quieta, quieta», como si fuera un caballo. Su rostro apenas se veía a la luz de las estrellas, pero pudo sentir el escalofrío que la recorrió, como la electricidad a través de un cable. Permaneció inmóvil, sosteniendo su brazo sin saber qué hacer.

Un olor repentino a gasolina lo hizo moverse. Vagamente notó que Brianna también la había olido y que se giraba hacia el extremo norte del círculo. Roger soltó el brazo de Claire y atravesó los matorrales y las rocas para ir hacia el centro del círculo, donde una figura negra agazapada destacaba sobre la superficie de hierba.

Oyó la voz de Claire a sus espaldas, fuerte y apremiante, rompiendo el silencio.

—¡Gillian! —llamó.

Se oyó un ruido suave y repentino y la noche se iluminó. Deslumbrado, Roger dio un paso atrás, tropezó y cayó de rodillas.

Por un momento no sintió otra cosa que la fuerte luz que le lastimaba las retinas y la brillantez que ocultaba todo lo que se encontrara por detrás. Oyó un grito a su lado y sintió la mano de Brianna sobre su hombro. Pestañeó con fuerza, con los ojos llenos de lágrimas, y comenzó a recuperar la vista.

La delgada figura se interponía entre ellos y el fuego como un reloj de arena. A medida que veía con más claridad, se dio cuenta de que estaba vestida con una falda larga y un corpiño ajustado: ropas de otra época. Se volvió al oír su nombre, y Roger pudo ver brevemente sus enormes ojos claros y su pelo suelto, agitado por el viento caliente del fuego.

Mientras se levantaba con dificultad, encontró tiempo para preguntarse cómo habría arrastrado un tronco de semejante tamaño hasta allí. Entonces lo envolvió de repente el olor a pelo quemado y a piel chamuscada, y recordó. Greg Edgars no estaba en casa. Como no sabía si era la sangre o el fuego el elemento fundamental, Gillian había elegido ambos.

Roger hizo a Brianna a un lado y corrió en dirección a la mujer alta y delgada cuyo rostro era un espejo del suyo. Ella lo vio venir, se volvió y echó a correr como el viento hacia la piedra partida del final del círculo. Llevaba una mochila de áspero lienzo sobre el hombro; oyó gruñir a la muchacha y soltó un bufido cuando ésta la golpeó.

Gillian se detuvo un instante, extendiendo las manos hacia la roca, y miró hacia atrás. Roger habría jurado que sus ojos se posaron en él y lo miraron más allá de la barrera del fuego. Roger abrió la boca en un grito silencioso. Entonces ella se dio la vuelta como una chispa danzarina y desapareció por la grieta de la roca.

El fuego, el cuerpo y la noche desaparecieron bruscamente con un ruido atronador. Roger se encontró boca abajo, aferrándose a la tierra, buscando con desesperación alguna sensación familiar que le permitiera saber que estaba cuerdo. Pero su búsqueda fue vana; ninguno de sus sentidos parecía funcionar. Hasta el contacto con el suelo era insustancial, amorfo, como si estuviera tendido sobre arenas movedizas, no sobre granito.

Cegado por la blancura, ensordecido por el ruido de la piedra, palpó a su alrededor, agitándose con desesperación, perdiendo el contacto con sus propias extremidades; sólo era consciente de algo que lo arrastraba y de la necesidad de resistirlo.

No percibía el paso del tiempo; le parecía que siempre había estado luchando en el vacío, cuando por fin se dio cuenta de algo ajeno a sí mismo. Unas manos lo cogían de los brazos desesperadamente y un pecho se apretaba contra su rostro con una suavidad sofocante.

Al poco recuperó la audición; oyó una voz llamándolo por su nombre. En realidad, gritándolo, jadeando entre insultos.

—¡Idiota! ¡Estúpido! Despierta, Roger... ¡imbécil!

La voz parecía amortiguada, pero el significado de las palabras le llegaba con claridad. Con un esfuerzo sobrehumano, se levantó y la cogió por las muñecas. Se dio la vuelta sintiéndose tan pesado como al comienzo de una avalancha y se encontró pestañeando estúpidamente ante el rostro manchado de lágrimas de Brianna Randall, cuyos ojos oscuros parecían cavernas a la luz mortecina del fuego.

El olor a gasolina y a carne chamuscada era abrumador. Se giró, sintió náuseas y vomitó con fuerza sobre la hierba húmeda. Estaba demasiado ocupado para sentirse agradecido por haber recuperado el sentido del olfato.

Se secó la boca con la manga y palpó el brazo de Brianna, que estaba acurrucada, temblando.

—¡Oh, Dios! —decía—. ¡Dios mío! Creía que no iba a poder detenerte. Ibas gateando directo a la piedra. ¡Dios mío!

No se resistió cuando Roger la atrajo hacia sí, pero tampoco le respondió. Continuó temblando; las lágrimas le caían de los ojos grandes y vacíos, y repetía: «¡Dios mío!» a intervalos, como un disco rayado.

—Shh —dijo Roger, dándole palmaditas—. Ya ha pasado. Shh. —El mareo se le estaba pasando, aunque todavía tenía la sensación de haber sido partido en varios trozos y desparramado a los cuatro vientos.

Se oyó un ruido proveniente del objeto oscuro que había en el suelo, pero aparte de aquello y de las exclamaciones mecánicas de Brianna, la noche estaba recuperando su quietud. Se tapó las orejas con las manos, como para aquietar los ecos del grito.

—¿Lo has oído? —le preguntó a Brianna. Ésta continuó llorando, pero asintió con la cabeza como un autómata.

—¿Tu madre...? —empezó a decir, hilando sus pensamientos con esfuerzo; de repente, ató cabos y se incorporó de golpe—.

853

¡Tu madre! —exclamó asiendo con fuerza ambos brazos de Brianna—. ¡Claire! ¿Dónde está?

Brianna abrió la boca, estupefacta, y se puso en pie con esfuerzo, mirando con desesperación los confines del círculo vacío, donde sólo se veían las piedras del tamaño de un hombre, medio escondidas en las sombras de la agonizante hoguera.

—¡Madre! —gritó—. ¡Madre! ¿Dónde estás?

—Está bien —dijo Roger, tratando de parecer tranquilizador—. Ahora estará bien.

En realidad, no tenía ni idea de si Claire Randall alguna vez iba a estar bien. Por lo menos estaba viva y eso era lo único que podía asegurar.

La habían encontrado inconsciente en la hierba, cerca del círculo de piedras, pálida como la luna; sólo el lento y oscuro chorro de sangre que manaba de las palmas arañadas de sus manos evidenciaba que su corazón aún latía. Roger prefería no recordar el infernal viaje colina abajo hasta el coche, con el peso inconsciente de Claire sobre su hombro, tropezando con las piedras y enganchándose con las ramas.

El descenso de la colina maldita lo había dejado exhausto. Había sido Brianna, con el rostro tenso por la concentración, quien condujo hasta la rectoría con las manos pegadas al volante. Desplomado en el asiento de al lado, Roger vio a través del espejo retrovisor el último brillo tenue de la colina que dejaban atrás; allí, una pequeña y luminosa nube flotaba como el humo blanquecino de una explosión de cañón, evidencia muda de una batalla reciente.

Brianna miraba a cada rato el sofá donde yacía su madre, inmóvil como una momia en un sarcófago. Con un escalofrío, Roger evitó utilizar la chimenea, donde el fuego esperaba ser atizado, y en su lugar encendió la pequeña estufa eléctrica con que el reverendo solía calentarse los pies en noches muy frías. Las barras de la estufa se pusieron anaranjadas y calientes con un crujido amistoso que rompió el silencio del estudio.

Roger se sentó sobre un taburete bajo junto al sofá, sin fuerzas. Con un último resto de determinación, extendió la mano hacia la mesa del teléfono y la dejó a escasos centímetros del aparato.

—¿Debemos... —Tuvo que aclararse la garganta—. ¿Debemos llamar a un médico? ¿O a la policía?

—No. —La voz de Brianna sonó distraída al inclinarse sobre la figura inmóvil—. Está volviendo en sí.

Los párpados se movieron, tensos por un instante al recordar el dolor, después se relajaron y se abrieron. Tenía los ojos claros y suaves como la miel. Miraron a un lado y a otro, primero a Brianna, que estaba de pie junto a ella, y después se fijaron en el rostro de Roger.

Los labios de Claire estaban pálidos como el resto de la cara; le costaba hablar, pero al fin lo consiguió.

—Ella... ¿ha regresado?

Sus dedos se aferraban con fuerza a la tela de su falda; Roger vio la mancha oscura de sangre que dejaban y se rodeó instintivamente las rodillas, sintiendo un cosquilleo en las palmas. Claire también se había agarrado a la hierba y a la grava para evitar ser atrapada por el pasado. Roger cerró los ojos para olvidar el recuerdo de esa sensación, que él también había experimentado.

—Sí —respondió—. Ha regresado.

Los ojos claros se fijaron en su hija; las cejas se arquearon como preguntando. Pero fue Brianna quien hizo una pregunta.

—Entonces, ¿era verdad? ¿Todo?

Roger percibió el pequeño escalofrío que recorrió a la muchacha y, sin pensarlo, la cogió de la mano. Se sobresaltó involuntariamente cuando Brianna le dio un apretón, y de repente recordó uno de los textos favoritos del reverendo: «Bienaventurados quienes, sin ver, creyeron.» ¿Y aquellos que deben ver para creer? Los efectos de lo que había tenido que ver se manifestaban ahora en Brianna, que temblaba, aterrorizada ante lo que todavía le quedaba por creer.

A medida que la muchacha se ponía rígida, preparándose para aceptar una verdad que ya había visto, el tenso cuerpo de Claire se relajaba. Los pálidos labios se curvaron en la sombra de una sonrisa y una expresión de profunda paz suavizó el pálido rostro, iluminando sus ojos dorados.

—Es verdad —respondió. Una pizca de color asomó a sus mejillas—. ¿Acaso tu madre te mentiría? Y volvió a cerrar los ojos.

Roger apagó la estufa eléctrica. La noche era fría, pero ya no podía quedarse en el estudio, su refugio temporal. A pesar de que había pasado un día entero desde lo ocurrido en el círculo de piedras, todavía se sentía ligeramente mareado, pero ya no podía esperar más. Tenía que tomar una decisión.

La noche anterior la policía y el médico forense habían terminado su trabajo antes del amanecer; habían tenido que rellenar formularios, prestar declaración, comprobar sus signos vitales y hacer todo lo posible por explicar la verdad. «Bienaventurados quienes, sin ver, creyeron», volvió a pensar devotamente. En especial en este caso.

Por fin se habían marchado, con sus formularios, placas y coches con sirenas para supervisar el levantamiento del cadáver de Greg Edgars del círculo de piedras, y habían extendido una orden de arresto a nombre de su mujer, quien, después de matar a su marido, había huido. Un eufemismo, pensó Roger.

Exhausto de cuerpo y espíritu, Roger dejó a las Randall al cuidado de un médico y de Fiona y se fue a la cama, sin preocuparse por desvestirse ni echar atrás los edredones. Se desplomó sobre la cama y durmió profundamente. Cerca del crepúsculo se despertó con mucha hambre, bajó las escaleras y encontró a sus invitadas, igual de silenciosas aunque menos desaliñadas, ayudando a Fiona a preparar la cena.

Fue una cena tranquila. La atmósfera no estaba tensa; era como si los comensales hablaran silenciosamente entre ellos. Brianna se sentó cerca de su madre y la tocaba de vez en cuando al pasarle la comida, como si quisiera asegurarse de su presencia. A veces miraba con timidez a Roger a través de sus pestañas, pero no le habló.

Claire habló poco y no comió casi nada, pero permaneció sentada, inmóvil y en silencio, quieta como un lago bajo el sol. Después de la cena se disculpó y fue a sentarse bajo la enorme ventana al final del vestíbulo diciendo que estaba cansada. Brianna miró de reojo a su madre, cuya silueta se recortaba delante de la ventana con los últimos rayos del sol, y fue a la cocina para ayudar a Fiona a lavar los platos. Roger fue al estudio para pensar, con la exquisita comida de Fiona en el estómago.

Dos horas después seguía pensando, con escasos resultados. Había libros amontonados sobre el escritorio y la mesa, abandonados a medio abrir sobre las sillas y detrás del sofá; los huecos de las atestadas librerías eran testigos del esfuerzo que había hecho en su improvisada investigación.

Le llevó algún tiempo pero lo encontró: el pequeño párrafo que recordaba de sus primeras averiguaciones para Claire Randall. En aquella ocasión le había dado consuelo y paz; pero esta información no iba a lograr los mismos resultados... si es que se la contaba. ¿Y si estuviera en lo cierto? Tenía que estarlo; eso explicaría por qué esa tumba se encontraba tan lejos de Culloden.

Se pasó una mano por la cara y sintió la aspereza de la barba. No era extraño que hubiera olvidado afeitarse con todo lo sucedido. Cuando cerraba los ojos, todavía podía oler el humo y la sangre, ver el destello del fuego sobre la piedra oscura y los mechones de pelo rubio, flotando fuera del alcance de sus dedos. Tembló ante el recuerdo y tuvo un repentino acceso de resentimiento. Claire había destruido su paz interior. ¿Debía responderle con menos? Y Brianna, si ya conocía la verdad, ¿no tenía derecho a saber toda la verdad?

Claire aún se encontraba al final del vestíbulo, sentada con las piernas dobladas junto a la ventana, contemplando la oscuridad de la noche.

—¿Claire? —La voz le salió áspera por la falta de uso; se aclaró la garganta y volvió a intentarlo—. ¿Claire? Tengo... algo que decirte.

Ella se volvió y lo miró con un asomo de curiosidad. Estaba tranquila, como quien ha vivido el terror, la desesperación, el duelo y la desesperada carga de haber sobrevivido, y resistido. Al mirarla, sintió que no podía hacerlo.

Pero ella había dicho la verdad; él debía hacer lo mismo.

—Encontré algo. —Levantó el libro con un gesto breve e inútil—. Acerca de... Jamie.

El hecho de pronunciar su nombre en voz alta pareció evocarlo, como si al convocarlo apareciera en persona, sólido e inmóvil en el vestíbulo, entre su esposa y Roger, que respiró hondo para coger fuerzas.

—¿Qué es?

—Lo último que pensaba hacer. Creo... creo que fracasó.

Claire se puso pálida de repente y miró el libro con los ojos abiertos de par en par.

—¿Sus hombres? Pero yo creí que habías encontrado...

—Y lo hice —la interrumpió Roger—. No, estoy casi seguro de que tuvo éxito en eso. Los hombres de Lallybroch no llegaron a entrar en batalla; los salvó de Culloden y los puso de camino a casa.

—Pero entonces...

—Él pensaba regresar a la batalla y creo que lo hizo.

Le resultaba cada vez más difícil, pero tenía que decirlo. Al no encontrar palabras, abrió el libro y leyó:

—«Después de la batalla final de Culloden, dieciocho oficiales jacobitas heridos buscaron refugio en la vieja casa y durante dos días, sin poder curar sus heridas, yacieron allí, sufriendo; los sacaron para fusilarlos. Uno de ellos, un Fraser, del regimiento de Lovat, escapó a la matanza; los otros fueron sepultados en el borde del bosque.»

»Uno de ellos, un Fraser, del regimiento de Lovat, escapó... —repitió Roger en voz baja.

Levantó los ojos del libro y se encontró con los de Claire, grandes y fijos como los de un ciervo que mira los faros del coche que está a punto de atropellarlo.

—Él pensaba que moriría en la batalla de Culloden —susurró Roger—. Pero no fue así.

Agradecimientos

La autora desea dar las gracias y brindar sus mejores deseos a: las tres Jackies (Jackie Cantor, Jackie LeDonne y mi madre), ángeles guardianes de mi libro; a los cuatro John (John Myers, John E. Simpson, hijo, John Woram y John Stith) por sus lecturas constantes, los temas escoceses varios y su entusiasmo en general; a Janet McConnaughey, Margaret J. Campbell, Todd Heimarck, Deb y Dennis Parisek, Holly Heinel y a los demás miembros del Foro Literario cuyo nombre no empieza por la letra J, en especial a Robert Riffle, por sus epítetos franceses, sus teclas de ébano y su ojo atento; a Paul Solyn, por los mastuerzos tardíos, los valses, los grabados en cobre y por los consejos botánicos; a Margaret Ball, por sus referencias, sus sugerencias útiles y su agradable conversación; a Fay Zachary, por los almuerzos; al doctor Gary Hoff, por sus consejos y consultas sobre medicina (no tuvo nada que ver con las descripciones de cómo destripar a una persona); al poeta Barry Fogden, por las traducciones del inglés; a Labhriunn MacIan, por los insultos en gaélico y el uso generoso de su más que poético nombre; a Kathy Allen-Webber, por su ayuda en general con el francés (si alguna frase tiene algún error, es culpa mía); a Vonda N. McIntyre, por contarme los trucos de la profesión; a Michael Lee West, por sus maravillosos comentarios sobre el texto y por la clase de conversaciones telefónicas que hacen que mi familia grite: «¡Deja de hablar por teléfono! ¡Nos estamos muriendo de hambre!»; a la madre de Michael Lee, por leer el manuscrito y comentarle periódicamente a su prestigiosa hija: «¿Por qué no escribes tú algo así?», y a Elizabeth Buchan, por sus preguntas, sugerencias y consejos. El esfuerzo fue casi tan grande como la ayuda proporcionada.

Sobre la autora

Diana Gabaldon nació en Arizona, en cuya universidad se licenció en Zoología. Antes de dedicarse a la literatura, fue profesora de Biología Marina y Zoología en la Universidad del Norte de Arizona. Este trabajo le permitió tener a su alcance una vasta biblioteca, donde descubrió su afición por la literatura. Tras varios años escribiendo artículos científicos y cuentos para Walt Disney, Diana comenzó a publicar en internet los capítulos iniciales de su primera novela, *Forastera*. En poco tiempo, el libro se convirtió en un gran éxito de ventas; un éxito que no hizo más que aumentar con las demás novelas de la saga: *Atrapada en el tiempo*, *Viajera*, *Tambores de otoño*, *La cruz ardiente*, *Viento y ceniza*, *Ecos del pasado* y *Escrito con la sangre de mi corazón*. Asimismo, es autora de *Siete piedras para resistir o caer*, una fantástica colección de relatos y novelas breves que, a partir de la historia de *Forastera*, apuntan en direcciones nuevas.

dianagabaldon.com
Facebook.com/AuthorDianaGabaldon
Twitter: @Writer_DG